中国文学艺术界联合会年鉴

China Federation of Literary and Art Circles Yearbook

《中国文学艺术界联合会年鉴》编委会　编

2014

新　华　出　版　社

图书在版编目（CIP）数据

中国文学艺术界联合会年鉴. 2014/《中国文学艺术界联合会年鉴》编委会编. --北京：新华出版社，2014.12

ISBN 978-7-5166-1378-8

Ⅰ.①中… Ⅱ.①中… Ⅲ.①中国文学艺术界联合会－2014－年鉴 Ⅳ.①I2－232

中国版本图书馆CIP数据核字（2014）第291278号

中国文学艺术界联合会年鉴. 2014

主　　编：《中国文学艺术界联合会年鉴》编委会

出 版 人：张百新

责任编辑：梁秋克　王晓娜

封面设计：厚积广告·朱 江

出版发行：新华出版社

地　　址：北京石景山区京原路8号　　**邮　　编：**100040

网　　址：http：//www.xinhuapub.com　http：//press.xinhuanet.com

经　　销：新华书店

购书热线：010-63077122　　**中国新闻书店购书热线：**010-63072012

照　　排：北京厚积广告有限公司

印　　刷：北京智慧源印刷有限公司

成品尺寸：210mm×285mm　　**印　　张：**50.75

彩插印张：13.25　　**字　　数：**1386千字

版　　次：2015年1月第一版　　**印　　次：**2015年1月第一次印刷

书　　号：ISBN 978-7-5166-1378-8

定　　价：380.00元

《中国文学艺术界联合会年鉴》（2014）

编辑委员会

委　员：

张百新　新华出版社社长

陈建文　中国文联办公厅主任

刘尚军　中国文联国内联络部主任

董占顺　中国文联国际联络部主任

庞井君　中国文联理论研究室主任

刘晓霞　中国文联权益保护部主任

郑希友　中国文联人事部主任

刘国强　中国文联机关党委常务副书记

郑更生　中国文联离退休干部局局长

季国平　中国戏剧家协会分党组书记、驻会副主席

康健民　中国电影家协会分党组书记、驻会副主席

韩新安　中国音乐家协会分党组书记、秘书长

吴长江　中国美术家协会分党组书记、驻会副主席

董耀鹏　中国曲艺家协会分党组书记、驻会副主席兼秘书长

罗　斌　中国舞蹈家协会分党组书记、驻会副主席

罗　杨　中国民间文艺家协会分党组书记、驻会副主席

王　瑶　中国摄影家协会主席、分党组书记

陈洪武　中国书法家协会分党组书记、驻会副主席兼秘书长

邵学敏　中国杂技家协会分党组书记、驻会副主席兼秘书长

张　显　中国电视艺术家协会分党组书记、驻会副主席兼秘书长

黄啟钧　中国文联机关服务中心主任兼办公厅副主任

冉茂金　中国文联文艺资源中心副主任

廖　恳　中国文联文艺志愿服务中心主任

傅亦轩　中国文联文艺研修院常务副院长

朱　庆　中国文联出版社社长、总编辑

向云驹　中国艺术报社社长兼中国文联文艺资源中心主任

冯双白　中国文学艺术基金会秘书长

郁钧剑　中国文联演艺中心主任

陈启刚　北京市文联党组书记、常务副主席

寇世恺　天津市文联党组书记、常务副主席

解晓勇　河北省文联党组书记、副主席

李太阳　山西省文联党组书记、常务副主席

巴特尔　内蒙古自治区文联主席、党组副书记

李春晓　辽宁省文联党组书记、副主席

孙凤平　吉林省文联党组成员、副主席

傅道彬　黑龙江省文联主席

宋　妍　上海市文联党组书记、专职副主席

章剑华　江苏省委宣传部副部长，省文联党组书记、常务副主席

黄先钢　浙江省文联副主席，浙江省剧协主席

陈　田　安徽省文联党组书记、副主席、书记处第一书记

张作兴　福建省文联党组书记、副主席、书记处书记

汪天行　江西省文联党组书记、常务副主席

于钦彦　山东省文联党组书记、副主席

吴长忠　河南省文联党组书记、副主席

刘永泽　湖北省文联党组书记、常务副主席

江学恭　湖南省文联党组书记、副主席

程　扬　广东省文联党组书记、专职副主席

韦苏文　广西壮族自治区文联党组成员、副主席

张　萍　海南省文联作协党组书记、海南省文联主席

蒋东生　四川省文联党组书记、常务副主席

王　超　重庆市文联党组书记、副主席

李碧川　贵州省文联党组书记、副主席

郑　明　云南省文联主席、党组书记

沈开运　西藏自治区文联党组书记、副主席

吴丰宽　陕西省文联党组书记、常务副主席

王登渤　甘肃省文联副主席

刘　伟　宁夏回族自治区文联党组成员、副主席

张　民　青海省文联党组成员、副主席

黄永军　新疆维吾尔自治区党委宣传部副部长，自治区文联党组书记、副主席

李光武　新疆生产建设兵团文联主席

路遥峰　中国石油文联专职副主席兼秘书长

才　凡　中国铁路文联副主席兼秘书长

梁嘉琨　中国煤矿工业协会副会长、中国煤矿文联主席

邵　敏　中国电力文协副秘书长

王经国　中国水利文协副主席

党　军　中国石化集团公司思想政治工作部副主任、中国石化文联副主席兼秘书长

张　策　全国公安文联秘书长

杨　明　中国检察官文联秘书长

胡碧珠　中国人民银行文联秘书长

陈　炜　中国金融文联副主席兼秘书长

《中国文学艺术界联合会年鉴》(2014)
编辑部

《中国文学艺术界联合会年鉴》（2014）

撰稿人（以年鉴目录中单位排序）

张　杭	高庆春	李翌辰	王　媛	黄　猛
苏芳芳	刘燕铭	朱丽华	冷　玉	展华云
裴琳琳	焦　铎	王　森	王仞山	韩淑英
林德源	阮　佳	刘海阔	刘　博	杨富文
刘　丰	郭　琳	余　宁	赵　力	张　跃
莫惊涛	马天博	于　辉	张锡海	绳长杰
郭　娟	裴　诺	张　萌	卢佳颖	张潇羽
张小卫	孙　茜	韩志昕	谢桂华	徐岫鹃
刘　洋	刘　清	陈　瑾	王甄妮	刘照剑
郭云鹏	任　娟	裴月华	陈杨萍	陈　双
刘乃奎	李晓宇	樊丽红	李云鹏	于　双
常　明	丰　收	邓婉莹	顾　平	郑斯奇

黄　新　　王幼丽　　方　毅　　徐　健　　张娜娜

毛　杰　　刘多斌　　王涘海　　周敏玲　　范浩鸣

黄　胜　　温航军　　王　彦　　赵　晴　　赵　旭

李　琦　　何见远　　张晓宁　　石小军　　何文青

吴　岩　　刘　彦　　佟进军　　周康芬　　刘　鹏

原瑞伦　　李洪朝　　王艳红　　王经国　　王　丹

戴东英　　朱明飞　　罗　韬　　韩启超

《中国文学艺术界联合会年鉴》（2014）工作人员

耿志海　　王　佳　　杨小燕　　张　冉　　李　龙

《中国文学艺术界联合会年鉴》（2014）

核稿人员

重要讲话及文献：邓光辉

重要会议活动：李培隽、董占顺、刘国强

品牌活动：李培隽、董占顺

全国性文艺大奖、艺术节：李培隽

重点文艺工程：王仞山、韩淑英

文化名人、著名艺术家纪念活动：李培隽

组织联络工作：李培隽

对外及对港澳台地区文化交流：董占顺

理论研究：朱丽华、魏　宁

权益保护：暴淑艳

出版业改革发展：范小伟

社团管理：李培隽

机关建设：郑希友、刘国强、郑更生、邓光辉

中国文联机关服务中心：鲍次立

中国文联文艺资源中心：阮　佳

中国文联文艺志愿服务中心：邵志军

中国文联文艺研修院：杨富文、程翔宇

中国文联出版社：朱　庆

中国艺术报社：余　宁

中国文学艺术基金会：郭希敏、雷　彤

中国文联演艺中心：张　跃、薛　岚

中国剧协：罗　松

中国影协：许柏林

中国音协：韩新安、王　宏、荣英涛

中国美协：刘　建

中国曲协：董耀鹏

中国舞协：罗　斌、李甲芹

中国民协：谢桂华、刘　洋

中国摄协：王郑生

中国书协：蒙建军

中国杂协：郭云鹏、任　娟

中国视协：裴月华

北京文联：陈杨萍

天津文联：陈　双、刘乃奎

河北文联：李晓宇

山西文联：崔莹玺、樊丽红

内蒙文联：巴特尔、聂显辉

辽宁文联：贾俊峰

吉林文联：常　明

黑龙江文联：丰　收

上海文联：胡晓军

江苏文联：何　超

浙江文联：郑斯奇

安徽文联：黄　新

福建文联：王幼丽、方　毅

江西文联：张　越

山东文联：高光华

河南文联：董焕琳

湖北文联：郑保纯

湖南文联：王涘海

广东文联：梁少锋

广西文联：韦苏文

海南文联：温航军

重庆文联：王　彦

四川文联：赵　晴

贵州文联：徐凡军

云南文联：郑　明

西藏文联：沈开运

陕西文联：黄道峻

甘肃文联：石小军

青海文联：何文青

宁夏文联：庾　君

新疆文联：佟进军

新疆生产建设兵团文联：李光武

中国石油文联：路遥峰

中国铁路文联：方铁壁

中国煤矿文联：刘　俊

中国电力文协：白俊文

中国水利文协：孙秀蕊

中国石化文联：潘武龙

中国公安文联：戴东英

中国检查官文联：杨　明

中国人民银行文联：罗　韬

中国金融文联：陈　炜

《中国文学艺术界联合会年鉴》（2014）
编辑说明

一、《中国文学艺术界联合会年鉴》（以下简称《中国文联年鉴》）由中国文学艺术界联合会（以下简称中国文联）主办，中国文联、新华出版社联合编辑出版。《中国文联年鉴》是一部全面反映我国文联系统工作情况的综合性年刊，创刊于2007年，面向全国发行。本卷为第八卷。

二、《中国文联年鉴》以邓小平理论、“三个代表”重要思想、科学发展观为指导，认真贯彻落实党的十八大、十八届三中、四中全会和习近平总书记在文艺工作座谈会上的重要讲话精神，力求全面、准确、客观、真实地反映中国文联及各团体会员全年工作成就、事业发展状况和总体工作情况，以发挥年鉴的资治、宣传、交流、存史作用，总结经验、加强交流，不断开创文联工作新局面。

三、《中国文联年鉴》内容主要有：重要讲话及文献，重要会议、活动，联络、协调、服务，中国文联各团体会员工作情况，中国文联大事记等。《中国文联年鉴》内容翔实、数据准确、覆盖面广、史料性强，是中国文联各团体会员及相关部门、单位必备的参考工具书。

四、《中国文联年鉴》采用篇目、类目、分目、条目四级编辑体例，并分别以不同字体、字号加以区分，条目为本年鉴内容的基本载体。

五、文联工作与发展情况是本刊的主要内容，着重在以下篇目中反映：

《重要讲话及文献》：中央、上级主管部门领导同志和中国文联主要领导关于文联工作的重要讲话，有关重要文献。

《重要会议、活动》：中国文联的重要会议、具年度特色或品牌意义的重要活动，以及文艺界名人纪念活动等。

《联络、协调、服务》：中国文联及各直属单位开展的重要工作。

《中国文联各团体会员（一）》：中国文联所属各全国文艺家协会开展的主要工作。

《中国文联各团体会员（二）》：与中国文联有业务指导关系的其他团体会员的主要工作。

《中国文学艺术界联合会大事记》：对中国文联在2013年度所开展重要工作的记录。

《中国文联年鉴》主要内容由中国文联各团体会员、中国文联机关及各直属单位提供。

《附录》：各省（区、市）所辖市、县文联的有关情况（文字内容由新华出版社联系收录）。

Content

目 录

重要讲话及文献

重要讲话及文献

重要会议、活动

重要会议活动

品牌活动

全国性文艺大奖、艺术节

重点文艺工程

文化名人、著名艺术家纪念活动

联络、协调、服务

组织联络工作

对外及对港澳台地区文化交流

理论研究

权益保护

出版业改革发展

社团管理

机关建设

中国文联机关服务中心

中国文联文艺资源中心

中国文联文艺志愿服务中心

中国文联文艺研修院

中国文联出版社

中国艺术报社

中国文学艺术基金会

中国文联演艺中心暨
中联百花文化艺术有限公司

中国文联各团体会员（一）

中国戏剧家协会

中国电影家协会

中国音乐家协会

中国美术家协会

中国曲艺家协会

中国舞蹈家协会

中国民间文艺家协会

中国摄影家协会

中国书法家协会

中国杂技家协会

中国电视艺术家协会

中国文联各团体会员（二）

北京市文联

天津市文联

河北省文联

山西省文联

内蒙古自治区文联

辽宁省文联

吉林省文联

黑龙江省文联

上海市文联

江苏省文联

浙江省文联

安徽省文联

福建省文联

江西省文联

山东省文联

河南省文联

湖北省文联

湖南省文联

广东省文联

广西壮族自治区文联

海南省文联

重庆市文联

四川省文联

贵州省文联

云南省文联

西藏自治区文联

陕西省文联

甘肃省文联

青海省文联

宁夏回族自治区文联

新疆维吾尔自治区文联

新疆生产建设兵团文联

中国石油文联

中国铁路文联

中国煤矿文联

中国电力文协

中国水利文协

中国石化文联

全国公安文联

中国检察官文联

中国人民银行文联

中国金融文联

2013年中国文学艺术界联合会大事记

附　录

索　引

彩色插页

第一部分

第二部分

第三部分

第四部分

第五部分

第六部分

中央领导同志的亲切关怀

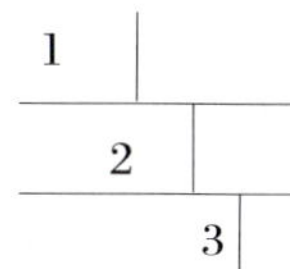

1. 11月25日至27日、11月29日至12月1日，中国美术家协会第八次全国代表大会、中国电影家协会第九次全国代表大会在京召开。中共中央政治局委员、中央书记处书记、中宣部部长刘奇葆分别出席中国美协、中国影协的全国代表大会开幕式，并发表重要讲话。图为11月25日，刘奇葆出席中国美术家协会第八次全国代表大会开幕式，亲切接见与会代表。
2. 11月29日，刘奇葆在中国电影家协会第九次全国代表大会开幕式上讲话。
3. 11月29日，刘奇葆出席中国电影家协会第九次全国代表大会开幕式，亲切接见与会代表。

中国文联九届四次全委会

1 2
3 4
5
6

1.1月12日至13日，中国文联第九届全国委员会第四次会议在京召开。全国政协副主席、中国文联主席孙家正主持会议并讲话。
2.中国文联党组书记、副主席赵实作工作报告。
3.中宣部副部长翟卫华出席会议并讲话。
4.中国文联党组副书记、副主席覃志刚作会议总结。
5.1月12日，中国文联第九届主席团第四次会议在京召开。
6.中国文联第九届全国委员会第四次会议现场。

中国文联九届五次全委会暨全国文联系统先进集体和先进个人表彰会

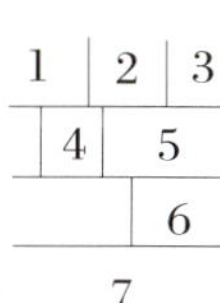

1. 6月30日，中国文联九届五次全委会暨全国文联系统先进集体和先进个人表彰会在京召开。中国文联主席孙家正主持会议并讲话。
2. 中国文联党组书记、副主席赵实作题为《讲好中国故事 追寻中国梦想》的讲话。
3. 人力资源社会保障部副部长、国家公务员局党组书记杨士秋宣读《人力资源社会保障部、中国文联关于表彰全国文联系统先进集体先进个人的决定》。
4. 中宣部副部长翟卫华出席会议并为获奖集体和个人代表颁奖。
5. 受表彰的15位全国文联系统先进个人领奖。
6. 中国文联九届五次全委会增选周涛、夏潮为中国文联第九届副主席。图为投票选举现场。
7. 中国文联九届五次全委会暨全国文联系统先进集体和先进个人表彰会现场。

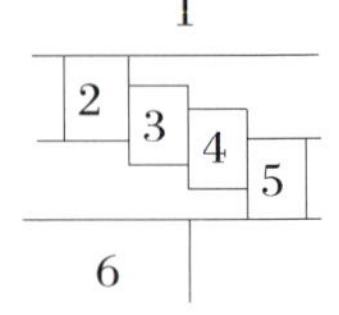

1.7月5日，中国文联召开党的群众路线教育实践活动动员大会。

2.中国文联党组书记、副主席赵实出席会议并讲话。

3.中央教育实践活动第25督导组组长张基尧出席会议并讲话。

4.中国文联党组副书记、副主席覃志刚主持会议。

5.中国文联党组副书记、副主席李屹部署实施方案。

6.10月25日，中国文联党组召开党的群众路线教育实践活动专题民主生活会。

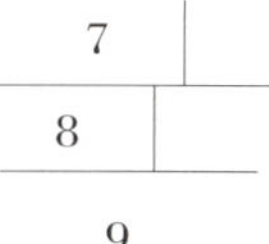

7. 7月19日，中国文联在中国文艺家之家举办党的群众路线教育实践活动专题讲座。
8. 中国文联党组成员与党员干部一起听讲座。
9. 2014年1月21日，中国文联召开党的群众路线教育实践活动总结大会。

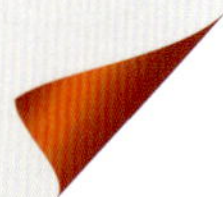

百花迎春——中国文学艺术界 2013 春节大联欢

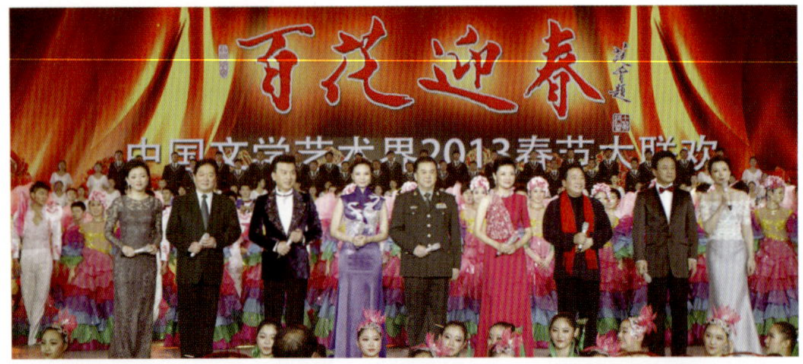

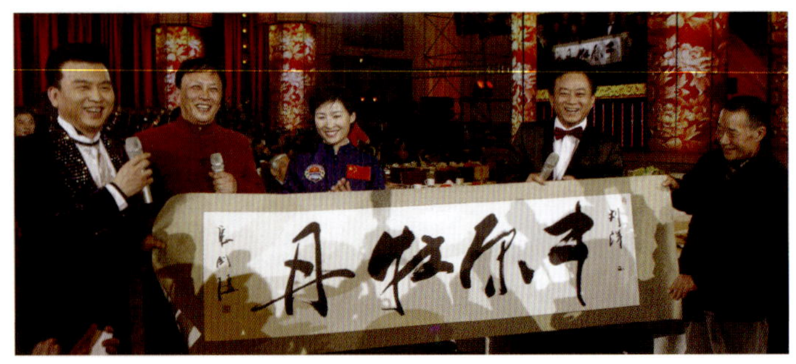

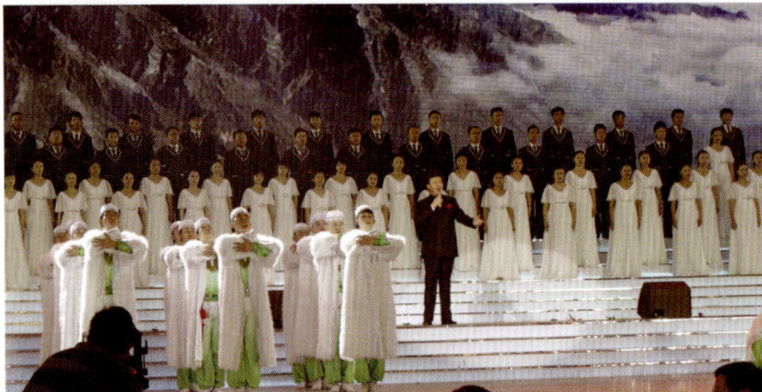

1. 1 月 13 日，由中国文联主办的“百花迎春——中国文学艺术界 2013 春节大联欢”在北京人民大会堂举行。
2. 女航天员刘洋与李雪健、唐国强等艺术家展示书画作品。
3. 歌舞表演《贺兰登高》。
4. 11 个全国文艺家协会主席带来的特别节目《“十八大”抒怀》。
5. 老艺术家致新春感言。

1 2
3
4
5

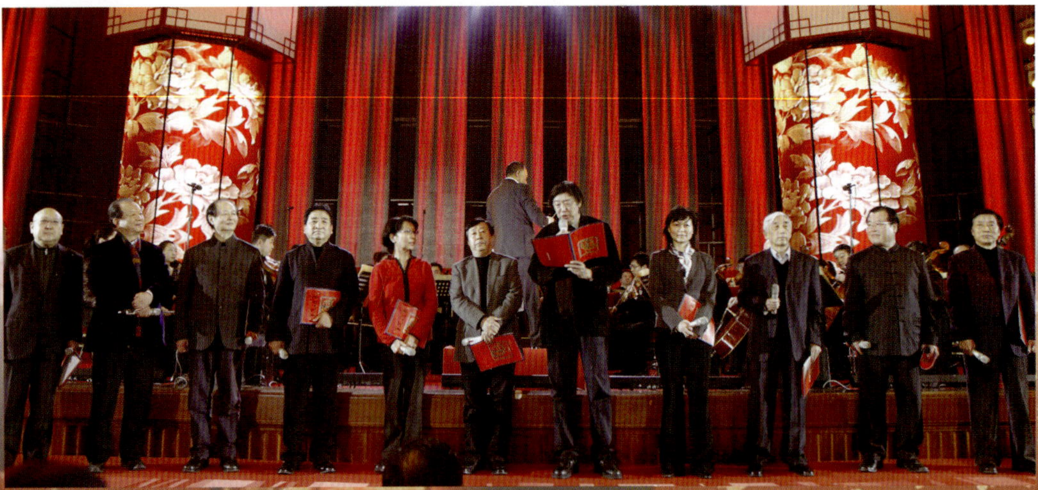

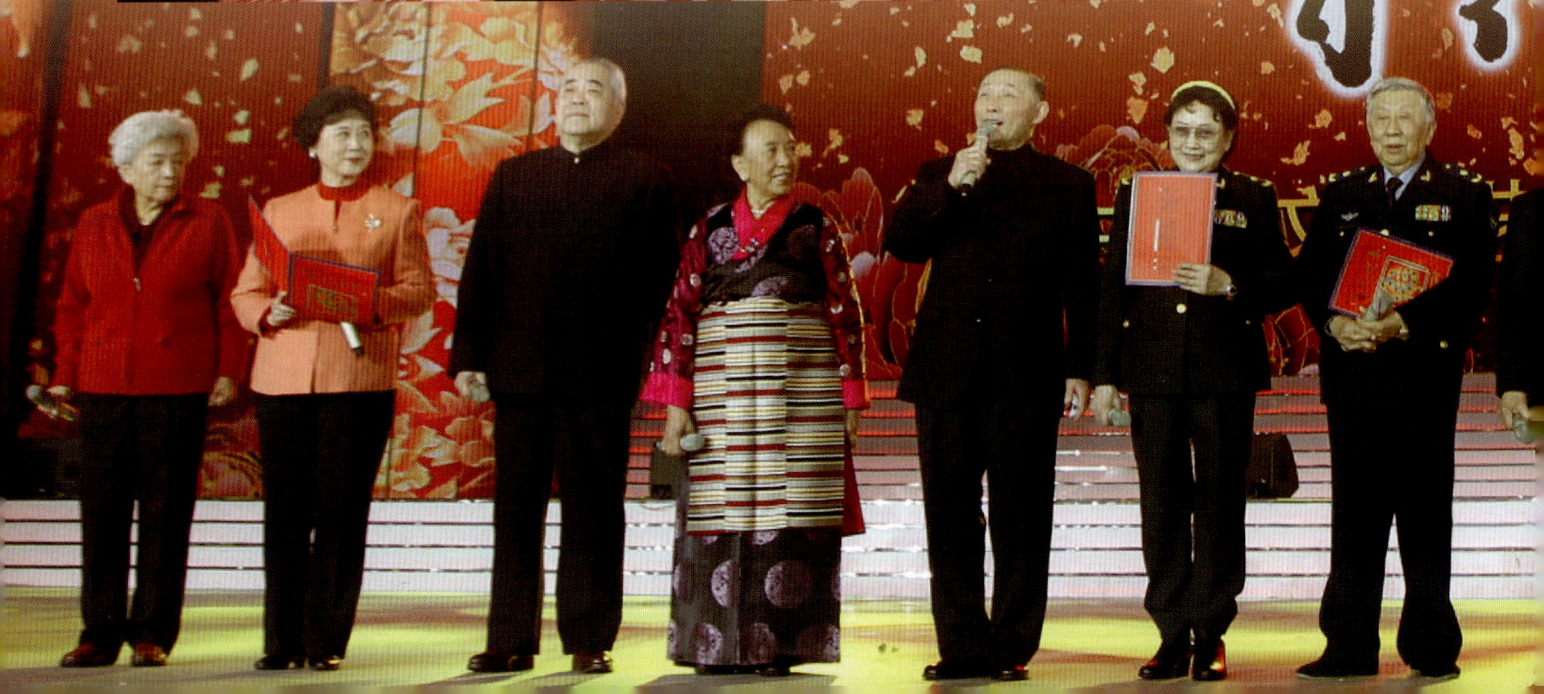

6. 莫言、张贤亮等作家访谈。
7. 摄影家张桐胜向作曲家吕其明赠送肖像照。
8. 说唱《河南人爱说中》。
9. 京剧表演艺术家与交响乐队合作京剧片段。
10. 舞蹈《西子荷风》。
11. 杂技《梁祝》随想。

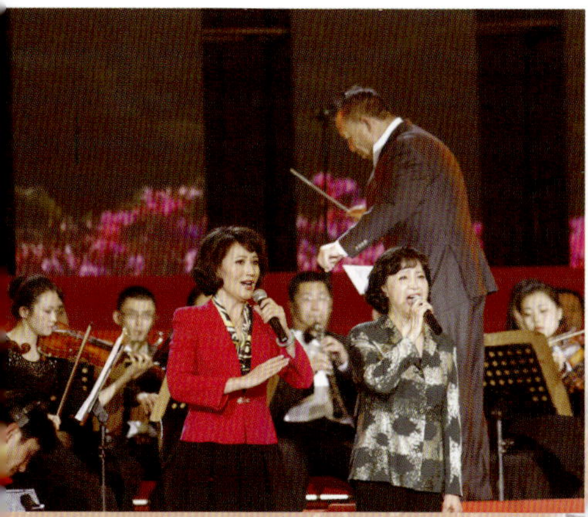

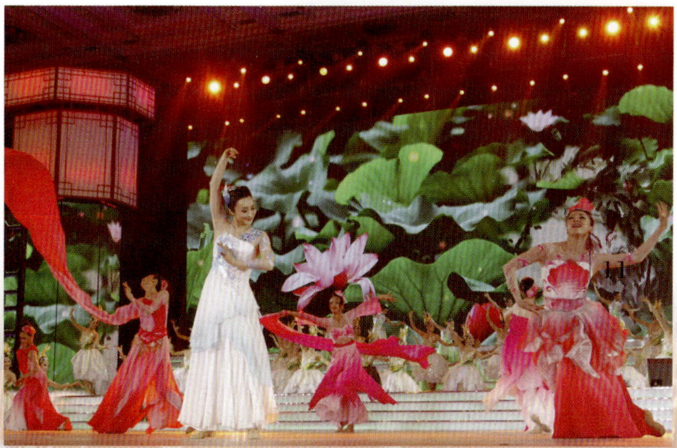

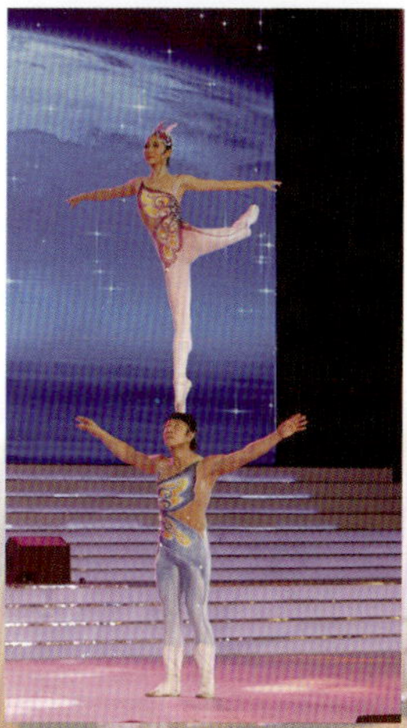

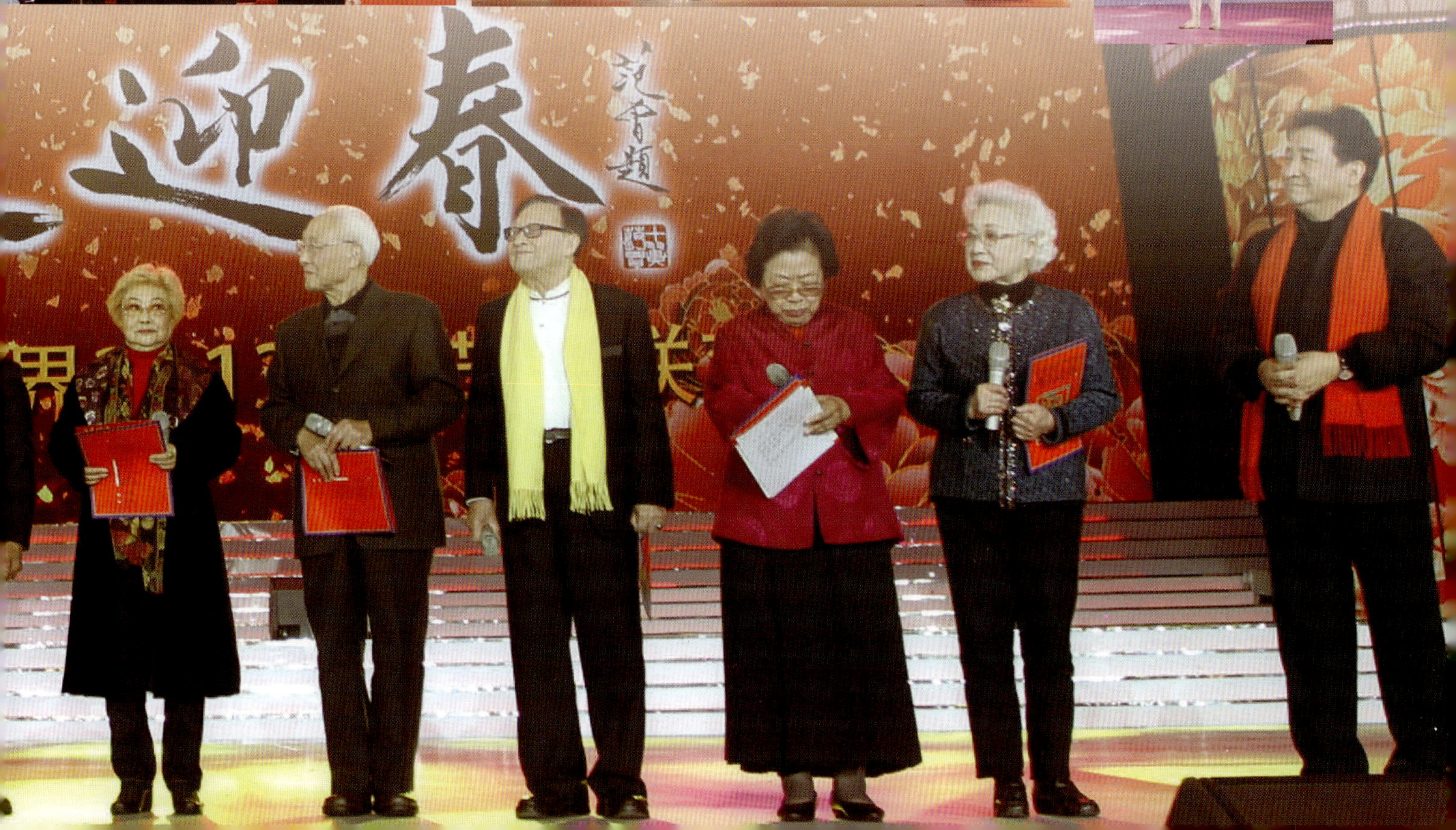

追寻中国梦——文艺家采风创作活动

1. 5 月至 12 月，中国文联开展了“追寻中国梦——文艺家采风创作基层行”系列活动。图为 12 月 18 日在中国文艺家之家举办的“追寻中国梦——摄影家采风创作基层行”作品展开幕式，中国文联领导赵实、李前光和中国摄协领导王瑶、高琴等观看展览。
2. 摄影展览现场。
3. 6 月 20 日至 28 日，中国美协组织美术家赴甘肃、云南、贵州等地开展“追寻中国梦——美术家采风创作基层行”活动。
4. 美术家为少数民族群众写生画像。
5. 美术家描绘少数民族音乐表演场景。
6. 8 月 21 日至 28 日，中国民协组织民间文艺家赴内蒙古鄂尔多斯、锡林郭勒对少数民族原生态民歌进行采风。图为民间文艺家到蒙古族艺术家家中访问采风。

7-8. 11 月，中国民协组织民间文艺家赴贵州黔东南对侗族音乐进行采风。

1 2
3
4 5
6 7 8

9. 民间文艺家到黔东南采风与少数民族歌舞表演者在一起。

10. 6 月，中国音协组织词曲作家赴湖南娄底开展“美丽中国”采风创作委约计划。

11-14. 8 月，中国舞协组织开展“追寻中国梦”藏族舞蹈采风创作青藏行活动。

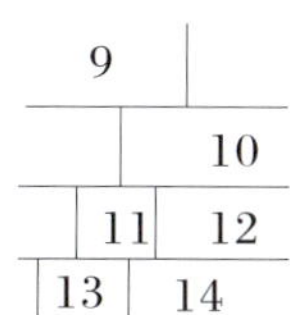

1. 5月23日，中国文艺志愿者协会在中国文艺家之家召开成立大会，中国文联党组书记、副主席赵实出席会议并讲话，在京中国文联党组成员出席会议。
2. 中国文联党组书记、副主席赵实向中国文艺志愿者协会授牌。
3. 中国文联国内联络部主任、中国文联文艺志愿服务中心主任罗成琰通报会议情况。
4. 空军政治部文工团副团长、文艺志愿者代表韩红宣读倡议书。
5. 1月1日，中国文联文艺志愿服务团赴海南三沙开展“送欢乐下基层”慰问演出。

	1	
2	3	4
	5	

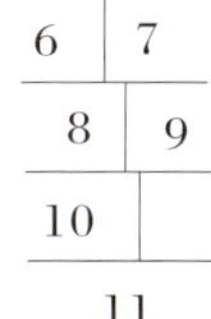

6. 1月19日，中国文联文艺志愿服务团“送欢乐下基层”走进闽西革命老区上杭古田镇。图为中国文联党组副书记、副主席覃志刚，中国文联党组成员、书记处书记李前光与中国曲协主席、著名相声表演艺术家姜昆，福建省委宣传部副部长马照南看望慰问廖春仁老人。
7. 1月19日，中国文联文艺志愿服务团“送欢乐下基层”走进闽西革命老区上杭古田镇慰问演出。
   中国文联文艺志愿服务团在石岛哨卡为战士们演出。
8. 1月18日，中国文联文艺志愿服务团“送欢乐下基层”赴中航工业沈飞民机开展慰问演出。图为慰问演出结束后，李屹与艺术家们合影。
9. 刘兰芳为职工表演节目。
10. 6月8日至9日，中国文联文艺志愿服务团赴四川芦山地震灾区慰问演出。中国文联党组成员、副主席左中一，中国曲协主席、中国文艺志愿者协会主席姜昆看望芦山地震灾区群众。
11. 在芦山灾区的慰问演出现场。

文艺志愿服务活动

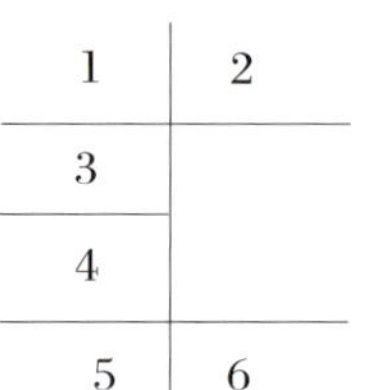

1. 4月28日至29日，中国文联志愿服务团赴甘肃陇南武都开展"送欢乐下基层"活动。中国文联党组书记、副主席赵实和艺术家们走访慰问塘坪村贫困户。
2. 艺术家在马街小学表演节目。
3. 6月28日，中国文联文艺志愿服务团"送欢乐下基层"赴贵州安顺慰问演出。
4. 10月8日，中国文联文艺志愿服务团赴辽宁舰开展"送欢乐下基层"慰问演出。图为艺术家与海军官兵互动表演节目。

5-6. 9月21日，中国文联文艺志愿服务团赴北大荒开展"送欢乐下基层"慰问演出。

7. 7月15日至17日，中国文联文艺志愿服务团赴青海玉树开展“送欢乐下基层”慰问演出。
8. 8月4日，中国文联文艺志愿服务队走进红色革命根据地河北涉县慰问演出。图为著名魔术师罗秉松表演节目。
9. 10月18日，中国文联文艺志愿服务团赴广西防城港“送欢乐下基层”慰问演出。图为主持人朱迅与当地工人互动。
10. 10月26日，中国文联文艺志愿服务团赴湖北红安革命老区“送欢乐下基层”慰问演出。
11. 12月15日，中国文联文艺志愿服务团赴京福高速铁路铜陵长江建设工地开展“我们的中国梦——送欢乐下基层”慰问演出。图为演出现场。
12. 12月28日，中国文联文艺志愿服务团赴南水北调中线建设工地现场开展“我们的中国梦——送欢乐下基层”慰问演出。

7	8
9	10
	11
12	

文艺志愿服务活动

1	2
3	4
	5

6

1. 3月，中国文联启动了文艺支教试点项目。图为4月底，中国文联党组书记、副主席赵实看望甘肃陇南武都的文艺支教志愿者。
2. 文艺支教志愿者在承德丰宁的小学教授舞蹈。
3. 文艺支教志愿者在甘肃陇南的小学教孩子们唱歌。
4. 7月6日，中国文联文艺培训志愿服务试点项目摄影培训项目在宁夏吴忠启动。图为著名摄影家梁达明教授摄影技巧。
5. 8月12日，中国文联文艺培训志愿服务试点项目美术培训项目在四川巴中启动。图为著名美术家史国良为巴中学员授课。
6. 赴贵州安顺支教的文艺支教志愿者与孩子们在舞蹈课上。

第九届中国国际民间艺术节

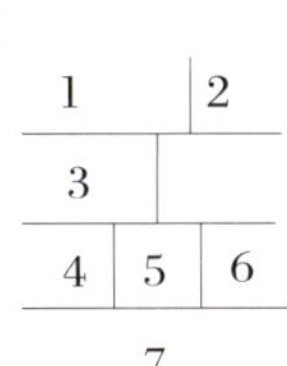

1. 9月16日，第九届中国国际民间艺术节开幕式在湖北宜昌隆重举行。中国文联党组书记、副主席赵实，湖北省委副书记、省长王国生，国家旅游局党组成员吴文学，中国文联副主席、中国音协分党组书记徐沛东，重庆市副市长谭家玲，湖北省委常委、宜昌市委书记黄楚平登台按动水晶球启动开幕式。
2. 中国文联党组成员、书记处书记李前光在开幕式上致辞。
3. 俄罗斯国家模范艺术团舞蹈《欢乐的早晨》。
4. 巴基斯坦国家艺术团在宜昌社区广场与当地群众艺术团切磋交流。
5. 埃及转裙舞艺术团在河北工业大学演出。
6. 墨西哥“放声高歌”合唱团在北京东城区玉蜓公园演出，与观众互动。
7. 来自五大洲的民间艺术家们同唱《友谊地久天长》。

“今日中国”艺术周

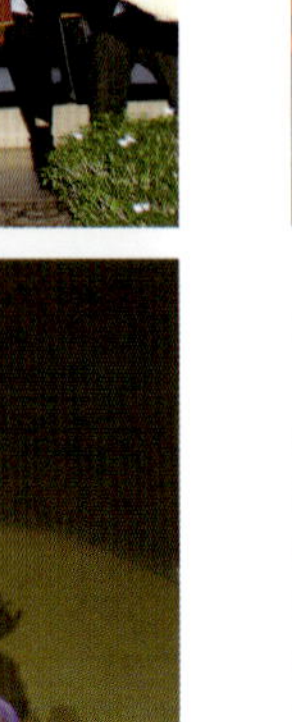

1. 11月3日晚，柬埔寨副首相索安夫妇与柬埔寨观众在金边四臂湾剧场共同观看“今日中国”艺术周综合文艺演出。
2. 中国歌剧舞剧院民乐小组演奏丝弦五重奏《欢乐的夜晚》。
3. 中国古典舞女子群舞《牡丹七仙》。
4. 演出结束后，艺术团全体演职人员向国外观众谢幕。
5. 歌唱家丁毅、幺红联袂演唱《今夜无人入睡》。
6. 吉林省歌舞团男子群舞《鼓舞飞扬》。
7. 10月28日晚，曼谷首演结束后，中国文联党组成员、书记处书记李前光，中国驻泰国大使宁赋魁等与全体演职人员合影。
8. 魔术师徐凤美演出中亮出“中柬友谊万岁”横幅获得全场掌声。

1	2
3	5
4	6
7	8

第五届海峡两岸暨港澳地区艺术论坛及对港澳台地区文化交流

1. 10月14日，第五届海峡两岸暨港澳地区艺术论坛在河北省承德市开幕。图为与会领导与专家学者合影。
2. 赵实与河北省委宣传部部长艾文礼，中国文联党组成员、书记处书记李前光等出席论坛开幕式。
3. 圆桌对话以"民俗文化、燕赵文化"为议题展开讨论与交流。
4. 9月，中国文联组派北京全明星青少年合唱团赴台湾参加"魅力金秋·悦动海峡"两岸合唱音乐节。
5. 5月，中国文联在澳门举办"2013濠江之春"活动。图为两地艺术家合影。
6. 9月，中国文联党组成员、副主席夏潮在京会见香港文化艺术界访京团。

<table>
<tr><td colspan="2">1</td></tr>
<tr><td>2</td><td>3</td></tr>
<tr><td>4</td><td></td></tr>
<tr><td>5</td><td>6</td></tr>
</table>

对外文化交流

1. 6月，日本中国文化交流协会代表团应邀访华。图为中国文联主席孙家正，党组成员、副主席杨承志与代表团合影。
2. 5月，中国文联党组书记、副主席赵实率代表团访问美国。图为代表团出席“达拉斯聚焦中国·国际节”开幕式。
3. 12月，中国文联党组成员、副主席左中一率代表团访问意大利。图为代表团与意大利作者出版者协会负责人进行座谈。
4. 12月，尼泊尔学院代表团应邀访华。图为中国文联党组书记、副主席赵实，党组成员、书记处书记李前光与代表团合影。
5. 4月，中国文联党组成员、副主席杨承志率代表团访问毛里求斯。图为代表团与毛里求斯青少年交流。
6. 7月，裴艳玲率代表团访问韩国。图为韩国文化艺术委员会委员长权宁彬会见并宴请代表团。

1	2
	3
4	
5	6

中华文明历史题材美术创作工程

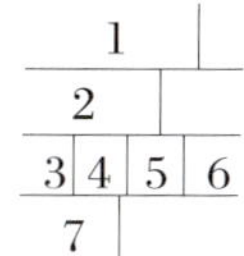

1. 9月13日，“中华文明历史题材美术创作工程”草图观摩展在中国国家博物馆开幕。中国文联主席孙家正，党组书记、副主席赵实，党组成员、副主席左中一及冯远、吕章申等工程组委会负责同志，中宣部、文化部、财政部有关部门负责同志出席开幕式。
2. 孙家正、赵实、左中一、冯远、杨承志等参观展览。
3. 赵实讲话。
4. 冯远主持开幕式并讲话。
5. 吕章申讲话。
6. 美术家代表孙景波发言。
7. 5月22日至23日，“中华文明历史题材美术创作工程”第二次专家评审会在中国文艺家之家召开。图为创作指导委员会专家观摩作品。

文化名人、著名艺术家纪念活动

1 2 3

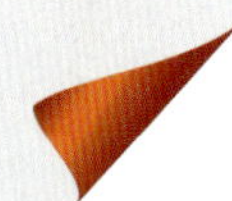

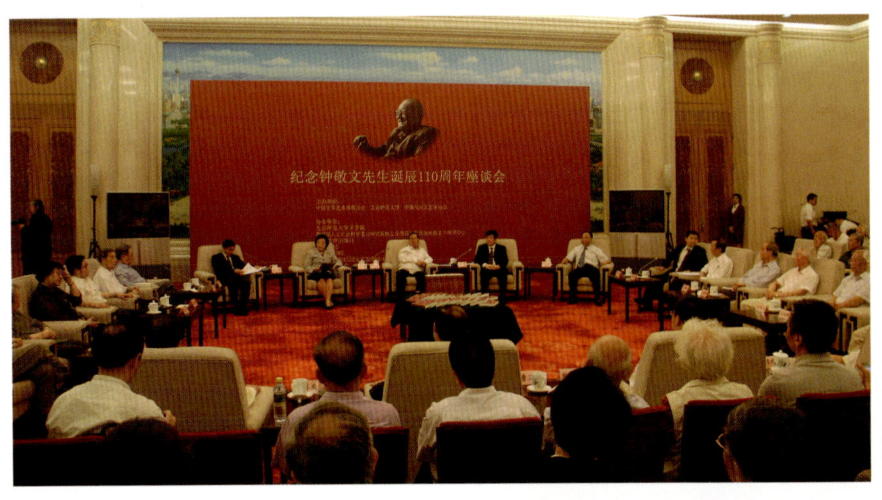

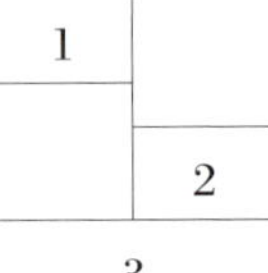

1. 6月29日，由中国文联、北京师范大学、中国民协等单位主办的纪念钟敬文先生诞辰110周年座谈会在北京人民大会堂隆重举行。
2. 12月11日，由中国文联、中国音协、中国交响乐团、中国音乐学院、中央音乐学院主办的“跋涉人生——纪念李凌先生诞辰百年座谈会暨系列图书首发仪式”在京举行。
3. 5月21日，由中国文联、中国音协主办的“中国合唱一百年——纪念李叔同创作第一首合唱作品”音乐会在北京国家大剧院举行。

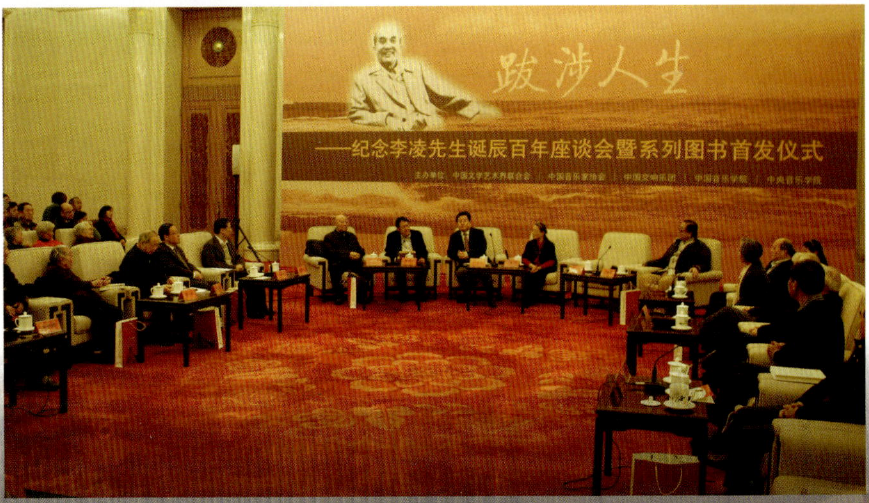

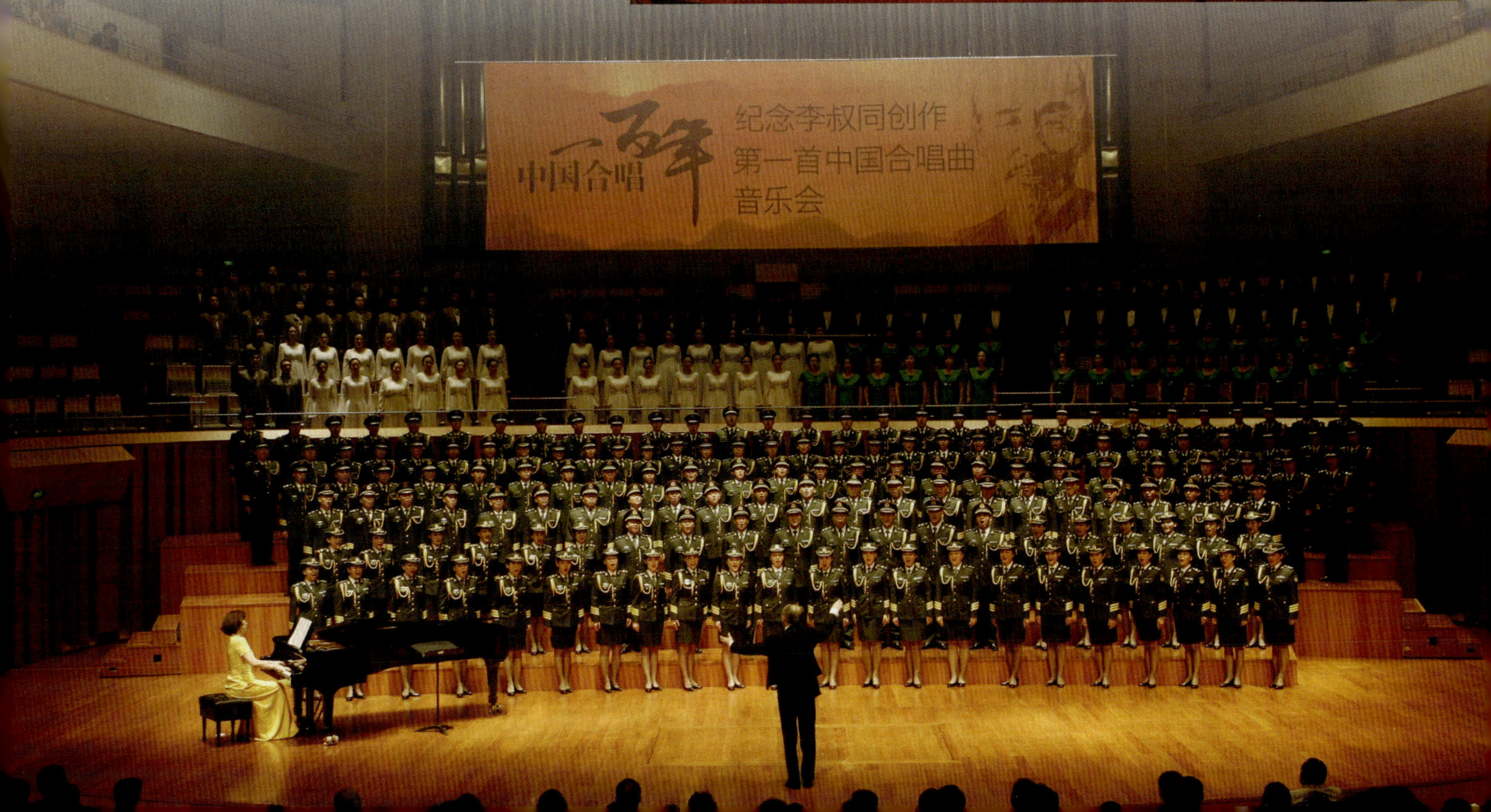

组织联络

1. 2月26日，2013全国文联组联工作会议暨文艺志愿服务工作会议在京召开。
2. 中国文联党组副书记、副主席覃志刚出席会议并讲话。
3. 9月4日，中国文联召开全国文艺家协会会员发展工作座谈会。

4–5. 9月19日，由中国文联、海峡两岸关系协会、厦门市人民政府主办的2013“中华情·中国梦”美术书法作品展演活动在厦门举行。

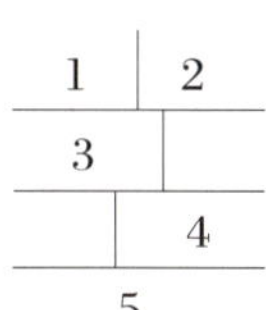

服务管理

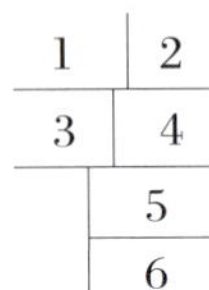

1. 经过2013年一年的组织实施，2014年1月2日，中国文联发展史展厅开展。中国文联领导赵实、覃志刚、李屹、左中一、夏潮、李前光等出席开展仪式并参观展览。
2. 12月6日，中国文联在京召开《机关事务管理条例》培训班。中国文联党组成员、副主席左中一出席开班式并讲话。
3. 8月21日至23日，中国文联办公厅、文艺研修院在哈尔滨举办全国文联年鉴编撰工作培训班。
4. 《机关事务管理条例》培训班现场。
5. 12月24日，中国文联内部控制规范实施动员大会在中国文艺家之家召开。
6. 11月，中国文联办公厅和机关服务中心组织老艺术家赴海南开展采风调研活动。

理论研究

1. 中国文联党组成员、副主席、书记处书记夏潮同志在第七届全国中青年文艺评论家高级研修班上讲话。
2. 《2012 中国艺术发展报告》出版座谈会。
3. 第七届全国中青年文艺评论家高级研修班开班式。
4. 第七届全国中青年文艺评论家高级研修班毕业典礼。
5. 理研室在江西南昌召开中国文联调研工作研讨会。

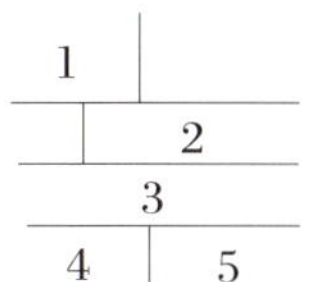

权益保护

1. 8月12日，中国文联党组领导赵实、李屹、左中一、李前光观看中国文联文艺维权工作交流展。
2. 5月22日，中国文联党组成员、书记处书记李前光在“网络时代版权保护面临的挑战与机遇专题讲座暨维权问卷调查工作表彰会”上讲话。
3. 1月31日，中国文联党组成员、书记处书记李前光出席“去伪存真书画作品版权保护研讨会”并讲话。
4. 5月22日，中国文联党组成员、书记处书记李前光与维权问卷调查工作获奖单位代表合影。
5. 8月12日，中国文联党组成员、书记处书记李前光出席第二期中国文联维权干部培训班开班式。

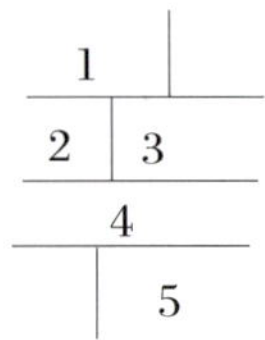

党的建设

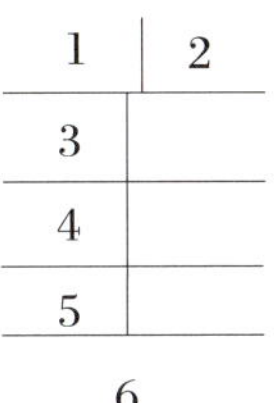

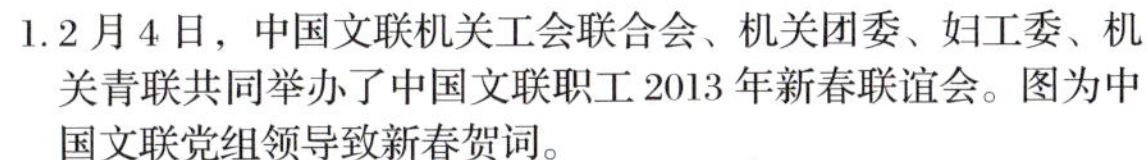

1. 2月4日，中国文联机关工会联合会、机关团委、妇工委、机关青联共同举办了中国文联职工2013年新春联谊会。图为中国文联党组领导致新春贺词。
2. 在中国文联职工2013年新春联谊会上，文联机关的干部职工表演节目。
3. 5月10日，中国文联召开2013年机关党建工作会议，图为会议现场。
4. 中国舞蹈家协会主席赵汝蘅为机关干部职工举办舞蹈讲座。
5. 10月10日，中国美协党总支组织干部群众赴北京市禁毒教育基地参观学习。
6. 五四青年节前夕，中国文联机关团委、机关青联共同举办了“青春·文联·中国梦”主题演讲比赛。图为出席决赛现场的领导与获奖选手合影。

离退休干部工作

1 2
3
4
5 6 7
8

1. 1 月 23 日，2013 年机关老干部新春团拜会在京举行，赵实、杨承志等中国文联党组领导出席活动。
2. 9 月 23 日，老年艺术大学成果展在中国文艺家之家举行，中国文联党组成员副主席夏潮致辞并参观展览。
3. 4 月 23 日，组织机关老干部到昌平参观新农村建设。
4. 组织老干部赴江西采风。
5. 老干部合唱团赴房山阎村“送欢乐下基层”演出活动。
6. 中国文联老年合唱团到怀柔“送欢乐下基层”。
7. 4 月 23 日，在京郊昌平为机关老干部举办集体祝寿会。
8. 10 月 10 日，举办重阳京郊行活动，组织离退休老同志赴航天博物馆参观。

机关后勤服务

1	2
3	4
5	6
	7

1. 为2013金钟奖中国音乐超级联赛对阵首发礼活动提供后勤服务保障。
2. 在文艺家之家展厅承办“绚彩意象——张桐胜摄影作品展”。
3. 为中国文联大讲堂提供后勤服务保障。
4. 组织机关干部职工参观低碳生活主题展览。
5. 为第九届国际民间艺术节中国文艺家之家专场演出提供后勤服务保障。
6. 组织文联机关干部职工赴北京房山参加春季义务植树活动。
7. 中国文联发展史展厅。

信息化工作

	1	
2	3	4
5	6	7

1. 中国文联文艺资源中心建设的部分信息化项目。
2. 中国文联党组领导、中宣部文艺局领导和国家互联网信息办公室相关人员开通“网上文联”子平台——中华文艺人才信息数据库采集应用平台和网上文艺家社区平台。
3. 中国文联党组领导调研中华文艺资源数据库前期建设和“网上文联”平台规划。
4. 天津文联莅临中国文联文艺资源中心调研考察。
5. 中国文联出版社莅临中国文联文艺资源中心调研。
6. 中华文艺人才信息数据库软件平台进行初验试运行。
7. 中华文艺人才信息数据库硬件项目管理培训和网络运维安全培训。

1. 中国文联第二期全国中青年编剧高级研修班开班式。
2. 第二期省级文艺家协会秘书长（驻会负责人）研修班合影。
3. 全国文联系统年鉴编纂工作培训班。
4. 第二期全国中青年编剧高级研修班开展学员短剧创作评比，图为第一组学员在表演小品《编剧门》。
5. 赴美“非盈利文艺组织运营与管理研修班”。
6. 中国文联首届全国中青年文艺人才高级研修班结业式上学员向研修院赠送自发创作的书画长卷。

1	2
	3
4	5
6	

中国文联出版工作

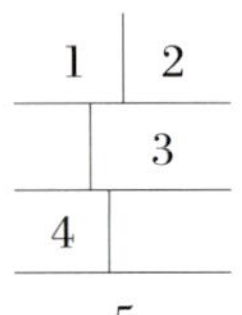

1. 7月，中国文联出版社召开党的群众路线教育实践活动动员大会，中国文联党组成员、书记处书记李前光出席。
2. 4月，纪念中国文联出版社创立30周年合影。
3. 12月，文联社向中国文学艺术基金会捐赠图书，中国文联党组成员、书记处书记李前光，中国文联出版办主任范小伟出席。
4. 中国文联出版社老干部社庆聚会一角。
5. 5月，中国文联出版办负责同志与中国文联出版社业务骨干赶赴参加“第九届中国（深圳）国际文化产业博览交易会”。

中国艺术报社

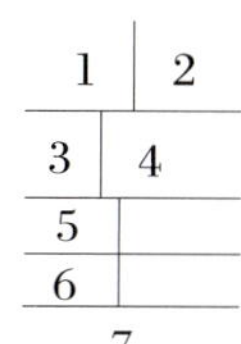

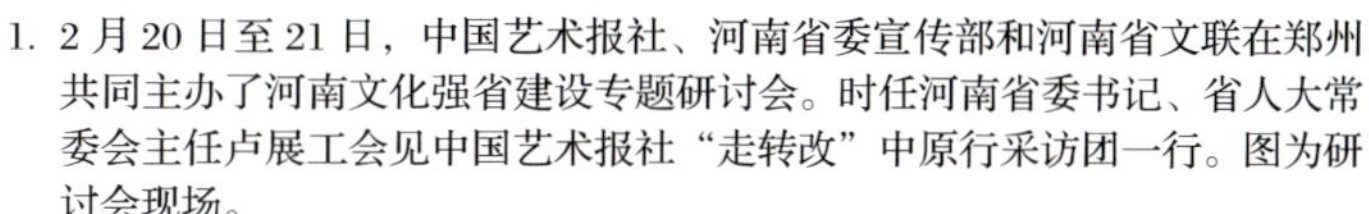

1. 2月20日至21日，中国艺术报社、河南省委宣传部和河南省文联在郑州共同主办了河南文化强省建设专题研讨会。时任河南省委书记、省人大常委会主任卢展工会见中国艺术报社“走转改”中原行采访团一行。图为研讨会现场。
2. 6月29日，由海军政治部、中国视协、中央电视台、中国艺术报社联合主办的“配合党的群众路线教育实践活动，海军部队配发《中国革命史系列电视剧作品集》”新闻发布会在人民大会堂举行。图为出席新闻发布会的领导、专家为海军部队官兵代表赠送《王朝柱中国革命史系列电视剧作品集》。
3. 4月28日，《大河滔滔逐浪高——河南文化强省建设启示录》捐赠仪式在信阳市图书馆举行。图为中国艺术报社社长向云驹代表捐赠方致辞。
4. 4月24日至26日，组织文艺家赴吉林抚松采风，同期举办“祈福雅安·赈灾笔会”。图为采风现场。

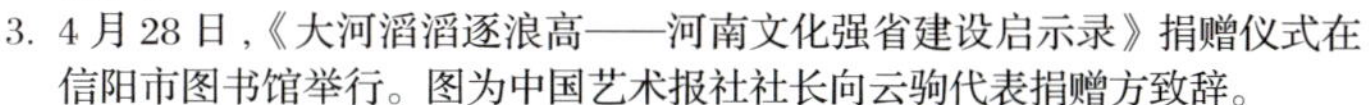

5. 6月30日，中国文联九届五次全委会暨全国文联系统先进集体和先进个人表彰会在京召开。本报新闻部作为全国文联系统先进集体受到表彰。
6. 11月2日，由中国艺术报社与中国电影文学学会、湖南省文联共同主办的“讲好中国故事”第三届内地、香港、台湾电影编剧长沙高峰论坛在长沙举办，图为会议现场。
7. 《中国艺术报》2013年部分版面和中国文艺网截图。

基金会发展

1. 中国文学艺术基金会党员群众路线教育实践活动。
2. 中国文学艺术基金会第四届理事会会议在京召开。
3. 中国文学艺术基金会五老专项基金举办的“时代领跑者大型书法绘画摄影展览”在全国政协礼堂举行。
4. 中国文学艺术基金会中华砚文化专项基金在河南郑州投资建设的砚文化展览馆正式挂牌营业。
5. 民政部民间组织管理局副局长廖鸿带队的社会组织评估专家组一行八人对基金会进行了实地评估考察。
6. 中国文学艺术基金会资助京剧表演艺术家李胜素、江其虎演出的京剧《柳荫记》剧照。
7. 中国文学艺术基金会资助京剧表演艺术家于魁智演出的京剧《打金砖》剧照。
8. 中国文学艺术基金会资助的“和韵天歌《道德经》咏诵会”在广东潮州的演出。
9. 中国文学艺术发展专项基金资助项目电视剧《粘豆包》剧照。
10. 中国文学艺术发展专项基金资助项目《女枪》海报。

<table>
<tr><td>1</td><td colspan="2">2</td></tr>
<tr><td>3</td><td colspan="2">4</td></tr>
<tr><td>5</td><td colspan="2"></td></tr>
<tr><td>6</td><td>7</td><td rowspan="2">10</td></tr>
<tr><td>8</td><td>9</td></tr>
</table>

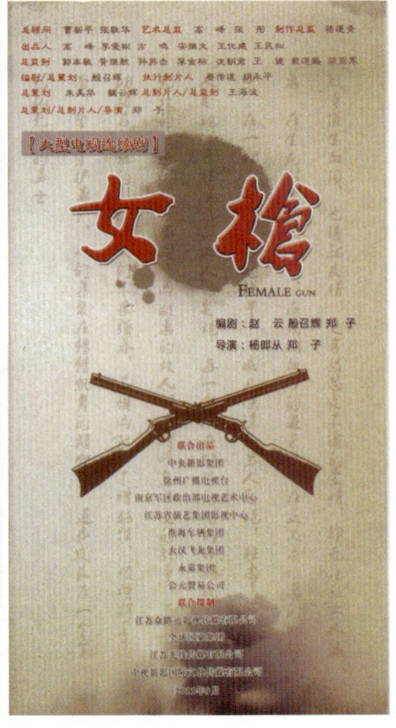

Important speeches、documents

2014

重要讲话及文献

重要讲话及文献

在中国美术家协会第八次全国代表大会开幕式上的讲话

中共中央政治局委员、中央书记处书记、中宣部部长　刘奇葆

（2013年11月25日）

各位代表、同志们：

在全党全国各族人民深入学习宣传贯彻党的十八大和十八届三中全会精神的新形势下，中国美术家协会第八次全国代表大会今天隆重开幕了。这是我国美术界的一次盛会，也是文艺界的一件盛事。开好这次会议，对于进一步繁荣发展美术事业、推动社会主义文化强国建设具有重要意义。在此，我谨向大会胜利召开表示热烈祝贺，向各位代表、全国美术工作者致以崇高敬意和诚挚问候！

我国美术源远流长、独树一帜，体现着中华民族独特的审美追求，传承着中华民族的精神基因，是中华文明的璀璨瑰宝，在世界美术领域占有重要地位。第七次美代会以来，广大美术工作者认真贯彻党的文艺方针政策，用多彩的画笔、深远的画意，描绘美好生活，见证时代进步，推动美术事业实现新的更大发展。美术创作的题材体裁不断丰富，样式风格日益多样，国画、油画、版画、雕塑等竞相发展，涌现出一大批精品力作；坚持面向基层、服务群众，“送欢乐下基层”、“美术进万家”等惠民活动广泛开展，社会反响很好；对外交流持续扩大，中国美术走出去步伐加快，在国际上的影响力进一步增强；人才队伍不断壮大，老一辈美术家艺术青春焕发，美术新人茁壮成长。总的看，我国美术事业充满了生机和活力，呈现出繁荣发展的良好局面，为丰富人民精神文化生活发挥了积极作用，为推动社会主义文化大发展大繁荣作出了重要贡献。

当代中国，正健步走在实现中华民族伟大复兴的历史征程上。刚刚闭幕的党的十八届三中全会，对全面深化改革作出战略部署，开启了新的改革窗口。全面建成小康社会，进而建成社会主义现代化国家、实现中华民族伟大复兴的中国梦，我国美术事业前景广阔、大有可为，广大美术工作者生逢盛世、大有作为。我们一定要认真学习贯彻党的十八大和十八届三中全会精神，学习贯彻习近平总书记系列讲话精神，坚持社会主义先进文化前进方向，坚持中国特色社会主义文化发展道路，坚持以人民为中心的工作导向，全面贯彻“二为”方向和“双百”方针，为人民泼墨挥毫，为时代描绘画卷，多出精品、多出人才，不断开创美术事业发展的新局面，让文艺的百花园更加绚丽多彩。借此机会，我向广大美术工作者提几点希望。

一、希望广大美术工作者积极弘扬社会主流价值。美术作品不仅是有色彩的，而且是有灵魂的。那些流传久远、影响广泛的经典名作，无不蕴含着深刻的思想内涵，体现着鲜明的价值取向。近年来，我们实施国家重大历史题材美术创作工程，用艺术的方式来塑造国家和民族形象，推出了一批具有民族史诗品格的艺术精品，传递了昂扬向上、自强不息的精神力量。当今时代，我们倡导的社会主流价值，就是社会主义核心价值观。概括起来讲，在国家层面就是倡导富强、民主、文明、和谐，在社会层面就是倡导自由、平等、公正、法治，在个人层面就是倡导爱国、敬业、诚信、友善。我们要把这个核心价值观作为灵魂，很好地融入美术创作之中，通过生动的绘画语言、鲜活的艺术形象、饱满的画面色彩，展现高尚的价值追求、积极的思想内涵和丰富的文化意蕴，塑造我们这个时代的美术精神，弘扬主旋律、传播正能量。

实现中华民族伟大复兴的中国梦，是近代以

来一代又一代中国人的美好夙愿，是激励中华儿女团结奋进、开辟未来的一面精神旗帜，是当代中国最生动的社会实践。描绘中国梦、弘扬中国梦，是当代美术工作者应有的历史担当。要把中国梦作为美术创作的重要主题，用优美的作品把人们寻梦的理想展示出来，把人们追梦的奋斗表现出来，鼓舞人们积极投身民族复兴的伟大事业。

二、希望广大美术工作者坚守中华文化立场。习近平总书记指出，中华文化积淀着中华民族最深沉的精神追求，包含着中华民族最根本的精神基因，代表着中华民族独特的精神标识，是我们最深厚的文化软实力。坚守和弘扬中华文化，是美术事业的重要使命，也是美术发展的不竭动力。我们要站稳中华文化立场，以礼敬自豪的态度对待优秀传统文化，尊重传统、珍视传统，取其精华、去其糟粕，赋予美术创作鲜明的民族特色和深刻的文化内涵，让中华文化基因生生不息、薪火相传。现在，我们正在组织实施中华文明历史题材美术创作工程。这是一项国家级的重大文化工程，要组织艺术家倾力创作，推出一流的美术作品，精彩呈现重大历史事件，完美塑造杰出历史人物，使之成为气势磅礴、艺术化的中华文明史，成为传承中华文化的示范工程。要在继承传统的基础上，大力推进美术观念、内容、风格、流派的创新，推进美术体裁、题材、形式、手段的发展，进一步解放和增强创造活力。要树立国际视野，兼收并蓄、博采众长，善于学习借鉴国外美术发展有益成果，提高我国美术原创能力，创作更多具有中国特色、中国风格、中国气派的美术精品。

三、希望广大美术工作者坚持高水准的艺术追求。纵观美术发展史，大凡有成就的美术大师，都始终保持对艺术的执着追求，在艺术的道路上不断攀登高峰。齐白石晚年变法形成新的画风，徐悲鸿西方求学敲取他山之石，表现出对艺术的无比热爱和孜孜以求。要强化精品意识，打开想象空间，以对时代、对艺术高度负责的精神对待自己的作品，深刻挖掘作品的主题内涵，着力提高作品的艺术水平。心中有大爱才能出扛鼎之作，手中有巧笔才能绘五彩画卷。要坚持与时代同进步、与人民共命运，把美术创作融入改革开放和现代化建设伟大实践，从千百万大众的火热生活中汲取创作营养，以充沛的激情、生动的笔触，积极反映国家发展、社会进步、人民创造，深情掬取自然之美、生活之美、人文之美，不断提升作品的品位和境界。

四、希望广大美术工作者秉持高尚的道德情操。立业先立德，为艺先为人。德艺双馨是党和人民给予艺术家的最高褒奖。人民和历史永远只垂青那些既有高超艺术才华，又有崇高道德追求的艺术家。要加强思想道德修养，爱国为民、崇德尚艺，坚定艺术理想，恪守职业道德，热心公益，甘于奉献，努力做人品艺品俱佳的艺术家。要坚守社会责任，严肃认真地考虑自己作品的社会效果，用鲜明的基调和色彩，弘扬真善美、贬斥假恶丑，传播先进文化、彰显社会正气，更加自觉、更加主动地承担起弘扬文明道德风尚的历史责任。

中国美术家协会是党和政府联系美术工作者的桥梁和纽带。近年来，中国美协认真履行联络、协调、服务的基本职能，在举办重大活动、推出优秀作品、培养青年人才、打造美术品牌、开展对外交流等方面，做了大量卓有成效的工作。衷心希望新一届美协领导班子发扬优良传统，大胆探索创新，更好地履职尽责，努力把中国美协建设成为美术工作者的温馨和谐之家。要加强对美术自由职业者的团结引导，探索具体化、分众化的有效机制，延伸联系手臂，扩大联系面，帮助他们艺术创作、发展提高，引导他们为繁荣美术事业发挥更好更大的作用。

各位代表、同志们，中华民族的伟大复兴必然伴随着美术事业的繁荣兴盛，火热的改革发展实践必将催生伟大的美术作品。让我们紧密团结在以习近平同志为总书记的党中央周围，团结一心、开拓进取，用艺术的正能量见证国家富强、民族振兴、人民幸福，谱写我国美术事业新篇章。

最后，祝大会圆满成功！

在中国电影家协会第九次全国代表大会开幕式上的讲话

中共中央政治局委员、中央书记处书记、中宣部部长　刘奇葆

（2013年11月29日）

各位代表、同志们：

中国电影家协会第九次全国代表大会今天隆重开幕了。这是在全党全国各族人民深入学习贯彻党的十八大和十八届三中全会精神的新形势下，文艺界召开的一次重要会议，也是广大电影工作者的一次盛会。在此，谨向会议召开表示热烈祝贺，向各位代表和全国电影工作者致以崇高敬意和诚挚问候！

电影作为光影与视听相结合的综合艺术，文化标识特征突出，可以说，电影是一个民族的面孔。回顾中国电影百余年发展史，那些银幕上诉说的风云变迁、呈现的悲欢离合，深深感染和激励着人们，给人们带来美的享受、情感的慰藉和向上的力量。第八次影代会以来，我国电影界认真贯彻党的文艺方针政策，锐意改革、大胆创新，推动电影事业实现跨越式发展。电影产量快速增长，已经成为世界第二大电影市场、第三大电影生产国。电影质量明显提升，推出《建国大业》、《唐山大地震》、《梅兰芳》、《周恩来的四个昼夜》等一大批优秀影片。电影市场空前繁荣，院线建设迅速发展，农村电影放映工程成效明显，“走出去”步伐进一步加快。电影创作队伍发展壮大，老一辈电影人艺术青春焕发，中青年电影人脱颖而出、担当主力，中国电影事业呈现出勃勃生机和旺盛活力。

刚刚闭幕的党的十八届三中全会，对全面深化改革作出战略部署，开启了新的改革窗口。我国改革开放进入新的阶段，电影事业也迎来繁荣发展的黄金期。我们要认真学习贯彻党的十八大和十八届三中全会精神，学习贯彻习近平总书记系列讲话精神，坚持社会主义先进文化前进方向，坚持中国特色社会主义文化发展道路，坚持以人民为中心的工作导向，全面贯彻“二为”方向和“双百”方针，着力提高电影的思想文化内涵，着力增强作品的艺术表现力感染力，用影像记录伟大时代，用光影展现人间真情，推动我国由电影大国向电影强国迈进，为实现“两个一百年”奋斗目标、实现中华民族伟大复兴的中国梦作出积极贡献。借此机会，我向广大电影工作者提几点希望。

一、要牢固树立以人民为中心的创作导向。电影拍什么，演什么，演给谁看，是每一位电影人应当经常思考的问题，并且是一个根本性的问题。那些流传久远的经典影片，无不具有深刻的人民性；那些观众喜爱的艺术家，无不具有深厚的人民情怀。应当看到，再红的明星也是老百姓捧出来的，再高的票房也是观众一张张票买出来的。广大电影工作者要秉持人民至上的价值理念，坚持以人民为中心进行创作，走出小众、走进大众，融入时代、贴近生活，把人民群众作为电影艺术的表现主体，把更好更多的电影作品奉献给人民。电影是讲故事的艺术，好故事是从人民群众中来的。现在，一些中小成本影片取材于现实生活，表现普通人的喜怒哀乐，故事情节符合百姓口味，人们愿意看、也喜欢看。要注重从社会生活中寻找素材、激发灵感，用心拍百姓故事，用情演群众冷暖，让艺术之树永葆青春。

电影作品不仅要构建形式，更需要铸造灵魂。只有蕴含深刻的思想内涵，体现社会主流价值，才能流传久远、成为经典。当今时代，我们倡导的社会主流价值，就是社会主义核心价值观。概括起来讲，在国家层面就是倡导富强、民主、文明、和谐，在社会层面就是倡导自由、平等、公正、法治，在个人层面就是倡导爱国、敬业、诚信、友善。我们要把这个核心价值观作为灵魂，深刻地融入电影创作之中，通过精彩的故事情节、生动的镜头语言、丰满的银幕形象，积极反映历史大势、讴歌人间真情、塑造美好心灵、追求幸福生活，弘扬真善美、贬斥假恶丑，唱响时代主旋律，传播社会正能量。

二、要把中国梦作为电影创作的重要主题。实现中华民族伟大复兴的中国梦，是国家富强、民族振兴、人民幸福的梦，是近代以来一代又一代中国人的美好夙愿，昭示了党和国家的光明前景，是当代中国最生动的社会实践。习近平总书记指出，现在，我们比历史上任何时期都更接近中华民族伟大复兴的目标，比历史上任何时期都更有信心、有能力实现这个目标。中国梦是一种形象的表达，有一种憧憬美，得其大可兼其小，轻风皎月、亲和凝聚，骤雨骄阳、万物峥嵘，很适合用电影的形式来展现。美国人宣传美国梦，好莱坞电影充当了重要角色。我们过去的电影，像《铁人王进喜》、《钱学森》、《开国大典》等，很好地反映了中国人民的奋斗与追求。今年热映的《中国合伙人》，也是运用电影阐释中国梦的一个成功例子。广大电影工作者要把描绘中国梦、弘扬中国梦、抒发对中国梦的美好憧憬，作为应有的历史担当，用电影展现普通劳动者通过辛勤劳动创造美好生活的感人故事，讲述中国人的光荣与梦想、奋斗与成功，激励人们积极投身实现民族复兴中国梦的伟大事业。现在，我们正在组织开展以中国梦为主题的文艺创作活动。广大电影工作者要积极作为、有所贡献，努力推出一批有影响的优秀作品，生动形象地展现中国梦。

中华民族伟大复兴需要以中华文化发展繁荣为条件。中华文化积淀着中华民族最深沉的精神追求，包含着中华民族最根本的精神基因，代表着中华民族独特的精神标识，是我们最深厚的文化软实力。越是民族的越是世界的。在当今世界全球化的大趋势下，民族的、本土的文化传统具有不可替代和复制的重要价值，同时也面临被边缘、取代、衰落甚至消亡的危险。广大电影工作者要自觉坚守中华文化立场，以礼敬自豪的态度对待优秀传统文化，尊重传统、珍视传统，取其精华、去其糟粕，创作更多中国特色、中国风格、中国气派的电影精品，让中华文化基因生生不息、薪火相传。

三、要进一步增强创新创造活力。电影本身就是创新创造的成果。从无声到有声，从黑白到彩色，从胶片到数字，电影技术的每一次革新，都推动电影事业不断迈上新的高峰。目前，高新技术特别是数字技术、3D技术迅猛发展和广泛应用，极大丰富了电影制作的方式手段，增强了电影的艺术表现力、视听冲击力。我们应当坚持以技术为基，推动电影与现代科技融合，注重科技运用、增强科技含量，用一流的技术提升制作水平、打造一流作品。同时我们要看到，与技术创新相比，内容与创意的创新更为重要，这也是当前中国电影最需要解决的问题。我们要坚持内容为王、创意制胜，立足改革开放和现代化建设的伟大实践，借鉴世界电影的有益成分，打开思维的空间，展开想象的翅膀，写好剧本、讲好故事，精巧构思、新颖表达，力戒跟风克隆、一味模仿，不断提高中国电影的原创能力，努力创作出引领世界电影发展潮流的经典之作。

四、要积极推动中国电影走向世界。电影是生动的文化名片，是了解一个国家和民族最为直观的窗口。推动中华文化走出去，增强我国文化软实力，电影走出去是一个重要方面。现在，在国际电影市场上，我国电影所占的份额还很小，国际竞争力还很弱，没有形成中国电影的品牌优势。要深化电影对外交流，办好中国电影推广活动，加强对外合作拍片，善于利用影节影展推介中国优秀影片，让国外观众更多地看到中国电影、了解中华文化。要更多地发挥市场的作用，拓展电影出口的平台和渠道，支持文化企业到境外开拓电影市场，努力形成电影出口竞争新优势。要树立国际视野，善于运用国际化的电影表现形式，讲述中国故事、展示中国形象，为扩大中华文化的国际影响力发挥更加积极的作用。

五、要始终秉持高度的社会责任。电影是面向大众的艺术形式，电影人特别是电影明星的一言一行，对社会公众有着很大的影响，尤其对青少年有很强的示范作用。广大电影工作者要坚守社会责任，恪守职业道德，追求德艺双馨，爱国为民、崇德尚艺，严肃认真地考虑作品的社会效果，坚持把社会效益放在首位、社会效益和经济效益相统一。要加强思想道德修养，讲品位、讲格调、讲境界，保持积极的人生追求和健康的生活情趣，克服浮躁心态，抵制低俗现象，做到创作与修身共进，以高尚的道德情操、真诚的艺术态度、创造性的精神劳动，赢得社会赞誉、赢得人们的尊重和喜爱。

中国电影家协会是党和政府联系广大电影工

作者的桥梁和纽带。近年来，中国影协认真履行联络、协调、服务的基本职能，在举办重大活动、推出优秀作品、加强理论评论、培养青年人才、开展对外交流等方面，做了大量卓有成效的工作。衷心希望新一届影协领导班子发扬优良传统，积极投身改革，大胆探索创新，更好地履职尽责，努力把影协建设成为温馨和谐的“电影人之家”。要适应队伍结构和创作方式的变化，创新组织形式，拓宽服务渠道，延伸联系手臂，把广大电影工作者更好地团结凝聚起来，推动我国电影事业实现新的更大发展。

各位代表、同志们，电影是构筑梦想的艺术，实现中华民族伟大复兴的中国梦，为广大电影工作者提供了施展才华、追梦圆梦的广阔舞台。让我们紧密团结在以习近平同志为总书记的党中央周围，满怀激情、创新前行，努力成就中国电影事业新的辉煌。

最后，祝大会圆满成功！

在中国文联九届四次全委会会议上的讲话

第十一届全国政协副主席、中国文联主席　孙家正

（2013年1月12日）

各位委员：

刚才，赵实同志作了题为《强化以人民为中心的价值导向，自觉担当建设社会主义文化强国的历史使命》的工作报告。这个报告是个很好的报告，实事求是地总结了去年全年的工作，全面地部署了今年的工作任务，文风朴实、措施实在，具有很强的针对性和可操作性。这个工作报告，会前已经报中宣部原则同意。今天上午，中国文联第九届主席团第四次会议经过审议，决定提请本次全委会会议审议。这次会议安排的讨论时间不是很多，我想就讨论的问题讲一点想法，供大家参考。

文化工作，实际上每年都要开一次会，总结一年来的工作，部署新一年的工作。这是需要的，每年总是有些具体的安排、具体的要求。但是严格来讲，文化艺术工作不是以年来计算的，文化不计年。意思是文化重在建设，不能老出新招，老提新的口号，而是要抓住中心，坚持不懈。但是今年有特殊的情况。第一，我们是新的一届文联领导集体；第二，我们党召开了十八大。在这样一个背景下，我们讨论文联工作就有新意了，有些问题需要特别地注意。这些问题在刘奇葆同志的批示、翟卫华同志的讲话、还有赵实同志的工作报告中都讲了。结合党的十八大精神，我想讲三个问题。

第一个问题，还是要围绕中心议题。中心议题是什么呢？就是十八大提出的坚持以人民为中心的创作导向。这个问题每年都是我们文化界的中心议题，我们不可能离开这个议题再提出新的议题，这是我们永恒的主题。文化艺术工作究竟怎么样体现以人民为中心的价值导向，这个问题恐怕是要反复研究的。刘奇葆同志十八大后担任中共中央政治局委员、中央书记处书记、中宣部部长，我们第一次见面是参加协会换届会议，他就谈到这个问题。他说，到底文化工作应该怎么抓？我想首先，同时也是长远都要注意的，就是树立以人民为中心的价值导向问题，这个是文化艺术、是中国特色社会主义文艺的永恒主题。中心议题环节把握住了，我们的文艺就永远不会脱离人民群众，就不会在方向上出现问题，出现差错，就能永远和人民在一起。

以人民为中心是我们党的宗旨、我们社会主义制度所决定的，也是我们中华民族几千年优秀文艺给我们的启迪和教育。我们衡量中国几千年来悠久的文化艺术，能够成为进步文化，其中很重要的一条，就看这个文化对待人民群众的态度。同情人民的，和人民有密切联系的，在历史上就是进步文化；脱离人民群众的，站在人民群众对立面的，不管用怎样花哨的名称来妆点自己，它都经不住历史的检验。前不久，我参加在成都召开的纪念杜甫诞辰1300年活动，再次深切感受到这一点。对待人民的态度，同情人民、关注人民的命运，始终是先进文化的重要特征，也是中国特色社会主义文化最本质的特征。

在新形势下怎样体现以人民为中心，这个是我们要牢牢记住的。围绕这个问题，大家要展开讨论，这样我们的文化工作、文联工作就有思想性了，就不是整天忙忙碌碌的事务主义者了。我们所谓的思想导向、思想引导，就是把中央精神和文联工作实际相结合起来进行引导。文联工作是有思想性的，但如果不注意，我们就难以避免思想淹没在事务之中。看上去，整天忙忙碌碌的，但一年下来、一届下来，回过头在思想上往往很难说出我们有什么建树，这个恐怕是我们时刻要提醒自己的。所以，第一点就是始终围绕中心议题来推进我们文联工作的思想性建设，让十八大精神成为我们长远的思想指导。

第二个问题，是要突出重点。赵实同志的报告讲到了去年的工作和今年的工作，还讲了存在的问题。我听了，实事求是，很符合我们的实际。

各个省市的情况不一样，但大的方面都差不多。这些工作均很重要，但实践中需要突出重点，带动全面。如果重点不抓住，文联的优势和作用就体现不出来，甚至关系到文联自身存在的价值。我们的重点始终是要充分依靠文艺工作者的积极性和创造性，不断地推出人民群众所喜闻乐见的优秀的文艺作品。胡锦涛主席在给我们的信中讲，文艺的大发展大繁荣，归根到底要靠文艺工作者创造性的劳动。所以，文联工作始终的重点就是怎样把大家的积极性调动起来，让大家解放思想、精神焕发地以自己独特的表达形式来创造优秀的作品，提供给人民群众。

还有一个重点，是文联的组织队伍建设。文联，“联”是我们最重要的重点工作。就是现有文艺队伍的团结，把老一代文艺工作者关心好，让他们发挥作用。一个单位就像家庭一样，老人活得很安逸，很舒心，中年人和青年人就会对生活无限热爱，对工作无限投入，否则他们会从老年人凄凉的情景中看到自己不妙的未来。所以对老文艺工作者，文联一定要关心好。另外，还有一个更重要的重点，就要提携新人。为什么要高度评价文联去年一年的工作呢？我们去年一年的工作，赵实同志在报告中说，注重谋长远、做实事、打基础，这是非常重要的，像她说的成立权益保护部和文艺志愿服务中心，还有11个艺术中心。我们所有的协会人员都有限，但所有的协会都整天忙于活动，如果每个协会有个艺术中心，我们就可以在热运行之中，始终保持有个小小的班子保持冷静的状态。所以，希望11个艺术中心都是个冷思考的中心，都对各自的界别到底现在有些什么问题需要加强或者防止，进行思考。热运行与冷思考结合起来，就可以使我们保持一种昂扬的状态，同时又能保持一种清醒的状态。所以，第二个重点就是队伍建设。无论如何把这支队伍、把大家紧紧团结在党中央的周围，让老的能够继续发挥作用，让年轻人充满希望。最近习近平同志有个讲话打动了许多人，他讲从毛泽东主席以来，过去和现在都不能相互否定。我们今天的历史是从过去延续过来的，而且我们的事业也要靠后来人去延续。所以，要把队伍建设整体规划起来。如果这一届中国文联、各省文联手上有一批年轻人，那么我们文联组织存在的价值就会被历史证明。这两个重点，希望大家在讨论当中注意突出一点，即怎么样调动大家积极性多出优秀作品，怎么样使我们的文艺队伍始终能够承前启后、能够让浩浩荡荡的文艺大军团结在党的周围，更好地为人民服务。

第三点，发扬务实精神，着眼长远、具体实施、日积月累、渐成气候。文化氛围这句话看似缥缈抽象，实际上，文化氛围是实实在在的。文化重在建设，就要从具体抓起，扎扎实实、日积月累、渐成气候。大家都能感受到现在有一种浓厚的氛围，正是我们推进事业发展的极好时机。十八大以后，有一股清新的风吹拂着我们祖国的大地，这是个很好的开头，大家都在想怎么样实事求是为人民去做好事情。文联工作责任无限，但是能做的事情有限，时间有限，精力有限。文联一届就是五年，一届没到，年龄到了也差不多就要离开岗位了。所以，在有限的时间之内，在特定的岗位之内，一定要提倡务实的作风。多干好事，多干实事，多干为文艺长远发展打基础的事。很多地方搞了一些建设，如培训基地、具体的基金等等，但总的来说，文联条件有限、资金有限，要把钱用在真正优秀的作品上去，把钱真正用在发现新人、提携新人上去。出席会议的有各省、直辖市、副省级市的文联、还有部队、香港、澳门来的一些委员，各自都有些丰富的经验。大家坐在一起通过讨论进行交流，来不断把我们的工作做好。同时，我们要加强互相的联系，包括内地同香港、同澳门、同台湾地区的联系，共同推进中华文化的繁荣发展。形势现在很好，但是具体上各有困难，都不容易。对于一心为国家、一心为人民的这些文艺工作者，我们要多鼓励、多关心。所以，我极力主张要有权益保护部，高度评价这个部的成立。如果我们的组织不能保护文艺工作者的合法权益，不能有效调动他们的积极性和创造性，不能够为他们提供更加优惠的创作优秀精品的条件，那么我们就是失职，文联也就失去了存在的价值。

我觉得会议开得很好，希望大家在讨论的过程中，围绕重点、围绕中心、围绕具体的措施多交流一些经验。讨论时畅所欲言，但望简明扼要。

在中国文联九届五次全委会暨全国文联系统先进集体和先进个人表彰会上的讲话

第十一届全国政协副主席、中国文联主席　孙家正

（2013年6月30日）

同志们：

今天我们这个会不长，但是开得非常好，很令人振奋。中央批准对全国文联系统先进集体和先进个人进行表彰，充分体现了党中央对文联组织和文艺工作者的重视和关怀。

在全国文艺大军中，各级文联和文艺家协会的干部职工是不可或缺的重要组成部分。我们经常说，文化艺术大发展大繁荣，要靠文艺工作者创造性的劳动。文艺工作者的创造性劳动怎么组织起来，怎么把大家的积极性调动起来，是我们文联工作的根本任务。在党的领导下，推动文艺事业大发展大繁荣要靠两支队伍。一支队伍就是文艺创作队伍。文艺要发展繁荣，关键要出作品，出人才。我们一切文艺的成就主要靠文艺工作者的创造性劳动。我们这个社会从他们的劳动当中获得了很多精神层面的享受、滋养和提升。对于艺术家和广大文艺工作者，人们看到的往往更多的是他们头上的光环和名气，而对于他们那种奉献，付出的心血和艰辛，往往了解甚少，重视不够。胡锦涛同志写给文联的信上说："文艺事业大发展大繁荣，归根到底要靠文艺工作者的创造性劳动。"文艺工作者这支队伍是我们事业的根本，我们要好好爱护这支队伍。

第二支队伍是文艺工作的组织者、管理者队伍，其中就包括我们文联工作者。搞好文联工作，要特别注意两点。第一，要紧紧依靠各文艺家协会。文联是团体会员制，各个协会要发挥作用。第二，要靠大量基层文联和协会的同志。他们是直接面对群众、面对文艺工作者的。刚才听了苏州市文联和湖北长阳县文联主席，一个先进集体、一个先进个人代表的发言，我深受感动。我们全国文联这支庞大的队伍、我们文联的工作，归根到底要靠基层。因为基层直接面对群众，我们工作的性质是直接为人民送去精神食粮。如果每一级文联都像苏州市文联这样去工作，每一个基层的文联工作者都像长阳县的文联主席这样去工作，那我们国家的文化艺术工作将是一个什么样的面貌？长阳县文联主席身患重病，工作艰苦可想而知，但他上台来首先讲的"感到幸福"。这幸福来自何方？这幸福来自我们为他人带来的幸福，幸福从来不是个人的享受，我们的劳动属于大多数人，是为他人带来幸福，所以说，这种幸福是高尚的。马克思十七岁的时候在《青年人在选择职业时的考虑》一文中说，我们的职业不属于少数人，而是属于千百万人，即使我们有一天不在了，我们工作的意义仍然存在，面对我们的骨灰，善良的人们将洒下热泪。无论文艺创作者，还是文联工作者，我们劳动的意义也就在这里。党中央和国务院高度地重视这支队伍，无微不至地关怀这支队伍，呵护这支队伍。正因为这样，我们要很好地工作，努力地工作，不辜负党和政府的期望，不辜负人民群众，不辜负我们这份非常难得的职业。我们的职业不是一个养家糊口的饭碗，我们的职业是报效国家、报效人民的一个神圣的岗位。这是我出席这个表彰会议、特别是听了两位代表发言的感想。

刚才，赵实同志作了一个很好的总结。赵实同志的讲话不长，但我觉得讲得很中肯，也很重要。我们文联工作要开拓新局面、要不辜负党中央的期望、要不辜负人民的期望，归根到底要靠人，要靠我们这支队伍，特别是要靠我们基层的同志去努力。在基层工作很不容易，我们永远不要忘掉基层。我们的希望在基层，生机勃勃的事业就是千百万人创造出来的。我们的责任就是为基层做好服务，帮助他们开展好工作。赵实同志的讲话对此作了充分的肯定。第二部分，赵实同志简要回顾了上半年的工作，没有全面展开。所回顾的工作，包括权益保障、志愿者服务队伍，

都是非常重要的工作。我作文联主席，从心里感谢他们。文联党组、书记处的同志非常敬业，工作做得很扎实。我对这支队伍、对文联工作充满信心。

讲到下半年的工作，也很重要。关于下半年的工作，赵实同志主要通报了两项，这两项工作是紧密联系在一起的。一是追寻“中国梦”文艺创作活动。“中国梦”是习近平同志对我们奋斗目标、理想信念的一个凝练而生动的概括，是对我们中国人的理想、中国人要奋斗的目标的一种文学艺术的表达。但从内容上说，有着明确的要求和具体的目标，这就是两个一百年，建党一百年的时候要全面实现小康，建国一百年的时候要全面实现现代化，建成富强、民主、文明、和谐和美好生态的现代化国家，在此基础上，实现中华民族的伟大复兴。“中国梦”把全体人民包括个人的梦想追求与国家的富强、国家目标的实现紧密地联系在一起。同时，“中国梦”也有一种新的意义。前天我接待联合国的一位副秘书长，我说，“中国梦”就是我们从1840年以来就为之奋斗、为之追求的目标。我讲“中国梦”的一个新意就是：我们从来不是孤立地关在家里做梦，“中国梦”是和世界美好未来的梦想紧密相连的，中国人非常明确地知道，中国离不开世界去追求自己的梦想，中国人在追求自己美好梦想的同时，也在追求世界美好的未来。中国人愿与世界人民携起手来，实现和平发展、合作共赢。正如赵实同志讲的，“中国梦”和我们的文艺界到底是什么关系？就是我们要深入到广大人民群众当中去，了解他们的情感，了解他们的愿望，了解他们对美好未来的向往以及为美好未来所付诸的劳动。文艺要反映人民创造新生活的伟大实践，并给人民以鼓舞和激励。

今年中央要求开展的群众路线教育实践活动，与前面所讲的实现“中国梦”，完全是一个事情的两个方面。为人民服务是中国共产党的根本宗旨，群众路线是中国共产党的根本工作路线。对于文艺界来说，在这次教育活动中，要严格按照中央的要求，搞好学习、对照、检查、整改。同时，在教育活动中要很好地发现我们的正能量，总结我们一些积极向上的东西，把我们今天表彰的先进集体和先进个人的事迹和精神发扬光大。近些年，在党中央的正确领导下，在中央宣传部的具体指导下，文联的工作越搞越红火，生机勃勃。我们完全有理由相信，通过这次教育活动，一定能够把文联系统的创造性、积极性、正能量都昂扬起来、调动起来，不断开创文联工作的新局面。

文化、文化素养及文化情怀

第十一届全国政协副主席、中国文联主席　孙家正

（2013年5月28日）

党的十八大提出建设学习型、服务型、创新型马克思主义政党的重大任务。习近平同志指出“把学习型放在第一位，是因为学习是前提，学习好，才能服务好，学习好才有可能进行创新。”文联党组响应党中央的号召，加强了机关和文联系统学习的组织和领导，举办团体会员负责人研修班，就是一个重要举措。希望诸位珍惜这一难得的机会，沉静身心，活跃思维，认真研修，学有所获。

学习的重点，当然是马克思主义和中国特色社会主义理论，同时，也要注意学习法律、科技、历史、文化等方面的知识。今天，我仅就文化问题，与同志们作一次交流。

文化是人类所创造的物质财富和精神财富的总和。文化博大精深，可以与文化相对应的词汇，惟“造化”而已。造化就是自然。人是自然之子。人类创造了文化，从而，最终把自己从动物界区分出来，使人从一种自在的状态逐步走向一个自为的状态。简而言之，文化从何而来？由人变文；文化是干什么的？以文化人。文化是一定历史、一定地域、一定人类种群的生存状态和愿望的反应，反过来又对人的生存和发展起着能动的作用。从这个角度讲，文化即人。研究当代的中国文化，其实，就是为了更好地认识、完善和发展我们自己。今天，讲三个问题。

一、中国和世界正处于一个特殊的历史时期，社会需要文化滋养，时代呼唤人文关怀

改革开放以来，党和政府高度重视文化建设，全党全民族的文化自觉普遍提高，文化体制改革深入推进，文化事业和文化产业蓬勃发展。中国文化大发展、大繁荣的局面进一步形成。思想文化的变化既是国家整体发展进步的体现，也是国家未来发展的文化基础和精神动力。

30多年来，围绕国家发展，党领导人民不断地解放思想，探索实践，成功地实现了从高度集中的计划经济体制到充满活力的社会主义市场经济体制、从封闭半封闭到全方位开放的历史转折，逐步形成了中国特色的发展道路、发展模式，社会主义现代化建设取得了举世瞩目的成就，中国发生了历史性的巨大变化。

在谈及中国的发展变化和取得的巨大成就时，人们谈得最多的往往是经济的发展、物质财富的增长，而常常忽视了另一个伟大的变化，即中国人自身的变化。中国人内心世界的变化，中国人思想、观念、情感、愿望、思维方式的变化，即文化上的变化，才是最深刻、最具有深远意义的伟大变化。只有从物质层面到精神层面，全面认识中国的变化，才符合中国的实际。

当代中国人以自信的心态对待自己，以博大的情怀面对世界，眼光更加开阔，胸怀更加博大。他们热爱自己的国家，同时，也热爱这个世界。他们满怀信心、意气风发地建设新生活，同时，把自己的安宁和幸福与世界的和平、发展紧紧相连。思想的解放、观念的转变、精神的振作、文化的升华，使中国人民的面貌焕然一新。

我们取得的成就举世瞩目，矛盾和问题也毋庸讳言。党中央反复告诫我们要有忧患意识，忧患不只是对于矛盾和问题的忧虑，而是一种冷静和清醒，一种对于未来积极的向往和探求。

现在，中国和世界，都处在一个重要的转型过程之中。现代化、全球化毫不理会人们的感受，以不可逆转之势迅猛地发展着。这一趋势深刻地影响着人们的生活，在给人们带来种种便利的同时，也给人们带来诸多的困扰。财富如潮水般涌流，生活在日新月异地变化，然而，人们活的好像并不那么自在。内心深处，让我们眷恋、产生归属感的某些东西，似乎正在悄悄地远去；血液之中，让我们感到温馨和踏实的某些元素，仿佛正在慢慢地流失。新奇的事物应接不暇，若有所失的情绪又总是挥之不去，人们在眼花缭乱中感

受到单调，在热闹和喧嚣中品尝寂寞。当今世界，一方面科技在日新月异地进步，经济在持续地增长，同时，又为许多新的矛盾和问题所困扰。由于科技的进步，二十世纪困扰人类的多种疾病如肺结核、霍乱、天花等，都不再成为问题，而有一种疾病，本世纪以来却在成倍增加，这就是精神方面疾病。比如抑郁症，据世界卫生组织统计，每年全世界死于自杀，超过100万，其中，60%--70%因为精神的抑郁。经济社会转型期是一个国家经济发展的重要机遇期，也是各种矛盾、问题比较集中和频发的时期。改革开放初期，邓小平在强调“发展是硬道理”的同时，就曾告诫我们，“发展以后，问题会更多”。外国一位哲学家曾说过，“人在饥饿时，只有一个烦恼；一旦吃饱饭，就会生出无数个烦恼。”一个烦恼是生存的烦恼，无数的烦恼则是发展的烦恼。解决一个烦恼的问题，主要靠物质；解决无数的烦恼，则更多的需要借助文化的力量。

为什么中国关于以人为本的科学发展观，以及对内构建和谐社会，对外追求和谐世界的主张一经提出，不仅在国内，而且在国际社会受到广泛的认同和好评，引起热烈的反响，原因就在于此。

文化属于大众。每个人都生活在文化之中，都自觉不自觉地创造或体现着某种文化。从商也好、从文也好、从政也好，方方面面，都与文化有关。凡是能够取得卓越成就者，除了专业知识、能力之外，必定在思想、人格、文化素养方面上有其优秀的特质。无论从事何种职业，也无论职务的高低，实际生活及工作过程中形成和体现的思想、品格、作风，都会外化为一种文化，伴随着自己，影响着他人，或者给人以温馨、慰藉、鼓舞和启迪，或者相反。在座大都是全国文联团体会员的负责同志，我们工作的意义及影响，往往超出各自所在的单位，从而成为全国文艺界形象的重要组成部分，并且具体而深刻地影响着全国的文艺界。

我们说中国未来的希望在文化，而文化作用的发挥不是自然发生的，它需要辩证的思考、理性的能动，需要宏观的把握和脚踏实地的建设。文化建设的核心是促进人的全面发展，提高全民族的素质。这是一个需要深入研究的重大而复杂的文化课题。

二、文化素养与文化结构以及当代中国文化建设中需要特别注意的环节

人生其实就是一个文化过程。文化门类众多，性能各异，渗透在社会生活的各个方面。文化对于人生的影响全面而深刻。文化的教育、启迪、陶冶、审美、愉悦的功能和作用，更多是体现于间接或深远，常常是发生在潜移默化之中。从这个意义上说，文化如水，滋润万物，悄然无声。

提到人的文化素养，就必然涉及文化的结构。因为，文化结构及内涵，与人的全面发展的基本要素，密切相关，大体吻合。文化的基本内容和结构，一般可分为四个层面：一是认知，二是情感，三是伦理道德，四是信仰价值观。这四个层面循序渐进，相互影响，渗透融合，浑然一体。一个人的文化修养，文化素质，主要体现在这四个方面。现在，无论是整体文化事业的推进，还是人的素质的养成，在这四个方面，都遇到了前所未有的新的情况、矛盾和问题。正确认识和把握这些问题，对于文化建设事业，对于人的全面发展，至关重要。

第一，认知。其决定因素是信息。信息是人们文化积累的基础。现在是信息爆炸的时代，信息社会为我们认识世界提供了前所未有的便利、迅捷。信息技术的发展，给经济发展和社会进步注入了强劲的生机和活力，同时，也打破了传统社会文化结构和文化心理的平衡，从而为新时期文化的发展更新，创造了必要和可能。信息、知识层面是文化对社会生活最直接的反映，它对文化的发展乃至性质的影响广泛而深远。随着对外开放的扩大和信息化时代的到来，信息、知识呈现出爆炸性增长的状态，这极大拓宽了人们认知领域，对社会生产力的解放产生积极影响，同时，也强烈地冲击着人们的情感世界、伦理观念及社会秩序。信息技术不仅创造了强大的传输系统，也催生出某些全新的文化样式。由于国际国内政治、经济、社会的多种因素，原本无序的信息传播变得更加混乱和复杂。目前，社会以及人们的内心世界，出现的种种问题，与我国信息社会的初始状态密切相关。

中国社会和中国文化都面临着机遇和挑战。我们需要增长新的智慧和能力。信息是人认识世界的基础和首要环节。但是，信息不等于知识，

知识不等于智慧，智慧也不等于能力。信息，只有通过有效的接收、辨识、整合，才有可能成为知识，从而真正进入文化过程。知识可以传授，智慧和能力则需要通过人的实践和总结、历练和体验、学习和领悟方可获得。

以信息技术为核心的科技浪潮，带来了新奇和亢奋，也带来了某些迷茫和困惑。人们有理由对信息时代带来的种种消极现象表示担忧，但人们无法拒绝时代的发展和科技的进步。我们正处在一个迅捷变化的时代，中国特色社会主义文化的建设，特别需要有战略的眼光、理性的思维，需要有面向未来的前瞻性谋划，需要有实事求是的科学态度和引领潮流的创新精神。

第二，情感。情感层面是我们文化结构中承前启后、最重要的环节，也是当代文化建设最薄弱的环节。人在知识积累的过程中，逐步培养起善良真挚的情感，逐步学会处理自我与他人、自我与社会等伦理关系，在此基础上，他才有可能进一步去探求人生的终极追求，这便涉及信仰、价值观的问题。这是一个由浅入深、由低到高的文化过程，其中，情感既是基础，又是关键。而我们实际生活中最薄弱的环节，恰恰是对情感的忽视。

艺术是情感的载体，它既是情感的表达，又是情感的滋养。艺术是一种真挚的人文关怀，是一种深层的情感滋养。艺术的高尚之处在于它是一种深蕴着慈悲情怀的审美活动。可是，现在我们满街地去看，书店里、地摊上，“官场的艺术”、“商场的艺术”、“情场的艺术”等等，触目皆是。艺术似乎已与情感无关，它已经蜕变为一种技巧、一种谋略、一种手段了。也许，这是激烈的竞争环境使然。市场杠杆对于经济发展的巨大推动显而易见，对于其负面影响和销蚀作用，我们亦已领教了。

总之，对于情感的忽视，是文化建设，包括学校、家庭、社会教育中，特别值得注意的问题。在文化结构的四个层面中，情感对伦理、信仰产生深刻的影响。真诚善良的情感是伦理道德、信仰价值观的基础。这就是古人所说的“道始于情”。薄情必然寡义，通情方可达理。社会上许多真情事迹和道德模范感人至深，共同的一点，就是对国家，对民族，对人民爱得真诚、爱得深厚，爱得热烈。缺乏这种真诚善良的情感，一切文明礼貌往往会流于形式，甚至堕入虚伪和做作，理想、信念云云也只是虚话和空言。

在我们现实生活中，感动中国、感动世界的人和事不胜枚举。近些年也确实出了不少感人的作品，但整体上看，文艺作品表现乏力，撼人心魄的优秀作品太少。有些不错的作品，恰恰到了应该淋漓尽致推向高潮的时候，却上不去了，关键时刻，暴露其思想的苍白、情感的单薄和作者功力的不足。情感并非凭空而来，生活的体验和文学艺术的熏陶是情感形成的基本要素。作为文学艺术作品，它在多大程度上表达了人民大众的情感，并给予这种情感以关怀、抚慰、滋养和激励，是衡量文艺作品价值的根本尺度。文学艺术工作者只有深入生活、深入群众、深入实际，感受时代脉搏，体察民意人心，才能真正成为社会的良知，才有可能创作出感人的作品，给奋斗着的人民以情感上、精神上的滋养、鼓舞和慰藉。我们捧读经典，那厚重的人文关怀，以及神奇瑰丽的想象力，真的令我们惊叹不已并深感惭愧。钱学森在世时曾大声疾呼科学与艺术的结合。许多文章阐释这一观点时，重在艺术可以赋予科技以想象力和创造力。其实，我认为，二者结合最伟大的意义在于，艺术将赋予科学以善良的情感和人性。甘地在《年轻的印度》一书中指出，世上有七大罪恶，其中如：没有原则的政治；没有劳动的财富；没有道德的商业；没有人性的科学；没有奉献的信仰；没有品德的知识；没有顾及他人的追求享乐等。科学与艺术的结合，是理性与情感的融合，这不仅有利于经济的发展、社会的进步，将对人自身的完善和民族整体素质的提高，产生深刻的影响。只有保持着生生不息的思想活力和历久弥新的文化传统的民族，才能自立于世界民族之林。

第三，道德。伦理道德是一个群体的行为规范，它的实质是对人与人、人与社会、人与自然关系的约束和调节。这种约束和调节主要通过法律和道德来实现。孟德斯鸠说，法律是基本的道德，道德是最高的法律。改革开放以来，关于道德教育的研讨一直是一个热门话题。当代道德教育效果不甚理想，原因固然复杂，其中，忽视传承、忽视情感基础、教育形式单一，以及频繁变动的“要求”太多，持之以恒的“规范”太少，

不能不说是重要原因。中国传统的伦理道德是在长期的封建社会中形成的，是一个复杂的精华与糟粕并存的文化体系，它既反映了封建统治阶级的利益与意志，同时也蕴涵着中华民族特有的善良、正义及表达方式。对于封建主义的糟粕应予坚决地抛弃和剔除，而对于其优秀的内涵和形式则应好生地珍惜。历史的实践证明，中华民族的优良传统可以随着时代的发展而赋有新意。

这些年来，精神文明得到重视，思想道德观念适应时代发展，在不断进步，党中央颁布实施了全民道德教育纲要，思想道德教育普遍加强，在全国开展的评选道德模范的活动受到广泛热烈的欢迎，模范人物的事迹感人至深。由于历史和现实的原因，伦理道德层面的文化失根、传统断层现象依然严重，中国特色社会主义道德体系的建设，任重道远。此项工作，关乎民族未来，绝非权宜之计，任重道远，需要持之以恒的努力。

第四，信仰。一个人的文化自觉，是由低到高，不断积累升华的结果，首先要有知识，有善良的、纯真的情感，懂得怎么样效忠国家，怎么样孝敬父母师长，怎么样要求自己，怎么样自立社会，然后才懂得信仰，人生最高追求，从而确立科学的理想和价值观。

信仰，包括从宇宙观到人生观、价值观一系列基本概念，在文化体系中处于核心地位，同时，与其他要素构成复杂的互动关系。改革开放和现代化建设的巨大成就，坚定了人们建设中国特色社会主义的信念，但全民族价值体系的重建，在理论和实践上，需要深入研究和解决。当代中国，社会经济成分、组织形式、就业方式、利益关系以及精神文化领域呈现多样化发展的趋势。作为主流意识形态，坚持马克思主义及其世界观、人生观、价值观，才能对社会各种思想文化实行有效的整合、凝聚和引导。信仰及其价值观是人的精神支柱。我们曾经把理想与现实、信仰和政策混为一谈，犯过脱离实际、急于求成的毛病。我们党纠正了错误，把迈向遥远目标的脚步放在了现实的土地上。从社会主义初级阶段的实际出发，中国特色社会主义的建设的巨大成就，鼓舞了人们创造新生活的信心，坚定了人们对建设中国特色社会主义的信念。同时，应该看到，理想、信仰以及世界观、人生观、价值观在全社会的重建需要付出长期而艰巨的努力。信仰是什么？信仰是人生的终极追求，奉献是信仰的灵魂。党中央提出的核心价值体系十分重要，但核心价值体系的内容和要求，要普及到广大群众，这是一个复杂细致的文化过程。其中，文艺的作用重要而独特。自古以来，百姓对于传统美德的养成和延续，靠什么？一靠长辈的言传身教，第二个很重要的是靠文艺作品。老百姓的许多基本的人生信念、道德观点，是从民间说书、戏曲中来的。说古皆是忠孝节义，道今全为播善扬真。中国戏曲对于民族文化的延续和民族精神的弘扬，发挥了无可比拟的重要作用。

宗教信仰自由是我国宪法确定的基本政策。中国是宗教信仰自由的国家，但没有哪一种宗教可以在中国成为主流，成为共同信仰。只有一样东西，就是文化。中华民族为什么两千多年可以维系下来，就是中国文化的作用。例如，子贡问孔子“有一言而可终生行之者乎？”子曰“其恕乎！己所不欲，勿施于人”。儒教之说由来已久。蔡元培也主张用文化信仰来代替宗教信仰。这种文化信仰，老百姓有其通俗的话语表达，比如，“头顶三尺有青天”。这个“青天”就是中国人的信仰。这个青天，已经不是自然的天，而是文化的天。中国这种文化的信仰，随着时代发展而不断更新，它超越宗教，甚至于超越政治，成为中华民族团结统一的文化基础。中国特色社会主义文化既具有鲜明的马克思主义意识形态属性，又具有广泛的包容性，现在，通过丰富多彩的文化形式和渠道，使我们党倡导的核心价值体系文化化、群众化、具体化，应该深入研究和探讨。

三、谈谈当代中国人特别需要具备的文化情怀

一是崇尚和谐、追求和谐的精神。和谐不是文化的分类，而是渗透在文化当中的一种思想，一种精神，它以崇尚和谐、追求和谐为价值取向。法国总理拉法兰访华期间，问我可否用最简单的语言说明中国文化的精髓？当时，我正陪他参观故宫。我告诉他，故宫的核心建筑是三大殿。第一是太和殿，太和是天地之和，人与自然的和谐。第二是中和殿，中和是中庸之道，人际关系的和谐。第三是保和殿，保和就是一个人需要通过修身养性，从而达到身心的和谐。可以说，追求和谐就是中国传统文化的精髓之一。拉法兰说，现

在世界危机四伏，恐怖主义肆行，能够挽救世界的，正是中国这种古老的和谐文化精神。

人与自然的矛盾、人与社会的矛盾、人自己身心存在的矛盾，有史以来，人类一直为这三大矛盾所困扰。追求和谐，作为中华民族的一种思维方式和善良期盼，已经成为渗透在整个民族肌体，贯穿民族历史的一种文化思想和传统。同时，和谐思想也是人类共同的良知和追求。在世界几个大的宗教教义中，都有着包容和谐的内容和精神。

在认识和处理这三大矛盾方面，人类付出了惨痛的代价。比如，在人与自然关系上。西方工业社会高速发展，曾使西方人对于人类自身能力的估价大为膨胀。直到现在，我们出版的一些辞书中，对于生产力的解释，仍然是“生产力是人类征服自然、改造自然的能力”。人类是自然之子，是自然的一部分。人类不可能征服自然，只能逐步地认识自然、顺应自然，虽然也可局部地改造自然，但是总体说来，人类必须学会与自然友好相处。人类对于自身的认识有一个过程，从完全的自然的奴隶到认识到人对自然具有能动作用，这无疑是人类认识上一次了不起的飞跃，但是过大的夸大人类的能力，变成人类中心主义，便走向另外一个极端。

和谐是以事物的矛盾和差异为其前提的。和谐是一个相对的、发展中的概念。和谐是运动中的平衡，差异中的协调，纷繁中的有序，多样性中的统一。

和谐并不排斥斗争，和谐与斗争是辩证的统一。关于和谐问题，我在美国演讲的时候遇到了质询。有一个记者问：“你们提出和谐理念是不是意味着对毛泽东斗争哲学的否定？”其实，在国内，也有一种以今天的和谐理念否定革命斗争的观点。我说：“民族的解放、国家的独立、人民的自由，是实现社会和谐不可或缺的前提。为了这个前提，中国人前仆后继，进行了一百多年的奋斗，许多人为之付出了生命和鲜血，才使中国赢得了民族的解放、国家的独立和人民的自由，我们今天也才有资格到贵国和诸位来讨论一下和谐问题。正因为如此，中国人民深深怀念和敬仰毛泽东主席，以及那些为中国解放和独立付出生命和鲜血的前辈先贤！”类似的话，在国内也曾讲过，大抵均比较理性。那天在华盛顿，面对美国听众，记者一提到这个问题，许多历史场景一下浮现眼前，回答时，虽然表面平静，但心中波翻浪涌。当时，全场报以热烈掌声。现在我都不知道，他们是认可呢，还是仅仅出于礼貌。

现在，综合国力的竞争越演越激烈。虽然和平发展仍是主流，但强权政治、霸权主义横行，世界很不安宁。对此，我们不可过于天真和迂腐。一个国家，没有实力，和平的呼声便十分微弱；一个民族没有凛然不可侵犯的威严和血性，和谐的愿望便有可能被轻视和亵渎。和平、和谐，总还是大势所趋，人心所向。我们理解了目标的正确和崇高，就不会畏惧道路的艰辛和漫长。

二是开放包容，虚怀若谷的情怀。一个拥有十三亿人口、长期贫穷落后的大国，用短短三十年的时间，实现了基本小康的目标，正在向现代化强国迈进，国民生产总值跃居世界第二位。这确实是一件了不起的大事，对此，别说举世震惊，连中国人自己也缺乏思想和心理的准备。一个国家，一个民族在取得巨大的成功和进步之后，应该如何的调整自己和面对世界？永远保持对于世界的好奇心，保持如饥似渴了解世界的激情，学习、吸收、借鉴世界一切国家和民族的优秀文化来不断丰富发展自己。这是一个民族、一个国家，防止发达以后的自我封闭，不断发展进步的最重要的条件和保障。习近平同志告诫全党，“好学才能上进。中国共产党人依靠学习走到今天，也必然要依靠学习走向未来。我们的干部要上进，我们的党要上进，我们的民族要上进，就必须大兴学习之风，坚持学习、学习、再学习，坚持实践、实践、再实践。”当年小平同志提出改革开放，一个重要的原因是要大家睁开眼睛看世界，发现和正视中国与世界的差距，激起我们奋起直追的热情和决心。30多年过去了，我们国家取得了翻天覆地的变化，取得了举世瞩目的成就，但是我们需要常常提醒自己，我们内心那种如饥如渴的了解世界，学习新知的兴趣是否已经开始下降了呢？取得举世公认巨大成就的中国，特别需要保持冷静和清醒，特别需要更加虚怀若谷、自励自省。中国人特有的那种博大谦和、如饥似渴学习、进取的态度，不仅是我们民族的优秀品质，而且是我们国家不断发展进步的优势所在。

三是积极进取、从容淡定的气度。中国是个

大国，人口多、资源少、底子薄是其基本国情。我们已经取得了伟大的成就，但实现中华民族的伟大复兴，还有很长的路要走，更加宏伟的目标还在前方。我们全部的心思都在我们自己人民的身上，以他们的满意和高兴为念，至于外国人怎么看、怎么说，其实无关紧要，不必过于介意。我们需要积极进取，开拓创新，同时，也需要从容和淡定。不急躁、不气馁、不张扬、不折腾，既坚定执著，又温润平和。这符合科学发展观的要求，也是真正的大国国民应有的风范和气度。

思想文化的变化既是国家整体发展进步的体现，也是国家未来发展的文化基础和精神动力。中华民族整体性的思想解放和文化上的升华，始终是在中国共产党的引领和推动下实现的，党作为中国工人阶级和中华民族的先锋队，代表了中国先进文化前进的方向，在中华民族的伟大复兴中，发挥了决定性的作用。回顾30多年的历史，中国人民的面貌、社会主义中国的面貌、中国共产党的面貌发生了历史性的变化。在中国特色社会主义伟大旗帜的指引下，中华民族优秀传统与时代精神相承接，广大人民的愿望、情感与党的主张、国家发展战略相契合。这种浑然一体的文化思想、文化氛围、文化趋向，是我们独特的政治优势和精神财富。中国发展模式和经验、中国文化理念和思维、中国关于和谐世界的愿景和宗旨，赢得越来越多国家的认同和赞赏。所有这些，都给予我们以高度的理论自信、道路自信、制度自信。拥有这种源自思想文化上的自信，我们就能任凭风浪起，稳坐钓鱼船，就能始终保持一种既积极进取，又淡定从容的心态和气度。

当前，国家各项事业开局良好，世道人心气象日新。同时，经济生活、社会生活方面，也还有不少的难题和困扰。在以习近平同志为总书记的党中央的领导下，全国文艺界一定要坚持以人民为中心，潜心创作，繁荣文艺，对国家的发展、民族的振兴，发挥更加积极的影响和促进作用。文联组织服务的对象是广大文艺工作者，其中，包括各方面的专家学者，所以，文联工作者加强自身学习，提高自己的文化素养，培养自己的文化情怀，显得尤为重要。

中国特色的社会主义文化是我们的血脉，它始终保留着我们民族祖先的基因，同时，随着时代的步伐，与时俱进，不断更新。它在我们的血管里流淌着、澎湃着，勉励我们在追求和实现国家发展、民族复兴的伟大梦想中，创造自己有意义的人生。

在中国文联九届四次全委会会议上的讲话

中宣部副部长　翟卫华

（2013年1月12日）

各位委员，同志们：

今天，中国文联召开九届四次全委会会议，认真学习贯彻党的十八大精神，总结经验、谋划发展，对于繁荣发展文艺事业、开创文艺工作新局面具有重要意义。

过去的一年，中国文联及各团体会员围绕迎接宣传贯彻党的十八大、认真贯彻落实党的十七届六中全会精神，认真履行联络、协调、服务职能，积极服务大局、服务群众、服务文艺工作者，主题文艺活动特色鲜明，重点文艺工程深入实施，文化惠民活动丰富多样，创作评论硕果累累，队伍建设不断加强，自身建设扎实推进，进一步激发了广大文艺家和文艺工作者的创造活力，为促进社会主义文艺的繁荣发展做出了积极贡献。

今年是全面贯彻落实党的十八大精神的开局之年，是加快文化改革发展、推进社会主义文化强国建设的重要一年。刚刚闭幕的全国宣传部长会议，是在全党全国深入学习贯彻党的十八大精神背景下召开的一次重要会议。会议明确了今年工作总的思路和主要任务，也对文艺工作提出了新的更高要求。这里，我就学习贯彻党的十八大精神、落实全国宣传部长会议部署、进一步做好文艺工作和文联工作，提四点希望。

一、深入贯彻落实党的十八大精神，在全面建成小康社会历史进程中充分发挥“火炬”和“号角”的重要作用。文联工作是党的宣传文化工作的重要组成部分。深入贯彻落实党的十八大精神，是全党的首要政治任务，也是当前和今后一个时期文艺界的首要政治任务。深入贯彻落实党的十八大精神，必须围绕主题、掌握精髓、联系实际、讲究实效。要按照中央部署，在文艺界广泛开展各种形式的学习教育实践活动，引导广大文艺工作者深刻理解十八大的鲜明主题，不断深化对全面建成小康社会和实现民族复兴“中国梦”的认识，不断深化对建设社会主义文化强国的认识，在中国特色社会主义伟大实践中进行文化创造。要全面准确深入地学习领会十八大关于文化改革发展的新观点新论断，引导广大文艺工作者进一步增强责任感、使命感，坚持不懈地走中国特色社会主义文化发展道路，大力推动文化大发展大繁荣。要紧紧围绕十八大提出的一系列新任务新举措新要求，把武装头脑、指导实践、推动工作作为出发点和落脚点，把十八大精神体现到文联工作各个方面，落实到文联工作各个环节，使十八大精神转化为文艺工作者推动文艺繁荣发展的自觉行动。

二、坚持以人民为中心的创作导向，努力为人民群众提供更好更多的精神食粮。坚持以人民为中心的创作导向，是党的十八大对文艺工作的根本要求。要坚持不懈地贯彻以人民为中心的创作理念，自觉把牢固树立以人民为中心的创作导向作为根本性任务，引导文艺工作者为人民创作、为人民书写、为人民放歌。要继续发挥各种创作扶持机制的作用，建立定向深入生活制度，鼓励和支持艺术家自觉到基层群众中去体验生活、挖掘素材，把人民生活作为创作的主体内容，以广大人民群众为表现主体和服务对象，创作更多“接地气”、受到人民欢迎的作品。要把更多优秀作品投向基层，把更多文化服务延伸到基层，不断提升“送欢乐下基层”等文化惠民活动品牌，精心组织文艺志愿服务，让基层群众共享文化发展成果。要充分发挥人民在文化建设中的主体作用，尊重人民的首创精神，广泛开展群众乐于参与、便于参与的文化活动，挖掘基层的文化资源，支持群众自办文化，引导群众在文化建设中自我表现、自我教育、自我服务，依靠人民的智慧和力量推动文化繁荣发展。

三、按照德艺双馨的要求，加强文艺人才队伍建设。建设德艺双馨的文艺人才队伍，是文联的重要职责。要大力弘扬“爱国、为民、崇德、

尚艺”文艺界核心价值观，发挥典型的作用、榜样的力量，引导广大文艺工作者树立正确的世界观、人生观、价值观，坚守职业理想，恪守职业精神，规范职业行为，提升职业素质。要多做青年艺术人才的联络工作，扩大联络服务范围，用多种方式，倾听他们的呼声，及时把党和政府的声音传递给他们，让他们在为繁荣文艺多做贡献的过程中茁壮成长。对老中青德艺双馨文艺工作者都要宣传表彰，营造崇德尚艺的良好氛围，造就更多德艺双馨的文艺人才。

四、转作风正学风改文风，努力提高文联工作科学化水平。要把转作风正学风改文风作为当前的一项紧迫任务，作为提高文联工作科学化水平的突破口，高度重视，扎实推进。要加强调查研究，改进工作方法，体现尊重劳动尊重知识尊重人才尊重创造的要求，探索具有人民团体特色、适应文艺界特点和规律的工作联络机制和活动方式，积极营造团结鼓劲、和谐奋进的良好氛围，最大限度地调动广大文艺工作者的积极性主动性创造性。要进一步增强服务意识，拓宽服务渠道，提高服务质量，在为艺术家多办实事好事上下更大力气，不断提高联络协调服务的能力和水平，不断增强工作的针对性实效性，努力把文联建设成为文艺工作者的温馨和谐之家。

同志们，文艺工作、文联工作责任重大，使命光荣。让我们紧密团结在以习近平同志为总书记的党中央周围，同心同德，开拓进取，扎实推进社会主义文化强国建设，为实现中华民族伟大复兴而努力奋斗！

强化以人民为中心的价值导向
自觉担当建设社会主义文化强国的历史使命

——在中国文联第九届全国委员会第四次会议上的工作报告

中国文联党组书记、副主席　赵　实

（2013年1月12日）

各位委员、同志们：

我受中国文联主席团委托，向全委会作工作报告，请予审议。

关于2012年的工作

2012年，是党的十八大胜利召开之年，是党和国家发展进程中具有特殊重要意义的一年。在党中央的坚强领导和中宣部的有力指导下，中国文联及各团体会员牢牢把握“高举旗帜、围绕大局、服务人民、改革创新”的总要求，深入贯彻落实党的十七届六中全会和十八大精神，按照第九次全国文代会和九届二次、三次全委会会议的工作部署，以科学发展观为统领，集中力量抓大事，扎扎实实打基础，一心一意谋发展，团结凝聚广大文艺工作者开展了一系列卓有成效的工作，取得了显著成绩，为推动文艺事业大发展大繁荣作出了积极贡献。

一、开展系列主题文艺活动，为迎接学习宣传贯彻党的十八大营造良好文化氛围。中国文联及各团体会员认真组织、深入贯彻党的十七届六中全会精神、第九次文代会精神和党的十八大精神，引导广大文艺工作者树立高度的文化自觉、文化自信，坚定不移走中国特色社会主义文化发展道路，积极投身社会主义文化强国建设。围绕迎接、学习、宣传、贯彻党的十八大这条主线，开展了系列主题文艺活动，中国文联先后在国家大剧院举办“党的旗帜高高飘扬”主题系列音乐会和“百花芬芳　盛世风华”文艺精品展演，数百名老中青艺术家汇聚一堂、激情奉献。各文艺家协会相继举办了“百花竞芳为人民”图片展、“红色少年”歌舞剧演出、“温暖边疆　辉煌历程”摄影展、中国书法之乡作品汇报展、赴河南濮阳革命老区采风慰问等，集中创作和展演展映展示了一批优秀文艺作品，唱响了时代主旋律。以“科学发展　文艺辉煌”为主题，在中国艺术报、中国文艺网开设“十六大以来文艺界成就巡礼”、“十八大代表风采”等专题专栏，协助中央电视台拍摄“为人民放歌”大型文艺专题片，大力宣传党的十六大以来文艺事业取得的辉煌成就，为迎接十八大营造浓厚文化氛围。十八大召开后，书记处迅速召开理论学习中心组扩大会、全体干部职工大会和文艺家座谈会，举办专题辅导讲座、局处级干部培训班等，各团体会员也纷纷开展各种学习宣传活动，在文联系统掀起学习贯彻十八大精神的热潮，积极引导广大党员干部和文艺工作者深入理解十八大精神，把思想和行动统一到十八大精神上来。

二、弘扬《讲话》精神，深入落实“走转改”要求，全面启动文艺志愿服务工作。认真组织召开“为人民抒写、为人民放歌”纪念毛泽东同志《在延安文艺座谈会上的讲话》发表70周年座谈会，与中央文献研究室等部门联合举办学术研讨会，参与举办“为人民放歌”大型电视文艺晚会和“春之光”大型电影音乐会。以“百花扎根沃土　艺术奉献人民”为主题，组织采风慰问团赴延安举办“中国戏剧家延安行”、“我要去延安”大型广场音乐会、“延安记忆”舞蹈诗剧等精彩演出。成功举办全国美术作品展、“听书看戏品国粹”专场演出、“花儿会•颂延安”民间文艺展演、中国书法名家北京延安巡展等丰富多彩的文艺活动。与全国总工会、中央文明办、中央电视台和各产（行）业文联成功举办第3届中国职工艺术节，历时8个月，活动内容涵盖音乐、戏曲、舞蹈、曲艺、书法、美术、摄影等艺术门类，充分展示了基层职工群众的精神风貌和艺术创造。通过组织开展系列主题活动，进一步引导广大文艺工作者，坚持以人民为中心的创作导向，为人民

奉献更多的精品力作。

深入落实“走基层、转作风、改文风”要求，积极探索“送欢乐下基层”经常化长效机制，全面启动文艺志愿服务活动。落实刘云山同志的批示要求，制定印发《关于开展文艺志愿服务的意见》，中国文联和各团体会员纷纷组建文艺志愿服务团，组织文艺名家和志愿者踊跃开展采风慰问、专业培训、辅导讲座等多种形式的文艺志愿服务。我们联合各团体会员深入吉林农村、吉化集团和海南三沙、文昌等地慰问演出，组织梅花奖艺术团、百花放映电影惠民工程走进新疆，深入农村、社区开展“种文化 走基层”音乐辅导，举办29场“全国道德模范故事汇”基层巡演和16场“送欢笑”活动，近两年在53所农村小学设立了新农村舞蹈课堂，在全国15个省市开展“百姓健康舞”展演，在18所孤儿学校和农民工子弟学校设立了“摄影曙光”学校，在玉树等地新命名7所“兰亭学校”，全力推进中小学书法进课堂和“中国书法进万家”。举办第2届全国农民摄影大展、全国少数民族优秀歌手电视演唱会、中国首届情歌大赛、第4届新农村电视艺术节暨第5届小康电视节目工程、百部电影放映工程等，进一步推动文联工作重心下移，有效地丰富了人民群众的精神文化生活。

三、积极开展采风创作和文艺评奖评论评介，推出一大批精品力作。认真组织文艺家深入基层采风创作。中华文明历史题材美术工程已完成首批创作草图初评工作。策划启动中国历代文化名人戏剧剧本创作。投资摄制完成6部梅花奖数字戏曲影片。推进中国民间文化遗产抢救工程，苗族英雄史诗《亚鲁王》抢救完成并成功出版。推进全国曲艺名家风采工程、当代书坛“三名工程”等重点项目。中国文学艺术基金会加大投入，重点资助了37个创作类项目。积极参加“五个一工程”作品评选，中国文联组织推荐的戏曲电影《响九霄》、电视剧《雪域天路》、《小站风云》、舞蹈诗剧《延安记忆》、歌曲《我要去延安》等5部作品获奖。认真组织开展各艺术门类的全国性文艺评奖活动，共评出获奖作品176部、获奖文艺工作者127人，授予23位著名文艺家终身成就奖。联合地方文联共同举办“浩瀚草原”中国美术作品展、第3届中国校园戏剧节、第9届中国摄影艺术节、第9届中国民间艺术节、第5届中国（天津）书法艺术节、天津“南开杯”第2届全国相声新作品大赛、第9届中国金鹰电视艺术节、第3届大学生电视艺术节等，展示和宣传了一大批优秀文艺作品。重视加强文艺理论评论工作，认真评选第8届中国文联文艺评论奖，共有17部著作、70篇文章和15个单位受到表彰，集中展现了我国文艺理论建设的最新成果。成功举办主题为“文化自觉与当代文艺发展趋势”的第6届当代文艺论坛以及全国第9届书学讨论会、2012中国书法金陵论坛。召开省级文艺评论家协会工作交流会，推动浙江、海南、青岛等地成立文艺评论家协会。组织编写《中国艺术发展报告》。加强文艺舆情信息研究。协调推动中央主流媒体，扩大对重大主题文艺活动、优秀文艺作品和优秀文艺人才的宣传报道。《中国艺术报》、中国文艺网加强文艺理论专版和文艺批评专栏建设，在改进文风、开创新风上带了好头，赢得业内和社会广泛好评，文艺传播力和影响力进一步提高。

四、加大服务和培训力度，扎实推动德艺双馨人才队伍建设。大力推动社会主义核心价值体系建设，在文艺界广泛开展“爱国、为民、崇德、尚艺”的核心价值观和职业道德公约的学习实践活动。举办“榜样就是力量”先进典型座谈会和先进事迹报告会，授予河北青县文联主席韩雪“见义勇为文艺工作者”荣誉称号，并颁发5万元奖金。在艺术报和文艺网开设专栏，集中宣传报道了100多名“践行文艺界核心价值观的优秀文艺工作者”。

扩大规模，提高质量，加大文艺人才培训力度。文艺研修院和各协会先后举办了全国文艺家高级研修班（两期）、中青年德艺双馨文艺工作者研修班、中青年文艺评论家研修班，以及全国中青年戏剧影视编剧、青年戏剧导演、曲艺精品创作、当代优秀青年词曲作家、杂技创意与创作、少数民族民歌歌手等一系列研修班、培训班。启动舞蹈专业大学生就业服务计划试点工作。开展广泛调研，制定维权工作规划。举办全国文联系统维权研讨班。组织文艺家对《著作权法》草案提出修改建议。有效协调司法部门处理个别法律纠纷案件。

热心服务老艺术家，坚持做好走访慰问、寿

辰庆贺、从艺纪念等工作，深入推进文艺名家信息库建设，实施“艺坛大家”和“晚霞”出版工程。为个别老艺术家解决医疗和生活困难。组织部分老艺术家分5批赴海南、吉林、四川、云南等地调研疗养。组织参加全国“两会”的中国文联荣誉委员等艺术家进行健康体检。

五、深化对外及对港澳台地区民间文化交流，有力扩大中华文化的国际影响力。一年来，中国文联及各全国文艺家协会加强与35个国家文化机构和团体的交流，组派多个艺术家代表团赴海外演出和展览展映，去年一年共开展对外及对港澳台文化交流活动109项，交流人数 1700多人次。成功举办“今日中国”（美国）艺术周、土耳其“中国文化年”闭幕演出、第5届北京国际美术双年展、北京国际幽默艺术周、北京国际魔术交流大会、巴黎中国曲艺节、中国—东盟青少年舞蹈交流展演、第3届中国•东南亚•南亚电视艺术周、第12届中日韩电视制作者论坛等。在柏林举办纪念中德建交40周年“中国当代美术精品展”，在华盛顿成功举办“文化中国”摄影展，赴以色列参加国际艺术和手工艺博览会，在新西兰举办纪念中新建交40周年书画展，参与组织伦敦皇家艾尔伯特音乐厅“跨越巅峰”巨星音乐会，在吉隆坡举办第10届国际书法交流大展等。积极选送《大跳板》等优秀杂技节目参加国际比赛，分别荣获第36届蒙特卡洛国际马戏节“金小丑”奖、第14届拉蒂那国际马戏节金奖。组派由知名艺术家组成的高层访问团，先后访问12个国家和港澳台地区，接待了多个国家文艺组织访华，密切了合作关系。积极参与国际艺术理事会、国际剧协、国际魔术师协会等国际组织交流活动。深入开展对港澳台地区文化交流合作，制定实施文联扩大对台文化交流规划，成功举办第4届海峡两岸暨港澳地区艺术论坛、“濠江之春”—澳门与内地（梅花奖戏剧家）大联欢、华语青年影像论坛走进台湾、“小荷风采”获奖团队赴港慰问演出、第3届海峡两岸青少年舞蹈交流展演，成功举办了海峡两岸民间文学学术研讨会、第5届海峡两岸合唱节、两岸青少年摄影作品联展、海峡两岸电视艺术节、第2届海峡两岸欢乐汇、大陆少数民族电影台湾展等一系列活动，不断增进文化认同，促进共赢发展。

六、注重打基础、谋长远、做实事，文联自身建设显著加强。强化“以人为本、服务人民”的执政理念，努力加强文联各级领导班子建设。在中宣部的直接领导下，成功召开中国曲协、中国视协、中国摄协换届大会，实现了新老班子的顺利交接，新吸收港澳台会员39人。推动全国文联“一盘棋”建设，吸纳中国人民银行文联为团体会员（团体会员总数增加到55个）。指导湖南、上海、河北、湖北、青海、广西、贵州等7个地方文联成功召开文代会和中国金融文联召开成立大会。深入开展文联组织网络体系建设调研，广泛征集基层文联创造的新鲜经验。首次举办全国基层文联领导干部研修班（共3期）和省级文艺家协会秘书长培训班。大力推进文联机关干部人事制度改革，一批中青年干部通过竞争性选拔走上副局级领导岗位，及时举办局处级干部任职培训班。积极拓展文联工作职能，适度调整内设机构和编制，中国文联权益保护部和文艺志愿服务中心领导班子到位、开局良好。中国文联戏剧艺术中心等11个副局级事业机构获得批准设立，为下一步事业单位分类改革奠定了良好基础。认真组织完成十八大代表和中直党代表推选工作，中国文联机关有3名同志当选十八大代表。深入推进创先争优活动，著名戏剧评论家刘厚生被评为全国优秀共产党员。扎实推进机关党的建设和精神文明建设，以工青妇组织为依托做好群众工作，创立中国文联机关青年联合会。离退休干部工作更加深入人心、温暖人心。攻坚克难，推进文联所属14家独立法人报刊完成转企改制的阶段性工作，改制方案正待上级审批。中国摄影出版社被评为“全国文化体制改革先进单位”。《大众电影》杂志社和万达文化产业集团签订战略合作协议。中国文联音像出版社职工随同大众文艺出版社整建制划转到中国书协参加重组。中联影视中心划转中国视协参加重组。在中宣部和财政部的大力支持下，争取到文化产业专项资金，扶持文联和协会所属4家出版社，用于实施数字出版平台工程建设。投入文学艺术基金，实施中国文联文艺出版报刊精品工程，扶持17个改制单位24个项目，鼓励多出优秀书刊、加快发展。推进机关财务精细化、规范化管理，提高财务工作执行力。国家大马戏院的筹建取得实质性进展。

2012年，中国文联和各团体会员的各项工作

都取得重要进展和优异成绩，文联全系统的整体实力和社会影响力显著提升。同时，我们也清醒地认识到，我们的工作还存在许多不足和差距。比如，引导文艺创作的能力还亟待提高；文艺志愿服务体系和机制还有待尽快建立和完善；青年文艺人才的培养力度还亟待加大；行业自律和行业维权的手段还有待加强；文联组织在社会管理和服务中的作用还没能充分发挥；文联干部队伍的自身素质还有待提高等。这些问题，我们要高度重视，并在今后工作中认真加以研究和解决。

关于2013年的工作安排

2013年，是全面贯彻落实党的十八大精神的开局之年，是为全面建成小康社会奠定坚实基础的重要一年。党的十八大站在历史和时代的高度，对进一步推动党和国家事业发展作出战略部署，也对文化建设和文艺工作提出新的更高要求。习近平总书记代表新一届党中央对学习贯彻落实十八大精神发表了一系列重要讲话，这是我们做好工作的强大思想武器。刚刚召开的全国宣传部长会议，云山同志和奇葆同志分别对做好今年宣传思想文化工作作出了重要部署。我们要认真学习领会，紧密结合实际，深入贯彻落实。

今年文联工作的总体思路是：坚持以邓小平理论、“三个代表”重要思想、科学发展观为指导，按照高举旗帜、围绕大局、服务人民、改革创新的总要求，以学习宣传贯彻党的十八大精神为主线，突出强化以人民为中心的工作导向，紧紧围绕多出精品、多出人才的工作重心，着力引导提高文艺创作水平和创造活力，着力扩大文艺志愿服务的覆盖面和影响力，着力提升文艺工作者的思想道德修养和文学艺术素养，着力发挥文联组织在社会管理和服务中的重要作用，进一步团结动员广大文艺工作者坚定不移走中国特色社会主义文化发展道路，为繁荣发展文艺事业、建设社会主义文化强国、全面建成小康社会作出新的更大贡献。

2013年，我们将着力抓好六个方面重点工作：

一、大力开展三项学习实践活动，把学习贯彻党的十八大精神引向深入。深入学习、全面贯彻党的十八大精神，是当前全党的首要政治任务，也是文艺工作和文联工作的重中之重。我们一定要精心组织，重点开展以下三项学习实践活动：

一是深入开展中国特色社会主义理论学习实践活动，进一步坚定走中国特色社会主义文化发展道路的信念。习近平总书记明确指出，要把坚持和发展中国特色社会主义作为学习贯彻十八大精神的聚焦点、着力点、落脚点。我们要紧密结合我国文化建设和文艺发展的实际，在文艺界深入开展中国特色社会主义理论学习实践活动，引导广大文艺工作者深刻领会中国特色社会主义的科学内涵，特别是要深刻领会中国特色社会主义文化发展道路的根本要求，深刻把握建设文化强国的重要部署，力求用中国特色社会主义理论创新成果武装头脑、指导实践，切实把社会主义核心价值体系建设要求贯穿到文艺创作和文艺实践之中，切实增强文化自觉、文化自信、文化自强，主动担当起建设文化强国的庄严使命，为实现全面建成小康社会新目标贡献力量。

二是深入开展以人民为中心的价值理念学习实践活动，进一步增强为民服务的责任意识。十八大报告明确指出，要“坚持以人民为中心的创作导向。”这是文艺发展的根本问题，我们党历来高度重视。毛泽东同志早在战争年代就鲜明提出，文艺“为什么人的问题，是一个根本的问题、原则的问题”、“我们的文学艺术都是为人民大众的，首先是为工农兵的”。邓小平同志在第四次文代会上强调指出，“人民是文艺工作者的母亲”、“人民需要艺术，艺术更需要人民”。江泽民同志在第六次文代会上明确指出，要“在人民的历史创造中进行艺术的创造，在人民的进步中造就艺术的进步”。胡锦涛同志在第九次文代会上强调，“只有把人民放在心中最高位置，永远同人民在一起，坚持以人民为中心的创作导向，艺术之树才能常青。”习近平总书记在会见中外记者时指出，“人民对美好生活的向往，就是我们的奋斗目标。”文艺为什么人的问题，既是文艺方向和创作导向问题，也是思想观念和价值取向问题，更是感情立场和工作作风问题。在文艺界开展这项学习实践活动，就是要团结引导广大文艺工作者始终坚持“二为”方向、“双百”方针和“三贴近”原则，把人民作为表现主体和服务对象，为人民抒写、为时代放歌。就是要牢固树立以人民为中心的工作导向，准确把握为民服务的工作重点，创新工作载体，落实具体项目，不断提高为民服务的能力和本领，更好地发挥党密切联系群众的桥梁纽带作用。就是要在文艺创作和文艺工作中反对脱离人民群众、忽视社会责任、崇尚拜金主义的倾向，确保文艺发展沿着正确方向前进。

三是深入开展文艺界核心价值观学习实践活动，进一步增强追求德艺双馨的自觉性。“爱国、为民、崇德、尚艺”的文艺界核心价值观，体现了社会主义核心价值体系的基本要求，反映了广大文艺工作者的共同追求。深入开展这项学习实践活动是积极培育和践行社会主义核心价值观的重要途径，是进一步提高文艺工作者思想道德素质的重要举措。文化如水，滋润万物，悄然无声，看似柔弱，实则坚强。当历史的尘埃落定，许多喧嚣一时的东西都会烟消云散，唯有优秀的文化艺术长留世间。艺术是表达情感的，作用于人的心灵。人们常说，文艺工作者是人类灵魂工程师，这是党和人民对文艺工作者的深情赞誉和殷切期望，更是文艺工作者的天职。要完成这样的职责，需要发挥我们自己的文艺专长，更需要修炼我们的道德情操和职业精神。我们要把文艺界核心价值观融入到文艺实践中，引导广大文艺工作者树立正确的价值观，自觉遵守职业道德公约，牢记社会责任，恪守职业精神，追求德艺双馨，树立良好的社会形象，自觉抵制低俗庸俗媚俗之风。

各级文联、各单位要加强对三项学习实践活动的组织领导，通过学习会、培训班、文艺活动等各种形式，增强学习的针对性实效性，进一步引导和动员广大文艺工作者在人民群众的伟大创造中抒写新的文艺篇章。

二、大力加强对重点项目、重点作品的扶持，努力提升文艺创作水平和创造活力。党的十八大报告明确指出，要着力提高文化产品质量，为人民提供更好更多精神食粮。提高文艺作品质量，是文艺工作的永恒主题，也是当前文艺创作的核心问题。我们要注重加强三个方面的工作：

一是牢固树立精品意识、创新意识，推动重点创作工程的实施。积极争取各方支持，加强对专项资金的投入和重点项目规划，精心组织重点文艺创作和重大文艺活动，鼓励和支持原创，重视打好文学创作基础，加大对重大现实题材等文艺作品创作的扶持力度。扎实推进中华文明历史题材美术创作工程、中国历代文化名人戏剧创作工程、农村电影剧本创作工程、梅花奖戏曲数字电影工程、全国曲艺精品创作工程、中华文明影像志工程等重点项目，开展“文艺家采风创作基层行”系列活动，组织文艺家深入基层、深入群众、汲取素材、推动创作。地方文联要紧紧围绕当地党委政府确定的经济社会发展目标，通过项目扶持、采风创作、名家指导、宣传推介等方式，团结凝聚文艺工作者推动优秀作品的创作。

二是把握正确的评奖导向，完善评奖机制，推出优秀作品和人才。文艺评奖是推介优秀作品和优秀人才的重要平台，在引导创作方向、提高作品质量方面发挥着积极的示范作用。要进一步完善文艺评奖管理办法，把以人民为中心的导向融入到各项评奖工作中，使评奖规则更加贴近文艺实践、更加符合文艺规律、更加有利于推动文艺创新，不断提高文艺评奖的公信力。要注重将评奖与展演、评介、推出新人新作相结合，认真办好各艺术奖项的评奖和展演展示活动。办好梅花奖30周年系列纪念活动、第13届中国戏剧节、第22届中国金鸡百花电影节、中国大学生电视节、首届全国曲艺小剧场优秀节目展演、第5届全国少数民族曲艺展演、第7届“小荷风采”全国少儿舞蹈展演和“我们的节日”系列民间文艺活动等各类节展，大力弘扬民族精神和时代精神，热忱讴歌人民群众的生动实践，真实记录中华民族伟大复兴的历史进程，为人民群众提供丰富多彩的精神食粮。

三是加强文艺理论评论，开展健康有益的文艺批评。要整合资源、集聚力量，充分发挥各文艺家协会理论评论委员会和各级文艺评论家协会的作用，着手筹备成立中国文艺评论家协会，不断加强文艺评论队伍建设。实施文艺评论重点项目，组织编写《中国艺术发展报告》，编辑出版《文艺发展新态势研究》丛书等。有针对性地对当代重大文艺现象、文艺思潮和重点作品进行深入研讨。要改进文风，做到言之有物、言之有理、言之有情，增强文艺评论的吸引力、公信力和影响力。

三、创新活动方式，建立长效机制，广泛深入开展文艺志愿服务。党的十八大强调指出，要“广泛开展志愿服务”。文艺志愿服务是各级文联组织和文艺家协会扩大联络范围、创新活动方式

的重要载体，是团结引导广大文艺工作者参与社会实践、服务人民群众、奉献艺术才华的重要举措，也是文艺工作者深入基层向群众学习、汲取创作素材、磨砺思想品格的重要途径。文艺志愿服务要贯彻“走转改”的要求，坚持公益性、多样性、群众性、便捷性、经常性，以创新求实的精神，在公共文化服务体系建设中发挥文艺轻骑兵的独特作用。

一是要广泛动员文艺工作者积极参与志愿服务。要整合文联全系统的资源，通过定向推荐和社会公开招募，组建各级各类“文艺志愿服务团”，命名一批“文艺名家志愿服务队”和“文艺团体志愿服务队”。发挥文艺名家的社会影响力和文艺团体的凝聚力，广泛动员更多文艺工作者、文艺爱好者加入志愿者队伍。在志愿服务过程中，既要开展集中性示范性的大型活动，更要注重开展小规模多样化的经常性活动，推动“送欢乐下基层”等文艺惠民活动常态化开展，让更多基层群众从中受益。

二是要精心打造一批文艺志愿服务品牌项目。对现有文艺志愿服务项目进行规范推广，培育志愿服务品牌。选派一批专业文艺工作者到西部部分贫困县，启动文艺培训、支教等志愿服务试点，并逐步形成接力机制。同时，组织文艺名家到基层，到西部地区、少数民族地区、欠发达地区进行短期巡讲和重点辅导，把文艺工作者的采风创作与志愿服务结合起来，培育一批文艺志愿服务基地和文艺创作基地。

三是要建立文艺志愿服务组织保障体系。中国文联要尽快建立文艺志愿服务指导委员会，对这项工作进行统一指导、统一规划、统一部署，分级管理、分类推动。中国文联文艺志愿服务中心要做好统筹协调、综合服务工作，着手筹建中国文艺志愿者协会。适时出台《中国文艺志愿者注册管理办法》，加强文艺志愿者培训和管理，完善激励机制和服务保障机制。各团体会员要积极争取各级党委政府和有关部门支持，加大投入，推动建立文艺志愿服务工作组织，大力开展品牌志愿服务活动，逐渐形成科学规范有效的运行机制。

四、积极拓展对外和对港澳台民间文化交流渠道，大力开展务实合作和成果交流。我们要适应国际形势的新发展、新变化，紧密配合国家总体外交战略，充分发挥文联组织的人才资源和民间文化交流优势，把走出去的着力点放到推动文艺人才深入交流和优秀文艺作品翻译推介上，力求取得务实合作的新成果。

一是深化对外文化交流品牌建设。继续办好中国国际民间艺术节、“今日中国”艺术周、中国国际摄影艺术展、中日韩戏剧节、中国美术世界行、东盟青少年舞蹈交流、巴黎中国曲艺节、波兰中国彩灯节、国际马戏论坛、中国•东南亚•南亚电视艺术周、中日韩电视制作者论坛等国际文化交流活动，努力创新形式，提高交流质量，发挥品牌活动的带动作用。组织中国文联艺术团赴联合国举办书法展，赴西班牙访演，赴德国、法国、马耳他讲学，赴美国参加工艺博览会，赴德国参加国际舞蹈博览会，赴非洲巡演，选送精品文艺节目参加重大国际艺术赛事，不断提高中华文化的国际影响力。

二是加强对当代文艺名家名作的译介和展示。启动实施《中国当代文艺名家名作译介工程》，充分运用国际主流媒体，向海外展示当代中国优秀艺术作品和优秀艺术家。启动实施《艺术心桥》项目，积极搭建中外艺术团体和艺术家交流的国际平台，促进人与人、心与心、面对面的交流互动。

三是加强对港澳台文艺人才、文艺团体的交流，广交深交朋友。各协会要积极联络港澳台优秀文艺家。重点办好第五届海峡两岸暨港澳地区艺术论坛、第六届海峡两岸合唱节、第5届海峡两岸青少年舞蹈交流、海峡两岸电视艺术节、第三届海峡两岸欢乐汇、濠江之春—澳门与内地艺术家大联欢等活动，举办海峡两岸书画展，组织梅花奖艺术团赴台湾访演、青少年书法交流团赴台湾交流访问，继续推进两岸书法的交流合作等，密切内地与港澳台的文化艺术交流。

五、大力创新体制机制，充分发挥文联组织在社会管理和服务中的重要作用。党的十八大强调指出，要“强化人民团体在社会管理和服务中的职责”，这对我们的工作提出了新的更高要求。文联是党领导的文艺界人民团体，强化在社会管理和服务中的职责，就是要面向人民大众强化公共文化服务的职责，面向广大文艺工作者强化行业服务、行业管理、行业自律、行业维权的职责。我们要积极探索如何借助社会资源和力量，搭建社会化服务平台，创新社会化管理手段，以服务促管理，以管理带服务，更好地发挥文艺引领风尚、教育人民、服务社会、推动发展、促进和谐的重要作用。

一是要完善文艺家协会的会员联络机制，积极发展新会员。最近，中国文联会同各文艺家协会开展了一项个人会员现状调查，分析表明，各协会的会员发展管理整体处于持续健康的良好态势，但还明显存在着会员年龄结构不够合理、入会细则不够规范、会员服务不够到位、联络手段陈旧单一、数字化信息化程度不高等问题，直接影响了对文艺人才的吸引力和凝聚力。最突出的是年轻会员少，协会的发展后劲和发展活力不足。各协会要高度重视吸纳新会员工作，积极发现和培养优秀青年文艺工作者，广泛团结各民族、各领域、各门类、各种所有制单位的文艺人才。同时，我们要高度重视加强各级文联组织网络体系建设，特别是基层文联建设和网上文联建设，努力保持文联组织的旺盛生机和发展活力。

二是创新人才培训机制，提高文艺人才整体素质。要进一步加大统筹规划和资源整合力度，重点围绕培养中青年德艺双馨文艺人才这一目标，将文联系统各类评奖办节、人才培训、作品研讨、项目扶持等工作统筹起来，形成各方面共同推进文艺人才建设的工作机制。重视发挥文艺研修院的培训主阵地作用，加快筹建文艺研修基地，在提高质量、打造品牌、整合资源、探索机制上下功夫，走出一条导向鲜明、特色突出、按需施教、教学相长的文艺人才培训之路。今年要重点办好中青年文艺创作人才研修班、中青年德艺双馨文艺工作者研修班、全国文艺家高级研修班以及中青年文艺评论家、戏曲音乐家、戏剧编剧、舞蹈编导和编剧、曲艺精品创作等各类专业人才研修班，办好各级文联负责人研修班，不断促进各类文艺人才和各级文联干部提高素质、增长才干。

三是完善服务机制，密切联系文艺名家和文艺新秀。营造良好环境，推出一批名家大师和高素质人才，是建设文化强国的重要任务，也是各级文联的重要职责。我们要进一步完善联系文艺家的制度，精心服务老艺术家，推动名家大师艺术成就的研究积累与传承创新，发挥艺术名家的示范引领作用。要不断拓展服务文艺家的内容和形式，通过参政议政、表彰奖励、调研座谈、展览展演、采风疗养等，为艺术家提供热心服务。要利用各级文联和各协会的专家优势和评奖机制，奖励优秀作品、推出优秀人才。要善于发现和热情推介青年人才和文艺骨干，为他们成长成才、投身艺术创作提供尽可能的帮助。

四是建立文艺维权机制，深入开展维权行动。依法维护文艺工作者合法权益是文联组织的重要职责。我们要在深入调研的基础上，研究制定关于文联组织开展维权工作的意见，推动建立文艺维权服务体系。加强对知识产权等法律法规的研究，与立法机关建立对话协调机制。与执法部门加强联系，参与国家维权专项行动。与司法部门合作建立常态化调解机制，协调处理重大文艺维权案件。研究推进文艺领域有关法人和著作权人标准合同示范文本的制定。加强维权普法宣传，启动创建文艺维权典型案例数据库，并在中国文艺网开设维权公共服务平台，利用数字化技术，提升文联维权动态信息交互能力。根据需求，为各类文艺活动主办方提供法律咨询服务。

五是建立数字化信息交流机制，加强文艺媒体传播能力建设。传播力决定影响力。文联全系统要加大力度，整体推进数字化网络化建设。适时召开专题会议，规划文联系统网络平台建设，推动建立文联系统各单位的网上交流互动机制。加快建设中华文艺资源数据库、文艺人才信息数据库，启动建设文联对外交流活动数据库和中国文联期刊资料库等，切实提高文艺资源中心的系统化社会化服务能力。加快中国文艺网三期建设，扩大视频覆盖范围，提升视频传播质量，开辟网上文艺社区，构建“网上文联”基础平台，推动全国文联“一盘棋”建设。我们要深入开展文艺媒体传播力建设，进一步加强与各大主流新闻媒体的联系，借助新兴媒体的传播优势，完善新闻发布、宣传推介机制，加大文艺宣传报道力度，不断扩大文艺工作和文联工作的社会影响。要着重办好中国艺术报、中国文艺网（含英文网页）、中国文联出版社和各协会所属的出版、报刊、杂志、网站、手机报等文艺媒体，加快数字化平台建设，大力发展新媒体业务，不断提高舆论引导力、传播力和竞争力。

六、大力加强文联机关自身建设，以创新务

实的作风，扎实做好各项工作。“打铁还需自身硬”。做好文联工作，关键靠班子、靠队伍、靠人才。我们要按照党的十八大提出的要求，切实加强文联机关自身建设，为圆满完成今年的各项任务提供强有力的政治保证和组织保证。

一是全面提高机关党的建设科学化水平。各级党组织要按照十八大的部署，牢牢把握加强党的执政能力建设、先进性和纯洁性建设这条主线，坚持解放思想、改革创新，坚持党要管党、从严治党，全面加强党的思想建设、组织建设、作风建设、反腐倡廉建设、制度建设，不断增强自我净化、自我完善、自我革新、自我提高能力，在建设学习型、服务型、创新型党组织上定措施、抓落实、见成效。各级党组织要把党建工作放在更加突出的位置，“一把手”要亲自抓党建，班子成员要配合抓党建。

二是突出抓好领导班子和干部队伍建设。各级领导班子和领导干部要强化人民至上、服务人民的执政理念，带头做到把握大局，服务大局；带头坚持民主集中制，严格按程序办事、按规矩办事、按集体意志办事；带头发扬党的优良作风，密切联系群众；带头遵守廉政准则，严格自律；带头加强学习，善学会干；要带头开展调查研究，努力形成一批有分量的调研成果。驻会领导干部更要以身作则、率先垂范，树立正确的世界观、权力观、事业观、名利观，处理好各种利益关系，尽职尽责、真抓实干。要认真做好中国影协、中国美协换届工作。继续深化干部人事制度改革，坚持德才兼备、以德为先的选人用人标准，加大年轻干部培养选拔力度，不断提高文联干部队伍的整体素质。

三是切实加强作风建设和反腐倡廉建设。习近平总书记明确强调，“我们一定要自觉加强自身建设，改进工作作风，提高工作水平。这是一件大事，不仅要摆在突出位置来抓，而且要常抓不懈。”近期，中央连续下发了《关于改进工作作风、密切联系群众的八项规定》和30条实施细则，对作风建设提出明确要求。文联书记处高度重视，及时制定了贯彻落实八项规定的实施办法。今年，我们要按照中央的统一部署，扎实开展以“为民务实清廉”为主要内容的党的群众路线教育实践活动，把作风建设摆在文联机关建设的重要位置，认真查找自身差距，进一步转作风、正学风、改文风，坚决反对庸懒散奢等不良风气。要认真落实领导班子和领导干部党风廉政建设责任制，把加强教育、严格制度、强化管理监督、严肃查处违纪结合起来，切实做到干部清正、组织清廉、政治清明。

四是加强机关和直属单位的建设和管理。要以求真务实精神，加强机关建设和管理，努力提高服务质量和办公效率。要加快中国文联发展史展厅建设，不断完善中国文艺家之家的功能和服务，努力办实事办好事。要与北京市密切合作，加快推进国家大马戏院的立项和建设。要全面深化改革，一方面加快推进各协会所属艺术中心的机构建设和事业发展，一方面大力推进非时政类报刊的转企改制工作，面向文艺、面向群众、面向市场，加快资源整合重组，建立现代企业制度，尽快成为具有品牌影响力的文化市场经营主体，走出一条企业化、专业化、集约化发展的文艺出版传媒产业新路。改革中，要把发展作为第一要务，注意把握好政策、做好做细职工的思想工作，处理好改革发展稳定的关系，确保改革顺利进行。

同志们，党的十八大描绘了全面建成小康社会、加快社会主义现代化建设的美好蓝图。我们要紧密地团结在以习近平同志为总书记的党中央周围，高举中国特色社会主义伟大旗帜，坚定不移走中国特色社会主义文化发展道路，锐意进取、开拓创新，努力为建设社会主义文化强国、实现中华民族伟大复兴的“中国梦”作出新的更大贡献！

讲好中国故事　追寻中国梦想

——在中国文联九届五次全委会上的讲话

中国文联党组书记、副主席　赵　实

（2013年6月30日）

各位委员、同志们：

今天，我们在这里召开中国文联九届五次全委会暨全国文联系统“双先”表彰大会，具有十分重要的意义。刚才，国家人社部副部长杨士秋同志宣读了《表彰决定》，各位领导为获奖的先进集体和先进个人代表颁发了证书和奖牌，苏州市文联主席、党组书记成从武同志、湖北省长阳县文联主席陈哈林同志分别代表先进集体和先进个人作了精彩生动的发言，听了以后深受感动、深受鼓舞。首先，我代表评选表彰工作领导小组、代表中国文联主席团和书记处向所有获得表彰的先进集体和先进个人，表示热烈祝贺！向悉心指导和大力支持这次表彰活动的中宣部、国家人社部及各位领导表示衷心的感谢！

下面，我受主席团委托，报告有关重点工作。

（一）这次创先争优评选表彰活动，是根据各团体会员、各级文联组织的意愿，报经中央批准，由国家人社部和中国文联共同组织开展的，是中国文联成立以来第一次覆盖全系统的国家级表彰。旨在推动文联系统深入贯彻落实党的十八大精神，坚持中国特色社会主义文化发展道路，模范践行“爱国、为民、崇德、尚艺”的文艺界核心价值观，大力弘扬爱岗敬业、真抓实干，勇于创新、锐意进取，攻坚克难、无私奉献，品德高尚、清正廉洁的先进事迹，激励文联系统广大干部职工进一步做好新时期文艺工作和文联工作，为建设社会主义文化强国作出新的贡献。这次表彰活动虽然名额十分有限，但充分体现了党和国家对文艺事业和文联工作的高度重视，对广大文联工作者的亲切关怀，对于进一步加强文联自身建设、增强文联的凝聚力、扩大文联的影响力都具有重要而又深远的意义。

这次评选表彰活动主要有三个特点：

一是自下而上，程序严格。中国文联与人力资源社会保障部联合成立了评选领导小组并及时下发评选《通知》，对规范评选工作提出了明确要求。中国文联各团体会员及文联机关各部室、各直属单位都高度重视此项工作，严格按照规定条件和程序，自下而上、分阶段逐级进行推荐、遴选、公示、审核、上报，保证了评选工作的公开度和公信力。此次文联系统各参评单位，共推荐选报先进集体95个、先进个人54名，经评选领导小组认真讨论研究，决定授予北京市公安文联等50个“全国文联系统先进集体”和史长义等15名“全国文联系统先进个人”荣誉称号，先进个人享受省部级劳动模范待遇。同时，中国文联还将对北京市文联《东方少年》杂志社等45个单位和秦岭等37名同志给予通报表扬，分别授予全国文联工作优秀集体和优秀个人荣誉称号。

二是面向基层、导向鲜明。这次评选表彰，中央明确规定副司局级以上单位及领导干部不参加评选，重点是向基层文联和基层干部倾斜。从评选结果看，50个先进单位中，基层文联有38个，约占总数的76%；15名先进个人中，基层文联干部有13名，约占总数的87%。获奖的先进集体和先进个人涵盖了全国文艺家协会、省区市文联、地市县文联、产行业文联和中国文联机关及直属单位，体现了鲜明的导向性和广泛的代表性。

三是代表性强，结构合理。这次推荐和评选表彰的先进集体和先进个人，事迹都非常突出、感人，体现了先进性、典型性。如，受到表彰的15名先进个人，都来自文联系统和文艺工作第一线，有的长期扎根基层、脚踏实地、竭诚服务、不计名利，有的善于学习、大胆创新、执着追求、成效显著，有的心系百姓、刻苦创作、呕心沥血、硕果累累，有的热心公益、乐于助人、见义勇为、不怕牺牲。虽然，他们的岗位和事迹各不相同，但是从他们的感人事迹中，我们可以看出一个共

同的闪光点，那就是，他们对党、对人民、对国家、对文艺事业的无限忠诚和无私奉献，对文联工作、协会工作的无比热爱和无怨无悔。

榜样的力量是无穷的！今天我们表彰的先进单位和先进个人，是全国文联大军中的杰出代表，他们的背后是一大批长期奋战在文艺工作、文联工作岗位上的优秀团队、优秀工作者，在他们身上，充分体现了新时期文联工作者和文艺工作者坚定的理想信念和昂扬向上的精神风貌，是广大文联工作者的骄傲和榜样。文联系统广大干部职工都应该向他们学习，学习他们坚定理想信念、献身文艺事业、立足本职岗位、坚持为民服务的思想境界，学习他们密切联系群众、勇于攻坚克难、求真务实、勇于创新的优良作风，学习他们恪守职业道德、践行德艺双馨、淡泊名利、无私奉献的高尚情操，努力在全面建成小康社会、实现中国梦的伟大进程中，在本职岗位上不断创造新的更大业绩。也希望今天受表彰的先进单位和先进个人，继续发挥模范带头作用，以更高的标准要求自己，再接再厉、再创佳绩。希望各团体会员、各单位要以这次表彰为契机、为动力，进一步加强自身建设，深入开展创先争优活动，广泛调动干部职工的积极性、创造性，不断培育和推出更多的先进典型，为把文联组织建设成学习型、创新型、服务型的先进团体，为繁荣发展社会主义文艺事业作出新的不懈努力。

（二）关于今年上半年中国文联的工作，我想再通报两项重点：

一是以“文联工作创新”为总课题，深入开展全国文联工作大调研。今年3月中旬至4月上旬，中国文联书记处成员分别率领6个调研组，深入到北京、上海、辽宁、浙江、四川、新疆等15个省区市文联、新疆兵团文联、部分县市区文联以及11个全国文艺家协会，围绕“坚持以人民为中心的创作导向”和“加强新形势下文联组织建设”两个重点，从当前存在的突出问题入手，广泛开展调查研究，听取了基层党政领导、文联干部群众和文艺名家代表的宝贵意见，形成了两个具有规律性分析和建设性意见的调研报告，已在中宣部《调研简报》上刊发，并得到中央领导的肯定。这些调研成果，为进一步弘扬以人民为中心的文艺导向、加强文联组织自身建设，奠定了良好的工作基础。通过调研，也为进一步转变文联领导班子思想工作作风、提高科学化决策水平，起到了很好的促进作用。调研中大家提出的意见建议，文联书记处已着手一件件、一步步加以研究解决、加以改进提高。

二是筹备并成立中国文艺志愿者协会，启动文艺支教试点项目，深入开展面向基层的文艺志愿服务。自去年5月中国文联启动文艺志愿服务工作以来，得到了各团体会员和基层文联的踊跃响应，纷纷建立起文艺志愿服务组织，积极开展了一系列丰富多彩的文艺志愿服务活动。为进一步贯彻落实党的十八大精神，积极探索建立文艺志愿服务长效机制，继今年2月中国文联文艺志愿服务中心正式挂牌运行后，经过大量的筹备工作，在国务院和民政部的批复支持下，5月23日中国文联聚集全系统和文艺界的力量正式成立了中国文艺志愿者协会，协会主席由姜昆同志担任，协会副主席由各文艺家协会驻会副主席和一批中青年著名文艺家担任，秘书长由志愿服务中心主任兼任，日常工作由中心负责。中心和协会成立以来，联合各文艺家协会、各地文联开展了多种形式、丰富多彩的文艺志愿服务，先后启动实施了文艺支教试点项目，与西部12个省区及新疆兵团文联联合开展了“送欢乐下基层”文艺志愿服务西部行活动，中国艺术报社与全国副省级城市文联同时启动“到人民中去”文艺志愿者惠民服务大行动，有关全国文艺家协会还组织了戏剧、音乐、美术、曲艺、舞蹈、摄影文艺家志愿服务小分队，深入雅安地震受灾群众安置点，进行慰问演出和采风创作活动等，这些都深受基层群众的热烈欢迎和社会各界的广泛好评。6月27日，中共中央政治局委员、中央书记处书记、中宣部部长刘奇葆同志专门作出批示：“艺术家们为灾区人民送去了欢乐，表达了深情，鼓舞了斗志，感谢各位艺术家和全体演职人员为抗震救灾作出的贡献！”文艺志愿服务工作前景广阔、任重道远，希望各位全委会委员和著名文艺家带头参加、积极参与，力所能及地把智慧才华和精品力作奉献给广大基层群众。

中国文联上半年除以上重点工作外，还有大量专项工作，我这里就不一一通报了。

（三）关于今年下半年的工作，按照中央的要求和年初全委会的部署，着重强调两项主题实践活动：一是结合文艺创作实际，积极开展“追寻中国梦”的主题文艺实践活动。二是结合文联工作实际，深入开展以“为民、务实、清廉”为主要内容的群众路线教育实践活动。

第一，关于在文艺界积极开展“追寻中国梦”的主题文艺实践活动

伟大的事业，源于伟大的梦想。当前，我国正处于全面建成小康社会、实现“中国梦”的重要战略机遇期。党的十八大以来，习近平总书记发表了一系列重要讲话，明确提出了实现“中国梦”的时代主题。他反复强调，实现中华民族伟大复兴，就是中华民族近代以来最伟大的梦想。“中国梦”就是中国特色社会主义的共同理想，是人民幸福之梦、国家强盛之梦、民族振兴之梦。“中国梦”这一时代最强音，已经成为维系海内外中华儿女共同理想的心灵纽带，成为激发亿万人民强烈爱国心和进取心的精神火炬，更为我们广大文艺工作者施展才华提供了广阔空间。

一代人有一代人的使命，一个人有一个人的担当。中华民族自古以来就有家国情怀和以天下为己任的优良传统。对于文艺工作者来说，我们每一个人都有着追求美好生活和攀登艺术高峰的梦想和憧憬，同时我们每一个人的肩上都担负着实现“中国梦”的神圣使命和时代责任。而今天，我们在中国特色社会主义道路上实现“中国梦”，就要为“两个一百年”的建设目标而努力奋斗。这就是党的十八大提出的，在中国共产党成立100年时全面建成小康社会，在新中国成立100年时建成富强民主文明和谐的社会主义现代化国家。实现“中国梦”，就要充分发挥文化引领风尚、教育人民、服务社会、推动发展的独特作用，为推动文艺事业大繁荣大发展、建设文化强国而努力奋斗。实现“中国梦”，就要为多出精品、多出人才，为推出一大批无愧于时代、无愧于人民、无愧于历史的优秀作品，建设一支人民爱戴的、德艺双馨的文艺大军而努力奋斗。

文艺事业，是塑造美好心灵、熔铸民族精神、激发创造活力的崇高事业。当今中国，在经济科技迅猛发展、人们生活水平显著提高、文化民生明显改善的前提下，人民大众期盼过上更加美好幸福的生活，比以往任何时候都更需要精神的力量、文化的力量、审美的力量、人格的力量。文艺工作者实现“中国梦”、“强国梦”，就要坚持走中国特色社会主义文化发展道路，坚持以人民为中心的创作导向，坚持讲好中国故事、唱响中国声音、抒发中国情怀、塑造中国形象，创作更多体现中国特色、中国风格、中国气派，承载中国梦想、弘扬中国精神、凝聚中国力量的优秀文艺作品，使广大人民群众进一步增强道路自信、理论自信、制度自信，使实现伟大的中国梦成为人民群众的自觉追求和实际行动，成为倡导和推动科学发展的强大精神动力。

讲好中国故事，就需要我们用艺术的方式深入发掘和深情讲述千百年来中国人民胸怀理想、脚踏实地、奋力拼搏，用诚实劳动和顽强意志创造美好生活、梦想成真的感人故事，努力做到形象化、具体化、生活化，见人、见物、见精神。

唱响中国声音，就需要我们用艺术的方式充分展现当代中国人民积极投身改革开放和现代化建设伟大实践的豪迈气概、精神风貌，大力讴歌以爱国主义为核心的民族精神和以改革创新为核心的时代精神，大力唱响国家富强、民族振兴、人民幸福、社会和谐的时代主旋律，不断增强人民群众昂扬向上、奋发进取的精神力量。

抒发中国情怀，就需要我们在文艺创作中，自觉把个人的审美追求与国家情怀、民族情怀、人民情怀相融合，真情抒发人民大众追求真善美、实现中国梦的美好情怀，生动反映中华儿女感天动地的大情大义大爱情怀。

塑造中国形象，就需要我们在文艺创作中，精心塑造一大批具有民族精神、传统美德、时代品格、鲜明个性的中国人民的典型形象，充分展现人们追求自由、平等、公正、法治的社会生活理想，全面反映当代中国迈向富强、民主、文明、和谐的现代化国家和实现中华民族伟大复兴的奋斗历程。

中国文联各团体会员、各单位要周密部署、精心组织，以“追寻中国梦”为主题，积极开展采风创作、志愿服务、文艺评论、学习培训和宣传教育等活动，引导广大文艺工作者和文联干部职工紧密联系文艺实践和工作实际，深入理解“中国梦”的时代意义和丰富内涵，深入文艺创作、文艺工作第一线，深入到人民群众中去，不断汲取创作素材，激发创作灵感，提升创作水平和创新能力，努力推出更多追寻中国梦想、讴歌时代精神、深受群众喜爱的优秀作品。文联所属

报刊杂志网站等媒体，要扩大专题报道，加强舆论引导，奏响“中国梦”的时代最强音。

第二，关于在文联系统开展“为民、务实、清廉”为主要内容的群众路线教育实践活动

习近平总书记明确指出，开展党的群众路线教育实践活动，是我们党在新形势下坚持党要管党、从严治党的重大决策，是顺应群众期盼、加强学习型服务型创新型马克思主义执政党建设的重大部署，是推进中国特色社会主义的重大举措，对保持党的先进性和纯洁性、巩固党的执政基础和执政地位，对全面建成小康社会，具有重大而深远的意义。中央强调，这次教育实践活动的重点是县处以上领导干部和领导班子，活动的主要内容是为民务实清廉，活动的切入点是贯彻八项规定，活动的总要求是“照镜子、正衣冠、洗洗澡、治治病”，主要任务聚焦在作风建设上，集中解决“四风”问题，即坚决反对形式主义、官僚主义、享乐主义和奢靡之风，着重解决工作不实的问题，着重解决在人民群众利益问题上不维护、不作为的问题，着重克服及时行乐思想和特权现象，着重狠刹挥霍享乐和骄奢淫逸的不良风气。

中国文联书记处和各级领导班子、领导干部要认真学习贯彻习近平总书记的重要讲话精神，把这次教育实践活动作为重大政治任务抓紧抓好抓实，把思想和行动统一到中央的要求上来，把作风建设放在更加突出的位置，把加强学习教育、改进工作作风、严格制度建设和推动文联工作创新、促进文艺事业发展结合起来。我们将集中三个月时间，按照三个规定环节的部署，一是学习教育、听取意见，二是查摆问题、开展批评，三是整改落实、建章立制，紧密结合文联作风建设的实际，扎实开展好这项活动。我们要坚持开门搞活动、广泛听意见，着力解决突出问题，务求取得实实在在的成效。要通过这次教育实践活动，使为民务实清廉的价值追求深深植根于党员干部的思想行动中，进一步引导各级领导干部不断提高调查研究、掌握实情的能力，提高科学决策、民主决策的能力，提高解决问题、化解矛盾的能力，提高宣传群众、组织群众、服务群众的能力，进一步提升文联组织和干部的整体素质和形象，进一步推动文艺事业和文联工作创新发展。希望各位全委会委员对文联书记处更好地加强作风建设提出宝贵意见，并给予批评和监督。

对于全国文艺界和广大文艺工作者来说，树立群众观点、贯彻群众路线，重点是要把“为民服务”的要求切实落到实处，把满足人民精神文化需求作为文艺工作的根本出发点落脚点。

一是站稳群众的立场，摆正自身的位置，把人民群众放在心中最高位置。我们要从感情上、思想上、行动上贴近人民，拜人民为师、向人民学习，融入人民大众之中，书写人民所思所想，反映人民所急所盼，为人民鼓与呼。二是坚持以人民为中心的创作导向，把人民群众作为文艺创作的表现主体。人民群众对美好生活的追求就是我们奋斗的目标。我们要坚持不懈地深入群众、深入生活，把人民群众的社会生活作为文艺创作的唯一源泉，把人民群众作为艺术表现的“主人公”，尊重人民群众的首创精神，反映人民群众的现实追求、社会实践和历史伟业，自觉地为民放歌、为民抒写、为民立传。三是坚持为民惠民乐民，把人民群众作为文艺工作的服务对象。文艺源于人民，植根于人民，也应服务人民、回报人民。我们要密切与人民大众的血肉联系，把最优秀的精神食粮送到人民群众当中去，积极参与文艺志愿服务等文化惠民活动，让群众分享文化改革创新和文艺繁荣发展的最新成果。四是坚持把人民群众满意不满意作为检验和评价文艺作品的根本标准。马克思主义唯物史观认为，人民是历史的创造者，群众是真正的英雄，人民群众是人类社会发展的决定性因素。因而我们必须把人民群众满意不满意作为检验文艺作品和文艺工作成效的根本标准，把满足人民群众精神文化需求作为我们工作的出发点和落脚点。五是自觉践行“爱国为民 崇德 尚艺”的文艺界核心价值观。我们要牢记文艺工作者的社会责任，不断提高自身素养和道德修养，始终追求德艺双馨，坚持以优秀的作品鼓舞人、以高尚的精神塑造人，为提高全民族的思想文化素质、提升人民大众的审美情趣和道德情操发挥更大的作用。

同志们，我们已经阔步迈入一个追梦圆梦的伟大时代，中国特色社会主义文艺事业呈现出蓬勃发展的良好态势。让我们更加紧密地团结在以习近平同志为总书记的党中央周围，以高度的文化自觉和文化自信，以良好的精神面貌和扎实的工作作风，锐意进取、真抓实干、奋发有为，不断推动文艺事业和文联工作取得新的更大的业绩。

在中国美术家协会第八次全国代表大会开幕式上的讲话

中国文联党组书记、副主席　赵　实

（2013年11月25日）

尊敬的刘奇葆部长、各位领导，

各位代表、各位嘉宾，同志们、朋友们：

中国美术家协会第八次全国代表大会今天隆重开幕了。这是我国美术事业在新的历史起点上继往开来、创新发展的一次重要会议，对于进一步团结动员广大美术工作者深入贯彻落实党的十八大和十八届三中全会精神，努力推进社会主义文艺事业大繁荣大发展，实现中华民族伟大复兴中国梦，具有十分重要的意义。中共中央政治局委员、中央书记处书记、中宣部部长刘奇葆同志亲临大会，充分体现了党中央对美术事业的高度重视，对广大美术工作者的亲切关怀和殷切期望，我们倍感亲切、备受鼓舞。在此，我谨代表中国文联主席团和书记处，向大会的召开表示热烈祝贺！向勤奋耕耘在美术事业第一线的各位代表和广大美术工作者致以诚挚的问候和崇高的敬意！向出席今天会议的各位领导、各位嘉宾表示衷心的感谢！

第七次全国美代会召开以来的五年，是我国美术事业大发展大繁荣、取得历史性成就的五年。美术界以其独特的审美创造、丰富的艺术实践、精美的艺术作品和不断涌现的优秀人才，为中国文艺的百花园绘就了绚丽多姿、浓墨重彩的华章。五年来，广大美术工作者始终牢记时代和人民赋予的神圣使命，认真贯彻党的文艺路线方针，坚持以人民为中心的创作导向，深入基层、潜心创作，推陈出新、精益求精，用饱含激情的笔触讴歌人民群众建设社会主义美好家园的伟大实践，努力推出了一大批具有中国风格、中国气派、题材多样、内涵丰富、品质上乘的艺术精品，积累了许多宝贵的美术创作经验，为传承中华民族优秀文化、繁荣发展美术事业，丰富人民精神世界，发挥了不可替代的重要作用。五年来，每当党和国家遇到大事、喜事、难事、急事，美术工作者总能率先行动、倾情奉献、激情描绘，积极投身主题创作、抗灾救灾、文化惠民和社会公益行动，为基层群众送去亲情和温暖，为社会发展注入希望和力量。实践证明，我国的美术工作者队伍是一支理想坚定、素质优良，有高度的文化自觉和社会担当的队伍，是一支能够为实现中华民族伟大复兴中国梦作出更大贡献的队伍！

五年来，中国美协始终坚持“二为”方向、“双百”方针和“三贴近”原则，坚持中国特色社会主义文艺发展道路，认真履行联络、协调、服务基本职能，充分发挥组织、引导、服务、维权的重要作用，围绕党和国家中心工作，开展了一系列卓有成效的工作，得到了中央领导和社会各界的充分肯定。围绕改革开放30周年、新中国成立60周年、建党90周年和党的十八大召开，精心策划举办各类主题鲜明、影响广泛的主题创作展览和少数民族系列专题研究展。认真组织实施中华文明历史题材美术创作工程，倡导积极健康的美术理论评论，推出了一大批优秀美术作品和美术人才。“中国美术奖•终身成就奖”、“中青年美术家海外研修工程”、“西部少数民族地区青年美术家培训计划”等服务项目效果显著。认真组织美术家踊跃参加“送欢乐下基层”、“四惠基层”、美术支教、美术培训等文化惠民志愿服务，赢得广泛赞誉。整合五年一届的全国美展、三年一届的全国青年美展、两年一届的北京国际美术双年展，形成三大优秀作品展示平台。精心举办“中国当代美术世界行”、全国美展获奖作品海外巡展等品牌活动，促进了中国美术的国际传播。美协自身建设逐步增强，服务意识和服务能力大幅提升，凝聚力、引导力显著提高。

文艺是民族精神的火炬，是人民奋进的号角。文艺的创新发展，总是与时代的脉搏共振，与国家的命运紧密相连。党的十八大确定了“两个一百年”的奋斗目标，习近平总书记提出了实现中华民族伟大复兴中国梦的时代最强音，极大地

激发了全体中华儿女为实现国家富强、民族振兴、人民幸福而不懈奋斗的信心和决心，为我国文艺事业的繁荣发展提供了广阔的空间。中国梦是人民的梦，也是广大文艺工作者的梦。我们美术工作者实现“中国梦”，最重要的就是要坚持走中国特色社会主义文艺发展道路，坚持以人民为中心的创作导向，努力深入生活、深入群众，为人民放歌，为时代写真，用手中的画笔精心描绘奋进的中国、和谐的中国、美丽的中国，努力创作出更多思想精深、艺术精湛的优秀美术作品。大力弘扬社会主义核心价值体系，积极践行“爱国、为民、崇德、尚艺”文艺界核心价值观，努力提高艺术素养和美学品格，树立良好的职业道德，积极推进艺术创新，热心参加“追寻中国梦”的主题文艺创作和文艺惠民志愿服务，争做人民爱戴、德艺双馨的优秀美术家，为建设社会主义文化强国贡献才华和力量。

中国美协是中国文联的重要团体会员，是繁荣发展社会主义文艺事业的重要力量。希望大会全体代表认真学习、深入贯彻刘奇葆部长在今天开幕式上发表的重要讲话精神，同心同德、群策群力，把第八次全国美代会开成一个高举旗帜、团结鼓劲、开拓创新的大会。希望即将选举产生的新一届中国美协领导班子不辱使命、不负众望，锐意进取，甘于奉献，更好地服务大局、服务人民、服务会员和全国美术工作者，努力创新工作理念、组织体系和活动方式，不断增强团结引导、联络协调、服务维权的能力，广交深交美术家朋友，更广泛地团结凝聚各民族各方面美术工作者，多出精品、多出人才，为推进我国美术事业的繁荣发展和社会主义文化强国建设作出新的更大贡献。

各位代表、同志们，我们正处于一个追梦筑梦的伟大时代，中国特色社会主义伟大事业催人奋进。让我们更加紧密地团结在以习近平同志为总书记的党中央周围，高举中国特色社会主义伟大旗帜，坚持以邓小平理论、“三个代表”重要思想、科学发展观为指导，团结奋进、扎实工作，为建设社会主义文化强国和实现中国民族伟大复兴的中国梦而努力奋斗！

祝中国美术家协会第八次全国代表大会圆满成功！

祝各位代表、各位美术家朋友身体健康！艺术之树常青！

在中国电影家协会第九次全国代表大会开幕式上的讲话

中国文联党组书记、副主席　赵　实

（2013年11月29日）

尊敬的刘奇葆部长、各位领导，
尊敬的各位老艺术家、各位代表、各位嘉宾，
同志们、朋友们：

大家上午好！

五月的北京，生机盎然、百花竞放。在纪念毛泽东同志《在延安文艺座谈会上的讲话》发表70周年之际，我们欢聚一堂，共同举行中国文联文艺志愿服务活动的启动仪式，具有十分重要的意义。在此，我受孙家正主席的委托，代表中国文联主席团和党组全体同志，对中国文联和各文艺家协会文艺志愿服务团的组建表示热烈的祝贺！对热情支持并积极参与志愿服务活动的各位艺术家朋友和广大文艺工作者致以崇高的敬意！对大力支持此次活动的中宣部领导和所有记者朋友们表示衷心的感谢！

70年前，毛泽东同志在延安文艺座谈会上发表重要讲话，创造性地阐释了我们党关于文艺工作的一系列重大理论问题，鲜明地提出了文艺要为人民大众服务的著名论断，确定了党对文艺工作的根本方针，强有力地指导和推动了党领导的文艺事业蓬勃发展。70年来，我国一代又一代文艺工作者在《讲话》精神的指引下，在党和政府的亲切关怀下，与时代同行、与人民同心，积极投身革命、建设和改革开放的伟大实践，创作出一批又一批催人奋进、高扬民族精神和时代精神的优秀作品，涌现出一批又一批德艺双馨的文艺工作者，开创和巩固了文艺事业大发展大繁荣的良好局面。今天，我们在这里启动中国文联文艺志愿服务活动，目的就是要按照中央要求进一步继承弘扬《讲话》精神、发扬党的文艺工作优良传统，贯彻落实党的十七届六中全会精神，团结动员广大文艺工作者热心公益事业、以社会志愿服务的方式投身公共文化建设，更好地走进基层、服务群众，奉献社会、提高自身，进一步推动中国文联“送欢乐下基层”等文化惠民活动经常化、制度化，把文艺志愿服务推进到一个新的阶段、提高到一个新的水平，为不断满足基层群众的精神文化需求、推动社会主义文化大发展大繁荣作出新贡献。

志愿服务是现代社会文明进步的重要标志，体现着公民的社会责任，反映了社会发展进步的时代要求。文艺志愿服务是文艺工作者参与社会实践、奉献艺术才华、服务人民群众的重要途径，是文艺界在新的历史条件下继承弘扬《讲话》精神的重要体现。近年来，广大文艺家和文艺工作者不辞辛苦，不计报酬，放弃演出档期，放弃和家人团聚的机会，积极参加各种文艺志愿服务活动，在重大事件、重大活动的现场，都能看到文艺志愿者辛勤奔波、无私奉献的身影。广大文艺志愿者以高度的社会责任感、高尚的道德情操和高超的艺术才华，播撒文化和文明的阳光雨露，受到人民群众的热烈欢迎和广泛赞誉。当前，党和国家高度重视文艺志愿服务工作，党的十七届六中全会明确指出，要壮大文化志愿者队伍，鼓励专业文化工作者和社会各界人士参与基层文化建设和群众文化活动，形成专兼结合的基层文化工作队伍。国家“十二五”时期文化改革发展规划纲要，将支持文化志愿服务活动并实现制度化，作为健全社会保障体系的重要内容。中共中央政治局委员、书记处书记、中宣部部长刘云山同志高度重视中国文联文艺志愿服务活动，专门发来贺信明确要求我们，要积极参加面向基层的文艺志愿服务活动，努力为人民群众送去精神食粮、送上欢乐温馨。中宣部翟卫华副部长今天又专程赶来出席会议给予指导，这充分体现了文艺志愿服务活动的重要意义和深远影响。我们要认真贯彻落实中央的要求，最广泛地凝聚文艺界的力量，持续、持久地把文艺志愿服务送到基层、推向深入。

中国文联党组近日印发了《关于深入开展文

艺志愿服务的意见》，对中国文联及各团体会员开展文艺志愿服务工作进行了全面部署。刚才，李屹同志又宣读了《意见》。这里，我想再强调几点意见。

深入开展文艺志愿服务，要坚持为人民服务、为社会主义服务的方向。希望文联系统各团体会员和各单位，积极引导广大文艺工作者面向基层、面向群众，始终把“文化惠民、文化为民、文化乐民”作为根本宗旨，把弘扬先进文化、体现“公益、无偿、利他”作为基本要求，把关爱他人、服务社会与实现个人价值有机统一起来，坚定不移地走与时代、与人民相结合的文艺道路，到艰苦地区、贫困地区、边疆地区、少数民族地区去，到最基层、最困难、最需要文化艺术的群众中去，从服务人民大众中得到思想启迪和艺术灵感，创作和展演更多为人民群众喜闻乐见的文艺精品。

深入开展文艺志愿服务，要大力弘扬志愿服务精神。希望各全国文艺家协会积极发挥表率作用，发挥人才集聚、名家荟萃的优势，广泛动员文艺家和文艺工作者、文艺爱好者自愿参与，不断壮大文艺志愿者队伍。希望广大文艺家和文艺工作者自觉践行“爱国、为民、崇德、尚艺”的文艺界核心价值观，大力弘扬“奉献、友爱、互助、进步”的志愿服务精神，以满腔的热诚、无私的奉献、高尚的情操、精湛的艺术，向社会传递人间温暖，展示大情大义，引领文明风尚，净化美好心灵。

深入开展文艺志愿服务，要力求内容形式丰富多样。我们的文艺志愿者来自不同岗位，我们的服务对象也会千差万别，这就要求我们的文艺志愿服务，必须结合实际、突出特色，发挥优势、挖掘潜力，拓宽思路、形式多样。要紧紧围绕基层党委政府的中心工作，密切关注群众的需求，尊重群众意愿，有针对性地开展志愿服务。我们要努力打造文艺志愿服务活动的品牌，既可以组织采风慰问演出、展览展示展映等“送文化”活动，也可以开展专业培训、辅导讲座、文艺支教等“种文化”活动，还可以开展扶贫济困、助残解难、尊老爱幼、抢险救灾、普及科学等“送温暖献爱心”活动。既可以在重要纪念日、节假日期间开展一些示范性活动，也可以在日常文化生活中开展定期定点的经常性、专项性活动。总之，我们要依靠各文艺家协会和各团体会员的精心策划和有力组织，依靠广大文艺家和文艺工作者的智慧和力量，努力做到真抓实干、务求实效。

深入开展文艺志愿服务，要建立和完善文艺志愿服务体系。希望文联各团体会员紧紧依靠各级党委政府的支持，积极争取各地党委政府把文艺志愿服务纳入社会志愿服务工作的总体规划，在工作上给予指导，在政策上给予支持，为文艺志愿服务的健康发展提供有力支撑。文联系统要积极拓展联络协调服务的职能，逐步建立覆盖广泛、上下联动、规范有序的文艺志愿服务网络，创造条件组建文艺志愿服务管理中心，完善服务运行机制，建立表彰奖励制度，加大协调管理力度，积极为文艺志愿者开展志愿服务创造条件、提供保障。同时，深入开展文艺志愿服务理论与实践的研究，积极探索新形势下文艺志愿服务的特点和规律，创新活动载体，及时总结经验，不断提高文艺志愿服务工作水平，推动各项文化惠民活动可持续发展。

我们衷心希望广大文艺家和文艺工作者勇于担当社会责任、结合自身实际、发挥聪明才智，更加积极、更加热情地参与文艺志愿服务活动，在志愿服务中获取灵感、汲取营养，在志愿服务中陶冶情操、磨砺品格，把人间温暖送到基层，把文化艺术种在基层，自觉做到为人民抒写，为人民放歌。

各位艺术家，同志们！

我们正处在全面建设小康社会、实现中华民族伟大复兴的时代，坚持中国特色社会主义文化发展道路、建设社会主义文化强国，对文联的工作提出了新的更高的要求。让我们在《讲话》精神和党的十七届六中全会精神、九次文代会精神指引下，积极响应时代的召唤，牢记党和人民的嘱托，同心同德、扎实工作，开拓进取、无私奉献，努力以优异成绩迎接党的十八大胜利召开，为推动社会主义文化大发展大繁荣作出新的更大贡献！

最后，衷心祝愿中国文联文艺志愿服务团的采风慰问活动取得圆满成功！

传递文艺正能量　唱响网上主旋律

——在中国文联网络与信息工作座谈会上的讲话

中国文联党组书记　副主席　赵　实

（2013年10月31日）

同志们：

今天，网上文艺家社区和中华文艺人才信息数据库——采集应用平台正式上线开通，标志着文联系统网络信息化建设迈出了新的步伐，取得了新的成果，令人鼓舞振奋。同时，我们在这里召开中国文联网络与信息工作座谈会，首次对文联系统网络信息工作进行总结交流和专项动员部署，具有十分重要的意义。会议的主要任务就是要认真学习贯彻落实党的十八大精神和全国宣传思想工作会议精神，贯彻落实中央关于加强互联网建设的部署要求，紧密联系文艺工作实际和文联工作实际，总结交流网络信息工作取得的进展成效和主要问题，深入研讨文联系统加强信息化建设的重要意义、工作思路、主要任务和协同机制，努力提升新形势下文联网络信息工作水平和团结引导服务水平，使文联组织在推动文艺繁荣发展、建设社会主义文化强国中发挥更大作用。

在此，我代表中国文联书记处，向积极投身文联工作信息化建设的各级文联的同志们致以诚挚的问候！向大力指导支持中国文联信息化建设的中宣部、中编办、国务院互联网信息工作办公室、财政部等有关方面领导同志表示衷心的感谢！向中央各新闻单位以及有关方面的朋友表示衷心感谢！

这里，我代表书记处讲三点意见，与大家交流。

一、深刻把握信息化建设对于做好新形势下文艺工作和文联工作的极端重要性紧迫性

信息化是当今世界经济社会发展的必然趋势和时代潮流。我们党高度重视信息化建设，党的十八大把信息化水平提升作为全面建成小康社会的重要目标之一，并从国家发展战略的高度强调了信息化在现代化建设中的重要作用。互联网已经成为舆论斗争的主战场，直接关系到我国意识形态安全和政权安全。中国文联作为党和政府联系文艺界的桥梁和纽带，担负着团结引导广大文艺工作者，推动社会主义文艺大发展大繁荣、建设社会主义文化强国的重要职责。大力推进信息化建设，对于充分发挥文联系统包括各团体会员的优势，在文艺作品传播、文艺人才服务、文艺资源开发和文联组织建设等方面，广泛运用互联网技术和新媒体平台，切实创新文联工作手段，提高文联工作科学化水平，更好地服务广大文艺工作者，推动文艺事业繁荣发展，具有极其重要的意义。

1. 有利于壮大网络文艺阵地，传播正能量，唱响主旋律。随着互联网信息技术迅速发展，互联网、手机已经成为重要的传播媒介，成为人们获取信息的重要途径，深刻地改变着人们的工作和生活，影响着人们的思想意识和价值观念的形成。主要体现在：一是网民规模不断扩大。据统计，目前我国网民数量已近6亿人，手机网民数量达4.6亿多人，其中微博用户达3.3亿多。很多人特别是年轻人，大部分信息都从网上获取。二是网民对网络的使用频率在不断增强。据调查，我国网民人均每周上网时间长达到21.7 个小时，网民人均每周手机上网时长达11.8个小时，近80%的手机网民每天至少使用手机上网一次；三是网络文艺传播空前活跃，网络文艺形式丰富多彩。传统文艺作品借助网络扩大了传播力和影响力，如影视、音乐、书画、摄影和民间文艺作品，戏剧等舞台艺术作品获得了更便捷的传播渠道和市场空间。网络自制文艺创作日益活跃，新的文艺样式、文艺业态层出不穷。应该看到，互联网在丰富人们精神文化生活方面发挥着越来越重要的作用，但同时也给我们的文化艺术工作带来了许多新挑战新考验。比如一些网络文艺作品粗制滥造、低俗媚俗，有的网络作品挑战历史真实和社会道德的底线，胡编乱造、歪曲历史，个别网络文艺

“大V”利用自身影响发布虚假信息、不良信息，混淆视听等等，给广大网民尤其是青少年网民的思想意识和价值导向带来严重的负面影响。中央领导同志指出，互联网的裂变式发展对宣传思想文化工作的影响是全方位的、深层次的，其积极功能、正面作用是强大的、不容置疑的，但面临的问题也前所未有、不可小视。作为党领导的文艺界人民团体，我们必须从争夺群众、争夺人心的政治高度来认识互联网发展和信息化建设的重要性和紧迫性，必须进一步强化忧患意识、阵地意识、责任意识，把网上文艺工作作为文联工作的重中之重来抓，尽快掌握网上开展工作的主动权，努力建设一支强大的文艺网军，理直气壮地讲好中国故事，唱响中国声音，塑造中国形象，弘扬中国精神，大力传播社会主义核心价值观，传递文艺正能量，唱响网上主旋律。

2．有利于整合开发、传播利用浩瀚的文艺资源，提升网上公共文化服务能力。各级文联组织和文艺家协会联系着一支浩浩荡荡的文艺家队伍，这是我们推动社会主义文艺大发展大繁荣的主力军。文艺家的艺术作品和艺术档案，是中华民族文化宝库中一笔巨大的精神财富，反映了文艺发展的历史脉络、重要成果和现实状况，但现在这些宝贵资料多为分散保存，亟待我们运用数字化网络化技术进行整理储存、修复转化、集成和展示。还有，我国现存的大量的、地域性的、多样性的文艺资源，诸如数百种地方戏曲，数千种地方曲艺，数不清的民歌曲调，无以计数的民间艺术种类等等，都是中华民族乃至全世界的珍贵文化遗产，也亟待得到集中整理、保护和传承。大力加强信息化建设，搭建先进的数字化平台，促使我们对中华文艺的名家作品、艺术形象、创作历程、技术手段、发展历史、业态生态等，进行动态的影像记录，实现中华文艺资源存储的数字化、服务的智能化和资源共享的最大化，打造数字化的中华文艺“四库全书”，传承和保护中华文艺的宝贵精神财富，具有十分重要的意义。

3．有利于创新文联工作手段，建设网上服务新平台，提升文联组织的广泛覆盖和有效引导。“明者因时而变，知者随事而制”。随着经济和社会的发展转型，当前文联的工作对象、内容形式、体制机制等各种条件都已发生了深刻的变化，面对人们网络化生存和网络化生活的发展状况。我们必须从深层次思考、从战略上谋划，如何适应新形势的发展，不断创新工作理念、工作手段、工作机制、工作载体，进一步做好各门类、各层次、各种体制的文艺工作者工作，尤其是有针对性地做好网络文艺家、签约文艺家、独立演员歌手等文艺界自由职业者的工作，这是我们面临的一个崭新课题和紧迫任务。大力加强信息化建设，加快建设“网上文联”，积极搭建文联网络化信息化数字化工作平台，对于拓展网上内容建设、网上组织建设、网上会员服务等工作领域，扩大优秀作品展示和优秀人才推介力度，开展网上文艺评论、舆论宣传、志愿服务、维权咨询、国际交流、教育培训、社交互动等多样化、个性化信息服务，推动各级文联之间、文联与协会之间、与文艺工作者之间的互联互通、密切联系，有效地履行文联团结引导、联络协调、维权服务的重要职能，具有十分重要的意义。

二、认真总结文联网络信息工作取得的进展成效，深入分析面临的主要问题

当前，网络信息服务已经成为中国文联和各团体会员履行职能和开展工作不可或缺的重要手段，适应时代发展大趋势，认知并实践信息化建设的新要求，应该成为文联工作者的基本素质要求。在各级党委政府的大力支持和各级文联组织、协会组织的不懈努力下，文联系统的信息化工作，取得了积极进展，呈现出良好的发展态势。

1．中国文联信息化建设有力推进。多年来，中国文联和各团体会员高度重视并积极推进网络运用与信息服务。上世纪末新世纪初，中国文联就开始注重信息化的建设。2007年，中国文联成立信息化建设工作领导小组，确定了由中国文联党组领导牵头、各单位一把手参加、办公厅和机关服务中心负责协调落实的工作格局，初步提出文联信息化建设的目标、任务和规划，并审定相关建设项目计划等，重点推进了网站建设和办公自动化建设方面的工作。第九次全国文代会以来，在中国文联党组的高度重视和直接领导下，中国文联信息化建设得到快速发展。2011年11月，我们依托中国艺术报，在原有中国文联网的基础上创建了中国文艺网，并与中央电视台合作及时开通中国网络电视台文化社区。目前，中国文艺网

已成为我国综合性文艺网站的排头兵，为发展网上文艺传播和提高舆论引导能力，积累了重要经验。2011年底，争取财政部支持，申报立项实施中华文艺资源数据库工程，每年财政资助2000万元建设资金。2012年，争取中编办支持，组建成立中国文联文艺资源中心，负责中华文艺资源数据库和中华文艺人才数据库建设，统筹配合推进中国文联信息化建设。2013年年初召开的中国文联九届四次全委会提出了建设“网上文联”的工作目标，中华文艺资源数据库工程已在硬件建设的基础上，开展内容建设。截至目前，中华文艺资源数据库已经收集了上千万篇、数百亿字的专业文献、近20万分钟各类文艺视频、20余万张图片资源，数据量、点击量都大大提升。文联机关的电子政务建设和网上办公办文也跨上了一个新的台阶。

2．文联各团体会员单位信息化建设成效显著。经过多年建设，中国文联和全国各文艺家协会，省市区文联和新疆兵团文联，以及产（行）业文联都建立了自己的网站，许多地、市、县文联和地方文艺家协会也建立了网站。这些网站及时传播业界资讯、发布有关文艺信息、展示优秀作品和人才、加强文联和协会组织的内外联络、开展评论评奖和协调服务等，做了大量富有成效的工作，有力地扩大了文联组织的社会影响力。有些网站已经成为本专业领域和本地区最重要的网络文艺资讯平台。中国影协电影史料抢救工程、中国剧协数字梅花工程、中国民协民间文学数字集成工程、中国曲协的曲艺数据库等一系列数字文艺重点建设工程陆续实施，中国书协、影协、舞协、摄协、视协等协会开通了手机报和微信平台，为引领文艺导向、传播文艺信息和加强文艺资源的保护、传承、再利用发挥了积极作用。上海文联网创建了网上互动平台，四川文联新建立了文艺资源中心，天津、广东等省级文联、新疆塔城市文联、内蒙古锡林郭勒盟摄协等地方文联和协会也积极探索实施了网络和数字工程，取得了明显成效，积累了宝贵经验，并与中国文联文艺资源中心开始了工作对接。很多地方文联根据实际，建设了协同办公、财务资产管理、人事信息管理、人才信息管理等电子政务内网平台，办公自动化程度大幅提升，内部办公流程协同化显著加强，提高了工作效率。

但是，我们也要清醒地看到，文联系统的信息化工作起步较晚、基础薄弱、覆盖有限、人才匮乏，我们的思想认识、发展理念、统筹规划、驾驭能力、建设水平、体制机制都亟待完善和提高，与繁荣发展的文艺新形势相比，还显得很不匹配，与高度发达的社会化网络信息服务现状相比，还显得相对滞后。我们有些单位和同志对此认识不到位，认为网络信息化与己无关、可有可无。各团体会员、各单位之间发展不平衡，有的单位至今还没有建立官方网站，有的网站有名无实，内容陈旧、缺乏日常维护管理、作用发挥不充分等等，当然，最重要的是我们的网络人才队伍还亟待吸纳和培养，配套政策和保障机制还有待完善。这些问题需要我们认真对待、攻坚克难、着力解决。

三、扎实推进“网上文联”信息化平台建设，努力提升网上工作创新能力和服务能力

文艺发展，重在建设，重在创新。文联系统的网络化信息化建设是一个庞大的系统工程，既需要中国文联的统筹规划和协调推动，更需要各级文联的积极努力、密切合作，互联互通、共建共享，需要调动各协会、各部门、各单位和广大文艺工作者的热情参与和大力支持，需要各级党委政府的坚强领导和网管部门、技术部门的有力支撑。推动文联信息化建设，需要重点做好以下几个方面的工作。

1．要大力强化顶层设计，研究出台加强中国文联网络与信息工作的意见和规划。中国文联要依靠全系统的智慧和力量，集思广益、群策群力，在充分调查研究的基础上，抓紧制定和出台“关于加强网络和信息建设工作的意见”。加强网络信息化建设工作，要明确坚持以人民为中心的工作导向和先进文化的前进方向，立足符合文艺发展要求、符合文联工作实际、符合网络建设和信息传播规律，力争起点高、落点实，思路清、措施硬、责任明，注重先进性、系统性、战略性、实用性。希望大家通过这次座谈会，进一步交流经验、认识规律，拓宽视野、献计献策，深入研究网上文联建设的特点、布局，内容、模式，重点、措施等具体问题，找准突破口和切入点。我们要尊重各文艺门类的发展规律、统筹做好网络和信

息化建设的实施规划。由于各地区经济社会发展水平不同，希望大家从实际出发，紧密结合自身实际，积极作为，创新发展思路，突出发展重点，明确工作目标，落实工作部署，强化工作要求，积极争取各级党委政府和有关部门的支持，制定切实可行的方法和举措。作为系统工程，信息化建设涉及多部门协同、多领域合作、多业务开展、多资源整合、多网络连接、多矛盾平衡，我们要努力适应这一发展形势和特点，真正使网络信息化建设在加快创新文联工作手段、转变文联工作作风方面发挥重要的牵引和支撑作用，真正使文艺信息服务惠及整个文艺界和文艺工作者，为服务人民群众的精神文化需求作出积极贡献。

2．大力建设“网上文联”，积极开展数字工作平台建设，创新文艺工作和文联工作手段。网络空间已经成为我们的重要工作领域，建设“网上文联”，顾名思义，就是建设网络世界文联，即文联组织适应网络化信息化社会发展的新趋势，贴近网民的新需求，积极运用网络新技术，拓展网上服务新领域，创新网上工作新方式，扩大文联组织新覆盖，建设网上文艺新阵地，谋求文联事业新发展。重点是建设数字文艺工作系列平台，实现对文艺发展重要流程的有效服务。要在数字化和智能化上下功夫，努力实现“两个普及”，即文艺资源数字化工程的基本普及和文联工作信息化应用的广泛普及。要不断提升“网上文艺家社区”建设水平，强化科学运营管理，使之真正成为团结引导和联络服务广大文艺家、文艺工作者，特别是网络文艺名家和青年自由职业者的“网上文艺家之家”，营造有效清朗的网络空间，使之成为推动文艺发展的积极力量。要联合各方力量，整合各方资源，充分利用数字化网络化技术，逐步建设起文艺创作推介平台、文艺理论评论平台、文艺志愿服务平台、文艺维权咨询平台、文艺人才推介平台、文艺评奖信息平台、国际文艺交流平台、艺术品交易平台等文联工作数字化系列平台，不断提升各级文联组织的联络协调服务能力和信息服务能力，扩大文联工作的深度和广度，实现文联工作的智能化和现代化。

3．加快推进文联新媒体建设和办公自动化建设，实现跨越式发展。要继续深入推进中国文联系统网络新媒体建设，推动传统媒体与新媒体深度融合发展，做强做好中国文艺网，发挥示范引领作用，积极争取纳入国家重点网站建设扶持系列。文联系统网站建设要坚持大力弘扬社会主义核心价值观，大力唱响中国梦的时代主旋律，以服务大局、服务人民、服务文艺工作者、服务文艺繁荣发展为己任，把重在内容建设和突出社会效益放在首位，加大舆论引导力度和文艺评论力度，推动多出网络文艺精品、多出网络文艺人才。对外要积极争取多方支持，对内要苦练内功，创新经营管理机制，盘活各类资源，提升造血功能，强化服务能力。各协会、各单位要积极推动具有自己特殊性的文艺资源、出版资源、报刊资源的数字化转化、整合和传播，尽快提高网上服务能力。要以中国文艺网为龙头，以中华文艺资源数据库为基础，进一步统筹全系统各级文联和文艺家协会网络资源，加强各类各地、各单位网站的互联互通，做到各具特色、资源共享，努力形成极具传播力与影响力的中国文艺网站群。熟练运用新媒体新技术手段，聚合各级文联和文艺家协会的文艺资讯，努力形成导向鲜明、信息丰富、规模宏大、影响广泛的文艺新媒体方阵，扩大文联组织的传播影响力和专业服务能力。我们要更好地发挥文艺名家和文艺人才优势，组织推动创作更好更多的网络文艺作品，贴近网民需求，建立名家博客播客，丰富网上文艺内容，通过网络传媒弘扬传播正能量，牢牢占领网络文艺传播主阵地。要继续深入推进中国文联电子政务建设，加快现有平台功能升级，强化服务协调功能，全面推进和深化协同办公OA系统、决策信息服务系统、应用安全管理系统、业务信息资源管理系统和共享系统等建设，进一步提升无纸化、自动化办公水平，全面提升办公效率。

4．系统推进文艺资源数字化建设，建好文艺资源数据平台，构建通畅共享的文艺信息网络体系和服务体系。在大数据时代，拥有全面权威的大数据平台和优质数字资源，是掌握工作主动权、防止边缘化的重要保障。面对亟待系统整理和保护的文艺资源，我们要利用好文联系统的组织优势和专业优势，大力加强文艺资源数字化建设。中国文联文艺资源中心要发挥示范性作用，依托数字技术等高新科技手段，依靠各文艺家协会、各地文联的支持，加强对文艺资源的管理、研究和利用，有效解决和促进珍贵文艺资源的抢救、保护与传播、共享问题。要大规模采集、整理、存储和再利用各类文艺资源，形成具有强大的数据转换与储存能力、极强系统整合功能的文艺资源信息数据中心。要发挥中华文艺资源数据库的平台优势，带动各协会各地区各单位协同建设、有序推进、形成合力。

同志们，文联系统的网络和信息工作已经有了一个良好开端，未来的创新发展，更需大家贡献智慧、贡献力量。希望各全国文艺家协会、地方文联、产（行）业文联和中国文联各部室、各直属单位和各级文联干部进一步解放思想、振奋精神，加快创新、真抓实干，积极发挥各自的专业优势和地域优势，以踏石留印、抓铁有痕的精神和毅力，切实推动“网上文联”建设，推动文联工作信息化建设再上新台阶，推动文联组织在社会主义文化大发展大繁荣和建设社会主义文化强国进程中发挥更大作用。

中国文联九届四次全委会会议总结

中国文联党组副书记、副主席　覃志刚

（2013年1月13日）

各位委员、同志们：

我们这次全委会会议在中央领导同志的亲切关怀下，经过全体与会同志的共同努力，开得很成功，在会议将要闭幕的时刻，我受主席团的委托，对这次会议做个简要的总结。

一、与会同志一致认为，党的十八大吹响了扎实推进社会主义文化强国建设的奋进号角，为开好这次会议、全面提升文联工作提供了科学指南、强大动力

2012年，是党的十八大胜利召开之年，在党和国家发展进程中具有特殊重要意义。与会同志结合讨论全委会工作报告，结合回顾去年各自的工作，深入学习领会了党的十八大精神。大家一致认为，党的十八大站在时代和全局的高度，描绘了全面建成小康社会、夺取中国特色社会主义新胜利的宏伟蓝图，对扎实推进社会主义文化强国建设作出全面部署，为推动文艺繁荣发展提供了新的机遇，也提出了新的更高要求。委员们说，刚刚闭幕的全国宣传部长会议深入分析了面临的形势，提出了今年工作总的思路和主要任务，强调要加强党对宣传思想文化工作的领导，为我们做好文艺工作和文联工作提供了重要遵循。这次全委会会议传达学习了刘奇葆同志关于中国文联工作的重要批示。大家认为，奇葆同志的重要批示，充分肯定了2012年文艺工作和文联工作取得的显著成绩，殷切期望我们在新的一年里，坚持以人民为中心的创作导向，锐意进取、开拓创新，更好地团结广大文艺工作者，推动文艺事业发展繁荣。这既是对我们的巨大鼓舞，更是对我们的有力鞭策，我们一定以此为动力，全力以赴做好2013年工作。这次会议上，孙家正同志站在文化发展全局的高度，强调创作要以人民为中心、要加强文联干工作的思想导向和突出工作重点，言简意赅，思想深刻，意味深长，引起了与会同志的强烈反响和共鸣。翟卫华同志代表中宣部作的讲话，对中国文联工作进行了回顾总结和展望部署，讲话的思想性、前瞻性、针对性很强。大家表示，一定要结合学习贯彻全国宣传部长会议精神和这次全委会会议精神，不断深化党的十八大精神的学习宣传贯彻，增强道路自信、理论自信、制度自信，进一步理清发展思路，明确发展目标，提出发展举措，促进文联工作取得新成绩。

二、与会同志通过深入学习、讨论全委会工作报告，一致认为中国文联去年工作硕果累累、新年度工作布局清晰可行

委员们说，2012年是中国文联深入学习宣传贯彻党的十七届六中全会和十八大精神，推动各项工作取得重要成果、产生重大影响的一年。大家一致认为赵实同志所作的工作报告视野开阔，重点突出，语言平实、文风清新，总结工作实事求是，分析形势准确到位，提出目标科学务实，出台措施切实可行，各项工作部署具体周密，具有很强的思想性、针对性和可操作性。委员们说，过去的一年文联工作取得了重大实质性进步。一是紧紧围绕迎接、宣传、贯彻党的十八大这条主线，精心开展主题文艺活动，营造了良好社会文化氛围。二是深入落实“走转改”要求，文艺志愿服务工作蓬勃开展、前景光明。三是积极开展采风创作和文艺评奖评论评介，优秀文艺作品层出不穷。四是加大服务和培训力度，德艺双馨文艺人才队伍建设取得进展。五是深化对外及对港澳台地区民间文化交流，中华文化国际影响力有效提升。六是注重打基础、谋长远、做实事，文联自身建设进一步加强。文联组织的整体实力和社会影响力得到了明显提升。

2013年，是全面贯彻落实党的十八大精神的开局之年，是实施“十二五”规划承前启后的关键一年，是为全面建成小康社会奠定坚实基础的重要一年。大家谈到，2013年六个方面的重点工作主线清晰、布局合理。在不少方面有新加强、

新拓展、新改进。比如，坚持以人民为中心的创作导向深得文艺家的拥护，委员们说，文艺工作者的责任就是让人民身心得到滋养和享受。在文艺界大力开展新三项学习实践活动是武装头脑、指导实践、推动工作的重要举措。把提高文艺作品质量作为我们工作的永恒主题和核心问题加以强调，并提出加强对重点项目、作品的引导扶持力度具体落实办法，让人既感到耳目一新，又感到切实可行。报告提出的工作措施，如广泛深入开展文艺志愿服务，并在队伍、品牌、组织和机制上下功夫，是真正实现文艺志愿服务规范化管理、社会化运作的有效途径。积极拓展对外和对港澳台文化交流渠道，创新机制和手段，大力开展务实合作和成果交流，是进一步拓展对外交流的内在要求。其他方面如创新体制机制，发挥文联组织在社会管理和服务中的重要作用，建立、健全和创新协会会员联络机制、人才培训机制、服务文艺家机制、文艺维权机制、数字化信息交流机制等，都是文联工作在过去基础上进一步加强一些的有力举措。

三、在大会交流、分组讨论中全体委员以强烈的事业心和责任感介绍了经验、提出了建议，对于进一步改进创新文联工作具有积极意义

这次全委会会议上专门安排了四个团体会员单位做经验介绍，这是转变文风会风的一个举措。其中，上海市文联重点介绍了适应社会体制改革、促进文联组织创新发展的经验，为文联组织开展行业服务和社会管理提供了有益借鉴。新疆维吾尔自治区文联重点介绍精心打造文艺品牌、扩大新疆文化影响力方面的经验，为我们整合资源、凝聚力量提供了有益经验。湖北省文联重点介绍了文艺评论工作，通过抓活动出效益、抓队伍出人才、抓评奖出成果、抓刊物出影响的做法，为我们建设性地开展文艺评论，提供了有益帮助。中国舞协重点介绍了建设新农村舞蹈教室、开展“百姓健康舞”推广培训等活动的经验，为我们开展多种形式的文艺志愿服务，开阔了思路。现在中央强调要深入调查研究，摸着石头过河，从试点上取得经验，再逐步展开、全面推广。今天介绍的经验，是从实践中和工作中得来的第一手的很好经验，有发展，有创新，有特点，对文联工作会有帮助。希望大家认真学习、深入思考，努力在工作中再创新绩。分组讨论中，与会同志以对事业负责的精神和科学的态度，提出了许多好的意见和建议，如要搭建文艺创作扶持、推介、交流平台；文艺家协会要有文化的先觉，要有开阔的文化视野，要增强专业性和艺术性；加强对少数民族文艺的扶持、帮助和挖掘；将产（行）业文联的文艺人才纳入文艺培训计划；关注新兴媒体，重视网络文化和人才，将各地文联网站与中国文艺网实现联网和信息共享。大家在讨论中还对各全国文艺家协会会员发展工作高度关注，希望注重发展青年文艺人才入会。一些地方文联希望与中国文联联合开展一些文艺志愿服务项目，上下联动、资源整合，形成全国文艺志愿服务的网络体系，并注意发挥高等院校师生的作用。港澳委员谈到要有效加强内地与港澳文化交流，特别是请港澳文艺人士到内地了解民族优秀传统文化。还有委员谈到，要加强对外文化交流，拓宽文艺家的国际视野，获得国际认同等等。这些意见和建议，富于建设性和可行性，我们将在今后的工作中认真吸收和采纳。

这次会议结束后，中国文联各团体会员及副省级城市文联负责人要认真做好中国文联九届四次全委会会议精神的传达贯彻，及时向党委和宣传部汇报这次会议的情况和精神，以争取领导的重视和支持。同时，要及时地向广大干部职工和文艺工作者传达好这次会议精神，用会议精神指导、谋划好今年的工作。要以创新精神抓落实，增强工作的创造性、前瞻性，努力实现文联工作新发展；要以科学方法抓落实，调查研究、把握规律，做好统筹协调；要以优良作风抓落实，大力发扬为民、务实、清廉的优良作风，真抓实干、奋发有为。

各位代表、同志们，全面建成小康社会、扎实推进社会主义文化强国建设的伟大实践如火如荼、波澜壮阔，文艺事业和文联工作前景广阔、大有可为。让我们紧密团结在以习近平同志为总书记的党中央周围，高举中国特色社会主义伟大旗帜，团结一心，开拓进取，狠抓落实，攻坚克难，为推动文艺事业大发展大繁荣、建设社会主义文化强国作出更大贡献。

中国文联2013年工作要点

2013年，是全面贯彻落实党的十八大精神的开局之年，是为全面建成小康社会奠定坚实基础的重要一年。根据全国宣传部长会议部署，结合文艺工作和文联工作实际，今年工作的总体思路是：坚持以邓小平理论、“三个代表”重要思想、科学发展观为指导，按照高举旗帜、围绕大局、服务人民、改革创新的总要求，以学习宣传贯彻党的十八大精神为主线，突出强化以人民为中心的工作导向，紧紧围绕多出精品、多出人才的工作重心，着力引导提高文艺创作水平和创造活力，着力扩大文艺志愿服务的覆盖面和影响力，着力提升文艺工作者的思想道德修养和文学艺术素养，着力发挥文联组织在社会管理和服务中的重要作用，进一步团结动员广大文艺工作者坚定不移走中国特色社会主义文化发展道路，为繁荣发展文艺事业、建设社会主义文化强国、全面建成小康社会作出新的更大贡献。

2013年，要着力抓好六个方面重点工作：

一、大力开展三项学习实践活动，把学习贯彻党的十八大精神引向深入

深入开展中国特色社会主义理论学习实践活动，进一步坚定走中国特色社会主义文化发展道路的信念。引导广大文艺工作者深刻领会中国特色社会主义的科学内涵，特别是要深刻领会中国特色社会主义文化发展道路的根本要求，深刻把握建设文化强国的重要部署，力求用马克思主义中国化最新理论成果武装头脑、指导实践、推动工作，切实把社会主义核心价值体系建设要求贯穿到文艺创作和文艺实践之中，切实增强文化自信、文化自觉、文化自强，主动担当起建设文化强国的庄严使命，为实现全面建成小康社会新目标贡献力量。

深入开展以人民为中心的价值理念学习实践活动，进一步增强为民服务的责任意识。引导广大文艺工作者始终坚持“二为”方向、“双百”方针和“三贴近”原则，把人民作为表现主体和服务对象，为人民抒写、为时代放歌。牢固树立以人民为中心的工作导向，准确把握为民服务的工作重点，创新工作载体，落实具体项目，不断提高为民服务的能力和本领。

深入开展文艺界核心价值观学习实践活动，进一步增强追求德艺双馨的自觉性。引导广大文艺工作者树立正确的价值观，自觉遵守职业道德公约，牢记社会责任，恪守职业精神，追求德艺双馨，树立良好的社会形象，自觉抵制低俗庸俗媚俗之风。

二、大力加强对重点项目、重点作品的扶持，努力提升文艺创作水平和创造活力

牢固树立精品意识、创新意识，推动重点创作工程的实施。积极争取各方支持，加强对专项资金的投入和重点项目规划，精心组织重点文艺创作和重大文艺活动，鼓励和支持原创，重视打好文学创作基础，加大对重大现实题材等文艺作品创作的扶持力度。扎实推进中华文明历史题材美术创作工程、中国历代文化名人戏剧创作工程、农村电影剧本创作工程、梅花奖戏曲数字电影工程、全国曲艺精品创作工程、中华文明影像志工程等重点项目，开展“文艺家采风创作基层行”系列活动，推动文艺精品创作。

把握正确的评奖导向，完善评奖机制，推出优秀作品和人才。进一步完善文艺评奖管理办法，把以人民为中心的导向融入到各项评奖工作中。注重将评奖与展演、评介、推出新人新作相结合，认真办好各艺术门类文艺评奖和展演展示活动。办好梅花奖30周年系列纪念活动、第13届中国戏剧节、第22届中国金鸡百花电影节、中国大学生电视节、首届全国曲艺小剧场优秀节目展演、第5届全国少数民族曲艺展演、第7届“小荷风采”全国少儿舞蹈展演和“我们的节日”系列民间文艺活动等各类节展。

加强文艺理论评论，开展健康有益的文艺批评。整合资源、集聚力量，充分发挥各文艺家协会理论评论委员会和地方各级文艺评论家协会的作用，着手筹备成立中国文艺评论家协会，不断加强文艺评论队伍建设。实施文艺评论重点项目。组织编写《中国艺术发展报告》。编辑出版《文艺

发展新态势研究》丛书。有针对性地对当代重大文艺现象、文艺思潮和重点文艺作品进行深入研讨。改进文风，不断增强文艺评论的吸引力、公信力和影响力。

三、创新活动方式，建立长效机制，广泛深入开展文艺志愿服务

广泛动员文艺工作者积极参与志愿服务。通过定向推荐和社会公开招募，组建各级“文艺志愿服务团”，命名一批“文艺名家志愿服务队”和“文艺团体志愿服务队”。在志愿服务过程中，既要开展集中性示范性的活动，更要注重开展小规模多样化的经常性活动，推动“送欢乐下基层”等文艺惠民活动常态化开展。

精心打造一批文艺志愿服务品牌项目。对现有文艺志愿服务项目进行规范推广。启动文艺培训、支教等志愿服务试点，并逐步形成接力机制。组织文艺名家到基层，到西部地区、少数民族地区、欠发达地区进行短期巡讲和重点辅导，培育一批文艺志愿服务基地和文艺创作基地。

建立文艺志愿服务组织保障体系。建立中国文联文艺志愿服务指导委员会。着手筹建中国文艺志愿者协会。适时出台《中国文艺志愿者注册管理办法》。完善文艺志愿服务激励机制和服务保障机制。推动各全国文艺家协会和各级文联建立文艺志愿服务工作组织。

四、积极拓展对外和对港澳台民间文化交流渠道，大力开展务实合作和成果交流

深化对外文化交流品牌建设。继续办好中国国际民间艺术节、“今日中国”艺术周、中国国际摄影艺术展、中日韩戏剧节、中国美术世界行、东盟青少年舞蹈交流、巴黎中国曲艺节、波兰中国彩灯节、国际马戏论坛、中国•东南亚•南亚电视艺术周、中日韩电视制作者论坛等国际文化交流活动。组织艺术团和艺术家赴国外展览、演出、讲学和参加各类国际艺术博览会。选送精品文艺节目参加重大国际艺术赛事。

加强对当代文艺名家名作的译介和展示。启动实施《中国当代文艺名家名作译介工程》，充分运用国际主流媒体，向海外展示当代中国优秀艺术作品和优秀艺术家。启动实施《艺术心桥》项目，积极搭建中外艺术团体和艺术家交流的国际平台。

加强对港澳台文艺人才、文艺团体的交流。积极联络服务港澳台优秀文艺家。继续办好第五届海峡两岸暨港澳地区艺术论坛、第六届海峡两岸合唱节、第5届海峡两岸青少年舞蹈交流、海峡两岸电视艺术节、华语青年影像论坛、第三届海峡两岸欢乐汇、濠江之春—澳门与内地艺术家大联欢等活动。举办海峡两岸书画展，组织梅花奖艺术团赴台湾访演、青少年书法交流团赴台湾交流访问，继续推进中国书法走进台湾、命名兰亭学校等。

五、大力创新体制机制，充分发挥文联组织在社会管理和服务中的重要作用

完善文艺家协会会员联络机制，积极发展新会员。各文艺家协会要积极发现和培养优秀年轻文艺人才，广泛团结各民族、各领域、各门类、各种所有制单位的文艺工作者，积极发展新会员。加强各级文联组织网络体系建设特别是基层文联建设和网上文联建设。

创新人才培训机制，提高文艺人才整体素质。加快筹建文艺研修基地。继续办好中青年文艺创作人才高级研修班、全国中青年德艺双馨文艺工作者高级研修班、全国文艺家高级研修班、全国中青年文艺评论家高级研修班、全国戏曲音乐家研修班、全国中青年戏剧编剧研修班、全国中青年舞蹈编导培训班、高级舞蹈编剧研修班、全国曲艺精品创作研修班和全国各级文联负责人研修班。

完善服务机制，密切联系文艺名家和文艺新秀。建立领导联系著名艺术家制度，完善寿辰节庆、从艺周年、学术研讨、纪念日拜访慰问等制度，精心服务老艺术家。拓展服务文艺家的内容和形式，通过参政议政、表彰奖励、调研座谈、展览展演、采风疗养等，为艺术家提供热心服务。利用各级文联和各协会的专家优势和评奖机制，奖励优秀作品、推出优秀人才，善于发现和热情推介青年人才和文艺骨干，为他们成长成才、投身艺术创作提供尽可能的帮助。

建立文艺维权机制，深入开展维权行动。要在深入调研的基础上，研究制定关于文联组织开展维权工作的意见，推动建立文艺维权服务体系。加强对知识产权等法律法规的研究，与立法机关建立对话协调机制。与执法部门加强联系，参与国家维权专项行动。与司法部门合作建立常态化

调解机制，协调处理重大文艺维权案件。研究推进文艺领域有关法人和著作权人标准合同示范文本的制定。加强维权普法宣传，着手创建文艺维权典型案例数据库，在中国文艺网开设维权公共服务平台。根据需求，为各类文艺活动主办方提供法律咨询服务。

建立数字化信息交流机制，加强文艺媒体传播能力建设。适时召开专题会议，规划文联系统网络平台建设，推动建立文联系统各单位的网上交流互动机制。加快建设中华文艺资源数据库、文艺人才信息数据库，启动建设文联对外交流活动数据库和中国文联期刊资料库等。加快中国文艺网三期建设，开辟网上文艺社区，构建“网上文联”基础平台。进一步加强与各大主流新闻媒体的联系，完善新闻发布、宣传推介机制，加大文艺宣传报道力度。着重办好中国艺术报、中国文艺网（含英文网页）、中国文联出版社和各协会所属的出版、报刊、杂志、网站、手机报等文艺媒体，加快数字化平台建设，大力发展新媒体业务。

六、大力加强文联机关自身建设，以求真务实的作风，扎实做好各项工作

全面提高机关党的建设科学化水平。牢牢把握加强党的执政能力建设、先进性和纯洁性建设这条主线，坚持解放思想、改革创新，坚持党要管党、从严治党，全面加强党的思想建设、组织建设、作风建设、反腐倡廉建设、制度建设，在建设学习型、服务型、创新型党组织上定措施、抓落实、见成效。

突出抓好领导班子和干部队伍建设。各级领导班子和领导干部要强化人民至上、服务人民的执政理念，带头做到把握大局，服务大局；带头坚持民主集中制，严格按程序办事、按规矩办事、按集体意志办事；带头发扬党的优良作风，密切联系群众；带头遵守廉政准则，严格自律；带头加强学习，善学会干；带头开展调查研究，努力形成一批有分量的调研成果。认真做好中国影协、中国美协换届工作。继续深化干部人事制度改革，加大年轻干部培养选拔力度，不断提高文联干部队伍的整体素质。

切实加强作风建设和反腐倡廉建设。认真贯彻落实中央八项规定。扎实开展以“为民务实清廉”为主要内容的党的群众路线教育实践活动，进一步转作风、正学风、改文风，坚决反对庸懒散奢等不良风气。认真落实领导班子和领导干部党风廉政建设责任制，扎实推进反腐倡廉建设。

加强机关和直属单位的建设和管理。以创新务实精神，加强机关建设和管理，努力提高服务质量和办公效率。加快中国文联发展史展厅建设，不断完善中国文艺家之家的功能和服务。与北京市密切合作，加快推进国家大马戏院的立项和建设。加快推进各协会所属艺术中心的机构建设和事业发展，大力推进非时政类报刊的转企改制工作。

Important meetings、events

2014

重要会议、活动

重要会议活动

中国文联九届四次全委会

1月12日至13日，中国文联第九届全国委员会第四次会议在京召开。会议认真贯彻落实中央领导同志提出的要求，号召广大文艺工作者坚持以人民为中心的创作导向，锐意进取、开拓创新，推动文艺事业大发展大繁荣。全国政协副主席、中国文联主席孙家正出席并主持会议。中宣部副部长翟卫华出席会议并讲话。中国文联党组书记、副主席赵实在会上作工作报告。12日举行的中国文联第九届主席团第四次会议审议通过《关于更替和增补中国文联第九届全委会委员的决议》，确认汪天行、张汉平、陈田、顾久4名同志为中国文联第九届全委会委员；庄保斌、郜海镭等2名同志不再担任中国文联第九届全委会委员。中国文联党组副书记、副主席李屹在全委会上通报了中国文联第九届全委会委员的变动情况。上海市文联、新疆维吾尔自治区文联、湖北省文联、中国舞协4个团体会员作了经验介绍。中国文联党组副书记、副主席覃志刚做会议总结。委员们在分组讨论时围绕贯彻落实党的十八大精神、推动文艺事业和文联工作创新发展，中宣部领导讲话，全委会工作报告以及如何落实以人民为中心的创作导向和工作导向等展开热烈研讨，并就如何更好地开展文联工作交流经验、提出建议。中国文联党组成员、副主席杨承志、左中一，中国文联党组成员、书记处书记夏潮、李前光以及中国文联主席团成员，200余名中国文联全委，中宣部文艺局、干部局有关负责同志与会。部分全国文艺家协会主席，各全国文艺家协会领导班子成员、中国文联机关局级以上干部、各直属单位领导班子成员和15个副省级城市文联主要负责人列席会议。

中国文联九届五次全委会暨全国文联系统先进集体和先进个人表彰会

6月30日，中国文联九届五次全委会暨全国文联系统先进集体和先进个人表彰会在京召开。会议认真学习贯彻习近平总书记在党的群众路线教育实践活动工作会上的重要讲话精神，表彰全国文联系统先进集体和先进个人，通报和部署文联有关工作，完成有关人事议题，团结动员广大文艺工作者以更加扎实的工作、更加良好的作风、更加进取的精神，不断开创文艺事业和文联工作的新局面。中国文联主席孙家正主持会议。中国文联党组书记、副主席赵实在会上做了题为《讲好中国故事 追寻中国梦想》的讲话，通报了全国文联工作大调研和筹备成立中国文艺志愿者协会、深入开展面向基层的文艺志愿服务等中国文联上半年重点工作的有关情况，并对下半年即将开展的在文艺界积极开展“追寻中国梦”主题文艺实践活动和在文联系统认真开展党的群众路线教育实践活动进行了安排部署。中宣部副部长翟卫华出席会议并为获奖集体和个人代表颁奖。人力资源社会保障部副部长、国家公务员局党组书记杨士秋宣读了《人力资源社会保障部、中国文联关于表彰全国文联系统先进集体先进个人的决定》。会议表彰了北京市公安文联等50个先进集体、史长义等15名先进个人。获得表彰的全国文联系统先进集体代表苏州市文联主席、党组书记成从武和先进个人代表湖北省长阳土家族自治县文联主席陈哈林在会上做了发言。同时，中国文联对北京市文联《东方少年》杂志社等45个单位和秦岭等37名同志给予通报表扬，分别授予全国文联工作优秀集体和优秀个人荣誉称号。会议增选周涛、夏潮为中国文联第九届副主席。当日上午召开的中国文联第九届主席团第五次会议决定，杨承志不再担任中国文联第九届书记处书记，黎国如不再担任中国文联第九届副主席，聘请黎国如为中国文联第九届荣誉委员，审议通过《关于更替和增补中国文联第九届全委会委员的决议》，确认田宇原、吴丰宽、张和平、张根虎、周涛、麻霞、寇士恺7名同志为中国文联第九届全委会委员；刘斌、孙福海、吴天行、宋新柱、黎国如5名同志不再担任中国文联第九届全委会委员。赵实在全委会上为黎国如颁发证书、证章；覃志刚宣读《关于增聘中国文联第九届荣誉委员的决定》；李屹通报了中国文联第九届主席团第五次会议关于调整中国文联书记处书记的决定和第九届全委会第四次会议以来中国文联全委变动情况；中组部干部三局巡视员、副局长赵凡做了《关于调整中国文联第九届副主席的说明》。中国文联党组成员左中一、夏潮、李前光以及中国文联主席团成员，中国文联第九届全委，中宣部文艺局、干部局和人社部考核奖励司有关负责同志，有关全国文艺家协会主席，受表彰的先进集体和先进个人代表参加会议。各全国文艺家协会领导班子成员，中国文联机关各部室局以上负责同志、各直属单位领导班子成员列席会议。

中国文联党的群众路线教育实践活动

按照党中央的统一部署，在中央教育实践活动第25督导组的有力指导下，自7月份开始，中国文联党组围绕“为民、务实、清廉”的主题，按照“照镜子、正衣冠、洗洗澡、治治病”的总要求，以领导班子和党员领导干部为重点，紧密联系文艺工作和文联实际，着力抓好“学习教育、听取意见”，“查摆问题、开展批评”和“整改落实、建章立制”3个环节工作，扎实开展了党的群众路线教育实践活动。中国文联党组、26个局级单位领导班子、78个基层党组织、657名在职党员参加了教育实践活动。

【基本情况】

中国文联党组高度重视，把教育实践活动作为一项重要政治任务摆在突出位置，及时成立组织领导机构，精心制订活动方案，严密抓好组织实施。

（一）学习教育、听取意见环节

1．学习教育。中国文联党组把思想理论武装放在首位，采取多种形式和方法，对党员干部进行了一次普遍的马克思主义群众观教育，引导党员干部提高理论素养、树立宗旨意识、强化群众观点。一是组织集中学习。中国文联党组理论学习中心组先后组织了21次集中学习，采取研读原著、讨论辨析、体会交流等方式，系统学习了中国特色社会主义理论体系、党章党纪和党的十八大报告和习近平总书记等中央领导同志关于加强作风建设的一系列重要讲话精神，认真研读了《论群众路线——重要论述摘编》、《党的群众路线教育实践活动学习文件选编》、《厉行节约、反对浪费——重要论述摘编》等相关书目。12月中旬，中国文联举办处以上干部培训班，集中5天时间，深入学习领会十八届三中全会和习近平总书记一系列重要讲话精神。其他党员干部以支部为单位，与党组理论学习中心组进行了同步学习。二是安排专题学习。中国文联党组组织安排了《马克思主义群众观点和群众路线》、《中国梦的回顾与展望》、《以党章为镜》、《严格执行廉政准则，增强反腐倡廉的自觉性》四个专题讲座，邀请知名专家教授从理论与实践、历史与现实、经验与教训等多个维度解读反对“四风”的重要性、必要性和解决“四风”问题的方法和途径；集中组织观看了《苏联亡党亡国20年祭——俄罗斯人的诉说》、《失德之害——领导干部从政道德警示录》、《周恩来的四个昼夜》、《杨善洲》等教育片。三是聚焦问题深入学习。中国文联党组针对领导班子、领导干部在“四风”方面存在的问题，深入查摆在思想观念、价值追求、工作方向、服务能力、班子决策、工作作风、工作制度、评价标准、队伍建设、廉洁自律等十个方面存在的突出问题和差距，通过深入学习思考，开展讨论交流，引导各级领导干部从群众路线是党的生命线的高度审视问题，剖析原因，认清危害，纠正不良倾向，从而更加自觉地在文联工作中贯彻群众路线。四是区分层次分类学习。在学习内容和方式方法上，中国文联党组从实际出发，体现各类单位特点、突出各自特色、区分不同层次，科学安排内容，灵活设计载体，增强针对性和实效性。中国文联党组成员和局级单位班子成员以研读原著、研讨交流为

主，做到先学一步、学深一层，发挥引领作用。普通党员干部在学习规定内容的基础上，侧重于辅导讲座和体验式教育等形象直观的学习形式，先后组织参观了《复兴之路》主题展览、革命圣地西柏坡、北京市反腐倡廉警示教育基地等。

2．听取意见。中国文联党组坚持全过程开门搞活动，通过走出去、请进来、面对面、背靠背、发函等多种形式，全方位、多角度听取意见、查找问题。一是深入调研收集意见。党的十八大作出在全党深入开展党的群众路线教育实践活动的总体部署后，中国文联党组就着手谋划准备。3月，中国文联派出6个调研组，分别由党组成员带队，深入北京、上海、辽宁、浙江、四川、新疆等15个省（区、市），广泛开展调查研究，深入了解地方党委政府、基层文联组织和不同层面的文艺家对中国文联在工作和作风方面的意见建议。调研结束后，文联党组召开了为期两天的专题会议，对调研梳理出的意见和问题进行研讨，形成了《关于建立健全以人民为中心创作导向制度机制》和《关于加强新形势下文联组织建设》等调研报告。二是面对面倾听意见。中国文联党组成员和局级单位班子成员分别深入各自联系单位进行调查研究，面对面听取意见。在此基础上，中国文联党组先后召开了文艺家代表、文联干部职工代表、民主党派人士代表、离退休干部代表、基层党组织负责人等5个层面的座谈会，认真听取意见建议。针对当前新型文艺组织和自由文艺工作者不断增多的新情况新问题，中国文联为做好这部分特殊性群众的工作，会同北京市委宣传部、北京市文联专门召开了“北漂”文艺工作者代表座谈会，直接听取他们的呼声和意见。三是背靠背征求意见。中国文联党组先后组织了2次无记名问卷调查，并在各办公地点分别设置了意见箱；分别向在京主席团成员、32个省（区、市）文联和10个产（行）业文联发出征求意见函。此次征求意见的对象具有广泛代表性，既有知名文艺家代表，又有普通文艺工作者代表；既有体制内文艺工作者，又有体制外文艺工作者；既有各级文联组织领导班子成员，又有普通干部职工，共征求到各类意见建议205条。经过认真梳理，最后归纳为28项突出问题。各局级单位领导班子也都采取多种形式广泛征求群众意见。

（二）查摆问题、开展批评环节

中国文联党组把查摆问题、开展批评环节作为承上启下的关键来抓，认真贯彻整风精神，积极开展批评和自我批评。一是广泛开展谈心交心活动。中国文联党组带头开展谈心交心，中国文联党组书记赵实同志和其他党组成员之间、中央督导组成员和中国文联党组成员之间、各位文联党组成员之间以及中国文联党组成员与分管部门负责同志之间，都开展了诚挚深入的谈心活动。河北省委常委班子专题民主生活会召开后，中国文联党组成员之间进行了第二轮谈心，进一步交换意见、查摆问题。中国文联所属各单位领导班子也分别制订了谈心计划，开展了谈心活动。二是认真撰写对照检查材料。中国文联各级领导班子结合征求意见反馈情况和自身思想工作实际，认真撰写了班子对照检查材料和个人对照检查材料。在中央教育实践活动第25督导组的指导下，中国文联党组班子的对照检查材料先后修改了19稿，中国文联党组书记赵实同志和党组其他成员的对照检查材料也多次进行修改。同时，中国文联5个督导组对督导单位领导班子和领导干部的对照检查材料严格把关，对不符合要求的一律退回修改，每个班子和成员的对照检查材料至少进行了三轮以上的修改，有的修改了10多稿。三是直面问题开展批评与自我批评。10月25日，中国文联党组召开专题民主生活会，紧密联系思想、作风和工作实际，以整风精神开展了批评和自我批评，认真查摆班子和成员在“四风”方面存在的突出问题，逐一回应群众提出的意见、上级点出的问题和谈心指出的不足，深刻剖析问题产生的原因，明确了初步整改方向和目标。中国文联所属26个局级单位也分别组织召开了民主生活会，深入开展了批评和自我批评。

（三）整改落实、建章立制环节

中国文联党组始终把解决突出问题作为搞好活动的出发点和落脚点，紧紧围绕反对“四风”，坚持真整实改。一是细化责任抓整改。中国文联党组对查摆出的28项问题拉出清单，逐一定责，属于党组班子集体的重大问题，由党组书记赵实同志承担整改责任；属于分管领域的问题，由党组成员分别牵头整改；属于党组成员个人的问题，个人抓紧整改；当前能改的立即改，一时解决不了的，积极创造整改条件，明确整改时限。做到不仅每一项整改任务都有党组成员牵头负责，而且把具体任务分解到了具体部门、具体单位和具体人员。二是专项整治抓整改。中国文联党组重点围绕“节俭办晚会、严格财务管理、规范命名挂名”等三个方面进行专项整治。2014年的“百花迎春大联欢”不仅经费从800万压缩到500万，而且规模也大大缩小。2014年元旦春节期间开展的“我们的中国梦”送欢乐下基层文艺志愿服务共35场活动，都严格审批程序、严格接待标准、严控经费支出。对中国文联和各协会在开展活动时接受政府资助、社会捐赠、企业赞助等有关财务管理问题进行制度规范，严格执行各项规定。对各类文艺之乡命名、挂牌收费和支出过程中存在的问题，正在开展专题调研，准备出台相关管理办法。三是敞开大门抓整改。中国文联党组在整改落实的每个环节、每个步骤都组织群众有序参与，自觉接受群众监督和评议，以群众满意为评价标准。中国文联党组召开专题民主生活会情况，中国文联党组整改工作方案、专项整治方案和制度建设计划以及中国文联党组班子和成员个人的整改措施都及时向近期退出文联党组班子的老同志、文联机关全体党员、所属单位班子成员以及组织关系在文联的党的十八大代表、全国人大代表和全国政协委员作了通报，并进行了民主评议，广泛听取群众意见和建议。所属各单位的领导班子也都在本单位公布了查出的问题和整改措施。同时，文联党组依托5个督导组和纪检部门，对各单位逐个建立整改台账，实行盘点销号制度，逐项明确整改时限和具体要求。四是建章立制抓整改。截至年底，中国文联本级已完善和出台《中国文联关于贯彻落实中央规定改进工作作风、密切联系群众的实施办法》、《中国文联会议管理办法》、《关于进一步加强各全国文艺家协会会员发展工作的意见》、《加强财务管理工作的意见》、《中国文联劳务报酬管理办法》等有关制度规定30项。

【主要成效】

教育实践活动开展以来，中国文联各级领导班子和广大党员干部的思想认识不断提升，工作作风明显转变，一些突出问题得到较好解决，加强作风建设的长效机制正在逐步建立，有力促进了各项工作任务的圆满完成，中国文联展现出了许多新气象、新变化。

一是理想信念进一步坚定。通过开展形式多样、深入扎实的学习教育，中国文联党组班子成员和广大党员干部的政治理论素养不断增强，理想信念更加坚定。同志们表示，在新的形势下，作为文联的党员干部必须与党中央保持高度一致，在大是大非面前保持清醒头脑，始终坚持以人民为中心的工作导向，切实发挥好党和政府联系文艺界的桥梁纽带作用，担当起团结引领广大文艺家和文艺工作者的重任。

二是工作作风进一步转变。中国文联党组和各级领导班子求真务实、艰苦奋斗、密切联系群众的作风得到进一步弘扬，坚持民主集中制原则更加自觉，落实中央八项规定更加积极主动。举办文艺活动、评奖办节办展、三公消费等，能够严格执行中央规定，厉行节约，一切从俭。下半年以来，中国文联共压减预算经费1389万元；部级干部因公出国团组从年度计划的8项43人次压缩为5项23人次，局级以下领导干部出国批次同2012年度相比压缩了20%；精减各类会议32个，中国文联全委会、中国美协和中国影协换届大会，均坚持勤俭办会的原则，许多协会取消了一年一度的新春联谊会。同时，中国文联大大增加了“为民惠民乐民”下基层送文化文艺志愿服务规模和走访慰问老艺术家、老党员、特困职工的规模，受到各界好评。

三是群众反映强烈的突出问题得到较好解决。中国文联党组积极协调，解决了中国剧协等5个单位职工住房补贴未发放问题、2008年职工新购住房及腾退旧房历史遗留问题、部分单位干部职工医药费不足问题等多项涉及干部职工切身利益的具体问题，解决了14家财政补助事业单位经费不足的问题。同时，对因政策限制或客观条件制约短期内难以解决的，及时向干部职工说明情况，取得了群众理解。

四是促进了各项工作任务的圆满完成。中国文联党组、各局级单位领导班子和广大党员干部把开展教育实践活动与做好文联中心工作融为一体，并把教育实践活动辐射到文艺界，带动广大文艺家和文艺工作者积极践行党的群众路线，积极开展“追寻中国梦”主题文艺实践活动，探索建立文艺志愿服务体系与机制，成立了中国文艺志愿者协会，推动了文艺事业和文联工作的创新

发展，确保了两促进、两不误。同时，在热情服务文艺家和文艺工作者，培养优秀文艺人才、推出文艺精品，稳妥推进所属报刊出版单位转企改制等工作中，积极贯彻党的群众路线，保证了各项工作任务顺利完成。

全国文联工作大调研

3月中旬至4月上旬，中国文联书记处成员以“文联工作创新”为总课题，分率6个调研组，深入到北京、上海、辽宁、浙江、四川、新疆等15个省（区、市）文联、新疆生产建设兵团文联、部分县市区文联以及11个全国文艺家协会深入开展全国文联工作大调研，围绕“坚持以人民为中心的创作导向”和“加强新形势下文联组织建设”两个重点，从当前存在的突出问题入手，广泛开展调查研究，听取了基层党政领导、文联干部群众和文艺名家代表的宝贵意见，形成了两个具有规律性分析和建设性意见的调研报告，在中宣部《调研简报》上刊发并得到中央领导的肯定。这些调研成果为进一步弘扬以人民为中心的文艺导向、加强文联组织自身建设奠定了良好的工作基础。调研也为进一步转变文联领导班子思想工作作风、提高科学化决策水平起到了很好的促进作用。调研所获意见建议，文联书记处已着手逐步加以研究解决、加以改进提高。

抗击四川雅安地震灾害

4月20日，四川省雅安地区芦山县发生7.0级强烈地震。灾情传来，牵动了广大文艺工作者和中国文联所有干部职工的心，中国文联各级党组织高度重视、迅速行动，把支援抗震救灾作为当前重要而紧迫的工作。4月22日，中国文联党组书记、副主席赵实同志主持召开了中国文联党组会议，对中国文联抗震救灾工作进行了具体部署。中国文联在第一时间向四川省文联发出慰问函。同时，文联党组号召全国广大文艺工作者投入到抗震救灾工作之中。中国美协通过中国红十字总会向雅安灾区捐款200万。随后又组织美术家创作作品进行义拍义卖。中国书协组织书法界抗震救灾笔会，筹集善款100万，将用于在灾区捐建兰亭学校。

4月24日，中国文联下发通知，在中国文联系统组织开展“为芦山加油”献爱心捐助活动。中国文联主席孙家正带头捐款，中国文联党组成员、在京的中国文联主席团成员和文联老领导、各全国文艺家协会主席团成员，中国文联系统的干部职工（含离退休干部、聘用人员）踊跃捐款献爱心。广大文艺家在得知中国文联开展向雅安捐款的消息后，也纷纷加入“为芦山加油”捐款献爱心的行列。刘兰芳、姜昆、牛群、李雪健、李维康、张飙、佟伟、郁钧剑等知名艺术家慷慨解囊，用实际行动支援灾区、奉献爱心，表达了对灾区人民的关切之情。截至5月6日，“为芦山加油”捐献活动共筹集个人捐款348613元，用于雅安灾区文化设施重建，救助受灾群众共渡难关。

5月21日和6月8日至9日，中国剧协、中国音协、中国曲协、中国舞协，分别组织了4支文艺志愿服务小分队，先后深入灾区一线荥经县、在芦山县龙门乡、芦山中学、汉源县九襄镇、雨城区救灾物资集散中心、雅安市武警支队和雅安市体育馆进行了7场慰问演出，送去了党中央、国务院对灾区人民的亲切关怀，表达了全国文艺工作者对灾区人民的深情厚谊，学习和讴歌了伟大的抗震救灾精神，受到当地党委政府和灾区人民群众的热烈欢迎，万余名群众和部队官兵观看了慰问演出。中国文联书记处书记杨承志、左中一分别带队开展慰问。姜昆、宋祖英、郁钧剑、王丽达、刘和刚、李丹阳、吕薇、于兰、李晖、霍勇、高保利、戴志诚、牛群、鞠萍、刘全利、刘全和、张保和、黄豆豆、王小燕等从全国各地奔赴雅安。演出主题突出、艺术感染力强，有不少节目是为此专题创作。演出多安排在受灾群众安置点进行，灾区群众均是首次面对面地观看众多文艺名家演出，心情尤为激动。左中一在慰问演出前专程看望了芦山县龙门乡青龙场村受灾群众骆正清，将中国文联机关职工捐赠的部分慰问金送至他手中。四川省委宣传部、省文联领导和雅安市委、市政府对慰问活动给予热情支持和帮助。四川省委常委、宣传部部长吴靖平专程到机场看望了文艺家。雅安市委、市政府代表灾区群众向中国文联文艺志愿服务团赠送了一面锦旗：“与灾区心连心　送文艺情意深”。

品牌活动

百花迎春——中国文学艺术界2013春节大联欢

1月13日，由中国文联主办的“百花迎春——中国文学艺术界2013春节大联欢”在北京人民大会堂宴会厅成功录制，并于春节期间在央视播出。中共中央政治局委员、国务委员孟建柱，全国政协副主席、中国文联主席孙家正，中国文联党组领导赵实、覃志刚、李屹、杨承志、左中一、夏潮、李前光及有关部委领导，中国文联在京副主席、荣委、老领导、文艺界代表等出席观看。大联欢汇集了浙江、宁夏、江西、河南四个地方板块的节目，时代特色鲜明、风土人情浓郁、演出阵容强大，从“西子荷风舞”到“塞上马兰香”，从“井冈映山红”至“中原牡丹颂”，老中青三代艺术家倾情演绎，尽情展现了祖国各地的山美、水美、人更美，营造了喜庆、祥和、团结、奋进的节日氛围，体现了全国文艺界大团结、大发展、大繁荣的大好形势，热情讴歌了我国文艺盎然发展、多彩多姿的繁荣景象。大联欢是全国文艺界的“集结号”、大聚会，汇聚了各艺术门类的众多艺术家，节目中特为此安排了秦怡、王昆、贾作光、仲星火、郭兰英、吴祖强、阎肃、王心刚、才旦卓玛、王晓棠、梅葆玖、谢芳、范曾、刘长瑜、张国立、于魁智、宋祖英、胡玫等老中青艺术家向观众献上新春感言，表达他们对于艺术不断追求、薪火相传、做人民喜爱的艺术家的心声；尚长荣、李前宽、赵季平、姜昆、赵汝蘅、刘大为、冯骥才、王瑶、张海、边发吉、赵化勇等中国文联所属各文艺家协会的主席则深情抒怀十八大，描绘了文艺大发展大繁荣的愿景。

“追寻中国梦”主题文艺实践活动

党的十八大以来，习近平总书记发表了一系列重要讲话，明确提出了实现“中国梦”的时代主题，反复强调实现中华民族伟大复兴就是中华民族近代以来最伟大的梦想。“中国梦”就是中国特色社会主义的共同理想，是人民幸福之梦、国家强盛之梦、民族振兴之梦。“中国梦”这一时代最强音，已成为维系海内外中华儿女共同理想的心灵纽带，成为激发亿万人民强烈爱国心和进取心的精神火炬，更为我们广大文艺工作者施展才华提供了广阔空间。当前，我国正处于全面建成小康社会、实现“中国梦”的重要战略机遇期。每一位文艺工作者都肩负着实现“中国梦”的神圣使命和时代责任。在中国特色社会主义道路上实现“中国梦”就要为“两个一百年”的建设目标而努力奋斗。这就是党的十八大提出的，在中国共产党成立100年时全面建成小康社会，在新中国成立100年时建成富强民主文明和谐的社会主义现代化国家。实现“中国梦”，就要充分发挥文化引领风尚、教育人民、服务社会、推动发展的独特作用，为推动文艺事业大发展大繁荣、建设文化强国而努力奋斗。实现“中国梦”，就要为多出精品、多出人才，为推出一大批无愧于时代、无愧于人民、无愧于历史的优秀作品，建设一支人民爱戴的、德艺双馨的文艺大军而努力奋斗。文艺工作者实现“中国梦”、“强国梦”，就要坚持走中国特色社会主义文化发展道路，坚持以人民为中心的创作导向，坚持讲好中国故事、唱响中国声音、抒发中国情怀、塑造中国形象，创作更多体现中国特色、中国风格、中国气派，承载中国梦想、弘扬中国精神、凝聚中国力量的优秀文艺作品，使广大人民群众进一步增强道路自信、理

论自信、制度自信，使实现伟大的中国梦成为人民群众的自觉追求和实际行动，成为倡导和推动科学发展的强大精神动力。

2013年，中国文联策划组织了“‘追寻中国梦’——文艺家采风创作基层行”系列活动，分8支小分队组织包括音乐、美术、舞蹈、民间文艺、摄影等艺术门类的近百位文艺家，从5月到12月深入山西、湖南、甘肃、湖南、青海、西藏、内蒙古、贵州8个省区开展基层采风创作，引导广大文艺工作者联系文艺实践和工作实际，深入理解“中国梦”的时代意义和丰富内涵，深入文艺创作、文艺工作第一线，深入到人民群众中去，不断汲取创作素材，激发创作灵感，提升创作水平和创新能力，努力推出更多承载中国梦想、讴歌时代精神、深受群众喜爱的优秀作品，奏响“中国梦”的时代最强音：中国音协录制了5首原创歌曲；中国美协与中国摄协年底在中国文艺家之家分别举办了“追寻中国梦”主题展览；中国舞协录制了采风演出活动纪实专题片《藏族舞蹈采风演出活动纪实》；中国民协出版了《风从民间来》采风文论集。

中国音协“美丽中国”采风创作委约计划组织印青、张千一、屈塬、戚建波、宋小明、姚明、许镜清、李昕、冯世全、许镜清、韩葆、沈丹等词曲作家于6月赴山西武乡、湖南娄底，7月15日至21日赴甘肃兰州张掖嘉峪关敦煌实地采风，合作完成5首歌曲作品并邀歌手演唱和录制CD。

中国舞协于8月组织“追寻中国梦”藏族舞蹈采风创作青藏行活动，丹增贡布、郭磊、明文军、潘志涛、赵铁春等藏族舞蹈专家赴青海、西藏深入基层采风，召开藏族舞蹈研讨会，录制《藏族舞蹈采风演出活动纪实》光盘。

中国民协于8月21日至28日组织叶舒宪、李月红、苑利、和云峰、何晓兵、刘晔媛、朝戈金、柯琳等民间文艺家赴内蒙古鄂尔多斯、锡林郭勒进行少数民族原生态民歌采风；11月赴黔东南开展蒙古族民间音乐创作、侗族音乐创作采风活动。

12月18日至22日，中国文联在中国文艺家之家举办“追寻中国梦——摄影家采风创作基层行作品展”。中国文联党组领导赵实、李屹、李前光出席开幕式。“追寻中国梦——摄影家采风创作基层行”是在半年多时间里，中国摄协组织20位摄影家和青年摄影师深入老、少、边、穷地区，发掘基层“追梦者”拼搏、奋斗的故事，用影像记录“追梦者”工作、生活的场景和瞬间，共有160幅作品入展。

12月27日，由中国文联主办的“追寻中国梦——美术家采风创作基层行写生作品展”在中国文艺家之家开幕。中国文联党组领导左中一、夏潮、李前光出席开幕式。展览以艺术视角、丹青手法描绘中国梦，彰显中国梦的视觉形象。入展的70余幅作品均是来自全国各地、年龄从30多岁到70多岁，综合国画、油画、版画、水彩粉画等多个画种的美术家于6月20日至28日先后赴甘肃、云南、贵州等地深入基层的实地写生之作，也是中国美术家助力实现“中国梦”的最好表达。

文艺志愿服务活动

【中国文艺志愿者协会成立】

5月23日，中国文艺志愿者协会在京正式成立。大会按照《社会团体管理条例》完成了相关议程，通过了协会《章程》，选举产生了中国文艺志愿者协会第一届理事会理事和负责人，姜昆当选中国文艺志愿者协会主席，唐国强、濮存昕、殷秀梅、刘全利、解海龙、李士杰、季国平、康健民、徐沛东、吴长江、董耀鹏、冯双白、罗扬、王瑶、赵长青、邵学敏、张显、罗成琰当选为协会副主席，罗成琰兼任协会秘书长，廖恳、邵志军任副秘书长。共131名各门类艺术家和中国文联各团体会员单位、文艺志愿服务中心以及副省级文联负责同志当选协会第一届理事会理事。中国文联党组书记、副主席赵实在成立大会上讲话，并向中国文艺志愿者协会授牌。

【送欢乐下基层】

“送欢乐下基层”文艺志愿服务活动是中国文联总结以往经验，学习落实贯彻党的十八大精神，组织实施的一项公益性文化惠民工程。2013年以来，中国文联创新“送欢乐下基层”活动的组织方式和内容，推动活动实现常态化开展。活动结合重要工作节点和重大纪念性事件，采取以送为主，“送”“种”结合的方式，组织中国文联文艺志愿服务团开展了14场较大规模的“送欢乐下基层”慰问演出。慰问演出以主场文艺慰问演出为主，辅助开展了辅导培训、现场笔会书画培训交流、书画摄影展和帮扶支教等活动形式，前后共组织文艺名家300多人参与慰问演出和辅导培训，服务群众和基层文艺工作者近40余万人。中央电视台新闻联播相继6次报道了中国文联文艺志愿服务团“送欢乐下基层”活动。

1月1日至2日，中国文联文艺志愿服务团赴三沙开展“送欢乐下基层”慰问演出活动。中国文联党组书记、副主席赵实、中国文联党组副书记、副主席李屹带队，著名艺术家刘大为、刘兰芳、姜昆、申万胜等及中国文联有关部门负责人参加活动。

1月18日，中国文联文艺志愿服务团赴中航工业沈飞民机开展“送欢乐下基层”慰问演出。中国文联党组副书记、副主席李屹带队，著名艺术家刘兰芳、边发吉等及中国文联部门有关负责人参加活动。

1月18日至19日，由中国文联与福建省委宣传部联合主办的中国文联文艺志愿服务团“送欢乐、下基层”走进闽西革命老区慰问演出在福建上杭县古田镇举行。中国文联党组副书记、副主席覃志刚带队，著名艺术家姜昆、戴志诚、牛群、蔡国庆、奇志、于海伦、张文甫、张伟、韩延文、吴长江等50余人参加活动。艺术家们通过走访慰问、书画笔会、专场文艺演出等形式，将丰富的精神食粮奉献给闽西老区群众。

4月28日至29日，中国文联文艺志愿服务团赴甘肃陇南武都开展“送欢乐下基层”文艺志愿服务活动。中国文联党组书记、副主席赵实带队，著名艺术家程志、姜昆、解海龙、王小燕等及中国文联有关部门负责人参加活动。

6月8日至9日，中国文联文艺志愿服务团赴芦山地震灾区开展“送欢乐下基层”文艺志愿服务活动。中国文联党组成员、副主席左中一带队，著名艺术家姜昆、宋祖英、黄豆豆等及中国文联有关部门负责人参加活动。

6月27日至29日，中国文联文艺志愿服务团赴贵州安顺开展“送欢乐下基层”文艺志愿服务活动。中国文艺志愿者协会主席姜昆带队，著名艺术家殷秀梅、牛群等参加活动。

7月15日至17日，中国文联文艺志愿服务团赴青海玉树开展“送欢乐下基层”文艺志愿服务活动。中国文联党组书记、副主席赵实带队，著名艺术家姜昆、徐沛东、解海龙、刘全利、刘全和等及中国文联有关部门负责人参加活动。

8月4日，中国文联文艺志愿服务团赴河北涉县开展“送欢乐下基层”慰问演出。中国文联文艺志愿服务中心副主任廖恳、邵志军带队，艺术家于兰、罗秉松、金波、杨帆等参加活动。

9月13日至15日，中国文联文艺志愿服务团赴中国吉林白城兵器试验中心开展“送欢乐下基层”文艺志愿服务活动。中国文联国内联络部主任兼中国文联文艺志愿服务中心主任罗成琰带队，艺术家陈洪武、祁海峰、邵志军等参加活动。

9月21日至23日，中国文联文艺志愿服务团赴黑龙江北大荒开展“送欢乐下基层”文艺志愿服务活动。中国文联党组成员、副主席杨承志带队，著名艺术家程志、姜昆、张铜彦等参加活动。

10月8日至9日，中国文联赴辽宁舰开展“送欢乐下基层”文艺志愿服务活动。中国文联党组书记、副主席赵实带队，中国文联党组副书记、副主席李屹，党组成员、副主席左中一，党组成员、副主席夏潮，党组成员、副主席李前光，著名艺术家冯远、刘兰芳、杨洪基、徐沛东、姜昆、宋祖英、聂成文、申万胜、张桐胜等以及中国文联有关部门负责人参加活动。

10月18日至19日，中国文联文艺志愿服务团赴广西防城港开展“送欢乐下基层”文艺志愿服务活动。中国文联党组成员、副主席杨承志带队，艺术家朱迅、牛群等参加活动。

10月26日至27日，中国文联文艺志愿服务团赴湖北红安革命老区开展“送欢乐下基层”文艺志愿服务活动。中国文艺志愿者协会主席姜昆带队，著名艺术家程志、王莹等参加活动。

12月15日至16日，中国文联文艺志愿服务团赴京福高速铁路铜陵长江建设工地开展“我们的中国梦——送欢乐下基层”文艺志愿服务活动。中国文联党组成员、副主席李前光带队，著名艺术家刘兰芳、慕林杉等参加活动。

12月21日至22日，中国文联文艺志愿服务团赴海南琼中开展“送欢乐下基层”文艺志愿服务活动。中国文联党组成员、副主席左中一带队，

著名艺术家程志、万山红等参加活动。

12月28日至29日，中国文联文艺志愿服务团赴南水北调中线建设工地开展“我们的中国梦——送欢乐、下基层”文艺志愿者服务活动。中国文联党组书记、副主席赵实带队，著名艺术家刘大为、姜昆等参加活动。

【文艺支教志愿服务试点项目启动实施】

文艺支教志愿服务试点项目是中国文联为加大对农村和欠发达地区文化建设的帮扶力度，针对中西部艺术教师匮乏的现状，按照公开招募、集中选派、接力服务的方式，选派具有音乐、舞蹈、美术、书法等专长的文艺工作者和艺术院校师生到贫困地区中小学开展艺术教学的志愿服务项目。试点项目选择甘肃、贵州、河北3个省3个贫困县的8所乡镇一级中小学校为艺术教学服务地，共开展了2个学期文艺支教志愿服务。其间近60名文艺支教志愿者共授课12200多课时，直接受益学生近8000人。《人民日报》相继2次专题大篇幅对文艺支教进行了报道，引起了社会的广泛关注。贵州等地还参照项目模式实施了地方项目。

3月5日，中国文联和中国音协、中国美协、中国舞协启动了文艺支教试点项目，面向全国招募文艺支教志愿者。

4月，第一期共28名文艺支教志愿者赴甘肃陇南、贵州安顺、河北丰宁进行音乐、美术、舞蹈、书法专业的支教志愿服务。

7月12日，中国文联第一期文艺支教试点项目报告会暨第二期志愿者招募发布会在京召开。中国文联党组副书记、副主席覃志刚和中宣部、教育部有关负同志到会听取志愿者汇报并讲话。

9月，第二期共32名文艺支教志愿者接力第一期志愿者赴支教点进行服务。

12月，中国文联文艺支教第二期32名志愿者结束服务，中国文联文艺支教试点项目结束。

【文艺培训志愿服务试点项目启动实施】

文艺培训志愿服务试点项目是中国文联为提高基层文艺工作者的艺术水平，留下一支不走的文艺工作者队伍，发挥全国文艺家协会的人才优势，依托中国剧协、中国美协、中国摄协，组织相关艺术门类志愿者深入中西部农村地区，面向基层文艺工作者、文艺骨干和中小学艺术课程教师进行艺术培训的志愿服务项目。文艺培训试点项目，以举办培训班、讲座、笔会、现场辅导等为主要方式，分别在宁夏同心县、四川巴中、江苏宜兴启动。试点项目前后邀请约50余位文艺志愿者，授课400余小时，培训基层文艺工作者、文艺爱好者超过6000人次。尚长荣、刘大为、解海龙等文艺名家，亲自参与授课，深受基层文艺工作者喜爱。

7月初，中国文联联合中国剧协、中国美协、中国摄协联合启动文艺培训试点项目。

7月6日，中国文联文艺培训志愿服务试点项目摄影培训项目在宁夏吴忠启动开展。

8月5日，中国文联文艺培训志愿服务试点项目，戏剧培训项目在江苏宜兴启动开展。

8月12日，中国文联文艺培训志愿服务试点项目，美术培训项目在四川巴中启动开展。

【乡村艺术教师培训志愿服务项目启动实施】

乡村艺术教师培训志愿服务项目是中国文联、中国文艺志愿者协会联合中国美术家协会、中国音乐家协会、中国文艺基金会等单位为拓展扩大文艺支教受益范围，以提高乡村艺术教师艺术水平、教育水平、美育理念，促进乡村艺术教育为目的，动员文艺家集中培训乡村音乐、美术教师的志愿服务项目。河北邯郸市涉县和广西百色市田东县为首批试点项目，项目前后邀请40余位文艺家，在两地对200余位音乐、美术类乡村艺术教师进行了10天的集中培训。

9月29日，中国文联和中国文艺志愿者协会、中国美协、中国音协、中国文学艺术基金会、中国建设银行，正式启动实施乡村艺术教师培训志愿服务项目。中国文艺志愿者协会、中国文艺基金会、中国建设银行等共同实施启动了“积分圆梦·微公益”活动，动员建行龙卡客户捐赠积分转化为资金支持项目实施。

11月1日，邯郸市涉县乡村艺术教师培训班在龙北小学开班。

11月13日，广西百色市田东县乡村艺术教师培训班在思林镇坛乐小学开班。

11月13日“龙卡积分圆梦——快乐音乐教室”在广西百色市田东县思林镇坛乐小学揭牌。

中华经典系列咏诵

中华经典系列咏诵活动于2008年启动，已先后完成了《道德经》、《诗经》、《孙子兵法》、《论语》和《孟子》5部国学经典的咏诵创作，原创了国学经典主题歌曲100多首，累计在海内外演出17场，创造了一种让国学经典走下讲坛、走进百姓、走向世界的崭新形式，已成为一个有影响的文化品牌，受到广泛好评。专家认为，该活动以大众喜闻乐见的艺术形式解读国学经典、深入挖掘了中华经典的文化内涵及当代价值，推动了优秀传统文化的传播、普及以及文化走出去，值得推广。

8月20日，中国文联在京举办中华经典系列咏诵作品研讨会。会上，胡振民、夏潮、刘世民、罗成琰、黄国柱、乔良、沈卫星、张庆善、向云驹、瞿弦和、李培隽等深入研讨了该项目开展5年来的成功经验，为进一步提升和运用这一特色文化品牌传播国学经典出谋划策。

8月30日、31日，中国文联与北京大学等单位联合在北京空军礼堂举办“放歌亲情——感悟《孝经》咏诵会”。以《孝经》十八篇为基本依据，运用原文吟诵、叙事朗诵、原创歌曲演唱和情境剧演绎等多种艺术形式，借助多媒体等现代舞台手段，通过序、上篇、下篇、尾声四部分，生动诠释了这部国学经典中的思想精华。温玉、王庆爽、田毅、方明、杨洪基、曲丹、沙景昌、金婷婷、李宏伟、白雪、张婷、孔令美、王红波、李晖、程丞、司红军、曹芙嘉、高宾、喻越越、王丽云、李晓强、孙砾、吕宏伟、徐涛、王莉、瞿弦和、丁甜等艺术家积极参演。咏诵会由中央文史研究馆馆长袁行霈、中国文联党组书记赵实、中国文联原党组书记胡振民担任总顾问，武警部队原副政委刘世民领衔策划和创作，在延续系列咏诵活动形成的庄、雅、朴总体基调的同时，特别突出了亲情这一美好情感的抒发和歌颂。“中华经典系列咏诵”活动由中国文联于2008年正式启动，旨在运用人民群众喜闻乐见的形式解读和展现中华经典的精髓神韵，推动优秀传统文化的传播和普及。目前，该项目已先后完成了6部国学经典的感悟创作，累计在海内外举行了17场演出。

第九届中国国际民间艺术节

2013年9月16日至24日，由中国文联、湖北省人民政府联合主办，宜昌市人民政府、湖北省文联共同承办的第九届中国国际民间艺术节在湖北宜昌市和北京市成功举办，来自五大洲14个国家的民族民间艺术团深入农村、社区、学校、机关，为中国观众献上了20场丰富多彩的各国民间舞蹈音乐演出，现场观众近6万人。全国政协副主席卢展工，中国文联党组书记、副主席赵实，中共湖北省委副书记、省长王国生，以及全国人大、全国政协、中国文联、国家旅游局、重庆市、湖北省、宜昌市、部分国家驻华使馆等有关方面的领导出席了艺术节开幕式并观看了演出。

2013年上半年，习近平主席对俄罗斯、美国、非洲三国和拉美三国的正式访问，有力推动了我国与上述国家和地区的关系。根据这种国家总体外交形势，本着服务大局的精神，本届艺术节特意邀请俄罗斯、美国、墨西哥、特立尼达和多巴哥以及埃塞俄比亚、埃及、塞内加尔三个非洲国家的艺术团参加，力图在民间层面上助推国家间关系的发展。在联络过程中，这些艺术团均得到本国政府和我驻有关国家大使馆的大力支持和帮助，特别是身为执政党议员的特多文化部部长亲自率43人国家钢鼓乐团访华，体现了特多政府对两国关系的重视。艺术节期间，多个国家的大使、公使和文化参赞出席艺术节活动和指导本国艺术团工作，体现了对与中国开展民间文化交流的重视。

本次艺术节的主、承办单位结合党的群众路线教育实践活动，坚决贯彻落实中央八项规定和中宣部等五部委通知精神，努力办出特色、办出水平、办出影响，受到了观众、媒体、外宾的广泛好评。中国文联和湖北省人民政府、宜昌市人民政府对贯彻落实中央关于勤俭办节和文化惠民的精神高度重视，多次做出明确要求。为此，组委会将第九届中国国际民间艺术节、第四届长江三峡国际旅游节、第三届中国宜昌长江钢琴音乐节合并举办，并取消了所有邀请明星大腕的计划，使开幕式演出节约了三分之二的费用。中国文联还打破在人民大会堂或国家大剧院举行大型闭幕

演出的惯例，将北京地区的演出全部安排在社区、学校、农村露天广场进行，面向广大的基层群众。闭幕式在外国演出团驻地举行，中国文联党组成员、书记处书记李前光致简短答谢词并为各艺术团颁发纪念杯，仅用时10分钟。

艺术节能否让群众满意，最重要的是艺术节演出内容能否满足群众的审美需求。为此，演出组审看了37个外国艺术团的视频音频资料，最终确定了13个外国艺术团并对每个艺术团的节目提出了具体要求。最终选定的节目全部是源自各国人民劳动与生活的舞蹈和音乐，充满生活气息，反映了各国人民最真实、最朴素的情感，最容易与群众产生共鸣。群众的掌声和笑声说明，这些节目群众看懂了，也受到了群众的喜爱。

为了让更多的群众有机会欣赏到各国的民族民间艺术，实现观众效果最大化，艺术节将全部演出安排在露天广场进行。开幕式在宜昌体育场举行，观众达21000人；中外艺术家大联欢在宜昌市夷陵广场举行，观众5000多人；河北工业大学巡演在校园广场举行，观众近15000人；保定市安新县巡演在白洋淀广场举行，观众4000余人。特别需要说明的是，艺术节的全部演出均向群众免费开放。组委会还安排了40多个国内群众文艺团体参与在各地的演出，分别来自各地群众文化馆、社区艺术团、学生会舞蹈团、小学合唱团、机关舞蹈队等，人数多达数百人。为了增进艺术的交流，艺术节在安排大量国内文艺团体参演的同时，还专门组织部分外国艺术团赴中国东方演艺集团和中央民族大学舞蹈学院进行了专业交流。

此外，本届艺术节还专门增设了中国文化体验活动，外国艺术家门不仅观看了丰富的民间工艺展示、精彩的民间文艺表演，还拿起毛笔、剪刀，穿上戏装、太极服，亲自体验中国书法、剪纸、戏剧、太极拳的乐趣。

在本次艺术节举办过程中，中国文联、湖北省人民政府、宜昌市人民政府、湖北省文联等各相关单位领导班子对本次艺术节都高度重视，通过会议和协商，统一思想，形成了节俭、惠民的共识，并对艺术节邀请国外团组和国内演员、选择演出地点和方式、会议接待和费用预算等做出明确的要求和具体的指导。组委会各工作组在筹备和实施过程中，着力贯彻领导关于节俭、惠民的指导思想，创新工作思路，群策群力，顺利完成了艺术节的各项工作任务。

“今日中国”艺术周

10月28日至11月3日，由中国文联、柬埔寨文化艺术部、中国驻柬埔寨使馆联合主办的2013“今日中国”艺术周在泰国、柬埔寨举办。中国文联党组成员、书记处书记李前光率展演团一行66人出席本届艺术周活动。本届艺术周包括综合文艺演出、中国电影周和青海民间手工艺展览等多个板块，全方位向展泰、柬两国民众展示中国当代文化艺术风貌。

艺术周在泰国有青海民间手工艺展览、中国电影周和综合文艺演出三个板块，由中国文联和驻泰国大使馆联合主办，曼谷中国文化中心承办。中国文联书记处书记李前光、泰国前副总理、泰中文化促进委员会会长披尼•扎禄颂巴、我驻泰大使馆文化参赞秦裕森以及泰国文化部、旅游局、国家艺术馆的相关代表出席了开幕活动。

艺术周在柬埔寨部分由中国文联、柬埔寨文化艺术部和驻柬埔寨大使馆联合主办，包括中国电影周和综合文艺演出两个板块。中国文联书记处书记李前光、柬埔寨文化艺术部大臣彭萨格纳、中国驻柬埔寨大使布建国等出席开幕式活动。

中柬中泰有着悠久的传统友谊，文化相近，我与两国已分别建立了“全面战略合作伙伴关系”。此次艺术周正值“中柬友好年”、中柬建交55周年，中泰建交38周年之际，形式多样，无论是演出的节目、展映的影片还是手工艺展品的取舍都力求贴近泰柬两国的文化特点和风俗习惯，同时又突出中国文化艺术的一流水准，在文化相通和谐共存的前提下促成中华文化与当地文化的交流交融，使当地观众对中国的文化艺术产生浓厚的兴趣。许多观众表示，很多艺术形式他们是第一次看到，但是精湛的工艺和艺术造诣让他们非常激动，希望有机会更多地了解中国的文化和艺术。通过文化艺术的交流增进了中泰、中柬友谊，又在相通相近的文化艺术交融中彼此欣赏并共享其乐。

本次艺术周第一次主动尝试邀请国家级媒

体——中国国际广播电台作为该项目的合作伙伴。通过国际台设立的专门的“今日中国”艺术周中柬泰文网上专页，使艺术周通过文字、图片、视频及受众互动等多种方式进行了传播，使受众可以随时随地地认识、了解和跟踪“今日中国”艺术周及其推出的各个板块及艺术家和作品，如泰国多家主流媒体，柬埔寨国家电视台、巴戎电视台、CNC电视台、《和平岛》报、高棉日报、泰国FM103电台、新华社、国际广播电台环球资讯、国际在线等媒体都对艺术周活动进行了现场采访报道，人民网、搜狐、新浪和中青网等都转载了有关报道。

第五届海峡两岸暨港澳地区艺术论坛

由中国文联、中共河北省委宣传部主办，河北省文联、承德市人民政府承办的第五届海峡两岸暨港澳地区艺术论坛于10月13日至16日在河北省承德市举行。中国文联党组书记、副主席赵实，中国文联党组成员、副主席夏潮，中国文联党组成员、书记处书记李前光，中共河北省委常委、宣传部部长艾文礼，河北省文联党组书记、副主席解晓勇，中共承德市委书记郑雪碧，香港艺术发展局主席王英伟和国务院港澳办、国务院台办、文化部等有关部门负责人，以及来自两岸四地80余位文艺界知名人士、专家学者出席本次活动。

本届论坛的主题是“凝聚与提升——中华文化对当代艺术的影响力”。出席论坛的专家艺术家涉及文学、戏剧、电影、电视、音乐、舞蹈、美术、摄影、书法、曲艺、杂技以及民间文艺等12个艺术门类，在很大程度上代表着当今中国文艺创作展演与研究的较高水平和发展趋势。论坛开幕当天，中央美术学院教授薛永年、香港艺术发展局主席王英伟、澳门视觉艺术学会会长吴少英、中国书协副主席言恭达、台北艺术大学音乐学院前院长潘皇龙等与会专家学者结合两岸四地文化交流与发展的现状，围绕传统人文精神与当代艺术、原生态文化保护与传承、中华艺术的当代发展、当代艺术发展中的中西融合、当代艺术发展的国际化、全媒体时代下的中华艺术传承等议题，进行了广泛而深入的讨论。

作为本届论坛特别策划的一个内容，论坛期间，香港大学专业进修学院总监陈永华、台湾师范大学美术系教授李振明、澳门颐园书画会理事长陈志威等专家以“民俗文化、燕赵文化”为主题与现场听众进行了交流对话。他们从自己的亲身经历和切身感受出发，谈了自己所了解的中华文化发展历史和当代文艺创新发展的认识，研讨了中华优秀传统文化的传承以及中华文化影响力的提升等内容。

论坛期间还举办了丰富多彩的文化交流活动。与会专家学者参观了河北省摄影家作品展、书法美术作品展及民间工艺作品展，作品多取材于河北民间文化场景和生活情态，具有浓郁的燕赵风格和地域风情，成为与会专家学者了解河北、感受承德的直观视觉窗口；观摩了《六世班禅》演出，亲自感受了河北梆子高亢激越、悠扬婉转、具有浓厚抒情韵味的独特唱腔。与会专家学者还参观了承德避暑山庄、普宁寺、普陀宗乘之庙、热河地质博物馆，实地了解承德文化艺术的历史与现状。

与会专家学者热情参与论坛各项活动，积极为中华文化的繁荣发展建言献策，交流了两岸四地文化艺术发展的最新成果，达成了两岸四地加强交流合作，共同推动中华文化繁荣发展的共识，也进一步增进了两岸四地文艺家之间的了解与友谊。大家一致认为，本届论坛主题鲜明，形式多样，会风朴实，是一次很有意义和富有成果的论坛。

全国性文艺大奖、艺术节

【第五届中国戏剧奖和第十三届中国戏剧节】

9月6日至12日，第五届中国戏剧奖•小戏小品奖选拔赛在江苏潜江举行。从全国22个省、市、自治区剧协推荐的500余个作品中遴选出来的52部作品在曹禺故里展开精彩角逐，参赛作品既有小品、小话剧，又有20个地方剧种的24个小戏。大赛设一等奖10个、二等奖20个、三等奖30个，其中小戏、小品各占50%，获一、二等奖的剧目均被推荐参加决赛。500多名专家、演员云集潜江、热情参赛。

10月30日至11月1日，第五届中国戏剧奖•小戏小品奖决赛在江苏张家港市进行。近千个剧目激烈竞争，由盐都文化馆、潘黄文化中心选送的小品《成长》获得赛事的最高奖项——优秀剧目奖。

11月9日至25日，中国文联、中国剧协和苏州市政府联合在苏州举办第十三届中国戏剧节。本届戏剧节共有全国35个艺术团体和单位的29台参评剧目和6台展演剧目参演，涉及昆剧、京剧、越剧、豫剧、黄梅戏、锡剧以及话剧、歌剧、舞剧、儿童剧等27个剧种，超过往届。参赛剧目注重艺术本体创造，题材丰富，形式多样，不仅有新编历史剧和整理改编的传统戏，还有大量的现代戏，充分体现了“三并举”的方针，展现了戏剧创作的繁荣局面。此外还举行了四次大型剧目评论会。开幕式进行了“2013年中国戏剧奖•终身成就奖颁奖典礼”，杜近芳、张春华、郑榕、徐玉兰、章宗义、蓝天野6位老艺术家获得中国戏剧奖•终身成就奖。中国文联党组成员、书记处书记李前光出席开幕式、闭幕式并致辞。

【第五届中国戏剧奖评奖结果】

一、梅花奖获得者（一度梅）（34名）

戏曲（30名）

董　红　张家港市艺术中心
郑国凤　杭州越剧院
吕　洋　天津京剧院
周　利　重庆市京剧团有限责任公司
黎　安　上海昆剧团
赵杨武　陕西省戏曲研究院秦腔团
方汝将　温州市瓯剧团
王　超　成都市川剧研究院
刘　露　成都市京剧研究院
姜亦珊　北京京剧院
刘建杰　山东省京剧院
陈亚萍　云南省滇剧院
孙劲梅　福建京剧院
苏凤丽　甘肃秦腔艺术剧院有限责任公司
吕淑娥　山东省吕剧院
屈连英　宁夏演艺集团秦腔剧院
詹春尧　湖北省地方戏曲艺术剧院
王　琴　安庆市黄梅戏艺术剧院
孙　娟　安徽省黄梅戏剧院
范乐新　南京市京剧团
姚百青　浙江省绍剧团
崔玉梅　广州粤剧院有限公司
王滨梅　浙江越剧团
刘雯卉　河南省济源市戏剧艺术发展中心
王　红　邯郸市平调落子剧团
贾菊兰　山西省运城市蒲剧团
马　力　中央戏剧学院
雷　玲　湖南省昆剧团
边点旺久　西藏自治区藏剧团
佟红梅　甘肃省陇剧院

话剧（3名）

袁　泉　中国国家话剧院
张艳秋　天津人民艺术剧院

王　斑　　北京人民艺术剧院

歌剧（1名）

陈小朵　　中国歌剧舞剧院

二、梅花奖二度获得者（二度梅）（6名）

戏曲（5名）

李东桥　　陕西省戏曲研究院

景雪变　　山西省运城市蒲剧青年实验演出团

柳　萍　　宁夏演艺集团秦腔剧院

刘子微　　武汉京剧院

茅善玉　　上海沪剧院

话剧（1名）

张秋歌　　中国国家话剧院

三、梅花大奖（1名）

冯玉萍　　沈阳评剧院

【第五届中国戏剧奖评奖结果】

终身成就奖（按姓氏笔画为序）

杜近芳　张春华　郑　榕　徐玉兰　章宗义　蓝天野

优秀剧目奖评奖结果

一、优秀剧目奖（20个，按得票多少排序）

滑稽戏《探亲公寓》苏州市滑稽剧团

昆曲《续琵琶》　北方昆曲剧院

芗剧《保婴记》　福建漳州市芗剧团

苏剧《柳如是》　苏州市苏剧团、市锡剧团有限公司

锡剧《二泉映月·随心曲》　无锡市演艺集团锡剧院

晋剧《巴尔思御史》　山西省晋剧院

琼剧《海瑞》　海南省琼剧院

锡剧《一盅缘》　张家港市艺术中心

吕剧《百姓书记》　山东省吕剧院

舞剧《文成公主》　兰州军区战斗文工团、西安电视台

汉剧《宇宙锋》　湖北武汉汉剧院

徽剧《惊魂记》　安徽省徽京剧院

晋剧《上马街》　太原市晋剧艺术研究院

评剧《从春唱到秋》　河北唐山演艺集团

沪剧《挑山女人》　上海宝山沪剧艺术传承中心

淮剧《半车老师》　盐城市淮剧团

音乐剧《西关小姐》　广州歌舞剧院有限公司

豫剧《山城母亲》　河南省周口市戏剧艺术研究院

黄梅戏《半个月亮》　安徽省安庆市黄梅戏艺术剧院

越剧《江南好人》　浙江小百花越剧团

二、单项奖5个（共计25）

优秀表演奖（15个，按演出顺序排序）

顾　芗　　滑稽戏《探亲公寓》

张克勤　　滑稽戏《探亲公寓》

王　荔　　汉剧《宇宙锋》

张俊玲　　评剧《从春唱到秋》

华　雯　　沪剧《挑山女人》

秦　熙　　舞剧《文成公主》

曹汝龙　　湘剧《苏秀才》

肖秀莲　　豫剧《山城母亲》

王　芳　　苏剧《柳如是》

李仙花　　汉剧《金莲》

陈　俐　　赣剧《青衣》

冯咏梅　　滇剧《水莽草》

茅威涛　　越剧《江南好人》

魏春荣　　昆曲《续琵琶》

董　红　　锡剧《一盅缘》

优秀编剧奖（3个，按得票多少排序）

陆伦章　　滑稽戏《探亲公寓》

汪　浩　　儿童剧《彩虹》

郑怀兴　　琼剧《海瑞》

优秀导演奖（3个，按得票多少排序）

张曼君　　锡剧《二泉映月.随心曲》

吴兹明　　芗剧《保婴记》

熊源伟　　滇剧《水莽草》

优秀音乐奖（2个，按得票多少排序）

琼剧《海瑞》：朱绍玉、王天赐、黄志启、陈世文、陆铭芳

秦腔《大秦将军》：李　书、刘克忠、尚建三、李雁鸣、陈大明

优秀舞美奖（2个，按得票多少排序）

昆曲《续琵琶》：刘杏林、胡耀辉、蓝　玲

舞剧《桃花坞》：李志华、赵　羽、程志强、张　健、德　晶、章月儿

小戏小品奖评奖结果

一、小戏类优秀剧目奖：

1.《丫丫考零分》张家港市艺术中心

2.《送水饭》泉州市高甲戏传承中心

3.《非诚误扰》吉林省戏曲剧院

4.《过河》武汉汉剧院

5.《桑林收子》河南省曲剧团

6.《墙角》中国沾化渔鼓戏剧团

7.《送你一路信天游》兰州军区战斗文工团

8.《闹猪场》阳信县艺术团

9.《借据》吴起县文化馆

10.《老四维稳》郴州市艺术研究所、资兴市花鼓戏剧团

11.《守望》昆明市文化馆、昆明市戏剧家协会

12.《三个媳妇》湖北省实验楚剧团

13.《追梦》桂林市艺术研究所、永福县彩调剧团

二、小品类优秀剧目奖：

1.《幸福指数》张家港市文化馆

2.《紧急后送》总政话剧团

3.《壶》中山市文化馆

4.《目击者》南通市通州区文广新局

5.《洁•画》深圳市罗湖区文化馆

6.《拉链夫妻》上海虹口区文化艺术馆

7.《成长》盐城市盐都区文化馆、潘黄文化站

8.《吓死你》深圳市盐田区文化馆

9.《特别的爱给特别的你》黑龙江省农垦宝泉岭管理局

10.《学习雷锋好榜样》东莞市常平文广服务中心

11.《阳光公寓》宁波市文化馆群星话剧社

12.《情人节的鲜花》重庆市沙坪坝区文化馆、重庆大学影视学院

13.《为什么》深圳市布吉、坪地街道文体服务中心

【第22届中国金鸡百花电影节·第29届中国电影金鸡奖】

9月25日至28日，第二十二届中国金鸡百花电影节在湖北武汉举行，全国政协副主席陈晓光、中国文联副主席夏潮、国家新闻出版广电总局副局长童刚、中国影协主席李前宽、名誉主席谢铁骊，中国影协分党组书记康健民等出席开幕式。本届电影节共有219部不同片种的影片报名参评。其中，故事片67部，中小成本故事片69部，儿童片22部，纪录片12部，美术片15部，科教片18部，戏曲片16部。各片种报名参评影片数目之多创历届之最，最终有77部电影进入第二十九届中国电影金鸡奖候选名单。中国文联主席孙家正，中国文联党组书记、副主席赵实，中国文联副主席、中国影协副主席奚美娟和谢铁骊、李前宽、康健民、许柏林等领导以及谢飞、吴天明、王中军、冯小刚、陈可辛、黄宏、陈力、赵薇、刘震云、张国立、黄晓明、张静初、孙维民等众多电影人出席了颁奖典礼。获奖影片均与“现实主义”四个字紧密相关，共同的特点都在于深刻地关注人与社会的关系，并以艺术的手法真实而客观地再现社会现实。青年电影人斩获几个重要奖项则是本届金鸡奖的另一大特色。电影节秉承“节俭办节、文化惠民、回归电影”的原则，举办了国产新片展、中国电影论坛、“美丽中国梦”首届中国•武汉微电影大赛、国际影展、电影艺术家下基层慰问、电影群星“红毯秀”、第二十九届中国电影金鸡奖颁奖典礼等多项活动，充分体现了公益性、专业性、权威性和群众性。

【第29届中国电影金鸡奖评奖结果】

一、最佳故事片

《中国合伙人》[中国电影股份有限公司、我们制作有限公司(中国香港)、星美（北京）影业有限公司、寰亚电影制作有限公司（中国香港）、云南电影集团有限责任公司、安乐影片有限公司(中国香港)、北京玖阳晟禾科技有限公司]

《周恩来的四个昼夜》（河北电影制片厂、八一电影制片厂、华夏电影发行有限责任公司、北京春秋四海影业投资有限公司）

二、最佳纪录片

《冰血长津湖》（八一电影制片厂）

三、最佳科教片

《气候变化与粮食安全》（中国农业电影电视中心、华风气象传媒集团有限责任公司）

四、最佳美术片

《终极大冒险》（北京电影学院、北京艾易美迅动画制作有限公司、湖南金鹰卡通有限公司、华夏电影发行有限责任公司）

五、最佳戏曲片

《兰梅记》（电影频道节目中心、中国戏剧家协会、北京东方一处国际文化传媒有限公司）

《红楼梦》[北京北奥集团有限责任公司、北方昆曲剧院、星美今晟影视城管理有限公司、星美（北京）影业有限公司]

六、最佳中小成本故事片

《万箭穿心》（电影频道节目中心、北京今典影业有限公司、青年电影制片厂）

七、最佳儿童片

《我的影子在奔跑》（江苏众道影业投资有限公司、广东南方领航影视传播有限公司）

八、最佳编剧

原创剧本获奖：

黄　宏、王金明（《倾城》）

改编剧本获奖：

刘震云（《一九四二》）

九、最佳导演

陈可辛（《中国合伙人》）

十、导演处女作奖

赵　薇（《致我们终将逝去的青春》）

十一、最佳男主角

黄晓明（《中国合伙人》中饰成冬青）

张国立（《一九四二》中饰范殿元）

十二、最佳女主角

宋　佳（《萧红》中饰萧红）

十三、最佳男配角

王庆祥（《一代宗师》中饰宫宝森）

十四、最佳女配角

王珞丹（《搜索》中饰杨佳琪）

十五、最佳摄影

吕　乐（《一九四二》）

十六、最佳录音

吴　江（《一九四二》）

十七、最佳美术

张叔平、邱伟明（《一代宗师》）

十八、最佳音乐

章绍同（《周恩来的四个昼夜》）

十九、终身成就奖

于　敏、刘学尧

二十、评委会特别奖

个人：吴天明

影片：《一九四二》

【第九届中国音乐金钟奖】

11月19日至26日，第九届中国音乐金钟奖总决赛在广州举行。本届金钟奖共设作品奖、表演奖、理论评论奖、终身成就奖四个子项。其中作品奖包括器乐作品奖(小型器乐组合)和声乐作品奖(组合演唱)评奖；表演奖包括二胡比赛、古筝比赛、民乐组合、钢琴比赛、钢琴与弦乐重奏比赛、声乐演唱比赛(美声组、民族组)和流行音乐大赛(男声组、女声组，组合组演唱)七大赛项；理论评论奖参评论著按中国音乐史学、民族音乐学、西方音乐史学和音乐美学四个类别进行评选；终身成就奖由金钟奖总评委会根据批复名额和符合条件人选的具体情况提出候选名单，经奖项评委会评审、组委会确认后授予。大赛于8月全面启动，陆续在宜昌、凯里、郑州、南京、扬州、无锡等城市举行分赛，获复赛资格的367名选手经43场角逐分获大奖。中国文联主席孙家正，中国文联副主席陈晓光、徐沛东，中国文联荣誉委员傅庚辰、赵季平以及金铁霖、罗成琰、宋祖英、孟卫东、余隆、程扬、陈建华、甘新等出席闭幕式并为获奖者颁奖。

【第九届中国音乐金钟奖评奖结果（部分子项）】

一、终身成就奖

胡松华　于润洋　冯文慈　何占豪　李重光　谭冰若

二、作品奖

1. 声乐作品——组合演唱

最佳作品奖（不分等次）5首：

《生命之城》宋小明 词　王备 曲

中国音协创作委员会选送

《领雀嘴鹎》胡晶莹 词 胡晶莹 曲

中央音乐学院选送

《脚印》湘粤、晓达 词 崔臻和、赵建华 曲

广东省音乐家协会选送

《睡莲》田书彦 词 平远 曲

海军政治部文工团选送

《簸箕上的麻雀》陈楚良 词 张世敏 曲

湖南省音乐家协会选送

2. 器乐作品

最佳作品奖（不分等次）4首：

《水德吟》龚华华 曲

武汉音乐学院选送

《书鼓——为琵琶于两位打击乐手而作》秦毅 曲

上海音乐学院选送

《南音说俏》胡晶莹 曲

中央音乐学院选送

《啊哩哩》（民乐九重奏）王建民 曲

上海音乐家协会选送

三、理论作品奖

一等奖：

1. 于润洋著《悲情肖邦——肖邦音乐中的悲情内涵阐释》

（西方音乐史学）报送单位：中央音乐学院

2. 贵州省音乐家协会编，张中笑、胡家勋、高应智、张人卓、李继昌、王承祖、杨方刚等人编著《贵州少数民族音乐文化集萃》（侗族篇、彝族篇、土家族篇、仡佬族篇、水族篇、布依族篇、苗族篇和芦笙篇）

（民族音乐学）报送单位：贵州省音乐家协会

3. 李晓东著《感性智慧的思辨历程——西方音乐思想中的形式理论》

（音乐美学）报送单位：中央音乐学院

二等奖

1. 洛秦 编著《海上回声叙事》

（民族音乐学）报送单位：上海音乐学院

2. 吴式锴著《和声艺术发展史》

（西方音乐史学）报送单位：中央音乐学院

3. 博特乐图著《表演、文本、语境、传承——蒙古族音乐的口传性研究》

（民族音乐学）报送单位：内蒙古自治区音乐家协会

三等奖

1. 明言著《20世纪中国音乐批评导论》

（音乐美学）报送单位：天津音乐学院

2. 赵为民著《唐代二十八调理论体系研究》

（中国音乐史学）报送单位：中国音乐学院

3. 居其宏著《音乐界实用本本主义思潮研究》

（中国音乐史学）报送单位：江苏省音乐家协会

4. 菲利普•唐斯著，孙国忠、沈旋、伍维曦、孙红杰译，杨燕迪、孙国忠、孙红杰校《古典音乐——海顿、莫扎特和贝多芬的时代》

（西方音乐史学）报送单位：上海音乐学院

四、表演奖

1. 民乐组合

金奖

江苏茉莉花民乐组合

江苏省音乐家协会选送（成员：李霓霞　刘　强　潘　婷　胡曦雯　童　莹　刘湘芸　任　洁　顾怀燕　蔡　超　何方方　李奥博　朱杰文）

圣风组合

中央音乐学院选送（成员：尚祖建　王　猛　王轶群　牛湘漪　李　晴　关　冰　欧阳嘉颖　苏肖婷　赵文茹　郭梦佳　於　怡　邱一鸣）

银奖

上海音乐学院金豈组合

上海音乐学院选送（成员：王　洁　张碧云　应佳珈　贾真珍　潘晶晶　来雯瑾　谭雅丹　王轶文　张　晟　付田雅博　魏思骏　华逸飞）

金磬吹打乐团

中央音乐学院选送（成员：赵志勇　王向阳　刘安东　张剑锋　王灏彤　许　岩　冯天石　黄　开　刘忆恒　马　文　边佳晴　吴　昊）

铜奖

沈阳音乐学院八音组合

沈阳音乐学院选送（成员：张科威　徐　贺　郭　为　林晓琳　熊曼恬　王　琳　刘　黎

曲　帅）

纳瓦乐队

新疆维吾尔自治区音乐家协会选送（成员：帕提曼•塔依尔　哈尼克•胡西地里　米日夏提江•麦麦提依明　迪力木拉提•买买提　库尔班江•米曼江　穆塔力甫•麦麦提　穆斯塔法•阿布都克力木　买热木尼沙克孜•阿布来提买买提艾力•阿不都克力木　米娅赛尔•努尔买买提麦合木提•艾力）

2. 古筝

金奖

刘　颖

中国音乐学院选送

银奖

程皓如

中央音乐学院选送

高　阳

中央音乐学院选送

铜奖

崔　杉

中央音乐学院选送

任洲洋

新疆维吾尔自治区音乐家协会选送

夏　菁

中国音乐学院选送

3. 二胡

金奖

闫国威

中央音乐学院选送

银奖

陆轶文

上海音乐学院选送

黄晓晴

中国音乐学院选送

铜奖

张敬一

北京音乐家协会选送

刘　宇

中国音乐学院选送

王雅琪

中国音乐学院选送

4. 钢琴与弦乐重奏

金奖

棱境组合（组员：张润崯 耿文彬 朱宛晨）

上海音乐学院选送

银奖

Ohrid组合（组员：牟吉喆 黄达　冯穆霏）

中国音协大提琴学会选送

Rococo组合 组员：陶乐　张橹　蔡菁婧）

上海音乐家协会选送

铜奖

骐骥组合（组员：郝楠　何畅　赵藜茜）

中央音乐学院选送

Gloria Trio 组合（组员：范早早 谢昊明 姜小溪）

中央音乐学院选送

Rhythm 组合（组员：徐曼　肖航辰　张弓贺　樊翔）

中央音乐学院选送

5. 钢琴

金奖

鹿　尧

中央音乐学院选送

银奖

李金鸿

沈阳音乐学院选送

尹存墨

福建省音乐家协会选送

铜奖

古静丹

四川音乐学院选送

吴君麟

星海音乐学院选送

叶子豪

上海音乐学院选送

6. 声乐

（1）声乐（美声组）

金奖

王传越

中央音乐学院选送

银奖

刘　颖

广东省音乐家协会选送

王泽南

天津音乐家协会选送

铜奖

张学樑

广东省音乐家协会选送

田　园

上海音乐家协会选送

赵　明

铁路文工团选送

(2)声乐（民族组）

金奖

黄训国

中国铁路文工团选送

银奖

龚　爽

湖北省音乐家协会选送

吕宏伟

武警文工团选送

铜奖

张　辛

总政宣传部艺术局选送

李　超

辽宁省音乐家协会选送

陈燕妮

安徽省音乐家协会选送

【第九届中国舞蹈荷花奖】

8月15日至19日，中国文联与青海省委宣传部联合在青海西宁举办第二届中国•西宁国际舞蹈节暨第九届中国舞蹈荷花奖古典舞评奖。本届评奖共有来自全国各省市的专业院校、院团，各地舞协以及部队代表队选送的137个作品报名参赛，经筛选，46个作品入围半决赛，参赛选手又通过两场半决赛、两场决赛角逐本届荷花奖古典舞的各大项奖。活动期间，部分参赛作品与国际知名舞蹈团队还在“百姓大舞台”惠民广场演出中同台献艺。吉狄马加、白淑湘、冯双白等出席了16日的开幕式。

11月11日至14日，中国文联与中国舞协联合在贵州贵阳举办第九届中国舞蹈荷花奖民族民间舞决赛。大赛共收到全国各地报名参赛作品280余个，经筛选，最终共有56个节目入围决赛，其中群舞34个、单双三人舞22个。参赛作品涉及汉族、藏族、维吾尔族、蒙古族、朝鲜族、彝族等多个民族，富有民族风格和地域色彩，题材丰富多样。千余名舞蹈工作者经三场角逐，最终产生金奖6个，银奖17个，铜奖14个，单项奖3个，“十佳作品”荣誉称号14个。大赛取消以往的闭幕式颁奖晚会，改为简单朴素的颁奖礼并设置评委专家点评环节，对获奖作品进行公开点评。杨承志、白淑湘等中国文联领导参加开幕式。

【第九届中国舞蹈荷花奖评奖结果】

终身成就奖

张文明　郭明达　蒋祖慧　叶　宁　陈　翘　吕艺生

舞剧•舞蹈诗 作品金奖：

上海芭蕾舞团《简•爱》

总政歌舞团《铁道游击队》

武警政治部文工团《延安记忆》

厦门小白鹭民间舞艺术中心、厦门艺术学校《沉沉的厝里情》

新疆艺术剧院歌舞团迪丽娜尔艺术团《永远的麦西热甫》

上海歌舞团《一起跳舞吧》

表演金奖：

《简•爱》吴虎生、范晓枫

《铁道游击队》李志

《一起跳舞吧》王佳俊、朱洁静

编导奖：

《碧海丝路》陈维亚

评委会特别奖：

新疆艺术剧院歌舞团迪丽娜尔艺术团《永远的麦西热甫》迪丽娜尔•阿不都拉

上海芭蕾舞团《简•爱》帕特里克•德•巴拉

作品银奖：

北海市文艺交流中心、北海市歌舞剧院有限

责任公司《碧海丝路》

云南艺术学院文华学院《茶马古道》

表演银奖：

上海芭蕾舞团《简•爱》项洁艳

总政歌舞团《铁道游击队》苗苗、朱峰、沈杨

北海市文艺交流中心、北海市歌舞剧院有限责任公司《碧海丝路》孙小娟

武警政治部文工团《延安记忆》全体

厦门小白鹭民间舞艺术中心、厦门艺术学校《沉沉的厝里情》卓然、付舜国、柯玉洁

云南艺术学院文华学院《茶马古道》 全体

新疆艺术剧院歌舞团迪丽娜尔艺术团《永远的麦西热甫》 西尔艾力•买买提、古丽加娜提•沙塔尔

上海歌舞团《一起跳舞吧》宋昕孺、张明煜

最佳作曲：

《铁道游击队》赵季平、赵林

《延安记忆》卞留念、朱嘉禾

《一起跳舞吧》郭思达

最佳舞美设计：

《延安记忆》严龙

最佳服装设计：《永远的麦西热甫》古丽巴哈尔•吐尔逊

最佳灯光设计：《茶马古道》李长明、张谦、解睿

民族民间舞

单、双、三人舞组：

表演金奖

中央民族大学舞蹈学院《金色贝多罗》

作品银奖

延边大学艺术学院《情系乡俗》

中国歌剧舞剧院《梵境》

表演银奖

内蒙古大学艺术学院《冬趣儿》

四川艺术职业学院附中《日出日落》

安徽省歌舞剧院有限责任公司《花鼓佬》

北京舞蹈学院《莲花》

海军政治部文工团《在那高山顶上》

作品铜奖

内蒙古民族歌舞剧院《海日》

编导铜奖

云南艺术学院舞蹈学院《串哨》

中央民族大学舞蹈学院《鹤》

表演铜奖

中央民族大学舞蹈学院《天地间》

群舞组：

作品金奖

中共贵阳市委宣传部、贵州大学艺术学院《太阳山》

广西柳州市艺术剧院《仫佬仫佬背背抱抱》

云南艺术学院舞蹈学院《阿罗汉》

呼和浩特市民族歌舞团《戈壁沙丘》

新疆和田地区新玉歌舞团《昆仑之梦》

作品银奖

宁夏演艺集团歌舞剧院有限公司《阿色俩目》

宁夏大学音乐学院《花儿与少年随想》

北京舞蹈学院《吉祥树》

中共平坝县委宣传部、贵州省师范大学音乐学院《山尖尖》

中共贵阳市委宣传部、贵阳市文化广播电影电视局《苗女银秀》

南京艺术学院舞蹈学院《沐月行》

合肥演艺有限责任公司歌舞团《水欢鱼跃》

中央民族大学舞蹈学院《石人与天鹅》

西藏军区政治部文工团《戴天头》

表演银奖

三都县打鱼民族学校《踩月亮》

作品铜奖

太原师范学院舞蹈系《回娘家》

中共贵阳市委宣传部、贵州大学艺术学院《斗牛场上》

四川省凉山彝族自治州歌舞团《她•们》

中央民族大学舞蹈学院《天鹅之歌》

四川省歌舞剧院有限责任公司《玛曲姑娘》

编导铜奖

海南大学艺术学院、海南省海口市群众艺术馆《花帽子》

表演铜奖

内蒙古民族歌舞剧院《卫拉特布斯贵》

新疆和田地区新玉歌舞团《于阗女》

贵阳市文化广播电影电视局、贵阳演艺集团有限公司《山•灵》

兴安乌兰牧骑兴安盟民族歌舞团《古布尔安代》

单项奖：

最佳音乐创作奖：

群舞组：

《仫佬仫佬背背抱抱》作曲：王崴

最佳服装设计奖：

群舞组：

《戴天头》服装设计：达珍、次仁白珍

《于阗女》服装设计：孙秀琴

古典舞：

单双三人舞组

解放军艺术学院舞蹈系《且看行云》

表演金奖

北京舞蹈学院《月满春江》

表演金奖

北京舞蹈学院《济公》

编导金奖、表演银奖

北京舞蹈学院《勾践》

作品银奖

北京舞蹈学院《门神》

作品银奖

北京歌舞剧院《武生》

编导银奖、表演铜奖

上海戏剧学院舞蹈学院《梅娘》

表演银奖

北京师范大学艺术与传媒学院舞蹈系《戏丑》

作品银奖

北京舞蹈学院《芳春行》

表演铜奖

北京舞蹈家协会《月移水影》

表演铜奖

武汉音乐学院舞蹈系《月落孤秋》

表演铜奖

南京艺术学院《昆丑争艳》

表演铜奖

群舞组

解放军艺术学院舞蹈系《丽人行》

作品金奖

吉林市歌舞团有限责任公司《满江红》

作品金奖

西宁艺术剧院有限公司《陶纹梦圆》

作品金奖

吉林市歌舞团有限责任公司《封箱》

表演银奖

重庆大学《汉风俪影》

表演银奖

武汉音乐学院舞蹈系《武当和韵》

作品银奖

郑州歌舞剧院《从军行》

作品银奖

甘肃省歌舞剧院《月牙泉》

表演铜奖

天津师范大学音乐与影视学院舞蹈系《林花谢了春红》

表演铜奖

兰州艺术学校、兰州女子中专《敦煌天女》

作品铜奖

江南大学人文学院《大运河》

作品铜奖

福建师范大学音乐学院舞蹈系、福建省舞蹈家协会《百年情书》

表演铜奖

【第十一届中国民间文艺山花奖】

12月11日，由中国文联、中国民协与长春市政府联合主办的第十一届中国民间文艺山花奖颁奖典礼在长春举行。本届山花奖自两年前启动，先后在陕西、河南、江西、浙江、吉林、广西等近10个省区举办各个奖项的评选，参评作品涵盖我国民间文艺的方方面面，以其权威性、导向性和公平性的特征，对传承发展优秀民间文学艺术起到了不可替代的现实作用。共有民间文学作品奖、民间艺术表演奖、民俗影像作品奖、民间工艺美术作品奖、民间文艺学术著作奖5个奖项的98件作品获奖，其中，民间艺术表演奖还包括民间绝技绝艺、民间广场歌舞、民俗礼仪表演、舞龙、民间灯彩，充分展示了当代中国民间文艺界的最新成果。中国文联党组副书记李屹出席颁奖典礼。

【第十一届中国民间文艺山花奖评奖结果（部分子项）】

一、民间艺术表演奖（民俗礼仪表演）评奖结果

1. 陕西　《地台社火》

陇县文化馆

2. 江苏　《跳幡神》

江苏省溧阳市社渚镇嵩里村

3. 广西　《大酬雷》

广西西乡塘区陈东村师公团

4. 山西　《庙前高跷》

山西省太原市民协庙前高跷表演队

5. 河北《桃林坪花脸社火》

河北井陉桃林坪花脸社火表演队

二、民间艺术表演奖（舞龙）评选结果

1. 广西　《平安芭蕉龙》

广西长塘镇定西村楞仲坡

2. 福建　《集美弄龙阵头》

厦门市集美区宣传部 集美大学

3. 江西　《龙腾鱼跃》

青云谱城南龙灯表演队

4. 浙江　《百叶龙》

长兴百叶龙艺术团

5. 广东　《湛江人龙舞》

湛江人龙舞艺术团

三、民间文艺学术著作奖评奖结果

1. 北京《20世纪中国民间故事研究史》

万建中 民间文学

2. 湖北《佛经故事与中国民间故事演变》

刘守华 民间文学

3. 北京《〈山海经〉学术史考论》

陈连山 民间文学

4. 贵州《“蒙恰”古歌研究》

吴秋林、王金元、郎丽娜 民间文学

5. 浙江《江南明清建筑木雕》

何晓道 民间艺术

6. 重庆《乌江流域民族民间美术》

余继平 民间艺术

7. 北京《中国泥人张彩塑艺术》

张锠 民间艺术

8. 甘肃《素壁清晖--临夏砖雕艺术研究》

牛乐 民间艺术

9. 江西《香炉造物艺术研究·战国至宋代的香炉》

于清华 民间艺术

10. 北京《明代岁时民俗文献研究》

张勃 民俗学

11. 浙江《浙江民间丧俗信仰研究》

陈华文、陈淑君 民俗学

12. 天津《为神性加注——唐宋叶法善崇拜的造成史》

吴真 民俗学

13. 湖南《演剧、仪式与信仰——民俗学视野下的例戏研究》

李跃忠 民俗学

14. 北京《清江流域土家族始祖信仰现代表述研究》

林继富 民俗学

15. 贵州《刻道》

刘锋 吴小花 调查报告

16. 广东《城中村的民俗记忆——广州珠村调查》

储冬爱 调查报告

17. 吉林《闯关东年画》

曹保明 调查报告

四、民间工艺美术作品奖评选结果

1. 北京《五龙燕》

哈亦琦 风筝

2. 广东《和谐之城》

张民辉 骨雕

3. 河南《百鸟朝凤》全卷

王素华 刺绣

4. 北京《墙头》

高学花 陶艺

5. 江苏《二十四孝》

陆小琴 核雕

6. 吉林《天宫大战》

关云德 满族剪纸
7. 安徽《十八罗汉》
洪建华 竹根雕
8. 吉林《威振长白》
郭玉华 剪工木艺
9. 浙江《人间万象》
刘小平 木雕
10. 福建《其乐融融》
郑幼林 寿山石
11. 北京《红楼梦内画全集》
刘江华 内画壶
12. 四川《苦乐清凉》
陈云华 传统技艺类
13. 江西《花语芬芳》
屠丽青 陶瓷
14. 青海《释迦摩尼》
陈玉秀 唐卡
15. 辽宁《上河图》
韩志耀 桃核微雕
16. 浙江《原•衍生》
林霞 刺绣
17. 湖南《八月》
周艳群 湘绣
18. 天津《人物纹屏风》
王树元 木雕
19. 福建《和谐(荷叶)文房四宝》
刘爱珠 寿山石雕
20. 宁夏《窗花映彩塞上天》
郑飞雁 剪纸
21. 浙江《骨木镶嵌万工床》
陈明伟 木雕
22. 山东《蛋壳陶系列》
苏兆起 苏日华 黑陶
23. 江苏《万里长城》
金文 云锦
24. 浙江《赏乐》
吴尧辉 木雕
25. 河北《大闹天宫》
张雅军 珀晶
26. 江苏《北京千年风景图》
李玉坤丝毯研制组 丝毯
27. 广东《画坛之光》
王增丰 陶塑
28. 江西《飞舞的思绪》
岑艳 陶瓷
29. 福建《志在书中》
陈明良 陶瓷

五、民俗影像作品奖评选结果

1. 甘肃《冬季牧场》
赵国鹏、陈莉、张三奎
2. 甘肃《窑洞人家过大年》
丁如玮、王光达、陈雯惠、田冰
3. 内蒙古《阿拉善烤全羊》
赛仁、黄志伟、吉日木图、塔娜
4. 浙江《我们的节日——端午温州》
潘一钢、管红艳、黄碧红、周骏
5. 四川《坚守》
赵军、张涛、张泽松、林渤
6. 新疆《家在云端》
纪林、阿布来提•托乎提玉克赛克•西加艾提

六、民间文学作品奖评奖结果

1. 贵州 《苗族英雄史诗〈亚鲁王〉》
余未人、杨正江　民间文学作品类
2. 四川 《彝族克智译注》
阿牛木支、吉则利布、孙正华　民间文学作品类
3. 浙江 《中华龙传说》
周静书、施晓峰　民间文学作品类
4. 内蒙古《内蒙古民间故事全书•阿拉善右旗卷》
铁木尔布和　民间文学作品类
5. 广东 《全本潮汕方言歌谣评注》
林朝虹　民间文学作品类
6. 广西 《布洛陀史诗》
韩家权、潘其旭等　民间文学作品类
7. 湖北 《再世嫦娥钱六姐研究文集》
刘民　民间文学作品类
8. 天津 《追到姑娘就有房》
柴兴志　新故事创作
9. 安徽 《老师你好》

江永年　新故事创作

10. 河北　《血仍未冷》

於全军　新故事创作

11. 浙江　《挖出来的风波》

陈效平　新故事创作

12. 江苏　《开店情缘》

徐树建　新故事创作

13. 安徽　《谁是过河卒》

章川封　新故事创作

14. 湖北　《巧女节》

方光晴　新故事创作

七、民间艺术表演奖（民间灯彩）评奖结果

1. 福建　《荷塘月色》陈达增

2. 广东　《国色天香刨花灯》林燕华　陈棣桢

3. 山东　《年年有余》淄博凤舞花灯有限公司

4. 浙江　《高照马》陈益民等

5. 江西　《人物香灯》婺源县文化馆、婺源县岩前村

【第八届中国杂技金菊奖】

12月27日，中国文联、中国杂协在河南濮阳举办第八届中国杂技金菊奖第三次剧目奖颁奖仪式。本次剧目评奖中，全国16个省区市以及解放军共30个杂技院团的40台杂技剧目报名参赛，参赛剧目的数量和质量较前两届均有大幅提升。仪式结束后，获奖剧目《水秀》上演，为观众呈上一场视觉盛宴。中国文联党组副书记覃志刚出席并观看演出。

【第八届中国杂技金菊奖第三次杂技剧目奖评奖结果】

一、剧目优秀奖(3个)

中国杂技团有限公司《一品一三绝》

广州军区政治部战士杂技团《生命•阳光》

濮阳豪艺杂技（集团）有限公司《水秀》

二、单项奖(10个)

1. 最佳编导奖：

李西宁

成都军区政治部战旗文工团杂技分团《茶》

钟浩、艾尼瓦•麦麦提

新疆杂技团《你好，阿凡提》

刘春、邓宝金、杜静怡、刘畅

济南市杂技团《粉墨》

王亚非

重庆杂技艺术团有限责任公司《花木兰》

刘春、梅月洲

武汉杂技艺术有限责任公司《梦幻九歌》

李驰、王剑

太原市歌舞杂技团《我们年轻，我们去追梦》

董争臻、王安、毕洁

沈阳军区政治部前进杂技团《与祖国同行》

2. 最佳音乐奖：

刘岩

大连杂技团《霸王别姬》

3. 创新奖：

沈阳杂技演艺集团有限公司《天幻II——太阳鸟》

东方凤凰（北京）文化发展有限公司《幻境极光》

重点文艺工程

中华文明历史题材美术创作工程

【邀标创作和草图修改】

2012年底中华文明历史题材美术创作工程召开第一次专家评审工作会议并公布评选结果后，工程组织评委、相关专家对每件入选作品提出具体修改意见，以书面方式反馈作者。入选作者根据修改意见，认真对作品进行修改调整和深化创作，并再次提交修改后的草图。同时，创作指导委员会专家共同提名推荐了147位优秀美术家，对首轮评审轮空的76个选题组织邀标创作。此后，根据受邀美术家的申报情况，创作指导委员会对仍有空余的选题组织了第二次邀标，重点邀请美术院校、画院等美术机构和各地美术骨干、优秀青年美术家等参与邀标创作。

【第二次专家评审工作会议】

5月22日至23日，“中华文明历史题材美术创作工程”在中国文艺家之家召开第二次专家评审工作会议，对第一轮入选作品的修改草图和邀标美术家提交的草图进行评审。中国文联党组书记、副主席赵实，党组副书记、副主席覃志刚、李屹，党组成员、副主席左中一等分别于22日和23日上午到评审现场，观摩了本次评审的作品草图。

赵实同志代表中国文联和中国文联党组，向各位评委专家表示敬意、问候和感谢。她说：作品草图非常震撼，令人欣慰；“工程”是一项非常艰苦的创造性劳动，凝聚着所有参与创作的老、中、青美术家艰辛的创作努力与丰富的想象力、创造力，也体现出所有评审专家所给予的指导、关心和帮助；目前“工程”入围作品有了初步成就，希望通过这次“工程”，不仅能够推出一批重要的作品，也能够推出一批中青年的美术家人才。

中国文联副主席、中央文史研究馆常务副馆长冯远，中国文联副主席、中国美协主席刘大为，中国美协名誉主席靳尚谊，“工程”组委会副秘书长、中国美协分党组成员、驻会副主席吴长江，中国美协副主席曾成钢、韦尔申，“工程”组委会办公室主任、中国美协分党组副书记、秘书长刘健，以及来自全国各地的评委专家共计40余人出席了本次评审会。

此次评审采取不分组、每位评委对所有作品进行投票的方式进行，评委专家经过观摩和讨论，对参与邀标的美术家所提交的128件作品进行严格的初评和复评，最后精选出77件入围作品，并经复议通过。至此，经过两轮评审，工程作品草图基本产生。

此后，工程创作指导委员会专家会同部分历史学家，进行了内部草图评议，提出了进一步修改的意见，入选作者根据意见继续对作品进行修改加工深化。

【草图观摩展开幕式暨签约仪式】

9月13日，“中华文明历史题材美术创作工程”草图观摩展开幕式暨签约仪式在北京中国国家博物馆隆重举行，共展出167幅“工程”入围创作草图。第十一届全国政协副主席、中国文联主席孙家正，中国文联党组书记、副主席赵实，中国文联党组成员、副主席左中一，中国文联荣誉委员、中国美协名誉主席靳尚谊，中国文联副主席、中央文史研究馆副馆长冯远，中国国家博物馆馆长吕章申，中国美协分党组书记、驻会副主席吴长江，中宣部文艺局巡视员、副局长孟祥林，文化部艺术司副司长诸迪、财政部教科文司文化处处长宋文玉等“工程”组委会领导以及签约美术家，“工程”创作指导委员会的专家，历史学家，各省

（区、市）和新疆生产建设兵团文联及美协有关负责同志，在京美术单位的负责同志等共200余人出席了开幕式暨签约仪式。

赵实同志在开幕式上讲话。她说，在刚刚闭幕的全国宣传思想工作会议上，习近平总书记强调指出，一个没有历史记忆的民族是没有前途的。忘记历史就意味着背叛。历史是客观存在的，历史是最好的教科书。中华民族在五千多年的文明发展进程中创造了博大精深的中华文化，中华文化积淀着中华民族最深沉的精神追求，包含着中华民族最根本的精神基因，代表着中华民族独特的精神标示，是中华民族生生不息、发展壮大的丰厚滋养,是中华民族自强不息、团结奋进的重要精神支撑。总书记的重要讲话为推动文化强国建设、为繁荣文艺事业、为我们传承中华文明搞好这项重大历史题材美术创作工程，进一步指明了前进方向，也提出了新的更高的要求，我们一定要认真领会、深入贯彻。赵实同志对“工程”提出三点希望：希望各位美术家进一步强化责任意识，自觉担当历史使命和时代责任，始终保持真诚饱满的创作状态；希望各位美术家进一步强化精品意识，遵循创作规律，善于继承借鉴，勇于突破创新，努力推出精品力作；希望参与创作组织各部门各单位进一步强化合作意识，加强组织协调，密切分工合作，下大力气完成好“工程”。赵实强调，组织实施好这项工程，是中国文联和中国美协近五年工作中的一件大事，也是广大美术工作者艺术生涯中的一件大事。“艰难困苦，玉汝于成”，越是复杂的艺术活动，越是浩瀚的重大工程，越需要坚强的意志力和良好的创作心态，既不能因为时间紧、任务重而气馁，也不能因为赶进度、交任务而有损于艺术质量。只要我们坚定信心、沉下心来，紧紧抓住从人物造型、构图到创作过程的每个环节，扎扎实实地完成每一个阶段的工作，就一定能够创造出无愧于历史、无愧于时代、无愧于人民的优秀作品。赵实表示，在大家的共同努力下，“中华文明历史题材美术创作工程”一定能够不负中央领导的厚望，努力打造成“中华文明的传播工程、中国美术的精品工程、国家级的重大文化示范工程”，一定能够为促进美术事业的长远发展、为社会主义文艺大发展大繁荣、为满足人民群众的精神文化需求作出新的更大的贡献。

开幕式由冯远同志主持。他指出，这些作品草图凝聚着所有参与创作的老中青美术家和创作指导委员会专家的艺术才华和心血智慧，也凝聚着主承办单位各级领导和专家的精心指导与帮助，举办“工程”草图观摩展既是阶段性重要成果的展示汇报，也为专家作者提供了一次共同观摩、交流评议的机会。吕章申馆长在开幕式上致辞，他表示，最终完成的“工程”作品，将代表着中国当代美术最高的创作水准，必将为时代增光添彩，为历史留下宝贵财富。中国国家博物馆对将来展示的每件“工程”作品都做了较为具体的位置分布，它们的最终完成与陈列，也将体现国家博物馆无处不历史、无处不艺术、无处不学术的理念。孙景波教授代表美术家致辞。他说，从当初的激情澎湃到如今的忐忑不安，深感责任之重大；“我们现在就像是进入考场的考生，所有人都期待我们交上一份满意的答卷，我们也将不负众望，带着历史责任感与崇高使命感，尽最大努力完成任务。”

开幕式后举行了作者签约仪式，入围美术家与“工程”组委会正式签约。13日下午还召开了由全体作者和创作指导委员会专家、历史学家参加的学术研讨会。会议由吴长江同志和国家博物馆副馆长陈履生主持。研讨会总结深化了对历史题材美术创作的认识，创作者们充分交流了创作经验和想法，历史学家指出一些作品在史实方面存在的问题和缺憾，美术理论家提出要多学习借鉴古今中外优秀的历史画创作经验，既要注重艺术真实，更要尊重历史真实。与会美术家、专家学者共同为继续精益求精打磨作品草图提出了不少宝贵的意见和建议。

中国当代文艺名家名作译介工程

中国文联2012年增设的长期对外文化交流专项“中国当代文艺名家名作译介工程”（以下简称“译介工程”）由中国文学艺术界联合会主办，各全国文艺家协会、中国外文局外文出版社合作实施，并被列入中宣部2013年宣传思想工作要点和中国文联2013年工作要点。2月，中国文联党组讨论并通过了“译介工程”项目工作方案和先期启动工作方案，并印发了《中国文联关于印发“中国当代文艺名家名作译介工程”工作方案的通知》。

在“中国当代文艺名家名作译介工程”领导小组主管领导的指挥和指导下，2月中旬“译介工程”办公室与各协会分党组专题研究确定了项目负责人，推荐了专家艺术家组成“译介工程”专家库，并立即按要求开展工作。中国文联国际联络部、外文出版社分别确定了“译介工程”项目工作团队，明确了团队成员分工，工作团队立即投入了“译介工程”先期启动的《中国当代文艺年度名作》（综合类）和《中国当代文艺年度名作》（专业分册类）——《中国当代美术年度名作》、《中国当代民间艺术年度名作》、《中国当代摄影年度名作》四本图册的组稿编辑工作中。

自2013年3月，译介工程领导小组副组长、中国文联副主席杨承志同志组织召开“译介工程”先期启动图册策划协调会后，在各部门、各协会和外文出版社的积极努力和密切配合下，图册的创意设计、组稿编辑工作有序推进。3月至5月，经过数次策划、多次修改，先期启动四本图册的总体设计和部分样章通过文联党组初审。

为进一步推进“译介工程”相关工作，5月14日，杨承志同志率国际部人员专程赴中宣部文艺局汇报“译介工程”进展情况。杨承志同志向中宣部文艺局局长汤恒汇报了中国文联“译介工程”的项目情况，突出“译介工程”系列图书以文联11个专业文艺家协会为依托，以13个全国性文艺奖项为基础，以专业的视角向国外推介和展示中国当代艺术发展优秀成果和主流审美取向，具有可持续性、权威性和专业性。同时，就“译介工程”先期启动的3本图册样章听取文艺局的指导意见。汤恒局长表示，中宣部文艺局对中国文联“译介工程”项目非常重视，已在今年年初将项目上报并列入2013年中宣部宣传思想工作要点，在项目进展过程中，中宣部会对该工程给予大力支持。

5月至6月，杨承志同志组织国际联络部、各协会相关人员与外文社编辑进行策划研究，对综合图册、美术名作图册、民间艺术图册的作品选择、呈现方式、文字评介、版式设计等进行调整完善。

6月19日，经文联党组会研究，《中国当代美术年度名作》、《中国当代民间艺术年度名作》两本图册清样（中文）和《中国当代文艺名作》（综合册）样章原则通过审定。

为指导推动下一步的编创编译、发行出版等工作，6月28日，杨承志同志带领国际部一行到外文出版社，与该社社长徐步、副总编辑解琛、对外翻译出版专家徐明强等共商译介工程先期启动图册下一阶段的重点工作。会议认为，对文联和外文社来说，“译介工程”都是开创性、探索性的，每一个环节都应精心策划、精益求精，使译介系列图册脱颖而出，成为外国同行和读者“看得懂、易理解、真喜欢”的“长销书”。在打造译介精品图册的过程中，既要发挥中国文联及各协会优势，以各艺术门类权威艺术眼光精选名作，更要彰显外文出版社在国际视野、外语母语思维编译制作和国际图书推广发行、版权输出方面的实力与优势。

7月至12月，各项工作继续有序进行。杨承志同志组织文联相关部门、协会具体负责人会同外文社责编进一步精选《中国当代文艺名作》（综合册）中的名作，逐一研究商定各篇章个性化、特色化呈现的标准要求，并分门别类地精心编创各艺术门类篇章内容，力求更加生动、更具有可读性和感染力，同时对《中国当代美术年度名作》

与《中国当代民间艺术年度名作》两本图册的内容、编排、设计等进行深度加工、精细打磨，在增强国际性、艺术性上下功夫，并组织多国专家进入项目组，对图册内容呈现方式、排版设计等提出建议，对文字内容进行编创和编译。外文社还就三本图册二维码和综合图册戏剧、影视等名作片花片段光盘制作进行研究，并开始制定对外发行推广计划。

文化名人、著名艺术家纪念活动

【中国合唱一百年——纪念李叔同创作第一首中国合唱曲音乐会】

5月21日，中国文联与中国音协联合主办的“中国合唱一百年——纪念李叔同创作第一首合唱曲音乐会”在国家大剧院音乐厅举行。中国文联主席孙家正，中国文联党组书记、副主席赵实，党组副书记、副主席李屹，党组成员、副主席左中一，党组成员、书记处书记李前光，中国文联副主席、中国音协分党组书记、驻会副主席徐沛东等领导出席。100年前的1913年5月，刚从海外留学归来的中国新文化运动先驱李叔同以五线谱的形式公开发表了一首三声部合唱曲《春游》，开创了中国多声部歌曲写作先河，这是中国人运用西洋作曲技法写成的首部合唱作品，同时也拉开中国合唱作品创作的帷幕。100年来，合唱已成为普及性最强、参与面最广的音乐演出形式之一。次日，相关研讨会在京举行。中国文联副主席徐沛东与徐锡宜、田玉斌、戴嘉坊、周国安、向延生等专家学者出席，就中国合唱作品的百年创作历程和中国合唱事业的发展现状进行了研讨。

李叔同简介：

李叔同(1880.10.23～1942.10.13)，1880年10月23日生于天津，祖籍山西洪洞，明初迁至天津，因其生母本为浙江平湖农家女，故奉母命南迁上海，自言浙江平湖人，以纪念其先母。谱名文涛、幼名成蹊、学名广侯、字息霜、别号漱筒，1918年8月19日出家后法名演音，即佛教中赫赫有名的弘一大师，晚号晚晴老人。他擅书法、工诗词、通丹青、达音律、精金石、善演艺，精通诗文、词曲、话剧、绘画、书法、篆刻，为现代中国著名艺术家、艺术教育家，中兴佛教南山律宗，为著名佛教僧侣，被佛门弟子奉为律宗第十一代世祖。1942年10月13日在福建泉州开元寺圆寂。他是第一个向中国传播西方音乐的人，是中国第一个开创裸体写生的人。是中国油画、广告画、木刻、钢琴、话剧艺术的先驱，先后培养出画家丰子恺、音乐家刘质平等一些文化名人，他重新填词的《送别》也广为传唱，是中国现代歌史的启蒙先驱。

【纪念钟敬文诞辰110周年座谈会】

6月29日，由中国文联与北京师范大学、中国民协联合主办的纪念钟敬文先生诞辰110周年座谈会在北京人民大会堂举行。中国文联名誉主席周巍峙，中国文联党组副书记、副主席李屹，中国民协分党组书记、驻会副主席罗杨，北京师范大学党委书记刘川生等领导与来自中国社科院、北京师范大学、北京大学、清华大学、高等教育出版社、中华书局、商务印书馆等的社会各界专家学者，钟敬文先生的生前好友、子女200余人出席。大家从各个方面回忆了钟敬文先生爱国敬业的一生。会前播放了纪念会专题电视片《中国民俗学之父钟敬文教授》，高等教育出版社同时展出《钟敬文全集》(共42册25卷1600余万字)，首次推出这位学术大师的经典著作全编。当日下午又在北京师范大学继续召开“钟敬文高等教育与学术文化思想座谈会”。

钟敬文简介：

钟敬文(1903.3.30～2002.1.10)，原名钟谭宗，广东汕尾海丰人。我国著名民间文艺学家、民俗学家、教育家、诗人、散文家，中国文联荣誉委员、中国民协第四届主席，北京师范大学一级教授。我国民俗学的创始者和奠基人，创立了“民俗学的中国学派”，被国际同行誉为“中国民俗学之父”。青年时代即投身新文化运动，毕生致力于教育和民间文艺学、民俗学研究。为我国五四以来的重要诗人、散文家、作家、文艺理论家和社会活动家，在20世纪中国传统文化向现代文化转型的多个领域均取得卓越的历史成就，为当之无愧的一代学术文化大家。他晚年参与主持“中国民间文学三套集成”的搜集整理工作，任《中国民间故事集成》主编，为中国民协后来开展的民间文化遗产抢救工程做了前期理论奠基和人才储备。他对民间文艺的论述与思考，作为重要理论思想影响和指导着中国民间文艺事业的发展与实践，至今仍发挥重要作用。他在北京师范大学执教长达半个多世纪，创建了北京师范大学民俗学国家重点学科，培养了大批研究生人才和留学生，为开创具有中国特色的民间文学理论和学科建设做出了巨大贡献。钟敬文先生一生出版著作近70种，他的散文代表作《西湖漫拾》被称为世纪美文，散文名篇《碧云寺的秋色》被编入中小学课本，广为流传。

【纪念李凌诞辰100周年座谈会】

12月11日上午，中国文联与中国音协、中国国家交响乐团、中国音乐学院、中央音乐学院联合主办的“跋涉人生——纪念李凌百年诞辰系列活动”之一的“跋涉人生——纪念李凌先生诞辰百年座谈会暨系列图书首发仪式”在京举行，作为李凌学生的彭丽媛以书面发言的形式对恩师表达了深切缅怀和由衷敬佩，这也是与会艺术家们的共同心声；当日下午举行的李凌音乐思想研讨会上，首都艺术界人士共同缅怀我国著名音乐评论家、音乐教育家、音乐社会活动家李凌。会议主要围绕“音乐社会活动家李凌”、“李凌音乐教育思想”、“李凌音乐评论思想”、“李凌音乐美学思想”四个板块展开讨论，以纪念李凌取得的卓著成就，研讨他对中国当代音乐事业的深远影响。徐沛东、吴雁泽、吴祖强、金铁霖、谭利华、关峡、刘诗昆、闫拓时、赵塔里木、郭淑兰、陈自明、王振亚、李一非、韩中杰、周广平、黄伟华等近160位音乐界专家、学者以及李凌先生的夫人汪里汶、女儿李妲娜等家属代表参加活动，中国文联名誉主席周巍峙、荣誉委员孙慎在贺信中对李凌给予了很高评价，著名歌唱家才旦卓玛、著名钢琴家周广仁也特意发信致贺。12月10日晚，在北京音乐厅举行的“《百年琴思》——中国国家交响乐团纪念李凌百年诞辰音乐会”上，90高龄的韩中杰、严良堃，80高龄的罗天婵，70高龄的刘诗昆、陈燮阳等我国老一代音乐艺术家纷纷登场，74岁的声乐教育家金铁霖也坐在观众席捧场。

李凌简介：

李凌(1913.12.6～2003.11.3)，原名李树连，曾用名李绿永、陆泳等，广东台山人。我国著名音乐教育家、音乐评论家、音乐社会活动家，数十年为普及音乐教育奋斗。上世纪30年代中学毕业，受陶行知影响在广东台山家乡积极推广“小先生”活动，创编教材、普及教育；40年代初，在抗日烽火中的重庆，从延安鲁艺毕业又返回国统区的李凌，参与陶行知领导下的育才学校音乐组工作，在新音乐社办函授音乐教育，推动抗日救亡运动；解放战争期间，在上海创办上海中华音乐学院、中国音乐学校、香港中华音乐学院；新中国成立后投身专业音乐教育，除参与创办中央音乐学院、主持中国音乐学院复院外、还参与缔造中国交响乐团(中央乐团)并开办学员班；改革开放后，创办社会音乐学院、中国函授音乐学院等。其间多次在全国性音乐教育会议上作报告呼吁推广多轨制音乐教育并撰文阐述多轨制理念，为促进了我国专业音乐教育和社会音乐教育的迅速发展、推动我国音乐事业的发展做出了重大贡献。李凌一生著述丰硕，发表了《新音乐教程》《音乐杂谈》《音乐美学漫笔》《歌唱艺术漫谈》《秋蝉余音》等20部音乐理论著作和200多篇评论文章，以犀利的笔触记载对不同历史时期中国音乐活动的独见和论说，此外，他爱才、惜才，是音乐界的伯乐，彭丽媛、刘诗昆、刘淑芳、罗天婵、王铁锤、金铁霖、韩中杰、罗忠镕等上百位音乐家均得到过他的指导和帮助。

【叶小纲个人作品音乐会“中国故事·大地之歌”】

9月22日，“中国故事•大地之歌——叶小纲与底特律交响乐团”音乐会在美国纽约林肯艺术中心音乐厅举行。音乐会由教育部、国务院新闻办、中国文联、中国海外交流协会、北京演艺集团、中华文学基金会与美方底特律交响乐团共同主办，美籍华裔指挥家胡咏言执棒演奏叶小纲创作的三部交响乐作品——《喜马拉雅之光》、《最后的乐园》和《大地之歌》，这是新中国成立后首次由美国主流交响乐团专门为一位中国主流作曲家举办的专场音乐会。纽约合唱团与加拿大女高音歌唱家米莎•布鲁格戈斯曼、中国男中音歌唱家袁晨野等多国音乐家同台献艺。近两小时的演出以西方音乐手法表现出中国唐诗戏曲、民族风情和乡村面貌，让全场2000余名美国观众沉浸在优美的旋律和歌声中，静静感受气势恢弘、生动感人的“中国故事”。其中，《最后的乐园》创作于1993年，是叶小纲以中国农村为题材，为小提琴与管

弦乐队而作，作品将中国音乐与西洋管弦乐队完美结合，详尽地描绘了中国乡村的时代面貌，具有浓郁的民族地域色彩。《大地之歌》是叶小纲依七首中国古诗所创，作品歌词完全采用唐诗原句却不拘泥于古意，是作曲家对中国古诗的还原与再创造，也是作曲家个人情怀的倾情抒写。《喜马拉雅之光》于2012年荣膺美国古根海姆基金会音乐大奖，叶小纲是唯一获此殊荣的中国籍音乐家。作品从独特的角度切入主题，深入探讨了生与死、精神与物质、瞬间与永恒以及生命的本源与终极意义，强调精神与心的力量，展现了作曲家对人类精神园和生命的深切关怀以及对于现实生活的思考。12月18日，“中国故事•大地之歌”在国家大剧院音乐厅由中国国家交响乐团再次奏响，男高音歌唱家石倚洁和童声高音歌手刘坤一起加盟演绎，为国内现场观众描绘了一幅美丽画卷。

Communication、coordination、service

2014

联络、协调、服务

组织联络工作

【2013中国文联协会组联工作会议暨文艺志愿服务工作会议】

2月26日，2013中国文联协会组联工作会议暨文艺志愿服务工作会议在京召开。会议深入学习贯彻党的十八大精神和全国宣传部长会议精神，贯彻落实中国文联九届四次全委会精神，总结中国文联国内联络部和文艺志愿服务中心2012年来的工作，传达部署2013年的工作要点，交流协会组联工作经验，并就进一步推动加强协会组联工作和广泛开展文艺志愿服务工作进行了研究部署。中国文联党组副书记覃志刚出席会议并讲话，充分肯定了中国文联国内联络部和文艺志愿服务中心过去一年来的工作成绩，同时希望新的一年中国文联国内联络部团结动员广大文艺工作者在开展主题性文艺活动方面下功夫，完善文艺作品评价激励机制，加强文联组织建设，进一步拓展“全国文联一盘棋”的工作格局。

【2013全国文联组联工作会议暨文艺志愿服务工作会议】

4月10日至11日，中国文联在京举办2013全国文联组联工作会议暨文艺志愿服务工作会议，来自全国各省、自治区、直辖市文联，新疆生产建设兵团文联、副省级城市文联和各地基层文联的200余位代表汇聚一堂，探讨如何在新形势下开展文联组联工作，对文艺志愿服务工作给予了高度的关注。中国文联党组副书记覃志刚出席会议并讲话。会上通报了中国文联国内联络部2012年工作总结、2013年工作要点以及2013年中国文联文艺志愿服务工作要点。代表们则结合各自组联工作实际，就如何积极发挥文联联络、协调、服务职能和落实文艺志愿服务工作进行了深入交流。中国美协、中国舞协、北京市文联、内蒙古自治区文联、广东省文联、广西壮族自治区文联、山西省平遥县文联、山东省潍坊市文联、黑龙江省牡丹江市文联、浙江省杭州市文联代表分别做大会发言。会议还进行了分组讨论。罗成琰、徐里、李培隽、廖恳等出席会议。

【全国文艺家协会会员发展工作座谈会】

9月4日，中国文联召开全国文艺家协会会员发展工作座谈会。中国文联党组书记赵实、副书记覃志刚，各全国文艺家协会分党组领导和会员发展处室负责人以及国内联络部、理论研究室、权益保护部相关人员出席。会议介绍了各全国文艺家协会个人会员统计情况分析报告的相关情况，与会者根据报告中提出的问题，就如何进一步改善会员整体结构，尤其是发展优秀青年文艺工作者和自由职业文艺人才入会，努力扩大会员发展有效覆盖面；如何进一步加大会员服务力度，努力增强协会活力与凝聚力；如何进一步加强会员管理工作，努力做到会员发展依章行事等问题进行了研讨。赵实对会员工作也提出新要求。会后，中国文联印发《关于进一步加强各全国文艺家协会会员发展工作的意见》的通知，要求中国文联各团体会员参照《意见》精神，结合工作实际，加强对所属协会会员发展工作的重视和指导，以最大限度地团结凝聚广大文艺工作者，加强和规范各全国文艺家协会会员发展工作，提升会员服务和管理水平，切实培养和造就一批高素质文艺人才队伍。

【全国产(行)业文联工作座谈会】

11月21日，中国文联国内联络部在京举办全国产(行)业文联工作座谈会。中国文联党组副书记覃志刚、国内联络部主任罗成琰等领导出席。中国石油文联、中国铁路总公司文联、中国煤矿文联、中国电力文协、中国水利文协、中国化工文联、中国石化文联、全国公安文联、中国检察官文联、中国人民银行文联共10家中国文联团体会员的相关负责人，就各自工作经验和做法、问题和困难、新的思考和举措以及对中国文联的意见和建议进行了发言。

对外及对港澳台地区文化交流

【中国作家艺术家代表团访问毛里求斯】

3月5日至14日，应毛里求斯总理府邀请，中国文联组派中国作家艺术家代表团访问毛里求斯。中国国家画院创作部副主任、著名画家何加林和厦门市台湾研究院院长、著名剧作家曾学文等出席首届毛里求斯国际书展的中国书法教学活动和主题为“漂流的海峡”的文学研讨会，并得到毛总理的接见与宴请。

【黄文娟赴智利出席国际组织会议】

4月9日至13日，应国际艺术理事会及文化机构联合会、智利艺术理事会邀请，国际部主任黄文娟一行2人赴智利出席IFACCA第三十五次执委会会议。本次会议对2013年会员发展计划、各文化政策研究项目进展及第六届世界文化艺术峰会筹备情况进行通报，并讨论了未来几年的工作规划。

【赵实会见“非洲英语国家文艺组织运营管理研修班”学员】

4月16日至5月6日，由商务部主办、国家广电总局研修学院承办、中国文联文艺研修院实施的“非洲英语国家文艺组织运营管理研修班”成功举办。来自10个非洲国家的17位代表齐聚北京，展开为期21天的学习和交流。5月3日，中国文联副主席赵实会见了参训学员。本次研修课程包括专家授课、现场教学、中国民俗文化体验、与中国文联各协会交流座谈等。学员通过课程了解中国国情及发展、中国文化发展政策及文化管理模式、中国民俗的保护与传承等，并赴北京国际艺术学等多处现场教学，还先后到中国摄协、江苏文联等地参观考察，了解各艺术团体机构的运营情况。这是中国文联国际交流与合作领域组织的首个国际艺术培训项目，旨在通过面对面的交流，搭建中国文联与发展中国家文化艺术的交流平台。

【杨承志率中国文联代表团访问坦桑尼亚等国】

4月17日至26日，应坦桑尼亚信息青年文化体育部、毛里求斯文化艺术部、塞内加尔文化部邀请，中国文联副主席杨承志率6人代表团赴上述三国访问，与三国政府文化主管部门、主要文艺组织负责人、艺术家代表以及我驻外使馆、中国文化中心等进行了工作会谈，并向我驻毛里求斯、塞内加尔使馆外交人员，毛里求斯中国文化中心和当地孔子学院老师及志愿者做了两场题为“文化的力量”的专题讲座。中国舞协副主席陈维亚、中央美术学院教授崔晓东等随团出访。

【黄文娟出席歌曲《清迈好》首发仪式】

4月22日，应泰中艺术家联合会邀请，国际部主任黄文娟出席“庆祝中泰建交38周年、泰中艺术家联合会成立15周年暨歌曲《清迈好》首发仪式”。该主题曲由中国音协主席赵季平谱曲，台湾青年作词家周怡君作词，总政歌舞团青年独唱演员阿鲁阿卓演唱。泰中艺术家联合会会长、文化部外联局参赞、泰国驻中国大使馆公使以及中泰两国文化和企业界代表60余人参加了仪式。

【赵实率中国文联代表团访问美国加拿大古巴】

5月6日至15日，应美国达拉斯-沃斯堡地区世界事务理事会、美国纽约艺术基金会、加拿大艺术理事会和古巴作家艺术家联盟邀请，中国文联副主席赵实率6人代表团赴上述三国进行访问。访问期间，代表团出席在达拉斯举办的“中国文化节”开幕活动、与纽约艺术基金会签署了《合作谅解备忘录》，与加拿大艺术理事会商谈未来合作事宜并就国际艺术理事会及文化机构联合会事务交换意见，与古巴作家艺术家联盟举办研讨会等。此次访问在积极学习和借鉴国外文化发展的先进机制和经验、探索具有中国特色的文联工作和文艺发展之路方面具有重要意义，同时对于扩大中国文化在国际上的影响力，加强中国文艺界与上三国的交流与合作都起到了富有实效、积极的推动作用。

【中国文联在美举办“中国民间文化周”】

5月8日，由中国文联、中国驻休斯敦总领馆和达拉斯－沃斯堡地区世界事务理事会共同主办的“聚焦中国•国际节——中国民间文化周”开幕式在美国德克萨斯州达拉斯克罗亚洲艺术博物馆举行。中国文联副主席赵实率代表团出席开幕式并致辞。本次活动由中国民协和河北省文联承办。在为期5天的文化周活动中，19位民间艺术家向当地民众展示了不同民族、不同地域的精美工艺品和精湛技艺。本届文化周活动面向北德州各界民众展示中国民间艺术、历史传统，进一步增进中美两国人民之间的相互了解和友谊。

【中国文联在澳门举办“2013濠江之春——澳门与内地艺术家大联欢”】

5月12日至15日，中国影协、澳门中华文化联谊会、中国电影基金会在澳门联合举办“濠江之春——澳门与内地艺术家大联欢暨内地优秀影片展十周年庆典”活动。全国政协副主席、民进中央常务副主席罗富和、全国政协副主席何厚铧、中央政府驻澳门联络办公室主任白志健、中国文联副主席丹增等嘉宾出席本次活动。本届“濠江之春”活动，突出电影艺术主题，旨在促进澳门与内地影视艺术工作者的深入交流，推动澳门影视文化产业的发展。

【杨承志会见捷克文化部副部长】

6月11日，中国文联副主席杨承志会见到访的捷克文化部副部长桑科特，双方就中捷民间文化交流等议题广泛交换了意见，达成多项共识。中国文联计划于今年9月组派代表团访问捷克，并拟与捷中友好合作协会签署两组织合作备忘录，使中捷民间文化交流常态化、机制化。同时，中国文联正在考虑2015年在捷克举办“今日中国”艺术周活动，支持捷方2014年至2015年在华举办“阿尔方斯•穆夏现代派绘画作品展”，支持捷方适时在中国举办捷克馆藏齐白石绘画作品展。另外，中国文联还将推动中国电视艺术家与捷方开展各种形式的交流合作。

【孙家正会见日中文交代表团】

6月18日，中国文联主席孙家正在北京中国文艺家之家会见并宴请了以副会长、著名电影演员栗原小卷为团长的日中文化交流协会代表团一行6人。孙家正对代表团在中日两国关系的困难时刻仍能坚持来华进行文化交流表示感谢。他高度评价了日中文化交流协会在推动中日两国民间文化交流、发展中日友好事业所做出的积极贡献。孙家正希望代表团此次访问进一步加强日中两国艺术家之间的相互了解，为切实改善两国关系做出努力。中国文联副主席杨承志参加了会见和宴请。代表团此次访华是对中国文联代表团去年访问日本的回访。代表团6月15日抵沪，先后访问上海和北京。日中文化交流协会成立于1956年，是日本民间七大对华友好团体之一。

【左中一访台出席第六届海峡两岸合唱节】

6月20日至29日，中国音协与福州市人民政府、台湾新竹市政府在新竹共同举办第六届海峡两岸合唱节，本届合唱节表演项目和参赛人数都创下历届之最，海峡两岸超过1500人参加活动，大陆地区12支优秀团队近700人赴台参加比赛、展演活动。中国文联副主席、书记处书记左中一出席合唱节相关活动并为获奖合唱团颁奖。海峡两岸合唱节已先后在福州、台中、新竹连续成功举办6届，是海峡两岸专业性最强的合唱比赛展演活动。通过这种文化交流模式，增进了台湾与大陆民间的互动了解，推进了两岸音乐界的交流。

【中国文联代表团访问尼泊尔韩国】

6月28日至7月5日，以副主席裴艳玲为团长的中国文联代表团一行6人赴尼泊尔、韩国进行交流访问。此访是根据中国文联与尼泊尔学院的谅解备忘录及与韩国艺术委员会的交流意向书确定的交流项目，旨在通过加强我与尼、韩两国文化艺术领域的交流互鉴，增进两国文化艺术机构和艺术家之间的相互了解与友谊。

【杨承志出席“萧晖荣国画书法雕塑艺术展”开幕式】

7月1日，由中国文联、中国美协联合主办的庆祝香港回归祖国16周年“萧晖荣国画书法雕塑艺术展”在全国政协礼堂举办。此次展览由中国文联、全国政协书画室、中国美协会联合主办，共展出萧辉荣中国画、书法、雕塑等作品200余件。中国文联副主席杨承志出席展览开幕式，并代表中国文联接受萧晖荣捐赠的书法和雕塑作品。

【李前光会见北欧邦尼广播集团代表团】

8月6日，中国文联书记处书记李前光在中国文艺家之家会见了到访的北欧邦尼集团副总裁谢曼•杨一行。这是邦尼集团第二次到访中国文联，双方回顾了自2012年以来邦尼集团与中国文联在中国电影海外推广、北欧文学作品翻译出版等领域开展的合作并就今后进一步加强在上述领域的交流交换了意见。中国文联国际部、权保部、文

艺资源中心、中国影协、中国视协等单位负责人参加了会见。

【夏潮率中国曲协代表团赴德国丹麦访演】

8月21日至31日，应柏林中国文化中心邀请，中国文联副主席、书记处书记夏潮率中国曲协艺术团一行12人赴德国和丹麦进行访演，期间在柏林、汉堡和哥本哈根举办三场曲艺专场演出和一场中国曲艺讲座。这是中国曲协首次组团在德国和丹麦进行推介中国曲艺为目的的交流演出，是中国曲协外事工作在欧洲的进一步拓展。

【中国文联代表团访问马来西亚】

8月23日至28日，应马来西亚华人文化协会邀请，中国文联组派以中国书协副主席言恭达为团长的3人代表团访马，参加该协会40周年庆典及交流活动。

【中国文联组派艺术团赴西班牙访演】

10月8日至14日，应西班牙中国文化中心邀请，中国文联组派以副主席迪丽娜尔•阿布都拉为团长的十二木卡姆艺术团一行16人访西，在马德里中国文化中心举办展览和演出交流活动。该活动系中西建交40周年庆祝活动之一。来自中国和西班牙的表演艺术家联袂献艺，一台名为《十二木卡姆与弗拉明戈的对话》的文化交流演出将中国新疆“十二木卡姆”与西班牙“弗拉门戈”融合在一起，为西班牙观众带来崭新的艺术体验。中国驻西班牙大使朱邦造出席演出活动。

【李前光出席第13届中日韩电视制作者论坛】

10月15日至17日，中国视协、江苏省无锡广电集团在无锡共同举办主题为“旅•情-幸福梦”的第13届中日韩电视制作者论坛，中国文联书记处书记李前光出席开幕式并致辞。中日韩三国上百名电视人汇聚无锡，共同观摩三国选送的电视节目，节目创作者进行了面对面交流。中日韩电视制作者论坛创始于2001年，从2003年起成为由中国视协、日本放送人会、韩国导演制作者联合会共同主办、每年在三国轮流举办的常设交流活动。论坛内容包括相互介绍本国电视发展状况，选送节目观摩交流，三国与会者对选送观摩的节目评议等。

【中国文联代表团访问泰国】

10月18日至23日，受中国文联书记处委派，以中国文联国际部副主任董占顺率4人代表团访问泰国，出席泰中艺术节联合会成立15周年庆典及歌曲《清迈好》泰国首发仪式，并进行访问交流活动。泰中艺术家联合会成立15周年来，双方通过大量的人员交往和多种多样的文化活动，为推动中泰文化交流，增进两国文艺家的了解和友谊做出了积极努力。

【李前光会见澳门中华文化联谊会访问团】

11月18日至21日，应中国文联邀请，以澳门中华文化联谊会梁华为团长的澳门中华文化联谊会访问团一行34人访问北京。在京期间，访问团出席了由中国文联港澳台办公室与该联谊会合作举办的“濠江丹青——澳门中华文化联谊会书画摄影作品展”，并拜访中国文联和北京市文联。中国文联书记处书记李前光会见并宴请了访问团。

【中国文联代表团赴越南出席国际组织会议】

12月2日至6日，应国际艺术理事会及文化机构联合会(IFACCA)邀请，国际部副主任薛伶一行2人赴越南出席该组织亚洲片会，本次会议内容主要包括亚欧基金会专家会议暨公共事务论坛等。

【赵实会见尼泊尔学院代表团】

12月4日，中国文联副主席赵实在中国文艺家之家会见以尼泊尔学院院长泰尔•比克若姆•内姆旺为团长的尼泊尔学院代表团一行。双方在热烈友好的气氛中回顾了交往的历史，介绍了各自的工作情况并就续签《合作备忘录》，定期组派文艺家特别是青年文艺家以及交换出版物、交流信息等达成共识。北京之后，代表团还赴西安与陕西省文联进行交流。此次代表团访华是对今年7月中国文联代表团访尼的回访。

【覃志刚率中国文联访问团赴香港澳门访问】

12月10日至15日，应中国书协香港分会和澳门中华文化联谊会邀请，中国文联副主席覃志刚率5人访问团赴香港出席中国书协香港分会成立周年庆典，并赴澳门商谈“濠江之春——澳门与内地艺术家大联欢”活动等事宜。

【中国文联代表团赴澳大利亚访问】

12月16日至20日，应澳大利亚大洋洲文联和澳洲大洋传媒邀请，中国文联组派以新疆维吾尔自治区文联副主席黄永军为团长的4人代表团访问澳大利亚，出席大洋洲文联成立15周年及澳洲大洋传媒创立20周年庆典活动，并为2014年中国文联在澳举办文艺展演活动评估场地及相关设施。

【左中一率中国文联代表团访问摩纳哥意大利】

12月12日至12月19日，应摩纳哥驻华大使和意大利作者出版者协会邀请，中国文联副主席左中一率4人代表团访问摩纳哥、意大利。在摩期间，代表团与摩方商签2014年在摩举办“今日中国”艺术周合作备忘录，评估展览演出场地及设施，商洽今后每年春节前后组派文艺家赴摩纳哥和法国南部举办“今日中国”文化艺术展示的合作意向。访意期间，代表团通过与意大利作者出版者协会总会、地方分会以及艺术家开展多种形式的会谈和交流，积极开展艺术家权益保护领域的专业调研。

理论研究

综　述

2013年，理论研究室在中国文联党组的正确领导下，认真贯彻落实党的十八大和十八届三中全会精神，深入学习贯彻习近平总书记系列重要讲话精神，深入落实中国文联九届四次、五次全委会的工作部署，不断加强自身建设，积极发挥作用，切实履行职能，努力开拓创新，顺利完成年度各项任务。

调查研究

【制定中国文联调研工作规范性文件】

按照全国文联工作“一盘棋”的思路，加强对各文艺家协会、各地文联调研工作的统筹，形成调研工作整体合力。协助党组起草制定了《中国文联关于进一步加强调查研究工作的意见》、《中国文联调查研究工作协调小组工作规则》和《中国文联2013年调查研究工作方案》三个文件，并下发到各团体会员，为开展调研工作提供了制度和机制保障。各地文联围绕中国文联2013年调研选题指南，结合各地工作实际，创造性地开展调研工作，形成了一批针对性较强、求真务实的调研成果。

【完成中宣部统一部署的调研任务】

围绕贯彻落实中宣部关于《宣传文化系统调研工作方案》的通知要求，作为中国文联调查研究工作协调小组办公室，理研室负责协调、落实党组领导的调研工作任务。协助党组领导，围绕“社会主义文艺大发展大繁荣与文联工作创新”的重大课题，深入15个省、区、市文联以及中国文联所属11个文艺家协会，广泛开展调查研究，并将调研成果加以汇总、提炼，形成了《建立健全以人民为中心创作导向制度机制》和《加强新形势下文联组织建设》的调研报告，并在中宣部《调研简报》上刊发。

【其他课题研究】

与北京师范大学文艺学研究中心联合开展全国文联、作协系统文艺理论评论状况调研、全国社科研究机构文艺理论评论人才情况调研、全国高等院校文艺理论评论人才情况调研及当前文艺评论面临的问题与对策调研，形成了《当前中国文艺理论评论工作现状及对策研究报告》。与中国传媒大学电视与新闻学院和中国文联文艺资源中心合作，完成《当前文艺传播现状课题研究》调研报告。选派工作人员参加全国政协教科文卫体委员会组织的“充分发挥现代社会文化组织作用，促进文化大发展大繁荣”专题调研活动，并参与撰写调研报告。发挥各地文联优势，开展委托课题调研，先后委托四川省文联、上海市文联等单位进行“文联组织法”课题的研究。

【建立调研成果发布平台】

创办中国文联《调研通讯》，用于刊登中国文联各团体会员和各地文联具有代表性和创新性的调研报告、工作探索、典型经验以及调研动态信息，促进调研成果交流和工作经验借鉴。全年共编辑《调研通讯》5期，刊登各地文联调研报告20余篇。同时，在全国文联范围内开展调研成果征集活动，征集文章100多篇，编辑出版了《探索与创新——基层文联组织网络体系建设典型案例汇编》，并在此基础上开展优秀调研成果评选，将评选出的优秀文章在《调研通讯》上刊发，对报送优秀文章的单位予以表彰。

文艺理论评论

【首次开展中国文联部级课题研究工作】

为切实加强和改进文艺理论评论工作，加大

对事关中国当代文艺发展的全局性、战略性、前瞻性重大问题以及对当前文艺界普遍关注的创作实践和重大理论评论问题进行重点研究，首次开展“2013年中国文联部级课题”研究工作。经面向各团体会员组织课题申报、组织专家对申报课题进行论证与评审，最终确定2013年中国文联部级课题31个，目前已全部结题，部分成果将公开出版。

【筹备成立中国文艺评论家协会】

自2012年5月始，多次就中国文艺评论家协会成立事宜与民政部沟通，并按照民政部民间组织管理局要求，先后递交中国文艺评论家协会注册登记所需的若干材料，做了大量的前期准备工作。2013年11月收到民政部同意成立中国文艺评论家协会的批复。随即组织召开全国文联系统文艺评论工作调研座谈会，听取21个省区市文艺评论家协会及11个省区市文联理论研究室对成立中国文艺评论家协会的意见及建议。根据中宣部有关领导和中国文联党组指示精神，中国文艺评论家协会预计于2014年5月召开成立大会。

【出版《2012中国艺术发展报告》】

2013年4月,《2012中国艺术发展报告》正式出版并公开向社会发布。这部集中国艺术年度总体发展状况以及戏剧、电影、音乐、美术、曲艺、舞蹈、民间文艺、摄影、书法、杂技、电视等各艺术门类年度发展状况的报告出版后，受到社会各界的关注，近20家媒体对《报告》的出版发行进行了报道。5月，《2012中国艺术发展报告》出版座谈会在中国文联文艺家之家举办，夏潮同志出席会议并讲话。

【第七届全国文联中青年文艺评论家高级研修班】

高研班7月在广西南宁举行，由中国文联主办，中国文联理论研究室、广西文联承办。本届高研班的主题是“以人民为中心的价值取向与中国当代文艺评论”，来自全国各地的中青年文艺评论家近80人参加研修。中国文联党组成员、副主席夏潮出席开班式并讲话。全国政协委员、国家当代艺术研究中心主任、中国艺术研究院美术研究所所长、中国雕塑院院长吴为山以《雕塑的灵魂》为题，中国电影资料馆副馆长、中国电影艺术研究中心副主任饶曙光以《好莱坞、全球化与中国（华语）电影发展》为题，中国社会科学院文学研究所研究员、中国社会科学院研究生院教授李建军以《批评意识与文学自觉》为题，中国文联全委会委员、中国戏剧家协会副主席、上海市戏剧家协会副主席罗怀臻以《传统文化的现代回归》为题，分别结合自己的文艺创作、文艺理论评论实践，就当前文艺评论与文艺创作存在的重要问题进行了探讨，阐述了对做好当前文艺评论工作的若干思考，在学员中产生了强烈反响和共鸣。高研班结束后，在《中国艺术报》推出专栏，并出版了学员论文集。

【第五届海峡两岸暨港澳地区艺术论坛】

中国文联理论研究室与中国文联港澳台办公室在河北省承德市联合举办了第五届海峡两岸暨港澳台地区艺术论坛。理研室参与论坛的有关筹备工作，组织召开论坛主题策划会议，组织分论坛，完成相关出席领导文稿起草及有关专家提名、分组及其论文审读工作，并着手与会专家学者的论文收集、编审、出版事宜。

【召开系列研讨会 加强文艺评论阵地建设】

与中国文学艺术基金会联合召开“中国文联2014年创作项目规划座谈会”，与中国文学艺术基金会、中国视协和湖北省文联共同主办“主旋律电视剧生产与民营影视公司发展专题研讨会”，与中国传媒大学合作举办2013当前文艺传播现状研讨会，会同中国视协等单位举办全国著名编剧王朝柱、王丽萍、高满堂编剧艺术研讨会。举办电视连续剧《徐悲鸿》作品创作研讨会和青年作家、评论家简墨作品研讨会。在《中国艺术报》开设当代中青年文艺评论家笔谈专栏，共发表评论文章30多篇。与《文明》杂志合作开设“文明人物•中国文艺家”专栏，每期宣传推介两名文艺名家。

新闻宣传

【主要工作】

在中国文联党组的领导和中宣部新闻局的具体指导下，理论研究室积极统筹协调中国文联及各文艺家协会的重要会议、重大活动、重点工作的宣传报道，事先谋划、提前做好各项重大活动的宣传方案，活动过程中为各媒体做好服务工作，

活动结束以后及时跟踪、收集、反馈宣传报道。先后组织对中国文联九届五次全委会暨全国文联系统先进集体和先进个人表彰会、中国文联九届六次全委会、太湖文化论坛第二届年会、第九届中国国际民间艺术节、全国文联系统网络信息工作座谈会、中国美协第八次全国代表大会、中国影协第九次全国代表大会、“我们的中国梦——送欢乐下基层”系列文艺志愿服务活动和第十一届全国摄影理论研讨会等活动的宣传报道。与中国艺术报社联合开设“践行文艺界核心价值观优秀文艺工作者风采录”专栏，协助中央电视台制作关于中国文联贯彻落实全国宣传思想工作会议精神访谈节目，协助中央电视台《焦点访谈》栏目制作《民间艺术走向民间》专题节目等，着力宣传文艺工作者和文联工作者的先进事迹，宣传文艺工作和文联工作取得的各项成就，不断扩大文联的社会影响。

【举办中国文联新闻宣传工作培训班】

5月29日至30日，中国文联新闻宣传工作培训班在京举办，近40名来自各文艺家协会、机关各部室、各直属单位的新闻发言人、新闻联络员以及新闻媒体的记者代表参加培训班，就如何进一步做好当前文联新闻宣传工作进行了培训、交流。中国文联党组成员、副主席夏潮出席开班式并讲话。中央电视台新闻评论部资深策划余仁山、中国传媒大学电视与新闻学院副教授曹晚红分别以《新闻报道的选题来源和新闻策划》和《新闻写作》进行专题授课。培训期间，学员们还参观了中影数字制作基地，座谈讨论了学习心得体会，并结合各自具体工作就如何做好文联新闻宣传工作积极建言献策。

文艺舆情信息

【主要工作】

2013年，中国文联各团体会员单位、舆情信息直报点、机关各部门和中国文艺舆情信息研究基地共报送舆情信息899篇，其中采用48篇。中国文联理论研究室共编发《中国文联简报》18期，《文艺动态》17期、增刊1期，《文艺动态•专报》4期。其中，《体制外美术家群体初步调查》等10篇舆情被中宣部采用，《体制外文艺工作者面临三大困境》、《北漂文艺工作者座谈会在京召开》两篇舆情受到刘云山、刘奇葆同志的高度重视，并作出重要批示。《2011年第四季度舆情综合分析》和《伪合拍片现象值得关注》等舆情荣获中宣部2012年度“好信息”奖。

【创办《中国文联要情》】

按照中宣部和文联党组领导要求，创办《中国文联要情》，全年共上报要情9期，其中3期被中宣部《每日要情》采用。为做好中国文联要情信息工作，9月份组织召开“中国文联要情工作会议”，传达中宣部关于做好要情信息工作会议精神，通报了《中国文联要情》信息报送情况，对各全国文艺家协会、机关各部室、各直属单位的信息报送工作提出整体要求和部署。中国文联党组成员、副主席夏潮出席会议并讲话。

权益保护

综　述

2013年，权益保护部在中国文联党组的领导下，深入贯彻落实党的十八大、十八届三中全会、第九次文代会精神，开展权保调研，建立维权机制，举办维权活动，加强宣传培训，提供维权服务，积极推进文联系统的维权工作，认真完成年度各项工作任务。

各项工作

【开展权保调研工作】

自5月起，在近三个月的时间里，权保部分赴11个全国文艺家协会和上海、广东、福建、河北、内蒙古乌海5个省市文联，开展了以权保工作现状和组织建设等为重点的调研活动。结合去年调研和维权问卷调查情况，完成《文联权保工作调研报告》。

【推动权保组织机构建设】

在中国文联党组的统一部署和大力推动下，权保部会同人事部积极推进权保组织建设。6月，中国曲协、中国民协成立了权益部，专人专岗负责权保工作。7月，贵州省编办批准贵州文联设立权益保护部。

【完善维权服务机制】

（1）权保部加强与立法机关的联络协调机制，积极参与和文艺作品有关的知识产权等法律法规的制定、修改，向立法机关反映文艺家和文艺工作者的意见建议。3月，国务院法制办就国家版权局《著作权法》修改送审稿再次向社会征求意见，权保部将各全国文艺家协会的意见进行分类整理后，汇集成册呈送国务院法制办。同时，受国家版权局法规司委托，承接了“著作权行政调解制度的确立和实施”、“著作权保护期限的调整”、“著作权集体管理制度的完善”三项立法课题，并提交了课题报告。

（2）与执法部门共同开展维权活动。为配合国家版权局等行政执法部门规范书画市场版权交易秩序，保护书画艺术工作者的合法权益，1月31日，中国文联与国家版权局共同主办了“去伪存真——书画作品版权保护研讨会”。中国文联党组成员、书记处书记李前光出席会议并讲话。国家版权局、中国记协等有关单位领导，美术界、书法界的知名艺术家、评论家，文化经营与版权机构负责人等出席了研讨会。研讨会对于社会各界特别是文艺界了解中国文联的权保工作起到了很好的宣传作用。

（3）与司法部门建立长效合作机制。1月，权保部走访了最高人民法院知识产权庭，就修订与文艺界有关的司法解释时征求文艺界意见初步达成共识。3月，权保部在与北京市高级人民法院多年合作的基础上，已就中国文联与北京市高级人民法院建立常态化合作机制达成共识。年末，在各全国文艺家协会的支持下，权保部完成了“中国文联知识产权咨询调解专家委员会”的推荐工作。

【开展宣传培训活动】

（1）权保部继续与《中国艺术报》合作，完成每月一期“维权行动专版”的策划、组稿、撰稿工作。3月至4月间，权保部配合中国文艺网完成了维权频道的改版工作。

（2）在由国家知识产权局、国家工商行政管理总局、国家版权局发起的2012年度全国知识产权保护重大事件、案件及有影响人物评选活动中，“中编办批准中国文联设立权益保护部，加强文艺版权保护”入选了重大事件推荐提名名单。

（3）年初，权保部完成了2012年文艺维权问卷调查报告。5月22日，权保部举办了问卷调查工作表彰会暨网络著作权保护讲座，中国文联党

组成员、书记处书记李前光出席表彰会并讲话，对今后文联系统开展文艺维权工作提出了希望和要求。北京市版权局副局长王野霏应邀做了题为“网络环境下的著作权保护问题”的专题讲座，对互联网的侵权特点及应对措施进行了讲解。

（4）7月，权保部完成了中国文联系统第一次全国性维权干部培训班的授课与汇报资料——《全国文联系统维权研讨班资料汇编》一书的编辑、印刷和发放工作，该书对提高文联系统维权干部的维权意识和工作水平具有指导作用。

10月，在各全国文艺家协会和众多地方文联的共同努力下，权保部完成了《中国文联文艺维权手册与案例选编（2009-2012）》一书的编撰工作。

（5）8月12日至14日，权保部与文艺研修院共同举办了“第二期全国文联系统维权干部培训班”，中国文联党组成员、书记处书记李前光出席开班式并讲话，对文联系统的维权工作提出了要求。十位专家分别就“与文艺维权相关的法律知识”、“现代版权交易与模式介绍”等10个专题为学员进行了授课。

（6）8月12日，权保部举办了以“文联维权事业纪实”为主题的中国文联维权工作交流展。中国文联党组领导赵实、李屹、左中一、李前光观看了展览。8月23日，该展览又在中国摄影著作权协会第二次会员代表大会的会场展出。同日，在中国摄协、摄著协的大力支持下，权保部组织召开了“摄影版权保护专题研讨会”，来自全国各地的摄影界代表就摄影家维权难点、文联的维权工作以及建立中国摄影作品资源数据库三方面问题进行了讨论。

（7）权保部联系《中国版权》杂志，就新形势下文艺维权这一主题对中国文联党组成员书记处书记李前光进行了专访，并在10月刊登了采访文章。

【提供维权服务】

（1）4月，权保部受四川省文艺家维权中心委托，为某川籍杂技团演出纠纷提供指导，出具专项维权建议。

（2）权保部根据各全国文艺家协会的实际需求，自7月起开始启动“著作权许可使用合同”参考文本的拟定工作。经过多方征求意见和反复修改，年末将合同参考文本和使用说明、签约指南制作成单行本发放各全国文艺家协会，为业界进行合同谈判和签约提供参考。

（3）9月，权保部接受中国剧协委托，就中国剧协拟组织“中国梅花奖艺术团”赴香港参加“西九大戏棚2014”演出活动的《合作协议》进行了法律审核，并提出修改意见。

（4）在文艺志愿服务中心的大力支持下，11月，权保部两名干部和律师随文联文艺志愿服务团，分别赴河北涉县、广西田东县开展了法律志愿服务活动。本次活动以发放调查问卷、普及法律法规、现场法律咨询形式为乡村艺术教师们提供了法律帮助。

（5）5月至8月期间，权保部协助中国摄协完成中国摄影著作权协会换届工作。

（6）10月，支持中国民协开展民间文艺权益保护案例调研，协助完成相关程序，督导落实有关调研工作。

（7）11月，支持中国影协开展电影工作者版权保护试点工作，协助中国影协与中国文联文艺资源中心洽谈合作建立影视作品数据库。

此外，权保部还根据党组领导的批示，参与文联系统有关纠纷的研究工作和诉讼活动，积极配合有关协会做好纠纷协调工作。

【加强维权国际交流】

5月至6月，权保部与国际部共同会见了国际作者作曲者协会联合会代表团和土耳其画家代表团。7月，会同国际部走访了韩国文化院驻华代表处、韩国著作权委员会等单位；派员参加了赴美“非营利文艺组织运营与管理研修班”。8月，派员参加了由国家版权局与世界知识产权组织共同举办的“视听表演保护和《视听表演北京条约》”国际研讨会，并在会上做专题发言。9月，派员参加了第九届中韩著作权研讨会。12月，派员参加了中国文联访问摩纳哥、意大利的代表团，通过与意大利作者出版者协会总会、地方分会以及艺术家开展多种形式的会谈和交流，积极开展艺术家权益保护的专项调研。

【完善内部制度】

按照中央的总体要求和中国文联的统一部署，自7月起，权保部深入开展了党的群众路线教育实践活动。半年多来，在中国文联第五督导组的指导帮助下，权保部全面贯彻落实中央精神，精心组织实施，扎实有序推进，较好地完成了各个环节的任务，确保了教育实践活动的实效性。8月，结合群众路线教育实践活动，在参考其他单位规章制度的基础上，着手起草了权保部内部制度(草稿)。

出版业改革发展

综 述

2013年，中国文联出版业改革领导小组办公室在文联党组和出版业改革领导小组的坚强领导下，认真学习贯彻党的十八大和十八届三中全会精神以及中央关于深化文化体制改革工作的一系列部署，积极争取有关主管部门的大力支持，指导各文艺家协会和文联所属出版报刊单位不断深化改革、加快发展，推动出版报刊业改革各项工作从整体上迈上了新台阶，在一些重点领域和难点问题上取得了显著成绩。

【认真组织学习党的十八届三中全会精神】

12月，组织召开文联所属出版单位负责人学习贯彻十八届三中全会精神座谈会，原原本本学习全会的重要文件，学习赵实同志在文联党组中心组学习会上的讲话精神，研究出版社转企后深化改革、加快发展的具体措施。文联党组成员、书记处书记李前光出席会议并讲话，要求各出版社和相关协会深刻领会全会精神，紧紧抓住中央部署全面深化改革的历史机遇，敏锐把握三中全会释放出的新的政策信息，进一步加大内部机制改革力度、资源整合力度和出版产业转型升级工作力度，努力推动文联所属出版业取得更大的发展。

【非时政类报刊转制有序推进】

6月至7月，在接到国家新闻出版广电总局下达的对《大众电影》、《美术》、《曲艺》、《舞协》、《中国摄影报》、《中国摄影》、《大众摄影》、《中国书法》、《魔术与杂技》、《当代电视》等10家事业法人报刊单位在转制方案批复后，文联出版办、办公厅、机关党委成立专门工作机构，按照相应程序确定中介机构，统一组织开展9家报刊社的清产核资工作（《中国书法》杂志社已于5月率先完成清产核资）。12月，财政部下达对上述10家报刊社的清产核资结果的批复。这标志着文联所属非时政类事业法人报刊社的清产核资工作全面完成，为全面完成转制程序打下了坚实的基础。

此外，国家新闻出版广电总局于11月下达了对《民间文学》、《缤纷》、《神州》3家企业法人报刊单位规范转企自查报告的批复文件。按照转制规程，这3家原为企业法人的单位，批复后将直接进入产权登记或变更的工作环节，转制工作已经进入收尾阶段。

【出版报刊资源整合重组取得新进展】

8月，国务院批复同意组建由中国文联主管、中国书协主办的中国书法出版传媒有限责任公司。公司下属《中国书法》杂志社、大众文艺出版社、中国书法报社等子公司。中国书法出版传媒有限责任公司是文联系统第一家通过整合重组自身出版报刊资源组建的专业艺术门类出版企业，为探索规模化、集约化、专业化发展积累了有益经验。

【对文联出版企业的扶持力度进一步加大】

2013年，中国文联积极争取财政部、国家新闻出版广电总局等部门的支持，为所属出版企业提供了6000多万元的资金资助。其中，中国文联出版社、中国电影出版社、中国摄影出版社从“国家文化产业发展专项资金”获得共计5000万元的项目资助；中国电影出版社、中国摄影出版社从“中央文化企业数字化转型升级工程”中获得共计405万元的项目资助；中国电影出版社、中国摄影出版社从“国家出版基金”中获得了共计464万元的项目资助。此外，通过实施2013年度中国文联出版报刊精品工程，为文联所属6家单位的12个出版项目提供了总额530万元的资金扶持。

【明确了中国文联出版社、大众文艺出版社出资人】

在财政部的大力支持下，12月，明确中国文联出版社、大众文艺出版社由财政部代表国务院履行出资人职责，标志着文联所属全部4家出版社全部纳入国有资本经营预算单位，为文联所属出版企业发展增添了新助力。

【出版报刊单位的品牌优势进一步凸显】

7月，国家新闻出版广电总局公布了2013年“百强报刊”名单，文联所属《美术》、《大众摄影》、《中国书法》3家期刊被评为“百强社科期刊”，是近些年来文联所属报刊单位在相关全国性评选中入选数量最多的一次。此外，中国摄影出版社出版的《守望呼伦贝尔》入选国家新闻出版广电总局、国家民委“第二届百种优秀民族图书”，《中国百姓戏曲印象》获国家新闻出版广电总局第四届“三个一百”原创图书奖；中国电影出版社《环球银幕》杂志电子版在工信部等主办的中国移动大会上被评为年度最佳产品创意移动媒体。这些都充分体现了文联所属出版报刊单位的品牌优势和近年来改革发展取得的良好成效。

为充分体现近年来文联出版业改革发展取得的成果，12月，文联出版办组织出版业内资深专家，从中国文联所属4家出版社2013年出版的图书中精选出5种，编印了“中国文联2013年度精品图书”，作为文艺家和文联干部的学习用书，并向参加中国文联九届六次全委会的委员和其他部分文艺家、文联干部发放，受到了普遍欢迎。

【加强了出版单位领导班子建设与管理】

2013年下半年，文联党组陆续调整了中国文联出版社、中国书法出版传媒有限责任公司和中国电影出版社领导班子，充实了推进改革发展的力量。

12月，按照文联党组的统一部署，文联出版业改革领导小组印发了《关于做好2013年度中国文联所属出版社领导班子成员考核工作的意见》。根据《意见》，文联出版办、人事部结合企业特点，对考核指标体系作了较大调整。并依据该《意见》对中国文联出版社领导班子成员进行了民主测评。中国电影家协会、中国摄影家协会、中国书法家协会分别组织了对各自所属出版社领导班子成员的年度考核工作。

【实现了编辑出版业务培训全覆盖】

根据国家新闻出版广电总局对出版从业人员的强制性培训要求，并从提高文联所属出版社从业人员的整体素质出发，12月，文联出版办与国家新闻出版广电总局教育培训中心联合举办“中国文联所属出版专业技术人员继续教育培训班”，对文联所属4家出版社的160多名各类人员进行了24学时的面授培训，其中，参加培训的120多名编辑人员参加统一组织的考试，都取得了国家新闻出版广电总局人事司颁发的证书。通过培训，集中解决了文联所属出版社自转制以来在出版专业技术人员强制性培训方面的历史欠账，为下一步出版社稳定队伍、提高出版水平创造了良好的条件。同月，根据国家新闻出版广电总局对报刊采编人员职业资质培训的要求，文联出版办邀请国家新闻出版广电总局报刊司新闻业务处、期刊管理处负责人，对文联所属28家报刊单位的采编人员进行了专题培训。

【出版报刊日常业务管理进一步规范】

3月，文联召开加强图书出版质量管理工作会议。中国文联党组成员、书记处书记李前光出席会议并讲话，强调“质量是图书出版和出版社工作的生命线”，要求各图书出版社高度重视以往出版质量问题，严格执行国家对图书内容和质量标准的管理规定，规范出版行为，完善内部管理机制，做到责任清晰、管理到位、奖惩分明，切实提高图书质量水平。会议通报了2012年度文联系统图书质量检查结果，通报了下一步采取的规范合作出版、完善内部制度、定期缴送样书、定期开展审读、加强业务培训、开展好书评选等具体措施。

8月，为贯彻落实中央关于加强意识形态工作的相关精神和国家新闻出版广电总局对文联图书出版工作的具体要求，文联召开加强图书出版管理工作会议，要求各图书出版社进一步强化依法依规做出版的意识，并就加强图书出版管理制定出台了加强图书出版管理6项措施：一是严控丛套书出版，控制出版数量，规范出版体例，开展出版前审读；二是加强书号申领核发环节的管理；三是建立和完善出版社选题论证会制度；四是开展对编、印、发人员的专题业务培训；五是加强出版和印刷环节的管理；六是推动各出版社相互之间加强交流，取长补短，共同提高。通过6项出版管理措施，提高了日常出版业务管理的针对性和有效性，有力确保了正确的出版导向。

社团管理

社团管理工作

【中国国际标准舞总会换届大会】

8月14日，中国国际标准舞总会在北京会议中心举行换届大会。百余名来自全国各地专业及业余国标舞代表参加会议，会议审议通过了中国国际标准舞总会的工作报告，修订了《中国国际标准舞总会章程》，选举产生了第二届理事会。经理事会选举，产生了中国国际标准舞总会新一届领导机构。杨承志当选新一届主席；中国舞蹈家协会分党组副书记、秘书长罗斌，中央电视台戏曲、音乐部主任频道总监郎昆，北京军区战友文工团艺术指导、国家一级编导赵明，原港龙舞蹈文化机构主席王永刚，北京舞蹈学院研究生部主任教授赵铁春当选副主席。王永刚兼秘书长，原中国舞协分党组成员副秘书长李淑芬、中国文联基金会演艺活动部主任曹晓明为副秘书长。大会推举长期支持中国国标舞事业发展的原文化部副部长、中国文联党组书记高占祥为名誉主席，著名舞蹈家贾作光为终身荣誉主席。聘任王镇、吕艺生、季晓明、朱良津、胡珍、曾庆淮、朱德方为顾问。

【第二届中国国际标准舞总会领导机构】

主　席：(暂缺)

副主席：罗斌、郎昆、赵明、
　　　　王永刚、赵铁春

秘书长：王永刚

聘任副秘书长：李淑芬、曹晓明

【中国女摄影家协会第四次全国代表大会】

5月26日，中国女摄影家协会第四次全国代表大会在北京远望楼宾馆召开。全国政协社会和法制委员会原副主任黄晴宜，原解放军艺术学院政委乔佩娟，中国文联国内联络部主任罗成琰，全国妇联组织部副部长冯曼东，中国女摄影家协会顾问李兰英、王露，中国摄协分党组书记王瑶、秘书长高琴等领导与来自全国各地的近百位女摄影家代表出席大会。本次大会主题为：全面贯彻落实党的十八大精神，深入学习实践第九次全国文代会方针，以“高举旗帜、围绕大局、服务人民、改革创新”为历史责任，以弘扬“爱国、为民、崇德、尚艺”的核心价值观为发展目标，为实现社会主义现代化和中华民族伟大复兴而努力奋斗。大会主要内容是：回顾中国女摄影家协会5年来的工作历程，选举产生中国女摄影家协会新一届领导机构；展望新形势下协会发展的新思路、新方向，夯实协会发展的新目标、新要求，实现中华民族伟大复兴的“中国梦”。一同参观了协会两年一届的会员作品展及摄影采风活动作品展。

【中国女摄影家协会第四届主席团名单】

主　席：王瑶

副主席兼秘书长(法人)：吕静波

副主席：冯凯旋、刘滨、李晓英、居杨、赵红、
　　　　高琴、黄文

副秘书长：张晓蓉、李红、赓熙伟、黄晓丽

名誉主席：侯波

顾　问：王露、朱羽君、李兰英、徐佑珠、
　　　　谢琍、萧绪珊

【中国楹联学会六届二次常务理事会】

10月26日，中国楹联学会在江西南昌进贤县举行六届二次常务理事会。中国文联国内联络部副主任李培隽，中国楹联学会会长孟繁锦等领导以及部分省市楹联学会主要负责人、学会常务理事共50余人参加会议。会议传达了中国文联部室函件“文联国内字[2013]年第19号”文件——《关于下发中国文联业务主管文艺社团组织建设两个文件的通知》；审议通过了中国楹联学会《关于评选中国楹联文化强省的意见》、《关于评选第二届“梁章钜奖”的意见》、《关于评选中国优秀楹联教育基地的意见》、《关于评选全国优秀楹联教师的意见》及《关于评选全国优秀楹联报刊的意见》。

【中国保险书画艺术研究会第四届会员代表大会】

1月29日，中国保险书画艺术研究会召开第四届会员代表大会，中国文联和中国保监会有关领导出席会议并讲话。保险系统的35家会员单位80余名会员代表出席会议。中国保监会党委宣传部部长孙抱平主持会议，并代表新一届理事会提出下一步工作思路。在研究会第四届理事会第一次全体会议上，选举产生了新一届理事会领导机构。理事会聘请陈新权同志为名誉会长，聘请赵杰兵、孙希岳等17名同志为顾问。

【中国保险书画艺术研究会第四届理事会领导机构名单】

会　长：孙抱平
副会长：鲁英丽、丁永康、马伯寅、姚波、蒲彦君、陈克祥、赵荣年
秘书长(兼)：丁永康

中国文联社团通讯录

1. 中国文学艺术基金会
地　址：北京市永安东里16号CBD国际大厦1701B室
邮　编：100022
电　话：(010) 65005950 65951510

2. 中国石油文联
地　址：北京西城区安德路112号247室
邮　编：100011
电　话：(010) 62059194

3. 中国煤矿文联
地　址：北京市朝阳区和平街13区35号煤炭大厦1805室
邮　编：100013
电　话：(010) 64463708　64463592(传)

4. 中国公安文联
地　址：北京市东城区东长安街14号
邮　编：100741
电　话：(010) 66261407　66262146(传)

5. 中国检察官文联
地　址：北京市海淀区彰化路9号（曙光花园中路）
邮　编：100144
电　话：(010) 68897049　88960399(传)

6. 中国冶金文联
地　址：北京朝阳区安贞里三区26号楼
邮　编：100029
电　话：(010) 64437930　64436271 (传)

7. 中国铁路文联
地　址：北京复兴路10号铁道部内
邮　编：100844
电　话：(010) 51844189

8. 中国电力文协
地　址：北京宣武区白广路2条1号
邮　编：100761
电　话：(010) 63415290　63415294(传)

9. 太湖文化论坛
地　址：北京市朝阳区秀水街1号建国门外外交公寓1-1-52
邮　编：100600
电　话：(010) 85323543　85325881

10. 中国楹联学会
地　址：北京市海淀区北太平路甲18号
邮　编：100039
电　话：(010) 88628481　88279910(传)

11. 中国女摄影家协会
地　址：北京市海淀区马甸南路2号办公楼813
邮　编：100088
电　话：(010) 82002035(传)

12. 中国工笔画学会
地　址：北京市海淀区莲花池西路28号
邮　编：100830
电　话：(010) 63880196(传)

13. 中国国际标准舞总会
地　址：北京市安贞里二区1号楼金瓯大厦315室
邮　编：100029
电　话：(010) 64459265　64420597(传)

14. 中国国际文化艺术中心
地　址：北京市西城区裕民路18号北环中心1510室
邮　编：100029
电　话：(010) 82250557　82251205(传)

15. 中国国际文化传播中心
地　址：北京市朝阳区西大望路蓝堡国际中心2座17层中国国际文化传播中心
邮　编：100026
电　话：(010) 65833366

16. 中国通俗文艺研究会
地　址：北京市丰台区右安门外大街99号
邮　编：100069
电　话：(010) 66182639　56921999(传)

17. 中国保险书画艺术研究会
地　址：北京市西城区金融大街11号中国再保险大厦1816室
邮　编：100034
电　话：(010) 66576132

18. 中国书画家联谊会
地　址：北京市海淀区紫竹院南路17号院4号楼401室
邮　编：100035
电　话：(010) 62268780　64078302(传)

19. 中国贫困地区文化促进会
地　址：北京市海淀区彰化路9号
邮　编：100097
电　话：(010) 62130911-806

20. 中国传记文学学会
地　址：北京市金融街19号富凯大厦B座1214室
邮　编：100708
电　话: (010) 66573822　66573189(传)

21. 中国旅游文化资源开发促进会
地　址：广东省深圳市福田区景田南25栋702宅
邮　编：518034
电　话：(0755) 83902212　83360211

22. 中国说唱文艺学会
地　址：北京朝阳区惠新北里甲1号中国艺术研究院
邮　编：100029
电　话：(010) 64952414　64813415(传)

23. 中国扇子艺术学会
地　址：北京市海淀区西三旗建材城西路85号甲3号2单元301室
邮　编：100069
电　话：(010) 82929396

24. 中国书画家研究会
地　址：北京市东城区民旺园28楼A座10F号
邮　编：100013
电　话：(010) 84219105　84219106(传)

25. 中国田汉研究会
地　址：北京市东城区北新桥细管胡同9号
邮　编：100007
电　话：(010) 64041874

26. 中国朝鲜族音乐研究会
地　址：吉林省延边市河南街18号延边歌舞团
邮　编：133000
电　话：(0433) 83681010

27. 中国企业文化促进会
地　址：北京市东城区北河沿大街83号
邮　编：100009
电　话：(010) 51232580　64254549

28. 中国根艺美术学会
地　址：北京市海淀区北三环中路67号
邮　编：100088
电　话：(010) 82077452　62013180(传)

29. 中国艺术文化普及促进会
地　址：北京西城区永安路106-4号
邮　编：100050
电　话：(010) 83153757　83150769

30. 中国中外名人文化研究会
地　址：北京市东城区鼓楼外大街45号
邮　编：100011
电　话：(010) 82023504　82081072　82023506

31. 中国伏羲文化研究会
地　址：北京市西城区三里河一区5号院6号楼2门102室
邮　编：100045
电　话：(010) 68538704　68538772

32. 中国少林书画研究会
地　址：河南省郑州市桐柏路178号杜康大酒店
邮　编：450007
电　话：(0371) 7186652

33. 中华五千年动画文化工程促进会
地　址：北京市海淀区黄庄27号院10号平房
邮　编：100088
电　话：(010) 66869818(传)

34. 华夏文化促进会
地　址：北京市西城区复兴门内大街45号院2号楼910室
邮　编：100801
电　话：(010) 63072945　66095379

35. 鲁迅文化基金会
地　址：上海市黄浦区瑞金二路235号
邮　编：200001
电　话：(021) 56722220

机关建设

服务管理工作

【为党组、书记处当好参谋助手】

办公厅坚持着眼文联全局和工作大局，积极为党组出谋划策，协助抓好工作落实。全年，完成了党组（书记处）会议的协调保障工作，整理印发党组（书记处）会议纪要，参与组织召开党组理论学习中心组学习会和党组民主生活会等；编发《督办工作简报》，督办党组（书记处）议定事项；做好文联党组（书记处）领导、在京主席团成员出席各项会议活动的联络协调服务；做好文联领导工作、活动信息宣传；协调做好文联党组（书记处）领导看望、慰问老艺术家的相关工作；收集、编印党和国家领导人、文联主要领导重要指示、讲话，并收集有关资料、提供参考材料；及时传达办理党组领导批示意见；每月汇总整理各协会、各部室、各直属单位的重点工作和重大活动安排，并印发了《中国文联办公厅关于进一步加强领导干部外出报备工作的通知》，对领导干部外出报备提出明确要求，为党组（书记处）领导及时了解情况、统筹安排工作提供了参考依据。

【为艺术家和文艺工作者服务】

不断创新服务方式手段，本着节俭原则，为艺术家提供更加细致贴心的服务。在取消往年文艺界“两会”代表委员联谊会的情况下，为继续做好联络服务，制定了联络服务“两会”代表委员方案，协调为文艺界“两会”代表委员寄送贺卡、订阅《中国艺术报》。

进一步组织好知名艺术家采风调研活动。不但在采风调研线路上改进完善，适当增加基层调研交流环节，还提前向艺术家们寄送意向征询表，根据艺术家们的意愿统筹确定采风批次路线。制定采风调研活动工作规则，明确了工作人员参加活动服务的职责、流程和要求。全年，办公厅会同机关服务中心分三批组织49名知名艺术家及家属赴安徽、吉林和海南开展采风调研活动，受到艺术家的好评。

此外，全年为74位老艺术家送上了生日祝福，走访慰问艺术家百余人次；组织在京和来京参加“两会”的文联主席团成员、荣誉委员在北大医院进行“院士”待遇体检。

【行政管理制度建设】

年初，为积极贯彻落实中央八项规定，制定并印发了《中国文联关于贯彻落实中央规定改进工作作风、密切联系群众的实施办法》、《中国文联和各全国文艺家协会全国代表大会换届选举工作纪律》。为加强文联系统会议管理，制定印发了《中国文联会议管理办法》，并根据新颁布的《中央和国家机关会议费管理办法》协调各单位各部门调整2014年会议计划。为进一步促进文联系统行政办公规范化科学化管理，汇总文联各部门制定的行政管理、财务管理、会议活动、评奖、外事、宣传信息、人事、党建、纪检、离退休干部、后勤服务等各方面制度规定，编印了《中国文联机关规章制度汇编》。启动中央单位常用财经法规分类汇编工作，对国家财政预算管理、会计制度、政府采购、国有资产管理、离退经费管理、职工福利待遇、国库集中收付、住房资金管理等常用法规制度进行分类汇编，截至年底编印其中3编。此外，还制定或修订了《中国文联宣传信息网管理规定》、《中国文联机要信件收发管理工作暂行办法》、《中国文联办公厅关于新设事业单位有关财务工作的意见》、《中国文联部门预算编报工作考核评比办法》、《中国文联劳务报酬管理办法（试行）》等制度规范。

【全国文联年鉴编撰工作培训班】

8月21日至23日，中国文联办公厅与文艺研修院在哈尔滨联合举办了全国文联年鉴编撰工作培训班。中国文联各团体会员、机关各部室和各直属单位年鉴编撰人员参加了培训。培训班从全局

高度阐释了年鉴编撰工作的重要意义和编撰人员应具有的思想认识、业务素质；针对文联年鉴特点安排两次专业授课；采取分组讨论、现场教学、小组学习时报竞赛等方式组织丰富的学习活动，充分调动学员的积极性和创造性，培训取得实效。在培训班的有力推动下，《中国文联年鉴（2013）》顺利完稿并出版。

【行政管理队伍建设】

根据各类业务工作需要，举办各类专项学习培训活动。在机关事务管理工作方面，组织了《机关事务管理条例》培训班，文联各单位分管领导和有关人员60余人参加培训，左中一同志作开班动员，国管局相关部门负责人作了两场专题辅导，与会人员交流了经验，查摆了问题，提高了科学管理水平。在保密工作方面，举办保密法制宣传教育讲座。在财务方面，按照财政部、国管局、审计署等主管部门对财政财务工作的新要求新规定，先后组织文联系统财务人员参加2013年度部门预算编制、2013年企业决算、中央部门决算编制、事业单位新会计制度、行政事业单位内部控制规范、国库集中支付改革等10余个专业培训班；及时组织文联系统财务培训，邀请财政部、国管局等主管部门相关工作负责人作专题辅导。从文联系统选派10余名同志参加国家高级会计师和会计中级资格考试，鼓励财务人员在职继续深造学习。在审计方面，派相关人员参加了中国内审协会组织的审计理论与实务的培训班。

【中国文联发展史展厅建设】

中国文联发展史展厅建设是文联党组确定的加强内部建设年度重点工作。经过认真筹划、严密组织、科学实施，于12月高质量完成了任务，受到各方面好评。在2012年组织考察论证、制定方案、立项报批、撰写大纲等工作基础上，2013年组织具体实施。进一步完善了展陈方案，多次寻求各方意见，先后进行较大修改20余次；广泛进行史料征集，两次召开史料征集推动会，三次下发专项通知，广泛探寻征集资料，共计征集图片3700余张，实物200余件（份），文稿资料20000余字；选择有资质、信誉较好的设计施工公司承担设计施工任务，严密把好施工布展关，确保了工程质量。

2014年1月2日，中国文联发展史展厅开展。中国文联党组书记、副主席赵实，中国文联党组副书记、副主席覃志刚、李屹，中国文联党组成员、副主席 左中一、夏潮，中国文联党组成员、书记处书记李前光出席开展仪式并参观展览。各全国文艺家协会、中国文联机关各部室、各直属单位负责人和相关人员参加活动。赵实在展览现场表示，中国文联发展史展厅很有意义，以史为鉴，以史育人，有助于建设中国文联的宣传阵地、展示阵地。希望各单位组织参观，加深对中国文联历史的了解，进一步增强推动文艺事业和文联工作大发展大繁荣的自觉性。左中一在开展仪式上讲话。他说，建设中国文联发展史展厅，展示中国文联所走过的光辉历程和取得的辉煌成就，总结成功经验，对于进一步增强文联的凝聚力战斗力，激励广大文艺工作者和文联工作者更好地继承和弘扬优良传统，切实增强使命感、责任感，为繁荣社会主义文艺、建设文化强国、实现中华民族伟大复兴的中国梦而不懈奋斗必将产生积极影响。期望展厅的建成能进一步完善中国文艺家之家的功能，成为中国文联开展爱国主义和革命传统教育的新场所，成为展示中国文联业绩、风貌和崭新形象的新平台，成为中国文联扩大社会影响、增强吸引力凝聚力的新窗口。

中国文联发展史展厅由“奋斗足迹光辉历程”、“亲切关怀坚强领导”、“科学发展卓越贡献”、“精品荟萃名家云集”、“团结奋进锐意进取”、“百花齐放共谱新篇”六个部分组成。通过文字、图片、实物和多媒体手段布展，如多功能触摸屏、电子书、270度环形影院等，生动呈现了中国文联在中国共产党的领导下，与民族共命运，与时代同步伐，与人民心连心，充分发挥党联系全国各族文艺家的桥梁和纽带作用，团结、引导广大文艺工作者积极投身社会主义革命、建设和改革开放伟大实践的光荣历程。

【协同办公平台项目建设】

继续协调推进中国文联信息化建设，着力抓好协同办公平台项目建设，推广内网办公。上半年，完成了驻中国文艺家之家以外各单位接入协同办公平台的施工和调试工作，实现了中国文联系统办公内网的互联互通。以下发通知和实地检查相结合，排查纠正有关单位的内网安全问题，加强内网安全管理工作。下半年，完成了协同办公平台建设项目验收及尾款支付、维保服务项目招标、编报2014年协同办公平台数据安全备份项目预算等工作。

【机要档案工作】

落实中保委有关要求，强化保密意识，做好保密工作，召开文联保密工作会议进行年度工作部署；开展保密“调研年”活动；开展“十二五”时期全国保密事业发展规划实施情况中期检查工作；开展保密普查年工作；开展“六五”保密法制宣传教育中期检查等，确保保密要求落实到位，杜绝漏洞隐患。做好文联系统机要交换工作，并确保急件急送专送；按规定做好机要文件登记、传阅、办理、下发工作，及时、准确提供机要文件查阅服务；完成了2012年中央绝密文件清退工作。督促、指导、检查机关2012年档案收集整理移交，共完成档案移交1407件；办理十二届全国人大一次会议建议案2件，办理全国政协十二届一次会议提案10件。

【计划财务工作】

围绕文联中心工作，积极争取财政资金，确保机关本级、各文艺家协会及服务中心等17家二级预算单位和11家三级预算单位的财政资金供给，重点保障各项国内重大文化活动、大型对外文化交流经费，以及中国文学艺术专项基金、文化产业发展专项基金、中华文艺资源数据库工程等专项经费。根据财政部批复的“一下”预算控制数，2014年文联财政拨款比2013年有一定增长。为做好部门预算执行工作，全年共通报9期预算执行情况，还采取定期约谈、及时梳理财政预算项目、适当压缩项目合作方代垫款规模、开通财政零余额账户网上银行、督促报账还款等做法，文联预算执行工作取得了良好成绩，在153家中央预算单位中一直稳居前50名，多次受到财政部通报表彰。妥善做好部门预（决）算和“三公”经费公开工作，及时在中国文艺网公布，未受到社会置疑和评论，财政部有关部门对此给予了充分肯定。

按照中央精神和财政部要求，完成2013年文联压减预算工作。根据财政部有关文件精神，起草《中国文联关于落实〈内部控制规范〉实施方案》，推动文联行政事业单位内部控制规范实施工作。完成国管局开展的住房公积金缴存情况摸底调查工作，中国文联被评为先进单位；完成中直工委组织的工会财务检查评比，文联工会财务已连续2年获得优秀。

加强对所属预算单位财务工作的业务指导和服务，结合工作实际先后印发了《中国文联2013年财务业务工作要点》、《文联预算执行通报》等文件，对全年财务工作布置、预算执行落实、专项资金管理、政府采购实施、财务建设推进等提出明确要求。同时，还通过文联财务公共邮箱、财务宣传栏将有关财经法规、工作要求和经验等信息及时发布供学习参考。协助新成立的11家艺术中心和文艺志愿服务中心完成开办登记、代码分配及银行账户开户等有关手续。为解决财政补助事业单位的实际困难，多次与财政部沟通，申请参与事业单位定员额试点管理，并审核汇总报送相关资料，财政部以下达“一下”预算控制数方式，批准14家财政补助事业单位自2014年起正式纳入定员定额试点管理。积极与财政部沟通，为文联所属15家财政补助事业单位申报公费医疗补助。此外，还帮助文联所属11家三级预算单位加强财务部门硬件建设，组织到文联所属单位财务部门走访交流，完成文联所属单位政府采购预算补报和批复工作，协助对所属事业单位开展转企改制工作，参与文联所属单位经济疑难问题的财务审核工作等。12月，启动文联财务信息系统建设工作，建设文联财务专门门户网站，统一文联行政事业单位会计账套和科目，实现财务数据集中管理和预算执行进度实时管控。

【审计工作】

根据审计署对文联2012年度预算执行情况审计结果，组织召开中国文联2012年度预算执行审计情况通报会，对相关工作提出明确要求，并实施跟踪督导，加大内部审计力度，积极开展各项审计工作。组织对各全国文艺家协会2013年1月至10月会议费使用情况进行审计，文联主要领导对审计报告给予批示，并及时组织了审计通报和整改工作。完成了对2013年中国文学艺术发展专项基金支持的部分项目情况的审计调查。完成了对2位文联所属单位原主要负责人离任审计，分别出具了审计报告。建立审计数据库，保证对文联下属单位财务工作情况及时了解，以便进行相关审计工作。

【国有资产管理工作】

按照中办、国办及国管局有关通知精神，对中国文联本级和所属各文艺家协会、直属单位机

关、领导干部办公用房进行清理，并及时报送了专题情况报告。完成政府采购计划报表及政府采购执行情况报表汇总报送工作，提前主动对所属15家单位督促提醒，对软件操作有困难的人员进行远程操作指导。对《中华经典咏诵》、《艺坛大家》项目申请进行单一来源采购，采购项目获财政部批准。强化采购预算,严格执行采购计划。加强日常办公用品及耗材等采购项目管理，规范进行机关日常采购工作。做好中国文联双旗杆老干部活动中心、安苑北里食堂设备报废及文联出版社申请调拨办公设备等工作。

【定点扶贫工作】

积极做好对甘肃陇南武都区的定点扶贫工作，协调文艺志愿服务中心赴武都举行“送欢乐下基层”慰问演出、组织文艺支教等志愿服务活动。中国文联党组书记、副主席赵实代表中国文联为30余名贫困生捐助共计9万元助学金。此外，还协调组织知名艺术家开办书画、音乐、舞蹈、摄影等辅导讲座；组织15位著名书法家为武都区15个中小学校和公共场所义务题字，并为武都赠送书法、美术、摄影作品。

人事工作

【中国文联党组成员、副主席调整】

中组部通知：免去杨承志同志中国文联党组成员职务；李牧、胡珍、仲呈祥、董良翚退休。

增选周涛、夏潮为中国文联第九届副主席；黎国如不再担任中国文联第九届副主席，增聘为第九届荣誉委员；杨承志不再担任书记处书记职务。

【中国美协、中国影协换届】

2013年11月25日至27日，中国美术家协会第八次全国代表大会在京召开。会议选举产生了中国美协新一届领导机构。

中国美术家协会第八届领导机构人员名单：

主　席：刘大为

驻会副主席：吴长江

副主席（按姓氏笔画排序）：王明明、韦尔申、冯 远、许 江、许钦松、李 翔、杨晓阳、吴为山、何家英、范迪安、施大畏、黄格胜（壮族）、曾成钢

秘书长：徐 里

2013年11月29日至12月1日，中国电影家协会第九次全国代表大会在京召开。会议选举产生了中国影协新一届领导机构。

中国电影家协会第九届领导机构人员名单：

主　席：李雪健

驻会副主席：康健民

副主席（按姓氏笔画排序）：王兴东（满族）、尹 力、冯小刚、成 龙、张会军、张宏森、陈凯歌、明振江、奚美娟（女）、黄建新、潘 虹（女）

秘书长：饶曙光（土家族）

【班子调整配备和干部选拔任用工作】

根据文联党组的部署，按照个体优秀、总体优化、岗位所需、人岗相适的基本原则，结合文联班子和干部队伍建设实际，对剧、影、音、美、曲、民、视等7个协会班子成员，文联机关6个部门局级干部和6个直属单位班子成员进行了调整，有力地改善了局级班子的整体结构，激发了活力和动力。

各协会班子成员、文联机关局级干部、各直属单位班子成员调整名单：

崔伟任中国剧协分党组成员（正处级）、副秘书长

尚力任中国剧协副秘书长（副局级）

饶曙光调任中国影协分党组成员（正局级）、秘书长

胡子光任中国文联电影艺术中心主任（正局级），免去中国影协分党组成员、电影出版社社长职务

王宏任中国音协分党组成员（正处级）

徐里任中国美协分党组副书记、秘书长，免去中国文联国内联络部副主任职务

刘健任中国美协巡视员，免去中国美协分党组副书记、秘书长职务

杜军任中国美协分党组成员（副局级）、副秘书长

周燕屏任中国民协副局级分党组成员、副秘书长

吕军任中国民协分副局级党组成员、副秘书长

范宗钗调任中国视协分党组成员（副局级）、副秘书长

金宁宁任中国文联办公厅（计划财务部）巡视员兼副主任

谢力任中国文联国内联络部副主任，免去中

国影协分党组成员、副秘书长职务

董占顺任中国文联国际联络部主任

范小伟任中国文联出版业改革领导小组办公室主任、中国文联权益保护部副主任

吴萍萍调任中国文联机关党委副巡视员，机关工会联合会主席

郑更生任中国文联离退休干部局局长

朱汾任中国文联离退休干部局副巡视员兼活动处处长

中国剧协分党组成员、副秘书长周光兼任中国文联戏剧艺术中心主任

中国音协分党组成员、副秘书长田晓耕兼任中国文联音乐艺术中心主任

中国舞协分党组成员、副秘书长冯双白兼任中国文联舞蹈艺术中心主任

中国摄协分党组成员、副秘书长顾立群兼任中国文联摄影艺术中心主任

刘恒任中国文联书法艺术中心主任

宓鲁任中国文联杂技艺术中心主任

唐延海任中国文联机关服务中心副主任

聘任朱庆为中国文联出版社社长兼总编辑（按正局级对待）

聘任孙洁为中国文联出版社副社长（按副局级对待）

聘任奚耀华为中国文联出版社出版总监（保留正局级），不再担任中国文联出版社总编辑、副社长职务

余宁任中国艺术报社副总编辑

聘任宋岱为中国电影出版社社长（按正局级对待）

聘任李世俊为中国书法出版传媒有限责任公司总经理（按正局级对待）

张旭光不再担任中国美协分党组成员、副秘书长职务

康健民不再兼任中国文联电影艺术中心主任职务

中国剧协副秘书长尚力退休

中国音协原分党组书记吴雁泽退休

中国曲协分党组副书记刁惠香退休

中国视协分党组副书记王锋退休

中国文联国内联络部副巡视员林立退休

中国文联国际联络部主任黄文娟退休

中国文联机关党委巡视员、机关工会联合会主席林缦退休

中国文联离退休干部局局长王守明退休

中国文联机关服务中心副主任韩新民退休

中国艺术报社副社长宁静退休

中国影协原分党组成员、书记处书记孟犁野参加革命工作时间由1952年9月更改为1949年4月，由退休改为离休

【深化干部人事制度改革】

结合中国文联实际，组织了文联出版社1名副社长岗位的竞争上岗。推动干部交流和挂职锻炼有序开展，对3名局级领导干部、9名处级干部进行交流和轮岗，选派了1名局级干部到革命老区江西鹰潭挂职、1名处级干部到西藏挂职、1名处级干部到国家信访局挂职锻炼、3名年轻干部参加中国文联发起的文艺支教工作。

【机构、编制管理和工资工作】

根据工作实际，重新调整、审核确定了中国影协、中国民协和中国曲协的内设机构和人员编制。组织开展了文联所属15家事业单位分类改革工作。完成了向中编办申请设立中国文联文艺评论中心的申报工作。指导各协会及机关本级的统发工资系统升级工作，完成了文联系统2013年工资统发与工资管理工作。按照人社部统一要求，完成了文联系统2006年后新考录有工作经历人员的工资重新核定工作。组织完成文联系统机关有关津补贴项目纳入统发工资系统工作。

【公务员管理工作】

完成了2013年机关工作人员考录工作，文联系统共招录15名机关工作人员。完成新进人员参公登记备案2批共20人。建设完善中国文联单机版公务员管理信息系统，组织完成了中国文联公务员系统数据库的信息采集、迁移、汇总、审核、修改等工作，入库人员306人。

【干部教育培训工作】

制定《中国文联关于贯彻落实<2013-2017年全国干部教育培训规划>进一步加强教育培训工作的实施意见》、《中国文联2013年干部培训计划》，统筹推进文联干部教育培训。举办新进文联工作人员初任培训班。认真开展干部调训和局级干部选学工作，全年共选派14人次参加中央党校、国家行政学院和中组部三大干部学院专题培训，20名局级干部参加选学。举办多期“中国文联大讲

堂”，邀请姜昆、冯骥才、王刚、郭海燕等文艺名家、文艺大家到文联讲座。为文联干部职工推荐购买优秀自学书籍15本。

【人才工作】

规范《中国文联文艺人才培训专项资金使用管理》，及时督促专项资金的使用和落实，推进文联资助的西部少数民族青年美术人才高级研修班等项目的开展。配合文艺研修院举办全国文艺家高级研修班、全国中青年德艺双馨文艺工作者高级研修班，指导各协会以中青年文艺人才为重点深入开展人才培养。配合上级部门、文联党组领导走访慰问有名望的老艺术家，为部分生活困难老艺术家发放补助。召开中国文联出版专业高级职务评审委员会第26次会议，完成了34名出版专业高级职务任职资格评审。

中国文联出版专业高级职务评审委员会第26次会议评审通过的高级职称人员名单：

通过编审任职资格的4人：

郑　虹、谢雨玫、高　扬、朱培尔

通过副编审、高级校对任职资格的9人：

柳宏宇、盛　葳、贺绚绚、陈　平、冯　莉、郭志鸿、万晓咏、樊东屏、赵翠玉

【事业单位人事工作】

推进事业单位分类改革和出版单位转企整合。完成了11个艺术中心的组建工作。提出文联所属出版单位领导班子成员转企改制过渡期间管理办法。开展了事业单位津补贴清理规范工作。

【人事档案管理工作】

按照中组部关于在2014年6月底前要完成中央单位下属二级单位档案改版工作的要求，指导完成了中国剧协、中国影协、中国美协、中国舞协、中国视协五家单位的干部人事档案改版工作。

党委工作

【综　述】

2013年，中国文联机关党委在中直工委和文联党组的正确领导和具体指导下，深入学习贯彻党的十八大和十八届二中、三中全会精神，深入学习习近平总书记系列重要讲话精神，紧紧围绕党和国家工作大局，围绕文联中心工作，认真履行工作职能，扎实推进机关党的全面建设，为圆满完成各项工作任务提供了有力的思想政治保证和组织保证。

【理论武装工作】

中国文联机关党委始终把理论武装工作作为首要政治任务，坚持以部局两级中心组学习为龙头，以处以上干部为重点，运用报告会、中心组学习会、支部讨论会、局处级干部培训班等多种形式，引导各级党组织和广大党员抓好理论学习。一年来，中国文联机关党委重点组织党员干部学习了习近平总书记系列讲话精神，党的十八大和十八届二中、三中全会精神，中国特色社会主义理论、社会主义核心价值体系和核心价值观以及党和国家重要会议精神和重要文件，进一步提高了广大党员干部的理论素养和思想政治素质。

【党的群众路线教育实践活动】

按照中央统一部署，中国文联机关党委协助文联党组在文联系统开展了党的群众路线教育实践活动，从建立领导机构、制订实施方案、召开动员大会，到组织学习教育、征求群众意见、组织民主生活会、开展批评与自我批评、制定整改方案、推动整改落实，做了大量具体的组织工作，充分发挥了教育实践活动办公室的职能作用。通过开展党的群众路线教育实践活动，中国文联广大党员干部普遍受到了一次深刻的马克思主义群众观点和群众路线教育，队伍的凝聚力、战斗力和创造力有所提升，各项工作的规范化制度化水平不断提高，取得了一批重要的实践成果、制度成果，以作风建设的新成效有力推动了中国文联机关各项事业发展。

【基层党组织建设工作】

中国文联机关党委注重“抓基层、打基础”，着力做好基层党组织建设工作。一年来，指导中国剧协、中国视协、中国杂协等基层党组织顺利完成了换届改选工作；选派1名局级干部、8名处级干部赴中央党校中直分校学习培训；发展6名积极分子入党，进一步加强了基层党组织和党员队伍建设。

【精神文明建设工作】

中国文联机关党委运用多种形式、利用各种时机，开展“中国梦”主题宣传教育活动，社会公德、职业道德、家庭美德以及个人品德教育

活动和奉献爱心活动，先后组织了向甘肃武都贫困地区和雅安地震灾区捐款活动，以“用爱心点亮孩子求学的希望”为主题，为武都贫困学生筹集捐款120490元，以“芦山加油”为主题，为雅安地震灾区筹集捐款348613元。在重大节日期间，中国文联机关党委坚持开展“送温暖、献爱心”活动，走访看望有贡献的老党员，对有困难的党员职工进行慰问，对在边疆地区挂职的干部发放补助款。同时，继续开展普法活动，完成了“六五”普法中期验收总结工作；扎实做好以防范“法轮功”为重点的维护稳定工作。这些活动，对保持机关内部稳定，促进社会和谐起到了有效推动作用。

【群团组织建设工作】

中国文联机关党委坚持把加强群团组织建设作为开展群众工作有力抓手，认真贯彻工会、共青团、妇联全国代表大会精神，引导和支持工青妇组织开展适合自身特点的活动。一年来，中国文联机关工会联合会召开了第四届工会委员会和经审委委员会，完成了换届工作，同机关团委、妇工委、机关青联共同举办了中国文联职工2013年新春联谊会；中国文联机关团委、机关青联举办了“青春•文联•中国梦”主题演讲比赛，成立了青年书法、摄影等兴趣小组，邀请专业教师定期授课，开展了青年文艺志愿服务活动，并与中国文联人事部共同举办了5期“中国文联大讲堂”系列讲座；文联妇工委组织了庆“三八”活动，举办了“足尖上的绚丽•感受芭蕾之美——中国文联庆祝三八妇女节大型艺术赏析讲座”。这些活动，增强了群众组织的凝聚力，发挥了桥梁纽带作用，进一步密切了党群关系。

纪委工作

【综 述】

2013年，中国文联机关纪委坚决贯彻习近平总书记关于党风廉政建设和反腐败工作的重要指示精神，贯彻落实第十八届中央纪委二次全会和中直纪工委工作会议精神，坚持反腐倡廉战略方针，党风廉政建设和反腐败工作取得了新成效，促进并保证了文联各项任务的圆满完成。

【党风廉政教育】

一年来，中国文联机关纪委认真学习贯彻第十八届中央纪委二次全会和中直纪工委工作会议精神，召开了中国文联机关纪律检查工作会议，集中学习贯彻习近平、王岐山同志的重要讲话精神。以理想信念、廉洁从政、组织工作纪律、宣传工作纪律教育为重点，开展了中国特色社会主义理论体系、社会主义核心价值体系、党的文艺方针政策等系列教育活动。组织处以上干部观看《失德之害——领导干部从政道德警示录》、《苏联亡党亡国20年祭》等警示教育片。邀请中央纪委、国家行政学院等单位专家学者作《讲党性重品行作表率》、《中国共产党章程》专题辅导报告。组织党员干部参加中直工委《党风廉政教育大讲堂》专题讲座。在专职纪检干部中，开展会员卡专项清退工作，做到零持有、零报告。开展遵守党的政治纪律、廉洁自律等专项检查，增强党员干部的组织纪律观念和廉洁自律意识。

【贯彻执行中央八项规定精神】

为贯彻落实中央八项规定，力戒形式主义、官僚主义、享乐主义和奢靡之风，按照中央纪委和中直纪工委的工作部署，中国文联机关纪委及时印发《关于2013年春节前后加强廉洁自律改进工作作风和厉行节约的通知》、《关于坚决制止中秋国庆期间公款铺张送月饼送节礼等不正之风的通知》和《关于2014年元旦春节期间严禁公款购买赠送烟花爆竹等年货节礼的通知》，开展重大节庆日严肃财经纪律专项检查，坚决制止公款购买赠送节礼、公款吃喝、公款高消费娱乐活动。开展党政机关公务用车、因公出国境、公务接待等专项治理，加强经费预决算执行的监管，杜绝超标准支出“三公”经费。坚决贯彻中央宣传部等五部委《关于制止豪华铺张、提倡节俭办晚会的通知》精神，加强评奖办节、艺术展演、文化交流的管理，杜绝奢华之风和铺张浪费等不良现象。督促有关部门认真贯彻中办国办印发的《党政机关厉行节约反对浪费条例》，弘扬艰苦奋斗、勤俭节约的优良作风，建设节约型机关。中国文联全年压缩财政预算5%；清理压缩节日庆典10项、论坛2项、展会16项；压缩各类会议32次；精简文件177个。

【反腐倡廉制度建设】

中国文联机关纪委认真组织做好《建立健全惩治和预防腐败体系2013－2017年工作规划》实施办法总结工作，督促有关部门落实惩治和预防腐败体系责任制，推动《工作规则》各项任务的完成。配合中央纪委、中央宣传部撰写完成《关于中直机关加强纪检监察组织建设》、《建立健全艺术评奖办节监督机制》调研报告。会同有关部门制定和完善《中国文联关于贯彻落实中央规定改进工作作风、密切联系群众的实施办法》和《中国文联关于进一步加强调查研究工作的意见》。贯彻落实中央宣传部等五部委节俭办晚会的要求，督促有关单位部门建立健全节俭办文艺晚会、节庆演出、文艺活动规章制度，形成节俭办晚会长效机制。建立和完善中国文联开展庆典、研讨会、论坛活动管理规定，推动各项文化活动健康有序开展。会同有关部门认真落实《审计署关于中国文联2012年度预算执行和其他财政收支情况以及决算的审计决定》的整改要求。会同有关部门对2名局级领导干部进行离任审计，对11个全国文艺家协会会议费使用进行专项审计调查，督促有关单位认真落实财务制度。积极协调和推动各级领导班子党的群众路线教育实践活动的对照检查和整改工作，加强机制的完善和制度的"废、改、立"，推进重点领域和关键环节的制度建设。

【党内监督工作】

中国文联机关纪委认真执行党内各项监督制度，会同有关部门做好《关于领导干部报告个人有关事项的规定》和《对配偶子女均已移居国（境）外的国家工作人员加强管理的规定》的申报工作，165名处以上干部（其中局级73人、处级92人）报告个人有关事项。会同有关部门落实财政部《行政事业单位内部控制规范（试行）》，加强廉政风险防控机制建设，提高经费使用科学化水平。加强干部选拔任用监督，全年参与6次干部选拔录用和处以上干部竞争上岗工作，为21名局级干部、23名处级干部的提拔调任提供了党风廉政情况。会同有关部门加强对中国文学艺术基金会重大资金使用和中华文明历史题材美术创作工程评审情况的监督。对中国文联发展史展厅制作、中国文艺家之家四层报告厅节能装修工程、信息化办公软件工程、事业单位转企改制审计、维权工作交流展览制作等招标投标工作程序上进行监督。会同有关部门参加各级领导班子民主生活会和年度考核，对26个局级单位落实党风廉政建设责任制情况进行检查，听取了82名局级干部、73名处级干部述职述廉。与3名局级单位主要负责同志廉政谈话，加强对党员干部特别是主要负责同志监督。

【群众来信来访及违纪案件查处工作】

中国文联机关纪委认真贯彻落实中央纪委《关于切实加强和规范反映领导干部问题线索管理工作的通知》，加大信访举报和查办案件工作力度，做到不瞒案、不压案、不推诿。按照《信访工作条例》规定，对群众反映的突出问题及时给予答复，对反映失实问题予以澄清。配合检察机关调查核实有关出版单位经济犯罪的问题，依法追究有关人员刑事责任，挽回经济损失40万元。注重研究案件发生的特点和规律，督促有关单位和部门总结教训，完善制度，发挥查办案件的治本作用。中国文联机关纪委全年共受理群众来信25件，接待群众来访来电47人次，直接查办案件7起，指导文联所属单位查办案件3起。按照分级负责、归口办理的原则，妥善解决群众反映的突出问题，及时化解矛盾和纠纷。

离退休干部工作

【综 述】

落实老干部政治待遇。加强思想政治教育，采取座谈交流、传读文件等形式，学习十八届三中全会精神和习近平总书记系列重要讲话；加强时政热点学习，为老干部订阅报刊、书籍、杂志等学习资料，举办了纪念毛泽东同志诞辰120周年座谈和征文活动；倡导开展自学，加强老干部学习交流。落实老干部生活待遇。落实各项惠及老干部的政策，调整发放老干部津补贴；建立健全动态管理、走访慰问、节日祝福、应急事件处理等多项工作机制；安装智能电话通讯系统，开展了夕阳红救助、艺术家救助、庆生祝寿、艺术送上门、海滨疗养、解读长寿经等一系列工作。丰富老干部精神文化生活。开展新春团拜、红色旅游、京郊行、体验园博会、重阳行、电影大放送等活动；提升老年艺术大学、老干部活动中心服务水平，举办创作采风、同心共筑中国梦书画摄影展，送欢乐下基层等活动。加强自身建设，开展了党的群众路线教育实践活动，征集意见建议11类40余条，制定制度建设计划和专项整改计划，整改落实项目17个。

【老干部政治待遇落实】

1.完善老干部党支部和老干部学习制度，组织机关4个老干部党支部60余名党员先后学习了习近平总书记8.19重要讲话、全国宣传思想会议精神等；召开党的十八大三中全会精神座谈会，文联系统38名老干部代表畅谈了学习感悟；组织举办了“纪念毛泽东同志诞辰120周年”座谈会和征文活动；在《桑榆天地》杂志上开辟学习专栏，引导老干部开展自学，交流学习体会，刊发了刘厚生、李中贵、冯世全、沈今声等众多老艺术家的投稿。

2.《桑榆天地》杂志办刊质量不断提升，全年共编辑出版四期杂志，印发4000余册。

3.成立中国文联老干部桑榆诗社，文联系统20余名老干部加入其中，打造了老干部学习交流的又一平台。

【老干部生活待遇落实】

1.落实老干部津贴待遇，完成老干部离退休金、医疗护理费、津贴补贴、抚恤金、部级医疗、医保卡、独生子女奖励费、报刊费等发放调整工作。为54名老干部报销供暖费、物业费49万元。

2.落实老干部医疗保健政策，组织160余名老干部到306医院、北大医院、慈铭体检中心检查身体；坚持每月定点上门收送医药费，全年共计代收送医药费130余人次，累计金额30余万元；组织17名离休干部和退休部级干部到北戴河中直疗养院放松身心，感受海滨之乐；组织44名文联系统局级退休干部到南戴河进行为期5天的疗养，参观了北戴河新区的市容市貌及海滨公园；为4名高龄老干部安装了“一键通”紧急呼叫系统；推广健康长寿经，为80岁以上的老干部发送了空气加湿器。

3.落实老干部帮扶政策，为文联系统38名困难的老艺术家申请文化部救助金40万元。开展夕阳红救助工作，为文联系统8名特困老干部申请发放救助金5.5万元。

4.开展祝寿庆生活动，举办集体祝寿会，为14名65岁、70岁、75岁及80岁以上的老同志庆祝生日，并在文联机关每一位老干部生日当天，将生日蛋糕和一份祝福送到老干部家中。

【老干部走访慰问】

1.元旦、春节期间，开展“送温暖、办实事”活动。为文联系统900余名老干部送去了羽绒衣，为文联机关140余名老干部送去了水果和节日的祝福，让每一位老同志都充分感受到了党组领导的关心和文联大家庭的温暖。

2.春节前夕，党组领导赵实、覃志刚、李屹、左中一、杨承志、夏潮、李前光分别走访探望了丁宁、佟韦等文联系统离退休干部。离退休干部局走访慰问机关离退休干部28人，为他们送去了慰问金和节日问候。五一、七一前后，继续加大走访力度，慰问离退休干部40余人次。坚持重大节日，为机关老干部发送祝福短信，全年发送信息1200余条。

3.探望重病住院及长期异地居住的老干部，先后到10余家医院探望了赵辉、郭毅等老干部，驱车赴天津探望了长期在此居住的老干部。为杨澧、刘子异等8名离退休老干部联系医院、医保中心等部门，解决了他们住院难、报销难、变更就近医院难等问题。

【老干部管理】

1.与亮剑天下信息通讯公司合作，建立电话通知呼叫平台，畅通了与老干部联络渠道。完善了老干部短信通知系统，将重要精神、重大活动及时传递给老干部。

2.完成老干部电子台账登记统计工作，实现老干部资料数据化、动态化，初步实现了分级分类管理。

3.文联机关4个党支部完成改选换届，增强了老干部党组织的战斗力和凝聚力。

4.倡导开展向雅安地震灾区人民献爱心，广大老干部踊跃捐款，共计5.38万元。

5.完成4名老干部治丧工作，以周到细致的服务得到老干部家属的赞誉。

6.热情、认真对待每一件来信来访，通过首问负责、全程代办、跟踪服务，帮助老干部排忧解难。全年共接待来信、来访、来电20余件，未出现非正常上访事件。

【老干部文化娱乐活动】

1. 1月23日，举办2013年机关老同志春节团拜会。党组领导赵实、杨承志及文联相关部门负责人与80余名老同志欢聚一堂，共庆佳节。

2. 4月23日至24日，组织机关近百名老干部走进京郊昌平，欣赏大自然的优美景色，参观香堂文化新村，感受北京新农村建设成果和农村文化发展新气象。

3. 5月28日，组织文联机关百余名老干部赴园博会参观游览，欣赏"经典园林"，感受"首都气派"。

4. 6月24日至29日，组织文联系统56名老干部赴吉林省进行红色旅游采风活动，组织老同志参观了长春伪满皇宫、东北抗战纪念馆，了解东北抗日救亡历史；参观了长春电影制片厂、朝鲜族红旗村，感受中国电影文化发展历史和少数民族的文化风情；游览了长白山、松花江等风景名胜，领略祖国山河的多姿多彩。

5. 10月9日至11日，开展重阳京郊行活动，组织70余名老同志参观航天博物馆，了解祖国航天事业发展历程，感受新中国成立以来日新月异的发展速度。

7. 中国文联老干部合唱团、桑榆诗社的老同志积极参加送欢乐下基层活动。2月22日、12月10日，分赴房山区阎村镇、怀柔区杨宋镇花园村为千余名农民朋友献上了一台精彩的文艺大餐。

【老年艺术大学建设】

1. 9月23日至30日，举办文联老年艺术大学学员"同心共筑中国梦"书法美术摄影作品展，共展出81位学员的99幅精品力作，展现了文联老年艺术大学成立2两年来的丰硕成果。党组领导夏潮出席开幕式并致词。

2. 文联老年艺术大学开展特色办学，先后组织摄影创作班教师学员于5月、11月赴河北蔚县、江西婺源等地采风，在提高实践技艺的同时，为当地宣传文化部门创作作品，并将优秀作品编辑成册。

【老年活动中心建设】

1. 完成硬件升级，增加了绿植和观赏鱼，安装了视频显示系统，制作完成了中心宣传手册《夕阳照耀下的乐园》。

2. 拓展服务内容，增加器乐合奏和柔力球两个活动小组，并举办健康知识讲座，传授正确的养生理念，普及健康的生活方式。

【自身建设】

1. 召开2013年度文联系统老干部工作会，传达全国老干部局长会议精神，总结交流工作经验，研究部署2013年老干部工作，党组领导杨承志出席并讲话。

2. 开展党的群众路线教育实践活动，先后召开老干部工作人员、离退休干部教育实践活动动员大会3场，动员人数达100余人；集中组织学习中央领导讲话、重要会议精神、教育实践活动丛书6次，并为每位老干部邮寄了学习资料；开展交流谈心活动，征集意见建议11类40余条；制定制度建设计划和专项整改计划，整改落实项目17个，并针对老干部分类管理、老干部志愿服务工作等整改项目实现了量化管理。

3. 12月27日，离退休干部局领导班子调整，郑更生任离退休干部局局长。

中国文联机关服务中心

综　述

2013年，中国文联机关服务中心在文联党组的领导下，深入贯彻落实党的十八大和十八届三中全会精神，扎实开展党的群众路线教育实践活动，不断加强自身建设，着力提高保障能力、管理能力、服务能力，坚持为机关各部室、各全国文艺家协会、各直属单位各项工作的正常开展提供有力的后勤服务保障。

服务保障

【联络服务艺术家】

积极为老艺术家提供观影、餐饮、理发等温馨服务。全年为老艺术家安排电影专场50余场次。3月，配合办公厅，完成了在京和来京参加两会的中国文联荣誉委员、主席团成员健康体检工作。7月、8月、11月，会同办公厅做好中国文联老艺术家赴吉林、安徽、海南等地采风疗养活动的相关服务保障工作，活动中工作细致、服务到位，得到随团老艺术家的好评。

【各类大型文艺活动的服务保障工作】

积极配合中国文联系统各单位，认真做好各类大型文艺活动的会议、接待、安全、医疗、交通等相关服务保障工作。根据中国文联党的群众路线教育实践活动领导小组工作安排，积极完成部署大会、动员大会、通报大会、专题系列讲座、教育片播放等各项活动的服务保障工作。配合完成中国文联九届四次、五次全委会、中国文艺志愿者协会成立大会、中国美术家协会第八次全国代表大会、中国戏剧梅花奖创办30周年大会等会议以及第九届国际民间艺术节、中华文明历史题材美术创作工程专家评审会、中国音乐金钟奖新闻发布会、中国流行音乐超级联赛、中国文联大讲堂等大型活动的相关服务保障工作。承担了中国文联团体会员负责人研修班、澳门中华文化联谊会访问及各省市文联领导、外宾来文艺家之家参观访问等接待服务工作。配合做好电视连续剧《徐悲鸿》研讨会等专题活动以及美国国标舞团表演等文艺演出的服务工作。积极配合摄协、基金会、离退休干部局等单位完成“绚彩意象——张桐胜摄影作品展”等各类摄影、美术、书法作品的展览服务工作。全年共提供会议服务400余次，接待人数共计2万人次。

【日常性服务保障工作】

继续采用社会化服务方式，认真做好餐饮、保洁、保安、文印、绿化等方面的后勤保障服务工作。充分发挥伙食管理委员会职能，加强与餐饮公司的沟通，严格食品安全管理，做好成本核算，认真办好工作餐。认真做好日常医疗服务，全年共接诊、出诊3062人次，组织文联机关、中心及离退休干部职工302人参加健康体检，配合人事部完成新招录公务员体检工作。协助解决权保部、文艺志愿服务中心等新成立单位的网络设置问题，加强对网络管理系统、信息机房、路由器的监控和管理，积极配合办公厅推进中国文联协同办公平台的全面运行，统筹做好外网、内网维护工作，全年累计完成各类技术服务保障1000余次。办理文联机关电话过户手续，按时完成机关各部室办公电话费用的审核缴存工作。加强公务用车运行维护，对退休退职的副部级干部用车在保障用车的同时实行统一调度安排，公务车队全年累计安全行驶70万公里，无重大责任事故。文印室完成文件、海报、活动手册等各类材料共计12万余件，并为文联各单位提供火车票代购服务。继续做好报刊、邮件收发工作，各办公区共完成110万余件收发服务。继续做好洗车、理发、观影、健身等服务工作。

【物业管理服务】

加强对设备设施的日常运行保障和维护保养，对部分设施设备及时进行维修，重点做好消防安全、夏季防汛、冬季供暖、环境美化以及与辖区管理部门、中国农机院、中国作家出版集团等单位的联络协调等工作。文艺家之家办公楼完成了10部电梯年检与维保、中央空调系统维保、楼宇自控系统维保、11台水泵过滤器安装、高压设备检测等工作。农展馆南里10号办公楼完成了热力站供暖设备改造、院区监控系统维保、地砖修缮等工作。安苑北里22号办公楼完成了电梯检修、中央空调系统改造、电表改造等工作。各宿舍区加强物业管理服务，完成了消防水泵改造等工作。经中心积极向国管局有关部门申请，安定门外8号楼等6个文联老旧小区综合整治项目经国管局批准立项，相关整治前期工作已于年内逐步展开。

后勤管理

【房地产管理】

加强办公用房调配管理，协调解决文艺志愿服务中心、文艺资源中心、文艺研修院等单位增加办公用房问题，完成东四八条52号办公楼最后腾退移交工作。加强与国管局有关部门的沟通、协调，积极申请中央国家机关职工住宅。在党组的指导下，顺利完成经济适用房配售工作。坚持做好住房补贴审核工作，协调中央国家机关住房资金管理中心、办公厅等单位，完成中国剧协等6家单位2013年度动用售房款发放住房补贴有关工作以及2014年度住房改革支出预算审核工作。加强做好房管日常性工作，积极为各单位职工办理央产房上市、公积金、供暖费审核等相关手续。9月，举办中国文联房改政策培训班，进一步推动房管工作规范化、程序化、系统化。努力推进相关历史遗留问题的解决，完成2006年房改售房产权证办理工作，办理2008年新房及腾退旧房相关产权手续已报送国管局审核，积极协调推进南沙滩36号楼以及正辰小区房产证办理相关工作。

【安全保卫】

加强做好各办公区、宿舍区安全保卫工作，在文艺家之家、农展馆南里10号楼组织消防演练活动，进一步提高干部职工安全意识。定期对各单位进行消防安全检查，安排专业公司进行消防、用电检测，建立健全消防档案。各办公区全年共接待来客来访4万余人次。成立中国文联国家安全（领导）小组，协助有关部门完成安全专项检查等工作。加强安保方面专项培训工作，举办交通驾驶安全暨车险理赔讲座、消防安全避险自救知识讲座，组织各单位相关人员参观国家安全知识展览。加强信息安全管理和网络监控，积极配合做好中国文联信息化建设和保密相关工作。

【基建维修】

落实党组工作部署，配合办公厅，积极完成中国文联发展史展厅建设工程的招标、施工等相关工作，协助完成展厅布展工作。完成中国摄协办公楼改造工程决算、总结相关工作。经招标相关程序，对文艺家之家四楼报告厅音频扩声、舞台灯光系统进行改造，音响效果和灯光系统节能都得到较大地改进。完成文艺家之家八层贵宾接待室设计、装修、布置相关工作。10月底，在完成工程决算、财务决算审计的基础上，中国文艺家之家装修改造项目竣工报告已向国家发改委上报。在保障重点项目的同时，积极完成文艺家之家防水改造、院区地砖整修、餐厅改造等基础性维修工作。

【节能减排管理】

积极贯彻《中央和国家机关及所属公共机构节约能源资源考核办法》，充分发挥中国文联节能工作领导小组职能，在原有节水、节电、节油措施的基础上，重点抓好节约能源资源各项规章制度的执行工作。6月，召开中国文联系统节能工作会，贯彻落实国管局下达的用水、用电、公务车辆用油指标，协调、督促中国文联系统各单位认真做好节能降耗工作，按季度上报能源资源消耗统计信息，积极配合完成国管局节能司调研活动。严格控制各类设施设备运行，通过旧物新用、增加计量设备等手段，有效节约能源，降低运行成本。推进节水整改工作，完成文艺家之家水平衡测试，于8月获得国管局、北京市水务局授予的“北京市节水型单位”证书。组织节能宣传周、能源紧缺日体验、参观应对气候变化主题展览等活动，加大节能宣传教育力度，切实增强干部职工的节能节俭的责任意识，确保节能降耗落到实处。

【其他行政事务管理】

积极贯彻落实中央八项规定，制定具体落实措施，按时报送公车运行管理和楼堂馆所建设等情况。按照机关后勤改革工作要求，配合有关部门，积极完成后勤服务统计调查、公务车辆运行、办公用房、后勤事业单位人员情况等统计汇总工作。中国文联交通安全委员会加强管理，中国文联在中直系统的交通违法率较上年大幅下降。中国文联爱卫会、人口计生委根据工作职责，积极做好环境卫生整治、传染病防控、健康知识宣传、办理《生育服务证》、《独生子女光荣证》手续等相关工作，组织各单位为贫困母亲、四川芦山地震灾区捐款。落实中央国家机关人防办工作部署，加强对地下空间和人防工程的管理，配合做好地下空间综合整治工作。加强户籍管理，积极做好文联系统集体户口的新增、变更、迁移等相关工作。组织文联机关、中心职工前往北京市郊区参加春季义务植树活动。11月底，积极配合北京市朝阳区完成第三次全国经济普查相关工作。

经营管理

认真做好各项合同的执行工作。根据办公用房的调整和增加情况，及时与中国文联出版社、中国书法杂志社、文艺研修院、文艺资源中心、文艺志愿服务中心、中联影视中心等文联下属单位完成了物业管理服务合同签订工作。

历史遗留问题处理

落实党组工作部署，积极联系烟台市有关部门，配合律师，多次赴烟台调查、取证、应诉，认真处理一系列原烟台文艺之家涉诉案件相关工作，其中，结案一件，一审判决一件，尽最大努力维护中国文联合法利益，尽可能地降低文联损失。11月，根据文联党组会决议精神，正式办理了中国文联与中联国际文化发展有限公司脱钩相关手续。会同办公厅、文联法律顾问，研究提出中联百花文化艺术有限公司重组方案相关意见。

中心内部建设

【开展党的群众路线教育实践活动】

按照中央要求和文联部署，以“照镜子、正衣冠、洗洗澡、治治病”总要求为指导，以为民务实清廉为主题，认真查摆在形式主义、官僚主义、享乐主义和奢靡之风方面的问题，扎实开展党的群众路线教育实践活动。成立机关服务中心党的群众路线教育实践活动领导小组，制定了详细的活动实施方案，在中国文联党的群众路线教育实践活动领导小组、中国文联第三督导组的指导下，通过组织全体党员学习《中共中央关于在全党深入开展党的群众路线教育实践活动的意见》和习近平总书记指导河北省委常委班子专题民主生活会的重要讲话精神，学习《党的群众路线教育实践活动学习文件汇编》、《论群众路线---重要论述摘编》等材料，组织全体党员参加文联统一安排的各次系列讲座和教育片观看，召开全体职工座谈会，向中国文联系统各单位发函征询意见，撰写对照检查材料、领导班子精心组织专题民主生活会、情况通报会，各党小组认真召开专题组织生活会，及时研究提出整改措施等，积极落实学习教育、听取意见，查摆问题、开展批评，整改落实、建章立制每一个环节相关要求，切实改进工作作风。至年底，中心已着手准备制定整改方案、专项整治方案和制度建设计划。

【职工队伍建设】

加强干部选拔任用工作，对8名同志进行职务调整，对到期的事业人员聘任合同及时做好续签审核工作。加强对聘用、外包服务项目工作人员的管理，确保认真履行岗位职责。贯彻落实《机关事务管理条例》、《党政机关厉行节约反对浪费条例》，组织各处室职工加强专题学习，积极参加机关事务、资产管理、政府采购、财务管理、节能减排、信息安全、食品卫生管理、人防工程整治等各类业务技能培训，提高职工综合素质，进一步改进后勤管理工作。

【制度建设】

积极配合中国文联规章制度汇编工作，对文艺家之家、农展馆南里10号办公楼、安苑北里22号办公楼的管理规定以及文艺家之家会议室使用管理办

法、网络管理规定等后勤保障制度进行修订、完善。坚持按季度开展后勤服务保障工作征求意见活动，根据各单位反馈的意见和建议，及时制定改进措施，不断提高服务保障能力。进一步加强、完善值班制度，严格执行汛期值班值守等工作制度；规范资产管理，严格执行政府采购制度，规范资产的购置、报销、登记、领用、折旧处置等管理，在清理盘点的基础上，对中心资产进行了全面清理，完成资产贴签工作，对长期闲置、报废的资产按规定进行了处理；严格执行公文运转程序，积极利用内网推进无纸化办公，进一步规范文件档案管理；贯彻落实新实施的《事业单位会计制度》、《事业单位会计准则》、《事业单位内部控制规范》，严格落实收支预算和决算制度，认真配合做好财务审计工作，加强会计核算，促进机关后勤服务工作规范化、科学化。

【思想文化建设】

坚持开展理论中心组学习和全体职工每月不同主题的知识答题活动，组织干部职工认真学习党的十八大精神和十八届三中全会精神，切实提高干部职工的思想政治素质。加强党的基层组织建设。6月初，分别召开党员大会、全体职工大会，顺利完成中心党支部、工会、妇工委的换届改选工作。工会组织开展了职工登山比赛、羽毛球比赛、扑克牌比赛等文体活动，配合机关工会完成重大疾病互助保障统计工作，妇工委组织女职工参加健康知识讲座，团员青年积极参加“青春•文联•中国梦”演讲比赛等，努力做好工、青、妇等各方面工作。

中国文联文艺资源中心

综 述

2013年，是中国文联积极适应社会信息化网络化发展趋势和大数据潮流，全面贯彻落实中央有关精神，深入推进文联网络与信息工作的重要一年。中国文联文艺资源中心作为中国文联网络与信息工作重要职能单位，在文联党组的正确领导、高度重视和大力支持下，一年来，坚持围绕中心，服务大局，从工作实际出发，以加强中国文联网络与信息工作宏观规划和顶层设计、组织承办中国文联网络与信息工作座谈会、启动“网上文联”信息化工作平台建设、深入推进中华文艺资源数据库建设、开展文艺资源数据采集应用开发工作、启动各级文联信息化共建共享试点合作工作等为重点，奋力开拓，各项工作取得了实质性进展。

会议与活动

【中国文联网络与信息化工作座谈会】

10月30日至31日，为在全国文联系统深入推进文艺信息化网络化建设，进一步加强网络文艺阵地建设，提升文联工作现代化水平，中国文联主办，文艺资源中心组织承办了“中国文联网络与信息工作座谈会”。中国文联党组书记、副主席赵实出席会议并做重要讲话，从学习贯彻党的十八大精神和全国宣传思想工作会议精神、贯彻落实中央关于加强互联网建设部署要求的战略高度，阐明了推进信息化建设对于做好新形势下文艺工作和文联工作的重要性紧迫性，总结了近年来文联网络信息工作取得的进展成效及当前面临的主要问题，对推进文联信息化建设做出了全面部署和要求，提出要扎实推进“网上文联”信息化平台建设，提升网上工作创新能力和服务能力，积极运用网络新技术，拓展网上服务新领域，创新网上工作新方式，扩大文联组织新覆盖，建设网上文艺新阵地，谋求文联事业新发展。

中国文联党组领导左中一、夏潮，中宣部文艺局副巡视员路侃，国家互联网信息办公室网络新闻宣传局规划处处长杨威等和各全国文艺家协会、中国文联机关各部室、各直属单位、各省区市文联、产行业文联的负责人，以及网络与信息部门负责人共130余人参加会议。会议联系文艺工作和文联工作实际，总结交流了网络信息工作取得的进展成效和主要问题，讨论了文联系统加强信息化建设的重要意义、工作思路、主要任务和协同机制。会上，开通了“网上文联”子平台——中华文艺人才信息数据库采集应用平台和网上文艺家社区平台。

【中国文联党组领导调研中华文艺资源数据库前期建设和“网上文联”平台规划】

6月24日，中国文联党组领导赵实、覃志刚、李屹、杨承志、夏潮、李前光到文艺资源中心进行调研，指导中华文艺人才信息数据库的建设工作。党组领导参观了多功能数据采播厅、数据采集加工区、数据中心监控室和机房等，了解了中华文艺人才信息数据库软硬件环境建设进展情况，体验了中国文联互动历史墙、优秀艺术作品演示系统、影视记录作品演示系统、文艺新闻实时数据系统、艺术门类实时数据系统和文艺作品热度对比系统等，肯定了文艺资源中心前期建设所取得的成果。赵实书记对文艺资源中心的下一步工作提出具体要求，强调要深入调研，加强顶层设计，进一步完善硬件和内容平台建设；要科学统筹，在应用服务上突出重点，一手抓海量资源存储，一手抓重点资源采集；要进一步提高管理水平和服务水平；要积极探索独特的发展模式，建立完善好采集、服务、应用、维护等方面的机制；要建设一支复合型人才队伍，紧紧围绕文联

中心工作，更好地贴近艺术家、各文艺家协会和团体会员。

参加调研的还有夏朝华，罗成琰，黄敞钧，朱庆，邓光辉，廖恳等。

网络与信息工作顶层设计

【推出“网上文联”信息化工作平台初步规划】

2月，根据中国文联党组领导指示，文艺资源中心启动“网上文联”数字工作平台论证和设计工作，开始制定“网上文联”建设方案，参与中国文联网络与信息工作顶层设计。在中国文联网络与信息化工作座谈会召开前，初步形成“网上文联-智慧文艺”信息化平台建设目标，制定包括文艺创作推介平台、文艺理论评论平台、文艺志愿服务平台、文艺维权咨询平台、文艺人才推介平台、文艺评奖信息平台、国际文艺交流平台、艺术品交易平台等在内的文联工作数字化系列平台内容规划，利用数字化网络化技术，提升各级文联组织的联络协调服务能力和信息服务能力，扩大文联工作的深度和广度，实现文联工作的智能化和现代化。

中华文艺资源数据库建设工作

【中华文艺资源数据库基础硬件环境建成】

4月，文艺资源中心经过报批、设计和公开招投标过程，由北京华安瑞祥有限责任公司承建中华文艺资源数据库配套保障设施项目供电工程建设，完成500KVA专业数据中心输电箱变工程，正式为数据中心机房供配送电。

8月1日，“中华文艺人才信息数据库软硬件建设项目”硬件建设部分初步验收，150平方米专业机房、网络及网络安全系统和300平方米数据加工处理区正式投入使用。中华文艺资源数据库硬件环境具备了初步的硬件基础设施、运行环境和多媒体数据处理环境。

【中华文艺人才信息数据库采集应用平台上线测试运行】

中华文艺人才信息数据库采集应用平台是文艺资源中心今年最重要的项目，一年来，资源中心加强人才库内容结构设计，推进数据库资料采集加工平台、数据管理服务平台、信息检索应用平台等的研发，构建了以艺术家数字艺术馆为基本单位的文艺人才信息资源数据库平台。平台可全方位、多媒体采集、存储、传播、应用文艺人才艺术信息，创新文联组织联络、服务艺术家的方式，为文化建设、文艺发展提供权威人才信息服务。10月，人才信息库采集应用平台上线测试运行，已有8万余名各全国文艺家协会会员的基本信息资料入库。经过试运行期改调完善后，预计2014年可正式成为文联组织、文艺家和社会各界采集、整理、加工和利用文艺人才信息，共同建设中华文艺人才信息数据库的工作平台。伴随人才库的建设，文艺人才信息标准规范体系和保障体系也得到初步建立，为人才库采集应用平台在全国文联系统的推广、人才库数据信息共建共享及可持续发展奠定了基础。

【中国文联文艺工作信息服务平台建成】

6月，文艺资源中心启动搭建中国文联文艺工作信息服务平台，为文艺工作、文联工作提供决策信息参考。9月，成功搭建根据中国文联各全国文艺家协会、机关各部室、各直属单位职能细分结构，包含中国精品文艺期刊库、哲学社会科学文献库、中国经济与社会发展统计库、党政领导决策参考信息库、工具书库、方志库、文艺视频库等在内的中国文联文艺工作信息服务平台。其中包括上千万篇专业文献，上万册图书和方志、工具书，近20万篇精品文化作品，150000分钟文艺视频等丰富资料。

【启动中华数字书法美术作品资源库项目建设】

7月，文艺资源中心启动中华数字书法美术作品资源库项目建设。该项目是中华文艺资源数据库的重要子项目，旨在建构书法美术作品资源采集、管理与服务的数字渠道，打造容存储典藏、虚拟展览、百科词典、版权服务等多功能于一体的综合性数据服务平台，为中华美术、书法资源的数字化存储、应用及文联组织有关工作提供信息化手段。在调研中国书协、中央美院、雅昌艺术中心、中科院计算技术研究所、中科院自动化所模式识别国际重点实验室、武汉大学计算机研究所及中软公司、太极公司、中科软公司、东软公司等有关单位基础上，论证设计了书法美术作品资源库建设方案，11月，文艺资源中心组织了公开招投标工作，东软集团股份有限公司中标承建中华数字书法美术作品资源服务平台。

【网上文艺家之家——文艺家社区测试运行】

网上文艺家社区是“网上文联”的重要内容，是文联组织联络、服务会员手段的数字化，旨在为艺术家和文联组织提供一个真实、安全、权威、可信赖的网络交流环境和便捷工具，促进艺术家学习、工作、交流、宣传、推广等多层面需求的满足。文艺资源中心经过广泛调研，论证设计了网上文艺家社区建设方案，并于8月完成软件平台建设公开招投标工作，中科软科技股份有限公司中标承担软件平台建设。10月，网上文艺家社区平台启动测试运行，资源中心组织了四川文联、浙江文联、中国曲协组联部等单位进行试用，修改完善后，2014年将采用在线申请和发放实名账号相结合等方式，组织文联组织、文艺家进驻社区，进行信息共享，联络交流，互帮互助，构建“网上文艺家之家”。

文艺资源数据采集应用开发工作

【启动中国文联国际部资料库、中国摄影家协会资料库、中国产（行）业文联资料馆等项目的资料采集工作】

一年来，文艺资源中心与中国摄协、中国文联国际部、人事部、中国艺术报社、演艺中心、中央电视台文体部等合作，采集转化了包括新中国成立初期各类摄影作品、抗战时期新华社留存重要底片、新中国成立前重点文物级摄影画报画刊、舞蹈戏剧等文艺门类上世纪50年代到80年代剧照、全国影展第一届到第十届获奖作品，历届国际民间艺术节、海峡两岸艺术论坛、中国艺术周影像和文件资料，各届“职工艺术节”及“文艺家万里采风活动”图片视频和文件资料，央视报道中国文联新闻视频、2009年至2013年《百花迎春》联欢晚会现场全程视频资料，2013年度中国文联重要活动资料等，共计图片20余万张，视频数万分钟，文件资料近万页。

【启动文艺资源的处理、开发、应用工作】

4月，在初期资源采集的基础上，文艺资源中心启动了资源处理和开发应用工作，设计了以多媒体形式，按编年体方式记录中国文联活动信息的中国文联互动历史墙，已采集整理中国文联1949年至2013年各发展阶段的文字资料达50万字、图片近500张、视频约300分钟，是一部使用便捷、动态扩充、便于传播的数字化中国文联历史，网络应用版已进入测试校对阶段，2014年将上线应用。结合文联工作实际需求，开发资源信息应用系统，进行了三维球型优秀艺术作品演示、文艺热点新闻观察、艺术门类实时数据观察、文艺作品热度对比等应用系统的设计开发、模型数据整理、资料收集与整理工作。

文艺信息化共建共享试点合作工作

一年来，文艺资源中心在做好基础建设的同时，也广泛与各级文联组织开展相互调研，进行信息化共建共享试点合作。

【中国文艺网二期建设】

文艺资源中心与中国艺术报社合作，对中国文艺网进行了改版升级工作。完善了后台内容发布平台建设，改版了重要频道页面，新设30余各频道页面。启动中国文艺网视频内容平台升级。在保持现有和中国网络电视台合作基础上，建设自主视频发布管理平台，提升“文艺电视”频道建设，打造具有极具传播力和影响力的文艺视频资讯平台。

【中国电影家协会信息化项目】

4月中旬，文艺资源中心与中国影协在前期合作意向基础上签署合作协议，携手中国文艺网，启动中国影协的信息化项目。10月，中国影协网站建成上线运行，投入中国影协全国代表大会的报道，改变了中国影协近年来没有专有网络宣传窗口的状况。与北京拓尔思信息技术股份有限公司合作，开展中国影协电影奖项网络投票系统建设。中国电影金鸡百花奖网络投票平台将在2014年正

式投入使用，并为中国文联文艺奖项网络投票推广应用积累技术和运营管理经验。9月，文艺资源中心与中国电影出版社达成合作事项，为中国电影出版社“电影数字出版和新媒体营销工程”项目提供硬件托管与运行支撑服务。文艺资源中心已协助完成中国电影出版社ERP系统与中国电影出版社传媒服务器设备上架、安装及系统网络分配与访问配置的设置等工作。

【中国文艺志愿服务网站建设项目】

8月底，文艺资源中心与文艺志愿服务中心、中国艺术报社共同启动中国文艺志愿服务网站建设项目，建立为全国文艺志愿者服务的公益服务信息化网络平台。文艺资源中心负责志愿服务网站服务器、带宽等硬件环境建设与运维，以及协助中国艺术报社、中国文艺网建设文艺志愿服务网站。2014年文艺志愿服务网站将上线运行。

调研与协调服务工作

【与多家单位开展相互调研，初步达成合作意向】

8月6日，天津市文联党组成员、常务副秘书长商移山、组联部主任林奕和创作中心主任朱胜民一行来到中国文联文艺资源中心调研文艺工作信息化、文艺资源数字化工作建设情况；8月14日，云南省文联主席、党组书记郑明到文艺资源中心调研数据库建设状况及数据分析应用功能；8月16日，中国文联出版社社长朱庆率领数字出版中心业务工作人员来到文艺资源中心调研，探讨了双方资源与数字出版合作共建新模式，并在“中国艺术评论博导库”、“中国文艺家大辞典”、“中华文艺人才信息数据库”、“中国文艺出版在线”等项目上达成了初步合作意向；8月19日，中国文联文艺研修院常务副院长傅亦轩、副院长孙德华一行到文艺资源中心调研考察，双方就合作采集使用研修院教学资源、共建“中国文艺研修院资料库”、“中国文艺研修网络学院”等交流了想法，表达了合作意向，12月，文艺研修院网站硬件设备迁移进资源中心机房；8月23日，文艺资源中心前往国家大剧院调研，双方表达了在资源和品牌推广上的合作意愿； 11月中旬，文艺资源中心赴广东调研，与深圳文联、广东文联达成初步合作意向；11月25日，文艺资源中心前往国家信息中心调研，就建设文联组织信息专网获取国家电子政务外网基础设施支持达成初步合作意向。通过调研交流，进一步宣传了文艺资源中心的工作内容和建设情况，并与各单位针对业务对接模式及工作方向进行了深入探讨，为今后业务的共建互通打下良好基础。

【推动地方文联网络与信息工作职能机构建设】

5月，四川省文联在与中国文联文艺资源中心交流后，决定成立四川省文联文艺资源中心，开展四川省文艺资源数字化和文艺工作信息化建设； 11月14日，广州市文联在与中国文联文艺资源中心交流后，决定成立“广州文艺资源中心”，开展文艺资源的信息化、数字化建设工作以及行业信息化建设相关工作，对口中国文联文艺资源中心开展相关工作。

此外，天津、海南等省文艺资源中心筹建工作也在进行中。

中心建设工作

【党的群众路线教育实践活动】

根据中央及中国文联统一部署，文艺资源中心自7月开始，开展党的群众路线教育实践活动，把群众路线教育作为加强新单位、培养新人党性意识的重要活动来抓。在实践活动期间，全体党员共同学习党中央的系列文件，认真查摆领导班子和成员在“四风”方面存在的问题，开展了深刻的批评与自我批评，制定了细致的整改落实措施。通过教育实践活动，资源中心党员干部的群众路线意识和党性意识得到增强，为促团结、树新风打下了良好基础。

【制度建设】

文艺资源中心成立以后，坚持做好制度建设，不断完善各项规章制度，一年来，规范项目建设管理制度，严格执行政府采购要求，完善资产管理制度。配合机关做好保密普查及自查工作，制定《中国文联文艺资源中心保密普查工作实施方案》、《中国文联文艺资源中心网络信息计算机保密管理制度》、《涉密网络保密管理制度》等保密管理制度，做好保密管理工作。开展财务制度建设，合理安排收支预算，严格预算管理，注重统一规范，强化核算实效，完善监督职能，规范财务运行，为中心的业务规范运作奠定基础。

【业务培训】

8月，中华文艺人才信息数据库硬件建设项目初步验收后，文艺资源中心先后开展了硬件项目管理培训和网络运维安全培训等，培训内容涉及文艺资源数据中心机房管理与运维、大数据时代中的多媒体数据应用、机房服务器及磁盘阵列等硬件设备的使用与管理以及现代网络背景下的网络应用、协议模型和网络安全相关知识。

中国文联文艺志愿服务中心

综　述

2013年，是在全国范围内推进文艺志愿服务的开局之年。为贯彻落实党的十八大和十八届三中全会精神，按照中国文联九届四次全委会、九届五次全委会工作部署，在中国文联的党组的领导下，文艺志愿服务中心积极践行党的群众路线，围绕实现“中国梦”的总体目标，充分发挥文联系统组织优势和人才优势，创新工作方式和活动内容，加强文艺志愿服务组织队伍和长效机制建设，团结引领广大文艺家和文艺工作者，到基层去、到群众中去，开展了一系列形式多样、内容丰富的慰问演出、文艺支教、文艺培训、展览展示等志愿服务活动，受到人民群众的热烈欢迎，初步推动形成了文艺志愿服务在全国广泛开展、蓬勃发展的局面。

会议与活动

【中国文联文艺志愿服务中心挂牌运行】

2月6日，中国文联文艺志愿服务中心正式挂牌成立。中国文联党组书记、副主席赵实和党组副书记、副主席覃志刚为中国文联文艺志愿服务中心揭牌。中国文联办公厅、国内部、理论研究室、人事部、机关服务中心负责同志参加揭牌仪式。随后，赵实、覃志刚出席文艺志愿服务工作调研座谈会并讲话。

【全国组联工作会议暨文艺志愿服务工作会议在京举行】

4月10日至11日，2013全国组联工作会议暨文艺志愿服务工作会议在京举行。会议由中国文联主办，中国文联国内联络部、北京市文联共同承办，来自全国各艺术家协会，各省、自治区、直辖市文联，新疆生产建设兵团文联、副省级城市文联和各地基层文联代表200余人参加会议。中国文联党组副书记、副主席覃志刚，中国文联国内联络部主任罗成琰出席会议并讲话。北京市委宣传部常务副部长王海平，北京市文联党组书记、副主席陈启刚分别在会上致辞。

【中国文艺志愿者和中国文艺志愿者协会标识发布】

12月5日，中国文联、中国文艺志愿者协会在“中国文艺家之家”正式发布中国文艺志愿者和中国文艺志愿者协会标识。中国文联党组副书记、副主席李屹向著名美术家、中国文艺志愿者和中国文艺志愿者协会Logo设计者韩美林颁发荣誉证书。中国文艺志愿者协会主席、中国曲艺家协会主席姜昆为中国文艺志愿者Logo、中国文艺志愿者协会Logo揭牌。

【中国文艺志愿者网正式开通】

12月5日，中国文联、中国文艺志愿者协会在“中国文艺家之家”正式发布开通中国文艺志愿者网。中国文联党组书记、副主席赵实点击开通中国文艺志愿者网。

文艺志愿服务重点工作

【积极推动加强文艺志愿服务组织队伍建设】

文艺志愿服务中心积极推动各级文联加强文艺志愿服务专门工作机构建设。据初步统计，已有贵州、广西、辽宁、河南等12个省级文联，成都市、西安市、邯郸市等78个副省级、地市级文联成立了文艺志愿服务部、文艺志愿服务办公室、文艺志愿服务中心等专门工作机构。广西、湖南、黑龙江、海南、贵州、新疆兵团等省（区）文联和成都、宁波、广州等副省级城市文联已正式成立文艺志愿者协会。截止2013年底，各省级文联已成立各类志愿服务团、队116支，市级文联成立各类志愿服务团、队609支。文艺志愿服务组织的广泛建立和文艺志愿服务队伍的迅速发展，为探索建立文艺志愿服务长效机制，逐步形成覆盖广泛、上下联动、规范有序的工作网络，为推动文艺志愿服务广泛深入、规范化、社会化开展奠定了坚实的基础。

【创新拓展文艺志愿服务领域，广泛开展文艺志愿服务】

创新“送欢乐下基层”活动的组织方式和内容，推动活动实现常态化开展。拓展文艺志愿服务领域，启动开展文艺支教试点项目、“乡村艺术教师培训志愿服务项目”和文艺培训志愿服务试点项目。与各级文联组织联动，广泛开展形式多样的文艺志愿服务活动。支持指导杭州、宁波等15个副省级城市文联同时开展了“到人民中去”文艺志愿者惠民服务大行动。各全国文艺家协会充分发挥自身专业优势，广泛开展“送欢乐下基层”、专业培训和辅导等文艺志愿服务，如中国剧协成立中国剧协梅花奖艺术团，积极开展“送欢乐下基层”活动；中国曲协积极开展“送欢笑下基层”活动；中国舞协广泛开展百姓健康舞活动；中国摄协开展的摄影作品进万家活动；中国影协大力实施“百花放映情系基层”电影惠民工程，放映公益电影4万余场；中国书协积极开展“书法进万家”活动，等等。

【加强文艺志愿服务宣传，弘扬志愿精神，扩大文艺志愿服务的社会影响力】

加强与传统主流媒体合作，发挥中央电视台、人民日报、新华社、中国青年报、中国文艺报以及人民网、搜狐网、新浪网、中国文艺网等媒体的影响力，加强文艺志愿服务宣传报道。一年来，报道志愿服务新闻约370余条（包括各类网站转载报道），中央电视台新闻联播、新闻直播间、朝闻天下以及文艺网新闻等视频新闻报道40余条。加强使用新媒体手段开展文艺志愿服务宣传。充分利用微博、微信等客户端软件工具以及移动网络，开设官方微博、微信等，加强志愿服务实时宣传，积极策划制定文艺志愿服务宣传片,并围绕文艺支教等重点活动组织微访谈，实施互动宣传。筹建开通中国文艺志愿者网，推进文艺志愿服务网上建设。加强文艺志愿服务文化建设。邀请著名美术家韩美林专门设计了中国文艺志愿者和中国文艺志愿者协会LOGO，于12月5日国际志愿者日举行了LOGO发布仪式，加强文艺志愿服务形象设计和宣传。

其他工作

【积极开展党的群众路线教育实践工作】

2013年，文艺志愿服务中心班子按照中国文联关于深入开展党的群众路线教育实践活动的统一部署，高度重视，加强领导，按照边开展、边总结、边整改、边提高的工作思路，深入开展群众路线教育实践活动。中心成立了党的群众路线教育实践活动领导小组，廖恳同志担任领导小组组长，邵志军同志担任领导小组副组长，下设领导小组办公室。7月初，中心制定《关于深入开展党的群众路线教育实践活动实施方案》，紧扣学习教育、查摆问题、整改落实三个重点环节，求真务实，开展了一系列成效显著的群众路线教育活动。8月份，中心积极与邯郸文联联系，深入革命老区河北邯郸涉县赤岸村开展党的群众路线教育实践活动，中心全体党员和部分艺术家志愿者一起参观129师陈列馆和129师司令部旧址，听取基层群众意见，为村民送去欢乐和笑声，受到了基层群众的热烈欢迎。10月21日，中心召开了领导班子民主生活会，深入开展了批评与自我批评。在此基础上，中心召开了中心专题组织生活会，处级党员干部撰写对照检查材料，全体党员开展了批评与自我批评。10月28日，中心召开中心班子民主生活会通报会，向中心全体干部通报情况，并提请大家监督。2014年1月6日，邵志军同志参加文联整改落实情况汇报会，就中心整改落实情况进行了汇报，受到中央督导组和文联群众路线教育实践领导小组的肯定和好评。

【中心内部建设】

加强重要文稿的起草报审工作，完成2013年中心工作要点、领导讲话等十几篇重要文稿写作报审。组织制定中心工作制度汇编，制定包括文秘、人事、财务等共6类18个相关制度，保障工作有序运转。收编报批件90余件，收文30余件，传阅文件百余件，确保日常工作顺利进行。编发简报35期，多次报送中国文联要情信息，中宣部选用1次，并受到中国文联表彰。筹备组织召开中心

工作例会、中心全体会、中心半年、全年工作总结会等各类重要会议。按照事业单位改革要求，完成公益一类事业单位申请报告。完成中心14名工作人员调入、职级、工资、住房补贴、住房公积金核定等工作，并做好相关资金发放工作。完善相关程序，完成2013年中心处室2名领导选拔任用和2名干部职级晋升工作。完成中心职工住房情况统计和2014年住房改革支出预算填制上报工作。参照中国文联机关以及各协会公费医疗具体执行政策，完成2013年中心工作人员公费医疗工作。严格按照文联总体要求和中心财务制度规范，按季度推进经费使用，实行经费使用月报制。全年完成600万项目经费支出、核算，350万元“送欢乐下基层”经费支出核算，38.52万元基本经费和14万元住房改革经费支出，顺利完成财政资金结余为零的绩效考核目标。完成2014年住房改革支出预算、2014年中央部门预算编制等上级财务部门要求填报的各类报表。严格执行税收制度，依法缴纳税款，上报相关所得税明细报表。积极争取机关服务中心，完成办公区调整和相关设施改造，并配合办公厅做好办公用房信息统计，优化工作环境。严格按照国管局规定及文联内部制度进行政府采购，完成办公家具、电脑、打印机、传真机等设备等采购和2014年国有资产配置计划。

【党支部建设】

报经中国文联机关党委批准同意，成立中心党支部，建立健全党的工作组织机制。组织开展党的理论学习，学习贯彻党的十八大和十八届三中全会精神。加强党员积极分子和发展对象培养工作，并发展预备党员1名，加强党员队伍建设。完成2013年党费收缴、党员情况统计等相关工作。围绕文艺志愿服务工作大局，牵头开展党的群众路线实践教育活动。先后牵头制定《关于深入开展党的群众路线教育实践活动实施方案》、班子整改工作方案、专项整治工作方案和制度建设计划等并报文联督导组审阅，多次组织召开动员部署会、实地调研、中心班子民主生活会、组织专题会、情况通报会、工作总结会等，认真开展学习、征求意见、查摆问题、整改落实等工作，密切联系、广泛动员文艺家和文艺工作者，切实服务基层群众和文艺工作者，圆满完成第一批群众路线教育各项工作任务。

中国文联文艺研修院

国内培训工作

全年开展文联、协会工作，全国中青年文艺人才，全国文艺家和国际研修项目共18期，培训学员866人次，8437人•天数，培训总人•天数是2012年4735人•天数的1.78倍。

1.以全国中青年文艺人才培养为核心，培训全国中青年编剧和文艺人才，共举办了两期主体班，初步确定了“一条主线，四个融合”的办班理念。一条主线，即紧紧围绕文联党组中心工作，始终坚持以人民为中心的工作导向，把马克思主义文艺观教育贯穿始终。“四个融合”，即不同艺术门类的融合；艺术传承与时代发展的融合；民族情怀与国际视野的融合；文艺与科技和市场的融合。

4月7日至28日在北京举办中国文联第二期全国中青年编剧高级研修班，学员48名，涵盖戏曲、话剧、电影、电视剧、文学等不同创作领域。赵实书记亲临研修班，出席“坚持以人民为中心的创作导向”主题论坛，与学员交流谈心。编剧班主要发挥了阵地、平台、渠道和家园“四项职能”，注重思想观念、价值取向、创作理念等方面的引导，打通剧本创作的不同领域、门类、环节之间的限制。初步形成了以“坚持以人民为中心的创作导向、推动编剧艺术创新”为主题，以“跨界交流”和“多样化研修方式”为特色，突出“名师辅导”和“整体视角”的编剧人才研修模式。

9月1日至30日在北京举办中国文联首届全国中青年文艺人才高级研修班，学员41名。按照赵实书记提出的“成就”与“成才”、“实践”与“理论”、“专家”与“杂家”三结合的指导思想，在教学实践中初步形成了以“多领域跨界交流”为特色，以“名家大师引领”为根本，以“多样化研修方式”为载体的文艺人才研修模式。打破了传统的单一艺术创作领域培训模式，首次将12个艺术门类集中在一起进行培训，学员均获得过中国文联和各全国文艺家协会主办的国家级文艺奖项。

2.举办了两期全国文艺家高级研修班，培训对象是获得全国中青年德艺双馨文艺工作者称号的艺术家和全国各省级文艺家协会主席。

3月24日至28日在江西省举办第三期全国中青年德艺双馨文艺工作者高级研修班，学员20人。课堂教学部分由江西干部学院协办，现场教学部分在上饶市和景德镇市。在专题教学部分，将革命传统教育与现代文艺发展要求相结合，在现场教学环节，组织学员到革命烈士陵园敬献花圈、参观红军革命旧址与到当地体验风土民俗相结合，同时，还到红色革命圣地进行采风、慰问、联谊。

5月20日至24日在延安举办第四期全国文艺家高级研修班，学员39人。本次研修班突出文艺家学习特点，把研讨文联、文艺工作和传统革命教育结合起来，课堂讲授与实地感受结合起来，采取了主旨报告、专题讲座、现场教学、激情教学、现场体验、学员论坛、分组讨论、座谈交流等八种形式。

3.举办全国文联系统干部培训班10期，涵盖中国文联机关、各团体会员单位、省级文艺家协会以及地县级文联，内容涉及从党的十八大、十八届三中全会、习近平总书记系列重要讲话到协会工作、基层文联工作创新、维权、年鉴编撰等专业领域知识，进一步促进了“全国文联一盘棋思想”的形成。

3月12日至15日在北京举办中国文联局处级领导干部学习贯彻党的十八大精神培训班，学员66人。

3月14日至22日，受内蒙古自治区文联委托，在北京专门为该区文联举办了1期基层文联负责人研修班，学员61人。

5月4日至11日在北京举办第2期全国省级文艺家协会驻会负责人研修班，学员41人。

5月27日至6月1日在北京举办中国文联团体会

员负责人高级研修班，学员49人。

6月26日至7月5日在北京举办全国文联系统处级干部培训班，学员50人。

7月8日至15日在贵州举办第3期全国地县级文联负责人研修班，学员70人。

8月4日至9日，与办公厅合作，在黑龙江举办了全国文联系统年鉴编撰工作培训班，学员80人。

8月11日至15日，与中国文联权益保护部合作，在北京举办了第二期全国文联系统维权干部培训班，学员50人。

10月13日至19日在河南举办第4期全国地县级文联负责人研修班，学员70人。10月18日，《中国艺术报》以“这些想办事能办事会办事的文联能人的高招——地县文联工作启示录”为题，在头版以特别报道的形式对两期全国地县级文联负责人研修班的研修成果进行了综合报道，产生了较好的社会反响。

10月28日至31日在北京举办中国文联初任干部培训班，学员60人。

12月16日至20日在北京举办中国文联局处级领导干部学习贯彻党的十八届三中全会精神培训班，学员66人。

国际培训工作

1.4月16日到5月6日在北京举办非洲英语国家文艺组织运营管理研修班，现场教学安排在江苏省。此次研修班由来自塞拉利昂、赞比亚、加纳等10个非洲英语国家的17位文化官员、文艺家代表组成。

2.7月7日至27日赴美举办“非盈利文艺组织运营与管理研修班”，为期21天，学员 21人。这是今年5月赵实书记与美国纽约艺术基金会签署《合作谅解备忘录》之后，双方启动合作的第一个项目。研修班以贯彻党的十八大精神、推动我国文艺管理人才队伍建设为主题，深入系统地学习了美国在非盈利文艺组织运营与管理领域的理念、运作机制以及实际操作经验。

3.8月26日至9月15日在北京举办发展中国家保护与传承民族文化多样性研修班。此次研修班由来自埃塞俄比亚、肯尼亚、喀麦隆等12个发展中国家的22名文化官员、文艺家代表组成，分别在北京和贵州安排了丰富多彩的培训课程及现场教学活动。

4.9月21日承办了中国文联国际部“中国传统文化体验日活动”项目，来自世界20多个国家的300余名艺术家齐聚北京，在体验篆刻、书法、古琴、蜡染、木雕、版画、剪纸等独具中国传统文化特色的活动后，又饱餐了一场由古法魔术、舞狮、杂技、太极表演、变脸等组成的文化盛宴。

调查研究工作

1.对参加研修的学员全部进行了问卷调查，对部分学员进行了电话访问。走访了上海、浙江、河南、贵州、陕西、河北、江西、山东、大连等地方（省、市、县）文联和文艺家协会，对当地参加过培训的学员进行回访，到西安易俗社、济南曲艺团、大连杂技团等地方文艺院团进行调研。全年共回收培训需求、培训评估等调查问卷1000余份，召开座谈会和个别访谈20余次，访谈170余人。

2.先后进行了“全国中青年文艺人才培养模式研究”、“如何发挥文联组织社会服务管理职能作用”、“中国近现代文艺思想史——中国近现代文艺思想发展理论与实践”、“全国省级文艺家协会驻会负责人胜任能力课程模型研究”等7个部级或院内课题研究。

自身建设情况

1.发布了文艺研修院院训“求是博文、弘德修艺”,LOGO、院徽、员工行为准则等，进一步凝聚了团队文化。

2.工、青、妇组织定期开展趣味运动会、英语会话等文体活动，进一步丰富了职工的业余文化生活。组织老干部红色旅游，参加党组织活动。

3.施行了项目负责制，组建了项目管理团队，选定的6位项目负责人都能够率领所带团队完成培训和科研项目工作。

4.积极开展处室业务交流和全院职工每月一

次的集体学习活动，累计60学时，进一步增进了了解，提升了素能。“人人有专业方向、人人有成就感、人人心情舒畅”的团队氛围已然形成。

5. 研究出台了《文艺研修院项目管理办法》，进一步修改完善了《财务管理办法》、《车辆管理办法》、《工作人员聘用管理办法》、《考勤管理办法》、《网站管理办法》等5项管理规章制度。

6. 全年车辆运行维护工作零事故率，严格杜绝安全隐患，小汤山培训基地定期查看维护。学员接送站等后勤保障工作周到无误。

党的群众路线教育实践活动

按照中央要求和中国文联党组统一部署，文艺研修院从7月份开始集中组织开展了党的群众路线教育实践活动。研修院教育实践活动领导小组认真贯彻执行文联和研修院的工作实施方案，以研读规定书目、集体学习中央文件、开展主题讲座和知识答题、参加文联机关组织的专题讲座等多种形式进行了深入学习，向全院员工发放了征求意见表，院领导班子成员之间以及领导班子成员分别与全院员工进行了谈心、谈话活动。虽然在工作中，研修院班子能够保持艰苦奋斗，勤俭务实的工作作风，但对照习近平总书记报告中“四风”问题的19种表现和中央教育实践活动领导小组办公室指出的22种表现，认真进行查找和反思，在形式主义、官僚主义、享乐主义三个方面还存在8个具体问题，经过深刻剖析产生问题原因，研究制定出了四个方面11项具体解决措施，并在12月3日的全院党员大会上进行了通报。期间，研修院成立党总支的请示得到批复，正在筹备组建五个党支部。群众普遍反映，通过开展教育实践活动，院班子的工作作风有进一步改进和加强，对研修院的发展和做好文联的培训事业更有信心，干劲更足。

中国文联出版社

综　述

2013年是中国文联出版社（简称文联社）建社30周年。作为中国文联唯一直属的出版机构，中国文联出版社在中国文联党组的正确领导下，在中国文联出版业改革领导小组的关心指导下，努力克服转企改制过渡期的重重困难，坚持以改革促发展，通过发展推进改革，各项工作取得了新的进步。特别是在6月以来，文联社新一届社委会团结全社干部职工，结合开展党的群众路线教育实践活动，深入剖析出版社改革与发展过程中存在的问题，以学习贯彻党的十八届三中全会精神为契机，积极探索文联社改革发展的新机遇，为新一年的全面发展奠定了基础。

会议与活动

【认真开展党的群众路线教育实践活动】

中国文联出版社社委会、党总支认真贯彻落实中央和中国文联党组的指示精神，带领全体党员干部积极开展党的群众路线教育实践活动。从7月15日召开动员部署大会以来，按照经上级党委批准的实施方案的总体要求，扎实推进各个环节的学习实践任务。

【纪念中国文联出版社创立30周年】

4月18日是中国文联出版社创建30周年纪念日，中国文联主席孙家正、中国文联名誉主席周巍峙等领导同志为文联社建社30周年题词。4月30日，文联社全体老同志及曾在文联社工作的老同志齐聚一堂，共庆社庆。

【组织中层干部赴深圳文博会学习调研】

5月18日至20日，在中国文联出版办主任（兼文联社临时负责人）范小伟同志的带领下，社领导和全社21名中层干部及业务骨干赴深圳“第九届中国（深圳）国际文化产业博览交易会”学习调研。

【新一届社委会密集调研推进改革】

6月文联社新一届社委会成立后，在社长兼总编辑朱庆同志的带领下，结合文联社工作实际开展一系列社内外调查研究工作，针对文联社转制过渡期存在的有关问题积极争取各方面支持，努力探求解决方案。

各项工作

【文联社承担的“中国文联文艺出版报刊精品工程”进展顺利】

文联社有6个项目入选“中国文联出版报刊精品工程”，其中包括《20世纪中国民间文学学术史（增订本）》、《“国人必看”丛书（全5卷）》、《傅庚辰作品集（全10卷）》、《中国艺术学博导文库（第一批，约30册）》、《世界音乐经典系列》、《海外艺术学译丛》，编辑出版工作进展顺利。

【文联社新一届领导班子到位】

5月，中国文联党组调整了中国文联出版社领导班子，决定任命朱庆同志担任社长兼总编辑、孙洁同志担任副社长，新一届社委会由朱庆、朱辉军（副总编）、孙洁同志组成。朱庆同志此前任光明日报出版社社长，孙洁同志此前任《中国戏剧年鉴》杂志社社长。

【“中国新文艺大系数字化工程”暨文联社信息化管理系统全面启动】

9月，经过规范招投标程序，北京清华同方知网有限公司中标“中国新文艺大系数字化工程”建设（含文联社“OA协同办公管理系统”、“出版ERP综合管理系统”）。

《中国新文艺大系》是文联社最重要的出版工程，曾为我国现当代文艺研究与发展作出了重要贡献。中央文化产业专项资金2012年拨专款800万元支持“中国新文艺大系数字化工程”建设。

【文联社出台系列措施保障出版工作规范化】

为规范编务、印务与合同管理，中国文联出版社相继启用文联社格式版《著作权审查登记表》、《图书出版合同》、《图书购销合同》、《图书出版发行协议书》、《关于印刷付款的三方协议书》和《印务监理承诺书》等6个文件。同时启用《中国文联出版社图书封面、版权页应用规范》。

【文联社获3000万元文产专项资金支持】

11月，文联社申报的“中国文艺出版在线暨中国文联出版社数字化工程”项目获2013年度中央文化产业专项资金3000万元支持。

【文联社恢复中央文化企业和国有资本经营预算单位身份】

12月，中国文联出版社恢复财政部代表国务院履行出资人职责的中央文化企业身份和国有资本经营预算单位资格。

【文联社向中国文学艺术基金会捐赠300万码洋图书】

12月5日下午，中国文联出版社与中国文学艺术基金会在中国文艺家之家共同启动了“爱心公益书屋”公益项目，文联社向基金会捐赠300万码洋图书用以支持偏远地区和贫困地区，特别是中西部和少数民族地区的学校图书馆建设。

【机构与人员变化情况】

1. 机构设置。

为适应出版信息化和数字出版新形势，文联社于8月，新设立中国文联出版社数字出版中心和中国文联出版社信息中心，聘李思尧同志任数字出版中心主任兼信息中心主任；李思尧同志此前任光明日报出版社社长助理兼数字出版中心/信息中心主任。

其他机构保持不变，包括综合办公室（主任程翔云）、总编室（副主任周完淳）、出版部（主任刘秋月、副主任李寒江）、财务处（负责人刘筠）、终审室（负责人冯善雅）、第一编辑室（主任王军）、第二编辑室（主任王堃）、第三编辑室（主任姚莲瑞、副主任苏晶）、第四编辑室（主任杨爱荣）、第五编辑室（主任李金玉、副主任戴东）、第六编辑室（副主任邓友女）、发行部（主任朱传国、副主任高栋君）、《中国文艺家》杂志社（社长许松林）、《华人世界》杂志社（社长吴俊茂）、北京清文苑文化传播有限公司（法定代表人朱辉军），及中国文联印刷厂（负责人王学府）。

2. 人员情况。

截止12月31日，中国文联出版社在册职工（含离退休职工150人）。其中在岗职工69人（含原事业编制65人，聘用职工4人）；离休职工3人，退休职工73人，因病内退原事业编制职工5人。

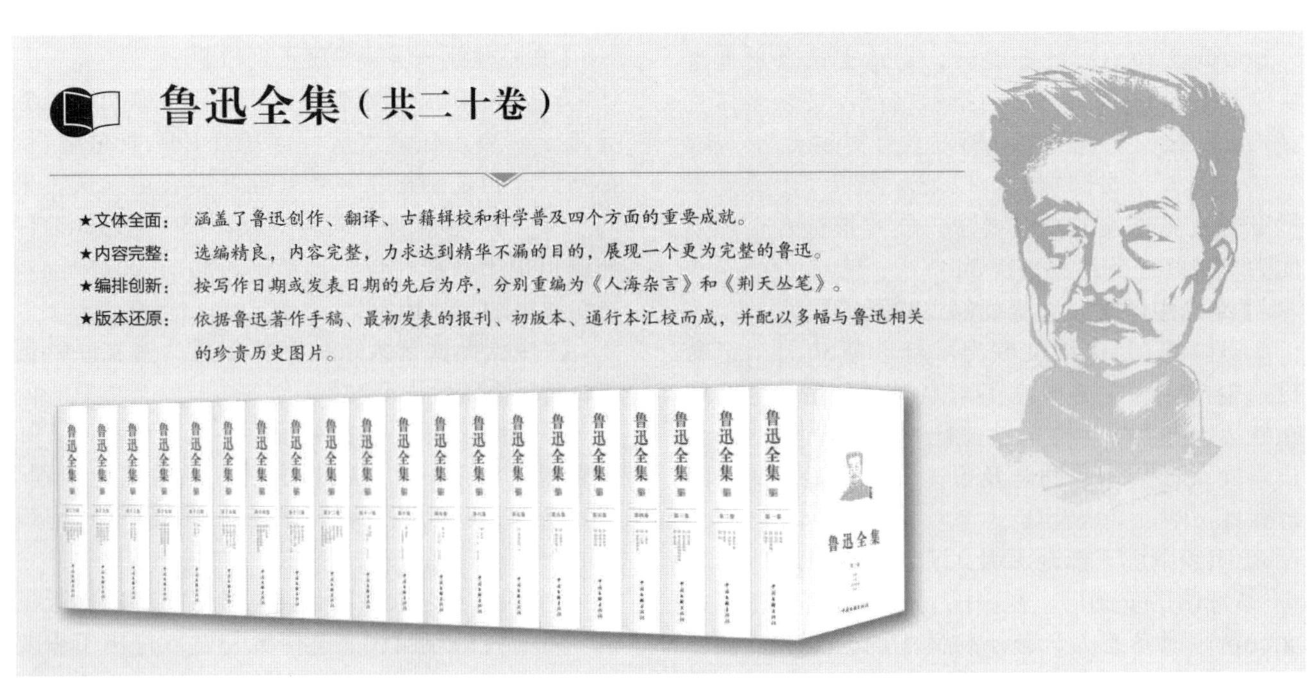

中国艺术报社

综　述

中国艺术报社认真贯彻落实党的十八大和十八届三中全会精神、全国宣传思想工作会议精神，在中国文联党组的正确领导下，牢固树立马克思主义新闻观，始终坚持正确舆论导向，紧紧围绕党和国家工作大局，密切关注文艺界热点焦点话题，努力跟踪发现文艺新经验、新典型、新人物，有力地宣传报道了中国文联和各文艺家协会、各地文联、产（行）业文联的各项工作与成绩，为推进社会主义文化强国建设营造了昂扬向上的良好氛围。《中国艺术报》立足文艺评论工作取得的丰厚经验，进一步强化现代办报理念，锐意创新，不断提升报道质量和报纸品质，在2012年报纸质量快速提升的基础上，继续保持良好发展态势，持续、快速、高效发展，在中央领导、文艺界、文联、群众、文艺家、广大读者中的美誉度进一步提升。一年来，中国艺术报社上下同心、不懈努力，各项工作开创了崭新的局面。

主要工作

【贯彻落实十八大和十八届三中全会精神、全国宣传思想工作会议精神】

中国艺术报社把学习好、宣传好、贯彻好党的十八大和十八届三中全会精神、全国宣传思想工作会议精神当作一项重要政治任务，要求全体工作人员按照中国文联的部署和要求，深刻领会会议精神，进一步强化进取意识、机遇意识、责任意识，紧密结合实际，以文艺工作和文联工作的新成效促进会议精神的全面贯彻落实。

【学习贯彻落实党的十八大、十八届三中全会，全国宣传思想工作会议精神宣传报道】

《中国艺术报》把学习贯彻落实党的十八大、十八届三中全会，全国宣传思想工作会议精神的宣传报道工作作为一项重要工作来抓。报社精心策划、周密安排，积极反映文化界尤其是文艺界关于学习贯彻落实十八大精神的切实举动，精心组约理论家和文艺名家对“中国梦”等重要论断解读的文章，宣传报道工作为深入学习贯彻十八大精神营造了良好的舆论氛围。在全国宣传思想工作会议和十八届三中全会召开前后，报社高度关注，及时报道会议召开的盛况，反映文艺界传达学习会议精神，贯彻落实会议精神的安排部署，有特色高质量地完成了对两次重要会议的宣传报道。

在《中国艺术报》展开丰富多彩报道的同时，中国文艺网也发挥新媒体优势展开了全方位的宣传。在中国文艺网开设了“学习贯彻十八大精神”“学习贯彻党的十八届三中全会精神”“学习贯彻全国宣传思想工作会议精神”等专题，以图文并茂的形式、丰富多彩的内容赢得了广大文艺工作者和广大网民的好评。

【深入学习党的最新理论和马克思主义中国化的最新成果】

5月29日，报社举办了“生态文明与美丽中国”专题讲座，中国艺术报社长向云驹主讲，报社全体人员听取了讲座。向云驹曾在2月为《光明日报》撰文《“美丽中国”的美学内涵与意义——学习十八大精神的一点体会》，从美学理论层面对“美丽中国”概念进行了立体全面的阐释，引起了理论和学术界的强烈反响，中宣部《学习活页文选》选发了此一文章。

在“生态文明与美丽中国”专题讲座上，向云驹结合参加中央和国家机关司局级干部选学北京大学“生态文明与美丽中国”专题班的学习收获和自身对建设生态文明的研究，采用PPT形式图文并茂地为大家进行了深入浅出的讲解。向云驹表示，“美丽中国”之美是全中国之美，是全民共享共创的美，是立体呈现的美，是有形景观与无形内秀相结合相统一之美，是自然美、社会美、艺术美相生相谐的大美，是大雅大俗之美，是中国形象之美也是中国精神之美。对于美丽中国的建设，一定要紧密围绕十八大精神，把生态文明建设放在突出地位，倡导多元善治，实现经济发展和环境安全的互利共赢、可持续发展。

【开展党的群众路线教育实践活动】

在全党深入开展党的群众路线教育实践活动，是党的十八大对党的建设作出的重大战略部署。报社按照中国文联党的群众路线教育实践活动领导小组的部署和安排，认真在报社开展教育实践活动。注重在实践中要把学习放在首位，抓好学习，搞好学习，使大家的党性修养、理论素质、宣传本领、办报能力有较大提升。注重结合新闻工作者三项学习教育内容和文艺界核心价值观学习教育内容，认真学习马克思主义理论，学习党的建设的新理论新成果，学习党的文艺方针政策。注重广泛地学习经济、政治、历史、文化、社会、科技、军事、外交、文艺、新闻等各方面的知识，提高知识化、专业化水平。

【加强马克思主义新闻观教育】

根据中宣部、国家新闻出版广电总局、中国记协等部门的部署和安排，报社注重结合工作实际，精心组织马克思主义新闻观教育，不断巩固“三项学习教育”成果。11月4日、11月13日报社先后举办两期马克思主义新闻观讲座，传达学习行业类媒体负责人培训班有关精神。副总编辑康伟、副社长朱虹子分别传达了培训班有关情况。中国艺术报社长向云驹和全体采编人员听取了讲座。通过这一系列讲座培训活动努力将马克思主义新闻观贯彻落实到工作的各个环节，确保马克思主义新闻观教育活动取得实效。

【推进采编系统的现代化水平】

《中国艺术报》配备启用了方正报纸采编系统，改变了传统的采编方式，改进了报纸采编流程，大大提高了工作效率。报社利用这一契机，注重强化全体采编人员的本领恐慌意识，养成时时学习、处处学习的良好习惯。经常通过讲座、学习会等形式对采编人员进行新闻业务和行业专业知识的教育培训。每次教育培训活动都要求全员参与，除去采访任务密集的情况，每次参与培训的人员都在90%以上。教育培训的内容涉及新闻职业道德、新闻采访写作、新闻摄影、媒体运营、文艺知识等方面。

重要报道

【“中国梦”的主题宣传报道工作】

《中国艺术报》对“中国梦”内涵邀请专家学者进行理论阐述，围绕“中国梦”从中国梦和艺术梦的紧密联系、中国梦主题艺术创作等方面进行了宣传报道，为“中国梦”的宣传和主题教育营造了良好氛围。（1）《中国艺术报》及时刊发报道中央领导同志关于推动形成实现中国梦的强大精神力量和开展民族复兴“中国梦”宣传教育的重要新闻稿件，在全国文艺界和全国文联系统有效地传达了中央关于“中国梦”的阐述和对于开展“中国梦”宣传教育活动的部署和安排，为广大文艺工作者积极参与到“中国梦”宣传教育活动中奠定了舆论基础。（2）《中国艺术报》积极围绕“中国梦”展开新闻宣传。组织关牧村、崔永元、陈凯歌、励小捷、陈思思、黄宏、尼玛泽仁等名家畅谈对“中国梦”的理解；刊发本报编辑部文章《以梦为马，春暖花开》，中国文联党组书记、副主席赵实文章《融入人民大众实现中国梦的伟大创造之中——与中青年编剧谈谈心》等大量以中国梦为主题的理论文章和文艺作品。（3）中国文艺网及时开设了“我们的中国梦”大型专题，对中央领导同志对于“中国梦”的理论阐述，对于开展“中国梦”宣传教育活动的部署安排；文艺界开展“中国梦”宣传教育活动情况；专家学者关于“中国梦”的理论文章等内容进行了集成，全方位、多角度地对“中国梦”进行主题宣传，引发了广大网友的关注。

【参与做好中国文联文艺志愿服务活动宣传报道】

文艺志愿服务是中国文联的一个新的品牌，一个新的工作抓手，在2013年，文艺志愿服务活动一直是《中国艺术报》宣传报道工作的重点。5月23日，在毛泽东同志《在延安文艺座谈会上的讲话》发表71周年之际，中国文艺志愿者协会在京成立，近400位各艺术门类的老中青艺术家出席

成立大会。《中国艺术报》于5月21日会同全国15个省会城市联合开展大规模文艺志愿活动。同时，大篇幅报道了协会成立的盛况，还配发本报评论员文章《坚持以人民为中心的文艺发展道路——写在〈讲话〉发表七十一周年暨中国文艺志愿者协会成立之际》，为中国文艺志愿者协会成立营造了良好的氛围，弘扬了志愿精神。12月5日，在第28个国际志愿者日到来之际，中国文联、中国文艺志愿者协会在京正式发布了中国文艺志愿者标识和中国文艺志愿者协会标识。《中国艺术报》和中国文艺网给予全方位的宣传报道。

同时，《中国艺术报》用长篇通讯、新闻特写、专题报道等形式报道了文艺支教项目、文艺培训服务项目和“送欢乐下基层”文艺志愿服务活动。重点报道了甘肃省陇南市武都区、贵州省安顺市西秀区、河北省承德市丰宁满族自治县等地文艺支教的情况。

报社和中国文联文艺资源中心、中国文联文艺志愿服务中心合作建设中国文艺志愿者协会网站，为文艺志愿服务搭建了宽阔的网络平台。

【“送欢乐下基层”慰问活动和中国文联文艺志愿服务团志愿服务活动的宣传报道工作】

元旦春节期间，报社先后派出20余名骨干记者，跟随中国文联及各协会所组成的文艺家小分队赴三沙市、四川大英县、福建、辽宁沈阳、北京远郊区县等10多个地区采访，用重点版面对2013年“送欢乐下基层”慰问活动进行浓墨重彩的报道，生动地反映了中国文联2013年“送欢乐下基层”慰问活动的整体情况。

中国文联文艺志愿团先后奔赴福建古田、甘肃陇南、四川芦山、贵州安顺、青海玉树等地进行志愿服务活动。报社派出骨干记者随团进行采访报道，在1月21日头版刊发新闻《文艺志愿服务团欢乐送古田》；1月25日6、7版刊发《欢歌笑语温暖老区人民　志愿服务艺术送给乡亲》专题报道；5月8日10、11版图文并茂地展现了《送欢乐种文化　不断开创文艺志愿服务新局面》；6月17日6、7版《志愿服务心系雅安人民　艺术精品激励重建信心》专题报道；7月19日头版头条刊发了新闻《为创造新史诗的人民放声歌唱——记中国文联文艺志愿服务团赴青海玉树“送欢乐、下基层”》。

10月8日，中国文联文艺志愿服务团来到辽宁舰开展文艺志愿服务和慰问演出。10月11日，《中国艺术报》头版头条刊发了长篇通讯《共享中国航母扬帆远航的自豪与荣耀——记中国文联组织艺术家赴辽宁舰开展文艺志愿服务和慰问演出》，并配发了大量现场图片，图文并茂地反映了赴辽宁舰开展志愿服务的盛况。

【关注雅安强烈地震，及时报道文艺界抗震救灾工作】

4月20日，四川省雅安市芦山县发生7.0级强烈地震。《中国艺术报》第一时间与四川省文联和雅安市文联进行联系表达了慰问，并及时报道了四川省文艺家和雅安市文艺家抗震救灾的行动。《中国艺术报》、中国文艺网迅速地刊发了大量来自抗震救灾一线的新闻稿件，其中《雅安市文联第一时间投入抗震救灾第一线》《反应：灾区文物抢救保护工作启动》《亲历：摄影家灾区目击》《心向芦山——亲历地震24小时》等文图让全国文艺界和社会公众及时看到来自地震灾区的情况和灾区文艺工作者积极抗震救灾的行动。

同时，《中国艺术报》及时刊发了中国文联向四川省文联发去慰问函等新闻，报道了中国美协向雅安地震灾区捐款200万元人民币、中国书协筹集善款100万元人民币用于在灾区捐建1所兰亭学校等中国文联各文艺家协会抗震救灾的壮举。

【合办“中青年文艺评论家当代文艺笔谈”栏目和时评版面】

按照中国文联文艺评论工程（2013年）项目实施方案，中国文联理论研究室与《中国艺术报》合办“中青年文艺评论家当代文艺笔谈”栏目和时评版面。“中青年文艺评论家当代文艺笔谈”栏目自3月起每周推出一期，从以人民为中心的创作导向、雅俗之辨等议题有针对性地对当代重大文艺思潮、文艺现象和重点作品展开文艺批评，增强了文艺评论的吸引力、公信力和影响力。

时评版面每周一期，是由《中国艺术报》全力打造的言论性版面，积极关注热播热映热演文艺作品、文化现象、文化事件，进行及时的有效文艺批评，受到有关领导的肯定和广大读者的欢迎。

【全国“两会”宣传报道凸显新特色】

围绕全国“两会”的召开，3月4日至3月13日，推出5期报纸、共计80个版的超大版面量，全面涵盖社会文艺热点、深度解读文艺方针政策、及时反映文艺界代表委员对文化建设和国是民生的深切关注、密切关注各界别对文艺发展的建言献策，圆满完成了“两会”报道任务。本报的“两会”报道超越同类媒体，比本报往年“两会”报道有显著提高，成为反映全国“两会”文艺文化建设话题最权威、全面的平台，受到文艺界代表委员的广泛好评。

【中国电影家协会第九次全国代表大会、中国美术家协会第八次全国代表大会宣传报道工作】

中国影协、中国美协的代表大会是党的十八届三中全会召开之后，中国文联系统一项非常重要的会议，文艺界十分关注，开好这两个协会的代表大会意义重大。报社和中国文艺网积极派出多名记者，及时、全面报道大会的盛况，推出多个专题报道，撷取精彩的活动瞬间，图文并茂地展现大会的盛况。

品牌锻造

【报道“研讨会评论”、“圈子化”评论现象广受关注】

10月23日，《中国艺术报》一版《艺象杂言》栏目刊发了署名任桢的评论文章《美术评论亟待破除“圈子化”壁垒》，对美术评论界存在的形式主义进行了严肃批评。文章指出，美术评论界“圈子化”现象严重，具体呈现为评论人员搭配固定、“评论团”队伍老化，流程模式化、真心话难觅，利益输送，阶层固化等现象，这影响了美术评论的正常开展，限制了美术评论家的正确发声，呼吁破除美术评论界的“圈子化”壁垒。

10月25日、10月28日、10月30日，《中国艺术报》又连续三期分别刊发了《作品研讨会如何摆脱“捧哏化”倾向》《理论滞后，艺术实践“药方”咋开？》《专家热议“研讨会评论”现象》等文章，把对“研讨会评论”的批评引向纵深，在文艺界，尤其是文艺评论界引起了强烈的反响。李准、仲呈祥、曾庆瑞、尹鸿等评论家认为，《中国艺术报》关注的话题十分重要，指出了评论界人士习以为常的不良现象，说出了很多评论界人士想说又不方便说的问题，探讨此类问题，有利于推进文艺批评的健康发展。新华网等众多网站纷纷转发本报文章。

《人民日报》也关注了《中国艺术报》关于“研讨会评论”的批评。11月7日，《人民日报》17版刊发了署名曾凯的言论《作品研讨会莫成“圈子”名利场》，再一次对“研讨会评论”进行了批评。

【刊发文章频频被《读者》《作家文摘》等转载】

随着《中国艺术报》品质的不断提升，刊发的文章频频被《读者》《作家文摘》等著名报刊转载。发行超过1000万册，被誉为中国人心灵读物的《读者》杂志在6月上半期用整页彩色版转载了《中国艺术报》大视野专刊关于分形艺术的文章和图片《当科学嫁给了艺术》。此前，《中国艺术报》刊发孙家正散文《老人与树》等文章和著名美术家作品被《读者》转载。

而同为文摘类刊物的《作家文摘》《散文选刊》，也频频将遴选内容的关注点放在《中国艺术报》上。5月4日，《作家文摘》也转载了《中国艺术报》刊发孙家正《春雪》一文。经统计，仅2013年，《作家文摘》就转载了《春雪》《在雨天，遇见袁崇焕》《用文学祭奠逝去的灵魂》《〈蛐蛐四爷〉：一部津味儿话剧的20年》等十余篇《中国艺术报》文章和数幅美术作品。第6期《散文选刊》头条位置转载了本报刊发的雅安作家赵良冶作品《雅安，两座汉阙》，同期还转载了本报刊发的河南作家郑彦英《给母亲以事业心》。

在2013年，《中国艺术报》刊发的文章也引发了国际文化界的关注。3月29日，《中国艺术报》大视野专刊头版头条刊发了记者乔雁冰采写的法国文化部艺术司舞蹈项目代表洛朗•万科介绍法国政府文化策略的深度报道文章《法国为什么会成为欧洲文化中心？》，引起国内外读者和文化界专家的热烈反响。《文化交流》杂志等多家媒体转载此文，新华网、中国网、艺术中国、中国文化传媒网等网站更是纷纷转载此文，在网上形成了关注的热潮。在“中法文化之春”艺术节开幕之际，法国驻华大使白林向《中国艺术报》表达了对该报道的高度赞扬，并为《中国艺术报》积极传播推广法国文化真诚致谢。

【多篇文章入选全国各地高考模拟试卷】

在河北省沙河市第一中学2013年高考语文练

习试题和2013届高考语文好题速递复习测试题（四）中，本报刊发的《表现社会与心灵的和谐》（肖云儒）被这两份试卷选为阅读题的阅读材料。而在江苏省郑集高级中学2013届高三第一次学情调查语文试卷和2013届高考语文二轮复习强化训练中，本报刊发的《山坡上的羊群》（纳张元）和《说“俗”道“雅”谈“文化”》（于平）也分别被选为阅读题的阅读材料。尤其是从2010年至2013年，连续4年本报刊发的多篇文章都入选各地高三模拟试题，这在同类报纸中更是难得一见。

【央视《文化正午》大量转播《中国艺术报》内容】

《文化正午》是中央电视台综艺频道推出的唯一一档文化评论节目。《文化正午》节目组表示，《中国艺术报》品质高，刊载文章具有理论深度、思想锐度、视野宽度、艺术纯度，全面呈现了文艺界的焦点、热点、看点和观点，已经成为《文化正午》栏目内容的主要选择媒体。

借助《中国艺术报》，《文化正午》栏目充实了内容，提升了效率，增加了电视文艺评论节目的厚度和深度。而《中国艺术报》借助电视媒介的强大传播力，进一步提升了品牌影响力和社会美誉度。

主要活动

【承办中国文联网络与信息工作座谈会】

由中国文联主办，中国文联文艺资源中心、中国艺术报社承办的中国文联网络与信息工作座谈会10月31日在京召开。中国文联党组书记、副主席赵实，中国文联党组成员、副主席、中国文联信息化建设工作领导小组组长左中一，中国文联党组成员、副主席、中国文联信息化建设工作领导小组副组长夏潮，中宣部文艺局副巡视员路侃，国家互联网信息办公室网络新闻宣传局规划处处长杨威等和各全国文艺家协会、中国文联机关各部室、各直属单位、各省区市文联、产行业文联的负责人，以及《中国艺术报》社驻各地记者站负责人共130余人参加会议。会议由中国文联文艺资源中心主任、中国艺术报社社长向云驹主持。

赵实、左中一、夏潮、路侃、杨威共同启动了中华文艺人才信息数据库采集应用平台和网上文艺家社区。赵实发表了重要讲话。夏潮做了总结讲话。向云驹、时任中国文联办公厅副主任刘尚军、中国文联文艺资源中心副主任冉茂金等介绍了有关情况。

2012至2013年度中国艺术报社通联工作会议同期召开。会上，中国艺术报社副社长朱虹子宣读了表彰2012至2013年度中国艺术报社通联工作优秀单位的决定。向北京市文联等19个获得表彰的单位颁发了荣誉证书。

【共同主办河南文化强省建设专题研讨会】

2月20日至21日，中国艺术报社、河南省委宣传部和河南省文联在郑州共同主办了河南文化强省建设专题研讨会。

时任河南省委书记、省人大常委会主任卢展工2月20日在会见参加研讨会的中国文联党组成员、书记处书记夏潮，中国艺术报社社长向云驹一行时，对《中国艺术报》的工作和报道给予高度评价。他表示：“中国文联主管主办的《中国艺术报》近年来非常活跃，积极落实新闻‘走转改’，与地方联合举办文化活动，一方面将报社的思想理念更深地渗透到基层，另一方面也使基层活动的层次有所提升。不久前向云驹社长带领的采访团来河南深入采访，报道文章非常好，没有华而不实的东西，看得深，说得透，堪称精品，对河南文化建设具有重要的启示意义。”

2月21日的研讨会上，来自中国文联、中国艺术报社、河南省委宣传部、河南省文化厅、河南省文联、河南省文物局，以及郑州、开封、洛阳、周口市委宣传部等单位的领导与专家，以报道为契机，围绕“十八大关于文化强国建设思想解读”、“文化强国与文化强省关系思考”、“河南文化强省建设经验做法”等一系列话题进行了深入研讨。

时任中国文联党组成员、书记处书记夏潮在研讨会上讲话。研讨会期间，河南省委常委、宣传部部长赵素萍也会见了本报“走转改”中原行采访团成员。河南省委宣传部常务副部长王耀在研讨会上对《中国艺术报》关注河南文化建设表达了感谢。

【共同主办《大河滔滔逐浪高——河南文化强省建设启示录》图书捐赠仪式】

4月28日，在信阳第21届国际茶业节开幕之际，由中国艺术报社与中共河南省委宣传部、河南省文联共同主办的《大河滔滔逐浪高——河南文化强省建设启示录》图书捐赠仪式在信阳举行。中国艺术报社社长向云驹，中共河南省委宣传部副巡视员杜瑞明，河南省文联副主席苗树群，中共信阳市委常委、宣传部部长杨慧中，信阳市政协副主席陈伟琳等出席捐赠仪式。捐赠仪式由杨慧中主持。

仪式上，中国艺术报社、中共河南省委宣传部向河南文艺界捐赠该图书10000册。《大河滔滔逐浪高——河南文化强省建设启示录》一书从赴豫采访，到召集有关专家研讨座谈，到企业赞助出版历时半年，是《中国艺术报》落实“走转改”精神的深入体现，也是鼓励企业界助力当代文化建设的一种尝试。

【与海军政治部等共同举办“配合党的群众路线教育实践活动，海军部队配发《中国革命史系列电视剧作品集》”新闻发布会】

6月29日，由海军政治部、中国视协、中央电视台、中国艺术报社联合主办的“配合党的群众路线教育实践活动，海军部队配发《中国革命史系列电视剧作品集》”新闻发布会在人民大会堂隆重举行，以实际行动践行习近平总书记在党的群众路线教育实践活动工作会议上强调的群众路线是我们党的生命线和根本工作路线的重要指示。

海军副政治委员王兆海，全国政协常委、教科文卫体委员会副主任、中国文学艺术基金会理事长胡振民，中国文联副主席、中国视协主席赵化勇，时任中国文联党组成员、书记处书记夏潮，中国视协分党组书记、驻会副主席张显，中央电视台电视剧管理中心主任张子扬，中国艺术报社长向云驹等出席发布会。逄先知、仲呈祥、王朝柱、冯惠、黄允升、廖心文、熊华源、郑伯农、李硕儒、柳萌、陈先义等专家和部分演员，以及来自中国人民解放军总参谋部、总后勤部、总装备部等单位的官兵代表也参加了活动。

《中国革命史系列电视剧作品集》是著名编剧王朝柱前后跨度16年创作完成的革命史诗般的著作。与会者高度评价了作品集的思想意义和艺术价值，认为这些作品对于当前党的群众路线教育实践活动来说是生动形象鲜活的教材。

【合作推出《中国文艺发展态势丛书》】

《中国文艺发展态势丛书》是紧紧围绕中央繁荣社会主义文艺事业、推进出版和报刊单位改革发展要求，面向广大读者、面向广大文艺工作者，由专项资金支持，《中国艺术报》编辑推出的一套体现时代特色和文化精神、具有鲜明文艺特色的精品丛书。

丛书由中国文联出版社出版，内容来自于2011至2012年度《中国艺术报》公开登载的内容，是对广大文艺工作者和读者反响强烈、深受好评的新闻报道、理论评论等文章的集中呈现。丛书分为《文艺锐批评》（上、下）《艺术大讲堂》《文艺大视野》《文艺美文》《文艺理论态势》《文艺创作谈》《形象、影像、造像——文艺人物纪实》七册，是一部记录艺坛风云、荟萃业界热点、展现文艺新貌，融学术性、专业性、史料性于一体的具有收藏价值的年度艺术丛书。

【在山东高密成立《中国艺术报》工作站】

9月27日，在中国（高密）第四届红高粱文化节期间，《中国艺术报》高密工作站在山东高密市文体公园举行揭牌仪式。《中国艺术报》一直坚持走基层，致力于挖掘和推介各具特色的地域文化，该工作站的成立，为挖掘高密文化搭建了一个坚实平台，这也是《中国艺术报》践行群众路线的一个具体举措。高密是诺贝尔文学奖得主莫言的故乡，历史悠久，文化厚重，是中国民间艺术之乡和中国扑灰年画之乡，高密扑灰年画、高密茂腔、聂家庄泥塑、高密剪纸都被列入国家级非物质文化遗产名录。

【共同主办“讲好中国故事”第三届内地、香港、台湾电影编剧长沙高峰论坛】

11月2日，由本报与中国电影文学学会、湖南省文联共同主办的“讲好中国故事”第三届内地、香港、台湾电影编剧长沙高峰论坛在长沙开幕，50多位知名编剧就华语电影的现状、中国编剧的生存状况，内地、香港、台湾合作交流等问题进行专题发言，认为在全民热议“中国梦”的当下，要唱响梦想，须先讲好故事，中国不缺故事，缺的是把故事讲好。

【主办“心象——何水法水墨小品展”】

9月16日，由中国艺术报社主办、日照市文联承办的“心象——何水法水墨小品展”在山东省日照市开幕，展览共展出何水法为此次活动精心创作的二十四幅水墨花卉小品，画作色彩亮丽，集敷染、点染、烘托、泼彩于一体，笔墨酣畅淋漓，表现出蓬勃的朝气与盎然的生气。中国艺术

报社社长向云驹，山东省日照市政协副主席林玉营，日照市文联主席赵德发以及来自北京、杭州、临沂、潍坊、连云港等地的书画家和曲阜师范大学美术学院师生数百人参加了开幕式。

何水法现为全国政协委员、浙江省政协常委、中国美协理事、浙江省美协副主席，是我国当代花鸟画界的领军人物。

开幕式上举行了中国艺术报日照画院成立揭牌仪式。

12月14日，在本报日照画院再次举办“直心净土——孙小东山水画小品展”。

【组织文艺家赴吉林抚松采风，并举办“祈福雅安·赈灾笔会”】

4月24日至26日，作为“中国抚松人参文化年”的重要活动之一，由中国艺术报社社长向云驹带队，单应桂、赵丽宏、杨开金、马相武、熊育群、舒大文、孙恺、甘以雯等全国知名作家和书画家组成的采风团赴吉林抚松采风创作。期间，举办了“祈福雅安·赈灾笔会”，艺术家们用艺术作品为灾区人民献上爱心，表达对灾区人民的关注和对遇难同胞的悼念。

获得奖励

【刊发文章在第23届中国新闻奖和第23届中国新闻奖报纸副刊作品暨2012全国报纸副刊作品年赛等评选活动中获奖】

《中国艺术报》报送的2012年4月9日第1版《艺象杂言》栏目刊发的《天价“出场费”吓退了谁》（作者：向云驹）获得第23届中国新闻奖报纸评论三等奖。

报送的2012年12月24日第一版郑荣健任责任编辑，康伟的《恶俗广告为什么还振振有词》获得第23届中国新闻奖报纸副刊作品暨2012全国报纸副刊作品铜奖；2012年7月20日至2013年4月10日余宁、彭宽、郭青剑、王春梅责任编辑的《艺象杂言》获得2012年度全国报纸副刊专栏作品金奖；乔燕冰、杨兴责任编辑的2012年4月18日大视野第七版获得2012年全国报纸副刊版面作品二等奖。

此外，《中国艺术报》推荐的多篇文章和多个版面在中国广播影视报刊协会组织的2012年度优秀新闻作品评选活动中摘取多个奖项。

【报社新闻部作为全国文联系统先进集体受表彰】

6月30日，中国文联九届五次全委会暨全国文联系统先进集体和先进个人表彰会在京召开。此次创先争优评选表彰活动，是报中央批准，由国家人社部和中国文联共同组织开展的，是中国文联成立以来第一次覆盖全系统的国家级表彰。《中国艺术报》新闻部作为全国文联系统先进集体受到表彰。

加强内部建设

【加强报社内部管理，提升效率和效益】

12月，经中国文联党组批准同意，余宁任中国艺术报副总编辑。

在2013年，报社领导班子率先垂范，一心一意办报；中层干部发挥骨干作用，各部门比学赶帮，各版采访报道亮点频出；采编队伍业务普遍提升，各项工作扎实有效，士气高昂，凝聚力、战斗力大大增强。全年发行量稳步提升，报社经济效益显著提高。

中国文学艺术基金会

综　述

2013年是中国文学艺术基金会（以下简称：基金会）提升发展的一年。在中国文联的领导和支持下，在姜昆秘书长的带领下，全体人员团结协作，积极进取，坚持公益方向，积极支持文学艺术事业的发展，强化内部管理、完善各项制度、加大资金募集力度，加强项目合作和项目监管，各项工作上升了一个新的台阶。

这一年里国家财政部下发了《中国文学艺术发展专项基金管理暂行办法》和《中国文学艺术发展专项基金捐赠收入财政配比资金管理暂行办法》，为基金会加强专项基金管理和加大资金募集提供了政策支持和有力保证。国家民政部组织专家对基金会进行了五年一次的评估并获好评，基金会将从3A等级标准向更高等级标准迈进，也为基金会今后的发展奠定了基础。

思想建设

【认真学习贯彻党的十八大和十八届三中全会精神，积极开展群众路线教育实践活动】

根据《中共中央关于在全党深入开展党的群众路线教育实践活动的意见》，按照中国文联党组的统一部署，基金会从7月初开始，开展党的群众路线教育实践活动。为确保活动顺利进行，取得切实效果，结合基金会实际，制定了《中国文学艺术基金会深入开展党的群众路线教育实践活动实施方案》，分阶段有序进行。以中央关于“照镜子、正衣冠、洗洗澡、治治病”的总要求为指导，以为民务实清廉为主题，以“反对‘四风’、服务群众”为重点，紧紧围绕保持党的先进性和纯洁性，切实加强全体党员党的群众路线教育，把贯彻落实中央八项规定作为切入点，坚决反对形式主义、官僚主义、享乐主义和奢靡之风，联系自身工作实际，查找、剖析基金会的问题与不足，认真查摆领导班子在“四风”方面存在的问题，促使党员领导干部牢固树立宗旨意识和马克思主义群众观点，切实改进工作作风，提高群众组织工作能力。

学习教育、听取意见阶段。重点是抓好学习宣传和思想教育，深入开展调查研究，广泛听取干部群众意见。在党支部的带领下，认真学习了所有规定的文件和书目，组织全体党员参加了文联机关党委组织的所有讲座并自行组织了14次学习和讨论。为了使教育实践活动落到实处，真正做到接地气，组织全体党员分别到798艺术区和通州宋庄画家村进行了实地考察调研活动，并形成书面报告。

查摆问题、开展批评阶段。重点围绕为民务实清廉要求，通过群众提、自己找、上级点、互相帮，认真查摆形式主义、官僚主义、享乐主义和奢靡之风方面的问题，进行党性分析和自我剖析，开展批评和自我批评。征求意见的范围涵盖基金会全体工作人员，通过广泛的谈心和征求意见，梳理归纳意见十二条，四风方面意见十一条。基金会领导班子对这些意见、建议和存在的问题进行了认真分析，形成了基金会领导班子对照检查材料。在充分准备的基础上，10月16日下午召开了基金会党的群众路线教育实践活动领导班子专题民主生活会，中国文联第三督导组同志对基金会民主生活会给予了很高的评价，组长左中一同志对基金会下一步的整改工作提出了要求和希望。之后两次召开党支部专题组织生活会和群众路线教育实践活动通报会，向党员和全体同志通报了基金会群众路线教育实践活动开展的相关情况及四风方面的问题。

整改落实、建章立制阶段。基金会重点针对上一阶段查摆出的四风方面存在的问题，依据对

照检查材料，有针对性地提出解决对策，制定整改方案，做到切实强化正风肃纪，加强制度建设，提高工作能力，用改进工作的实际成果来检验此次群众路线教育实践活动的成效。

组织建设和评估工作

【按照基金会管理规定召开理事会会议】

根据基金会管理条例和中国文学艺术基金会章程的规定，基金会在2013年度共召开了三次理事会会议。会议内容主要是汇报工作情况，履行人员任免的相关程序和有关事项。

（一）中国文学艺术基金会第四届第三次理事会会议

1月22日，中国文学艺术基金会第四届第三次理事会会议召开，为了响应中央厉行节约的要求，本次会议采取不集中开会，以文件传阅和书面审议的形式完成。会议向各位理事汇报基金会2012年的工作情况和2013年的工作设想，并听取各位理事的意见。

（二）中国文学艺术基金会第四届第四次理事会会议

6月30日，在中国文联全委会开幕式后举行。会议议题是：1、汇报参加2013年民政部评估工作准备情况；2、通过中国文学艺术发展专项基金管理暂行办法和财政配比资金管理有关情况的报告；3、2013年1-6月收入及资助项目情况报告；4、关于中国文学艺术基金会工作部门名称调整的说明；5、通过有关部室主任人事聘任建议。会议审议并通过了以上议题。

（三）中国文学艺术基金会第四届第五次理事会会议

8月5日，中国文学艺术基金会第四届理事会第五次会议在北京召开。本次会议采取不集中开会，以文件书面审议的形式完成。向各位理事发出《关于召开中国文学艺术基金会第四届第五次理事会会议的情况说明》及《中国文学艺术基金会第四届五次理事会会议两项议题》各24份，回收20份，有4份文件因理事自身原因未能寄回基金会。会议决定聘请刁惠香同志担任中国文学艺术基金会副秘书长；通过了吴兵先生提出的不再继续担任中国文学艺术基金会理事的请求。

【参加国家民政部社会组织星级评估工作】

11月15日，由国家民政部民间组织管理局副局长廖鸿带队的社会组织评估专家组一行八人对基金会进行了实地评估考察。基金会理事长胡振民、副理事长兼秘书长姜昆、中国文联文艺社团管理办公室主任周雪静及基金会副秘书长郭希敏、刁惠香出席了评估会议。副理事长兼秘书长姜昆以《注重创新、强化制度、激发活力、做专业化的基金会》为题做了全面的汇报，播放了基金会制作的发展情况宣传片。其后，评估专家分成小组分别对基金会的基础状况、工作绩效、财务管理等三个方面进行了全面的检查和评估。

民政部社会组织评估为每五年一次，评估结果分为5个等级，由高至低为5A级、4A级、3A级、2A级、1A级。基金会2008年第一次参加民政部社会组织评估，评估结果为3A级。此次评估，基金会将在原有的3A级标准基础上实现跨越，向5A级迈进。

为此，基金会重新修订了包括人事管理、财务管理、重大事项报告、信息公开、项目管理、志愿者管理、档案和印章管理等34项制度。在文联计财部的指导下专门聘请专业评估机构对项目进行评估，包括：中国文学艺术发展专项基金5000万项目、朝霞工程、爱心字典援助活动项目、刘岩文艺专项基金项目（孤残儿童项目）、五老基金项目（时代领跑者）、造型艺术新人展项目、前尘影事项目等；同时进一步规范了各类档案的管理。

通过以上筹备工作和接受评估过程，基金会从制度到管理，从监管到成果均有了明显提升。经过初评和复评，中国社会组织网发布《民政部公告》第315号，我会正在从3A级晋升为5A级。这次评估工作，既是对过去工作的检验，更是向多年来关心支持基金会工作的各级领导、各位理事和捐赠人的汇报。

资助项目和公益活动

【加强专项基金管理，做好立项和资金拨付工作】

（一）加强制度建设，使中国文学艺术发展专项基金的管理更加规范

2013年2月国家财政部下发了《中国文学艺术发展专项基金管理暂行办法》和《中国文学艺术发展专项基金捐赠收入财政配比资金管理暂行办法》，基金会按照国家财政部的要求，在中国文联计财部的指导下，经过反复修改并报国家财政部备查，经中国文联党组第28次会议审议通过了《中国文学艺术发展专项基金捐赠收入财政配比资金管理实施办法（暂行）》和《中国文学艺术发展专项基金会捐赠收入财政配比资金申请和使用实施细则（暂行）》。使财政配比资金的申报和使用规范化制度化。重新修订了《中国文学艺术发展专项基金项目管理办法》，进一步加强对项目的监管和资金的监管。

（二）国拨财政专项基金使用情况和项目实施情况

1. 2008年国家财政拨付5000万项目的善后情况

中国文学艺术发展专项基金使用至今大部分项目已经结束，为检查这些项目的实施情况和效果，在中国文联计财部的指导下，基金会对这笔资金使用的绩效按照财政资金绩效考评的办法开始进行绩效考评。对没有充分理由未按计划实施的项目进行了清理，取消了对《蚁族》、《国家书法主题创作》两个项目的资助，增加了5个项目的资助《牛郎织女》、《十月•春之祭》、《春-山水身体》、《香巴拉》、《三名精品工程》。截止到11月19日基金会共拨付资金397万元，具体包括：《韩信之死》50万元；《长生殿》50万元；《王稼祥》20万元；《当代书坛名家系统工程》270万元；审计费7万元。

2. 2012年中国文学艺术发展专项基金收尾情况

截止到11月19日基金会共拨付资金490.6万元，具体包括：精品创作类《历史文化名人》300万元；中国文联出版报刊工程190.6万元，继续资助2012年中国文联出版报刊精品项目24个。

2012年基金会资助的《“前尘影事”—最早的中国影像》展览于2012年11月13日至2013年3月24日，分别在巴黎文化中心、北京华彬艺术博物馆、丽水摄影博物馆、武汉美术馆四地展出，两国四地参观人数达6万人次。产生巨大反响，取得圆满成功。展览展出了45件法国于勒.埃迪尔的老照片、15件早期摄影器材和三本旅华书籍和早期拍摄的立体照片和影片。这是现在所知道的有原照保留下来的最早拍摄的中国照片，它真实地记录着我们的祖先、土地、建筑、风光。这些展品首次在法国摄影博物馆以外的地区展出。成为中法摄影界内万众瞩目的文化盛事和新闻热点。特别是让更多的摄影爱好者、收藏爱好者和更多的青少年，通过展览和专题片的播出，了解到世界摄影发展的历史和中国的历史巨变。

3. 2013年中国文学艺术发展专项基金资助项目情况

截止11月19日基金会共支付6401.52万元，具体包括：文艺评奖支出1524.3万元；服务老艺术家支出800万元；采风及送欢乐支出1200万元；文艺人才培训497.1元；文艺精品创作1776.32万元；财政配比资金418.8万元；项目管理费用支出185万元。

资助创作类项目17个，包括：中国摄协《关注生态与贫困—摄影家与村民共同的影像创作》项目、《“百年跨越——中国•摄影艺术与科技”大型影像史诗互动展映》活动以及《中华民族文明影像志大型工程》子项目《“美丽中国和谐家园”民族题材摄影展览》等。中国民协《中国传统村落3D影像档案》项目，中国剧协“庆祝中国戏剧梅花奖创办30周年30台优秀剧目晋京展演”项目，中国美协“奇彩云贵”中国美术作品展，中国杂协“2013年中国杂技节目参加国际比赛创新扶持项目”，中国曲协“全国优秀相声小品年度评选展演”项目，中国电影家协会申报的延续性项目“百部农村电影工程”（该项目进行到第三年，已取得一些成果）。影片《大脚皇后》获2013年第29届中国电影金鸡奖最佳戏曲片奖提名，《乡村警事》荣列国家新闻出版广电总局《2013年第一批推荐影片片目》，2013年的剧本征集与论证也已进行完毕，已进行到签约和发放资助资金的阶段。中国书协、《中国书法》杂志社申报的项目“《中国书法》年展•100名大学生提名展”。中国电视艺术家协会申报的延续性项目“艺术中国十年纪实”大型文化影像工程，该项目要用10年时间，以我国艺术发展为专题，拍摄一系列反映艺术与时代和人民生活、精神追求的纪录片，最终形成一个总量约200集，总成2000分钟的专题人文纪录片。

中国文联文艺资源中心和东方全景公司共同申报的“高清晰立体影像资料制作、展览及资料库建设项目”，该项目以超高清3D影像作为技术手段，拍摄制作中国有代表性的艺术家，以他们的经典艺术作品为开端，整合梳理并形成高质量文艺资源数字影像资料库。

资助并承办了“绚彩意象——张桐胜摄影作品展”。该展览是中国摄协副主席张桐胜先生以在2010年上海世博会为主题创作的摄影作品，用相机对世博会作出极具个性的全新解读，选择奇特的形态取像，展示奇特的神韵写境，完全突破了世博的通常观感印象，也全然颠覆了传统的视觉欣赏习惯和流行的摄影美学概念。该活动在文联和社会产生了较大的影响力，也有力地宣传了基金会的形象。

中国电视艺术家协会申报的“电视剧连续剧《毛泽东》（上部）”项目。2013年是毛泽东同志诞辰120周年，该片在12月25日中央一套播出。中央“重大革命和历史题材”影视剧审查小组审片中专家和领导对该片给予了高度评价和热烈赞扬，认为这是一部不可多得的毛泽东题材的影视剧“史诗性的作品”。

资助出版精品创作类项目13个，包括中国视协纪录片《北上——长征在哈达铺》和中国电影出版社的《中国电影艺术家传记》等项目。

资助2013年中国文联“文艺评论工程”项目有：中国文联文艺评论部级课题31个、在中国艺术报开设《中青年文艺评论家当代文艺笔谈》栏目、“高满堂编剧艺术研讨会”、电视连续剧《徐悲鸿》作品研讨会、在《文明》杂志开设《中国文艺家》专栏。

资助人才培养工程类项目20个；其中资助文艺研修学院人才培训项目16个；中国民协培训类项目《中国民间文化产业发展高级研修班》和《中国民间手工艺传承人高级研修班》，两个项目均会出版论文集，并为学员颁发结业证书；“中国剧协全国青年戏曲音乐家研修班”和“中国剧协青年戏剧人才戏剧理论知识”提高班；中国曲协第5期全国曲艺创作高级研修班，来自全国的中青年曲艺作者50余人参加此次研修；资助中国文联理论研究室与广西文联承办的第七届全国中青年文艺评论家高级研修班，该班“以人民为中心的价值取向与中国当代文艺评论”为主题，集中就当前文艺评论与文艺创作存在的重要问题进行了探讨。高研班学员优秀论文集即将出版。

4、朝霞工程专项经费情况

基金会今年收到中国文联朝霞工程款项50万元，2013年基金会共资助朝霞工程项目1个，资助了由中国文学艺术基金会、中国民航科普基金会、中国少先队事业发展中心于8月2日至8日在北京共同主办的“放飞梦想 爱心起航”民航科普夏令营活动。来自西藏地区受朝霞工程资助的孩子和来自河北、河南、陕西、安徽、甘肃、宁夏等地的小营员共60人参加了丰富多彩的科普教育和文化艺术活动。

【广泛募集社会资金资助公益项目】

截止2013年11月19日止，基金会共接受社会公益捐赠收入3890.6万元。其中包括爱家投资控股、海淀区聚智堂培训学校、华彬文化基金会以及段绍译、李政、陶琴等捐赠刘岩文艺专项基金捐款；曼科斯托空调设备科技发展公司捐赠中华砚文化专项基金赠款；五老专项基金和检察文联专项基金的捐款。

（一）新设立专项基金3个

4月成立了姜昆艺术公益专项基金，煜丰格林文化创意（北京）有限公司董事长陈泽盛捐赠基金会100万元，用于开展文化艺术活动。5月，成立中国文学艺术基金会环保文化基金。将对环保领域的文化公益活动起到引领和带动作用。11月为推动中国雕塑事业的各项工作，中国雕塑学会在基金会设立中国雕塑艺术专项基金，集合社会民间力量，为中国雕塑走向世界作出积极的努力。

（二）资助的社会公益项目

1. 苏士澍向兰亭学校捐赠千册《汉字365》。1月28日，由全国政协书画室、中国书法家协会、中国文学艺术基金会主办的著名书法家苏士澍向全国兰亭学校捐赠《汉字365》仪式在全国政协机关举行。

2. 为帮助捐赠者实现“要帮助祖国最边远的孩子们”的要求。3月，基金会宣传出版部陪同企业家于连海夫妇奔赴云南边陲，10天内翻山越岭，驱车3500公里，为其捐建的朝霞文艺小学选址。

3. 按照全国工商联副主席、香港中国商会主席、经纬集团主席陈经纬先生的捐赠意向，从4月起，基金会陆续资助国家京剧院副院长于魁智和李胜素拍摄京剧舞台艺术片《满江红》、《柳荫记》和《打金砖》，为保护和弘扬京剧国粹艺术留下宝贵的影像资料。

4. 4月21日，由基金会主办的文房四宝发展基金承办的“2013年度文房四宝大师系列作品展方见尘砚雕暨国画艺术展”在京举行。

5. 4月27日，基金会与五老基金策划举办的“时代领跑者大型书法绘画摄影展览”在全国政协礼堂举行并取得了圆满成功。

6. 5月24日，为深入开展“文化扶贫”工作，基金会携手中国文联出版社、商务印书馆、意林杂志社以及中国民协、中国舞协、中国曲协、中国视协等共捐赠《新华字典》2600册，其他图书3000余册，《意林》杂志4600册到甘肃武都马街小学、安化初级中学、两水中心小学等学校及贵州安顺等地。

7. 资助“和韵天歌《道德经》咏诵会”在广东潮州的演出。基金会运用社会募集资金中川国际矿业控股有限公司捐赠款，资助《和韵天歌—感悟〈道德经〉咏诵会》项目。该项目为“中华经典系列咏诵”活动的开篇之作，艺术的解读和展示老子所阐发的人自身和谐、人与人和谐、人与自然和谐、人与社会和谐的思想。

8. 9月，基金会资助、吴善璋主编的《中国经典名篇硬笔书法系列字帖》由上海书画出版社出版，受到了社会各界好评。

9. “中国当代民间艺术专项基金”资助上海“新场古镇——中华三民文化展示园”文化科技创新园区项目，拟在新场古镇的风貌区内建设、规划、实施中华三民文化展示园项目，在上海建设一个以弘扬中国民族、民间、民俗文化为主要内容的新形态文化科技融合园区等。

10. 为促进中国非物质文化遗产校园传承工作的开展，基金会资助了非物质文化遗产校园传承基金于近期举办三项活动：第一，11月4日至5日，在四川省成都市召开“非物质文化遗产校园传承研究—民族音乐四川开题会”；第二，支持和奖励福建泉州培元中学《南音生南国》校本教材科研成果的专家和老师；第三，2013年10月31日，由世界南音联谊会主办的第二届国际南音大会在印度尼西亚首都雅加达举行，基金会副会长兼秘书长姜昆和相关专家等赴印度尼西亚参会参加第二届国际南音大会。

11. 10月19日，由中国文学艺术基金会资助、北京上京发展投资有限公司承办的“上京国学院”揭牌仪式在河北张家口举办。“上京国学院”公益项目以弘扬中华精神，传承经典艺术为主旨，主要内容包括国学经典课程体系建设、国学经典校园资源库建设和国学教师培训。首期试点资助的张家口两所小学，包括教室装修，课程体系建设、捐赠图书等内容。

12. 11月10日由中国科学院、中国工程院、全国总工会、中国文联、全国侨联、科技日报以及基金会共同主办的联合国第二十等五届国际科学与和平周在全国政协礼堂隆重开幕。基金会副理事长兼秘书长姜昆作为“国际科学与和平周”形象大使出席了此次开幕式。

13. 10月，资助赵丹赵青书画展在联合国总部成功举办。

14. 8月基金会联合文联理研室主办的“主旋律电视剧创作生产与民营影视公司的文化责任研讨会”在中国文联机关举行，与会专家学者就民营影视公司在主旋律影视剧生产创作中的作用和电视精品创作建言献策，受到舆论广泛关注。

15. 由基金会资助拍摄的微电影《启功轶事》在首届亚洲微电影艺术节暨亚洲微电影“金海棠奖”的评选中，荣获了金海棠最佳纪实微电影奖。《启功轶事》，由丁荫楠担当艺术指导，丁震担任导演。该片是筹拍电影《启功》的前期准备。

16. 10月30日，中国文学艺术基金会携手商务印书馆赴甘肃灾区开展“爱心字典”捐助公益活动。中国文学艺术基金会副秘书长刁惠香、商务印书馆教育论坛副秘书长王永康、中央电视台著名少儿节目主持人鞠萍、青年相声演员高小攀等一行与甘肃省文联、兰州晚报等在兰州组成爱心团队，经过6个小时的颠簸跋涉，冒着雨雪赶到岷山灾区，为遭遇7.22地震灾害的孩子们送去最需要的《新华字典》和《现代汉语学习词典》。此次中国文学艺术基金会与商务印书馆定向向岷县、漳县、天水秦州区三个重灾区的学生捐赠价值39.22万元的《新华字典》和《现代汉语学习词典》，共计13980册。

17. 10月，中国文联出版社向基金会捐赠300

万码洋图书，共同建立公益书库。这批图书目前已经向中国文联支教学校广西壮族自治区百色市资助图书540册、码洋价值3.2456万；向丰宁县资助图书5100册、码洋价值18万； 向甘肃省陇南市武都区资助图书1万册 、码洋价值30万。基本解决支教学校缺乏阅读图书的难题。

对外及港澳台地区文化交流

【推进中国文化志愿者计划】

（一）“中国文化志愿者计划”项目

基金会响应文化走出去的战略要求，与文化部中国对外文化交流协会共同合作，积极实施“中国文化志愿者计划”项目。基金会依靠中国文联的人才资源优势，逐步建立起中国文化志愿者队伍。在驻外使领馆和中国文化中心以及国外机构的积极回应和支持下，分别向越南（越中文化交流中心）、毛里求斯（中国文化中心）、佛得角（佛中文化交流中心）、法国（中国文化中心）等国家的文化中心和学校、社团派送了中国书法、苏绣、中国民族舞、中国音乐、书画装裱等艺术门类的志愿者。

为安全有效地做好此项工作，基金会与志愿者签订志愿服务协议，协助志愿者准备行前的课件并安排了出发前的相关外事培训。此外，基金会还积极筹备设立中国文化志愿者计划专项基金，与中国对外文化交流协会共同制定了实施流程和中国文化志愿者选拔标准，为项目规范操作奠定基础。

（二）举办《中国说唱艺术的魅力》讲座

为更好地体现中国文化志愿者精神，基金会秘书长姜昆先生在国外外事访问期间，抽出休息时间接受法国巴黎第七大学孔子学院、韩国外国语学院孔子学院、奥克兰大学孔子学院的邀请，举办《中国说唱艺术的魅力》讲座，宣传中国传统艺术，促进中国与各国之间相互了解与认识。

（三）主办“墨韵华风”-中国名家书画展

9月15日“墨韵华风”-中国名家书画展在新西兰举行。这次参展的66幅书画作品，无论是中国画的山水、花鸟、人物题材还是书法作品，全部是中国当代书画名家的精品力作。此次活动为增进中国艺术家与新西兰艺术家的交流和了解起到了积极的作用。

（四）第六届“两岸四地大学生魔术交流大赛”在京举行。7月14日，在清华大学新清华学堂，第六届两岸四地大学生魔术交流大会颁奖典礼隆重举行。本届大会由中国文学艺术基金会、中国民族文化基金会、中国杂技家协会联合主办，并得到东方电子集团有限公司的鼎力捐助。吸引了来自两岸四地100余所大学的大学生魔术爱好者参加，堪称大学生魔术爱好者的顶级盛会。

机关建设

【加强基础建设与逐步完善信息公开机制】

（一）网站建设及信息公开

1、为适应形势发展和新的要求，基金会大力加强网站建设，设定专人负责，调整了网页的设计，加快网站更新的速度，制定相应的信息发布管理程序，为加快信息更新，便于查询资料，提高网页的视觉冲击效果，为基金会树立良好的公益形象，让社会更多的人了解基金会的工作提供了基础支持。同时借助新兴网络平台，将活动信息内容同时发布在基金会官方微博和基金会博客上，这样三位一体的发布模式，扩大了基金会的社会影响和公信力，提升了基金会的公益形象。

2、在加强基金会网站发布活动信息的同时，加强域名的管理与维护。中国文学艺术基金的领导很重视中英文域名的所属权，基金会现注册英文域名1个(www.claf.cn)，中文域名6个（中国文学艺术基金会中文名字加后缀.网络.中国.公司.公益.com.net)，基金会通过注册和续费的方式管理这些域名，可以使中国文学艺术基金会的官网更加安全、更加唯一、更加受到社会关注。

3、加强基金会公益信息公开透明板块。基金会依据《基金会信息公布办法》、民政部《公益慈善捐助信息披露指引》等相关要求，加强了对基金会各大项公益活动及财务数据的信息公开，在首页显著位置增设了‘信息公开’专栏，专栏里披露了：基金会理事会领导成员名单；基金会章程；基金会组织结构；关于鼓励社会捐赠的管理办法；财务信息公开，披露了2011年度至2013年上半年基金会公益收支情况表；基金会年报，上传了2005年至2012年8年的工作报告，其中包括财务报表、审计报告、理事会情况、重大公益项目收支、年检情况等；公示了基金会10项管理制度、项目评估报告、基金会五老专项基金“时代领跑者”项目、刘岩文艺专项基金项目、2012第二届造型艺术新人展项目、爱心字典捐赠活动项目四个重点公益项目的评估报告。

（二）进一步改善办公环境、营造良好的艺术和工作氛围

按照姜昆秘书长的要求，对基金会部分办公场所进行了突出艺术氛围的设计和装饰，使基金会有了一个较为活跃和并具有艺术气息的环境，使之更加符合文学艺术基金会的特点；下半年，基金会将办公用房调整到同一楼层，并进行了基础改造和装饰，使工作环境得到改善和提升。

（三）加强项目管理，做好项目绩效评估

基金会请北京华夏经济社会发展研究中心为2012造型艺术新人展、刘岩文艺专项基金、爱心字典捐赠活动以及时代领跑者项目进行了评估，不仅进一步规范了项目管理，也为这些项目的调整、充实、巩固、完善创造了条件。

中国文联演艺中心暨
中联百花文化艺术有限公司

综　述

2013年中国文联演艺中心和中联百花文化艺术有限公司紧紧围绕群众路线实践教育活动这个中心开展工作,组织策划了一系列文化活动，创造各种条件为进一步促进中国文联与广大文艺工作者密切联系、广交朋友、靠前服务的良好局面做出了应有的贡献。

重要活动

【百花迎春——中国文学艺术界2013春节大联欢】

1月13日下午，由中国文联演艺中心策划组织的“百花迎春——中国文学艺术界2013春节大联欢”在北京人民大会堂宴会厅举办。作为中国文联每年春节奉献给广大观众的品牌文艺晚会此次已是第十一届。

荟文艺精英，颂美丽中国。本届大联欢汇集了浙江、宁夏、江西、河南四个地方板块的节目，时代特色鲜明、风土人情浓郁、演出阵容强大，从“西子荷风舞”到“塞上马兰香”，从“井冈映山红”至“中原牡丹颂”，老中青三代艺术家倾情演绎，尽情展现了祖国各地的山美、水美、人更美，讴歌了我国文艺盎然发展的繁荣景象。晚会在歌舞器乐演奏《金蛇狂舞闹新春》的喜庆氛围中拉开序幕。在由瞿弦和、姜昆、黄宏、杨澜、周涛、朱军、董卿、张泽群、刘芳菲等组成的堪比央视春晚主持群的串联下，精彩节目一一呈现。婀娜的女子舞蹈《西子荷风》，荟萃了越剧、小提琴演奏、舞蹈、杂技等艺术形式的集锦演出《梁祝》随想，“中国好声音”节目主持人华少深情讲述的《最美在浙江》，以及歌舞《采茶舞曲》《六月柳》《南湖菱花开》……在浙江板块中，观众不由自主地想起了白居易“日出江花红胜火，春来江水绿如蓝”的诗句，江南美景仿若铺陈于眼前；而现场访谈环节中，祖籍浙江的冯骥才、杭州女婿韩美林等嘉宾更是围绕浙江的文化娓娓而谈，让人们领略到了江南灿烂的文明。在宁夏板块中，散发着浓郁西北气息的歌舞《贺兰登高》《宁夏川我可爱的家乡》《吆骡子》，京剧《盛世回乡》，以及青年演员陈坤的歌曲《烟花火》，把观众从江南岸带到了黄河边。诺贝尔文学奖得主莫言向观众讲述了根据他的小说改编的电影《红高粱》与宁夏的渊源。《映山红》的旋律中，江西的秀美风光闪现在观众的脑海，歌舞《江西是个好地方》《请茶歌》，京剧《家住安源》，配乐诗朗诵《像父辈一样》等节目，展现了诞生了第一支人民军队、建立了第一个红色根据地的江西的红色文化。才落红色潮，又刮中原风。河南板块中，年过九旬的豫剧表演艺术家马金凤等带来的豫剧《穆桂英挂帅》中气十足，引起观众啧啧赞叹，歌舞《河南人》《少林，少林》，歌曲《生命的河》，说唱《河南人爱说中》等节目唱出了中原大省的气势、河南人的精气神。最后，大联欢在宋祖英的一曲《盛开的牡丹》中落下帷幕。

看群贤毕至，话盛会空前。大联欢是全国文艺界的“集结号”、大聚会，汇集了各艺术门类的众多艺术家。为此，节目中还特别安排了秦怡、王昆、贾作光、仲星火、郭兰英、吴祖强、阎肃、王心刚、才旦卓玛、王晓棠、梅葆玖、谢芳、范曾、刘长瑜、张国立、于魁智、宋祖英、胡玫等老中青艺术家向观众献上新春感言，表达他们对于艺术不断追求，薪火相传，做人民喜爱的艺术家的心声；尚长荣、李前宽、赵季平、姜昆、赵汝蘅、刘大为、冯骥才、王瑶、张海、边发吉、赵化勇等中国文联所属各文艺家协会的主席则深情抒怀十八大，描绘了文艺大发展大繁荣的愿景。

春节期间，中央电视台分别在综合频道、综艺频道播出了本届大联欢的盛况，播出当周在央视的收视率和收视份额紧随央视春晚之后。一些相关省级卫视也播出了本届大联欢的盛况，传播范围十分广泛。

本届大联欢在2013年全国春节电视文艺晚会及春节特别节目评选中被评为特别奖。

【院士专家新春联谊会】

1月14日下午，“2013院士专家新春联谊会”在人民大会堂宴会厅举办，这是继2010年之后的第四届。新任中组部部长赵乐际、中组部其他领导和中央人才工作领导小组组成单位的部委领导，近千名专家院士出席本届新春联谊会。赵乐际部长在联谊会现场的讲话中，专门对中国文联表示了最诚挚的感谢。

本届联谊会由朱军、朱迅主持。孙维良、于乃久、阿斯根、卞英花、肉孜•阿木提、那日苏、唐彩妹、泽仁央金、茸芭莘那、夏阳、袁东方、王小莹、第九期科研院所领导者高级研修班学员、冯巩、王宏坤、宋宁、王二妮、高保利、于魁智、李胜素、王亚彬、李羚、郁钧剑、朱亦兵、杜雪儿、谭晶、“千人计划”特聘专家、中国杂技团、吉林市歌舞团等参加演出。演出中还展示了沈鹏和李铎的书法作品，以及中国科学院和中国工程院院士刘嘉麒和王玉明等人的摄影作品。

【梅花赋——中国当代著名画家主题作品邀请展】

5月18日至28日，由中国文联主办，江苏省文联与中国文联演艺中心共同承办的“梅花赋——中国当代著名画家主题作品邀请展”在江苏省美术馆隆重举行。此次画展共征集到65位当代中国最著名的画家（按年龄排序）黄永玉、林凡、袁运甫、张道兴、李宝林、韩美林、范曾、金鸿钧、杨延文、张立辰、宋雨桂、郭怡孮、刘宇一、王成喜、杜滋龄、詹庚西、彭先诚、邓林、王迎春、谢志高、刘曦林、杨力舟、李延声、王涛、李燕、尼玛泽仁、崔如琢、郭石夫、刘大为、吴悦石、龚文桢、王西京、何水法、龙瑞、霍春阳、潘公凯、王镛、陈永锵、冯大中、李荣海、施大畏、方楚雄、苏百钧、王明明、冯远、秦天柱、孔紫、许钦松、吴长江、刘健、范扬、马书林、陈平、何家英、赵卫、丁杰、陈琪、梅墨生、邹立颖、陈履生、吴为山、卢禹舜、陈鹏、方土、莫晓松；13位特邀书法和其他门类艺术名家（按年龄排序）王学仲、欧阳中石、李铎、冯骥才、林岫、苏士澍、姜昆、唐国强、覃志刚、徐沛东、郁钧剑、张铁林、朱军以梅花为题材创作的画作。喻继高、宋玉麟等部分江苏籍著名书画家也作为特邀嘉宾参展。这种规格高且规模盛大的主题画展，据记载尚属首次，它的成功举办，为展示当代中国画家群强大的创作实力，弘扬优秀的中华文化，引领先进文化的发展方向搭建一个新的重要平台。同时更加彰显了江苏省暨南京市的文化积淀、文化魅力、文化品位，进一步提升了梅花之都的品牌效应。

此次画展的开展仪式于 5月18日上午在江苏省美术馆举行，共有来自全国各地的近50名当代著名画家齐聚南京，为这座驰名中外的历史名城奉献了精美的文化盛宴。

【汇聚蔚蓝 邂逅璀璨——第九届中国(深圳)文博会·宝立方文艺晚会】

5月19日晚，由深圳西部国际珠宝城主办，由我们策划组织的“汇聚蔚蓝 邂逅璀璨——第九届中国(深圳)文博会•宝立方文艺晚会”在深圳宝立方珠宝玉石文化创意园多功能演播大厅演出。来自国家、省、市（区）的多位领导莅临晚会，同现场的国内外珠宝品牌商及诸多媒体共同见证宝立方的文化魅力，共同分享宝立方的夺目璀璨。

邓小平的扮演者卢奇带来情景剧表演《再回鹏城》，广州军区战士杂技团吴正丹、魏葆华带来《芭蕾对手顶——东方天鹅》。著名歌唱家郁钧剑、张也，著名歌手姚贝娜也在此之后纷纷登台亮相，带来了《家和万事兴》《说句心里话》《走进新时代》等耳熟能详的经典曲目。这些极具时代特色的歌曲，不仅令全场观众深深陶醉其中，而且让宝立方的文化品位及底蕴无形中得到了升华与体现。

纵观整场晚会，亮点连连。情景剧表演《再回鹏城》生动呈现了一代改革先驱对深圳文化产业发展的关注，其生动的表演，细腻的刻画，深刻的寓意，掀起了晚会的高潮；刘和刚演唱的一曲《父亲》，点燃了全场观众心中的那份浓浓思乡

情；郁钧剑与张也这两位备受观众喜爱的歌唱家首次在宝立方献唱，其专业的演出与打动心灵的歌喉，无不让全体观众沉醉其中。重量级的明星嘉宾阵容，是宝立方文艺晚会的一大特色，也是中国文化产业多元化融合的典范。

晚会的整体立意与文化气息，获得了与会的国家、省、市(区)领导们及诸多国内外珠宝品牌商的广泛好评。

【“今日中国”艺术周综艺晚会】

10月30日至11月5日，由中国文联和中国驻泰王国大使馆、柬埔寨王国文化艺术部、中国驻柬埔寨王国大使馆联合主办的2013“今日中国”文化周系列活动分别在泰国皇家璇宫剧院、曼谷中国文化中心、柬埔寨金边四臂湾会堂举行。中国文联演艺中心参与了其中综艺晚会的策划和组织，为当地观众奉献了中国古典器乐、魔术、民族特色歌舞等节目，全方位展示了中国的优秀文化艺术风貌。

首场演出在泰国皇家璇宫剧院举行，由中方主持人经纬和泰方主持人纳塔蓬•普帕迪翁联袂主持。中国文联书记处书记李前光、泰国文化部部长颂塔亚•坤本、中国驻泰国大使宁赋魁，以及泰中艺术家联合会会长蔡义批、曼谷中国文化中心主任蓝素红、中国文联演艺中心主任郁钧剑、中国文联国际联络部副主任薛伶等与泰国当地观众一起观看了演出。具有浓郁中国民族特色的舞蹈《北京喜讯到边寨》激情展现了中国西南边寨青年男女们载歌载舞的欢乐情景，一上场就赢得了热烈的掌声。魔术《明天的生活会更好》，丝弦五重奏《欢乐的夜晚》，《辣妹子》，男女双人舞《和风》，女子群舞《牡丹七仙》，男子群舞《鼓舞飞扬》，杂技《东方天鹅——芭蕾对手顶》等演绎出独特的中国风情。歌曲《梅花引》《在希望的田野上》《康定情歌》《感恩》《美丽的西班牙女郎》《小白杨》和歌剧《图兰朵》唱段《今夜无人入睡》等，则以美妙的“中国好声音”“震撼”了观众的耳朵，现场喝彩声不断。青年歌唱家王丽达还与泰国主持人纳塔蓬•普帕迪翁合唱了一曲由泰国普密蓬国王作曲的《雨丝》，青年歌唱家王志昕演唱的一曲泰国民歌《水灯歌》，在泰国传统节日“水灯节”即将到来之际，更是引起了观众的共鸣。最后，全体演员合唱中国著名民歌《茉莉花》，演出在主持人“中泰一家亲”的祝福声中圆满落下帷幕。

在柬埔寨的演出更是盛况空前。柬埔寨副首相索安和夫人看完在金边的首场演出后，对艺术家们的精彩演绎赞扬不已，并向艺术家表示祝贺和感谢。柬埔寨国家电视台对在金边的演出进行了录制播出。中柬友谊台也对在金边的演出进行了报道，并播放了参演中国艺术家演唱的歌曲，很多观众向电台打来电话表达喜爱之情。

此次演出所到之处赢得了众多国外粉丝，很多观众看过一场后还不过瘾，继续追看第二场，其喜悦的心情难以言表。

“今日中国”艺术周通过综艺演出等一系列文化活动，展现了中国当代文化艺术最新成果和精神风貌，进一步拉近了中泰、中柬人民的认知距离，增进了两国人民的了解，巩固了两国传统友谊。

中国戏剧家协会

1. 9月1日，中国戏剧梅花奖创办30周年大会在北京人民大会堂举行，中国文联党组书记、副主席赵实，中国文联党组副书记、副主席李屹和文化部副部长董伟等出席大会。
2. 中国文联党组书记、副主席赵实在中国戏剧梅花奖创办30周年纪念大会上讲话。
3. 11月9日至25日，第13届中国戏剧节在苏州举办，中国文联党组副书记、副主席李屹为第13届中国戏剧节响锣开幕。
4. 6月6日，由中国文联和中国剧协策划、出品并拍摄的首批中国戏剧梅花奖数字电影工程影片首映式在北京举行。图为中国文联党组书记、副主席赵实，中国文联党组成员、书记处书记李前光等与数字电影的主创、主演合影。
5. 11月9日，在第13届中国戏剧节开幕式上，徐玉兰、章宗义、郑榕、张春华、蓝天野、杜近芳获2013年中国戏剧奖·终身成就奖。中国剧协分党组书记、驻会副主席季国平为获奖者颁奖。
6. 11月25日，第13届中国戏剧节在苏州闭幕。中国文联党组成员、书记处书记李前光，中国剧协分党组书记、驻会副主席季国平颁发优秀剧目奖。

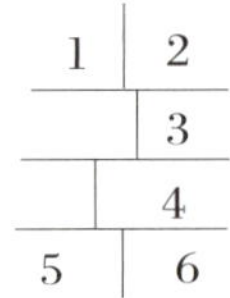

7. 10 月 18 日至 11 月 1 日，由中国戏剧家协会、上海戏剧学院联合主办的中国剧协全国青年戏曲音乐家研修班在上海举办。中国剧协主席尚长荣亲任班主任。
8. 6 月 19 日至 28 日，以中国剧协分党组书记、驻会副主席季国平为团长的戏剧家代表团对德英两国进行了友好访问。图为代表团在威斯巴登剧院与黑森州剧院艺术总监、国际剧协原主席贝尔哈茨先生合影。
9. 5 月 1 日至 7 日，以中国剧协副主席李树建为团长的河南省豫剧二团《清风亭上》剧组参加第 14 届黑海国际戏剧节。图为李树建副主席，中国剧协分党组成员、秘书长刘卫红在艺术节上。
10. 8 月 31 日，由梅花奖艺术团演出的“梅花赞——中国戏剧梅花奖创办 30 周年专场汇报演出”在北京北展剧场举行。
11. 5 月 20 日，第 26 届中国戏剧梅花奖大赛颁奖典礼在成都举行。
12. 获得第 13 届中国戏剧节中国戏剧奖·优秀剧目奖的滑稽戏《探亲公寓》剧照。
13. 12 月 8 日至 16 日，梅花奖艺术团应邀赴台湾高雄、宜兰（传统艺术中心）和台北进行文化交流与演出。
14. 12 月 26 日，梅花奖艺术团来到四川省攀枝花市，举办“我们的中国梦”送欢乐下基层慰问演出活动，受到热烈欢迎。
15. 在中国剧协全国青年戏曲音乐家研修班结业典礼上全体学员与中宣部领导和授课老师合影。

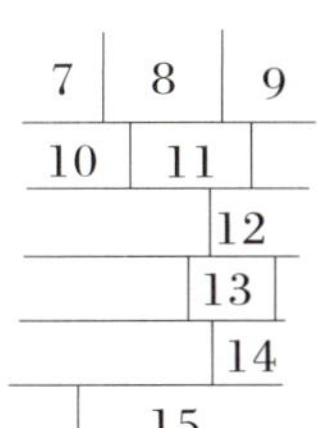

中国电影家协会

1. 11 月 29 日，中共中央政治局委员、中央书记处书记、中央宣传部部长刘奇葆接见第九次影代会参会代表。
2. 11 月 29 日至 12 月 1 日，中国影协第九次全国代表大会在京召开。图为开幕式现场。
3. 电影界代表参加中国影协第九次全国代表大会。
4. 第九次影代会代表投票现场。

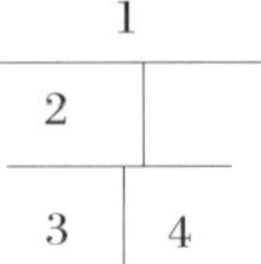

5　6
7　8
9
10

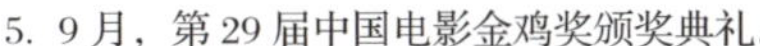

5. 9月，第29届中国电影金鸡奖颁奖典礼。
6. 9月，刘学尧获得第29届中国电影金鸡奖终身成就奖。
7. 9月，张国立、黄晓明并列获得第29届中国电影金鸡奖最佳男主角奖。
8. 9月，宋佳获得第29届中国电影金鸡奖最佳女主角奖。
9. 5月，中国影协百花放映情系三门峡。
10. 5月，中国影协文艺志愿服务团走进南昌。

中国音乐家协会

1	2
3	4
5	
6	
7	8	9

1. 1月5日，中国声音·新年问候——2013年廖昌永独唱音乐会在人民大会堂举办。
2. 1月15日，第九届中国音乐金钟奖理论评论奖、作品奖颁奖及座谈会在京举行。
3. 2月21日，为纪念周恩来诞辰115周年，中国音协赴江苏淮安开展“送文化、走基层”活动。
4. 4月2日，中国文联党组书记、副主席赵实，中国文联党组副书记、副主席覃志刚到中国音乐家协会调研。
5. 5月21日，中国音协在国家大剧院举办中国合唱100周年——纪念李叔同创作第一首合唱曲100周年音乐会。
6. 8月12日，第九届中国音乐金钟奖新闻发布会在京举行。
7. 8月20日至26日，中国音乐小金钟奖第三届全国小提琴比赛在江苏常州举行。
8. 9月14日，中国音协钢琴学会成立，选举产生了第一届理事会成员及钢琴学会领导机构。
9. 9月15日至21日，中国音乐小金钟奖长江钢琴第一届全国钢琴比赛在湖北宜昌举行。

10. 9月24日，继承与发展——中国民族器乐发展学术研讨会在贵州凯里举行。
11. 国庆节期间，中国音乐小金钟奖第二届全国少儿二胡比赛在河南新郑举行。
12. 10月11日至11月2日，第九届中国音乐金钟奖民乐比赛系列活动在江苏举办。图为新设立的民乐组合比赛在南京圆满落幕。
13. 11月2日，中小型交响音乐作品创作研讨会在京举行。
14. 11月19日至26日，第九届中国音乐金钟奖在广州举行。图为比赛期间开展的“金钟进社区”惠民活动。
15. 11月26日，中国文联主席孙家正为获得金钟奖终身成就奖的老艺术家颁奖。
16. 12月20日至21日，以中国梦·侨乡情为主题的中国音协“送欢乐、下基层”走进福建福清。图为歌唱家宋祖英演唱《爱我中华》。

10	11
12	13
14	
15	16

中国美术家协会

1. 11月25日，中共中央政治局委员、中央书记处书记、中宣部部长刘奇葆出席中国美协第八次全国代表大会并作重要讲话。
2. 刘奇葆及中国文联党组书记、副主席赵实，中宣部副部长黄坤明，中国文联党组副书记、副主席覃志刚，中国文联副主席、中国美协主席刘大为等出席中国美术家协会第八次全国代表大会开幕式。
3. 11月25日，中国美协第八次全国代表大会在北京会议中心开幕。
4. 3月8日，中国文联党组书记、副主席赵实为女画家协会捐赠中国文联文艺家之家的作品颁发证书。
5. 7月29日，中国文联党组成员、副主席左中一观看“在时代的现场——全国写生美术作品展览”。
6. 2月26日，中国文联和中国美协领导与民族美术艺委会委员合影。
7. 8月5日，中国文联中国美协文艺培训志愿服务试点项目在四川省巴中市举行开学典礼。
8. 1月31日，2013年度海外研修工程终评会答辩现场。

1	
2	3
4	5
6	7
	8

9. 9 月 23 日，“中国美术世界行”论坛现场。
10. 10 月 22 日，2013 全国油画作品展览复评现场。
11. 11 月 15 日，“时代印记——2013 年中国百家金陵画展（版画）”开幕式现场。
12. 6 月 16 日，第六届中国北京国际美术双年展第一次策委会在中国文艺家之家召开。
13. 4 月 24 日，中国文联和中国美协领导与第四届水彩画艺委会委员合影。
14. 4 月 17 日，中国美协写生团在陇川章凤广山村合影。
15. 8 月 1 日，中国美协组织美术家慰问驻京武警官兵。

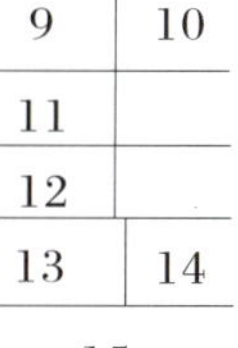

中国曲艺家协会

1. 10 月 21 日，中宣部副部长黄坤明到中国曲协进行调研座谈。
2. 10 月 23 日至 24 日，第三届中国曲艺高峰（柯桥）论坛在绍兴柯桥举行。
3. 6 月 8 日至 9 日，中国文联、中国曲协文艺志愿服务团深入四川芦山地震灾区震中的芦山县县城和龙门乡进行慰问演出。
4. 11 月 7 日至 9 日，2013 海峡两岸欢乐汇活动在福建省福州市举办。

1
2
3
4

5 6 7
8 9
10

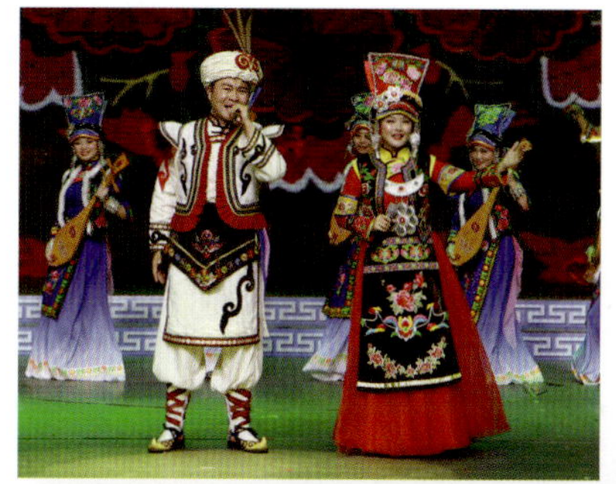

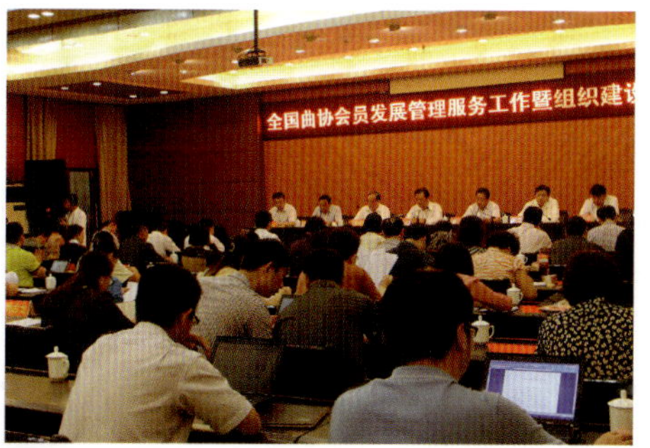

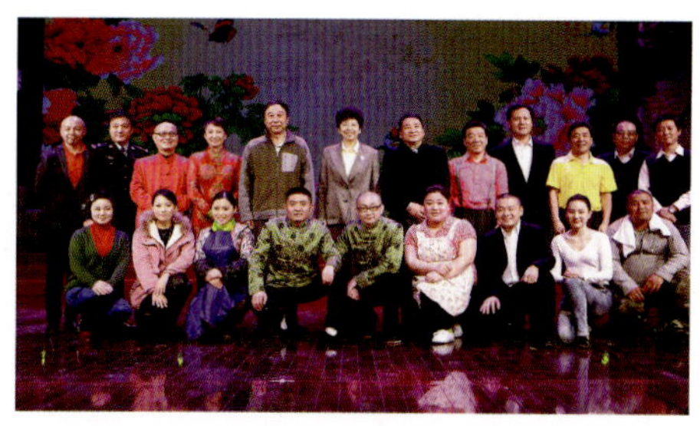

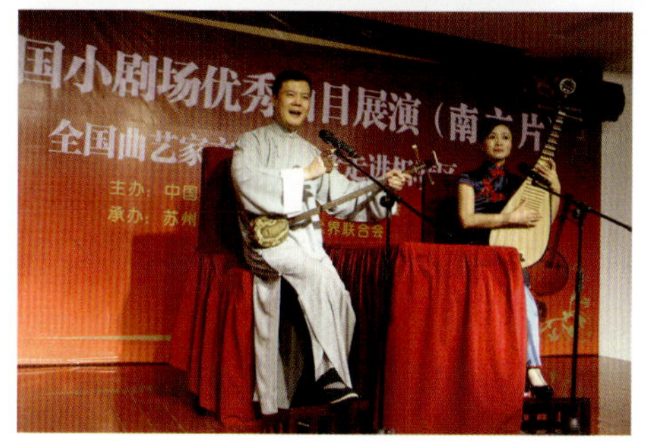

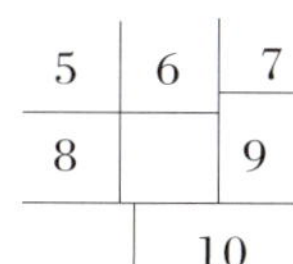

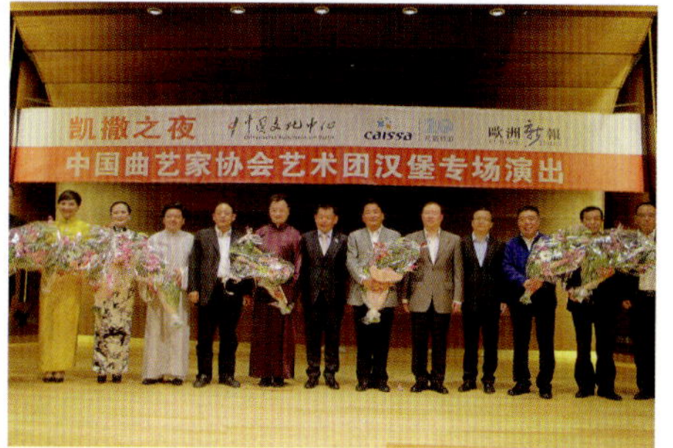

5. 12 月 7 日至 10 日，第五届全国少数民族曲艺展演系列活动在内蒙古呼和浩特市举办。
6. 9 月 5 日至 6 日，全国曲协会员发展服务工作暨组织建设研讨会在山西稷山县举行。
7. 12 月 5 日到 7 日，2013 年相声小品二人转优秀节目展演在北京民族宫大剧院举行。
8. 12 月 18 日至 19 日，首届全国曲艺小剧场优秀节目展演暨曲艺小剧场健康发展研讨会在苏州市相城区举办。
9. 8 月 25 日，中国曲艺艺术团赴德国汉堡进行交流演出。
10. 10 月 26 日至 29 日，第五期全国曲艺创作高级研修班在云南昆明举办。

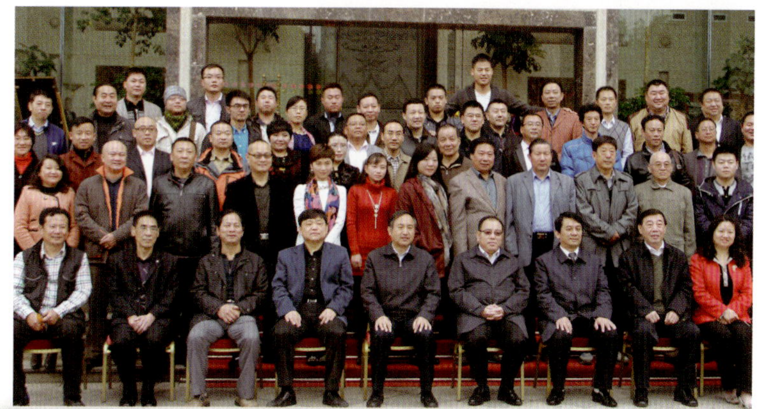

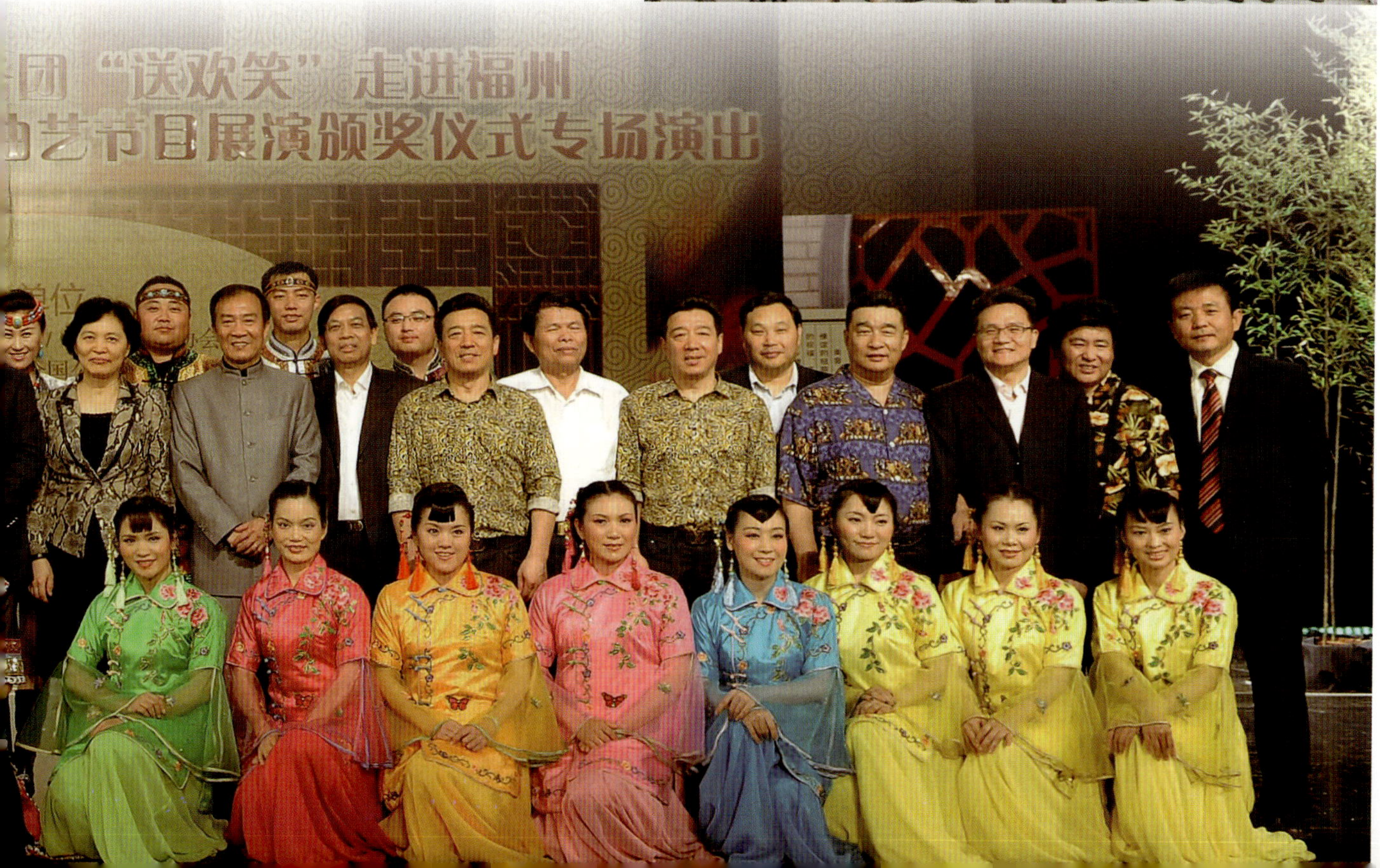

中国舞蹈家协会

1. 杨承志、冯双白与辽宁“百姓健康舞”表演者合影。
2. 中国舞协“党的群众路线教育实践活动”走进莫力达瓦。
3. 台湾文化交流“文化就在巷子里”演出后合影。
4. 中国舞协深入学习井冈山精神活动。
5. 江门市百姓健康舞展演现场 。
6. 第九届中国舞蹈“荷花奖”古典舞评奖金奖作品《丽人行》解放军艺术学院舞蹈系演出。

1	2
3	4
5	
6	

7	8	
9	10	11
12	13	14
15		

7. 藏族舞蹈采风”青海研讨会会场。
8. 西藏采风琼嘎村送欢乐下基层演出活动。
9. 海峡两岸青少年文化艺术交流展演中 王小燕领衔表演舞蹈《火辣辣的爱》。
10. 广东新农村少儿舞蹈调研。
11. 第七届“小荷风采”全国少儿舞蹈展演“小荷之星”获奖作品《乐在天边》。
12. 四川庐山地震灾区慰问演出。
13. 访俄代表团与俄罗斯国家民间舞蹈团演员合影。
14. 第九届中国舞蹈“荷花奖”舞剧舞蹈诗评奖闭幕颁奖仪式。
15. 文艺志愿者送欢乐南翔行演出。

中国文联、中国舞协“送欢乐下基层”南翔行活动

中国民间文艺家协会

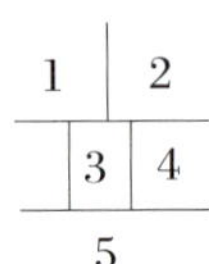

1. 5月8日至12日，中国文联、中国民协组派民间艺术展演团一行19人，赴美参加“聚焦中国·国际节”，在美国德克萨斯州的达拉斯市和艾迪森市举办“中国民间文化周”。
2. 6月18日，冯骥才获得第22届万宝龙国际艺术赞助大奖，并在获奖典礼上发表感言。
3. 8月6日至17日，副秘书长吕军率中国民协手工艺代表团前往以色列参加了第38届以色列耶路撒冷国际艺术和手工艺博览会。
4. 8月9日至13日，第八届中国（长春）民间艺术博览会在长春市举办。
5. 6月29日，“纪念钟敬文先生诞辰110周年座谈会”在北京人民大会堂隆重举行。

6
7 8
9
10

6. 在第八个“中国文化遗产日”到来之际，中国民协于6月6日在北京举办“呵护传承人关注守望者——非遗后时代民间文化传承的实践与思考”理论研讨会。

7. 4月3日，中国文联、河南省人民政府、中国民协、河南省文联等单位的领导共同在古都开封的清明上河园开启了2013中国（开封）清明文化节暨“宋韵之春”首演的帷幕。

8. 12月11日，第十一届中国民间文艺山花奖颁奖典礼在长春举行。

9. 3月3日，中国民协、广东省民协志愿者服务团“送欢乐下基层”暨万兴彩庆堂民间艺术貔貅狮表演在广东省清远市龙颈镇万兴村村前广场举行。

10. 7月26日至8月5日，中国民协联系群众暨志愿服务小组一行走进地处海拔3800米的凉山州彝族地区，实地调研民间文艺的传承保护现状。

中国摄影家协会

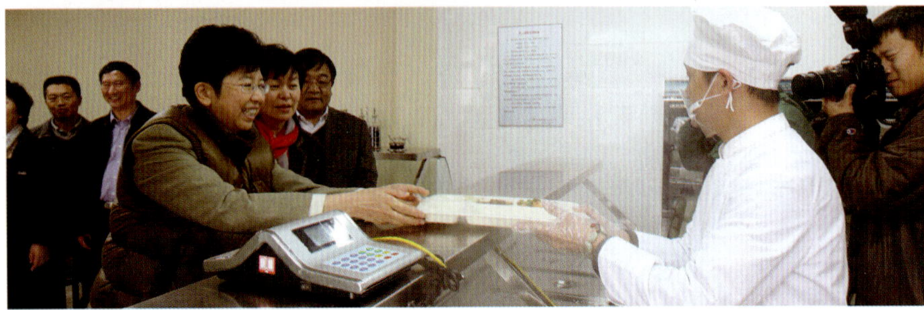

1	
2	
3	4
5	
6	7

1. 7月16日，中国文联党组书记、副主席赵实率中国摄协与中国文联文艺志愿服务团赴青海玉树慰问演出，图为在禅古新村的著名藏医巴桑扎西家慰问并赠送摄影作品场景。
2. 11月5日，中国摄协党的群众路线教育实践活动民主生活会后，赵实来到中国摄协刚刚开办的职工食堂，她一面和大家一起排队打饭，一面仔细了解询问员工的工作生活情况，并反复嘱咐协会负责同志要注意消防安全和食品卫生，要继续用实际行动践行党的群众路线，多为大家做实事、办好事。
3. 11月5日，中国摄影家协会创办的“影像国际网”（www.photoint.net）在中国摄协办公楼举行开通仪式。中国文联党组书记、副主席赵实出席，并亲手用鼠标点击“开通”图标，打开网站首页。
4. 12月18日，由中国文联主办，中国摄影家协会等承办的“追寻中国梦——摄影家采风创作基层行”作品展在中国文艺家之家开幕。
5. 12月20日，中国文联党组书记、副主席赵实，新华社副社长周树春，中国摄影家协会顾问吕厚民共同为中国摄影展览馆揭牌。
6. 11月16日，《大众摄影》杂志举办创刊55周年纪念，新老员工一起与中国文联党组成员、书记处书记李前光，中国摄影家协会主席、分党组书记王瑶合影。
7. 3月4日，由首都精神文明建设委员会主办，市委宣传部、首都精神文明办、中国摄影家协会、中国社会福利基金会学雷锋基金管委会、北京歌华文化发展集团共同承办的“永远的雷锋”大型主题展览在中华世纪坛开幕。

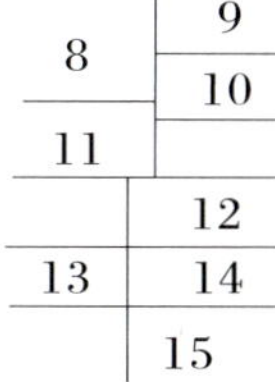

8. 4月7日，由中国摄影家协会、新华社中国国际文化影像传播有限公司和今日美术馆联合主办的大型摄影展览《隐没地——上圈组村民与艺术家的影像实验》亮相北京今日美术馆。
9. 5月1日至7日，由中国摄影家协会主办，中国摄影展览中心、广东省佛山市南海三十九度艺术空间投资开发有限公司承办的第24届全国摄影艺术展览，在佛山市南海区39度空间艺术创意社区首次亮相展出。
10. 5月14日，“世界遗产与今日中国”摄影展在立陶宛帕兰加艺术中心举办。中国驻立陶宛特命全权大使刘增文、帕兰加市市长萨鲁纳斯·维特库斯等观看展览。
11. 5月24日，在毛泽东同志《在延安文艺座谈会上的讲话》发表71周年，毛泽东同志诞辰120周年，著名摄影家徐肖冰、侯波夫妇到延安75周年之际，“回延安——徐肖冰、侯波摄影经典回顾展”在延安枣园革命旧址开幕。
12. 8月23日，中国摄影著作权协会第二次会员代表大会在京隆重开幕。
13. 8月25日至29日，中国第15届国际摄影艺术展览大师班学员和老师们在进行作品点评和挑选。
14. 11月6日，15届国际摄影艺术展览开幕式暨丽水国际摄影节在丽水开幕。
15. 在中国文联带领下，中国摄协分批组织摄影家先后赴海南、黑龙江、河南、安徽、四川、天津、北京郊区等地开展“送欢乐、下基层”活动。图为中国摄协分党组成员、秘书长高琴带队一行在海南海口村开展慰问活动场景。

中国书法家协会

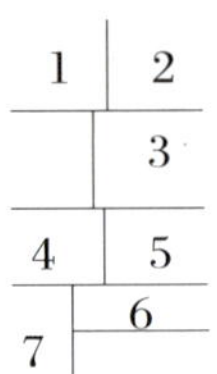

1. 9月28日，全国政协副主席韩启德，全国政协教科文卫体委员会副主任胡振民，中国书协主席张海，中国书协分党组副书记、秘书长陈洪武观看首届全国“三名工程”书法展。
2. 9月28日，张海主席在首届全国“三名工程”书法展开幕式上讲话。
3. 5月3日，“心系灾区、大爱雅安”中国书法界大型赈灾笔会在北京举行。
4. 12月13日，沈鹏草书书法巨制新书发布会在北京举行。图为沈鹏在新书发布会现场。
5. 7月4日，张思卿、王成喜、苏士澍一行视察廊坊燕京职业技术学院书法系。图为观看学生习作展。
6. 1月27日，中国书协2012年度中国书法进万家工作总结会在北京举行。图为进万家先进个人表彰现场。
7. 李铎在5月3日“心系灾区、大爱雅安”中国书法界大型赈灾笔会上捐赠作品。

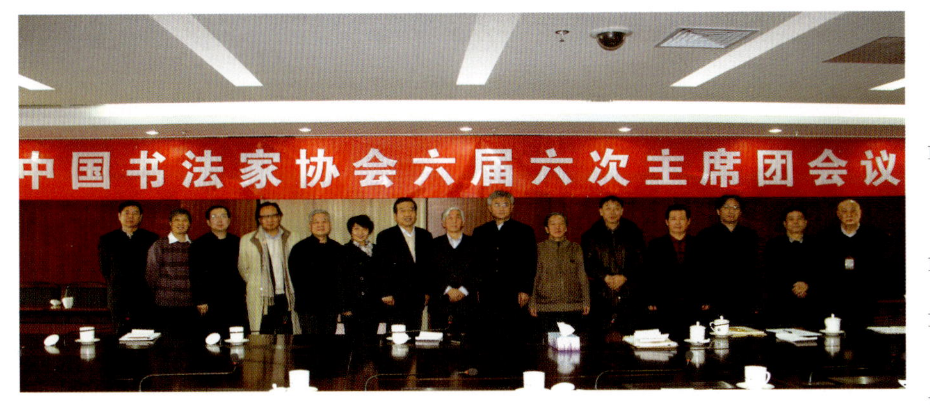

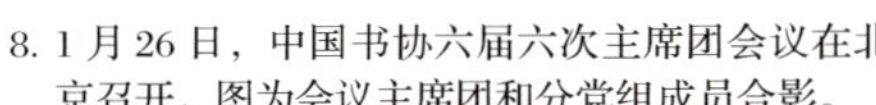

8. 1月26日，中国书协六届六次主席团会议在北京召开。图为会议主席团和分党组成员合影。
9. 3月21日，中国书协赴台交流团在花莲县新城国民小学交流书法教学。
10. 8月18日，“纪念淮海战役胜利65周年”中国书法进万家——走进精致淮北暨中国书协刻字研究会2013年度工作会议在安徽省淮北市举行。图为活动启动仪式。
11. 3月21日，中国书协赴台交流团与花莲县新城国民小学师生合影。
12. 2月4日，中国书协“送欢乐、下基层”中国书法进万家迎新春、送春联活动在北京市昌平区十三陵镇康陵村举行。图为送春联现场。
13. 4月11日，第四届中国书法兰亭奖作品展暨颁奖典礼在浙江省绍兴市举行。图为颁奖典礼现场。

8
9 10
11 12
13

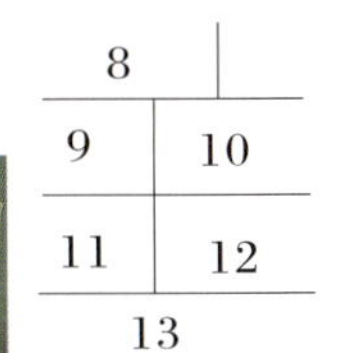

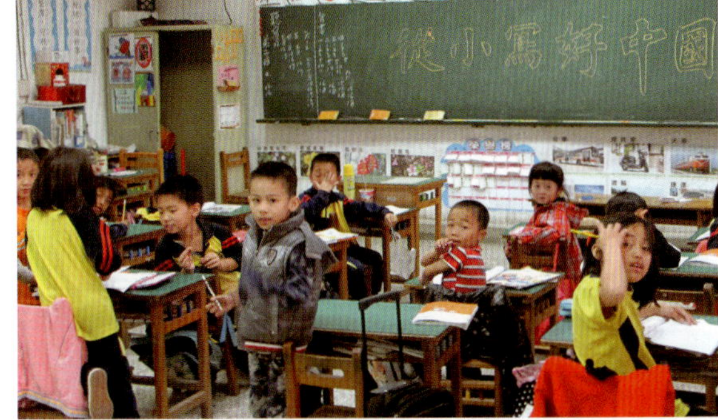

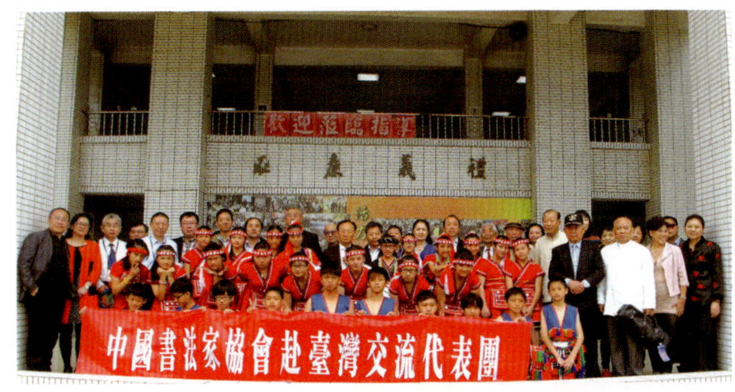

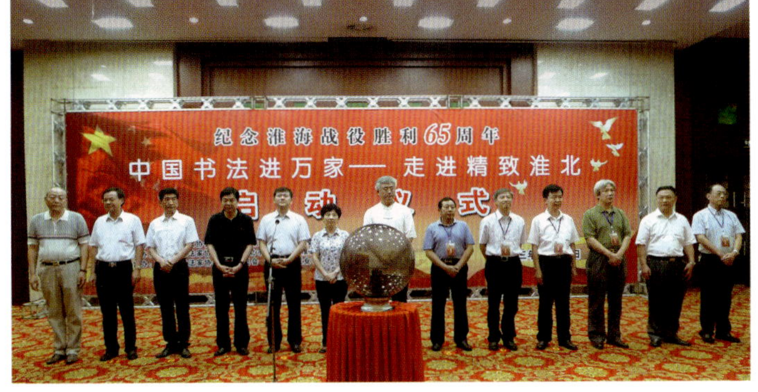

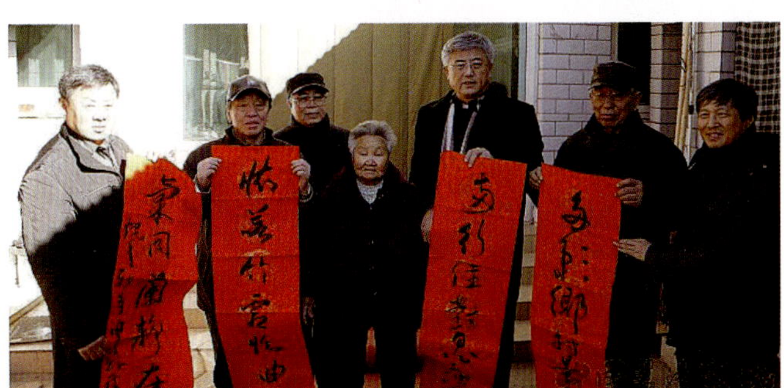

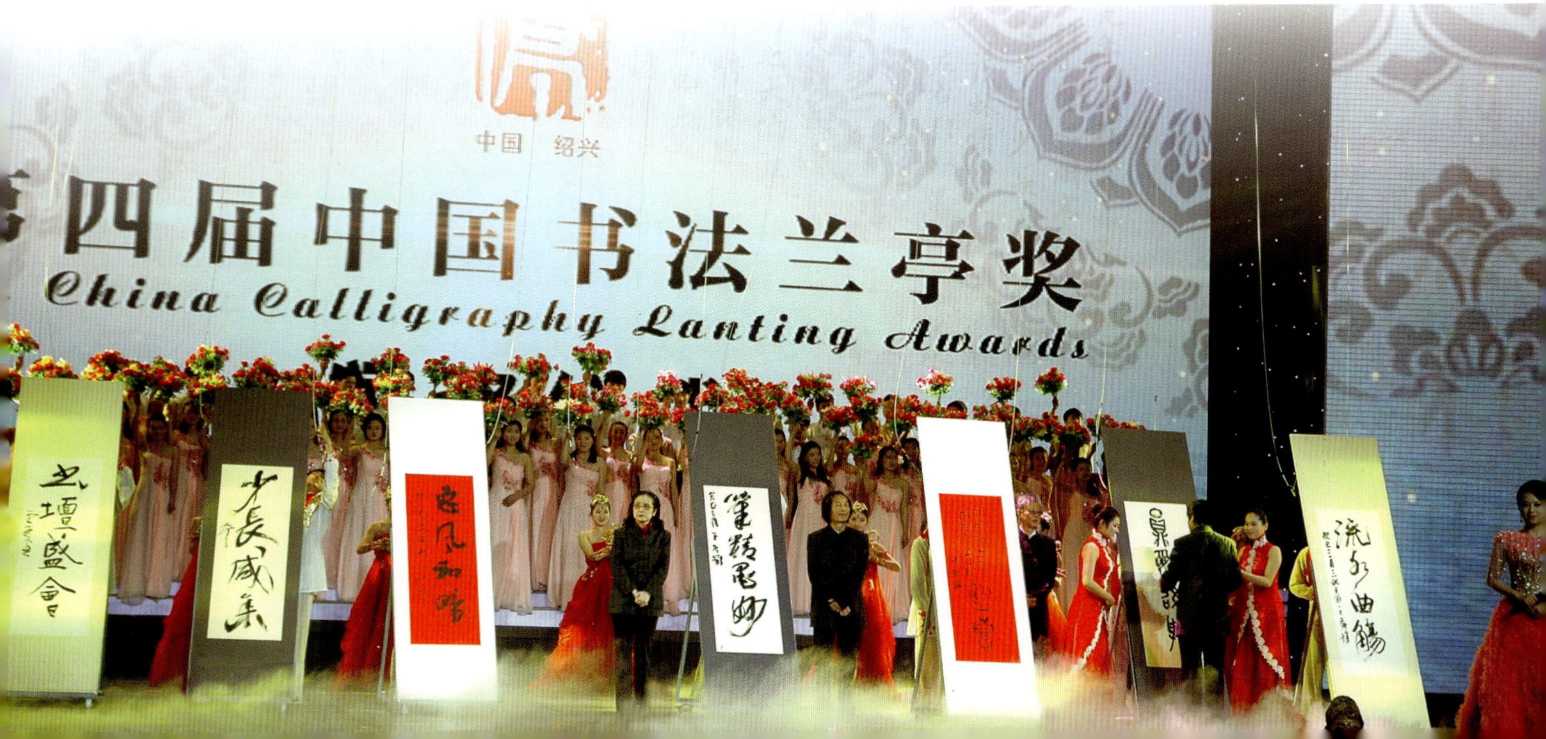

中国杂技家协会

1
2 3
4
5
6 7

1. 7月14日，中国文联副主席、中国杂协主席边发吉等向获得第六届两岸四地大学生魔术交流大会金奖的同学颁奖。
2. 12月27日，覃志刚、张广智、段喜中为第八届中国杂技金菊奖第三次优秀剧目奖获奖代表颁奖。
3. 1月1日，中国文联文艺志愿服务团在三沙市石岛演出后与战士们合影。
4. 1月18日，沈飞民机公司劳模与中国文联文艺志愿服务团艺术家合影留念。
5. 12月28日，中国文联文艺志愿服务团赴革命老区濮阳"送欢乐下基层"慰问演出人员合影。
6. 11月7日，国际评委与第八届上海国际魔术节暨国际魔术比赛组委会领导合影。
7. 11月6日，中国杂协代表团一行和台湾戏曲学院综艺团演员们在一起。

8. 1月17日，中国杂技家协会选派中国杂技团有限公司《俏花旦——集体空竹》《圣斗——地圈》双获第37届蒙特卡洛马戏节“金小丑”奖。

9. 1月27日，中国杂技家协会选派上海杂技团《舞陀螺》获第34届法国“明日”世界马戏节金奖。

10. 9月9日，中国杂技家协会选派天津市杂技团《集体蹬人》获第12届莫斯科国际青少年马戏节金奖。

11. 10月21日，中国杂技家协会选派天津市杂技团《集体蹬人》获第15届意大利拉蒂那国际马戏节金奖。

12. 9月22日，中国杂技家协会选派云南省杂技团《流星——小伙·四弦·马缨花》获首届哈萨克斯坦国际马戏节金奖。

13. 应中国杂协邀请，湖南省杂技艺术剧院有限公司的杂技学员到京参观学习。

14. 1月1日，吴正丹、魏葆华在海岛上狭小的“舞台”上精彩托举。

15. 5月31日，《国家大马戏院项目建议书》专家论证会在北京中国文艺家之家召开。

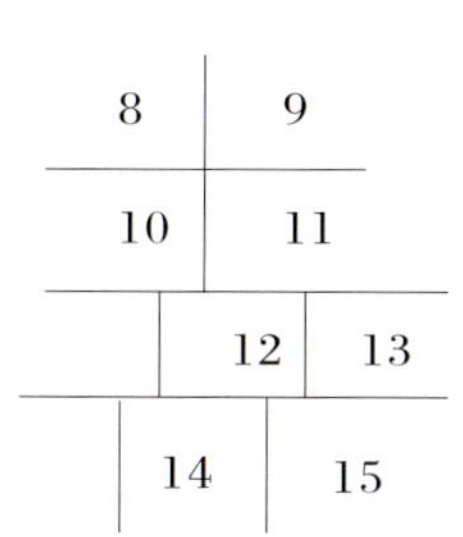

中国电视艺术家协会

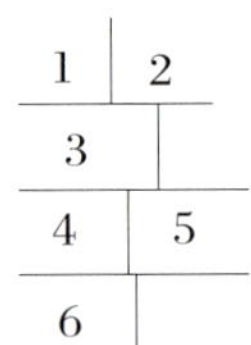

1. 2月3日，中国文联、中国视协"送欢乐下基层 春暖农民工"晚会在河北遵化举办。
2. 2月22日，中国文联、中国视协"送欢乐、下基层"走进革命老区罗田慰问演出。
3. 4月20日，中国视协五届二次理事会议在天津召开。
4. 6月5日至7日，第四届中国·东南亚·南亚电视艺术周在昆明举办。
5. 7月10日，"全国卫视看兵团"大型主题采访活动启程仪式在新疆举办。
6. 8月2日，中国电视金鹰奖评奖工作调研座谈会在齐齐哈尔市召开。

7. 8 月 24 日，王丽萍编剧艺术研讨会在北京举办。
8. 9 月 9 日，第五届新农村电视艺术节农村题材曲艺、小品展演在北京举行。
9. 9 月 13 日，第六届中国旅游电视周优秀旅游电视节目表彰活动在常熟举行。
10. 10 月 12 日，德艺双馨电视艺术家与大学生面对面活动在嘉兴展开。
11. 10 月 12 日，第八届全国德艺双馨电视艺术工作者表彰大会在浙江举办。
12. 10 月 15 日至 17 日，第十三届中日韩电视制作者论坛于无锡举行。
13. 10 月 20 日，2013 中国大学生电视节闭幕式暨颁奖仪式在南京举办。
14. 10 月 27 日，亚洲微电影艺术节新闻发布会在北京举行。
15. 11 月 21 日，首届亚洲微电影金海棠奖颁奖晚会在临沧举办。
16. 12 月 20 日，第二届海峡两岸电视艺术节暨海峡两岸电视纪录片论坛在重庆举办。

7	8	9
10	11	
12		
	13	14
	15	16

China Federation of Literary and
Art Circles Group Members (Ⅰ)

2014

中国文联各团体会员（一）

中国戏剧家协会

综　述

2013年，中国剧协在中国文联的正确领导下，深入贯彻落实党的十八大、十八届三中全会精神，扎实推进党的群众路线教育实践活动，深入基层，服务群众，开拓进取，奋发有为，成功举办梅花奖创办30周年系列庆祝活动、第26届中国戏剧梅花奖大赛、第13届中国戏剧节、全国青年戏曲音乐家研修班、梅花奖艺术团台湾行等重要活动，不断增强和提升中国剧协在戏剧界的吸引力、凝聚力和影响力，为全面推动戏剧事业和剧协工作的蓬勃发展作出了不懈努力。

重要活动

【梅花奖创办30周年系列庆祝活动】

1.举办中国戏剧梅花奖创办30周年大会

9月1日，中国戏剧梅花奖创办30周年大会在人民大会堂举行。赵实、李屹和文化部副部长董伟等有关方面领导，中国剧协主席团、顾问，文化界、戏剧界知名人士，新闻媒体，以及来自全国各地的近500名梅花奖获得者出席大会。赵实、董伟、尚长荣、刘厚生等同志讲话，最新一届的梅花奖获得者代表发言。会上还由李默然老师长子李龙吟宣读了李默然遗作《梅花奖30年回眸》。30年来，中国戏剧梅花奖共评出了26届、634人，涵盖了58个戏曲剧种以及话剧、儿童剧、歌剧、音乐剧、舞剧等，其中44人两次获得梅花奖（二度梅42人，跨剧种2人），7人三次获得梅花奖（即梅花大奖）。大会庄重、热烈，深刻总结了梅花奖在我国新时期戏剧表演领域里的重大贡献和对我国戏剧大发展大繁荣的推动作用。与会者济济一堂，共同回顾和见证了梅花奖走过的30年光辉历程。

2.举办《梅花赞》——中国戏剧梅花奖创办30周年专场汇报演出

8月31日，由梅花奖艺术团演出的“梅花赞——中国戏剧梅花奖创办30周年专场汇报演出”在北京北展剧场举行。演出以梅花奖30年走过的历程，分为“第一个十年：梅花香自苦寒来”、“第二个十年：东风吹着变成春”和“第三个十年：散作乾坤万里春”三大板块，共有52名梅花奖演员演出17个节目，涵盖京剧、昆曲、豫剧、越剧、晋剧、黄梅戏、秦腔、评剧、川剧、粤剧、汉剧、歌剧、龙江剧等剧种。此次演出秉持梅花奖艺术团公益、惠民的一贯作风，邀请一线的工人、战士和农民工等基层民众免费观摩。演出结束后，观众大呼过瘾，纷纷报以好评，认为清新素雅的简洁舞台更能表现演员的表演魅力。赵实同志评价：此次晚会非常好，可以一次看到这么多名家，充分展示了中国戏剧艺术的丰富多彩。

3.举办中国戏剧梅花奖创办30周年研讨会

9月1日至2日，梅花奖创办30周年研讨会在北京会议中心召开，戏剧专家与梅花奖演员齐聚一堂，共同回顾了新时期戏剧艺术走过的历程，探讨梅花奖在新的历史条件下与时俱进之路。

4.邀请全国28台优秀剧目进京展演，全国各地纷纷举行纪念演出活动

9月2日至27日，邀请了由27个省区市剧协组织的28台优秀剧目作为祝贺演出，在北京长安大戏院和梅兰芳大剧院轮番上演。这些剧目全部由梅花奖获得者主演，涵盖了22个戏曲剧种和话剧等戏剧样式，是近年来各地戏剧工作者潜心创造，在全国产生巨大影响的新作和各剧种的优秀经典剧目，时代气息浓郁，艺术水准精良，剧种风格多样，代表了新世纪以来舞台艺术的重要成就。

全国各地纷纷举办纪念演出活动，一直延续到年底。经统计，共开展了包括座谈、展演及下基层演出等近200项活动，剧目均由梅花奖获得者主演，取得了良好的社会效应和业界反响。像海南省梅花奖演员陈素珍来到乡间村落，将戏曲节目

带到最基层的老百姓中间，走村串巷，一演就是几十场，受到当地老百姓的热烈欢迎。

5. 编辑出版《梅花谱》

为庆祝中国戏剧梅花奖创办30周年，中国剧协组织编辑出版了大型画册《梅花谱》。全书汇集了26届634位梅花奖获奖演员的艺术简介、近5000幅剧照和生活照，展示了梅花们的舞台魅力和个人风采，图文并茂，蔚为大观。

【梅花奖艺术团活动】

2013年，梅花奖艺术团继续以弘扬民族文化、服务人民群众为宗旨，一方面深入基层，送戏下乡，为广大基层观众服务；另一方面继续走出境外，展示中国戏剧的艺术风采。

1. 抚州行

11月30日晚，中国文联、中国剧协梅花奖艺术团“送欢乐、下基层”抚州行慰问演出在汤显祖大剧院精彩上演，“国宝级”戏剧大家尚长荣、裴艳玲等14名梅花奖获得者和特邀戏剧名家共同登台表演了深受当地百姓喜爱的戏曲经典剧目片段以及在观众中广为流传的抒情歌曲、诗朗诵等。艺术家们深厚的功底、精湛的技艺、精彩的表演，不时赢得满堂喝彩。当晚喜逢首届“汤显祖戏剧奖•小戏小品奖”闭幕，中国剧协分党组书记、驻会副主席季国平，分党组副书记、秘书长刘卫红出席了闭幕颁奖活动。季国平代表中国文联、中国剧协向该奖的成功举办表示热烈祝贺，并祝愿抚州文化界的“临川新梦”——打造高品质的“汤显祖戏剧奖”能够梦想成真。

2. 台湾行

12月8日至16日，梅花奖艺术团应邀赴台湾高雄、宜兰（传统艺术中心）和台北进行文化交流与演出，这是艺术团自2007年首次赴台湾台北交流演出后，再次与台湾同胞开展的“梅花有约”活动。此次艺术团荟萃了梅花大奖尚长荣、裴艳玲等15朵梅花，均为各戏曲剧种的传承人和领军人物，他们的精湛表演获得了台湾观众的热烈欢迎。8天时间里，梅花奖艺术团一行走遍了大半个台湾，传播中华民族优秀传统文化，弘扬真善美，两岸在交流中相互学习借鉴，在对话中激发共同的文化记忆，增进了台湾同胞对两岸民族同根、文化同源的认同感和归宿感。

3. 攀枝花行

12月26日晚，带着浓郁深情的新年祝福，梅花奖艺术团来到四川攀枝花市，在会展中心大会堂举办“我们的中国梦”送欢乐下基层慰问演出活动。中国剧协分党组书记、驻会副主席、梅花奖艺术团团长季国平，攀枝花市市委书记刘成鸣，中国剧协分党组副书记、秘书长刘卫红，攀枝花市市委副书记赵辉以及市委宣传部等领导出席了晚会，季国平、赵辉分别致辞。此次演出汇集了中国文联副主席、中国剧协副主席、梅花大奖获得者裴艳玲，梅花大奖获得者顾芗等11个剧种的17位戏剧表演艺术家，他们精湛的表演让现场观众目不转睛，如痴如醉，现场掌声如潮。来自攀枝花市的矿工、学生、市民以及部队官兵兴高采烈地观看了演出，攀枝花电视台进行现场直播，千家万户实时收看，为这座城市的父老乡亲带来了感动和欢乐。

艺术节与评奖

【第26届中国戏剧梅花奖大赛】

4月16日至26日、5月6日至18日，由中国文联、中国剧协主办的第26届中国戏剧梅花奖大赛分东西赛区在杭州、成都举行。本届梅花奖共有来自全国的90余位演员报名参评，人数创历史之最。经初评委员会遴选，来自全国22个省区市及中直院团，涉及京剧、昆曲、越剧、豫剧、评剧、沪剧、陇剧、河北梆子、川剧、秦腔、蒲剧、锡剧、粤剧、楚剧、黄梅戏、吕剧、滇剧、藏剧、平调落子、瓯剧等20个戏曲剧种以及话剧、歌剧的46名演员进入终评。最终，有41名演员摘取梅花奖桂冠。其中，评剧表演艺术家冯玉萍荣获梅花大奖；李东桥、景雪变、柳萍、刘子微、茅善玉、张秋歌荣获二度梅；董红、郑国凤等34人喜获一度梅。

5月20日晚，大赛闭幕式及颁奖典礼在成都东郊记忆演艺中心隆重举行。文化部副部长、中国剧协顾问董伟，中国文联副主席杨承志，中国剧协主席尚长荣，中国剧协分党组书记、驻会副主席季国平，中国剧协顾问刘锦云、魏明伦、瞿弦和，中国剧协副主席王晓鹰、白淑贤、李树建、沈铁梅，中国剧协分党组副书记、秘书长刘卫红，

副秘书长周光等领导和艺术家出席颁奖仪式并为获奖演员颁奖。在欢快喜庆的气氛中，全体“一度梅”获奖演员联袂演唱了戏歌《美丽中国》，“二度梅”及“梅花大奖”获得者则分别献上了各自的拿手好戏。

5月21日上午，第26届梅花奖获奖演员会聚一堂，畅谈心声。专家们语重心长，对获奖演员寄予厚望。秉承梅花奖“上奖台、下基层”的传统，5月21日下午，本届梅花奖获奖演员赶赴地震灾区四川雅安市荥经县胡长保小学进行了慰问演出，与灾区人民同享梅韵馨香。

【第26届中国戏剧梅花奖获奖名单】

梅花大奖获得者（1名）

冯玉萍　沈阳评剧院

梅花奖二度获得者（二度梅）（6名，按得票多少排序）

戏曲（5名）：

李东桥　陕西省戏曲研究院

景雪变　山西运城市蒲剧青年实验演出团

柳　萍　宁夏演艺集团秦腔剧院

刘子微　武汉京剧院

茅善玉　上海沪剧院

话剧（1名）：

张秋歌　中国国家话剧院

梅花奖获得者（34名，按得票多少排序）

戏曲（30名）：

董　红　张家港市艺术中心

郑国凤　杭州越剧院

吕　洋　天津京剧院

周　利　重庆市京剧团有限责任公司

黎　安　上海昆剧团

赵杨武　陕西省戏曲研究院秦腔团

方汝将　温州市瓯剧团

王　超　成都市川剧研究院

刘　露　成都市京剧研究院

姜亦珊　北京京剧院

刘建杰　山东省京剧院

陈亚萍　云南省滇剧院

孙劲梅　福建京剧院

苏凤丽　甘肃省秦腔艺术剧院有限责任公司

吕淑娥　山东省吕剧院

屈连英　宁夏演艺集团秦腔剧院

詹春尧　湖北省地方戏曲艺术剧院

王　琴　安庆市黄梅戏艺术剧院

孙　娟　安徽省黄梅戏剧院

范乐新　南京市京剧团

姚百青　浙江省绍剧团

崔玉梅　广州粤剧院有限公司

王滨梅　浙江越剧团

刘雯卉　河南省济源市戏剧艺术发展中心

王　红　邯郸市平调落子剧团

贾菊兰　山西省运城市蒲剧团

马　力　中央戏剧学院

雷　玲　湖南省昆剧团

边点旺久　西藏自治区藏剧团

佟红梅　甘肃省陇剧院

话剧(3名)：

袁　泉　中国国家话剧院

张艳秋　天津人民艺术剧院

王　斑　北京人民艺术剧院

歌剧(1名)：

陈小朵　中国歌剧舞剧院

【第13届中国戏剧节】

11月9日至25日，由中国文联、中国剧协、苏州市人民政府联合主办的第13届中国戏剧节在苏州举行。来自全国各地的29台参评剧目和6台展演剧目在苏州及周边地区上演，涵盖昆曲、徽剧、越剧、黄梅戏、豫剧、秦腔、晋剧等22个戏曲剧种以及话剧、儿童剧、舞剧、歌剧、音乐剧等戏剧样式，代表了近两年来戏剧艺术创作和演出的最高水准。

11月9日晚，开幕式在苏州文化艺术中心隆重举行。中国文联党组副书记、副主席李屹为第十三届中国戏剧节响锣开幕，苏州市委副书记、市长周乃翔和中国剧协主席尚长荣分别致辞。

本届戏剧节规模大、范围广、影响深，参演剧目丰富、题材广泛、形式多样，不仅有整理改编的传统戏和新编历史剧，还涌现了一批聚焦时代、关注民生，颇具感染力的现实题材新作；参演剧团既有国家级院团，也有根植在百姓中的基层院团，更首次引入了活跃在民间的业余剧团参加，为绚丽多姿的中国戏剧节增添了别样光彩；参演演员名角荟萃、风采迷人，新秀辈出、生气勃勃，充分体现出我国戏剧舞台不断出人出戏的可喜景象；评论与评奖并重，真正起到了戏剧节对于剧目创作的推动作用。戏剧节期间还举行了四次剧目评论会。经评选，滑稽戏《探亲公寓》、昆曲《续琵琶》、芗剧《保婴记》等20台剧目获优秀剧目奖；滇剧《水莽草》、汉剧《金莲》等9台剧目获剧目奖。顾芗、茅威涛、董红等28人获优秀表演奖；陆伦章、郑怀兴等获优秀编剧奖；张曼君、熊源伟、王晓鹰等获优秀导演奖；朱绍玉、汝金山等获优秀音乐奖；刘杏林、周正平等获优秀舞美奖。苏州市人民政府获突出贡献奖，苏州市文化广电新闻出版局、张家港市人民政府获优秀组织奖。

11月25日晚，戏剧节闭幕式暨颁奖典礼在苏州市人民大会堂举行。中国文联党组成员、书记处书记李前光，中国剧协分党组书记、驻会副主席季国平，江苏省政协原副主席陆军，江苏省文联党组成员、书记处书记郑泽云，中共苏州市委常委、宣传部长蔡丽新，以及白淑贤、孟冰、刘锦云等艺术家和领导出席了闭幕式并为获奖者颁奖。

【第13届中国戏剧节获奖名单】

优秀剧目奖（20个，按得票多少排序）：

滑稽戏《探亲公寓》 苏州市滑稽剧团

昆曲《续琵琶》 北方昆曲剧院

芗剧《保婴记》 福建漳州市芗剧团

苏剧《柳如是》 苏州市苏剧团、市锡剧团有限公司

锡剧《二泉映月•随心曲》 无锡市演艺集团锡剧院

晋剧《巴尔思御史》 山西省晋剧院

琼剧《海瑞》 海南省琼剧院

锡剧《一盅缘》 张家港市艺术中心

吕剧《百姓书记》 山东省吕剧院

舞剧《文成公主》 兰州军区战斗文工团、西安电视台

汉剧《宇宙锋》 湖北武汉汉剧院

徽剧《惊魂记》 安徽省徽京剧院

晋剧《上马街》 太原市晋剧艺术研究院

评剧《从春唱到秋》 河北唐山市演艺集团评剧团

沪剧《挑山女人》 上海宝山沪剧艺术传承中心

淮剧《半车老师》 盐城市淮剧团

音乐剧《西关小姐》 广州歌舞剧院有限公司

豫剧《山城母亲》 河南省周口市戏剧艺术研究院

黄梅戏《半个月亮》 安徽省安庆市黄梅戏艺术剧院

越剧《江南好人》 浙江小百花越剧团

剧目奖（9个，按得票多少排序）：

滇剧《水莽草》 云南玉溪市滇剧院

汉剧《金莲》 广东汉剧院

儿童剧《彩虹》 中国福利会儿童艺术剧院

湘剧《苏秀才》 湖南长沙市湘剧保护传承中心

赣剧《青衣》 江西南昌大学赣剧文化艺术中心

秦腔《大秦将军》 陕西省戏曲研究院秦腔团

舞剧《桃花坞》 苏州市歌舞剧院

歌剧《钓鱼城》 重庆市歌剧院

婺剧《天下第一疏》 浙江建德市婺剧团

单项奖（45名）

优秀表演奖（28个，按演出顺序排序）

顾　芗　滑稽戏《探亲公寓》

张克勤　滑稽戏《探亲公寓》

梁锦忠　淮剧《半车老师》

王　荔　汉剧《宇宙锋》

张俊玲　评剧《从春唱到秋》

华　雯　沪剧《挑山女人》

刘　广　歌剧《钓鱼城》

陆逸红　芗剧《保婴记》

黄庆华　婺剧《天下第一疏》

傅焕涛　吕剧《百姓书记》

小小王彬彬　锡剧《二泉映月•随心曲》

秦　熙　舞剧《文成公主》

曹汝龙　湘剧《苏秀才》

肖秀莲　豫剧《山城母亲》

符传杰　琼剧《海瑞》

王　芳　苏剧《柳如是》

汪育殊　徽剧《惊魂记》

李仙花　汉剧《金莲》

张桢子　音乐剧《西关小姐》

陈　俐　赣剧《青衣》

冯咏梅　滇剧《水莽草》

茅威涛　越剧《江南好人》

李建清　晋剧《巴尔思御史》

王　琴　　　黄梅戏《半个月亮》

牛建伟　　　晋剧《上马街》

魏春荣　　　昆曲《续琵琶》

赵扬武　　　秦腔《大秦将军》

董　红　　　锡剧《一盅缘》

优秀编剧奖（5个，按得票多少排序）

陆伦章　滑稽戏《探亲公寓》编剧

汪　浩　儿童剧《彩虹》编剧

郑怀兴　琼剧《海瑞》编剧

杨　军　滇剧《水莽草》编剧

罗　周　锡剧《一盅缘》编剧

优秀导演奖（5个，按得票多少排序）

张曼君　锡剧《二泉映月•随心曲》导演

吴兹明　芗剧《保婴记》导演

熊源伟　滇剧《水莽草》导演

石玉昆　苏剧《柳如是》导演

王晓鹰、陈　涛　黄梅戏《半个月亮》导演

优秀音乐奖（4个，按得票多少排序）

朱绍玉、王天赐、黄志启、陈世文、陆铭芳　琼剧《海瑞》唱腔设计

李　书、刘克忠、尚建三、李雁鸣、陈大明　秦腔《大秦将军》音乐设计

汝金山　沪剧《挑山女人》音乐设计

徐占海、郑　冰、王　华　歌剧《钓鱼城》音乐设计

优秀舞美奖（3个，按得票多少排序）

刘杏林、胡耀辉、蓝　玲　昆曲《续琵琶》舞美设计

李志华、赵　羽、程志强、张　健、德　晶、章月儿　舞剧《桃花坞》舞美设计

周正平、王笠君　婺剧《天下第一疏》舞美设计

【2013年中国戏剧奖·终身成就奖颁奖典礼】

11月9日，在第13届中国戏剧节开幕式上，举办了2013年中国戏剧奖•终身成就奖颁奖典礼，杜近芳、张春华、郑榕、徐玉兰、章宗义、蓝天野6位德高望重的老艺术家获奖。颁奖典礼热烈而隆重，由中国剧协制作的10分钟短片，介绍了6名获奖艺术家的艺术成就，获得全场雷鸣般的掌声。徐玉兰、蓝天野亲临现场，发表了感人至深的获奖感言。中国戏剧奖•终身成就奖于2009年由中宣部批准设立，两年一评。作为中国戏剧奖最高荣誉奖，旨在表彰、奖励为繁荣、发展我国戏剧事业做出杰出贡献并健在的戏剧家。本届是第三次评选。

【第五届中国戏剧奖·小戏小品奖暨第五届（张家港）全国小戏小品大赛】

10月30日至11月6日，第五届“中国戏剧奖•小戏小品奖”决赛在张家港市举行，来自全国22个省区市和部队的22个剧种、54个作品进入决赛。经过三场小品、四场小戏的角逐，共有26个作品获得优秀剧目奖。本届小戏小品比赛特地选择避开中心城市，分别在张家港市大新镇文化中心和南丰镇科文中心进行，充分利用乡镇现有的文化场所，使百姓在家门口就能观赏到全国性高水平的赛事，体现了文化成果惠及人民群众的初衷。比赛期间，中国剧协向张家港市授予“中国戏剧家协会张家港（全国）小戏小品创作基地”称号。最终，锡剧《丫丫考零分》、小品《幸福指数》等获得中国戏剧奖•小戏小品奖。中国剧协副秘书长周光，江苏省和张家港市相关领导出席了11月6日的闭幕式并为获奖者颁奖。

【第五届中国戏剧奖·小戏小品奖获奖名单】

小戏类优秀剧目奖(按得票多少排序）

《丫丫考零分》　张家港市艺术中心

《送水饭》　泉州市高甲戏传承中心

《非诚误扰》　吉林省戏曲剧院

《过河》　武汉汉剧院

《桑林收子》　河南省曲剧团

《墙角》　中国沾化渔鼓戏剧团

《送你一路信天游》　兰州军区战斗文工团

《闹猪场》　阳信县艺术团

《借据》　吴起县文化馆

《老四维稳》　郴州市艺术研究所、资兴市花鼓戏剧团

《守望》　昆明市文化馆、昆明市戏剧家协会

《三个媳妇》　湖北省实验楚剧团

《追梦》　桂林市艺术研究所、永福县彩调剧团

小品类优秀剧目奖（按得票多少排序）

《幸福指数》　张家港市文化馆

《紧急后送》　总政话剧团

《壶》　中山市文化馆

《目击者》　南通市通州区文广新局

《洁•画》　深圳市罗湖区文化馆

《拉链夫妻》 上海虹口区文化艺术馆

《成长》 盐城市盐都区文化馆、潘黄文化站

《吓死你》 深圳市盐田区文化馆

《特别的爱给特别的你》 黑龙江省农垦宝泉岭管理局

《学习雷锋好榜样》 东莞市常平文广服务中心

《阳光公寓》 宁波市文化馆群星话剧社

《情人节的鲜花》 重庆市沙坪坝区文化馆、重庆大学影视学院

《为什么》 深圳市布吉、坪地街道文体服务中心

创作与研究

【第三届小戏小品创作研修班】

3月7日至22日，中国戏剧家协会第三届小戏小品创作研修班在张家港市举办。30多名研修学员中不仅有编剧，还包括导演和演员。这种综合班的结构，旨在对小戏小品创作中各个环节存在的问题进行认真细致的梳理、归纳与研讨，使学员得到全方位的提升。本次研修活动，聘请了当前小戏小品创作领域顶级的教授、编剧、导演、演员等专家授课。

【组织开展全国剧本创作和剧作家现状调研】

4月8日，“全国戏剧剧本创作和剧作家现状信息交流会”在盐城召开，进行了全国剧本创作和剧作家现状调研工作。31个省市区剧协的负责人和全国各地50多位剧作家、戏剧评论家参与了交流。会上，与会者们就有关各地戏剧创作队伍的现状、存在的问题，以及解决戏剧创作队伍萎缩和大力倡导以人民为中心的创作导向的各种举措进行探讨。此举有助于了解当前戏剧创作队伍出现的新情况、新问题，积极寻找应对的新办法、新措施，明确未来工作的新思路、新途径。

【联合出品话剧《韩信》】

5月9日至19日，由中国文学艺术基金会资助，中国戏剧家协会、上海话剧艺术中心联合出品的话剧《韩信》在上海话剧艺术中心艺术剧院上演。该剧独具特色，充满时代感与人文精神，人物塑造灵动写意，故事情节起伏跌宕，上演后引起业界内外良好反响，也为中国剧协积累了合作推出戏剧作品的成功经验。该剧还于11月在第13届中国戏剧节上展演，获得“优秀展演剧目”称号。

【第五届全国中青年编剧研修班】

5月30日，由中国剧协、广东省文联主办，《剧本》杂志社、广东省剧协共同承办的中国剧协第五届中青年编剧研修班在广东文艺职业学院郭兰英艺术分院开班。中国剧协中青年编剧研修班自2009年底首次举办，至今已开办四届，分别与江苏、湖北、上海、江西等地联合举办。本届研修班的30名学员中有20人是从历届研修班中选拔出来的，另有来自广东省的10名学员。研修班邀请国内知名剧作家、导演、戏剧评论家为学员讲课和点评作品，并安排了剧本讨论、演出观摩、学员交流采风等内容。

【全国青年戏曲音乐家研修班】

10月18日至11月1日，由中国戏剧家协会、上海戏剧学院联合主办的中国剧协全国青年戏曲音乐家研修班在上海举办。这次研修班是在1月份开展的“全国青年戏曲音乐家研修班”问卷调查的基础上开办的，目的是发现和培养各戏曲剧种中具有独立创作能力的优秀青年戏曲唱腔设计人才，促进当代戏曲声腔艺术的继承与创新。共有含港台地区在内的30个省区市53家剧院（团），涉及近40个剧种的64名学员参加了研修班学习。学员们聆听了王蒙、陈晓光、何占豪等22位当代著名作家、艺术家、戏曲音乐家的讲座和讲评；观摩了第十五届中国上海国际艺术节的中外经典演出；参加了“中国青年戏曲音乐家论坛”。中国戏曲音乐学会应青音班学员请求，破格吸收青音班全体学员为中国戏曲音乐学会会员。

【长三角地区戏剧创作信息和人才交流洽谈会】

10月31日，由中国剧协指导，江浙沪三地剧协和上海市剧本创作中心共同主办的“长三角地区戏剧创作信息及人才交流洽谈会”在上海举行。洽谈会促成了青编、青导班学员代表和青音班全体学员与近70家戏剧院团代表之间多项合作成果。本次活动旨在推动当代戏剧艺术发展，活跃长三角地区中青年戏剧工作者横向交流与展示。

【梅花奖数字电影工程】

2013年，由中国文联和中国剧协策划实施的梅花奖数字电影工程取得重要成绩。6月6日，首

批拍摄完成的龙江剧艺术片《木兰从军》、晋剧艺术片《傅山进京》、京剧艺术片《野猪林》、《兰梅记》、秦腔艺术片《大树西迁》、梨园戏艺术片《董生与李氏》、《节妇吟》等7部梅花奖数字电影工程影片首映仪式在中国文艺家之家举行。中国文联党组书记、副主席赵实、出席首映式并作重要讲话。随后，7部影片陆续在各地分别举办首映式，影片光盘相继制作完成并出版发行。9月，在庆祝中国戏剧梅花奖创办30年系列活动期间，7部影片在京举行了集中展映活动。梅花奖数字电影工程的顺利推进对于展示名家舞台风采、普及戏剧戏曲文化、扩大剧种剧目影响、满足人们欣赏需求发挥着积极作用。目前，梅花奖数字电影已公映12部，另有6部正在拍摄或后期制作中。

【中国地方戏曲声腔整理抢救工程】

2013年，中国地方戏曲声腔整理抢救工程启动，此工程计划用3至5年时间，对有代表性的50余种地方戏曲的声腔进行整理和研究，以系列丛书的形式出版研究成果。今年首批重点遴选昆曲、梨园戏两个剧种进行搜集整理、抢救研究。5月份召开专题研讨会并成立声腔整理工作小组，搜集历年声腔研究理论成果，组织开展新成果撰写工作，分别结集出版已整理的曲谱与所研究课题。年底，昆曲曲谱已定稿，梨园戏曲谱已结稿。

其他重要活动

【中国剧协七届五次主席团会】

1月25日，中国剧协第七届主席团第五次会议在京召开。中国剧协主席尚长荣，分党组书记、驻会副主席季国平，副主席王晓鹰、沈铁梅、罗怀臻、孟冰、濮存昕，分党组副书记、秘书长刘卫红，分党组成员、副秘书长周光以及中国文联人事部干部处处长张晓辉，中国剧协人事处处长邓秋军出席了主席团会。会议审议更替了中国剧协第七届理事会理事，审议了2013年中国戏剧奖终身成就奖候选者名单。

【赴山西、四川开展调研】

3月底，中国剧协分党组书记、副主席季国平前往四川、山西等地调研，通过召开座谈会和下基层的形式，广泛接触和认真听取基层戏剧工作者的诉求，了解戏剧界的现状。通过调研，中国剧协进一步了解到当前戏剧界的现状和广大戏剧工作者对戏剧工作和剧协工作的希望、建议与诉求，强烈感受到做好党和国家联系广大戏剧工作者桥梁、纽带的重要性和迫切性，更加明晰了新形势下中国剧协工作面临的新问题、新情况，同时也促进中国剧协深入实际，沉下心来，开拓新思路，谋求新发展，不断开创戏剧工作和中国剧协工作的新局面。

【发行首批中国戏曲剧种丛书】

5月，由中国剧协参与组织编写的《中国戏曲剧种丛书》首批成书在成都举办首发式，丛书由中国文联主席孙家正撰写总序，从剧种起源、艺术特点、经典剧目、重要人物等方面系统全面地介绍百余种中华戏曲。首批成书包括京剧、锡剧、秦腔、淮剧、扬剧、汉剧、越剧、歌仔戏、赣剧、高甲戏、梨园戏、闽剧、黄梅戏、豫剧、评剧、湘剧、潮剧、晋剧、蒲剧、滇剧、沪剧、粤剧、川剧、柳子戏、吕剧、绍剧、昆曲等27个剧种，其他剧种将陆续完成出版。

【第17届中国少儿戏曲小梅花荟萃活动】

8月3日，由中国剧协、江苏省文化厅、泰州市人民政府共同主办，中国剧协艺术发展中心、泰州市文广新局等单位承办的第17届中国少儿戏曲小梅花荟萃活动在泰州举办。本次活动共有432名选手报名，经过筛选，133名小选手入选决赛，报名人数及入选人数均超往年。本届小梅花决赛选手中年龄最小的不足5周岁，最大的14周岁。经过三天六场紧张有序的现场演出，小演员们分别荣获本年度小梅花“金花”称号和“银花”称号。8月6日晚，中国剧协分党组成员、副秘书长周光以及江苏省、泰州市有关领导参加了佩花晚会并为小演员们授牌，与观众一起兴致盎然地观看了小演员们的精彩演出。

【承办中国文联文艺培训志愿服务项目】

2013年，中国剧协承办多期中国文联文艺培训志愿服务项目，8月11至17日、9月22至27日分别在江苏宜兴、云南玉溪举办戏剧创作培训班，共计40余人参加培训。邀请尚长荣、孟冰、罗怀臻等知名文艺家作为志愿者，通过专题讲座、作品点评等形式，为基层文艺工作者进行了戏剧创作培训。

【完成《中国艺术发展报告·戏剧部分》】

2013年，完成《2012年中国艺术发展报告•戏剧部分》，组织开展《2013年中国文联艺术发展报告•戏剧部分》的采集撰写工作。

【参与当代文艺名家名作译介工程】

2013年，中国剧协积极参与中国文联“中国当代文艺名家名作译介工程”相关工作。中国当代文艺名家名作译介工程以文字、图片、音像、网络等多种形式呈现，有汉语、英语、法语、俄语、阿拉伯语、德语、西班牙语、日语等多语种版本，是以国际化视角、多语种形式展示我国当代文化艺术精粹，打造当代中华文化艺术精品走向世界的重要品牌工程。中国剧协重点提供戏剧部分的相关资料，并加以深入整理，根据有关部门多方意见进行修改上报。

【组织、选拔、推荐戏剧人才进行研修学习】

2013年，组织、选拔、推荐多名戏剧拔尖人才参加各类研修班学习。7月，推荐国家话剧院《国话研究》主编颜榴参加第七届全国中青年文艺评论家高研班学习；8月，推荐许亚玲、肖笑波、惠敏莉等7名学员参加中国文联首届全国中青年文艺人才高级研修班学习，组织、邀请戏剧界知名专家担任学员导师，指导学员完成论文。

对外及对港澳台地区文化交流

【接待土耳其戏剧家代表团访华】

1月21日至27日，应中国戏剧家协会邀请，以土耳其国家剧院（联盟）艺术总监雷米•比尔金先生为团长的土耳其戏剧家代表团一行5人来华，访问北京、上海两个城市。在华期间，代表团拜访了中国戏剧家协会、国家大剧院、上海话剧艺术中心、上海昆剧团等，并观摩了三部当代话剧，一部梨园戏演出，以及一场昆剧彩排。土耳其戏剧家一行对我国戏剧界整体实力印象深刻，对所观摩剧目的艺术水准表示由衷的赞赏。

【河南省豫剧二团《清风亭上》赴土耳其特拉布宗市参加第14届黑海国际戏剧节】

5月1日至7日，应土耳其第14届黑海国际戏剧节组委会邀请，以中国剧协副主席李树建为团长的河南省豫剧二团《清风亭上》剧组一行29人赴土耳其特拉布宗市，参加第14届黑海国际戏剧节。出访团精彩的演出受到当地观众的热烈欢迎，让黑海地区的观众领略到来自东方传统艺术的魅力，为戏剧节增添了一笔亮丽的中国色彩。

【中国戏剧家代表团出访德国、英国】

6月19日至28日，应国际剧协德国中心主席、黑森州剧院艺术总监贝尔哈茨先生及国际剧协英国中心主席舒尔曼爵士的邀请，以中国剧协驻会副主席季国平为团长的戏剧家代表团一行4人，对德英两国进行了友好访问，并与德国黑森州剧院达成长期合作意向，中国剧协拟每年选派优秀剧目参加有百年历史的威斯巴登五月国际节的演出活动。

【中国戏剧家代表团出访俄罗斯】

9月17日至21日，应俄罗斯戏剧联盟（简称俄罗斯剧协）邀请，中国剧协组派副秘书长崔伟、中国文联国内联络部评奖处主任罗江华等一行3人赴俄罗斯，访问萨马拉和莫斯科，观摩伏尔加河流域戏剧节并与俄罗斯戏剧界人士进行友好交流。代表团一行在不到四天的时间里，观摩了四场不同风格的剧目，拜访了俄剧协萨马拉分会、萨马拉模范歌剧芭蕾舞剧院以及俄罗斯剧协总部，收获颇丰。

【中国剧协代表团赴日本参加第20届BeSeTo戏剧节】

9月27日至10月1日，应日本第20届BeSeTo戏剧节组委会邀请，以中国剧协外联部主任、中国BeSeTo委员会国际委员李华艺为团长的中国剧协代表团一行4人，赴日本参加了第20届BeSeTo戏剧节。中国剧协选派国家话剧院演员王卫国（梅花奖获得者）等3人参加戏剧节三国演员联合演出，同期还选派浙江京剧团《王者俄狄》赴日参加戏剧节，中方演员的专业素质与出色表现获得日韩戏剧同行的高度赞誉。

【中国剧协小梅花艺术团赴日本交流演出】

10月16日至22日，应日中友好会馆邀请，中国剧协组派以副秘书长周光为团长的中国少儿戏曲小梅花艺术团一行15人出访日本，参加第20届中国文化日活动，在日中友好会馆进行了五场交流演出。此次小梅花艺术团成员由历届小梅花金奖、银奖获得者组成，演员的年龄均在11-19岁之间。小演员们优美的唱腔、过硬的武功、惟妙惟肖的

表演，令观众们大为赞叹；小演员们良好的精神面貌和个人素养也得到了日本观众的高度赞扬。

【赴古巴出席国际剧协第137次执委会会议】

10月26日至11月2日，应国际剧协总干事托比亚斯•比安科尼先生及“第15届哈瓦那国际戏剧节”主席拉斐尔•佩雷斯先生的邀请，经文化部、中国文联批准，中国剧协驻会副主席、国际剧协执委会委员季国平等2人，前往古巴参加了国际剧协第137次执委会会议及哈瓦那国际戏剧节的演出和交流活动。与会期间与各国相关戏剧组织进行了深入交流，进一步加强了与其他国家戏剧界的联系，切实履行作为国际剧协执委国的责任和义务。

【接待日本戏剧家代表团访华】

11月7日至13日，根据中国剧协与日中文化交流协会的互访协议，应中国剧协邀请， 以日中文化交流协会常任委员、文化座剧团代表佐佐木爱为团长的日本戏剧家代表团一行5人来华，访问北京、黄山、上海等三个城市。此次来华，日方戏剧家了解了中国戏剧界的最新动向，领略了中国的悠久历史文化和秀美风光，对中国戏剧的多样发展有了全新的认识，对日后开展与中国戏剧界的合作有了新的思考。

【接待埃塞俄比亚国家剧院院长访华】

11月7日至14日，应中国剧协邀请，埃塞俄比亚国家剧院院长戴斯塔先生来华，访问苏州和上海两个城市。在华期间观摩了在苏州举办的第13届中国戏剧节，拜会上海话剧艺术中心，并和中国戏剧界人士就两国戏剧交流进行了广泛深入的探讨。

【接待南非国家艺术节主席访华】

11月13日至23日，为拓展中国剧协的对外交流渠道，建立与国际著名艺术节的合作关系，推介优秀的中国戏剧作品走出国门在国际舞台上进行展示和交流，经中国文联批准，中国剧协邀请南非国家艺术节主席伊斯梅尔．马赫穆德先生来华，访问了北京、苏州、上海三城市。在华期间，伊斯梅尔先生主要观摩了在苏州举办的中国戏剧节的剧目，对中国戏曲艺术的博大精深大为赞叹。经过慎重选择，最后决定邀请安徽省徽剧院的徽剧《惊魂记》参加明年南非艺术节的演出。

【接待俄罗斯戏剧家代表团访华】

11月18日至24日，应中国剧协邀请，以俄罗斯剧协主席、俄人民艺术家卡尔亚金•亚历山德罗维奇先生为团长的俄罗斯戏剧家代表团一行5人来华，访问上海、苏州、北京三个城市，观摩第13届中国戏剧节并与我国戏剧界人士进行了广泛的接触交流，双方就相互推荐剧目参加戏剧节、增进年轻戏剧人相互沟通、保持人员交流等方面达成了广泛共识。

机关建设

【干部理论学习和业务培训】

在中共十八大、全国宣传思想工作会议、十八届三中全会后，中国剧协第一时间组织大家通过文件、网络、电视、报刊等多种形式认真学习领会会议精神，将会议精神贯彻落实到实际工作中去。

为提升干部业务能力水平，中国剧协组织专人专题对全体干部职工进行业务培训。开办了“中国剧协青年戏剧人才戏剧理论知识”提高班和“外国戏剧欣赏”的相关课程，组织旁听了中国剧协在上海举办的“全国青年戏曲音乐家研修班”的全部课程，获得大家的一致称赞。

【会员工作】

发展中国剧协新会员275人，会员队伍壮大，进一步发挥了党和政府联系广大文艺工作者的桥梁和纽带作用。

【老干部工作】

春节前，中国剧协专程走访慰问老同志，并为部分老艺术家及家庭生活困难的老同志申请慰问金及困难补助。4月，组织离退休干部一年一度的集体生日活动；5月和9月，分别组织离退休同志赴怀柔红螺寺、平谷京东大溶洞参加春游、秋游；6月，组织协会离退休同志参加文联老干局组织的全文联系统老干部赴长春、吉林红色旅游活动。

【征集中国剧协发展史及荣誉室资料】

自1月起，中国剧协借鉴中国文联筹建“中国文联发展史展厅”的经验，积极筹建“中国剧协发展史及荣誉室”，多方收集、整理有关中国剧协历史和戏剧名人的文字、图片资料与实物，做好接收、登记、颁发捐赠证书等工作，通过妥善整理、保管、陈列珍贵戏剧历史文物资料，达到收藏、研究、展示和宣传的作用，为后人留下珍贵的艺术财富。

直属单位

【《中国戏剧》】

《中国戏剧》新辟“青年导演”、“我与梅花奖”、“第十届中国艺术节”等栏目，更好地反映当前戏剧舞台的风貌；借助“沙龙”、“笔谈”、“打开封面”等栏目，约请当代文艺界、戏剧界专家撰稿，重点推出了一批优秀剧目和艺术名家及优秀演员；召开了《中国戏剧》2013年理事会，具体落实了关于院团联盟的各项事务。

【《剧本》】

《剧本》在完成编辑工作外，承办了“第五届中国剧协中青年编剧研修班”以及中国文联文艺培训志愿服务项目等活动，举办了2013年《剧本》杂志理事会，完成了部门领导选举、工作人员招考等工作，推进部门体制深化、机制转变。

【《中国戏剧年鉴》】

《中国戏剧年鉴》杂志社进行了中国地方戏曲声腔整理抢救工程，取得了重要成果。《中国戏剧年鉴》(2013卷)经过大量资料的搜集与整理，即将出版，全卷近80万字。

中国电影家协会

综　述

2013年是全面贯彻落实党的十八大精神的开局之年,是实施“十二五”规划承前启后的关键一年,是为全面建成小康社会奠定坚实基础的重要一年。中国影协在中国文联的悉心指导下，深入贯彻落实党的十八大和十八届三中全会的精神，牢牢把握“高举旗帜、围绕大局、服务人民、改革创新”的总要求，坚持用科学发展观统领电影工作和中国影协工作，自觉服务党和国家工作大局，认真履行联络、服务、协调的基本职能，充分发挥组织、引导、服务、维权的重要作用，在评奖办节、电影惠民工程、电影理论评论、对外和对港澳台地区民间文化交流、会员联络服务和自身建设等方面取得了较大进展，为中国电影事业的发展做出了积极的贡献。

会议与活动

【“送欢乐·下基层——情系晋江”公益慰问活动】

1月21日至22日，中国文联、中国影协电影志愿服务团的艺术家们来到福建省晋江市，拉开了“送欢乐•下基层——情系晋江”公益慰问活动的序幕。演出由国家话剧院国家一级演员佟凡、八一电影制片厂国家一级演员岳红联袂主持。中国文联党组成员、书记处书记夏潮，中国影协分党组书记、驻会副主席康健民，中国影协分党组副书记、秘书长许柏林，中国影协分党组成员、副秘书长谢力、李景富，中国文联国内联络部副主任李培隽等领导出席并观看了演出。

【有关单位领导赴中国影协调研座谈外事工作】

3月15日，国家新闻出版广播电影电视总局电影局副巡视员栾国志、文化部外联局局长助理兼办公室主任李保宗、中国文联国际部副主任薛伶等有关部门领导一行6人应邀来中国影协考察调研，与中国影协分党组书记、驻会副主席康健民，分党组成员、副秘书长谢力及协会有关部门同志进行了主题为“了解文联了解影协，形成合力，为中国电影更好地走出去”的座谈。座谈会上，薛伶同志介绍了中国文联组织结构、部门职能及与文化部外联局、国家新闻出版广电总局电影局开展合作的情况和建议。康健民同志简要介绍了中国影协的职能任务和对外交流现状。协会外联部汇报了中国影协近年来的外事工作，并就工作中的一些具体事项进行了咨询沟通。

【第四届“中国影协杯”优秀电影剧本评选入选名单揭晓】

4月14日，中国电影家协会在京揭晓了第四届“中国影协杯”优秀电影剧本评选入选名单，并对这些作品进行了表彰。入选本届“中国影协杯”优秀电影剧本的作品有刘震云编剧的《一九四二》、吴楠编剧的《万箭穿心》、薛晓路编剧的《北京遇上西雅图》、赵葆华、李志朴编剧的《全城高考》、程耳编剧的《边境风云》、朗云编剧的《国徽》、陈凯歌、唐大年编剧的《搜索》。

【中国影协文艺志愿服务团河南省三门峡之行】

5月17日晚，中国电影家协会文艺志愿服务团抵达河南省三门峡市陕县张汴乡曲村文化大院，为当地村民放映《杨善洲》、《忠诚与背叛》两部影片。电影放映前，“杨善洲”的扮演者中国文联副主席、中国影协副主席李雪健，以及电影《忠诚与背叛》的主演八一电影制片厂演员刘之冰、岳红、徐箭、张曦文的意外出现，引起现场不小的轰动。5月18日晚，一场以电影元素为主线、以展现黄河两岸发展新貌为重点的“百花电影•情系黄河”大型公益晚会在三门峡国际文博城文体中心举行。晚会开始前，三门峡市（市领导）向中国电影家协会文艺志愿服务团的领导和艺术家们表示热烈欢迎。中国电影家协会分党组书记、驻会副主席康健民在致辞中，表达了电影工作者对三门峡230万市民的慰问和祝福，他希望广大电影工作者，通过参与志愿服务活动，进一步强化扎根基层、服务百姓的意识，以高度的文化自觉从火热生活中汲取营养，创作出更多以人民为中心、深受人民群众喜爱、推动和谐发展的精品力作。

【“公益电影主题系列文化活动”暨2013“百花放映情系基层”电影放映活动启动仪式在京举行】

6月26日，由中国电影家协会、中国世界民族文化交流促进会、中国留学人才发展基金会国际交流和管理中心共同开展的“公益电影主题系列文化活动”暨2013“百花放映情系基层”电影放映活动启动仪式在京举行，活动将在全国19个省185个地/市/县的乡村放映四万余场电影。中国文联主席孙家正，中国文联党组书记、副主席赵实，中国文联副主席杨承志，中国文联党组成员、书记处书记夏潮，中国留学人才发展基金会理事长马文普及夏朝华、罗成琰、向云驹、黄宏、翟俊杰等出席活动。中国影协分党组书记、驻会副主席康健民主持会议。

【中国文联电影艺术中心成立】

6月，中国文联电影艺术中心成立。其宗旨是为中国电影艺术发展提供服务，为中国电影家协会提供相关学术交流、文艺展演、艺术家采风实践等组织活动，主办单位为中国文联。

【中国影协理论研究部成立】

7月，中国电影家协会理论研究部成立。新成立的理论研究部将弥补中国影协机关长期以来部门设置上的缺憾，有利于强化中国影协理论、宣传及调查研究工作，提升履职水平。

【“百部农村电影工程”为农民定制电影】

“百部电影工程”是由中国电影家协会和北京九州同映国产数字电影院线有限公司联合发起，中国文学艺术基金会出资支持的以扶持农村系列电影剧本为主的电影工程。项目将在“十二•五”期间，即2011年至2015年或更长的时间里，扶持一批以农民喜闻乐见的并准备投拍的电影剧本的创作和影片的摄制。“百部电影工程”作为中国影协繁荣电影创作的一项重点工作，得到了中国文联、国家广电总局的悉心指导，得到了中国文学艺术基金会的大力支持，得到了电影艺术家和业界专家学者的鼎力相助，同时也吸引了全国各地党政有关部门、影视机构、社会组织的广泛参与。2012年11月，中国影协在北京成功举办了“十二五百部农村电影工程新闻发布会暨签约仪式”。通过媒体和业内人士广泛宣传，工程在社会上产生了强烈反响，尤其得到了电影一线创作者的广泛好评，他们认为“百部电影工程”能如此大力度、系统地对农村电影项目和电影作品进行扶持，让电影创作者感到欢欣鼓舞，也将对丰富农民群众的精神文化生活，让他们共享改革开放成果具有重要意义。目前，有越来越多的编剧、影视机构、党政宣传文化部门积极咨询、报名参加“百部电影工程”。2013年的剧本征集、初选、论证工作也正在分阶段、分批次地进行。

【中国电影金鸡奖评选工作在苏州举行】

第29届金鸡奖共报选219部参评影片，评选分三阶段：初选、初评、和终评。初选由中国影协统一组织，经过数月的筛选，最终产生77部候选影片。8月4日至8月19日，中国电影金鸡奖评委会全体评委齐聚金鸡奖永久评奖基地——苏州市工业园区，进行了为期15天的初评工作。初评过程中，评委们始终坚持“学术、争鸣、民主”的评奖原则，遵循“六亲不认，只认作品；八面来风，自己掌舵；不抱成见，从善如流；充分协商，顾全大局”的评奖方针，集中、完整地观摩了77部候选影片，并分片种进行了热烈的讨论。最后，在北京市方正公证处公证员的监督下，全体评委以无记名投票的方式评选产生了18个奖项的提名名单。

8月28日下午3时，第22届中国金鸡百花电影节组委会在北京召开新闻发布会。中国电影家协会主席李前宽、中国电影家协会分党组书记、驻会副主席康健民，中国文联国内联络部主任罗成琰，中国电影家协会分党组副书记、秘书长许柏林，中国电影家协会分党组成员、中国电影出版社社长胡子光，中国电影家协会分党组成员、副秘书长谢力、李景富，电影频道节目中心副主任陆红实，国家新闻出版广电总局电影局艺术处处长陆亮，武汉市人民政府副秘书长周元，中共武汉市委宣传部常务副部长袁堃，武汉市文化新闻出版广电局副局长朱进，中共武汉市委宣传部新闻处处长梅华等领导以及部分提名代表出席发布

会，人民日报、新华社、中央电视台、凤凰卫视、新浪网、腾讯网等近百家国内媒体参加发布会。李前宽主席宣布了第29届中国电影金鸡奖各奖项的评委会提名名单。

【第22届中国金鸡百花电影节】

9月25日至28日，由中国文学艺术界联合会、中国电影家协会、中共武汉市委、武汉市人民政府主办的第22届中国金鸡百花电影节在湖北省武汉市隆重举办。经过精简和调整，第22届中国金鸡百花电影节的主体活动安排更加紧凑、精炼，突出公益性、群众性，着力围绕以下八项主体活动展开：电影节开幕仪式及开幕影片放映、国产新片推介展映、金鸡国际影展、台湾影展和香港影展、学术论坛活动、电影艺术家下基层慰问采风活动、本届金鸡奖提名者表彰仪式、第29届中国电影金鸡奖颁奖典礼暨电影节闭幕式。电影节期间，各级领导、艺术家、海外嘉宾、新闻媒体记者和电影工作者1400余人出席会议和活动，放映国内外影片80余部，观影上万人次。第29届中国电影金鸡奖颁奖典礼暨电影节闭幕式是电影节的高潮，也是备受关注的焦点。9月28日，第29届中国电影金鸡奖颁奖典礼暨电影节闭幕式在武汉体育中心隆重举办，本届金鸡奖的每个最佳奖项在颁奖典礼现场逐一揭晓。第十一届全国政协副主席、中国文联主席孙家正，中国文联党组书记、副主席赵实，湖北省政协主席杨松，湖北省副省长甘荣坤，中国文联副主席、中国影协副主席奚美娟，中国影协名誉主席谢铁骊，中国影协主席李前宽，中国影协分党组书记、驻会副主席康健民等领导，谢飞、吴天明、冯小刚、陈可辛、黄宏、陈力、刘震云、张国立、陶泽如、王庆祥、丁勇岱、赵薇、黄晓明、张静初、黄觉、宋佳、颜丙燕、王珞丹、孙维民、王中军等众多电影人出席了颁奖典礼。第十一届全国政协副主席、中国文联主席孙家正，中国文联党组书记、副主席赵实为终身成就奖获奖者颁奖。

第29届中国电影金鸡奖获奖名单：

最佳故事片	《中国合伙人》、《周恩来的四个昼夜》
最佳纪录片	《冰血长津湖》
最佳科教片	《气候变化与粮食安全》
最佳美术片	《终极大冒险》
最佳戏曲片	《兰梅记》、《红楼梦》
最佳中小成本故事片	《万箭穿心》
最佳儿童片	《我的影子在奔跑》
最佳编剧（原创剧本）	黄宏、王金明（《倾城》）
最佳编剧（改编剧本）	刘震云（《一九四二》）
最佳导演	陈可辛（《中国合伙人》）
导演处女作奖	赵薇（《致我们终将逝去的青春》）
最佳男主角	张国立（《一九四二》中饰范殿元）、黄晓明（《中国合伙人》中饰成冬青）
最佳女主角	宋佳（《萧红》中饰萧红）
最佳男配角	王庆祥（《一代宗师》中饰宫宝森）
最佳女配角	王珞丹（《搜索》中饰杨佳琪）
最佳摄影	吕乐（《一九四二》）
最佳录音	吴江（《一九四二》）
最佳美术	张叔平、邱伟明（《一代宗师》）
最佳音乐	章绍同（《周恩来的四个昼夜》）
组委会奖	《忠诚与背叛》
评委会特别奖（个人）	吴天明
评委会特别奖（影片）	《一九四二》
终身成就奖	著名电影编剧于敏、新中国第一代电影美术师刘学尧

【第八届华语青年影像论坛】

10月11日，第八届华语青年影像论坛开幕式在京举行。10月11日至17日活动期间，第八届华语青年影像论坛先后举办了年度杰出青年导演暨女性导演专场峰会、艺术院线专题峰会、年轻影评人圆桌会等3个论坛，共为广大观众放映28部电影新作。10月17日下午，第八届华语青年影像论坛闭幕式暨年度新锐华语影人颁奖典礼在北京电影学院中放厅举行。中国电影家协会分党组书记、驻会副主席康健民致闭幕辞，北京电影学院党委书记侯光明教授、中国电影家协会副主席、北京电影学院院长张会军教授及北京电影学院中国电影文化研究院院长、著名导演谢飞等也出席了盛会，并对这届论坛及优秀青年影人佳作给予了高度赞扬和评价。以穆德远导演担任主席的9人评委会经过几轮观摩讨论，最终从2012年10月至2013年8月出品或公映的华语电影作品中，评选产生了赵薇、邵晓黎、董子健、代旭、杨子姗、江疏影等15位“年度新锐影人”。娜仁花、高群书、蔡尚君、霍廷霄、姜宏波、陶经、黄丹、张辉等业界知名人士为新锐影人颁发了荣誉证书。

【第六届中国（宁波）农民电影节启动仪式】

10月19日晚，“百花放映•情系基层”第六届中国（宁波）农民电影节启动仪式暨影片《金刚王》全国农村首映在浙江省宁波市北仑举行。中国电影家协会驻会副主席、分党组书记康健民，中国电影发行放映协会会长杨步亭，宁波市副市长张明华、浙江省广播电影电视局副局长王国富等参加启动仪式。国产功夫电影《金刚王》作为农民电影节开幕影片首映。

【2013中国农村电影创作研讨会】

10月25日至26日，2013中国农村电影创作研讨会在江苏省兴化市举行。来自我国电影界的几十位导演、编剧和专家学者齐聚水乡，围绕“把脉农村发展方向、繁荣农村电影创作、丰富农民精神生活”的会议主题进行了深入研讨。

【中国电影家协会第九次全国代表大会】

11月29日至12月1日，中国电影家协会第九次全国代表大会在北京举行。来自全国31个省、自治区、直辖市影协，以及解放军、中直机关和香港特别行政区、澳门特别行政区、台湾地区的351名代表参加了会议。大会审议通过了中国影协第八届理事会工作报告，修订了《中国电影家协会章程》，选举产生了由167人组成的中国影协新一届理事会。会议期间举行的中国影协第九届理事会第一次会议选举产生了由13人组成的新一届主席团。中共中央政治局委员、中央书记处书记、中宣部部长刘奇葆出席开幕式并讲话，强调要认真学习贯彻党的十八大和十八届三中全会精神，学习贯彻习近平总书记系列讲话精神，坚持以人民为中心的创作导向，把中国梦作为电影创作的重要主题，努力推出一批有影响的优秀作品，激励人们积极投身实现民族复兴的伟大事业。中国戏剧家协会、中国美术家协会等全国文艺家协会，中国电影集团、上海电影集团、长影集团、八一电影制片厂等电影机构，北京、浙江、湖北等30家省、市、自治区电影家协会等相关单位向大会发来贺信、贺词。中国文联党组书记、副主席赵实，中宣部副部长黄坤明，国家新闻出版广电总局党组成员、副局长童刚，中国文联党组副书记、副主席覃志刚、李屹，中国文联党组成员、副主席左中一、夏潮，中国文联党组成员、书记处书记李前光，解放军总政治部宣传部副部长李秀宝以及中宣部、中组部、中国文联机关各部室及直属单位、各全国文艺家协会相关方面负责人出席开幕式。12月1日，中国影协第九次全国代表大会圆满完成各项议程，在京胜利闭幕。李雪健当选为中国影协第九届主席，王兴东、尹力、冯小刚、成龙、张会军、张宏森、陈凯歌、明振江、奚美娟、黄建新、康健民、潘虹（以姓氏笔画为序）当选为中国影协第九届副主席。推举谢铁骊、吴贻弓、李前宽为中国影协第九届名誉主席。聘请丁荫楠、于洋、于蓝、王心刚、王晓棠、田华、刘建中、苏叔阳、李行、李国民、吴思远、邹文怀、庞学勤、洪祖星、祝希娟、秦怡、夏梦、郭维、童刚、谢飞、谢芳（以姓氏笔画为序）为中国影协第九届顾问。任命饶曙光为中国影协第九届秘书长，谢力、李景富为中国影协第九届副秘书长。

【“中国（南昌）军事题材电影创作会”】

12月7日，由中国电影家协会、八一电影制片厂、中国文联电影艺术中心以及江西省委宣传部、南昌市委、南昌市人民政府联合主办的“中国（南昌）军事题材电影创作会”在八一军旗升起的

地方—江西省南昌市隆重举行。中国文联副主席、中国电影家协会主席李雪健，中国电影家协会分党组书记、驻会副主席康健民，八一电影制片厂副厂长柳建伟，翟俊杰、陶玉玲、王伍福、陈国星、申军谊、颜品、边国立、祝新运、安澜、章柏青、周星、张思涛、刘之冰等著名电影艺术家、电影艺术工作者以及从事军事题材电影研究的专家学者代表们出席并参与了相关研讨活动。

理论评论

【电影《萧红》研讨会】

1月30日上午，电影《萧红》研讨会在中国电影家协会举行。原中国文联副主席仲呈祥，中国电影家协会分党组书记、驻会副主席康健民，北京师范大学艺术与传媒学院院长周星，中国影协电影文学创作委员会主任张思涛，中国影协电影文学创作委员会副主任赵葆华、高尔纯、章柏青、饶曙光主任、丁亚平、霍建起导演、本片主演宋佳等参与研讨。研讨会由中国影协秘书长许柏林主持。

【第六届中国电影产业高峰论坛暨《2013中国电影产业研究报告》发布会】

4月22日，中国电影家协会主办的第六届中国电影产业高峰论坛暨《2013中国电影产业研究报告》发布会在京举行。此次发布的《2013中国电影产业研究报告》共分为两大部分，一是以电影产业各环节为基础全面调研的“产业研究报告”；二是以电影市场数据为依托深入分析的“市场调查报告”，参与撰写报告的电影专家刘嘉表示，近年来电影产业的数据透明度越来越高，也希望通过这本报告给业内外人士专业的意见。中国文联党组成员、书记处书记夏潮，中国电影家协会分党组书记、驻会副主席康健民，中国电影家协会分党组副书记、秘书长许柏林，中国电影家协会分党组成员、中国电影出版社社长胡子光等相关领导出席了会议。众多电影产业界人士、电影产业专家以及电影界专家学者出席论坛。

【电影《大脚皇后》座谈会】

5月29日下午，戏曲电影《大脚皇后》座谈会在中影器材大楼九州同映会议室举行，来自北京、天津、延安、榆林、焦作等地数字电影院线公司的代表们参与座谈。大家围绕地方戏曲的改编、拍摄手法、戏曲电影的市场化、与农村观众的适应等问题进行了深入探讨。研讨会由中国影协秘书长许柏林主持。

【电影《毛泽东与齐白石》观摩研讨会】

7月3日，电影《毛泽东与齐白石》观摩研讨会在中国电影家协会举行。湖南省委宣传部副部长魏委，原中国文联副主席仲呈祥，中国电影家协会分党组书记、驻会副主席康健民，《人民日报》编委、文艺部主任、海外版总编辑丁振海，中国电影资料馆副馆长、中国电影艺术研究中心副主任饶曙光，中国艺术研究院研究员、博士生导师章柏青，中国传媒大学教授梁明等参与研讨。研讨会由中国影协秘书长许柏林主持。

【电影《警察日记》观摩研讨会】

7月8日，电影《警察日记》观摩研讨会在中国电影家协会举行。中国电影家协会分党组书记、驻会副主席康健民，中国电影资料馆副馆长、中国电影艺术研究中心副主任饶曙光，中国文联原副主席李准，《电影》杂志社社长、总编赵葆华，电影局艺术处处长陆亮，中国电影集团公司党委书记窦春起、内蒙古党委宣传部文艺处处长包银山等参与研讨。研讨会由中国影协秘书长许柏林主持。

【中国电影金鸡奖理论评论奖暨“金鸡百花杯”学生影评大赛】

9月26日，中国电影金鸡奖理论评论奖暨“金鸡百花杯”学生影评大赛在湖北省武汉市举行颁奖仪式。北京电影学院教授黄式宪的论文《与世界对话：凸显中华民族文化的主体性及其国际传播实力》获得一等奖，李准获特殊贡献奖。中国文联党组成员、副主席夏潮，中国电影家协会分党组书记、驻会副主席康健民，武汉市政府副市长刘英姿出席了颁奖典礼并为获奖者颁奖。

对外及对港澳台地区文化交流

【中国影协领导访问香港银都机构】

3月21日至23日，根据中国文联党组工作安排，康健民访问香港银都机构，与有关负责人就今后加强两机构间交流合作交换意见。6月，副秘书长谢力会见香港银都机构副总经理任月，就2013年武汉电影节拟举办银都经典影片回顾展相关具体事宜交换意见。

【中国影协代表出席32届香港电影金像奖颁奖活动】

4月11日至16日，中国影协副秘书长谢力出席第32届香港电影金像奖颁奖活动，分别拜会驻港澳特区中联办相关部门负责人，先后与香港国际电影节协会、香港影业协会、澳门影视传播协进会等电影机构代表座谈，密切中国影协与港澳中联办及两地电影机构的工作联系。

【中国影协代表出席第26届捷克比尔森电影节】

4月24日至29日，中国影协会员、北京电影学院副院长王鸿海、中国影协组联部副主任狄宝荣出席第26届捷克比尔森电影节，并会见电影节执行主席等，双方就今后中捷电影节及电影机构之间开展交流合作进行探讨。

【中国影协领导参加电影基金会在澳门活动】

5月12日至14日，中国电影家协会分党组书记、驻会副主席康健民出席由中国电影基金会主办的“濠江之春—澳门与内地艺术家大联欢暨内地优秀影片展十周年庆典”及相关活动，进一步扩大内地电影在澳门影响，促进两地电影文化交流与繁荣。

【全国影协秘书长代表团访问美国西部】

7月22日至29日，应美国电影协会邀请，由河北影视家协会等会员单位组成的全国影协秘书长代表团访问美国西部，会见美电影协会高管代表，分别参访R&C 影视制作公司、ICN中文电视频道总部。出访影协与美电影协会建立初步联系，加深双方对中美电影产业现状的相互了解，为今后进一步开展交流打下良好基础。

【中国影协领导率团访问缅甸、越南】

7月22日至29日，中国影协副秘书长李景富率团访问缅甸、越南，分别会见缅甸信息部国家电影公司、越南电影协会相关部门负责人，双方就巩固传统友谊，不断提升电影合作水平交换意见。

【“金鸡国际影展选映”活动】

9月，中国影协与苏州文化博览中心首次共同主办“金鸡国际影展亚洲影片选映”活动，作为金鸡国际影展后续巡展，在苏州展映伊朗、日本、韩国等国9部第22届中国金鸡百花电影节金鸡国际影展获奖和参展影片。伊朗电影代表团出席媒体见面会、影展开幕式等活动。

【中国影协领导出席第18届韩国釜山国际电影节】

10月2日至6日，中国影协副主席、北京电影学院院长张会军出席第18届韩国釜山国际电影节，会见电影节主席并与韩方电影工作者座谈，双方就今后扩宽业内交流领域，继续推动两电影节及电影机构长期合作交换意见。

【中国影协领导出席在台北和台东举办的大陆少数民族影展】

10月18日至25日，中国影协民族电影工作委员会副会长、云南民族电影制片厂厂长陈志昆、中国影协分党组成员、中国电影出版社社长胡子光率团出席在台北和台东举办的第二届大陆少数民族影展相关活动，会见少数民族两岸文经促进会等岛内主办机构代表。此次影展进一步扩大大陆少数民族电影在台影响，有效促进两岸少数民族电影交流。

【“今日中国”艺术周泰国、柬埔寨中国影展】

10月29日至11月5日，配合中国文联举办“今日中国”艺术周泰国、柬埔寨“中国影展”，译制展映6部优秀国产影片，组织两部开幕影片导演及影评专家参与相关活动。

【中国影协领导访问瑞典、丹麦】

12月17日至23日，中国电影家协会分党组书记、驻会副主席康健民访问瑞典、丹麦，与瑞典电影协会、丹麦制片协会负责人就开展双方电影机构长期合作，举办中国电影周及瑞丹两国影片参加金鸡国际影展等深入交换意见。

机关建设

【中国影协党的群众路线教育实践活动动员大会召开】

7月15日，中国影协党的群众路线教育实践活动动员大会召开。中国影协全体党员、出版社和大众电影领导班子成员参加了动员大会，中国影协分党组书记、驻会副主席康健民做动员讲话，

中国文联督导组参加大会，督导组副组长王仁刚讲话。

期刊出版

【中国电影出版社】

2013年，经中国文联党组研究同意，宋岱同志任社长。中国电影出版社在中国文联党组、中国影协分党组的领导下，始终把握正确的出版方向不动摇，努力做好图书、期刊的编辑出版工作，稳步推进企业现代化建设。

一、策划、编辑、出版了一批重点图书

1.影视专业图书的出版。编辑出版《重写电影史向前辈致敬----纪念<中国电影发展史>出版50周年》、《2003—2010中国电影市场走向研究》、《电影化叙事技巧与手段----经典名片优秀手法剖析》等一批具有专业水准的电影专业图书。策划的《影视动画艺术大辞典》入选“2013----2025年国家辞书编纂出版规划”。

2.关注电影热点和阅读时尚。由中国电影出版社投资出版的《中国合伙人》，与电影《中国合伙人》同步上市，并配合图书发行策划举办了演员签售会、读者微博有奖点评/转发等活动，发行量达到2.2万册，在市场同类型图书中销量领先，也是出版社近几年来单本年度发行量最大的图书。

3.认真组织图书出版资助项目的实施工作。2012年度获批的：“中国文联文艺出版报刊精品工程项目”《光影见证•典藏历史----中国经典电影连环画丛书》20本已出版12本，《“传媒新视野”丛书》7本已出版5本；国家出版基金项目《中国电影人口述历史》按项目计划进展顺利；“中国文联晚霞工程”图书《闪回影幕内外》、《电影与电影人》已经出版。

4.加强与影视院校和电影研究机构的合作，继续做好传统出版项目的品牌建设。今年继续编辑出版了《2013中国电影产业研究报告》、《2013中国电影艺术报告》；中国金鸡百花电影节系列图书《武汉与中国电影》；电影院校图书《北京电影学院200X毕业联合作业》（10册）等等。

二、数字出版

2012年底，中国电影出版社组织申报的“电影数字出版和新媒体营销工程”和“数码喷墨印刷平台工程”获得财政部文化产业发展专项资金的支持。社领导班子多次研究部署，成立专项工作小组，确定工作时间表，并专门制定了《中国电影出版社专项资金项目内部管理暂行规定》，要求项目实施工作严格执行各项管理规定。经过半年多的基础调研工作，出版社通过正式招标与北京北大方正电子有限公司签订了《中国电影出版社电影数字出版和新媒体营销工程项目合同》，由北大方正电子有限公司负责出版社数字出版项目的软硬件产品提供、个性化开发及服务。目前，项目工程的硬件设备采购、网络布局已基本完成，开始着手选取200本图书做数字化加工。“中国电影出版传媒网”的设计、建设工作也在进行中。

《环球银幕》ipad版的编辑出版工作经过近一年的不断磨合、调整和改进，已出版正刊9期，增刊1期，取得了非常好的市场影响力，期刊的信息量、画面制作及界面互动性得到读者越来越高的评价，近期在App Store报刊杂志排行榜中位列榜首，同时在线量高达4000余人。电子期刊的编辑队伍不断成熟，制作技术和流程更加完善，整体制作步入正轨。目前，《环球银幕》编辑部已着手安卓版和手机版的制作、出版工作，下一步将积极推进对电子刊市场回报的探索。

“数码喷墨印刷平台工程”项目进展顺利。中国电影出版社印刷厂在充分进行市场和行业调研的基础上，并经请示上级部门对项目设备型号进行了调整。目前，设备已在印刷厂新厂址进行安装、调试，预计明年初即可投入生产。

【大众电影杂志社】

在编辑工作中，坚持“二为方向”、“双百方针”，进一步完善新中国电影历史的开掘，加强评论工作，紧密跟进外国电影最新进展，努力做好电影文化有特色、深层次的话题拓展。全年共编发各类文章约270余万字，图片3200余幅。

新闻报道方面，自2013年6月以来，根据中央的统一部署，全党开展了群众路线教育实践活动，杂志社相关人员积极参加中国文联、中国影协组织的各项学习活动，并在版面上全力报道与这一活动相关联的电影业界的事例，如在第12期的主打栏目封面故事中，发表了关于重大革命和历史题材影片《周恩来的四个昼夜》组合文章，对这一群众路线教育活动中有关部门推出的影视教材作了深入报道，突出了影片“实事求是”主题的阐述。在常规报道中，坚持以国产影片的报道为主，用各类形式介绍反映《毒战》、《一代宗师》、《一九四二》、《西游：降魔篇》、《北京遇上西雅图》、《中国合伙人》等国产新片230余部，影视一线人物200余人，基本涵盖了2013年各类型优秀影片和代表性影片，以及各门类主创人员。

影视评论方面，在半月谈、行情、来信、影吧等栏目中，一方面积极开拓与当今时事联系较为紧密的话题类选题，特别加强对读者、观众关心的作品、现象的深刻分析与尖锐评论；另一方面在他山石、类型奥斯卡、读片笔记等栏目中，以夹叙夹议等方式，发表评论文章，对于中外电影文化进行比较和对于外国电影文化进行解析，扩大了评论类栏目的范围和角度，全年刊载文章300余篇。

在中国电影史类的版面上，围绕着人物、事件、影片的中心，在口述辉煌（1979-1989）、往事、回眸等史类栏目中，刊载了有关红色经典电影、著名电影艺术家、重大电影事件等史类文章50余篇。

除了及时报道时下热播热映的外国影视作品、热点人物外，还注意强化趣味性、知识性相结合的文化专题类文章的组织，在综述、海外热片、海外热剧、人物等栏目中，刊载热片热剧报道和综述文章，共计340余篇。

【电影艺术编辑部】

2013年，中国电影家协会事业部改革初步完成，中国文联电影艺术中心揭牌成立，前身为《电影艺术》编辑部的电影理论研究部成立。尽管机构调整，但电影艺术中心依然承续着《电影艺术》编辑部的相关工作，并沿着年初既定的目标，各项工作在有序推进：一方面，秉持打造高端学术刊物的理念如期编辑出版六期《电影艺术》刊物；另一方面，为业界推介新锐影人和优秀新作，成功举办了第八届华语青年影像论坛。

一、《电影艺术》的编辑出版

本年度六期《电影艺术》共出版168万余字的稿量，围绕学术热点、前沿话题、有价值的史料和新颖的创作技艺共刊发文章163篇。其中访谈了10位重要的电影人，组织了香港电影、纪录片、动画片等专题研究，引进翻译了生态批评、交互式叙事等海外电影理论，更对本年度近30部重要的国产新片进行了专业的学术批评。《电影艺术》的发行工作与往年相比没有大的变化，依然在河北廊坊市邮政局发行，保持了很好的成本控制和稳定的邮局发行量，同时，今年北京市各零售网点继续保持稳定的销售量。在今年改革的当口、人员变动较大的情况下，《电影艺术》的总体发行量保持了与往年一样的水平。

二、第八届华语青年影像论坛

走过八年的华语青年影像论坛在各界的支持下，已经成长为国内青年影人重要的推介平台，每年最优秀的青年电影作品几乎都在这里集结展映，影响力遍及海内外。

遵从中央俭朴办会的精神，本届论坛对许多环节进行了合理的精减，让成本最节约化。虽然经费有些删减，但是整体活动的品质并没有受到大的损害。本届论坛于10月11日在北京朝阳规划艺术馆开幕，论坛在北京金鸡百花影城、朝阳规划艺术馆、当代MOMA百老汇电影中心等三家影院共展映两岸三地青年导演的优秀作品26部，并成功举办“年度杰出青年导演暨女性导演专场峰会”、“艺术院线专题峰会”、“华语青年影评人圆桌会”等活动。两岸三地数百名电影人参与到了论坛之中，《微光闪亮》导演王逸白、《一夜惊喜》导演金依萌、《初恋未满》导演刘娟等作为两岸青年女导演嘉宾，畅谈各自对女性创作历程的回顾与反思，各艺术院线的负责人对华语艺术院线现况与前景献计献策，青年影评人则相聚一堂对当下国产影片创作及评论现状进行了犀利而独到的剖析与点评。

作为论坛的主体活动之一，11月17日举行的闭幕式暨年度新锐华语影人颁奖典礼向业界隆重推介了赵薇、吴楠等15位各行当的新锐影人。自2009年开始推介新锐影人以来，今年是第二次成立了以业界精英为成员的9人评委会，穆德远担任主席。新锐影人的产生是从2012年10月至2013年8月出品或公映的华语电影作品中，经过几轮筛选，最终经评委会观摩讨论投票产生，在业界的美誉度越来越高。

本届论坛维持了往届在北京举办的水平，从开幕式、展映、峰会到闭幕式，各环节的衔接和人员搭配均比较合理。尤其是开幕式，第一次和

朝阳规划艺术馆合作，场地设施和环境都契合本论坛这等规模的开幕式，节约了成本，但整体氛围和效果非常不错。峰会主场今年从北京歌华开元大酒店转移到了亚洲大酒店，场地等方面的原因，与往年相比稍有逊色。宣传推广一直是论坛提升影响力的重要途径之一，而影响力与长远发展互为因果，但因为经费的削减，今年媒体的推广不如往年，但重要媒体均有报道。与相关单位的合作依然是论坛得以成功不可或缺的因素，在诸多青年影人活动平台的当下，竞争越来越激烈，如何保持自己的特色和较高的影响力，寻找更多契合的优质合作伙伴，将论坛做大做强，这将是论坛未来的发展思路之一。

【世界电影编辑部】

2013年适逢《世界电影》编辑部进行转企改制，这一年来，全体同志积极响应党的十八大提出的各项号召，继续认真学习党的十七届六中全会提出的《关于深化文化体制改革推动社会主义文化大发展大繁荣若干重大问题的决定》，在深刻领会党中央精神的基础上，在中国影协分党组的领导下，顺利完成了编辑部的改革工作，初步组建起世界电影研究部的规模。

《世界电影》在这一年中一如既往地严格遵循“二为”方向和“双百”方针，严格按照“洋为中用、翻译介绍国外电影理论、提供国外电影创作的成功经验，提高我国电影工作者在电影理论上的知识和修养”的办刊宗旨，圆满如期完成了全年编辑出版工作，其中已出刊五期，在印一期，共计120万字。另有明年一期稿件在编。根据纸张和印制成本的上升及市场情况，我刊今年定价为15元,虽然刊物定价提高了，但并未影响《世界电影》的发行数量。目前刊物的发行数量仍然稳中略有增长。

围绕金鸡百花电影节的重点工作，下半年相关部门配合承担了国际影展参展影片的翻译工作以及部分外国片商的联络工作，并于9月底赴武汉协助外联部进行国际影展的组织以及会务工作。

中国音乐家协会

综　述

2013年，中国音乐家协会在中国文联党组和中国音乐家协会主席团的领导下，认真贯彻落实党的十八大及十八届三中全会精神，广泛团结广大会员和音乐工作者，以弘扬主旋律、繁荣音乐创作为己任，认真履行联络、协调、服务的基本职能，秉持创新理念，以举办第九届中国音乐金钟奖为基础，将文化惠民作为着力点和突破口，积极拓展新领域，努力打造新亮点，使协会服务音乐事业的水平再上新的台阶。同时，中国音乐家协会以党的群众路线教育实践活动为契机，把建设高效能、兼具权威性和专业性的人民团体，作为自身建设的重要目标，进一步加强领导班子建设、机关党建、作风建设和干部队伍建设，为弘扬先进音乐文化、和谐音乐文化做出积极的贡献，在促进音乐事业繁荣发展的进程中迈出新步伐、取得新进展。

会议与活动

【廖昌永独唱音乐会】

1月5日，中国声音·新年问候——2013年廖昌永独唱音乐会在人民大会堂举办。音乐会上廖昌永演唱了《父亲的草原母亲的河》、《我就是中国》、《大森林的早晨》、《像天使一样美丽》、《山楂树》、《快给大忙人让路》和《斗牛士之歌》等中外名曲，参加演出的还有俄罗斯圣彼得堡塔夫里切斯基乐团和歌唱家张建一、陈小朵。

【深圳音乐工程再添力作】

1月8日，实干兴邦——深圳观念组歌首场创作汇报演出在深圳音乐厅唱响，演出主角是专业的深圳交响乐团和草根的深圳青工合唱团。9日，来自国内的专家学者召开了实干兴邦——深圳观念组歌研讨会。该活动不仅在创作意念、手法上把概念观点成功转换为生动的音乐作品，而且在表演主体上创作组更是大胆改革。

【2012全国打工歌曲创作、演唱大赛颁奖】

1月11日，由中国音乐家协会、东莞市人民政府主办的2012全国打工歌曲创作、演唱大赛颁奖晚会在东莞塘厦体育馆举办。该项赛事历时7个月，经历了采风创作、创作大赛、演唱大赛三个阶段，《土豆花儿开》、《出门人》、《脚印》等30首歌曲从4515首参赛作品中脱颖而出，夺得了金奖、银奖、铜奖以及优秀奖。大赛既展现了全国打工歌曲的最高水平，又为全国外来务工人员提供了丰盛的精神食粮，充分展现对全国外来务工人员的人文关怀。

【纪念周恩来诞辰115周年“送文化”到淮安】

2月21日，为纪念周恩来诞辰115周年，中国文联、中国音协“送文化、走基层”在周恩来的故乡淮安举行，歌唱家李谷一，中国音协副主席廖昌永，青年歌唱家吴娜、薛皓垠、高保利，“玖月奇迹”、王二妮、李龙等进行了精彩的表演。

【文化中国——四海同春宋祖英美国巡回演唱会】

当地时间2月16日晚，中国国务院侨务办公室主办的2013文化中国——四海同春宋祖英美国巡回演唱会在纽约无线电城音乐厅拉开帷幕，中国音协副主席宋祖英演唱了《好日子》、《龙船调》、《辣妹子》、《蝶恋花·答李淑一》、《告别时刻》等经典曲目。随后的2月19日、3月1日、3月3日，演唱会又在华盛顿、洛杉矶、旧金山等地举办，这是中国歌唱家首次在美国举行大型巡回演唱会。

【傅庚辰《老百姓的雷锋》唱响抚顺、北京】

3月1日，纪念毛泽东等老一辈革命家为雷锋同志题词50周年《老百姓的雷锋》首唱式暨傅庚辰作品音乐会在辽宁抚顺雷锋大剧院举办。此次音乐会以交响组曲《雷锋之歌》的首演怀念了雷锋精神，作品由合唱《雷锋，我们的战友》、《小松树，快长大》、《为社会主义大厦多添一块砖》，

管弦乐《苦难•欢乐•阳光》，合唱《老百姓的雷锋》三部分组成。5月3日，《老百姓的雷锋》由指挥家俞峰指挥，中央歌剧院交响乐团演奏，120人合唱团与1400名观众在北京中山公园音乐堂再次唱响。

【中国文联领导到音协调研】

4月2日，中国文联党组书记、副主席赵实，中国文联党组副书记、副主席覃志刚到中国音协调研。中国文联国内联络部主任罗成琰、中国文联青年志愿者服务中心副主任廖恳等随同调研。中国文联副主席、中国音协分党组书记、驻会副主席徐沛东，中国音协顾问、《音乐创作》主编、作曲家王世光，中国音协分党组成员、秘书长韩新安，中国音协分党组成员、副秘书长王建国和田晓耕，中国音乐文学学会常务副主席、词作家宋小明，中央音乐学院民乐系琵琶演奏家、教育家李光华，江西省音协常务副主席熊纬，二炮文工团词作家李川，中国音协《人民音乐》常务副主编、中国音协流行音乐学会常务副主席、秘书长金兆钧及中国音协各部门负责人出席了会议。

【纪念李叔同创作第一首中国合唱曲100周年活动】

5月21日，中国合唱100周年——纪念李叔同创作第一首合唱曲100周年音乐会在国家大剧院音乐厅举行。国家大剧院合唱团、中国人民解放军合唱团、中国音协合唱联盟经典合唱团、中国武警男声合唱团在指挥家徐锡宜、吴灵芬、郑健、李玉宁的指挥下演绎了《春游》、《送别》、《毕业歌》、《祖国歌》、《大江东去》、《黄水谣》、《全世界无产者联合起来》、《满江红》、《游击队歌》、《我像雪花天上来》、《半个月亮爬上来》、《天路》、《同一首歌》等我国各个历史时期创作的、具有代表性的经典合唱作品。音乐会见证了中国合唱百年追梦的历程。

5月22日，纪念李叔同《春游》创作暨中国合唱百年座谈会在中国文联举行。座谈会上，来自我国合唱理论、教育、创作、指挥界的专家学者就李叔同先生对中国音乐文化事业的历史贡献，中国合唱创作的现状，改革开放以来中国合唱事业的发展与繁荣等议题进行了深入研讨。

【芦山灾区慰问演出】

中国文联、中国音协文艺志愿服务团赴芦山地震灾区慰问演出于6月9日举行。由20余名知名音乐家组成文艺志愿服务团赴雅安市武警支队和雅安体育馆，为当地群众献上两场精彩演出。歌唱家宋祖英、郁钧剑、李丹阳、霍勇、刘和刚、王丽达、高保利等逐一登台，演唱了《山歌好比春江水》、《爱我中华》、《说句心里话》、《父亲》、《感激之心》、《亲吻祖国》等曲目，用歌声表达他们对灾区人民的祝福，增强了灾区干部群众重建家园的信心，为夺取抗震救灾新胜利、建设灾后美好新家园营造了良好文化氛围。

【陆在易作品音乐会】

9月5日，由中国音协、中共上海市委宣传部、上海之春国际音乐节组委会主办的中国，我可爱的母亲——陆在易作品音乐会在国家大剧院音乐厅举行。音乐会以“人民心中的梦”为主题，集中呈现了我国当代作曲家、上海音乐家协会主席陆在易改革开放以来创作的声乐代表作。包括合唱序曲《在十八岁生日晚会上》、合唱音画《行路难》、混声合唱与乐队《雨后彩虹》、音乐抒情诗《中国，我可爱的母亲——为大型合唱队与交响乐队而作》等，从这些作品中可以清晰地看到陆在易在思想精神和艺术质量上的努力探求，他鲜明的音乐风格及形成过程。

【中国音协钢琴学会成立】

9月14日，中国音乐家协会钢琴学会成立大会在湖北宜昌举行，这是新中国成立以来首个全国范围的钢琴演奏与教学行业组织。由全国九大音乐学院、各省区市音协以及钢琴学会筹备组专家历时一年推荐，选举产生了第一届理事会成员，并由理事会选举产生了中国音协钢琴学会领导机构。出席中国音协钢琴学会成立大会的领导有中国音协分党组成员、秘书长韩新安，中国音协分党组成员、副秘书长田晓耕，宜昌市委市政府副市长王应华，钢琴家、教育家周广仁，柏斯音乐集团总裁吴雅玲、吴天延等。会议由中国音协办公室主任王宏主持。会议介绍了中国音协钢琴学会的发起、筹备、组织机构产生过程，宣布了第一届中国音协钢琴学会组织机构名单，理事会名单，并举行揭牌仪式。中国音协钢琴学会第一届理事会名誉会长为周广仁、刘诗昆、鲍蕙荞，会长为吴迎。

【第七届古筝艺术学术交流会】

10月21日，第七届中国古筝艺术学术交流会在扬州会议中心开幕。交流会活动为期四天，作为第九届中国音乐金钟奖古筝比赛的重要内容之一，交流会吸引了全国众多筝家、民族音乐家以及海内外约600名琴筝代表参与。本次交流会包含一场专家论坛、两场古筝音乐会、四场论文交流会、四场筝曲筝艺交流会、高峰论坛以及大型古琴古筝博览会。

【纪念李凌百年诞辰】

12月10日至11日，跋涉人生——纪念李凌百年诞辰系列活动于北京举行。10日，百年琴思——中国国家交响乐团纪念李凌百年诞辰音乐会在北京音乐厅举行。11日，跋涉人生——纪念李凌先生诞辰百年座谈会暨系列图书首发仪式在人民大会堂北京厅举行。吴祖强、韩中杰、徐沛东、吴雁泽、刘诗昆、谭利华、关峡等有近160位音乐界专家、学者参加座谈会。数十位专家畅谈、回忆了李凌先生的一生。徐沛东宣读了周维峙、才旦卓玛、孙慎、周广仁和彭丽媛发来的贺信。中国文联名誉主席周巍峙、中国文联荣誉委员孙慎在贺信中对李凌给予了很高评价。当天下午，在北京京民大厦还举行了李凌音乐思想纪念研讨会，研讨他对中国当代音乐事业所产生的深远影响，会议主要围绕音乐社会活动家李凌、李凌音乐教育思想、李凌音乐评论思想、李凌音乐美学思想等四个版块展开讨论。

【叶小钢《中国故事》音乐会】

12月18日，中国音协副主席、作曲家叶小钢《中国故事》音乐会在国家大剧院举行国内首演。叶小钢与由指挥家胡咏言执棒的中国国家交响乐团合作，在吸收美国站演出经验的基础上使“中国故事•大地之歌”专场音乐会融入了更接地气的中国元素，新加入了《玉观音》中的9首音乐作品。这场音乐会是叶小钢“中国故事•大地之歌”品牌音乐会继美国成功上演后在国内的首场演出。

【中国梦·侨乡情慰问演出】

12月20日至21日，“中国梦•侨乡情”——中国文联、中国音协“送欢乐下基层”慰问演出走进福建省福清市、莆田市，宋祖英、殷秀梅、吕继宏、张也、高保利、满文军、黄训国、王传越、王丽达、吴娜、郑洁、周鹏、虞霞等歌唱家为侨乡人民献上了一首首脍炙人口的歌曲。两天时间里，这支由中国文联党组副书记、副主席覃志刚和中国文联副主席、中国音协分党组书记、驻会副主席徐沛东率领的艺术家团队，走入街头、走进企业，近距离为老百姓表演并在演出中与百姓交流互动，受到了当地群众的热烈欢迎。文化下基层活动既能够满足群众多层次、多方面的精神文化需求，文艺家也从中汲取了新的艺术营养，进一步密切了艺术与人民群众的血肉联系，更是对百姓梦、城市梦、中国梦的深入实践。

【纪念毛泽东诞辰120周年音乐会】

12月25日晚，为纪念毛泽东同志诞辰120周年，由国家大剧院和中国音乐家协会联合主办的《人民的毛泽东——纪念毛泽东诞辰120周年音乐会》在国家大剧院歌剧院隆重举行。音乐会曲目包括《东方红》、《浏阳河》、《七律•长征》、《延安颂》、《沁园春•雪》、《毛主席的恩情比山高比水深》等歌颂和根据毛泽东诗词创作的经典音乐作品，以及《人民万岁》、《人民的毛泽东》等感人肺腑的配乐诗朗诵作品。宋祖英、廖昌永、阎维文、刘斌等知名歌唱家倾情演出，2000多名首都各界群众共同观看了这台饱含深厚情感的音乐会。音乐会秉承精美、深情、节俭的原则，舞美设计简单大方，在艺术表现形式上，通过音诗画的呈现，深情缅怀毛泽东同志。主办方精心的策划和音乐会精美的视听效果引发了观众深情的心灵共鸣。

第九届中国音乐金钟奖

第九届中国音乐金钟奖奖项设置包括作品奖、表演奖、理论评论奖、终身成就奖四个子项目。作品奖包括器乐作品奖（小型器乐组合）和声乐作品奖（组合演唱）评奖。表演奖包括十项赛事，分别为二胡、古筝、民乐组合；钢琴、钢琴与弦乐重奏；声乐（美声组、民族组）、流行音乐大赛（男声组、女声组，组合组演唱）等，另有长笛、单簧管、合唱比赛设在2014年举办。理论评论奖参评论著按中国音乐史学、民族音乐学、西方音乐史学和音乐美学四个类别进行评选。本届金钟奖延续往届各地音协及专业音乐学院报送渠道，充分体现参赛选手的广泛性和代表性，中国音协分别针对各奖项邀请各院团、院校的专家学者对赛项进行权威论证和评选。

【金钟奖表演奖复评论证会】

6月14日至17日，第九届中国音乐金钟奖表演奖复评工作在北京进行，确定各奖项进入下一阶段现场比赛的名单。在金钟奖前期选拔、推荐工作中，各地选手积极参赛，反响热烈。各报送单

位严格按照金钟奖《通知》和各奖项的《赛事安排及评选细则》组织报送。在此基础上，金钟奖组委会邀请各门类权威专家集中对报送选手和团队进行复评。每个组别评委不仅大多是活跃在一线的院团长、表演艺术家，而且都增加了往届金钟奖的获奖青年专家。在整个复评过程中，每位评委都能本着对金钟奖高度负责的态度，严肃、认真、公正地做好评审工作。

【金钟奖新闻发布会】

8月12日，第九届中国音乐金钟奖新闻发布会在京举行。中国文联副主席、中国音协分党组书记徐沛东在会上坦言，在全国各类娱乐选秀节目的冲击下，如何以创新精神凸显中国音乐金钟奖的权威性、专业性、导向性，赢得大众喜欢至关重要。

【金钟奖民乐系列比赛】

由中国文联、中国音协、江苏省委宣传部、江苏省文联主办，江苏省音协、江苏省演艺集团、扬州市人民政府承办的第九届中国音乐金钟奖民乐比赛系列活动于10月11日至11月2日在江苏省举办。

10月11日至15日在南京艺术学院举行的民乐大赛首项比赛——民乐组合，引起了业内外的关注。本届民乐比赛创新模式，新设立组合比赛，参赛作品鼓励新创，吸引了来自全国24支队伍的210名选手参加角逐。比赛结束，评委们还对大赛中涌现出的新人新作有着更高期待。他们期望参加的组合和表演的作品经过不断磨合、加工，真正在音乐舞台上、在老百姓的生活中活跃起来。10月18日至24日，古筝比赛在扬州举行，39家各地音协及有关单位，共报送109名选手，最终评选出58名进入扬州复赛。10月26至11月2日，二胡比赛在无锡完成，42家各地音协及有关单位，共报送117名选手，最终评选出58名进入无锡现场复赛。

除在南京、扬州、无锡举办了金钟奖民乐组合比赛、金钟奖古筝比赛、金钟奖二胡比赛外，期间在南京、无锡、扬州、苏州、泰州、盐城、常熟等地还推出了多场音乐会和音乐学术研讨、讲座及惠民演出。第九届中国音乐金钟奖民乐比赛不仅是音乐界的一件盛事，也展现了民族音乐发展的大好契机，金钟奖赛场高潮迭起，名家名曲音乐会精彩纷呈，民乐大师进校园惠及莘莘学子，学术论坛立足高远，对民乐发展进行探究和解读，这一立体格局愈发显示出此次活动的深度和广度，为民乐艺术的交流与发展搭建了更加广阔的平台。

民乐组合比赛获奖名单：

金奖

江苏茉莉花民乐组合(李霓霞、刘强、潘婷、胡曦雯、童莹、刘湘芸、任洁、顾怀燕、蔡超、何方方、李奥博、朱杰文） 江苏省音乐家协会选送

圣风组合（尚祖建、王猛、王铁群、牛湘漪、李晴、关冰、欧阳嘉颖、苏肖婷、赵文茹、郭梦佳、於怡、邱一鸣） 中央音乐学院选送

银奖

上海音乐学院金豈组合（王洁、张碧云、应佳珈、贾真珍、潘晶晶、来雯瑾、谭雅丹、王轶文、张晟、付田雅博、魏思骏、华逸飞）（上海音乐学院选送）

金磬吹打乐团(赵志勇、王向阳、刘安东、张剑锋、王灏彤、许岩、冯天石、黄开、刘忆恒、马文、边佳晴、吴昊） 中央音乐学院选送

铜奖

沈阳音乐学院八音组合（张科威、徐贺、郭为、林晓琳、熊曼恬、王琳、刘黎、曲帅） 沈阳音乐学院选送

纳瓦乐队(帕提曼•塔依尔、哈尼克•胡西地里、米日夏提江•麦麦提依明、迪力木拉提•买买提、库尔班江•米曼江、穆塔力甫•麦麦提、穆斯塔法•阿布都克力木、买热木尼沙克孜•阿布来提、买买提艾力•阿不都克力木、米娅赛尔•努尔买买提、麦合木提•艾力） 新疆维吾尔自治区音乐家协会选送

古筝比赛获奖名单：

金奖

刘　颖　中国音乐学院选送

银奖

程皓如　中央音乐学院选送

高　阳　中央音乐学院选送

铜奖

崔　杉　中央音乐学院选送

任洲洋　新疆维吾尔自治区音乐家协会选送

夏　菁　中国音乐学院选送

二胡比赛获奖名单：

金奖

闫国威　中央音乐学院选送

银奖

陆轶文　上海音乐学院选送

黄晓晴　中国音乐学院选送

铜奖

张敬一　北京音乐家协会选送

刘　宇　中国音乐学院选送

王雅琪　中国音乐学院选送

【金钟奖钢琴、钢琴与弦乐、声乐比赛】

11月19日至26日在广州进行了第九届中国音乐金钟奖钢琴比赛、钢琴与弦乐比赛、声乐比赛（美声、民族唱法），比赛由中国文联、中国音协、广州市人民政府共同举办。367名选手经过8天43场的激烈角逐，最终在声乐（美声、民族）、钢琴、钢琴与弦乐重奏4项比赛中，共有6位选手获得金奖，12位获银奖，19位获铜奖。26日，第九届中国音乐金钟奖在广州大剧院闭幕。

关于本届金钟奖钢琴、钢琴与弦乐、声乐比赛，中国文联副主席、中国音协分党组书记、驻会副主席徐沛东认为钢琴与弦乐组代表了目前国内合奏训练的最高水平；美声组实力较强，尤其是男选手的表现突出，标志着国内美声教学的进步；民族组男选手增多，令人眼前一亮，但民族曲目创作和演唱理念仍须创新和突破；钢琴组是业内一次专业水平的大检阅，表现比较平稳。

本届比赛特别增加了“金钟进社区”活动，邀请知名音乐家到社区演出辅导，在老百姓家门口举办5场音乐普及活动。金钟奖首次走出赛场、走进社区，实现金钟奖选手与社区群众互动，与广大社区群众共享文化成果。同时，比赛简化了开闭幕程序，取消了名家唱金钟等多台音乐会，取消了参赛选手生活补贴，精简了工作人员。

钢琴比赛获奖名单：

金奖

鹿　尧　中央音乐学院选送

银奖

李金鸿　沈阳音乐学院选送

尹存墨　福建省音乐家协会选送

铜奖

古静丹　四川音乐学院选送

吴君麟　星海音乐学院选送

叶子豪　上海音乐学院选送

中国作品演奏奖：

李金鸿　沈阳音乐学院选送

钢琴与弦乐重奏比赛获奖名单：

金奖

棱境组合（张润峪　耿文彬　朱宛晨）上海音乐学院选送

银奖

Ohrid组合（牟吉喆　黄达　冯穆霏）中国音协大提琴学会选送

Rococo组合（陶乐　张橹　蔡菁婧）上海音乐家协会选送

铜奖

骐骥组合（郝楠　何畅　赵藜茜）中央音乐学院选送

Gloria Trio 组合（范早早　谢昊明　姜小溪）中央音乐学院选送

Rhythm 组合（徐曼　肖航辰　张弓贺　樊翔）中央音乐学院选送

声乐（美声组）获奖名单:

金奖

王传越　中央音乐学院选送

银奖

刘　颖　广东省音乐家协会选送

王泽南　天津音乐家协会选送

铜奖

张学樑　广东省音乐家协会选送

田　园　上海音乐家协会选送

赵　明　铁路文工团选送

声乐（民族组）获奖名单：

金奖

黄训国　中国铁路文工团选送

银奖

龚　爽　湖北省音乐家协会选送

吕宏伟　武警文工团选送

铜奖

张　辛　总政宣传部艺术局选送

李　超　辽宁省音乐家协会选送

陈燕妮　安徽省音乐家协会选送

【金钟奖流行音乐大赛】

第九届中国音乐金钟奖流行音乐大赛（男声组、女声组，组合组演唱），由中国文联、中国音协、中共深圳市委宣传部共同主办，深圳广播电影电视集团、中国音协流行音乐学会共同承办。大赛采用国际领先的电视音乐大赛模版，运用先进的电视技术和操作手法，以行政区域为划分将参赛选手分为华东、华北、华南、华中、东北、西南、西北及港澳台八大参赛联队。4月16日，第九届中国音乐金钟奖流行音乐大赛在北京正式启动报名，8至11月举办总决赛，12月12日在深圳进行总决赛及金钟盛典。为了鼓励原创，大赛特别设置了只能演绎原创歌曲的比赛环节，并希望通过8大唱片公司能够挖掘各公司“曲库”，让优秀的原创作品脱颖而出。整体赛事节目由深圳卫视全程播放，同期配套金钟流行音乐年度风云榜、系列演唱会、展览、论坛等活动，努力将金钟大赛打造成为最具影响力、最具权威性、全球华人共享的流行音乐超级赛事。

流行音乐获奖名单：

男子组金奖　杨宗纬、金志文

银奖　陈楚生、满文军

铜奖　多亮

女子组金奖　尚雯婕

银奖　吉克隽逸、谢安琪

铜奖　莫龙丹、阿兰

组合组金奖　MIC男团、HAYA乐团

铜奖　南方二重唱

【金钟奖作品奖、理论评论奖、终身成就奖】

2014年1月15日，金钟奖作品奖、理论评论奖、终身成就奖颁奖仪式暨获奖作品研讨会在中国文联举行。作品奖、理论评论奖、终身成就奖的复评工作于8月在中国文联全部顺利完成。声乐作品奖共收到37家报送单位，经过初评报送的101首作品，经过复评、终评最终评选出最佳作品奖5首，优秀作品奖10首。民族器乐作品奖共收到32家报送单位，经过初评报送的106篇作品，经过复评、终评，最终评选出最佳作品奖4首，优秀作品奖10首。各地音协及有关单位，以直接报送的方式，共报送81部论著，最终评选出10部论著获得等次奖，27部论著获得优秀奖。终身成就奖由金钟奖总评委会根据批复名额和符合条件人选的具体情况，提出候选名单，经奖项评委会评审、组委会确认，在2000多名候选人基础上，经过400进200，200进60，60进15，15进6的5轮投票，最终有6位艺术家获得终身成就奖。

作品奖获奖名单：

1. 声乐作品——组合演唱最佳作品奖（不分等次）：

《生命之城》　宋小明　词　王　备　曲　中国音协创作委员会选送

《领雀嘴鹎》　胡晶莹　词　胡晶莹　曲　中央音乐学院选送

《脚印》　湘粤、晓达　词　崔臻和、赵建华曲　广东省音乐家协会选送

《睡莲》　田书彦　词　平　远　曲　海军政治部文工团选送

《簸箕上的麻雀》　陈楚良　词　张世敏　曲　湖南省音乐家协会选送

2. 器乐作品最佳作品奖（不分等次）：

《水德吟》　龚华华　曲　武汉音乐学院选送

《书鼓——为琵琶于两位打击乐手而作》　秦毅　曲　上海音乐学院选送

《南音说俏》胡晶莹　曲　中央音乐学院选送

《啊哩哩》（民乐九重奏）　王建民　曲　上海音乐家协会选送

理论作品奖获奖名单：

金奖

于润洋著《悲情肖邦——肖邦音乐中的悲情内涵阐释》（西方音乐史学）　中央音乐学院选送

贵州省音乐家协会编，张中笑、胡家勋、高应智、张人卓、李继昌、王承祖、杨方刚等人编著《贵州少数民族音乐文化集萃》（侗族篇、彝族篇、土家族篇、仡佬族篇、水族篇、布依族篇、苗族篇和芦笙篇）（民族音乐学）　贵州省音乐家协会选送

李晓东著《感性智慧的思辨历程——西方音乐思想中的形式理论》（音乐美学）　中央音乐学院选送

银奖

洛秦编著《海上回声叙事》（民族音乐学）　上海音乐学院选送

吴式锴著《和声艺术发展史》（西方音乐史学）　中央音乐学院选送

博特乐图著《表演、文本、语境、传承——蒙古族音乐的口传性研究》（民族音乐学）　内蒙古自治区音乐家协会选送

铜奖：

明言著《20世纪中国音乐批评导论》（音乐美学） 天津音乐学院选送

赵为民著《唐代二十八调理论体系研究》（中国音乐史学） 中国音乐学院选送

居其宏著《音乐界实用本本主义思潮研究》（中国音乐史学） 江苏省音乐家协会选送

菲利普•唐斯著，孙国忠、沈 旋、伍维曦、孙红杰译，杨燕迪、孙国忠、孙红杰校《古典音乐——海顿、莫扎特和贝多芬的时代》（西方音乐史学） 上海音乐学院选送

终身成就奖获奖名单：

胡松华 于润洋 冯文慈 何占豪 李重光 谭冰若

艺术节与评奖

【首届“黄海怀二胡奖”】

6月16日，为纪念二胡艺术家黄海怀逝世45周年，历时近半年的首届“黄海怀二胡奖”系列活动在武汉琴台音乐厅圆满谢幕。系列活动包括“湖北二胡作品展演音乐会”、“二胡演奏比赛”、“作品征集评奖”、“黄海怀艺术成就暨二胡创作演奏学术研讨会”、“黄海怀二胡奖颁奖音乐会”等，该活动由中国音协二胡学会，湖北省中华文促会、教育厅、文化厅、文联、广播电视台以及武汉音乐学院联合主办。

【第五届“神州唱响”全国高校声乐展演】

8月2日至6日，由中国音乐家协会、东胜区政府共同主办的第五届“神州唱响”全国高校声乐展演在内蒙古鄂尔多斯市举行。展演活动共有全国200多家音乐院系900多名师生报名参赛，是开办以来参加人数最多的一届。比赛分为教师组民族唱法、教师组美声唱法、学生组民族唱法、学生组美声唱法、学生组流行唱法五个组别。最终决出1名金奖、2名银奖、5名铜奖，8名优秀奖，25个组织奖。

【第二届“中国管乐杯”独奏展演】

8月2日至8日，由中国音协、青岛市人民政府共同主办的中国音乐“小金钟”奖——第二届“中国管乐杯”全国中小学生独奏展演暨夏令营在山东青岛举行。活动吸引了来自全国各地的近600名青少年乐手报名参赛。本届展演被首次纳入中国音乐“小金钟”奖序列，获得小金钟奖的选手将由组委会推荐至专业音乐学院免试专业课优先录取。展演为全国青少年，管乐爱好者搭建一个良好的管乐平台，最终，赵源阔、解义鹏、张宁、姚舜、李临川、张听雨、陈雨泽7人获得了“小金钟奖”。

【第三届全国少儿小提琴比赛】

由中国音协、中共江苏常州市武进区委员会、江苏省常州市武进区人民政府共同主办的中国音乐“小金钟奖”——第三届全国少儿小提琴比赛，于8月20日至25日在江苏常州市武进区凤凰谷举行。比赛按年龄层次分为儿童A组、儿童B组、少年A组、少年B组力求使不同年龄层次、不同演奏水平之间的角逐实现最大限度的科学化，比赛吸引了169位参赛选手。活动包括室内比赛、专家点评、特邀专家讲座、颁奖音乐会等四个环节。最后，汤乐洋、刘芮冰，恰恰、陈盛宇，丁书博，姜菲凌、王素行分获各组金奖。

【第三届中国宜昌长江钢琴音乐节】

9月15日至21日，第三届中国宜昌长江钢琴音乐节在湖北宜昌奏响华彩乐章，主办中国音协、湖北省宜昌市政府。音乐节包括中国音乐“小金钟”奖——长江钢琴第一届全国钢琴比赛开闭幕式、中国音协钢琴学会成立大会、全国钢琴比赛颁奖音乐会等五场音乐会。“小金钟”奖获奖选手是从全国14个分赛区的3100名选手中脱颖而出经过预选赛、复赛、半决赛和决赛的4轮选拔，最终由中央音乐学院选送陈学弘获得少年组金奖，由北京赛区选送的胡颖娅获得高校组学生钢琴独奏金奖，杭州赛区选送的朱星获得高校组教师独奏金奖，北京赛区选送的孙尘心与胡鹏飞摘得高校组学生四手联弹金奖。

【第四届“金芦笙”中国民族器乐大赛暨民族文化周】

由中国音协、贵州省文联、黔东南州委、州人民政府共同主办的第四届“金芦笙”中国民族器乐大赛暨民族文化周，9月23至28日在贵州凯里成功举办。赛事集结了来自全国212名选手，按乐器演奏类别分为吹管类、拉弦类、弹拨类等，比赛汇集了竹笛、唢呐、笙、二胡、京胡、马头琴、古筝、古琴、扬琴、琵琶、柳琴、箜篌等多种民族器乐。王玉珏、吴爽、张柳萌获弹拨类（A组）

金奖，王娟、赵婷婷获弹拨类（B组）金奖，存布乐、李婷获拉弦类金奖，宫媛、靳宝伟获吹管类金奖。此外，民族文化周涵盖民族器乐发展学术研讨会、名家讲座、专场音乐会、中外音乐交流等丰富活动。

【第二届全国少儿二胡比赛】

由中国音协、河南省文联共同主办的中国音乐“小金钟奖”——第二届全国少儿二胡比赛，10月2日至6日在河南新郑市郑州大学西亚斯国际学院举行。来自全国及港澳台地区的166名少儿选手来参加了比赛，“小金钟”的金奖获得者将免试进入专业音乐学院学习。比赛分为专业组和业余组，最后，中央音乐学院附中选送的周艺妮获得专业组金奖，业余组（儿童A组）金奖由安徽音协选送的段萧芮获得，业余组（儿童B组）金奖由江西音协选送的肖丽、湖南音协选送的朱淇获得，业余组（少年组）金奖由天津音协选送的李佳瑶、江苏音协选送的华滢颖获得。

创作与研究

【王邦直学术思想研讨会】

由中国艺术报社、山东音协、河北音协主办的“一代律学宗师——王邦直学术思想研讨会”2013年5月26日在北京举行。全国及部分省市文学艺术界有关领导和专家夏潮、徐沛东、向云驹、吴雁泽等近80人参加活动。王邦直(1513—1600)，明代律学家，精心撰成《律吕正声》60卷被收入《四库全书》。与会代表一致肯定了王守伦、刘新海和张桂林等专家对王邦直的研究，认为其研究精神值得学习和借鉴，王邦直的研究方法为律学进一步研究提供了新视角。同时，他记载的诸如舞蹈编排、乐器制作及演奏等内容对于当今非物质文化遗产的研究和传承具有重要的意义。

【“红色武乡”——全国歌曲征集活动】

为“弘扬太行精神、传承八路军文化”，中国音协、山西省武乡县人民政府、县委员会于2月底启动了“红色武乡”——全国歌曲征集活动。经过5个月多种渠道的征集，组委会共收到应征作品962首/件。7月初，组委会经过初评，从中选出72首作品进入复评和终评。7月25日在中国音协举行终评，最终确定了36首获奖歌曲。其中《喊一声太行山》、《红色的星》、《万水千山来武乡》三首作品摘得金奖。此次征歌的获奖作品形式多样、手法丰富，既有独唱、男女声二重唱，也有合唱、情景表演唱等，且内容积极向上、立意新颖，不失为弘扬革命精神、反映时代新貌的优秀作品。为了更好地宣传这些歌曲，组委会将对部分获奖作品进行制作、录音，通过出版、网络、电台等向社会推广。

【中国民族器乐发展学术研讨会】

9月24日，由中国音协、黔东南州人民政府主办的“继承与发展”中国民族器乐发展学术研讨会在贵州凯里民族文化宫举行。20多位来自全国民族器乐界的专家学者参加研讨会。中国文联副主席、中国音协分党组书记、驻会副主席徐沛东出席，王耀华、樊祖荫、张振涛、韩锺恩等专家发言。研讨会围绕“继承与创新”的主题，从民族器乐史学、美学以及民族器乐创作等各个角度，解析民族器乐文化。对当下民族器乐文化的热点、焦点课题进行集中研讨，就民族器乐资源的发掘、加工及保护问题进行了建设性的研讨。特别是针对民族器乐所依附的现代化背景，结合于城市发展、第三产业发展、传统器乐传承以及院校教育等，形成了一个涵盖广、视觉新、指导意义强的研究体系。此外，研讨会就当前民族器乐发展所面临的形势和任务展开讨论，探讨促进民族器乐传承和发展的路径，就如何促进当前和今后一个时期民族器乐传承和发展形成了“凯里共识”，并将优秀论文结集成册，公开出版。

【“美丽中国”全国征歌评选活动】

10月21日，由中国唱片总公司和中国音协共同主办的“美丽中国”全国征歌评选活动在京揭晓。陈道斌作词、徐沛东作曲的《梦的天空》，阎肃作词、羊鸣作曲的《蓝天行》等10首作品获得最佳创作奖。活动自5月初启动以来，组委会共收到应征作品1037首／件，经过初选和复选，共有69首作品进入终评，最终选出10首最佳创作奖作品、20首优秀创作奖作品。活动由作曲家孟卫东、戚建波、王祖皆、付林、刘青、田晓耕，词作家甲丁、宋小明、晨枫担任评委。获得最佳创作奖的作品还有《同圆中国梦》、《我的三沙我的家》、《我们爱海洋》、《牵着阳光的手》、《最美是你》、

《倾听祖国》、《美丽中国》《中国梦 我的梦》。《美丽中国——全国征歌获奖作品集》已由中国唱片总公司出版。此次获奖的30首优秀原创歌曲紧紧围绕“中国梦”的主题，题材广泛、形式多样，体现了正确的导向，内容积极向上，具有较高的艺术水准。

【中小型交响音乐作品创作研讨会】

由中国音协、中共哈尔滨市委宣传部联合主办的“中小型交响音乐作品创作研讨会”于11月2日在中国文联举行。徐沛东、印青、孟卫东、张千一、唐建平、王宁、张宏光、张朝、刘长远、杨人翊等作曲家以及本次会议相关领导参加了研讨会。会议旨在通过研讨创作出一批贴近生活、群众喜闻乐见并具有高品质、高水准，可经常演出的中小型交响音乐作品，以期发挥在新时期音乐创作上的导向性、表率性作用。在研讨会上，大家讨论了交响音乐作品的内容、体裁和样式，并确定出了创作人选。

【“西风烈·绚丽甘肃”原创歌曲征集评选演唱活动】

11月中旬，由中国音协、甘肃省委宣传部、省文联、省广电总台在全国范围内主办的“西风烈•绚丽甘肃”原创歌曲征集评选获奖歌曲揭晓。本次活动作为华夏文明传承创新区建设和打造“十个一”甘肃文化品牌的重点内容，为推动甘肃歌曲创作、彰显甘肃文化魅力、扩大甘肃对外宣传举办的一项重要活动。活动以歌唱幸福美好新甘肃和人民群众新生活为主线，深入挖掘甘肃丰厚的文化资源，采集鲜活的创作素材，运用歌曲艺术多种表现形式，采取广泛征集与向重点作者约稿创作相结合的办法，全力推出一批歌唱甘肃秀美山川、人文历史、民族风情、灿烂文化等传得开、唱得响的原创新歌曲。活动自6月启动以来，共征集词曲920首，最终评选出获奖歌曲31首。其中由徐沛东作曲、晓光作词的歌曲《黄河之都》获得特别奖，戚建波作曲、雨涛作词的《问君陇南》和印青作曲、杨玉鹏作词的《甘肃老家》两首歌曲斩获金奖，苏玮作词作曲的《月牙泉》和萨尔组合作词作曲的《唱乡》等四首歌曲斩获银奖，周丽娟作曲、刘顶柱作词的《敦煌寻梦》等6首歌曲斩获铜奖，18首歌曲获入围优秀奖。

【情系雷锋——全国原创新歌征集活动】

为进一步歌颂雷锋精神，凝聚道德正能量，引领社会新风尚，中国音协、长沙市委宣传部、长沙市文明办、长沙市广播电视台、长沙市文联共同开展了“情系雷锋”——2013全国原创新歌征集暨“锋蜜在行动”系列推广活动。该活动于9月正式启动，12月15日征集截止，共收到来自全国各地的作品近1500首。经过初选、复选，2014年2月21日在北京进行了总决选，《射手座的雷锋，射手座的我》、《你从哪里来》、《最美是爱》、《我爱你长沙》、《永远的雷锋》、《百姓的呼唤》、《雷锋朝我们走来》、《与你同行》、《我是雷锋故乡一个兵》、《帮别人就是帮自己》、《长沙女孩》、《长沙美》等12首作品入选金曲。另选出优秀奖18首和提名奖20首。获奖作品紧紧围绕征歌主题，题材广泛、形式多样，歌曲旋律优美、易于传唱，具有较强的时代特征和艺术感染力。组委会将对获奖作品进行表彰，对“金曲”进行编曲、录音、制作CD专辑，结集出版获奖作品歌曲合本，并将通过电台、网络、报纸等媒体以及《歌曲》等国家核心音乐类专业刊物进行宣传，把征歌活动的成果推广到全社会。

对外交流及港澳台地区交流

在中国文联和中国音协分党组的领导下，中国音协的对外交流及对港澳台地区交流，紧紧围绕协会工作重点，突出民间特色，不断开拓创新，取得了显著的成绩。全年共完成进出国项目9项，进出国总人数635人次。其中来访项目3项，来访人数10人次，出访项目4项，出访人数8人次，港澳台项目2项，人数617人次。中国音协与印度、澳大利亚、新西兰、美国、加拿大、南非等四大洲的6个国家以及港澳台地区开展了音乐交流。

【金钟之星名家名曲音乐会】

由中国音协、刘天华•阿炳中国民乐基金会等共同主办的“金钟之星名家名曲音乐会”于1月20日在香港成功举行，中国音协分党组成员、秘书长韩新安和中央民族乐团副团长、琵琶演奏家吴玉霞应邀赴港参加演出活动。音乐会汇集二胡演奏家朱昌耀、宋飞，笛子演奏家王键、戴亚，古筝演奏家王中山等内地顶级音乐名家。以多位中国音乐金钟奖评委和获奖者组成“金钟之星”民乐团演奏家团队，在香港葵青剧院共同呈现一场中国民乐顶级水准的独奏、重奏音乐会，精彩纷呈的演出受到现场1000多位香港观众的热烈欢迎

和赞誉。据悉，此次演出的全部票款都捐给慈善事业。21日，内地和香港的音乐界知名人士还就如何推动民乐发展及增进两地音乐交流等议题举办座谈会。韩新安在座谈会上做了发言，他认为中国音协组织这次音乐会演出是对民间交流、商业交流等形式外的一种补充，很有意义。香港歌唱家费明仪、乐评人周凡夫、香港城市中乐团艺术总监程秀荣等参加座谈会。与会艺术家都表示，今后要举办更多此类音乐会，拓展内地与香港民乐的交流平台，为真正热爱民乐的大众提供专业、精彩的演出。

【“华音杯”中国音乐国际大赛】

第二届“华音杯”中国音乐国际大赛于1月25至26日在美国旧金山市举办，中国文联副主席、中国音协分党组书记、驻会副主席徐沛东应美国华人音乐家协会邀请，于1月25日至2月6日赴美，以大赛评委会名誉主席身份参加比赛相关活动，并出席大赛颁奖音乐会。“华音杯”中国音乐国际大赛由美国华人音乐家协会主办，斯坦福大学泛亚艺术中心和加州青年国乐团等单位协办，并得到了中国音协、中央音乐学院、中央民族乐团等的支持。大赛吸引了来自中国、美国、意大利、印度及东南亚许多国家的近200名选手参加。比赛按弹拨乐、拉弦乐、吹管乐、打击乐等门类，以独奏、重奏、合奏等形式比赛，经过激烈角逐，最终决出专业组和业余组的金、银、铜奖。6日，颁奖晚会在圣荷西州立大学音乐厅举行，中国驻旧金山总领事高占生、旧金山库帕蒂诺市副市长黄少雄、联合城前市长马克与徐沛东等评委嘉宾一同出席，高占生和徐沛东分别致辞并为获奖者颁奖。“华音杯”中国音乐国际大赛自创办以来，在促进中外音乐文化交流方面起到了积极的作用，也为中国民族音乐走向世界提供了舞台。

【中国音协代表团访澳洲】

应澳大利亚国立大学和新西兰太平洋文化艺术中心邀请，以中国音协分党组成员、秘书长韩新安为团长，办公室主任王宏为团员的中国音协代表团一行2人，于4月19日至28日赴澳大利亚和新西兰访问，开展交流活动，并探讨在澳洲举办“金钟”民族音乐系列展示活动。在中国文化“走出去”战略不断深入，中国音乐界以“金钟奖”为代表的文化品牌影响日益扩大的背景下，进一步探索在海外推广中国民族音乐的有效方式和渠道，成为此次访问的重要议题。代表团在悉尼访问期间，与澳邀请方及当地文化界、音乐界人士以及来自墨尔本等地的音乐家进行了广泛、深入的交流。代表团还考察了澳大利亚的布里斯班和新西兰的奥克兰两地的文化设施和演出场地，并与对方就2014年合作举办系列音乐会初步达成共识。此次出访取得一定成效，也为中国音乐“走出去”方略的实施，做了务实而有意义的探索。

【美国音乐家卡普兰来华讲学】

5月27日至6月6日，美国小提琴家、美国鲍顿国际音乐节创始人和音乐总监、纽约朱莉亚音乐学院教授路易斯•卡普兰（Lewis Kaplan）先生及夫人应中国音协邀请，来华举办讲学和交流活动。卡普兰教授分别在中央音乐学院、沈阳音乐学院和西安音乐学院举办小提琴大师班，取得了非常好的效果，受到各校师生们的欢迎和好评。在西安期间，中国音协主席、陕西文联主席、西安音乐学院院长赵季平会见了卡普兰夫妇。作为国际著名小提琴大师，卡普兰曾担任数个国际小提琴比赛的评委，培养出包括马友友在内的许多音乐大家，他创办的鲍顿国际音乐节已有近50年的历史，在美国具有很高的知名度和影响力。此次中国音乐能够邀请到年近80高龄的卡普兰教授来华讲学，对于提高我国小提琴教育水平，开拓中美音乐交流的渠道，起到了十分积极的作用。

【格莱美主席访问中国音协】

6月4日，格莱美奖——美国国家录音与科学协会主席尼尔•波特诺、美国国家录音与科学学会副总裁布兰登•查普曼、美国国家录音与科学学会首席营销官伊凡•格林及美国国家录音与科学学会法律顾问夏克•奥特纳等一行4人在中国音协副主席、北京国际音乐节艺术基金会艺术委员会主席余隆等的陪同下到访中国音协。中国文联副主席、中国音协分党组书记、驻会副主席徐沛东向客人介绍了中国音协和中国文联的职能及工作情况并就客人们提出的如何入会、会员数量、入会人资质以及协会经费来源等等问题做出了回答。尼尔•波特诺主席也简单介绍了格莱美奖的运作机制及格莱美的资金来源并强调格莱美除了面对专业人士还面向学生。徐沛东充分肯定了格莱美奖对世界有目共睹的影响，并希望作为中国最大、最权威的音乐机构—中国音协能与格莱美合作，设立格莱美的亚洲奖项并希望中国音协能够承办格莱美亚洲奖项，他表示中国音协有能力扩大格莱美在亚洲的影响。

【第六届海峡两岸合唱节】

以“为了艺术为了爱”为主题的第六届海峡两岸合唱节于6月21日至23日在台湾新竹市成功举行。合唱节由中国音协、福州市人民政府和台湾新竹市政府、台湾海峡两岸音乐交流协会联合主办，是海峡两岸专业性最强的合唱比赛展演活动，本届合唱节表演项目和参赛人数都创下了历届之最，来自两岸共21支合唱团队超过1500人参加活动，其中大陆地区12支优秀合唱团共600多人赴台参加比赛展演等活动。合唱节比赛环节中，17支合唱团分获金银铜奖，其中河南理工大学合唱团、山东大学合唱团和广东文艺职业学院合唱团获金奖。中国文联党组成员、副主席左中一，中国文联副主席、中国音协分党组书记、驻会副主席徐沛东，福州市政协副主席王长鹰以及新竹市市长许旺财等出席合唱节颁奖等活动。海峡两岸合唱节已连续成功举办六届，作为国台办和中国文联连续多年的对台交流重点项目，为进一步促进两岸音乐文化交流的发展发挥了不可替代的重要作用。

【印度音乐家代表团访华】

7月18日至28日，以印度音乐家联合会主席拉里特•柯布拉加德（LalitKhobragade）先生为团长的印度音乐家代表团一行5人应中国音协邀请访华。代表团在新疆和四川两地开展音乐交流活动，并出席了在乌鲁木齐举行的第三届中国新疆国际民族舞蹈节开幕演出。中国音协副主席、新疆音协主席努斯来提•瓦吉丁在乌鲁木齐会见代表团，新疆音协副主席兼秘书长佟吉生全程陪同在新疆的访问交流活动。印度音乐家联合会是印度最大的音乐家组织，一直以来对华友好，多次与中方合作举办交流活动，此次代表团成功访华，为进一步深化两组织间的音乐交流与合作打下了良好基础。

【中国音协代表团访美】

应美国鲍顿国际音乐节组委会邀请，以中国音协主席、陕西文联主席、西安音乐学院院长赵季平为团长的中国音协代表团一行4人，于7月23日至28日访问美国，出席赵季平新作品在美国首演活动，并观摩鲍顿国际音乐节相关活动。鲍顿音乐节组委会还向赵季平颁发了“特邀专家证书”，表彰他对中美音乐交流所做的贡献。鲍顿音乐节有着近50年的历史，多年来坚持教学与演出并重的策略，在全美乃至国际上都有着广泛的影响力。音乐节组委会安排赵季平古典新作《唐诗八首》中的选段《阳光三叠》、《别董大》、《佳节思亲》（《九月九日忆山东兄弟》）等篇章的演出，此次演出亦是这部作品的世界首演。24日晚在鲍顿大学音乐厅举行的音乐会取得巨大成功，受到音乐节组织方和现场观众的高度评价。代表团在纽约期间，会见了中国驻纽约总领馆文化参赞王燕生，并与旅美作曲家谭盾、歌唱家田浩江、小提琴家李伟纲等见面。此次访美富有成效，为双方建立良好的合作模式提供了有效的保障。

【南非音乐家代表团访华】

10月29日至11月6日，以南非西开普敦省青少年文化艺术发展委员会主席、开普敦国家大剧院总经理马琳•勒卢（Marlene Le Roux）女士为团长的南非音乐家代表团一行3人应中国音协邀请访华，观摩了在江苏无锡市举办的第九届中国音乐金钟奖二胡比赛并出席了金钟奖民乐比赛颁奖音乐会。代表团还访问了上海、西安和北京等地。这是中国音协首次与南非音乐界开展交流，经过努力使南非音乐家代表团访华得以实现，对于协会对外交流工作具有开拓性的重要意义。

【中国音协派员出席国际音理会大会】

应澳大利亚格里菲斯大学昆士兰音乐学院邀请，中国音协副主席、中国爱乐乐团艺术总监兼首席指挥余隆和中国音协外联部主任张锡海于11月23日至27日赴澳大利亚布里斯班市，参加国际音乐理事会第34届大会暨第5届世界音乐论坛活动。本届论坛以“音乐可持续性发展有赖于社区音乐建设”为主题，汇集了来自国际音乐理事会各会员国和国际组织代表、专家学者等数百人。24日，余隆应邀在论坛“中国日”活动上做了题为“打造社区音乐文化，激发音乐可持续性发展”的专题演讲，介绍了中国音协和北京国际音乐节在普及、传播优秀音乐作品，建设社区文化，提高青少年音乐素养等方面的成功经验，并从其个人经历探讨音乐发展前景和种种挑战。经大会投票选举，余隆当选为国际音乐理事会执行理事和亚洲大洋洲音理会执行理事，任期为两年。余隆还出席了亚洲大洋洲音理会新一届执行理事会会议，在会上，福建师范大学音乐学院教授、亚太音乐学学会主席王耀华当选亚洲大洋洲音理会主席。

【中国民乐名家赴印度演出】

由中国音协与印度音乐家联合会共同主办的“中国民族音乐之旅”活动于12月16日至22日在印度孟买、浦那和那格浦尔三个城市成功举办。中

国音协派出中央音乐学院教授、扬琴演奏家刘月宁和东方演艺集团二胡演奏家季节2名音乐家与印度音乐家同台演出，受到印方观众热烈欢迎和好评。本次交流演出活动是中国民族音乐第一次深入接触印度社会和普通民众，中国音乐家还在孟买大学和威灵卡大学举办“中国民族音乐走进印度大学”系列讲座和演出活动，并在那格浦尔市成立了“中国音乐工作坊”。中国驻孟买总领馆对活动十分重视，总领事刘友法出席了在孟买的音乐会并致辞，高度评价此次中印音乐交流活动。

机关建设

【作风建设】

中国音协深入学习贯彻落实党的十八大精神和全国宣传思想工作会议精神，全年贯彻执行中央八项规定、加强党的作风建设。领导班子把加强领导干部党性修养工作列为重中之重，以党的十八大精神为指针，以“反对‘四风’、服务群众”为重点，把“切实改进工作作风、努力强化惠民理念”作为努力目标。11月4日召开党的群众路线教育实践活动领导班子专题民主生活会，深入查摆、剖析了领导班子和个人在“四风”方面存在的突出问题。党员干部通过加强思想政治学习和职业道德教育，把强化协会建设与加强作风建设这个分支有机结合起来。在精简会议活动、规范出访活动、公车改革、控制经费等方面着力解决了人民群众反映突出的问题，进一步提升了服务能力和水平。

【制度建设】

中国音协加力推进制度建设，结合实际制定改进作风的制度措施。由党总支牵头、各党支部协作，制定完善中国音协改进工作作风、密切联系群众实施办法。分党组、各部门梳理出需要制定或修订的各项工作制度13项，包括中国音协分党组工作制度、关于以中国音协名义举办各类文艺活动的暂行办法、完善中国音协财务、审计、资产制度等。同时明确责任领导、责任单位和责任时限。

【办公室工作】

人事、行政、财务各科室充分发挥枢纽作用，做好协会的日常行政管理、办公活动保障和联络协调等方面的工作。围绕协会中心任务，组织召开中国音协主席团会议，扩大了影响力。为进一步深化文化体制改革，完成了艺术中心三定方案，推动行政部门与所属的企事业单位进一步理顺关系。按时按质完成各类人员的工资调整测算，建立了干部自然情况和工资资料数据库。认真编制并严格执行财务预算，严格按开支标准范围办事，“三公”经费年度开支均未超预算，自我裁减经费154万元。规范办公用品和设备的采购、登记和报送，加强对国有资产的使用管理。完成分司厅胡同住房房产证的办理和分发工作，并建立职工住房电子档案。2013年1月至2014年1月协会新增退休干部3人，去世1人。为离退休干部致以两节慰问，组织园博园春游，开展体检、医药费报销等。

【二级学会管理】

截止到11月，中国音协已有60多个二级学会，涵盖各个音乐界别及门类。全年先后发起成立了爵士乐学会、钢琴学会、录音与艺术唱片学会。流行音乐学会作为中国音乐金钟奖流行音乐比赛的承办单位，团结“体制外”音乐工作机构；管乐学会连续在上海、南昌、青岛等地举办管乐节，致力于打造管乐艺术的专门平台；合唱联盟围绕公益主题，广泛开展各类群众歌咏活动，并组织合唱团队先后参与海峡两岸合唱节、中国音乐金钟奖合唱比赛等专业比赛；高校联盟集结全国高校的音乐院（系）力量，先后主办“金芦笙”中国民族器乐大赛、宜昌长江钢琴音乐节等一系列有影响的赛事活动。所属二级学会团结和凝聚一批艺术造诣高、社会影响大的专家和学者，主动积极地参与到音乐创研、表演及各类节赛评审中来，成为中国音协进一步发挥职能作用的有效补充。

【音乐考级】

全国30个考区下辖的300多个考点全面开展考级工作，截止到年末，参加中国音协音乐考级的考生人数已经达到38万人，约占全国考级人数的三分之一。

【会员发展】

全年审批发展新会员532人，中国音协目前已发展会员人16273人。

中国美术家协会

综　述

2013年，中国美协围绕党的十八大和十八届三中全会精神，配合建设社会主义文化强国的宏伟目标，积极响应国家和时代对美术工作者提出的新要求，在全球化的背景下，以主动、开放、学术的姿态引领广大美术家积极创作，切实发挥专家优势，坚持学术指导方针，通过展览活动、艺术研究、社会传播和机关建设等各项工作，积极践行文艺界核心价值观，不断推出真正代表中国的优秀作品，有效促进了中国美术事业的繁荣发展，在引领美术发展思潮和艺术创作风气导向等方面发挥了积极的作用。艺术家的文化自信增强，美术生态趋于多样，市场活力增大。

会议与活动

【中国美协第八次全国代表大会】

11月24日至27日，中国美协第八次全国代表大会在北京召开。第七届中国美协主席刘大为致开幕词，中共中央政治局委员、中宣部部长刘奇葆出席开幕式并讲话，对广大美术工作者提出了要求，希望广大美术工作者积极弘扬社会主流价值，希望广大美术工作者坚守中华文化立场，希望广大美术工作者坚持高水准的艺术追求，希望广大美术工作者秉持高尚的道德情操。强调要认真学习贯彻党的十八大和十八届三中全会精神，学习贯彻习近平总书记系列讲话精神，坚持以人民为中心的工作导向，为人民泼墨挥毫，为时代描绘画卷，多出精品、多出人才，谱写我国美术事业新篇章。会议通过了第七届驻会副主席吴长江所作《塑造人民形象　描绘美丽中国　为建设社会主义文化强国而努力奋斗》的工作报告，明确了今后五年中国美协工作的发展思路。11月26日，经全体代表会议选举产生第八届理事会理事225人，新一届理事会选举产生第八届主席团15人。刘大为当选主席，王明明、韦尔申、冯远、许江、许钦松、李翔、杨晓阳、吴长江、吴为山、何家英、范迪安、施大畏、黄格胜、曾成钢当选副主席。

【中国美协慰问驻京武警官兵】

八一建军节，中国美协组织在京美术家到武警直属支队慰问基层官兵。分党组书记、驻会副主席吴长江向武警同志致以节日的问候，分党组副书记、秘书长刘健代表中国美协赠送了画册和美术书籍，分党组成员、副秘书长张旭光和维权办主任朱凡、《美术》杂志副社长张文华赠送了书法和美术作品。中国美协长期与部队保持密切联系，曾多次组织美术家到青海、广东、辽宁、海南等基层连队慰问官兵，送作品、画册，开展讲座、辅导，受到部队指战员的欢迎。

【2013年全国创作中心工作会议】

5月16日至19日，由中国美协主办，绍兴市文联、中国美协绍兴创作中心承办的中国美协2013年全国创作中心工作会议在浙江省绍兴市召开。中国文联副主席、中国美协主席刘大为，中国美协分党组成员、副秘书长张旭光，浙江省文联党组书记、副主席、书记处常务书记田宇原，绍兴市人民政府副市长丁晓燕，中共绍兴市委宣传部常务副部长，市文联党组书记、主席刘孟达以及中国美协相关部室领导，美术界特邀嘉宾和来自全国十二个省、市、自治区、创作中心的负责同志和写生创作基地的负责人参加了会议。会议回顾和总结了近年来中国美协创作中心工作经验、教训，对创作中心的发展提出了建设性意见。中国文联副主席、中国美协主席刘大为对会议的召开表示祝贺并肯定了15年来的工作成果。新疆、湖南、广西、山东、黑龙江、广东、甘肃、厦门、重庆、浙江、海南等创作中心的主要负责人分别结合本地区实际，介绍了开展中心工作的经验，发表了各自对创作中心进一步发展的意见与建议，表示要不断提高写生基地的运营能力，共同完善

创作中心工作。

【中国美协巴中美术志愿培训】

8月5日至14日，中国文联中国美协文艺培训志愿服务试点项目——四川巴中基层美术工作者培训班在四川省巴中市举行。来自四川巴中的三县两区以及广元和雅安灾区的100余名基层美术工作者（含雅安及广元重灾区的14名学员）参加了开学典礼。梁时民、孙浩、史国良、秦文清、武海成、雷波、吴守峰、钟刚、郑工等著名专家学者先后赴巴中为学员讲课。志愿培训以党的十八大精神为指导，“坚持面向基层、服务群众，力求加快推进重点文化惠民工程，加大对农村和欠发达地区文化建设的帮扶力度”，推动社会主义精神文明和物质文明全面发展，取得了良好的社会反响。

【女画家集体创作《迎春图》捐赠中国文艺家之家】

3月8日，中国美协、中国女画家协会向中国文艺家之家捐赠女画家集体创作作品《迎春图》。中国文联党组书记、副主席赵实，中国文联党组成员、副主席、左中一和中国文联办公厅主任刘尚军，中国美协分党组成员、副秘书长张旭光、中国美协分党组成员、副秘书长陶勤以及女画家代表孔紫、王迎春、朱理存等出席了捐赠仪式。

【中国文联、中国美协2013送欢乐、下基层赴牡丹江慰问】

1月21至25日，中国文联、中国美协送欢乐、下基层慰问团赴黑龙江省牡丹江市慰问，为广大人民群众送去了新春的祝福和艺术的享受。中国文联党组成员、副主席、书记处书记左中一，中国美协分党组书记、驻会副主席吴长江，中国文联国内联络部主任罗成琰以及18位著名美术家参加了慰问活动。中国美协将千余册画册、300多套挂历和400多份年画赠送给牡丹江人民，并向八女投江纪念馆、杨子荣纪念馆捐赠了美术家们共同创作的美术作品。

专业艺术委员会工作

【中国画艺术委员会】

5月18日，由中国美协和江苏省文化厅主办，中国画艺委会、江苏省国画院和江苏省美术馆承办的“第四届全国中国画展”在江苏省美术馆新馆开幕。展览关注中国画领域出现的新思想，以引领当代中国画的“推陈出新”为主旨，展现了五年来中国画发展的新面貌。展览同期举行“中国画的传承与传播”学术研讨会。

【油画艺术委员会】

7月1日，“吾土吾民系列油画邀请展”第五站“丰域西南”展在广西美术馆举办，展出了广西、重庆、四川、云南、贵州西南五省、市、自治区艺术家的274件油画作品，反映了西南地区油画的发展和现状。展览同期举办了“中心与边缘——西南油画状况研究”学术研讨会。11月30日，油画艺委会还参与组织承办了以“实干兴邦”为主题的“第二届全国（大芬）中青年油画展”，旨在弘扬社会主流价值观，传递艺术正能量，培养中青年艺术人才。

【版画艺术委员会】

5月15日，“第四届观澜国际版画双年展”在深圳版画基地开幕。经中国、法国、比利时、波兰等国的13位版画专家评委团评审，入选作品285件，其中有15件作品获得2013年观澜国际版画奖。青年艺术家所占比重较大，版画创作呈现多元化发展状态。10月22日，“第二十届全国版画作品展览”在黑龙江省美术馆和黑龙江省博物馆同时开幕。展览入选作品299件，其中优秀作品29件，中国美术奖提名作品9件。作品表现出多元化，多层次，多角度的转型升级与整体进步的特征。

【雕塑艺术委员会】

9月28日，“延伸•2013年大同雕塑双年展”暨“曾竹韶雕塑艺术奖学金”毕业生优秀作品展在大同市和阳美术馆开幕。展览主题为“延伸”，寓意在第一届展览“开悟”的基础上进一步拓展，向更深更广处延伸，借此希望“双年展”能够推动当代雕塑与传统文化艺术的交流互动。展览同期举行学术论坛。

【理论委员会】

7月30日，“卓有成就的美术史论家表彰大会”在北京举行。中国美协对于风、郭因、马文启、俞永康、程永江、彭鸿远、邵大箴、谭永泰、邵养德、姜澄清、杨泓、奚静之、水天中、刘兴珍、夏硕琦、黄可、奚传绩、陶咏白、李纪贤、左庄伟、周积寅、聂崇正、孙克、邓惠伯、杨悦浦25位75岁以上史论家进行了表彰。表彰活动既是对老一辈美术史论家成绩的肯定，也为众多青年理论家树立了榜样。11月5日至8日，“生态山水与美丽家园•首届中国美术苏州圆桌会议”在苏州举行。30多位全国美术界著名专家、学者围绕“城市山水与生态文明”、“生态文明、艺术境界与艺术家的社会责任”、“文人画、新文人画与时代美学精神”、“江南山水画风的历史传承与发展”、“明四家对中国写意花鸟画的巨大贡献”等主题，对“吴门画派”、当代美术的现状及发展前景进行把脉分析，专题研讨，进一步探讨生态文明与美术创作的关系，为中国美术立言。

【插图装帧艺术委员会】

11月6日，“人•插图•生活——第二届全国高校插图艺术作品展”在北京印刷学院美术馆开幕。参与高校196所，收到作品10000多件，展出入选作品400件，参展作品的质量有了明显的提高，反映了我国高校对插图教学的重视和教学质量的不断提高。展览同期举办了学术研讨会。

【水彩画艺术委员会】

10月10日，“百年华彩乐章——第四届中国（杭州）国际当代优秀水彩画家提名展”系列活动在浙江美术馆开幕。展览延续了第三届的策划理念，参展艺术家涵盖国内外著名水彩画家，展出的作品题材广泛，风格多样，观念各异，集中展示了水彩画艺术语言的丰富与多样，体现了水彩画创作的各类面貌。

【漫画艺术委员会】

6月8日，以“嘉兴端午 中国味道”为主题的“漫画端午——全国漫画作品展”在嘉兴美术馆开幕。展览将漫画艺术与端午文化的民俗性相结合，掀起了人们了解嘉兴端午习俗、传承中国传统文化的热潮，体现了漫画活动与端午活动的全民参与性，挖掘了一批新的漫画作者。11月5日，“第三届中国•桐乡廉政漫画大赛作品展”在君匋艺术院开展。展览围绕贯彻落实中央“八项规定”、反对“四风”的主题，用画笔勾勒出对反腐倡廉建设的深切感悟。展览自2007年举办，已形成独具特色的廉政文化品牌。

【陶艺艺术委员会】

9月28日，与平面设计艺委会共同举办“2013界•尚——中国当代陶艺实验作品邀请展”在济南开幕。展览以“跨界”为基点互动交流，体现出创新性的多样化表达形式和前瞻性的实验艺术精神。

【漆画艺术委员会】

7月至8月，“第七届全国漆画高级研修班”在昆明举办，由漆画艺委会举办的高研班已经持续举办七届，旨在对全国漆画从业者进行创作指导，培养漆画艺术人才，为中国漆画的当代发展作出了重要贡献。12月，“2013中国（厦门）漆画展”在厦门举办。展览是中国厦门漆画双年展项目的第四届展览，展览反映了中国漆画的当代发展水平。

【平面设计艺术委员会】

11月29日至12月1日，“第七届全国视觉传达设计教育论坛暨设计之星大学生视觉设计大展”在中国美术学院举办。论坛以“诗性和理性”为主题，围绕视觉传达设计教育三十年反思、品牌与设计跨界、视觉设计的多维拓展、书籍设计的传承与创新等内容进行探讨交流。

【服装设计艺术委员会】

11月12日，“首届‘金苑杯’中国时装画大展”在清华大学美术学院美术馆开幕。入选作品分为时装画和时装设计效果图两大类，作品均为手绘原作，从艺术的角度进一步强调时尚绘画的审美作用，促进人们对时尚领域的关注，为纯美术领域和时装设计领域搭建了跨界交流的平台。

【少儿美术艺术委员会】

4月，“少儿美术艺委会理论研修班”在上海举行，研修班由侯令先生倡导，邀请人类学家、艺术哲学家、实验艺术家、影视学家、心理学家等专家学者，为中国美协少儿艺委员委员及部分中小学教师作学术讲座，研修班为基础教育、校外教育和美术教育提供了新的发展思路。5月，“2013第三届全国少儿绘画展”在北京启动，展览以“梦想家园”为主题，号召小画家契合实现“中国梦”的主题思想，关爱身边环境、关爱自己家乡、关爱亲朋好友、关爱动物植物，充分表现“梦想中的家园”和对美好未来的憧憬，推动了少儿美术事业的发展。9月16日，“2013第三届东海•全国少儿版画双年展”在江苏省东海县少儿版画美术馆开幕。作为全国性少儿版画项目，展览秉承着我国少儿版画事业健康发展的责任，旨在推出优秀的少儿作品和辅导教师，为少年儿童、美术教师、美术教育服务，推动全国少儿版画事业的可持续发展。

【工艺美术艺术委员会】

9月24日，“生活之美——第七届中国现代手工艺学院展暨学术研讨会”在北京中华世纪坛当代艺术馆开幕。展览旨在强调手工艺术与生活的关系，使其重新回到生活场域，让人们感受蕴含其中的美学价值。作为2013年北京国际设计周高层次、亮点性展览项目，中国现代手工艺学院展

代表了我国当今工艺美术高等教育的成果和水平。展览同期举办了学术研讨会。

【综合材料绘画与美术作品保存修复艺术委员会】

10月12日，第十届中国艺术节“综合材料绘画特展”在济南美术馆开幕。展览包含了在中国画、油画、版画等绘画领域中锐意创新的作品，体现了“单画种材料技法的演进与多画种或多种材料技法互渗融通”的学术宗旨，反映出当代中国美术的延展性、互融性等时代特征。

【民族美术艺术委员会】

2月26日，民族美术艺委会成立大会在北京召开，委员35人，中央民族大学美术学院院长殷会利担任主任。民族成分涵盖汉、满、维吾尔、黎、蒙古、藏、侗、朝鲜、土等民族。地区覆盖新疆、西藏、内蒙古、广西、宁夏五大民族自治区，吉林、海南、四川、贵州、云南、甘肃、青海等多民族地区等，并涵盖部队军旅创作。民族美术艺委会旨在推动民族美术事业的发展，提高民族美术家的创作水平，反映新时代少数民族人民生活变化及时代风貌；充分挖掘民族地区的自然、人文资源，丰富当代美术创作；加强民族美术的推广与交流，增进各民族美术家的团结与合作，把中国少数民族美术推向世界；推动民族美术学术刊物的研究和出版工作；积极推进民族美术权益保障工作，促进民族美术事业的蓬勃发展。

【水彩画艺术委员会、漫画艺术委员会换届】

4月24日，水彩画艺委会、漫画艺委会换届大会在北京召开，成立了第四届水彩画艺委会和第四届漫画艺委会并聘任委员。第四届水彩画艺委会委员32人，名誉主任黄铁山、主任诸迪。第四届漫画艺委会委员18人，主任徐鹏飞。

展览与评奖

【幸福珠海·艺术筑家——名家进名镇中国画名家邀请展】

1月31日，由中国美术家协会、中共市委宣传部联合主办，珠海诚丰集团-诚丰美术馆倾力打造的中国美协“名家进名镇”中国画名家邀请展在珠海诚丰美术馆开幕。展览秉持“幸福珠海·艺术筑家”的理念，展出了许钦松、刘健、张道兴、杜滋龄、赵宁安等著名美术家的精品力作，是珠海艺术史上规模最大、规格最高的一次美术盛会，被当地媒体喻为“珠海最美的风景”。

【2013年全国油画作品展】

由中国美协、上海市文联主办的2013年全国油画作品展于11月22日至12月20日在上海中华艺术宫展出。展览旨在鼓励广大艺术家秉承以人民为中心的创作导向和价值取向，为人民放歌，为人民造像，全面反映新时期的中国社会，表现生活、关注民生，从源头汲取生动鲜活的营养，从技术、观念和本土性上对当代油画艺术进行深入探索。展览遴选优秀作品60件，入选作品144件。作品形式多样，各种风格交融并存，代表了在文化大发展、大繁荣的背景下，油画创作百花齐放、百家争鸣的鲜明特征和大胆的突破创新，较完整地反映了中国当下油画发展状况。

【工·在当代——2013·第九届中国工笔画作品展】

由中国美协、中国美术馆、中国工笔画协会主办的“工•在当代——2013•第九届中国工笔画作品展”于12月18日至26日在中国美术馆展出。展览展出146位艺术家的近400件作品，风格上多元性、差异性显著，个别作品具有较强的学术探索性，显示出工笔画界正在注入更多新鲜力量。本次展览首次邀请台湾地区工笔画家和海外华人艺术家参展，首次容纳绘画装置等跨界、探索性质的作品参展，首次配合展览举行系列学术论坛和公共教育活动，第一次按照国际大型展览标准设计、编辑出版了540页的大型中英文双语画册，展览刷新了艺术界、公众对工笔画、工笔画展览的习惯性认知，对今后的工笔画艺术发展将产生重要影响。

【时代印记——2013年中国百家金陵画展（版画）】

由中国美协、中共江苏省委宣传部、江苏省文化厅、江苏省文联主办的时代印记——2013年中国百家金陵画展（版画）于11月15日至25日在江苏省美术馆展出。展览以弘扬现实主义精神为宗旨，集中展现当代中国版画所取得的成就、展现版画人的活力与创造性，形成了主题鲜明、内容丰富、艺术形式多样、时代气息浓郁的特色，推出了大批优秀作品，发掘了许多具有潜力的美术人才，积累了一批优秀的理论成果，已成为推出精品力作、展示艺术才华、发现优秀人才的重要艺术平台，为繁荣美术创作、熔铸中国气派作出了积极的贡献。

【在“时代”的现场——全国写生美术作品展】

由中国文联、中国美协主办的在“时代”的现场——全国写生美术作品展于7月29日至8月7号在中国人民革命军事博物馆展出。展览以“写生与人文”、“写生与思想”、“写生与自然”、“写生与社会”为主题，从80余年来的优秀写生作品中遴选了140位具有代表性的400余件作品集中呈现，并为常年坚持写生的张仃、刘秉江、刘大为、许江、杨飞云、孙景波、忻东旺、谢东明、李翔、刘进安、李象群、田黎明等12位画家做了个案陈列，旨在倡导“写生”，其目的正是为了恢复画家“在现场”直面现实的鲜活“感受力”，恢复艺术“心”、“手”相应之关系，重建绘画本质和世界万象之联系，使绘画重回“绘画性”之本体。

【中国美协名家走进多彩贵州采风写生活动】

5月3日，由中国美协、贵州省委宣传部、贵州省文联共同主办的“中国美协名家走进多彩贵州采风写生活动”在贵阳举行启动仪式。中国美协第一批采风写生团由中国美协分党组副书记、秘书长刘健带队，30名来自全国各地的名家和20多名贵州画家参加，先后赴黔西南州和安顺地区的万峰林景区、马岭河峡谷瀑布群，黄果树瀑布群、石头寨、云峰屯堡、高荡布依村寨采风，写生了长角苗、歪梳苗、布依族人物、明式装束的屯堡人。第二批采风写生团由中国美协分党组书记、驻会副主席吴长江带队，30名全国名家在20几名贵州画家陪同下，赴贵州黔东南州地区的榕江三宝侗寨、大利侗寨、地扪侗寨，从江芭沙苗寨，凯里郎德苗寨、巴拉河苗寨写生。活动旨在通过对新中国成立以来西南多民族题材的全国美术创作进行梳理、回顾，揭示其对中国美术在审美表现和形式语言拓展方面提供的启示和意义，是中国美协“新中国美术创作中的地域民族题材”大型专题系列活动的结题之笔。

【中国美协在昆明启动“七彩云南”写生活动】

4月12日上午，中国美协赴云南采风活动在昆明举办了启动仪式。中国文联副主席丹增，中国美协分党组书记、驻会副主席吴长江，原云南省委常委、宣传部长晏友琼，省委宣传部常务副部长尹欣，省文联党组书记、主席郑明，参加第12届全国美展调研会的七省区美协负责人、云南省美协主席团和各艺术委员负责人，以及刘秉江、孙志钧等来自全国各地的33位美术家出席活动。怒江写生组由吴长江任领队，云南省专职副主席黄映玲任团长，率谢志高、谢振瓯、任惠中、刘孔喜等一行沿怒江，深入泸水、福贡、贡山县写生；德宏写生组由杜军领队，云南省文联秘书长、省美协秘书长张碧伟为团长，率刘秉江、孙志钧、顾迎庆、谢麟、窦鸿等共计19人，赴德宏芒市、瑞丽市、陇川县写生。整个通过采风促进交流，画家们收集了大量素材，纷纷表示回去将积极创作，为凸显优秀的民族文化传统，出精品、出良作，创作出更多反映现实生活和时代精神的美术作品。

创作与研究

【第二届“中国美术奖·终身成就奖”评选暨颁奖】

1月29日，第二届“中国美术奖•终身成就奖”颁奖仪式在中国文联文艺家之家举行。中国文联党组书记赵实、副主席李屹、杨承志、左中一、夏潮，文化部副部长董伟，中国美协主席刘大为，副主席冯远、吴长江、何家英、范迪安、杨晓阳、曾成钢、潘公凯，顾问杨力舟、尼玛泽仁，秘书长刘健、副秘书长张旭光、陶勤，中国美协各艺委会主任或秘书长，在京的著名美术家代表，媒体记者，以及中国美协全体干部职工参加了活动，颁奖式由中国美协分党组书记、驻会副主席吴长江主持。方增先、孙其峰、杨之光、李焕民、侯一民、詹建俊获得本届“中国美术奖•终身成就奖”。

【2013年《中国美术发展报告》】

中国美协组织由著名理论家余丁为首席专家的撰写组，编纂了2013年《中国美术发展报告》。报告以翔实的数据、丰富的事实、充分的论述和典型的作品分析，全面系统地反映2013年中国美术发展的状况、成就和特点，跟踪和再现我国美术发展轨迹，展示美术创作实践、理论建设和学术研究最新成果，研究思考并在一定程度上回答了中国美术传承创新发展中的若干重大问题，深入分析预测2013年乃至今后一个时期中国美术发展的整体趋势并提出具有参考价值的对策建议，较好地实现了实践性

与理论性、学术性与指导性的统一。

【第十二届全国美展艺委会专家调研工作会】

4月23日，中国美协召集23个艺委会主任、秘书长，共50余人在中国文联举行“第十二届全国美展艺委会专家调研工作会”。各地组织者在展览主旨、送件程序、评委组成、评选标准、展出效果、宣传推广等方面提出了建议和意见。与会代表表示，全国美展在国家美术建设具有不可或缺的作用，应该重新思考和构想，在延续的基础上进行适应性调整。并依据各门类艺术的特色，在学术定位、评选标准，以及具体尺寸、入选数量等内容有针对性地提出建议和意见。

【中国美协赴西藏开展基层调研】

7月26日，中国美协结合开展党的群众路线教育实践活动，分党组书记、驻会副主席吴长江同志、展览部主任杜军同志专程赴西藏拉萨开展调研，西藏自治区党委常委、宣传部长董云虎同志会见了吴长江一行。期间，与中共西藏自治区委宣传部副部长、西藏文联主席沈开运，西藏自治区党委宣传部副部长、西藏文联主席沈开运，西藏美协主席韩书力、顾问余友心、常务副主席计美赤列、副秘书长边巴等同志举行了小型座谈会，吴长江在座谈会上介绍了近年来中国美协与西藏自治区的紧密联系，并表示由国家财政支持、中国美协承担的中青年美术家海外研修工程每年专门为藏族画家提供赴外学习3个月的机会；中国美协与首都师范大学和中央民族大学联合在国内实施的西部少数民族青年美术人才培训计划，保证每届都有西藏的学员，为西部地区的少数民族基层美术工作者提供专业培训；沈开运主席在座谈会上畅谈了西藏文联对今后西藏美术发展的规划；韩书力主席介绍了西藏美术发展的近况。通过听取意见，交流沟通，为中国美协对西藏自治区美术事业提供支持、加强合作提供了积极有效的意见与建议。

【中国美协赴北京宋庄调研】

8月30日，中国美协分党组书记、驻会副主席吴长江同志带领各部室主任赴宋庄艺术区展开调研。会议在宋庄国画院召开，分党组成员、副秘书长张旭光主持。宋庄镇政府、艺术促进会、美术馆、画廊、艺术杂志、网站等机构负责人以及国画、油画、版画、雕塑、装置等各艺术门类的职业艺术家参加了调研会。双方坦诚交流思想、各持己见，为增进了解，寻求更好合作模式和办法进行了积极的沟通。

【“追寻中国梦——美术家采风创作基层行”】

为进一步贯彻落实全国宣传部长会议、中国文联九届四次全委会议精神，中国文联、中国美协于6月20至28日，组织美术家采风团赴甘肃河西走廊，举行了“追寻中国梦——美术家写生创作基层行”活动。活动以“追寻中国梦”为主题，坚持“三贴近”原则，坚持以人民为中心的创作导向，坚持把采风写生与作品相结合，与基层文化建设相结合，通过实地调研，解决了基层美术单位和美术人才的实际困难，活动取得了圆满成功。

【中国中青年美术家海外研修工程】

1月31日，中国美协在中国文艺家之家对海外研修工程2013年度项目举行终评会。吴长江、陶勤、邵大箴等15位评委对到场的30余位终评候选人进行了严格的综合评审，最终确定产生了新一批研修人员。第五批项目在原有基础上增设3个研修名额，使研修人员数量达到13位，从而更好地服务中国美术“走出去”的现实需要。在研修地域上，首次向南亚成功派遣研修人员，将印度纳入研修范围。

【第二届西部少数民族青年美术家创作高级研修班】

4月20日，由中国文届、中国美协、中央民族大学共同举办的第二届“西部少数民族青年美术家高研班”开班。“西部少数民族美术人才培训发展计划”是中国美协推进当代美术持续发展,实施人才培养战略的重要部分。该计划与中央民族大学合作，包括培训和展览两个子项目。培训项目主要针对西部地区少数民族青年美术家进行招生，实施半年班、一年班的美术创作“高研班”。中国美协以此为契机，详细制定了未来5年培养计划，全面加强与全国美术院校、美术机构在人才培养方面的深入合作 。

对外及港澳台地区交流

【“中国美术家眼中的世界”美术作品展暨“中国美术世界行”学术论坛】

9月23日，为纪念中国美协两大对外交流品牌项目“中国美术世界行”、“中国中青年美术家海外研修工程”实施五周年，回顾梳理和集中展示过去五年外事工作成功经验和重要成果，中国美协在北京炎黄艺术馆隆重举行“中国美术家眼中的世界”美术作品展暨“中国美术世界行”学术论坛。全国政协副主席李金华、中国文联副主席覃志刚、左中一，中国美协顾问常沙娜，以及来自多个部委、兄弟单位、部分驻华使节等嘉宾，全国各地美协的负责人、参展美术家和海外研修归国人员、近百家新闻媒体参加了开幕式。参展作品以国外为表现主题，内容涵盖40余个国家和地区，创作风格独具特色，社会反响良好。开幕式之后，中国美协分党组成员、副秘书长陶勤主持了“中国美术世界行”学术论坛，与会专家学者就有关中国美术走出去、文化外交及跨文化交流现状等当下美术界关心的热点问题进行了深入的探讨。

【“水墨·中国梦——当代中国画精品展”】

10月30日，应美国中华文化基金会之邀，中国美协与北京文创国际集团联合主办的“水墨•中国梦——当代中国画精品展”在美国国家艺术俱乐部开幕。展览得到了国内外美术界及社会各阶层主流人群的普遍关注，中国驻纽约总领事孙国祥先生及夫人，国家艺术俱乐部总裁戴安娜女士，中华文化基金会理事、大中华集团主席约翰•艾伦，著名艺术收藏家斯蒂文•洛克菲勒，美国艺术家杂志前主编迈克•古米勒等200余位美国政界、商界和艺术领域的知名人士出席了开幕式。中央美术学院中国画学院副院长李洋率代表团出席并致辞。中华文化基金会向刘大为主席颁发了“文化传承特别奖”。纽约时代广场一号显示屏在重要时段滚动播出了本次展览的宣传短片，引起热烈反响。代表团在美期间先后拜访了世界名校哥伦比亚大学，并参加了国家艺术俱乐部的文化沙龙活动，围绕中国绘画艺术与美国各阶层人士进行了深入交流。

【“走进东非——当代中国画精品展”】

7月18日，为纪念中国在海外设立的第一个文化中心——毛里求斯中国文化中心成立25周年，由中国美协、中国驻毛里求斯大使馆共同主办的“走进东非——当代中国画精品展”在毛里求斯中国文化中心展出。中国美协主席刘大为率团出席了展览开幕式。毛里求斯副总统、前总统、大法官、文化艺术部长、中国驻毛里求斯大使以及来自美国、法国等驻毛大使、印度等国驻毛外交使节、毛里求斯美协主席出席了开幕式并致辞。毛里求斯国家电视台、毛里求斯晨报、毛里求斯人报、华声报、华侨报等当地重要媒体也对开幕式并进行了密集而深入的报道。展览在当地引起了热烈反响，观众在观展后都一致表示：美术家走向世界、描绘世界很有意义。中国美术家走出国门积累创作素材，在此基础上所描绘的异域风情的作品更令国外观众感兴趣，更能激起共鸣，更有利于中国美术从“走出去”发展到“走进去”。

【“纪念中科建交三十周年——当代中国画精品展”】

5月18日至22日，为纪念中国与科特迪瓦建交三十周年，以中国美协副主席许钦松为团长的中国美协代表团一行于在科特迪瓦进行了为期五天的展览、交流活动。这是中国美协自建会以来首次与西部非洲实现文化交流，得到了我国驻科特迪瓦大使馆的高度重视和大力支持。展览开幕式于当地时间5月21日下午5点半在阿比让拉宏通德艺术中心隆重开幕，集中展陈了中国当代国画名家刘大为、吴长江、许钦松、于志学、姜宝林等人的40件作品。科特迪瓦文化和法语国家事务部长邦达芒、中国驻科特迪瓦大使张国庆、中国美协副主席许钦松，以及来自美国、法国、印度、土耳其等国驻科大使、媒体记者、当地艺术家、艺术爱好者共二百余人出席了开幕式。代表团在访科期间专程前往阿比让英萨克艺术学校进行了访问。许钦松团长做了中国画的专题讲座，向师生们介绍了水墨这一中国国粹艺术。此次展览交流活动增进了与非洲国家间的相互支持与理解，实现了互利共赢，为中非传统友谊注入了新的内容和活力。

【第六届中国北京国际美术双年展第一次策委会】

6月16日，中国美协在中国文艺家之家召开第六届中国北京国际美术双年展第一次策委会会议。会议由吴长江主持，主要讨论了第六届北京双年展的主题、特展、国际策展人及修改章程等。会议最终确定第六届北京双年展的主题为“记忆与梦想”。

中国曲艺家协会

综　述

2013年是党和国家开创新局面、营造新风气、取得新成就的不平凡的一年，也是中国曲协贯彻落实党的十八大和第七次全国曲代会精神、实施《中国曲艺事业五年发展规划》的开局之年。一年来，在中宣部的关心支持和中国文联的正确领导下，中国曲协及各团体会员坚持高举旗帜、围绕大局、服务人民、改革创新的总要求，认真贯彻中国文联九届四次、五次全委会和2013年全国曲协工作会议精神，努力尽职履责、积极发挥作用，在推进曲艺研究、创作、表演，组织曲艺活动、展演、研讨，扩大曲艺社会宣传和对外交流，加强曲艺队伍和曲协组织建设，深入开展群众路线教育实践活动等方面取得了新进展新成效，为在新的历史条件下繁荣曲艺事业作出了应有的贡献。

重大活动

【赴四川芦山地震灾区慰问演出】

4月20日，四川省雅安市芦山县发生7.0级地震，给灾区人民群众生命财产造成重大损失。曲艺家们表示，要到抗震救灾的一线去。中国曲协分党组将曲艺家们的要求和心声向有关领导报告，刘奇葆同志作出重要指示，要求按照四川省统一安排到灾区进行慰问演出。中国曲协分党组将创作新节目作为慰问演出的重中之重，甘肃省曲协主席王登渤创作诗朗诵《不屈雅安雄起四川》，武警文工团曲艺家全维润创作相声《芦山抗震救灾之最》，曲艺家张保和将此前为汶川地震创作的民谣说唱《中国雄起》重新进行了填词和配曲，中国广播说唱团青年相声演员王彤、随风创作相声《为芦山加油》。6月8日至9日，在中国文联党组成员、副主席左中一，中国文艺志愿者协会主席、中国曲协主席姜昆，中国曲协分党组书记、驻会副主席、秘书长董耀鹏，中国文联国内联络部主任罗成琰的带领下，中国文联、中国曲协文艺志愿服务团一行20人深入四川芦山地震灾区震中的芦山县县城和龙门乡进行慰问演出，姜昆、牛群、鞠萍、刘全利、刘全和、戴志诚、郑莉、韩延文、张保和、全维润、常亮、王彤、随风等组成的文艺志愿服务团演出小分队参加慰问。

【中国曲艺牡丹奖艺术团成立】

5月12日至13日，由中国曲协、浙江省文联主办，浙江省曲协、宁波市文广新局、宁波市文联、中共鄞州区委宣传部承办的中国曲艺牡丹奖艺术团成立仪式及相关座谈、演出在宁波举行。5月13日上午，中国曲艺牡丹奖艺术团举行成立仪式，中国文联党组成员、书记处书记李前光，中国曲协主席姜昆，中国曲协副主席李时成、吴文科、翁仁康、盛小云，中国曲协分党组副书记刁惠香，中国曲协分党组成员、副秘书长曲华江，中国文联国内联络部评奖处处长罗江华，以及浙江省文联党组书记、副主席、书记处常务书记田宇原，中共宁波市委常委、宣传部部长余红艺，宁波市文联党组书记邹大鸣出席仪式，仪式由中国曲协分党组书记、驻会副主席、秘书长董耀鹏主持，部分艺术团成员以及曲艺专家参加了活动。刁惠香宣读了《关于成立中国曲艺牡丹奖艺术团的决定》。艺术团聘请姜昆担任团长，成员为历届牡丹奖获奖演员。仪式结束后，召开了中国曲艺牡丹奖评奖工作座谈会，与会专家、艺术家就牡丹奖评奖章程、细则修订等提出了意见和建议，针对奖项设立、专家评委库建设、完善分赛区比赛和评选机制等相关问题进行了深入探讨，会议由刁惠香主持。5月12日、13日晚，中国曲艺牡丹奖获奖节目展演和中国曲艺牡丹奖艺术团首场惠民演出分别在宁波市横溪镇体育馆和宁波逸夫剧院举行。李前光、董耀鹏、田宇原、余红艺以及浙江省文联书记处书记张均林，宁波市人大常委会副主任、宁波市文联主席成岳冲，宁波市人民政府副市长张明华，宁波市文广新局党委书记、局长陈佳强等观看演出。两场演出均由央视主持人鞠萍和相声演员周炜主持。曾恋、胡俐珈、曾洁、盛小云、王占新、闫淑萍、佟长江、杨菲、田连元、王汝刚、陈靓、李金斗、李建华、巩汉林、金珠、李伟建、武宾、曹云金、刘云天等先后登台。

【中国曲艺之乡大调研】

按照《中国曲艺之乡评定管理服务办法》的规定，中国曲协每三年对全国曲艺之乡的建设情况进行检查。2013年上半年，曲协先后派出多支督查组，分赴全国各地中国曲艺之乡（曲艺创作培训基地）进行检查考核。

5月14日至18日，由董耀鹏带队的中国曲协专家组一行赴广东省东莞市、江门市、佛山市、广州市督促检查，并考察了南海市申报中国曲艺之乡的情况。广东省文联党组副书记、专职副主席曹利祥，省文联党组成员、专职副主席李萍及省曲协主席杨子春、秘书长肖小青陪同。督查组实地查看和走访调查了10个粤曲活动场所，召开了5场座谈会，观摩了8场“私伙局”和曲艺之乡的汇报演出，专家组和基层文化工作者就曲艺之乡今后的发展方向，群众曲艺活动的普及与提高，青少年曲艺人才培养方式方法，曲艺创作创新及南北曲艺交流等问题交换了意见。

5月30日至31日，由刁惠香、马小平带队的中国曲协专家组一行4人赴河北乐亭、沧县督促检查。河北省文联副主席柴志华、省曲协副主席兼秘书长陈小平，唐山市文联副主席袁宁，乐亭县委副书记邵福生、副县长杨冬梅，沧县县委副书记尤万东、副县长王静等陪同。在乐亭，督查组观看了乐亭大鼓的专场汇报演出，观摩了第一实验小学的曲艺展示，参观了桂云文化联谊中心和“三枝花”曲艺茶楼，观看了民间艺人的夜间广场演出。在沧县，督查组考察了沧州木板大鼓传习所，并观看了小学员们的表演。5月31日上午，督查组召开了两县曲艺之乡座谈会。

6月5日至7日，督查组先后赴内蒙古扎鲁特旗和辽宁铁岭检查。督查组由曲华江带队，成员包括吉林省二人转协会秘书长徐小军、内蒙古曲协副秘书长高瑞祥和辽宁曲协副秘书长张丹。在扎鲁特旗，督察组先后视察了鲁北蒙古实验小学开设的四胡班和马头琴班，参观了乌力格尔博物馆，观看了乌力格尔传承人的演出，听取了包红梅作的曲艺之乡建设工作汇报。在铁岭，铁岭市委副书记、代市长林强会见了督查组一行，中国曲协副主席崔凯，辽宁省文联党组成员、副主席付晨明等陪同。督察组先后到铁岭县剧团、铁岭市民间艺术团参观，听取了艺术活动情况的汇报，并对“曲艺之乡”的管理办法、保障措施等工作进行了询问和交流。

6月23日至27日，由董耀鹏带队的督查组一行，赴江苏省昆山市千灯镇、常熟市和连云港市检查，并对正在创建中国曲艺之乡的张家港市进行了考察调研。刁惠香，盛小云以及四川省曲协常务副主席、秘书长李蓉，中国铁路文工团相声表演艺术家王敏等为督查组成员。江苏省文联党组成员、书记处书记叶飚荣，江苏省曲协副主席、秘书长芦明，苏州市曲协主席袁小良等共同进行了调研。督查组实地查看和走访调查了包括文化馆、乡镇书场、社区文化中心等在内的11个曲艺活动场所，召开4场座谈会，观摩2场曲艺之乡汇报演出，听取曲艺之乡建设管理的情况汇报和意见建议，了解了各曲艺之乡的组织领导、项目管理、资金保障以及硬件投入、软件配套、阵地建设、活动开展等基本状况。

7月13日至15日，由中国曲协牵头，江苏、辽宁曲协组成的督查组一行，赴湖南省祁东县和重庆市九龙坡区走马镇检查。在祁东，湖南省曲协副主席周卫星、秘书长原野等陪同督查组探访了县职业中专曲艺班，观看了渔鼓艺人汇报演出。在走马，重庆市文联党组成员、副主席杨矿，市文联副主席、市曲协主席王毅，市文联副秘书长、曲协秘书长程汪红等陪同调研，督查组探访了曲艺茶馆“关武戏楼”，考察了曲艺特色学校走马镇中心小学，并听取了九龙坡区委常委、宣传部长胡奇明，走马镇党委书记黄伟等所作的有关走马镇曲艺之乡建设情况的汇报。

7月13日至15日，由曲华江带队的督查组一行，先后赴湖北省天门市和安徽省凤阳县进行督促检查，河南省曲协驻会副主席、秘书长鲁银海，河北省沧县文广新局局长张钜祯，山西省沁县文化服务中心主任魏应中等一同前往。湖北省文联党组成员、副主席易熙君，省曲协驻会副主席李建成和安徽省文联党组成员、书记处书记、副主席王章好，省文联副主席、曲协主席李慧桥以及省曲协秘书长王若祥分别参与了两地的督促检查活动。在天门，督查组走访了天门群艺馆小剧场、陆羽广场、陆羽故园、天门文化中心小剧场。在凤阳，督查组对市民文化广场进行了实地考察，听取了凤阳县有关领导关于下一步文化设施投入和凤阳花鼓民间活动的情况介绍。13日晚和15日下午，督查组分别观摩了两场“曲艺之乡汇报演出”。

7月26日至29日，督查组一行赴浙江省瑞安市、义乌市和绍兴县。由董耀鹏、翁仁康、广东省东莞市文联专职副主席宋媛、浙江省曲协副秘书长庄洁等组成的督查组一行进乡镇、看书场、听鼓词、赏道情，实地查看和走访调查曲艺活动场所，召开了3场座谈会，听取了情况汇报和意见建议。瑞安市市长李无文，市委常委、宣传部长管秀云，义乌市市委常委、宣传部长季金甫，义乌市副市长王迎，义乌市文联党组书记、主席刘荣，绍兴县县长徐国龙、副县长祝静芝等参加座谈。

9月20日至21日，中国曲协赴吉林省梨树县督促检查“中国二人转之乡”，督查组一行听取了汇报、征求了群众意见、观看了专业和业余曲艺汇报演出。梨树县县长孙艳军、副县长王志军、县委宣传部长郭晶、县文广新局局长周兴安出席座谈会。董耀鹏和吉林省文联主席、党组书记尹爱群在总结督查工作时对梨树县的“二人转之乡”管理工作给予充分肯定。

【曲艺文化惠民活动】

1月18日至19日，由中国文联、中共福建省委宣传部主办，中国文联国内联络部、中国曲协、中国美协、中国书协、福建省文联和中共龙岩市委、龙岩市人民政府共同承办的中国文联文艺志愿服务团走进闽西革命老区“送欢乐下基层”采风慰问演出系列活动在福建省龙岩市上杭县古田镇举行。中国文联党组副书记、副主席覃志刚，中国文联党组成员、书记处书记李前光，以及中国曲协主席姜昆，中国曲协分党组书记、驻会副主席、秘书长董耀鹏，中国文联国内联络部主任罗成琰，中国文联理论研究室主任陈建文，中国曲协分党组副书记刁惠香，中国曲协分党组成员、副秘书长曲华江，中国美协分党组副书记、秘书长刘健，中国书协分党组成员、副秘书长潘文海，福建省委宣传部、福建省文联等有关方面领导与牛群、戴志诚、奇志、蔡国庆、霍勇、韩延文、刘佳妹等艺术家参加活动。

1月22日，由中国文联主办，中国曲协、河北省衡水市广电总局共同承办的“送欢乐下基层”走进衡水专场演出在衡水市体育馆隆重举行。姜昆、董耀鹏、刁惠香、曲华江以及衡水市四套班子领导现场观看演出。姜昆、戴志诚、马云路、刘际、奇志、刘全和、刘全利、林达信、温玉娟、于兰、闫淑平、王芸、张露曦、朱少宇、高保利、张伟等先后登台。

1月24日，由中国文联主办，中国曲协、中国文联国际联络部、北京出入境边防检查总站承办的“欢歌笑语贺新春”专场演出在北京边检总站举行。中国文联党组成员、副主席、书记处书记杨承志，以及姜昆，董耀鹏，中国文联国际联络部主任黄文娟，中国文联国际联络部副主任董占顺、薛伶，刁惠香，曲华江，北京边检总站站长陈斌，北京边检总站政委郑锦舫等观看演出。李金斗、李建华、戴志诚、奇志、张伟、刘全和、刘全利、焦建东、石磊、贾玲、白凯南、韩延文、高保利、任世和等参加演出。

4月27日，中国曲协文艺志愿服务团“送欢笑”走进北京海淀青龙桥街道慰问演出在中国军事科学院礼堂举行。刘兰芳、董耀鹏、刁惠香、曲华江、中国军事科学院政治部主任陈金泉、海淀区和青龙桥街道相关领导和来自青龙桥属地的街道、社区、学校及部队代表1200多人现场观看演出。演出开始前，全体演职人员和现场观众一起为雅安地震遇难同胞默哀，共同为灾区祈福。演出由宋德全、于紫菲主持，李金斗、李建华、奇志、张伟、李伟建、武宾、朱韶宇、张露曦、高晓攀、尤宪超、焦建东、石磊、高保利、刘兰芳参加演出。

5月21日，由中国曲协、鞍山市铁东区人民政府主办，鞍山市铁东区教育局、鞍山市铁东区青少年艺术中心承办的“全国青少年曲艺艺术教育基地”授牌仪式暨中国曲艺牡丹奖艺术团惠民演出活动在鞍钢工人文化宫隆重举办。刘兰芳，董耀鹏，刁惠香，崔凯，辽宁省文联党组书记、副主席李春晓，省文联党组成员、副主席付晨明以及鞍山市委宣传部部长王守卫、副市长王忠哲和铁东区区长李树凡、铁东区委副书记葛杰祥等有关领导出席授牌仪式。董耀鹏为铁东区全国青少年曲艺艺术教育基地授牌，刘兰芳向铁东区青少年艺术中心赠送少儿曲艺教育教材。演出由鞠萍、宋德全和铁东区艺术中心小演员张雨萌共同主持，刘兰芳、田连元、巩汉林、金珠、闫淑平、佟长江、王敏、宋德全、王玉、高晓攀、尤宪超、李想、焦建东、石磊参加演出。

6月18日晚，中国曲协文艺志愿服务团“送欢笑”到基层走进长治县专场演出在山西长治县南宋乡东掌村举行。曲江华，长治县委书记裴少飞，县政协主席杜玉岗，县委常委、宣传部长魏俊英等观看演出。演出由牛群和长治市歌舞团青年演员罗小妹共同主持，奇志、张伟、闫淑平、佟长江、杨菲、焦建东、石磊、李金斗、李建华、田连元、郭达、马小平、弓瑞以及长治曲艺演员王海燕、王富贵参加演出。

6月24日，中国曲协文艺志愿服务团“送欢笑”走进柳州专场演出在广西柳州新兴工业园区举行。姜昆，刁惠香，柳州市政协主席胡锦朝，柳州市统战部长焦耀光，柳州市委宣传部部长覃超，柳州市柳江县县委书记覃建波和柳江县相关领导，来自工业园区的一线产业工人、企业员工、部队代表近3000多人现场观看了演出。牛群、巩汉林、金珠、鞠萍、戴志诚、刘全利、刘全和、李伟健、武宾、朱韶宇、张露曦、霍勇、高保利、任世和、刘佳妹等参加演出。

8月14日晚和15日上午，由中国曲协、青海省委宣传部、青海省文联共同主办的中国曲协文艺志愿服务团“送欢笑”首次走进青海西宁专场演出，分别在青海省会议中心和西宁市中心广场百姓大舞台成功举行。姜昆、董耀鹏、刁惠香率郭达、奇志、戴志诚、韩延文、高保利、任世和、周炜、周宇等中青年艺术家千里赴青演出。青海省委常委、宣传部长吉狄马加、青海省文联党组书记、主席班果等青海省和西宁市有关部门和单位的领导，以及西宁市各界群众代表近3000人现场观看了演出。

9月4日晚，由中国曲协主办、中共稷山县委和稷山县人民政府承办的中国曲协文艺志愿服务团“送欢笑”第140场演出在山西省稷山县会议中心举行。姜昆、马小平、曲华江率郭达、鞠萍、巩汉林、金珠、奇志、戴志诚、种玉杰、任世和、焦建东、石磊、甄齐、李然、张伟、弓瑞、万宇、高梦娇、刘佳妹等中青年艺术家和当地演员一起登台演出。山西省文联、山西省运城市及稷山县有关领导与来自稷山县的1000多名观众现场观看了演出，稷山县电视台在全县直播了晚会。

12月30日，中国文联、中国曲协文艺志愿服务团走进山西省长治县开展“我们的中国梦”送欢乐慰问演出。30日下午，文艺志愿服务团组成两支小分队，由董耀鹏和马小平分别带队，赶赴长治县一中和韩店村村委会进行慰问演出。30日晚，“送欢乐”下基层专场演出在雄山煤业二矿职工活动中心举行。演出由牛群、于紫菲共同主持，姜昆、戴志诚、刘全和、刘全利、陈寒柏、王敏、邵峰、尚大庆、于兰、高保利、韩延文、陈靓、弓瑞、耿麟、王璐等先后登台。演出开始前，姜昆向长治县县长李文兵授予“中国曲艺之乡”牌匾，长治县成为全国第43个“中国曲艺之乡”。

赛事评奖

【第八届中国宝丰马街书会全国曲艺邀请赛】

2月20日至22日，由中国曲协、河南省文联、中共平顶山市委、平顶山市人民政府主办，河南省曲协、中共宝丰县委、宝丰县人民政府承办的第八届河南宝丰马街书会全国曲艺邀请赛在河南宝丰县举行。李前光，刘兰芳，董耀鹏，郭刚，马小平，曲华江以及河南省文联副主席何白鸥、张剑锋，河南省曲协主席范军，平顶山市委常委、宣传部长唐飞，市政协副主席张柳松，宝丰县委书记刘书锋，县长张庆一等出席活动。来自全国13个省区市的近百名曲艺演员同台竞艺，24个参赛节目涵盖了17个曲种，经过两天角逐，12个节目获得一等奖。22日晚在宝丰县人民剧院举行的颁奖晚会上，刘兰芳、马小平、范军、李立山、莫岐、李世儒、王文水、高晓攀、尤宪超、弓瑞、郭金杰、潘美辰、刘佳妹、焦建东、石磊等先后登台，晚会由鞠萍和赵保乐主持。今年的马街书会吸引了1000多位说书艺人，近300个说书棚，30多万赶会群众都创下了历届马街书会之最，世界纪录认证协会发布了认证书，认证2013年河南宝

丰马街书会为世界最大规模民间曲艺大会。

【全国优秀曲艺作品评选】

2月27日，全国优秀曲艺作品评选工作在北京举行。活动共收到各团体会员、各中直文艺团体、解放军总政宣传部报送的作品55篇，涉及曲种27个，其中相声小品类15篇，评书类2篇，快板类9篇，山东快书类3篇，二人转类2篇，鼓曲唱曲类14篇，苏州评弹类5篇，少数民族类5篇。经评委会专家认真评审，共评选出《麻将人生》等金奖作品2篇（部）、银奖作品8篇（部）、铜奖作品14篇（部）。

【第二届“南山杯”全国曲艺新人新作展演】

5月3日至4日，由中国曲协和深圳市曲协等单位主办的第二届“南山杯”全国曲艺新人新作展演在深圳市举办。姜昆、董耀鹏、刁惠香、李时成、曹利祥以及深圳市文联、深圳市南山区有关领导和常贵田、李金斗、牛群、赵炎、奇志、杨子春等参加了此次活动。20个节目参加现场比赛，通过角逐，相声《谁动了我的幸福》等5个节目获一等奖，音舞快板《鱼灯情》等6个节目获最佳作品奖。5月4日晚，颁奖晚会暨中国曲协文艺志愿服务团“送欢笑”走进深圳大学专场演出举行，晚会由牛群和深圳大学的同学主持，获奖节目进行了展示，已经成为深圳“曲艺名片”的7岁四胞胎兄弟表演了群口快板《点对点》，赵炎、付强、任世和、李金斗、方清平、姜昆、戴志诚先后登台。

【首届“武清·李润杰杯”全国快板书大赛】

7月2日至5日，由中国曲协与天津市文化广播影视局、天津市武清区人民政府共同主办的首届“武清·李润杰杯”全国快板书大赛在天津武清举行。比赛分为职业组、非职业组和少儿组进行，王亮等7人获职业组表演一等奖，宋乐等6人获非职业组表演一等奖，王贞苹等7人获少儿组表演一等奖。7月5日晚，颁奖晚会在武清天狮集团会议中心举行。姜昆，董耀鹏，崔凯，刁惠香，曲华江，天津市文化广播影视局副局长康书祥，中共武清区委常委、常务副区长李建成，中共武清区委常委、区委宣传部部长周德友，武清区文化广播电视局局长尤鑫栋等出席颁奖晚会并为获奖选手颁奖。晚会由牛群、周宇主持，姜昆、戴志诚、郭达、高洪胜、张志宽、柴京云、柴京海、温淑萍、焦建东、石磊、王彤、随风、高梦娇等参加演出。

【第六届中部六省曲艺大赛】

8月14日至16日，由中国曲协、江西省文联主办，江西省曲协、南昌市文联承办，山西、河南、安徽、湖南、湖北省曲协共同协办的第六届中部六省曲艺大赛在江西省南昌市举办。评委会经过对13个曲种、23个节目、2场比赛的评议，最终选出一等奖节目11个，二等奖节目12个。8月16日晚，李前光，姜昆，董耀鹏，王汝刚，马小平，曲华江以及江西省委常委、宣传部长姚亚平，江西省人民检察院检察长、党组书记刘铁流，江西省政协副主席汤建人，江西省委宣传部副部长马玉玲，江西省文联党组书记、副主席汪天行，南昌市委常委、宣传部长曾光辉，南昌市副市长姚燕平等莅临江西艺术中心，出席颁奖晚会。晚会由牛群和江西卫视主持人黄海主持。相声《山西好声音》等作为参赛节目的代表，在晚会中亮相。此外，姜昆、戴志诚、柴宝玉，刘全和、刘全利、王汝刚、陈靓、奇志、张伟先后登台。

【第七届“西岗杯”全国相声新人新作推选活动】

9月22日，由中国曲协、辽宁省曲协、大连市文化广播影视局、大连市文联、大连市西岗区人民政府共同主办的第七届“西岗杯”全国相声新人新作推选活动在大连落下帷幕。本届大赛共收到来自全国26个省市及海外的作品260篇，经过评选，成杨创作的《爸爸的烦恼》、孙晨创作的《一枚戒指》荣获一等奖；崔立君、李俊杰、周壮创作的《没意思》等4篇作品荣获二等奖；王英凤创作的《超级卡奴》等6篇作品荣获三等奖，北京曲协等7家单位荣获组织奖。9月22日下午，中国曲协文艺志愿服务团“送欢笑”走进大连西岗慰问演出在西岗区市民文化活动中心上演，为西岗区敬老院的老年观众和社区代表进行演出，“西岗杯”获奖作者和相声新秀联袂登台。“西岗杯——相声创作二十年的历史足迹”主题座谈会在大连国际金融会议中心同期举行。董耀鹏，崔凯，付晨明，大连市委常委、宣传部长袁克力，大连市副市长朱程清，西岗区委书记吴继华出席相关活动。

【第二届“岳池杯”中国曲艺之乡系列活动】

9月27日至28日，由中国曲协、四川省文联主办，四川省曲协、岳池县人民政府承办的第二届

“岳池杯”中国曲艺之乡系列活动在四川省岳池县举办。董耀鹏，李时成，郭刚，曲华江，四川省文联党组书记、常务副主席蒋东生，省文联党组副书记、副主席陈黔鲁、李兵，广安市委常委、宣传部长唐雄兴，广安市人民政府副市长陈全禄，岳池县委书记李永平、县长汤才勇等出席相关活动。大赛汇集了来自全国17个省区市、42个“中国曲艺之乡”选送的37个曲艺节目，涵盖了25个曲种，大赛日程高度浓缩，一天时间内3场比赛，最终沁州三弦书《笑声飞出刘家坪》等9个节目获得金奖，情景快板《龙舟情》等13个节目获得银奖，平调三弦书《新农村更比天堂美》等15个节目获得铜奖。28日上午，第二届中国曲艺之乡·岳池论坛同期举行，各曲艺之乡、地方曲协的负责人和曲艺专家围绕农村题材曲艺创作的特点和走向、基层曲艺人才的培养路径等话题研讨。28日晚，第二届“岳池杯”中国曲艺之乡文化惠民演出·曲艺大联欢活动在东湖公园广场举行，巩汉林、金珠、师胜杰、王敏、朱少宇、张露曦、李多、曾小利、钟燕平、林小东、叮当、李琼等与由基层群众、学校师生等组成的快板方队、车灯方队、莲厢方队、金钱板方队和翻身板方队联欢互动。

【2013海峡两岸欢乐汇】

11月7日至9日，由中国文联、中国曲协、福建省文联、全国公安文联共同主办的2013海峡两岸欢乐汇活动在福建省福州市举办。活动期间，先后举办了公安、台湾和福建3台优秀曲艺节目专场演出，召开了促进海峡两岸曲艺事业发展专题研讨会，开展了中国曲协文艺志愿服务团“送欢笑”走进福州暨颁奖仪式专场演出。李前光，福建省人大常委会副主任、省妇联主席刘群英，姜昆，董耀鹏，全国公安文联秘书长张策，公安部宣传局副局长孙洁，盛小云，曲华江，福建省文联党组书记、副主席张作兴，福建省文化厅厅长陈秋平，福建省公安厅副厅长、省公安文联主席张建生，福建省政协提案委副主任林鸿坚，福建省文联巡视员、副主席杨少衡，福建省文联党组成员、副主席罗训涌与来自台湾、全国公安系统和福建省的300多位曲艺家和曲艺工作者共聚盛会。牛群、鞠萍、姜昆、戴志诚、刘全和、刘全利、盛小云、李伟建、武宾、焦建东、石磊、杨波、计一彪与台湾的王振全、李宗霖参加演出。

【2013年相声小品二人转优秀节目展演】

12月5日到7日，2013年相声小品二人转优秀节目展演在北京民族宫大剧院举行。活动由中国文联、中国曲协、中国文学艺术基金会、吉林省文联、吉林省文化厅共同主办，中国广播艺术团和吉林省二协协办。来自北京周末相声俱乐部、全国公安曲协、湖北武汉说唱团、陕西青曲社、广东东莞常平文广中心、江苏文化馆和中国广播艺术团、上海品欢相声会馆、河南121喜剧坊、河南开封20集团军文工团、北京大逗相声社、北京嘻哈包袱铺、四川曲艺研究院、中国铁路文工团和中国广播艺术团的演员悉数登场，冯巩为马年春晚新创作的相声剧《我就是这么个人》，相声《歪批山海经》、《出租车司机》，拉场戏《方圆之间》、《非诚“误”扰》等节目脱颖而出。赵实，李前光，刘兰芳，姜昆，董耀鹏等观看演出。

【第五届全国少数民族曲艺展演】

12月7日至10日，由中国文联、国家民族事务委员会、中国曲协、呼和浩特市人民政府共同主办，内蒙古自治区民族事务委员会、内蒙古自治区文化厅、内蒙古自治区文联协办，呼和浩特市文化广播电影电视局承办的第五届全国少数民族曲艺展演系列活动在内蒙古呼和浩特市举办。李前光，国家民委文化宣传司司长武翠英，姜昆，董耀鹏，郭刚，马小平，籍薇以及呼和浩特市政协主席贾英祥，市委常委、宣传部部长王雪峰，副市长白金祥等领导出席相关活动。来自全国14个省、自治区18个少数民族的28个曲种、34个节目、300多名曲艺工作者尽展风采。经过角逐，群口好来宝《草原的祝福》等8个节目被评为一等奖，玛克塔拉《江山情》等10个节目被评为二等奖，蒙古族说唱《祈福》等16个节目被评为三等奖；京族说唱《刘永福拒接总统印》等5个节目获得最佳创作奖；乌云桑、石达、玉旺囡3人获得最佳表演奖；宝音朝克图、崔丽玲、徐晨3人获得最佳新人奖；内蒙古自治区曲协等14个单位获组织工作奖。10日下午，“推动少数民族曲艺事业繁荣发展座谈会”在呼和浩特市传媒大厦举行，会上宣布成立了中国曲协少数民族曲艺专业艺术委员会，艺委会聘请郭刚为主任，马小平为副主任，乌力吉图等9人为委员。10日晚，第五届全国少数民族曲艺展演颁奖仪式暨中国曲协文艺志愿服务

团“送欢笑”走进呼市专场演出举行，牛群、于紫菲、姜昆、戴志诚、郭达、刘全和、刘全利、高保利先后登台。

【首届全国曲艺小剧场优秀节目展演暨曲艺小剧场健康发展研讨会】

12月18日至19日，由中国曲协、江苏省曲协主办，苏州市相城区文联承办的首届全国曲艺小剧场优秀节目展演暨曲艺小剧场健康发展研讨会在苏州市相城区举办。来自全国各地曲艺小剧场领域的专家、学者、演员60余人参加了此次活动。展演分为北方专场和南方专场，北方专场在相城区市民活动中心举办，青年相声演员李菁、甄齐主持，集中展示相声、快板、二人转等北方曲种，南方专场在望亭镇文体中心文化书场举行，青年评弹演员陶莺芸主持，展示了苏州弹词、评话、杭州小热昏、上海说唱、粤曲等南方曲种。19日上午，曲艺小剧场健康发展研讨会在南亚宾馆举行。董耀鹏，马小平，王汝刚，吴文科，盛小云，江苏省政协原副主席、中国曲协苏州评弹艺术委员会主任陆军，江苏省文联书记处书记叶彪荣，苏州市文联副主席邢静，苏州市相城区委常委、宣传部长屈玲妮等领导和专家出席会议，会上，中国曲协全国曲艺小剧场艺术指导委员会正式成立，李金斗受聘为主任，李伟建受聘为秘书长。

会议与活动

【2013年全国曲协工作会议】

4月1日至3日，2013年全国曲协工作会议在成都隆重举行。来自全国各省区市曲协和行业曲协的驻会负责人，部分省区市文联分管曲协工作的领导，中国曲协各专业艺术委员会主任或秘书长以及全国10个曲艺专业院团代表共120余人出席。1日下午，中国曲协第七届主席团第二次会议召开，会议由姜昆主持。董耀鹏、马小平、王汝刚、冯巩、李时成、翁仁康、郭刚、盛小云、崔凯、籍薇等主席团成员出席会议，刁惠香、曲华江和中国曲协各部门负责人列席会议。会议通过了《2013年全国曲协工作会议议程安排》，审议并通过《2013年全国曲协工作会议报告》，听取了关于表彰2011年度全国优秀曲艺作品和关于表彰2012年度优秀团体会员的情况通报。4月1日晚，全国优秀曲艺作品颁奖典礼暨中国曲协“送欢笑”专场演出在成都华美紫馨国际剧场举行，王彤、随风、焦建东、石磊、巩汉林、金珠、奇志、张伟、刘全和、刘全利、冯巩、宋宁、韩延文、姜昆、戴志诚、任平、陈巧茹、刘露、张怡参加演出。4月2日上午，2013年全国曲协工作会议开幕。李前光，姜昆，成都市委常委、宣传部部长白刚出席开幕式并讲话，董耀鹏主持开幕式。刁惠香宣读了《关于表彰2012年度优秀团体会员的决定》，对江苏、浙江、四川、福建四省曲协2012年取得的工作成绩给予表彰奖励，董耀鹏代表第七届主席团作工作报告，并作《如何做好新时期曲协秘书长工作》的主题讲座。4月3日上午举行闭幕式。罗训涌、李蓉就当地曲协工作和曲艺事业发展情况进行了经验交流。三个小组的召集人陈小平、章燕、叶锦玉就分组讨论情况进行了汇报。会议期间，与会人员配合中国文联调研组召开了调研座谈会，围绕“社会主义文艺大发展大繁荣与当前文联工作创新”这一主题踊跃发言，座谈会由董耀鹏主持，李前光作重要讲话。

【与北京城市学院签署合作协议】

7月18日上午，中国曲协与北京城市学院战略合作协议签约仪式在北京城市学院校本部举行。根据协议，双方将共同推进本科层次的曲艺人才培养。北京城市学院方面主要负责向教育主管部门申报曲艺表演专业本科招生计划、招生名额，负责办学教学和学生管理，起草曲艺表演专业的教学大纲与教学计划等。中国曲协将对北京城市学院的办学给予大力支持，协助做好招生宣传、专业测试和学生录取、学生培养、教师推荐等工作，积极为曲艺表演专业学生创造实习条件、提供展示平台。董耀鹏，曲华江，黄群与北京城市学院党委书记、校长刘林，党委副书记田培源，文化学院院长籍之伟等出席签约仪式。

【纪念连阔如诞辰110周年系列活动】

8月7日至16日，中国曲协会同北京市文联、中华书局、北京市非遗保护中心、东城区文委、西城区文委等单位共同主办纪念连阔如先生诞辰110周年系列活动。8月7日下午，纪念连阔如先生诞辰110周年座谈会、新书发布暨传承收徒仪式在国际饭店会议中心召开。姜昆，刁惠香，曲华江，李金斗，中国出版集团公司副总裁李岩，中华书局总经理徐俊，北京市非遗保护中心主任千容，东城区委常委、副区长朴学东，东城区人大副主任蔡福全，西城区委常委、副区长梁昌新等相关单位负责同志以及欧阳中石、谭元寿、蓝天野、苏叔阳、爱新觉罗·启骧、李滨声、瞿玄和、阎崇年、马未都、常贵田、田连元、陈涌泉、师胜杰、李立山等180余位文艺界知名人士出席活动，董耀鹏主持座谈会。8月16日晚，“戏从书来 书中有戏”——纪念连阔如先生诞辰110周年演出在梅兰芳大剧院举行，连丽如、李菁、王玥波，京剧名家孟广禄、杨少鹏、王佩瑜等先后登台。

【全国曲协会员工作会】

9月5日至6日，由中国曲协、山西省文联共同主办，山西省曲协、运城市委宣传部共同承办的全国曲协会员发展服务工作暨组织建设研讨会在稷山县举行。9月5日上午，李前光，姜昆，董耀鹏，山西省文联党组副书记、副主席石跃峰，马小平，曲华江，运城市委常委、宣传部部长于波和稷山县有关领导出席了开幕式。李前光、姜昆讲话，董耀鹏作主旨发言。广东省曲协、山西省长治市曲协、江苏省常熟市曲协和四川省岳池县曲协的代表作大会交流。

【2013年中国曲艺之乡建设委员会工作会】

12月13日，中国曲协曲艺之乡建设委员会在广西荔浦召开工作会。姜昆，董耀鹏，广西文联党组书记、副主席韦守德，广西文联秘书长董永佳，广西曲协名誉主席李伟群，广西曲协主席邱有源，广西曲协常务副主席、秘书长蒙海宽以及来自全国14个曲艺之乡的相关人员出席活动。13日晚，在中国曲协文艺志愿服务团送欢笑走进荔浦的慰问演出上，柴宝玉、霍勇、陈寒柏、王敏、郭达、王梦欢、姜昆、戴志诚与当地曲艺工作者带来精彩节目，演出前举行了荔浦县荣获“中国曲艺之乡”称号授牌仪式。活动期间，姜昆、董耀鹏、李伟群等专程前往荔浦县建陵社区建东新街探望民间盲艺人黄世祥。

创作与研究

【电视纪录片《曲艺辙痕》座谈会】

7月2日，中国曲协在京召开电视纪录片《曲艺辙痕》座谈会，董耀鹏、崔凯、吴文科、刁惠香、曲华江以及田连元、蔡源莉、陈连升、常祥霖、高洪胜、种玉杰、王登渤、姚宇、刘效礼、陈亦工等出席会议。大家围绕最近在中央电视台热播的电视纪录片《曲艺辙痕》的价值与意义、影响与启发、问题与不足等方面进行讨论，座谈会由董耀鹏主持。刁惠香作了《曲艺辙痕》的情况介绍。《曲艺辙痕》自2011年8月正式启动到2013年6月在中央电视台纪录频道播出，历时近两年时间，期间五易大纲、八改解说词，采访了近百位曲艺家、亲历者和当事人，该片共分新生、变革、新风、传承、重生、兴盛、繁荣、担当、希望9集，每集30分钟，集中展现了新中国成立60多年来曲艺的发展状况，以及广大曲艺工作者和曲艺家们为繁荣发展曲艺事业所做出的不懈努力。罗扬、刘兰芳及中国曲协主席团为本片的拍摄提出了许多宝贵的意见和建议，众多专家、学者和艺术家们也对本片的拍摄给予了关心和帮助。姜昆、董耀鹏亲自修改脚本。纪录片播出后，李前光专门作出批示，充分肯定了本片的价值和意义。

【快板艺术专家学者赴彭州创作采风】

7月19日至21日，中国曲协组织10余位著名快板艺术专家学者赴四川彭州开展创作采风活动，并听取彭州市创建“中国曲艺之乡”工作汇报。四川省文联副书记、副主席陈黔鲁，四川省曲协主席、四川艺术职业学院院长林戈尔以及彭州市委副书记、市长杜浒，市委常委、宣传部长曹建春，副市长陈善彬等出席座谈会。在为期两天的创作采风活动中，艺术家们先后参观了四川石化基地、龙门山镇宝山村、彭州市博物馆、白鹿中法风情小镇，收集了大量创作素材。

【曲艺类本科专业教材工作会议】

8月2日至3日，中国曲协在京组织召开曲艺类本科专业教材工作会议，这标志着我国首套曲艺类本科教材编撰工程正式启动。董耀鹏、薛宝琨、崔凯、常祥霖、张祖健、李立山、赵坤、周壮以及中国曲协机关曲艺教材编写工作联络员参加会议。根据当前研究现状和曲艺发展实际，曲艺类本科专业第一批教材确定为《中国曲艺艺术概论》、《中国曲艺发展简史》、《相声表演艺术》、《评书表演艺术》、《评弹表演艺术》。

【第三届中国曲艺高峰（柯桥）论坛】

10月23日至24日，由中国曲协、浙江省绍兴县人民政府主办，绍兴县文化广电新闻出版局、绍兴县文化发展中心承办的第三届中国曲艺高峰（柯桥）论坛在绍兴柯桥举行。姜昆为论坛发来书面讲话，董耀鹏，浙江省文联书记处书记张均林，翁仁康，常祥霖，陆军等参加论坛。来自全国各地的曲艺专家学者围绕着本届论坛主题“曲艺：自觉与自信”进行研讨。本届论坛共收到60篇曲艺理论（评论）文章，15篇论文获得了优秀曲艺理论（评论）奖，其中8位优秀论文作者在论坛上做了主题发言。

【2013全国优秀相声小品推选展演活动创作会】

10月16日，中国曲协邀请全国优秀相声、小品演员和作者齐聚京城，围绕如何提高相声小品创作和节目质量进行座谈研讨。姜昆、董耀鹏、崔凯、马小平、曲华江与著名相声表演艺术家赵炎、石富宽、宋德全、李伟建、刘际、陆鸣，著名曲艺作家张振彬、全维润、孙立生、马云路、孙晨、尹琪、邹僧等参加会议并发言。

【第五期全国曲艺创作高级研修班】

10月26日至29日，由中国曲协、中国文联人事部、云南省文联主办，云南省曲协承办，中国文学艺术基金会资助的第五期全国曲艺创作高级研修班在云南昆明举办，来自全国的中青年曲艺作者50余人参加此次研修。李前光发来书面讲话，中国文联荣誉委员、中国传媒大学艺术研究院院长仲呈祥，湖南省文联主席谭仲池，董耀鹏，云南省文联党组书记、主席郑明，中国文联人事部副主任郑更生，崔凯，马小平，曲华江，云南省文联党组成员、专职副主席黄映玲，中国文联人事部培训处处长闫少非等出席有关活动。在为期4天的课程中，董耀鹏、崔凯、谭仲池、仲呈祥分别围绕中国曲艺发展与曲艺创作、曲艺创作技巧、文艺创作漫谈、文艺创作与文艺美学等主题进行授课，孙晨、崔立君、崔琦、郝赫等担任辅导老师，帮助学员改稿。本次研修班学员共提交作品60多篇，经过改稿，一批有亮点的作品脱颖而出，如胡磊蕾的小品《闲人马队长》、吴新伯的中篇评话《野狼谷传奇》等。

【2014全国道德模范故事汇基层巡演创作座谈会】

11月1日，结合第四届全国道德模范评选表彰活动，中国曲协在京召开“2014全国道德模范故事汇基层巡演”创作座谈会。中央文明办二局副局长赵树杰，董耀鹏，翁仁康以及田连元、杨子春、杨鲁平、闫淑平、焦桂英、范大宇、汪黎明、王文水、马彦伟等20余位专家和前三届巡演活动的主创人员出席会议。大家围绕如何更好地总结和梳理历届全国道德模范故事汇基层巡演活动经验，进一步扩大巡演活动的影响力和推广力，如何更好地运用观众喜闻乐见的曲艺表现形式，传播善行义举、引人向善向好等方面畅所欲言。座谈会由曲华江主持。

对外及对港澳台地区文化交流

【赴新西兰澳大利亚演出交流】

1月30日，以翁仁康为团长的中国曲艺艺术团——浙江绍兴莲花落艺术团一行9人，应新西兰中国文化传媒集团和澳大利亚澳华文联的邀请，前往上述两国演出。艺术团先后举办了绍兴莲花落专题讲座1场、莲花落演出4场、文化交流座谈会5场，翁仁康、施金裕、潘家富相继登台。新西兰总理约翰·基等政要观看演出。

【赴加拿大演出交流】

2月11日至19日，由姜昆、刁惠香率领的中国曲协代表团一行11人，应加拿大中国文化促进会和中国专业人士协会的邀请，分赴加拿大温哥华和多伦多进行交流访问。2月15日和17日晚，代表团分别在温哥华列治文河石剧场和多伦多中华文化中心剧院内奉献了两场演出，姜昆、戴志诚、郑健、周炜、刘全和、刘全利、赵津生、朱少宇、张露曦等登台献艺。此外，代表团还举办了“文化荣誉大使委任仪式”、“百福齐祥迎春书画展”等一系列文化交流活动。中央电视台、新华社、中国网络电视台、凤凰卫视以及《星岛日报》、《世界日报》、《明报》、《环球华报》等加拿大媒体进行了报道。

【首次赴韩国演出交流】

4月5日至11日，应首尔中国文化中心邀请，由姜昆任艺术顾问，董耀鹏任团长的中国曲协代表团一行10人赴韩国进行交流访问，这是中国曲协历年来派出的第一个访韩艺术团。姜昆、戴志诚、闫淑平、佟长江、王占昕、袁小良、王瑾、杨菲在首尔中国文化中心的百人小剧场以及南怡岛的露天广场演出了相声、东北二人转、西北二人台、苏州弹词、梅花大鼓等曲种。4月6日、8日，代表团分别在首尔中国文化中心和韩国外国语大学举办了两场题为《中国曲艺艺术魅力》的专题讲座。4月2日至20日，由中国曲协杨晓雪、刘红英和东北师范大学教授王红箫、吉林延边歌舞团非遗项目盘索里传承人崔丽玲所组成的研修小组在韩国首尔大学、首尔综合艺术大学、韩国国立国乐院等机构进行了为期20天的研究和学习。4月8日，由首尔大学盘索里研究会、中国曲协、中韩志愿者协会主办，首尔孔子学院协办的东北亚说唱艺术之中韩专场研讨会在首尔大学博物馆讲堂举行。

【赴新加坡演出交流】

4月25日至29日，应新加坡华族文化节组委会邀请，中国曲协组派以闫淑平为团长的中国曲协艺术团一行14人，赴新加坡访问交流演出。期间在新加坡举办三场“中国曲艺精品汇演”专场演出，周宇担任主持，闫淑平、尹维民、刘全和、刘全利、刘颖、浩楠、李世儒、王政、吕嘉强先后登台。在新期间，代表团成员还与当地俱乐部、社团负责人就“中、新文化现状，‘中国曲艺精品汇演’活动未来拓展，构建中、新曲艺交流、艺术探讨平台”等话题展开深入交流。

【2013巴黎中国曲艺节北方曲艺专场】

7月1日至6日，由中国曲协、巴黎中国文化中心、法国华商会、法国《欧洲时报》社共同主办的2013巴黎中国曲艺节北方曲艺专场演出在巴黎亮相。以马小平为团长，山西、山东、安徽省曲艺家为主体的中国曲艺艺术团一行20人参加此次活动。7月3日、4日晚，在位于塞纳河畔的巴黎中国文化中心，刘引红、王合义、王海燕、刘瑞莲、孟影、池银寿、富越武先后登台亮相，为当地观众表演了长子鼓书、山东坠子书、潞安大鼓、河南坠子、淮河琴书、二人台等。活动期间，马小平代表中国曲协与巴黎中国文化中心殷福主任、苏旭副主任、吴钢先生等进行了会谈。演出得到了驻欧各大新闻媒体的极大关注，《欧洲时报》、《人民日报》等媒体派出记者前往采访报道，《人民日报海外版》7月6日头版刊登了题为《巴黎六办中国曲艺节，中国大鼓迷倒洋观众》的文章。

【首次赴德国、丹麦演出交流】

8月21日至31日，应柏林中国文化中心和旅丹华人专业人士协会的邀请，以中国文联副主席夏潮为团长，姜昆为艺术顾问，董耀鹏为秘书长，以相声和评弹艺术家为主要成员的中国曲艺艺术团一行11人赴德国和丹麦进行交流演出，在柏林、汉堡和哥本哈根举办了三场中国曲艺专场演出。这是中国曲艺首次登上德国和丹麦的舞台。陶莺芸、王池良、师胜杰、石富宽、袁小良、王瑾、姜昆、戴志诚等先后登台。访问期间，董耀鹏与柏林中国文化中心主任陈建阳等进行会晤。

【赴新西兰举办“庆中秋、迎国庆”演出】

9月12日至18日，以刘全利为团长，中国文联人事部主任刘漪滟为秘书长的中国曲协艺术团一行12人，应新西兰七彩中国文化传媒集团的邀请，赴新西兰举办“庆中秋、迎国庆”专场演出。演出在位于奥克兰市中心Aotea Center的ASB剧场举行。刘全和、刘全利、殷秀梅、魏金栋、郑健、周炜、陈寒柏、王敏登台献艺。《新西兰联合报》、《新西兰华页报》、《东方周报》、天维网、中国城网、新西兰中文网等媒体对活动进行了专题报道。

【新加坡访华团丝路文化行】

11月4日至11日，以新加坡报业控股文化产业部副总裁、新加坡全国华族文化总工委会副主席林焕章为团长的访华代表团一行10人赴新疆、甘肃进行了为期8天的访问交流，对新疆和甘肃的文化艺术和曲艺进行了重点考察和交流。甘肃省曲协主席王登渤代表甘肃省曲协会见了代表团一行。

【赴香港访问】

12月10日至13日，应中国曲协香港会员联谊会邀请，以曲华江为团长的中国曲协代表团一行二人赴香港访问。期间，代表团参加了中国曲协香港会员联谊会成立典礼和新闻发布会，并就中国曲协与中国曲协港联会今后的合作模式、开展两地间的曲艺交流活动及在港发展中国曲协会员等事宜进行了深入探讨。

机关建设

【召开动员会推进“创新发展年”活动】

3月19日，中国曲协召开全体干部参加的动员

会，深入推进“创新发展年”活动。董耀鹏主持会议，刁惠香、曲华江出席会议。董耀鹏在讲话中指出，“创新发展年”是今年加强机关建设的重要举措，要同中央和中国文联党组的主题实践活动结合起来，同曲协的实际结合起来，同各部门的业务工作结合起来。

【传达中国文联九届五次全委会会议精神】

7月1日，中国曲协召开全体干部职工会议。会议传达了中国文联九届五次全委会暨全国文联系统先进集体和先进个人表彰会精神和全国组织工作会议精神，总结了中国曲协2013年上半年工作，部署了下半年重点任务。董耀鹏主持会议，刁惠香、曲华江出席会议。

【党的群众路线教育实践活动】

7月5日，中国曲协召开党的教育实践活动领导小组办公室第一次会议，学习贯彻中国文联教育实践活动动员会精神。7月8日，召开全体党员干部职工会议，对中国曲协开展群众路线教育实践活动进行全面动员和部署，同日，召开中国曲协分党组理论学习中心组扩大会议。7月9日，协会机关在职党支部的两个党小组进行专题学习讨论。8月2日至3日，在职党员及工会会员赴河北省平山县西柏坡接受主题教育。8月20日，召开专题会议，学习贯彻中央有关部门联合下发的关于制止豪华铺张、提倡节俭办晚会的通知精神，对协会在实际工作中落实通知要求进行具体部署。9月11日、10月11日，在职党支部两个党小组召开专题组织生活会，又分别于10月18日、11月13日再次召开会议，让缺席的党员补课，确保教育实践活动全覆盖。活动期间，中国曲协在职党支部副处级以上（含副处级）党员12人，全部撰写了对照检查材料情况。11月15日，中国曲协党的群众路线教育实践活动领导小组办公室召开第七次会议，研究部署曲协教育实践活动整改落实和建章立制工作。12月3日上午，中国曲协党的群众路线教育实践活动领导小组办公室召开第八次会议。2014年1月13日上午，中国曲协在协会机关召开会议，对协会开展党的群众路线教育实践活动进行总结。

【邀请曲艺学员到会座谈交流】

9月11日上午，中国曲协分党组结合“党的群众路线教育实践活动”的要求，邀请全国中青年文艺人才高级研修班的曲协学员来曲协机关座谈和交流。中国曲协分党组诚恳地听取了学员们针对中国曲协在联络艺术家、协调组织活动、服务曲艺事业等方面的意见和建议。杨菲、韩冰、任平、赵丹丹、刘靓靓、慈建国从各自工作角度提出了意见和建议。董耀鹏代表分党组向学员们表示感谢，并对学员们的论文开题情况进行了询问和辅导。

【中宣部领导赴中国曲协调研座谈】

10月21日上午，中宣部副部长黄坤明到中国曲协进行调研座谈。李前光，中宣部文艺局副局长孟祥林等有关方面领导出席调研座谈会。姜昆、冯巩、黄宏、崔凯、盛小云、翁仁康、田连元、常贵田、孙立生、刘靓靓、高晓攀等曲艺界代表参加座谈会，会议由董耀鹏主持。黄坤明在会议前表示，这次曲艺调研就是认认门，认认人，拜拜师。明年是新中国成立65周年，曲艺是一门独特的表演艺术，想通过调研听取大家的意见建议，了解文艺工作的情况。姜昆在发言中说，我们要在创作上打破常规、打破俗套，不断追求新的角度、新的创意和新的题材，集中大家力量、群策群力打造精品，以优异的成绩和良好的精神面貌迎接新中国成立65周年。李前光在讲话中指出，我们将认真贯彻习总书记在全国宣传思想工作会议上的重要讲话精神，以这次调研座谈为契机，认真研究，科学谋划，坚持以人民为中心的创作导向，团结和引领艺术家勇于担当社会责任，努力推出一批思想性、艺术性和观赏性相统一的精品力作，不断丰富人民群众精神文化生活，为推动文艺事业的大发展大繁荣作出积极贡献。黄坤明希望曲艺家们坚持以人民为中心的创作导向，凝聚正能量，唱响主旋律，以曲艺精品迎接新中国成立65周年，为社会主义文艺事业繁荣发展做出应有的贡献。

中国舞蹈家协会

综 述

2013年是党的历史上重要的一年，十八届三中全会的胜利召开、党的群众路线教育实践活动开展、习近平总书记在全国宣传思想工作会议上的重要讲话等，无疑都给中国文艺界注入了一针强心剂。文联工作和文艺事业也在这一年取得了重要的成就。

这一年，中国舞蹈家协会在国家形势一片大好的情况下，一如既往地认真贯彻执行党中央的精神部署，在中宣部、中国文联等上级部门的关怀指导下，开展了多项全国性的重要活动，努力探索新形势下符合自身特点、充满生机与活力的管理体制、运行机制、组织形式、活动方式，充分发挥组织、引导、服务的作用，努力为舞蹈工作者办好事、办实事，团结动员广大舞蹈工作者，以实际行动带动整个舞蹈行业欣欣向荣。并围绕十八大精神，围绕全面建成小康社会，展开实现“中国舞蹈梦”的新一轮征程。

会议与活动

【贯彻落实“党的群众路线教育实践活动”】

1、重走红军路——中国舞协深入学习井冈山精神

5月25日，中国舞协分党组带领协会一行20余人前往井冈山进行了“重走红军路——中国舞协深入学习井冈山精神”活动。学习活动历时3天，内容丰富、日程紧凑，得到了江西省文联和舞协的大力支持和热情接待。

学习培训期间，全体舞协工作人员共同学习了党的十八大精神，学习了习近平总书记在今年五四青年节前与各界优秀青年代表座谈的讲话，参观了毛主席旧居、小井红军医院、杜鹃山、黄洋界；瞻仰了井冈山革命烈士陵园并为革命先烈敬献花圈；积极参与“井冈山上的浓浓战友情”、“井冈山精神代代相传”互动教学，尤其是“井冈山精神代代相传”课程让所有人泪流满面，扼腕长叹。女红军战士曾志的孙子石金龙似唠家常，又似在诉说心曲，特殊的身份赋予讲述人更多的存在感，听者都有种直接触摸历史的真实感，心潮跌宕起伏。当主持人声情并茂地朗诵曾志遗嘱，在场人士无一不是泪光闪闪，“您所奉献的远远超出一个女人，您所给予的远远超过一个母亲！”这句发自女儿陶斯亮的肺腑之言也成了所有听者心中的共识。所有的讲述都感人而真实。最后众人起立齐唱《歌唱祖国》，气氛达至高潮，大家叹言，此情此景此歌，心中激荡的除了爱国情还是爱国情。

2、党群路线活动之莫力达瓦、齐齐哈尔之行

7月16日至18日，中国舞协积极响应上级号召，分党组第一时间组织协会中层干部及全体党员同志，奔赴内蒙古莫力达瓦旗、黑龙江齐齐哈尔市，分别开展了中国舞协“新农村少儿舞蹈美育工程——少数民族舞蹈课堂”莫旗启动仪式和“百姓健康舞”进基层的文化惠民活动，用实际行动贯彻落实党的群众路线教育实践活动。

为期3天的实践活动虽然时间短、日程紧，但是活动小组的每位成员都感觉充实而有意义。“新农村少儿舞蹈美育工程——少数民族舞蹈课堂”的开设，帮助当地的农村孩子们接受正规的舞蹈美育教育，提高孩子们的素质教育水平，使得孩子们了解、喜欢上自己民族的舞蹈，从而推动当地少数民族舞蹈，尤其是达斡尔族舞蹈在后代中的传承。在17日的启动仪式上，莫旗民族小学的舞蹈队用精彩的民族舞蹈表演表达了他们的感激之情。之后，中国舞协领导冯双白、罗斌等与当地的民族舞蹈艺术家进行了民族舞蹈座谈会，艺术家们抑制不住地表达了对舞协此次群众路线实践活动深入到莫旗的激动心情，并畅所欲言地阐述了他们对当地舞蹈发

展的建议和意见，舞协领导在倾听了来自基层民族文艺工作者的心声后，也希望在日后给予当地舞蹈创作、教学等方面的帮助。与此同时，舞协志愿服务小分队分两组还在当地开展了教学辅导活动。在有限的时间里给他们最高水准的辅导，受到大人和孩子的一致好评。18日的“百姓健康舞”进基层活动让我们实践活动小组的每位成员都深切感受到中国舞协的“百姓健康舞”不仅给齐齐哈尔的百姓带来了健康的体魄，更带给了他们丰富的精神文化享受，他们从舞蹈中获得了身体和精神的双收获，舞蹈的魅力不可小觑。我们用实际行动将中央的精神带到了基层，用多彩多样的艺术形式将党的群众路线方针落在了实处。

【组织“新农村”调研和展演】

1、广东“新农村舞蹈教室”考察调研

4月16日至17日，中国舞协领导赴广东考察调研“新农村舞蹈教室”的开展情况。在广东省文联、省舞协领导的陪同下，他们两天驱车600多公里走访了清远市石角镇界碑小学、韶关市仁化县大桥省善希望小学、韶关市始兴县深渡水中心小学三个具有代表性的“新农村舞蹈教室”示范点，观看了孩子们的汇报演出，与当地的宣传、教育、妇联、文化等部门的基层工作者进行了座谈，了解他们的需求，倾听他们的心声，提出了一些合理化建议，受到了基层干部群众的热烈欢迎。17日下午，在韶关市召开了“新农村舞蹈教室”调研工作会，地方宣传部、教育厅、妇联、文联及舞协的相关领导参加了会议并发表了讲话，来自广东全省的100多名舞蹈志愿者老师齐聚韶关，讲述了他们的志愿服务经历，畅谈感想，提问题，谈建议，座谈会气氛热烈，调研成效显著。

作为“新农村少儿舞蹈美育工程”的延续，“新农村舞蹈教室”自2011年在安徽试点以来，广东成为第二个示范省份，广东舞协于2012年在全省范围内进行了全面的推广。在建立舞蹈志愿服务长效机制方面，广东舞协具有自己的创新，并对其他省份志愿服务的开展提供了很重要的借鉴意义。

2、“新农村舞蹈教室”在广东开花结果

由中国舞蹈家协会、广东省文联、广东省教育厅、南方日报社、广东省出版集团有限公司主办，广东省舞蹈家协会、南方出版传媒股份有限公司承办的“新农村少儿舞蹈美育工程”——广东省“新农村舞蹈教室”汇报演出9月25日晚在广州友谊剧院拉开帷幕。来自广东全省22个“新农村舞蹈教室”的300多名农村孩子齐聚这里表演了精彩纷呈的舞蹈节目：有传承非物质文化遗产的《瑶族布袋木狮舞》、有表现客家农村孩子幸福生活的客家风情舞《月光光》、有以肇庆鼎湖山为原型讲述的一个童话故事芭蕾舞《鼎湖仙子》、有表现农村留守娃得不到父母的照顾和很好的生活学习条件，但依旧有梦想、有憧憬的舞蹈《没什么不同》、表演《快乐的农场》的16个小演员全部是印尼华侨的孩子，表现了印尼华侨以27把锄头起家开创了现在的华侨农场的创业故事。这是友谊剧院第一次迎来农村的孩子在此登台表演，也是农村孩子们第一次走出大山，第一次来到省城，第一次穿上漂亮的舞蹈服，第一次站在这么闪亮的舞台演出。24名志愿者老师获得“优秀志愿者”称号，广东省出版集团有限公司等单位和个人获得“特别贡献奖”。

“新农村少儿舞蹈美育工程”是中国舞协的一项重大文化惠民工程，成立六年多来，已惠及全国29个省市自治区的农村孩子，开办了175个农村教师班，免费为农村小学培养了5808名农村舞蹈教师，受到了各地宣传、教育部门的热烈欢迎。参加本次汇报演出的22个“新农村舞蹈教室”的孩子们在这里圆他们的舞蹈梦，我们希望更多的孩子圆他们的艺术之梦，让农村的孩子像城里孩子一样跳舞，让城乡共享改革开放成果，让教育更加公平，让素质教育的舞步走进农村。

【联手电视媒体，推广舞蹈艺术】

1、大型少儿音乐舞蹈诗《红色少年》亮相央视

由中国舞协、四川省文联、四川省舞协出品、四川省少儿舞蹈直通车艺术团表演的大型少儿音乐舞蹈诗《红色少年》优秀选段，以经典儿童歌曲联唱歌舞表演形式，全新亮相中央电视台2013年“六一”晚会《快乐的节日》，中国舞协副主席、著名青年舞蹈家黄豆豆，和来自四川雅安、都江堰、成都等地震灾区的儿童们，一起联袂献上精彩的表演。

大型少儿音乐舞蹈诗《红色少年》是新中国成立以来第一部以红色经典历史题材为背景的大型少儿歌舞剧，是代表全国青少年儿童新时代的献礼之作，用舞蹈语言集中展现、梳理中华百年

历程中优秀少年的典型人物形象和英雄事迹，力图再现中国革命历程中少儿成长的如歌岁月，展现当代青少年儿童的精神风貌和祖国未来的希望，是一卷具有珍藏价值的少儿版“红色史诗”。

2、与中央电视台合作大力推广舞蹈艺术

为进一步发挥舞蹈在民众生活中的积极作用，CCTV-3《舞蹈世界》栏目与中国舞蹈家协会合作，于2012年12月制作了7期以推广“百姓健康舞”为目的、以“舞蹈全明星”为主题的舞蹈比赛节目。2013年新一季《舞蹈世界》“舞蹈全明星”节目，则聚焦于我国各地的非物质文化遗产与原生态的舞蹈节目。共有来自全国20个省市的35支风格迥异的作品组成7场展演，于3月17日至19日在北京进行录制。来自舞蹈界的冯双白、迪丽娜尔、罗斌、高度、池福子、田露、姜铁红等以及著名词作家阎肃，知名歌手吕薇、汪正正，草根歌手朱之文、刘大成等分别组成5人一组的嘉宾团。每个展演节目经过嘉宾推荐、现场打分与大学生评委团投票3个环节进行评选，7场展演由CCTV-3播出；每场胜出的一个优胜队伍，会奔赴各地进行艺术“手拉手”活动，让非遗艺术的传承人、民间舞蹈艺人以“文艺志愿者”的身份向更多的年轻人展示和传播我国丰富多彩的民间舞蹈文化。本次展演以大众传播的手段将其集中展示，以嘉宾推介的方式将其文化内涵充分揭示给广大观众知晓了解，不仅是对民族艺术的保护，也是对中华传统文化的弘扬。

3、与东方卫视联手打造《舞林争霸》

由东方卫视与中国舞蹈家协会联合主办，由灿星制作团队正版引进、倾力打造的大型舞蹈真人秀《舞林争霸》，凝聚着中国舞者的梦想与情怀，绚烂绽放于蛇年新春，于2月15日晚21:05分接档《中国达人秀》，正式在东方卫视播出。

《舞林争霸》拥有最先进的节目模式、最专业的制作团队、最亮眼的导师组合和最本质的舞蹈追求。作为“舞林系列”的延续，节目组表示《舞林争霸》和以往任何舞蹈类节目都不同，他们致力于制作最为成功的中国舞蹈节目。以发掘中国舞蹈人才、改变中国舞者生存状态、打造全新舞蹈梦想者的产业链和成功模式为己任，树立中国电视舞蹈节目的新标杆。中国版《舞林争霸》集结了当今中国舞林最具号召力的几位舞蹈领路人——杨丽萍、方俊、金星、陈小春齐齐坐镇导师席，从前来挑战的各路舞林高手中，挑选出能够令他们折服的“中国好舞者”。

《So You Think You Can Dance》首次被引入中国，也获得了原版节目组的鼎力支持。美版节目组总导演和原班编舞团队将直飞中国，与东方卫视、中国舞蹈家协会强强联手，旨在为中国的舞者和观众打造一个全新的梦想舞台，并希望能够通过这个平台改变中国舞蹈者的生存现状，打造全新梦想者的产业链和成功模式。

【积极开展“送欢乐·下基层”文艺志愿服务活动】

1、文艺志愿服务团赴雅安、汉源慰问演出

“4•20”芦山强烈地震后牵动着全国广大文艺工作者的心，艺术家们在抗震救灾和灾后恢复重建工作中，充分发挥“文艺轻骑兵”的优势，奔赴灾区慰问演出。6月8日至9日，由中国舞协分党组书记、驻会副主席冯双白带队的中国文联文艺志愿服务团舞协小分队先后深入到汉源县九襄镇和雅安市芦山县“4•20”强震救灾物资接收站，为当地群众奉献了一台精彩纷呈的文艺演出。

由于天气原因造成艺术家们行程紧张，但慰问团的成员们无一放弃赴川演出机会，分先后三个批次抵达成都。中国舞协分党组书记冯双白在演出现场临场应对，亲自上台客串主持人的角色，先向灾区人民说明情况，又以轻松幽默的主持风格逗得全场捧腹大笑，并且现场重排演出顺序，令第三班飞机赶来的演员都顺利上场出演。没有华丽的舞台，没有炫目的灯光，只有充满激情的演员和无比热情的观众。王小燕、黄豆豆等著名舞蹈家们在现场，为灾区群众带来他们的代表作，高水准的艺术演出为灾区群众抹去失去家园后的悲恸，更为他们未来的灾后重建带来了信心。

2、“送欢乐•下基层”赴西藏曲松慰问演出

8月28日，中国舞协“送欢乐下基层”活动走进西藏曲松。艺术家们驱车数小时，来到西藏山南曲松县为当地藏族群众举办了一场“送欢乐•下基层”的文艺志愿者服务演出活动。此次活动得到了西藏自治区宣传部的高度重视，得到了西藏自治区文联、舞协的鼎力相助，也得到了曲松县政府和曲松县人民的大力支持。慰问团的青年舞蹈家武帅表演了花鼓灯《淮河小子》、李超表演了傣族舞《孔雀》、祁野和魏佩璇表演了舞剧《英雄

格萨尔王》选段、魏佩璇表演了朝鲜族舞蹈《太平女人》，舞蹈家们将绚丽多彩的民族舞蹈带到了青藏高原，让基层的藏族群众也欣赏到祖国大家庭里丰富多彩的舞蹈艺术。更有意义的是，曲松县民族艺术团也带来了藏族舞蹈《藏源雅砻》、《色曲朗玛》，《幸福的家庭》、《山南果谐》、《贡布情》、《爱在草原》、《卓》，浓郁纯朴的藏舞让来自内地舞蹈家们深深被吸引、被感动，他们从淳朴的藏族同胞身上感受到了宝贵的藏族舞蹈之魂，这是在内地难以体味和领略到的宝贵艺术经验。而这些经历都将转化为舞蹈工作者对藏族文化的体悟，并在今后藏族舞蹈的创作表演中，升华为创新舞蹈艺术的不竭资源和永恒动力。

3、“送欢乐•下基层”南翔镇演出活动

11月27日，由中国文联、中国舞协、上海市文联、上海市舞协组织的“送欢乐•下基层”舞蹈家文艺志愿者队伍一行来到上海市嘉定区南翔镇，与当地的舞蹈沙龙的舞蹈爱好者同台共舞。中国舞协分党组书记、驻会副主席冯双白亲自登台主持。上海歌舞团的青年舞蹈家朱洁静、王佳俊、侯腾飞、邓韵为南翔镇的父老乡亲表演了精彩的舞蹈《根之雕》《等待》《无极》等；中国舞协副主席黄豆豆则以一袭中国红中式短衣，一连串的高难动作，表演了气韵生动的《墨舞》。中国舞协分党组副书记、秘书长罗斌与上海京剧院的京剧演员任广平、严海鹰的一场京剧《沙家浜》“智斗”选段，唱的台下观众频频叫好。南翔镇的舞蹈沙龙在近年的群众文化热潮中诞生并红红火火的开展着，这些平日里操持家务的阿姨大妈，此时一个个把自己装扮得靓丽夺目，头戴红花，手持彩扇，幸福快乐的笑容像冬日的太阳般明媚，她们表演了群舞《激情飞扬》、《扇花飞扬》，与同台表演的那些专业的青年舞蹈家相比，她们的四肢虽然不够利落，动作也没那么准确，但是她们浑身洋溢着舞蹈带来的快乐和满足。艺术本于生活，来自于人民，让越来越多的舞蹈成为人民生活生命中的祝福。

【中国舞蹈家协会街舞委员会成立大会】

9月16日，首届中国舞蹈家协会街舞委员会成立大会于北京隆重召开。中国舞协分党组领导、中国舞蹈家协会街舞委员会筹委会成员，还有来自北京、上海、广州、长沙、武汉、济南、吉林等全国12个地区，共30多名中国街舞文化推广者的代表参加了成立大会。大会开始前，冯双白、罗斌等领导与各地街舞代表进行了亲切交谈。

大会采用民主投票的方式，确定并通过了《中国舞蹈家协会街舞委员会章程》（草案）以及首届中国舞蹈家协会街舞委员会常务理事以上的领导班子名单。冯双白担任名誉主任，罗斌担任主任，夏锐担任常务副主任和秘书长。中国舞蹈家协会街舞委员会是中国现阶段独有的、由政府支持的官方街舞专业平台，具有探索性和前瞻性的特点，对于中国街舞自身来说具有划时代的意义，是中国各个地区街舞文化推广者期待已久的平台，也是街舞文化能够在中国得到长远高度发展的机遇。与会代表纷纷表示，衷心感谢中国舞蹈家协会对本次大会的顺利召开以及成立给予的巨大支持，要团结一致，积极规范街舞行业制度，发挥利于街舞文化在中国发展的种种优势，为建设有中国特色的街舞文化事业贡献自己的力量。

【组织艺术家藏族舞蹈采风创作活动】

作为中国舞协贯彻落实党的群众路线教育实践活动之一，“藏族舞蹈采风创作”活动在中国舞协的组织号召下，于8月21日奔赴西藏，圆满完成了为期8天的实地采风。此项活动得到了西藏自治区宣传部的高度重视，西藏文联全程安排，西藏舞协的领导更是全程陪同指导。参加采风活动的舞蹈家更是汇集了国内一线的中青年民族民间舞方面的专家和舞者。采风团每个成员不顾旅途劳顿和高原反应，都以饱满的热情和工作态度积极投入，舞蹈家参加了西藏浪卡子县的当地村民庆丰收的“望果节”民俗活动，一招一式地学习藏族民间舞蹈，深入细致地观察当地人文风情，参观藏族宗教文化的过程中，体会了宗教文化的博大内涵，还与当地艺术家进行了面对面座谈，了解藏族舞蹈的历史与发展，取得了丰硕的实践成果。

【举行中国舞蹈家协会调研会】

4月2日，由党中央、中宣部下达的中国文联重点调研工作会之一，中国舞蹈家协会调研会在中国文联文艺家之家举行。中国文联、中国舞协的领导和各院团、各地舞协代表出席了会议。本次调研会的目的和主旨是希望舞蹈界工作人员结合实际，畅谈舞蹈艺术家、舞蹈工作者有共识的问题，不同意见，和对一些新情况、新问题的分析，以及对解决问题的建议。具体到文联、协会，如何优化体制机制，来创新方法手段，真正在价值引导方面务实有效的采取一些措施，使文联和协会更好地为人民群众服务。出席会议的舞蹈界的领导嘉宾纷纷发言。大家就文化政策导向对舞蹈创作产生的影响和带来的问题、院团改制，以及行业协会如何发挥作用，如何为会员服务等问题各抒己见。调研中，有关舞蹈志愿者在“新农村少儿舞蹈美育工程”和“百姓健康舞”工作中的经验体会，有关打造属于这个时代的舞蹈家的事宜，以及各地方舞协在开展工作中遇到的困难，舞蹈演出市场的培养等，大家都建言献策，整个调研会圆满成功。

艺术节与评奖

【第七届“小荷风采”全国少儿舞蹈展演】

由中国文联、中国舞蹈家协会主办的第七届“小荷风采”全国少儿舞蹈展演于7月26日至30日在北京清华大学新清华学堂举行。本次展演旨在进一步贯彻落实中央加强未成年人思想道德建设教育的指示精神，推进少年儿童素质教育，繁荣少儿舞蹈创作，丰富少儿舞蹈活动。经过了全国的初选和复选，最终选定来自全国各省、市、自治区以及各个兵团、军队的138个作品，组成五场节目现场演出。此次展演的一百多个舞蹈作品，内容丰富多彩、题材涉及面广、地区风格明显、贴近现实生活，充分展现出这个时代少年儿童的精神风貌和丰富多彩的生活。精彩的节目展演，让人感受到了童真童趣散发出的无穷艺术魅力，一群群活泼可爱的孩子们，笑容灿烂、舞姿优美，为观众们呈现出了当代少年儿童们积极向上的精神风貌。

【第二届中国·西宁国际舞蹈节暨第九届中国舞蹈“荷花奖”古典舞评奖】

为促进舞台文艺作品创作的繁荣发展，同时也为推动和活跃广大西部地区人民群众的精神文化生活，经中宣部批准，由中国文学艺术界联合会、中共青海省委宣传部主办，西宁市人民政府、中国舞蹈家协会主承办，中共西宁市委宣传部、西宁市文化广播电视局、西宁市文学艺术界联合会承办的第二届中国•西宁国际舞蹈节暨第九届中国舞蹈“荷花奖”古典舞评奖，于8月15日至18日在青海省西宁举行。本届“荷花奖”古典舞评奖共有来自全国各省市的专业院校、院团的40个作品入围，经过两场半决赛、两场决赛的激烈角逐，最终评选出本届“荷花奖”古典舞作品创作与表演的26个奖项，其中铜奖10个，银奖10个，金奖6个。“荷花奖”古典舞评奖继2005年之后未曾举办，意在对中国古典舞出现的问题进行反思，以期可以得到长足的发展。经过数年的发展，再次舞动的中国古典舞，不啻是焕然一新，舞台一片绚烂新气象。

【第九届中国舞蹈“荷花奖”民族民间舞评奖】

中国舞蹈“荷花奖”民族民间舞评奖于贵州举办了五届，这十年的光景不但促进了民族民间舞蹈艺术的发展进步，也培养了一批舞蹈创作的新人新作。由中国文联、中国舞蹈家协会主办，中共贵阳市委、贵阳市人民政府承办，中共贵阳市委宣传部执办的第九届中国舞蹈“荷花奖”民族民间舞评奖在鼓励创作思想性、艺术性、观赏性完美结合的舞蹈精品的宗旨下，于11月11日至14日迎来了在贵州的“收官赛”。在本次比赛中，共有280余个作品参加评选，在经过初赛的筛选之后，共有52个作品进入决赛，其中群舞30个，单双三舞22个，入围作品分三场，并以现场比赛的方式评出作品、编导和表演的金、银、铜奖及部分单项奖（最佳音乐创作奖、最佳灯光设计奖、最佳服装设计奖）。本届参赛作品依然延续了过往丰富多彩的语汇，汇集了汉族、藏族、蒙古族、维吾尔族、朝鲜族、傣族、苗族、彝族、土家族、仫佬族等众多民族的比赛节目，使得舞台上呈现出一片绚烂景象。此外编导们也将题材的选取拓展到了更多的领域：如民俗风情、对于日常生活的提炼、动植物形态的模拟，以及宗教题材，使得民族民间舞蹈的内容表现更加多元化。

【第九届中国舞蹈“荷花奖”舞剧·舞蹈诗评奖】

由中国文联、中共上海市委宣传部主办，中国舞蹈家协会、上海市文学艺术界联合会、上海市长宁区人民政府、上海文化广播影视集团主承办，上海文广演艺集团、长宁区人民政府、上海市舞蹈家协会、上海市演艺总公司承办的第九

届中国舞蹈“荷花奖”舞剧•舞蹈诗评奖决赛于11月20日至29日在上海举行，历时10天。共有舞剧《简爱》，舞蹈诗《一起跳舞吧》、《茶马古道》、《延安记忆》、《沉沉的厝里情》5部作品在上海大剧院、上海东方艺术中心、上海城市剧院和上海星舞台进行了实地演出比拼；舞剧《铁道游击队》、《碧海丝路》，舞蹈诗《永远的麦西莱甫》等3部剧作未能来到上海现场表演，评委会以飞行评选的方式，到剧目当地进行了观摩。经过评委会专家们的认真观摩、反复评议，优中取优，最终在以上8部作品中评选出了本届“荷花奖”舞剧•舞蹈诗评奖的金、银、铜等奖项作品。

直属单位

【中国文联舞蹈艺术中心成立】

根据中编办《关于设立中国文联戏剧艺术中心等事业单位的批复》（中央编办复[2012]157号），同意设立中国文联舞蹈艺术中心，中国舞协分党组积极开展对相关事业人员的谈话动员，推进舞蹈艺术中心于2013年正式成立。艺术中心的主要职责是承办舞蹈志愿服务、大型展演等公益性文化惠民活动；负责组织舞蹈家采风、艺术创作、艺术交流等活动；负责组织开展舞蹈艺术的调查研究工作；负责舞蹈艺术人才培养、扶持工作，负责推广百姓健康舞、新农村少儿舞蹈美育工程等培训工作；负责舞蹈艺术资源数据库建设和舞蹈艺术资料的搜集、整理、保护、利用等工作；承办中国舞蹈家协会交办的其他工作。中国文联舞蹈艺术中心内设6个工作部门：综合部、大型活动部、艺术交流部、教育培训部、志愿服务部、信息资源部。中心的人员定岗、财务分离等工作也正在有条不紊地推进中，基本按时完成了上级对于事业单位转企改制的任务安排。

理论评论

【第九届中国舞蹈“荷花奖”古典舞评奖研讨会】

在第九届中国舞蹈“荷花奖”古典舞评奖之际，6月22日中国舞蹈家协会发起举行了关于此次评奖的研讨会。中国舞蹈界古典舞方面的专家学者齐聚一堂，指出现今中国古典舞创作和比赛中存在的问题，并拟为第九届中国舞蹈“荷花奖”古典舞评奖新增一个环节——“规定剧目片段表演”，意在考察参赛舞者对中国古典舞优秀保留作品的快速把握能力、理解力与领悟力。经过激烈的讨论，全体一致同意初步选定出第一批纳入规定比赛剧目的中国古典舞名单，它们是《春江花月夜》、《昭君出塞》、《醉剑》、《秦俑魂》、《扇舞丹青》，这些剧目基本代表了新中国成立以来各个历史时期最优秀的作品；与会代表提议随着赛事赛制的不断完善，还将陆续增加规定剧目的数量。

【《回顾与展望》：总政歌舞团建团60周年理论研讨会】

为纪念建团60周年，总结并梳理60年来在歌舞等艺术领域所取得的理论成就，由总政歌舞团、中国音乐家协会、中国舞蹈家协会共同主办的《回顾与展望》理论研讨会，于6月19日在京召开。军内外众多享誉盛名的艺术家作为嘉宾莅临此次研讨会并发言，展示与总结了总政歌舞团60年来在音乐、舞蹈、舞美三大艺术领域所取得的丰硕理论成果，并思考其成果取得的过程及意义。总政歌舞团自建团以来，在党中央、中央军委和总政首长的亲切关怀下，始终坚持为人民服务、为社会主义服务、为巩固和提高部队战斗力服务的方向，创作和演出了大量以军事题材为主、具有浓郁民族特色和时代精神的音乐舞蹈作品，形成了独特的艺术风格，同时培育了一代又一代德艺双馨的艺术家和优秀艺术人才，并成功地走出国门，在国际舞台上占有一席之地。正是由于从艺术实践中总结形成了艺术理论，才使得这支优秀的艺术团队60年始终是弘扬社会主义先进文化的中流砥柱。理论来源于实践，并在经过实践的检验后反过来指导实践。总政歌舞团以建团60周年为契机，组织召开《回顾与展望》理论研讨会，就是为了彰显理论建树的重要性。到会的各方舞蹈家、专家对其进行了全面的归纳和总结。

【第二届国际芭蕾舞暨编舞比赛舞蹈论坛】

在第二届国际芭蕾舞暨编舞比赛如火如荼的进行之时，由中国舞蹈家协会与国家大剧院联合举办的第二届国际芭蕾舞暨编舞比赛舞蹈论坛于7月10日、11日两天如期进行。为期两天的舞蹈论坛分别以“舞蹈创作的潮流与方向”和“舞蹈创作与市场”两个题目为核心进行探讨，来自世界各地知名院团的各位评委以及嘉宾参与了讨论并发表了自己的看法与建议。他们对于舞蹈创作及舞蹈市场发展所表现出的热情和积极的态度都让我们充满信心和斗志，相信在大家共同的努力下，舞蹈艺术会有着不断地发展和进步。

【“藏族舞蹈采风创作”研讨会】

秉着艺术贴近生活、贴近人民的宗旨，由中国舞蹈家协会主办的藏族舞蹈采风创作研讨会分别于8月18日和8月22日在西宁和拉萨两地分别召开。参会的民族民间舞方面的专家从不同角度、不同方面探讨藏族舞蹈在全国范围内取得的辉煌成就，在当今时代条件下所面临的机遇挑战，共同认识到藏族舞蹈中蕴含的丰富的文化传统和新中国成立几十年中取得的众多成功经验，值得我们认真地保护和传承，而如何让藏族舞蹈焕发更加灿烂夺目的光彩，更需要大家同心协力地奋斗。

【第九届中国舞蹈“荷花奖”舞剧·舞蹈诗评奖——中国当代舞剧舞蹈诗创作研讨会】

11月24日，在由中国文联、中共上海市委宣传部主办，中国舞蹈家协会、上海市文学艺术界联合会、上海市长宁区人民政府、上海文化广播影视集团主承办，上海文广演艺集团、长宁区人民政府、上海市舞蹈家协会、上海市演艺总公司承办的第九届中国舞蹈“荷花奖”舞剧•舞蹈诗评奖决赛期间，主办方中国舞协还在上海举办了“舞动长宁——中国当代舞剧舞蹈诗创作研讨会”。特别邀请了当今活跃在舞剧舞蹈诗创作一线的著名中青年编导和本届比赛的评委专家参与研讨。与会者就“舞剧的现代性”、“舞剧剧本的创作问题”、“源于生活的创作方法在编剧与编舞上的实际运用”等论题展开了讨论。

对外及对港澳台地区文化交流

【“中华情”大陆青少年文化艺术交流团赴台展演】

由黄埔军校同学会、中国舞蹈家协会联合主办，北京博览同盟文化交流中心等承办的第四届“中华情”大陆青少年文化艺术交流团于2月18日赴台，先后前往了高雄师范大学、首府大学、东华大学和台湾中国文化大学，两岸学子在友好愉悦的氛围中进行了内容丰富的文化交流，艺术团一行还在高雄、台北、新竹等地举行了重要的交流展演。特别是在高雄和台北，在台湾中华舞蹈学会和台湾民主文教基金会的鼎力支持与协作下，与来自高雄树德中学艺术团、台湾中华舞蹈学会方相舞蹈团等社会舞蹈团体的青少年同台献艺，文化的交流增进了海峡两岸青少年及大学生之间的理解和友谊。

【中国舞协组团赴台交流】

随着我国两岸文化交流的不断发展和深入，中国舞协海峡两岸舞蹈交流活动也在积极探索新途径，开拓新空间，为使两岸之间交流更加有效，搭建更加顺畅的沟通平台。12月20日至29日，中国舞协携西北民族大学组成的舞蹈艺术交流团在台湾进行了为期10天的舞蹈艺术交流，本次活动以台湾艺术大学为首站，以西北民族大学高金荣教授的“舞蹈大师讲座”为开篇，期间还与高雄、台中等地非职业舞团进行了广泛而深入的交流，并两次参加台湾“文化就在巷子里”活动，将大陆舞蹈送进台湾社区，受到当地的好评和欢迎。

【中国舞协代表团赴俄罗斯进行文化交流与学习考察】

12月26日至31日，中国舞蹈家协会代表团一行7人飞往莫斯科，对俄罗斯进行了为期6天的文化交流与学习考察。代表团一行与莫斯科和圣彼得堡两地的舞蹈机构及同行就舞蹈演出、教学互访、师资培训、青少年交流等进行了充分探讨，在广泛的层面达成了诸多共识。所到之处我们皆受到俄方的热情接待，在各种演出、排练和教学展示活动中，俄罗斯舞蹈艺术家们所表现出的精湛舞技和艺术素养，特别是他们对待艺术的严谨态度和全身心投入的职业精神，给中国舞协代表团的所有成员都留下了极为深刻的印象。

机关建设

【进一步发挥主席团集体领导的作用】

为了进一步发挥主席团集体领导的作用，中国舞协九届五次主席团会议于1月24日在北京举行。会议中，中国舞协分党组汇报了2012年中国舞协工作总结及2013年中国舞协工作计划；主席团成员在给予肯定和意见的同时，尤其对中国舞协官网建设献言献策。12月16日，中国舞协九届六次主席团会议在北京举行，此次会议的议程主要讨论了中国舞蹈“荷花奖”第三届中国舞蹈艺术终身成就奖评奖章程及人选，同时中国舞协分党组又向主席团成员们汇报了2014年中国舞协工作计划。各位主席认真听取报告，对中国舞协在分党组领导下开展的各项工作予以充分肯定。

【增进与地方舞协的沟通交流】

本着加强对分支机构的指导和管理，增进彼此沟通交流的宗旨，3月26日，2013年全国舞协工作会在春城昆明召开，31个中国舞协团体会员单位驻会负责人出席会议。中国舞协分党组就2012年中国舞协的各项工作进行了全面的总结和回顾，并向各地舞蹈家协会的同志简要阐述了2013年中国舞协的工作计划，深入探索舞协行业自律、行业服务、行业管理和舞蹈维权的有效途径，肯定地方舞协是协会开展工作、联系会员不可或缺的重要方面军。各团体会员单位负责人也纷纷发言，介绍各协会这一年来的工作并进行交流，并表示会一如既往本着相互尊重，互为扶持的态度，支持中国舞协的各项工作。

【信息化办公全面升级，开启为会员服务的新模式】

信息化时代，对协会高效便捷的办公模式提出了新的要求。一年来，中国舞协把发展个人会员仍旧作为组织发展的重要目标，积极开展各项活动，吸引相关单位和舞蹈专业人员加入协会，会员人数已达到7300余人。每年继续向会员免费发送全年《中国舞蹈》报，传递行业消息，密切与会员的联系外，还启动了短信平台，更快、更及时地向会员发送协会活动动态和信息，同时中国舞协官方网站也完成了会员资料管理数据库的建立，所有注册的中国舞协会员资料都可在中国舞协官网检索，为以后逐步形成网上会员系统报送模式，实现网上办公，有效实现会员管理数据化、安全化、保密化、系统化，提高会员管理的效率打好坚实的基础。中国舞协还建立了舞蹈影像数字资料库，整理收集舞蹈影像资料，做好舞蹈数据资料的科学化收集和整合工作，形成系统全面的影像资料库；建立小型录播室，自行录制中国舞协创编的百姓健康舞、街舞等教材。

【稳步推进机关日常工作】

在人事管理方面，根据文件精神完成了行政、事业在职及离退休人员工资套改；津贴、补贴规范；人员调动及相应的工资调整；成立中国文联舞蹈艺术中心，推动中心完成成立后的人员定岗定编、财务分离等大量工作。在离退人员的管理和服务工作中，做到了热情服务、尽职尽责。对有病住院的同志，分党组领导都前去看望，春节前对离退休同志进行走访慰问，召开茶话会，请他们“常回家看看”，使他们感受到组织的温暖。在党务工作上，以十八大精神和“党的群众路线”重要思想为指导，及时召开了关于开展党的群众路线教育实践活动动员大会。动员会后，经协会分党组及党支部研究，在协会工作制度、核心部门的建设方面提出了众多新思路、新办法、新举措。在协会办公区特设“党群教育公示板”。公示板公示内容包括：活动相关文件、重要通知精神、活动进展步骤及协会财务状况、各类支出明细两大部分。为了方便同志们及时沟通、交流学习心得，协会建立信息、意见联系媒介——“党群教育实践活动”微信群。群成员主要包括：协会分党组领导、在职党员、入党积极分子，群内谈话实名、透明。在财务情况公示方面，主要针对协会年度支出、三公经费、公务支出、大型活动支出等几类费用详细公示，并定期更新，使全体工作人员对协会收入、支出状况有详细了解。

中国民间文艺家协会

综　述

2013年，在中国文联党组的正确领导下，中国民协认真学习贯彻党的十八届三中全会和习近平总书记系列重要讲话精神，深入扎实开展党的群众路线教育实践活动，深刻理解、全面把握中国梦的内涵和实质，各项工作坚持围绕中心、服务大局、面向基层、服务群众，进一步展示长项工作独特优势，不断提升品牌工作质量水平，抓紧抢救工程重点项目启动实施，着力拓展节日文化内涵；继续规范评奖办好节会，推动民间文艺出人才、出作品、出成果；以深度调研和专题论坛促进民间文艺理论建设；以专家力量保障民间文艺之乡命名的专业性和权威性；以艺术报专刊专版和网站扩大民间文艺和非遗保护的社会影响，充分展示民间文艺生动喜人的新局面。

重大活动

【“非遗后时代民间文化传承的实践与思考”研讨会】

6月6日，“呵护传承人关注守望者——非遗后时代民间文化传承的实践与思考”理论研讨会在北京举行。中国文联党组副书记、副主席李屹出席会议并讲话。会议由中国民协副主席潘鲁生主持。分党组书记罗杨在会上讲话。刘锡诚、曹保明、刘晔原、巴莫曲布嫫等专家和传承人代表刘则亭、赵兴寿、杨正江等，针对民间文化传承人近年来的传承状况、民间文化传承遇到的问题与困惑、如何保护中国民间文化传承人的合法权益、如何处理好民间文化传承与创新、保护与开发的关系等进行了深入探讨。冯骥才主席作总结讲话并提出五点要求：第一，要敢于对不良现象展开文化批评；第二，不能把非遗全面推向市场；第三，非遗保护要和传统村落保护结合起来；第四，传承人要有担当；第五，专家不能缺席，要立足田野，永远和传承人在一起。

【纪念钟敬文先生诞辰110周年座谈会】

6月29日，为纪念我国著名民间文艺学家、民俗学家、教育家、诗人、散文家，中国文联荣誉委员、中国民间文艺家协会第四届主席，北京师范大学一级教授钟敬文先生诞辰110周年，由中国文联、北京师范大学、中国民间文艺家协会等共同主办的“纪念钟敬文先生诞辰110周年座谈会”在北京人民大会堂举行。中国文联名誉主席周巍峙，中国文联党组副书记、副主席李屹，分党组书记罗杨等出席座谈会并讲话。中国文联研究员刘锡诚、北师大教授童庆炳、钟敬文先生后学团队代表董晓萍等从各个方面回忆缅怀了钟敬文先生爱国敬业的一生，对民间文艺学、民俗学未来的发展作了展望。

【冯骥才荣膺万宝龙国际艺术大奖】

6月，为表彰冯骥才为中国民间文化遗产抢救做出的卓越贡献，万宝龙国际文化基金会将第22届万宝龙国际艺术赞助大奖授予冯骥才。“万宝龙国际艺术赞助大奖”是目前世界上公认的文化艺术赞助大奖。评审团由中国、法国、德国、意大利、英国、美国等12个国家和地区的知名艺术大师组成。此奖项旨在“表彰不惜献出个人宝贵时间、精力及金钱，将文化艺术发扬光大的杰出人士”。

【冯骥才被聘为中国网络电视台公益广告艺术委员会顾问】

10月，在中宣部、中央文明办、国家新闻出版广电总局等部委联合指导下，中国网络电视台公益广告艺术委员会在京成立。中国民协主席冯骥才被聘为顾问。央视书画院院长赵立凡等知名人士被评为首批委员。分党组书记罗杨参加启动仪式并代表冯骥才领取聘书。公益广告艺术委员会将分批聘请具有社会影响力的艺术家、非遗传

承人、优秀民间艺人、文化界知名人士等入会，共同参与精品公益广告策划和创作。

会议与活动

【影响中国收藏界十大经典人物暨艺术造像揭晓盛典】

1月6日，由中国民间文艺家协会、中国西部发展促进会、中国名家收藏委员会主办的2012年影响中国收藏界十大经典人物暨艺术造像揭晓盛典在北京政协礼堂隆重举行。这是目前国内首次由当代艺术家为先贤集体造像。九届全国政协副主席、中国西部研究与发展促进会会长李蒙，文化部副部长、中国艺术研究院院长王文章，中国文联副主席刘兰芳，分党组书记罗杨等领导出席活动并为20位油画、国画家颁发“2012影响中国收藏界十大经典人物艺术造像全国提名创作奖”的奖章和证书。

【2013年新春联谊会】

1月10日下午，中国民协2013年新春联谊会在首都大酒店举行。中国文联党组副书记、副主席李屹，中国作协书记处书记、中国民协顾问白庚胜，分党组书记罗杨，副秘书长张志学、吕军、周燕屏，副主席王勇超、乔晓光，顾问卢正佳，刘铁梁，张锠，赵书，中国民协离退休老干部，在京会员以及中国文联机关部室领导等400余人出席联谊活动。分党组成员和主席团成员分别向在座嘉宾及广大民间文艺工作者献上了新春的美好祝福。

【第八届主席团第五次会议】

1月11日，中国民协第八届主席团第五次会议在京举行。中国民协主席冯骥才，副主席罗杨、王勇超、叶舒宪、刘华、乔晓光、吴元新、沙马拉毅、曹保明、潘鲁生出席会议。副秘书长张志学、吕军、周燕屏及机关各部门负责同志列席会议。会议由冯骥才主持。会议认真学习了党的十八大和全国宣传部长会议精神。张志学副秘书长通报了2012年中国民协主要工作和2013年中国民协工作设想。与会的副主席对2012年的各项工作表示满意，并结合自己分管的工作提出了建议和意见。

【第二届西部之星暨2012中国西部年度人物颁奖盛典】

1月27日，由中国民间文艺家协会和中国西部发展促进会共同主办的第二届西部之星暨2012中国西部年度人物颁奖盛典在北京举行。为中国西部发展做出突出贡献的14位个人和机构代表受到表彰。中国民协副主席王勇超、索南多杰，民间工艺大师张志峰等获此殊荣。本次活动通过记者专访、社会推荐、民间海选、专家评定、网络投票等方式进行，旨在将“西部之星”打造成提升西部知名度的特殊载体，以榜样的力量带动并促进西部大开发事业健康发展，推动西部地区经济、文化、社会和生态文明建设。

【民间文艺志愿服务演出】

3月3日，中国民协、广东省民协志愿者服务团“送欢乐下基层”暨万兴彩庆堂民间艺术貔貅狮表演在广东省清远市龙颈镇万兴村村前广场举行，分党组书记罗杨、副秘书长周燕屏以及民间文艺工作者、专家学者参加活动。

7月10日至18日，中国民协结合党的群众路线教育实践活动组由副秘书长张志学、吕军带队，组织民间文艺工作者赴青海开展民间文艺志愿服务调研工作。调研组行程近三千公里，深入到5个自治州、6个县市的草原牧区，对安昭舞、轮子秋等非物质文化遗产项目现存状况和保护工作进行服务性调研。根据文艺志愿服务既要送文化，又要种文化的要求，中国民协主办的《民间文学》杂志与海南州共和县达成意向，除了免费赠阅部分《民间文学》杂志外，还将在培养当地民间故事家、组织民间故事活动等方面给予支持、服务和协作。

7月26日至8月5日，联系群众暨志愿服务小组一行走进地处海拔3800米的四川省凉山州彝族地区，实地调研民间文艺的传承保护现状。志愿小组在泸沽湖五指落村摩梭人家开放的木垒子屋中实地了解到当代摩梭家庭的生活状况；在素有彝族火把文化之乡美誉的西昌，志愿小组与彝族同胞跳起了锅庄舞。

11月18日，中国民协在广西壮族自治区百色市田东县林逢镇举办“我们的节日——中国壮族唐皇文化节”。林逢镇各村寨表演了民间音乐、舞蹈、曲艺。当地壮族同胞集中展示了农业劳动成果，烘托出壮乡节日文化的浓郁氛围。

节日文化建设

【第五届中国（鹤壁）民俗文化节】

2月21日至25日，由中国民协、河南省文联主办的第五届中国（鹤壁）民俗文化节在河南省鹤壁市举行。全国政协常委、中国文联副主席赵化勇，中国民协副秘书长吕军，河南省文联党组书记吴长忠，河南省社科联党组书记李恩东，以及来自中国社科院、国际亚细亚民俗学会等科研单位和高等院校的专家学者近百人出席。文化节期间举行的首届中原社火表演大赛吸引了包括河北、山西、山东及河南其他地市的18支社火队伍。山东绢花、山西绒绣、河北大名草编、开封朱仙镇木版年画、濮阳麦秆画、淮阳泥泥狗以及浚县泥咕咕、石雕、木雕等130多项绝活儿参加了非物质文化遗产展示。第四届中国春节文化高层论坛暨《中国春节集成》文化丛书编纂启动仪式同期举行。

【江西年俗文化调研】

2月23至26日，中国民协、江西省文联、江西省民协联合举办了以“弘扬优秀传统文化，绵延民族民俗文化，做好‘我们的节日’系列活动”为宗旨的江西年俗文化调研考察活动。分党组领导罗杨、周燕屏，副主席刘华以及来自中国社会科学院、北京师范大学、中国传媒大学的专家学者先后赴江西赣州、抚州等地进行考察。

【2013中国(开封)清明文化节】

4月3日上午，中国文联、河南省人民政府、中国民协、河南省文联等单位的领导共同在开封清明上河园开启了2013中国(开封)清明文化节暨“宋韵之春”首演的帷幕。中国文联党组成员、副主席杨承志，中国民协分党组书记罗杨，河南省委、省人大、省政府、开封市委、市政府等领导以及来自全国的民间文艺专家学者、民间艺术家近万人出席开幕式。中国（开封）首届民间工艺美术展暨第十一届中国民间文艺山花奖•民间工艺美术作品奖评奖活动同期举行。来自全国各地的600多名民间工艺美术家携近年创作的精品力作参展参赛，共有351件作品参加了本届“山花奖”的角逐。

【2013年屈原故里端午文化节】

6月7日至9日，中国民协“我们的节日•端午”系列活动“2013年屈原故里端午文化节”在湖北秭归举行。副秘书长周燕屏参加了屈原铜像揭幕仪式。参加活动的领导和专家观看了包粽子、做香囊、艾叶洗脚、抹雄黄酒等端午民俗。

【中国（西和）乞巧文化高峰论坛】

8月7日，作为“我们的节日”系列活动之一，由中国文联、中国民协等主办的第五届中国（西和）乞巧文化高峰论坛在北京隆重开幕。中国文联党组成员、副主席夏潮，中国民协分党组书记罗杨和乌丙安、陶立璠、刘锡诚等百余名民俗专家出席论坛。

【我们的节日——番禺美丽乡村民俗文化节】

9月19日，由中国民协、广东省民协、广州市委宣传部主办的“我们的节日——番禺美丽乡村民俗文化节”在广州番禺南村镇坑头村开幕。分党组书记罗杨，广东省文联党组副书记、专职副主席曹利祥等领导共同击鼓启动民间艺术大巡游。此次民俗文化节通过民俗文化研讨、民间工艺展示、民间艺术巡游等方式，展示了番禺深厚的历史文化底蕴。

【“九九重阳”民俗文化活动】

10月12日，由中国民协主办的“我们的节日”之中国•上蔡2013“九九重阳”群众文化活动暨《我的长辈》微视频作品大赛颁奖在上蔡举行。中国民协副秘书长吕军，中国老龄事业发展基金会理事长李宝库，中国广播电视协会副会长张振华，鹤壁市委市政府等单位领导出席本次活动。此次活动以“积善成德、明德惟馨”为主题，通过“重阳祈福地载厚德”、“重阳拜寿人承感恩”、“重阳文化薪火相传”，以及《我的长辈》微视频颁奖典礼等多个环节，立体、形象地诠释了重阳文化的深厚意蕴。

抢救工程工作

【《中国唐卡文化档案》获立国家社会科学基金特别委托项目】

2月，经全国哲学社会科学规划领导小组批准，中国民间文化遗产抢救工程重点项目《中国

唐卡文化档案》被立为2013年度国家社科基金特别委托项目，并获得了相应的资金支持。此项目责任单位为中国协，冯骥才主席为首席专家。中国文联领导对此项目给予高度重视，赵实书记要求："请民协按照规划办要求，在冯主席的带领下，认真组织实施该项目，严格管理好资金，高质量地完成阶段性任务。"

【中国传统村落保护与发展研究中心成立】

6月4日，中国传统村落保护与发展研究中心成立暨揭牌仪式在天津大学冯骥才文学艺术研究院举行。中国文联党组副书记、副主席李屹，文化部副部长董伟，天津大学校长李家俊，住建部村镇司司长赵晖，文化部非遗司司长马文辉，中国民协分党组书记罗杨，副主席刘华、曹保明、潘鲁生，顾问刘铁梁、余未人、郑一民、夏挽群、常嗣新，副秘书长张志学、吕军及相关部门负责人，专家学者刘锡诚、宋兆麟、向云驹、陈志华、阮仪三、孔桂仪等出席成立活动。

中国传统村落保护与发展研究中心将成立由人类学、建筑学、民俗学、遗产学等领域专家学者组成的专家委员会，建立中国传统村落完整的资料体系与数据库，制定保护标准、研究保护方法，提供保护与发展的范例，并通过网络信息交流平台及时向政府部门反映传统村落现状，传播各地传统村落保护的新观念和方法。

【文化遗产日活动】

6月8日，在第八个文化遗产日之际，中国民协一行来到天津滨海新区唯一国家级非物质文化遗产"飞镲"诞生地天津汉沽，与当地群众共同欢度"飞镲节"。飞镲起源于清朝光绪年间的汉沽沿海渔村，经历了从海上到陆地、从渔村到城镇的发展过程，成为了集音乐、舞蹈、武术为一体的民间艺术形式。除了汉沽飞镲展演外，以飞镲为题材的长篇小说《响铜记》研讨会、飞镲艺术作品展、飞镲节摄影大赛、汉沽飞镲儿歌大赛等系列活动同时举行，极大地丰富了飞镲节的内容，彰显了飞镲作为非物质文化遗产的深厚底蕴。

【《中国唐卡文化档案》项目普查培训】

6月15日至16日，中国民协在四川音乐学院绵阳艺术学院举办了《中国唐卡文化档案》项目普查培训活动。分党组书记罗杨，副秘书长周燕屏出席培训仪式。来自西藏、云南、甘肃、四川、青海等地的《中国唐卡文化档案》各卷本主编、民协负责人及业务骨干成员和相关媒体近百人参加培训活动。著名藏学和相关学科专家康•格桑益希、阿旺晋美、谢继胜、王建民、根秋登子、朱靖江、巴桑罗布等在培训中分别就唐卡的起源、发展、断代与风格、制作程序与质量标准、田野调查方法、藏传唐卡的艺术表现形式等专题举行讲座。培训期间，专家们还对《唐卡文化档案田野普查手册》进行了认真研讨和修订。

【《中国民间剪纸集成》东北三省卷本启动会议】

6月26日，《中国民间剪纸集成》东北三省卷本启动会议在长春召开，项目有关工作人员出席会议。朱芹勤代表剪纸项目组向与会人员介绍了《中国民间剪纸集成》立项、实施方案、卷本规划情况和普查编纂要求，对剪纸集成的编选对象、普查采集作品过程中需要注意的一些问题以及送审稿中光盘的内容作说明。辽宁、黑龙江和吉林省的代表介绍了本省民间剪纸情况。会议决定，黑龙江省启动鄂伦春族、鄂温克族、赫哲族三个少数民族剪纸卷；吉林省启动长白山满族剪纸卷；辽宁省启动阜新蒙古族剪纸卷。三省普查调研工作随即展开。

【中国古村落文化遗产高峰论坛】

10月31日至11月3日，由中国民协、福建省委宣传部、福建省文联、龙岩市委宣传部及连城县人民政府共同主办的中国古村落文化遗产保护高峰论坛在福建省龙岩市连城县举行。分党组书记罗杨，副主席乔晓光，副秘书长周燕屏等出席论坛。来自全国多所大学、研究机构的专家学者及有关省市民协负责人和媒体共90余人参加研讨。专家们从古村落保护的方法、发展渠道探索、国外的经验模式、存在的现实问题、资源的价值以及古村落作为审美的认知等视角进行研讨，认为古村落的保护应警惕肢解化，保护的重点应围绕活态的非物质文化遗产，特别关注村落民众的日常生活，即联合国教科文组织强调的文化主体。

【《中国唐卡文化档案田野普查工作手册》出版发布会】

12月28日，唐卡项目论证暨《唐卡文化档案田野普查工作手册》出版发布会在天津大学冯骥才文学艺术研究院举行。会议由项目首席专家冯骥才主持。分党组书记罗杨、副秘书长周燕屏，有关专家和各卷本主编及新闻单位60余人出席会议。冯骥才分别阐释了唐卡、文化、档案的概念和内涵，对田野普查提出了具体要求。各卷本主编通报了近期普查工作进展情况和遇到的问题。

【口头文学遗产数据库收录陶阳同志捐书】

6月，按照我国杰出的民间文艺搜集家、研究家陶阳的遗愿，亲属将其倾入毕生心血的全部藏书约4000余种，10000余册捐赠给中国民协。部分书目被录入正在建设中的中国口头文学遗产数据库，其他书目分类、编目后，将设立陶阳赠书专柜保存。

艺术节、博览会与评奖

【中国首届社火艺术节暨第十一届中国民间文艺山花奖·民俗礼仪表演评奖】

2月22日，由中国文联、中国民协、陕西省委宣传部、陕西省文联、陕西省民协、中共宝鸡市市委宣传部、中共陇县县委、县政府等联合主办的中国首届社火艺术节暨第十一届中国民间文艺山花奖•民俗礼仪表演评奖活动在陕西省陇县隆重举行。分党组书记罗杨，副秘书长周燕屏，陕西省副省长白阿莹等相关领导出席开幕式。罗杨在开幕式上致词。周燕屏代表中国民协宣读命名陇县为“中国社火文化之乡”的决定，中国民协副主席王勇超授牌。开幕式上，来自全国11个省、自治区、直辖市的12支代表队云集陇州，为当地群众送上了精彩纷呈的民俗展演。“第十一届中国民间文艺山花奖•民俗礼仪表演评奖”、中国社火文化与社会建设大讲堂、特色社火系列展演、陇州社火游演等多项活动同期举行。

【第十一届中国民间文艺山花奖·民间工艺美术作品奖在开封评奖】

4月1日，中国（开封）首届民间工艺美术展暨第十一届中国民间文艺山花奖•民间工艺美术作品奖评奖在开封举行。来自北京、福建、广东、江苏、江西、河北、辽宁和河南等23个省市的600多名民间工艺美术家参展，几十个品种353件工艺美术作品角逐本届山花奖。

【第二届中国汉牡丹文化节】

4月25日，由中国民间文艺家协会、河北省委宣传部、河北省文联等单位共同主办的第二届中国汉牡丹文化节暨华北农民画展在河北省柏乡县隆重开幕。中国民协副秘书长吕军、顾问郑一民，河北省文联副主席祁海峰等领导出席开幕式并讲话。活动期间，来自内蒙古、陕西、河南、天津等七省市的百余幅作品参加了农民画展。

【首届安徽民间工艺名家精品邀请展】

5月29日，首届安徽民间工艺名家精品邀请展在京举行。分党组书记罗杨，副秘书长张志学，安徽省文联党组书记陈田，省文联书记处书记吴雪、王艳等出席开幕仪式。本次展览共推出安徽民间工艺大师12人，展出民间工艺作品近百件。自此，安徽民间工艺品将长期在位于北京王府井的中国徽文化艺术展示中心展销。

【“潇洒桐庐”杯中国故事节暨“美丽中国故事会”颁奖晚会】

6月21日，由中国民协、浙江省文联、桐庐县政府主办的“中国故事之乡”授牌仪式暨“潇洒桐庐”杯中国故事节“美丽中国故事会”颁奖晚会在浙江桐庐举行。分党组书记罗杨，浙江省文联书记处书记柳国平，浙江省文联副主席陈一辉等出席并为获奖人员颁奖。罗杨为桐庐县“中国故事之乡”和“中国故事研究基地”授牌。

【中国（南宁·青秀）舞龙展演暨第十一届中国民间文艺山花奖·民间艺术表演奖评奖】

6月28日，由中国文联、中国民协、广西文联、南宁市人民政府共同主办的中国（南宁•青秀）舞龙展演暨第十一届中国民间文艺山花奖•民间艺术表演奖评奖，在广西南宁市国际会展中心广场举行。来自全国16个省、区、市的17支舞龙队汇聚南宁参加角逐。

【第四届中国剪纸艺术节】

7月8日至10日，由中国文联、中国民协主办的第四届中国剪纸艺术节暨第三届蔚州国际剪纸艺术节在河北省蔚县举行。期间举办了中外剪纸艺术展、王老赏剪纸艺术奖评奖、百名剪纸艺人共剪中华龙、中国剪纸艺术大讲堂、蔚县剪纸产业发展暨非物质文化遗产保护与传承座谈会等10余项专题活动。

【第八届中国（长春）民间艺术博览会】

8月9日至13日，第八届中国（长春）民间艺术博览会在长春市举行。本届博览会取消了以往

隆重的开幕式，直接以展览内容面向广大民众，通过六个主题馆、二十大展区、一千多位民间艺术家的近万件民间工艺精品，反映出当代最高水平的民间工艺成果。博览会期间进行了中国民间文艺山花奖•民间工艺美术作品奖的评选。

【首届中国西部花儿艺术节】

8月23日至26日，由中国民协、中国音协、甘肃省委宣传部、甘肃省文联等单位主办的首届中国西部“百益杯”花儿艺术节在“中国花儿之乡”甘肃省临夏回族自治州举办。杨承志、连辑、曹保明、马少青、张永基、马自祥等出席开幕式并参加了相关活动。首届中国西部“百益杯”花儿艺术节紧紧围绕“保护、传承、发展”的主题，举办了开幕式、全国花儿大奖赛、第三届全国花儿学术研讨会、朱仲禄艺术成就研讨会、朱仲禄花儿作品演唱会等系列活动。

【2013中国少数民族情歌（藏语原生态唱法）大赛】

8月25日至27日，由中国民协、青海省文联等主办的2013中国少数民族情歌（藏语原生态唱法）大赛及第九届全省藏族拉伊大赛在青海省共和县隆重举行。分党组书记罗杨，青海省文联副主席李晓燕，中国民协副主席索南多杰以及海南州主要领导出席闭幕式。

【第六届中国玉石雕神工奖颁奖】

9月19日，由中国民协、上海市文化广播影视管理局主办的2013中国海派玉雕艺术大展暨第六届中国玉石雕神工奖颁奖盛典在上海举行。分党组书记罗杨，副秘书长周燕屏，上海市文联党组书记、副主席宋妍，中国工艺美术学会副理事长唐克美等出席颁奖典礼。

【第三届川南文化旅游展示】

9月23日至27日，第三届川南文化旅游展示活动暨泸州市第三届群众文化旅游展示活动开幕式暨舞蹈大赛在泸州大剧院隆重举行。“大美川南”书画摄影名家作品展和长江奇石展、“中国长江奇石文化城”授牌仪式同期举行。分党组书记罗杨，中共四川省委宣传部副部长赵明仁等领导参加了有关活动。

【第三届中国滦河文化节】

9月25日至27日，由中国民协、河北省委宣传部、河北省文化厅、河北省文联、河北省旅游局和唐山市政府共同主办的第三届中国滦河文化节暨首届中国北方旅游文化精品博览会在河北滦县举行。副秘书长张志学，顾问郑一民以及唐山市有关领导、滦河文化研究专家学者近千人出席了开幕式。开幕式上，中国民协授予滦县“中国地秧歌之乡”称号，并决定在滦县成立“中国地秧歌研究基地”。

【第五届中国民间艺人节】

10月12日，第五届中国民间艺人节在杭州清河坊历史街区、南宋御街拉开序幕。来自全国33个省市、自治区及台湾地区的300余位民间工艺大师携剪纸、刺绣、织锦、蜡染、陶艺、雕刻、皮影等精品齐聚杭州。此次艺人节共包含六大板块——中国民间工艺精品展、中国休闲旅游工艺品推介汇展、中国民间绝技绝活专场表演、中国民间收藏品交流展、中国民间手工艺传承人高级研修班培训交流和中国民间工艺精品拍卖会。分党组书记罗杨，副秘书长周燕屏，杭州市副市长陈红英等领导出席活动。

【2013中国（烟台）民间工艺品博览会】

10月18日，由中国民协主办、烟台市人民政府承办的2013中国（烟台）民间工艺品博览会在山东烟台国际博览中心举行。分党组书记罗杨，烟台市有关方面领导出席博览会活动。本届民间工艺品博览会共吸引了来自11个国家和地区以及26个省、市、自治区的参展单位，展位数达到1000多个。参展者中，省级以上工艺美术大师、陶瓷艺术大师、雕刻艺术大师、刺绣艺术大师、非遗传承人、及“山花奖”得主逾百人。

【第十一届中国民间文艺山花奖·民间工艺美术作品奖评奖】

11月22日至24日，由中国民协、中共江苏省委宣传部、江苏省文联等单位联合举办的第三届东方工艺美术之都博览会暨第十一届中国民间文艺山花奖•民间工艺美术作品奖评奖活动在南京举办。各具特色的民间传统技艺荟萃南京，充分展现了民间工艺美术的精粹。中国民协副主席吴元新，副秘书长周燕屏，江苏省文联主席、党组书记王惠芬等领导和艺术家代表出席开幕活动。

【第十一届中国民间文艺山花奖·民间灯彩评奖】

11月25日至27日，由中国民协、江西省文联等单位联合举办的“2013婺源•中国乡村文化旅游节暨第十一届中国民间文艺山花奖•民间灯彩评奖活动”在江西省婺源县举办。来自山东、河南、湖北、河北、陕西等省的十二个省代表队进行了灯彩表演。巡游踩街、中华灯彩游园、灯彩摄影大赛等多项活动轮番亮相。分党组书记罗杨，副秘书长周燕屏等领导出席活动。

【第十一届中国民间文艺山花奖颁奖典礼】

12月11日，由中国文联、中国民协、长春市政府共同主办的第十一届中国民间文艺山花奖颁奖典礼在长春举行。两年一届的中国民间文艺山花奖评奖结果同时公布。中国文联党组副书记、副主席李屹，分党组书记罗杨，中国曲协主席、中国文学艺术基金会秘书长姜昆，中国文联国内联络部主任罗成琰等领导，以及来自全国各地的数百名民间文艺工作者和一千多名观众出席盛会。本届山花奖共颁发了民间文学作品奖14项、民间艺术表演奖22项、民俗影像作品奖6项、民间工艺美术作品奖39项、民间文艺学术著作奖17项，共五大类98个奖项。其中，民间艺术表演奖又包含了民俗礼仪表演、民间绝技绝艺、民间广场歌舞、舞龙、民间灯彩5个门类。

学术研究

【民间信仰与传说暨妈祖文化研讨会】

8月12日至15日，由中国民协、山东省民协联合主办的民间信仰与传说暨妈祖文化研讨会在山东长岛举行。分党组书记罗杨，副秘书长周燕屏，台湾中国口传文学学会名誉理事长、中国文化大学教授金荣华等出席开幕式并发言。来自台湾和大陆各地的30多位专家学者，从实践和理论层面，围绕妈祖信仰传承、民间信仰与民间传说、口述历史重构、海洋文化研究、庙宇管理等主题展开热烈研讨。

【中国（番禺）七大传统节日论坛】

9月18日，中国民协在广东番禺南村镇举办了中国（番禺）七大传统节日论坛。分党组书记罗杨，副秘书长周燕屏等领导以及全国各地的民俗学家、节日文化研究专家、民间文艺工作者百余人齐聚一堂，共同研讨推进我国七大传统节日保护传承的新思想、新方法、新成果，共同守望我国传统节日这一宝贵的民间文化遗产。

【当代社会中的传统生活国际学术研讨会】

10月13日、14日，由中国民协、天津大学冯骥才文学艺术研究院主办的2013年当代社会中的传统生活国际学术研讨会在天津大学冯骥才文学艺术研究院举行。天津皇会文化展暨韩美林艺术基金会捐赠天津皇会仪式同时举行。中国民协主席冯骥才，著名美术家韩美林，天津大学校长李家俊，分党组书记罗杨等领导出席活动。国内知名学者刘魁立、乌丙安、陶立璠，日本名古屋大学教授樱井龙彦，韩国国立昌原大学教授高惠莲等40余人参加研讨，分别围绕转型期的传统文化及妈祖文化传统，农耕文明向现代工业文明转型过程中传统生活的地位与价值等话题进行了深入交流。

【中国（福建）古村落文化遗产保护高峰论坛】

11月1日，中国民协主持了为期3天的中国（福建）古村落文化遗产保护高峰论坛。分党组书记罗杨，副主席乔晓光等参加了研讨活动。9位专家学者作了专题演讲，分别就古村落保护的新成果、新信息、古村落保护的方法与关键等问题同与会者进行交流。

【中国历史建筑与传统村落保护协同创新中心专家论证会】

11月15日，“中国历史建筑与传统村落保护协同创新中心”第一届理事会在天津大学召开会议。该中心学术委员会主任冯骥才出席会议并讲话。民间文艺界罗杨、刘铁梁、曹保明、向云驹、苑利等40余位文化遗产保护领域的专家学者和有关方面负责人围绕“中心”未来的发展建设等问题，展开了广泛交流与深入探讨。该“中心”由天津大学牵头，由文化部非物质文化遗产司、中国民协、中国建筑设计研究院等多家单位协同组建而成。

【中国古村落文化遗产学术研讨会】

11月13日，中国民协在浙江泰顺组织有关专家召开了中国古村落文化遗产学术研讨会。分党组书记罗杨、副秘书长周燕屏，浙江省民协主席吴海燕，泰顺县县长董旭斌出席会议。有关专家针对古村落的整体性、原真性保护，旅游开发的深层化、多样化以及保护力量的多元化等提出宝贵意见。

【苗族史诗《亚鲁王》学术研讨会】

12月3日至6日，由中国民协、贵州省文化厅主办的苗族史诗《亚鲁王》学术研讨会在贵阳市召开。副秘书长张志学、贵州省文化厅副厅长黎盛翔等领导出席研讨会并讲话，余未人、麻勇斌、王宪昭等三十余位专家学者发言。会议围绕“亚鲁王”文化的本原形态、内在构造和生命环境等议题展开研讨。来自中国民协、中国社科院、中央民族大学、厦门大学等单位的专家学者及各大媒体的记者近百人出席了研讨会。

对外及港澳台文化交流

【中国民间文化周】

5月8日至12日，应中国驻休斯敦总领馆邀请，中国文联、中国民协组派民间艺术展演团一行19人，赴美参加“聚焦中国•国际节”，在美国德克萨斯州的达拉斯市和艾迪森市分别举办了“中国民间文化周”。中国文联党组书记、副主席赵实、中国民协副主席罗杨、潘鲁生，副秘书长周燕屏，中国驻休斯敦总领事许尔文、达福地区世界事务委员会主席法尔克、克劳家族基金会主席克劳、艾迪森市长麦厄尔、中国驻休斯敦总领馆文化参赞蔡炼及达福地区政、商、文和侨界100人出席开幕式活动。赵实在开幕式上致辞。展演团为美国观众呈现了包括芦苇画、蛋雕、面塑、内画、剪纸、风筝、泥塑、编织、料器等9项中国传统民间工艺，以及具有浓厚地方特色的中国传统宫灯展、中国布鞋文化展和皮影现场表演，多层次、多角度、全方位地向美国观众展示了中国传统民间文化的魅力。

【民间文艺小分队赴台展演】

12月15日至24日，以副秘书长周燕屏为团长的10人民间文艺小分队赴台进行展演、交流。小分队辗转台北、台南、高雄、屏东，总行程一千多公里，分别在台北的“中国文化大学”、台南大学、高雄海洋科技大学及屏东美和科技大学进行了展演和交流，观摩展演活动的高校师生总数超过了两千人。活动形式打破了以往在高校以学术研讨为主的模式，以非物质文化遗产保护讲座结合傩舞、手工艺表演的方式，多角度、全方位地展示非遗项目的魅力，系统而全面地介绍了大陆地区非物质文化遗产的保护与传承情况。

调研采风

【江西年俗文化调研】

2月23日至26日，由中国民协、江西省文联、江西省民协联合举办以“弘扬优秀传统文化，绵延民族民俗文化，做好‘我们的节日’系列活动”为宗旨的江西年俗文化调研考察活动，在江西赣州、抚州等地进行。分党组书记罗杨，副主席刘华，副秘书长周燕屏，来自中国社会科学院、北京师范大学、中国传媒大学的专家学者参加了考察活动。考察调研组在宁都县考察了田头镇“装古史”游村活动，在石上村观看了“打黄元”、“喝擂茶”、“添丁炮”、“桥绑灯”等民间年俗活动;在兴国县三僚村、南丰县上甘、石邮村分别对“解傩”、“搜傩”和“圆傩”民俗活动进行深入调研考察。专家学者就如何进一步抓好年俗文化的保护和传承，更好地加快新农村文化建设与当地群众和政府交流了看法，提出了建议。

【泸州酒文化调研】

3月13日(农历二月初二)，泸州老窖•2013国窖1573封藏大典启幕。分党组书记罗杨，副主席沙马拉毅，四川省民协副主席孟燕，中国民协顾问刘魁立及文化部中国非物质文化遗产保护中心等部门的有关领导、专家学者、文化名人等800余人应邀出席了活动。罗杨一行还对泸州酒文化的挖掘和阐释、长江奇石文化等当地民间民俗文化进行了调研。

【黄河文化调研】

清明节前夕，分党组书记罗杨率队到河南省武陟县，深入了解我国黄河文化的挖掘、保护、传承情况。调研组一致认为，武陟县浸润着黄河文化的基因，是黄河文化的经典代表，保护武陟黄河文化意义重大，影响深远。调研组还对“祈雨圣地”青龙宫民间信仰进行了考察。副秘书长周燕屏，顾问夏挽群，河南省民协秘书长程建军一同调研。

【河北民间文艺调研】

5月31日至6月1日，中国民协调研组赴河北邢台、邯郸等地城乡，围绕民间文艺之乡和民间文艺研究基地建设，传统村落和古城保护展开调研。

中国民协顾问郑一民，副秘书长张志学、吕军等领导参加调研。

【内蒙古民歌采风】

8月21日至28日，中国民协组织由民歌研究专家、民间文艺工作者和少数民族聚居区优秀民歌创作人员、著名民间音乐家、民歌演唱家组成的采风团，先后到内蒙古伊金霍洛旗、杭锦旗、苏尼特右旗、阿巴嘎旗、东乌珠穆沁旗5旗和呼和浩特、锡林浩特2市，进行少数民族原生态民歌采风。中国民协副主席王勇超，副秘书长张志学参加活动。采风团深入大草原，走进蒙古包，采访蒙古长调传承人17人，观看民歌表演6场，同基层干部、长调传承人、民间歌手座谈6次，获得了大量的第一手资料。

【青海湖书屋建立】

8月27日，中国民协“民间文学青海湖书屋”及《民间文学》杂志赠刊仪式在青海省海南州共和县举行。分党组书记罗杨，副主席曹保明，副秘书长周燕屏等领导以及当地领导、学校教师代表、养老院负责人等30多人出席了仪式。

培训工作

【全国中青年民间文艺人才高级研修班】

7月5日至6日，中国民协、中国文学艺术基金会、中国文联人事部联合上海大学中国艺术产业研究院，在上海大学举办了全国中青年民间文艺人才高级研修班。副秘书长周燕屏，上海大学中国艺术产业研究院院长吴信训、副院长罗宏才出席开班仪式。近百位全国民间文艺界的专家、学者和民间工艺传承人、民间文化经营者及管理者参加研修活动。研修活动采取专家授课与学员经验交流、调研考察与现场解读相结合的形式进行。研修期间，学员还赴上海市文化产业园区、苏州姚建萍刺绣艺术馆等地进行实例考察。此次研修的成果将结集出版。

【民间文化之乡研究人才培训班】

9月5日至8日，由中国民协主办，江西省民协和进贤县委、县政府承办的中国民间文化之乡研究人才培训班在江西进贤成功举办。分党组书记罗杨出席培训活动并发表开班动员讲话。副秘书长张志学、江西省民协的领导，以及来自全国的民间文艺工作者、民间文艺研究专家50余人参加了培训。副主席刘华，曹保明，中国社科院民族文学研究所所长朝戈金，华南理工大学建筑学院教授唐孝祥，中国民间文艺研究所所长王锦强等就俗神崇拜的精神蕴含和文化意义、民俗文化的田野调查、口头文化遗产的国际保护、中国传统村落的文化精神、民间文化之乡的建设等方面的内容为学员作了生动的讲解和阐述。

【中国民间手工艺传承人高级研修班】

10月9日至11日，由中国民协、中国文学艺术基金会、中国文联人事部主办的“中国民间手工艺传承人高级研修班”在杭州市中国美术学院象山校区举办。近百位来自基层的传承人走进中国美术高等学府，近距离聆听专家和教授的专题讲座。分党组书记罗杨出席培训班结业仪式并讲话。副秘书长张志学、周燕屏，中国文学艺术基金会副秘书长郭希敏，浙江省文联书记处书记柳国平，中国美术学院副院长宋建明等出席了有关活动。中国美术学院副院长宋建明、设计学院院长吴海燕、设计艺术学系主任郑巨欣等就专业的设计知识与民间艺术的关系作了精彩阐释和讲授。参加培训的学员围绕切身关注的问题进行了交流。

文艺之乡

【全国民间文艺之乡经验交流会】

9月8日，由中国民协主办，黑龙江省民协、鸡西市委宣传部协办的全国民间文艺之乡经验交流会在鸡西市召开。来自全国10多个省、市、自治区的民间文艺之乡代表近60人出席会议。与会者系统总结了中国民间文艺之乡建设的经验成果，交流了各地文艺之乡的发展情况及存在的问题，并就加强对民间文艺之乡的业务指导、联络协调等工作进行了研讨。

【中国民间文化艺术博览馆开馆】

12月27日，由中国民协指导设立的全国首家展示民间文化名家艺术精品的博览馆——中国民间文化艺术博览馆在广州开馆。该馆是集研究、创作、展示、教育、交流、交易、拍卖等功能于一体的综合性艺术品交流服务平台和信息发布平

台，同时也是全国民间艺术家艺术交流、学习、合作的聚集地。开馆仪式结束后，举行了“重塑价值•传统民间艺术品传承与市场转型研讨会”。分党组书记罗杨，副秘书长周燕屏，广东省文联党组副书记、专职副主席曹利祥，省民协专职副主席李丽娜及部分民间艺术工作者出席开馆典礼。民间文艺（化）之乡管理办公室全年组织专家考察并命名了27个民间文艺之乡，范围涵盖17 个省市县，为各地民间文化资源的开发、利用、保护和品牌创建付出了努力。

会员队伍建设

【福建乡土文化能人培养规划】

为深入贯彻落实党的十八大精神，福建省民协紧密围绕建设文化强省战略需要的全局，推出了以“培育年轻文化人才和乡土文化能人、民族民间文化传承人”为目标的乡土文化能人培养规划，旨在以优秀乡土文化能人开发为龙头，加大优秀的乡土文艺家集聚和培养力度，充分发挥乡土文化能人在新农村文化建设中的重要作用。此举旨在建设一支拥有乡土工艺美术、乡土表演艺术、乡土通俗文艺理论研究、乡土文学创作的人才队伍，同时建立乡土文艺人才信息数据库， 并据此为乡土文化能人提供参加培训、评奖、展演、展览、大赛、走出家门考察交流等机会，为民间文艺人才的成长创造良好环境。

【吴松江入选杭州市文联“青年文艺家发现计划”】

吴松江是首批入选杭州市文联“青年文艺家发现计划”的浙江省工艺美术大师。5月31日，“大雅属于自然，真情归于淳朴”吴松江石雕艺术作品展在浙江美术馆开展。分党组书记罗杨出席展览，并对“青年文艺家发现计划”及吴松江的作品给予高度评价。本次展览展出了他的89件青田石雕作品。

机关建设

【党的群众路线教育实践活动】

七月份以来，随着党的群众路线教育实践活动步步深入，不断出台的党纪法规和反腐倡廉举措为社会带来一股清风正气。按照中国文联的统一部署，中国民协分党组带领全体党员干部通过认真学习党章和十八大精神，学习习近平总书记等中央领导同志关于加强作风建设、搞好教育实践活动等一系列重要讲话精神，聆听专题讲座、观看警示录像，查找理想信念上存在的差距；通过广泛谈心征求并梳理群众意见，查找在“四风”方面存在的主要问题；通过认真撰写对照检查材料，开展批评与自我批评，深挖产生问题的原因，制定具体整改措施。分党组按照“打铁还需自身硬”的要求，把坚定理想信念、保持理论清醒；转变工作作风、提升工作标准；增强管理意识，建立健全制度；加强队伍建设，增强队伍活力贯穿在民协工作中，以“为民 、务实、清廉”的标准做好民间文艺工作。

【分党组民主生活会】

1月31日上午，分党组举行民主生活会。中国文联党组副书记、副主席李屹出席并讲话。罗杨主持会议。李屹对大家的发言和2012年的工作表示充分肯定，同时对分党组工作提出了八点要求。罗杨代表分党组表示，将不辜负文联党组的希望，团结进取、率先垂范、努力作为，把党的十八大精神和文联部署的工作落到实处。中国文联人事部干部处处长张晓辉，机关党委组宣处副处长陈明，组宣处干部杨青参加民主生活会。

【传达学习全国宣传思想工作会议精神】

8月21日，分党组书记罗杨主持召开中层干部会议，传达学习中国文联第21次党组扩大会议关于全国宣传思想工作会议的精神。他要求全体干部要按照中国文联党组书记赵实同志提出的五点要求，把认真学习和贯彻全国宣传思想工作会议精神作为中国民协近期工作的重要任务，严格按照中央的部署和要求，模范遵守各项规定，统筹安排好工作和学习。

直属单位

【中国文联民间文艺艺术中心】

经国家事业单位登记管理局批准，中国文联

民间文艺艺术中心于5月15日登记注册。中国文联任命罗杨同志兼任艺术中心主任，徐岫鹃同志为艺术中心副主任。10月25日,《中国文联民间文艺艺术中心主要职责、内设机构各人员编制方案》获中国文联批复。艺术中心成立以来，按照中国文联的总体要求和分党组的领导，充分发挥服务职能，紧密围绕协会重点工作开展了如下工作：承办“送欢乐下基层”、民间文艺志愿服务、大型展演等公益性文化惠民活动；实施民间艺术资源数据库建设和中国口头文学数字化工程管理工作；参与策划民间文化遗产抢救保护与研究等学术工作和采风实践等各类民间文艺活动；组织承办各种民间文艺人才的培训活动；按照文联统一部署推动协会所属期刊杂志社的体制改革。

【《民间文学》杂志社】

《民间文学》杂志社在保障刊物正常出版发行的同时，为编辑《中国艺术报•中国民间文艺专刊》投入了大量精力，全年共编发12期48个版，全方位报道了协会开展的丰富多彩的民间文艺活动；在浙江桐庐县成功举办了“潇洒桐庐”杯中国故事节“美丽中国故事会”颁奖晚会；完成了《中国民间故事演录工程》示范样片4集的节目制作。

【《缤纷》杂志社】

在保持期刊良好运行和发行量的情况下，承担了抢救工程重点专项《中国民间剪纸集成》的普查编撰组织工作，并取得了阶段性成果。

【《民间文化论坛》编辑部】

充分发挥民间文艺界专家力量，不断提高办刊水平，正朝着核心期刊的目标做出积极努力。

媒体关注

【曹保明当选2012“边疆之星”年度人物】

在2012“边疆之星”年度人物评选活动中，中国民协副主席曹保明当选为十大边疆杰出人物。从上世纪70年代以来近40年间，他把主要精力用于对东北地区民族民间文化的搜集整理工作，先后出版专著6大系列80余本，总计2000多万字，对东北、特别是吉林地区的历史、文化等进行了全面、立体的挖掘和研究，从而为填补人类文化认识的一项空白，为构建东北民族民间文化的主体框架、丰富东北文化内涵做出了突出贡献。

文化思考

【民间文艺家应保持文化敏感和学术前瞻】

1月11日，冯骥才主席在第八届主席团第五次会议上提出，民间文艺家的思想应始终保持前沿性，保护工作要注重社会性。我们做的文化是活态的、是不断变化的、是与时俱进的。只有看到文化的潮流，站在文化的前沿，才能抓到至关重要的东西。在村落保护方面，要认识到村落是一个生产和生活的场所，是农村社会的一个基本单元，它并不是一个单纯的文化的对象。村落是物质和非物质文化遗产的组合，除去非物质文化遗产，还有大量的村落的集体记忆，家规家约，乡规乡约，生产方式，这些东西都是“非遗”的生命，合在一起就是村落的灵魂。实施村落保护要有前沿性，中国民协需要与大专院校联合起来，在北方和南方找一些典型的村落，对村落做样板性的保护，保护后大家可以参观，以此推动良性的科学的村落保护和发展。

【从经济社会到文明社会】

4月12日，冯骥才在《中国艺术报》撰文谈“从经济社会到文明社会”。文中说，人们所关切的人际关系、行为准则、法治自觉、教育目的、环境意识、社会风气等等，都关乎社会文明。文化最终的目的也是文明。人类历史和各国历史最辉煌的时期，不仅仅是GDP攀升的时期，更是文明高度发展的时期。相反，绝不会是财富富足而文明低落的时期。价值观是一种终极的追求。国家的价值观中不应有“钱”字，因为钱是需求而非追求，如果把需求作为追求，一定问题丛生，甚至败坏了人际关系与社会风气。而文明，才是国家价值观的核心内涵。文明社会并不轻视经济和物质，相反也包括丰裕的物质文明。文明社会是物质与精神文明的合称，不会出现“一手硬一手软”。在今天经济迅速发展的时期，文明社会应当作为我们社会建设与发展的终极目标去逐步实现，这也是我国民间文艺发展的终极目标。

【中国文化应怎样“走出去”】

5月22日，《中国艺术报》摘登冯骥才文章，

谈中国文化如何“走出去”。冯骥才认为，纵观当前我们的对外文化交流，依然存在一些问题。美国的影视文化产品非常注重对自己文化价值观的宣扬，虽然我们在“文化走出去”上花了大力气，但我们的杂技、京剧、少林功夫等传达给别人的只是一种娱乐，或视觉上的刺激，大都是一些符号化的东西，影响不了别人的精神。然而，西方文化却在影响我们，尤其是年轻一代人的价值观和精神。此外，虽然现在很多影视剧都会有效利用中国传统元素唤起人们心底的记忆，但缺少文本价值，传统文化元素无奈沦为现代商业文化的符号和方式。以上问题的主要原因在于我们对自己传统文化的认识还不够，对文化精神还不够了解，对优秀传统文化的挖掘还不够深入。我们还需要培育当代的经典，但培育经典要先有精英，这样才能参与顶尖的、国家间的文化交流。不过，在中外文化交流中，我们依然要保持乐观的心态。文化的关键不在于强不强，而在于有没有其他文化所不具备的独特体系；文化不在于“做大做强”，而是“做精、做细、做深、做美”。所以，做好文化交流首先要了解传统。

【一切文化的终极目标都是为了人类文明的提升】

6月18日，冯骥才在第22届万宝龙国际艺术赞助大奖颁奖典礼上发表感言说，现在进入了一个全球资本化和消费化的时代，在这个时代里，纯精神价值的事物在受到挑战，传统的文化和文化的传统，也就是人类文化的多样性在受到挑战。一切文化、最崇高的文化终极目标都是为了社会的或者是人类的文明和文明的高度。我觉得缺失文明的社会一定是丑陋的。所以，我们一切的努力都是为了文明的提升，为了人类的未来。

【扬清抑浊，刹住奢靡之风】

9月13日，冯骥才在《中国艺术报》撰文，谈对刹住奢靡之风的看法。他提到，节日，是不需要政府和国家花一分钱，老百姓自己去增加国家与民族凝聚力的日子。当金钱至上的价值观甚嚣尘上，坏的风气就一定会起来，从政风官风到民风世风，甚至带来整个社会文明水平的下降。我觉得价值观是一个非常重要的问题，特别是官员的价值观。当一个美好、纯朴、情感的节日正在渐渐演化为奢靡、庸俗、单一物化的节日，如果不加制止，它还会激发人们潜在的一种仇富心理，把贫富差异的矛盾外化。所以，刹住它绝对是正确的，从知识界到社会各界都十分赞同。中央的做法对老百姓是有触动的。老百姓是有立场的，老百姓对“四风”深恶痛绝，对禁绝“四风”心怀期望，我们不能让老百姓失望。这需要勒住绳索不放松，还需要制度上严格切实的规范、体制上得力的保证，以及真正的、有效的、长期的监督机制。

【解析城镇化】

12月16日，冯骥才在《光明日报》发文，解析城镇化问题。他认为，面对每天至少消失一百个村落的现实，保护传统村落是一件攸关中华民族文化命运的大事。在由农耕社会向工业社会的转型中，村落的减少与消亡是正常的。城镇化是农村发展的重要方向与途径，世界各国皆如此。但我们不能因此对村落的文明财富就可以不知底数，不留家底，粗率地大破大立，致使文明传统及其传承受到粗暴的伤害。我们很多文化遗产活态地保存在各地的村落里。正如联合国教科文组织对“非遗”评定的标准，它必须“扎根于有关社区的传统和文化史中”。“城镇化是一个自然历史过程”，这是尊重经济社会发展规律的一种科学把握。城镇化是城乡协调发展的过程，绝不是简单地把农村都变成城市，把乡村民居都变成高楼大厦。

中国摄影家协会

综　述

2013年，中国摄影事业在扎实推进文化强国建设的大背景下，在中国摄影家协会与全国各级各类摄影组织、机构和摄影人的共同努力下，继续持续健康发展，在多个层面进行有益探索，让摄影受到越来越广泛的关注，在普及和提高两个层面取得诸多成效。

2013年是全面贯彻落实党的十八大精神的开局之年，是为全面建成小康社会奠定坚实基础的重要一年。中国摄影家协会引领中国摄影人，深入学习贯彻党的十八大和十八届三中全会精神，按照中国文联九届四次、五次全委会工作部署，按照八次摄代会制定的工作目标，以专业化、大众化、品牌化、多媒体化、产业化、国际化的总体布局意识，团结各方力量，以务实、服务、创新的精神，履行联络、协调、服务、业务指导的基本职能，审时度势、全面把握、顺势而为、齐心协力，不断加大重点项目、重点活动的工作力度，整合更多有效资源，开展了一系列丰富多彩的摄影活动，推出一批具有较高艺术水准的摄影精品佳作，持续深入探究摄影理论与摄影实践的关系，着力加强与国际摄影组织的活动交流，扎实开展文艺志愿服务，积极实施“追寻中国梦”主题文艺实践活动，深入开展党的群众路线教育实践活动，为进一步推动我国社会主义摄影事业大发展大繁荣做出了积极贡献。

中国摄影事业蓬勃发展，摄影在经济社会中发挥着越来越重要的作用。摄影家自觉以人民为中心的创作导向，记录时代发展，塑造中国形象，传递影像正能量。摄影人才不断涌出，摄影佳作伴随着各类专业展览脱颖而出。各类摄影节、摄影活动主题突出丰富多样，摄影文化得到更加广泛的普及。摄影理论有所创新，摄影评论更为活跃，摄影史的研究更为广泛深入。摄影在传统媒体和新媒体中成为更重要的信息载体，摄影报刊图书热销市场，摄影文化产业健康发展。国际间摄影文化交流频繁，摄影在中华文化走出去过程中发挥重要作用。

会议与活动

【安徽省黄山风景区免门票和索道票的优待政策】

1月1日，安徽省黄山风景区延续对“省级及以上摄协会员”免门票和索道票的优待政策，同时，港澳台地区的摄协会员及境外的国家级摄协会员同等享受该待遇。本年度优惠政策自1月1日起，自11月30日止。摄影家凭本人有效身份证件和摄协会员证原件，在景区检票口办理相关登记手续即可。

【组织“为环卫工人送欢乐”公益活动】

1月15日，北京摄影函授学院和中国摄影家协会团支部、北京市海淀区上地开发区城管科在上地开发区中关村软件园组织了“为环卫工人送欢乐”公益活动。5名青年摄影家和摄影志愿者为数十名在软件园从事环卫工作的来京务工人员拍摄留念照片。随后，中国摄协免费冲印、装裱照片，并赠送环卫工人。

【陕西省摄协召开陕西省摄影界2013年会】

1月20日，陕西省摄协召开陕西省摄影界2013年会，表彰了2011年和2012年度优秀会员68人。

【“第五届雪花纯生——中国古建筑摄影大赛”正式启动】

1月21日，“第五届雪花纯生——中国古建筑摄影大赛”正式启动，2013年首次开设了“寻踪营造学社之路”大型主题外拍活动。

【第24届全国摄影艺术展览第二阶段评选工作开始】

1月21日，第24届全国摄影艺术展览第二阶段评选评委预备会在广东省南海市召开。中国摄协主席、分党组书记、本届国展组委会主任王瑶，分党组成员、秘书长、本届国展组委会秘书长高琴，本届国展评委、观察员出席了会议。本届国展第二阶段的评选工作正式拉开帷幕。

【“中国摄影家四季看西藏——冬季行之幸福西藏”活动在京启动】

1月22日，中国西藏网主办的“中国摄影家四季看西藏——冬季行之幸福西藏”活动在北京启动。活动以“幸福”为主题，邀请10位摄影家前往拉萨、山南、林芝等地，用镜头记录冬日里普通西藏人家独有的幸福。参与活动的摄影家部分为“印象西藏”摄影大赛的获奖者，部分为西藏当地的藏族摄影家。所有作品还在中国西藏网进行专题集中展示。

【举办“走进靖江”新春摄影联谊会】

1月22日，由中国摄影报、江苏省摄协、靖江市文联、靖江市摄协主办的“走进靖江”新春摄影联谊会在靖江市城东大道市政府东大门会议中心报告厅举办。活动包括中国摄影金像奖获得者于惠通主持的精彩讲座，中国摄影报影像剧场精品播放及影友擂台赛。

【中国广播电视摄协2013年度第一次常务理事会在京举行】

1月25日，中国广播电视摄协2013年度第一次常务理事会在北京举行。会议决定2013年围绕筹备中国广播电视摄影大赛，举办第四届“广电人摄影展”，在协会网站上举办季度赛，发行协会会刊，建设协会影视创作基地等方面展开工作。

【永康摄协2012年度年会摄影作品拍卖】

1月26，永康摄协2012年度年会上，中国摄影金像奖获得者卢广与几位永康摄协会员拿出7幅摄影作品进行慈善拍卖。300余名当地摄协会员及摄影爱好者通过爱心拍卖和募捐，共筹得善款61920元，将全数捐给脑瘫患者微微赴京治疗。

【海南小分队看望红色娘子军老战士】

1月27日，由李伟坤、高琴、韩贵群、吴常云、白景生、吴乾阳等人组成的海南小分队看望了103岁的红色娘子军老战士王运梅和坚守岗位的空管职工，为他们拍摄赠送全家福和肖像图片。

【举行摄影文化公益活动深入基层工作】

1月30日，为将中国摄协“万名摄影志愿者万幅作品送万家”摄影文化公益活动和河北摄协“送欢乐下基层”活动不断引向深入，河北省摄协秘书长杨越峦，秦皇岛市摄协主席狄巨宽等一行7人来到革命老区秦皇岛青龙县花场峪村，为老党员、贫困户送去慰问金、摄影画册等，给乡亲们拍摄全家福，现场打印并赠送照片。

【中国摄影出版社出版《中国榜样》系列丛书之《雷锋》】

1月，中国摄影出版社出版了《中国榜样》系列丛书之《雷锋》。书中图文并茂，收录了关于雷锋和雷锋精神传承的照片200多幅，用照片和故事的形式简述了雷锋的成长历程，展现了雷锋精神的形成脉络，用史实再现了他平凡而伟大的一生，还原一个真实可信、可学的雷锋。

【摄影师欧阳星凯捐赠5.5万元于纪实摄影家赵振海】

1月，摄影师欧阳星凯委托中国摄著协与河南省摄协，将其维权所得的5.5万余元捐赠给河南纪实摄影家赵振海，用于为其购买社会医疗、养老保险。赵振海因身患重疾，家庭贫困，长期没有办理社保手续。欧阳星凯捐赠的这笔款项，是2012年中国摄著协就雅虎网、北青网侵权使用其作品起诉两网站，为其维权所得的赔偿款。

【深圳企业家摄协深入基层开展“送欢乐、下基层”摄影专题活动】

2月3日，深圳企业家摄协响应中国摄协“万名摄影志愿者万幅作品送万家”摄影志愿者活动，20余人前往深圳所辖社区，深入基层开展“送欢乐下基层”摄影专题活动，为辖区内的老革命、农民工家庭拍摄新春全家福。

【桂林市摄协开展“送欢乐、下军营”主题摄影活动】

2月5日，为响应中国摄协开展的“万名摄影志愿者万幅作品送万家”摄影志愿者活动，桂林市摄协组织20余名会员前往驻桂某部开展“送欢乐下军营”主题摄影活动，为350多名新兵义务拍照并免费冲洗照片。

【山西省摄协开展“全家福”公益摄影活动】

2月13日，由山西省摄协、太原市文明办、阳曲县委宣传部、太原市摄协组织的美丽中国“全家福”公益摄影活动来到太原市阳曲县泥屯镇贫上村，义务为村民拍摄全家福。这是山西摄影人连续8年在阳曲县举行公益摄影活动，已经成为山西摄影界的一个品牌。

【苏州市摄协召开新春联谊会】

2月23日，苏州市摄协2013年理事扩大会议暨新春联谊会在太仓市莱茵会议中心召开。会议总结了苏州市摄协2012年工作，表彰了优秀会员。

【“中国摄影报活动在线”微信平台试用版开通】

3月8日，“中国摄影报活动在线”微信平台试用版开通。

【香港摄影协会委员就职典礼香港举行】

3月16日，香港摄影协会七十六周年会庆联欢会暨委员就职典礼在香港举行。新一届委员主席为任适、副主席为陈炳忠。

【中国摄协与新华社中国国际文化影像传播有限公司举行战略合作框架签约仪式】

3月20日，中国摄协与新华社中国国际文化影像传播有限公司（CIC）在中国摄协举行战略合作框架签约仪式。根据协议，双方将充分发挥各自优势，联合第三方合作建设国家级图片门户网站、数字展馆和摄影博物馆；联合举办具有世界影响力的摄影节、摄影比赛及摄影器材交易活动；共同开展中国影像对外展示、交流和培训活动等。本次合作是行业内最有影响力的两大机构的强强联手，必将创造中国摄影领域资源共享、市场共建、利益共赢的宏大格局，推进整体事业的跨越式发展。

【江苏摄影网无锡举行开通仪式】

3月23日，由中华文化促进会、江苏省企业家摄协等单位主办的江苏摄影网在无锡举行开通仪式。

【中国摄协、新华社与成都市政府签署联合建设运营摄影博物馆协议】

3月26日，中国摄协、新华社与成都市政府签署了联合建设运营摄影博物馆的协议，受中国摄协主席、分党组书记王瑶委托，中国摄协分党组副书记王郑生与新华社副秘书长、总经理姚光，成都市政府副市长傅勇林代表三方签署协议。同日，新华社还与成都市人民政府签署共同建设“中国图片产业基地”的协议。中国摄协将在该基地与新华社一道开展图片产业项目的具体合作。

【湖南省摄协召开主席团会议】

4月8日，湖南省摄协召开主席团会议，会议由张利萍主席主持，组织大家学习了十二届全国人大一次会议精神，并对如何结合工作实际，学习贯彻好会议精神展开了热烈讨论。会上还成立了《湖南文艺六十年.摄影卷》的编辑班子，落实了具体措施，将展开各项工作。

【中国海关摄协理事会暨培训研讨班在大连召开】

4月18日，中国海关摄协理事会暨培训研讨班在大连召开。中国海关摄协主席张志南作协会工作报告，对举办首届中国海关摄影展和手机摄影比赛、搭建交流平台等工作进行了布置。

【中国摄协呼吁广大摄影人一同支持四川的抗震工作】

4月20日，四川省雅安市芦山县发生7级地震以来，搜救被困人员、伤员救治、受灾群众安置等工作正在全面有序展开。为让救灾工作高效推进，中国摄协呼吁广大摄影人，响应国家要求，未经批准暂不进入灾区，为抢险救灾让出生命通道。让我们一同支持四川的抗震工作，为灾区人民祈福。

【2013中国国际照相机械影像器材与技术博览会（CHINA P&E）在京举行】

4月19至22日，由中国机械工业联合会、中国文办协会、中国摄协联合主办的2013中国国际照相机械影像器材与技术博览会（CHINA P&E）在北京国家会议中心举行。全球各地近200家影像设备制造企业及经销商参与本次展会。

【举办运营管理研修班代表团座谈会】

4月22日，中国摄协与非洲英语国家文艺组织运营管理研修班代表团座谈会在中国摄协会议室举办。

【举行首届全国摄影大擂台启动仪式】

4月22日，《大众摄影》杂志社、中国摄协艺术摄影委员会在北京798艺术区白玛梅朵艺术中心举办了杂志创刊55周年大型活动——“包览·中国好风光”首届全国摄影大擂台启动仪式。

【中国摄协2012年下半年新会员审批工作结束】

4月26日，中国摄协2012年下半年新会员审批工作结束。经协会秘书长办公会议的严格评审，722人被批准为新会员。新会员中大学以上学历者达89.5%，其中硕士、博士占14.1%。同时，中国海洋摄协被批准成为中国摄协团体成员。目前中国摄协会员已达17234人，团体会员53家。

【广州集成图像有限公司著作权侵权纠纷案审结】

5月3日，广州天河区法院审结一宗诉广州集成图像有限公司著作权侵权纠纷案。涉案作品是侯波拍摄的毛泽东等著名历史人物摄影作品。被告未经许可，在其网站上使用图片，构成著作权的侵犯。法院判定被告赔偿原告经济损失及维权合理开支合计2000元。

【2013年山东省摄影工作会议在东营河口召开】

5月9日，2013年山东省摄影工作会议在东营河口召开。山东省摄协主席侯贺良、省摄协常务副主席田凤仙及主席团成员、全省各地市摄协代表等50余人出席会议。

【济南市摄协第六次代表大会召开】

5月16日，济南市摄协第六次代表大会召开，王亮朝当选第六届主席，赵文明、满琦、陈居忠、江浩、商扬、邢正江、傅保国、张泉刚、崔文斌、刘桂林当选副主席，张泉刚兼任秘书长。

【纽约摄影学会中国浙江联络站成立】

5月17日，纽约摄影学会中国浙江联络站成立，学会总部授予尚图坊影像艺术工作室为其浙江联络站，聘任尚图坊名誉艺术顾问、摄影家郭宬为纽约摄影学会中国浙江国际代表。

【中国文艺志愿者协会成立】

5月23日，在毛泽东同志《在延安文艺座谈会上的讲话》发表71周年之际，中国文艺志愿者协会在中国文艺家之家成立。姜昆当选主席，中国摄协主席、分党组书记王瑶，中国摄著协总干事解海龙等20位同志当选为协会副主席，协会副主席罗成琰兼任秘书长。中国摄协分党组成员、秘书长高琴，摄影家梁达明、刘英毅与其他130名各门类艺术家和中国文联各团体会员单位、文艺志愿服务中心及副省级文联负责同志当选协会第一届理事会理事。

【“中国农村金融摄影家协会”在京成立】

5月26日，由《中国农村金融》杂志发起创办的“中国农村金融摄影家协会”在京成立。来自全国省级联合社、农村商业银行、农村信用县级联社和村镇银行等49家团体会员单位的代表出席成立大会，《中国农村金融》杂志社社长张宝成当选为首届主席。

【陕西高校摄影学会第四届年会在西北闭幕】

5月26日，陕西高校摄影学会第四届年会在西北闭幕，董文强当选新一届学会主席。陕西高校摄影学会是省高校摄影爱好者云集的省级社会团体，其学员摄影作品多次在国内外有影响影赛和影展上获奖，受到国家教育部艺术教育委员会、全国高校摄影联合会、省文化厅等单位表彰。

【中国女摄协第四次全国代表大会在北京闭幕】

5月26日，中国女摄协第四次全国代表大会在北京闭幕。大会选举产生了第四届主席团，王瑶当选为主席，吕静波为副主席、秘书长，冯凯旋、刘滨、李晓英、居杨、赵红、高琴、黄文为副主席，张晓蓉、李红、赓熙伟、黄晓丽为副秘书长。会上还任命侯波为名誉主席，王露、朱羽君、李兰英、徐佑珠、谢琍、萧绪珊为顾问。

【福建省摄协2013年秘书长工作会在福州举行】

5月26日，福建省摄协2013年秘书长工作会在福州市举行，省摄协主席团成员及各区市摄协秘书长、部分县市摄协负责人出席会议。会上颁发“福建省第23届摄影展组织工作奖”，并为海峡摄影培训学校地市分校授牌。当天，省摄协秘书长潘朝阳为大家作名为《从24届国展看中国摄影的发展趋势》的讲座。

【推出《新闻纪实类数字照片技术规范》】

5月28日，中国摄协与中国新闻摄影学会联合推出了《新闻纪实类数字照片技术规范》。此规范对图像处理软件、照片裁切范围、相机内置滤镜的使用等问题作出了十二条规范。望新闻摄影工作者、纪实摄影师严格遵守。

【福建莆田摄协资助优秀贫困大学生活动仪式在莆田学院举行】

5月，福建省莆田市摄协资助优秀贫困大学生活动仪式在莆田学院举行。仪式上对莆田学院和湄洲湾职业技术学院首批25名学业优秀的贫困大学生，每人每年资助2000元。善款由莆田市摄协名誉主席陈国健提供。

【中国摄影家协会网官方微信账号上线】

6月5日，中国摄影家协会网官方微信账号上线，每日推送业界信息，佳作赏析。

【全国公安摄影家协会网站开始试运行】

6月6日，经全国公安文联批准，全国公安摄影家协会网站（ www.gasy.com.cn）开始试运行。网站注册实行实名制，注册人员必须是在职在编民警和武警，用户名可以自行确定，通过审核以后可以在网站交流发布摄影作品。

【湖南省摄协第七次会员代表大会在长沙召开】

6月9日，湖南省摄协第七次会员代表大会在长沙召开，会议总结了第六次代表大会以来湖南省摄协的工作，审议并通过了新修订的《湖南省摄影家协会章程》。谢子龙当选为新一届主席，王再、李微、何东安、张黎明、赵勇、韩世祺、彭志敏、熊汉泉、翟健、颜志雄当选副主席。大会还聘请张利萍等为名誉主席。五年来，湖南省摄协发展个人会员2000多人，会员总人数已过4200人；推荐发展全国会员260余人，目前共有全国会员590多人，团体会员37个，建立摄影基地6个。

【中国摄影家协会摄影教育委员会2013年工作会在辽宁召开】

6月15日，中国摄影家协会摄影教育委员会2013年工作会在辽宁沈阳城市学院召开。来自全国各地摄影教育一线的委员就摄影人才培养、第二届全国青年摄影大展及设立教育基金、开展摄影志愿服务活动等事宜等进行深入讨论。

【第20所“摄影曙光学校”建立】

6月18日，中国摄协与河北省丰宁满族自治县土城学区共建“摄影曙光学校”，这也是中国摄协共建的第20所摄影曙光学校。此次中国摄协向土城中学、土城小学、黄旗小学捐赠了数码相机和摄影书刊，还将委派摄影志愿者对学区师生持续开展摄影辅导。中国摄协副主席李舸，分党组成员、副秘书长顾立群出席仪式。

【10地市公安机关专题摄影大PK活动启动】

6月18日，由全国公安文联、人民公安报共办，全国公安摄协、鄂尔多斯市公安局承办的10地市公安机关专题摄影大PK活动启动。哈尔滨、合肥等10地的公安民警参加活动，分为前期拍摄和集中拍摄两部分，以公安工作和队伍建设为拍摄主题，作品以公安纪实类为主。

【上海市摄协第六次会员代表大会召开】

6月26日，上海市摄协第六次会员代表大会召开。大会审议通过了上海市摄协第五届理事会工作报告及“市摄协章程”修改报告，选举产生了新一届理事会主席团，穆端正当选为主席，丁和、王杰、刘开明、李为民、宋济昌、陈海汶、林路、曹建国、常河、雍和当选副主席。

【中国摄协第一次在港澳台地区吸收会员】

6月，中国摄协开始为19位港澳台摄影家、摄影工商业人士和资深摄影媒体人发放与内地会员相同的会员证件。这是中国摄协自1956年成立至今第一次在港澳台地区吸收会员。陈复礼、简庆福、李公剑、林再生等著名摄影业界人士名列其间。

【河南摄协与《像语》杂志社举行“黄河滩农民摄影”活动】

6月，河南摄协与《像语》杂志社举行了一次特殊的摄影活动“黄河滩农民摄影”，将数十台相机发送到黄河滩边普通农民手中，以体现他们的视觉关注、文化视点。《像语》杂志以40个页码的特大篇幅，从农民摄影作品、学者探讨、活动日志等方面详细介绍了此次活动。

【新修订的《中国摄影家协会个人会员入会细则》审议通过】

6月，新修订的《中国摄影家协会个人会员入会细则》，经中国摄协第八届主席团第二次会议上审议通过，此后，申请加入中国摄协的摄影人，都将依据新入会细则予以审核。申请人的业绩条件为积分制，分值计算由原来的4分制变为10分制—积分达10分以上（含10分），同时其中须有4分以上为中国摄协或所属部门相关条件者，可提出入会申请。新入会细则将在中国摄协网全文发布。

【中国摄协为甘肃陇南市武都马街镇创建“摄影曙光学校”】

7月5日，在中国摄协分党组成员、副秘书长顾立群的带领下，中国摄协一行抵达中国文联扶贫点、中国文联文艺支教点之一的——甘肃省陇南市武都区马街镇，为当地创建“摄影曙光学校”。中国摄协向武都区下属的马街小学、两水中心小学、安化初级中学的学生赠送了沈阳城市学院赞助的数码相机和摄影书刊，并将委派摄影志愿者对师生持续开展摄影辅导工作，中国摄协所属摄影媒体也将择时展示孩子们的优秀作品。

【“中国文联文艺培训志愿服务试点项目摄影培训项目宁夏计划”在宁夏举行】

7月6日，由中国文联文艺志愿服务中心和中国摄协联合组织的“中国文联文艺培训志愿服务试点项目摄影培训项目宁夏计划”在宁夏同心县举行。此次培训人员是从宁夏五个地市选拔出来的优秀学员。主办方计划在宁夏区域，在半年时

间内，组织15位国内知名专家授课。

【中国摄协召开党的群众路线教育实践活动动员大会】

7月10日，根据中央统一部署，按照中国文联要求，中国摄协召开党的群众路线教育实践活动动员大会。中国文联第五督导组组长、中国文联党组成员、书记处书记李前光，副组长、中国文联权益保护部副主任、出版改革领导小组办公室主任范小伟等全体成员出席大会。李前光代表督导组讲话，对中国摄协开展教育实践活动提出指导意见。中国摄协主席、分党组书记王瑶，分党组副书记王郑生，分党组成员、秘书长高琴，分党组成员、副秘书长顾立群出席会议。王瑶就认真学习贯彻《中共中央关于在全党深入开展党的群众路线教育实践活动的意见》、党的群众路线教育实践活动工作会议精神和中国文联领导讲话精神，对中国摄协开展党的群众路线教育实践活动进行动员部署。

【广东省青年摄协第六届会员代表大会在广州召开】

7月13日，广东省青年摄协第六届会员代表大会在广州召开。会议选举产生了新一届领导集体，姚广滨当选为第六届主席。廖杞南、叶卫星、苏枝谋、袁高明、袁伟发、庞薇（女）、王小龙、张晖（女）、魏智光、李卫军、苏宏斌当选为副主席，秘书长由苏宏斌兼任。

【四川省摄协授予汉王乡“手机摄影乡村辅导站”称号】

7月14日，四川省摄协授予汉王乡“手机摄影乡村辅导站”称号，这标志着该省首个乡村摄影辅导组织正式成立。未来，四川省摄协将组织开展摄影创作和摄影心得交流活动，为辅导站成员组建网群，由省摄协志愿者在网上提供指导，并不定期进行现场授课。

【中国摄协主席王瑶赴北京中艺影像摄影培训学校进行调研】

8月9日，中国摄协主席、分党组书记王瑶赴北京中艺影像摄影培训学校进行调研，参观了校区，并与其管理团队座谈交流。

【吉林省农民摄影作品展在第十二届长春农博会上亮相】

8月16日至25日，吉林省农民摄影作品展在第十二届长春农博会上亮相。据悉，吉林省摄协曾举办农民摄影实践活动，近300名摄影志愿者组成21支服务小分队，分赴省内村屯，提供40余部相机指导农民使用。此次参展的500幅的作者全是农民，其中志愿者指导下完成作品150幅，其余皆由农民自己创作。

【中国摄协党的群众路线教育实践活动——为外来务工人员代表举办摄影讲座】

8月22日，中国摄协分党组成员、副秘书长顾立群与北京摄影函授学院一行赴北京市延庆县，为外来务工人员代表举办摄影讲座。这是中国摄协党的群众路线教育实践活动的重要举措之一，旨在鼓励基层外来务工人员用手中的摄影器材记录生活，获得摄影的熏陶提升。

【中国摄影著作权协会第二次会员代表大会在京召开】

8月23日，中国摄影著作权协会第二次会员代表大会在京召开，来自全国各省、自治区、直辖市140余名会员代表参加了大会并圆满完成各项议程。大会选举产生了新一届理事会和领导机构，李前光当选为新一届中国摄影著作权协会主席。

【深圳市福田区开展为残疾人家庭拍摄全家福活动】

8月25日，深圳市福田区文联主席李雷鸣、深圳企业摄协主席王琛及中国摄影手机报等媒体一行前往福田莲花社区，走访慰问残疾人家庭，为其拍摄全家福，并现场向他们赠送了摄影集等文化资料。此项活动预计拍摄百户家庭全家福，最后制作赠送照片，覆盖整个福田区，贯穿全年。

【山东省新闻摄影学会第四次团体会员代表大会在青岛举行】

8月25日，山东省新闻摄影学会第四次团体会员代表大会在青岛举行。大会审议通过了省新闻摄影学会三届理事会工作报告和财务报告，审议通过了修改后的《山东省新闻摄影学会章程》，选举产生了新一届理事会、常务理事会和领导班子。许衍刚当选为主席，钱捍当选为执行主席兼秘书长，聘请朱宜学为荣誉主席、权协会主席，于云天、王郑生、李玉光、宋明昌、陈小波、解海龙当选为副主席，李仁臣被推举为名誉主席，宋举浦、杨再春被聘为顾问。“摄影版权保护专题座谈会”也于同期举办。

【中国第15届国际影展大师班在浙江丽水开办】

8月26日至29日，中国第15届国际影展大师班在浙江丽水开办，16位中外导师授课，学员参与工作坊学习，获得中国摄协颁发“国际影展大师班”结业证书，优秀作品将参展11月丽水国际摄影文化节。

【河北省摄协第五次会员代表大会在石家庄召开】

8月28日，河北省摄协第五次会员代表大会在石家庄召开，115余名代表出席会议。大会通过新的协会章程，选举产生了第五届理事会和主席团。刘瑞新当选新一届主席，杨越峦（兼秘书长）、钟晓勇、计卫舸、衣志坚、王子国、成贵民、康同跃、孙泓洁、郎晓光、许宝宽、赵宇、瞿勇当选为副主席，徐纯性、王加林、陈立友、白润璋、武四海、李英杰被聘为名誉主席，于俊海、任长庆、刘祺云、郄少华、张志明、周淑亭、黄河被聘为顾问。

【保护著作人合法权益首例摄影作品侵权人被判刑】

8月，河南省焦作市的金某因擅自把别人的摄影作品用到苏打水瓶上而获罪，被该院判以侵犯著作权罪，处有期徒刑3年，缓刑4年，并处罚金1000元。据悉，摄影作品侵权人被判刑，在全国尚属首例。此案一出，在社会各界引发强烈反响，并一致认为，保护著作人的合法权益，早就应该出重拳。

【中国摄协在北京召开分党组理论中心组专题学习扩大会】

8月，中国摄协在北京召开分党组理论中心组专题学习扩大会，就深入开展党的群众路线教育实践活动进行了专题学习和讨论。会议由中国摄协主席、分党组书记王瑶主持。与会人员围绕树立宗旨意识和群众观念，交流了学习习近平总书记重要讲话精神和中央关于党的群众路线教育实践活动系列文件的心得体会。

【开展“省会摄影界文化惠民走基层”活动】

9月7日，河北省摄协会同省会各级、各专业摄协（学会）组织“省会摄影界文化惠民走基层”活动，赴阜平县砂窝乡盘龙台村进行文化帮扶。活动集合了河北省摄协、省记协新闻摄影委员会会、省自然生态摄影研究会、省女摄协、省艺术摄影家学会、省民俗摄协、省黑白艺术摄协、石家庄市摄协、保定市摄协等9家专业摄影团体，近百名摄影人参加。

【中国摄协志愿者服务延庆分队正式成立】

9月9日，中国摄协志愿者服务延庆分队在中国摄协正式宣布成立，中国摄协主席、分党组书记王瑶向摄影志愿者代表授旗。中国摄协志愿者服务延庆分队的成立，将进一步加强基层摄影志愿者队伍的建设，促进外来务工人员摄影技艺的提高，这也是中国摄协党的群众路线教育实践活动的重要举措之一。

【举办“中国摄影报走进‘东亚文化之都——泉州’影友联谊会”】

9月21日，中国摄影报、泉州市摄协、泉州摄影家网将联办“中国摄影报走进‘东亚文化之都——泉州’影友联谊会”。活动内容有摄影作品擂台赛、中国摄影报名家大讲堂“什么是好照片”。

【第六届中国原生态国际摄影大展第二阶段开幕式在贵阳举行】

9月28日，多彩贵州——第六届中国原生态国际摄影大展第二阶段开幕式在贵阳举行，获奖作品及主题展优秀作品在贵阳市美术馆及贵阳市219文化艺术广场展出。展出期间还举办了摄影家采风、专题研讨会等活动。本届大展由文化部、国务院新闻办、国家旅游局、中国新闻社、中国摄协、联合国教科文组织、贵州省人民政府联合主办。

【中外摄影家采风团对杨柳青镇年画节庆活动进行全方位拍摄】

9月28日至29日，中国摄影出版社、天津市西青区有关部门组织了由中国摄协副主席罗更前带队的中外摄影家采风团，对杨柳青镇的年画节庆活动进行全方位拍摄。

【杂志《影像生活》在成都举行首发式】

9月29日，由四川省文联主管，四川省摄协主办的四川省首部摄影文化专业杂志《影像生活》在成都举行了首发式。《影像生活》的创刊填补了四川省影像专业类期刊的空白，标志着四川摄影人话语权阵地的建立，为四川及全国摄影人搭建起了新的交流与欣赏的平台。

【南京市摄协第六次会员代表大会召开】

9月，南京市摄协第六次会员代表大会召开。大会通过了第五届理事会工作报告和修改后的市

摄协章程，选举产生了由49人组成的第六届理事会。大会选举于先云为主席，田鸣、朱平、吴志忠、宋峤、贲道春、姚强、戚建国、屠国啸为副主席。主席团聘任朱平为秘书长（兼），刘传俊、刘捷、赖超英为副秘书长；聘请沈健、赵浏兰为第六届理事会名誉主席，刘小元、张成军、胡兴新、姚克慎为顾问。

【中国摄影报摄影比赛在线征稿平台——全摄影上线试运行】

10月13日，中国摄影报摄影比赛在线征稿平台——全摄影（ www.cppfoto.com）上线试运行。作为中国摄影报新媒体建设项目的首期工程，广大摄影人可通过该平台参与其主承办的数十个摄影大展等活动。

【中国财政摄协在京成立】

10月19日，中国财政摄协在京成立，大会选举财政部原党组成员、纪检组长贺邦靖任主席。中国财政摄协是由全国财政系统摄影家和摄影工作者组成的专业性文化团体，主要任务是培养建立摄影骨干队伍；创作传播优秀摄影作品；举办摄影展览和比赛活动；配合财政宣传工作；推动财政系统文化建设等。

【举行“光影连心 一路有你”系列活动】

10月27日，“光影连心 一路有你”——中国摄协函授学院2013年西北校友联谊会在西安举行。活动包括校友摄影比赛、获奖作品颁奖与点评、校友互动、专家讲座等环节。来自陕西分院的150余名历届校友欢聚一堂，共话影艺和友谊。

【《珍藏毛泽东》《平民毛泽东》图书首发式在京举行】

10月27日，纪念毛泽东诞辰120周年与《珍藏毛泽东》、《平民毛泽东》图书首发式在京举行。毛泽东女儿李敏，中国政协副主席李海峰、全国人大原副委员长何鲁丽、顾秀莲，嘉里集团董事长郭鹤年为新书首发揭幕；中国文联党组书记、副主席赵实，中国摄协主席、分党组书记王瑶等领导出席。此次由中国摄影出版社出版发行的《珍藏毛泽东》精装画册，展示的128幅珍贵影像，是毛泽东部分亲属、身边工作过的老同志的私人收藏珍品。

【辽宁省侨联摄协成立】

10月，辽宁省侨联摄协成立，选举陈秀庆为主席，文江、王恩富、周洪岐等人为副主席，推选杨权学为执行主席。王郁文、刘立宏被聘为艺术顾问。

【中国第15届国际摄影艺术展览会开展评选工作】

10月，中国第15届国际摄影艺术展览共收到来自98个国家和地区的17189位作者的作品76398件。经18位境内外评委的甄选，以及评选之后为期一周的公示，最终产生出637件入选作品。公示期间，公众热情参与并提出相关问题。对此，组委会组织专家对相关作品进行鉴定并审核，确认5件作品因不符合征稿启事规定等原因被取消入选资格。展览开幕式暨颁奖仪式将于11月6日在浙江丽水举行。

【北京设计之都发展有限责任公司与中国摄协在北京举行合作共建中国摄影展览馆框架协议签约仪式】

11月15日，北京设计之都发展有限责任公司（筹）与中国摄协在北京举行了合作共建中国摄影展览馆框架协议签约仪式。此次双方在设计之都大厦负一层合作共建的中国摄影展览馆，占地近2000余平方米，于12月开馆。展览馆将依托双方资源和渠道，力争建设成为“世界一流，中国第一”的摄影展览馆和中外摄影文化艺术展览、展示交流中心，在促进科技与文化深度融合方面发挥积极作用，打造设计之都大厦新品牌，支撑北京“设计之都”建设和西城区核心设计示范区建设。

【中国摄协为贵州省安顺市西秀区岩腊乡创建“摄影曙光学校”】

11月19日，在中国摄协分党组成员、副秘书长顾立群的带领下，中国摄协一行抵达中国文联文艺支教所在地之一——贵州省安顺市西秀区岩腊乡，为当地创建“摄影曙光学校”。岩腊乡九年制学校的学生拿到了中国摄协提供的数码相机和摄影书刊，开始拍摄自己的生活。这是中国摄协创建的第22所摄影曙光学校。

【江苏省镇江市摄协开展走进军营活动】

11月23日，“绿色光影曲”——江苏省镇江市摄协走进军营活动在镇江船艇学院拉开帷幕，谢戎、黄铈、尤宁、石峰4人摄影联展和曾亭《风光摄影漫谈》摄影讲座受到部队官兵的欢迎。

【举办“中国摄影报武汉影友作品赏析会”】

11月23日，中国摄影报和武汉摄协在琴台大剧院上镜俱乐部联办“中国摄影报武汉影友作品赏析会”，近千名摄影爱好者参加。武汉摄协联手钰龙集团、农业银行武汉营业部分别向武汉市100所中小学、100个社区赠送100份全年的中国摄影报。

【江苏省摄协第八次会员代表大会在南京召开】

11月，江苏省摄协第八次会员代表大会在南京召开，141位省内各地各行业的摄影界代表出席大会。会议选举产生了江苏省摄协第八届理事会和主席团。沈遥当选主席，于先云、王京、吉龙生、许益民、张炎龙、李培林、陆启辉、范钦尧、徐澎、栾跃生当选为副主席，吉龙生兼任秘书长。大会还推举王慧芬为名誉主席，聘任于惠通、汤德胜、赵浏兰、梁玉飞为顾问。

【中国摄影出版社编辑出版的部分图书2013年度“中国最美的书”】

11月，由中国摄影出版社编辑出版的图书《中国百姓戏曲印象》和《太极》分别入选第四届“三个一百”原创图书出版工程(文艺少儿类)和2013年度“中国最美的书”。

【中国摄协2013年上半年全国会员评审工作结束】

11月，中国摄协2013年上半年全国会员评审工作日前结束。经中国摄协八届二次主席团会议研究决定，2013年下半年个人会员申报业绩按照新版《入会细则》执行。经认真评审，1337名申请人中，1071人成为中国摄协新会员。中央国家机关摄协、档案工作者摄影研究会、中国通信摄协、华能国际电力股份有限公司摄协被批准成为中国摄协团体会员。至此，中国摄协团体会员已有57家。新会员入会通知（除中直系统直接到组联部领取外），将于近期寄往各团体会员，并转发到新会员手中。请新会员接到通知后，按要求办理入会手续，在履行会员应尽义务的同时，享受会员的各项权利。

【保工二校校园摄影大赛颁奖典礼在沈阳举行】

12月3日，辽宁省文联、辽宁省摄协摄影辅导基地揭牌仪式暨保工二校校园摄影大赛颁奖典礼在沈阳保工二校举行。揭幕仪式结束后，省摄协安排摄影家为小学生上了摄影辅导的第一课，并组织摄影人校外摄影辅导持续教学。

【中国职工摄影家协会在北京成立】

12月6日，中国职工摄影家协会在北京成立。该协会是中国职工文化体育协会的内设机构，是由工会系统内的摄影组织、广大职工摄影家和摄影爱好者自愿参加的、非盈利性质的专业组织。

【河北摄协总结表彰座谈会在河北省博物馆举行】

12月20日，由河北省委宣传部、河北省文联主办，河北摄协承办的“心向中国梦”大型摄影作品联展开幕式暨河北摄协总结表彰座谈会在河北省博物馆学术报告厅举行。联展包括李英杰摄影回顾展，第24届全国摄影艺术展，2011、2012河北摄影十杰作品展，第13届平遥国际摄影节河北摄影家参展作品。

【中国摄协“中国摄影展览馆”正式开馆】

12月20日，中国摄协“中国摄影展览馆”正式开馆。

【举行“中国摄影出版社摄影基地”揭牌仪式】

12月21日，中国摄影出版社“影像与阅读”图书屋落户呼伦贝尔学院，出版社向学院赠送了近20万元的摄影图书。同时，“中国摄影出版社摄影基地”揭牌仪式在呼伦贝尔学院举行。当日，还举行了“中国‘呼伦贝尔农垦杯’国际自然生态摄影大展”的照片评选，评出等级奖110名。

【广西摄协举行第7个摄影创作基地牌匾的交接仪式】

12月22日，广西摄协第7个摄影创作基地牌匾的交接仪式在马山县举行。

【四川省摄协第六次会员代表大会在成都召开】

12月25日，四川省摄协第六次会员代表大会在成都召开。会议审议并通过了工作报告,安排部署今后五年工作。大会审议通过了新章程，选举产生了以王达军为主席的新一届领导机构，推举苏碧群、康大全为名誉主席，贾跃红为秘书长，刘先华、刘光孝、赵忠路、王学成、申荣为顾问。

【《守望呼伦贝尔》入选“第二届向全国推荐百种优秀民族图书”】

12月，由中国摄影出版社出版的《守望呼伦贝尔》入选“第二届向全国推荐百种优秀民族图书”活动。该活动由国家新闻出版广电总局与国家民委联合开展，在全国范围评选100种优秀的民族图书，旨在鼓励优秀民族图书的出版，促进民族出版事业的繁荣发展。

艺术节与评奖

【天津六届西青摄影作品展杨柳青开展】

1月1日，天津市第六届西青摄影人作品展在天津杨柳青镇开幕，展出作品120余幅。

【“边疆情 边疆行”摄影作品展于河南省美术馆开幕】

1月5日，由河南省人大常委会、中国摄协共同主办的美丽中国“边疆情 边疆行”摄影作品展在河南省美术馆开幕。

【举行丽水摄影高端论坛暨2012“瓯江行”丽水摄影大奖颁奖仪式】

1月12日至13日，由中国摄影报、中国丽水摄影博物馆联合主办的中国——丽水摄影高端论坛暨2012“瓯江行”丽水摄影大奖颁奖仪式在丽水市文化馆举行。论坛由中国摄影报副总编辑柴选主持，黄河清、任悦、姜纬、曾璜、海杰、杜曦云、王诗戈、郑幼幼、杨莉莉、矫健等嘉宾参与交流演讲。2012“瓯江行”丽水摄影大展与论坛同期颁奖。

【举办第六届重庆城市摄影表彰大会】

1月12日，重庆市摄协主办的“第六届重庆城市摄影大会暨2013摄影界新春团拜会”在重庆巴南区行政中心大礼堂举行，50多个摄影团体的800余名摄影人参加。大会表彰了对“2012年度优秀摄影组织工作奖、重庆十大摄影家”，并分别与6个摄影创作基地举行了签约授牌仪式。同时还进行了“美丽中国——大美巴南”摄影大赛现场评选，产生了112幅优秀作品，并在其中评选出30名“《中国摄影报》走进巴南摄影联谊赛”佳作奖。

【第21届河北省摄影艺术展览开幕】

1月13日，河北省文联、河北省摄协主办的美丽河北艺术记录——“天山杯”第21届河北省摄影艺术展览开幕式在石家庄天山规划馆举行。展览分纪录、艺术、商业三大类，共展出作品190幅(组)。开幕式上还为省展获奖作者及优秀组织工作的地市摄协进行了颁奖。

【举行自然生态国际摄影大展启动仪式】

1月19日，由中国摄协、呼伦贝尔农垦集团主办，中国摄影出版社和呼伦贝尔学院承办的“中国‘呼伦贝尔农垦杯’自然生态国际摄影大展”在北京玉渊潭公园举行启动仪式。

【举办2012大美黄山国际摄影大展颁奖仪式】

1月25日，由中国摄协和黄山风景区管委会共同主办的2012大美黄山国际摄影大展颁奖仪式在黄山西海饭店举行。本次大展历时8个月，共收到来自海内外2500余名参赛者的投稿，共计1.6万幅。大展评选出108幅入展作品，其中章庆煌《风雨与共》获金质收藏，张永富《巧石、奇松、白云》和李忠民《烟云似水》获银质收藏，铜质收藏5幅。

【“黎城太行红山风光摄影展”在太原开幕】

1月27日，“黎城太行红山风光摄影展”在太原市省文联大厦开幕，精选的150幅作品让观众了解黎城日新月异的变化。

【2012年度影像十杰评选活动结果】

2月1日，《大众摄影》杂志评选推出2012年度影像十杰。陈永平、胡卫国、蓝沙、刘少宁、逯云峰、马杰、石礼海、孙晓岭、滕利明、王嵬入选。

【第二届GZIPP广告摄影大赛结果揭晓】

2月2日，由广东省摄协商业摄影委员会、广州市广告学会广告摄影师专业委员会联办的第二届GZIPP广告摄影大赛揭晓，金奖空缺。

【常州第12届摄影艺术作品展开幕】

2月2日，常州市第12届摄影艺术作品展在常州市运河五号创意街区美术馆开幕。展览从587位摄影人的4963张作品中精选出242张，分为人文纪实、风光、创意三大类展出。

【中国摄影出版社颁发2012年度十佳画册奖】

2月6日，中国摄影出版社向《发现几内亚》《徽之黄山》《武当山》《圣地回眸》《川海心镜》《光影情真》《雪域梦幻》《南极之道》《和谐三峡》《守望呼伦贝尔》的作者颁发了2012年度十佳画册奖。

【2013云南——罗平国际摄影大展开幕】

2月27日，由中国摄协、曲靖市人民政府、云南省旅游局主办，罗平县人民政府、曲靖市旅游局、中国摄协网、曲靖市摄协承办的2013云南——罗平国际摄影大展开幕。本届影展主题为“东方花园——诗画罗平”。

【《前尘影事——于勒·埃及尔：最早的中国影像》开展】

2月28日，《前尘影事——于勒·埃及尔：最早的中国影像》于武汉美术馆开展，这是该展览在中国展出的最后一站。

【济源市女子摄协举行首届“隆发杯”女子书画摄影展】

3月3日，济源市女子摄协正式成立，并在市文化城举行了首届“隆发杯”女子书画摄影展，共展出优秀摄影、书画作品113幅。

【“永远的雷锋”大型主题展在京开幕】

3月4日，“永远的雷锋”大型主题展在北京中华世纪坛南广场开幕。雷锋生前战友乔安山、身边雷锋标兵代表厉莉和北京雷锋小学学生共同为展览揭幕。展览由两部分组成，第一部分为“光辉榜样，时代楷模”，第二部 为“身边雷锋，最美北京人”。展区还专门设置了“学雷锋志愿者报名处”。

【广东省摄协潜水摄影委员会周年影展开幕】

3月11日，广东省摄协潜水摄影委员会周年影展在广州市海印摄影器材城展出。

【举行“千年帝都·牡丹花城”全国摄影精品展】

3月13日至22日，中国摄协、北京市东城区政府与洛阳市政府在王府井步行街联合举办“千年帝都·牡丹花城”全国摄影精品展。本次大展共收到1.5万余幅作品，其中120幅（组）入选本次精品展。

【江西省举行摄影工作总结表彰会】

3月15日，江西省摄协在南昌召开五届二次常务理事会暨全省摄影工作总结表彰会，分别为获得2012年度奖项的单位和个人颁发了奖杯和荣誉证书。

【“中国摄影手机报——中国石化摄影家协会”联谊会在南京举行】

3月23日，“中国摄影手机报——中国石化摄影家协会”联谊会在南京举行，300多位影友到场参加。来自扬子石化的张谦的作品《激战之后》获得联谊会影友擂台赛一等奖。

【2013“伯奇杯”中国创意摄影展佛山南海举行】

3月28日，2013“伯奇杯”中国创意摄影展在“中国照相机之父”邹伯奇的故乡——广东省佛山市南海区大沥镇启动。这项国内唯一主打创意摄影概念的全国性摄影活动经过两年努力，已形成品牌效应，吸引了越来越多摄影界和创意界人士关注。本年度主打广告摄影、插图摄影、创意沙龙三个方向，并为众多高校摄影及相关专业学生设立学院奖项。

【“上海国际摄影艺术展”获奖作品回顾展中华艺术宫开幕】

4月2日，由上海市文联、市文广局等主办的“上海国际摄影艺术展”获奖作品回顾展在中华艺术宫开幕，展出了1986年至2012年间“上海国际摄影艺术展”的250幅获奖作品。

【首届全国农民摄影大展在厦门中华儿女美术馆展出】

4月6日至14日，首届全国农民摄影大展在厦门中华儿女美术馆展出。

【《行摄世界》——会员国外专题摄影作品联展南京开展】

4月10日，由南京市摄协与金陵图书馆主办的《行摄世界》——会员国外专题摄影作品联展，在南京市河西金陵图书馆展览厅开幕。展览共展出南京市摄协12名会员的12个国外专题，免费向社会公众开放。

【“首届广东商业摄影大展”广州展出】

4月12日至17日，广东省摄协与省文联艺术馆联合主办的“首届广东商业摄影大展”在广东省文联艺术馆（广州市人民北路871号）展出。

【湖南通道第二届全国摄影大展正式启动】

4月17日，由中国摄协、通道县政府主办，中国摄影报社、通道县县庆办公室、县旅游外事侨务局、县摄协承办的“美丽通道——多彩侗乡”湖南通道第二届全国摄影大展正式启动。

【新化全国摄影大展评选结果揭晓】

4月15日，由中国摄协、娄底市人民政府共同主办的“蚩尤故里——-新化梅山”湖南娄底——新化全国摄影大展揭晓，经专家评审，评出特级收藏奖1幅、金奖作品5幅、银奖作品5幅、铜奖作品10幅、优秀作品50幅、入选作品150幅。4月17日，第13届中国平遥国际摄影大展组委会在山西平遥古城举行新闻发布会。本届大展主题“走向生活的影”。组委会将完善大展组织运营机制，完善策展人制度，同时提高评选权威性及展览品质。大展期间还举办9月公开课、国际摄影教育周等一系列大展配套活动。

【“日本青年摄影师镜头中的南京大屠杀幸存者”—宫田幸太郎摄影展开展】

4月19日，由江苏国际文化交流中心、南京市

摄协、侵华日军南京大屠杀遇难同胞纪念馆等单位举办的“日本青年摄影师镜头中的南京大屠杀幸存者”——宫田幸太郎摄影展在侵华日军南京大屠杀遇难同胞纪念馆开幕，共展出52幅南京大屠杀幸存者肖像作品。该展旨在于唤起人们对历史的追忆，警示世人，更好地珍惜和建设和平。

【举行第三届河南省摄影金像奖作品展暨颁奖典礼】

4月23日，第三届河南省摄影金像奖作品展暨颁奖典礼在河南省文联举行，牛子祥、孙德侠、张世勋、葛庆亚等20人荣获本届金像奖，其中10人获得创作奖，6人获得组织工作奖，4人获得终身成就奖。

【举办第24届全国摄影艺术展览开幕式暨颁奖仪式】

5月1日，第24届全国摄影艺术展览开幕式暨颁奖仪式在广东省佛山市南海区39度空间艺术创意社区举办。中国文联党组成员、书记处书记李前光，中国摄协主席、分党组书记王瑶等领导及来自全国各地的摄影人出席了开幕仪式。历届国展回顾展、“大美广东”摄影艺术展、2012“伯奇杯”全国创意摄影大展等展览同期展出。

【第六届山东国际大众艺术节开幕】

5月10日，第六届山东国际大众艺术节“魅力黄河口——山东摄影家走进河口”开幕，活动包括山东摄影艺术展、山东省摄影家协会河口摄影创作基地落成、摄影学术交流会、摄影家河口采风创作、摄影家文艺志愿服务等诸多内容。

【《美丽京剧》摄影展亮相梅兰芳大剧院】

5月19日，由《中国摄影》杂志社、梅兰芳艺术基金会、中国国家京剧院主办的《美丽京剧》摄影展亮相梅兰芳大剧院，展出王瑶、张祖道、吴刚、范梅强、程受琦的优秀京剧摄影作品。参展摄影家还将部分作品捐赠给梅兰芳大剧院收藏存档。

【举行“2013温州当代摄影展”】

5月25日至30日，由浙江省摄协与温州市摄协联办的“2013温州当代摄影展”举办，展出了欧阳世忠、杨冰杰、郑晓群等10多位摄影师作品。

【举行第二届中国丹霞风光摄影大赛颁奖典礼】

5月17日，由中国风景名胜区协会摄影专业委员会，中国摄影著作权协会，中共江山市委、市人民政府联办，《大众摄影》杂志社、江山市旅游局承办的“江郎山杯”第二届中国丹霞风光摄影大赛暨“幸福江山”摄影邀请赛颁奖典礼在浙江省江山市举行，胡仁勇的《夕照生辉》、张晋武的《幸福江山》、徐水香的《童心未泯》、姜明灯的《遗韵》获得本次大赛的特级佳作奖。

【“阳光成长 梦想启航”摄影展在广西柳州举办】

5月28日，广西柳州举办“阳光成长　梦想启航”关爱外来务工人员子女摄影展，展出柳州市摄协4名会员，以及由中国摄协授予的“摄影曙光学校”——革新路第二小学20名成员的记录该校的外来务工人员子女学习生活的300多幅照片，以迎接“六一”国际儿童节的到来。2012年7月6日，中国摄协在柳州市革新路第二小学成立“摄影曙光学校”，旨在培养未来的新闻摄影新秀，其成员大部分是外来务工人员子女。

【第25届中国华北摄影艺术展在秦皇岛举办】

5月31至6月3日，中共河北省委宣传部、省文联、省摄协等单位主办的“欢乐城乡　文化惠民”——河北长城摄影文化周暨第25届中国华北摄影艺术展，在秦皇岛市山海关举办。此次文化周是河北省首次举办的以长城摄影为主题的活动，融长城摄影作品展览、摄影高级研修班、摄影讲座、摄影研讨、摄影家创作采风等内容为一体。

【首届南亚摄影艺术邀请展在昆明长水国际机场开幕】

6月4日，由云南省文联、云南机场集团主办，云南省摄协承办的首届南亚摄影艺术邀请展在昆明长水国际机场开幕，共展出了刘建明、徐晋燕、陆江涛等36位中国摄影家在阿富汗、孟加拉国、不丹、印度、马尔代夫、尼泊尔、巴基斯坦、斯里兰卡等八国拍摄的100余幅作品。刘建明、徐晋燕、陆江涛还获得了第四届中国·东南亚·南亚电视艺术周摄影类“山茶花奖”。

【第三届全国农民摄影大展在长春举行】

6月8日，在东北亚文化艺术周期间，由中国文联、农业部、中国摄协共主办的第三届全国农民摄影大展在长春举行。除展出获奖作品外，中国摄协自2012年启动的摄影公益项目“摄影曙光学校”之吉林省孤儿职业学校，也展出了自授牌一年以来的摄影作品。第20届吉林省摄影艺术展、吉林省首届建设社会主义新农村摄影展、“创业风采”吉林省全民创业带动就业摄影展等佳作同期展出。

【昆明正义坊摄影系列展拉开帷幕】

6月14日，随着《俯瞰大地》《春城无处不飞花》摄影展在昆明市中心文化街区正义坊的开幕，标志着由云南省摄协、中共昆明市委宣传部主办的为期七个月，每月一个个人展、一个综合展的昆明正义坊摄影系列展拉开帷幕，在此期间，艺术街区还将轮流展出云南作坊、云南集市、茶马古道、生活在湄公河、云南乡戏、昆明老街、我们亚洲、哀牢梯田等精美专题影展。

【第六届山东国际大众艺术节开幕】

6月14日至16日，第六届山东国际大众艺术节“山东摄影家烟台海滨行”活动在烟台市开发区举办。山东省摄协组织40余名摄影家深入滨海社区，为百姓拍照片，赠送摄影作品。同期，“葡萄原乡，浪漫之旅”天马相城摄影大赛在当地也圆满落幕。

【蓝碧微距摄影展在广州展出】

6月15日，广东省摄协潜水摄影委员会蓝碧微距摄影展在广州市越秀区东华南路96号海印摄影城展出。

【冯骥才被授予万宝龙国际艺术赞助大奖】

6月18日，中国文联副主席、中国民协主席、当代著名作家、文化学者冯骥才被授予万宝龙国际艺术赞助大奖。他将1.5万欧元奖金转赠予江苏摄影家、“三峡之魂”郑云峰。

【第六届山东国际大众艺术节在山东潍坊开幕】

6月25日，第六届山东国际大众艺术节——“中韩国际摄影交流展”在山东潍坊开幕。山东省摄协与韩国全罗北道摄协携手带来中韩两国摄影家作品105幅，汇聚了两地极具民族精神和地域特色的影像艺术。

【“100名儿童系列摄影展”在京开展】

7月10日，“100名儿童系列摄影展”在北京中华世纪坛当代艺术馆开展，展出以张朋为代表的3名中国摄影师及活跃在中国的日本女性摄影师佐渡多真子拍摄的中国孩子，还有日本摄影师今村拓马拍摄的日本儿童。

【马良首次举办摄影展——“移动照相馆”个展】

7月13日，马良“移动照相馆”个展在上海MD画廊举行，这是其举办的首次摄影展。一辆卡车改装而成的照相馆在中国旅行了近一年，走访了上海和北京之间的50多个城市，马良展出了“人们喜欢或想要成为但是从来没有机会成为的样子”。

【首届辽宁职工摄影作品展在辽宁举行】

7月20日，由辽宁省总工会、省文联主办，省摄协等单位承办的“迎全运、爱家乡、建辽宁”摄影大赛暨首届辽宁职工摄影作品展在辽宁美术馆举行。

【甘肃省摄影艺术学会第二届代表会暨摄影作品展览在兰州举行】

7月28日，甘肃省摄影艺术学会第二届代表会暨摄影作品展览在兰州举行。会议现场展出了由近百位省摄影艺术学会各理事、摄影爱好者提供的摄影作品115幅，并评选出优秀摄影作品。甘肃省摄影艺术学会成立于2008年5月30日，学会每五年选举换届一次。

【重庆市摄协田太权等人作品受邀参加第55届威尼斯国际艺术双年展大型平行展】

7月，重庆市摄协田太权、傅文俊、秦文的作品《文革作品——“遗忘”系列》《万国园记》、《背后拍摄收租院》，受邀参加了在威尼斯举办的第55届威尼斯国际艺术双年展大型平行展。

【第六届中国西藏珠穆朗玛摄影大展作品在布达拉宫广场展出】

8月5日，第六届中国西藏珠穆朗玛摄影大展作品在拉萨市布达拉宫广场展出。

【“共和国不会忘记——湖南省平江县失散老红军肖像”摄影展在京开幕】

8月5日，“共和国不会忘记——湖南省平江县失散老红军肖像”摄影展在北京中国美术馆开幕，并就这个主题作品举行学术研讨会。影展由湖南省文联、中国摄协等联合举办。19幅展出作品由摄影家阳红光历时1年多创作完成。

【第五届大理国际影会帷幕】

8月5日，为期5天的第五届大理国际影会落下帷幕。“飞思”美丽大理十佳作品、第八届黄河流域九省区《大河上下》艺术摄影展、“梦云南 海东方”手机摄影大赛、2013中国摄协策展委员会飞马奖、2013年度摄影师收藏大奖、第五届“魅力大理”摄影大赛、2013第五届大理国际影会“金翅鸟”大奖各项摄影赛事大奖均产生获奖名单。惠怀杰凭借《表象之相》摘得金翅鸟最佳摄

影师奖。

【江苏省第21届摄影艺术展览在南京开展】

8月12日，由江苏省文联、江苏省摄协联办的江苏省第21届摄影艺术展览在南京图书馆艺术展厅开展，250幅摄影作品。

【“滨江杯”第四届阿拉宁波摄影节举行】

8月23日至29日，由宁波市江东区人民政府、宁波市文联、宁波晚报共同主办的“滨江杯”第四届阿拉宁波摄影节举行。本届摄影节沿用“城市——发现与挽留”的主题，集展览、比赛、讲座、论坛等于一体，并邀请了更多国外优秀摄影师加入。

【中国第15届国际摄影艺术展览评选工作启动】

8月25日，历时近一年的筹备,由中国摄协和浙江省丽水市人民政府共办的中国第15届国际摄影艺术展览评选工作在浙江省丽水市启动。影展征稿从年初启动，7月31日截止，共收到来自全球98个国家和地区的17189名摄影人投稿参评，参评作品共计76398件（150559幅）。其中，境外参评人数3365人，参评作品数量16833件（24237幅），境内参评人数13824人，参评作品数量59565件（126322幅）。较上届新增9891名，作品新增3720件，来稿量和来稿人数均创新纪录，在规模上已成为世界上最大的国际摄影赛事之一。孙长健获得女性类金奖，作品为《渔家女》，潘瑜、王雅欣、李玲获得女性类银奖，作品分别为《教与学》《心相》《背着弟弟上学》，王庆国、黄燕、金福根获得女性类铜奖，王天才、王铁君、成金元、汤亚辉、蓝建民、张小卫、陈敏、杨永光获得女性类优秀奖；赵时进摘得非主题类纪录金奖，作品《硬座车厢——凌晨》，刘筱英和沈雷获得非主题类纪录银奖，作品分别为《我是一个兵》、《高铁梦.雏形》，黄灵辉获得非主题类纪录铜奖，王燕兵、曾永華、吴小磊、张秀文、许国、魏家尚、舒有明、魏征、李英杰、杨耀桐获得非主题类纪录优秀奖，赵乾盛、林乔森、陳嘉勝（台湾）获得艺术类银奖，作品分别为《提琴手》《空旷海景》《赎罪》，朱永春、刘锋兵、梁艺栊、王远获得艺术类铜奖，郑舟、李克君、王文同、朱良娟、赖钟鸣、张黎明、刘昌明、张引、曾柳荻、宋占峰获得艺术类优秀奖；陈松和袁鹏获得商业类金奖，作品分别为《女人香》、《折叠自行车》，李志文、何异能获得商业类银奖，作品分别为《科技含量》《酒与杯》，王树良、龙鼎中获得商业类铜奖，甘玉环、罗玉纯、许蓉、王罗阳、刘为兰、司徒健、司徒健、廖宁、王彬获得商业类优秀奖。

【举办影友联谊会及现场评选】

9月6日，中国摄影手机报携手德迈旅行社、深圳企业摄协，于深圳福田区共办影友联谊会。现场影友摄影作品评比，梁诗丽《霞浦渔女》获一等奖，陆霭《夕峰回响驼帮来》、罗四海《苦干在满空是石尘的基建钻施工》获二等奖，李义霖《红土情怀》、牙美星《风轻云淡》、胡永雄《城市风光》获三等奖。

【2013中国沈阳国际工业摄影大展在沈阳开幕】

9月15日，由中国摄协、辽宁省文联、沈阳市铁西区人民政府和沈阳经济技术开发区管委会主办，中国摄影发展中心、辽宁省摄协和中共铁西区委宣传部承办的2013中国沈阳（铁西）国际工业摄影大展在沈阳铁西区中国工业博物馆开幕。展览以“工人·工业文明”为主题，从深度、广度、视野三个角度展示。同期还举办他山系列专题讲座和主题为“旗帜·辽宁老工业影像如何挖掘、梳理、传播、弘扬”的高峰论坛。

【邵华泽书法新作展、世界风情摄影展在中国人民革命军事博物馆举办】

9月，邵华泽书法新作展、世界风情摄影展在中国人民革命军事博物馆举办。展览展出了80高龄的邵华泽新近创作的90幅书法作品、120余幅摄影作品。展览由人民日报、中国记协、解放军总政治部宣传部、中国书协、中国摄协主办。

【TOP20·2013中国当代摄影新锐展评选结果揭晓】

10月，由中国摄协和浙江省文联共办的TOP20-2013中国当代摄影新锐展评选结果揭晓，刘张铂泷、刘梦迪、孙略、李俊、李智、李震宇、杨柳、杨哲一、邸晋军、陈灿荣、陈晓峰、邵文欢、范石三、范顺赞、欧阳世忠、郑川、徐立刚、蒋昀格、傅为新、储楚成为新一届“TOP20”。

【江苏“百姓·百事”纪实摄影大展在南京启动】

10月18日，由江苏省摄协，南京市摄协和龙虎网主办，江苏“百姓·百事”纪实摄影大展在南京启动。这是江苏省范围内首次以纪实摄影为专题的影展，参与者可以用手机、相机“记录时代历史影像、讲述普通人的梦想”。

【举行TOP20·2013中国当代摄影新锐展】

10月23日，TOP20·2013中国当代摄影新锐展在位于浙江杭州的中国美术学院美术馆举行。

【“首届北京国际摄影双年展”在中华世纪坛开展】

10月24日，北京国际摄影周2013的主题展“首届北京国际摄影双年展：灵光与后灵光”在中华世纪坛开展，期间在中华世纪坛三层雕塑环廊举行专家见面会。

【《佛的足迹——张望摄影作品集》摄影展在杭州举行】

10月，《佛的足迹——张望摄影作品集》首发式暨同名影展在杭州湿地博物馆举行。

【中国当代摄影新锐展在杭州中国美术学院美术馆展出】

10月20日至27日，中国当代摄影新锐展在杭州中国美术学院美术馆展出。

【2013中国·丽水国际摄影文化节在浙江丽水开幕】

11月6日至10日，中国第十五届国际摄影艺术展览暨2013中国·丽水国际摄影文化节在浙江丽水开幕。本届摄影节共有200多个摄影展览，100多个国家和地区的摄影师的6000多幅精美作品参展。活动分为丽水大剧院、博物馆新馆、摄影博物馆、油泵厂四个展区。除展览外，还开设专题讲座活动、摄影专家见面会、摄影采风、摄影器材展销等系列活动。

【“中国广告摄影大师作品邀请展”在南京开幕】

11月11日，由江苏省摄协、江苏省广协主办的“一路星光璀璨—纪念江苏省广告摄影专业委员会十年华诞，jsipp群星暨中国广告摄影大师作品邀请展”在南京开幕。展览展出了江苏广告摄影专业委员会成员的优秀作品，同时中国摄影金像奖（商业类）的7位获奖作者作品及近年来全国影展商业类金、银质奖作者作品、全国广告摄影优秀作品展与“伯奇杯”获奖作者作品齐聚一堂。全国各地区商业广告委员会组织和5位中国摄影金像奖作者，国展等比赛金质奖作者参加了开幕仪式。

【“魅力影像”正义坊摄影系列展之《我们亚洲》《群山之巅》在昆明展出】

11月15日，“魅力影像”正义坊摄影系列展之《我们亚洲》《群山之巅》在昆明市正义坊钱王街腾越总府展出。《我们亚洲》精选100幅反映亚洲各国文明，以及人文地理和文化遗产的佳作；《群山之巅》展出的75幅作品，则是出自5月19日云南第一位以摄影家身份登上珠峰的龙江。系列展由云南省摄协、昆明市委宣传部主办，昆明之江置业有限公司协办。

【中国金融摄协第二届“生命人寿杯”全国摄影展在京展出】

11月22日，中国金融摄协第二届“生命人寿杯”全国摄影展在北京中华世纪坛世界艺术馆二层世纪大厅展出。本次影展共征集来自全国银行、证券、保险行业摄影爱好者近3000件作品。经过评选，共有101幅作品获得不同奖项。影展由中国金融文联、中国金融摄协主办，生命人寿保险股份有限公司承办。

【举办多彩中华——苗族服饰展、瑶族服饰展及揭晓评选结果】

11月26日至12月8日，由中国摄协和国家民委主办的“美丽中国——和谐家园”民族题材摄影展暨多彩中华——苗族服饰展、瑶族服饰展在北京民族文化宫举办。国家民委文化宣传司联合中国摄协中华民族文明影像志大型工程办公室、中国网民族频道共办此次影展征集活动。大展共收到来自全国的参赛作品1万多幅。经认真评选，最终评选出一、二、三等奖及优秀奖共计106件。

【中国杨柳青首届国际民俗摄影大展在京启动】

11月，由中国摄协和天津市西青区政协共办，中国摄影出版社、西青区文广局等单位承办的中国杨柳青首届国际民俗摄影大展在京启动。

【丁玲文学奖首次奖励摄影书籍】

12月10日，由中国摄影出版社出版，赵有强编著的《中国第一本富农摄影调查手册·富农》获得第九届丁玲文学奖。这是丁玲文学奖开奖27年来，首次奖励摄影书籍。

【“绚丽广东”摄影大展开幕】

12月10日，由中共广东省委宣传部指导，广东省文联主办，广东省摄协承办的“绚丽广东”摄

影大展开幕，“绚丽广东”摄影大展颁奖和《“绚丽广东”摄影大展作品集》首发式同期举行。

【“追寻中国梦——摄影家采风创作基层行”作品展开幕】

12月18日，由中国文联主办，中国摄协、中国文联国内联络部、中国文学艺术基金会联办的“追寻中国梦——摄影家采风创作基层行”作品展开幕式在中国文艺家之家一层大厅举行。在半年多时间里，中国摄协安排近20位摄影家和青年摄影师深入多个基层和地区，发掘“追梦者”拼搏、奋斗的故事，用影像记录“追梦者”工作、生活的场景和瞬间。

【大沥镇首届伯奇文化节在广东佛山大沥镇启动】

12月18日，2013“伯奇杯”中国创意摄影展开幕暨大沥镇首届伯奇文化节在广东佛山大沥镇启动。

【举行第三届中国航空航天摄影大赛颁奖典礼】

12月28日，“特种所杯”第三届中国航空航天摄影大赛颁奖典礼在京举行。

【“纪念毛泽东同志诞辰120周年吕厚民摄影展”在京举行】

12月28日至30日，由中国摄协主办，中国工艺品进出口总公司承办“纪念毛泽东同志诞辰120周年吕厚民摄影展”在北京的中国工艺美术大厦举行。

创作与研究

【安徽小分队以“美丽中国”为主题开展系列与摄影相关学术交流活动】

2月1日至3日由李舸、张风、曹建国、任洪良、苗宏、包旭东、乐卫星等组成的安徽小分队，走访了多位大别山区的革命老人和当地驻军部队。两支小分队还分别在海口市秀英区石山镇荣阳村和安徽霍山衡山镇举办主题为“美丽中国”的小型摄影作品展，组织摄影讲座、作品点评等学术交流活动。

【24届全国摄影艺术展举办期间举办摄影讲座】

4月29日至5月1日，24届全国摄影艺术展览举办期间，主办方特别举办了五场以国展评委作为主讲老师的讲座，分别就本届国展纪录类、商业类、艺术类、多媒体类，以及综合四类领域大家关心、关注的话题进行面对面的交流和互动，受到了广大影友的热情支持。

【中国摄协八届二次主席团会议在京召开】

5月11日，中国摄协八届二次主席团在京召开。会议传达了文联九届四次全委会精神，听取了摄协工作报告，审议并通过了《中国摄影家协会个人会员入会细则》的修改建议案，审议通过了关于摄协专业委员会调整和设置的建议案。中国文联党组成员、书记处书记李前光到会，并与中宣部、中国文联相关部门负责人为主席团成员颁发荣任证书。中国摄协主席、分党组书记王瑶，副主席王悦、王文澜、王达军、邓维、李舸、李伟坤、李学亮、李树峰、张桐胜、罗更前、索久林、雍和出席会议。中国摄协分党组副书记王郑生，分党组成员、秘书长高琴，分党组成员、副秘书长顾立群列席会议。中国摄协各部室、各直属单位负责同志旁听会议。

【第七届玄武摄影论坛在南京举行】

5月25日26日，第七届玄武摄影论坛在南京举行。全国副省级城市、华东地区省会城市、江苏省辖市摄协主席、秘书长，以及南京摄影家200余人参加。本届摄影论坛邀请了两名中国摄影金像奖获得者傅拥军、藏策作专题演讲。论坛期间，来自全国20余个城市的摄协主席、秘书长对“元影像”理论进行了专题研讨，并在玄武区进行摄影采风。本次论坛由中国摄协理论部、江苏省摄协指导，南京市玄武区文联、市摄协主办。

【举行“当代影像收藏研讨会”】

8月24日，“当代影像收藏研讨会”在四川成都举行。研讨会就收藏当代影像艺术品跟别的艺术品投资差异在哪里，什么样的理念才能领先于别人，尽快、尽早的进入这个投资市场，专业藏家如何投资影像艺术品，如何得到更多的衍生价值，怎么发现新影像和艺术家等议题进行了广泛探讨。本次研讨会由四川省摄协主办，《影像生活》杂志、成都影像艺术中心、诗碑家美术馆等单位联办。

【中国摄协函授学院首期图片编辑研修班开班】

10月19日，中国摄协函授学院首期图片编辑研修班在中国摄协6层会议室正式开班。本次研修班为期7天，由陈小波、朱炯、晋永权等国内一流专家授课，着眼于图片编辑基本素质培养与能力提升。

【召开2013年全国摄影工作会议，华山风景区被命名为“中国摄影创作基地”】

10月2日至22日，70余位来自全国各地、各行业的中国摄协团体会员单位代表，参加了中国摄协在陕西渭南组织的专题摄影采风活动，并在此期间召开2013年全国摄影工作会议，研讨工作，交流经验，共谋摄影事业发展大计。会议回顾了中国摄协及各团体会员单位近期所做工作，对如何在新时期新形势下更好地适应摄影事业不断发展，调整工作职能、转变工作思路，更积极有效地开展好工作的课题进行了分析和探讨；对今后一个时期进一步全面贯彻落实党的十八大精神，将党的群众路线教育实践活动落到实处，以第九次全国文代会精神为指导，全力推进中国特色社会主义摄影事业发展进行了工作部署。鉴于华山的独特摄影文化资源，中国摄协将华山风景区命名为“中国摄影创作基地”。

【召开第十一届全国摄影理论研讨会】

11月25日至27日，第十一届全国摄影理论研讨会在广东省东莞市长安镇召开。85位专家学者齐集，围绕“当前摄影创作实践对理论创新的期待”和“中国摄影史梳理编纂”两个议题研讨。研讨会邀请来自美国、丹麦、我国内地及台湾地区的7位专家，分别从自身研究领域出发进行学术发言。研讨会由中国摄协、广东省文联、广东省摄协、广东省东莞市长安镇人民政府共办，其间，还配套举办了第24届全国摄影艺术展览巡展、中国第15届国际摄影艺术展览法国国别展和女性主题展等，以期将近期中国摄协举办的精品展览作为理论研究的样本。

【召开创作研讨会】

11月26日，云南省摄协在昆明召开创作研讨会。研讨会由云南省摄协主席尹欣主持，与会人员畅所欲言，就云南摄影的现状和今后的发展进行了广泛、深入的研讨，既分析了云南摄影的优势，也找到了云南与全国其他省市的差距，更进一步明确了云南摄影的发展方向。

【中国摄协函授学院首期摄影策展人研修班开班】

12月14日，中国摄协函授学院首期摄影策展人研修班开班。本次研修班为期7天，由陈小波、王征、许志强、朱炯、蔡萌、杜曦云、肖雁群等专家授课。

对外及对港澳台地区文化交流

【出访柬埔寨、印度、尼泊尔三国，建立合作关系】

1月27日至2月7日，中国摄影代表团出访柬埔寨、印度、尼泊尔三国，与柬埔寨摄影俱乐部签订了合作备忘录，与印度摄影家协会和尼泊尔美术学院合作分别在印度、尼泊尔举办了中国国际摄影艺术展览。通过交流初步了解了尼泊尔职业摄影组织的现状，并与之建立联系。对于进一步加强中国与亚洲摄影界的联系，以摄影促交流，从而为增进三国友谊发挥积极作用。

【对陶宛、西班牙、瑞士三国摄影产业和摄影文化发展状况进行调研】

5月12日至23日中国摄影代表团出访立陶宛、西班牙、瑞士，参加2013立陶宛国际摄影研讨会和摄影记者及摄影师创作营活动，在帕兰加和西班牙马德里分别举办了中国主题的摄影展览，考察立陶宛新闻摄影俱乐部、西班牙马德里紫外线摄影学校、瑞士相机博物馆等地，并与立陶宛新闻摄影俱乐部、西班牙皇家摄影学会、瑞普莱特摄影家协会等摄影组织及爱玲珑闪光灯企业有关负责人进行交流，对三国摄影产业和摄影文化发展状况进行调研。

【赴澳门出席第十八届澳门国际贸易投资博览会】

10月16日至20日，中国摄影代表团赴澳门出席第十八届澳门国际贸易投资博览会，并在展会期间举办中国国际摄影艺术展览精品展，访问考察了澳门的社会现状，也了解了澳门的摄影现状。

【出席香港沙龙影友协会成立五十周年庆典及《艺影掇英》画册首发式】

10月29日至31日，中国摄影代表团出席香港沙龙影友协会成立五十周年庆典及《艺影掇英》画册的首发式。与会代表就当前国际摄影的课题进行了交流，共享和介绍了各自的经验和感受，并就未来国际及两岸四地间摄影界加强合作与交

流，进行了有益的探讨和磋商。

【中国摄协举办讲座接待非洲英语国家文艺组织运营管理研修班代表团】

4月22日，中国摄协接待非洲英语国家文艺组织运营管理研修班代表团，举办了讲座通过交流，研修班的学员们对协会的运营管理和大型活动进行了详细的了解。学员们来自非洲不同的国家，交流活动帮助双方建立了联系，为拓展协会与非洲摄影界的合作起到了重要作用。

【中国摄协接待南澳大利亚摄影协会代表团】

5月15日，中国摄协接待南澳大利亚摄影协会代表团。双方互相介绍和了解了协会自身的发展和运营状况，并探讨了未来加强合作的可能性，为双方摄影师的进一步交流奠定了基础。

【中国摄协“影像国际网”开通】

11月5日，中国摄协“影像国际网”开通。影像国际网站是在网络技术迅猛发展，对摄影文化的创作生产、传播方式和服务领域带来深刻变化的背景下，推动网络文艺繁荣发展的具体实践。通过网络广泛联络国际摄影组织、机构和国际摄影名家。使中国摄影人和摄影作品走向世界，增进国际摄影领域的文化多元化，从而推动经济全球化进程中的文化多元发展。

【中国摄协和新华影廊进行非商业的合作】

中国摄影家协会和新华影廊进行非商业的合作，借助新华影廊在全世界的1500多块电子屏，滚动播放中国摄影人的摄影作品和在协会举办各种赛事上获得奖项的优秀作品。不断地提升中国摄影人和摄影作品在国际上的影响力和传播力。

【第九届国际新闻摄影比赛（华赛）在杭州举办】

3月25日，中国新闻摄影学会主办的华赛除了在杭州进行了第九届的评选，集纳推出了一批国际国内2012年度的优秀新闻照片，并在全国各地进行巡展，还举办了论坛、讲座等一系列配套活动。

【举办第十五届国际摄影艺术展览暨“2013中国丽水国际摄影文化节”】

11月6日至10日，中国国际摄影艺术展览在浙江丽水评选期间，也借机举办了国际摄影短期集中培训班等，以国外知名学者、摄影家领衔的摄影专家见面会已成为所有摄影节庆活动的标配，让更多的普通摄影人可以接受国际摄影界专家的指点。

机关建设

【中国摄协机关党委与北京市房山区张坊镇达成共建合作关系】

2月27日，中国摄协机关党委与北京市房山区张坊镇在张坊镇机关会议厅举行结对共建协议书签字仪式，顾立群代表机关党委在共建协议上签字，孙明亮、赵迎新、佟力群、吴承欢、张军等同志参加了签字仪式活动。北京市房山区委宣传部长赵佳琛同志出席签字仪式。中国摄协向张坊镇赠送了《雷锋》图书。今年，先后组织党员志愿小分队赴共建单位义务拍摄宣传图片，为当地政府经济发展发挥摄影特色为民服务。

【朱宝祺同志在中国文联机关团委举办“青春·文联·中国梦”演讲比赛中取得佳绩】

5月3日，中国文联机关团委、机关青联成功在文联机关四层报告厅联合举办“青春•文联•中国梦”演讲比赛决赛中朱宝祺同志的《青春无悔共筑中国梦》演讲，发挥出色，荣获一等奖。

【改进工作作风，深入开展群众路线教育实践活动初见成效】

11月5日，中国摄影家协会分党组召开了党的群众路线教育实践活动专题民主生活会。中国文联党组书记、副主席赵实和中国文联教育实践活动第五督导组有关同志到会指导并对中国摄协群众路线教育实践活动取得的阶段性成果给予充分肯定，她表示，中国摄协分党组对这次教育实践活动认真负责，扎实开展，富有成效。

中国摄协严格执行中央八项规定，不再举办“全国人大代表、全国政协委员摄影联谊会”。所有会议会期缩短，提高效率，会议文件减少。会场布置简洁，参会人员没有接受宴请的情况。各类大型摄影展览开幕式和颁奖仪式厉行节约，不制作背景板和条幅，不摆鲜花、不安排文艺演出。据统计，1月至11月份，协会公务接待费、公务用车运行维护费、会议费与上年同期相比分别下降13.6%、26.7%和11.7%，因公出国经费相当于去年同期的68.8%，宣传品、纪念品、活动仪式费用等支出大幅减少，勤俭节约在协会蔚然成风。

在深入开展群众路线教育实践活动期间，针对“四风”方面问题制定全面整改方案并取得成效：开设员工食堂，解决协会工作人员就餐问题；倡导健康工作环境，带领员工做工间操，开设午间活动室及健身活动场所；绿化美化办公环境，加大安全消防和节约资源力度。国有资产登记管理体系更加完善。老干部服务工作更加细致周到，节假日定期看望老干部，组织多种活动丰富离退休人员的业余生活。充分发挥工会作用，定期组织健康向上的公会活动并提高员工福利待遇。积极探索解决职工就医、子女入学等民生问题的新渠道。

【注重组织科学规范化管理，强化量化考核标准，完善激励、培训等机制】

制定《中国摄影家协会职业化手册》，完善协会机关各部室、各事业部门、各独立法人集体单位考核办法，建立健全行政、人事、财务以及外事管理等制度。完成摄影艺术中心的岗位设置和人员招录制度。

严格遵守和执行《党政领导干部选拔任用工作条例》、《领导干部重大个人事项报告制度》等人事工作相关规定和制度。

建立员工培训制度。每月举办专题讲座、摄影培训和采风活动。

建立周例会制度，严格执行并督促各部门各单位完成每周既定目标，扎实推动各项工作进展。

【注重领导班子建设和队伍建设，打造有能力、有朝气、讲奉献、重团结的摄协队伍】

推进学习型、务实型、和谐型的领导班子建设，不断完善领导班子民主生活会制度，加强理论中心组学习制度的同时扩大学习的范围。在中央、文联领导召开并发表重要会议和讲话后立即召开摄协分党组理论中心组等专题学习会议。

营造协会上下朝气蓬勃、团结向上的文化氛围，崇尚道德修为、尊重专业精神、注重团队力量、倡导快乐工作。中国摄协分党组连续第四年被评被评为好班子。2013年再度荣获“首都文明标兵单位”。

【宣传、舆情、调研等工作取得较大突破】

完成协会全年重大活动的宣传报道工作。2013年，14篇新闻稿被中央级媒体采用并得到广泛转载，网络新闻报道达723条，5个重大活动在中央电视台新闻联播中播出，电视播出时长共计14分钟20秒。

全年向中国文联上报简报46期，舆情摘报16期，在行业内广泛调研，撰写调研报告5篇。为上级领导掌握动态、提供决策参考方面发挥作用。

中国书法家协会

综　述

2013年，中国书协在中宣部和中国文联党组的有力领导下，按照中国书协六届六次、七次主席团会议确定的任务要求，认真学习贯彻党的十八大和十八届二中、三中全会精神，遵循“在全局中定位、在大局下行动”的工作理念，紧紧围绕实现中国梦的宏伟目标和建设文化强国的重大使命，积极发挥组织引导、联络协调的重要作用，开展了一系列卓有成效的工作，为推动书法事业大发展大繁荣做出了积极贡献。

会　议

【中国书法家协会六届六次主席团会议在京召开】

1月26日，中国书协六届六次主席团会议在北京国际会议中心召开。会议由中国书协主席张海主持。中国书协分党组书记、驻会副主席赵长青，中国书协副主席王家新、申万胜、苏士澍、吴善璋、何奇耶徒、言恭达、张改琴、陈振濂、胡抗美、聂成文，中国书协分党组副书记、秘书长陈洪武，中国书协分党组成员、副秘书长潘文海、张陆一出席了会议，中国书协机关部室及直属单位负责人刘恒、段军、王彦、郭志鸿等列席会议。

会上，赵长青传达了中国文联第九届全国委员会第四次会议精神，陈洪武汇报了《中国书协2012年工作总结和2013年工作安排》。张海作总结讲话。

【中国书协举办2012年度中国书法进万家工作总结会】

1月27日，中国书协2012年度中国书法进万家工作总结会在北京国际会议中心举行。中国文联副主席、中国书协顾问段成桂，中国书协主席团部分成员，中国书协分党组成员，各团体会员代表以及来自全国各地的书法名城、书法之乡、书法创作基地、兰亭学校的代表出席了会议。

会议由中国书协分党组副书记、秘书长陈洪武主持。中国书协分党组书记、驻会副主席赵长青对2012年中国书法进万家活动给予了充分肯定。中国书协分党组成员、副秘书长张陆一宣读《关于表彰2012年度中国书法进万家活动先进集体、个人的决定》。

【书法名城（之乡）联谊会2013年工作会议在京举行】

1月27日，书法名城（之乡）联谊会2013年工作会议在北京举行。

中国书协分党组书记、驻会副主席赵长青代表中国书协致辞，对书法名城（之乡）事业发展取得的丰硕成果给予了充分肯定，并对今后的工作提出了建议。中国书法名城（之乡）联谊会会长宋华平作工作总结并对各地书法名城、书法之乡2013年工作计划作了说明。会议由中国书协组联部副主任、中国书法名城（之乡）联谊会秘书长段军主持。

【中国书协举办2013年新春联谊会】

1月27日，中国书协新春联谊会在北京国际会议中心举行，中国书协分党组书记、驻会副主席赵长青主持会议。张海代表中国书协致欢迎辞。

会上，夏潮代表中国文联对中国书协一年来的工作给予了充分肯定，对今后的工作提出了要求。有关部门领导罗平飞、杨士秋、蔡安季、李洪峰、何东君、胡冰、王俊山、董文久、谢模乾、白煜章、梁潮平、王平，中国书协顾问李铎、佟韦、刘艺、张飙、邵秉仁、林岫，中国书协原顾问权希军，中国书协主席团、中国书协分党组成员、各团体会员代表及在京的中国书协理事共500余人参加了联谊活动。

【解放军美术书法研究院召开工作年会】

3月28日，解放军美术书法研究院工作年会在北京总政西直门宾馆举行。总政治部副主任殷方龙接见会议代表并发表讲话。李铎代表解放军书法创作院作年度工作报告，周涛代表总政机关讲话，会议由李翔主持。

【中国书协第六届硬笔委员会召开第一次全委会】

4月12日至14日，中国书协第六届硬笔工作委员会第一次全体委员会议在济南举行。中国书协副主席、硬笔委主任吴善璋，济南军区空军后勤部部长王讯谟，中国书协硬笔委副主任张铜彦、张华庆、张艺群等参加了会议。会议由张艺群主持。

【心系灾区、大爱雅安中国书法界大型赈灾笔会在京举行】

4月20日，四川省雅安市芦山县发生7.0级地震，给多个县市人民群众的生命财产安全造成严重的损失。5月3日，中国书法家协会、中央数字电视书画频道联合举行“心系灾区、大爱雅安”中国书法界大型赈灾笔会。

中国文联党组副书记、副主席覃志刚，中国书协主席张海，中国书协分党组书记、驻会副主席赵长青，中国书协原顾问欧阳中石、权希军，中国书协顾问李铎、张飙、邵秉仁、林岫，中国书协副主席申万胜、苏士澍，中国书协分党组副书记、秘书长陈洪武，中国书协分党组成员、副秘书长潘文海、张陆一，中国书协理事40余人参加赈灾笔会。

【中国书协六届七次主席团会议在济南召开】

5月27日，中国书协六届七次主席团会议在济南召开。中国书协主席张海，中国书协分党组书记、驻会副主席赵长青，中国书协副主席王家新、申万胜、吴东民、吴善璋、何奇耶徒、何应辉、言恭达、张业法、张改琴、陈振濂、胡抗美、聂成文出席会议。中国书协分党组副书记、秘书长陈洪武，中国书协分党组成员、副秘书长潘文海、张陆一以及协会机关各部室和直属单位负责人列席会议，会议由张海主持。

【乌海当代中国书法馆举行筹建签约仪式】

6月12日，中国书协与内蒙古乌海市政府在北京签订合作协议，决定共同筹建乌海当代中国书法馆。

中国书协分党组书记、驻会副主席赵长青，乌海市委书记、市长侯凤岐出席并签约，中国书协分党组成员、副秘书长潘文海，中国书协原分党组成员、副秘书长戴志祺，中国书协理事刘洪彪，乌海市委副书记、纪委书记包钢，乌海市委常委、宣传部部长王晓平等出席签约仪式。签约仪式由王晓平主持。

【中国书法媒体创新发展年会在黄山隆重举行】

6月22日，由中国书协主办，中国书法媒体联谊会、中国书法杂志社、安徽省文联、安徽省书协承办，安徽省黄山市徽州文化园、安徽唐风汉格文化传播有限公司协办的中国书法媒体创新发展年会在黄山隆重举行。

中国文联副主席、中国书协顾问段成桂，全国政协委员、中国书协分党组书记、驻会副主席、中国书法媒体联谊会会长赵长青，中国书协副主席吴善璋、聂成文，中国书协理事、安徽省书协副主席吴雪，中国书法出版传媒有限责任公司法人代表李世俊，大众文艺出版社社长王利明等150余人参加。中国书协原分党组成员、副秘书长戴志祺主持大会。

【中国新闻出版书法家协会成立】

6月22日，中国新闻出版书法家协会在北京成立。中国书协分党组书记、驻会副主席赵长青题词：“弘扬兰亭精神，开创书坛新风”，对中国新闻出版书法家协会的成立表示祝贺。中国出版集团工会主席王云武主持会议，国内各地相关新闻出版单位的负责人参加了会议。

【中国书协召开2013年组联工作会议】

7月21日至22日，中国书协组联工作会议在安徽省宣城市召开。中国文联国内联络部主任罗成琰，中国书协顾问邵秉仁，中国书协分党组书记、驻会副主席赵长青，中国书协副主席申万胜、何应辉、聂成文，中国书协分党组副书记、秘书长陈洪武，中国书协分党组成员、副秘书长张陆一，中国文联书法艺术中心主任、中国书协展览部主任刘恒，中国书协组联部副主任段军，《中国书法》杂志社常务副社长郭志鸿，中国书协各团体会员主席、驻会负责人出席会议。会议由陈洪武主持。

会上，赵长青代表中国书协讲话，罗成琰代表中国文联讲话，段军通报了会员发展及组联部工作情况，刘恒通报了展览部工作程序及工作情

况，张陆一就《会员名鉴》工作作动员讲话。

7月22日，2013年度书法名城（之乡）联谊会工作会议召开。陈洪武对中国书协2013年组联工作会议进行了总结。

【中国电力书协四届三次主席团会召开】

2013年8月10日，中国电力书协四届三次主席团会在北京召开。中国书协分党组书记、驻会副主席赵长青，《中国书法》杂志社常务副社长郭志鸿应邀出席会议，中国电力书协副主席张羡崇主持会议。

【中国书法进万家——走进精致淮北暨中国书协刻字研究会2013年度工作会议举行】

8月17日至19日，由中国书协、安徽省文联、安徽省淮北市市委市政府主办的“纪念淮海战役胜利65周年中国书法进万家——走进精致淮北活动暨中国书协刻字研究会2013年度工作会议”在安徽省淮北市举行。中国书协分党组书记、驻会副主席赵长青，中国书协副主席吴东民，中国书协分党组副书记、秘书长陈洪武，中国书协潘文海、张陆一、刘恒、段军等出席。

8月18日举行了纪念淮海战役胜利65周年中国书法进万家——走进精致淮北活动启动仪式。陈洪武代表中国书协向淮北市赠送书法作品。赵长青代表中国书协讲话。启动仪式由张陆一主持。期间，还召开了中国书协刻字研究会2013年度工作会议，工作会议由潘文海主持。

活　动

【中国书法进万家系列活动】

1. 中国文联中国书协送欢乐下基层

中国书法进万家代表团慰问武警总部机关。

1月6日，中国文联、中国书协“送欢乐、下基层，中国书法进万家”活动慰问团来到武警总部机关，为部队官兵送上一道书法艺术的“文化大餐”。中国文联国内联络部副主任李培隽、中国书协顾问张飙、中国书协分党组副书记、秘书长陈洪武出席。

2. 中国文联中国书协送欢乐下基层

中国书法进万家代表团走进河南洛阳

1月15日至17日，中国文联、中国书协“送欢乐、下基层，中国书法进万家”活动在河南省洛阳市举行。中国文联国内联络部副主任李培隽，中国书协副主席聂成文，中国书协分党组成员、副秘书长张陆一，中国书协展览部主任刘恒，河南省书协主席宋华平等领导参加了活动。

3. 中国书法进万家——走进红土地广东汕尾

4月21日至23日，“中国书法进万家——走进红土地广东汕尾”活动在革命老区汕尾举行。中国书协副主席吴东民、吴善璋、聂成文，中国书协分党组成员、副秘书长张陆一，中国书协展览部主任刘恒等十多位书法家参加了活动。

4. 中国书法进万家——中国书协中央国家机关分会暨民进中央开明画院走进永联村

9月27日，“中国书法进万家——中国书协中央国家机关分会暨民进中央开明画院走进永联村”活动在“华夏第一钢村、中国文明村、国家级生态村”——江苏省张家港市永联村举行。张飙、聂成文、白煦、吴惠芳、杨炳延等领导和书法家参加了活动。

【中国书法名城（之乡）、兰亭小学授牌活动】

1. 廊坊市被授予“中国书法城”称号

1月10日，“中国书法城”授牌仪式在河北省廊坊市隆重举行。中国书协领导和专家赵长青、旭宇、张陆一、段军，河北省委宣传部以及相关领导参加了授牌仪式。

2. 浙江省宁波市鄞州区被命名为“中国书法之乡”称号

5月20日，浙江省宁波市鄞州区被命名为“中国书法之乡”授牌仪式在该区举行，陈振濂、戴志祺、刘恒出席活动。

3. 秀山自治县获“中国书法之乡”称号

6月16日，重庆市秀山自治县被命名为“中国书法之乡”授牌仪式在重庆市南坪国际会展中心举行。赵长青、刘恒、宋华平等出席了授牌仪式。

4. 新泰市荣获“中国书法之乡”称号

7月2日，山东省新泰市被命名为“中国书法之乡”授牌仪式在该市的青云山庄举行。中国书协分党组书记、驻会副主席赵长青，中国书协副主席张业法，中国书法名城（之乡）联谊会副会长、山东省文联副主席、省书协主席顾亚龙，新泰市领导张宏伟等参加授牌仪式。

5. 安徽省寿县喜获“中国书法之乡”称号

7月20日，安徽省寿县被命名为“中国书法之乡”授牌仪式在该县举行。中国书协分党组书记、驻会副主席赵长青，中国书协理事、中国书法名城（之乡）联谊会副会长戴小京，安徽省政协副主席张学平，安徽省委宣传部常务副部长叶文成，安徽省文联党组书记、书记处第一书记陈田，安徽省文联书记处书记、副主席、省书协副主席吴雪等领导出席仪式。

6.河南省辉县市被命名为“中国书法之乡”

7月27日，河南省辉县市被命名为“中国书法之乡”授牌仪式在该市隆重举行。河南省人大副主任李文慧，中国书协分党组书记、驻会副主席赵长青，河南省文联党组书记吴长忠，中国书协分党组成员、副秘书长张陆一，中国书协展览部主任刘恒，中国书协组联部副主任、中国书法名城（之乡）联谊会秘书长段军，中国书法名城（之乡）联谊会会长宋华平等参加了授牌仪式。

7.“中国书法之乡”授牌仪式在甘肃省通渭县举行

8月7日，甘肃省通渭县被命名为“中国书法之乡”授牌仪式在该县举行。中国书协副主席张改琴、聂成文，中国书协分党组成员、副秘书长张陆一，中国书协理事、中国书法名城（之乡）联谊会副秘书长杨西湖，甘肃省文联党组书记、副主席、省书协主席马少青，中国书协理事、甘肃省书协副主席陈扶军等参加活动。

8.“中国书法之乡”授牌仪式在江苏省沭阳县举行

8月10日，江苏省沭阳县被命名为“中国书法之乡”授牌仪式在该县举行。中国书协分党组成员、副秘书长张陆一，中国文联书法艺术中心主任、中国书协展览部主任刘恒，中国书协组联部副主任、中国书法名城（之乡）联谊会秘书长段军等参加了授牌仪式。

9.“兰亭学校”授牌仪式在吉林省柳河县实验小学举行

8月24日，“兰亭学校”授牌仪式在吉林省柳河县实验小学举行，中国书协副主席聂成文、中国书法名城（之乡）联谊会名誉会长戴志祺出席活动。

10.“中国书法之乡”和“兰亭学校”授牌仪式在吉林省集安市举行

8月25日，“中国书法之乡”和“兰亭学校”授牌仪式在吉林省集安市举行。中国书协副主席聂成文、中国书法名城（之乡）联谊会名誉会长戴志祺出席活动。

11.“中国书法之乡”授牌仪式在青海省海东市乐都区举行

8月26日，“中国书法之乡”授牌仪式在青海省海东市乐都区举行。中国书协副主席张改琴、中国书协分党组成员、副秘书长张陆一出席活动。

12.儋州市被中国书协授予“中国书法之乡”称号

10月12日，海南省儋州市被中国书协授予“中国书法之乡”称号并举行授牌仪式。吴东民、张陆一、刘恒、段军、戴小京、陈洪以及海南省书协、儋州市有关领导和书法爱好者1000余人参加。

13.温州市龙湾区被中国书协授予“中国书法之乡”称号

10月16日，浙江省温州市龙湾区被中国书协授予“中国书法之乡”称号，张陆一、刘恒、段军、李木教、吴行、赵雁君、沈岩松参加。

14.“兰亭学校”授牌仪式在四川省什邡市双盛中学举行

10月23日，“兰亭学校”授牌仪式在四川省什邡市双盛中学举行，中国书协副主席何应辉，中国书协张陆一、刘恒出席活动。

15.“中国书法之乡”授牌仪式在河北省霸州市举行

12月25日，“中国书法之乡”授牌仪式在河北省霸州市举行，中国书协分党组成员、副秘书长张陆一出席活动。

16.“中国书法城”授牌仪式在山东省滨州市举行

12月30日，“中国书法城”授牌仪式在山东省滨州市举行，中国书协分党组书记、驻会副主席赵长青，中国书协副主席张业法出席活动。

【中国书法家创作培训基地授牌活动】

1.“中国书法家海景创作培训基地”授牌仪式在广州市举行

4月13日，“中国书法家海景创作培训基地”授牌仪式在广州市举行。中国文联党组副书记、副主席覃志刚，中国书协分党组书记、驻会副主

席赵长青，中国书协副主席苏士澍，中国书协张陆一、刘恒出席活动。

2.“中国书法家创作培训基地”授牌仪式在江苏省无锡市举行

8月29日，“中国书法家创作培训基地”授牌仪式在江苏省无锡荣巷古镇举行。中国书协顾问尉天池，中国书协副主席申万胜，中国书协分党组成员、副秘书长张陆一，中国文联书法艺术中心主任、中国书协展览部主任刘恒，中国书法名城（之乡）联谊会会长宋华平出席活动。

3.“中国书法家蛇蟠岛创作培训基地”授牌仪式在浙江省三门县举行

9月25日，“中国书法家蛇蟠岛创作培训基地”授牌仪式在浙江省三门县举行，张陆一、段军、李木教、吴行、赵雁君等有关领导和书法爱好者300余人参加。

4.“中国书法家创作培训基地”落户瓜州

11月22日，“中国书法家草圣故里文化产业园创作培训基地”授牌仪式在甘肃省瓜州县举行。张改琴、宋华平、杨西湖、陈扶军及瓜州县委县政府有关领导和书法爱好者400余人参加。

【迎庆党的“十八大”主题活动】

1.4月9日，迎庆党的“十八大”中国书法之乡十八县（市）书法作品巡展（三原展）在陕西省三原县举行。中国书法名城（之乡）联谊会会长宋华平出席活动。

2.5月16日，迎庆党的“十八大”中国书法之乡十八县（市）书法作品巡展（镇原展）在甘肃省镇原县举行。中国书协副主席张改琴出席活动。

3.6月25日，迎庆党的“十八大”中国书法之乡十八县（市）书法作品巡展（大石桥展）在辽宁省大石桥市举行。中国书协副主席、中国书法名城（之乡）联谊会名誉会长聂成文出席活动。

4.10月9至13日，迎庆党的“十八大”中国书法之乡十八县（市）书法作品巡展（隆德展）在宁夏回族自治区隆德县举行。中国书协副主席吴善璋出席活动。

【苏士澍向全国兰亭学校献爱心捐赠《汉字365》】

1月28日，由全国政协书画室、中国书协、中国文学艺术基金会主办，《中国书法》杂志社、中国书法媒体联谊会、中央数字书画电视频道协办的“苏士澍向全国兰亭学校捐赠《汉字365》仪式”在北京全国政协礼堂举行。胡振民、赵长青、苏士澍、张改琴、陈洪武、潘文海、赵学敏、郭希敏、刘恒等出席了开幕式。

【中国书协中直分会喜迁新居】

1月28日，中国书协中央国家机关分会、中联国益美术馆挂牌仪式暨2013年迎春书法展在中联国益美术馆举行，赵长青、张飙在开幕式上讲话。开幕式由白煦主持。

【中国书协发起向雅安地震灾区捐款的倡议】

4月22日，中国书协发起倡议，号召全国的书法家（中书协会员）向雅安地震灾区捐赠作品，奉献爱心。2013年4月20日8点02分，四川雅安芦山发生七级强烈地震，给人民生命财产造成重大损失。灾情发生后，中国书协迅速作出反应，号召书法家用真诚燃起灾区人民的希望，用书法艺术的形式宣誓，与芦山人民永远站在一起，同心同德、和衷共济，夺取抗震救灾的最后胜利。

【第七届中国（临沂）中小学生书法节展览评审工作结束】

8月5日，第七届中国(临沂)中小学生书法节展览评审工作结束。评选出中学组优秀作品43件、入展作品190件，小学组优秀作品44件、入展作品183件，教师组优秀作品41件、入展作品205件。

【第七届中国·临沂中小学生书法节】

9月3日，第七届中国•临沂中小学生书法节开幕式在临沂举行。中国书协副主席胡抗美，中国书协分党组成员、副秘书长潘文海等出席。

【“农行杯”首届中国电视书法大赛】

“农行杯”首届中国电视书法大赛半决赛、决赛于9月4日至12日在北京举行，并于12日晚在北京举行了颁奖晚会。

【中国（芮城）永乐宫第六届国际书画艺术节开幕】

9月6日，中国（芮城）永乐宫第六届国际书画艺术节开幕式在山西省芮城县举行，中国书协副主席张改琴，中国书协分党组成员、副秘书长张陆一出席活动。

【中国艺术研究院中国篆刻艺术院聘任仪式在京举行】

10月20日，中国艺术研究院中国篆刻艺术院聘任仪式在北京举行。聘任韩天衡为名誉院长，骆芃芃为院长，刘江、高式熊等8人为顾问，陈振濂、熊伯齐、徐正濂、李刚田、刘一闻、刘恒、林剑丹、翟万益、许雄志等为研究员。王文章、吕品田、牛根富、贾磊磊等院领导出席聘任仪式，李铎、沈荣槐、赵长青、李刚田、吴为山、刘万鸣、杨涛以及中国艺术研究院各院所艺术家代表出席。

展览与评奖

【中国书协西部书界新秀系列书法（行草）研修班作品展】

1月11日，中国书协西部书界新秀系列书法（行草）研修班作品展在重庆长寿区举行。长寿区有关领导、书法家及书法爱好者数百人出席开幕式。

中国书协西部书界新秀系列书法研修班是由中国书协主席张海倡议并出资、中国书协主办的一项书法培训活动，旨在全面落实党中央实施西部大开发战略决策的重要要求，全力支持和配合西部地区文化建设，为西部书法事业的繁荣发展培养高水准、高素质的书法艺术人才。

【河北省首届行书大展】

1月20日，亿博杯•河北省首届行书大展在河北省博物馆举行。有关领导和书法家龚焕文、旭宇、胡抗美、张旭光、刘金凯、郎岗峰、刘瑞领等出席开幕式活动，并为获奖作者颁发奖金和证书。刘金凯主持了开幕式。

【第四届中国书法兰亭奖作品展】

4月11日，第四届中国书法兰亭奖作品展在绍兴隆重开幕。中国书协分党组书记、驻会副主席赵长青主持。

十一届全国人大常委会副委员长周铁农，中国文联党组副书记、副主席覃志刚，中国书协主席张海，中国书协顾问朱关田，中国书协副主席申万胜、苏士澍、何奇耶徒、言恭达、陈振濂、胡抗美、聂成文，中国书协分党组副书记、秘书长陈洪武，故宫博物院副院长王亚民，中国书协分党组成员、副秘书长潘文海、张陆一，中国书协原分党组成员、副秘书长戴志祺，中国文联书法艺术中心主任、中国书协展览部主任刘恒，第四届中国书法兰亭奖终身成就奖获得者尉天池、陈方既、刘艺等出席了活动。开幕式上还举行了签约仪式，中国书法兰亭奖将长期落户绍兴。

【全国第二届篆书展】

4月26日，全国第二届篆书作品展在河南洛阳博物馆开幕。评出参展作品300件，其中获奖作品28件。言恭达、宋华平发表了热情洋溢的讲话。刘恒宣读获奖名单。

【美丽中国·军事博物馆书画院书法作品展】

5月16日，“美丽中国•军事博物馆书画院书法作品展”在军事博物馆博兴大厦展出。展出军事博物馆书画院卢中南、李洪海、张继、沈一丹等17位书法家和书法爱好者的160余幅书法作品。

【第二届“翁同龢书法奖”书法展】

5月26日，第二届“翁同龢书法奖”书法展开幕式在常熟美术馆举行。中国书协副主席言恭达，中国文联书法艺术中心主任、中国书协展览部主任刘恒等出席。

【全国第七届楹联书法作品展】

5月30日，全国第七届楹联书法作品展开幕式在江苏盐城举行。中国书协顾问尉天池，中国书协原分党组成员、副秘书长戴志祺等出席。

【全国首届楷书作品展】

6月16日，全国首届楷书作品展在重庆市南坪国际会展中心隆重举行。共评出入展作品295件，其中获奖作品10件。

【帅乡之星·首届全国青少年书法大赛作品展】

6月1日，由中国书协教委会、重庆市文联、市书协、市教科院联合主办的帅乡之星•首届全国青少年书法大赛作品展在刘伯承元帅的故乡——重庆市开县举行。

【全国首届书法临帖作品展】

7月11日，全国首届书法临帖作品展开幕式在深圳市举行，中国书协副主席聂成文，中国书协分党组成员、副秘书长张陆一、中国文联书法艺术中心主任、中国书协展览部主任刘恒等出席。

【全国第七届篆刻艺术展】

8月18日，“全国第七届篆刻艺术展”在内蒙古自治区赤峰市美术馆开幕。全国政协常委、中国书协副主席苏士澍，内蒙古自治区政协副主席郑福田，内蒙古自治区文联主席巴特尔，中国书协副主席、内蒙古书协主席何奇耶徒，辽宁省书

协主席王丹，《中国书法》杂志副主编朱培尔出席开幕式。

【第二届“平复帖杯”全国书法篆刻大展】

8月19日，第二届“平复帖杯”全国书法篆刻大展开幕式在上海松江美术馆举行。中国书协主席张海，中国书协分党组副书记、秘书长陈洪武，中国书协原分党组成员、副秘书长戴志祺等出席。

【全国第四届扇面书法艺术展】

8月27日，全国第四届扇面书法艺术展开幕式在青海博物馆举行。中国书协副主席张改琴，中国书协分党组成员、副秘书长张陆一等出席。

【首届“西狭颂”全国书法大展】

9月4日，首届“西狭颂”全国书法大展开幕式在甘肃博物馆举行。中国书协副主席张改琴、中国文联书法艺术中心主任刘恒等出席。

【首届“云峰奖”全国书法作品展】

9月8日，首届“云峰奖”全国书法作品展在山东省莱州市举行。共评出入展作品291件，其中优秀作品21件。

【第五届全国妇女书法展】

9月10日，第五届全国妇女书法展开幕式在海南文昌举行。中国书协分党组书记、驻会副主席赵长青，中国书协副主席吴东民等出席。

【“中华情·中国梦”中秋美术书法作品展】

9月19日，2013年“中华情•中国梦”中秋美术书法作品展在厦门市美术馆开幕，覃志刚、夏潮、刘可清、乔锋、吴长江、赵长青、邵学敏、罗成琰、叶重耕、黄强、张作兴、陈奋武、施子清、连家生、沈荣槐、冯仪等两岸四地的领导和艺术家出席。共展出书画作品420幅。

【首届全国“三名工程”书法展】

9月28日至10月9日，由中国文联立项、中国书协主办、中国文学艺术基金会资助的以“名篇、名家、名作”为主题的成果汇报展——首届全国“三名工程”书法展在中国美术馆展出。全国政协副主席韩启德，全国政协教科文卫体委员会副主任胡振民，中宣部副部长翟卫华，中国文联党组副书记、副主席覃志刚，中国文联党组副书记、副主席李屹，文化部党组副书记、副部长杨志今，中国文联党组成员、副主席夏潮，中国艺术研究院院长王文章，中国书协主席张海、中国书协分党组书记、驻会副主席赵长青，中国书协原顾问欧阳中石、权希军，顾问刘艺、张飙，中国书协副主席王家新、申万胜、苏士澍、吴善璋、何奇耶徒、言恭达、张业法、陈振濂、聂成文，中国书协分党组副书记、秘书长陈洪武，中国书协分党组成员、副秘书长潘文海、张陆一，以及“三名工程”各委员会代表，入选书法名家，业界专家学者，专业媒体支持单位及书法界近千人参加了开幕活动。开幕活动上，韩启德等与会嘉宾为首届全国“三名工程”书法展入选名家代表颁证。开幕活动中，《首届全国“三名工程”书法展作品集》、《首届全国“三名工程”入选名家访谈录》同期首发。

展览期间，国务院副总理马凯，中宣部部长刘奇葆，中国文联党组书记、副主席赵实等领导，以及文化艺术界专家学者先后参观了展览，并对举办本次展览的意义、社会影响给予了高度评价。

【大爱妈祖—首届中华“妈祖杯”全国书法篆刻大展】

10月10日，展览开幕式在福建莆田举行。中国书协分党组书记、驻会副主席赵长青等出席。

【第一届“西安碑林奖”书法展】

10月10日，第一届“西安碑林奖”全国书法作品展在西安碑林开幕。此展收到国内外来稿5018件，评出入展作品200幅。

【首届“钟繇奖”全国书法篆刻作品展】

10月18日，首届“钟繇奖”全国书法篆刻作品展开幕式在河南许昌举行。中国书协副主席聂成文、中国文联书法艺术中心主任、中国书协展览部主任刘恒等出席。

【首届“沙孟海杯”全国书法篆刻作品展】

10月21日，首届“沙孟海杯”全国书法篆刻作品展开幕式在鄞州博物馆举行。中国书协副主席陈振濂等出席。

【全国首届书法小品展】

11月2日，全国首届书法小品展在无锡博物院开幕，共展出作品324件，其中17件为优秀作品。中国书协顾问、江苏省书协主席尉天池，中国书协副主席言恭达，中国文联书法艺术中心主任、中国书协展览部主任刘恒，江苏省书协副主席兼秘书长李啸等参加了开幕活动。

【首届“三苏奖”全国书法展览】

11月6日，首届“三苏奖”全国书法展览开幕式在河南省郏县举行。中国书协副主席聂成文等出席。

【第七届全国书法新人新作展】

11月9日，第七届全国书法新人新作展开幕式在南京浦口求雨山文化名人纪念馆举行，中国书协副主席言恭达，中国文联书法艺术中心主任、中国书协展览部主任刘恒等出席。

【首届“孙过庭奖”全国行草书大展】

11月25日，首届“孙过庭奖”全国行草书大展开幕式暨颁奖典礼在浙江省富阳市文化中心隆重举行。中国书法家协会副主席陈振濂，浙江省文联党组书记、书记处常务书记田宇原，浙江省书法家协会主席鲍贤伦，浙江省书法家协会副主席、秘书长赵雁君等出席开幕式暨颁奖典礼。

【首届北京刻字艺术展】

12月3日，由中国书协刻字研究会、清华大学美术学院作指导，北京文联、北京书协、北京市丰台区文联共同主办的“情系北京”首届北京刻字艺术展在中国人民革命军事博物馆开幕。林岫、潘文海、张陆一等及来自全国各地的书刻艺术家600余人出席了开幕式。

【“廉江红橙杯”全国书法大展】

12月8日，“廉江红橙杯”全国书法大展开幕式在广东省廉江市博物馆举行。中国书协副主席吴东民等出席。

【首届“沈延毅奖”全国书法篆刻作品展】

12月12日，首届“沈延毅奖”全国书法篆刻作品展开幕式在辽宁省美术馆举行。中国书协副主席聂成文，中国文联书法艺术中心主任、中国书协展览部主任刘恒等出席。

【全国“王安石奖”书法作品展】

12月20日，全国“王安石奖”书法作品展开幕式在江西东乡举行。中国书协副主席聂成文，中国文联书法艺术中心主任、中国书协展览部主任刘恒等出席。

【全国首届“陶渊明奖”书法作品展】

12月21日，全国首届“陶渊明奖”书法作品展开幕式在江西南昌举行。中国书协副主席聂成文，中国文联书法艺术中心主任、中国书协展览部主任刘恒等出席。

【书写时代——全国名家书法作品展】

12月24日，书写时代——全国名家书法作品展开幕式在上海中华艺术宫展出。中国书协分党组书记、驻会副主席赵长青，中国书协副主席言恭达、陈振濂，中国书协原分党组成员、副秘书长戴志祺，中国书协展览部主任刘恒等出席。

【纪念毛泽东同志诞辰120周年全国书法展】

12月26日，纪念毛泽东同志诞辰120周年全国书法展开幕式在中华世纪坛美术馆举行。中国书协分党组书记、驻会副主席赵长青，中国书协副主席胡抗美，中国书协分党组副书记、秘书长陈洪武，中国书协张陆一、刘恒等出席。

个人展览

【中国国家画院胡抗美、曾翔工作室主办第二届学员结业作品展】

1月3日，由中国国家画院主办的胡抗美、曾翔工作室第二届学员结业作品展在中国书法院展览馆开幕。书法名家胡抗美、曾来德、曾翔、崔志强、李胜洪等，以及首都书法界两百余人出席了开幕式。

【田树苌书画展】

3月24日，由中国书协、岭南画院、东莞市美协主办的晋韵魏风——田树苌书画展在广东东莞岭南美术馆展出。本次展览展出田树苌的书画作品88幅，其中书法作品71幅、国画作品17幅。

【杨炳延赴法国书法展】

4月2日至4月9日，古韵焕采——杨炳延赴法国书法展在巴黎中国文化中心举办。展出杨炳延新作40余件。

【孙晓云书法作品展亮相巴黎】

3月14日，书法有法•孙晓云书法作品展在法国巴黎中国文化中心开幕，展出作品30余件。中国驻法使馆临时代办邓励及夫人、驻法国使馆文化公参吕军、巴黎中国文化中心主任殷福、法国汉学家汪德迈等中法嘉宾出席了展览开幕式。

【陈振濂书法工作室举办首届学员创作展】

4月13日，由《美术报》担纲策划、颇受当代书坛瞩目的陈振濂书法工作室首届优秀学员学院派主题创作展在杭州恒庐美术馆举行，共展出学员创作的学院派主题书法作品30件。

【钟明善书法作品展】

5月12日，钟明善书法作品展在西安交通大学博物馆展出。展厅内8.3米长、1.5米高的《兰亭序》、《短歌行》、《赤壁怀古》等8件巨幅篆书作品非常引人注目，年逾古稀的钟明善再一次将自己那风格独特的书法艺术成果展现在了世人面前。

【王学仲书画精品展】

5月25日，王学仲书画展在天津美术馆展出。此展是王学仲所有国内外展览中规模最大的一次，作品尺寸大至丈二巨制、小到尺牍手札，类别涉及山水、花鸟、人物、油画、素描、水彩、书法、手稿，共计200余帧。既有上世纪五十年代初到天津时的作品，也有耄耋之年的力作。

【孙伯翔师生咏五台山书画展】

6月23日，著名书家孙伯翔率30余名弟子来到山西忻州，出席“孙伯翔师生咏五台山书画展”。本次展览展出孙伯翔和他的45名津晋弟子的书画作品80件，均为以五台山为主题的新近创作作品。

【书意江南·行草十家展】

8月13日，书意江南•行草十家展在浙江杭州美术馆开幕。该展览由中国书协展览部、浙江省书协、上海《书法》杂志共同主办。朱关田、陈振濂、鲍贤伦、杨西湖、王冬龄、赵雁君等书法界300余人参加了开幕式。

此展汇集了胡传海、张学群、陈洪武、王厚祥、洪厚甜、李远东、张纬东、刘京闻、王乃勇、林峰10位当代知名中青年书法家的100件作品。赵雁君主持开幕式，张学群代表行草十家展作者致辞。

【“艺舟双楫——李一书法展”】

11月2日，由中国艺术研究院、中国书协主办的“艺舟双楫——李一书法展”在中国美术馆开幕。展出各体书法作品100余件。张海、龙瑞、范迪安、王能宪、胡抗美、陈洪武、赵学敏、骆芃芃等出席开幕式。

【姚莫中张光宾作品展】

11月11日，由中国书协、台北国父纪念馆、台湾中国书法学会、台湾中华书学会、山西省姚奠中国学教育基金会主办的“登高望远——海峡两岸百岁书画大家姚奠中、张光宾作品展”在台北国父纪念馆举行。中国国民党主席马英九，中国国民党荣誉主席连战、吴伯雄，中国国民党副主席蒋孝严、詹春柏，台湾亲民党主席宋楚瑜，海基会董事长林中森，台湾“立法院”院长王金平，台湾政要萧万长均发来贺信、贺作。九届全国政协副主席、全国政协书画室主任张思卿、海协会原会长陈云林也发来贺信。此次共展出两位百岁艺术大家代表性书画作品70多件。

对外及对港澳台地区文化交流

【赵长青率团赴台交流】

3月15日至3月21日，应台北中华书法家协会邀请，以中国书协分党组书记、驻会副主席赵长青为团长的书法交流团一行5人赴台湾出席“第二届鼎盛和安书法双年展”开幕式，并前往新竹、高雄、花莲等地进行两岸书法交流活动，在高雄师范大学举行了座谈会，在花莲县新城小学与师生们进行了交流，实现了中国书法在台湾岛内走进校园、走进课堂、走进家庭的计划。

【第三届中日议员公务员书法展亮相东京】

3月25日，第三届中日议员公务员书法展在东京日中友好会馆美术馆亮相。以全国政协委员、中国书法家协会副主席言恭达为顾问，中国书法家协会理事张杰为团长，中国书法家协会理事李宴清、余师孟为副团长的中国公务员书法代表团一行17人同日本各界人士数百人出席展览开幕剪彩仪式并观看了展览。

【中国书协代表团出访日本】

4月1日至4月6日，由中国书协顾问林岫率领的中国书协代表团一行3人赴日本出席第29届成田山全国竞书大会颁奖活动，向日本获奖青少年颁发了中国书协授予的“兰亭新星奖”。

【“企盼和平”联合国官员和中国书法家同书《联合国宪章》活动在北京举行】

7月14日，由联合国中文组主办，北兰亭艺术中心和人民画报社承办的“中国梦、世界梦——‘企盼和平’联合国官员、中国书法家相聚中国太庙同书《联合国宪章》百米长卷暨联合国官员与中国书画名家作品展”在北京劳动人民文化宫开幕。

【第二十九届成田山少年少女中日友好书法交流活动在北京举行】

应中国书协邀请，由日本成田山全国竞书大会会长、成田山新胜寺桥本贯首率领的第29届成田山少年少女中日友好书法交流团一行53人于8月

2日至8月6日来华交流访问。日本第29届成田山书法大赛执行委员长、全日本书道联盟理事长樽本树柂先生也随团来访。

中国书协顾问刘艺、林岫，中国书协分党组书记、驻会副主席赵长青，中国文联国际部副主任薛伶，中国书协分党组成员、副秘书长潘文海，日方交流团全体成员以及北京市青少年书法爱好者、指导老师共100余人出席交流笔会。

【赵长青率团出访日本】

8月21日至8月26日，应日本成田山全国竞书大会邀请，由中国书协分党组书记、驻会副主席赵长青为名誉团长、中国书协副主席何奇耶徒为团长的中国书协代表团一行5人赴日本，参加了中国书协第三届青少年书法交流团访日交流活动。

【海峡两岸女书法家作品联展在台北举办】

9月13日，由中国书协妇女工作委员会、台湾女书法家学会共同主办的海峡两岸女书法家作品联展在台北举办，以张改琴为团长的中国书协女书法家交流团一行22人和台湾各界人士近200人出席了开幕式。展出两岸女书法家的书法作品120件。

【赵长青会见香港文化艺术界访京团】

9月30日，赵长青在北京会见了以香港著名书法家施子清为团长的香港文化艺术界访京团一行32人，两地书法家就深入开展内地与香港书法交流、发挥香港区位优势、进一步扩大中国书法国际影响等话题进行认真探讨。

【中日代表书法家作品展在中国国家博物馆展出】

10月25日，由中国书协、中国国家博物馆、全日本书道联盟、日本中国文化交流协会主办的“中日书法家代表作品展”在中国国家博物馆展出。中国书协主席张海、中国国家博物馆馆长吕章申，全日本书道联盟副理事长清水透石先生为团长的全日本书道联盟代表团、首都书法家及观众100余人出席了开幕式。展览展出中日当代著名书法家近年创作的汉字书法作品81件，其中中方作品41件，日方作品40件。

【“汉字之美·中国书法展”在墨西哥城举行】

11月12日，中国书法环球行—“汉字之美•中国书法展”在墨西哥学院隆重开幕，以中国书协驻会副主席赵长青为团长的中国书协代表团，中国驻墨西哥大使邱小琪，墨西哥学院院长加西亚迭戈博士，以及学院师生、观众及媒体记者300余人参加了展览开幕式活动。此展由中国书协、中国驻墨西哥大使馆、墨西哥中国文化中心主办，展出中国书法家近年创作的书法作品40件。

学术、创作、培训

【第二届全国中小学书法教学高峰论坛开幕】

3月26日，由中国书协教育委员会、重庆市文联、重庆市书协和重庆市教育科学研究院联合主办的龙乡墨韵•第二届全国中小学书法教学高峰论坛暨全国教师书法作品展在重庆铜梁隆重开幕。潘文海、章巧珍、窦瑞华、刘庆渝等出席活动，潘文海在开幕式上讲话。

【“探索与追求——权希军书法艺术研讨会”在京召开】

4月22日上午，由中国书法家协会主办的“探索与追求——权希军书法艺术研讨会”在北京中国文艺家之家会议室隆重举行。中国书协主席张海发来贺信，中国书协分党组书记、驻会副主席赵长青，中国书协副主席申万胜、胡抗美，中国书协分党组副书记、秘书长陈洪武，以及张虎、李一、苗培红等专家学者出席了研讨会，研讨会由陈洪武主持。

【首届中国书法·中原论坛论文评选揭晓】

5月25日至26日，由中国书协学术委员会艺术指导、河南省书协主办的首届“中国书法•中原论坛”论文征稿在郑州评审。共评选出优秀论文5篇，入选论文25篇。

【举办“西部书界新秀系列书法研修班”】

为全力推进西部地区文化建设。由中国书协主席张海先生倡议并出资，经中国书法家协会研究决定，从2012年起开始举办“西部书界新秀系列书法研修班”。本次研修班由中国书法家协会主办，河南省书法家协会协办，面向西部12省、市、自治区及新疆建设兵团。2013年4月至10月先后举办了书法理论、篆书（含篆刻）、隶书3期研修班。

【全国政协文史馆成立言恭达艺术研究院】

5月30日，全国政协文史馆特别批准成立了全国政协文史馆言恭达艺术研究院，同时举行了签约仪式。

据悉，中国书协副主席、全国政协委员言恭

达成为首批进驻全国政协文史馆的艺术家，馆长赵珩向言恭达颁发了“全国政协文史馆首批文化艺术指导委员会委员研究馆员”聘书。

【全国政协书画室领导视察燕京学院书法教学工作】

7月4日，全国政协书画室主任张思卿，全国政协书画室副主任王成喜，全国政协常委、书画室副主任、中国书协副主席苏士澍，《中国书法》杂志社常务副社长郭志鸿一行8人，在三河市市委书记张金波、市长谷正海等领导的陪同下，视察廊坊市燕京职业技术学院的书法教学工作。

【2011《当代中青年书家年度创作档案》丛书出版发行】

7月中旬，中国书协主编的2011《当代中青年书家年度创作档案》丛书，由湖南美术出版社出版发行。入选本套丛书的50位书家均为近年来活跃在书法创作一线且具有扎实创作实力的书家。

【中国书法艺术高研班毕业作品展开幕】

7月20日，中国书法艺术高研班毕业作品展在北京孔庙国子监博物馆举行。该展览由清华大学美术学院、首都师范大学继续教育学院和北京书法家协会共同举办。此次展览共展出了北京书法家协会与上述京城两所著名高校合作举办的书法高研班毕业作品164件。

【“当代书法创作研究暨中国书法如何走向世界——国际论坛”论文评审结果在上海松江揭晓】

8月28日，由中国书法家协会、上海市文学艺术界联合会、上海市松江区人民政府主办，中国书协研究部、上海市书法家协会、中共上海市松江区委宣传部承办的“当代书法创作研究暨中国书法如何走向世界——国际论坛”论文评审结果在上海松江揭晓。最终评选出优秀论文18篇，入选论文45篇，共63篇。

【白煦在内蒙古举办书法讲座】

9月9日，白煦书法艺术讲座在内蒙古扎鲁特旗举办，何奇耶徒主持。

【编辑出版首届全国三名工程《书家访谈录》】

9月20日，首届全国三名工程《书家访谈录》由大众文艺出版社出版，书中所录的50位三名工程入选书家，长期活跃在书坛的创作前沿。访谈从书家入选“三名工程”的作品、学术路径、创作体悟、学术思想等方面导入，通过作者自身的感性亲历和理性提炼，力求客观呈现出各自的艺术人生和创作状态。

【首届全国“三名工程”书法作品展学术研讨会召开】

9月28日至10月9日，由中国文联立项、中国书法家协会主办、中国文学艺术基金会资助的以“名篇、名家、名作”为主题的成果汇报展——首届全国“三名工程”书法展在中国美术馆展出。

28日下午四点召开了首届全国“三名工程”书法作品展学术研讨会，研讨会由中国书协主席张海主持，出席研讨会的有中国书协主席团成员、中国书协领导、专家学者、入选名家、专业媒体以及数百名高校学生听众。研讨会就深入书法本体、增强精品意识等主题进行了深入讨论。

【中国人民大学举行书法名家导师工作室首期面授活动】

10月2日，中国人民大学艺术学院正式聘任中国书协副主席申万胜等10位书法名家为学院特聘教授，参与书法专业教学与科研活动，面向全国书法家招生的名家导师工作室同时开学。开学典礼结束后，进行了为期五天的第一次面授。

【当代书法创作研究暨中国书法如何走向世界国际论坛在“中国书法城”松江举行】

10月20日，由中国书法家协会、上海市文学艺术界联合会、上海市松江区人民政府主办的当代书法创作研究暨中国书法如何走向世界国际论坛在“中国书法城”松江举行。开幕式由上海书协副主席戴小京主持。中国文联副主席段成桂，中国书法家协会副主席陈振濂，上海市文联副主席、上海市书法家协会主席周志高，中共松江区委宣传部部长谢巍，中国书法家协会学术委员会秘书长方爱龙，中国书法家协会学术委员会委员侯开嘉、张天弓等出席。

机关建设

【中国书协举办学习《政府工作报告》讲座】

5月7日，中国书协学习《政府工作报告》专题讲座在中国文联报告厅举行。中央财经领导小组办公室杨尚勤局长以“把握大时代大背景，推动文化大发展大繁荣”为题，从伟大复兴的大时代、经济社会的大背景、文化发展的大课题三个方面，阐述了推动文化事业和文化产业发展的时代意义。

中国书协分党组书记、驻会副主席赵长青主持讲座并讲话。中国文联机关党委常务副书记徐宝玉，中国书协分党组成员、副秘书长潘文海、张陆一，中国文联书法艺术中心主任刘恒，中国书协机关及直属单位全体人员听取讲座。

【中国书协深入开展党的群众路线教育实践活动】

7月9日，按照中央精神和中国文联统一部署，中国书协召开党的群众路线教育实践活动动员大会。中国文联督导1组组长、中国文联党组副书记、副主席覃志刚同志，副组长、中国文联国内联络部副主任李培隽等协会全体党员出席大会。覃志刚同志代表督导组讲话。中国书协分党组书记、驻会副主席赵长青，中国书协分党组副书记、秘书长陈洪武，中国书协分党组成员、副秘书长潘文海、张陆一出席会议。赵长青同志就深入学习贯彻《中共中央关于在全党深入开展党的群众路线教育实践活动的意见》、党的群众路线教育实践活动工作会议精神和中央领导讲话精神、中国文联深入开展党的群众路线教育实践活动动员大会精神，对中国书协开展党的群众路线教育实践活动进行动员部署。潘文海同志通报了经中国书协分党组研究讨论，并报中国文联督导组1组审阅的《中国书协深入开展党的群众路线教育实践活动实施方案》。会议由陈洪武主持。

【中国书协分党组理论学习中心组学习扩大会】

7月24日，中国书协分党组中心组确定，在前段个人通读规定书目的基础上，召开中国书协分党组理论学习中心组专题学习扩大会。

【中国书协党总支机关党支部召开党的群众路线教育实践活动民主生活会】

11月18日，中国书协党总支机关党支部召开党的群众路线教育实践活动民主生活会。会上，组织全体党员系统学习近平同志在党的群众路线教育实践活动工作会议上的讲话，对下一步工作进行了安排部署，要求全体党员要进一步统一思想，提高对教育实践活动重大意义和现实紧迫性的认识，加强沟通交流，认真准确地查找并整改四风问题。

直属单位

【中国人民大学第三、四届书法高研班毕业典礼暨毕业展开幕式隆重举行】

7月13日，由《中国书法》杂志社、中国书协培训中心和中国人民大学艺术学院联合主办的第三、四届书法高研班毕业典礼暨毕业展开幕式在中国人民大学艺术学院音乐厅隆重举行。中国文联党组副书记、副主席覃志刚，中国书协副主席申万胜，中国人民大学副校长刘向兵，中国书协分党组副书记、秘书长陈洪武，中国人民大学徐悲鸿艺术研究院院长徐庆平，刘炳森先生家属、首都师范大学美术学院副教授刘学惟，《中国书法》杂志社常务副社长、《中国书法通讯》报主编郭志鸿，中国人民大学艺术学院执行院长徐唯辛、党委书记兼副院长郑晓华等出席，典礼由郑晓华主持。

【中国书法家协会书法考级中心2013年工作会在京召开】

2013年4月12日，中国书法家协会书法考级中心2013年工作年会在北京召开，中国书法家协会分党组成员、副秘书长潘文海同志到会并作了讲话。来自全国各地30余家中国书法家协会书法考级承办单位负责人参加了会议。

中国杂技家协会

综　述

2013年是全面贯彻落实党的十八大精神的开局之年，是实施“十二五”规划承前启后的关键一年，也是深化文化体制改革、推动文化强国建设的重要一年。在中宣部、中国文联的坚强领导和具体指导下，中国杂技家协会认真落实中国文联统一部署和中国杂协六届六次主席团会议确定的工作计划，科学统筹，突出重点，扎实推进，为服务党和国家工作大局，繁荣发展中国杂技事业，推动建设社会主义文化强国作出了积极贡献。

重大活动

【全面贯彻落实党的十八大精神，深入开展党的群众路线教育实践活动】

党的十八大是中国共产党在全面建成小康社会关键时期和深化改革开放、加快转变经济发展方式攻坚时期召开的一次十分重要的大会。中国杂协分党组对深入学习、宣传贯彻十八大精神活动高度重视，并作为当前和今后一个时期的重大政治任务来抓。

在全党深入开展以为民务实清廉为主要内容的群众路线教育实践活动，是党的十八大作出的一项事关全局和长远的重大决策。7月10日，中国杂协召开了全体党员和干部参加的动员大会，根据中国文联统一部署，对教育实践活动进行动员和安排。协会通过中心组学习、参加文联组织的系列讲座、党员自学、机关党员干部征求意见、谈心等活动，深刻领会了开展学习教育活动的重大意义。结合工作实际，聚焦“四风”问题，协会分党组召开了专题民主生活会，班子和班子成员作了认真的对照检查，进行深刻剖析，查摆问题，制定切实可行的整改措施，并在协会党员范围进行了情况通报。机关党支部召开党员专题组织生活会，全体党员交流了学习体会，进行了对照检查和剖析，明确了努力方向和整改措施。中国文联督导组对活动全程进行指导。

中国杂协将开展教育实践活动与改进作风、提高能力有机结合起来，与履行协会职能、发挥协会作用有机结合起来，与加强协会党的建设和干部队伍建设有机结合起来，将在教育实践活动中激发出来的正能量转化为开创协会工作新局面的动力和能力，促进了杂技事业的繁荣发展，教育实践活动取得了实实在在的成效。

【赴海南省三沙市、文昌市开展采风慰问演出活动】

新年伊始，由中国文联主办，中国杂协等单位承办的中国文联文艺志愿服务团赴海南省三沙市“为人民、送欢乐、下基层”慰问演出活动在祖国南疆三沙市举办。这是三沙市建市以来第一场新年文艺演出，也是三沙市迎来的文艺门类最齐全、文艺名家阵容最大的文艺活动。

1月1日早6点40分，赵实、李屹等有关领导和驻岛警区官兵、市属干部员工、岛上村民渔民，中国文联文艺志愿服务团全体演职人员共300余人，一起在晨曦中举行了庄严的升国旗仪式。7点整，大型慰问演出正式开始。赵实在演出前发表讲话。中国文联向三沙市有关单位赠送了美术、书法、摄影作品等。随后，声乐、舞蹈、魔术、滑稽、相声、评书、戏剧、杂技、诗朗诵等节目纷纷登台。姜昆、戴志诚的相声，关牧村、郑咏的二重唱，刘兰芳的评书，王二妮的陕北民歌让观众掌声迭起。刘全和、刘全利的滑稽，高保利的独唱，吴正丹、魏葆华的杂技，曲蕾的魔术引发观众阵阵喝彩声。艺术家们以丰富多彩的作品向三沙人民奉献了一台精彩的新年文艺演出。

此外，文艺家们先后来到渔民村永兴村、永兴岛边的石岛进行了两场小分队演出。参加了海龟增殖放流活动、参观了永兴岛上的将军林、纪念碑、博物馆等，接受了生动的爱国主义教育。1月1日晚，文艺志愿服务团还在海南省文昌市举行了专场慰问演出，为这座华侨之乡、书法之乡、航天之城、将军之乡的群众送来了一场精彩的新年文艺盛会。

【赴中航工业沈飞民机公司开展慰问演出活动】

1月18日，由中国文联主办，中国杂协、辽宁省文联承办的中国文联文艺志愿服务团赴中航工业沈飞民机“送欢乐下基层”采风慰问演出在辽宁省沈阳市举行。中国文联、中国杂协、辽宁省以及中航工业沈飞集团公司有关领导与1500多名沈飞民机公司的职工们一起观看了演出。

1月18日下午，融杂技、魔术、滑稽、曲艺、音乐、舞蹈等多门类艺术于一体的大型综艺演出在沈飞文化宫举行。在国际重大赛场屡获金奖的杂技、魔术、滑稽，以及评书、相声、民歌等一一上演，给观众带来美妙绝伦的艺术享受；对口评书《魂系蓝天》、男声独唱《你的手》以航空事业、航空人为创作原型，沈飞民机公司职工自编自导的时尚热舞《沈飞style》引发了现场观众的强烈共鸣。

此外，艺术家们还奔赴沈飞民机39厂，为工作在生产第一线的航空职工们进行表演，让平日紧张忙碌的车间充满了欢声笑语。民机公司有关领导、外方技术代表等与300多职工一起观看了演出。

【积极筹划、联络，确保赴辽宁舰慰问演出圆满成功】

10月8日，在辽宁舰正式加入海军战斗序列一周年之际，中国文联党组书记、副主席赵实率领由宋祖英、戴玉强、杨洪基等众多著名艺术家组成的中国文联文艺志愿服务团来到辽宁舰开展文艺志愿服务和慰问演出。在中国文联党组领导下，中国杂协在活动前期策划、筹备以及慰问活动中，与海军方面积极联络落实，作了大量严谨细致、卓有成效的工作，而且推荐的杂技节目成为整场演出中一道亮丽的风景，使慰问演出活动获得圆满成功。

【赴革命老区河南濮阳开展采风慰问演出活动】

12月28日下午，由中国文联、中国杂协主办的“我们的中国梦——送欢乐、下基层”中国文联、中国杂协文艺志愿服务团赴革命老区河南濮阳采风慰问大型杂技演出在濮阳市水秀国际大剧院举行。

中国杂技团有限公司《俏花旦——集体空竹》、《腾•韵——顶碗》、河北省杂技团《追星逐月——流星》、天津杂技团《俏花旦——转毯》《垓下雄风——蹬人》、河南省杂技集团《时空穿越——蹦床》等曾夺得蒙特卡洛国际马戏节“金小丑”奖、意大利拉蒂那国际马戏节金奖、全国杂技比赛金奖等国际国内重大杂技赛场最高奖项的精品杂技节目精彩上演，表达广大杂技艺术家回报社会，让人民群众共享艺术创作成果的深情厚谊和美好心愿。

中国文联、中国杂协、文化部、河南省文联、河南省杂协以及濮阳市四大班子等领导与濮阳市各条战线上的先进党员、劳模，教师、产业工人、环卫工作者、医护人员代表等近1600名濮阳市社会各界群众一起观看了这场精品荟萃的杂技盛宴。

【举办第八届中国杂技金菊奖第三次杂技剧目奖评奖及颁奖仪式】

第八届中国杂技金菊奖第三次杂技剧目奖评奖工作自8月下发通知起，共有16个省、自治区、直辖市、解放军的30个杂技院团的40台杂技剧目报名参赛，参赛剧目的数量和质量较前两届都有较大幅度提升。经专家评委初评，共有30台剧目进入终评，评选出剧目优秀奖3个、最佳编导奖7个、最佳音乐奖1个、创新奖2个。同时，评委会设置特别奖3个、入围奖14个。颁奖和展演活动于12月27日在河南省濮阳市进行。在评奖过程中，中国杂协分党组、主席团始终认真贯彻中宣部关于文艺评奖工作的有关要求，进一步落实评奖管理办法，不断改进方法、总结经验，努力规范创新评奖机制，加大评奖成果的宣传推介。通过评奖，表彰了先进，推出了新人新作，中国杂技金菊奖的权威性、导向性以及社会影响力不断增强。

【举办第六届两岸四地大学生魔术交流大会】

7月12日至14日，由中国少数民族文化艺术基金会、中国文学艺术基金会、中国杂协等单位共同主办的“同心结华夏——第六届两岸四地大学生魔术交流大会”在清华大学成功举办。进入决赛的24所高校的24位大学生魔术师进行了激烈的现场比拼。最终，香港专业教育学院李晓阳、台

南成功大学黄大镕、大连东软信息学院张昭龙、湖北工业大学刘鑫资等四位同学分别获得了舞台及近景魔术比赛的金奖。

【举办“杂技少年的中国梦”公益活动】

10月21日，中国杂协在京举办以“杂技少年的中国梦”为主题的公益活动，湖南省杂技团31名8至14岁的杂技小学员应邀来到首都北京观摩学习。中国杂协特地在中国文艺家之家召开欢迎会，与小学员们亲切座谈，带领孩子们参观协会机关及中国文艺家之家展览厅。10月22日，小学员们来到北京天地剧场，观摩了中国杂技团有限公司演出的杂技剧《天地宝藏》。此外，小学员们还到天安门广场观看了升旗仪式，参观了毛主席纪念堂，游览了八达岭长城、故宫博物院等名胜古迹，让杂技少年的中国梦更加丰富多彩。

【举办第八届上海国际魔术节暨国际魔术比赛】

11月7日至10日，由文化部艺术司、中国杂协等单位主办的第八届上海国际魔术节暨国际魔术比赛在上海举行。本届魔术节除举办国际魔术大师赛和国际舞台魔术新人赛外，还举办4场国际精品舞台魔术展演和1场国际精品近景魔术展演。经过激烈角逐，来自法国的肯瑞斯•穆拉特与乌惠莉亚表演的《激情探戈》夺得大赛金奖，中国台湾赵正明凭借《绿色的寂静》获得国际舞台魔术新人赛第一名。魔术节期间，还举办了第二届全国专业魔术师高级研修班、国际魔术道具展，以及中外魔术师下社区表演等活动。

【扎实推进国家大马戏院的筹建工作】

2013年，国家大马戏院的筹建工作在中国文联的坚强领导和协会主席团的具体指导下，各项工作有序展开。

按照《关于筹建国家大马戏院会议纪要》精神，协会配合北京市委宣传部、昌平区政府做了海鹣落公园地块的规划调研工作，与北京市国有文化资产监督管理办公室、北京中咨海外咨询有限公司一道，组织编制项目建议书。5月31日，中国杂协在北京中国文艺家之家召开了《国家大马戏院项目建议书》专家论证会。中国杂协主席团成员、杂技界专家、中国文联有关部门负责人、中国杂协分党组成员，北京市委宣传部和有关区、镇领导30余人参加了论证会。与会专家对马戏院的整体功能、特殊功能、配套功能等进行了详细、严谨、科学的论证。协会认真听取与会专家对项目建议书提出的具体意见和建议，对项目建议书进行修改补充，上报中国文联党组。

对外文化交流

【参加第37届蒙特卡洛国际马戏节、第34届“明日”世界杂技节】

经文化部和中国文联批准，2013年年初，中国杂技家协会组团分赴摩纳哥和法国参加第37届蒙特卡洛国际马戏节和第34届“明日”世界马戏节。中国杂协外联部主任宓鲁担任代表团团长。

蒙特卡洛国际马戏节由摩纳哥大公国雷尼埃三世于1974年创办，是世界上第一个国际马戏节，有着“马戏界奥林匹克”的美誉。“明日”世界马戏节创办于1977年，引领着世界马戏艺术的创新和发展。以上两个马戏节由于参赛节目种类多样、竞技水平顶尖，创建30多年来，已成为国际马戏界公认的顶级赛场。

1月17日，第37届蒙特卡洛国际马戏节率先拉开帷幕。本届马戏节共有来自乌克兰、朝鲜、中国等20个国家的28个节目参赛。经过激烈角逐，由中国杂协选派的中国杂技团《圣斗——地圈》和《俏花旦——集体空竹》两节目共同荣膺马戏节金奖，摩纳哥阿尔贝亲王和史蒂芬妮公主一起为中国两个节目颁发了最高奖——“金小丑奖”。

1月24日至27日，第34届“明日”世界马戏节在法国巴黎举行。来自加拿大、澳大利亚、法国、比利时、中国等18个国家的25个节目参赛。中国杂协选派的上海杂技团《舞陀螺》节目摘得马戏节金奖。

此外，在本届蒙特卡洛国际马戏节上，中国杂协“长城杯”颁给了朝鲜的《男女空中立绳》节目。在“明日”世界杂技节上，中国杂协“长城杯”颁给了比利时的《男女滑稽》节目。

两赛期间，新华社巴黎分社派出记者亲赴赛场采访报道，并通过新华网在第一时间将喜讯发回国内。欣闻中国杂技节目在国际赛场迎来开门红，中国文联向中国杂协和获奖杂技单位发来贺电，令杂技界备受鼓舞。

【参加第12届莫斯科国际青少年国际马戏节】

经文化部、中国文联批准，由中国文联杂技艺术中心主任宓鲁为团长的中国杂技天津代表团于9月5日至9日，赴俄罗斯参加第12届莫斯科国际青少年马戏节。

创办于2000年的莫斯科青少年国际马戏节是当今世界上最重要的青少年赛场之一。该节每年举行一次，今年是第12届。来自中国、俄罗斯、乌克兰、法国、德国、美国、加拿大、西班牙、瑞士、埃塞俄比亚等11个国家的28个节目、近80名演员参加了本届比赛。

本届马戏节的评委会由蒙特卡洛国际马戏节、意大利拉蒂那国际马戏节、西班牙以及法国国际马戏节的主要负责人以及中国、俄罗斯、德国的马戏界人士12人组成，极具专业性和国际性。中国杂协副秘书长邹玉华代表中国出任了本届比赛的评委。

天津市杂技团《集体蹬人》节目代表中国参加本届比赛。14名年轻演员不畏强手、不负众望、稳定发挥技艺，最终荣膺金奖，为祖国赢得了殊荣。本届莫斯科国际青少年马戏节上，“中国杂协长城杯”颁发给了俄罗斯两名儿童表演的《手技》节目。

【参加第15届意大利拉蒂那国际马戏节】

10月17至21日，第15届意大利拉蒂那国际马戏节盛大举行。意大利拉蒂那国际马戏节是综合性的大型马戏节，每届有驯兽、高空、滑稽、杂技等各类传统马戏节目参赛，其艺术价值、市场价值明显，在国际马戏节界堪称是继蒙特卡洛马戏节、法国“明日”马戏节之后在西方举行的第三大国际马戏赛场。来自俄罗斯、法国、乌克兰、西班牙、美国、捷克、意大利、中国等19个国家和地区的22个节目参加了为期5天的角逐。由中国杂技家协会选派的天津市杂技团《男子集体蹬人》节目力压群雄，最终荣膺第一金奖。

【参加首届哈萨克斯坦国际马戏节】

经文化部、中国文联批准，由中国杂协选派的云南省杂技团节目《流星——小伙•四弦•马樱花》于9月20日至22日赴哈萨克斯坦首都阿拉木图参加首届哈萨克斯坦国际马戏节。

哈萨克斯坦国际马戏节是由官方举办的首次国际性马戏活动。入围本次比赛的节目都具有独特的代表性和高水平的观赏性，经过层层选拔，最后，来自中国、俄罗斯、美国、法国、意大利等五个国家的13个节目进入了决赛。云南省杂技团团长张建业代表中国出任评委。

云南省杂技团有限公司的节目《流星——小伙•四弦•马樱花》是唯一入选该赛事的中国杂技节目。在高手云集的决赛中，演员们顶住巨大的压力，在多轮激烈的角逐后，凭借稳定的发挥、默契的配合、高超的技艺和传神的表演，获得了本届比赛的最高奖——金奖。

此外，协会还分别选派河北杂技团《女子集体柔术》节目于2月2日至3日赴法国参加第2届“新一代”国际青少年马戏节，获得铜奖；选派北京杂技团《蹬人》节目于9月26日至9月30日赴法国参加第14届法国瓦兹河谷国际马戏节，获得第5名；选派江苏盐城杂技团《男女双人秋千》节目于10月11日至10月13日赴俄罗斯参加莫斯科国际马戏节获得铜奖。中国杂技演员高超的技艺、精湛的表演、顽强拼搏的作风，让评委和观众惊叹不已、肃然起敬，为祖国和人民赢得了广泛赞誉。

【加强与国际杂技界的交流互访】

3月11日至16日，协会接待了美国菲尔德娱乐公司玲玲马戏团项目负责人文尼西奥•莫里罗、美国菲尔德娱乐公司驻俄罗斯及东欧国家业务代表安德烈•斯塞瑞兹一行，观摩了北京杂技团、四川遂宁杂技团、天津杂技团、河南郑州天艺城杂技团节目。

4月29日至5月4日，协会再次接待文尼西奥•莫里罗一行，签订与中国杂技团的演出合同，选定16名《钻圈》节目的演员、12名《空竹》节目的演员于2013年11月23日至2015年11月22日赴美国演出。

4月18日至23日，协会接待蒙特卡洛国际马戏节艺术总监乌兹•皮尔斯先生，访问北京、广州、深圳等地，为第38届蒙特卡洛国际马戏节挑选节目。

11月10日至13日，接待法国电视二台综艺栏目经纪人、法国著名综艺节目“Le Plus Grand Gabaret du Monde”独家代理莫尼卡•纳卡什昂夫妇，访问上海一地。经我会推荐，她担任了第八届上海国际魔术节暨国际魔术比赛评委。魔术节结束后，我会接待纳卡什昂夫妇在沪逗留，为她的栏目挑选杂技魔术节目。

【扩大和加强两岸杂技教育交流】

11月6日至10日，应台湾戏曲学院的邀请，中国杂协一行15人赴台湾进行了演出交流访问。访问期间，举办了两场精彩的杂技演出；召开“创新新视域：两岸杂技表演现况及创发视域”座谈会；与学院师生、综艺团演员共同训练、交流技艺，开展联谊活动。通过与台湾杂技教育机构、台湾主要杂技表演团体、台湾杂技行业协会等广泛接触，大家发自内心地表达了希望海峡两岸和平发展的心声，表示要加强沟通和联系，为两岸杂技艺术合作交流打开新的局面，做出新的贡献。

理论研讨和调查研究

【举办第八届国际马戏论坛】

11月2日，由中国杂协、中国吴桥国际杂技艺术节组委会共同主办的第八届国际马戏论坛在河北省石家庄举行。来自19个国家和地区的马戏界知名人士、世界著名赛场负责人、艺术节评委、杂技专家学者、参赛团队代表及文化产业研究专家160余人出席了论坛，从文化、经济、传统、创新等各个方面探讨了节庆产业与城市发展的关系。此次论坛的研讨范围从高度和深度上超越了传统的杂技领域，深入探讨了以吴桥杂技节为代表的节庆产业发展的内在规律，谋划了连接节庆产业与城市发展的有效途径。

【加强调查研究和文艺舆情】

为贯彻落实党的十八大精神和中央关于改进工作作风、密切联系群众的八项规定，根据《中国文联党组2013年重点调研实施方案》，围绕“社会主义文艺大发展大繁荣与当前文联工作创新”这一课题，中国杂协在杂技界深入开展调查研究工作。中国杂协分党组书记、驻会副主席邵学敏亲自率队，奔赴湖南、江西、福建等地进行调研。分别与当地文化厅、文联，以及杂技院团、协会的主要领导进行工作交流，并深入杂技团训练、演出一线，针对杂技院团建设、学员培养、艺术生产、文化惠民演出等情况进行调研，与一线教师、教练，学员进行座谈。

承担了中国文联部级课题《杂技主题晚会研究》，并形成报告；撰写了《2013中国艺术发展报告（杂技卷）》、《2012中国文联年鉴（杂技卷）》；继续做好杂技舆情信息工作，多篇信息被《中国文联要情》等舆情刊物刊用，为上级领导机关及时掌握杂技界动态，进行科学决策和指导工作提供了有效的服务。

【推动新闻出版和信息服务】

《杂技与魔术》杂志全年共出刊6期，发稿约45万字，照片600余幅；编撰60余万字、450余幅照片的《中国杂技老艺术家传略》；完成了《中国当代文艺年度名作》《文艺国门——走向世界的艺术大师》杂技部分的撰稿工作；向《文明》杂志“文明人物•中国文艺家”专栏推荐夏菊花、金业勤2名杂技名家作专题介绍。此外，编辑出版《中国杂协简报》4期、《杂协通讯》3期；出版了《赴海南省三沙市、文昌市采风慰问演出》纪念画册；制作了《赴海南省三沙市、文昌市采风慰问演出》《赴中航工业沈飞民机公司采风慰问演出》纪念光盘2套，及国家大马戏院宣传片等。通过推动新闻出版和信息服务，向社会各界宣传杂技事业发展的新趋势、杂技创作的新成就、国际赛场的新成绩，在提升杂技的社会影响力等方面发挥了积极的作用。

队伍建设

中国杂协不断加强和改进服务杂技界的能力和水平，把广大杂技工作者团结在中国杂协周围，努力把协会建设成为杂技工作者的温馨和谐之家。一年来，协会积极配合中国文联文艺志愿服务工作，选派优秀杂技节目赴甘肃陇南、四川雅安、青海玉树、广西防城港等地进行采风慰问演出；积极推荐杂技艺术家参加中国共青团青年代表团赴印尼、印度的国际青年交流活动，以及中国文联“今日中国”艺术周赴泰国、柬埔寨，中央电视台春节联欢晚会，中央电视台“中华情•中国梦”中秋展演、“百花迎春——中国文学艺术界2013春节大联欢”等大型活动。

中国杂协把加强自身建设，重视基础管理作为协会开展工作、发挥作用的基本前提和重要保障。通过采取各项有效措施，切实加强协会各方面的建设和管理，努力形成用制度管人、按规矩办事的长效机制，协会机关凝聚力和战斗力不断增强。

在中国文联党组的领导和统筹安排下，中国文联杂技艺术中心批准成立，并配备了主要负责人；积极稳妥推进非时政类报刊出版单位体制改革，《杂技与魔术》杂志社清产核资工作已完成；协会全年共组织和选送15人次的干部参加各种学习和培训；完成了中国杂协党支部的换届工作，选举产生新一届支部领导班子；协会机关干部晋升1名，新录用人员定级1名，接收军转干部1名。

2013年，中国杂协分党组被中国文联评为“2012年度好班子”，这是协会分党组第四次获得此项殊荣；中国杂协外联部获中国文联系统先进集体称号和中国文联先进集体嘉奖；协会多名同志获得中国文联的各类表彰。协会上下合力，展现出中国杂协蓬勃向上的崭新形象。

此外，全国各地方杂协及杂技院团在积极承办和参与中国杂协活动的同时，还创新思路、拓展渠道，举办和开展形式多样的活动，开创了全国杂技界繁荣兴盛的生动局面。

中国电视艺术家协会

综　述

2013年，中国视协在中国文联党组的正确领导下，在各地方团体会员的鼎力支持下，组织、动员和引领广大电视艺术工作者，认真学习党的十八大、十八届三中全会精神，积极履行联络、协调、服务基本职能，着力拓展新领域、努力打造新亮点，团结和引导广大电视艺术工作者，坚定政治方向，把握正确文艺导向，传播社会正能量，为促进我国电视艺术事业健康发展做出了积极贡献。圆满举办了第八届全国德艺双馨电视艺术工作者推选表彰活动、第五届新农村电视艺术节、第六届中国旅游电视周优秀旅游电视节目表彰活动、第八届中国国际广告电视周暨A8论坛、首届亚洲微电影艺术节、“全国卫视看兵团”大型电视采访活动，广泛开展电视艺术家工作者“送欢乐·下基层”活动，努力满足群众的精神文化追求，并先后举办各类型研讨会及学术交流活动二十余项，还举办了第十三届“中日韩电视制作者论坛”，第四届“中国·东南亚·南亚电视艺术周”等，为对外电视文化交流等重大活动和文化建设作出了积极贡献，取得了新的成绩。

会议与活动

【“《天南地北过大年》2013全国城市春节电视大联欢”录制完成】

1月12日，由中国电视艺术家协会城市电视台工作委员会、中共合肥市委宣传部联合主办，合肥市广播电视台、合肥电视广告公司、深圳天光云影视传媒有限公司等共同承办，全国27家广播电视台和影视机构联合录制的一台以“美丽中国”为主题，以“民族”、“民俗”、“民间”为特色的大型综艺电视节目——“《天南地北过大年》2013全国城市春节电视大联欢”在合肥市广播电视台1号演播大厅录制完成。

节目涵盖了歌舞、戏曲、曲艺、民俗、杂技、武术等艺术形式，阵容汇集了青海、宁夏、内蒙古、四川、云南、广西、陕西、江苏、辽宁、北京、河南、安徽及合肥等地演出团队，节目时长120分钟，节目组历经4个多月的筹备，认真策划、精心组织、多方联络、通力合作，在节目收集、整理以及视频、音频、舞美、灯光、音响设计制作等方面做了大量艰苦细致的工作。中国电视艺术家协会和部分省视协领导、安徽省及合肥市相关领导、在合肥的“全国劳模”、“中国好人”等与500多名演职人员及现场600多位观众一起参加录制。此台晚会于蛇年春节期间在全国百余家省市城市电视台和世界各地众多华语电视台播出。

【中国文联、中国视协“送欢乐下基层　春暖农民工”晚会央视七套播出】

2月20日21:17中央电视台七套农业节目播出的2013“送欢乐下基层春暖农民工”晚会是由中国文学艺术界联合会、中国视协、中国农业电影电视中心联合主办，由中国视协农村电视委员会和CCTV-7《乡村大世界》栏目共同承办，在河北遵化录制完成。全国政协常委、中国文联副主席、中国视协主席赵化勇，中国视协分党组书记、驻会副主席张显，中国农业电影电视中心党委书记、主任傅玉祥，中国视协原分党组副书记王锋，中国农业电影电视中心艺术总监范宗钗等领导同志冒着风雪来到现场慰问，与农民工朋友一起过大年。

【中国文联、中国视协“送欢乐、下基层”走进革命老区罗田】

情系大别山、欢乐薄刀峰——中国文联、中国视协“送欢乐、下基层”走进革命老区罗田慰问演出于2月22日在湖北省黄冈市罗田县举行。全国政协常委、中国文联副主席、中国视协主席赵化勇，中国文联书记处书记、党组成员夏潮，中国视协分党组书记、驻会副主席兼秘书长张显，中国视协分党组成员、副秘书长张彦民，中共湖北省委宣传部副部长陈连生，湖北省文联党组书记、副主席刘永泽，湖北省广电局副局长曾婕，湖北日报传媒集团副总编辑胡汉昌，湖北省广播电视台副台长雷刚和当地的领导以及两万群众观看演出。

中央电视台节目主持人杨柳、周宇，著名相声小品表演艺术家闫月明，国家一级演员岳红、侯天来、杜旭东、臧金生、徐敏、温玉娟、杨树泉、牟炫甫、李殊等二十多位艺术家用充满激情的表演表达了对大别山这片热土的深爱，对老区人民的深情。

【中国文联召开2012年度总结表彰大会】

2月25日，中国文联在中国文艺家之家召开2012年度总结表彰大会，会议表彰了2012年度先进集体和先进个人。中国文联领导、文联机关和各文艺家协会的全体干部职工参加大会。中国视协分党组荣获2012年度好班子，中国视协综合信息部获集体嘉奖，中国视协9人受到个人表彰。

【中国视协微视频（微电影）专业委员会成立大会在北京举办】

2月28日，由中央新影集团、中宣部学习出版社、新华网、中央新影国际微电影频道联盟等百余家单位发起，由中国视协批准的中国视协微视频（微电影）专业委员会成立大会在北京中央新影集团举办。全国政协常委、中国文联副主席、中国视协主席赵化勇担任名誉会长，中央电视台副台长、中央新影集团董事长兼总裁高峰担任会长。中国视协分党组书记、驻会副主席兼秘书长张显在会议上讲话，中国视协分党组成员、副秘书长张彦民宣读中国视协关于同意微视频（微电影）专业委员会成立的批复。

【第四届中国·西安国际民间影像节隆重启动】

3月19日，第四届中国•西安国际民间影像节隆重启动。中国视协分党组书记、驻会副主席兼秘书长张显，中央电视台科教频道副总监、中国视协数字影像委员会主任冯存礼，陕文投集团总经理王勇出席了启动仪式。在启动仪式上，张显致辞并宣布中国•西安国际民间影像节启动，众多媒体参加该启动仪式。

【第八届中国国际广告电视周暨A8论坛在三亚海棠湾隆重举行】

3月29日，由中国视协和三亚市人民政府主办的第八届中国国际广告电视周暨A8论坛在三亚海棠湾隆重举行。中国视协领导赵化勇、张显，中央电视台经济频道总监郭振玺，中央电视台广告经营管理中心副主任何海明，三亚市委常委、宣传部长孙苏，三亚市副市长、海棠湾管委会主任邓忠等领导出席活动。这是在贯彻十八大推动社会主义文化大发展大繁荣和建设美丽中国的指示精神，促进三亚国际旅游城的文化建设，大力发展文化产业。本届论坛以“转变•升级---中国大战略”为主题，邀请美国、英国、法国、德国、日本、韩国、意大利等国的著名广告主（企业）、本国4A广告公司、国际级电视媒体、优秀广告代言人等就该主题进行演讲，同时还举办了“美丽中国”志愿代言行动启动仪式和诚信代言人颁奖等活动。

【中国视协农村电视委员会第五届新农村电视艺术节筹备会在京召开】

4月8日，中国视协农村电视委员会第五届新农村电视艺术节筹备会议在北京召开。中国视协领导赵化勇、张显、张彦民，中国农业电影电视中心党委书记、主任傅玉祥，上海视协常务副主席任大文，中国农业电影电视中心艺术总监范宗钗，中国视协农村电视委员会秘书长高健，副秘书长王功立，毕铭鑫，李海昌以及农视委相关工作人员出席会议。

会上，毕铭鑫介绍了本届艺术节筹备情况，参会者就本届艺术节的筹备情况发表了意见和建议。

【首届中国健康行业“V赢销微电影”论坛在京举办】

4月7日，由中国视协微视频（微电影）专业委员会、中央新影国际微电影频道联盟、中国国际健康产业博览会主办的首届中国健康行业“V赢销微电影”论坛在北京举办。论坛举办期间，中国电视艺术家协会微视频（微电影）专业委员会、中央新影国际微电影频道联盟的负责同志向团体会员单位授牌，并同时举行了相关单位战略合作签约仪式。

【全国首届“国际微视频（微电影）新影像奖”新闻发布会暨“西安金丹若微电影艺术节”启动仪式举行】

4月18日，以“寻找中国梦，创造新辉煌，宣

扬主旋律，传播正能量”为主旨，以反映美丽中国、生态中国、文明中国、幸福中国和平安中国为主题的全国首届“国际微视频（微电影）新影像奖”新闻发布会暨“西安金丹若微电影艺术节”启动仪式在北京新闻大厦多功能厅举行。

中国文联副主席、中国视协主席赵化勇，中央新影集团副总裁、总编辑郭本敏，陕西省广电网络传媒（集团）有限公司总经理刘进，西安大奥影视传媒有限公司董事长张冬雨等联合主办单位和承办单位的领导参加活动并致辞。来自全国各地文化艺术界和影视界的著名编剧、导演、演员，企业代表及新闻媒体记者200多人参加活动。

【中国视协五届二次理事会议在天津召开】

4月20日，中国视协五届二次理事会议在天津召开。会议由中国文联副主席、中国视协主席赵化勇主持，中国文联党组成员、书记处书记夏潮，中共天津市委宣传部副部长李毅，中国文联国内联络部主任罗成琰、人事部副主任郑更生，中国视协分党组书记、驻会副主席兼秘书长张显，中国视协副主席万克、马维干、李兴国、李京盛、陈华、周莉、赵多佳、胡玫、胡恩、程蔚东，中国视协分党组成员、副秘书长张彦民以及中国视协理事和全国各省市、自治区、直辖市视协主席、秘书长150余人参加了本次会议。

夏潮在会上讲话。他指出，过去一年来，中国视协认真贯彻党中央精神和中国文联工作部署，认真履行“联络、协调、服务”的基本职能，坚持弘扬“爱国、为民、崇德、尚艺”的文艺界核心价值观，协会的各项工作都迈上了一个新的台阶。他强调，今年是全面贯彻落实党的十八大精神的开局之年，也是中国视协第五届理事会全面履行工作职责的第一年，中国视协要继续围绕中心、服务大局，团结带领我国广大电视艺术工作者以宣传贯彻党的十八大精神为主线开展各项工作。同时要坚决贯彻党中央精神，积极转变作风、端正学风、改进文风，切实加强协会自身建设，努力把中国视协建设成为电视艺术工作者的温馨和谐之家，更要在第五届理事会和主席团的领导下，带领广大电视艺术工作者在全面建成小康社会、实现中国梦的伟大事业中做出新贡献。

张显同志在会上作《中国视协五届二次理事会议工作报告》，对中国视协2012年的工作情况进行了全面总结，并就2013年中国视协的工作安排作了重点说明。

会议通报了新更替的中国视协五届理事，任命范宗钗同志为中国视协副秘书长。

【中国电视艺术家协会召开2013年专业委员会工作会议】

4月20日，中国视协在天津召开专业委员会2013年专业委员会工作会议。就更好推动专业委员会各项工作进行工作交流，各专业委员会秘书长及有关人员参加会议，中国视协领导张显、张彦民，范宗钗出席会议。

会议总结了2012年专业委员会建设情况，并正式下发《中国视协专业委员会工作人员聘用管理办法》《关于中国电视艺术家协会专业委员会财务管理的通知》。

【第四届中国大学生电视节启动仪式在京举办】

5月18日，由中国视协、中国传媒大学、江苏省广播电视总台、南京艺术学院主办的第四届中国大学生电视节启动仪式在北京举办，青年演员佟丽娅担任形象大使。

本届电视节涵盖了全国大学生电视作品大赛、最受大学生瞩目电视剧和电视节目评选及影视教育论坛等内容，主题竞赛单元将选送十支高校学生团队赴江苏南京，创作以《聚焦南京，拥抱青春》为主题的纪录短片。

【中国视协市县电视委员会召开首届“全国市县电视台优秀电视节目”推选工作会议】

5月25日，中国视协市县电视委员会召开首届“全国市县电视台优秀电视节目”推选工作会议。中国视协领导赵化勇、张显、张彦民、范宗钗，中国视协市县电视委员会主任周绍成等参加推选会议。

本次活动共收到20多个省120家市县级电视台报送作品近400部。按综艺晚会、文艺专题、电视专题、电视栏目四类，分别推选出最佳作品、优秀作品和好作品，还推选出了首届全国20个优秀市县电视台。

【首届全国市县电视台推优活动颁奖典礼在河南举行】

6月22日，由中国视协、河南省文联主办，中国视协市县电视委员会、河南省电影电视家协会、项城市文广新局、项城市文联联合承办的首届全国市县电视台推优活动颁奖典礼在河南省项城市举行。中国文联领导夏潮，中国视协领导张显、范宗钗，河南省政协副主席靳克文，河南省人大常委会原副主任张程峰以及来自全国各地的市县级电视台获奖代表近200人参加此次活动。

此次活动为全国市县级电视从业人员提供一次学习研讨和交流交友的好机会，共有来自全国22个省的400多部作品参加评选，共评出一等奖38部，二等奖81部，三等奖130部。

【《中国革命史系列电视剧》新闻发布会在京举行】

6月29日，由海军政治部、中国视协、中央电视台、中国艺术报社联合主办的“配合党的群众路线教育实践活动，海军部队配发《中国革命史系列电视剧》作品集”新闻发布会在人民大会堂隆重举行。

《中国革命史系列电视剧》是著名编剧王朝柱前后跨度16年创作完成的革命史诗般的著作，其中收录了《辛亥革命》、《长征》、《开国领袖毛泽东》等九部红色经典电视剧，再现了从辛亥革命到中国共产党成立，从抗日战争、解放战争到新中国成立等一系列重大的历史事件。海军政治部即日起将这套电视剧发放到每个建制部队。

【中国视协召开党的群众路线教育实践活动动员会议】

7月8日，中国视协召开党的群众路线教育实践活动动员会议，中国文联第4督导组组长夏潮、副组长王仁刚，中国视协领导及全体干部职工参加会议，会议由张显主持。会议就认真学习贯彻党的群众路线教育实践活动工作会议精神和中央领导讲话精神，对中国视协开展党的群众路线教育实践活动进行动员部署。

【“全国卫视看兵团”大型主题采访活动启程仪式在新疆举办】

7月10日，由中国视协、新疆生产建设兵团党委宣传部主办，新疆生产建设兵团电视台、新疆兵团电视艺术家协会承办的＂全国卫视看兵团＂大型主题采访活动启程仪式在新疆维吾尔自治区乌鲁木齐举办。

中国文联副主席、中国视协主席赵化勇，新疆维吾尔自治区党委副书记、兵团党委书记、政委车俊，新疆生产建设兵团党委常委、副司令员、宣传部部长成家竹，中国视协分党组成员、副秘书长范宗钗，新疆生产建设兵团党委常委、秘书长李新明，福建省广播影视集团党组书记、董事长张宗云，湖南广播电视台副总编辑凌引迪、海南广播电视总台副总编辑王汀晔等领导出席，中央电视台七套农业节目、北京卫视、东方卫视、湖南卫视、浙江卫视等来自全国33家电视媒体的80余名记者集聚乌鲁木齐共同参加该采访活动，各采访组兵分14路对兵团14个师（市）进行为期10天的采访活动，以了解兵团人的生活，反映新疆兵团经济社会发展情况。

这是中国视协贯彻走转改精神的体现，也是兵团在即将成立六十周年之际开展的首次全国卫视同时关注兵团，对兵团整体形象的一次全国性展示。该活动将围绕＂聚焦兵团情、共圆中国梦＂进行。

【中国视协电视戏曲专业委员会换届大会在北京举行】

7月21日，中国视协电视戏曲专业委员会换届大会在北京梅兰芳大剧院举行。大会公布了新一届电视戏曲委员会组成机构成员名单，郎昆为会长，曹毅、赵保乐为常务副会长，尚长荣、谭元寿、欧阳中石、叶少兰、杜近芳、孙毓敏、马金凤、王文娟、张永和等戏曲艺术家担任顾问，赵化勇、张百发、胡恩、彭建明、宋官林、李恩杰、顾晓园等为名誉会长，赵宝乐兼任秘书长。中国视协领导张显，中国视协电视戏曲委员会会长郎昆在会议讲话。中国视协主席赵化勇、副秘书长范宗钗、中央电视台副台长胡恩、中央电视台副总编辑彭建明以及戏曲界名家谭元寿、叶少兰、杜近芳、孙毓敏等出席会议。

【第五届中国新农村电视艺术节优秀作品推选会议在吉林省蛟河市举办】

7月18日，由中国视协、中国农业电影电视中心主办，中国视协农村电视委员会、吉林省蛟河市广播电视台、《乡村大世界》栏目组联合承办的“第五届中国新农村电视艺术节优秀作品推选会议”在吉林省蛟河市举办。来自中国文联、中国视协、中央电视台、各省视协、各地方电视台的领导嘉宾及有关方面的专家学者出席本次会议。会议由中国视协分党组成员、副秘书长范宗钗主

持。会上听取了中国视协、中国农业电影电视中心有关同志关于“第五届中国新农村电视艺术节”的整体筹备情况及作品征集情况以及艺术节颁奖晚会的筹备进度和“魅力新农村”的评选情况。会议宣布了本次推选会议的评委名单，中国视协主席赵化勇为评委们颁发了聘书。

【首届亚洲微电影艺术节签约暨亚洲微电影“金海棠奖”评奖启动仪式在北京举行】

7月31日，由中国视协、中央新影集团、云南省文化厅、云南省广播电视局、中共临沧市委、临沧市人民政府联合主办的首届亚洲微电影艺术节签约暨亚洲微电影“金海棠奖”评奖启动仪式在北京中央新影集团举行。

中国视协领导赵化勇、张显、范宗钗，中央电视台副台长、中央新影集团董事长兼总裁高峰，云南省文化厅党组书记、厅长黄峻，中共临沧市委书记李小平，临沧市委副书记、临沧市市长锁飞，云南省广播电视台常务副台长赵树清等出席启动仪式。

首届亚洲微电影艺术节以“亚洲风•中国梦•临沧情”为主题，并设立亚洲微电影最高奖项——“金海棠奖”。

【中国电视金鹰奖评奖工作调研座谈会在齐齐哈尔市召开】

8月2日，由中国视协、齐齐哈尔市委宣传部共同主办，齐齐哈尔广播电视台承办的中国电视金鹰奖评奖工作调研座谈会在黑龙江省齐齐哈尔市召开。

中国视协领导赵化勇、张显、范宗钗，齐齐哈尔市委常委、宣传部长高虹，齐齐哈尔市委宣传部副部长、广播电视台党委书记、台长李志以及黑龙江、辽宁、内蒙古、山西、陕西、宁夏等地视协领导出席本次会议。与会代表围绕金鹰奖评奖机制、奖项设置等方面进行深入探讨和分析，并为今后金鹰奖评奖工作的改进提出良好意见和建议。

中国电视金鹰奖是由中国文联、中国视协共同主办的国家级电视艺术大奖，2014将举办第7届评奖。为进一步提升金鹰奖的品牌影响力，积极发挥金鹰奖在表彰优秀、引导创作、繁荣我国电视艺术发展方面的重要作用。

【“人文中国第二季——味道中国”全国电视专题片、纪录片推选活动在山东举行】

8月10日，由中国视协主办，山东省邹平县委宣传部、邹平县广电中心承办的“人文中国第二季——味道中国”全国电视专题片、纪录片推选活动在山东省邹平县举行。中国视协领导赵化勇、张显、张彦民、范宗钗，邹平县委常委、宣传部长孙利华，邹平县宣传部副部长，广播电影电视中心主任高宝，邹平县电视台台长曲国光等领导出席本次活动。

本活动共收到来自全国各地的参评作品119部，其中饮食民俗类节目27部，饮食生活类节目56部，饮食栏目类节目36部。

该活动自2012年起举办，第一季“世居系列”获奖作品展播后，引起了强烈的反响，对于保护国家文化遗产、传承民族优秀文化产生了重要的意义。

【第六届中国旅游电视周优秀旅游电视节目推选会议在山东圆满结束】

7月27日至28日，中国视协第六届旅游电视周优秀旅游电视节目推选会议在山东寿光圆满结束。经过本届推选委员会专家认真推选，在报送的323部作品中，最终确定了122部获奖作品。

【中国电视金鹰奖工作调研暨贵州电视作品调研研讨会在黔南州举行】

8月27日，中国电视金鹰奖工作调研暨贵州电视作品调研研讨会在贵州省黔南州举行。中国视协领导赵化勇、张显、张彦民、范宗钗，贵州省黔南州委书记龙长春，黔南州委常委、州政府党组副书记罗桂荣，副州长陈有德及来自全国各省、市电视艺术家协会负责人等出席研讨会。

会上，与会人员对中国电视金鹰奖评奖工作进行了互动交流，围绕金鹰奖的奖项设置、评奖范围、群众参与性等事项进行了深入探讨。

2013年，中国视协已先后在华北区、东北区召开金鹰奖评选工作座谈会，此次会议是金鹰奖工作调研的第三次会议。

【中国电视艺术家协会地面电视文艺委员会成立】

中国视协地面电视文艺委员会成立大会于9月5日在哈尔滨市举行。来自全国各省、各直辖市的三十多家电视台的主要领导或部门负责人参加了大会。中国视协、黑龙江省和哈尔滨市有关领导到会祝贺。

张显在会上讲话。他希望地面电视文艺委员会在发挥正确导向作用，团结电视艺术工作者、促进电视艺术事业发展方面发挥积极作用。

【德艺双馨电视艺术家送欢乐下基层慰问活动在嘉兴展开】

10月12日，德艺双馨电视艺术家送欢乐下基层慰问活动在嘉兴陆续展开。在浙江雅莹服装有限公司，艺术家唐国强、侯天来、丁柳元、郭凯敏、孙淳等用欢快的舞蹈、深情的歌曲和激昂的诗朗诵为工人们奉献了精彩的文艺节目；著名编剧王丽萍、著名导演李三林、天津电视台滨海频道总监李家森等来到浙江传媒学院桐乡校区与大学生面对面进行了长达两个小时的交流，为大学生解青春梦想之惑；在嘉兴市广电中心，中央电视台新闻中心新闻播音部播音指导康辉，浙江卫视首席主播席文等与基层电视新闻工作者座谈工作体会，探讨如何拓宽视野，成为一名更优秀的新闻工作者等话题。

【全国视协秘书长工作会议在浙江召开】

10月12日，全国各地电视艺术家协会秘书长工作会议在浙江省嘉兴市召开。中国视协领导张显、范宗钗及来自全国30余个省、直辖市、自治区、中央台分会、总政宣传部等电视艺术家协会的秘书长们参加会议。

本次会议就各地视协工作如何更好地发展会员和扩大视协影响力进行了经验交流。各地视协秘书长在会上进行了热烈的讨论与发言。

【中国视协电视舞台视觉艺术委员会成立大会在江苏举办】

10月15日，由中国视协主办的中国视协电视舞台视觉艺术委员会成立大会在江苏省无锡市举办。中国视协副主席、中国传媒大学戏剧影视学院院长李兴国任该委员会主任，中国文学艺术基金会副秘书长刁惠香、中央电视台综艺频道总监张晓海任常务副主任。

电视舞台视觉艺术是集电视舞台表演和电视舞美、灯光、音效、人物造型、视频设计制作、摄像、电视转播为一体，运用艺术和技术手段，以电视舞台视觉效果为最终呈现的专业艺术领域。作为组织联络服务该领域工作者的专业学术机构，中国视协电视舞台视觉艺术委员会的成立为更好实现电视舞台艺术工作者和舞台技术工作者的大联合、大协作提供了有效的组织渠道和活动平台。

【中国视协举办“送欢乐·下基层”走进无锡专场演出】

10月15日，中国视协举办“送欢乐•下基层”走进无锡专场演出活动在无锡市广电演播大厅举行。巩汉林、金珠、韩延文、高保利、温淑萍、任世和、刘全和、刘全利、焦建东、石磊等曲艺界艺术家一同来到无锡市为到场的中日韩三国来宾及广大市民群众呈上了一桌丰盛的文化大餐，精湛的表演一次又一次把演出推向高潮，深受现场观众的喜爱和欢迎。

【首届亚洲微电影艺术节新闻发布会在京举行】

10月27日，首届亚洲微电影艺术节新闻发布会在北京举行。经过数月的征集，本届亚洲微电影艺术节组委会共收到来自韩国、美国、新西兰、中国大陆和香港、台湾等地区报送的微视频、微电影作品1700余部。

【第四届中国·西安国际民间影像节在西安举行】

10月29日，由文化部中外文化交流中心、中国视协数字影像委员会主办的第四届中国•西安国际民间影像节在西安拉开帷幕。多国文化参赞、领使馆人员及300位海内外影像专家和爱好者汇聚西安。中国视协分党组成员、副秘书长范宗钗等出席颁奖晚会并为获奖者颁奖。

【《“人文中国第二季--味道中国”全国电视专题片、纪录片》研讨暨表彰活动在广州举行】

11月16日，由中国视协城市电视台工作委员会、广州市广播电视台、深圳广播电影电视集团联合主办，广州广电集团承办的《“人文中国第二季--味道中国”全国电视专题片、纪录片》研讨暨表彰活动在广州举行。自2013年5月起，这项以“饮食”为主题的电视专题片、纪录片推选展播活动共征集了来自全国各地的参评作品119部。其中，饮食民俗类节目27部，饮食生活类节目56部，饮食栏目类节目36部。这些作品展示了中国各地特色美食文化的博大精深，反映了当代中国普通人的生活状态及精神面貌，推进了科学、健康、文明饮食的消费方式。活动表彰的优秀节目，代表了近两年我国此类节目的制作水平，同时也

促进了台际之间的专业交流和借鉴与提升。

【首届亚洲微电影“金海棠奖”颁奖典礼在云南举办】

11月20日，首届亚洲微电影“金海棠奖”颁奖典礼及颁奖晚会在云南临沧市亚洲微电影影院举办。十一届全国政协副主席白立忱，英国王室公主特里娜，中国文联党组成员、副主席夏潮，中国文联副主席、中国视协主席赵化勇，中国文联原副主席、著名导演丁荫楠，中国视协分党组书记、驻会副主席兼秘书长张显，中组部干教局副局长董万章，中国绿色画报社社长桂振华，中国视协副主席、中国传媒大学影视学院院长李兴国，中国视协分党组成员、副秘书长范宗钗，中央新影集团副总裁马维民，中国外交部前驻斯里兰卡大使江勤政等及云南省、临沧市的领导出席颁奖典礼及晚会。

出席颁奖典礼的还有：全国政协委员、香港知名人士冯丹藜，著名导演冯小宁，著名导演尤小刚，著名表演艺术家斯琴高娃，著名演员王馥荔，著名演员沈丹萍等。

本届颁奖盛典以“梦开始的地方”为主题，向近年来微电影优秀作品和创新领军人物进行表彰，共颁出“评委会大奖、最佳作品奖、最受观众喜爱的演员奖、最佳男演员奖、最佳女演员奖”等10类97个奖项。

【中国视协行业电视委员会年会暨第十七届行业电视节目展评颁奖典礼在广西举办】

11月23日，“2013年中国视协行业电视委员会年会暨第十七届行业电视节目展评颁奖典礼”在广西壮族自治区南宁市举办，来自全国各地的行业电视委员会代表一百余人参加会议。

【2013金丹若微电影艺术节在西安举办】

12月1日，由中国视协微视频（微电影）专业委员会、中央新影国际微电影频道联盟等单位联合主办，西安大奥影视文化传媒有限公司承办的2013金丹若微电影艺术节在陕西省西安市举办。著名相声表演艺术家侯耀华，著名演员黄海冰、王大治、沈丹萍、郑爽及相关单位领导及专家学者和媒体一千余人出席活动。

本届艺术节共征集作品1518部，经组委会组织专家评选，共有167部优秀作品入围。

【2013海峡两岸电视艺术节暨第五届海峡两岸主持新人大赛在福建落下帷幕】

12月10日，由中国视协、福建省文联和泉州市委宣传部共同主办的2013海峡两岸电视艺术节暨第五届海峡两岸主持新人大赛在福建省泉州市圆满落下帷幕。共有来自海峡两岸的五十多名选手参加了角逐。

【中国视协举办“送欢乐·下基层”赴扎西慰问演出】

12月14日，由中国视协主办的“送欢乐•下基层”走进革命老区扎西慰问演出在云南省昭通市威信县举行。中国视协、昭通市相关领导及当地观众共计五千余人出席活动。艺术家闫月明、王霙、刘劲、卢奇、李三林、牛成志、温玉娟、杜旭东、耿为华、宗庸卓玛、杨树泉、陈逸恒、丁柳元、刘之冰、刘全和、刘全利、牟玄甫、李殊、韩延文等参加慰问演出。

【首届全国企业电视优秀播音员、主持人推选活动在湖北圆满结束】

由中国视协企业电视分会主办的首届全国企业电视优秀播音员、主持人推选活动于12月14日在湖北武汉圆满结束。来自全国石油、钢铁、煤炭、兵器、航天、航空、汽车等产业的29家企业电视台近百名播音员、主持人参加推选。8名选手获得企业电视“金话筒”奖。中国视协领导范宗钗等出席颁奖仪式。

艺术节与评奖

【第五届新农村电视艺术节“新农民才艺风采”大赛颁奖晚会在北京举办】

9月3日，由中国视协与CCTV-7农业节目联合主办的第五届新农村电视艺术节“新农民才艺风采”大赛颁奖晚会在北京中国农业电影电视中心（CCTV-7农业节目）举办。晚会由金话筒获得者毕铭鑫主持。

经过前期层层选拔，来自全国各地的10余组草根牛人成功入围“新农民才艺风采大赛”，入围者既有个人，又有团体组合。晚会上，他们登台献艺，绽放精彩，放飞梦想。张帝、杨洪基、黑妹、吕薇等点评嘉宾对这些来自乡村田野的草根明星给予了极高的肯定与评价，并提出许多专业性的建议。

中国文联、中国视协、中国农业电影电视中心的领导为“十大乡村牛人”与“十大农民书画家大奖”获得者颁发奖杯与证书。

【第五届新农村电视艺术节优秀农村题材电视剧颁奖晚会在北京举办】

9月7日，由中国视协与CCTV-7农业节目联合主办的第五届新农村电视艺术节优秀农村题材电视剧颁奖晚会在北京中国农业电影电视中心（CCTV-7农业节目）举办。晚会由毕铭鑫、乔静主持。

中国文联党组书记、副主席赵实，中国文联党组成员、副主席夏潮，中国文联副主席、中国视协主席赵化勇，中国视协分党组书记、驻会副主席、秘书长张显，中国视协副主席、著名导演胡玫，中国文学艺术基金会副理事长兼秘书长、中国曲艺家协会主席姜昆，中国农业电影电视中心党委书记、主任傅玉祥，八一电影制片厂厂长黄宏，中国农业电影电视中心总编辑赵泽琨，国家新闻出版广电总局宣传管理司司长高长力，中国视协分党组成员、副秘书长张彦民，中国视协分党组成员、副秘书长范宗钗，中国农业电影电视中心副书记彭小元，中国农业电影电视中心副总编辑詹新华，中国农业电影电视中心副主任林亚东，中国农业电影电视中心艺术总监汪小青等出席了此次颁奖晚会。艺术家及影视演员谢芳、王霙、卢奇、高希希、张嘉译、萨日娜、林永健、李立群、高亚麟、史可、丛珊、殷桃、李菁菁、孙茜、高曙光、倪大红、奚美娟、朱时茂、潘长江、温玉娟、印小天等几十位影视明星悉数亮相，这也是本届新农村电视艺术节颁奖晚会的一大亮点。

【第五届新农村电视艺术节暨第七届小康电视节目工程颁奖仪式在北京举行】

9月11日，由中国视协、中国农业电影电视中心主办的第五届新农村电视艺术节暨第七届小康电视节目工程颁奖仪式在北京中国农业电影电视中心举行。

来自中国文联、中国视协、中国农业电影电视中心的领导及嘉宾以及各省市视协秘书长和全国各地的获奖代表共200余人参加会议。艺术节对优秀农村题材电视剧、年度优秀对农电视频道、年度优秀对农电视栏目、年度优秀对农电视节目主持人和年度优秀对农电视作品进行了表彰。

中国视协每年举办的新农村电视艺术节已经成为服务“三农”、沟通城乡的重要平台。

【第五届新农村电视艺术节农村题材曲艺、小品展演在北京举行】

9月9日，第五届新农村电视艺术节农村题材曲艺、小品展演在北京举行，演出的节目都是原创对农曲艺类节目，秀出了新农村多姿多彩的新生活，让观众领略当代农民的精神风貌。

【第六届中国旅游电视周优秀旅游电视节目表彰活动在常熟举行】

9月13日，第六届中国旅游电视周优秀旅游电视节目表彰活动在江苏省常熟市沙家浜镇举行。中国视协领导赵化勇、张显、张彦民、范宗钗以及常熟市市长王飚、市人大常委会主任秦卫星、市政协主席徐永达，常熟市委常委、宣传部长潘志嘉等领导嘉宾还有来自全国各地获奖代表近200人出席该活动。

本次活动还邀请了中国视协纪录片学术委员会会长刘效礼、中国传媒大学教授刘俊杰、北京师范大学教授张同道进行了学术讲座，中央电视台、北京电视台、常熟电视台等获奖单位代表进行了交流发言。

【第五届新农村电视艺术节“魅力新农村颁奖晚会”在北京举行】

9月15日，第五届新农村电视艺术节“魅力新农村颁奖晚会”在北京举行，该晚会是在全国范围内评选“十佳魅力县（市）、区”和“十佳魅力乡村”，展示新形象，对新农村进行由衷的礼赞，通过晚会还会让观众了解社会主义新农村的各种生态。

晚会以地方歌舞集锦《家乡美》、内蒙古奈曼旗敬酒歌舞、福建采茶舞曲、云南曼滩村象脚鼓拉开序幕，农民歌手阿宝演唱了《民歌大联唱》，冯晓泉、曾格格演唱的《天上人间》和额尔古纳乐队的《鸿雁》让到场观众的热情不断高涨。著名喜剧演员赵亮和歌手巫启贤演唱的《团圆》等也在晚会中有精彩的表演，给观众带来了一个难忘又美好的夜晚。

【第八届全国德艺双馨电视艺术工作者表彰大会在浙江举办】

10月12日，由中国视协、嘉兴市人民政府、中央电视台发展研究中心共同主办的第八届全国德艺双馨电视艺术工作者表彰大会在浙江省嘉兴市举办。

中国文联、中国视协分党组领导、中国视协主席团成员、浙江省委宣传部、浙江省文联、嘉兴市有关领导及张泉灵、康辉、赵宝刚、张宏民、高满堂、刘之冰、陈宝国、王丽萍、启米翁姆等活跃在电视艺术战线上的85位获得“第八届全国德艺双馨电视艺术工作者”荣誉称号的电视艺术工作者和各地媒体共300余人出席颁奖活动。活动由中国视协副主席、著名艺术家唐国强主持。中国视协及本届德艺双馨获奖代表还为受灾的嘉兴地区进行了献爱心捐款活动，表达了电视艺术工作者们对受灾地区人民的牵挂、关注和祝福。

在响应中央号召节俭办会理念的同时，当天下午，德艺双馨电视艺术家送欢乐下基层慰问活动也陆续展开。艺术家们兵分三路深入基层走访，为工人、大学生及电视工作者分别带去丰硕的精神食粮。

中央电视台新闻联播及东方时空对本届全国德艺双馨电视艺术工作者表彰及系列活动进行了报道。

【第八届全国德艺双馨电视艺术工作者名单（按姓氏笔画排序）】

丁柳元（女）、于荣光、孔令泉、马诗红、王节、王玮、王静（女）、王一岩（女）、王友军、王丽萍（女）、王建宏、王移风、石峰、龙梅（女）、任斌、刘岩（女）、刘大伟、刘之冰、刘学伟、孙俪（女）、孙淳、孙琳琳（女、回族）、毕福剑、许文广、严克勤、启米翁姆（女、藏族）、吴军、宋伟林、张宏民、张泉灵（女）、张嘉译、李兰（女、满族）、李汀、李浩、李琳（女）、李三林、李卫东、李立功、李家森、李晓兵、杜　涛、杨莅（女）、肖彦芳（女）、谷锦云、陈数（女）、陈君聪、陈宝国、陈春山、周巍（蒙古族）、庞晓戈（女）、罗红涛（女）、范小天、侯天来、哈文（女、回族）、姜公映、查岭、胡庶、贺洪（洪涛）、赵宝刚、赵能祥、倪祖铭、席文、耿嘉（女）、谈笑、贾晓帆（回族）、郭子杰、郭凯敏、郭晓东、高满堂、康辉、梁晓痴、黄晓娟（女）、黄海波（满族）、焦锐、焦海民、葛维国、董倩（女）、蒋延、蒋小平、覃晓清（女、土家族）、辜建刚、谭颖、潘勇、潘涛、魏云辉

【2013中国大学生电视节在南京落幕】

10月20日，由中国视协、中国传媒大学、江苏省广播电视总台联合主办，历时六个月的2013中国大学生电视节闭幕式暨颁奖仪式在江苏省南京市举办。中国视协、中国传媒大学、江苏省政府、江苏省广电总台、南京艺术学院的领导及嘉宾出席闭幕式。电视节目主持人郎永淳和柴璐，新闻主持人孟非和谢娜分别获得了最受大学生喜爱的电视新闻主播和节目主持人奖项。

创作与研究

【“王朝柱电视剧编剧艺术研讨会”在北京举办】

1月14日，由中国视协举办的“王朝柱电视剧编剧艺术研讨会”在北京举办。

中国文联党组成员、书记处书记夏潮，中国文联副主席、中国视协主席赵化勇，中国视协副主席、国家广电总局电视剧管理司司长李京盛，中国视协分党组书记、驻会副主席兼秘书长张显，中宣部文艺局影视处处长王强，中国文联理论研究室主任陈建文以及文艺评论家仲呈祥、李准，王朝柱艺术顾问李硕儒和郑伯农、陈先义、曾庆瑞、黄会林、王伟国、张子扬、向云驹、张德祥、倪祖铭等专家出席研讨会。

王朝柱介绍了自己的创作历程和创作体会。各位专家分析总结王朝柱编剧艺术的时代特征、美学品格、社会价值。同时，对我国历史正剧、特别是重大革命和历史题材创作的发展规律进行了梳理。

【电视剧《隋唐演义》研讨会在北京举办】

1月23日，由中国视协《当代电视》杂志社主办，浙江永乐影视制作有限公司承办的电视剧《隋唐演义》研讨会在北京中国文艺家之家举办。

赵化勇、李准、仲呈祥、杜高、曾庆瑞、王伟国、路海波、李舫、向云驹、张德祥、赵彤、高小立、李春利等专家和学者出席研讨会。

与会专家对《隋唐演义》给予了一致肯定，就作品的艺术特点、该剧自身的历史含量及重要叙事情节等方面提出了宝贵的意见和建议。

【电视剧《赵氏孤儿案》创作研讨会在北京举办】

4月3日，由中国视协、中央电视台电视剧管理中心主办的电视剧《赵氏孤儿案》创作研讨会在北京中国文艺家之家举办。

李准、仲呈祥等专家和学者及该电视剧出品单位代表和主创人员还有多家媒体单位出席研讨

会，与会专家就该剧创作成果进行了深入研讨。

【电视剧《娘要嫁人》创作研讨会在北京举办】

4月16日，由中国视协、中央电视台电视剧管理中心举办的电视剧《娘要嫁人》创作研讨会在北京举办。赵化勇、王朝柱、李准、仲呈祥等专家以及编剧严歌苓、导演乔梁、主演蒋雯丽出席研讨会。北京大学、中国传媒大学在读研究生列席研讨会.各位专家对该剧进行了多方位评析。

【电视剧《寻路》座谈研讨会在天津举办】

6月20日，由中国视协、中共天津市委宣传部、中央电视台、天津广播电视台联合主办的大型史诗电视剧《寻路》座谈研讨会在天津举办。

中国文联领导夏潮、中国视协领导赵化勇、张显，天津广播电视台台长万克，天津市文广局局长郭运德，著名文艺评论家李准、仲呈祥，著名编剧王朝柱等专家和学者及多家媒体单位出席研讨会，与会专家就该剧创作成就进行了深入研讨。

【电视剧《我的故乡晋察冀》研讨会在北京举办】

6月21日，由人民日报文艺部、中国视协、河北省委宣传部主办的电视剧《我的故乡晋察冀》研讨会在北京举办。

中国文联副主席、中国视协主席赵化勇，中国文联原副主席、文艺理论家李准，国家出版广电总局电视剧管理司司长李京盛，河北省委宣传部副部长、河北省文明办主任白石；该剧出品人、总编剧周振天；该剧男主角耿三七扮演者孙涛以及党史研究和文艺理论方面的多位专家,该剧主创及媒体约三十余人出席了研讨会并对该剧进行了深入点评。

【电视剧《花木兰传奇》创作研讨会在北京举办】

7月30日，由中国视协、中央电视台电视剧管理中心主办的电视剧《花木兰传奇》创作研讨会在北京中国文艺家之家举办。中国视协领导赵化勇、张显，著名文艺评论家李准、仲呈祥等专家和学者及该电视剧出品单位代表和主创人员还有多家媒体单位出席研讨会，与会专家就该剧创作成就进行了深入研讨。

【中国视协组织召开电视剧《推拿》创作研讨会】

8月23日，中国视协与中央电视台电视剧管理中心联合举办了电视剧《推拿》创作研讨会。这部改编自获得茅盾文学奖同名小说的电视剧，从2013年8月15号在央视一套开播以来就受到了社会各方的广泛关注。会上，该剧的制片人朱子、导演康洪雷、编剧陈枰与各方专家李准、仲呈祥、刘玉琴、张德祥、李星文、郝戎、高小立、周由强、赵彤等一起对这部电视剧创作的得与失展开了热烈的座谈。中国视协领导与中央电视台电视剧管理中心的相关负责同志参加了会议。

【王丽萍编剧艺术研讨会在北京举办】

8月24日，由中国视协、中共上海市委宣传部、中国文联理论研究室联合主办的王丽萍编剧艺术研讨会在北京举办。来自中国文联、国家新闻出版广播电影电视总局、中国视协、上海市委宣传部、上海文联、上海文化广播影视管理局、上海广播电视台、上海视协等单位的领导及嘉宾出席研讨会。会上，著名文艺评论家李准，仲呈祥，著名专家学者闫晶明、向云驹、闫建钢、李舫、杨立新、李春利、赵彤等10余人就王丽萍的电视剧创作进行了分析评鉴。

与会专家一致认为，王丽萍的剧本聚焦现实题材，贴近百姓生活，是不可多得的优秀作品。

【电视剧《大秦帝国之纵横》创作研讨会在北京举办】

9月10日，由中国视协、中央电视台电视剧管理中心、西安曲江新区管理委员会主办的电视剧《大秦帝国之纵横》创作研讨会在北京中国文艺家之家举办。

中国视协主席赵化勇、国家新闻出版广播电视总局电视剧管理司司长李京盛、著名文艺评论家李准、仲呈祥、丁振海等专家和学者出席研讨会，与会专家就该剧创作成果进行了深入研究。

【高满堂编剧艺术研讨会在北京举办】

10月19日，由中国视协、中国文联理论研究室、大连市委宣传部、大连电视台联合主办的“高满堂编剧艺术研讨会”在北京举办。中国文联党组成员、副主席夏潮，中国文联副主席、中国视协主席赵化勇，中宣部文艺局副局长孟祥林，中国文联理论研究室主任陈建文，大连市委常委、宣传部长袁克力等有关方面领导出席研讨会。研讨会由中国视协分党组书记、驻会副主席兼秘书长张显主持。

会上，高满堂把自己成功的经验概括为：真诚地面对艺术，真诚地面对生活，真诚地面对观众，感动自己才能感动别人，不“玩”艺术，力戒游戏心理。李准、仲呈祥、曾庆瑞、薛继军、王一

川、阎晶明、杨锦峰、彭程、向云驹、程春丽、刘和平、李舫等专家学者在研讨会上对高满堂电视剧的创作历程、艺术特色和作品影响进行了多方位的分析，对高满堂的创作成就给以高度评价。

【电视剧《邓丽君》剧本研讨会在厦门召开】

11月28日，由国台办九洲音像出版公司和邓丽君文教基金会、国内部分卫视台以及电视剧《邓丽君》编剧等两岸电视剧业界相关部门和专家齐聚厦门，就电视剧《邓丽君》剧本的创作进行深入研讨。该剧计划在2014年开始制作。

【电视剧《咱们结婚吧》创作研讨会在北京举办】

12月4日，由中国视协、中央电视台电视剧管理中心、湖南广播电视台节目交易管理中心联合主办的电视剧《咱们结婚吧》创作研讨会在中国文艺家之家举办。

国家新闻出版广播电影电视总局电视剧司司长李京盛，中央电视台总编辑罗明，湖南广播电视台党委书记、台长吕焕斌等主办单位领导和代表和该剧主演黄海波、王彤等出品方嘉宾及主创人员及多家媒体代表出席会议。著名文艺评论家李准、仲呈祥，著名专家学者刘玉琴、李宏伟、赵彤、康伟、张德祥、李星文、高小立、戴清就该剧创作进行了分析评鉴。

与会专家对该剧所体现的生活贴近性和主流价值观给予了肯定，并对该剧的创作成果进行了充分的探讨与交流。

【电视文献纪录片《习仲勋》创作研讨会在福建举办】

12月11日，由中国视协、福建省文联、福建广播电视协会、福建师大主办，福建视协、《当代电视》杂志社承办的电视文献纪录片《习仲勋》创作研讨会在福建师范大学举办。中国视协领导赵化勇、张显，福建省文联党组书记张作兴，福建师大党委副书记王建南，福建广电协会秘书长丛培波，著名文艺评论家仲呈祥，中国视协纪录片专业委员会主任刘效礼，中央党史办研究员李向前，人民日报文艺部主任刘玉琴，北京师范大学教授张同道，中国传媒大学教授彭文祥，福建师大文学院教授余岱宗，福建师大传播学院教授林焱，福建省视协秘书长孙永明，《当代电视》杂志社主编张德祥等专家学者参加研讨会。与会专家学者就该片的创作经验进行了深入探讨与交流。

对外及对港澳台地区文化交流

【中国视协国际联络部参与会见欧洲广播联盟代表团】

1月29日，中国视协国际联络部工作人员陪同中国文联国际部副主任薛伶会见了到访的欧洲广播联盟首席代表帕尔多先生一行。中国视协国际联络部代表详细介绍了中国视协的组织机构、人员构成、会员组成和重大活动等情况，特别对中国视协的重点外事活动进行了详细的说明，并表达了未来与欧洲广播联盟开展深入交流合作的意愿。

【俄罗斯欧亚广播电视学会主席鲁京先生一行访问中国视协】

4月2日，俄罗斯欧亚广播电视学会主席鲁京先生率俄罗斯影视艺术家代表团访问中国视协。中国视协驻会副主席张显会见了代表团一行，中国视协副秘书长张彦民与代表团成员进行了深入的细致的会谈。双方就继续深化电视艺术及相关领域的合作交流达成了共识，一致同意为共同维护中俄两国和平友好的外交关系、促进民间文化交流做积极工作。决定适时继续举办“中俄电视论坛”，并逐步丰富论坛的内容和形式。

【中国文联副主席、中国视协主席赵化勇会见英国雄狮电视公司董事里查·布拉特利一行】

5月22日，中国文联副主席、中国视协主席赵化勇在中国视协会见到访的英国雄狮电视公司董事里查•布拉特利一行，双方就加强电视文化交流及电视纪录片的联合制作等事宜进行了深入细致的交流。英国雄狮电视公司将与中央电视台科教频道等国内影视机构联合摄制有关中国传统文化及自然奇观的纪录片，里查•布拉特利先生对中国视协在英国雄狮电视公司与中央电视台合作过程中给予的帮助和支持表示感谢，愿意为加深中西方文化交流做积极努力。中国视协驻会副主席张显及中国视协相关部门负责人参加了会见。

【第四届“中国·东南亚·南亚电视艺术周”在昆明举办】

第四届中国•东南亚•南亚电视艺术周于6月5日至7日在昆明举办。本届电视艺术周以电视剧创作交流为主，主题为“家庭•青年与未来”。围绕主题举办创作论坛、观摩交流及电视艺术周电视文艺晚会等活动。本次艺术周以其丰富的活动内容，加深了中国与东南亚、南亚各国电视界同仁的相互了解和友谊，扩大和深化了中国与东南亚、南亚国家的文化艺术交流合作。

【台湾中华广播电视节目制作商业同业公会理事长汪威江到访中国视协】

8月23日，中国视协驻会副主席张显与中国视协副秘书长范宗钗在国际联络部工作人员的陪同下，会见到访中国视协的台湾中华广播电视节目制作商业同业公会理事长汪威江先生。

双方就共同举办"第二届海峡两岸电视艺术节"事宜进行了深入细致的探讨，还分析了两岸电视剧产业的现状等问题，表示中国视协和台湾中华广播电视节目制作商业同业公会将继续深化合作关系，共同推动两岸电视艺术界交流与合作向更高的层面发展。

【第十三届中日韩电视制作者论坛在无锡举行】

第十三届中日韩电视制作者论坛于10月15日至17日在无锡市举行，共有来自中日韩三国的120多名代表参会，其中，日本代表38名，韩国代表43名。中国文联、江苏省文联、无锡市委相关领导出席了会议。

2013年是中日韩电视制作者论坛创办第13年，也是中国加入论坛10周年。多年来，中日韩电视制作者论坛一直以激发电视人的文化创作潜力为宗旨，以为各国电视观众创作更多更好具有精神启示意义的优秀作品为目标，为三国电视界同仁搭建了一个相互交流学习、相互激励创新的平台。本届论坛的主题为："旅•情—幸福梦"，三国主办单位根据论坛确定的主题，各推荐四部作品，供会议观摩。各位代表围绕主题进行了多领域、多层次的深入交流。

【第二届海峡两岸电视艺术节暨海峡两岸电视纪录片论坛在重庆举办】

为推动海峡两岸电视文化事业的繁荣发展、密切两岸同胞的感情，凝聚共同意志，12月20日，由中国视协、台湾中华广播电视节目制作商会同业公会以及重庆广电集团共同主办，重庆广电集团、重庆电视艺术家协会承办的第二届海峡两岸电视艺术节暨海峡两岸电视论坛在重庆举办。该论坛以纪录片创作及观摩研讨交流为主要内容，海峡两岸的电视纪录片编导及研究专家近60人参加论坛。来自台湾"国立大学"的李道明教授和中国传媒大学的何苏六教授在论坛上，分别做了关于纪录片现状和未来发展趋势的报告，嘉宾们共同观摩交流了双方选送的《飞阅台湾》、《茶、一片树叶的故事》、《对焦国宝》、《故宫100》四部纪录片。

【中国视协出访代表团赴奥地利、匈牙利和意大利访问】

应意大利新联协会（意大利与中国、欧洲文化交流发展协会）、奥地利维也纳传媒学院和匈牙利MTVA电视台的邀请，中国视协副秘书长张彦民等4人于6月19日至28日赴意大利、奥地利和匈牙利进行访问，与电视界同仁进行交流研讨，在电视信息采集与联合制作方面建立长期合作关系。

【中国视协出访代表团赴美国和加拿大访问】

应美国ICN（信息文化新闻国际卫视）和加拿大加华视讯电视台的邀请，中国视协驻会副主席张显等2人于8月21日至28日赴美国和加拿大进行访问，就华语电视节目播出和电视节目联合制作等方面，与电视界同仁进行交流研讨，以期建立长期合作关系。

【中国视协国际联络部干部赴美国学习非营利文艺组织运营与管理】

中国视协国际联络部赵巍同志于7月随中国文联组织的"非营利组织运营与管理"学习班赴美国进行了为期三周的学习。学习了美国文化设施的发展及运作、基金会向艺术界提供资金的操作方式、经济和文化审查以及美国艺术机构的法律问题等十几门课程，考察了亚洲协会、福特基金会、纽约爱乐乐团、美国芭蕾舞剧院、国家艺术基金会、史密森民俗和文化遗产中心等非营利组织机构，并就相关问题与美国艺术界人士进行了座谈。学习结束后，该同志详尽细致地向中国视协全体人员进行了学习汇报。

【中国视协副主席欧阳常林赴美国出席中美电影节】

应中美电影节组委会的邀请，中国视协副主席欧阳常林同志于11月2日至5日赴美国出席中美电影节，参加颁奖典礼、展映及交流活动。电影节组委会特邀其担任"优秀电视剧金天使奖"颁奖嘉宾，这是对我国电视界同仁辛勤工作的褒奖，也是对我国电视剧制作整体水平的肯定。

北京市文学艺术界联合会

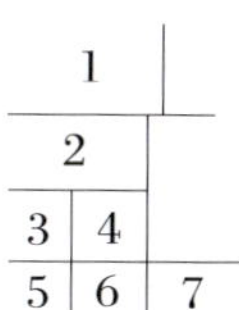

1. 4 月 27 日北京市文联第八次代表大会召开。
2. 5 月京味文化之旅在露天公园演出。图为北京舞蹈学院师生表演《春江花月夜》。
3. 8 月市文联组织艺术家赴新疆文化交流活动，图为中国杂技团表演《俏花旦·集体空竹》。
4. 9 月 3 日“中国名家画北京”作品展览开幕。图为李伟、张和平参观展览。
5. 9 月 17 日在奥林匹克公园广场举行的北京文学艺术品展示会上李伟与哈氏风筝传人哈亦琦交谈。
6. 12 月 15 至 19 日举办的北京首届剧本及曲艺作品推介会在中华世纪坛举办，图为推介会上的签约仪式。
7. 3 月 17 日北京作家协会小作家分会成立，图为领导和作家和第一批小会员合影。

天津市文学艺术界联合会

1. 11月16日，天津市文联、中共天津市和平区委主办，天津市曲协承办的“和平杯曲艺票友邀请赛”在天津中华曲苑举办。图为参赛选手展演。
2. 9月5日至7日，由天津市文联主办，天津市杂协等承办的“中国戏法交流大会暨天津市第五届中青年魔术比赛”在天津光华剧院举行。图为中国铁路文工团杂技团国家一级演员、著名戏法表演艺术家房印庭表演古彩戏法《吉庆有余》。
3. 6月25日，由天津市文联、天津美院、天津市美协主办的“天津市第二届版画精品展”在天津美术学院美术馆开幕。图为展览现场。
4. 1月19日，“‘翰墨情’天津市书画家扶贫助困活动”举行。图为书画家进行现场创作。
5. 2月21日，由天津市摄协承办的“中国摄协2013年‘送欢乐 下基层’天津活动”在天津蓟县西井峪村为村民赠送摄影年画、举办小型摄影展。图为活动现场。
6. 9月6日，由天津市美协，天津市书协等主办的“纪念‘引滦入津’30周年天津书画写生作品展”开幕。图为在筹备该展期间，天津美协组织骨干创作力量深入生活，实地写生。
7. 11月18日，“北京天津大连三地书法交流展”在天津开幕。图为观众在参观展览。
8. 8月30日，由天津市文联、天津市民协联合举办的文化惠民系列活动—剪纸艺术进社区在天津市河北区溪波里社区举。图为天津市民协10余位剪纸艺术家为社区居民现场展示剪纸技艺讲解剪纸技法。

河北省文学艺术界联合会

1	2	
3	4	
5	6	7
		8
		9

1. 1月13日，由河北省文联、省摄协主办的美丽河北 "天山杯" 第21届河北省摄影艺术展览在石家庄举办。
2. 1月28日，百花乐万家" 走进国门——文化惠民活动在石家庄边防检查站举行。
3. 3月17至20日，2013年中国美术家协会工作会议在石家庄召开。
4. 7月12日，河北省文联党的群众路线教育实践活动动员大会在石家庄召开。
5. 7月31日，河北省文联组织全体党员干部赴保定市阜平县城南庄晋察冀边区革命纪念馆重温入党誓词。
6. 9月22日，中国文联、河北省文联组织 "第九届中国国际民间艺术节" 部分国家艺术团到保定市安新县白洋淀进行惠民演出。
7. 9月25日，由河北省委宣传部、省文联等单位联合主办的河北省文艺志愿活动观摩会暨文艺志愿服务基层百千万工程启动仪式在邯郸市举行。
8. 10月14至16日，由中国文联、河北省委宣传部主办，河北省文联、承德市人民政府承办的第五届海峡两岸暨港澳地区艺术论坛在承德市举行。
9. 10月17日，由中国扇子艺术协会、河北省文联等单位联合主办的丰碑颂——纪念毛泽东诞辰120周年全国书画名家邀请展在石家庄举办。

山西省文学艺术界联合会

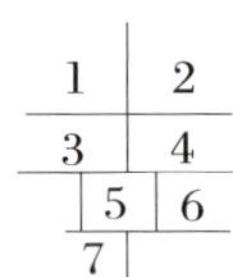

1. 1 月 31 日，山西省文学艺术界 2013 新春大联欢。
2. 6 月 13 日，山西省文学艺术界联合会第八次代表大会、山西省作协第六次代表大会和山西省社科联第二次代表大会隆重开幕。
3. 7 月 3 日，庆祝中国共产党成立 92 周年—“美丽山西中国梦朗诵音乐会”。
4. 8 月 12 日晚，首场“文化惠民消夏文艺晚会”在太原市工人文化宫广场隆重开演。演员与观众互动变魔术。
5. 山西精神海内外三晋儿女书画摄影剪纸主题展览。
6. 山西省文联党组副书记、副主席李太阳书法作品被澳大利亚新州总督巴舍尔女士收藏。
7. 书画界 200 余位书画家参加了“《情系雅安》山西书画家赈灾义捐活动”。

内蒙古自治区文学艺术界联合会

1. 3月14日至22日，内蒙古自治区基层文联负责人研修班在京举办。
2. 6月18日，鲁迅文学院第四期少数民族文学创作培训班(2013•内蒙古)在呼和浩特开班。
3. 12月13日，草原文学优秀作品研评会在呼和浩特举行。
4. 6月10日至11日，内蒙古第十六届“歌咏辉河·文泽索伦”鄂温克、达斡尔、鄂伦春民族文学笔会暨蒙文创作研讨会在鄂温克旗召开。
5. 6月24日，内蒙古、台湾两地作家座谈会在呼和浩特召开。
6. 9月24日，内蒙古5名代表参加全国青创会，与著名蒙古族作家玛拉沁夫合影。
7. 5月18日至22日，第十届内蒙古自治区文学创作“索龙嘎”奖评奖会在呼和浩特举行。
8. 5月27日至30日，第十届内蒙古自治区艺术创作“萨日纳”奖评奖会在呼和浩特举行。
9. 9月13日，“翰墨兴安——兴安盟青年五人书法展”在内蒙古美术馆开幕。
10. 4月，内蒙古文联主席巴特尔赴呼伦贝尔市开展“四进三问”调研，在牧民作家家中访问。
11. 7月10日，自治区文联“一旗一品”文化品牌创建活动座谈会在呼和浩特召开。

1		
2	3	
4	5	
6	7	8
9	10	11

辽宁省文学艺术界联合会

1. 3月1日，《老百姓的雷锋》首唱式。
2. 5月20日，党的十八大报告关键词篆刻精品展。
3. 5月22日至23日，“迎全运、爱家乡、建辽宁”辽宁百姓健康舞14市同步展演活动。
4. 7月5日，“美丽辽宁”迎全运全省优秀美术作品展。
5. 9月6日，“最美辽宁”辽宁文艺界慰问全运健儿专场文艺演出。
6. 9月至10月，辽宁省第四届大学生戏剧节。
7. 11月12日至14日，全省文联系统学习贯彻全国、全省宣传思想工作会议精神培训班。
8. 11月28日至29日，第二届辽宁省优秀曲艺节目调演。
9. 12月13日，“芳兰竞苑”——第四届辽宁音乐金钟奖、第四届辽宁摄影金像奖、第四届辽宁书法兰亭奖、第二十一届辽宁省优秀电视剧奖、第三届辽宁文艺评论奖颁奖晚会。
10. 全年赴基层开展“送欢乐下基层”慰问演出等文化惠民活动。
11. 9月15日，2013中国沈阳（铁西）国际工业摄影大展开幕式。

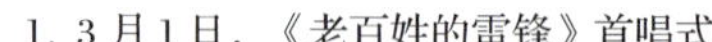

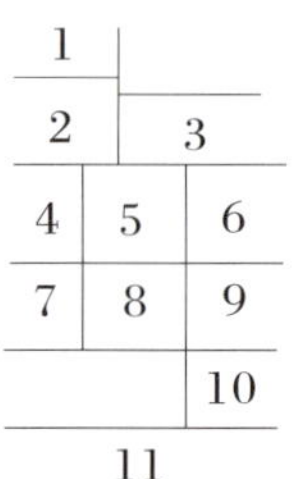

吉林省文学艺术界联合会

1. 7月29日至30日，吉林省文联第八次代表大会在长春召开。
2. 8月24日，柳河县实验小学被中国书协正式命名为“中国书法兰亭小学”，图为授牌仪式现场。
3. 吉林省摄影家协会组建由300多名摄影家组成的摄影志愿者服务小分队深入农村向农民传授摄影知识。
4. 8月29日，省文联文艺志愿者在农安开展“送欢乐 下基层 走进黄龙府”大型公益慰问演出活动。
5. 9月7日，长春市文化广场，百姓健康舞展演活动。
6. 5月25日，吉林省首届青少年戏剧大赛，参赛部分小选手集体亮相。
7. 1月26日，吉林省文联文艺志愿者“送欢乐，下基层”系列活动来到榆树市慰问演出。图为著名二人转演员闫淑萍、佟长江在表演。
8. 6月9日，吉林省著名美术家作品展在吉林艺术学院美术馆开幕。

1	
2	3	4
5	6	7
8		

黑龙江省文学艺术界联合会

1. 12 月 24 日，黑龙江省文艺志愿者协会成立大会在哈尔滨召开。
2. 10 月 22 日，“第二十届全国版画作品展览”在黑龙江省美术馆和省博物馆开幕。
3. 10 月 30 日，“田野丹青乡土风——第二届黑龙江农民画双年展”在绥棱县文化馆开幕。
4. 6 月 1 日，“画说龙江——黑龙江省美术馆五十年馆藏经典版画作品全国巡展”在上海中华艺术宫正式开展。
5. 1 月 18 日至 22 日，中国摄影家协会、黑龙江省摄影家协会赴伊春“送欢乐、下基层”。
6. 1 月 30 日，黑龙江省文联、黑龙江省曲艺团赴绥棱“送欢乐、下基层”。
7. 12 月 20 日至 24 日，“乘着歌声的翅膀”黑龙江省高校文联名家名曲交响音乐会举办。
8. 7 月 18 日，中国舞协、黑龙江省文联举办“党的群众路线教育实践活动”暨“走基层——齐齐哈尔百姓健康舞展演”活动。
9. 6 月 18 日，哈尔滨师范大学“龙江书刻”精品展暨“龙江书刻”哈师大创作基地授牌仪式在哈尔滨师范大学举行。
10. 5 月 19 日，“中国舞蹈家协会第 244 届少儿舞蹈展演暨 2013 年黑龙江省少儿舞蹈大赛”在哈尔滨市少年宫举办。
11. 9 月 21 日至 9 月 23 日，中国文联文艺志愿服务团和黑龙江省文联文艺志愿服务团赴北大荒开展“送欢乐下基层”慰问采风活动。中国文联副主席杨承志，中国曲艺家协会主席、中国文艺志愿者协会主席、中国文学艺术基金会副理事长兼秘书长姜昆，中国文联文艺志愿服务中心副主任、中国文艺志愿者协会副秘书长廖恳，黑龙江省文联主席傅道彬等领导参加活动 。

1	2	3	4
5	6	7	8
9		10	
11			

上海市文学艺术界联合会

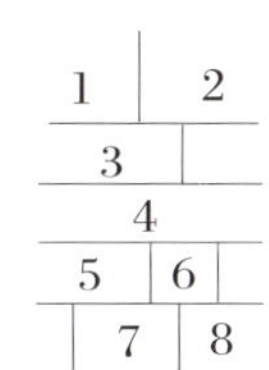

1. 2013 上海文艺界新春团拜会
2. 第 30 届上海之春国际音乐节
3. 第 23 届上海白玉兰戏剧表演艺术奖
4. 2013 上海美术大展
5. 2013 上海艺术设计展

6–7. 首届上海书法艺术节

8. 2013 第四届“粉墨佳年华”

江苏省文学艺术界联合会

1. 江苏省文联全委会。
2. 第六届江苏戏剧奖红梅奖大赛颁奖晚会。
3. 江苏省书法家协会第四次全国代表大会。
4. 江苏省文艺志愿者服务总队成立仪式。
5. 首届江苏紫金合唱节闭幕式。
6. 苏韵梅香“庆祝中国戏剧梅花奖创办30周年——江苏专场演唱会”。
7. 在无锡举办的第九届中国音乐金钟奖民乐比赛闭幕晚会。
8. 中国百家金陵画展开幕式：金奖颁奖仪式。

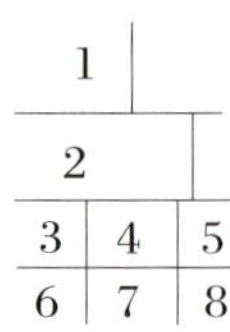

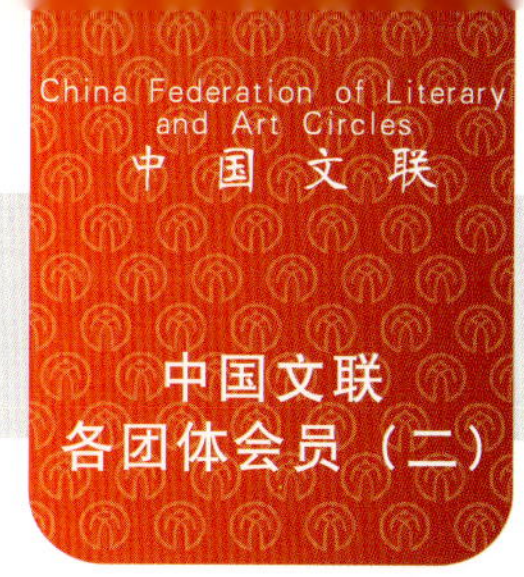

浙江省文学艺术界联合会

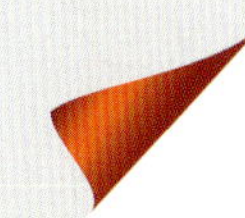

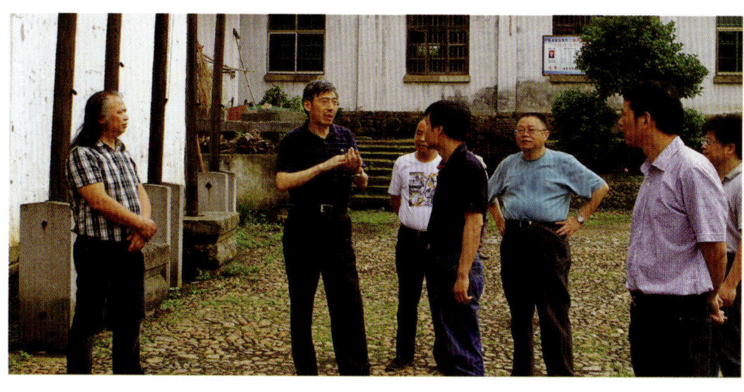

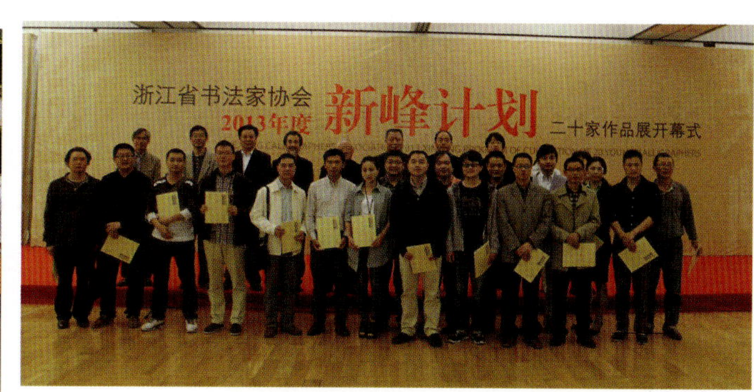

1. 浙江省文联党组书记、副主席、书记处常务书记田宇原率文艺家下基层。
2. 浙江省文联、省书协举办 2013 “新峰计划” 书法 20 家展。
3. 浙江省文联开展 “送文艺、进礼堂” 活动。
4. 浙江省文联、省舞协举办浙江省第二十二届国标舞锦标赛。
5. 浙江省文联、省美协举办县级美协工作交流会。
6. 浙江省文联、省民协举办首届浙江工艺美术双年展。
7. 浙江省文联、省杂协举办高校魔术联盟 “明日之星” 大赛。
8. 浙江省文联、省音协举办首届 “浙江音乐奖” 颁奖典礼。

1	2	
	3	
4	5	6
7		
8		

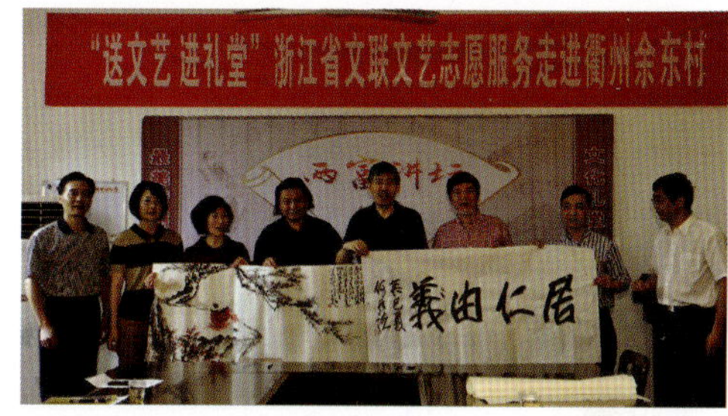

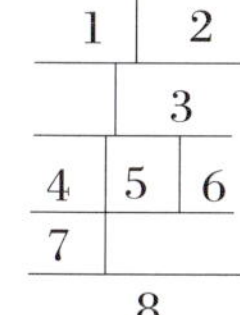

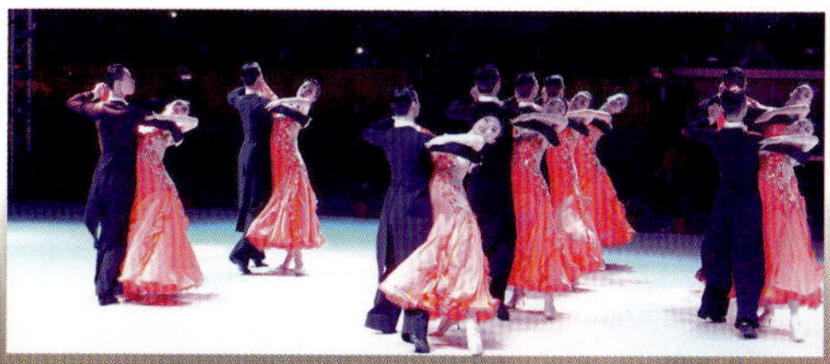

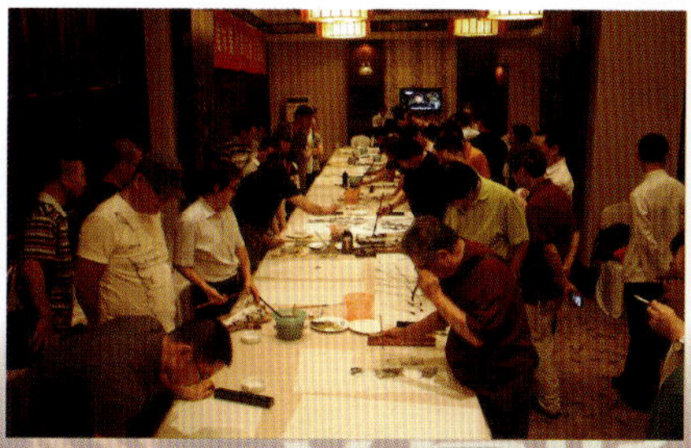

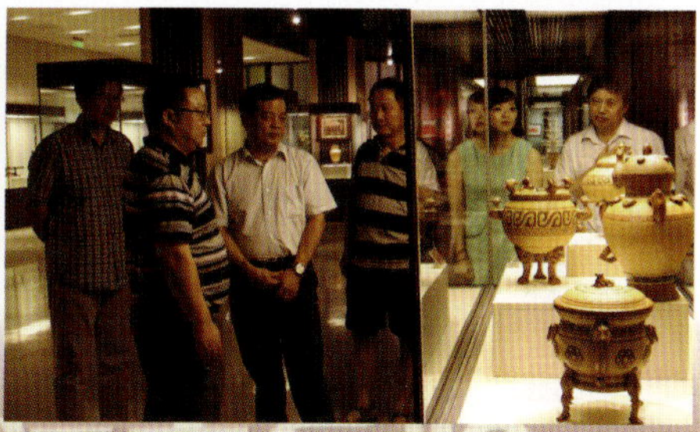

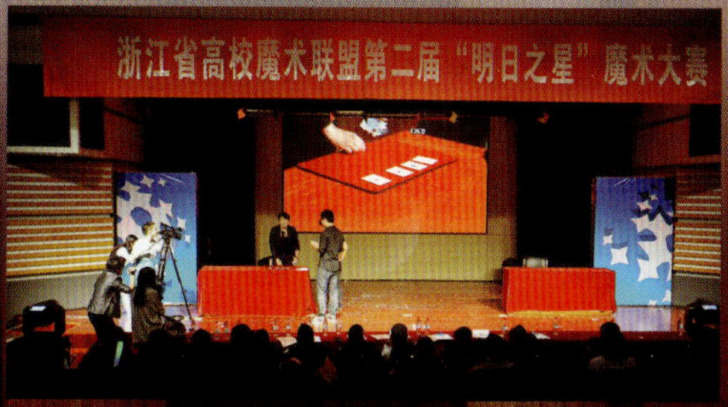

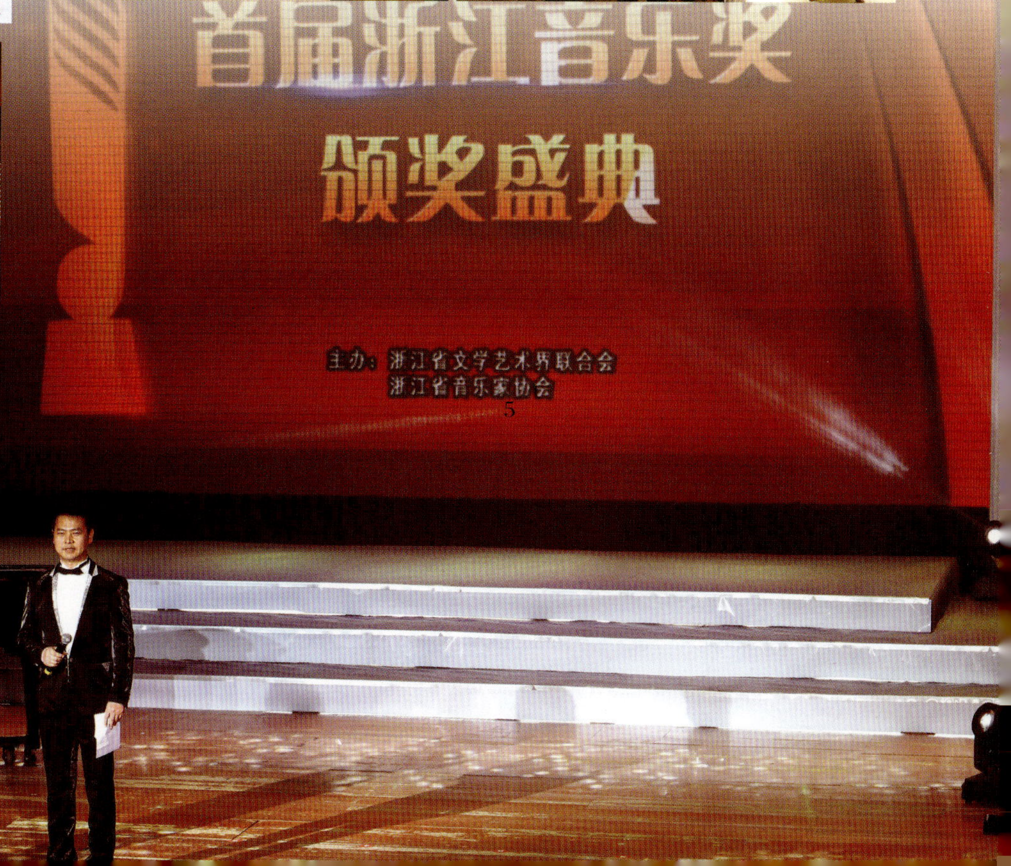

安徽省文学艺术界联合会

1. 孙家正、郑万通和安徽省委常委、宣传部长曹征海出席中国徽文化艺术展示中心揭牌仪式并参观首届皖籍书法美术民间工艺名家精品邀请展。
2. 安徽省委副书记李锦斌出席吴东魁援建希望小学捐赠仪式。
3. 安徽省文联领导班子成员深入联系点开展群众路线教育实践活动。
4. 安徽艺术家参加中国文联送欢乐到京福高铁铜陵长江大桥建设工地活动。
5. 徽剧《惊魂记》获第十三届中国戏剧节优秀剧目奖。
6. 第三届安徽省新农村少儿舞蹈汇演。
7. 安徽民间艺术家出席第十一届中国民间文艺山花奖颁奖仪式。
8. 在美丽的田野上·安徽省美好乡村摄影大展。
9. 安徽省文联期刊方阵参加首届中国（武汉）期刊交易博览会。
10. 中国书法大厦奠基仪式。

1		
2	3	
4	5	6
7	8	
9	10	

福建省文学艺术界联合会

1. 12 月 14 日，福建省委书记尤权一行到福建省文联调研指导工作。图为尤权书记在省文联党组书记张作兴等陪同下参观省文联艺术走廊。
2. 7 月 26 日，福建省文联召开党的群众路线教育实践活动动员大会。
3. 9 月 6 日，福建省文联组团赴闽东革命老区开展文艺“四到基层”活动。图为福建省文联党组书记张作兴和省委教育实践活动第 14 督导组组长林鸿坚向新四军北上抗日纪念碑敬献花篮。
4. 3 月 15 日，福建省文联艺术委员会召开文艺创作题材库座谈会。图为第一届艺术委员会全体会议现场。
5. 11 月 7 至 9 日，中国文联、中国曲协、福建省文联、全国公安文联共同主办的“2013 海峡两岸欢乐汇”活动在福建福州举办。图为出席晚会的省人大常委会副主任刘群英等领导与两岸曲艺家、演员合影。
6. 12 月 28 日，以“舞动两岸情 共圆中国梦”为主题的第四届海峡两岸青年舞蹈嘉年华在福州开幕。图为第四届海峡两岸青年舞蹈嘉年华开幕式暨中国舞蹈家协会迎新春走基层慰问演出现场。
7. 12 月 27 日，莫言、苏童、格非来闽做“如何讲述中国故事”专题讲座现场。
8. 12 月 22 日，由福建省委宣传部、福建省文联联合摄制的大型人文记录片《海峡艺术名家》在海峡卫视正式开播。图为《海峡艺术名家》海报。

1	2	3
4	5	6
7		
8		

江西省文学艺术界联合会

1. 10月18日，全国政协副主席何厚铧、中共江西省委书记强卫、江西省省长鹿心社在2013中国景德镇国际陶瓷博览会上参观由省文联组织创作的《锦绣中华》瓷板画长卷。
2. 5至6月，在南昌市举办江西省文艺创作人才研修班，中共江西省委常委、宣传部部长姚亚平出席研修班结业典礼，并与全体学员合影。
3. 11月26至30日，在抚州市举办首届“汤显祖戏剧奖·小戏小品奖”大赛。颁奖晚会上，中国剧协梅花奖艺术团表演了精彩的节目，江西省副省长朱虹出席颁奖晚会并与梅花奖演员合影。
4. 7月25日，江西省文联党组书记汪天行指导创作“八一起艺”文艺创作工程之国画长卷《锦绣赣鄱》。
5. 8月2日，“八一起艺”文艺创作工程之摄影长卷《千里赣鄱锦绣图》创作研讨会在江西省文联举行。
6. 9月16日，“八一起艺”文艺创作工程之书法长卷《秀美江西》开笔仪式在江西省文联举行。
7. 12月20日、21日，分别在东乡县和南昌市主办全国首届“王安石奖”书法作品展、全国首届“陶渊明奖”书法作品展。图为“陶渊明奖”书法作品展在江西师大美术馆举行。
8. 1月28日，在江西省文联举办滕王阁文学院第四届特聘作家聘任仪式。
9. 12月7至10日，在瑞金市举办江西省80后青年作家改稿会。
10. 1月13日，圆满完成“百花迎春”中国文学艺术界2013春节大联欢江西板块节目演出任务。图为李丹阳与江西七位歌手合唱《江西是个好地方》。
11. 11月26至28日，主办婺源·中国乡村文化旅游节暨“山花奖”全国民间灯彩大赛。
12. 8月14至16日，在南昌市主办第六届中部六省曲艺大赛。
13. 9月，组织文艺志愿者到广昌县甘竹镇龙溪村小学开展文艺支教。

1	
2	
3	4	5
6	7	8
9	10	11
12	13	

山东省文学艺术界联合会

1.

1	2
	3
	4
5	6
7	8

1. 4 月 27 日，省文联与省政协办公厅、省文化厅、省红十字会、山东艺术学院在济南联合主办了“情系雅安——山东百名书画家抗震救灾公益笔会”。图为笔会创作现场。
2. 4 月 30 日晚，在济南皇亭体育馆举办的“相约十艺节 文艺走基层——第六届山东国际大众艺术节开幕式暨 CBDF‘中国杯’国际标准舞巡回赛”。
3. 5 月 10 日，第六届山东国际大众艺术节“魅力黄河口·山东摄影家走进河口”活动。
4. 6 月 29 日，建设者之歌——庆“七一”走进昌华集团专场文艺演出现场。
5. 6 月 30 日，在山东剧院举行的“绚丽艺缘——2013 中韩交流歌舞晚会”演出现场。
6. 第六届山东省“泰山文艺奖”评选工作于 2013 年 7 月至 8 月在济南举行，图为评选会议现场。
7. 9 月 8 日，山东省第六届书法篆刻展现场。
8. 11 月 22 日，山东省文艺志愿服务团昌邑市教育系统支教活动启动仪式现场。

河南省文学艺术界联合会

1	2
3	4
5	
6	7
8	9	10

1. 12 月，中国文联文艺志愿服务团和河南省文联文艺志愿服务中心赴南阳南水北调中线工程渠首建设工地慰问，中国文联党组书记、副主席赵实，河南省委常委、宣传部长赵素萍，河南省文联主席杨杰等出席活动。
2. 10 月，中国文联党组副书记、副主席李屹在河南省文联党组书记吴长忠，河南省文联副主席何白鸥等陪同下参观河南省文学院。
3. 河南省文联第七届委员会主席团合影。
4. 12 月，河南省文联第七次代表大会举行。
5. 5 月，河南省文联主席马国强等为第六届黄河戏剧奖获奖者颁奖。
6. 1 月，河南省文联首次参演中国文学艺术界春节大联欢，老艺术家马金凤在众多河南籍主持人簇拥下向文艺界拜年。
7. 1 月，河南省文联送温暖下基层受到群众热烈欢迎。
8. 1 月，河南省文联组织艺术家下基层为群众拍摄全家福，向群众赠送挂历、年画等慰问品。
9. 5 月，河南省“教你一招”群众文艺活动基层文艺骨干培训班举行。
10. 2 月，第五届中国（鹤壁）民俗文化节举行。

湖北省文学艺术界联合会

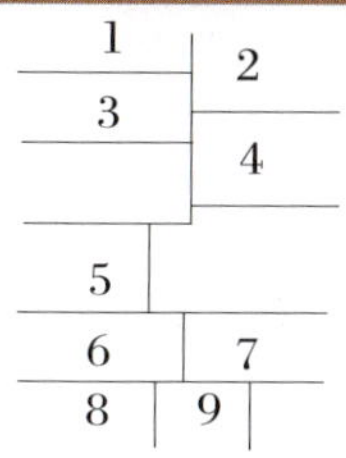

1. 9月16日，由中国文联、湖北省人民政府主办的第九届中国国际民间艺术节在宜昌拉开帷幕。
2. 9月25日，由中国文联、中国影协、武汉市人民政府主办的第22届中国金鸡百花电影节在武汉开幕。
3. 1月30日，“百花迎春”——2013年湖北文艺界新春大联欢在汉举行。
4. 4月16日，湖北省文联第九届委员会第二次会议在武汉召开，出席会议的省文联领导为湖北省文艺家工作室授牌。
5. 6月16日，首届“黄海怀二胡奖”系列活动伴随着二胡演奏比赛、作品征集评奖颁奖音乐会的成功举行在武汉圆满谢幕。
6. 6月24日，《十大行书赏析》首发式暨学术研讨会在武汉举行。
7. 9月7日至22日，《神游东方——周韶华艺术大展》在上海中华艺术宫举行。
8. 9月22日至28日，湖北省影视剧本创作高级研修班在武汉举办。
9. 11月11日，第三届湖北美术节暨首届“湖北国际当代艺术节”在湖北省图书馆新馆开幕。

湖南省文学艺术界联合会

1 2
3 4 5
6

1. 11 月 28 日上午，湖南省文联成立 60 周年座谈会在长沙举行。省委书记、省人大常委会主任徐守盛，中国文联党组成员、副主席夏潮出席了湖南省文联成立六十周年座谈会，并在会上作了重要讲话。
2. 1 月 22 日，湖南省文学艺术界迎春茶话会在长沙举行，160 余名省会文艺家和文艺工作者参加茶话会。省委常委、省委宣传部部长许又声出席并发表重要讲话。
3. 6 月 20 日，“牵手丹青——2013 湘、港、澳三地青年美术家作品巡展”香港站隆重开幕，省委常委、省委宣传部部长许又声、省文联主席谭仲池、省委宣传部副部长魏委等出席了开幕式。
4. 3 月 28 日下午，湖南省文联学习贯彻全国“两会”精神会议在长沙召开。省文联领导、市州文联主席、省文艺家协会主席、秘书长、省文联部分处室负责同志共 60 余人出席会议。
5. 由湖南省文联组织编写的、湖南人民出版社出版的《湖南文艺 60 年》丛书。
6. 7 月 15 日，湖南省文联深入开展党的群众路线教育实践活动动员大会在省文联五楼多功能厅举行。会议由省文联主席谭仲池同志主持，省文联党组书记、副主席江学恭同志作动员报告。省委第 23 督导组组长余一峰同志作重要讲话。

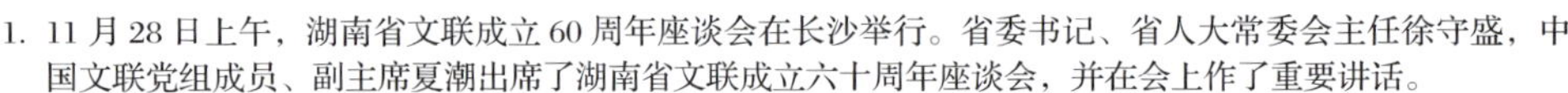

广东省文学艺术界联合会

1	2
3	4

5	6
7	8

1. 12 月 25 日下午，省委常委、宣传部长庹震，副部长顾作义、蒋斌在省委宣传部会议室会见第七届主席团。图为会见后合影。
2. 4 月 13 日，绿叶增春——中国文联著名表演艺术家书画联展开幕式。图为省文联党组书记白洁在开幕式上致辞。
3. 12 月 24 日上午，广东省文联第七次代表大会、广东省作协第八次代表大会在珠岛会堂隆重开幕。图为省委常委、宣传部长庹震（前左）与省文联第六届主席刘斯奋握手交谈。
4. 12 月 23 日，举行“中国梦——广东省书法家协会、摄影家协会理事作品展”。图为省文联领导观看摄影作品。
5. 12 月 24 日上午，广东省文联第七次代表大会、广东省作协第八次代表大会在珠岛会堂隆重开幕。图为大会开幕式现场。
6. “中国梦”——省文联文艺志愿服务团惠民演出。
7. 第七届广东省曲艺“明日之星”颁奖晚会。
8. 歌声嘹亮激情唱响“中国梦”——省文联文艺志愿服务团惠民演出。

广西壮族自治区文学艺术界联合会

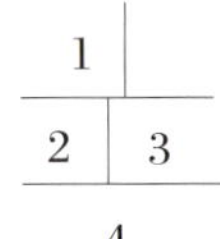

1. 9 月 23 日，中国广西与马来西亚摄影交流作品展在桂林展出。
2. 12 月 24 日，第三届广西作家节在河池市举行。图为文学桂军人才培养“1+2”工程作家师生合影。
3. 10 月 15 日，广西文艺志愿者协会在南宁隆重成立。
4. 6 月 20 日，中国民间文艺家协会在南宁举行 “中国民间文艺之乡” 授牌仪式，隆安县、良庆区、邕宁区分别被中国民间文艺家协会授予“中国那文化之乡”、“中国嘹罗山歌之乡”、“中国八音之乡”称号。

海南省文学艺术界联合会

1. 9月29日上午，“艺海文心·李岚清篆刻书法素描艺术展”在省博物馆开展。省委书记罗保铭致辞，省委副书记、省长蒋定之，省政协主席于迅出席开幕式。图为开幕式上，中共中央政治局原常委、国务院原副总理李岚清向海南省文联作协党组书记、省文联主席张萍赠送艺术著作。
2. 海南省文联作协党组书记、文联主席张萍（右）向文艺志愿者代表授旗。
3. 3月16日，由海南、吉林、江西三省文联共同主办的书法联展在海南省博物馆展出，开展当天吸引了众多学子及书法爱好者参观学习。图为三省文联领导及书协领导与观众一起参观展览。
4. 海南省文联于12月30日晚8点，在海口市人大会堂举办海南文艺界新年音乐会，推出省文联根据海南经典革命斗争题材组织创作的民族交响歌剧《红色娘子军》第一幕《常青指路·奔向红区》。
5. 2013两岸诗会颁奖礼在省歌舞剧院举行，根据台湾著名诗歌余光中经典诗作《乡愁》改编的交响乐曲《乡愁》，让两岸诗人及现场观众感受到血浓于水的同胞亲情。
6. 8月30晚，第二届海南省舞蹈（原创作品）比赛颁奖晚会在省歌舞剧院举行。图为获专业组创作金奖、表演金奖的舞蹈《南海潮》表演剧照。
7. 6月22日至23日，由中国舞协和海南省文联主办的第249届少儿舞蹈汇演暨第十五届椰娃艺术节在海口人大会堂举行，图为椰娃艺术团表演少儿舞蹈《不忘历史丰碑》。

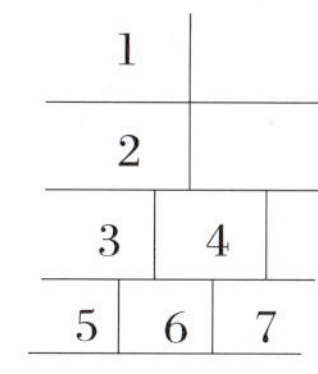

重庆市文学艺术界联合会

1	2
3	4
5	
6	
7	8

1. 3月14日，重庆市文联、重庆市美术家协会、重庆市群众艺术馆联合主办《中国近现代名家彭召民画集》首发式暨专家座谈会。
2. 3月22日晚，重庆市曲艺家协会副主席、四川清音代表性传承人、一级演员刘靓靓在莫斯科克里姆林宫大剧院参加俄罗斯中国旅游年开幕式主题文艺演出《美丽中国》。
3. 5月20日，重庆市戏剧家协会理事、重庆市京剧团副团长周利喜获第四届中国戏剧奖·梅花表演奖。
4. 1月11日上午，重庆市文联2013年“为人民送欢乐下基层”文艺志愿服务团慰问活动在重庆市北碚区童家溪镇拉开序幕。
5. 5月11日，重庆市文联和重庆市书法家协会联合主办纪念周永健逝世五周年——周永健艺术人生研讨会。
6. 1月25日上午，重庆市文联2013年“为人民送欢乐下基层”文艺志愿服务活动团走进綦江区三江街道社区开展惠民慰问活动。
7. 2月20日，重庆市文联召开重点文艺创作项目——话剧《铁肩》剧本研讨会。
8. 6月16日，由中国书法家协会主办，重庆市书法家协会、重庆市秀山土家族苗族自治县人民政府承办的全国首届楷书作品展开幕式在重庆南坪国际会展中心举行。

四川省文学艺术界联合会

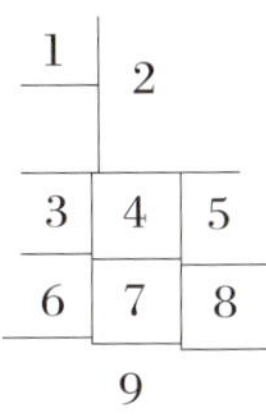

1. 1月17日马识途在庆祝四川省文联成立60周年文艺演出现场。
2. 四川清音演员吴薇在成都锦城艺术宫演唱四川清音《老街新韵》。
3. 4月25日“风雨同舟情系雅安”捐款活动。
4. 7月8日党的群众路线教育实践活动动员大会。
5. 12月省民协惠民工程“民间有大美”在川大锦城学院举行。
6. 翰墨四川会员优秀作品展，书协会员和书法爱好者观赏展出作品。
7. 省视协赴甘孜阿坝开展志愿服务。
8. 省杂协惠民工程走进资中。
9. “大千情中国梦”舞蹈高原之舟。

贵州省文学艺术界联合会

1. 中国美协分党组书记、常务副主席吴长江（前排中）等画家在黔东南岜沙写生。
2. 贵州专业文艺奖评审工作会。
3. 第一期文艺支教成果展，志愿者与中国文联、省文联领导合影。
4. 贵州省文联成立 60 周年书画摄影作品展现场。
5. 中国文联文艺志愿服务团贵州行。
6. 关注农民工子女教育文艺支教启动仪式演出现场。
7. 贵州省第三届道德模范先进事迹巡回报告会。
8. 心系建设者——贵州文艺志愿服务团“送欢乐・下基层”走进凯里大风洞。
9. “送欢乐・下基层”走进乌当。

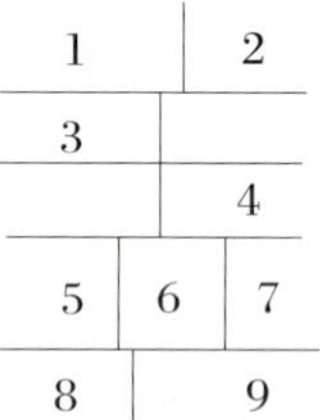

云南省文学艺术界联合会

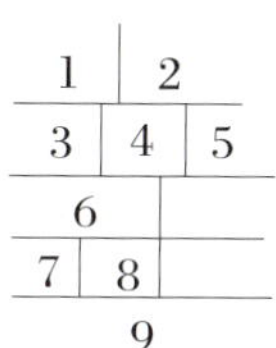

1. 6月30日，中国文联九届五次全委会暨全国文联系统先进集体和先进个人表彰会在北京召开。中国文联主席孙家正为云南省文联云南文苑授予“全国文联系统先进集体”。
2. 5月22日，中国文联党组书记、副主席赵实与云南省委书记秦光荣、省委副书记、省长李纪恒，中国文联副主席丹增，省文联主席郑明在省文联七次文代会上合影。
3. 7月22日，省委副书记、省长李纪恒视察了云南文苑，对云南文苑项目建设的顺利推进，给予了充分肯定。
4. 5月22日，云南省文学艺术界联合会第七次代表大会在昆明召开。
5. 7月24日，省文联援建的翠华镇大松园提水工程竣工。郑明，黄映玲、麻卫军，省文联党的群众路线教育实践活动第一批工作队员，禄劝县、翠华镇领导和大松园村民代表参加了竣工典礼。
6. 8月1日，由省委宣传部、省文联、大理州委、州政府主办的第五届大理国际影会在大理古城隆重开幕。
7. 12月19日至12月23日， 云南省作家代表团一行访问老挝，老挝新闻文化旅游部部长与郑明团长会谈。
8. 省文联第七届委员会主席团成员合影。
9. 6月5日，中国文联副主席、中国电视艺术家协会主席赵化勇，中国文联党组成员、书记处书记夏潮，省委常委、省委宣传部部长赵金，省人大常委会副主任杨保建，省政协副主席罗黎辉，省老领导陈勋儒出席颁奖典礼并为获奖者颁奖。

西藏自治区文学艺术界联合会

1	2
3	4
5	6
7	8
9	

1. 3月27日，自治区副主席孟德利一行前往西藏文联调研指导工作。
2. 5月6日，鲁迅文学院第三期少数民族文学创作培训班开班仪式在西藏拉萨举行。
3. 5月23日，西藏文艺界庆祝西藏和平解放62周年座谈会在拉萨举行。
4. 6月1日，由西藏文联、西藏美术家协会主办的“推动艺术交流 促进文化繁荣《圣域的色彩》——西藏当代中国书画学术邀请展”在自治区博物馆开展。
5. 9月7日，由中国曲艺家协会、西藏文联等单位主办，以“活跃基层文化，推动基层曲艺事业”为主题的西藏“甘露杯”曲艺大赛比赛现场。
6. 9月27日，由中国美术家协会艺术委员会、西藏文联、中国美术家协会、北京画院、西藏书画院、李可染艺术基金会共同主办的“和美净土——巴玛扎西水墨画展”在北京画院美术馆隆重开幕。
7. 9月29日至10月8日，由中国文联、全国政协书画室、西藏自治区党委宣传部、中国美术家协会、中国美术馆、李可染艺术基金会、西藏文联联合主办的“韩书力进藏40年绘画展”在中国美术馆开展。
8. 9月30日，西藏文联理论学习中心组召开贯彻落实全国宣传思想工作会议精神学习会。
9. 8月5日，由中国摄影家协会、西藏自治区党委宣传部、西藏自治区文联和拉萨市人民政府主办的“第六届中国西藏珠穆朗玛摄影大展”在拉萨布达拉宫广场举行。

陕西省文学艺术界联合会

1. 省文联党组成员、驻会副主席兼秘书长黄道峻代表文联接受中铁一局宁西铁路二线工程指挥部赠送的锦旗。
2. 文艺志愿服务团在宁西铁路建设工地慰问演出。
3. “中国梦·艺术梦”杂技艺术家走进西京学院。
4. 西安国际少儿美术节启动仪式。
5. 刘远、蒋瑞征、董祥林三位艺术家在黄河煤化有限公司慰问现场表演小品。
6. “好歌唱三秦”岳坝镇慰问演出现场。
7. 艺术家在合阳县金城花园小区慰问演出。
8. 书画家向麟游县先进人物赠送书画作品。
9. 书画家向商州区十大先进人物赠送书画作品。

1	
2	3
4	5
6	
7	8 9

甘肃省文学艺术界联合会

1. 首届西狭颂全国书法大展开幕式。
2. 甘肃文学论坛西部儿童文学研讨会暨首届甘肃儿童文学八骏授牌仪式。
3. 甘肃省“联村联户 为民富民”美术、书法、摄影展开幕式。
4. 中国（西和）乞巧文化高峰论坛。
5. 首届中国西部百益杯花儿艺术节闭幕式暨颁奖晚会 。
6. 西风烈·绚丽甘肃原创歌曲创作演唱活动。
7. 首届朝圣敦煌全国美术作品展。
8. “感知红色印迹 重温讲话精神”知名美术家走基层进老区创作采风活动。

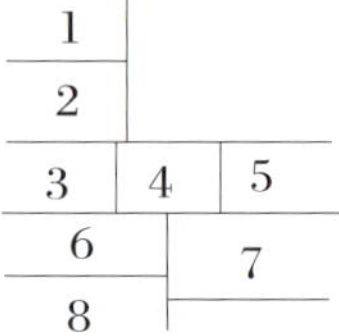

青海省文学艺术界联合会

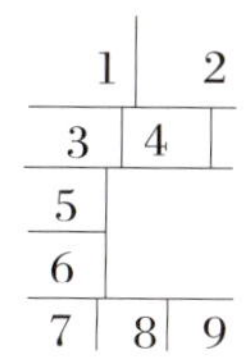

1. 7月15日，中国文联党组书记、副主席赵实，在省委常委、宣传部部长吉狄马加陪同下到省文联进行调研指导工作。
2. 7月16日，赵实书记在吉狄马加，省文联党组书记、主席班果，玉树州委书记文国栋等陪同下，到结古镇禅古新村著名村医76岁的巴桑扎西家走访慰问。
3. 7月16日，赵实书记在玉树州结古镇格萨尔广场中国文联文艺志愿服务团“送欢乐下基层”慰问演出时致辞。
4. 省文联副主席马有义、省书协主席王庆元等参加海南州藏文化产业创意园文艺采风活动启动仪式。
5. 5月25日，省文联党组成员、副主席张民向“朝霞工程”民乐团扶助对象互助县东和乡东和中学捐赠乐器15件，服装60套。
6. 10月29日，省文联党组成员、副主席张民参加由中国文联、中国驻泰国大使馆联合主办的“今日中国”艺术周青海民间手工艺展在泰国首都曼谷展出活动并剪彩。
7. 12月27日，全省基层文联工作会议在西宁召开。
8. 省书法家协会常务副主席陈治元现场为群众书写春联。
9. 10月22日，由韬奋基金会和青海省文联共同组织的为玉树捐赠图书活动在青海宾馆举行。

宁夏回族自治区文学艺术界联合会

自治区文联深入开展党的群众路线教育实践活动动员大会

1. 群众路线教育动员大会。
2. 宁夏回族自治区副主席姚爱兴调研文艺工作。
3. 宁夏文联副主席刘伟陪同罗成琰听课考察。
4. 获中国文联先进集体和个人颁奖合影。
5. 法国驻华大使与宁夏作家座谈。
6. 学习全国宣传思想工作精神培训班。
7. “送欢乐下基层”慰问演出。
8. 羊响板敲起来获 第七届小荷风采全国少儿舞蹈展演金奖。

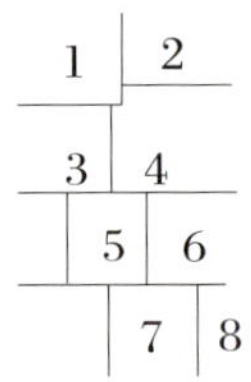

新疆维吾尔自治区文学艺术界联合会

1. “大美天山·新疆中国画全国行展”北京展厅。图为国家民委副主任罗黎明、中国文联副主席李屹等领导在观看画展。
2. “大美天山·新疆中国画全国行展”长沙展厅。图为新疆文联副主席张君超在为来宾介绍画作。
3. 11月26日，自治区党委常委、宣传部部长李学军（左一）来文联调研。
4. 9月16日，自治区文联在尼勒克县乌拉斯台乡举办“送欢乐下基层”活动。图为演员与当地群众互动场景。
5. 7月至9月，自治区党委宣传部、中国美术馆、自治区文联共同举办了“大美天山·新疆中国画全国行展”。图为新疆展厅开幕仪式。
6. 9月，自治区文联主席阿扎提·苏里坦（右二）在和田地区调研。
7. 2月28日，自治区文联召开七届三次全委会。
8. 5月22日，自治区文联召开“《王玉胡文集》出版座谈会”。
9. 4月2日，自治区第四届“天山文艺奖”暨第十二届“五个一工程”获奖作品颁奖活动在新疆艺术剧院举行。新疆有三部作品获第十二届“五个一工程”奖，300多部作品获第四届“天山文艺奖”。

1
2 3
4 5 6
7 8
9

新疆生产建设兵团文学艺术界联合会

1. 中国文联党组成员、书记处书记夏潮来兵团考察。图为调研组到兵团调研并与文艺界座谈。
2. 兵团文联主席李光武（右三）、兵团文联副主席秦安江（右三）带领文艺慰问分队深入基层走家串户慰问看望贫困职工。
3. 中国作家协会驻会副主席、党组成员、书记处书记廖奔（右三）一行在兵团文联主席李光武（右一）陪同下，前往第十师185团桑德克哨所亲切看望马军武夫妇。
4. 兵团党委常委、副司令员、党委宣传部部长成家竹（右二），兵团副秘书长赵广勇（左二）、自治区党委宣传部副部长、文联党组书记黄永军（右三），兵团党委宣传部副部长、文联党组书记麻霞（左一）等领导观看赵彦良书法作品展。
5. 兵团文联党组成员、主席助理麻振山（右二）深入基层连队调研。
6. 兵团第四届青创会开幕式在伊宁四师花城宾馆举行。
7. 兵团青年歌手热米拉·克里木声乐艺术研讨会。
8. 兵团文联、兵团音协扬琴演奏艺术座谈会。
9. 兵团文联组织文艺家赴三师53团开展“送欢乐下基层”慰问活动。
10. 兵团《金戈壁文学丛书》作品研讨会。
11. 兵团文联四届六次全委会。

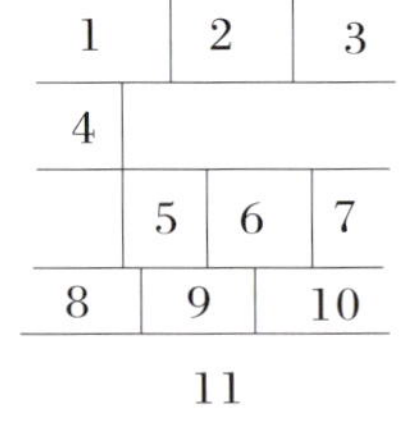

China Federation of Literary and Art Circles Group Members (Ⅱ)

2014

中国文联各团体会员（二）

北京市文联

综　述

2013年，市文联围绕学习宣传贯彻党的十八大和十八届三中全会精神，团结凝聚首都文艺工作者，突出“中国梦”主题，扎实开展系列文艺活动，举办文化惠民活动，促进文化交流，注重文艺作品扶持推介和成果转化，加强青年文艺人才培养，推动人才队伍发展，为首都文化事业繁荣发展做出了积极贡献。

会议与活动

【开展宣传十八大精神文艺活动】

北京市文联围绕学习宣传贯彻党的十八大，开展系列主题文艺活动。组织文艺家深入街道、村镇、军营、企业等地，在元旦春节期间开展了33场文艺演出、15场“文联大讲堂”文艺讲座，受到基层群众欢迎。

【“东方少年·中国梦”系列活动】

首届“东方少年•中国梦”新创意中小学生作文大赛从2012年底到2013年6月举行，先后举办辅导讲座29场、文学大讲堂1讲、作品朗诵会2场，吸引参赛学生近60万人次，最终2000多名参赛者获奖。

【文联大讲堂】

3月27日下午，由市文联主办，以“美丽中国、文艺北京”为主题的2013年北京文联大讲堂系列讲座正式启动。全年共邀请陈爱莲、舒乙、熊亚光、阎崇年等艺术名家举办活动40场，内容涉及文学、戏剧、美术、书法、民间艺术等，听众达50000余人。

【举办文艺人才培训班】

4月至11月期间，市文联共举办青年文艺人才高级研修班、第三期优秀中青年编剧导演研修班、非物质文化遗产传承人高级研修班、基层青年文艺人才培训班等6期培训班，211人次参加培训。

【北京市文联第八次代表大会召开】

4月26日至28日，北京市文学艺术界联合会第八次代表大会在北京召开，共有来自北京市各文化艺术团体、各区县、产业行业文联的381名代表出席会议。中共中央政治局委员、北京市委书记郭金龙，中国文联党组书记、副主席赵实和市委副书记吕锡文分别出席大会开幕式、闭幕式并讲话。会议由北京市文联党组书记陈启刚主持，会议认真学习党的十八大和习近平总书记系列重要讲话精神，审议通过了市文联第七届理事会工作报告和北京市文联章程修正案，选举产生了新一届市文联领导机构。张和平当选为市文联第八届理事会主席，陈启刚当选为常务副主席，刘开阳、张光一、程惠民当选为驻会副主席，王明明、王海平、王黎光、叶用才、刘冠军、刘铁梁、孙向东、李宁、李金斗、李恩杰、陈冬、陈维亚、林岫、顾小英、彭利铭、谭利华、濮存昕当选为副主席。会议向金铁霖等离任的市文联第七届领导成员颁发了纪念证书。张和平代表市文联新一届理事会表示，一定不负众望，踏踏实实按照艺术规律办事，开创首都文学艺术发展新局面。

【举办“第十三届京味文化之旅”】

5月6日至15日，由市文联与市台办、市政府新闻办共同主办的京台文化交流暨“第十三届京味文化之旅”活动在台湾台北、台中、台南、屏东等地举行，共举办了4场大型文艺演出、3场书画交流笔会，创作并赠送书画作品200余幅，百余位艺术工作者参加活动，为台湾观众送去舞蹈、杂技、曲艺、音乐、书法、美术等多种艺术形式的40多个节目，观众达2000余人，受到热烈欢迎和高度称赞，加深了京台两地人民的深厚感情和对中国优秀传统文化的认同，活动安全、圆满、顺利。市文联党组书记陈启刚、市台办副主任高振生全程参加活动。

【纪念北京老舍文艺基金会成立25周年座谈会】

5月22日，在北京市文联，举办纪念北京老舍文艺基金会成立二十五周年座谈会，会议由王庆泉主持，舒乙等43人参加。

【召开“《北京人艺之前途与传统》课题开题研讨会”】

6月5日，由北京市文联、北京文艺评论家协会主办、北京人艺协办的“《北京人艺之前途与传统》课题开题研讨会”在北京人艺召开。北京文艺评论家协会按中国文联要求申报的课题《北京人艺之前途与传统》，被评为中国文联“文艺评论工程”部级研究课题中的重点资助课题。

【文化援藏援疆援蒙】

为深化“走转改”，加强北京与拉萨、和田、内蒙三地文学艺术交流，促进北京文化援藏（疆）蒙工作，市文联党组书记陈启刚率首都文艺家及媒体代表团一行70余人，分别于6月20至27日、7月15日至22日、8月15至24日赴西藏拉萨、新疆和田、内蒙开展文化援藏（疆）蒙活动。先后举办20场慰问演出、7次座谈交流、21场书画艺术交流笔会，深入7个藏（维）蒙族群众家庭看望慰问、体验生活和座谈交流。

【举办“中国梦”主题文艺汇演】

年内，市文联围绕宣传“中国梦”主题，举办20场“让艺术为中国梦插上腾飞的翅膀—首都文艺家走基层”系列专场演出，观众约2万人次。

【北京榜书家协会成立】

7月28日，北京榜书家协会成立大会在房山举行。这是市文联主管的第三十一家北京文艺类社会组织正式挂牌成立。该协会是北京榜书类书法组织的第一家。

【北京圆梦——文艺家座谈会召开】

8月6日，中国文联、北京市委宣传部主办，北京市文联承办的北京圆梦——文艺家座谈会在市文联举行。会议由北京市委常委、宣传部长李伟主持。中国文联党组书记、副主席赵实出席并讲话。吴进良、万山河、李学功、邱野、杜胜苏、阿宝、王二妮、罗钢、贾旭明、张康、陈逸恒、魏羽彤、徐一文、温佳璇、陈乾伦等15位来自美术、书法、音乐、曲艺、影视方面的非京籍文艺工作者参加座谈，讲述他们在北京的奋斗历程，畅谈对艺术的梦想与追求，并提出意见和建议。市文联主席张和平、市文联党组书记陈启刚等领导聆听了文艺工作者们的热烈讨论。

【“中国名家画北京”作品展览举办】

9月3日，由市文联主办、北京美术家协会承办的“中国名家画北京”主题创作活动作品展览在京开幕。展览历时7天，共展出113幅以京城风韵和民俗人情为主题的作品，以不同的画风展现北京独特的城市品格。

【第六届《北京文学》奖颁奖】

9月10日，由市文联主办、北京文学月刊社承办的第六届《北京文学》奖暨第五届《北京文学•中篇小说月报》奖颁奖。陈应松、方方、刘庆邦、荆永鸣等人的18篇作品获第六届《北京文学》奖。季栋梁、邵丽、乔叶、张楚等人的10部作品获得第五届《北京文学•中篇小说月报》奖。

【举办北京文学艺术品展示会】

9月16日上午，由市文联主办的北京文学艺术品展示会在奥林匹克公园中心广场隆重开幕。中国文联党组成员、副主席左中一，北京市新闻出版局副局长梁成林，市文联党组书记陈启刚，市财政局相关部门负责人、市文联党组成员及各区县、各行业文联领导和嘉宾500余人参加开幕式。市文联党组书记陈启刚致辞。本届文学艺术品展示会是在北京国际图书节主场地开辟2000平米的展示区，艺展会历时7天，艺展会包括文联成果展，文学艺术大讲堂，新人新作推荐、五个艺术门类成果展示等四大部分。主要展出作家协会、美术家协会、书法家协会、摄影家协会、民间艺术家协会等5个艺术家协会110位艺术家，近2000余件作品。这些作品体现了当代北京人文社会的发展进程，反映了首都经济建设发展和文学艺术发展的成就，是首都文艺创作成果的缩影和集中展示。活动旨在为首都广大文艺工作者提供文学艺术展示平台，宣传推介艺术家个体，把优秀的文学艺术作品推向市场，转化为文化消费，进一步加强国内外文化艺术交流，为促进中华文化的传承、传播做出贡献。

【举办优秀原创文艺节目展演】

11月10日，由市文联主办的“展望未来 成就梦想——2013北京市区县（局）、产（行）业文联

优秀原创文艺节目展演颁奖汇报演出”在大兴剧院举行，共有15个展演节目参加演出。

【举办2013·北京文艺论坛】

12月14日，由市文联主办的“网络与文艺：2013•北京文艺论坛”在京召开。本届论坛以“网络与文艺”为主题，60余位各艺术门类的专家学者出席会议并做主题发言。

【举办北京首届剧本及曲艺作品推介会】

12月15日至19日，由市委宣传部、市文联主办的北京首届剧本及曲艺作品推介会在中华世纪坛举行，吸引近3万余人次热情参与。活动旨在有针对性的为艺术家服务，首次成规模、成系统的为把“本”转化为“剧”做出尝试与突破。作品征集主要面向中青年编剧，为有能力，有潜力的编剧搭建成长和历练，提高知名度的平台。评出优秀剧本后，通过推介会，与文艺院团、影视文化公司现场对接协商。是北京市文联在促进文学艺术创作生产和艺术成果转化方面创新思路的一次探索和尝试，希望通过此次活动能够破解当前编剧与投资方的沟通难题，形成一个有特色的“剧本交易市场”或“剧本庙会”，发现和培养优秀文艺创作人才，促进首都影视创作生产，丰富首都舞台呈现。经过近1年征集和评比，从6000余部作品中严格筛选出的3000部剧本和曲艺作品集中亮相，500余家影视、文化公司和院团表现出浓厚兴趣，共有48部作品正式签约，200部作品签订合作意向书，90部作品的作者与公司对接达成合作意向。

【“送欢乐、下基层”慰问演出】

12月26日，市文联组织首都文艺志愿者“送欢乐、下基层”暨通州区百名艺术家下基层演出走进通州区台湖镇，这是宣传贯彻党的十八届三中全会精神，首都文艺志愿者“送欢乐、下基层”文艺演出活动的首场演出，首场演出主要以青年艺术家为主，整台演出共有12个节目，内容丰富、形式多样，创新不断，涉及了音乐、舞蹈、曲艺、杂技等各个艺术门类，1500余名当地群众观看演出。市文联党组书记陈启刚、通州区委常委宣传部长王杰群、通州区人大常委副主任张秀余、通州区政协副主任季志会参加活动。元旦、春节两节期间，市文联将组织首都文艺志愿者们深入到各个区县，举办20场宣传贯彻党的十八届三中全会精神文艺演出，为基层百姓、群众送去欢乐，送去温暖，送去节日的问候。演出活动注重与通州区开展的百名艺术家下基层活动、怀柔区开展的评选孝星活动、丰台区慰问航天科技工作者等活动相结合，群众性强，更加贴近基层实际，参加演出活动的人员，除了在京文艺团体的优秀演员外，体制外和非京籍艺术家也参与到了其中，同时还吸纳了2013北京市区县（局）、产（行）业文联优秀原创文艺节目展演中的优秀节目，使节目内容更加丰富，也更具有地域特色；这次系列演出活动还增加了笔会环节，届时书法家、美术家们将挥毫泼墨为百姓们送去节日的问候和祝福。

【“圆梦中国·文明北京”2013年春节楹联征集】

市文联与市委宣传部、首都文明办、联合举办了“圆梦中国•文明北京”2013年春节楹联征集活动，经专家评审，选出10副金榜春联，20副银榜春联、70副铜榜春联。“圆梦中国•文明北京”楹联征集活动自2012年12月20日启动，共征集到全国各地1.5万余人的31180件作品。参赛作者年龄最大的83岁，最小的16岁。

【开展“中国梦，乐在社区”系列公益文化活动】

2013年，市文联为了深入学习贯彻党的十八大和十八届三中全会精神，满足人民群众精神需求，带动社区文化活动进一步普及和发展，开展了“中国梦，乐在社区”系列公益文化活动。活动开展以来，各文艺社会组织深入街道社区60余家，开展各项培训、辅导讲座近180场，举办书画展览、摄影展览、楹联展览9个，举办少儿启蒙京剧优秀教师表彰活动和7个区县社区群众参加的百姓健康舞展演活动，举办社区综合性文艺节目汇演。据统计，近1000名艺术工作者参加了“中国梦，乐在社区”系列公益文化活动，受众人数达6万余人次。

对外文化交流

【文联代表团赴瑞典、法国、意大利演出】

9月20日至27日　由北京市文联、中国侨联共同组织的“亲情中华”艺术团，在瑞典首都斯德哥尔摩成功演出之后，又在法国首都巴黎、意大利首都罗马举行了两场精彩绝伦的庆中秋迎国庆慰问演出活动，中国驻法国大使馆领事部主任李平、中国驻意大利大使馆代办亓菡分别接见了艺术团，当地华人华侨数千人观看，盛赞这是难得的饕餮文化大餐。此外，在罗马还应邀参加了中国驻意大利大使馆国庆招待会，并表演民族特色浓厚的精彩节目，受到参会各国使节热烈欢迎。

【作协赴西班牙、摩洛哥文化交流】

受西班牙中国之友协会及摩洛哥孔子学院的邀请，北京作协于11月28日至12月5日，组织北京作家代表团共5人赴西班牙、摩洛哥进行文化交流活动。作家代表团访问了西班牙中国之友协会，与西班牙文化界人士探讨如何促进两国文化的相互了解，提出首先要做好文化翻译工作。在摩洛哥孔子学院，作家们参观了学院的建设，了解摩洛哥孔子学院在推广中国文化方面所作的努力与贡献，并向摩洛哥孔子学院赠送了自己的作品。代表团还访问了巴塞罗那作家协会，双方就协会的服务理念和服务模式进行了交流，对如何更好地为作家服务、为创作服务进行了讨论。

创作与研究

【出版“2012·北京文艺论坛”论文集】

研究部从“当代北京与文艺：城市精神的艺术呈现——2012北京文艺论坛”与会专家处回收论坛论文近40份，20余万字，提交给人民文学出版社。论文集于12月出版发行。

【编辑出版《新中国北京文艺60年》（13卷）大型丛书】

截止到2013年年底，《新中国北京文艺60年》（13卷）大型丛书已出版文学卷、文艺理论卷、戏剧卷、电影卷、电视卷、民间文艺卷、摄影卷、杂技卷、舞蹈卷、音乐卷、美术卷等11卷。

【论文发表】

7月21日至27日，组织人员参加第七届全国中青年文艺评论家高级研修班活动。参与活动人员发表论文：《从熊佛西的戏剧大众化思想说开去》（林蔚然）、《网络文学健康发展现亟需价值引导》（赖洪波）（均刊发于《以人民为中心的价值取向与当代文艺评论》一书，中国文联出版社，2013年12月版）

获奖情况

【2份经验材料获奖】

年初，在中国文联组织的全国基层文联组织网络体系建设典型经验征集评选活动中，东城区文联报送的《打造皇城脚下的温馨和谐之家》和房山区文联报送的《延伸乡镇文联触角，以文艺绿化房山》，分别荣获一等奖和二等奖。

【两个杂技节目获金小丑奖】

1月21日，在第37届蒙特卡罗国际马戏节上，中国杂技团有限公司代表团表演的《俏花旦•空竹》和《圣斗•地圈》双获马戏节最高荣誉——金小丑奖。

【2位演员获戏剧梅花奖】

5月20日，由中国文联、中国剧协主办的第26届戏剧梅花奖在成都揭晓，北京剧协选送的北京京剧院青年京剧演员姜亦珊和北京人艺话剧演员王斑双双摘得“一度梅”奖。

【2个集体1名个人获全国文联系统先进集体和个人】

6月30日，在中国文联九届五次全委会暨全国文联系统先进集体和先进个人表彰会上，市公安文联被授予“全国文联系统先进集体”荣誉称号，房山区文联主席史长义被授予“全国文联系统先进个人”荣誉称号，《东方少年》杂志社被授予“全国文联工作优秀集体”荣誉称号。

【荣获全国快板书大赛多个奖项】

7月5日，在首届全国快板书大赛中，北京曲艺家协会选送的选手获得职业组一等奖2个，二等奖2个，三等奖1个，非职业组三等奖1个，少儿组一等奖1个，二等奖2个。

【21位演员获少儿戏曲“小梅花”奖】

8月2日至6日，由中国戏剧家协会主办的第17届中国少儿戏曲小梅花荟萃活动在江苏举行。由北京剧协推荐，参加终审的21名选手全部获得“金花”称号，有5位选手获得“十佳”称号，取得的成绩位列全国之最。

【荣获全国新人新作推选多个奖项】

9月23日，在第七届“西岗杯”全国相声新人新作推选活动中，北京曲艺家协会选送的张萌杰、赵彬、王威创作的作品《博彩人生》荣获二等奖，

连旭创作的作品《美丽俏佳人》、侯振鹏创作的作品《“语”时俱进》荣获三等奖，李寅飞、叶蓬荣获新人奖，北京曲艺家协会被评为组织工作奖。

【4位艺术家获第八届全国德艺双馨电视艺术工作者称号】

10月12日，在全国“德艺双馨电视艺术工作者”表彰大会上，由北京电视艺术家协会推荐的李兰、赵宝刚、李立功、于荣光4人榜上有名并受到表彰。

【《续琵琶》获中国戏剧奖】

11月25日，在第13届中国戏剧节上，由市文联戏剧家协会推荐、北方昆曲剧院演出的《续琵琶》获得最佳剧目奖，该剧主演魏春荣获得最佳表演奖，舞美作者刘杏林、胡耀辉、蓝玲获优秀舞美奖，成为本届戏剧节最大赢家。

【《五龙燕》获民间文艺“山花奖”】

12月11日，在中国文联、中国民协共同主办的第十一届中国民间文艺“山花奖”颁奖晚会上，市文联、北京民间文艺家协会推荐的哈亦琦创作的风筝作品《五龙燕》荣获“第十一届中国民间文艺山花奖•民间工艺美术作品奖”。

机关建设

【机构和编制管理工作】

根据《北京市机构编制委员会办公室关于同意调整市文联机关机构编制的函》（京编办行【2013】171号），我会增设文艺指导和维权部，核定行政编制4名，其中新增2名，内调2名，核增正处级领导职数1名；事业发展部加挂社会工作部牌子；信息宣传部更名为宣传部。

根据《北京市机构编制委员会办公室关于同意调整市文联所属事业单位机构编制的函》（京编办事【2013】76），将北京市文艺中心管理处的全部职责划入市文联机关服务中心并进行整合；将北京市文艺中心管理处更名为市文联信息中心，经费形式、事业编制、处级领导职数均保持不变；将北京市文艺中心维修部划归市文联机关服务中心。

截止2013年底，北京市文联设6个内设机构和机关党委（工会），所属文艺家协会12个，行政编制70名，处级领导职数增至8正（含机关党委专职副书记、工会专职副主席各1名）5副，所属12个文艺家协会正副秘书长13名。

4月，经过党政领导干部选拔任用的一系列程序，张俊峰同志被提拔任命为宣传信息部副主任（主持工作）。

12月，经过党政领导干部选拔任用的一系列程序，师力斌同志被提拔任命为北京文学月刊社副主编。

各文艺家协会

【作家协会】

首届“东方少年•中国梦”新创意中小学生作文大赛从2012年底到2013年6月举行，先后举办辅导讲座29场、文学大讲堂1讲、作品朗诵会2场，吸引参赛学生近60万人次，最终2000多名参赛者获奖。

3月17日上午，全国省、自治区、直辖市文联系统首个小作家分会——北京作家协会小作家分会成立。

5月21～22日，北京作协召开青年创作委员会成立大会暨青年创作研讨会，首都青年作家代表及文学评论家50余人参加会议。

6月18日，共有9位作家的八项精品项目选题于与作协正式签约。2013年北京作协继续完善合同作家制度，大力发展文学精品项目制。

4月和9月，围绕“中国梦”主题，以“边境口岸行”为内容，先后分两批组织30余位作家赴广西、吉林边境地区创作采风。

5月至10月间，先后组织小说、诗歌、散文和报告文学、儿童文学等创作委员会作家共200余人赴白洋淀、青山关等地采风，并分别召开创作座谈会。

8月，组织评论家、作家一行10余人到位于内蒙古赤峰地区的平庄煤矿深入生活，积累创作素材。作家评论家们参观了煤矿，向煤矿工人们学习，并与平煤集团的文学作者们进行了深入的座谈交流。

10月31日，北京市文联北京作协网络文学创作委员会在京成立。这是北京作协成立的第八个创作委员会，也是全国省级文联系统成立网络文学创作委员会最早的单位之一。

11月6日，北京作家协会、人民文学出版社联合举办了青年合同制作家郑小驴长篇小说《西洲曲》研讨会。

【戏剧家协会】

3月12日，由北京戏剧家协会主办的话剧《驴得水》研讨会在北京文联大厦召开。

3月24日，越剧名家袁雪芬袁派艺术研讨会在京召开。

3月30日，北京戏剧家协会主办的“北京戏剧文学沙龙——剧本朗读”系列活动在北京师范大学北国剧场开幕，引起文学界广泛关注的李摩诘剧作《鲁迅》成为“朗读沙龙”的开张之作。

5月30日上午，“挚爱”第一届两岸三地青年戏剧节（以下简称戏剧节）新闻发布会在北京木马剧场举办。此次戏剧节致力于两岸三地精品舞台剧的推广，促进两岸三地戏剧精英彼此互相了解、进而协同合作，从而使两岸三地戏剧文化交流的及时性与对话深度更上一层楼。

6月10日下午，北京戏剧家协会在蓬蒿剧场举办戏曲剧本《青雨》朗读活动。

8月3日至18日，由北京戏剧家协会、北京9剧场联合主办的2013金刺猬大学生戏剧节在京举行。来自全国高校的12部戏剧作品历经15天的激烈角逐，最终西北师范大学话剧社演出的话剧《女生禁入》摘得“金刺猬”桂冠。

9月3日至29日，由市文联、北京戏剧家协会、中国国家话剧院主办，北京青年戏剧工作者协会承办的“2013北京青年戏剧节”在京举办。本届戏剧节历时四周，来自12个国家和地区的59部作品，在北京的12个剧场和艺术空间轮番进行近百场精彩的演出。

11月7日，由北京市文联戏剧家协会主办、北京小剧场戏剧联盟承办的“2013北京小剧场戏剧联盟优秀作品展演”在国话先锋剧场举办。

11月13日，由北京戏剧家协会主办的小剧场京剧《惜姣》作品研讨会在北京文联举办。

【美术家协会】

4月3日，北京美术家协会、北京画院主办的“墨缘书韵——王念堂、王明明、王卫明书法展”在北京画院美术馆开展。展览汇集三人的真、行、草、隶等书体的诗词、名言警句70余幅。

9月3日，由市文联主办、北京美术家协会承办的“中国名家画北京”主题创作活动作品展览在京开幕。展览历时7天，共展出113幅以京城风韵和民俗人情为主题的作品，以不同的画风展现北京独特的城市品格。

10月1日至6日在劳动人民文化宫举办了第十二届北京新人新作展览，共征集作品近600件，优选145幅作品，进一步壮大了首都美术家队伍、繁荣了首都美术事业。

11月15日至25日，由市文联、大兴区委、区政府主办的“北京意象•创意大兴”绘画作品展在中国美术馆举行。展览分为人文经典、城乡之光和苑囿文化三个板块，共展出125幅作品。

【书法家协会】

1月7日、15日、24日书法家分别赴东城区永外社区天天家园、通州区计划生育委员会、市监狱开展“迎新春送春联”活动。

3月5日，北京书协在北京文联第一会议室举办北京书协庆“三八”女书家书法创作品评会。

4月2日，北京书协驻会副主席兼秘书长田伯平来到北京市监狱，为那里的50名服刑人员现场讲授书法课。

4月16日至22日，市文联、北京书法家协会共同主办“第四届北京国际书法双年展”，共有来自24个国家和地区及兄弟省市的1080件作品参展，一周展期内共接待观众2万余人次。

5月11日，“中国力量•什邡壮歌”援建者诗词京川书法展在劳动人民文化宫开幕。

7月30日，北京书协组织书法家赴武警北京总队第十五支队进行慰问和文化交流活动。

10月13日，由市文联、市委农工委、北京书法家协会、怀柔区委区政府主办，怀柔区委宣传部、怀柔区文联承办的“第四届北京•美丽乡村书法艺术展”举办，展出165幅作品和30幅特约作品。

11月23日，由北京市文联、北京书法家协会、中央数字电视书画频道共同主办的“梦想缤纷•第七届北京电视书法大赛”决赛在北京华膳园温泉饭店落下帷幕。郭霄、赵辰宇分别摘得成人组、青少组金奖。

12月3日，由北京市文联、北京书协、北京市

丰台区文联共同主办的“情系北京”首届北京刻字艺术作品展在中国人民革命军事博物馆开幕。600余人出席了开幕式。

【摄影家协会】

3月28日，“行摄•首邑”四季摄影采风活动暨优秀作品展新闻发布会在大兴区文化活动中心举行。

8月22日，由北京市文联、北京摄影家协会主办的“中国梦想，光影同行--首届北京摄影艺术大展”在首都图书馆隆重开幕，共展出300余幅作品。

【民间文艺家协会】

2月1日，市文联、北京民协、金融街街道在金融街社区活动中心共同举办“金蛇狂舞闹新春，民俗艺术聚金街”活动。民间艺术家现场为社区居民制作、赠送了风筝、剪纸、面塑、泥塑等十余项民间艺术品并现场给社区老人、孩子传授技艺。300余名社区居民参加活动。

4月2日，市文联民间文艺家协会组织“哈氏风筝”传人哈亦琦、“花儿金”传人金铁铃等6位市级以上非遗项目传承人，参加了在开封清明上河园举办的为期六天的“首届开封民间工艺博览会暨山花奖评奖活动”开幕式，并将在活动期间展示北京民间文化。

4月4日，市文联组织民间文艺家协会主席刘铁梁、副主席刘一达、民俗学家李其功等一行六人，到房山区蒲洼乡芦子水村考察隗氏家族清明节祭祖活动。

5月31日，民间艺术家一行七人赴蓝天东方幼儿园举办民间活动。本次活动以“我是中国娃，我爱中国文化”为主题，民间艺术家们展示并教授了脸谱、毛猴、面塑、糖人、中国结等传统技艺，得到家长和小朋友的热烈欢迎。

10月27日至11月1日，北京市文联、北京民间文艺家协会在首都图书馆B座一层第二展厅举办了“秋实华艺——北京民协新人新作展”。此次展览汇聚了18个艺术门类，共计45位艺术家近百件的作品。

12月25日，市文联民间艺术家协会组织5名非遗传承人走进蓝天东方幼儿园，举办“元旦嘉年华—民间艺术亲子活动”，介绍面塑、脸谱、毛猴、糖人等民间传统技艺的制作，并现场制作展示。

【音乐家协会】

4月18日，由市文联、北京音乐家协会、北京市少年宫、北京音乐台共同举办的“同心共筑中国梦”2013北京合唱节开幕式暨第九届北京之春演唱会举行。至6月28日合唱节落幕，共有近100余支基层群众合唱团参与，吸引上万人次观众。

8月3日、11日、9月18日，由北京音协组织的“让艺术为中国梦插上腾飞的翅膀---首都艺术家走基层分别在95801部队、昌平仁寿镇桃林村、丰台太子峪村进行三场演出活动，观摩观众达3000多人 。

11月25日，为了庆祝中国共产党第十八次全国代表大会的胜利召开，由北京市文学艺术界联合会、北京音乐家协会主办的“《神州共举杯》-2012北京新人新作独唱音乐会”在天桥剧场隆重举行。

12月29日晚，为了展示2013年以“中国梦”为主题创作的音乐作品，为近年来涌现出的优秀青年声乐人才搭建展示的舞台，在马年新春到来之际，由北京市文学艺术界联合会、北京音乐家协会、北京大学会议中心主办的“《群星璀璨～我的中国梦》北京新人新作音乐会”在北大百年讲堂举行。

【舞蹈家协会】

3月5日，北京舞蹈家协会为了纪念毛主席“向雷锋同志学习”题词发表50周年，深入落实“走、转、改”精神，组织舞蹈艺术家赴顺义区开展“学雷锋”志愿服务活动。

3月22日至24日，由市文联、中国国际标准舞总会主办的第15届CBDF国际标准舞“院校促进杯”公开赛在京举行。来自全国各地国标舞专业院校和普通高校的57支参赛团队近1000对次的学生参加比赛。本届比赛首次增加了由残疾人士参与的国标舞即轮椅舞比赛，数十对轮椅舞选手参赛。

4月11日赴通州区宋庄镇疃里村实施“面向基层、面向大众”的惠民服务活动。

4月20日，由北京市老年协会，北京舞蹈家协会承办的第二届北京市老年舞蹈大赛在北京剧院举行，来自北京各行各业的139支舞蹈团队报名参加，经过初选120支队伍入围，最后20个作品获得金葵花奖，48个作品获得银玉兰奖，48个作品获得铜黄玫瑰奖。

7月3日至7日，由市文联主办，北京舞蹈家协会承办，北京歌剧舞剧院协办的“舞之梦•中国梦”北京第十三届舞蹈大赛举办，3000多名演员、80多个单位参加。

7月26日-9月17日，由北京舞协组织的“让艺术为中国梦插上腾飞的翅膀---首都艺术家走基层‘舞之梦•中国梦’”分别在大兴驻地部队、房山燕山石化、北京医院、顺义牛栏山一中、东城东花市社区的五场演出活动，观摩观众5000多人，参演演员620人次，舞蹈家陈爱莲，歌唱家万山红、评剧演员戴月琴、相声演员李伟建、武斌、老艺术家曹灿、著名昆剧传人候少奎等著名艺术家随同下乡多场演出。

【曲艺家协会】

1月25日至26日，先后举办“相声名师王长友先生诞辰100周年”座谈会、纪念王长友先生的相声名家专场演出。

8月20日至22日，由市文联主办的第六届全国少儿曲艺比赛北京地区选拔赛在京举行，来自各区县少年宫、学校组织的86个节目参加选拔，6部作品获一等奖，12部作品获二等奖，18部作品获三等奖。9月14日，举办了“2013北京市少儿曲艺培训成果展示暨第六届全国少儿曲艺比赛北京地区选拔赛”颁奖典礼。

10月9日至27日，由市文联主办，北京曲协承办的第四届北京青年相声节在京举行。本届相声节秉承“传承创新发展”的宗旨，举办了传统相声邀请赛、、“崔琦•相声三字经”专题讲座、“相声教育家马贵荣教学成果展示”、应宁、王玥波专场演出、“相声菁英欢聚北京”相声专场等活动。

11月26日至28日，由市文联主办、北京曲艺家协会承办的第九届“天桥杯”鼓曲展演系列活动在京举行。展演活动包括“共创曲艺繁荣，相声演员跨界唱鼓曲专场”、“历届天桥杯比赛获奖选手经典作品展演”、“曲韵流金 薪火传承——北京鼓曲艺术家师徒专场展示”等活动。

【杂技家协会】

7月12日至13日，北京杂技家协会组织魔术非遗传承人、著名魔术师秦鸣晓、王立民、罗秉松、房印庭、沈娟、徐凤美、胡金玲等非遗传承人和资深魔术艺术家赴昌平，与昌平区文委、教委共同举办了题为“传统魔术的传承与发展”的主题研讨会。北京市文联党组副书记王德新、北京杂技家协会秘书长董蕾参加此次研讨会。

北京市文联组织首都艺术家举办了20场“让艺术为中国梦插上腾飞的翅膀——首都艺术家走基层系列演出”，北京杂技家协会承办其中的5场专场演出。7月11日下午，在房山长阳大华天坛服装有限公司的厂区举办了“衣之梦•中国梦专场演出；8月13日晚，在西四环红星美凯龙文化广场举办“卢沟晓月•中国梦专场演出”；9月14日下午，在昌平区十三陵镇康陵村举办“中国梦•昌平印象专场演出”； 9月17日下午在中央音乐学院礼堂举办“中国梦•华韵融通专场演出”；10月24日下午， 北京二中亦庄学校的礼堂举办“中国梦•超越梦想”专场演出。北京市文联党组副书记王德新观看了全部五场演出。

【电视家协会】

4月24日，电视艺术家协会、北京仲裁委员会共同举办研讨会，研讨影视产业法制建设与影视争议解决问题。14名专家发言。立法、司法、监管机构、各影视公司和律师界、仲裁界代表百余人参加。

6月29日，由市委宣传部、市人力资源和社会保障局、市文联、市广播电影电视局、北京电视艺术家协会共同主办的第十七届北京影视春燕奖颁奖盛典在京举行。《媳妇的美好时代》获得最佳长篇电视剧奖，《铁人》获电影最佳故事片奖，郑晓龙、刘恒等20名影视工作者荣获影视双十佳。

12月26日，市文联电视艺术家协会成立北京视协电视文艺委员会、北京视协（东城）权益保护联盟，为各区县电视台、广电中心形成一个全市范围内为“非京籍和体制外”文艺工作者服务的网络，将凝聚更多文艺人才，提高电视文艺节目质量谱写新的篇章。

【电影家协会】

2月，影协启动首届“北京影协杯”微电影创作评选大赛，此次微电影大赛以“微电影、大情怀”为大赛主题，以青年电影人为主要参与对象，经过7个月的宣传征集，共收到近1000部微电影参赛作品，200部优秀作品入围，先后评出最佳编剧（《男人三十》编剧刘小春）、最佳导演（《原罪》导演周雅露）、最佳剧情片（《代驾》）、最佳纪录片（《国旗阿妈啦》）等30部获奖作品。

4月11日，第五届“北京大学生影评大赛”在第二十届“北京大学生电影节”的开幕式中同步

启动，作为“大学生电影节”的重要组成部分，大赛旨在发掘年轻一代大学生中的电影理论与批评人才，鼓励优秀影评的创作和对电影理论的学习。本届影评大赛共收到全国各地高校近四百篇参赛作品，经过初选、终选等环节，共评选出本科生组和研究生组一等奖各2名、二等奖各3名、三等奖各5名、优秀奖各15名，此外设有入围奖。

5月至8月，影协汇总梳理出前三届剧本征集大赛的优秀作品编辑成册，完成《北京影协杯获奖剧本集（2010-2012）》的出版，便于优秀剧本的宣传推介工作。同时，编辑整理第四届大学生影评大赛的获奖文章，推出了名为《中国大学生评论大银幕》的电影理论评论文集。这两本书的面世，将对广大青年编剧的创作起到指导意义，同时推动加强协会的理论评论队伍建设。

8月，根据协会工作发展，为进一步做好人才培养和电影文化宣传建设工作，影协先后成立了公益电影委员会和青年电影专业委员会。公益电影委员会将利用协会的平台和资源，开展优秀公益电影展映放映活动；同时，青年电影专业委员会将积极开展“北京青年影展”活动，加大青年电影人才培养力度。

天津市文联

综　述

2013年，在中国文联的指导帮助下，在天津市委、市政府的亲切关怀下，天津市文联求真务实、真抓实干、开拓创新，举办了数十项丰富多彩，影响广泛的文化活动，在发展繁荣社会主义文艺事业上取得突出成绩。

重要活动

【“凝心聚力建设美丽天津”——天津市著名文艺家面向基层贴近群众艺术咨询服务，文艺为民惠民系列活动】

为充分发挥广大文艺家在繁荣发展社会主义文艺事业中的主力军作用，天津市文联主办了“天津市著名文艺家面向基层贴近群众艺术咨询服务，文艺为民惠民系列活动”。

在8月18日的启动仪式上，中国文联副主席、中国民协主席、天津市文联名誉主席冯骥才和该市40余位著名艺术家代表亲临现场，与天津市民面对面交流，为广大文艺爱好者提供文艺咨询服务，受到广泛好评。

天津市文联及所属各文艺家协会还先后举办了“美丽蓟州”、“美丽北辰”优秀歌曲征集评选，送温暖“美术下乡”和摄影家为聋人摄影爱好者提供摄影艺术咨询以及走进警营走进社区走进农村慰问演出等多项文艺为民惠民活动，把惠民活动推向高潮。

【天津戏剧界庆祝中国戏剧“梅花奖”创办30周年系列活动】

由天津市文联和天津市文广局主办，天津市剧协承办的天津戏剧界庆祝中国戏剧“梅花奖”创办30周年系列活动于8月15日至17日举行。这是天津市戏剧成果的一次集中展示。

在“梅花绽放”——天津市“梅花奖”获奖演员专场慰问演出上，来自天津京剧院、天津市青年京剧团、天津评剧院、天津河北梆子剧院、天津人民艺术剧院、天津市艺术职业学院等艺术团体的二十余位“梅花奖”演员先后登场，为天津市各行各业的建设者精心奉上一台剧种丰富、阵容强大、名段荟萃的精彩演出，赢得了现场观众的热烈欢迎。活动期间还召开了“梅花奖”获奖演员主题座谈会，举行了京剧数字电影《野猪林》首映式等。

【中国戏法交流大会暨天津市第五届中青年魔术比赛】

由天津市文联和天津市杂协、天津市杂技团、天津市非物质文化遗产保护中心联合主办的“中国戏法交流大会暨天津市第五届中青年魔术比赛”于9月5日至7日举行。此项活动是全国首次举办的以恢复传承古老民间艺术为宗旨，以集中展演濒于失传的古典戏法为主题的艺术盛会。

中国文联副主席、中国杂协主席边发吉，中国杂协分党组书记、秘书长邵学敏出席此次大赛颁奖典礼并为获奖演员颁奖。来自北京、山东、河北、辽宁、上海等省市的古典戏法表演艺术家与天津市艺术家共聚一堂，奉献了一场各具特色、风格迥异的古典戏法经典节目，受到广大观众欢迎。

【首届“和平杯”华北五省市区曲艺票友邀请赛】

以传承中华文化、繁荣发展曲艺艺术为宗旨的首届“和平杯”华北五省市（区）曲艺票友邀请赛”于 10月11日至11月15日举行。本次大赛由天津市文联和中共天津市委宣传部、天津市文广局、天津市和平区委区政府联合主办。来自北京、天津、河北、山西和内蒙古自治区的曲艺票友参赛，他们交流技艺，展示才华，增进了友谊。本届邀请赛曲种齐全、水平高、看点多，彰显了华

北五省市曲艺事业的不俗实力。在颁奖晚会暨曲艺名家名票同台演出晚会上，不仅有本次大赛评出的“十大名票”进行了汇报演出，同时，王毓宝、李伯祥、魏文亮、籍薇、刘春爱等曲艺名家也悉数登场，为观众表演各自的拿手之作。整场晚会气氛热烈，掌声不断。

比赛期间还举办了多场面向社会弱势群体和进校园、下社区、慰问外来务工人员、慰问子弟兵等公益性质的演出活动，社会反响强烈，广受赞誉。

【“十展”“九赛”“六演”】

天津市文联围绕中心，抓重点、抓亮点，举办多项内容丰富、影响广泛的艺术活动，推出一大批精品力作。这些活动包括：

十展，即“大美天津”——天津市中青年写生美术作品展览、天津市第二届版画精品展、天津市第八届青年美术大展、“梦想与未来”天津市第四届青年美术节、第七届天津水彩画作品年展、天津市篆刻提名展、第十六届天津市摄影艺术展览、第二十一届中韩国际摄影交流展、第二十五届中国华北摄影艺术展览、“大美天成”天津市根雕奇石艺术展。

九赛，即天津市首届钢琴大赛、第九届中国音乐金钟奖天津赛区选拔赛、天津市第五届小提琴比赛、第二届中国音乐小金钟奖全国二胡比赛天津赛区选拔赛、2013年古建筑摄影大赛(天津赛区)”、“美丽滨海旅游区”摄影大奖赛、“南市杯”天津曲艺票友大赛、天津市业余鼓曲大奖赛、中国舞蹈家协会第207届少儿舞蹈展演暨第七届“小荷风采 ”全国少儿舞蹈展演天津赛区选拔赛。

六演，即天津市第十届“城市之光”合唱音乐会、第四届天津相声节、天津市第二届大学生戏剧展演、京津笑星大联盟相声展演、“相声校园行”巡演系列活动、天津市群众中老年舞蹈新作品交流展演。

【艺术家“大地行”采风活动】

天津市文联和各协会先后组织数百名文艺家组成十余个采风小分队分赴天津滨海旅游区、内蒙古呼伦贝尔、额尔古纳市、维纳河、通辽、阿尔山、海拉尔、金帐汗、西博桥、鸡鸣驿、扎兰屯、乌兰浩特及引滦入津工程沿线等地进行采风，积累了很多丰富感人的素材，为文艺创作奠定了坚实的基础。此外，天津市文联还积极组织参与艺术惠民、热心公益等献爱心活动，举办了“送欢乐下基层——书法进万家•写福送春联”惠民活动、“翰墨情”——2013年天津市书画家扶贫助困活动、“掬一缕墨香，献一份真情”书画义卖活动等。上述活动，使艺术家更深地融入到社会生活之中，进一步增强了社会责任感和使命感。

理论评论

一是不断扩大刊物影响。天津市文联所属《文学自由谈》和《艺术家》杂志在办刊质量和水平上取得新成效，受到更多读者的喜爱。《文联快讯》、《天津文艺界》及时迅速地反映天津文艺界的动态和信息，总结推广各艺术门类的经验和做法，成为各级领导、有关部门和广大文艺家、文艺工作者了解天津市文联动态和信息的重要载体。

二是理论研讨不断深入。天津市文联先后开展了美术、摄影、民间艺术大型公益讲座，举办了天津市舞协专业艺术委员会中青年论文评奖活动，召开了庆祝天津书协成立三十周年座谈会、国家级非物质文化遗产戏法艺术研讨会，并继续推进《天津广东音乐在津100年》系统工程。天津市民间文艺作家柴兴志的民间故事《追到姑娘就有房》，获得2013年度由中国民协主办的中国民间文艺(民间故事类)山花奖；民间文艺学者吴真的作品《为神加注——唐宋叶法善崇拜的造成史》，获得中国民间文艺（民间学术著作）山花奖。天津市剧协的调研报告在中国剧协举办第十三届中国戏剧节剧本研讨会进行了交流，并在中国剧协主办的《剧本》刊物上发表。

获奖情况

（1）在第九届中国音乐金钟奖声乐(美声组)比赛中，王泽南获银奖；

（2）在中国音乐“小金钟奖”第二届全国少儿二胡比赛中，李佳瑶夺得金奖；

（3）在第26届中国戏剧梅花奖大赛中，吕洋、张艳秋获奖；

（4）在第十七届中国少儿戏曲小梅花荟萃大赛上，天津市剧协选送的七位小演员成绩突出，全部荣获“小梅花金花”，剧协获组织奖；

（5）在首届中国黄河流域戏剧红梅奖大赛中，天津市剧协选送的三位演员荣获2金1银的好成绩；

（6）在第二十届全国版画展览中，天津11件作品入选，2件作品获优秀奖；

（7）天津市书法家张建会入选中国书协“三名工程”书法展，邵佩英分别在第二届全国书法“翁同龢奖”和全国兰亭42人雅集书法展中获奖，崔寒柏在全国首届楷书展中获奖，王普群在全国第二届篆书展中获奖；

（8）在第九届中国舞蹈“荷花奖”大赛上，天津市舞协报送的《林花谢了春红》荣获表演铜奖，《浣纱女》获十佳作品荣誉称号；

（9）在“青青小荷梦飞扬”——第七届“小荷风采”全国少儿舞蹈展演活动中，天津市荣获4个金奖2个银奖，创历史最好成绩，天津市舞协荣获“优秀组织奖”；

（10）在第24届全国摄影艺术展览中，陈风芝、刘福生获铜奖，李德光、张忠民等十人荣获优秀作品奖；

（11）在“马街书会”上，由天津市曲协选送的参赛曲目分获金银铜奖；

（12）在第五届中国民间艺人节上，王树元摘得山花奖，张宇获“中国十佳民间艺人”称号，王树元、王新年获“最受欢迎的民间艺术家”称号；

（13）在第十五届意大利拉蒂那国际马戏节比赛上，天津杂技团的《垓上雄风——蹬人》以总分第一名的优异成绩荣获金奖；

（14）在第九届全国杂技魔术比赛上，天津杂技团《雪韵》获魔术组金奖，作品《垓上雄风——蹬人》、《倒立技巧》分获杂技组银奖、铜奖。

（15）电影《边境风云》荣获第八届中美电影节“金天使奖”；

（16）电视剧《辛亥革命》荣获第29届中国电视飞天奖长篇电视剧特别奖。

机关建设

（一）党的群众路线教育实践活动成效显著。

按照中央的统一部署和天津市委的总体安排，天津市文联认真学习习总书记关于要把握教育实践活动的三大关系，紧密联系天津市文联实际，重点抓好四项工作：一是认真学习，深刻领会精神实质。他们组织党员领导干部认真学习党的十八届三中全会精神，学习习近平总书记一系列重要讲话精神特别是参加河北省委常委班子专题民主生活会的重要讲话精神，观看廉政影视教育片，举办专题讲座和研讨会，交流学习心得体会，进一步深化了对群众观点和群众路线的认识，增强了贯彻落实中央八项规定、坚决反对“四风”的自觉性。二是贯彻落实中央八项规定和开展正风肃纪专项活动，态度上积极主动，行动上自觉自愿，效果上明显有效。领导班子成员按照“五必谈”的要求，积极开展谈心谈话，沟通思想，交换意见，谈心谈话达80多次。三是敢于揭短亮丑，坚持把开好专题民主生活会作为加强党性锻炼的重要平台，深入开展批评与自我批评，不断提高领导班子发现和解决自身问题的能力，认真查摆落实中央八项规定和“四风”方面存在的突出问题。四是注重把建章立制纳入教育实践活动全程。新班子上任后，以正风肃纪活动为契机，以“立规矩、办实事、做奉献”为目标，先后出台了《天津市文联党组议事规则》等七项制度和规定。通过以上卓有成效的工作，天津市文联在以下四方面取得显著成效：一是领导班子的凝聚力得到进一步增强；二是凝心聚力，营造了风清气正积极向上的良好环境和氛围；三是建章立制，完善和规范了各项制度和管理，文联工作走向程序化；四是焕发斗志，推动工作再上新水平，一系列明年的大项目成功确定。

（二）“凝心聚力建设美好文联学习实践活动”取得成效。

于6月份开展的此项活动旨在充分调动和激发天津市文联广大党员、干部群众和天津市文艺家凝心聚力共建美好文联的积极性、主动性和创造性，围绕文艺事业发展和文联工作实际，提高认识，查找不足，建章立制，抢抓机遇，创造活力，推动天津市文联各项工作再上新水平，再创新成绩。在活动中共收到建议和意见百余条，书面建议71条，内容涉及文联党建、业务、经济等全方位的工作。天津市文联党组和领导班子在听取大

家意见和建议的基础上，推出30多项整改措施，建立了党组和领导班子议事规则，筹备成立职工代表大会，让群众直接参与文联重大事项决策等，收到很好成效。在实际工作中，大家做到以主人翁的精神和姿态，讲政治、讲正气、讲大局，珍惜来之不易的大好局面，为天津市文联长远发展多做工作多做奉献成为广大干部群众的美好心愿。

（三）文艺人才和干部队伍建设扎实有效推进。

天津市文联加大了文联机关干部交流和轮岗力度，加大年轻干部选拔、培养和引进，加强干部教育培训，规范管理及干部任免、职称评定实施工作，建立完善了年度考核、机关考勤等相关制度。干部队伍的整体素质有了明显提高。在全国文联系统先进集体和先进个人评选活动中，天津市音协被评为全国文联系统先进集体，天津滨海新区汉沽文联与和平区文联主席秦岭分别荣获优秀集体和优秀个人称号，天津电视台孔令泉、李家森、倪祖铭被评为第八届全国德艺双馨电视艺术工作者。

天津文艺家队伍不断发展壮大，目前，天津市已有国家级会员3126名，市级会员10347名，其中国家级理事45位，市级理事674位。

各文艺家协会

【音乐家协会】

1月10日，主办“永远的歌”纪念王洛宾百年诞辰民族歌曲音乐会。

1月30日　召开“五个一工程”天津市歌曲创作总结颁奖动员会。

3月27日，召开2013天津市歌曲创作推动会。

7月7日，主办天津市首届西洋器乐大赛。

9月12日，承办“北仓杯”第三届环渤海地区青年新歌手电视大赛。

9月27日，主办“我是社区歌唱家”天津市首届全民歌咏汇决赛。

10月8日，举办“东疆杯”天津市第六届青年歌手电视大赛汇报演出。

11月2日至3日，主办2013年天津城市之光第十届合唱音乐会暨纪念中国合唱100周年音乐会。

12月7日，举办工人歌唱家魏建民独唱音乐会。

12月10日，召开天津市音乐家协会第四届主席团第六次扩大会议。

12月21日，举办天津首届钢琴大赛获奖选手音乐会。

【戏剧家协会】

3月7日，召开天津市剧协第五届主席团第七次（扩大）会议，通过2013年工作总结和2014年工作计划。

3月，纪念曹禺著作《雷雨》诞生80周年文化活动启动。此项活动由中共天津市委宣传部、中国话剧艺术研究会、中国话剧理论与历史研究会、天津戏剧家协会等单位联合主办。通过经典作品研讨、追思、演出、征文等多种形式，表达对大师的缅怀。

9月22日，为纪念戏剧大师曹禺诞辰103周年、《雷雨》诞生八十周年 ，由天津市戏剧家协会、天津曹禺故居纪念馆、天津人民艺术剧院等单位联合举办的“永远的曹禺——2013天津戏剧周”拉开帷幕。开幕式上，天津人民艺术剧院演出了曹禺经典剧目《雷雨》。

10月19日至20日，天津学生戏剧节在天津小外小剧场拉开帷幕，来自天津市多所大中小学的同学们上演了精彩的节目。

11月10日，由天津市剧协、天津曹禺故居纪念馆、天津人艺主办的“《雷雨》重返清华园”主题活动在清华大学新清华学堂启动。天津人民艺术剧院连续两晚上演经典话剧《雷雨》，天津曹禺故居纪念馆推出的“经典剧作《雷雨》纪念展”也在新清华学堂同期展出。

11月14日，由天津市戏剧家协会、天津京剧院、河北省沧州国际会展中心联合举办的梅花奖京剧数字电影《野猪林》河北省首映式暨天津京剧院“惠民圆梦”戏友名段演唱会，在河北省沧州市国际会展中心举行。

【美术家协会】

1月19日，主办“传承与发展——津京花鸟画四人展”。

1月23日，主办“天津市山水画作品迎春展”。

2月1日，主办“郭永元、曲学真、刘家城、梁旭华中原写生展”。

2月6日，和天津画院主办的“天津画院五家作品展”开幕。

3月5日，主办“庆三八天津女书画家佳作邀请展”。

3月6日，和天津政协书画研究会、天津女子画院联合主办的“庆三八书画邀请展”开幕。

4月12日，主办“杨景泰书画作品展”和“蓟县美术作品展”。

7月22日，主办“守成——马寒松、史振岭、张运河中国画新作展”。

9月8日，主办“元流善下——当代中国画青年精英提名展”。

9月15日，主办“翰墨怡情六人画展”。

10月19日，主办“在水一方——当代女画家工笔画精品展”。

11月1日，主办“天津第一届钢笔画艺术节暨天津首届钢笔画展”。

11月8日，主办纪念“引滦入津”30周年——天津书画写生作品展。

11月29日，主办“骏驰甲午——李澜画马作品巡展启动仪式暨《李澜画集》首发式”。

12月7日，主办“津门六家书画精品展”。

12月15日 ，主办“萧朗美术作品展”。

【书法家协会】

1月16日，召开天津市书协第三届主席团第七次会议。

1月25日，由天津市书协主办、蓟县书法家协会承办的“翰墨心源”杨连山、张怀顺、周广哲迎新春书法展在蓟县蓟州美术馆开幕。

1月29日，组织书法家邵佩英、陈传武、赵士英、张晓强、马培鉴、李殿光等深入武警部队慰问。

2月7日，天津市书法家进万家活动启动，组织广大书法家深入到静海县西双塘慰问村民，并为他们书写春联，送去美好祝福。

2月28日，主办天津市河东区“墨舞福春”书法展座谈会。

3月3日，天津市书协妇女书法委员会举办讲座，邀请陕西省书法家协会常务副主席张红春来津主讲《书法之美》。

3月6日，在天津市和平区南市会馆举办《五彩贝——记津门五位女书画家》展映会。

3月13日，“正大气象——孙伯翔书画展”开幕。

6月23日，孙伯翔师生咏五台山书法展在忻州市五台山书画院开幕。

7月24日，天津市书协召开各区县书协负责人会议。会议通报了中国书协组联工作会议精神，研究近期和明年工作方案，并就《天津书法三十年》编辑工作交换意见。

8月16日，汉沽“滨海风”——韩润亭、唐云好、李彭永、赵连城、王守义、李绍山、刘炳清七人书画展开幕。

11月18日，“翰墨抒怀”——北京、天津、大连书法交流展在天津市美术展览馆开幕。

11月29日，纪念陈骧龙先生逝世一周年座谈会在天津迎宾馆召开。

12月10日，天津市书画名家作品示范展在静海县西双塘举行。

12月15日，“京津走廊”——武清区书画展在中华世纪坛开幕。

【舞蹈家协会】

1月5日，召开第四届主席团第六次（扩大）会议。

1月12日至20日，举办中国舞4-6级师资培训班。

1月15日，组织艺术家下基层，开展慰问河西区劳动模范活动。

4月13日至21日，举办1-3级中国舞师资培训班。

5月17日，召开成立专业艺术委员会会议，成立七个专业委员会。

5月30日，举办专家讲座。

6月1日至16日，举办中国舞4-6级师资培训班。

10月15日，举办“天津市金牌舞蹈教师精品课展示”活动。

10月19日至27日，举办中国舞少儿舞蹈考级教材1—3级、7—8级师资培训班。

10月24日，召开“天津市金牌舞蹈教师精品课展示”教学研讨会。

【曲艺家协会】

1月8日，和天津市文联、天津日报、每日新报联合举办的“新锐相声评选”开幕。

1月20日，举办“纪念高英培、范振玉专场演出”。

1月22日至25日，和天津广播电台相声广播、鱼龙百戏联合主办的“相声校园行”系列演出启动仪式举行。

2月26日，召开纪念郝艳霞诞辰九十周年暨郝派西河大鼓传世一百一十五周年专题研讨会。同日，《郝派西河大鼓专辑》出版发行。

5月18日，举办杜国芝从艺五十五周年纪念活动。

5月20日，举办阚泽良从艺七十周年纪念演出。

6月4日，组织部分曲艺演员到天津市马三立

老人园慰问。

7月31日，和天津市杂协联合举办的“建军节慰问演出”在大港武警消防支队举行。

9月15日至24日，举办“纪念渐行渐远的先贤——纪念著名相声艺术家刘奎真、班德贵、杨绍奎”纪念演出。

10月1日至2日，举办慰问教师国庆演出。

【摄影家协会】

2月5日至20日，由天津市摄协主办《行走尼泊尔》王予力摄影艺术展览在天津文化中心图书馆展厅展出。展览共展出王予力两赴尼泊尔创作拍摄的60幅摄影精品，从不同的侧面反映了尼泊尔的异国风情和尼泊尔人民的生活状态，内容丰富，生动形象。

2月23日，承办中国摄协2013年“送欢乐 下基层”活动，在天津蓟县西井峪村为村民赠送摄影年画、举办小型摄影展等。中国摄协分党组书记王瑶携中国摄协副主席王文澜等入户慰问村民并为他们拍摄家庭合影。

5月10日至19日，和天津市滨海新区宣传部、天津市滨海新区文广局、天津市开发区文联共同主办“大地行冯子军摄影艺术展览”。

5月，和北京摄协、河北省摄协、山西省摄协、内蒙古自治区摄协联合主办“第25届中国华北摄影艺术展”。

6月，与北京摄协、河北省摄协联合主办“中国京杭大运河沿岸城市摄影作品邀请展”。

7月至12月，积极开展“万名摄影志愿者万幅作品送万家”文化公益活动，组织协会骨干会员先后赴天津市北辰区、滨海新区、蓟县等进行公益讲座，并先后到天津市公安局、天津市养老院等开展慰问活动，为广大公安干警、劳动模范和老人们拍摄照片并赠送摄影作品。

【民间文艺家协会】

2月2日，由天津市民协主办，天津泥人张美术馆承办的“送欢乐下基层”文化惠民活动——迎新春面塑作品展，在古文化街举行。

4月7日，“第五届中国•天津曹庄花卉生态旅游节启动仪式暨天津市第三届曹庄杯花卉艺术大赛”开幕。

12月2日，“吴龙元瓷刻艺术研讨会”在津举行。

【杂技家协会】

3月8日，召开天津市杂协第三届主席团第八次会议暨第三届主席团第九次理事会。

6月5日，和天津市非物质文化遗产保护中心、天津市杂技团、天津市和平区文化和旅游局共同主办了“国家级非物质文化遗产戏法艺术研讨会暨纪念天津籍的戏法大师王殿英先生从艺75周年”活动。戏法表演艺术家杨宝林、房印庭，《杂技与魔术》杂志主编徐秋，天津魔术表演艺术家曹企、郭瑛，国家级非遗项目戏法传承人肖桂森以及天津市的有关专家学者围绕“中国戏法艺术的传承与交流”、“浅析古典戏法的文化内涵”、“论天津戏法的地域特色”、“戏法大师王殿英先生的戏法艺术成就”等专题进行深入研讨，对王殿英的戏法艺术成就给予高度评价，并对古典戏法的历史传承、今后发展等提出了建议。

9月29日，组织艺术家小分队深入静海县中旺村进行慰问演出，受到当地群众的热烈欢迎。

10月24日，和天津市杂技团、天津市非遗保护中心主办“国家级非物质文化遗产•戏法”走基层系列活动。

1月至12月，天津市杂协开展“非遗”进校园活动，国家级非遗项目戏法传承人、天津市杂技团著名魔术表演艺术家肖桂森定期到小学去给小学生讲魔术，宣传非遗文化，教孩子一些小魔术，让小学生从小感受我国传统文化的魅力。

【电影家协会】

7月，《兔侠传奇》入选中宣部、国家新闻出版广电总局“向青少年推荐100种优秀图书和100部优秀影视片”展销展映展播活动动画片部分15部动画片之一。

8月，故事片《国旗阿妈啦》(《卓玛美朵》)完成初稿，于8月27日在北京召开剧本研讨会。

10月，“中国动画电影走出去《兔侠传奇》品牌研讨会”在北京电影学院召开，来自电影教学、研究、产业领域的二十余名专家学者参加了此次研讨会。

【电视家协会】

一、承办中国电视艺术家协会五届二次理事会。

二、协助召开纪录片《大香格里拉》研讨会。

三、协助天津广播电视台、央视纪录频道举办《纪录中国》栏目开播暨大型人文纪录片《五大道》封镜新闻发布会

四、组织评选2012年度天津市优秀电视艺术

作品，共评选出15部一等奖作品。

【基层文联】

和平区文联

3月15日，面向全国作家开展的“津塔文丛”文学项目推介、洽谈、签约活动举行，共与9位作家签约8个以反映天津市和平区历史、地理、人文和商业品牌为主的文学项目，并表彰了在文艺创作中做出突出成绩的团体和个人。

4月5日，与中国作家出版社、天津人艺、儿艺共同主办的“津味话剧《我本善良》观摩研讨会”在津召开。来自京津冀等多地的20多位出版家、理论家及媒体进行专题研讨。

5月1日，与天津市和平区工会共同成立了天津市首个职工艺术家协会，建立了职工艺术家创作基金和职工艺术家创作基地。

6月6日至10日，组织10位美术家和摄影家赴陕甘革命老区农村进行采风写生。

6月15日和10月19日，先后承办了第11、12届国家级文学论坛。来自中国作协、鲁迅文学院、《小说月报》、《长篇小说选刊》的著名评论家、学者分别围绕“中国当下小说叙事”和“当下散文问题研究”的热点展开讨论，讨论成果在国家级学术期刊集中发表。

6月16日，主办天津市首届“津塔杯”大学生微小说大奖赛。大赛收到来自天津市10多所高校博、硕士生和本科生的稿件500余篇，最终产生22篇获奖作品。

7月17日，组织举办“为新城市建设者”服务活动，分别向环卫工人和社区文化站捐赠图书1400余册，得到了社会各界一致好评。

12月25日，举办“美丽和平”书法绘画展。

河西区文联

1月至12月，先后组织摄影家分赴北京、山西、陕西、湖北、福建进行采风交流创作。

4月26日，举行“西岸春晓”诗歌朗诵会。

5月12日，与天津市河西区戏曲家协会和天津京剧院承办的“清凉夏日风”京剧公益演出举行。

5月21日，举办“我的中国梦”主题诗歌朗诵会。

5月25日，举办“中国梦•中国情”主题诗歌比赛。

7月21日，天津市河西区第八届社区文化擂台赛开幕。本届擂台赛分别举办了歌手、合唱和戏曲比赛。

9月29日，承办天津市河西区“弘扬清风正气•共建美丽河西”廉政文化建设专场文艺演出。

10月13日，主办“庆重阳——美术、书法和摄影教学成果汇报展暨重阳节笔会”。

10月18日，主办的“美丽中国•梦之韵——大型摄影展”在天津市文化中心展出。

10月19日，“贝壳收藏展暨第五届中国贝类爱好者贝友会”举行，来自天津、大连、北京、上海、江苏、河南等省市以及台湾地区的贝友60余人出席开幕式，展出作品万余件。

河东区文联

2月1日，与河东区书协共同主办的“墨舞福春”书法新作展开幕，共展出书法作品80件。这些作品主题鲜明、形式新颖，是河东区书协创作水平的集中体现。

3月5日，开展“纪念题词发表50周年‘学雷锋 爱公益’敬老爱幼送文化”活动，河东区的十名书画家现场创作书画作品50余幅，送给社区敬老院的老人、社区儿童和居民。

4月19日，与河北省沧州市文联共同主办的“‘白方礼素描画像’捐赠仪式”在河北省沧县白贾村白方礼小学举行。河东区美协顾问、82岁的老画家孙象伯将精心创作的白芳礼老人肖像捐赠给白芳礼小学。河东区文联还向学校捐赠了其他知名画家为此次活动创作的作品和河东区文联印制的画册，以丰富学校的文化生活。

6月，“天津市第四届‘体彩杯’全民健身体育舞蹈大赛”隆重举行，来自全市23个代表队848名选手参赛。

6月，与河东区环保局联合举办了以“保护环境，共建家园”为主题的美影书展。

7月，“固本培源——河东书法沙龙展”开幕。

9月，承办“著名画家杜明岑从艺六十年系列活动”。系列活动包括“‘翰墨情缘’师友联谊座谈会”、“杜明岑《赶大营风云录》学术研讨会”、“杜明岑从艺60年艺术展”、“新疆写生作品展”、“耕耘六十载翰墨写春秋回顾展”等具体内容，并出版发行了《杜明岑艺术人生》专辑。

11月，“中天杯”美丽天津摄影大奖赛隆重举行。大赛收到来自全市各行业300余名摄影爱好者，围绕天津美丽的人情风光为主题创作的1200余件摄影作品，最终评出金奖5名，银奖10名铜奖15名，优秀奖30名。

河北区文联

4月19日，主办“弘扬文化 传承经典”系列活动。活动旨在加强社会主义核心价值体系建设，为实现中国梦传递正能量，将弘扬国学与书法艺术相结合，依托笔墨水韵创造的艺术之美，解读和普及优秀传统文化。

6月26日，主办“章用秀学术研讨会暨图书捐赠仪式”，这是天津市首次开展的文史学者学术交流研讨活动。

7月1日，“美丽河北 放飞梦想---河北区摄影家协会首届摄影作品展”开幕。展览以“庆祝建党92周年、同心共筑中国梦”为主题，共有70余名作者的170余幅作品参展，并编印了《“美丽河北 放飞梦想”---河北区首届摄影家协会摄影作品集》。

7月5日，召开“江都路街社区群众艺术家评选颁奖仪式暨全区推动会”。

8月16日，“美丽河北——百场文化活动进社区”启动仪式举行。

9月6日，举行“津门曲艺 唱响美丽河北——庆祝第二十九届教师节专场演出”活动。河北区各学校教职员工和学生代表，各街道社区居民群众近500人观看演出。

9月16日，“‘美丽河北 放飞梦想’----文化进校园摄影图片展”开幕，共展出河北区摄协会员创作的180幅作品，充分反映了天津市河北区近年迅猛发展、清新靓丽的新气象。

9月17日，“‘共建美丽天津 共享美好生活’---津门曲艺唱响美丽河北”专场演出举行。

11月5日，与中共天津市河北区委宣传部共同主办“‘美丽天津、美丽河北、文化追梦’---苍鹿杯河北区社区书画家优秀作品展开幕式暨颁奖仪式”。

开发区文联

1月8日至14日，“滨海新区社区教育成果展”开展，共展出书画篆刻类作品89幅，摄影作品72幅。

2月4日，组织开发区书协会员到开发区工商银行举行“贺新年送春联”活动。

3月，开展“天津市滨海新区职工首届书画作品大赛及巡展”征集作品活动，共征集160余幅书画作品。

4月19日，协办“泰达MSD杯”书画摄影展启动仪式，邀请十余名书画、摄影家进行现场创作表演。

5月19日，与天津市开发区流动人口办共同为开发区外来务工人员举办“书画作品义务点评”活动。

5月29日，开展书画家进校园活动，为学生展示中国书画的魅力，与学生们共迎六•一，助飞中国梦。

6月1日至11日，“幽燕古长城探秘”摄影艺术展举行。

7月1日，“中国梦•泰达梦——庆祝建党92周年书画摄影展”开展。

7月至11月，组织开发区摄协会员先后到阿尔山、呼伦贝尔、蔚县进行采风。

东丽区文联

2月15日，组织“‘春满家园’——2013年东丽区春节联欢会”取得圆满成功。策划创编《魅力广场秀》《五朵金花》、《民族风情》歌曲联唱及开场歌舞《中国喜洋洋》，创编双拥题材歌舞《拥军妈妈》。

3月6日至7日“‘旗帜颂’——红色经典交响音乐会”举行。天津交响乐团的艺术家们与东丽区老干部艺术团、东丽区红帆艺术团及该区文艺骨干同台献艺。演出邀请中央芭蕾舞剧院常任指挥许知俊先生持棒，音乐会获得圆满成功。

5月，组织“‘东丽好声音’青年歌手大赛”，发现了一批歌唱人才。

7月，承办“庆祝建军86周年暨双拥艺术节文艺调演”活动。

7月，开展职工艺术团慰问演出。这是东丽区成立“职工艺术之家”后的首场演出，获得成功。

9月，举行声乐、舞蹈、戏曲曲艺比赛，为“东丽区第十一届文化艺术节”选拔节目。

武清区文联

7月1日，出版《武清运河文化》专刊，为传播武清运河文化，推广城市旅游品牌，彰显城市风情魅力起到推动作用。

9月12日，出版《御路古驿——南蔡村》。该书以武清工南蔡村镇地区风貌、传说等为主要内容，充分体现地区特色，具有很好的宣传作用。

12月15日，在北京中华世纪坛隆重举办“京津走廊——美丽武清”书画晋京展。近百位天津武清籍书画家围绕“时代气息、地域特色”这一主题创作了百余幅书画作品，充分体现武清地域特点、风土人情和历史文化，描绘武清近年来经济社会发展成果。此展是武清书画界最新创作成果的全面展示。

河北省文联

综　述

2013年，是河北加强文化强省建设，文艺事业蓬勃发展，文联工作高歌猛进，广大文艺工作者锐意进取、卓越创造的一年。在中国文联和省委宣传部的关怀指导下，河北省文联团结带领广大文艺工作者，牢记使命，服务大局，以解放思想大讨论和党的群众路线教育实践活动为主线，以加强自身建设为基础，以“善行河北”为主题，以“双推工程”为重心，广泛开展了系列主题文艺实践活动。在组织活动中扩大了影响力，在热情服务中增强了凝聚力，在改革创新中激发了创造力，各项工作取得了重要进展和显著成绩，为促进河北省经济社会发展、推动文化大发展大繁荣做出了积极贡献。

重要会议与活动

【美丽河北“天山杯”第21届河北省摄影艺术展览】

1月13日，省文联、省摄协主办的美丽河北“天山杯”第21届河北省摄影艺术展览在石家庄举办。省委原常委、副省长、省摄协名誉主席陈立友，省人大原副主任、省摄协名誉主席王加林，省文联副主席潘学聪，人民摄影报副总编温晓晗，省摄协主席李英杰，副主席刘瑞新、郄少华、任长庆、周淑亭、张志明等出席开幕式，李英杰致辞，刘瑞新主持仪式，秘书长杨越峦宣读获奖名单，来自全省200余人参加活动。展览1月13日开展，31日结束。

省展共收到全省11个地市1109人的6378件参赛作品。经过13位专家评委的认真评审，最终评选出5枚金奖、10枚银奖、20枚铜奖、187幅（组）优秀作品。展览分纪录、艺术、商业三大类，展出作品190幅（组），其中获奖作品160幅（组），评委及特邀作品30幅，并为获奖作者和有突出贡献的各市摄协颁奖。

【2013年中国美术家协会工作会议】

3月17至20日，2013年中国美术家协会工作会议在石家庄召开。省委常委、宣传部长艾文礼，中国文联党组成员、副主席左中一，中国文联副主席、中国美术家协会驻会分党组书记兼副主席吴长江，中国文联副主席、中国美术家协会主席刘大为，中国文联副主席、中国美术家协会副主席冯远，省委宣传部副部长武鸿儒，省文联党组书记李军，中国美术家协会副主席韦尔申、许江、许钦松、杨晓阳、何家英、范迪安，中国美术家协会分党组副书记、秘书长刘健，中国美术家协会分党组成员、副秘书长张旭光、陶勤，省文联党组成员、副主席、省美协主席祁海峰等领导，中国美术家协会各处室主任、副主任，各艺委会主任、副主任，全国各省、区、直辖市美术家协会主席、秘书长，全国著名美术家，新闻媒体记者等近100人出席会议。吴长江、刘健主持会议，艾文礼致辞，刘大为做工作报告，左中一发表总结讲话。

【第二届中国汉牡丹文化节】

4月24至26日，由中国民协、省委宣传部、省文联、省旅游局、邢台市人民政府主办，省民协、柏乡县委、县政府承办的第二届中国汉牡丹文化节在邢台市柏乡县举行。中国民协分党组成员、副秘书长吕军，省文化厅厅长张妹芝，省文联党组成员、副主席祁海峰，中国民协顾问、省民协主席郑一民，省委宣传部文艺处处长王振儒，柏乡县有关领导及社会各界人士1000余人参加开幕式。文化节期间还举办了“第二届中国汉牡丹文化节‘柏粮杯’——2013华北农民画大展”，来自内蒙古、山西、陕西、河南、天津、山东、河北等七省市50多位农民艺术家，纷纷展出了自己精美的

佳作。经过评委会专家认真细致的评选，共评出金奖5名，银奖10名，铜奖19名。来自河北的张梦君荣获金奖。农民画大展吸引了众多的游客和农民画爱好者，成为文化节期间最大的亮点，对农民画发展起到积极的推动作用。在文化节期间，还举办了汉光武帝刘秀与柏乡学术研讨会、牡丹神祭祀仪式、牡丹诗会等一系列活动。

【第四届中国剪纸艺术节暨第三届蔚州国际剪纸艺术节】

7月8至10日，中国文联、中国民协、省委宣传部、省文联、省文化厅、省旅游局、张家口市人民政府等联合主办的第四届中国剪纸艺术节暨第三届蔚州国际剪纸艺术节在中国剪纸艺术之乡蔚县举行。全国政协委员、中国文联原副主席胡珍，中国民协副主席乔晓光，中国民协分党组成员、副秘书长吕军，省文联副主席柴志华，省民协主席郑一民，张家口市政府副市长李宏，蔚县有关领导，以及来自全国23个省、市、自治区的剪纸艺术家、专家学者及蔚县各界代表860余人出席开幕式。本届艺术节在全国23个省市自治区的192名参评艺术家的157幅剪纸作品中，共评出金奖10名、银奖20名、铜奖30名。蔚县剪纸艺人李闽创作的《听涛》获特别创新奖。剪纸盛会期间还举办了民间工艺美术精品展销会等活动。

【第三届中国滦河文化节】

9月24至26日，中国民协、省委宣传部、省文联主办，滦县县委、滦县人民政府承办的第三届中国滦河文化节在“中国滦河文化之乡”滦县举行。民革中央副主席修福金、中国文联副主席刘兰芳、省政协副主席卢晓光、中国民协副秘书长张志学、省委宣传部副部长相金科、省文联副主席柴志华、省民协主席郑一民和唐山市、滦县有关领导及来自滦河流域28个市、县、区、旗的代表、专家学者、皮影雕刻艺术家、民间工艺美术家、新闻媒体记者和滦县各界代表3000余人出席活动。活动中，滦县被中国民协命名为“中国地秧歌之乡”并挂牌成立“中国地秧歌文化研究基地”。文化节期间还举办了“首届中国北方旅游文化精品博览会”、中国“滦河杯”皮影雕刻大赛、“孤竹文化与殷商文明”研讨会、“开放创新合作共赢”经贸洽谈会、民俗文化交流展示等活动。

【河北省文艺志愿服务基层百千万工程】

9月25日，省委宣传部、省文联、省教育厅、省作协联合主办的河北省文艺志愿活动观摩会暨文艺志愿服务基层百千万工程启动仪式在邯郸市举行。中国文联党组书记、副主席赵实，中国文联文艺志愿服务中心副主任廖恳、研究室副主任邓光辉，省委宣传部常务副部长杨永山、副部长武鸿儒，省文联党组书记、副主席解晓勇，省文联副书记、副主席刘金凯，省作协副主席李彦青，邯郸市委书记高宏志等出席仪式。文艺志愿者艺术家代表——中国文联副主席、省文联副主席边发吉宣读文艺志愿者宣言，有关领导向河北省文艺志愿服务队授旗。与会人员还一起观摩文艺志愿者精心辅导下成立的邯郸市实验小学各种艺术班的丰硕成果，并赴邯郸磁县南左良村歌词创作基地、邯郸县河沙镇南街村农民诗书画基地、光照文化大院等参观河北最基层艺术支教点。赵实同志表示河北的文艺志愿服务活动根扎泥土，情系基层，深入细致，给全国的文艺志愿服务工作做出很好示范作用，值得推广。

【向毛主席纪念堂西柏坡厅敬献美术作品】

为纪念毛泽东同志诞辰120周年，毛主席纪念堂特设立韶山、井冈山、遵义、延安和西柏坡5个厅，陈列反映其革命生涯中具有重大标志性意义的地方巨幅山水主题画作。河北承接西柏坡厅主题绘画创作，省文联副主席、省美协主席祁海峰，省文联副主席、省美协副主席白云乡，省美协艺术指导委员会主任李丰田，河北美术出版社编审、著名画家潘真四位画家分别完成《新中国从这里走来——西柏坡胜境》、《太行颂》、《西柏坡春色》、《浪淘沙·北戴河》4幅美术巨制，彰显了河北的文化特点和地域特色，集中体现了燕赵儿女对毛主席的深切缅怀。

【第五届海峡两岸暨港澳地区艺术论坛】

10月14至16日，中国文联、省委宣传部主办，省文联、承德市人民政府承办的第五届海峡两岸暨港澳地区艺术论坛在承德市举行。中国文联党组书记、副主席赵实，省委常委、宣传部长艾文礼，中国文联党组成员、书记处书记李前光，省文联党组书记、副主席解晓勇，副主席祁海峰，承德市委书记郑雪碧等领导出席开幕式，赵实、艾文礼、郑雪碧分别致辞。李前光主持开幕式。

来自两岸四地的100多名文艺界知名人士、专家学者结合文化交流和发展现状，围绕传统人文精神与当代艺术、原生态文化保护与传承、中华艺术的当代发展、当代艺术发展中的中西融合、当代艺术发展的国际化、全媒体时代下的中华艺术传承等议题，深入探讨，共谋中华文化艺术的繁荣与发展大计。

与会人员参观了河北省摄影家作品展、书法美术作品展及民间工艺作品展。参展的河北民间文化、书法、美术作品100余幅，摄影作品60余幅。同时，来自河北各地的19位民间艺人，带来了丰宁剪纸、蔚县剪纸、武强年画、衡水内画、易水砚、磁州窑、铁板浮雕、蛋雕、芦苇画、郑氏沙艺等民间绝活。论坛期间，与会代表还观摩了河北省省剧河北梆子《六世班禅》的演出。

【丰碑颂——纪念毛泽东诞辰120周年全国书画名家邀请展】

10月17日，中国扇子艺术协会、省文化厅、省文联主办的丰碑颂——纪念毛泽东诞辰120周年全国书画名家邀请展在石家庄举办。毛泽东嫡孙、中国人民解放军军事科学院战争理论和战略研究部副部长、中华全国青年联合会常委、全国政协委员毛新宇少将，省委常委、宣传部长艾文礼，省委原书记叶连松，省政协原主席吕传赞，省人大原副主任张群生，中国女摄影家协会副主席刘滨，总参军训与兵种部原副政委宋举浦少将，中国书协原党组书记张飙、中国书协原副主席旭宇，中国扇子艺术学会副会长苑全宾、副秘书长郭景良，省委宣传部副部长武鸿儒，省文联党组书记解晓勇，省文化厅党组书记王离湘等，与来自全国各地的300多名知名书画家、企业家、媒体代表及社会各界人士出席开幕式，参观展览。省文联党组副书记刘金凯主持开幕式，郭景良、张飚、旭宇、王离湘、张群生、毛新宇讲话。

毛新宇在讲话中阐述了毛泽东诞辰120周年系列纪念活动的意义，并对毛泽东的思想精髓及毛泽东的革命精神及革命事业进行了阐释。他表示，最好的纪念方式是用实际行动，用言行来不断丰富和发展马克思主义、毛泽东思想，并把其很好地运用到实践工作中去，在实践中把为人们开创的社会主义事业不断推向前进。

展览共展出书画家们的100余幅佳作，以艺术的形式纪念伟大领袖毛主席诞辰120周年，歌颂他的丰功伟绩，传承他的革命精神，领悟他的伟大思想，追忆他作为政治家、书法家、诗人的豪迈情怀，意义重大，影响深远。

【第七届河北省文艺评论奖】

11月22日，第七届河北省文艺评论奖在石家庄举办。本届文艺评论奖历时3个多月，集结了全省文联系统、高校、科研院所、部队和社会各界的文艺评论家们两年来优秀的评论作品。在近200件作品中，评出文章类一等奖15个，二等奖35个，三等奖47个；专著类一等奖4个，二等奖6个，三等奖8个。河北省艺术研究所、河北大学文学院、河北师范大学美术与设计学院、河北师范大学文学院、河北科技大学艺术学院、保定学院、河北省书法家协会、河北省音乐家协会、石家庄市文联、保定市文联、衡水市文联、邢台市文联、秦皇岛市文联、邯郸市文联等14个单位荣获组织工作奖。

【崔砚君作品研讨会暨作品展演活动】

11月29日，省委宣传部、省文联主办，省曲协承办的崔砚君作品研讨会暨展演活动在石家庄举行。全国政协常委冯巩，省委宣传部副部长武鸿儒，省文联党组书记解晓勇、副主席柴志华，省委宣传部文艺处处长王振儒、调研员张丽娜，省文联副秘书长、曲协主席陈小平，省文联理研室副主任陈建忠及冀文科、赵连甲、常祥霖、蔡明、郭冬临、李文启、于海伦、王承友、高玉、刘仲武等艺术名家亲自到场，对崔砚君的作品、人品给予高度评价。晚上，在河北大戏院隆重上演崔砚君新编大型乡土喜剧《鬼子进村了》。该剧以全新的视角、独特的结构、幽默的语言表现了冀中人民反抗侵略，爱党、爱国、爱家的民族精神。主办单位领导、与会专家学者、新闻媒体记者与1000多名观众观摩了演出。

品牌活动

【欢乐城乡——“百花乐万家”文化惠民活动·北方汽配城行】

1月14日，省委宣传部、省文联主办，省曲协、省剧协、省音协、省舞协、省杂协承办的“百花乐万家”河北省文化惠民活动文艺演出在石

家庄北方汽配城隆重举行。省文联副主席柴志华，省委宣传部文艺处处长王振儒等领导与省内知名表演艺术家、书画家一起参加活动。艺术家们所到之处，为群众送文化、送艺术、送欢乐，与群众欢聚一堂，为百姓倾情演出，为社会热情放歌。不仅为人民群众带来了欢乐，也为建设和谐文化、构建和谐社会增添了新的亮点和光彩。

【欢乐城乡——“百花乐万家”文化惠民活动·走进国门】

1月28日，省委宣传部、省文联主办，省曲协、省舞协、省杂协、省音协承办的“百花乐万家”走进国门——文化惠民系列活动警民迎新春联欢会在石家庄边防检查站举行。中国人民解放军军械工程学院原院长张卓少将，省文联副主席柴志华等领导与艺术家、书画家、武警官兵等200余人出席联欢活动。活动将高雅的艺术和爽朗的笑声送到警营，让武警官兵近距离目睹河北艺术家的风采，使一线官兵切实分享到了河北省文化发展的丰硕成果。活动结束后书画家们走进警营体验生活，创作出40多幅书画作品，赠送给为祖国站岗执勤的普通官兵。

【欢乐城乡——“晖声嘹亮”文化惠民专场音乐会】

4月19日，省文联、省音协、石家庄市总工会联合主办的，省音协寒晖合唱团承办的欢乐城乡——“晖声嘹亮”文化惠民专场音乐会在河北艺术中心音乐厅举行。省文联党组成员、副主席柴志华，省音协主席曹贤邦、副主席兼秘书长白朝晖、副主席王伟华等与现场800余名观众一起观看演出。

【“欢乐城乡 文化惠民”·走进任县东许花村】

5月10日，省委宣传部、省文联主办的“欢乐城乡 文化惠民”文艺演出在邢台市任县东许花村隆重举行。来自河北省音乐、戏剧、舞蹈等艺术门类的30多名艺术家，为当地群众奉献出了一台丰富多彩的文艺演出，让普通百姓近距离目睹艺术家的风采，让基层群众切实分享到河北省文化发展的成果。

【“欢乐城乡 文化惠民”河北长城摄影文化周暨第25届中国华北摄影艺术展】

5月31日至6月3日，省委宣传部、省文联、省摄协等主办的“欢乐城乡 文化惠民”河北长城摄影文化周暨第25届中国华北摄影艺术展在秦皇岛市山海关举办。中国摄影家协会主席、分党组书记王瑶，省政协原副主席武四海，省委宣传部副部长武鸿儒，省文联副主席柴志华等与数百名摄影爱好者出席开幕式。

【“欢乐城乡 文化惠民”——梅花争艳·古城行】

7月19日，省委宣传部、省文联等主办的“梅花争艳•古城行”文化惠民活动在保定举行。省委宣传部副部长武鸿儒、省文联党组书记解晓勇、保定市委书记聂瑞平、省文联党组副书记、副主席刘金凯，省文联副主席柴志华等领导出席活动。省内各艺术门类艺术家与保定市1500多名社会各界群众一起参加启动仪式、观看演出。

晚会汇聚了7位河北省中国戏剧“梅花奖”得主赵玉华、刘凤岭、郭英丽、李玉梅、罗慧琴、袁淑梅、许何英以及历届红梅奖、小梅花得主以及保定的名票们的精彩演出，受到当地群众的热烈欢迎。

机关工作

【贯彻落实省委八届五次全体（扩大）会议精神座谈会】

5月28日，省文联贯彻落实省委八届五次全体（扩大）会议精神座谈会在石家庄召开。省文联党组副书记、副主席刘金凯，副主席柴志华，省委宣传部文艺处调研员张丽娜及省文联机关各处室、各文艺家协会、各市文联负责人、省文联全体党员干部参加会议。

会议由刘金凯主持，柴志华传达省委八届五次全体（扩大）会议精神，与会人员结合实际，讨论如何履行职能，发挥桥梁纽带作用，贯彻落实好省委八届五次全体（扩大）会议精神。最后会议决定要以省委八届五次全会精神为指导，在六个方面努力开创全省文艺工作新局面。一要借力社会，努力在扩大文联工作覆盖面上迈出新步伐；二要多措并举，努力在造就德艺双馨文艺队伍方面实现新突破；三要面向基层，以“文化惠民活动”为载体，提升服务水平和能力；四要整合资源，努力在精品创作上实现新收获；五要大胆探索，努力在发展文化产业上有所作为；六要强基固本，努力在提升文联影响力方面达到新水平。

【党的群众路线教育实践活动】

7月12日，省文联党的群众路线教育实践活动动员大会在石家庄召开。省委第七督导组组长、邯郸市人大常委会主任、党组书记彭学增，省文联主席裴艳玲，党组书记解晓勇，党组副书记、副主席刘金凯，党组成员、副主席潘学聪、柴志华、祁海峰，巡视员郑世芳、九届主席团成员、老干部代表、艺术家代表和各市文联负责人、机关党员干部参加动员大会。

会后，河北省文联党组积极组织广大党员干部群众开展了一系列活动，对进一步凝心聚力，建设好全省团结和谐的文艺队伍，激发创作激情，繁荣河北省文艺，使文艺工作整体水平实现新跨越起到了积极推动作用。

【省文联组织开展爱国主义教育参观学习活动】

7月31日，省文联组织全体党员干部赴保定市阜平县城南庄晋察冀边区革命纪念馆参观学习，进行党的群众路线现场教育。省文联党组书记解晓勇，省文联党组副书记、副主席刘金凯，省文联党组成员、副主席柴志华，省文联巡视员郑世芳等领导与机关党员干部40余人出席活动。参观学习前，党组书记解晓勇带领全体党员干部重温入党誓词并作了重要讲话。

人事变动

6月25日，中共河北省委下发《关于解晓勇同志任职的通知》（冀干字[2013]146号）文件,省委决定：解晓勇任河北省文学艺术界联合会党组书记，提名为河北省文学艺术界联合会副主席候选人。根据河北省文学艺术界联合会章程及有关规定，于7月28日通过信选方式选举，一致同意解晓勇同志任河北省文学艺术界联合会第九届委员会委员、副主席。

获奖情况

【戏剧家协会】

5月21日，中国文联、中国剧协主办的第26届中国戏剧梅花奖，省剧协选送的邯郸市平调落子剧团王红凭借《三上轿》一举摘梅，成为河北首位获得“梅花奖”的小剧种演员。至此，河北省共有28人获得31次梅花奖。

8月2日至6日，第十七届“中国少儿戏曲小梅花荟萃”，省剧协选送的河北艺术职业学院的田雅琪、石家庄市艺术学校的李蜜鑫、蒋柯凡，石家庄市裕华西路小学的任思源4位小选手分别荣获“金花”称号

11月9日至25日，中国文联、中国剧协主办的第13届中国戏剧节，省剧协选送的唐山市评剧团的评剧《从春唱到秋》荣获第13届中国戏剧节“优秀剧目奖”，主演中国戏剧梅花奖张俊玲荣获“优秀表演奖”。

12月20日至23日，“英德杯”首届黄河流域戏剧红梅奖大赛中，省剧协选送的河北梆子剧院青年演员郝士超《钟馗•行路》、张新杰《盗王坟》、石家庄京剧团吴佳明《打金砖》、保定老调剧团刘金萍《王佐断臂》荣获金奖，省京剧院的李卫忠《白帝城》、唐山市京剧团的关悦强《玉门关》荣获银奖。获奖档次和获奖人数名列前茅。

【曲艺家协会】

2月20日至23日，第八届河南宝丰马街书会曲艺邀请赛，参赛的4个节目获得了一金两银一铜。

7月，首届“武清•李润杰杯”全国快板书大赛，参赛的四个节目获得两金两银。

【舞蹈家协会】

7月，《妈妈的高跟鞋》、《我爱吃蔬菜》获“小荷风采”全国少儿舞蹈展演金奖，《枣园童趣》获银奖。

【民间文艺家协会】

2月21至23日，组织井陉桃林坪花脸社火参加“中国首届社火艺术节暨民间文艺山花奖•民俗礼仪表演”评奖活动并荣获中国首届社火艺术节金奖，省民协荣获优秀组织工作奖；

4月1日至7日，组织艺术家参加“中国(开封)首届民间工艺美术展暨第十一届中国民间文艺山花奖•民间工艺美术作品奖”评奖活动，其中有6人荣获金奖，12人荣获银奖。

6月27至29日， 组织国家级非物质文化遗产——易县“摆字龙灯”表演队参加全国舞龙展演暨第十一届中国民间文艺山花奖舞龙评奖活动

并荣获金奖，省民协荣获优秀组织工作奖。

9月19日至10月3日，组织艺术家参加“中原六省中秋文化民间工艺美术作品联展”，剪纸艺术家袁振勇、张瑞玲、殷付云，漆画艺术家胡新亮、布画艺术家张贞美、内画艺术家赵庆华等、候店毛笔王文申7人作品荣获金奖。

11月22日至25日，组织艺术家到南京参加“第十一届中国民间文艺山花奖•民间工艺美术作品奖”活动，其中沧州市景泰蓝艺术大师张雅军的作品《大闹天宫》荣获金奖；

11月25至27日，组织藁城宫灯参加“2013婺源•中国乡村文化旅游节暨山花奖全国民间灯彩大赛”，其中灯彩作品《京剧脸谱》、《工艺纸雕宫灯》荣获银奖；

12月11日，在吉林省长春市举行的第十一届中国民间文艺“山花奖”颁奖典礼中，我省沧州张雅军的民间工艺美术作品《大闹天宫》、张家口於全军的民间文学作品《血仍未冷》、秦皇岛昌黎的民间广场舞《火火的秧歌扭起来》、石家庄井陉的民俗礼仪表演《桃林坪花脸社火》4个项目荣获“山花奖”。

【摄影家协会】

5月1日，第24届全国摄影艺术展览，河北摄影家取得1枚银奖、2枚铜奖、12枚优秀奖。王敬民的作品《宫》获商业类银奖,王树良的作品《葡萄美酒夜光杯》获商业类铜奖,肖吉地的作品《海滨拾贝》获艺术类铜奖。省摄协荣获优秀组织工作奖。

9月24日，中国第15届国际摄影艺术展览。河北摄影家取得1银1铜1优秀6入选的好成绩。

【书法家协会】

1月中国书法家协会对2012年书法进万家活动中组织工作突出，取得较好社会效益和成功经验的团体会员进行了表彰。省书法家协会位列十个“书法进万家活动先进集体”之首。河北省有1人获第四届书法兰亭奖，1人获编辑出版奖。第九届全国书学讨论会上1人获奖，2人入选。

【影视家协会】

第29届中国电视剧“飞天奖”评选中，《先遣连》、《营盘镇警事》双获一等奖；省文联理研室副主任陈建忠担任编剧的《丑角爸爸》获得三等奖。

第15届中国电影华表奖评选中，《周恩来的四个昼夜》、《辛亥革命》荣获优秀故事影片奖；省影协副主席陈力获优秀导演奖。

第28届中国电影金鸡奖《周恩来的四个昼夜》获最佳故事片、最佳音乐、最佳原创剧本提名、最佳男主角提名；动画电影《西柏坡II》获最佳美术片提名。

第9届洛杉矶中美电影节评选中，《周恩来的四个昼夜》获得“金天使奖”最佳影片奖。

省影协推荐的查岭、孙琳琳荣获第八届全国“德艺双馨”电视艺术工作者。

文化交流

1月30日至2月4日，省曲协副主席兼秘书长陈小平率领省文联代表团一行6人访问美国参加“中国日”演出活动，进行沧州木板大鼓节目表演、推介，提升了沧州木板大鼓的对外影响力，宣传了河北的历史文化。

5月8日至12日，省文联组织12名民间艺术家随中国文联民间艺术展演团赴美国参加“聚焦中国•国际节”，举办“中国民间文化周”。为期5天的“中国民间文化周”里，展演团为美国观众呈现了包括芦苇画、蛋雕、面塑、内画、剪纸、泥塑、编织等具有浓郁河北特色的传统民间工艺的现场展示，展演团的艺术家们多层次、多角度、全方位地向美国观众展示了中国文化的魅力。此次活动还与中国驻休斯敦总领馆、达福地区世界事务委员会、克劳家族基金会、艾迪森市政府以及当地商业、文化和华侨界知名人士建立了密切联系，为们推动河北文化走入美国，扩大河北影响奠定了基础。

7月22日至27日，省影协副主席兼秘书长汪帆等三名同志随中国电影家协会代表团赴美国出访，期间访问旧金山ICN华语电视台，就购买动画电影《麋鹿王》、纪录片《国旗阿妈啦》、《乒乓冠军的摇篮》，合作拍摄动画电影《人鹿情未了》、动画片《老子道德三百问》、《武强年画》等作品达成意向。

9月22日，中国文联、省文联组织“第九届中国国际民间艺术节”部分国家艺术团到保定市安新县白洋淀进行惠民演出。来自蒙古、捷克、塞内加尔、特立尼达和多巴哥等国的130多名演员与河北民间艺术家一起，为游客奉献了一场世界文化交流盛宴。中国文联国际部副主任薛伶，省文联党组书记、副主席解晓勇，保定市委常委、宣传部长李国英等出席活动。

10月20日至22日，“亲吻大地——白润璋美丽中国自然风光摄影展”，作为河北省与美国艾奥瓦州缔结友好关系30周年纪念活动的一项重要内容分别在艾奥瓦州马斯卡廷市及州府德梅因市隆重展出，受到极高赞誉。国家主席习近平专门发来贺电，河北省委书记周本顺等领导出席并参观了影展。

12月1日至7日，省文联党组书记、副主席解晓勇随河北经济文化交流考察团赴台湾岛开展民间文化交流活动。

12月24日至30日，“第四届河北文化宝岛行——书法、美术、摄影作品展”在台湾举办，河北省美协主席祁海峰、副主席蒋世国等赴台进行交流。

各文艺家协会

【戏剧家协会】

8月31日，由中国文联、中国剧协主办的“中国戏剧梅花奖创办30周年系列活动”在京举行。河北省18名梅花奖演员赴北京，参加梅花奖创办30周年系列活动

9月12日晚，“中国•潜江小戏小品大赛”暨第五届“中国戏剧奖•小戏小品奖”潜江赛区选拔赛中，由省剧协报送、唐山市文广新局创作的小话剧《卡》入选。

10月18日至19日，新编河北梆子现代戏《白毛女》座谈会在平山召开。省文联副秘书长、机关党委专职副书记梁秀辰，省剧协副主席兼秘书长贾吉庆，省影视家协会副主席兼秘书长汪帆，省剧协副主席许荷英、王竹平，省剧协顾问刘仲武、陈家和，省剧协副秘书长李宪法，河北省河北梆子剧院青年团团长张文平，原河北省河北梆子剧院副院长杨广金，著名河北梆子表演艺术家田春鸟，省文化厅艺术处调研员贾占生，以及《白毛女》的主创人员等出席了座谈会。

10月28日晚，由省委宣传部、省文联主办，省剧协承办的“心向中国梦”河北省文化艺术展示、展演活动启动仪式暨河北省戏曲名家票友演唱会在河北大戏院举办。省委宣传部副部长武鸿儒、省文联党组书记、副主席解晓勇、省作协党组书记魏平、省文联党组成员、副主席柴志华、省广电局副局长裴亚宁、省文化厅副巡视员赵建国、省委宣传部文艺处处长王振儒、调研员张丽娜、孙雷，省剧协副主席兼秘书长贾吉庆、省影视家协会副主席兼秘书长汪帆等有关领导出席活动。中国戏剧梅花奖获得者赵玉华、刘凤岭、吴桂云、刘莉沙、徐金仙、张慧敏、许荷英，省内优秀演员胡金平、苑瑞芳、王会英、郭鹏、安大哈、周春霞，河北省小梅花获奖选手赵帅帅、朱玉超，以及从基层选拔而出的优秀票友代表徐荣芝、梁红、计晨、冯敏萍等同台献艺，为观众们带来了一场戏曲的精彩盛宴。

12月4日至6日，由中国戏剧家协会主办，省剧协、邯郸市文广新局承办的中国戏剧家协会《剧本》杂志社2013年理事会暨中国成语故事戏剧创作基地讨论会在邯郸市召开。中国剧协副主席、原总政话剧团团长、少将孟冰，中国剧协党组副书记、秘书长刘卫红，《剧本》杂志社主编黎继德，省文联党组成员、副主席柴志华，省剧协副主席兼秘书长贾吉庆，来自全国各地的戏剧剧作家、艺术家、特邀嘉宾以及媒体记者50余人参加了会议。

【音乐家协会】

1月30日，省音协在河北大戏院主办了“手风琴世界冠军之夜”新年音乐会。

2月3日，省音协在河北省艺术中心音乐厅主办了“2013年河北新春管乐音乐会”。

5月13日，省音协在石家庄市勒泰红太阳剧场主办了“华韵怡然”张韶然独唱音乐会。

5月18至20日，省音协在石家庄举办了2013年河北省歌词创作研讨班，邀请了中宣部音乐阅评员“五个一”评委、解放军艺术学院教授、学术委员会副主任、教育部艺术教育委员会常务副主任、国家教育科学领导小组艺术和美育学科规划组组长周荫昌、《词刊》特约编辑、二炮文工团创作室主任、一级编剧李川对学员进行了辅导。

5月23日，省音协在邯郸市主办了“马凤岐原

创歌词音乐会”；

8月2至4日，省音协在石家庄主办了第二届“秦川杯”吉他大赛；

8月3日至6日，省音协在张家口怀来召开河北省音协音乐文学艺术委员会三届一次会长（扩大）会议。

8月28至31日，省音协在石家庄市灵寿县举办了河北省2013年歌曲创作班，30位来自省内的作曲家参加了创作班。创作班先后对80余首新创歌曲、舞曲、影视插曲进行集体点评。

10月5日，省音协主办了河北省第四届民族器乐大赛；

12月16日，省音协第五次会员代表大会在石家庄召开，中国音协党组成员、秘书长韩新安，省委宣传部副部长武鸿儒，省文联党组书记解晓勇，副主席柴志华，省军区政治部副主任刘素卯，省文化厅副巡视员梁扉出席并致辞。来自全省的99名会员代表参加会议。会议审议通过了《河北省音乐家协会第四届理事会工作报告》和《河北省音乐家协会章程（修改草案)》，选举产生了第五届领导机构。白朝辉当选省音协第五届主席团主席。王伟华、邓跃龙、刘新圈、李建林、汪娟、张建钢、张跃进、陈红、武惠安、郝立轩、袁桂岐、倪新、郭玉红、常曲川、景申友当选副主席，白朝晖兼任秘书长。

12月18日，省音协等单位在石家庄联合主办了“善行河北大家唱”暨第十四届省会合唱艺术节。

【美术家协会】

1月16日至23日，由省美协主办的“钱宗飞中国画作品展”在河北美术馆展出。

3月16日至26日，由省美协主办的“王怀骐艺术回顾展”在河北美术馆展出。

5月4日，由省美协主办的“调侃的背后-戴增钧油画艺术展”在河北美术馆展出。

5月，由省美协推荐的袁庆禄的版画作品《史可法》入选全国重大美术创作工程“中华文明历史题材美术创作工程”。

7月9日至20日，由省文联、省美协主办的中国当代工笔花鸟画名家精品展在石家庄市美术馆展出。

7月19日，省美协组织画家在保定市竹林书画社举办了河北省文化惠民专项活动暨美术交流辅导活动。省文联副主席、省美协主席祁海峰，省美协副秘书长向阳、颜景龙、李小军等，竹林书画社的美术爱好者100余人参加活动。

9月7日，由省美协主办的“大道寂寞——戴魁中国画作品展”在河北美术馆展出。

10月10日，中国美协理事、省文联副主席、省美协主席祁海峰在河北科技大学作了主题为“当代美术创作漫谈”的专题学术讲座。

11月2日至6日，由省委宣传部、省美协主办的“翰墨情怀——汉风画展”在河北美术馆展出。

11月16日至21日，由省美协主办的“太行行旅——张新中山水画作品展”在河北美术馆展出。

11月23日至12月1日，由省美协主办的“簸箕和斗——费正、杜凤海山水画展”在河北美术馆展出。

12月7日至14日，由省美协主办的“燕赵情怀——贾占峰油画作品展”在河北美术馆展出。

12月11日至13日，省美协召开第五次会员代表大会，大会听取和审议通过了《工作报告》，审议、修改了《河北省美术家协会章程》。投票选举产生了新一届协会理事89人，常务理事37人，主席团16人。祁海峰当选主席，王稳苓、王继平、汉风、白云乡、刘亚安、张玉华、张国君、李彦鹏、徐福厚、柴宗洁、钱宗飞、高俊峰、蒋世国、褚大伟、颜景龙当选副主席。褚大伟兼任秘书长。

【曲艺家协会】

1月14日，省曲协、邯郸市文联、邯郸市曲协主办，河北省最大的相声社团洪顺曲艺社承办的“笑动邯郸”新年相声大会在邯钢俱乐部举办。相声表演艺术家、中国铁路文工团曲艺团团长刘际和搭档马云路，洪顺曲艺社社长、侯耀华的入室弟子张洪顺，相声表演艺术家李如刚等为邯郸市民奉献的一场精彩的表演。

2月，省曲协组织鼓曲演员赴美国迪斯尼乐园参加“相约中国节——2013”洛杉矶迪尼斯中国日。

5月30日至31日，邀请中国曲艺家协会考察组专家到我省的两个曲艺之乡——沧县、乐亭考核评估，两个曲艺之乡的建设、发展情况受到考察组专家的一致好评。

8月，举办“2013年曲艺创作、表演培训班”，组织国内的知名专家为省内的重点曲艺作家、演员授课。

11月21日至23日，河北省曲艺家协会第四次会员代表大会召开。中国曲艺家协会分党组书记、驻会副主席、秘书长董耀鹏，省委宣传部副部长武鸿儒，省文联党组书记解晓勇，党组成员、副主席柴志华出席，省曲协主席团成员与来自全省各地的会员代表90余人参加大会。柴志华主持开幕式、闭幕式，崔砚君致开幕词，解晓勇、董耀鹏讲话，柴志华致辞，陈小平作工作报告，高树槐作《河北省曲艺家协会章程（修改草案）》说明，省文联机关党委专职副书记梁秀辰主持选举。会议选举产生了第四届河北省曲艺家协会主席、副主席、主席团委员、理事会成员。陈小平当选主席，马维彬、王建国、王洪谊、伍振英、刘小梅、刘建辉、李琦、杜增群、张洪顺、袁冀民、郭纯阳、高君岩12人当选副主席，另有14人当选主席团委员，陈小平兼任秘书长。

11月，与北京市曲艺家协会、天津市曲协、山西省曲艺家协会、内蒙古自治区曲艺家协会共同承办首届“和平杯”华北五省市、自治区曲艺票友邀请赛。

【舞蹈家协会】

4月8至9日，省舞蹈家协会2013年工作会议在石家庄召开。省文联巡视员郑世芳，省委宣传部文艺处处长王振儒、调研员张丽娜，省舞协主席王家朋、副主席兼秘书长张新茹、副主席刘明华及各市舞协，省市专业艺校、歌舞院团负责人，全省“新农村舞蹈教室”优秀教师等40多人出席会议。与会人员在总结成功经验的同时，共同探讨今后发展思路，着重研究讨论全省舞蹈事业发展的突出问题，并对今后发展提出建设性的意见和建议。商议并通过2013年省舞协制定的“舞动河北”河北省第五届小小舞蹈家大赛、新农村舞蹈教室展演、百姓健康舞系列活动等工作计划。并向新建立的“新农村舞蹈教室”颁发中国舞蹈家协会和河北省舞蹈家协会命名的牌匾。

4月10至11日，河北省舞蹈家协会在河北艺术职业学院举办首期河北省少儿舞蹈创作进修班，邀请北京舞协副主席、中国舞协儿童艺术委员会委员、中国儿童音乐学会副秘书长张先敏，北京舞协副主席兼秘书长王晨举办专题讲座。专家们就儿童舞蹈的特性从六个方面阐述和讲解，来自全省各地的160余名少儿舞蹈工作者参加学习，并结合创作中实际存在的问题向专家请教，现场答疑解惑。

6月份，省文明办、省文联主办，省舞协、石家庄市群众艺术馆承办的文化惠民项目——“我文明我快乐”、“百姓健康舞”、“百千万”工程普及推广活动第一阶段教师培训班共举办3期，培训教师260名。6月28日，第二、三期班结业教师在南小街举行广场汇报表演，展示风采。中国舞协副秘书长李甲芹、省文联副主席柴志华等领导出席培训班开班、结业式。

10月2至3日 ，省文联、省舞协、省国标舞总会主办，石家庄市艺苑体育舞蹈艺术培训学校、河北黑池文化传播有限公司承办的2013年国际标准舞（中国河北)WDC.AL世界公开赛暨河北省第三届国际标准舞锦标赛在石家庄中山体育馆举行。来自乌克兰、亚美尼亚、意大利、俄罗斯、韩国、立陶宛、新加坡、马来西亚、中国等15个国家和香港、澳门、台湾地区72个代表队的2200多对选手参加比赛。省政协原副主席、省舞协名誉主席刘健生，省委宣传部、省文联、省舞协、省国标舞总会等有关领导出席开幕式。

【民间文艺家协会】

2月4至28日，由中国民间文艺家协会灯彩专业委员会、南京市秦淮区人民政府主办的“第27届江苏•秦淮河灯会”展览活动中，省民协组织25组蔚县宫灯参展。

4月9日，省民协在保定市易县召开了2013年工作会议。会议由省民协副主席朱彦华主持，秘书长杨荣国汇报了省民协2012年度工作 ，各市民协负责人介绍了工作经验和取得成就。省文联党组成员、副主席祁海峰出席活动并讲话

10月11日，由省文联、省民协、石家庄市文联等单位主办的“第三届中国•井陉拉花艺术节暨井陉拉花大赛”在井陉县举行。省政协原副主席刘健生，省文联副主席柴志华，省民协主席郑一民，石家庄市委宣传部常务副部长王惠周，井陉县委书记田耀筠等领导出席拉花大赛开幕式。井陉拉花大赛参赛队为来自全省各地的12支井陉拉花表演队。比赛共评选出金奖5个，银奖7个。

12月，省民协在刁三内画博物馆主办了“色入物魂—高佃亮剪纸艺术精品展”、“迎新春—无极创意剪纸艺术精品展”，并分别举办了作品研讨会。

内丘县申报的“中国邢窑文化之乡”、“中国邢窑文化研究中心”；“中国扁鹊文化之乡”、“中国扁鹊文化研究中心” 通过论证；滦县申报的“中国地秧歌之乡”、“中国地秧歌研究基地”举行了命名及挂牌仪式。

【摄影家协会】

1月15日，省委宣传部、省文联主办，省摄协承办的“美丽河北艺术记录——百姓眼中的和谐河北”摄影展览在石家庄河北省博物馆举办。展览展出的200幅作品题材涉及自然、经济、社会等方面，地域涵盖了全省11个地市，是对美丽河北的一次真切的艺术记录。

1月21日，省摄协、涿鹿县人民政府举办的美丽河北艺术记录“中华三祖杯”——太阳照在桑干河上中国涿鹿首届风光风情（国际）摄影大展启动。

4月20日，省摄协组织摄影采风团赴定州、正定两地进行古建筑摄影创作

5月9日，2012年“河北摄影十杰”评选结果揭晓。评选出2012年度的“河北摄影十杰”：纪录类：马寅喜、呼一鸣、金洁、段双群；艺术类：王凤奎、王守民、刘满仓、李峰、李晓宁、瞿勇。

8月28日，省摄协召开第五次会员代表大会，选举产生了河北省摄影家协会第五届理事会和主席团。刘瑞新当选主席，杨越峦、钟晓勇、计卫舸、衣志坚、王子国、成贵民、康同跃、孙泓洁（女）、郎晓光、许宝宽、赵宇、瞿勇当选副主席，杨越峦兼任秘书长。

9月7日，省摄协组织“省会摄影界文化惠民走基层”活动，到阜平县盘龙台村进行文化帮扶。近百名摄影艺术家为全村拍摄了大合影，为家庭拍摄全家福。

12月20日，省委宣传部、省文联主办，省摄协承办的“心向中国梦”大型摄影作品联展暨河北摄协总结表彰座谈会在省博物馆举行。河北省原常务副省长、省摄协名誉主席陈立友，省人大原副主任、省老促会会长、省摄协名誉主席白润璋莅临现场，为获奖者颁奖，省文联党组成员、副主席潘学聪讲话。省摄协主席刘瑞新、省摄协名誉主席李英杰、省艺术家摄影学会副会长王恒茂分别致辞，省摄协常务副主席、秘书长杨越峦主持会议，省摄协副主席衣志坚宣读表彰2013年度优秀会员的决定，省摄协副主席孙泓洁宣读荣获河北摄影杰出、突出和贡献奖的人员名单。此次联展共展出李英杰摄影回顾展作品80幅，第24届全国摄影艺术展全部获奖作品146幅，2011、2012河北摄影十杰作品展作品100幅，第十三届平遥国际摄影节河北摄影家参展作品100幅。

此外，中国摄影出版社原社长、河北籍著名摄影家宋建明应邀携自己的作品展览出席开幕式；新西兰奥克兰大学摄影教授约翰•特纳参观了展览，并在开幕式后举办专场报告会，与河北摄影家进行广泛而深入的学术交流。

【书法家协会】

省书协与中国颜体书法研究会联合举办了“第一、第二届全国颜体书法理论研讨会”，举办了“首届燕赵书法论坛”年会，并推出了系列学术成果。省书协及各委员会充分发挥人才优势，工作卓有成效，陆续举办了“欢乐城乡”书法艺术主题月启动仪式暨“高远杯”河北省书法大奖赛、首届草书大展、首届行书大展、首届隶书展、首届楷书展、首届临书展，第二届隶书展及学术论坛、书法教育“烛光计划”等活动。各地市书协通过举办书法教育培训、创作、展览、学术等活动，基层书法事业得到明显提升。秦皇岛市承办了中国书协和国家教育学会主办的“第四届全国中小学生书法节”；省直书协组织了“河北省首届临帖展”；邢台市书协承办了第二届和第三届“全国宋璟碑颜体书法展暨研讨会”；廊坊与石家庄、保定与唐山、邢台与邯郸先后举办书法联展。12月16日至18日，省书协会第六次会员代表大会在石家庄举行。来自全省各地的150余名省书协会员代表参加会议，会议选举产生第六届河北省书协主席、副主席、主席团委员、理事会成员。刘金凯当选主席，付殿川、任桂子、刘月卯（兼秘书长）、刘宗超、吴占良、张纬东、张国栋、张增良、肖建科、陈茂才、范硕、郎岗峰、郭永利、韩玉臣、潘学聪、薛择邻16人当选副主席，147人当选为理事。全面开展了《中国书法之乡》的申报和《河北省书法之乡》的评选活动。12月25日，霸州市“中国书法之乡”授牌仪式在霸州市益津书院举办。全年共发展中国书协会员40余名，省级会员70余名，为书法家队伍充实了新鲜血液。

【杂技家协会】

10月26日至11月3日，第十四届中国吴桥国际杂技艺术节在石家庄市举行，省杂协在杂技节期间组织了多场杂技进社区、广场、校园及大棚的演出，同时联系省杂技团新编剧目杂技情景剧《木兰印象》、儿童音乐剧《蔬菜总动员》进行惠民演出。节日期间，除11场比赛及演出外，通过40余场马戏大篷惠民演出，社区公益演出，公益专场演出等，使世界一流杂技艺术走进百姓。

12月20至21日，省杂协第四次代表大会在石家庄市召开。中国文联副主席、中国杂技家协会主席边发吉，省委宣传部副部长武鸿儒，省文联党组书记解晓勇，党组副书记、副主席刘金凯，党组成员、副主席柴志华出席，省杂技协第三届主席团成员及来自全省的80名代表、特约代表参加大会。边发吉主持会议，解晓勇、边发吉、武鸿儒、刘金凯、柴志华发表重要讲话。大会审议通过了《河北省杂技家协会第三届理事会工作报告》和《河北省杂技家协会章程(修改草案)》，选举产生了第四届领导机构。边发吉当选主席，王伟、左公社、齐志义、沈海涛、陈书镇、张宽、张清辉、周良田、侯国经、黄桂刚、雷武、裴殿平当选副主席，张宽兼任秘书长。

【省影视家协会】

2月27日至3月6日，由中央电视台、省委宣传部、中国人口文化促进会、省文联、河北电视台、北京水柔风文化发展有限公司、河北亚神影视艺术有限公司、石家庄广播电视台、保定广播电视台联合摄制的当代新农村家庭伦理情感剧《守望》在中央电视台电视剧频道早间时段3集连播。

3月8日，省影视家协会高教委员会在河北传媒学院举行挂牌仪式，中国视协理事、中国影协理事、河北省影协副主席兼秘书长汪帆，省影视家协会高教委员会秘书长郄建业与河北传媒学院校长李锦云共同揭牌，河北传媒学院学校党委副书记、副校长万素英，副校长刘福寿、贺健强及部分教师出席揭牌仪式。

8月14日，省影视家协会第十八届河北省影视艺术奔马奖评奖会在张家口市召开。中国文联副主席、中国电视艺术家协会主席赵化勇，张家口市委书记王晓东出席开幕式并致辞，协会副主席兼秘书长汪帆主持会议。评奖共收到参评作品164件（含个人）。从14大类作品中评出特等奖9件、一等奖68件。综艺晚会《红红火火幸福年》、专题晚会《冀蒙晋陕四省区东、西路二人台邀请赛开幕式》、《沧州市共青团庆祝建团90周年文艺晚会》，青少晚会《最美的梦想——2013年河北电视台少儿春节联欢晚会》，党建专题《心花》、《不一样的足迹》，纪录片《国旗阿妈拉》、《“口”味》，电视广告宣传片《秦皇岛之韵》荣获特等奖。刘妙然等9位电视节目主持人获优秀奖。

【企业（行业）文联】

3月4日，河北“高速杯”书画摄影大赛作品展开展仪式在石家庄美术馆举办。省文联党组书记李军，省交通运输厅党组书记、厅长高金浩，省文联巡视员郑世芳，省交通运输厅党组成员、副厅长刘广海，省总工会党组副书记、副主席袁刚，省委宣传部文艺处处长王振儒，著名书法家、河北省企业（行业）文联副主席兼秘书长范硕及书画家数百人出席开展仪式。刘广海主持仪式，李军致辞，范硕宣读获奖名单，高金浩讲话。河北“高速杯”书画摄影大赛是由省文联与省交通运输厅、省企业（行业）文联共同举办的一项面向全国征集作品的大型展览活动。活动共得到省内外书法、美术、摄影专家及爱好者书画摄影作品1000余幅，最终评出书法获奖作品21幅、美术获奖作品18幅、摄影获奖作品19幅。

4月9日，省企业（行业）文联2013年理事工作会议在冀中能源集团邢台东庞矿召开。会议听取了2012年会务工作报告；会议表彰了2012年度先进企业（行业）文联和特殊贡献单位；会议审议通过了2013年工作计划安排；审议通过了增补的常务理事、理事；举行了执行主席交旗仪式；

8月24日至30日，由省委宣传部、省文联主办、省企业（行业）文联承办的河北省企业（行业）文联成立二十周年全国书法名家邀请展暨河北省企业（行业）文联书法、美术、摄影优秀作品展在河北美术馆展出。开幕式当天，近500名企业、行业领导、艺术家及艺术爱好者参观学习。

9月3日，省企业（行业）文联文学创作基地挂牌仪式在华北油田二连分公司文化宫举行。河北省企业（行业）文联副主席兼秘书长范硕、副主席靳亚利等相关领导、艺术家和油田员工百余人出席了挂牌仪式。

山西省文联

综　述

2013年，山西文联高扬“中国梦”的时代主旋律，全面贯彻落实科学发展观，深入学习贯彻党的十八大和十八届三中全会精神，坚持“二为”方向，“双百”方针，弘扬主旋律，提倡多样化，贴近实际、贴近生活、贴近群众。充分发挥党和政府联系文艺工作者的桥梁和纽带作用，认真履行“联络、协调、指导、服务”的职能，认真开展党的群众路线教育实践活动，坚持以人民为中心的创作导向，充分激发文艺工作者的创造性、积极性，着力培养和造就一批文艺领军人物；着力弘扬文艺团队精神；着力创新文艺品牌和工作品牌；着力繁荣文艺事业、发展文化产业，努力推进文艺事业的大发展大繁荣，为加快实现文化强省战略，实现全省转型跨越做出了独特的贡献。

重要会议

【山西省文联赴基层文联调研】

3月5日至7日，由省文联党组成员带队，机关处室和协会人员组成的8个调研组，分赴全省各市区县文联进行调研。调研内容一是各市文联的基本情况。二是各市县文联工作的开展情况及以后五年的发展规划。三是对省文联工作的建设和意见。四是各市文联围绕文化强省战略有哪些创新思路。五是对《山西省文联五年发展规划纲要》（征求意见稿）的建议和意见。六是对《山西省文联第八次文代会工作报告》（提纲）的建议和意见。3月11日，省文联召开基层文联调研情况汇报会，参会人员就调研情况向文联党组进行了汇报。

【中国文联领导莅临山西文联调研】

3月26日，中国文联党组副书记、副主席覃志刚一行五人到我省进行为期2天的调研。27日，省文联为调研召开了有党组成员、机关各处室和所属文艺家协会负责人以及部分老艺术家参加的座谈会。省委宣传部杜学文副部长就山西文化和文艺事业的发展状况做了介绍。省文联党组书记张根虎就山西文联的基本情况、调研组重点了解的六个方面的情况，今年的一些主要工作思路做了发言。下午，调研组到文联所属企业晋宝斋调研考察。28日，调研组一行赴山西省平遥县文联调研。

【山西省文联七届九次全委会】

4月9日，山西省文联七届九次全委会在太原召开。会议对省文联2012年工作进行总结，安排部署2013年工作。会议确定设立山西文艺发展基金、建立完善文艺评奖机制、选拔文艺领军人物、打造优势文艺团队，促进全省文艺事业大发展大繁荣。会议确定了省文联今年工作具体要完成好的3项重点任务，一是围绕中心、服务大局，为我省经济转型跨越发展提供强大的文化支撑。二是围绕满足人民群众文化需求，深入开展文化惠民活动。三是围绕加大文化创新，打造文艺品牌工程。

【《情系雅安》山西书画家赈灾义捐活动】

4月23日，“‘情系雅安’山西百名书画家赈灾义捐”活动在省城交通大厦举行。省人大常委会副主任周然，原省领导杜五安、王雅安等出席，来自山西书画界的二百多名书画家参加。该活动由山西省文联、山西大众书画院、山西广播电视台公共频道和山西晋宝拍卖行共同发起。这次义捐共获书画作品200余幅。

【纪念《讲话》发表71周年茶话会】

5 月20 日，省文联举办了省城文艺界纪念毛泽东同志《在延安文艺座谈会上的讲话》发表71周年茶话会，我省部分老中青艺术家、省文联干部职工等百余人参加了茶话会。省委宣传部副部长杜学文到会并讲话。会上，对我省在第24届全国摄影艺术展览中的获奖者及第四届中国书法兰亭奖的获得者进行了表彰奖励。我省著名评论家韩玉峰、著名书法家王国柱作为文艺家代表也在茶话会上发言。

【山西省文学艺术界联合会第八次代表大会隆重开幕】

6月13日，山西省文学艺术界联合会第八次代表大会在山西太原隆重开幕。山西省作协第六次代表大会和山西省社科联第二次代表大会也同期开幕，代表共计1100余人出席当天的开幕大会。

中国文联党组书记、副主席赵实，山西省委书记、省人大常委会主任袁纯清，山西省省长李小鹏出席开幕大会并讲话。

赵实在讲话中说，自七次文代会以来，山西省文联在省委省政府的坚强领导下，认真贯彻落实党的文艺路线方针政策，全面落实科学发展观，积极履行联络、协调、服务的基本职能，坚持服务大局、服务人民、服务创作、服务文艺工作者，团结凝聚全省广大文艺工作者，勤奋耕耘、锐意创新，着力描绘山西文化强省建设的美好蓝图。实践证明，山西的文学艺术工作者队伍，是一支党和人民充分信赖的队伍。她衷心希望山西的广大文艺工作者，坚定不移地走中国特色社会主义道路，自觉肩负起建设文化强国、实现“中国梦”的历史使命；牢固树立以人民为中心的创作导向，努力为人民抒写，为人民放歌；努力追求德艺双馨的崇高境界，积极引领社会文明风尚；切实加强文联自身建设，不断提高文艺工作和文联工作的科学化水平。进一步增强文联组织的吸引力、凝聚力和影响力，努力把文联建设成山西广大文艺家和文艺工作者的温馨和谐之家。

袁纯清在致辞中说，文联、作协、社科联是党领导的文学艺术界和哲学社会科学界的人民团体，是党和政府联系文艺和理论工作者的桥梁纽带。近十年来，我省广大文艺工作者和社科工作者，时代脉搏把握准确，优秀成果层出不穷，创新人才大量涌现，文化惠民富有成效，体制改革扎实推进，为繁荣山西文化、推动山西发展作出了积极贡献。他希望全省文艺工作者和理论工作者，始终高扬“中国梦”的时代主旋律，努力谱写转型跨越发展的新篇章；始终坚持以人为本的根本宗旨，努力满足人民群众的新期待；始终把握继承与创新的辩证统一，努力创造文化繁荣的新辉煌。

李小鹏为出席当天三个大会的全体代表作了关于山西省当前经济形势的报告。山西省人大常委会副主任、总工会主席田喜荣代表省总工会、省妇联、团省委等群众团体致辞祝贺。第七届山西省文联主席李才旺、第五届山西省作协主席张平、山西省社科联党组书记侯秀娟分别致辞。大会由山西省委常委、宣传部部长胡苏平主持。

从开幕大会当天至6月16日，大会审议通过了《山西省文联第七届委员会工作报告》，修改了《山西省文联章程》，选举了产生山西省文联第八届委员会和领导机构。

山西省文联第八次代表大会选举产生125名全委会委员。在举行的八届一次全委会上，张根虎同志当选为文联主席，李太阳同志当选为文联常务副主席。石跃峰、李和平、刘廷明、郭新民、王爱琴、高晓江、赵建平、史佳华、谢涛、王学辉、马小平、王富山、聂还贵等13人当选为副主席。

【省文联召开所属挂靠社团工作会议】

7月5日，省文联组联部召集挂靠社团负责人，召开了省文联所属挂靠社团工作会议。会上传达和学习了省文联党组书记张根虎在八次文代会上的工作报告；听取各挂靠社团上半年开展工作和活动情况汇报；并就2013年5月修订的《山西省文联挂靠社团管理办法》向各挂靠社团进行了广泛征求意见，随后，印发了《山西省文联挂靠社团管理办法》。

【省委常委、宣传部长胡苏平到省文联调研】

8月12日，山西省委常委、宣传部长胡苏平到省文联调研，就做好全省文联组织协调工作，加快文化事业和文艺事业的繁荣发展召开座谈会，认真听取文艺工作者的建议并讲话。她指出，省文联要充分发挥组织协调作用，引导我省文艺工作者坚持“二为”方向、“双百”方针，创作生产出更多的优秀作品，充分满足广大人民群众对文化艺术的需求；要增强大局意识，加强人才队伍建设，团结带领广大文艺工作者齐心协力，扎实做好各项工作，为全省文化大发展大繁荣做出更大的贡献。她强调，要加快研究制定扶持文联工作的相关政策，出台政策性文件，进一步建立和完善文艺评奖机制；要积极争取财政支持，加大资金投入力度，加强文联的基本建设。同时，要进一步推动文化产品走向市场，向市场要效益。

【山西省晋艺嘉和文化艺术基金会正式成立】

7月18日，山西省晋艺嘉和文化艺术基金会召开第一届第一次理事会。会议通过了《山西省晋艺嘉和文化艺术基金会章程》，选举省文联党组书记、主席张根虎为理事长，选举王敬民、方志有、石跃峰、曲剑午、李竹田、李顺通、李晋平、张海清、贾国华、侯进平、郭明、靳忠、霍红义等13 人为副理事长，岳云为秘书长，推举陈延龙为监事。聘任牛仁亮为山西省晋艺嘉和文化艺术基金会名誉理事长。

【“文化山西大讲堂”开讲仪式暨首场报告会】

7月29日，“文化山西大讲堂”开讲仪式暨首场报告会在太原中国煤炭交易中心会议厅举行。著名文化学者、中华文化促进会常务副主席、国家行政学院兼职教授王石做了精彩讲座，王石先生系统讲述了中华民族和中华文化的相关概念与如何看待文化的若干问题。省城和市县文艺界代表、大专院校、驻晋部队、基层社区、企业职工、艺术院团和有关单位代表400多人聆听了报告。

【省文联召开全省基层文联工作会议】

11月20日，全省基层文联工作会议在平遥举行。全省各市县文联领导代表共100余人出席参加了会议，会议以进一步学习宣传十八大三中全会精神和学习交流基层文联工作经验为主题，以推动基层文联发展为目标。平遥县文联主席赵永平、晋城市文联主席贾大一进行典型发言，会议对获得全国文联工作先进集体和全省基层文联工作先进单位颁发了奖牌。

重要文艺活动

【山西省第七届少儿书画新人新作展】

2月21日，由省文联主办，省艺术研究创作中心、小学生习字指导中心承办的山西省第七届少儿书画新人新作展在山西省美术馆举行。8个展厅同时展出，来自全省各地的入展作者、指导老师、家长以及众多书画爱好者齐聚太原。参展的作品有1800多件。

【美丽山西·搜尽奇峰—中国近现代书画名家精品展】

由省文联、大众书画院主办，省文联展览艺术委员会、山西当代书画艺术交流活动中心承办的“美丽山西•搜尽奇峰—中国近现代书画名家精品展”于4月12日在山西美术馆举行。山西省委宣传部副部长杜学文等与省内知名艺术家、企业家、收藏家和各界人士共200 余人参加开幕式并参观展览。展出张大千、徐悲鸿等200余位书画名家的作品。

【八省楹联礼赞美丽山西】

在纪念毛泽东同志《在延安文艺座谈会上的讲话》发表71 周年之际，《礼赞，美丽山西》“文扬杯”东西南北八省区楹联书艺展于5月26日在山西美术馆开展。展览是由省委宣传部、省文联主办，省楹联艺术家协会、山西文扬集团承办。山东、河南、河北、广东、广西、湖南、湖北等省区楹联组织联办。展览共分三个单元，八省区楹联书艺作品80多幅，山西作品70多幅。同时，还展出了太原碑林公园镌刻的明清大家联墨拓片50 多幅。

【山西书画在文化产业博览会上展示魅力】

6月29日，在“山西省首届文化产业博览会”上，山西省晋宝斋艺术总公司特举办了“晋宝雅集•山西当代书画家精品展”和“翰墨掇英•山西历代书画作品回顾展”。“山西当代书画家精品展”遴选36位活跃于当今山西艺坛的杰出书画家创作的书画小品，集中在主会场展览。而“山西历代书画回顾展”从历史传承的角度，展示山西书画艺术的深厚底蕴。展览展出唐宋元明清及民国时期在国内外有重大影响的山西籍艺术家的国画和书法作品150余件。

【美丽山西中国梦朗诵音乐会】

7月3日，为庆祝中国共产党成立92周年——“美丽山西中国梦朗诵音乐会”在山西省委多功能会议室举行。本次活动由省委办公厅、省文联主办。省部分话剧表演艺术家和知名播音员、电视主持人及特邀的著名影视表演艺术家、原八一电影制片厂副厂长、总政歌剧团团长林达信参加朗诵。朗诵音乐会艺术精湛，受到有关领导和省委办公厅机关干部的称赞。朗诵音乐会坚持举办了6年，产生了广泛的社会影响，已经成为省城一个亮丽的文化品牌。

【“中国梦·大美临汾—百名画家画汾河”艺术创作活动启动】

7月31日，“中国梦•大美临汾——百名画家画汾河”艺术创作活动启动仪式在临汾举行。活动以写汾河、画汾河、宣传临汾为宗旨，通过国画这一国粹艺术形式，展示临汾深厚的文化底蕴、秀美瑰丽的自然风光和转型跨越发展的新成就，扩大临汾社会美誉度，为建设文明开放、富裕和谐新临汾提供强大的精神文化力量。

【全国摄影艺术展览在大同启幕】

9月6日，作为2013中国（大同）云冈文化旅游节的又一项大型文化活动，被摄影界冠以“国展”之称的全国摄影艺术展览在大同市开展，六大主题摄影展同时在和阳美术馆开展。历24届“国展”的优秀获奖作品在和阳美术馆举行回顾展；中国摄影家协会副主席、山西省摄影家协会主席王悦“黄河情怀”个人作品展也同时举行；省企业摄影家协会主席团成员作品展、省企业摄影家协会大同籍会员作品展、国外摄影精品展同时开启。

【《美丽山西》全国摄影艺术大展在太原举办】

11月11日，由省委宣传部、省文联共同主办的《光大银行杯“美丽山西”全国摄影艺术大展》在山西美术馆拉开帷幕。本次摄影艺术大展特邀了14位国内著名摄影艺术家和国内外500多名优秀摄影师，紧紧围绕山西“产业转型、生态修复、民生改善、城乡统筹”主题思想，让世人感受山西。

【省文联举办“美丽山西·右玉精神”书画摄影邀请展】

12月16日，由省委宣传部指导，省文联、朔州市委、市政府主办，省文联展览艺术委员会、朔州市委宣传部、山西大众书画院、右玉县委、县政府承办的“美丽山西•右玉精神”书画摄影邀请展在山西美术馆开展。共展出280位当代书画、摄影名家的精品力作。这次邀请展活动，以“美丽山西”立意，以“右玉精神”切题，对挖掘优良传统、弘扬时代精神、推动转型跨越起到积极的促进作用。

文化惠民活动

【摄影家影像记录孤儿成长】

1月27日，由省摄影家协会、省青年联合会、民进太原市委与山西星联科贸有限公司共同举办的“公益影像爱心档案”大型影像公益活动启动仪式暨第一季度活动在太原市福利院举行。“公益影像爱心档案”活动，每年举办四次现场捐赠，并给每个被拍摄的孩子出两本影集，由孩子和福利院各保存一本。本活动长期坚持，每年分四个季度进行，在年底进行统一表彰。参与活动的摄影家、爱心企业、单位给孩子们带来了两万多元的物资和现金，并进行现场捐赠。

【曲艺送欢笑到基层】

2013年开年，省曲艺家协会组织曲艺工作者，加班加点新创作编排了一台贴近百姓、贴近现实的《传播正能量 欢乐度佳节》迎新年相声小品晚会，和山西电视台共同录制、多次播出后，又分别分组到寿阳、临汾、古交、大同等地“送欢笑到基层”演出，深受广大群众喜欢。元月30日，省曲艺家协会在山西电视台大演播厅主办了“传播正能量，欢乐度新春”2013 迎春同至人相声小品晚会。

【“书法进万家”、“送欢乐、下基层”系列活动】

由省文联和省书协、大众书画院送欢乐进万家活动，分别赴农村、矿山、军营和医院进行送春联慰问活动，共有200余名书法家参加，写了春联作品4000余幅，受到群众的热烈欢迎。六次活动分别是：1月29日太原古营慰问农民活动。1月30日西山煤电集团镇城底矿慰问煤矿工人活动。1月31日到山医一院慰问医护人员活动。2月1日到武警直升机大队（太谷）慰问武警官兵。2月3日在大众书画院军民鱼水情迎春笔会。2月6日，省文联、大众书画院到省军区太原训练基地慰问省军区官兵活动。

【美丽中国“全家福”公益摄影活动暨摄影大赛开启】

2月13日，由省摄协主办的美丽中国“全家福”公益摄影活动暨摄影大赛在太原市阳曲县泥屯镇岔上村正式启动。来自全省的300多名摄影家参加了活动，为村里67户贫困户捐赠了米、面、油，并为全村的168户村民义务拍摄全家福，现场免费打印装框赠送。

【龙城空竹闹元宵】

2月20日（正月十一），省杂技家协会组织会员在太原市的地标性建筑太原市人民文化宫广场为太原市解放南路一社区的居民奉献了一场“抖空竹，闹元宵”专场演出。“抖空竹，闹元宵”慰问演出是山西省杂技家协会春节期间的一项常态化活动。

【杂技惠民服务进社区】

省杂技家协会、太原市空竹协会于4月25日走进劲松社区，在煤化所小花园举行了“抖出快乐•杂技惠民服务”进社区辅导活动，希望以空竹这一群众喜闻乐见的杂技项目为切入点，进社区对居民进行辅导，让居民近距离接触杂技，拉近杂技与群众的距离，提升杂技的影响力。

【文化惠民消夏文艺晚会】

8月12日晚，首场“文化惠民消夏文艺晚会”在太原市工人文化宫广场隆重开演。“欢乐山西”文艺惠民品牌系列活动，以戏剧、音乐、舞蹈、曲艺、杂技、电影电视等表演为主，不定期在厂矿、农村、军营、社区、校园、全省重点工程建设工地等进行慰问演出。

创作与研究

【创作与研究】

（1）6月25日，由福建省文联党组成员、书记处书记、副主席杨少衡率领的福建省文联考察团一行8人到山西省文联考察，两省文联就进一步推动文艺和文联工作进行了座谈交流。山西省文联党组副书记、副主席石跃峰及相关处室、直属单位负责同志出席座谈会。两省文联人员在文联工作、机关建设、文艺理论研究、文艺志愿服务、期刊转企改制等方面做了深入探讨、交流。

（2）2月23日，省摄协组织省民俗摄影学会主席王建华、副主席侯栋才、太原理工大学摄影系主任胡钢锋等十几名民俗摄影专家，深入到柳林县进行了为期2天的《柳林盘子》摄影创作采风、座谈活动。6月27日，组织近百名摄影人深入到平顺县进行摄影采风，邀请著名风光摄影家周梅生举办了风光摄影专题讲座。7月31日，组织30多名摄影骨干到乡宁县的云丘山举行了“揭秘远古翅果 探索生命奇迹”翅果油树摄影采风活动。8月3日在太原理工大学举办了摄影讲座，来自全省的100多名摄影爱好者参加了学习。11月23日，邀请中国摄协会员、山西大学商务学院讲师刘江做讲座。

（3）6月30日，以重庆市文联党组成员、副主席龙川为团长的重庆市文联采风团一行19人来到山西。两省文联就加强和改进新形势下文艺和文联工作进行座谈，并就相互关心的问题进行了交流。双方表示，希望两省文艺界、文艺家及文艺工作者增进友谊、加深了解、扩大交流、相互携手，共同为推动两省文学艺术事业大发展大繁荣作出更大贡献。

（4）8月14日、15日，省文联为深入开展党的群众路线教育实践活动，认真听取艺术家的意见和建议，分别召开省美协工作座谈会、省书协工作座谈会。他们从各自专业角度出发，围绕整个文联今后五年的规划，围绕省文联确定的出精品，出人才，塑造领军团队，打造美丽山西、欢乐山西、文化山西的宏伟目标，提出了许多宝贵的建议与意见。

（5）9月4日，山西省纪念“梅花奖”创办周年暨人才建设座谈会在太原召开。省委常委、宣传部部长胡苏平出席会议并讲话，省委宣传部副部长杜学文主持座谈会。“梅花奖”设立以来，山西省获得“二度梅”和获奖数量居全国首位。会上还进行了晋剧《大红灯笼》、梅花版《打金枝》演出权无偿转让签约仪式。座谈会之后，山西“梅花奖”演员在芮城县进行了慰问演出，在山西大剧院为太原修路工人做了专场慰问演出。

（6）9月5日，由中国曲协、山西省文联主办，山西省曲协、稷山县委县政府承办的全国曲协会员发展管理服务工作暨组织建设研讨会在山西省稷山县召开。会上，山西省长治市曲协与广东省曲协、江苏省常熟市曲协、四川省岳池县曲协的代表，就开展基层曲协工作，特别是在会员工作和组织建设方面的思路和做法进行了交流。

（7）10月13日，中华书画杂志社副社长张公者一行赴山西进行调研，与省城文艺界举行“走进山西三晋文化传承与创新研讨会”。省政协常委、山西省文联党组书记、主席张根虎出席研讨会。

（8）11月21日，河北省安平县考察组在原政协主席、孙犁文化研究会名誉会长王占民，安平县委宣传部常务副部长刘朋涛，和安平县文联主席、孙犁文化研究会会长王彦博的带领下，一行9人前来赵树理文学馆参观考察。

（9）省舞协举办了首次“快乐芭蕾”舞蹈培训班，协会组织了全省60余名舞蹈教师参加了为期一周的学习，同时还邀请山西省舞蹈专家，就芭蕾的相关知识进行讲座。11月25日协助中国舞协在太原举办了舞蹈培训班，对来自全省从事舞蹈教育的40多名教师进行培训，同时协会邀请山西省舞蹈专家就舞蹈创作进行讲座。

（10）11月18日，“大美三晋”第六届山西省油画作品展举行了学术研讨会，并给获奖作者颁发了获奖证书。

（11）省书协调研员、山西作家马旭的长篇小说《善居》繁体竖排版在台湾正式出版发行。

【获奖情况】

（1）正月十一，在中国曲协举办的马街书会大赛上，省曲协选送的由弓瑞、耿麟合说的相声《山西好声音》获得一等奖。8月14日，在中部六省曲艺大赛中，《山西好声音》获一等奖，相声《才艺大比拼》、快板书《中国梦》获二等奖。9月26日,在“岳池杯”第二届“中国曲艺之乡•岳池论坛”暨“第二届‘岳池杯’中国曲艺之乡曲艺大赛”系列活动中。沁州三弦书《笑声飞出刘家坪》获金奖。在同时召开的“中国曲艺之乡”岳池论坛上，张月军的论文《建设“中国曲艺之乡”品牌的思考》被评为论文第一名。郭爱斌在“岳池论坛”上做了精彩发言，重点介绍了沁县作为中国曲艺之乡大力推进曲艺进社区、曲艺进校园、曲艺进农村和全力打造精品的路径及做法。在“中国曲艺节”上，山西省精心打造的盲人钢板书《退钱》获“全国第十六届群星奖”。

（2）在首届汤显祖小戏小品大赛上，山西省上党梆子《杀庙》、蒲剧《跑城》均获表演一等奖。4月25日由山西省文联创意策划、山西梅花文化传播有限公司创作演出的晋剧《大红灯笼》捧回第八届全国戏剧文化奖12项大奖。该剧主演、“二度梅”得主、省戏剧家协会秘书长史佳花荣获第八届全国戏剧文化奖•表演大奖。山西梅花文化传播有限公司荣获优秀制作出品单位。《大红灯笼》还荣获山西省五个一工程奖。5月20日,在第26 届中国戏剧梅花奖大赛中，山西省演员贾菊兰荣获“梅花奖”，景雪变荣获“二度梅”。8月2日，在第十七届“中国少儿戏曲小梅花荟萃”中，山西省戏剧职业学院康乃方主演的晋剧《打金枝》、贾宇心主演的晋剧《算粮》、临汾戏剧学校贾真真主演的蒲剧《表花》等6名选手一举荣获第十七届中国少儿戏曲小梅花荟萃“金花奖”及全国十佳称号。运城戏剧学校张丹妮主演的蒲剧《柜中缘》、晋城戏剧学校李娜主演的上党梆子《三关排宴》荣获“金花奖”称号。11月25日在第13届中国戏剧节中，山西省晋剧院创作演出的晋剧《巴尔思御史》、太原市实验晋剧创作演出的晋剧现代戏《上马街》荣获优秀剧目奖。省晋剧院李建清、太原市实验晋剧院牛建伟获优秀表演奖。

（3）7月25日在第七届“小荷风采”全国少儿舞蹈展演中，山西省的《筷乐欢歌》、《长大我也当矿工》、《草原欢歌》、《枣妞妞打枣》、《大红公鸡毛毛腿》参加了演出。有两个节目获得“小荷之星”奖，三个节目获得“小荷新秀”奖，参演节目均获“最佳编导”、“优秀编导”、和“优秀园丁”奖，协会获得“优秀组织奖”。11月4日在“舞蹈世界”特别节目—全国百姓健康舞系列展演活动中，由太原市老干部活动中心舞蹈艺术团表演的《俏花伞》入选并参加了演出和录制。太原师范学院舞蹈系编创的男子群舞《回娘家》在第九届中国舞蹈“荷花奖”中国民族民间舞评奖中荣获全国铜奖，协会获优秀组织奖。

（4）由中国文联、中国书协主办的第四届中国书法兰亭奖在浙江绍兴开幕。山西省作者王国柱获兰亭奖佳作奖三等奖，杨二斌获兰亭奖理论奖二等奖，雷森林、孔祥宇、柴力入展。在2013年中国书法进万家工作总结会上，山西省受表彰的先进集体：五台山风景名胜区书法家协会、芮城县书法家协会。山西省受表彰的先进个人：韩秀峰、张其钊、樊丽红、阎亚伦。

（5）2月23日在“首届中国社火艺术节”中，山西省太原庙前高跷队获山花奖。4月1日在“中国（开封）首届民间工艺美术展”中，山西省10位艺术分别获金奖3位，银奖7位。4月24日,在“第二届中国汉牡丹文化节—2013华北农民画大展”中，山西省崔凤英的《枣儿红了》获银奖。6月27日，在“中国（南宁•青秀）舞龙展演”活动中，我省小店腾飞舞龙队表演的《龙腾盛世》获银奖，山西省民协获优秀组织工作奖。7月8日在“第四届中国剪纸艺术节暨第三届蔚县国际剪纸艺术节”中，山西省获金奖1位，银奖1位，铜奖2位。9月24日,在“中国‘滦河杯’皮影雕刻大赛”中，山西省艺术家获优秀奖。

（6）以“山西省杂技家协会”的名义组队参加2013年保定国际空竹艺术节，获得金奖。

（7）4月,在第22届奥地利超级摄影巡回展中，

山西省著名摄影家李伟光的摄影作品《晚宴》荣获中国组金奖。10 月在中国摄协2013 年全国摄影工作会议中，省摄影家协会各项考核排名第一，秘书长武勇荣获先进个人。山西摄协做了“积极创新协会服务职能，为建设大美山西做贡献”的典型材料交流。

（8）6月22日在北京中国现代文学馆举办的2012年度优秀报告文学颁奖大会，山西省文联尚随刚写的《均衡教育的山西发展》荣获中国报告文学一等奖。

（9）1月11日，在山西省省首批100名山西省宣传系统“四个一批”人才名单中。山西省文联党组成员、书记处书记、省民协常务副主席兼秘书长李剑斌，省戏剧家协会常务副主席兼秘书长史佳华，长治市文联党组书记、副主席葛水平，吕梁市文联文学院院长韩思中四人名列其中，入选“四个一批”文艺类。

（10）省文联文研室主任崔莹玺撰写的理论文章《农村电影嬗变之旅》与樊丽红撰写的评论文章《坚守文艺评论的良知—当代文艺评论的问题与思考》均荣获山西省第十届精神文明建设“五个一工程”优秀作品奖。另有歌曲《中国有个地方叫右玉》、戏剧《大红灯笼》、电影《金牌班长》获奖。山西省文联获“五个一工程”奖组织奖。

（11）在全国第九届工笔画大展中，山西省画家靳瑞强的《妙乐荡万载》、常美娟、蒋少鹏的《又见春天之三》作品入选。在全球文化艺术作品大奖赛亚洲文化艺术家书画类中国区首届成就展颁奖中，山西省山西美协副主席任晓军的两幅作品获得了大赛一等奖。

对外及对港澳台地区文化交流

【中国山西世界文化遗产和非物质文化遗产摄影展】

2月1日，“中国山西世界文化遗产和非物质文化遗产摄影展览”开幕式在柬埔寨吴哥窟举行，这是省摄影家协会首次在国外举办摄影展览。展出近百幅作品，旨在让柬埔寨人民透过一张张精美的摄影作品，了解拥有五千年华夏文明的山西省，把山西灿烂的文化和淳朴的风情风貌展现给柬埔寨人民。

【李太阳书法作品被澳大利亚新州总督巴舍尔女士收藏】

5月，山西省文联党组副书记、副主席、省书协副主席李太阳的《天地祥和》书法作品被英国女王特使、澳大利亚新州总督巴舍尔女士收藏，并亲笔为书法家李太阳签名“收藏证书”。《鹤舞清风》书法作品被澳大利亚联邦议员麦考密克收藏。《春满花枝》书法作品被澳大利亚纳兰德拉市政府收藏。

【省美协参加中东国家书画艺术交流展活动】

山西美协主席团及理事共15人于6月21日参加了中东国家巴林举办的《水墨聚焦—2013走进联合国公共行政日庆典》暨中国书画艺术交流展活动。

【省摄影家代表与蒙古国摄影家座谈】

8月13日，省摄影家代表与到访的蒙古国摄影家一行8人进行了座谈。双方就今后的摄影采风、展览等交流事宜进行了座谈。随后，蒙古国摄影家赴平遥、五台山、大同云冈石窟等地进行摄影采风，所拍作品将在蒙古国展出。

【山西曲艺唱响巴黎】

7月1日，“巴黎中国艺术节”在法国巴黎举办。山西省迟银寿、富越武表演的二人台《走西口》、《挂红灯》；王海燕表演，付利智、屈彩亮伴奏的潞安大鼓《割肉还娘》；刘引红表演，李广树伴奏的长子鼓书《小两口回娘家》进行了表演。省文联、省曲协、省演艺集团公司分别获优秀组织奖，马小平、张月军获特殊贡献奖，其他演职人员分别获得不同奖项。

机关建设

【深入开展党的群众路线教育实践活动】

按照《中共山西省委关于在我省深入开展党的群众路线教育实践活动的实施意见》及全省党的群众路线教育实践活动工作会议精神，省文联积极组织落实并展开相关工作。8月5日召开了省文联党的群众路线教育实践活动动员大会。还召开了党的群众路线教育实践活动座谈会、党组民主生活会和各支部专题民主生活会等。山西省文联中层以上干部每人认真写了一份对照检查，中层干部给党组每一位成员提出了2-3条建议。还上报省直工委党员教育中心省文联《关于党的群众路线教育调查问卷及分析报告》等工作。

【自身建设】

2013年送温暖捐款，山西省文联共有138人参加，共捐款7355元。机关党委组织参加的山西省廉政文化书画展中，2名同志获奖。2013年山西省文联继续保持了“文明和谐单位”称号。

【离退休人员工作】

在省直机关2013年老龄工作会议，省文联老干处被评为先进单位，杜勇杰同志被评为老龄工作先进个人。2013年对离退休人员进行了体检。组织了离退休两个支部及部分老艺术家赴太钢参观访问。还协助老文艺家协会举办了纪念5.23讲话的活动。

扶贫工作

【制定扶贫工作计划】

在南宫与第25期扶贫工作队队员参加了全省扶贫定点动员大会。在浑源县进行新老扶贫队的交接，分别同县、乡、村三级领导进行了座谈，初步制定了2013年的扶贫工作计划。为下乡点大同市浑源县蔡村镇文家庄村制定了详细的包村增收包扶村项目：在2241亩退耕还林地上种植仁用杏，亩均费用499元，总投资112万元，项目分三年实施完成，5年初见效益。每亩产杏核75公斤，每公斤14元，亩收入1050元，年总收入235.4万元，人均增收1327元。

【扶贫工作“文化、科技”两手抓】

10月17日，山西省文联党组书记、主席张根虎带领省文联机关干部与扶贫队的同志一行到扶贫点大同市浑源县蔡村镇文庄村，同广大村民一起参加秋收劳动，割草、掰玉米，并在村中调研时，向村干部和广大村民宣传党的十八大精神和开展党的群众路线教育实践活动的重要意义。通过召开座谈会和到农户访问等形式，听取村民和党员干部对文联领导在“四风”方面存在的突出问题和意见建议，了解村民的收入和生活情况。针对村里目前存在的困难，省文联今后多争取资金支持，科技帮扶和文化惠民等举措齐头并进进行帮扶。2013年，省文联已投入扶贫资金20万元，帮村里种植仁用杏240亩，并给予村民种植管理方面的培训和技术指导，以确保5年初见效益。发挥文联的优势，还将组织各艺术门类的专家、艺术家定期对村民和学生进行免费文学艺术培训，节假日组织艺术家进行系列“文化惠民”活动，推进农村文化“软实力”建设，以达到经济和文化的双丰收。

直属单位

【省产业（企业）文联】

举办由中国国际书画艺术研究会主办的“野获重彩”国都南海书画院名家作品展览。召开了“省文联评比达标和节庆活动调研座谈会”，省委统战部副部长张云泽同志带队，省纪检委、省委组织部、省人社厅等部门的负责人组成调研组，省文联机关、协会、下属单位的部分负责人参加座谈会。会议主要汇报了省文联近5年来的有关评比和节庆活动方面的工作。

【期刊中心】

3月12日，山西文化艺术传媒中心召集文联所属期刊社长主编召开办公会。传媒中心与各刊社签订了2013年工作目标责任书。草拟了《山西省文联期刊主办单位和出版单位建制及干部聘任和管理的暂行办法》和《关于成立期刊编委会及配备主办单位和出版单位领导干部的建议》；修订了《山西省文联期刊出版管理办法》。《走遍世界》正式更名为《炎黄地理》。

【赵树理故居】

太原市耿彦波市长带领有关部门负责人考察了故居，将把故居归入老城区改造项目，并整治周边环境。《生活晨报》针对赵树理故居的历史沿革及保护情况，赵树理的文学贡献和影响做了一个专版进行宣传报道。

【晋宝斋】

六一期间在晋宝斋画廊举办了“成长路上”儿童书画展。举办了梦回元明清——当代仿古瓷作品展等活动。

各文艺家协会

【美术家协会】

4月16日，省美术家协会工作会议在太原召开。对在山西美术组织工作中成绩显著和做出突出贡献的阳泉市美协、版画艺委会等给予表彰鼓励，并颁发了表彰证书。15日晚召开了山西省美协第六届七次主席团会议。5月14日，山西美协、山西画院创作基地在晋城市阳城县润城镇挂牌。同行的20余位美术工作者开始了为期一周的晋东南文化名镇润城的写生采风。举行了一次赴阳城的采风活动，并举行山西省美协写生基地的挂牌仪式。7月7日，由省美协主办的“木板上的抒情诗—力群艺术展”在榆次金海棠艺术馆举办开幕式及力群艺术论坛。8月3日，山西中部美术作品双年展开幕。10月10日，省美协与吕梁市文联在吕梁市共同主办了《彩墨华章—山西省山水画邀请展》。10月10日，美丽山西，花鸟画小品展暨第四届山西省花鸟画作品展展出，并出版画册。11月15日，由省美协主办的著名旅美画家丁韶光绘画艺术展开幕。12月5日，“第三届山西省工笔画展”开幕。12月6日，“彩墨情韵—李夜冰画展”开幕，同时召开李夜冰画展学术研讨会。12月8日，“水色交融——长治首届水彩粉画作品展”开幕。12月23日，“山西省中国画经典作品临摹展”开展。

【书法家协会】

5月30日，“美丽山西——山西省第九届书法篆刻展”的作品评选在太原举行，经过严格评审，共选出一等奖5名，二等奖10名，三等奖15名。11月27日，中国书法兰亭奖山西入展作者看稿会在太原举行。11月28日，由中国书协、中国人民大学、山西省文联主办，山西省书协承办的“品读三晋——郑晓华教授书法展”开幕。12月3日，由省书协主办的“美丽山西——山西省第三届书法精品展”和“山西省第二届群众书法篆刻作品展”开展。这次精品展共展出作品100件，佳作奖11件。第二届群众书法篆刻作品展入展作品200件，优秀奖23件。共展出作品720幅。12月15日，由中国煤炭书协、山西省书协主办的“刘天军书法展”在省民俗博物馆举行。还协办了“今朝更好看——纪念毛泽东诞辰120周年书画展”。12月21日，由中国法官协会法院文化分会，省书协、省法治文化建设研究会主办的“全国法制文化书法作品展”在三晋国际大厦举行。

【摄影家协会】

1月7日，组织百名摄影人深入到山西农业大学进行实地拍摄，并邀请专家对拍摄作品进行点评和评奖。5月21日，由中共交城县委、交城县人民政府和省摄协共同主办的“名人故里　山水交城”摄影展开展暨“金桃园”杯全国摄影大赛颁奖仪式在山西美术馆举行。5月25日，邀请著名摄影家李楚益《镜幻魅影》欧洲时尚创意摄影中国巡展展出。7月20日，“汾州裕源杯”全国摄影大赛优秀作品精彩亮相第七届世界核桃大会。200余幅摄影作品参展。10月12日，为我省老摄影家段宝生举行了《瞬间五十年》画册首发式和学员作品展览。11月8日，在“一代廉史”于成龙读书故地，举行了省摄影家协会、省电影家协会采风基地挂牌仪式。11月9日，邀请著名摄影家邹毅为我省近百名摄影爱好者进行了冰雪摄影专题讲座。组织全省100多名摄影人深入到太谷县进行了“乐在桃园　美在太谷”摄影采风活动。11月18日，举行了“大美山西”摄影大赛颁奖仪式。11月21日，举行了“美丽汾河”摄影大赛颁奖仪式。12月16，日举行了“金色右玉摄影大展”颁奖仪式。

【曲艺家协会】

1月11日，在太原市歌舞杂技团举办首届曹强杯太原莲花落大赛预选赛。3月29日，参加李鸿民专场晚会的中国曲艺家协会领导、省文联、省曲艺家协会领导为中华山东快书山西分会成立揭牌。3月30日，著名山东快书艺术家李鸿民收徒仪式场面宏大。中华山东快书山西分会成立揭牌仪式。6月举行山西沁州书会鼓曲唱曲优秀曲目展演。省曲协为参演的曲目颁发了优秀演出奖奖牌。大同数来宝创作基地挂牌，山西省少儿曲艺创作基地挂牌，临汾市小品创作基地挂牌。11月，在平遥洪善驿，省文联、省曲协、省杂协创作基地挂牌。

【音乐家协会】

山西省音协与中北大学体育与艺术学院音乐系共同举办了《温洁学生独奏音乐会》等。并举办了“第一届雅马哈全国钢琴大赛(山西赛区)”。4月山西省音协成立钢琴学会。4月与山西省二胡学会共同举办了第九届中国音乐金钟奖二胡比赛山西省选拔赛。与山西省合唱联盟共同举办了第九届中国音乐金钟奖合唱比赛山西选拔赛。5月与山西省钢琴学会共同举办了第九届中国音乐金钟奖钢琴比赛山西选拔赛。与山西大学音乐学院共同举办了第九届中国音乐金钟奖声乐比赛山西选拔赛。7月省音协手风琴学会召开了山西省第二届手风琴教学研讨会。

【戏剧家协会】

9月率领山西省44位梅花演员赴北京人民大会堂参加由中国文联、中国剧协主办的梅花奖举办三十周年纪念活动——梅花赋晚会。11月2日，由省剧协、省戏剧研究所、山西梅花文化传播有限公司联合组织拍摄的电视纪录片《三晋梨园史话之程玉英》在平遥县开机。组织晋剧《大红灯笼》《傅山进京》赴京参加梅花奖三十周年系列纪念活动——优秀剧目演出周。12月联合文化厅办好山西省第十四届杏花奖评比演出。

【电影家协会】

2月15日，省电影家协会、省电视艺术家协会、山西作家影视艺术制作有限公司共同主办的山西影视界电影招待会举行。5月15日，由省影视家协会、山西厚德集团等单位联合主办的“纪念毛泽东同志《在延安文艺座谈会上的讲话》发表71周年—‘春之约•美丽山西’朗诵音乐会”举行。7月3日，承办“美丽山西—中国梦”朗诵音乐会。8月29日，由北京九州同映数字电影院线、中共朔州市委宣传部、山西省电影家协会、山西飞天影视传媒有限公司联合摄制的教育题材故事影片《说谎的山歌》开机仪式举行。10月14日，与朔州市委宣传部共同举办“山西省影视编剧赴朔州采风活动”，来自全省各地的20余名影视编剧、导演，先后赴右玉、怀仁、山阴、平朔煤矿采风，并和全国著名劳模余晓兰进行座谈、采访。11月8日，山西影协在离石安国寺挂牌建立影视采风基地。

【电视家协会】

接待了河北省电视家协会来考察。9月28日，由省电视艺术家协会主办，太原广播电视台百姓频道承办的《我要当主播》山西省电视主持人大赛暨第七届全国“校园金话筒”山西选拔活动圆满结束。山西视协在上年度分别成立了农村、动漫、产业、文艺、纪录片、影视创作、市县、播音主持等八个电视专业委员会的基层上，对各电视专业委员会组织人员进行了进一步的完善和充实。10月12日，在第八届全国德艺双馨电视艺术工作者表彰大会上。山西省推荐的山西广播电视台黄河频道总监、主任编辑肖彦芳同志获此殊荣。11月省视协秘书长李明出席首届亚洲微电影高峰论坛并发表了演讲。11月16日，举办了《文化山西大讲堂》系列活动，受到广泛好评。

【舞蹈家协会】

4月7日，接待“太原市第23届学校艺术教育活动月学生舞蹈比赛”报名550个，学生人数4600余人次，节目数量和参赛人数达到历届之最。山西舞蹈（少年）比赛暨第七届“小荷风采”全国少儿舞蹈展演山西选拔赛于4月29日，在太原举行。评选出《快乐校园》等优秀节目，参加第七届“小荷风采”全国少儿舞蹈展演。同时推荐《那时花开》、《老家河》两个节目参加首届“荷花少年”全国舞蹈展演。7月20日，由中国舞协主办的以“金帆远航”为主题的首届“荷花•少年”全国（中学）校园舞蹈汇演举行，山西省的《我们的城里老师》、《金秋》和《老家的河》分别进行了演出。

【杂技家协会】

7月25日，举办“中国梦伴我快乐成长”暑期青少年抖空竹活动，有近三十名小学生参加了此次活动。10月28日，在吴桥杂技节中，协会选送的杂技《地圈》、《柔术》参加了艺术节的节目展演；杂协及其两个团体会员太原杂技团和长治杂技团都设立了独立的展位。11月14日，协会进社区进行辅导，并进行了“群众杂技活动基地”的挂牌仪式。省杂协建立省城首个“群众杂技活动基地”在迎泽区劲松社区揭牌。长治的杂技创作基地的挂牌工作已经结束。11月20日，与曲协同在平遥洪善举行了“曲艺杂技创作基地”揭牌仪式。

【民间文艺家协会】

4月27日，联合主办了“太原市第二届关工杯（我的梦中国梦）少儿美术作品大赛”。筹资编写民间文艺选论一书。选定七个民间文艺创作基地，不定期开展创作、研讨、培训工作。基地为：乔家大院民俗文化基地、后沟村农耕文化基地、介休绵山节庆文化基地、太原民间剪纸艺术基地、新绛县绛州鼓乐和光村古村落基地、平定刻花瓷工艺基地、吕梁市年俗文化基地。目前均已挂牌成立。与中国民协一起授予了忻州新府区“中国貂禅之乡”称号。召开剪纸艺术家座谈会。省锣鼓艺术家协会换届。参加了寿阳县为70岁以上的老民间文艺工作者召开了座谈会并举办晚会。成立了山西民俗影视专业委员会。

内蒙古自治区文联

综　述

2013年,在自治区党委、政府的正确领导和宣传部的有力指导下，内蒙古文联牢牢把握“高举旗帜、围绕大局、服务群众、改革创新”的总要求，以学习贯彻党的十八大精神为主线，深入开展党的群众路线教育实践活动，紧紧围绕多出精品、多出人才的工作重心，着力引导提高文艺创作水平和创造活力，着力抓好重点项目和品牌活动，着力发挥文联组织在社会管理和服务中的重要作用，进一步推动文艺品牌建设，推动文艺创作繁荣，推动文艺人才成长，推动文化惠民活动，推动对外文化交流，推动文联自身建设，各方面工作都取得了较好成绩。

重要会议与活动

【内蒙古第二十一届摄影艺术展】

2月28日，由内蒙古摄影家协会主办的内蒙古第二十一届摄影艺术展开幕，内蒙古文联党组书记王金喜、内蒙古文联主席巴特尔及自治区有关领导、相关单位负责同志，部分盟市摄协、企业摄协、行业摄协负责人及摄影家、摄影爱好者共同观看了影展。本次活动共收到摄影作品近5000幅，入选作品300幅，共设立风光类、人物类、纪实类、民俗类、艺术类5个金奖、30个银奖、60个铜奖，所有入选作品均为优秀奖，参与人数之多，题材之广泛，作品质量之高前所未有。这次影展选出200幅作品出版《内蒙古摄影50年》摄影画册。

【内蒙古文联七届四次全委会】

3月5日至6日，内蒙古文联第七届委员会第四次会议在呼和浩特召开。自治区党委宣传部副部长白玉刚在会上讲话，他充分肯定了内蒙古文联在2012年的各项工作，要求各级文联组织和广大文艺工作者一定要适应时代发展要求，把握好工作职能，找准自身定位，发挥特色优势，自觉承担起加快推进全区文艺事业繁荣发展的历史使命，努力在推动文艺事业和文联工作上探寻新思路、迈出新步伐、取得新成效。内蒙古文联党组副书记、主席巴特尔作工作报告，总结了2012年工作，对2013年工作从抓好文艺活动和文艺品牌建设、扶持文艺创作、文艺人才培养、开展文化惠民活动、对基层文联的支持、对外文化交流和调查研究工作等方面进行了部署。内蒙古文联党组书记、副主席王金喜作会议总结，要求广大文艺工作者要认真学习贯彻党的十八大精神，不断增强文联和文艺工作的使命感，要认真总结梳理工作思路，坚持有所为有所不为，要注重总结提高，加快工作方法由粗放到精细的转变，要高度重视人才培养，不断提高文联和文艺工作的可持续发展能力，为推动内蒙古文艺事业的大发展、大繁荣，建设文化强区作出新的更大贡献。会议期间，大家认真学习讨论了全区宣传思想文化工作会议和中国文联九届四次全委会精神，深入交流了工作经验，并以高度的政治责任感和对事业执著追求的态度，就推动新一年的工作提出了意见和建议。会议审议通过了全委会工作报告和《内蒙古文联2013年工作要点》，更替增补了8名全委委员。

【内蒙古自治区基层文联负责人研修班】

按照中国文联关于加强干部教育培训工作的要求和内蒙古文联党组的部署，内蒙古文联和中国文联文艺研修院于3月14至22日在北京中央社会主义学院共同主办了内蒙古自治区基层文联负责人研修班。来自内蒙古自治区12个盟市的61名基层文联负责人参加了研修班。开班典礼由中国文联文艺研修院副院长孙德华主持，内蒙古文联党组副书记、主席巴特尔，中国文联文艺研修院常务副院长傅亦轩出席并讲话。内蒙古文联党组成员、副主席吴迎春，中国文联文艺研修院副院长孙德华在结业式上做总结讲话。研修班通过专题讲座、案例教学、现场教学、欣赏剧目、分组讨论等形式的培训，使学员对文联的作用、工作目标任务、方式方法、面临的机遇和挑战等，有了更加深刻的认识。

【第十届内蒙古自治区文学创作“索龙嘎”奖、艺术创作“萨日纳”奖】

5月16日至22日、26日至30日，第十届内蒙古自治区文学创作“索龙嘎”奖、艺术创作“萨日纳”奖评奖会分别在呼和浩特市举行。本届评奖本着减少数量、提高质量，公平公正公开的原则，首次采用初评终评一评到底、评委实名制投票、投票结果及时全程网上公布、终评阶段现场公证等做法。共评选出“索龙嘎”奖获奖作品30部（其中蒙古文作品15部，汉文作品15部）、“索龙嘎”新人新作奖1部，12个艺术门类的“萨日纳”奖获奖作品80部，并根据评选规则授予《我叫王土地》等9部作品第十届内蒙古自治区艺术创作“萨日纳”奖荣誉奖。按照新的评奖办法，大幅提高了获奖作品的奖金额度，以充分发挥“索龙嘎”、“萨日纳”奖的激励示范引导作用。7月4日，在“伊泰情”第十届中国•内蒙古草原文化节闭幕式演出《蒙古汗廷音乐》暨颁奖晚会上举行了隆重的颁奖典礼，来自全区的130余位文艺家现场领奖。

【呦呦鹿鸣——包头青年五人书法展】

5月24日上午，由内蒙古自治区书法家协会主办的“呦呦鹿鸣——包头青年五人书法展”在内蒙古美术馆开幕。内蒙古政协副主席、内蒙古教育书法学会理事长郑福田，中国书协副主席、内蒙古书协主席何奇耶徒等领导出席开幕式。内蒙古文联副主席尚贵荣致辞。参展的五位包头青年作者乔雁、郭华、张金富、王春和、孟德乡，多年来潜心书法创作，书法作品多次在全国展览中展出、获奖，是内蒙古地区卓有成绩的优秀青年书法家。展出的60余件书法篆刻绘画作品，风格各异，楷、行、隶、草、篆各体兼备，充分展示了他们多年来在书法艺术上的不懈追求与探索轨迹。

【“天堂草原”内蒙古风光摄影展】

5月27日，由自治区人民政府主办、自治区党委宣传部外宣办、内蒙古摄影家协会承办的“天堂草原”内蒙古风光摄影展，在澳门威尼斯金光会展中心隆重开幕。自治区党委副书记、自治区政府主席巴特尔、澳门特别行政区行政长官崔世安、中央政府驻澳门联络办公室副主任李刚、外交部驻澳门特别行政区特派员公署副特派员冯铁、澳门特别行政区政府经济财政司司长谭伯源及自治区有关方面盟市负责人参观摄影展。展览共展出120幅内蒙古摄影家撷取的风光摄影作品，这是自治区首次通过摄影镜头，向澳门朋友展示自治区独特的自然景观与人文风情。此次展出的图片，大部分是自治区本土摄影家在国内外专业展览和竞赛中获奖的专业作品，通过摄影展，不仅直观地展示了自治区区域生态文明建设成果、和谐社会发展概况，而且也传递了崇尚自然、恪守信义、践行开放的草原文化，宣传了交流融合、传承发展的主题，表达了牵手澳门、合作共赢的愿望。主办方希望通过此次摄影展，让更多澳门同胞了解内蒙古、走进内蒙古，进一步扩大内蒙古在澳门的知名度和影响力。

【内蒙古第十六届“三少”民族文学笔会】

6月10日至11日，由内蒙古文联、呼伦贝尔市文联主办，鄂温克旗文联承办的内蒙古第十六届“歌咏辉河•文泽索伦”鄂温克、达斡尔、鄂伦春民族文学笔会暨蒙文创作研讨会在鄂温克旗召开。中国作家协会书记处书记李敬泽，著名蒙古族作家郭雪波，内蒙古文联副主席、作家协会主席特•官布扎布，呼伦贝尔市委常委、宣传部长孟松林，呼伦贝尔市文联主席刘艾平出席会议。来自自治区、呼伦贝尔市“三少”民族作家、学者和文学爱好者100余人参加笔会。与会作家就民族文学如何发展等进行了深入交流与探讨。

【鲁迅文学院第四期少数民族文学创作培训班】

6月18日，鲁迅文学院第四期少数民族文学创作培训班（2013•内蒙古）在呼和浩特开班。全国人大常委、全国人大科教文卫委员会副主任、中国作家协会副主席、鲁迅文学院院长、少数民族文学创作培训领导小组组长张健，内蒙古党委宣传部副巡视员黄文聪，内蒙古文联主席巴特尔在开班仪式上致辞。中国作协少数民族文学创作培训领导小组副组长、鲁迅文学院原常务副院长白描，内蒙古文联副主席、内蒙古作协主席特•官布扎布，内蒙古作协名誉副主席、秘书长布仁巴雅尔，内蒙古党委宣传部文艺处副处长图•巴特尔等出席了开班仪式。

开班仪式由白描主持。本期培训班为期22天，共有来自全区各地的40名少数民族作家参加。根据学员的创作特点，培训班精心组织和安排了包括专题教学课与文学创作改稿、对话课在内的高水平课程，课程涉及政策、理论、创作、文学和文化等诸多方面，内容凸显理论性和实用性，贴近学员的实际需求，受到了大家的欢迎。

7月8日，培训班结业仪式在呼和浩特举行。鲁迅文学院常务副院长成曾樾、内蒙古文联主席巴特尔出席结业仪式并致辞。结业仪式由鲁迅文学院副院长李一鸣主持。学员代表额尔登、侯伊玲、敖铭、贾翠霞在结业仪式上发言，表达了他们的学习感悟与不舍心情。出席结业仪式的还有内蒙古作协主席特•官布扎布、名誉副主席布仁巴雅尔等。

【八省区第四届“八骏”杯大赛】

由八省区蒙古语文工作协作小组办公室、内蒙古民委、教育厅、文联联合举办，《花的原野》杂志社协同八协处、民教处具体策划组织实施的八省区第四届大学、中专、中学生蒙古文文学作品“八骏”杯大赛圆满结束。共有青海、新疆、甘肃、内蒙古、辽宁、吉林、黑龙江、北京等省、区、市的23所大学、62所高中和103所初中的50000余名学生参加了预赛。最后评选出一等奖8名，二等奖66名，三等奖325名，优秀奖807名，55家单位获集体组织奖，57位个人获组织个人奖，163位教师获辅导教师奖。第四届“八骏”杯大赛专号以《花的原野》增刊形式出版发行，全文刊登获一、二等奖拟选作品，向社会进行公示。6月21日，第四届“八骏”杯大赛颁奖典礼在西乌珠穆沁旗草原隆重举行。内蒙古文联副主席、内蒙古作协主席特•官布扎布和内蒙古人民出版社、锡盟教育局等相关单位负责人和西乌珠穆沁旗领导以及来自北京、新疆、甘肃、青海、辽宁等省区市和自治区各盟市的获奖代表、演职人员和牧民共400多人参加了颁奖典礼。

【《巴•敖斯尔文集》首发式】

6月21日，蒙古族著名诗人、著名翻译家巴•敖斯尔的五卷文集——《巴• 敖斯尔文集》首发式在诗人的故乡西乌珠穆沁旗巴拉嘎尔高勒镇举行。首发式由内蒙古文联、内蒙古作协、内蒙古人民出版社、西乌珠穆沁旗党委、政府和《花的原野》杂志社联合举办。内蒙古文联副主席、内蒙古作协主席特•官布扎布和恩和巴雅尔、纳•乌力吉巴图等有关单位负责人、西乌珠穆沁旗各文化单位作家、诗人代表、牧民、巴• 敖斯尔亲戚以及第四届“八骏”杯大赛获奖师生代表出席首发式。《巴• 敖斯尔文集》是得到内蒙古文联“晚霞工程”资助，由《花的原野》杂志社主编纳•乌力吉巴图、贺西格图、腾吉斯等编辑搜集整理，编辑校对，由内蒙古人民出版社于2013年年初出版发行，该文集共收录了巴•敖斯尔歌颂党和祖国、家乡、民族、亲人的730部（首）作品，分为2册诗集、3册译文集。

【自治区文联“一旗一品”文化品牌创建活动座谈会】

7月10日，自治区文联“一旗一品”文化品牌创建活动座谈会在呼和浩特市召开，来自全区各盟市文联、首批自治区“一旗一品”文化品牌所在旗县文联、自治区文联各协会代表共计40余人参加会议。会上首批自治区“一旗一品”文化品牌所在旗县文联汇报了工作开展情况，各盟市文联介绍、推荐了第二批“一旗一品”文化品牌项目。自治区文联党组书记王金喜、自治区文联主席巴特尔出席会议并讲话，在肯定成绩的同时对“一旗一品”文化品牌创建活动过程中应注意把握的问题做出了指示。会议由自治区文联党组成员、副主席吴迎春主持。

【内蒙古文联党的群众路线教育实践活动】

7月11日，内蒙古文联党的群众路线教育实践活动动员会在五楼大会议室召开，自治区第二督导组组长布和朝鲁出席会议并讲话，副组长维平等督导组全体成员出席会议。内蒙古文联党组书记、副主席王金喜，党组成员、副主席吴迎春、尚贵荣、官布扎布，副巡视员荣毅，原文联主席、退休干部阿云嘎，原文联副主席、离休干部张志彤等厅级领导出席会议。会议由内蒙古文联党组副书记、主席巴特尔主持，文联全体干部职工参加会议。王金喜书记在动员讲话中指出，文联开展党的群众路线教育实践活动，必须紧密联系文艺工作导向这一重大实际，把“为民服务”的要求切实落到实处，把满足人民精神文化需求作为文艺工作的根本出发点和落脚点。督导组组长布和朝鲁介绍了党中央和自治区党委就开展党的群众路线教育实践活动的安排部署。会上还对内蒙古文联领导班子和厅级党员干部作风建设情况进行了民主评议。

11月26日至27日，内蒙古文联党的群众路线教育实践活动专题民主生活会在文联办公楼会议室召开。自治区政协副主席常海、自治区政协提案委员会主任张金龙、自治区党委教育实践活动第二督导组组长布和朝鲁、自治区党委教育实践活动第二督导组副组长、自治区纪委正厅级检查员维平、自治区党委组织部组织考评中心主任李红霞及自治区党委教育实践活动第二督导组闫博、刘国忠、陶志强、巩玉峰直接指导了此次会议。文联党组成员、副巡视员参加会议。文联人事部主任乌恩奇、办公室主任聂显辉、机关党委专职副书记陈杰、自治区文学翻译家协会主席、秘书长乌兰图雅四人列席会议。会上，内蒙古文联党组书记王金喜首先代表党组进行了对照检查，并带头进行了个人对照检查，然后党组成员和副巡视员依次进行了个人对照检查。个人对照检查后，党组成员和副巡视员间开展了坦诚、中肯的相互批评。布和朝鲁代表自治区党委教育实践活动第二督导组对此次专题民主生活会给予了充分肯定。自治区政协副主席常海也对此次专题民主生活会给予了较高评价，并提出了希望和建议。

【全国第七届篆刻艺术展】

8月18日，全国第七届篆刻艺术展在赤峰市美术馆开幕。全国政协常委、中国书协副主席苏士澍，内蒙古自治区政协副主席郑福田，内蒙古自治区文联主席巴特尔，中国书协副主席、内蒙古书协主席何奇耶徒，赤峰市人大常委会主任、党组书记钱荣旭，赤峰市委常委、宣传部副部长佟国清，赤峰市副市长梁淑琴，赤峰市人大常委会副主任李雪波，赤峰市人大常委会副主任、市文联主席宁国涛，中国书协篆刻专业委员会副主任、辽宁省书协主席王丹，中国书协篆刻专业委员会秘书长、《中国书法》杂志副主编朱培尔等出席开幕式。全国第七届篆刻展优秀、入展作者代表，《中国书法》杂志、《书法报》、《美术报》、中国书法家协会网、央视书画频道、中国篆刻网、中国书法家网等十余家媒体代表，内蒙古观摩团以及书法篆刻爱好者500余人参加了开幕式。此次展览组委会共收到2600余件作品，评审出入展作品301件，其中优秀作品21件。内蒙古自治区的作者共有15件作品入展，兴安盟作者哈斯喜贵的作品成功获优秀作品奖（最高奖）。本届篆刻展的最大特点是各类创作风貌的日显成熟，广大的篆刻作者既体现出对传统技法的把握，又侧重于对篆刻意蕴的重视与发掘。评审结果也再次印证了当代篆刻家，尤其是中青年篆刻家的审美取向，他们的创作正在走向两极：一是对古玺印的深入研究与弘扬，二是对近现代元朱文印的诠释与再创造。

【第23届西部文联工作会】

8月21日，第23届西部文联工作会议在呼和浩特市召开，来自西部区各省市文联代表共计30余人出席了会议，本届会议还特邀了北京、上海、山东、山西、敦煌等省市区文联代表出席。与会代表就新形势下如何更好履行文联工作职能进行了深入交流。内蒙古文联党组副书记、主席巴特尔出席会议并讲话，详细介绍了内蒙古文联机构编制、班子建设、经费、协会工作、文学创作、奖项设置、基层文联建设等情况。会议由内蒙古文联党组成员、副主席吴迎春主持。

【翰墨兴安——兴安盟青年五人书法展】

9月13日，由内蒙古书法家协会主办，兴安盟文联协办的“翰墨兴安——兴安盟青年五人书法展”在内蒙古美术馆开幕。内蒙古自治区政协副主席、内蒙古教育书法学会理事长郑福田，内蒙古自治区党的群众路线教育实践活动第六督导组组长曹树山，内蒙古自治区政协常委、乌海书法研究会常务副会长王苏布道、内蒙古自治区总工会副主席郑祖敏，内蒙古自治区文化厅党组成员、副厅长刘春良，内蒙古自治区文联党组成员、副主席吴迎春、尚贵荣，中国书法家协会副主席、内蒙古书法家协会主席何奇耶徒，呼和浩特市及兴安盟的领导等出席开幕式。参展的五位兴安盟蒙古族、汉族作者王吉庆、刘贵森、金永光、哈斯喜贵、道力格艳，多年来潜心书法、篆刻创作，根植于民族历史文化艺术，继承了少数民族书法篆刻艺术，书法作品多次在全国展览中展出、获奖，是内蒙古地区卓有成绩的优秀青年书法家。此次展览共展出蒙汉文书法及篆刻作品80件，风格各异，充分展示了他们多年来在书法篆刻艺术上的追求与探索。

【七色草原风——草原杂技成就展】

11月14日，由内蒙古文联主办，内蒙古杂技家协会、内蒙古杂技团承办的《七色草原风——草原杂技成就展》在内蒙古博物院开展。这是自治区首次以展览的形式对内蒙古草原杂技的发展历程及其取得的辉煌成就进行集中展示和宣传。此次展览共展出136件节目道具、26个银奖以上奖杯、11个荣誉证书。展览分三个篇章，通过场景复原、技巧雕塑、道具实物、视频图片等形式，形象地展示了内蒙古杂技团成立53年来的发展历程和辉煌成就。此次展览为期一个月，为观众提供了一个认识杂技、了解杂技，同时近距离感受草原杂技艺术独特魅力的机会。

【草原文学优秀作品研评会】

为深入打造“草原文学”品牌，集中展示草原作家群的最新创作成果，12月13日，由内蒙古自治区党委宣传部、中国作协创作研究部、内蒙古文联、内蒙古作协联合主办的草原文学优秀作品研评会在呼和浩特举行。中国作协书记处书记李敬泽，内蒙古文联党组书记王金喜，内蒙古作协主席特•官布扎布等出席并讲话。自治区党委宣传部常务副部长白玉刚同与会专家进行了座谈。中国作协创作研究部主任梁鸿鹰主持会议。高洪波、张陵、张清华做了书面发言。会议采取两个评论家重点评论一部作品的方式，集中研讨了《蒙古密码》、《毛乌素绿色传奇》、《一匹蒙古马的感动》、《呼伦贝尔之殇》、《长调与短歌》、《细微的热爱》、《一条歌的河流》7部作品，体材涉及小说、诗歌、散文和报告文学。雷达、叶梅、阎晶明、施战军、包明德、李炳银、彭学明、何向阳、徐忠志、肖惊鸿、宋生贵、海日寒等专家在发言中对近年来内蒙古文学的发展和取得的成绩给予了充分肯定。大家认为，一代代草原作家以各自的文学实践展示着草原记忆的文化书写，展示着崇尚自然、践行开放、恪守信义的草原文化精神和英雄主义的豪迈。他们以感伤忧郁的情调、如诗如画的语言、浪漫主义的情怀抒发着这片土地的歌哭与荣光，奔放与自由，一幅幅优美神奇的蒙古草原的风景画、风情画、风俗画展现在读者眼前。这些具有丰沛激情和独特艺术表现力、洋溢着饱满的民族精神和爱国主义精神的作品，展示了草原文学的独特魅力。

【第五届内蒙古自治区书法篆刻作品展】

12月17日，由内蒙古书法家协会主办的第五届内蒙古自治区书法篆刻作品展在内蒙古美术馆开幕。内蒙古文联党组书记、副主席王金喜，自治区公安厅巡视员颜炳强，自治区党委宣传部文艺处处长包银山，内蒙古国际文化交流中心秘书长张晓龙，内蒙古书法家协会顾问马继武、康新民等领导和老师及百余名自治区书法家和书法爱好者参加了活动。第四届全区书法篆刻展举办至今历十六年，重新启动并精心打造这一展览是内蒙古文联、内蒙古书法家协会为繁荣书法篆刻创作采取的一项重要举措。本次展出的160余幅作品，是从全区近千幅内蒙古书法家创作的书法篆刻艺术精品投稿中精选出来的。这些书法篆刻作品风格类型广、审美情趣高、创作理念新，代表了当今内蒙古书法创作的艺术水平。

获奖情况

2013年内蒙古文联和各协会在全国、全区评奖比赛活动中，共有212部作品获奖，其中正规奖项114个，全国奖2个，自治区奖111个，提名奖 1个。组织参加第二届“乌兰夫基金”民族文化艺术奖评奖活动，文联推荐的《大盛魁商号》（邓九刚）荣获优秀作品奖，康庄、色哈斯巴根、田宏图分获书法创作、摄影创作、美术创作杰出贡献奖。王争平的摄影作品《蒙古马》获第24届全国摄影艺术展金奖。内蒙古影协副主席诺明花日凭借在影片《祈祷》中的出色表演荣获第三届塔什干“金豹”国际电影节最佳女演员奖。电视剧剧本《骑兵骑兵》、《草地客栈》荣获自治区党委宣传部2012年度优秀剧本奖。民俗影像类作品《阿拉善烤全羊》（作者：塔娜等）、民间文学类作品《内蒙古民间故事集成•阿拉善右旗卷》(搜集整理：铁木尔布和)荣获“山花奖”。民协推荐的土默特左旗脑阁表演荣获中国首届社火艺术节金奖，并获得第十一届中国民间文艺山花奖•民俗礼仪表演奖参评资格。哈斯喜贵作品获全国第七届篆刻艺术展最高奖——优秀作品奖。萨仁剪纸作品《美丽内蒙古》获第四届中国剪纸艺术节银奖。民协选送的刘起生的《浴春》、杨志刚的《春艳》分获第二届中国汉牡丹文化节•华北农民画展银奖、铜奖，这是内蒙古农民画首次在全国农民画展中获奖。视协推荐的郭子杰、李琳荣获第八届全国德艺双馨电视艺术工作者。《盅•碗•筷》舞荣获第七届CCTV电视舞蹈大赛作品金奖。舞协组织参加第七届“小荷风采”全国少儿舞蹈展演，2部作品荣获“小荷之星”奖，1部作品荣获“小荷新秀”奖，舞协获优秀组织奖。参加第九届中国舞蹈“荷花奖”（中国民族民间舞）评奖活动，共荣获一金、一银、三铜、三个十佳作品奖。剧协组织参加了首届中国黄河流域戏剧红梅奖大赛，喜获三金二银。中国民协命名并授予锡林郭勒盟东乌旗为“中国蒙古族服饰文化之乡”、科左中旗为“中国四胡文化之乡”、达茂旗为“中国哈萨尔祭祀文化之乡”称号。内蒙古书协荣获全国文联系统先进集体荣誉称号。内蒙古美协和内蒙古摄协主席额博分别荣获全国文联工作先进集体、全国文联工作优秀个人。《花的原野》杂志社和乌兰图雅分获全区学习使用蒙古语文先进集体和先进个人荣誉称号。内蒙古作家协会荣获自治区直属机关民族团结进步模范集体荣誉称号。

对外及对港澳台地区文化交流

2013年内蒙古文联及所属部门共组织了36次对外文化交流活动，参加人员398人，在明显减少对外交流频次和规模的情况下，重点加强对蒙古国和台湾地区的交流与合作。3月20日，内蒙古作家与蒙古国作家座谈会在呼和浩特举行，中蒙两国近30位作家互相交换作品、沟通创作心得、交流作品出版情况，互相翻译、发表并向出版社推荐出版对方作家的优秀作品。6月24日，由台湾中华文艺界联谊会会长葛建业为团长的文化交流访问团一行16人在呼和浩特市与内蒙古作家协会部分作家进行了座谈，双方就两地作家创作现况、文学传媒的掌握以及增强两地作家文化交流等方面进行了交流。5月27日，摄协承办的“天堂草原”内蒙古风光摄影展在澳门举行，共展出120幅内蒙古摄影家撷取的风光摄影作品。主办“静静的白桦林-俄罗斯中国旅游年”俄罗斯学院派著名画家油画展，组织俄罗斯画家与内蒙古画家学术交流会及采风写生活动。摄协在内蒙古“草原情•宝岛行”交流合作期间举办“美丽的草原我的家”内蒙古风光摄影展，共展出两地摄影家及国外摄影家作品98幅，向台湾同胞展示了内蒙古自治区的独特自然景观与人文风情。在首届“台湾•内蒙古文化周”活动期间举办了中国篆刻作品展、内蒙古书法作品展、内蒙古民族手工艺作品展，让台湾民众近距离了解内蒙古，欣赏草原文化和民族艺术。

各文艺家协会

【作家协会】

2012年度草原文学重点作品创作扶持工程共15部作品入选，包括《最后一位牧人》等6部蒙文作品、《山村大爷》等9部汉文作品。与《北方新报》共同推出了“评选本土十佳作家”活动，为全区作家提供一个展示自我的平台，以媒体视野推出优秀作家作品。出版《草原文学重点作品创作工程》第一辑丛书，包括长篇小说、中篇小说集、散文集和诗集共六部：《多布库尔河》、《大理公主》、《一匹蒙古马的感动》、《一条歌的河流》、《长调与短歌》、《细微的热爱》。与活跃在自治区各行各业的42名优秀中青年作家签约，涵盖了蒙、汉、达斡尔、鄂伦春、鄂温克等各族作家。推荐2名作家参加鲁迅文学院第十九届、第二十届中青年作家高级研讨班。为策•蒙古哲布等作家举办作品研讨会。4月17日，共同主办全区蒙古文儿童文学青年作家培训班，全区各地的50余名儿童文学作家参加培训。6月27日至30日，与民族文学杂志社共同主办《民族文学》蒙古文版作家翻译家改稿班，33位作家翻译家包括蒙古族翻译家、母语作家及蒙古文版翻译作品的原作者参加学习。7至9月，结合草原文学精品工程，积极开展“放歌草原•书写生活”报告文学团采写活动和作家深入生活采风创作活动。9月14日至16日，与内蒙古日报社共同主办第二届《塔林托雅》蒙古族文学大会，就新世纪蒙古族文学、信息化与文学发展、蒙古族网络文学的完善与发展前景作了交流，并推出了十位蒙古族文学新秀。11月17日，与内蒙古团委联合主办全区蒙古文报告文学青年作家培训班，来自全区的60名作家参加了为期五天的培训。12

月1日，联合主办第二届全国蒙古语网络文学颁奖典礼，从全国各地蒙古族作家、文学爱好者及网民的1100余部作品中评选十部优秀作品。翻译出版《中国当代少数民族文学•内蒙古卷4卷》。发展会员135人，推荐20位会员加入中国作协。编辑、出版4期《草原文学》报。

【音乐家协会】

1月29日，联合主办了首届蒙古语原创歌曲盛典，德德玛、阿拉泰、腾格尔、布仁巴雅尔、哈琳、黑骏马等30位具有代表性的蒙古族老中青三代艺术家同台献艺。3月23、24日，“聆听草原”马头琴精品音乐会在北京保利剧院成功演出。6月23日，在北京中国音乐学院音乐厅举办杭红梅独唱音乐会。7月初开始至10月底，组织自治区著名词曲作家深入全区6个盟市20个旗县苏木嘎查、厂矿、哨所基层创作采风活动，为词曲家深入一线生活，创作精品提供契机。7月29日，《璀璨星空》演唱会在呼和浩特乌兰恰特大剧院精彩上演，30多位青年歌手及组合参演，成为第十届草原文化节的一大亮点。7月31日—8月6日，举办第三届“草原星”内蒙古青年歌手大赛，最终24名选手分获美声、通俗、民族、长调四种唱法一、二、三等奖。10月1日至4日，举办第六届内蒙古自治区“钢琴、手风琴、电子琴大赛”，来自全区10个盟市的500多名青少年选手参加比赛。举办首届内蒙古歌词大赛，共收到18个省区（市）参赛作品2000余首，其中汉语歌词1200余首，蒙语歌词近900首。组织承办了黑龙江、吉林、辽宁、内蒙古、大连五省区（市）音乐家协会联合创作采风活动“走进呼伦贝尔”。与自治区曲协、剧协、内蒙古电视台组织“放歌草原、唱响中国梦”呼和浩特市第四监狱第三届帮教演出活动。12月份为老艺术家原内蒙古音协副主席呼格吉夫举办了作品音乐会。主抓的自治区文化艺术长廊建设工程6个项目（民族器乐类的马头琴、四胡、三弦、雅托噶、口弦和内蒙古经典民歌）依托专家，调研调查收集整理工作全面铺开。认真组织好区内外各类评奖的报送推选工作，确保精品，力推新人。《草原歌声》刊物出版稳中求新。新发展会员98人，成功推荐37人获得中国音乐家协会会员资格。

【书法家协会】

1月18日、22日，分别组织书法家前往武警内蒙古区域培训基地和呼和浩特火车东站开展书法进万家送春联活动。3月24日，举办内蒙古篆刻创作辅导班，全区各地的150余名学员参加学习。3月30日，举办郑福田先生学术讲座。4月21日，举办“走进鄂托克——全区书法篆刻艺术观摩展”，共展出全区书法家和鄂托克旗书法爱好者的作品68件，同时举办了四场专题辅导讲座并向当地书法爱好者捐赠书法资料几十册。4月23日、10月9日，举办首期内蒙古书法研修班第三、第四次面授班，全区各盟市120余名书法家和书法爱好者参加了研修班学习。4月27日，“心系津门——杨鲁安书画作品暨藏品回乡展”在天津市文联美术展览馆开幕，共展出杨鲁安先生书画、篆刻作品近60件。7月20日，内蒙古书法精品展在鄂尔多斯市全民健身中心开幕，共展出内蒙古书法家书法篆刻作品102幅。8月20日，走进喀喇沁内蒙古书法精品展在赤峰市喀喇沁旗锦山镇文体中心开幕，同时举办了三场书法、篆刻讲座。9月9日，白煦书法艺术讲座在内蒙古科尔沁草原深处的扎鲁特旗举办。11月24日，马继武书法展在内蒙古美术馆开幕，共展出马继武先生各个时期的精品100余件。12月22日，举办走进呼和浩特——全国书法名家暨内蒙古名家作品观摩展，展出作品88件，中国书协主席张海以及旭宇、王家新、申万胜、吴东民、吴善璋、何奇耶徒、言恭达、陈振濂、聂成文、陈洪武等名家均有作品展出。12月23日，内蒙古自治区书法家协会五届四次理事(扩大)会议在呼和浩特市召开，来自全区各盟市的理事及特邀代表共70余人参加会议，内蒙古自治区文联副主席尚贵荣向内蒙古书法家协会颁发了中国文联先进集体奖，会上还对第二届内蒙古书法家协会奖获得者、2012年度中国书法进万家先进集体和先进个人进行了颁奖。12月24日至26日，中国书协培训中心•内蒙古书协书法研修班学员汇报作品展在内蒙古美术馆举行，本次展出的116幅书法作品，是中国书法家协会培训中心内蒙古书法研修班学员经过学习后的汇报展览。

【美术家协会】

4月1日，召开了2013年内蒙古美术家协会全区工作会议，总结了2012年内蒙古美术家协会工作，研究、确定了2013年内蒙古美术家协会工作要点。5月31日至6月4日，举办了第二届内蒙古自治区小幅油画作品展览，共收到参评作品800余件，展出作品366件，其中获奖作品87件。6月至8月协助自治区文化厅进行了第十届中国艺术节•全国优秀美术作品展览内蒙古自治区美术作品征集、送展工作。8月6日至11日，组织自治区美术家代表团一行5人参加“中国梦•草原情”全国美术、书法、摄影艺术展览开幕式及作品展出活动。9月21日至9月29日，组织自治区美术家赴阿拉善盟开展文化惠民、采风写生活动，参加基层美术工作者创作交流会，为基层文化站送书、送画，深入牧区牧户访问、采风，参观、考察阿盟文化遗存、民间美术。10月30日至11月5日，主办今日草原—内蒙古美术作品展览，展出作品298件，其中获奖作品68件。组织自治区美术工作者参加由中国美术家协会主办的全国性美术展览16个，送展作品200余件，入选作品79件，优秀作品27件，获中国美术提名奖作品1件（内蒙古大学艺术学院德力格仁贵版画作品《蒙古高原》）。主办、协办了内蒙古自治区城乡建设美术作品展览、“草原情”锡林郭勒中国知名书画家作品邀请展。完成了《内蒙古重大历史文化题材美术创作工程作品集》的编辑、出版工作。新发展自治区美术家协会会员96名，审批、上报申请加入中国美术家协会会员申报材料17份（人）。

【摄影家协会】

2月27日，在美国纽约举办“神奇的阿拉善”哈斯巴根个人摄影艺术展。2月28日，举行内蒙古自治区第21届摄影艺术展及自治区著名摄影家吴运生、丁宽亮、胡国志、苏德夫、任志明、纳日松六人专题摄影展。同日举办内蒙古首届大画幅摄影展开幕式及摄影研讨会。5月8日，承办的“碧绿的希望”内蒙古生态摄影展在呼和浩特市内蒙古博物馆开幕。6月初，在俄罗斯克拉斯诺亚尔斯州主办自治区著名摄影家王志、郭伟忠摄影展。6月组织20多名摄影家赴锡林郭勒盟西乌旗开展“牧民梦、草原情”采风活动。6月24日，举办了乌珠穆沁蒙古马摄影展暨中国摄影家协会“曙光学校”为牧区学生赠送照相机活动。7月，“大写的人”王铎生平摄影在赤峰市开幕。8月初，“摄影家眼中的锡林郭勒草原”摄影艺术画册出版。8月7日，首届“牧民梦、草原情”全国摄影艺术作品展开幕。8月23日，“老年人的中国梦”呼和浩特地区首届离退休干部摄影展开幕。9月19日“内蒙古风光”摄影展在山西平遥柴油机厂开幕，展出作品48幅。10月17日，“聚焦•大漠童话额济纳”国际摄影大赛获奖作品展在额济纳旗举办，共展出获奖作品129幅。11月27日，“美丽的草原我的家——内蒙古风光摄影展”在台北市开幕，共展出两地摄影家及国外摄影家拍摄的内蒙古风情作品98幅。

【民间文艺家协会】

精心组织、认真实施民间文化遗产抢救工程，“中国剪纸集成•和林格尔卷”和“内蒙古民间故事集成•察右中旗卷”等7卷已交稿等待出版，“中国剪纸集成•包头卷”搜集整理工作已启动，“内蒙古民间故事集成•喀喇沁旗卷”等3卷已搜集整理完成。《内蒙古文化艺术长廊建设计划2013年度第一批重点项目》“民间文化”项目（42项52册）和“曲艺文化艺术长廊建设计划2013年度第一批重点项目》工程已全面启动。2月23日，主办“世界级非物质文化遗产•和林格尔剪纸传承与发展研讨会”。8月21日至28日，组织民间文艺工作者赴鄂尔多斯、锡林郭勒盟开展了为期8天的民间文艺志愿服务调研和少数民族原生态民歌采风活动。发展新会员51名，向中国民协推荐会员19人。

【戏剧家协会】

开展蒙古剧专项辅导活动，组织、策划、辅导了阿拉善蒙古剧《巴丹吉林传说》、库伦旗蒙古剧《安代之乡》、鄂尔多斯蒙古剧《蒙古象棋》。9月11日至27日，对锡林郭勒盟、乌兰察布市开展了调查研究、采风考察、深入生活、征求意见、专题讲座等相结合的蒙古剧创作活动。参加第十届中国•内蒙古草原文化节蒙汉语小戏小品专场晚会剧目选拔工作。

【曲艺家协会】

9月2日至11日，举办全区蒙古族曲艺创作、研讨、展演培训班，45名作者、演员、专家学者参加，共征集蒙古相声、乌力格尔、好来宝等九个蒙古语曲种新创作品147部（首），评选出优秀作品41部（首）。11月4日至7日，举办全区汉语曲艺创作、研讨、展演培训班，各盟市优秀作品作者及乌海市曲艺工作者80多人参加。与中央电视台第三套《文化大百科》栏目组合作完成了介绍蒙古曲艺的七集专题片。参加全区道德模范故事

汇基层巡演活动，赴全区八个盟市19个旗、县、区演出19场，历时22天，观众人数近15000人次。协同内蒙古相声俱乐部共同举办了“心系雅安 尽曲艺人一份爱心”募捐演出。发展新会员76人。积极参加第五届少数民族曲艺展演活动，荣获一等奖二个，二等奖一个，三等奖五个，个人单项奖三个。

【舞蹈家协会】

9月10日至16日，第二期内蒙古自治区舞蹈编导高级研修班在呼和浩特市举行，来自全区12个盟市专业院团、乌兰牧骑、艺术院校的40余人参加学习。积极参加全国非物质文化遗产民族民间舞展演、第七届“小荷风采”全国少儿舞蹈展演、第九届中国舞蹈“荷花奖”（中国民族民间舞）、第七届CCTV电视舞蹈大赛、“舞蹈世界”特别节目——全国百姓健康舞系列展演等活动。

【电影家协会】

从4月至11月15日，组织首届“内蒙古自治区影协杯”微电影文学剧本评选活动，评选出15部获奖作品并在《草原•新剧本》专题刊发。4月20日，举办导演卓•格赫作品《德吉德》新片发布会。6月26日，第十届中国•内蒙古草原文化节“民族电影展映周”期间举办自治区著名编剧观摩会。

【电视艺术家协会】

参与内蒙古党委宣传部2012年电视剧本征集评选工作，审读剧本26部500多万字。参加全国德艺双馨电视艺术工作者评奖、全国农村小康电视节目评奖、城市宣传题材电视专题片评奖、首届亚洲微电影大赛评奖等的推荐工作。完成自治区十佳电视艺术家评审与颁奖工作。

【杂技家协会】

2月份，赴俄罗斯、哈萨克斯坦参加了2013“欢乐春节”演出活动。随内蒙古艺术团赴毛里求斯参加了“内蒙古文化周”的文化交流活动。组织杂技演员深入全区各盟市学校、部队、居民社区、村镇、未成年管教所、监狱、敬老院、企业进行文化惠民演出活动。承办《七色草原风》杂技成就展览。

【文学翻译家协会】

2011年优秀蒙古文文学作品翻译出版工程8册图书付梓面世。2012年优秀蒙古文文学作品翻译出版工程共120篇（部）作品入选，其中长篇小说5部，中篇小说9篇，短篇小说18篇，诗歌88首。入选2012年翻译工程的长篇小说《满巴扎仓》在2013年第12期《人民文学》杂志上全文刊载，这是《人民文学》首次全文刊载由蒙古族作家创作、蒙古族翻译家翻译的蒙译汉长篇小说。7月，与部分北京、呼市地区的工程翻译人员及老翻译家代表举行座谈会，就文学翻译的技巧等交换心得体会。11月份，召开2013年翻译出版工程第一次、第二次评审会。11月16日，召开翻译工程经验交流座谈会。12月6日至10日，组织翻译家深入锡盟白旗参加体验生活采风活动，向当地赠送首批翻译工程出版图书。协助办好内蒙古大学蒙译汉文研班。

【理论研究室】

5月23日，召开纪念《讲话》发表71周年暨“放歌草原、书写百姓”主题文化实践活动座谈会。完成“草原艺术研究”工程音乐、舞蹈、电影、美术、艺术理论五个分卷出版工作。完成《草原•文艺论坛》（双月刊）和《内蒙古文艺界》各六期编辑出版工作。完成六期《金钥匙》杂志编辑出版任务，并派代表参加中国蒙古文期刊学会年会。

【职工文联】

协助鄂尔多斯东方控股集团公司和自治区总工会共同承办歌舞诗《东方梦》演出。协助中海石油天野化工股份有限公司承办全区“天野杯”职工书法美术作品展评活动，共评选出51幅作品分获蒙汉文书法一、二、三等奖，25幅作品分获美术类一、二、三等奖。协助华电内蒙古能源有限公司承办全区“华电杯”职工摄影艺术作品展评活动，共有52幅作品获奖。协助内蒙古北方重工业集团有限公司承办全区“北重杯”职工歌曲创作展评活动，共评选出16首获奖作品。与呼和浩特铁路局、内蒙古音乐家协会联合举办“放歌草原•书写百姓”采风创作活动。多次深入到会员单位调研，了解掌握并参加他们举办的文化活动。编辑出版了第28期《内蒙古职工文化报》。

直属单位

【《草原》杂志社】

完成《草原》12期的编辑出版任务，审读、精读稿件534万字，刊发175万字。2013年《草原》

被选刊选载作品数量创历史新高，50余篇（首）小说、诗歌、散文被《小说选刊》、《中国诗歌》、《诗刊》、《散文选刊》等国家级报刊选载、转载。开辟“草原骑手•九人联展”专栏，连续10期刊发了以70、80后为主的九位本土作家、诗人的小说、散文随笔、诗歌、评论等共计90余篇（首）。11月27日至12月1日，《草原》杂志社主编任建等分赴京津地区，分别与《小说选刊》、《橄榄绿》、《小说月报（原创版）》、《小说月报（选刊版）》、《散文》、《散文（海外版）》杂志社领导、编辑进行了为期五天的访问、座谈、学习、交流活动。

【《花的原野》杂志社】

完成了《花的原野》、《世界文学译丛》两个刊物的出版发行任务。开办《星光璀璨》、《启明星》栏目，分别介绍蒙古族重点作家和青年作家及其作品。积极组织第四届“八骏”杯大赛分会场颁奖活动，圆满完成了八省区大中学生第四届“八骏”杯大赛的各项任务。举办“花的原野杯”短篇小说散文报告文学大赛。收集和编辑整理出版了《巴•敖斯尔文集》五卷本。译文编辑室主任贺西格图的中篇小说《雕花的马鞍》和诗歌评论编辑室主任腾吉斯的译著《四胡之神》荣获第十届内蒙古自治区文学创作“索龙嘎”奖。扩建《花的原野网站》，进一步改进网页设计和栏目内容。

【内蒙古美术馆】

全年共完成各种美术、书法、摄影等艺术展览37个。6月25日至7月10日承办了《内蒙古重大历史文化题材美术创作工程作品展》。10月8日至12日，承办“静静的白桦林-俄罗斯中国旅游年”俄罗斯学院派著名画家油画展。11月29日至12月8日在福建省美术馆举办了“草原情-福建行”内蒙古美术馆馆藏作品展。继续推进内蒙古美术馆新馆项目的前期规划审批、《项目建议书》、《可研报告》等编撰工作。

辽宁省文联

综　述

2013年，辽宁省文联深入学习贯彻党的十八大、十八届二中、三中全会和习近平总书记系列讲话精神，牢牢把握高举旗帜、围绕大局、服务人民、改革创新的总要求，提升文联组织的服务能力和工作水平，充分发挥联络、协调、服务职能，团结和带领全省文艺工作者弘扬社会主义核心价值观，坚持以人民为中心的工作导向，各项工作取得了重要进展和显著成效。

重要会议与活动

【党的十八大报告关键词篆刻精品展】

5月20日，由辽宁省文联主办的党的十八大报告关键词篆刻精品展在辽宁美术馆开幕。展览共展出36位作者的141枚印章，印章的内容主要为党的十八大报告中的重要精神、重点词语。辽宁省文联、省书协此前于4月25日举办了党的十八大报告关键词篆刻名家现场创作观摩会，展览展出的印章即由观摩会上创作而成。

【学习雷锋、学习道德模范系列活动】

2月25日，辽宁省文联、抚顺市委市政府等在抚顺市雷锋大剧院主办“书写伟大的人生”纪念毛泽东等老一辈革命家为雷锋同志题词50周年书法展，300余人参加了开幕式。展览共展出书法作品350余件，内容以雷锋日记、诗抄等为主，还包括部分艺术家自作诗词联语。

3月1日，由中国文联、辽宁省委宣传部、中国音协、辽宁省文联、抚顺市委市政府等主办的《老百姓的雷锋》首唱式暨傅庚辰作品音乐会在抚顺雷锋大剧院举行。中国文联党组成员、书记处书记李前光等观看演出。音乐会上首次演唱了著名音乐家傅庚辰专门为毛泽东等老一辈革命家为雷锋同志题词50周年而作的交响组曲《雷锋之歌》，还演出了交响组曲《地道战的故事》选曲、合唱《站起来》、大型声乐套曲《毛泽东之歌》选曲、《航天之歌》选曲、《小平之歌》选曲，交响诗《红星颂》选曲等。

3月3日，由辽宁省文联主办、省摄协承办的“雷锋传人——雷锋班历任班长影像记忆”王金祥将军摄影作品展暨图文书首发式在沈阳市铁西区文化馆举行。《雷锋传人——雷锋班历任班长影像记忆》一书由原沈阳军区政治部副主任王金祥少将撰写。此次展览从图文书中精选出25位环境人物肖像，配以文字讲述了25位雷锋班班长对雷锋精神的传承与发展。5位前雷锋班班长作为特邀嘉宾出席首发式，雷锋班现任班长毕万昌代表历任雷锋班班长现场发言。

3月3日，由辽宁省文明办、省文联主办的“向雷锋学习”辽宁省道德模范图片展在沈阳兴隆大家庭开展。展览展出的306张图片是从全省14个市文明办、文联选送的近千张图片中精心挑选而出，记录了当代雷锋郭明义、辛勤浇灌民族花朵的园丁邵春亮、军旅作家高玉宝、丹东好人郑仁东等45名辽宁省全国道德模范、部分全国道德模范提名奖获得者以及部分省道德模范人物的先进事迹和工作生活场景。

3月4日至5日，由辽宁省文明办、省文联主办的辽宁道德模范故事汇基层巡演分别在沈阳市铁西区文化馆、沈阳市地税局、沈阳航天航空大学举办。巡演节目既有为全国道德模范郭明义创作的山东快书《咱们都是郭明义》，也有为航天英模罗阳创作的双人评书《魂系蓝天》。演出以辽宁近年来各条战线上涌现出的道德模范的先进事迹为主题，广泛宣传。7月29日，辽宁道德模范故事汇在朝阳进行了专场演出，

6月15日，由辽宁省文明办、省文联、辽宁广播电视台共同主办的“好人好梦”电视晚会在辽

宁广播电视台演播厅录制完成。晚会演出了2012年辽宁省道德模范颂曲艺调演中的优秀曲艺节目快板剧《拜年》、二人转《铿锵玫瑰》、相声《高姐》、京东大鼓《火中情》、评书《魂系蓝天》等节目，并邀请故事原型道德模范们亲临现场，辽宁省文联还组织书法家根据他们的事迹创作了书法作品，在晚会现场赠送给道德模范代表。

【“迎全运、爱家乡、建辽宁”主题教育实践活动】

5月22日至23日，十二运倒计时100天之际，辽宁省文联、省舞协、各市文联主办了“迎全运、爱家乡、建辽宁”辽宁“百姓健康舞”14市同步展演，中国文联副主席杨承志等领导受邀出席活动。辽宁14个市的19000名舞蹈爱好者参加展演，共同迎接全运会的召开。

5月24日，辽宁省文联、省音协在沈阳大学音乐学院举办古典室内乐系列音乐会，慰问十二运场馆及全运村建设者。省音协还邀请省内知名音乐家在全运会来临之际，举办了5场与体育有关的艺术讲座，营造“迎全运”的良好氛围。

7月22日晚，辽宁省文联、辽宁歌剧院组织艺术家们到省体育局为十二运辽宁体育代表团进行慰问演出，为辽宁体育健儿们紧张的备战状态调解气氛，送去支持和鼓励 。

7月5日，由“十二运”组委会新闻宣传部、辽宁省文联、省美协共同主办的“美丽辽宁”迎全运全省优秀美术作品展在辽宁美术馆开幕。省人大副主任李文科、省政协副主席高鹏等出席开幕式并剪彩。展览共展出500件作品，包括了中国画、油画、版画、水彩（粉）画，描绘了辽宁的秀丽景色、风土人情。

7月31日，由辽宁省委宣传部、省文化厅、省文联共同主办的辽宁省第二届群众文化艺术节闭幕式暨百姓健康舞广场展演在沈阳铁西区仙女湖广场举行。辽宁省人民政府副省长贺旻，省委宣传部、省广电局、省作协、省文联等相关领导出席了活动。来自沈阳、抚顺、本溪、辽阳的近1600名舞蹈爱好者和部分文艺志愿者展示了百姓健康舞的20支舞蹈，为艺术节划上圆满句号。

8月9日，由辽宁省文联、省政协文化和文史资料委员会等主办的“精彩全运•美丽辽宁”全省书法邀请展在辽宁美术馆开展。省政协副主席高鹏等观看书法展。展览共展出了400余幅书法作品，是根据省内诗词作者以迎全运为主题创作的400余首诗词文赋书写而成。

8月16日，由十二运组委会新闻宣传部、辽宁省文联主办的“美丽辽宁”摄影展在辽宁美术馆展出。展览展出200余幅优秀摄影作品，展现了辽宁的工业建设、城市风景、自然风光、民生改造等多个方面的发展变化。

8月24日，辽宁省文联、本溪市委市政府在本溪主办了辽宁省“迎全运、爱家乡、建辽宁”剪纸艺术展暨中国•本溪第二届剪纸创意文化节开幕式。中国民协会秘书长吕军等出席开幕式。仪式上向十二运组委会赠送了由百余名剪纸艺术工作者精心创作的《迎全运、爱家乡——本溪剪纸献礼十二运》36米长卷。当天还举办了辽宁省剪纸、撕纸技能现场大赛和剪纸文化创意与发展论坛等活动。

9月6日，由辽宁省委宣传部、省文联主办的“最美辽宁”辽宁文艺界慰问全运健儿专场文艺演出在全运村上演。来自辽宁歌剧院、辽宁芭蕾舞团、沈阳评剧院、沈阳杂技演艺集团、铁岭民间艺术团的70多位艺术家们冒雨走进全运村，为来自全国的运动健儿们献上了文艺演出。演出由黄晓娟、蔡菊辉主持。

【老工业基地振兴战略实施10周年宣传活动】

7月5日至7日，辽宁省文联、省摄协邀请朱宪民、邓维、王悦、张桐胜、李舸、于文国、胡金喜、张风、高健生以及省内优秀摄影家26人，分赴大连、丹东、营口、盘锦、锦州、葫芦岛，进行为期3天的辽宁沿海经济带摄影采风创作活动，深入宣传辽宁沿海经济带建设的重大意义、最新成果和未来前景，进一步提升沿海经济带在国内外的影响力。

8月30日，由辽宁省委宣传部、省文联共同主办的“崛起的辽宁沿海经济带”摄影作品展在沈阳铁西中国工业博物馆开展。展出的照片包括辽宁沿海经济带摄影采风创作的110幅作品和省内征集的150幅作品，从不同角度展示了辽宁老工业基地振兴10年来取得的辉煌成就和辽宁人昂扬向上的精神面貌。同时还出版了《风生水起——辽宁沿海经济带建设成果摄影作品集》。

9月15日，由中国摄协、辽宁省文联、沈阳铁

西区政府和沈阳经济技术开发区管委会共同主办的2013中国沈阳（铁西）国际工业摄影大展在沈阳铁西区中国工业博物馆开幕。辽宁省委常委、常务副省长周忠轩，中国文联副主席杨承志，辽宁省人大常委会副主任刘政奎等领导及国内外嘉宾出席开幕式。展览以“工人•工业文明”为主题，包括辽宁省内工业摄影展、国内摄影家作品展和国际工业大国经典工业摄影作品博览三部分，共展出国内外300多名摄影师的近4000幅工业摄影作品，堪称亚洲规模最大的国际性专题工业摄影展览。大展评出优秀摄影师16人。期间，还邀请国内外知名摄影家举办了他山系列专题讲座。

9月15日，由辽宁省文联、省政协文化和文史资料委员会主办的辽宁工业60年发展历程图片展在中国工业博物馆开幕。辽宁省委常委、常务副省长周忠轩，中国文联副主席杨承志，辽宁省人大常委会副主任刘政奎，省政协副主席高鹏等观看展览。展览以新中国成立30年、改革开放20年、辽宁全面振兴10年重要时间节点为主线，展出作品400余幅，分“辽宁工业发展历程”、“辽宁工业发展中的英雄模范人物”、“党中央对辽宁的亲切关怀”三个部分，展示了建国以来辽宁的发展历程。其中许多珍贵历史镜头是首次与观众见面。

【文艺志愿服务活动】

组织文艺志愿者3000余人次深入到农村、社区、部队、学校、厂矿等一线进行惠民演出103场，受益群众近20万人。“送欢乐下基层”演出团相继走进沈鼓集团、沈阳市铁西区工人会堂、沈飞民机集团、93033部队、沈阳造化监狱、铁岭新城等全省各地进行慰问演出；创办“星期六剧场”，开展“送戏下乡”、中国戏曲推广日•辽宁省首届戏剧节，演出36场；举办古典室内乐系列公益音乐会15场、星期爱乐大讲堂38场；开展杂技魔术慰问演出6场。在全省开展第二届千名书法家走基层送春联、万名摄影志愿者万幅作品进万家、百姓健康舞•舞进县乡等公益活动。

加强文艺基地建设。2013年新建文艺基地19个，省级文艺基地数量达122个，组织省市艺术家600余人次，举办辅导、培训、讲座1300余场，直接受益群众近5万人。11月5日，辽宁省文联、省美协、省摄协、省书协、省民协在辽宁美术馆共同举办第二届辽宁省文联文艺基地美术、摄影、书法、民间工艺作品展，从全省文艺基地报送的作品中精选出美术作品60幅、摄影作品60幅、书法作品100幅、民间工艺作品40件进行展出，为广大基层文艺骨干和艺术爱好者搭建展示交流平台，充分展现艺术才华。

【2013年全省文联系统领导干部学习培训班】

6月13日至15日，辽宁省文联在沈阳举办2013年全省文联系统领导干部学习培训班。培训班特邀北京大学文学研究所所长王一川作了题为《当前中国艺术状况与反思》的讲座、中国曲协分党组书记董耀鹏作了题为《中华曲艺艺术的魅力》的讲座、辽宁省委宣传部副部长丁宗皓作了题为《找寻文艺的原创性》的讲座。参加培训人员自学了孙家正在中国文联团体会员负责人研修班上的讲话、赵实在中国文联文艺志愿服务中心调研座谈会和中国文艺志愿者协会成立大会上的讲话、李屹在中国文联团体会员负责人研修班上的讲话和《2012中国艺术发展报告》等学习材料。培训班还就辽宁文艺界的文艺发展状况、精品创作与人才培养情况、文化体制改革、文艺原创性、艺术形式探索等问题展开分组讨论。省文联党组书记李春晓作了开班动员和总结讲话。

【全省文联系统学习贯彻全国、全省宣传思想工作会议精神培训班】

11月12日至14日，辽宁省文联在沈阳举办全省文联系统学习贯彻全国、全省宣传思想工作会议精神培训班。省文联副主席林建宇和付晨明，分别传达了习近平总书记以及省委书记王珉的讲话精神。特邀中国文联曲协分党组书记董耀鹏和辽宁省委宣传部副部长丁宗皓分别作了题为《关于基层文联工作》《我们的责任》辅导授课。参加培训人员围绕如何深刻认识全国宣传思想工作会议的重大意义、深刻理解文联工作在意识形态领域中的重要作用以及如何肩负起文联组织的责任推动创新发展等展开了热烈的讨论。来自基层文联和文艺基地的5位代表就如何加强基层文联和文艺基地建设、繁荣基层文艺事业等方面交流了工作经验。省文联党组书记李春晓作了总结讲话。

【“迎国庆·梦之声”红色经典大型交响音乐会】

9月28日，辽宁省文联、沈阳市文联在沈阳军区八一剧场举办庆祝中华人民共和国成立64周年“迎国庆•梦之声”红色经典大型交响音乐会惠民演出，近千名观众观看了演出。音乐会精选《我的祖国》《跟你走》《我的中国心》《黄河颂》等观众耳熟能详的红色革命经典曲目，表达了中华儿女对祖国的真挚感情和深情祝愿。

【“真情援疆·大爱无疆”辽宁省援疆工作图片展】

10月9日，辽宁省委组织部、省援疆办、省文联、中共新疆塔城地委、新疆兵团文联共同举办的“真情援疆•大爱无疆”辽宁省援疆工作图片展在辽宁美术馆开幕，副省长邴志刚等领导出席。展览是落实党的十八大精神和中央新疆工作座谈会精神的重要举措之一，共展出摄影图片300多幅，从多个角度展现了辽宁援疆工作取得的丰硕成果。

12月20日，由新疆塔城地委、辽宁省文联、辽宁省援疆前方指挥部主办的“真情援疆•大爱无疆”——辽宁省对口支援新疆塔城地区、兵团八师和九师建设成果图片展在塔城红楼博物馆展出。展览通过领导关怀、民生建设、产业援疆、新区建设、人才援疆以及援疆生活等多个版块，展示了辽宁省对口支援新疆塔城地区、兵团八师和九师在民生、教育、文化、卫生等方面援疆工作取得的成效。展览还在新疆部分县市进行了巡展。

【辽宁省第六届少数民族美术书法摄影展】

9月3日，辽宁省民委、省文联在辽宁美术馆举办辽宁省第六届少数民族美术书法摄影展，副省长潘利国出席开幕式并讲话。展览以“多彩民族、最美辽宁”为主题，共展出作品400余幅，经评委会专家认真评选，共评出入选获奖作品338幅，其中金奖作品19个、银奖43个、铜奖79个、优秀奖197个，涵盖15个民族的艺术创作。展览期间还安排了少数民族传统艺术技艺现场展示，邀请省内书画名家、少数民族文化非遗传承人现场表演并与观众互动。

【“情系灾区、奉献爱心”为抚顺灾区捐赠义卖书法创作笔会】

8月16日，抚顺市遭遇的有史以来特大暴雨，造成市内3县4区52个乡镇（街道）受灾。11月25日，辽宁省文联主办“情系灾区 奉献爱心”为抚顺灾区捐赠义卖书法创作笔会为灾区人民筹集善款，省内60余位书法名家参与活动。笔会上，聂成文、姚志忠、王贺良、宋慧莹、朱成国等现场创作书法作品并进行义卖。省文联党组书记李春晓代表辽宁省文联委托抚顺市委副书记俞国伟向抚顺灾区捐赠善款20万元。

奖项与创作研究

【相关艺术家协会评奖】

12月13日，辽宁省文联和相关艺术家协会在沈阳音乐学院联合举办“芳兰竞苑”——第四届辽宁音乐金钟奖、第四届辽宁摄影金像奖、第四届辽宁书法兰亭奖、第二十一届辽宁省优秀电视剧奖、第三届辽宁文艺评论奖颁奖晚会。2013年，辽宁省文联与相关艺术家协会共评选出第四届辽宁音乐金钟奖获奖者35名，第四届辽宁摄影金像奖获奖者10名，第四届辽宁书法兰亭奖获奖作品10件，第二十一届辽宁省优秀电视剧奖获奖作品7部，第三届辽宁文艺评论奖获奖作品8篇。

【全国首届“沈延毅”奖书法篆刻作品展】

“沈延毅奖”是中国书法家协会设立的全国书法奖项。9月29日至10月1日，全国首届“沈延毅奖”书法篆刻作品展评选工作在辽宁鞍山海城市进行。作品征集工作自2月21日开始，至8月31日截止，共收到来自全国各地的作品7377件，最终选出入展作品328件，并评出优秀作品20件。其中辽宁省入展作品53件，并有6件作品获选优秀作品，数量居全国之首。

12月12日，由中国书协、辽宁省文联主办的全国首届“沈延毅奖”书法篆刻作品展在辽宁美术馆开幕，共展出书法篆刻作品328件。举办以艺术家个人名字命名的全国展览在东北地区尚属首次。

【辽宁省第四届大学生戏剧节】

10月23日，由辽宁省文联、省教育厅，团省委联合主办的辽宁省第四届大学生戏剧节在辽宁大学举行了颁奖典礼及闭幕式演出。本届大学生戏剧节9月23日在大连交通大学开幕，历时一个月，有来自沈阳、大连、鞍山、锦州的23所高校的百余个剧（节）目参演，最终评出30个剧目获得剧目奖，235人次获得编剧、导演、表演奖，21人获指导教师奖。戏剧节期间，还举办了“青年戏剧”主题研讨会。

【第二届辽宁省优秀曲艺节目调演】

11月28日、29日，辽宁省文联、省曲协在沈阳师范大学举办第二届辽宁省优秀曲艺节目调演。此次活动共收到曲艺作品近百个，有27个作品参加调演，全部为近几年辽宁省曲艺作者的原创作品，包含相声、小品、大鼓、快板、二人转、评书等多种曲艺形式，较为全面地反映了辽宁省曲艺创作和表演水平。活动评出节目一等奖14个、节目二等奖13个、优秀组织奖2个、组织工作奖10个。

【2013辽宁文艺论坛】

8月21日、22日，2013辽宁文艺论坛在沈阳棋盘山举办，论坛的主题是“中国电影的现状与辽宁电影的发展”。与会专家学者围绕中国电影的叙事策略与大众接受、中国电影心灵叙事的可能、商业电影的流行元素、辽宁电影的现状、辽宁电影未来的发展等方面进行讨论，《辽宁日报》文化观察栏目分两期对这次论坛给予报道，《中国艺术报》也发表了论坛的综述文章。

【辽宁省第五届中青年文艺评论骨干读书班】

12月20日，辽宁省文联、省文艺理论家协会、省文艺理论研究室共同主办了辽宁省第五届中青年文艺评论骨干读书班。读书班以“提升大众审美，让艺术回归心灵”为主题，重点探讨文艺评论如何引领提升社会大众正确的文艺价值观和审美观，让文化和艺术更多地滋养普通大众的心灵，进一步思考现代性处境下“艺术拯救人性”的可能性和切入点。读书班还邀请罗中起、于晓伟、刘恩波等人对《审美教育书简》《文学回忆录》进行了专题解读。

【2013辽剧展演暨辽剧发展繁荣研讨会】

12月17日、18日，由辽宁省文联、大连市文联、营口市文联主办的2013辽剧展演暨辽剧发展繁荣研讨会在瓦房店市举行。瓦房店市辽剧团、盖州市辽剧团、庄河市辽剧团分别演出了《月在别时圆》、《文化遗产吐芬芳》、《柜中缘》、《碗破情圆》4个剧目。研讨会上，专家针对辽剧的坚守和发展从人才培养、作品创作、市场拓展等方面进行了探讨并提出建议。

【李默然艺术研讨会】

11月8日，著名表演艺术家李默然逝世一周年之际，辽宁省文联、省剧协在沈阳辽宁大厦召开了李默然艺术研讨会。刘喜廷、宋国锋、吕晓禾以及来自辽宁歌剧院、辽宁人民艺术剧院的艺术家对李默然的艺术生涯进行了回顾，并对他的艺术探索及实践进行了梳理和研讨。

对外及对港澳台地区文化交流

【第二届韩中美术书法作品交流展】

10月29日至11月2日，由辽宁省文联与韩国江原道艺术文化总联合会共同举办的第二届韩中美术书法作品交流展在韩国江原道展出。应江原道艺术文化总联合会会长崔池洵的邀请，辽宁省文联派出了以副主席伊忱为团长的文化交流代表团出席此次活动。展览开幕式于10月30日上午在江原大学美术馆举行。展览共展出中国辽宁省、韩国江原道的美术书法作品112幅，其中辽宁省作品62幅，江原道作品50幅，展示了两国艺术家们不同艺术风格，搭建了两国艺术交流的平台。

机关建设

【党的群众路线教育实践活动】

组织中心组学习15次，召开交流座谈活动4次，举办专题辅导讲座2次，举办“党的群众路线、群众观点名言警句”书法创作展、组织参观新民文化产业园荣耻纪念馆、观看电影《周恩来的四个昼夜》等活动3次。通过调研、座谈会等形式征求意见百余条。召开民主生活会和组织生活会，查摆“四风”方面存在的问题。

开展“五排查、五整治”专项行动，较2012年同期精简会议2个，精简文件3个，压缩“三公”经费22万元，因公出国减少4次，减少9人。先后制定《辽宁省文联文艺志愿者管理办法（暂行）》《关于省文联为艺术家个人举办艺术活动作主办单位的有关规定》《辽宁省文联机关工作请示报告制度》《辽宁省文联机关工作督办制度》《辽宁省文联机关车辆管理暂行规定》5项制度。

【“在职党员进社区”活动】

文联系统56名在职党员全部到社区服务群众，为社区居民送上高雅音乐会、春联等活动10次，强化基层党组织的战斗堡垒作用。

【“学习型、服务型、创新型”机关、党组织

建设】

全年组织中心组学习12次，组织省直机关工委党校、省直机关大讲堂等各类培训20余人次。开展机关业务知识辅导讲座和读书活动。

【党组织建设】

壮大党组织队伍，对各党支部人员构成进行调整，发展党员2名。

【反腐倡廉建设】

组织党员干部集中观看《苏联亡党亡国20年祭》警示教育片；开展“辽海讲坛——廉政文化进机关”活动，以《论党员领导干部的党性修养》《我是谁》为主题，作专题报告；在机关开展征集“廉”字书法作品活动。

【文明机关建设】

举办省文联“弘扬传统文化、书写中华美德”书法创作展、“五四”青年读书交流会。

【干部队伍建设】

完成事业单位招聘、机关中层干部公开竞聘上岗工作。为事业单位选配专业技术人员8名，5名机关干部走上处级领导岗位。全年新任省文联副主席1人，晋升省文联巡视员、副巡视员各1人，晋升调研员1人，副调研员2人。

直属单位

【省文艺理论研究室】

《艺术广角》办刊突出问题意识，倡导美的表达，部分文章被人大复印资料、《中华文学选刊》等国内权威选本选载；积极申请中国文联省部级研究项目“大众文化消费语境下的中国电视剧精神品质研究”；牵头策划《2012-2013辽宁艺术发展报告》项目；撰写发表文艺评论文章，在《光明日报》《中国艺术报》《辽宁日报》《中国图书评论》《文艺新观察》《名作欣赏》《创作与评论》等报刊上发表文章40余篇。

【《音乐生活》杂志社】

推出12位省内外艺术家，作为杂志封面人物进行宣传；组织专家为纪念吕骥诞辰105周年撰写连载文章《中国革命音乐的先驱——吕骥》，为研究吕骥的音乐生涯提供了详尽的史料；邀请省内外名家为纪念劫夫诞辰100周年撰写文章；与博看网合作，推动杂志网络订阅，推出手机客户端和平板电脑客户端，创新杂志阅读方式，扩大影响力。

【辽宁美术馆】

全年共举办27场次展览，接待观众数万人次，以高品质高水准展览，提升观众艺术修养；继续做好美术作品的典藏和保护研究工作，收藏新作品150件；出版《辽宁美术馆藏画集（贰）》，收录国画、水彩画、油画优秀作品160余幅；开展“送文化下基层”活动，到抚顺市特教学校举行“小画家辅导基地”揭牌仪式并进行艺术辅导，赠书3000册、捐款2000元；加强网站管理，实现网站报道与展览信息同步。

【辽宁画院】

以抓创作出精品为中心任务，开展各项艺术交流活动。举办戴都都油画展暨油画学术研讨会；举办孙晓东个人作品展；参与国家重大历史题材创作；10余幅作品应邀参加辽宁省馆藏名家优秀作品展；10余幅作品应邀参加东北三省油画邀请展；多幅作品应邀参加第八届全国体育美展。全院画家累计完成创作、写生等作品百余件,多次召开创作及画院工作研讨会。举办辽宁画院贺岁双展之“艺术老男孩•老艺术家作品展”、“主流、艺力量•2013创作成果展”，并出版画集。

【辽宁图片资料馆】

全年拍摄专题性图片约30000张，入馆编目3000余张，完成省“两会”、“十二运”、辽河治理改造、辽宁省国家级非物质文化遗产及项目传承人、锦州世园会、沈阳城市改造等拍摄工作；协助举办辽宁工业60年发展历程图片展和编辑出版《辽宁工业60年》画册；征集并整理中国人民志愿军抗美援朝战争专题资料图片近200余张，充实馆藏；加强硬件设施建设，增添磁盘阵列设施，方便图片存储、检索、调档；开展爱心资助活动，向贫困学生捐款2000元。

各文艺家协会

【戏剧家协会】

2月，走访艺术家；组织辽宁省戏剧代表团出访欧洲，观摩戏剧演出。3月，召开主席团扩大会

议。4月至5月，举办“中国戏曲推广日•辽宁省首届戏剧节”。5月，开展辽宁省第八届小戏剧家才艺大赛沈阳赛区评审、第十七届辽宁省少儿戏曲小梅花荟萃活动终评。6月，举办韵道梅香•冯玉萍从艺40年喜获三度梅纪念演出。7月，举办中国戏曲推广日活动、京剧大师李多奎诞辰115周年纪念活动。8月，举办第二届辽宁省中青年编剧研读班、“星期六剧场”——于琦相声专场活动。9月，举办辽宁戏剧界庆祝中国戏剧梅花奖创办30周年纪念活动；在长春举办第十二届东北三省戏剧理论研讨会；举办“星期六剧场”——东北大学短剧、小品专场演出；进行辽宁省第四届大学生戏剧节大连、鞍山赛区展演终评。10月，进行辽宁省第四届大学生戏剧节沈阳、锦州赛区展演终评；举办辽宁省第四届大学生戏剧节•高雅艺术进校园(大连职业技术学院、大连交通大学)4场演出；举办辽宁省第四届大学生戏剧节颁奖典礼及闭幕演出；组织高校优秀剧目校际交流，沈阳音乐学院话剧《你好！打劫！》在沈阳建筑大学演出。11月，举办李默然艺术研讨会、“星期六剧场”——沈阳音乐学院话剧专场演出，辽宁大学短剧、小品专场演出；组织高校优秀剧目校际交流，沈阳音乐学院话剧《你好！打劫！》在东北大学演出、东北大学《如此招聘》《我的卓别林爸爸》在沈阳音乐学院演出、辽宁大学《给我一双手》《坐在巷口的那对男女》在沈阳师范大学演出。12月，举办评剧表演艺术家赵俊芝从艺40周年纪念演出、2013辽剧展演暨辽剧发展繁荣研讨会活动。

【音乐家协会】

1月，举办2013年歌曲创作选题论证会。2月，召开八届三次主席团会议。3月，召开音乐理论评论沙龙，研讨“东北风格的音乐作品创作”等议题；邀请德国汉诺威戏剧与音乐学院古典吉他教授Mike Coch(迈克•考赫)作《十九世纪吉他演奏的吉他音乐》讲座；召开辽宁省一线教师联谊会。4月，召开2013年协会工作会议。5月，举办第四届辽宁音乐金钟奖（声乐）评选活动，评出美声、民族、流行三种唱法一等奖3名、二等奖6名、三等奖9名和优秀奖17名；主办沈阳音乐学院建校75周年系列学术活动暨劫夫作品专场音乐会以及劫夫音乐创作、教育思想学术研讨会。6月，举行“天华杯”二胡比赛辽宁省选手选拔活动。6月至7月，举办5场迎全运音乐欣赏系列讲座。8月，主办辽宁省第二届琵琶（业余组）比赛，评出金奖7名、银奖16名、铜奖19名、优秀演奏奖23名、演奏奖17名；举办全省作曲培训班。9月，举办理论沙龙活动，围绕“专业音乐工作者的职业精神”等议题展开讨论；举办劫夫歌曲主题器乐改编音乐会。10月，举办全省青少年宫系统第二届钢琴教师培训班；召开“五个一工程”歌曲第一次创作笔会。11月，主办辽宁省青少年宫系统第三届声乐教师研修班；召开“五个一工程”歌曲第二次创作笔会；举办辽宁省音乐家协会奖合唱比赛决赛，决出金奖3名，银奖4名，铜奖6名，优秀指挥奖4名；举办高雅艺术进校园——“手的艺术”崔大维专场打击乐音乐会；举办辽宁省第四届民族器乐（专业组）大赛决赛，评出单项金奖21人、银奖64人、铜奖77人、优秀奖102人和入围奖21人，小型器乐组合类金奖2组、银奖2组、优秀奖6组，优秀指导教师奖64人；举办“五个一工程”歌曲第三次创作笔会。12月，举办第四届辽宁音乐金钟奖颁奖晚会、王霭林80华诞暨音乐理论研讨会、全省古筝基础教学要求与考级规范研讨会、崔大维打击乐独奏音乐会、李星野古典吉他专场音乐会。全年共举办古典室内乐系列音乐会15场，星期爱乐大讲堂38期。

【美术家协会】

1月，承办“意象抚顺”抚顺优秀美术作品展；召开省美协工笔画分会成立大会；主办辽宁省首届工笔画作品展。2月，走访看望老艺术家；组织辽宁画家采风团赴西班牙、葡萄牙采风。3月，召开省美协青年分会一届二次主席团会议。4月，举办辽河油田美术骨干创作学习班、全国金盾动漫大赛；召开2013年主席团会议、秘书长会议。5月，主办军旅五家•北疆写生展；在葫芦岛市绥中、丹东市东港建立美术创作辅导基地；在抚顺市特教学校建立小画家辅导基地并赠书、捐款；在大连建立工业版画创作辅导基地；主办刘相训从艺60周年画展。6月，举办辽2013年度现实主义创作高研班。7月，承办“辽河情——中国梦”辽宁中青年实力派书画家作品展；主办“美丽辽宁”迎全运全省优秀美术作品展、“天辽地宁绘风流”辽宁百位名家书画精品展；完成“中华文明历史题材美术创作工程”创作草图报送工作；在铁刹山农民画辅导基地、辽阳县后台写生辅导基地、朝阳县清风岭写生辅导、调兵山矿区培训基地、抚顺特殊教育学校辅导基地开展辅导活动。8月，考察铁岭市昌图县画家村；完成2013年全国中国画作品展组织、评审工作；举办第八届中国体育美术精品展。9月，举办“让我们帮助孩子背上书包”辽宁书画名家援建抚顺市清原满族自治县南口前镇中心学校大型义拍活动；主办“辽海三贤”王冠、周皎、曹光书画精品展、研讨会。10月，举办“梦之青春”辽宁青年优秀美术作品展、研讨会；主办2013辽宁版画艺术展。11月，召开辽宁省中华文明重大历史题材选题讨论会；举办第五届“走近经典辽宁画家画世界”西班牙、葡萄牙采风展；赴北京参加中国美术家协会第八次全国代表大会；主办辽宁省基地农民版画艺术展。

【摄影家协会】

1月，主办“科学发展 聚焦交通”摄影大赛作品展；赴铁岭县鸡冠山乡开展“送欢乐下基层”文化惠民活动；主办第五届辽宁省青年摄影十佳金镜头奖评选并举行颁奖仪式。2月，举办“抚近怀远、影像沈河”摄影展暨颁奖仪式；走访老艺术家。3月，承办“向雷锋学习”辽宁省道德模范图片展、“雷锋传人——雷锋班历任班长影像记忆”王金祥将军摄影作品展暨图文集首发式；举办2013沈阳高端摄影论坛；组织摄影家赴法库参加国际白鹤节摄影创作。4月，召开主席团扩大会议；到抚顺、丹东、辽阳、鞍山、本溪等地调研。5月，组织摄影家赴北镇、喀左、新宾、清源等少数民族自治县采风创作；举办许彬摄影展暨作品捐赠活动；在沈阳煤业（集团）有限责任公司举办摄影培训班。6月，在鞍山市老年大学建立创作辅导基地并举办辅导讲座；举办《江山 领袖 人民》摄影典藏展、苏晓东摄影作品展 、“辽宁绥中——美丽的东戴河”摄影展颁奖仪式、“迎全运，闪耀的警徽”摄影、美术、书法作品展、“伯奇杯”中国创意摄影大展推介会。7月，开展辽宁沿海经济带采风活动；组织摄影家在沈煤集团进行采风创作；主办“美丽沈阳，生态沈北”摄影展；承办“迎全运、爱家乡、建辽宁”摄影大赛暨首届辽宁职工摄影作品展。8月，在抚顺市望花区建立创作辅导基地并举办摄影辅导讲座；承办“美丽辽宁”摄影展、“崛起的辽宁沿海经济带”摄影作品展、2013中国沈阳（铁西）国际工业摄影大展、辽宁工业60年发展历程图片展；举办沈阳法库国际飞行大会摄影展暨颁奖会。9月，在丹东东港市建立创作辅导基地并举办摄影辅导讲座；主办“印象蒲河，幸福于洪”摄影展。10月，承办“真情援疆•大爱无疆”辽宁省援疆工作图片展；组织摄影家到丹东天桥沟采风创作；举办“映像锦州，精彩世园”摄影展。11月，主办第二届辽宁省文联文艺基地美术摄影书法民间工艺作品展、韩英信“十二运”纪实摄影展、相约鸭绿江畔“金色校园•诗意金秋”摄影作品展”；评选出第四届辽宁摄影金像奖；在新民县建立创作辅导基地并举办辅导讲座。12月，编辑出版《辽宁工业60年》摄影画册；在沈阳保工二校、锦州市北镇县、辽阳市辽阳县建立创作辅导基地并举办辅导讲座；举办第四届辽宁摄影金像奖颁奖晚会、第三期辽宁省中青年摄影骨干培训班。全年编辑出版《辽宁摄影》杂志4期。

【书法家协会】

1月，到书法基地赠送学习用品；走访慰问老书法家。2月，完成千名书法家走基层送春联活动，共书写对联4万幅，印制名家对联15万幅；开展全国首届“沈延毅奖”书法篆刻作品展征稿活动。3月，组织骨干作者深入各书法基地开展培训2次。4月，召开党的十八大报告关键词篆刻展现场创作观摩会；出版《辽宁省第二届篆隶楷书法展和首届青年书法展作品集》；组织骨干作者深入书法基地培训20次；召开全国首届“沈延毅奖”书法篆刻作品展新闻发布会。5月，举办党的十八大报告关键词篆刻精品展。6月，举办首届全国“沈延毅奖”书法篆刻作品展观摩会；组织获奖作者到各书法基地辅导介绍创作经验；随中国书协考察铁岭市昌图县“中国书法之乡”申请；举办“喜迎十二运”全国名家书法邀请展。7月，组织艺术家到各书法培训基地辅导讲座；组织中国书协会员捐赠作品救助失学学生。8月，举办“精彩全运，美丽辽宁”全省书法邀请展；出版《党的十八大报告关键词篆刻展作品集》；组织书法志愿者到各书法基地辅导讲座。9月，组织志愿者开展基地书法创作辅导。10月，完成全国“沈延毅奖”书法篆刻作品展评审工作；组织书法骨干

在文艺基地开展辅导。11月，举办第二届大地书法大赛；举办纪念沈延毅诞辰110周年沈延毅书法理论研讨会，评出10篇获奖论文；举办慰问抚顺灾区捐赠义卖书法创作笔会。12月，举办辽宁省第二十九届书法临帖班；举办辽宁省书协2013年度全国获奖作者表奖会，表彰获奖作者30人；组织辽宁省第四届书法兰亭奖评奖，评出获奖作者10人并举办颁奖晚会；举办全国首届“沈延毅奖”书法篆刻展。

【舞蹈家协会】

1月，召开2013年工作会议。2月，在抚顺市青源县敖家堡乡举行“百姓健康舞•舞进县乡”首场演出。3月，举办中国舞协舞蹈考级中心辽宁省考区委员会成立大会、舞蹈教师教学水平提高班；赴协会各个文艺基地开展辅导活动15次。4月，完成年度会员入会审批工作。5月，举办舞蹈创作讲座、“迎全运、爱家乡、建辽宁”辽宁“百姓健康舞”14市的同步展演活动；完成舞蹈专业论文评选活动，评出一等奖19篇、二等奖25篇、三等奖17篇。6月，组织“爱心伴你•快乐成长”文艺演出走进沈阳皇姑区聋人学校、中海国际沙岭希望小学。7月，承办第二届群众文化艺术节闭幕式暨“百姓健康舞”广场展演活动。8月，举办第八届“小舞蹈家杯”少儿舞蹈展演。9月，在本溪市溪湖区建立辅导基地，并举办文艺演出。9月至12月，组织舞蹈编创组创编辽宁版“百姓健康舞”，共14支舞蹈，总长度35分钟。11月，到辽阳基地开展辽宁版“百姓健康舞”培训、调研工作。12月，举办辽宁版“百姓健康舞”辅导员培训班。

【曲艺家协会】

3月，承办辽宁道德模范故事汇基层巡演，在沈阳市铁西区文化馆、沈阳市地税局、沈阳航天航空大学演出。6月，随中国曲协调研组对内蒙古通辽市扎鲁特旗区曲艺之乡及辽宁铁岭曲艺之乡进行考察；召开七届三次主席团(扩大)会议；承办“好人好梦”电视晚会。7月，承办“只因有了你”辽宁道德模范故事汇朝阳专场文艺晚会。8月，承办首届东北三省农民曲艺节。9月，主办2013辽宁曲艺创作精品研讨培训班；在沈阳大学文化传媒学院建立创作辅导基地并开展“曲艺进校园”文艺演出；主办第七届“西岗杯”全国相声新人新作推选活动，共选出一等奖2名、二等奖4名、三等奖6名，组织奖7名，省曲协获组织工作奖。11月，举办第二届辽宁省优秀曲艺节目调演，评选出节目一等奖14个，节目二等奖13个，优秀组织工作奖2个，组织工作奖10个；编辑《曲艺调演作品集》。12月，组织编写《2012-2013辽宁艺术发展报告曲艺部分》。

【民间文艺家协会】

4月，考察调研本溪剪纸产业园。5月，举办辽宁省高级剪纸创作辅导培训班，并举办座谈和创作交流展示活动；在本溪剪纸文化创意产业园建立剪纸创作基地。6月，举办“粽情五洲”端午文化节；组织剪纸艺术家在本溪剪纸基地开展辅导创作活动；举办主题为“地域文化如何与旅游接壤”的民俗文化研讨会；举办《中国剪纸集成、东北少数民族卷》编撰工作会。7月，开展“迎全运、爱家乡、建辽宁”全省剪纸展作品评选活动，评出一等奖5名、二等奖10名、三等奖20名。8月，举办“迎全运、爱家乡、建辽宁”全省剪纸艺术展暨本溪第二届剪纸艺术节。期间，举办辽宁手工剪纸技能大赛，评出10位优胜者。同时举办剪纸文化创意与发展论坛。9月，赴泉头剪纸基地、盘锦刺绣工作室、沈阳皮雕工作室和大固本剪纸基地开展调研工作。10月，邀请江西剪纸作者到本溪剪纸基地进行授课辅导。11月，举办辽宁省文联文艺基地美术摄影书法民间工艺作品展，74件民间工艺作品展出；举办辽宁省剪纸基地创作高级研修班，主题为“剪纸创作中的继承与创新”。

【电影家协会】

1月，慰问老艺术家；举办电影《雷锋在1959》观摩活动并组织撰写相关影评；举办梁强微电影展映活动。2月，配合省委宣传部完成电影《雷锋在1959》的专题宣传工作。3月，举办女艺术家“三八”国际妇女节电影观摩及理论沙龙活动；组织观摩《萧红》《悲惨世界》等影片；召开主席团会议。4月，组织作品申报辽宁文艺评论奖；参加第二十届北京大学生电影节东北区分会场展映及学术研讨活动。5月，举办“五四”青年电影观摩及青春题材影片研讨会，就辽宁省电影创作现状进行座谈。6月，参加沈阳韩国电影周相关活动；赴阜新影视基地开展电影剧本《萧观音》专题研讨活动。8月，主办2013辽宁文艺论坛，主题为“中国电影的现状与辽宁电影的发展”。9月，进行东北三省电影评论奖终评活动，评出一等奖10名、二等奖25名、三等奖31名；参加沈阳波兰电影周活动。10月，举办重阳节老艺术家及文联老同志电影观摩活动。11月，召开主席团会；举办中青年电影编剧创作交流研讨会，共研讨剧本14部，邀请专家点评并提出修改建议；完成首届大学生微电影大赛评选并举办颁奖典礼；参加中国电影家协会第九次代表大会。12月，举办迎新年电影观摩会。

【电视艺术家协会】

1月，召开2013年主席团(扩大)会议；审查电视连续剧《美丽乡村我的家》。2月至3月，策划电视剧品质研究专项课题，召开两次小型课题论证会。4月，参与第二十届北京大学生电影节东北区分会场展映及学术研讨活动。5月，举办纪念“5.23”《讲话》发表71周年阜新影视艺术创作研讨会；完成第二届辽宁电视评论奖评奖活动，评出二等奖3名、三等奖3名。6月，完成第七届辽宁农村小康电视节目工程评奖工作；完成电视剧《女人进城》、《大矿山》审片工作。7月，举办“新V度”影像大赛颁奖典礼；成立“辽宁电视剧研究中心”，并举办“辽宁电视剧研究中心”揭牌仪式暨“量化视角下的电视剧品质考察”研讨会。8月，完成省委宣传部重点课题“辽宁改文风经验、难点及对策研究”。11月，筹备出版专著《国产电视剧品质量化研究》，包括《国产电视剧题材类型及内容品质研究》和《国产电视剧接受效果及其影响因素研究》。12月，举办2013年辽宁电视剧论坛暨东北农村题材电视剧创作研究；开展第二十一届辽宁省优秀电视剧评奖，评出一等奖3部、二等奖4部。全年完成6期《新世纪剧坛》杂志影视部分选题、组稿、校对、出刊工作。

【杂技家协会】

4月，召开五届三次主席团会议；完成《老艺术家概论》人选推荐工作，共推荐9名杂技、魔术老艺术家。5月，在辽阳市艺术馆举行魔术辅导基地授牌仪式暨“送欢乐下基层”慰问演出。6月，走进沈阳皇姑区聋人学校、中海国际沙岭希望小学主办“爱心伴你•快乐成长”文艺演出；在沈阳农业大学举行“魔术杂技进校园”慰问演出；在沈阳行政学院、沈阳化工大学举行“魔术进校园”知识讲座。8月，在锦州举行第六届东北三省杂技论坛论文题目论证会。10月，在江苏南京承办首届南北方魔术比赛，派出6名选手参赛，2人分获近景和舞台魔术金奖；在大连理工大学举行魔术辅导基地授牌仪式暨“魔术杂技进校园”慰问演出。11月，在沈阳体育大学主办“魔术杂技进校园”慰问演出；组织《2012-2013辽宁艺术发展报告》杂技部分撰写；召开省杂协魔术艺术委员会成立大会。11月至12月，在沈阳工业大学、沈阳师范学院、辽宁大学举办“魔术进校园”知识讲座。

【文艺理论家协会】

3月，举办“诺贝尔文学奖与辽宁文艺发展的可能性”研讨会。5月，在瓦房店横山书院文艺基地召开纪念“5•23”《讲话》发表71周年座谈会。6月，编辑出版《2012辽宁文艺评论成果集》。6月至8月，举办“艺术对谈”活动，分别围绕电影《致青春》《小时代》和“青年戏剧”展开讨论。8月，举办2013辽宁文艺论坛，主题为“中国电影的现状与辽宁电影的发展”。9月，举办辽宁省优秀传记作品研讨会。12月，举办第五届辽宁中青年文艺评论骨干读书班，主题为“提升大众审美能力，让艺术回归心灵”；完成第三届辽宁文艺评论奖评选工作，评出8篇获奖作品并举行颁奖晚会。

吉林省文联

综　述

2013年，是全面贯彻落实党的十八大精神、十八届三中全会精神的开局之年，是贯彻落实吉林省十次党代会、省委十届二次全会精神的重要一年。在中共吉林省委、省政府的坚强领导下，在吉林省委宣传部的有力指导下，吉林省文联按照高举旗帜、围绕大局、服务人民、改革创新的总要求，弘扬“爱国、为民、崇德、尚艺”的文艺界核心价值观，自觉遵守“坚持爱国为民、弘扬先进文化、追求德艺双馨、倡导宽容和谐、模范遵纪守法”的职业道德公约，突出强化文艺为人民的工作导向，紧紧围绕打造品牌、多出人才的工作重心，着力引导提高文艺创作水平和创造活力，着力扩大文艺志愿服务的覆盖面和影响力，着力提升文艺工作者的思想道德修养和文学艺术素养，着力发挥文联组织在社会管理和服务中的重要作用，进一步团结动员广大文艺工作者坚定不移走中国特色社会主义文化发展道路，为繁荣吉林文艺事业，为吉林老工业基地振兴发展、全面建成小康社会做出应有的贡献。

会议与活动

【省委书记调研省文联工作】

7月24日，省委书记王儒林专程到省文联调研全省艺术发展情况，并实地走访省美术家协会、省书画院、省民间文艺家协会、《文艺争鸣》杂志社。调研中，王儒林听取了省文联关于全省文艺发展现状情况的汇报，与部分艺术家代表座谈，并发表了重要讲话。参加调研和座谈会的有省部分艺术家代表，省委常委、省委秘书长房俐，省委常委、宣传部长庄严，省政协副主席刘丽娟以及省委、省政府有关部门和省直宣传文化系统的各单位负责同志。现场拍板解决长期制约文艺发展的经费、办公、人才引进等问题。

【吉林省文联第八次代表大会】

7月29日至30日，省文联第八次代表大会在长春市召开。省委书记、省人大常委会主任王儒林出席大会开幕式并讲话，中国文联党组副书记、副主席李屹在开幕式上致辞。王儒林代表省委、省政府对大会的召开表示祝贺，向全省广大文艺工作者提出五点希望为吉林省文艺工作发展指明了方向；李屹在致辞中对省第七次文代会以来省文联的工作给予了充分肯定。省委副书记、省长巴音朝鲁，省政协主席黄燕明和竺延风、马俊清、高广滨、金振吉、房俐、齐玉、陈伦、庄严、荀凤栖、车秀兰、王化文、支建华等省领导以及原省级老领导段成桂、谷长春、杨庆祥、李福春和省直有关部门负责人等参加会议。在两天的会议中，代表们认真学习了省委书记王儒林在开幕式上的重要讲话，审议了省文联第七届主席团《工作报告》，修改完善了《吉林省文学艺术界联合会章程》，选举产生了省文联新一届领导机构。尹爱群当选为新一届省文联主席，张呈祥、孙凤平当选为专职副主席，王小燕、王晓明、朴瑞星、毕述林、刘春梅、苏威、吴玉珩、张守智、赵春江、倪茂才、曹保明当选为兼职副主席。

【党的群众路线教育实践活动】

7月25日，省文联召开党的群众路线教育实践活动动员大会，对省文联深入开展教育实践活动进行总动员和部署。党组书记尹爱群主持会议并作动员报告。省委第二十督导组组长董玉辉出席会议并讲话。活动期间，召开了老干部座谈会、各协会艺术家座谈会、党外人士座谈会以及发放征求意见表、谈心等，大家对文联工作提出了中肯的意见。11月4日，省文联党组班子召开了专题民主生活会。11月至12月，省文联边整边改，切实解决突出问题，完成了7项专项整治任务，健全完善了19项规章制度。

【对口帮扶】

根据省委《关于在教育实践活动中开展水毁灾后恢复重建对口帮扶工作的意见》要求，省文联按照“一对一”的原则，对口帮扶吉林省梅河口市受灾较重的海龙镇。通过积极联络协调省慈善总会、省内部分民营企业家捐助，开展省文联职工“全员爱心捐助帮扶”活动，总计筹集善款119570元，价值30000余元的被褥衣物等151件。10月21日，以每户7000元现金的标准，逐一交到海龙镇15户房屋倒塌和10户特困的受灾群众手中。

【基层调研】

9月至11月，为落实中宣部关于组织开展宣传思想文化系统调研有关工作的要求，由省文联班子成员分别带队，按照分工抽调各部门干部，分别到九个市（州）基层文联进行调研。调研内容包括基层文联组织现状、主要工作经验和做法、尚待解决的主要问题以及解决问题的意见和建议。

【第三届全国农民摄影大展暨吉林省首届“白山松水”摄影双年展】

6月8日至14日，第三届全国农民摄影大展暨吉林省首届“白山松水”摄影双年展在长春市东北亚艺术中心开幕。全国农民摄影大展由中国文联、国家农业部、中国摄影家协会共同主办，本届大展从全国30个省、市、自治区农民的13822幅来稿中甄选出摄影作品500幅，展期7天。中国文联党组成员、书记处书记李前光，中国摄影家协会主席、分党组书记王瑶，中国文联文艺志愿服务中心副主任廖恳出席了开幕式。吉林省首届“白山松水”摄影双年展共展出作品约800幅，包括近30位摄影家的个人展以及第20届吉林省摄影艺术展、吉林省首届建设社会主义新农村摄影展、“创业风采”吉林省全民创业带动就业摄影展3个主题展。

【吉林——宁夏——重庆三地书法联展】

7月14日，吉林——宁夏——重庆三地书法联展在吉林市艺术中心开幕，宁夏自治区文联党组书记、主席、书法家协会主席郑歌平，重庆市书法家协会主席刘庆渝，吉林省书法家协会常务副主席吴玉珩分别代表本省讲话。此次三地展在吉林首展后，于9月、10月分别在银川、重庆展出。三地联展是吉林省书法家协会在我国书法事业大繁荣背景下，为加强区域间借鉴、交流，弥补不足，从而更好发展、弘扬传统艺术的一项切实举措，至今已与黑龙江、辽宁、海南、江西、宁夏、重庆举办了三次交流联展活动。

【“送欢乐 下基层”公益慰问演出】

2013年，省文联开展了“送欢乐，下基层”系列活动。1月26日，省文联组织艺术家到榆树市榆树钱酒业有限公司，王祥麟、韩子平、董玮、王明明、闫淑萍、佟长江等著名表演艺术家前来助阵，为连续忙碌的酒厂职工们送去了精彩纷呈的演出和温暖人心的问候。8月29日，由吉林省文联、吉林省文化厅、吉林省慈善总会联合组织省文艺志愿者，到农安县开展“送欢乐 下基层 走进黄龙府”大型公益慰问演出活动。晚7时，慰问演出在农安县龙府广场举行。闫淑萍、佟长江、王晓燕、王明明、边桂荣等吉林省著名艺术家以及东北师范大学歌舞团纷纷登台表演，小提琴合奏、民族舞、二人转等精彩节目赢得台下观众的热烈掌声。

【二人转晋京专场演出】

12月5日至7日，由中国文联、中国曲艺家协会、中国文学艺术基金会共同主办的2013相声小品二人转优秀节目展演在京举行。在7日的二人转专场中，省文联、省文化厅、省二人转艺术家协会为在京观众送出了近年来吉林二人转的精品佳作，两度获得中国曲艺牡丹奖表演奖的二人转表演艺术家闫淑萍和盛喆、孙忠宏、尹为民等名家以精湛的二人转表演技艺，为此次展演画上了圆满的句号。中国文联党组书记、副主席赵实，中宣部副部长王晓晖，文化部副部长董伟，中国文联党组成员、书记处书记李前光和姜昆、董耀鹏、向云驹、尹爱群、林君等中国曲协、《中国艺术报》社、省文联、省文化厅等方面的负责人观看了演出。赵实同志对本场演出给予了高度的评价和充分的肯定。

【吉林省优秀民间文艺家、文化传承人表彰大会】

11月5日，省文联、省文化厅、省民间文艺家协会共同举办吉林省优秀民间文艺家、文化传承人表彰大会。经专家组认真筛选，会上评选出吉林省民间文化艺术优秀人才44名，吉林省民间文化艺术突出人才26名，吉林省民间文化艺术大师

24名。会议要求，为进一步传承民间文艺，将在全省全面开展民族民间文化的普查、抢救、挖掘、保护、传承工程，并编撰出版《吉林省民间文艺家名录大全》、《吉林省非物质文化遗产传承人口述史》、《吉林省最美传统村落文化卷》、《吉林省长白山剪纸卷》等书籍。

机关建设

【人事干部工作】

完成了吉林省文联第八次代表大会的换届工作，完成了吉林省戏剧家协会、吉林省曲艺家协会、吉林省舞蹈家协会、吉林省电影家协会、吉林省摄影家协会、吉林省杂技家协会和吉林省广播电视艺术家协会换届人选的推荐、报批工作。完成了中国电影家协会和中国美术家协会换届吉林省代表、理事人选的推荐工作。调入副处级干部1名，系统内调整干部2名，接收安置军队复员士官1名，公开招录公务员5名，吉林省书画院公开招聘专业画家6名（其中二级美术师3名，三级美术师1名，美术员2名）。完成了吉林省编办安排的机构编制核查工作，此项工作历时四个多月，整理装订成册资料分装本136册，合订本34册，为单位留存了宝贵资料，通过了省编办的验收。组织安排50余人次参加各类培训，完成了专家和厅级干部健康体检工作，完成了省委组织部安排的选人用人工作自查、检查和整改工作。完成了全国文联系统先进集体和先进个人的推荐工作，推荐的敦化市文联获得“全国文联工作优秀集体”称号，并给予通报表扬，长春市文联组织联络部获全国文联系统先进单位荣誉称号，吉林省民间文学三套集成办公室编审曹保明同志获全国文联系统先进个人荣誉称号。

【党的工作】

吉林省文联现有党员总数77名，其中在岗职工党员41名，离退休党员36名。共设7个支部，其中，在职党员设5个支部，离、退休党员各设1个支部，年度按计划发展新党员2名。吉林省文联紧紧围绕学习贯彻党的十八大和省十次党代会精神，全面加强学习型党组织建设。及时下发《吉林省文联关于认真学习贯彻党的十八大精神的通知》和《吉林省文联关于认真学习宣传贯彻党的十八届三中全会的通知》。购买党的十八大学习材料和党的十八届三中全会精神学习辅导资料，发放到每一名党员手中。党组成员亲笔撰写宣讲提纲，开展专题讲座，组织报告会，组织党员干部结合工作实际研究落实措施。坚持党组理论中心组学习制度，采取以会带训等方式，注重抓党员的经常性思想教育和集中培训，并充分利用省直工委党校培训和党建网，组织机关党委书记、纪检委员、支部书记、党务骨干集中上课培训。认真贯彻落实中央政治局“八项规定”要求和省委常委会改进工作作风、密切联系群众的具体规定，紧密结合《吉林省文联党组关于贯彻落实“八项规定”的要求》，大力弘扬“清廉、敬业、和谐、务实、创新、学习”六种风气；开展“三比三看活动”。积极宣传和推行《中国文艺工作者职业道德公约》的学习与实践，努力践行文艺界“爱国、为民、崇德、尚艺”的核心价值观，进一步提高文艺工作者队伍的整体素质，引导广大文艺工作者，特别是党员领导干部自觉践行社会主义核心价值观。继续扎实推进“三帮扶”和“千名村长进千村”活动，文联主要领导多次深入帮扶村调研，已经积极为帮扶村筹集各种资金20余万元。带头走访贫困户，为其送米、面、油等慰问品。组织艺术家走进帮扶村采风慰问演出，为村民百姓送欢乐，送精神食粮。在对口帮扶梅河口市海龙镇水毁灾后恢复重建工作中，省文联开展了“全员爱心捐助帮扶活动”，活动举全文联之力，共筹集捐助善款119570元，御寒衣物151件，购买军用棉被20套，棉大衣10件，大米1000斤，白面1000斤，豆油100升。逐一逐户送到水毁灾后特困党员群众手中，把对口帮扶变成践行党的群众路线教育实践活动的实际行动，受到上级主管部门和有关领导的表扬和赞许，帮扶情况在省直机关党建网头版刊登。扎实开展“创先争优”活动，提升党组织的凝聚力。以增强“四力”为抓手，广泛开展“双百双优”活动。在庆祝建党九十二周年之际，机关党委在党组的指导下，对各支部推选的表率作用强、模范作用好的先进党组织和优秀党务工作者，进行综合评定，对两个支部和五名党务工作者进行表彰。“七一”前夕，结合党的群众路线教育实践活动，机关党委组织全体党员重温了入党誓词。大力开展机关作风建设，积极倡导“快、细、实、新”的作风，遏制“庸、懒、散”等现象。制定完善《吉林省文联党组情况报告制度》《吉林省文联接待工作制度》《吉林省文联财务管理制度》《吉林省文联车辆使用管理制度》《吉林省文联党组决策重大事项议事规则》等一系列制度，党组成员带头自觉遵守各项规章制度。重视老干部工作，建立老干部管理、沟通、慰问的长效机制。在机关党委成立、工会换届后，改选了离退休老干部两个支部，走访慰问老支部书记、老党员、老红军，为老干部发慰问金。逢老职工过80大寿，党组、机关党委、工会组织人员送蛋糕看望、祝寿。7月，机关党委组织了老干部、老党员畅游松花江，参观吉林市历史博物馆等活动。为充分发挥妇女组织的职能作用，文联选举成立了新一届妇委会，由群众基础好、表率作用强的同志组成。新的妇委会成立以来，按照《省直机关2013年妇女工作要点的通知》的要求，紧紧围绕“树新风，促和谐，提素质”这条主线，开展了系列服务女职工的关爱活动，如组织健康体检，举办“三八”联欢会等。

各文艺家协会

【戏剧家协会】

5月22日，举办纪念毛泽东同志《在延安文艺座谈会上的讲话》71周年座谈会。3月至5月，省文联、省文化厅、省教育厅、团省委少工委、省戏剧家协会、省群众艺术馆举办了吉林省首届青少年戏剧大赛。比赛历经初赛、复赛两个阶段，最后来自长春的宫佩瑶和白山的梁艺凡从众多参赛选手中脱颖而出，获得最佳表演奖，另有20名选手获得优秀表演奖。本次大赛是吉林省十几年以来第一次全省范围内的戏剧选拔赛。在吉林省首届青少年戏剧大赛的基础上，省戏剧家协会组织小选手首次以全省组队形式参加8月3日在江苏泰州举行的第17届中国少儿戏曲小梅花荟萃活动，宫佩瑶等3名小选手参加终审并取得优异成绩，省戏剧家协会获第17届中国少儿戏曲小梅花荟萃组织奖。8月末至9月初，组织王曼苓、倪茂才、贾书层、刘海波等获“梅花奖”艺术家赴京参加全国“梅花奖”设立三十周年系列庆祝活动，同时组织系列采访、座谈活动。9月，组织开展“第12届东北三省戏剧理论发展研讨会”。9月19至20日，由省文联、省文化厅、中国曲艺家协会二人转艺术委员会主办，省戏剧家协会、省二人转艺术家协会、省艺术研究院承办的吉林省吉剧创作观摩研讨活动在长春举办。全省各市州戏剧家协会、长白山管委会相关部门负责同志及省内部分戏剧创作人员参加了观摩研讨活动，活动就吉林省二人转、小戏小品的发展给吉剧提供的新营养，吉剧发展繁荣的要点及建议进行了研讨。10月，组织推荐小戏小品《雨伞下》《非诚勿扰》《撞车》《地下铁》参加“第5届全国小戏小品比赛”，省剧协获组织工作奖。9月至12月，参加了我省重点文化工作《吉剧全集》十一卷本的编纂整理工作，承担《吉剧艺术家口述实录》的采访编纂工作，形成四十余万字的书稿。

【电影家协会】

3月3日，长影集团青年导演赵林山获得了美华艺术协会颁发的“亚洲杰出导演”奖项。影片《铜雀台》在纽约大学、纽约电影学院、南加州大学等美国院校进行展映并召开座谈会，赵林山与当地师生就中国电影的发展前景以及对世界电影的影响等课题进行了互动。6月16日，由长影集团出品，长影总导演雷献禾执导，郭中東编剧，取材于全国敬业奉献模范邓前堆的真实事迹拍摄的十八大重点献礼影片《索道医生》成功入选韩国“2013中国电影节”展映影片。该影片首次将中国云南傈僳族原生态的自然风光和民族风貌呈现到韩国观众面前。6月22日，《索道医生》在第16届上海国际电影节获得了中国新片单元暨电影频道传媒大奖。8月28日，《索道医生》被选为由国务院新闻办公室、云南省人民政府、中国驻日内瓦办事处和瑞士其他国际组织代表团、联合国驻日内瓦办事处共同主办的日内瓦“感知中国•美丽云南”电影周的开幕影片。组织电影歌曲艺术团进行了13场大型演出。9月23日，电影歌曲艺术团代表吉林省赶赴北京中山音乐堂参加《我们在长春相遇》演出。在10月底结束的第三届东北三省影协电影论文评奖活动中，省电影家协会推荐的7篇电影论文有1篇获一等奖，5篇获二等奖；1篇获三等奖。10月26日，长影集团出品的影片在江苏兴

化举行的2013年中国优秀农村题材电影表彰典礼上共获得优秀故事片、最佳女配角、最佳男配角、优秀男主角、优秀新人、优秀编剧、最佳编剧、优秀导演等八项大奖。其中，《索道医生》《信义兄弟》《大太阳》等三部影片获优秀故事片奖。12月26日，长影集团影片《辛亥革命》《索道医生》《马达加斯加3》在第十五届中国电影华表奖颁奖典礼上，荣获优秀故事片、优秀农村题材故事片、优秀译制片等三项大奖，这是长影自文化体制改革以来在该奖项上获奖最多的一次，同时也是长影继去年连获中宣部五个一工程奖三项大奖之后，再次实现了“十二五”期间电影主业创作的崭新突破。2013年，在中宣部、教育部、共青团中央向全国青少年推荐的100部优秀影视片中，由长春电影制片厂拍摄的的8部经典电影入选。这8部电影包括新中国第一部正面反映校园生活的影片《祖国的花朵》，爱国主义红色经典影片《董存瑞》《上甘岭》《红孩子》《英雄儿女》以及反映重大历史事件的《甲午风云》《开国大典》和儿童电影《远山姐弟》。

【音乐家协会】

为落实省委宣传部关于歌曲精品工程创作的指示，5月，省音乐家协会赴延边组织召开词曲作者研讨会，延边州近50名词曲作者参加会议。6月中旬，赴延边州对征集的近300首歌词进行了评选。与当地重点作者进行了一对一的交流并修改作品。6月17日，省文联、省音乐家协会在长春市清华宾馆召开了吉林省歌曲精品创作研讨会，省内作曲家、词作家近20人参加了研讨会。研讨会上，词曲作家就歌曲精品创作提出了建设性意见。7月19日至21日，组织全省十二位词作者及部分曲作者在白城市召开歌曲精品工程青年歌词作者创作研讨会，经过三轮的作品研讨，有九首歌词作品被选中。8月29日至9月1日在四平市召开“吉林省歌曲精品工程歌词创作研讨会”。全省30余位词曲作家对作品进行了深入细致的研究与交流。经过3轮的研讨与修改，最终有15首歌词作品被确定为第一批入选歌词。

5月，组织了第9届中国音乐“金钟奖”吉林赛区的选拔推荐工作，吉林省推荐报送的6位选手进入复赛。这也是历届中国音乐“金钟奖”我省选手获得复赛资格人数最多的一次。6月5日，召开吉林省音乐家协会钢琴分会第一次会员代表大会，186名代表出席大会。7月，组织中国音乐“小金钟”奖、第2届全国少儿二胡比赛吉林赛区的选拔工作，在全国的比赛中，经过半决赛、决赛的激烈竞争，吉林省推荐的3名选手全部进入决赛，取得了优异成绩，闫正君获优秀指导教师奖，省音协荣获优秀组织奖。7月至9月，省音乐家协会、省声乐学会、长春广播电视台联合举办吉林省首届青少年声乐大赛。有300余名选手参加比赛，其中年龄最小的选手3岁。经过激烈角逐，选出60名选手进入电视决赛环节。9月14日，决赛在长春广播电视台举行，最终评出特别金奖10名，金奖20名，银奖及铜奖30名。10月30日，吉林省音乐家协会古筝分会第一次会员代表大会在吉林艺术学院音乐学院音乐厅召开，138名代表出席大会。12月，与省老龄委、省精神文明建设指导委员会办公室、省群众艺术馆、长影集团电影频道联合举办“吉林省首届老年好声音”评选活动。

【美术家协会】

6月9日，由省文联、省美术家协会主办的“吉林省著名美术家作品展”在吉林艺术学院美术馆开幕，此项展览是文化部、中国文联、省政府、长春市政府主办活动之一，是新中国以来吉林省老一辈美术家经典作品的第一次集中展示，中国美术家协会党组书记吴长江发来贺辞。作品共展出吉林省70岁以上著名美术家25位77件精品力作。为本次展览特别拍摄的高清记录片《年华•印迹》，深刻解析了吉林省老一辈美术家的创作立场，在吉林省首次以纪录片形式反映吉林省美术成就，受到观众的好评。8月8日，由省美术家协会、吉林市文化局主办的“林海墨画——赵丁中国画艺术回顾展”在吉林市书画城举办。展览共展出国画、连环画、漫画、插图、速写等200多幅作品，集中展示了画家赵丁从艺几十年的心路历程和艺术风采。9月25日至10月11日，由中央文史研究馆书画院、省文史馆、省文联、省文化厅、省美术家协会主办的“关东之韵——陈涤中国画作品暨二人转系列作品展巡回展”在大连中山美术馆拉开帷幕。10月27日在沈阳鲁迅美术学院美术馆展出。这次展览共展出画家陈涤作品110余件，其中包括大型主题创作、古代人物及二人转系列作品。10月12日，由省文联、省文化厅、省文史馆主办，省美术家协会、省美术馆承办的高向阳还岁中国画展在吉林省博物院展出。展览共展出画家高向阳各个时期的118幅作品。12月13日，在吉林艺术学院美术馆举办“长白山写生作品展览”。积极组织创作、推荐美术作品参加全国美展。7件作品入选第二届全国版画作品展；1件作品入选2013年全国中国画作品展；2件作品入选“时代印记——2013中国百家金陵画展（版画）”；2件作品入选全国油画作品展；3件作品入选“吉祥草原•丹青鹿城—全国中国画作品展”；1件作品入选“泰山之尊全国中国画作品展”，3件作品入选“相聚宜兴全国工笔画作品展”；2件作品入选首届“朝圣敦煌全国美术作品展”；2件作品入选“墨韵岭南•全国中国画作品展”；李一夫雕塑作品《孔子讲学》入选“中华文明历史题材美术创作工程”。

【曲艺家协会】

3月1日，省曲艺家协会相声艺术委员会在长春市南关区文化馆成立了我省首家相声俱乐部。7月25日、8月6日，辽源市相声俱乐部和吉林市相声俱乐部相继成立。截至12月30日，吉林相声俱乐部共完成公益演出106场，观看人员近万人次。3月2日至4月1日，举办了追思马敬伯先生作品研讨会及系列演出活动。8月11日，省曲艺家协会组织50名演职人员赴黑龙江省泰来县参加了“金马•香江花园”杯首届东北三省农民曲艺大赛，省曲艺家协会荣获了“最佳组织奖”，吉林省多件参赛作品斩获一、二、三等奖。10月22日，省文联、省曲艺家协会组织演职人员和爱心人士来到遭受水灾的梅河口市海龙镇进行慰问，筹得善款十万余元用于灾户恢复重建。12月26日，省曲艺家协会和长春民族艺术学校联合创办的吉林相声俱乐部曲艺专科学校正式揭牌。12月30日，为让残疾人过一个温暖快乐的元旦和春节，营造扶残助残的良好社会氛围，由省委宣传部、省残联、省文化厅、省文联主办、省曲艺家协会承办的文化助残活动在南关区文化馆举行，为残疾人组织了3场相声专场表演。12月30日，成立了吉林省少儿曲艺家协会。

【舞蹈家协会】

4月，在长春市举办首届“长春市百姓健康舞”辅导员培训班，来自省群众艺术馆的舞蹈干部及老年大学的舞蹈教师共40多人参加了培训。7月，在长春市文化广场举办“长春市百姓健康舞”启动仪式。7月，在长春市东方大剧院举办“吉林省第16届少儿舞蹈大赛”。9月7日，由中国舞蹈家协会、省文联、省文化厅主办，省舞蹈家协会、长春市文化广电新闻出版局承办，长春市群众艺术馆协办的吉林省暨长春市百姓健康舞展演活动在长春市文化广场正式启动，共有来自长春市24支展演队伍2080名广场舞爱好者参加了表演。此次展演是吉林省近年来规模最大的一次群众性活动。10月，在长春市举办第二期“长春市百姓健康舞”辅导员培训班，来自长春市各社区、街道的舞蹈干部共50多人参加了培训。11月，由省舞蹈家协会选送的长春市朝鲜族艺术馆表演的舞蹈《融》、长春市老年大学艺术团表演的《祈福》和白城市老年艺术团表演的《忙忙忙•乐乐乐》3个舞蹈参加了中央电视台《舞蹈世界》节目举办的舞蹈展演。

【民间文艺家协会】

4月至5月，在长春分别举办“清明文化论坛”、“端午文化论坛”和风筝文化论坛。4月1日至7日，省民间文艺家协会参加中国民间文艺家协会在河南省开封市举办的中国（开封）首届民间工艺美术展暨第十一届中国民间文艺山花奖•民间工艺美术作品奖评奖活动，吉林省有4名艺术家获奖。5月10日，参加中国文联与中国民间文艺家协会举办的“第11届中国民间文艺山花奖•民俗影像作品奖”评奖活动。组织推荐《萨满祭祀》等六部民俗片参评。8月16日至25日，参加第12届中国长春国际农业•食品博览（交易）会，精心组织一批民间文艺家和民间非物质文化遗产传承人在这次盛会上展示才艺，精选出剪纸、根雕、石刻、柳编、苇编、蛋雕、壁挂、泥人、葫芦画、农民画、闯关东年画、鱼骨画、陶画、瓷板画、鱼皮画、指书、核桃贴等多件具有代表性的艺术品参加此次活动。11月5日，省文联、省文化厅、省民间文艺家协会联合举办“吉林省优秀民间文艺家、文化传承人表彰大会”，对吉林省民间文化艺术优秀人才44名，吉林省民间文化艺术突出人才26名，吉林省民间文化艺术大师24名进行了表彰。11月中旬，在四川达州市举办的“第3届全国新农村文化艺术展演”活动上，吉林省派出延边代表队参

加，并获得组织工作奖。11月，组织3名民间艺人参加由中国民间文艺家协会、江西婺源县人民政府等单位将共同举办“全国灯彩展览暨第11届山花奖•民间灯彩”评奖活动。

【摄影家协会】

1月9日，省摄影家协会主办的第18届吉林国际雾凇冰雪节摄影大赛启动仪式暨雾凇冰雪摄影展开幕式在吉林市艺术中心举行。开幕式上对第17届吉林国际雾凇冰雪节摄影大赛获奖的作者进行了颁奖。4月，吉林省“首届白山松水摄影双年展”征稿启动，本次双年展是在吉林省推行策展人制的首次尝试，有20位摄影师通过省摄影家协会主办的关东摄影网脱颖而出。双年展经过媒体报道之后，有数组参展作品在国内摄影媒体上刊载。6月8日，由中国文联、农业部、中国摄影家协会共同主办，省摄影家协会承办的第三届全国农民摄影大展暨吉林省首届“白山松水”摄影双年展开幕式在长春东北亚艺术中心隆重举行。本届大展共展出300多幅摄影作品，其中包含了“吉林省第20届摄影艺术展览”、“吉林省建设社会主义新农村摄影展”以及30多位摄影家个展，共展出作品约800幅。6月15日，省摄影家协会在东北亚艺术中心举办了主题为“朴素与真实”的农村摄影理论研讨会，就农村题材摄影创作展开研讨。6月，省摄影家协会在关东摄影网发出了农民摄影志愿服务的倡议，300位摄影家组成21支志愿者服务小分队来到农民身边，克服种种困难，向农民传授摄影知识，在较短时间内收获了较大的成果。8月16日，作为吉林省农民文化活动月中重要活动之一的“吉林省农民摄影作品展”在长春举办。展出的550幅作品全部出自农民之手，展览作品中不仅有植根于黑土地的农民摄影家的代表作，更有150幅来自田间地头的农民朋友的处女作。这些原汁、原味、原创的鲜活影像，成为展览的一大亮点。8月，省摄影家协会在2013年第五届大理国际影会上荣获评委会特别奖。10月，省摄影家协会作为“万名摄影志愿者万幅作品进万家”公益活动先进团体会员单位，受到中国摄影家协会的表彰。2013年，吉林省首次网络摄影年赛——“Patagonia杯2013吉林摄影网络年赛”以关东摄影网为平台顺利进行。全部参赛作品以帖子形式发布，年赛尝试推行比赛评语制，每次月赛的评选结果均与评语同时公布，得到了摄影爱好者的积极反馈。

【书法家协会】

2月6日，由省书法家协会组织10位书法名家来到长春市净月开发区兴隆山镇，为当地村民写春联，送祝福。3月3日，由省文联、省文化厅共同主办，省书法家协会、省博物院承办的“贺癸巳新春吉林省书法邀请展”在吉林省博物院开幕。全省各界近千人参观了展览。此次展览展出了省内30位书法名家的百幅精品力作，展出部分作品被省博物院收藏，并结集出版。4月19日，吉林省“第四届临帖书法展”在吉林市艺术中心进行了评选，本届临帖展共收到临作1500余件，经过评委们三轮评选，共评出优秀作品、参展作品三百件，其中新人新作占有相当比例，入选作品结集出版。7月14日，吉林——宁夏——重庆三地书法联展在吉林市艺术中心开幕，此次三地展在吉林首展后，于9月、10月分别在宁夏、重庆展出。省书法家协会至今已与黑龙江、辽宁、海南、江西、宁夏、重庆举办了三次此类交流活动。8月24日，柳河县实验小学被中国书协正式命名为“中国书法兰亭小学”。8月25日，集安市“中国书法之乡”、集安市实验小学“中国书法兰亭小学”命名授牌仪式在集安市滨江广场举行。中国书法家协会副主席聂成文出席了命名授牌仪式。11月9日，经过充分细致筹备，“乾元杯”全国书法篆刻展评审工作正式开始，经过两天紧张评选，最后在11000件来稿中共选出19件优秀作品，300件参展作品。

【杂技家协会】

6月24日至28日，全国部分省、市杂技家协会工作经验交流会在长春召开。来自17个省、市杂技家协会及院团负责人近30人参加了会议。部分省市文联领导及专家出席会议。省文联党组书记尹爱群主持会议并讲话。会议期间，与会代表各自介绍了所在省、市杂技家协会的工作，交流探索市场经济条件下克服困难、努力创新的工作新思路以及举办活动谋划发展的工作经验。9月，组织召开第6届东北三省杂技论坛论证会。

【广播电视艺术家协会】

4月至5月，省广播电视艺术家协会举办“第7届吉林省德艺双馨电视艺术工作者”及“第8届全国德艺双馨电视艺术工作者”推选活动。李晓兵、葛维国获得全国德艺双馨电视艺术工作者称号。卢庆春、宁丽波、李晓兵、迟建边、葛维国获得省德艺双馨电视艺术工作者称号。5月至6月，组织开展“全国第5届新农村电视艺术节”吉林省作品征集活动。吉林省共有近20部作品参评，蛟河电视台《海归女猪倌》、白山广播电视台《博士还乡记》等9部作品获奖。6月，组织开展“人文中国第二季——味道中国”全国电视专题片、纪录片推选、展播活动吉林省作品征集工作。7月，组织“第六届中国旅游电视周”吉林省作品推选活动。吉林电视台《高铁让东北一家亲　冰城风光尽收眼底》等两部作品获奖。9月，组织“第25届吉林省电视文艺丹顶鹤奖”评奖活动。本届“丹顶鹤奖”共有140余部作品参评，近百部作品获奖。11月，组织“长白山文艺奖”电视专题纪录片推选活动，推选《发现长春》等8部作品参评。

【二人转艺术家协会】

2013年，省二人转艺术家协会继续与乡村频道联手进行“东北三省电视二人转大奖赛”，累计150万人次参与。2月，由省二人转艺术家协会推荐的二人戏《锔大缸》获得第八届河南宝丰马街书会全国曲艺邀请赛一等奖。4月1日至3日，参加全国年度优秀曲艺作品颁奖典礼，由省二人转艺术家协会推荐的作品《杨三姐告状》、拉场戏《非诚勿扰》获得铜奖。8月，组织参加“首届东北三省农民曲艺节”。9月5日至19日，吉林省第六届二人转•戏剧小品艺术节在长春举行。来自全省各地的26家艺术表演院团的75个优秀作品参评，艺术节期间举办了15台形式多样、各具特色的精彩演出。经过激烈角逐和评委会的严谨评判，吉林市戏曲剧团有限公司拉场戏《二嫂捉奸》等剧目获得综合一等奖，33个剧目获得二等奖；10个剧目获得三等奖。此外，评委会还评选出了优秀编剧、优秀导演、优秀编曲、优秀表演奖等单项奖。9月20日，参加吉林省二人转、小戏、小品创作暨吉林发展研讨会，与会领导和专家学者对于吉林省的二人转发展给予高度肯定。12月5日至7日，组织参加由中国文联、中国曲艺家协会、中国文学艺术基金会共同主办的2013相声小品二人转优秀节目展演。在7日的二人转专场中，两度获得中国曲艺牡丹奖表演奖的二人转表演艺术家闫淑萍等名家以精湛的二人转表演技艺，为此次展演画上了圆满的句号。

【民俗学会】

9月，参加在内蒙古召开的“中国民俗学会中国少数民族民俗研究中心成立大会暨2013’中国少数民族民俗研究论坛”，理事长施立学被聘为中国少数民族民俗研究中心副主任。9月，由省文联、省文化厅、省档案局、省地方志编委会、省民族研究所、省民俗学会主办的2013年调查并出版全省村落民俗文化志活动在长春启动。本次调查先后有65人参加，调查了9市县，写出10万余字调查报告。调查中，抢救清光绪年间“进士”匾一方。2013年，省民俗学会与省内外媒体共合作进行180余次民俗文化采访、讲座、现场评定活动。

【企业文联】

9月5日至12日，由省文联、省总工会共同主办，省企业文联、省总工会宣教部承办的“吉林省首届‘吉林森工泉阳泉杯’职工美术、摄影、书法作品展览”在东北亚艺术中心开幕。这次展览在5个月征稿期内共收到3000余名作者投送的近5000多幅作品，共遴选出金奖作品3幅，银奖8幅，铜奖18幅，优秀奖166幅，入选作品150幅，共计345幅（组），展览共展出150幅获奖作品。本次展览致力于倡导多元、鼓励创新、面向基层、发现新人、力推精品、完善机制、繁荣艺术的工作目标，省企业文联组织全省企业文艺工作者，特别是一线产业工人，以独特的艺术视角，独到的人生感悟，质朴的家国情怀创作出了大量精彩的艺术作品，展览具有参与者多、影响面广、展览规模大、作品精彩的特点。

直属单位

【吉林省书画院】

9月开始向全省招聘专业画家，经过多轮考试、考核、公示，录用专业画家6名，加强了省书画院专业创作队伍。10月，省书画院组织了“关东风情考”系列考察写生活动，共有11位画家参加，历时10天。写生主题为辽宁沿海渔业生活。在写生活动中，画家们体验民风民情，比对不同地域的文化差异性，有利于本地域特色美术的发掘和创新。孙志卓创作的《瑞雪》参加了第十

届中国艺术节，并收入中国当代美术名家中国画作品集；孙志卓作品《柳枝谣》参加了全国画院名家邀请展；卜昭禹的作品《巴特尔》参加了山东莱西中国画名家邀请展；卜昭禹作品参加了第十五届东北亚地区五国美术作品展。

【文艺期刊】

把握刊物导向，打造品牌，注重刊物质量，按照每本刊物的定位，出好每期刊物。《文艺争鸣》作为全国中文核心期刊，质量和影响力在全国文艺理论期刊中名列前茅，在南京大学CSSCI学术集刊引文索引数据库中排名第三位。2013年，《文艺争鸣》编发文章有2篇被《新华文摘》转载；设立"个体文学史"专栏；5月，组织举办"个体文学史研讨会"。2013年，《民间故事》在坚持办刊方向，保持说古道今、生动有趣、雅俗共赏、老少皆宜风格的同时，举办了"吉林，我爱你"故事会，选发有特色的故事。同时扩大了"民间奇方"和"故事地理"的内涵，配合端午节和清明节，召开了"文化论坛"，并在《民间故事》上刊登节日故事。在吉林抚松召开了"人参故事会"，并在《民间故事》上刊登、选发"人参故事"和"地域故事"。针对新农村建设，特设了"农家书屋"栏目，并出版"农村书库"专发特集、特刊，被吉林省新闻出版局评为优秀期刊。《小说月刊》继续以坚持"创办中国畅销小说王牌杂志"为目标，坚持"才情加深度"的选稿风格，以"趣、情、奇、讽、绝、妙"定位小说风格特色，加大小说关注现实的力度，全年发稿约五百余篇，报刊转载、收入选本、获奖共三百多篇，居全国同类杂志之首。《小说选刊》《读者》《青年文摘》《意林》《小小说选刊》《微型小说选刊》皆有大量选载。在小小说作家网上，《小说月刊》版块与作家互动的帖子已经达到四万多条，加强了与各地作家的沟通。2013年，《小说月刊》成功地举办了"庄子税苑杯"全国小小说大赛，大赛共收到有效稿件八百余件，出版获奖作品合集一部。此次赛事新浪、搜狐、网易、腾讯、TOM、人民网等四十余家网站均进行了宣传。

黑龙江省文联

综　述

2013年，在省委、省政府、中国文联的关怀和省委宣传部的直接领导下，省文联以党的十八大及十八届三中全会精神为引领，认真学习习近平总书记的系列讲话精神，扎实开展党的群众路线教育实践活动，以“我的中国梦”为主题，坚持文艺服务人民的正确导向，开展广泛的文艺活动。

以党的群众路线教育实践活动为重心，坚持文艺服务人民的政治导向。

一年来，省文联认真组织学习十八大以来习近平总书记的系列重要讲话精神，坚定了文艺服务人民的政治信念。按照中央和省委的统一部署，结合工作实际，以“照镜子、正衣冠、洗洗澡、治治病”的总要求为指导，以“对照四风找问题，服务群众转作风”为主题，以反对“四风”、服务群众为重点，深入扎实地开展了党的群众路线教育实践活动。通过建章立制推动作风建设常态化、制度化，促进文联各项工作扎实深入开展。

【繁荣文化生活，以“我的中国梦”为工作主题，开展形式多样的文艺活动】

一年来，省文联围绕“我的中国梦”的工作主题，开展形式多样的艺术活动，共举办全省性文艺展演、展示、比赛活动63次，组织下基层演出35场。

举办了“正是稻谷飘香时”中国文联文艺志愿服务团赴北大荒“送欢乐、下基层”慰问采风活动；承办了全国系统年鉴编撰工作培训班；举办了东北三省农民曲艺节；举办了黑龙江省戏剧大赛•第十三届“小梅花奖”评选、第六届“丁香奖”评选、黑龙江省首届合唱艺术节、“四季龙江入画来”黑龙江美术作品展、2013年黑龙江省少儿舞蹈大赛、第十四届哈尔滨民间民俗艺术博览会、“名家宗师•崇德尚艺”黄枫先生从艺六十周年研讨展示活动、“扎龙寻梦”中国摄影名家采风活动、第二届黑龙江省大学生魔术比赛、全省高校电视主持新人选拔赛、2013世界超级模特中国冠军赛黑龙江省选拔赛等文艺展赛活动。有效地繁荣了文艺创作，发现了一批优秀艺术人才和作品，激发了艺术创作活力。进入新年以来，省文联组织广大艺术家围绕“追寻中国梦”开展了一系列文艺活动。

举办了“黑龙江文艺之冬”高校文艺演出。美术、摄影、书法、曲艺、音乐、戏剧等文艺家协会赴尚志、牡丹江、肇东、哈尔滨西客站、宾县等地开展送艺术到基层，有效地配合了“中国梦”的宣传活动。

【注重改革创新，以“文化品牌”建设为工作方向，推出一批优秀的文艺作品】

黑龙江版画、“龙歌”、黑龙江书刻、黑龙江冰雪画、黑龙江农民画、“戏剧小梅花”、冰雪摄影、民间手工艺等是我省文艺精品建设的重要内容。2013年在黑龙江版画、“龙歌”、龙江书刻、黑龙江农民画等方面取得了显著成绩。

2013年我省艺术创作成绩喜人，由各文艺家协会组织推荐的作品、节目获得100项国家级奖项、3项国际奖项。

【拓展工作思路，以“基层文艺人才建设”为工作基础，推进龙江文艺走向更广阔舞台】

黑龙江省文联从本省实际出发，注重基础文艺人才的发现培养，根据各地的文化资源，开展“一县一品”文艺品牌工程建设，加强县级城乡文化组织建设和惠民文化服务，丰富基层群众的精神文化生活。一年来，省文联赴外省开展文化交流25次，赴国外开展文化交流6次，接待外省、外国文化交流活动17次。对外交流活动，增强了黑龙江地域文化的吸引力和影响力。

2013年，省新闻图片社完成党和国家领导人到黑龙江省考察和调研活动，全年收藏、整理图片资料2.5万余幅，成为省文联围绕中心，服务大

局的窗口。

重要会议

【黑龙江文联六届三次全委会议】

2月26日，黑龙江省文联六届三次全委会议在哈尔滨召开。会议总结了2012年工作，研究部署2013年工作，变更、增补了省文联委员。

省委宣传部副部长赵德信、省文联主席傅道彬、副主席计世伟等领导出席会议。省文联六届全委会委员、各团体会员单位负责人、机关各处室负责同志70余人参加了会议。

会上，省文联副主席王亚平传达了中国文联第九届全国委员会第四次会议精神；省文联副主席綦军传达了全省宣传部长会议精神；省文联主席傅道彬代表第六届主席团作了题为《高举十八大旗帜，振奋精神，凝聚力量，推进黑龙江文艺事业再上新台阶》的工作报告。会议增补了邱利峰、关丽君、王欣红、沈志军、满文斗、徐向滨、葛均义7名同志为省文联六届委员会委员。

【省文联组织观看十八大报告讲座】

2月21日，省文联组织机关干部集体收看了红旗出版社原副总编辑黄苇町所做的《努力提高党的建设科学化水平，始终把人民放在心中最高位置》的讲座录像。省文联党组成员、副主席计世伟参加了报告会。

黄苇町教授是著名经济学家和党建专家。他提出了党的建设是学习十八大报告的重点，并重谈了五个方面的内容：一是坚定理想信念，加强思想建设。对马克思主义的信仰，对社会主义、共产主义的信念是共产党人的政治灵魂，是共产党人经受住任何考验的精神支柱。二是发扬党内民主，增强党的活力。三是深化干部人事制度改革，坚持党管人才的原则。四是强化宗旨意识，密切血肉联系。检验党的一切政治活动的最高标准是以人为本执政为民。五是严明党的纪律，坚决反对腐败。

黄苇町教授的报告主题鲜明，逻辑严谨，资料详实，引起了与会人员的热烈反响。

【2013黑龙江省版画工作会议】

3月15日，黑龙江省版画工作会议在哈召开。中国美协版画艺委会主任、天津美术学院院长姜陆，中国美协版画艺委会秘书长康剑飞，副秘书长李康、黑龙江省美协主席吴团良、省美术馆馆长张玉杰以及省内版画创作群体代表，版画家五十余人出席了会议。会议由省美术馆副馆长于承佑主持。

会议围绕“第十二届全国版画展”为主题展开。姜陆首先就“第十二届全国版画展”的具体事宜作了说明。康剑飞就“第十二届全国版画展”落户黑龙江的策划操作以及整体趋势作了简明介绍。

张玉杰总结了黑龙江美术馆2012年的版画工作。并对2013年版画工作，尤其结合“第十二届全国版画展”提出了要求和希望。

来自鸡西、大庆、大兴安岭、阿城、庆安等地版画创作群体负责人参加了会议。

重要活动

【黑龙江省文联组织艺术家举办2013年“送欢乐、下基层”慰问活动】

1月15日，黑龙江省文联组织了音乐、杂技、曲艺、书法、美术等艺术门类的艺术家，赴依兰县道台桥镇永丰村开展“送欢乐、下基层”慰问活动。省文联党组成员、副主席计世伟任慰问团团长。

“送欢乐、下基层”是中国文联倡导的一项公益性文化惠民活动。近年来，黑龙江省文联本着“百花扎根沃土，艺术献给人民”的宗旨，分赴基层，服务群众，举办慰问演出、书画笔会等活动，转达党和政府的关怀和温暖，丰富群众的文化生活。如今，该项活动已经成为省文联和文艺界的公益性文化惠民活动品牌。

在永丰村，黑龙江省武警文工团演员黄海燕演唱了歌曲《美丽的草原我的家》、《假如你要认识我；哈尔滨师范大学音乐学院教授张东演唱了《这片黑土地》、《父亲》；黑龙江省青歌赛民歌一等奖获得者孟琳演唱了《芦花》、《祝福祖国》，哈尔滨市曲艺团演员李子玉表演了魔术《牌韵》，哈尔滨市文化馆演员贺海燕和龙江剧实验剧团演员武威表演的二人转《要钱五更》，农民朋友们兴奋地说：“我们大家都喜欢这样的演出，真心感谢艺术家们为我们送来精神食粮，希望以后多组织这样的演出。

慰问团的书法家和美术家在现场挥毫泼墨，用精美的书画作品抒发心中的祝福。艺术家们书写了春联和福字送给当地群众。慰问团还为当地群众带去了精美的摄影作品集和《章回小说》杂志。

【省文联、省曲艺团赴绥棱举办“送欢乐、下基层”慰问演出】

1月30日，黑龙江省文联、黑龙江省曲艺团组织艺术家赴绥棱县开展“送欢乐、下基层”慰问活动。省文联党组成员、副主席计世伟任团长，省文联副主席、省曲艺团团长宗成滨任副团长。黑龙江人民广播电台、黑龙江日报、黑龙江晨报、东北网等多家媒体随行采访。

艺术家们为当地群众奉献了精彩的文艺演出。由宗成滨、张树伟表演的相声《规矩论》让现场观众开怀大笑。京剧《做人就做这样的人》展现了京剧艺术的魅力。刘冰歌演唱的歌曲《穿行》和《天蓝蓝》博得了现场观众的阵阵掌声。对口快板《壮丽中华》以亲切活泼的形式表达了对祖国的热爱。最后，演出在王庆辉演唱的歌伴舞《节日欢歌》和《阳光路上》圆满结束。

此次活动本着“百花扎根沃土、艺术奉献人民”的宗旨，深入基层，服务群众，把党和政府的关怀送到基层，把丰富的精神食粮奉献给人民，活跃节日人民群众的精神文化生活，营造文明、健康、和谐、稳定的节日氛围。

【爱心伴你过大年——黑龙江省电视艺术家协会开展“送欢乐、下基层”慰问活动】

1月14日，黑龙江省电视艺术家协会组织在哈会员，与国际慈善组织狮子会四十余人赴哈尔滨市第二福利院，联合开展“送欢乐、下基层”慰问活动。

哈尔滨市第二福利院共收住无子女、无生活来源需由政府供养的孤、寡、老和由儿童福利院转送的已成年残疾人员共二百四十多人。他们的生活费用完全由政府承担。

视协会员和福利院工作人员一起，为孤寡老残院友们献上了自编自演的文艺节目，让歌声和欢笑声一次次荡漾在福利院会堂。

本次活动共筹集善款三万余元，根据福利院建议采购了米、面、油、内衣、缝纫机等生活品和影碟机、影碟等精神文化产品，把实实在在的欢乐和爱心送到最需要关爱集体的心坎和手中。

【中国摄影家协会、黑龙江省摄影家协会赴伊春“送欢乐、下基层”】

1月18日至22日，由中国摄影家协会副主席索久林、李树峰，中国摄影家协会理事杨大洲、卞永平，中国摄影“金奖”获得者王福春，中国摄协组联部负责人许华飞以及摄影志愿者代表方殿君、李健伟组成的“送欢乐、下基层”文艺服务活动小分队深入伊春市开展慰问活动。

慰问团来到伊春市红星林业局东升社区，组织了一场别开生面的展览。索久林、李树峰为参加群众讲评每一幅展览摄影作品的背景、特点和创作主题。随后，队员们分别走访了伊春多个基层林业职工家庭，为他们拍摄肖像、全家福，并用便携式打印机当场将照片打印出来作为礼物赠送，这一做法在当地群众眼中既新奇又亲切。慰问团还专门组织了摄影讲座。中国摄影家协会还特别安排了基础摄影人座谈调研，协会副主席和业务部门干部专门听取了当地摄影组织成员对中国摄协的意见和建议。

【中国文联、中国美术家协会赴牡丹江“送欢乐、下基层”】

1月21日至25日，中国文联、中国美术家协会赴牡丹江举办了“送欢乐、下基层”慰问活动。本次活动由中国文联党组成员、副主席左中一，中国美术家协会分党组书记吴长江带队，组织全国20多个省、市、自治区的著名画家以及中央媒体记者近40人到牡丹江举办了系列慰问活动。

牡丹江市政府市长林宽海会见了慰问团一行。省委宣传部副部长赵德信、省文联副主席计世伟、牡丹江市委宣传部长闫岩、牡丹江市委秘书长宫镇江、市人大副主任黄莲花、副市长张海华、市政协副主席李自亲等领导陪同参加了活动。

在牡丹江期间，慰问团一行观看了“牡丹江市首届美术双年展”。随行的画家在现场为本地作者进行了创作点评和辅导。随后，慰问团一行到海林横道河子镇参加了“中国•横道河子油画村”开村仪式，参观了中东铁路建筑群遗址和油画一条街。画家们挥毫泼墨，现场为当地农民群众写福字、春联。慰问团还走访了横道河子镇贫困户，送去了慰问金和慰问品。

慰问团一行在牡丹江参观了革命烈士纪念馆，并到雪乡进行了创作采风活动。慰问团还向八女投江革命烈士纪念馆、杨子荣革命烈士纪念馆、中国美术家协会镜泊湖写生创作基地等机构赠送了随行画家创作的多幅美术作品，向牡丹江市美术爱好者以及农民群众赠送了美术图书等慰问品。

【喜庆十八大——黑龙江省军地艺术家书画笔会】

1月底，黑龙江省知名艺术家与部队官兵共同举办了“喜庆十八大——黑龙江省军地艺术家书画笔会”。笔会由黑龙江省军区、省文联主办。

省军区领导、省文联主席傅道彬、省美协主席吴团良、哈尔滨市美协主席侯国良、哈尔滨师范大学艺术学院教授王明、省书协副主席兼秘书长张戈、省书协副主席胡志平、王凯霞、省书法活动中心副主任王斌，以及省军区书画家和书画爱好者30余人出席了笔会。书画家们用饱蘸激情的笔触或书写各种书体、或写意山水花鸟。部队书画爱好者纷纷走到书画家桌案前，观看艺术家们的创作，对绘画中用笔、色等方面进行了交流，对于官兵提出的书画创作等问题，艺术家们都一一作了讲解。

【省文联“诗词格律”高级研修班结业，丁广惠做客文联大讲堂】

5月10日，省文联“诗词格律”高级创作研修班结业。这次创作研修班是文联大讲堂的重要组成部分，由哈尔滨师范大学中文系教授丁广惠先生全程讲解，历时一个月。省文联主席傅道彬、副主席计世伟和省文联的全体同志参加了创作研修班。

丁广惠教授曾任哈师大古代汉语教研室主任，民俗文化教研室主任，硕士生导师，中国民俗学会理事。

丁广惠教授将诗词格律的普遍规律和他毕生研究的成果一交换律，如数家珍般娓娓道来，条分缕析，化繁为简，丝丝入扣地将看似庞然杂乱的诗词平仄谱式梳理得泾渭分明，有章可循。语言幽默，逻辑严谨，

【画说龙江——黑龙江省美术馆五十年馆藏经典版画作品全国巡回展在上海开展】

6月1日，“画说龙江——黑龙江省美术馆五十年馆藏经典版画作品全国巡回展”在上海开展。省文联副主席计世伟，省美术馆馆长张玉杰等赴沪参加了开幕活动。

本次展览展出的189件（组）全面立体地展示了黑龙江版画诞生五十多年以来不同时期的经典版画作品，以独特的语言赞美壮丽的大自然，讴歌勇毅的劳动者，倾诉黑龙江自然与人文的大美和大爱，折射在北大荒开发、大庆油田开发、大小兴安岭林业开发的历史进程中焕发出来的黑龙江优秀精神，讲述黑龙江人艰苦奋斗、开拓创业，顾全大局、无私奉献的光荣与梦想，是黑龙江精神文化积淀在新时代的全面升华。

【鸿年之季——纪念杜鸿年诞辰八十五周年馆藏美术作品展】

4月10日至5月10日，“鸿年之季——纪念杜鸿年诞辰八十五周年馆藏美术作品展”在哈尔滨市举办。

作为享誉中国乃至世界的北大荒版画流派来说，杜鸿年无疑是其股肱之臣之一。他的作品流淌着他那个年代火热的激情，他用刻刀与画笔一层层叠加着他对艺术创作的思考，刻画出了生活的美好与绚烂。作为北大荒版画、黑龙江版画的代表画家，杜鸿年的作品以装饰感强，意境朦胧、优雅、宁静著称。《春的喧闹》、《天山三月》、《山林之歌》、《林溪》等是他的代表作品。

本次展览，黑龙江省美术馆将馆藏的杜鸿年不同时期的版画和水墨画作品100件，以系统的陈列方式面向大众展出，使广大的艺术爱好者一起共享经典的魅力，感受大师的风采。

【中国舞蹈家协会第244届少儿舞蹈展演暨2013年黑龙江省少儿舞蹈大赛】

5月19日，“中国舞蹈家协会第244届少儿舞蹈展演暨2013年黑龙江省少儿舞蹈大赛”在哈举办。大赛由黑龙江省文联和中国舞蹈家协会社会舞蹈教育委员会主办，黑龙江省舞协和哈市少年宫共同承办。

本届大赛共有来自全省各地的20个代表队、500余位小选手表演的独舞、三人舞和群舞等66个节目参赛。比赛分为幼儿组、儿童组、少年组三个组别进行评比，评委均为我省舞蹈界资深专家。经过专家认真评议，评选出一、二、三等奖及优秀奖。

本届大赛覆盖面广，打破以往哈尔滨、大庆、牡丹江在少儿舞蹈大赛中的垄断局面，参赛队中

有两个县一级的队伍，说明舞蹈教育已经深入到基层。

本届大赛除了对我省近两年的少儿舞蹈创作和教学水平进行总体评估和检阅外，还担负着为第七届“小荷风采”全国舞蹈展演选拔、输送优秀作品的重要任务。

【哈尔滨师范大学“龙江书刻”精品展暨“龙江书刻”哈师大创作基地授牌仪式】

6月18日，哈尔滨师范大学“龙江书刻”精品展暨“龙江书刻”哈师大创作基地授牌仪式在哈师大举行。活动由黑龙江省文联、哈尔滨师范大学主办，省书协、哈师大教务处、哈师大美术学院承办。

省文联主席傅道彬，哈师大党委书记付军龙，哈师大副校长李凤飞，省书协常务副主席兼秘书长张戈等领导，以及来自社会各界的三百余人出席开幕式。开幕式由哈师大美术学院副院长李岗主持。

本次展览共展出刻字作品300件，这些参展作品是从哈师大“龙江书刻”创作团队一千余件作品中精选出来的。作品以龙江人粗犷、豪放、热情、率真、大气磅礴的性格特征与学院派相结合，创作主题突出，实现了四个突破：一是在选材上，以低碳环保为原则，将废旧沉木赋以生命，注入龙江文化元素；二是平面构成与立体造型相结合，既随形立意又有造型创意，突出原创性和个性化创作；三是在色彩上，侧重古朴、沉稳、厚重，以体现东北白山黑水强烈色彩反差的特点，使作品有着极强的视觉冲击力；四是运用了大刀阔斧式的刀法，豪放中蕴含精细。四种形式的构成彰显出了“龙江书刻”独特的艺术魅力。

【“雷锋传人——雷锋班历任班长影像记忆”王金祥将军摄影作品展暨图文书黑龙江省发行仪式】

6月30日，“雷锋传人——雷锋班历任班长影像记忆”王金祥将军摄影作品展暨图文书黑龙江省发行仪式在哈举行。展览由黑龙江省军区政治部和省文联共同举办。省摄影家协承办。

王金祥，1969年2月入伍，历任战士、排长、团宣传干事、师组织干事、军干部干事、军区处长、总政治部干部、科学技术干部处副处长、科技文职干部局局长、集团军政治部主任、副政治委员、黑龙江省委常委、省军区政治委员、沈阳军区政治部副主任，正军职，少将军衔。中国摄影家协会会员、中国书法家协会会员。

多年来，王金祥将军潜心钻研摄影艺术，创作了大量思想性、艺术性很强的优秀作品。为纪念毛泽东等老一辈无产阶级革命家为雷锋题词50周年，他不辞辛苦，深入大江南北挖掘和收集了大量雷锋班历任班长的影像文本资料，创作了《雷锋传人——雷锋班历任班长影像记忆》图文书。该书以人物肖像、小传、历史照片和人物访谈为主线，完整地记录了雷锋班25任班长的成长历程，透射了50多年来雷锋精神的历史延续和时代传承，为新时期继承和弘扬雷锋精神做出了重要贡献。

【怀城——樊枫作品展】

6月5日日至25日，“怀城——樊枫作品展”在哈举办。展览由黑龙江省美术馆、武汉市委宣传部、武汉市文联主办，武汉市美术家协会、武汉美术馆承办。

樊枫，1958年生于武汉市，1980年拜周韶华先生为师。毕业于南京艺术学院美术系。武汉市美术家协会副主席，武汉美术馆馆长，国家一级美术师。作品多次入选由文化部、中国美术家协会主办的各类大型美术作品展览。

展览共展出樊枫创作的作品99件，从他早期对水乡和旧居的描绘，反映其恬静、安适的生活理想，到他对欧洲小城异国风情的记录与书写，展示了一种文化碰撞下的都市情怀；再到他熟练驾驭了城市题材后，其在视角转换与笔墨控制上的豪放抒情之作，观众可以全面了解樊枫“都市水墨”的艺术历程。

樊枫的“都市水墨”系列作品既有本土性又有当代性，在城市化时代背景下，描绘了一种独特的人文景观，呈现出当代水墨对物质世界和精神境界的个性化探索。“眼中之城”、“胸中之城”、“手中之城”的三位一体，是其作品感人之处，“怀城”所指的胸中之城，给我们带来了当代水墨艺术别具一格的探索精神和探索方向。

在展览期间，龙江美术讲堂特邀请樊枫先生在黑龙江省美术馆为大家做主题为“都市与水墨”公益讲座，并现场示范。

【俄罗斯名画扮靓“哈洽会”】

由黑龙江省人民政府、省政协主办，省文化

厅、省文联、省广播电视台、哈洽会协办的“俄罗斯油画展”开幕仪式及俄罗斯油画高峰论坛6月15日在哈尔滨国际会展体育中心F馆隆重举行。全国政协副主席齐续春宣布开幕，省领导杜宇新、孙东生、何小平、杜吉明出席开幕式并参观画展。

作为第24届“哈洽会”的重要组成部分，“俄罗斯油画展”展出了由俄罗斯知名画家创作的画作200幅；展览现场，中外画家与观众互动，现场进行了油画创作，让观众近距离体验油画创作的艺术精髓所在。

此次俄罗斯油画高峰论坛的主题为“以生命之火取暖”。在论坛现场，主办方用中国少女的形象、俄罗斯油画布景，设定人在艺术中“取暖”的主题，诠释了艺术之于生命的伟大意义，展现了中俄两国人民的深厚友谊，并通过“活体油画”情景剧的方式，展现俄罗斯浪漫史诗、诠释宏伟构思。“以生命之火取暖”为主题的论坛，旨在打造国内顶尖、省内有史以来最高端的俄罗斯油画高峰论坛，围绕“挖掘俄罗斯油画收藏价值、关注俄罗斯油画深层创作背景”等话题展开探讨。

【“又是满城乐飞扬”系列音乐会之交响音乐会】

6月8日，纪念毛泽东《在延安文艺座谈会上的讲话》发表七十一周年——“又是满城乐飞扬”系列音乐会之一的交响音乐会在哈举办。音乐会由黑龙江省音乐家协会、哈尔滨师范大学音乐学院联合主办。

本场音乐会由哈师大音乐学院青年教师陶旸担任指挥。音乐会曲目有贝多芬《爱格蒙特序曲》（Op. 84）、《第四钢琴协奏曲》（Op. 58），等名曲。担任交响乐演奏的是哈尔滨师范大学音乐学院交响乐团，担任钢琴演奏的是来自上海音乐学院的青年钢琴家张橹。

省文联领导以及音乐学院的老师、同学观看了演出。

【中国摄影家协会副主席索久林赴齐齐哈尔讲学】

3月9日，中国摄影家协会副主席、省摄影家协会主席索久林赴齐齐哈尔举办讲座。齐齐哈尔市数百名摄影家和摄影爱好者们聆听了讲座。

索久林做了题为《提高摄影作品的层次，让光影艺术承担起时代赋予的伟大使命》的讲座。他从摄影技术艺术素质、思想、艺术内涵和表现手法等方面入手，以优秀作品为例，将摄影技巧和创作中容易存在的问题一一列举，详加阐述。整场讲座历时两个小时，鹤城摄影爱好者们听得聚精会神。

【黑龙江省戏剧大赛·第十三届“小梅花奖”评选活动】

4月19日至21日黑龙江省戏剧大赛•第十三届“小梅花奖”评选活动在哈举办，活动由黑龙江省文联、省戏剧家协会、省京剧院共同举办。

本届大赛共有200名选手参赛，其中年龄最小的5岁，最大的28岁。比赛分专业、业余两个组分别进行。经评委会认真评选，从京剧、龙江剧、评剧、豫剧、小品、话剧片段表演等类别中评选出状元花、梅花之星、四度梅花奖、三度梅花奖、二度梅花奖、金花奖、银花奖、铜花奖。本次大赛的部分优胜者将被推荐参加“中国少儿戏曲小梅花荟萃活动”及“和平杯”中国京剧小票友邀请赛。

【第二届黑龙江省大学生魔术比赛】

5月25日至26日，由黑龙江省文联、省杂技家协会主办、省魔术艺术委员会承办的“第二届黑龙江省大学生魔术比赛”在哈落下帷幕。来自全省各地30多位魔术爱好者，经过两天的激烈角逐，共决出舞台类金奖2名、银奖3名、铜奖6名；近景类金奖1名、银奖2名、铜奖5名。活动期间举办了魔术道具展览和魔术讲座。

比赛期间，参赛选手们展示了精湛的魔术技艺。来自哈尔滨师范大学的英国留学生PQULGreene幽然的表演，为评委留下了美妙的精彩瞬间和难忘的美好记忆，让现场观众感受到了魔术的魅力与奥妙，把他们带到如梦如幻的境界。

【“凡奇·上京国际杯”第九届中国音乐“金钟奖”黑龙江赛区选拔赛】

5月21日至24日，“凡奇•上京国际杯”第九届中国音乐“金钟奖”黑龙江赛区选拔赛在哈尔滨举办。本届比赛由黑龙江省文联、省音协主办。

本届选拔赛共分三轮。比赛由省内各地市音协，团体会员单位推荐选手参加；初赛和复赛评委由省内专家担任；决赛评委由省音协推荐其业内专家担任；而监审则有中国音协指派，保证了此次比赛的公平、公正。经特派监审与“金钟奖”

组委会沟通后，获得赛区第一名的选手直接晋级"金钟奖"半决赛，赛区二、三、四名的选手将通过报送录像的方式与全国其他省份选手角逐半决赛的名额。

来自全省各地市、专业院团、大专院校、解放军和武警部队系统的200余名选手参加了选拔赛。

【让青春出彩 让梦想起航——2013年全省高校电视主持新人选拔赛】

由黑龙江省文联、省电视艺术家协会共同主办，哈尔滨广维传媒有限公司承办的"2013年全省高校电视主持新人选拔赛"于6月22日在东北农业大学圆满落幕。

来自全省十八所高校播音主持专业学生、校园电台主持人、播音主持爱好者400余名报名参赛，最终有51名选手进入决赛。

本次大赛共设置开场展示、现场播报、模拟主持、魅力展示四个比赛环节。参赛的选手们都是各高校层层选拔脱颖而出的主持精英，他们本着"创新思维、体现个性"的原则，充分展示自己的主持特色和个人魅力，比赛现场，高潮迭起，精彩纷呈。

经由省内播音主持专家组成的评委会认真评选，共评出一等奖2名，各奖励助学金2000元；二等奖4名，各奖励助学金1000元；三等奖10名，各奖励助学金500元。同时，主办方还将推荐一、二、三等奖获得者参加海峡两岸电视主持新人大赛，全国校园金话筒主持人选拔赛等全国性赛事。

黑龙江省文联主席傅道彬、副主席计世伟、黑龙江电视台副台长刘宁等领导上台为获奖选手颁奖。

【全国文联系统年鉴编撰工作培训班】

8月20日至24日，全国文联系统年鉴编撰工作培训班在哈尔滨举办。培训班由中国文学艺术界联合会办公厅、中国文联文艺研修院主办，黑龙江省文联、省农垦总局北大荒宾馆协办。

来自全国31个省、市（直辖市），区文联系统负责编撰年鉴工作的同志40余人参加了培训。中国文艺研修院从北京专门请来全国知名专家、教授就年鉴工作的编撰方法，技能，以及体例规范等方面内容进行了专题讲座。学员们经过现场实地体验，结合分组讨论，案例分析，培训班学习时报竞赛等多种形式，使学员们都觉得自己通过参加培训班学习收获很大。

经过系统培训，使学员们对年鉴工作的要求和体例规范有了进一步的明确认识，通过学习和交流提高了年鉴编撰工作技能和经验。

该培训班的举办，必将起到促进全国文联系统年鉴编撰工作的规范化和标准化，提高年鉴编撰工作的质量和水平。

【首届东北三省农民曲艺节】

8月9日，"首届东北三省农民曲艺节"在齐齐哈尔市泰来县开幕。活动由黑龙江省文联、辽宁省文联、吉林省文联、中共齐齐哈尔市委宣传部主办，黑龙江省曲协，辽宁省曲协、吉林省曲协、齐齐哈尔市文联、泰来县委、县政府承办。中国曲协主席姜昆，中国曲协副主席、辽宁省曲协主席崔凯，黑龙江省文联副主席计世伟，齐齐哈尔市政协副主席刘艳芳出席开幕式。

其间进行了曲艺比赛。来自黑龙江、辽宁、吉林的百余位农民曲艺爱好者报名参加。三省选调27个节目涵盖了相声、小品、二人转、东北大鼓、快板书、单弦、京东大鼓等10余个曲艺门类。来自东三省的曲艺家们担任评委，从节目编排、演员表演等方面评出各类奖项。

颁奖晚会上，获奖选手为观众奉献了一场精彩的文艺演出，持续引爆全场观众的热情，把演出气氛推向高潮。

【第十四届哈尔滨民间民俗艺术博览会】

9月13日至17日，"第十四届哈尔滨民间民俗艺术博览会"在哈尔滨松花江畔举办。本次活动由中共黑龙江省委宣传部、哈尔滨市委宣传部、黑龙江省文联主办；哈尔滨市文联、黑龙江省民协承办；省委宣传部副部长赵德信、省文联副主席计世伟、哈尔滨市委宣传部部长张丽欣、哈市文联主席王亚平等领导出席了开幕式。

来自全省十三个地市和哈尔滨八区十县的民间艺术家参加了博览会，这其中有民间艺术最高奖项"山花奖"获得者、民间工艺大师翟孟义，陆宏章、张密林，非物质文化遗产传承人韩树柏等代表性人物，也有立体剪纸创作人翟文秀、树叶立体画发明人王春晖等一批艺术新秀。

本届"哈博会"与哈市的一系列夏季文化旅游活动相配合，使中外游人在休闲娱乐、旅游观光中感受民俗文化艺术气息，了解到黑龙江民间艺术品牌，从而扩大民间民俗艺术的影响

力。根据初步统计，本次展会共有超过四百个种类，一万一千件工艺品参加了展销，销售额达到二十万元。

依据公开、公正、公平的原则，展会评出全省十大民间艺术家，金奖十五名，银奖十五名。

【中国民间文艺之乡经验交流会暨肃慎文化研讨会】

9月8日至11日，中国民间文艺之乡经验交流会暨肃慎文化研讨会在鸡西市召开。

研讨会由中国民间文艺家协会，中共黑龙江省委宣传部、黑龙江省文联、鸡西市委、市政府共同主办，黑龙江省民协、鸡西市委宣传部承办。

中国民协副主席曹保明、副秘书长周燕屏、民间文化遗产抢救办主任王锦强、黑龙江省文联副主席计世伟、鸡西市委宣传部长董浦等领导以及北京大学、中央民族大学等高校的著名民间文艺专家和中央、地方媒体记者参加了会议。

在肃慎文化研讨会上，宋德胤等八位肃慎文化、满族文化领域的专家做了深入精彩的演讲。从肃慎文化的研究、保护、开发、利用多个角度，阐述了各自的研究成果和见解。与会专家学者达成共识，总结梳理出三十九条意见，作为进一步推动工作的重要参考。

研讨会期间，编写了《肃慎文脉》《肃慎文化论文集》，收录学术论文七十余篇，共50万字。

会后，与会领导在新开流新石器时代遗址为肃慎人雕像揭幕，并考察了肃慎文化发源地新开流遗址，参观了鸡西市穆棱河文化产业园区，观看了《肃慎乐舞》。

【“正是稻谷飘香时”中国文联文艺志愿者服务团赴北大荒“送欢乐下基层”慰问采风活动】

9月21日至23日，“正是稻谷飘香时”中国文联文艺志愿者服务团赴北大荒“送欢乐下基层”慰问采风活动在黑龙江省举办。活动由中国文联、黑龙江省文联、黑龙江省农垦总局共同举办。

中国文联副主席杨承志、中国曲协主席姜昆、中国文艺志愿者协会副秘书长廖恳、省文联主席傅道彬、副主席计世伟、省农垦总局党委宣传部部长高跃辉等领导，以及程志、刘璐、戴志诚、全维润、宋德全、王玉、林达信等知名艺术家参加了活动，新华社、中国艺术报、中国文艺网、黑龙江日报、黑龙江电视台、北大荒日报、农垦广播电视台等多家媒体记者随行采访。

黑龙江省文联文艺志愿者服务团成立授旗仪式在建三江管理局文化馆举行。杨承志为黑龙江省文艺志愿者服务团授旗。姜昆致辞。仪式结束后，采风团文艺志愿者们为当地群众献上了一场精彩的文艺演出。在演出的同时，采风团文艺志愿者们与当地文艺爱好者共同举办了书画笔会。艺术家们用笔触或写意山水花鸟，或书写各种书体，表达了文艺志愿者们对黑土地的无限热爱和对人民的深深敬意。

随后，在为期三天的慰问采风活动过程中，采风团分别赴七星、创业、红旗岭、八五三农场，参观了农业农机中心，考察了高科技农业园区，探访了绿都家园小区、参观了千岛湖湿地、将军山公园，考察了燕窝岛版画院和小红花艺校。

“正是稻谷飘香时”中国文联文艺志愿者服务团赴北大荒“送欢乐下基层”慰问采风活动是黑龙江省文联文艺志愿者服务团成立后首次与中国文联志愿服务团共同举办的高水平文艺志愿活动。

【党的群众路线教育实践活动暨走基层——齐齐哈尔百姓健康舞展演】

7月18日，“党的群众路线教育实践活动暨走基层——齐齐哈尔百姓健康舞展演”隆重举行。本次活动由中国舞蹈家协会、黑龙江省文联和中共齐齐哈尔市委宣传部主办，黑龙江省舞协，齐齐哈尔市文联协办，近两千名中老年舞蹈爱好者欢聚在一起，用秧歌、健身舞步等群众喜闻乐见的舞蹈形式，表达着对生活的热爱和对健康的追求。

中国舞协分党组副书记、秘书长罗斌、省文联副主席计世伟、齐齐哈尔市委宣传部部长高虹等有关领导出席了活动。

这次舞蹈展演活动，是省文联践行党的群众路线实践活动的重要组成部分。通过组织我省舞蹈艺术家深入基层，面对面地了解广大舞蹈爱好者的需求，传授和指导，进一步推动群众性舞蹈活动的开展，丰富基层群众的精神文化生活。

【黑龙江省书法家协会齐齐哈尔大学创作培训基地授牌暨何鑫教授师生书法作品展】

7月5日“黑龙江省书法家协会齐齐哈尔大学创作培训基地授牌暨何鑫教授师生书法作品展开幕仪式”在齐齐哈尔大学美术馆举行。活动由省文联 、黑龙江省书协、齐齐哈尔市文联、齐齐哈尔大学共同举办。

省文联主席傅道彬、省书协副主席张戈、齐齐哈尔大学校长马立群、齐齐哈尔市文联主席邱利峰等领导，与现场观众500人出席了仪式。傅道彬与马立群共同为书法创作培训基地揭牌，该牌由省书协主席马国良亲笔题写。

“何鑫教授师生书法作品展”同时开幕。共展出60幅书法作品，展品中既有能够体现作者创作实力的原创作品，也有深入学习传统的临摹作品，书体完备，形式多样。

何鑫教授是齐齐哈尔大学美术系主任，学科带头人、硕士生导师，齐齐哈尔市书法家协会副主席，是黑龙江省书法创作、研究、教育的骨干之一。

【黑龙江省首届油画双年展】

8月16日，“黑龙江省首届油画双年展”在哈开幕。展览由黑龙江省美术家协会、省美协油画艺委会主办。“黑龙江省首届油画双年展”的主题是：增强本土文化自信，凝心聚力，用油画语言充分表达大美龙江的独异性特质，完善和传播“龙江油画”这一文化品牌。

本届画展收到作品370余件，经过评审，评出金奖3件、银奖5件、铜奖13件、优秀作品67件。

本届画展强调学习性、多样性和时代感。实现了史上三个最：人气最旺盛，风格最多样，展馆最有型。作品呈现出风格多样、形式新颖、百花齐放的可喜面貌。画展开幕当天还举行了专题研讨会。

【扎龙寻梦摄影展】

8月底，作为中国•齐齐哈尔国际鹤文化节系列活动之一的“扎龙寻梦摄影展”在齐市开幕。展览由黑龙江省摄影家协会、齐齐哈尔市委宣传部、齐齐哈尔市文联、扎龙自然保护局主办。中国摄影家协会秘书长高琴、黑龙江省文联副主席索久林等领导以及全省摄影爱好者200余人参加了开幕式。

此次活动以打造“大美鹤城”为目标，以亲近自然、保护生态环境为指导，以扎龙风光、鹤文化为内容，广泛邀请组织国内摄影家、摄影爱好者深入扎龙湿地创作拍摄。人们用镜头去捕捉精彩瞬间，以光与影的艺术再现扎龙之美、仙鹤之韵。

来自北京、山东、省内地市的586名摄影家报名参加采风活动，接受投稿作品1600余件。经评委会认真评选，最终精选124幅作品参加了此次摄影展。

【黑龙江省妇女书法刻字作品展暨《黑龙江省妇女书法刻字作品集》首发式】

7月16日，由省文联、省妇联、省总工会、省书协主办“黑龙江省妇女书法刻字作品展暨《黑龙江省妇女书法刻字作品集》首发式”在哈尔滨举行。

原省政协主席、省书协主席马国良、省政协副主席袁洪舒、省文联主席傅道彬、省妇联副主席刘睦终等领导出席了开幕式。

此次展览共收到作品336件，经专家评审评出一、二、三等奖29件，入展作品137件，包括书法、硬笔、刻字作品。书法作品中草书饱含张芝、张旭、孙过庭遗风；楷书既有唐代风格、也有魏晋韵味；硬笔书法体现了书法在实际中的运用；刻字在这个古代书法刻字基础上融入了现代艺术元素，令人耳目一新，参展作品秀美中渗透着刚毅，朝气中体现出成熟，表现了我省当代女书法家的艺术风范和精神面貌。

【墨喧莲动——名家荷花展】

7月16日至30日，“墨喧莲动——名家荷花展”在黑龙江省美术馆举办。展览由黑龙江省美术馆、刘海粟美术馆共同主办。

此次展览以荷花为主题，展出了刘海粟美术馆馆藏国画作品52件，荷花伞画12件。展览汇聚了古代、近代和当代著名画家的荷花作品。展览在展出谢稚柳、陈佩秋、唐云等老一辈画家荷花作品的同时，还邀请了刘海粟、吴昌硕、张大千、齐白石等名家弟子画家参展。使观众不仅能够欣赏到各种流派、各种风格的荷花展品，而且能够感受到画家们在传承与变革中不断探索的进取精神，从而启发观者探讨和反思当代花鸟画的创作轨迹和发展历程。

在展览期间，龙江美术讲堂特邀请刘海粟美术馆副馆长、上海电影艺术学院教授徐怀玉先生为大家做主题为“美术之谜”的公益讲座，并与观众现场互动。

【大地之子——王刚当代艺术展】

8月6日，“大地之子——王刚当代艺术展”在

黑龙江省美术馆开幕。展览由黑龙江省美术馆、河南省美术馆主办。展览汇集了王刚的精品力作80余件，涵盖油画、素描、综合材料、影像、行为艺术、图片等多种艺术形式。

王刚以“老万”为主题创作的系列作品，根植于中原厚土的文化积淀，源发于对农民工群体的真挚而朴素的人文关怀。“老万”系列作品从数量惊人的油画、素描、综合材料、泥塑，到在国内外有着广泛影响的行为艺术《大地浮雕》、《大地丰碑》、《大地之子的婚礼》等，无不凝结着王刚对农民的深沉关切，对人民、对民族、对大地、对自然的浓烈情感和特立独行、勇于担当的英雄情结。

展览开幕当天，龙江美术讲堂特邀请王刚为大家做主题为“讲‘老万’的故事”的公益讲座。

【黑龙江省文艺志愿者协会成立大会】

12月24日，黑龙江省文艺志愿者协会成立大会在哈召开。省文联主席傅道彬、副主席计世伟、省民政厅民间组织管理局局长杨晓光等领导以及省文艺志愿者协会会员代表、各市（地）文联、行业（系统）产业文联代表以及媒体记者近百人出席成立大会。

大会审议通过了《黑龙江省文艺志愿者协会章程（草案）》和《黑龙江省文艺志愿者协会成立大会选举办法（草案）》，选举产生了黑龙江省文艺志愿者协会第一届理事会理事和负责人。陶亚兵当选为主席，曲冬梅、吴团良、宗成滨当选为副主席，王少伟当选为秘书长。

黑龙江省文艺志愿者协会是由黑龙江省文艺志愿者、文艺志愿服务组织以及关心支持文艺志愿服务的相关单位自愿组成，按照章程开展活动的全省性、联合性、非营利性社会团体组织，接受黑龙江省文联和黑龙江省民政厅的指导。其宗旨是通过组织开展各类文艺志愿服务活动，团结凝聚文艺家、文艺工作者和文艺爱好者积极投身改革开放和社会主义现代化建设，为广大人民群众提供切实有效的文艺志愿服务。

【第六届“黑龙江之冬”国际文化艺术节系列活动黑龙江省文联系列演出活动】

12月20日至24日，作为第六届“黑龙江之冬”国际文化艺术节系列活动之一的黑龙江省文联系列演出活动在哈尔滨市少年宫举办。系列演出活动由“乘着歌声的翅膀”省高校文联名家名曲交响音乐会、红色经典民族歌剧《江姐》交响音乐会、“万紫千红北大荒”专场演出，以及“龙江娃娃爱歌唱”哈尔滨市少年宫专场演出等活动组成。此次活动由省委宣传部、省文联、省农垦宝泉岭管理局主办，省高校文联、哈尔滨师范大学音乐学院承办。

“黑龙江之冬”国际文化艺术节，是黑龙江省举办的一个国际性文化艺术节日，从2003年开始，每两年举办一次，每次历时三个月。

系列活动采用独唱、合唱、合伴唱、交响曲、小品等多种艺术表现形式，以崭新的时代内涵、全新的艺术理念抒发实现伟大“中国梦”的时代追求。

【第二十届全国版画作品展览】

10月22日，“第二十届全国版画作品展览”在黑龙江省美术馆和省博物馆同时开幕。展览由中国美术家协会、省委宣传部、省文联主办。黑龙江省副省长孙东生出席开幕式并参观展览。展览期间，召开了中国当代版画创作研讨会。

本届展览旨在全面呈现中国版画现状，引发对于中国版画未来发展方向的积极探讨，全面地展现中国版画艺术的时代面貌，吸引广大版画艺术家积极参与、探讨当下版画作品的时代特征、地域特征和艺术语言的独立性，并在此基础上思考中国版画的当代转型和现实介入等问题。

本届展览组委会从全国选送作品中评出299件作品参展，这些作品表现为多元化、多层次、多角度的转型升级与整体进步。

【第六届“黑龙江之冬”国际文化艺术节系列活动黑龙江省院校师生优秀版画作品展】

12月28日，“黑龙江之冬”国际文化艺术节系列活动之一的“黑龙江省院校师生优秀版画作品展”在黑龙江省美术馆举办。展览由省委宣传部、省文联、省教育厅主办，省美术馆、省美协、省版画院承办。

本次展览旨在传承和弘扬黑龙江版画品牌文化，巩固和壮大黑龙江版画创作后备人才队伍，激发全省院校的版画创作热情。本次展览主要面向全省各大美术专业院校、中小学、少年宫、书画培训中心、美术培训班的美术教师及其所辅导的学生征集版画新作，并邀请哈师大美术学院、哈尔滨画院、北大荒版画院等专业美术机构专家进行了认真评选。参评教师中有74人的作品获奖，其中一等奖5人，二等奖11人，三等奖18人。参评学生中有100人的作品获奖，其中一等奖10人，二等奖20人，三等奖29人。

展览举办同时，黑龙江省美术馆还为观众们准备了公益讲座及版画体验活动。龙江美术讲堂特邀请哈师大与美术学院版画系主任、硕士生导师王僖山教授做主题为“绘画造型中的主观因素”公益讲座，还特邀本次获奖教师现场刻制版画作品，与观众及小朋友们互动。

【第六届“黑龙江之冬”国际文化艺术节系列活动黑龙江省首届合唱艺术节】

12月25日，第六届“黑龙江之冬”国际文化艺术节系列活动之一的黑龙江省首届合唱艺术节在哈开幕。本次活动由省委宣传部、省文联、省音乐家协会主办，省音协合唱分会承办。

在合唱艺术节期间，合唱音乐会接连不断，来自全省23个合唱团参加演出。主要有“龙歌豪情中国梦”第七届新年合唱音乐会、“新年交响音乐会”、等五场合唱音乐会，为冰城人民带来精彩的视听盛宴。

【第二届黑龙江农民画双年展】

10月30日，“田野丹青乡土风——第二届黑龙江农民画双年展”在黑龙江绥棱县文化馆开幕。展览由省委宣传部、省文联主办，省美术家协会、绥棱县委、县政府、省当代艺术研究院承办。本次展览共评出金奖4件、银奖9件、铜奖16件。

本次展览展出的160余幅作品，是从全省400余幅优秀农民画作品中评选出来的。从这些作品中不但看到了农民创作者的热情，更看到了一幅幅视角开阔、立意新颖、构思巧妙、造型准确、笔法大胆、观念创新的好作品。这些作品饱含着广大农民画创作者对自己家乡的挚爱和眷恋，浸润着他们对美好生活的追求和向往，表达了他们以锄为笔描绘大地、以笔为锄耘心灵的美好心声。

【第六届“黑龙江之冬”国际文化艺术节系列活动余本写生作品展】

12月27日，第六届“黑龙江之冬”国际艺术节系列活动之一，“大地之美——余本写生作品展”在黑龙江省美术馆开幕。本次展览由省委宣传部、省文联、广东画院联合主办，黑龙江省美术馆、广东莞城美术馆承办。

展览汇集了余本先生各时期代表作品百余件，时间跨越上世纪二三十年代到七八十年代。其中有余本先生早期留洋时期的代表作品，特别是在黑龙江地区的30余幅写生作品，基本上涵盖了他每个重要的艺术阶段。

“大地之美——余本写生作品展”的举办，在于回溯我国第一代留洋油画家在艺术上的探索与追求，同时，主办方也期望此次展览能成为一个平台和起点，加强岭南优秀文化艺术与黑龙江省观众的交流和探讨，让艺术创造得以传承和发扬。

【四季龙江入画来——黑龙江省美术作品展】

10月22日，“四季龙江入画来——黑龙江省美术作品展”在哈药当代美术馆开幕。展览由省文联、省美术家协会主办，哈药集团当代美术馆、省当代艺术研究院承办。展览涉及国画、油画、水彩、漆画、版画、雕塑、综合材料七个画种，共评选出金银铜奖68件。

此展览是为明年举办的庆祝建国65周年第十二届全国、全省美展进行预演和热身，展览充分考量了全省美术家投入大展创作的壮态、实力以及作品创作进展情况。省美协将根据这次展览提供的信息部署工作，调整步伐，为大展做好充分的准备。

【翰墨飘香·中国梦——黑龙江省书法名家作品邀请展】

9月25日翰墨飘香•中国梦——黑龙江省书法名家作品邀请展在哈尔滨开幕。活动由黑龙江省文联、省书协、哈尔滨市文联、市公务员书协、北京同仁堂哈尔滨药店有限责任公司联合举办。

原省政协主席、省书协主席马国良、省文联主席傅道彬、哈尔滨市委统战部部长王铁强、市纪委副书记董凤山等领导参加了开幕式。

为期五天的本届书法展是黑龙江省历年来规格最高、空前宏大的一次书法大展。参展者均为中国书法家协会会员。展出的作品饱含了作者们努力争取早日实现“中国梦”的真实情感，又彰显了社会各界的共同愿望和宏伟远景。

【黑龙江版画创作群体优秀作品联展】

10月8日至15日，由省委宣传部、省文联主办，省美术馆、省美术家协会、省版画院承办的“黑龙江版画创作群体优秀作品联展”在黑龙江省

美术馆展出。

“黑龙江版画创作群体优秀作品联展”旨在培养一批优秀版画创作群体，夯实黑龙江版画的艺术品牌，扩大黑龙江版画的影响力，发掘优秀版画后备力量，鼓励优秀青年版画创作人才。展览共展出来自大庆、鸡西、大兴安岭、农垦、阿城、庆安等版画创作群体的优秀版画作品134件。参展作者年轻化，且大都刚在美术界崭露头角，但其中不乏在国内、国际版展中入选、获奖的人才。可以说这批作品代表了黑龙江版画未来发展的方向，也是黑龙江版画新生代力量在新世纪的首次集体亮相。

【黑龙江省优秀青年版画家提名展】

11月15日至12月2日，“黑龙江省优秀青年版画家提名展”在黑龙江省美术馆开幕。展览由省委宣传部、省文联主办，省美术馆、省美术家协会、省版画院承办。

本次展览提名的20位年轻的黑龙江版画作者均为1968年后出生，是目前黑龙江版画创作队伍中的佼佼者。此次展出的100件作品，是他们近年最新的创作成果，代表当代黑龙江版画年轻一代作者较高的创作水准。这些版画作品集中反映了当代黑龙江版画家的审美探究和研究方向，展现了当代黑龙江青年版画家的整体创作风貌，也昭示了黑龙江优秀青年版画家的创新能力。

【走向心象的自然——黑龙江省中国画写生作品展】

12月21日，“走向心象的自然——黑龙江省中国画写生作品展”在哈开幕。展览由省美术家协会、哈尔滨师范大学美术学院主办。本次画展经过历时数月认真策划、积极组织和严格评选，在200余件选送作品中产生188件展出作品，其中包括70件获奖作品。

当前，随着中国画的时代发展，“写生”已然成为艺术实践者的自觉行为，其目的不仅仅是以实物为对象进行描绘的作画方式，更重要的是画家面对自然物象时，心灵的感悟和艺术思维的构建与升华。因此，“写生”一词，不论从理论层面还是实践层面，已然成为画家艺术行为的重要内容。

【2013黑龙江省优秀艺术设计成果展】

11月20日，“2013黑龙江省优秀艺术设计成果展”在哈开展。黑龙江省艺术设计协会通过网络方式向全省各地市的职业注册艺术设计师、高校艺术设计院系、各艺术设计机构征集各专业设计作品310多件。经过评审委员会认真评审，最后110件作品分别获得金、银、铜和优秀奖。

【黑龙江省文联与省检查官文联共同举办“廉政、爱民、务实”书画创作培训班及书画笔会】

11月22日，黑龙江省文联组织书画家与黑龙江省检察官文联共同举办了“廉政、爱民、务实”书画创作培训班及书画笔会活动。省文联主席傅道彬，省检察院副检察长车承军等领导出席书画笔会。

书画创作培训班笔会现场，书画艺术家们对参加书画创作培训班的学员作品进行了详细点评，并与他们就书画技艺进行探讨和交流。随后，书画艺术家纷纷用丹青妙笔展露才艺，表达思想，抒发情怀。书画家们专心致志、挥毫泼墨，书画作品形式多样，让人完全置身在书法绘画的艺术世界。笔会现场气氛十分热烈，书画家们精美的作品赢得了大家热烈的掌声和由衷的赞叹。

当天下午，书法专家还应邀为学员们做了题为“如何创作高水准的书法作品”的讲座。

【第八届全国、第十一届黑龙江大学生冰雕艺术设计创作大赛】

12月26日至29日，“第八届全国、第十一届黑龙江大学生冰雕艺术设计创作大赛”在哈举行。比赛由黑龙江省文联、省文化厅主办，省艺术设计协会、哈尔滨冰灯艺术博览中心承办。来自全国各地艺术学院25所高校的95个大学生代表队参加了比赛。

“第八届全国大学生冰雕艺术设计大赛”共有30个代表队参加，队员近120人。“第十一届黑龙江省大学生冰雕艺术设计创作大赛”由黑龙江各院校组成的65个代表队参加，队员近320人。两项赛事分别设立设计创意类和制作类两个奖项。通过比赛明显看出从创意设计、雕刻制作水平、参赛队伍数量等均超过往届，参赛选手热情高涨，取得了较好的成绩。

最后，经组委会组织专家评审，“第八届全国大学生冰雕艺术设计创作大赛”共评出设计类一个金奖、二个银奖和三个铜奖；制作类一个金奖、二个银奖和三个铜奖。“第十一届黑龙江大学生冰雕艺术设计创作大赛”共评出设计类一个金奖、二个银奖和三个铜奖；制作类一个金奖、二个银奖和三个铜奖。

获奖情况

【时代印记——2013中国百家金陵画展（版画）黑龙江作品获奖】

11月30日，由中国美术家协会主办的“时代印记——2013年中国百家金陵画展（版画）”在江苏美术馆开幕。

本届画展共收到1384人次全国各地美术工作者的1500余件作品，共评出入展作品100件，其中金奖作品10件。

黑龙江版画作品在本届展览上取得优异成绩，共有6件作品入选。其中，吴静秋《故乡风景》、崔柏涛《家有乖女》、沙永江《城市的乐章》三幅作品荣获金奖。

【第七届“小荷风采”全国少儿舞蹈展演结束我省两金一银收入囊中】

7月底，第七届“小荷风采”全国少儿舞蹈展演圆满结束。黑龙江省舞协推荐十个作品参加。经过五天的现场决赛，大兴安岭地区啄木鸟文化艺术教育中心表演的《鄂伦春欢歌》和双鸭山市迎春舞蹈培训学校表演的《吉祥草原》分别荣获“小荷之星”（金奖）称号；七台河市小凤凰舞蹈学校表演的《环保娃》荣获“小荷之秀”（银奖）称号。

两年一届的“小荷风采”全国少儿舞蹈展演是经中宣部批准，在中国文联领导下最具权威性、示范性和导向性的全国少儿舞蹈展演活动。

【第五届中国新农村电视艺术节小康电视工程奖评选结束，我省喜获多个奖项】

8月30日，由中国电视艺术家协会、中国农业电影电视中心主办的“第五届中国新农村电视艺术节小康电视工程奖”评奖工作结束，黑龙江省喜获多个奖项。

由黑龙江视协选送的《魅力北大荒》、《“农科明白人”课堂开课了》分获年度优秀对农电视作品优秀作品奖、好作品奖，《乡亲乡爱》荣获优秀栏目奖，《黑土地》、《点击三农》荣获好栏目奖，黑龙江电视台袁哲获最佳主持人奖。

【黑龙江省文联艺术培训中心学员喜获金奖】

8月底，黑龙江省文联艺术培训中心舞蹈学员在“2013年中国舞蹈家协会少儿舞蹈展演”中再获佳绩。其中由何新力指导、孙露纯等38名学员表演的《小女二八》、《格桑花的祝福》、《喜格格》三个节目荣获表演一等奖；由王丽和沈晓杰指导、李小盟等60余名学员表演的《快乐动起来》和《二级教学展示》等9个节目荣获表演二等奖；何新力、王丽和沈晓杰同时荣获优秀指导教师奖。

在“第十三届全国青少年优秀艺术新人选拔活动北京决赛”中，该中心舞蹈学员徐睿、闵捷和王思懿荣获青年组舞蹈专业A组金奖。

上海市文联

综　述

2013年，上海市文联在市委、市委宣传部领导下，按照市第七次文代会确定的目标，做好以下工作：围绕上海发展主题，开展各项文化艺术活动，组织会员参加各类文艺评奖和比赛，配合开展第一批党的群众路线教育实践活动，组织创作文艺作品下基层演出，并积极开展文化交流活动；围绕会员创作实践，推进文艺评论工作，组织开展调研活动；围绕丰富文化生活，借助上海市民文化节平台，组织会员下社区参与群文创作；围绕服务会员宗旨，大力推进文联基础建设，顺利完成部分协会换届工作，稳步推进上海文艺中心改扩建项目，不断完善上海文艺网联络协调服务会员职能，组织实施中、初级专业技术水平认定工作；围绕群众路线教育，全面扎实推进市文联各项工作。

上海市文联实行团体会员制。至2013年底，有团体会员24家，各协会会员总数约17890人。

会议与活动

【2013上海文艺界新春团拜会】

2月24日，农历正月十五下午，2013年上海文艺界新春团拜会在上海展览中心友谊会堂举行。市人大常委会副主任钟燕群、副市长翁铁慧、市政协副主席方惠萍、市政府副秘书长宗明、市委宣传部副部长陈东、市委宣传部纪检组组长晁玉奎、市文联主席施大畏和市文联党组领导宋妍、王依群、迟志刚、沈文忠，著名艺术家秦怡、朱践耳、吴贻弓、陈佩秋、舒巧、吕其明、尚长荣、仲星火、贺友直、周慧珺等以及中国文联在沪荣委和委员、市文联主席团成员、市文联荣委和委员、上海历届中青年德艺双馨文艺工作者、各文艺家协会主席团成员、老领导、文艺界代表400余位艺术家欢聚一堂，共度佳节。

团拜会汇报了市文联2012年各项工作的开展情况。陈东、施大畏分别代表市委、市委宣传部领导和文联主席团向艺术家们拜年。市文联党组书记、专职副主席宋妍主持领导讲话。

演出汇集了2012年上海歌舞、杂技、戏曲等领域的精品力作和老中青年三代文艺家，展现了上海文艺事业繁荣发展的美好景象。

【沪剧《挑山女人》研讨会】

3月21日下午，由上海市委宣传部、市文广局主办，市文联、宝山区政府、解放日报、文汇报、新民晚报协办，市文化发展基金会专项评论基金和市剧协承办的沪剧《挑山女人》研讨会在延安饭店举行。市委常委、宣传部部长杨振武出席会议并讲话。市委宣传部副部长陈东主持会议。来自北京的有关专家，本市评论界、戏剧界专家，主、协办方有关领导，本市院团负责人和主创人员代表百余人到会。

杨振武指出，沪剧《挑山女人》是一部直面人生、直通人情、直抵人心的好作品。《挑山女人》编剧李莉、主演华雯代表剧组介绍了创作演出情况。与会专家及观众代表畅谈了对《挑山女人》的观感，从不同角度展开研讨。会议充分肯定了《挑山女人》的创作经验，大家还对该戏的修改、提高、加工，力图朝精品方向打造等方面提出中肯意见。

【参与首届市民文化节】

3月23日，上海首届市民文化节正式启动，全市203个社区文化活动中心以举办“文化服务日”的形式拉开市民文化节的序幕。市文联在第一阶段推出了15个面向广大市民的艺术赛事和展览项目，同时推出“上海市文联百名艺术家进社区文化服务菜单”，提供由凌桂明、马莉莉、何占豪、朱国荣、周良铁、钱程、梁波罗、奚小琴等著名艺术家参与的包括艺术讲座、艺术鉴赏、艺术指导、技艺传授等类型的100项文化艺术指导项目，努力发挥文联联系各类社会文艺群体的特殊优势，促进专业文艺力量融入基层，推动市民艺术修养和文化素质的提升。还陆续推出艺术赛事、展览展演、文化惠民配送等40多项公益性文化资源供市民选择、参与。全年约有1000人次艺术家参与赛事评选等服务工作。

【第23届上海白玉兰戏剧表演艺术奖】

第23届上海白玉兰戏剧表演艺术奖获奖演员名单揭晓暨颁奖晚会于4月9日晚在上戏剧院举行。市委常委、宣传部部长杨振武为焦晃颁发了上海白玉兰戏剧表演艺术奖特殊贡献奖。市人大常委会副主任钟燕群，副市长翁铁慧，市政协副主席方惠萍，市政府副秘书长宗明，市委宣传部副部长、上海白玉兰戏剧表演艺术奖组委会主任陈东等出席颁奖晚会并揭晓各奖项。上海著名表演艺术家李蔷华、许承先、任广智、王梦云、岳美缇、计镇华、刘异龙等为获奖演员颁奖。

浙江婺剧艺术研究院青年演员杨霞云凭借《杨霞云婺剧折子戏专场》夺得本届主角奖榜首，她与王青丽、曾小敏、施夏明、田水、董云华、陈澋、龚仁龙、娄际成、王子瑜共10人获得主角奖。山西省运城市盐湖区蒲剧团孔向东摘得配角奖榜首，他与王权、柏青、杨音、翟春燕共5人获得配角奖。此外，新人奖主角奖和配角奖、集体奖也当场揭晓。

本届白玉兰评奖活动秉承“以青年为先、以创新为先、以艺术为先”的精神，吸引了来自全国38个剧团、16个剧种、52台剧目、73名优秀演员参评。

【第30届上海之春国际音乐节】

第30届上海之春国际音乐节开幕式于4月28日在上海文化广场举行。市委副书记李希，市人大常委会副主任钟燕群，上海市副市长、第30届上海之春国际音乐节组委会主任翁铁慧，市政协副主席方惠萍，第30届上海之春国际音乐节组委会副主任宗明、陈东、胡劲军、滕俊杰、施大畏、宋妍、薛沛建、裘新、陆在易、凌桂明、许舒亚、楼巍，第30届上海之春国际音乐节组委会艺术总监何麟，第30届上海之春国际音乐节组委会秘书长（执行）王依群，市文联专职副主席、秘书长沈文忠及著名艺术家吕其明、周小燕、闵惠芬等出席开幕式。开幕式由裘新主持，胡劲军致开幕词，李希、翁铁慧与陆在易共同开启了开幕装置。

音乐节期间，来自中国、美国、法国、意大利、罗马尼亚、捷克、西班牙、波兰、加拿大等十多个国家的表演团体及艺术家们共献上52台音乐舞蹈演出；另有包括4个“节中节”、3项艺术赛事以及覆盖全市各区县的群众文化活动。

5月18日，第30届上海之春国际音乐节在上海东方艺术中心落幕。本届音乐节的亮点在于几个“第一次”——第一次推出国际合唱艺术周；第一次推出本土原创的大型音乐剧《楼兰》；第一次为外埠作曲家举办作品音乐会；第一次以新媒体微博的形式举办钢琴大赛；第一次举办全国校园歌曲创作演唱大赛；第一次邀请全国九大专业院校的优秀学生在沪举办音乐会。4个“节中节”、3项赛事内容丰富、形式多样、看点突出，实现了本届音乐节“共享美好春天”的宗旨。

【第30届上海之春国际音乐节音乐剧发展论坛】

4月30日，由上海市文联、上海大剧院艺术中心主办，“上海之春”组委会办公室、上海文化广场剧院管理有限公司承办，上海剧协、音协协办的“第30届上海之春国际音乐节音乐剧发展论坛”在上海文化广场举行。国家文化部艺术司副司长陶诚，市委宣传部副部长陈东，市文联党组书记、专职副主席宋妍，市文联党组副书记王依群，海内外70余位相关专业人士及参与过国外经典音乐剧中文版巡演的演员、音乐剧学科教育与媒体人与会。

本次论坛是自2011年上海文化广场重新对外运营两年来，由市文联和大剧院艺术中心借助“上海之春国际音乐节”这一高端和专业的平台，连续第二年在“上海之春国际音乐节”期间举办的音乐剧交流盛会。

【新媒体情景诗《追梦·中国》首轮演出】

6月5日至8日，市文联、上海戏剧学院等单位联合策划创作的新媒体情景诗《追梦·中国》在上戏剧院首轮演出。该作品以在中国革命和建设历程中经久传诵或新近发现的领袖雄篇、烈士诗文、后人佳作乃至普通劳动者的简朴短诗为主要内容，加上艺术家的倾情演绎和现代声光电媒体的烘托，具有一定的思想震撼力和艺术感染力。

【吴宗锡评弹观研讨会】

6月7日，吴宗锡评弹观研讨会在上海银星皇冠假日酒店举行。市文联党组书记、专职副主席宋妍，市作协党组书记、副主席孙颙，市文联专职副主席、秘书长沈文忠，市作协副主席赵丽宏，市文联副主席、曲协主席王汝刚等出席研讨会。

会议由曲协副主席周介安主持。王汝刚宣读中国曲艺家协会贺信，来自文学、戏曲、曲艺和音乐界的60余位专家学者，对吴宗锡的评弹观作了全方位、多层次的探讨。

【陆在易作品音乐会在北京国家大剧院举行】

9月5日晚，由上海之春国际音乐节组委会特别推介的《中国，我可爱的母亲——陆在易作品音乐会》在中国国家大剧院举行。

音乐会以“人民心中的梦”为主题，精选了著名作曲家、上海音协主席陆在易的《望乡词》、《祖国，慈祥的母亲》等一批优秀作品，由著名指挥家陈燮阳执棒，上海歌剧院合唱团担任合唱，上海交响乐团担任演奏，著名歌唱家廖昌永、方琼、周进华携手青年歌唱家熊郁菲、韩蓬担任领唱、独唱。作为音乐会的压轴曲目，音乐抒情诗《中国，我可爱的母亲——为大型合唱队与交响乐队而作》曾先后荣获多项大奖。音乐会还演出了抒情歌曲《为你祝福》、《祖国、慈祥的母亲》，艺术歌曲《桥》，管弦乐《夜林酣舞》等作品。

中国文联党组书记、副主席赵实，中国音乐家协会分党组书记徐沛东，上海市委宣传部副部长陈东，市文联党组书记、专职副主席宋妍，市文联党组副书记王依群，市文广局艺术总监滕俊杰及有关方面领导出席了音乐会。

【2013上海美术大展】

2013上海美术大展于9月28日在中华艺术宫举行。市委宣传部副部长陈东，市文联主席、美协主席施大畏，市文联党组书记、专职副主席宋妍，市文联副主席、巡视员迟志刚等领导出席开幕式。

上海美术大展自2001年创办以来，已是第七届。此次大展收到参评作品1669件，为历届之最。最终入选国画98件、油画100件、版画52件、水彩粉画49件、连环画12件、漫画10件、雕塑32件、农民画10件、漆画17件、综合材料12件、特邀及评委作品33件。从中评出第三届白玉兰美术奖一等奖1名、二等奖2名、三等奖3名、优秀奖7名，沈柔坚艺术基金奖7名。

此次上海美展各个画种的水准均有不小的提高。其中漫画、连环画的水准提高最为明显，国画、油画、水彩、版画和雕塑五大美术种类均得到了平衡发展。另外，此次中华艺术宫提供了两个楼层的5个展馆，让上海美展的布展更加从容，展出作品由上届的300余件增加到此次的400余件。

【郭小男文集《观/念》暨郭小男导演艺术研讨会】

由市文广局、市文联、上海戏剧学院联合主办，市剧本创作中心、市剧协承办的“郭小男文集《观/念》暨郭小男导演艺术研讨会”于10月25日、26日在延安饭店举行。市委宣传部副部长陈东出席并讲话，会议由市文联党组书记、专职副主席宋妍主持。

郭小男导演文集《观/念——关于戏剧与人生的导演报告》四卷荣获2012年第八届中国文联文艺评论奖二等奖，是17部获奖艺术专著中唯一一部由上海文艺工作者撰写的戏剧理论著作。

研讨会上，龚和德、薛若琳、荣广润、张仲年、丁罗男、叶长海、王安忆、毕飞宇、许江、茅威涛以及来自美国、韩国、中国台湾等国家和地区的40余位专家学者，就《观/念》所呈现的郭小男导演艺术观和郭小男导演艺术进行了研讨。

【史依弘表演艺术研讨会】

10月30日至11月3日，“文武昆乱史依弘”系列演出在上海国际艺术节成功举办后，由上海市文联、上海戏曲艺术中心、中国上海国际艺术节中心、上海文化发展基金会主办，市剧协、上海京剧院承办的“史依弘表演艺术研讨会”于11月4日下午举行。中国剧协、市剧协主席尚长荣，市委宣传部副部长陈东，市文联党组书记、专职副主席宋妍，市文广局艺术总监滕俊杰、中国上海国际艺术节中心艺术总监刘文国，中国戏曲学会副会长、中国艺术研究院研究员龚和德，昆曲表演艺术家蔡正仁、张洵澎，上海京昆专家咨询委员会主任、市剧协副主席马博敏等上海戏剧界和京剧界的文艺评论家、前辈名家出席会议并发言。

梅派青衣史依弘由武旦开蒙，转学青衣，兼习刀马旦、花衫，拥有较为全面的旦行基本功。不少专家认为，这种成长模式打破了专注于某个分支的单一学艺习惯，可为今后培养京剧演员提供借鉴。

【谢晋诞辰90周年系列纪念活动】

11月21日，由上海市文联、徐汇区人民政府，上影集团主办，上海电影家协会、徐汇区文化局和上海电影博物馆承办的“生命的燃烧：谢晋诞辰90周年系列纪念活动”开幕式在上海电影博物馆五号摄影棚举行。市文联专职副主席、秘书长沈文忠，徐汇区副区长王宏舟，上影集团副总裁吴孝明分别致辞。谢晋的两位女弟子——上影著名女导演石晓华和鲍芝芳追忆了谢晋导演的生前往事。开幕式后，播放了谢晋的经典之作《芙蓉镇》。上海影协常务主席许朋乐、副主席石川、汪天云及艺术家代表近500人参加活动。

活动持续至2014年2月28日，共100天。期间展映《女篮5号》、《舞台姐妹》、《天云山传奇》、《牧马人》、《芙蓉镇》、《红色娘子军》、《鸦片战争》等谢晋导演的经典影片，同时举办两场谢晋电影讲坛。

【2013上海艺术设计展】

2013上海艺术设计展于12月3日在上海当代艺术博物馆开幕，市政协副主席方惠萍，市委宣传部副部长陈东，市文联党组书记、专职副主席宋妍，市文联主席施大畏，市教委副主任王平，市文联副主席、巡视员迟志刚，市文广局艺术总监滕俊杰出席开幕式，数千名中外设计界人士与普通上海市民成为该展的首批观众。开幕式揭晓了2013年度上海城市设计展的获奖名单，并举办主题论坛。

设计展以“美学城市”为主题，分为主题展和邀请展两大展区。主题展分“逆光之城”、“夜晚之城”、“移动之城”、“界面之城”、“手工之城”、“电影城市”6个单元展出；邀请展分“校际社区展示交流”、“上海•再设计”、“形而上下”和“品牌媒介”4个单元展出。此外，还发起上海首届学生艺术设计作品征集大赛。

本届上海艺术设计展由市文联、市文广局和市教委主办，上海市创意设计工作者协会、上海当代艺术博物馆承办，展期持续到2014年3月30日。

【著名淮剧表演艺术家筱文艳追思会】

12月26日下午，由上海市文联和上海文广演艺集团、上海戏曲艺术中心、市剧协共同主办，上海淮剧艺术传习所（上海淮剧团）、上海文学艺术院、上海戏剧杂志社等共同承办的“生我不负淮剧情”著名淮剧表演艺术家筱文艳老师追思会在锦江小礼堂举行。市委宣传部副部长陈东，上海文化发展基金会会长周慕尧，上海炎黄文化研究会常务副会长杨益萍，市文联专职副主席、秘书长沈文忠等出席会议并讲话。

追思会上，40余位艺术家、学者、评论家、淮剧爱好者和筱文艳的家属齐聚一堂，畅谈筱文艳一生对淮剧艺术所作出的杰出贡献以及她平易近人、提携晚辈的历历往事。

对外文化交流

【市文联代表团访问越南胡志明市文联和泰国泰中艺术家联合会】

2月25日至3月4日，应越南胡志明市文联和泰国泰中艺术家联合会的邀请，以市文联副主席迟志刚为团长的市文联代表团一行四人访问了越南和泰国，与当地的文化机构和众多文艺家进行了交流。

2013年恰逢市文联与胡志明市文联订立文化交流协议十周年。在胡志明市，代表团受到了以越南文联副主席、胡志明市文联主席歌黎淳为首的当地文艺界人士的欢迎。在越南头顿市，代表团会见了市文化厅厅长黎辉懋及当地文联负责人。3月2日，代表团一行访问了泰中艺术家联合会，与会长蔡义批，名誉会长钱丰，副会长方舫、陈子震等作了交流。

【日本中国文化交流协会访沪】

7月30日，以日本《朝日新闻》外报社前主编高藤千洋为团长的日本中国文化交流协会代表团一行5人抵沪访问。市文联副主席迟志刚等与代表团进行了交流，双方肯定了中日民间文化交流对增强两国人民的友谊所起的积极作用，并就书法及美术领域的合作进行了磋商。

代表团在沪期间拜访了著名文化学者余秋雨，参观了刘海粟美术馆、中华艺术宫、上海博物馆等文化艺术场所。

【海派书法展在汉堡豫园举行】

8月9日下午，由上海市文联、上海市对外友好协会、上海市对外文化交流协会指导，上海书

协、上海市普陀区文化局、汉堡大学孔子学院联合主办，汉堡豫园和上海市普陀区美术馆等共同承办的“翰墨情深”海派书法全球行德国汉堡展在汉堡豫园开幕，周志高、戴小京、李静、宣家鑫、郑振华、吕颂宪等一行10人组成的上海书法家代表团，德中文化交流协会会长谭绿屏等150多名嘉宾及当地艺术家、书法爱好者出席。

本次展览共展出名家作品50幅。其中有吴昌硕、康有为、孙中山、弘一法师、于右任、张大千、沈尹默等近现代已故海派艺术大师作品27幅；周慧珺、周志高等当代书法名家作品23幅。展会至8月11日结束，12日转至奥地利维也纳继续展示和交流。

【“中国水墨”上海中国画名家作品邀请展在德国汉堡举办】

8月5日至30日，由上海市文联、上海市对外文化交流协会、上海市美术协和德国汉堡图书馆共同主办的“中国水墨”上海中国画名家作品邀请展于在德国汉堡图书馆隆重举行。展览共展出施大畏、卢辅圣、张桂铭、杨正新、陈琪、张雷平、张培成、韩硕、萧海春、马小娟等10位当今上海中国画坛代表性艺术家的30件作品。

8月5日晚，代表团团长张培成在德国汉堡图书馆报告厅，作了题为《上海中国画漫谈》的学术演讲，向德国观众介绍了中国画的发展简史，并对中西绘画的区别作了解答。展览期间，代表团一行还应邀拜访了荷兰艺术交流协会，双方表示，今后要加强联系沟通，合作开展文化交流活动。

【大邱—上海写真·美术交流展】

10月1日，作为上海市文联和韩国大邱市文化艺术总会的对等交流活动，“大邱—上海写真•美术交流展”在大邱文化艺术会馆开幕，市文联专职副主席沈文忠、美术家协会理事周国斌，摄影家协会副主席李为民、理事陈启宇、会员高喜善及文联工作者组成的市文联代表团共15人出席了开幕式。

展览为期5天，市文联共展览中青年艺术家的摄影、美术作品代表作50件，大邱市文化艺术总会也有数十件作品参展。在韩期间，代表团还考察了大邱文化艺术会馆、大邱美术馆及釜山老车站创意展览馆等文化场馆，并与当地艺术机构、艺术家进行了深入交流。

【希腊现代美术精品展】

10月9日，由上海市文联、上海市对外文化交流协会、上海市美协、希腊美协共同主办的希腊现代美术精品展在东外滩艺术空间开幕，市文联主席施大畏、市文联副主席迟志刚、希腊驻上海总领事尤金•卡尔佩里斯、希腊美协评委会主席玛丽亚•安娜等出席开幕式。施大畏、尤金•卡尔佩里斯、玛丽亚•安娜先后致辞。在随后召开的座谈会上，希腊美术家代表团与中国上海的艺术家、理论家进行了沟通交流。

本次展览共展出油画、版画、综合、水彩等作品85件。美协还组织希腊美术家代表团参观上海博物馆、中华艺术宫、上海当代艺术博物馆；前往上海大学美术学院和艺术家工作室进行交流探讨；到浙江杭州、桐庐采风。

【上海、汉堡、釜山当代美术作品交流展】

12月3日，由上海市文联、汉堡文化部、釜山美术协会、上海市美协共同主办的“2013港口城市的相聚”——上海、汉堡、釜山当代美术作品交流展在韩国釜山DAVIN艺术空间开幕。展览共展出上海、汉堡、釜山各15位艺术家的油画、水墨、版画、综合材料、装置、影像、图片等不同形式的艺术作品45件。

展览开幕前，三地艺术家代表进行了学术交流，表达了建立长效交流机制的意愿。经讨论，决定2014年将由汉堡邀请上海、釜山两地各2名青年艺术家赴汉堡行采风、创作，举办展览，时间为1个月。

文艺协会

【2013沪、浙、豫女书家作品联展】

由上海市书法家协会、上海豫园管理处主办，上海市女书法家联谊会、浙江省女书法家协会、河南省妇女书画家协会承办的“满园芬芳”2013沪、浙、豫女书家作品展于3月7日在豫园听涛阁开幕。

市委宣传部副部长陈东，市文联副主席迟志刚，市妇联副主席朱鸣，市文广局副局长王小明，黄浦区政协副主席吴力坚，市委宣传部纪检组长、市书协副主席晁玉奎，黄浦区文化局局长杨刚、党委书记蒋锡明，市妇联妇女发展部副部长黄志英，黄浦区文化局副局长朱畅江，上海豫园管理处主任臧岭、党支部书记刘群，市书协主席周志高，市书协副主席、市女书法家联谊会会长张淳，河南省书协副主席兼秘书长谢安钧，浙江省书协副主席白砥，浙江省女书法家协会主席李军，河南省妇女书画协会副主席毛鸿雁等出席开幕式。

本次展览汇集上海、浙江、河南三地老、中、青女书家的近百幅书法篆刻作品，于3月31日闭幕。

【越剧表演艺术家戚雅仙逝世十周年纪念演出】

4月10日晚，由上海市剧协、静安区文化局主办，市文联艺术团、张家港越剧戚派传习所等承办的越剧表演艺术家戚雅仙逝世十周年纪念演出于天蟾逸夫舞台举行。市老领导龚学平题词并观看演出。活动由戚雅仙的女儿傅幸文和越剧戚派传承人金静策划，戚、毕派第一代大弟子朱祝芬、杨文蔚及金静、傅幸文、朱蔺、阮建绒、斯钰林、孙建红等戚、毕派传人悉数登台，演出了《血手印》、《玉蜻蜓》、《白蛇传》、《梁祝》、《玉堂春》等戚、毕经典折子戏。

戚雅仙素有“越剧悲旦”之称，创立越剧“戚派”，与舞台搭档、著名越剧表演艺术家毕春芳，合作长达半个世纪，留下众多脍炙人口的舞台艺术作品。

【第30届上海之春国际音乐节“海上新梦”音乐会】

4月30日晚，由市音协主办的“海上新梦VII”艺术歌曲、管弦乐新作品音乐会在上海音乐厅举行。市文联党组副书记王依群、市音协主席陆在易和著名作曲家吕其明、著名声乐家周小燕等观看了演出。

本次音乐会主要由新创作的艺术歌曲和管弦乐作品组成，节目由来自十多个省市自治区的50多首应征原创作品中选出，主创人员涵盖老中青三代，包括吕其明、萧冷、陆建华、朱良镇、周乐、陆培、赵姝博、沈逸文等。秉承“上海之春”推新人的传统，邀请近年来在声乐界崭露头角的专业院校学生演唱，管弦乐作品则由著名指挥家张国勇带领上海歌剧院交响乐团呈现。

【龚仁龙喜剧艺术研讨会】

5月8日下午，由上海市剧协、上海市曲协、黄浦区文化局主办，上海戏剧杂志社、上海市青艺滑稽剧团承办的“一人千面、扎根舞台——龚仁龙喜剧艺术研讨会”在文艺活动中心举行。市委宣传部副部长陈东，市文联专职副主席、秘书长沈文忠，童双春、王汝刚、马莉莉、刘觉、戴平、张祖健、毛时安、陈达明、张文龙等本市戏剧、曲艺和评论界近50人参加了研讨会。

研讨会总结了龚仁龙从艺35年来的成绩及经验，重点研讨了他的喜剧表演风格，对如何更好地传承和保护滑稽戏艺术、弘扬海派文化的影响力，出人出戏，不断推出无愧于时代的优秀剧目和优秀艺术家展开了深层次的研讨。

龚仁龙从艺以来出演了31部滑稽戏大戏，其表演寓庄于谐、自成风格。2012年，他凭借滑稽戏《哭笑不得》再度获得“白玉兰”主角奖，成为上海滑稽戏演员中第一个“二度兰”演员。

【上海电视艺术家协会第六次会员代表大会】

5月15日，上海电视艺术家协会第六次会员代表大会在上海电视台大厦召开。市委宣传部副部长陈东出席大会并讲话。市文联党组书记、专职副主席宋妍，上海文化广播影视集团党委书记薛沛建、市文联专职副主席兼秘书长沈文忠等和来自全市电视界近百名代表出席了大会，中国电视艺术家协会和全国三十家省市电视艺术家协会及文联各兄弟协会发来贺信。

大会审议并通过了上海电视艺术家协会第五届理事会工作报告，讨论并原则通过了新的《上海电视艺术家协会章程》。会议选举产生了新一届理事会和主席团，滕俊杰当选为第六届主席团主席。王功立、王丽萍、杨震华、袁雷、崔杰、曹可凡、裘新当选为副主席。吕凉、吴涛、张炜、李勤、陆生、陈梁、鱼志平、袁永达、蔡红梅、瞿军当选为主席团委员。

【上海电影家协会第七次会员代表大会】

5月17日下午，上海电影家协会第七次会员代表大会在上海影城召开。市委宣传部副部长陈东，市文联党组书记、专职副主席宋妍，市文联专职副主席兼秘书长沈文忠等出席大会。国家新闻出版广电总局电影局和中国电影家协会向本次大会发来贺信，祝贺大会胜利召开。

大会审议通过了第六届理事会工作报告、上海电影家协会章程（修正案），选举产生了新一届理事会和主席团。新一届理事会由107人组成，主

席团由22人组成，张建亚连任上海电影家协会主席，副主席9人：石川、任仲伦、刘风、许朋乐、杨玉冰、吴竞、汪天云、胡兆洪、奚美娟，主席团委员12人：王小军、朱党、朱中响、江海洋、杨展业、何麟、沈佐平、郑大圣、赵芸、赵利明、速达、崔杰。另外，经影协六届主席团讨论决定，特聘中国文联荣誉委员、中国影协顾问、上海市文联荣誉委员、著名表演艺术家秦怡，中国文联荣誉委员、中国影协名誉主席、上海市文联荣誉委员、著名导演吴贻弓为上海电影家协会荣誉顾问。同时，诚聘65周岁以上的六届影协理事丁玉玲等30人为第七届上海电影家协会荣誉理事。

【上海市美术家协会第七次会员代表大会】

6月24日，上海市美术家协会第七次会员代表大会在中华艺术宫召开，市委宣传部副部长陈东出席大会并作讲话。市文联党组书记、专职副主席宋妍，副主席迟志刚，老艺术家贺友直、陈佩秋、方增先、汪观清、徐昌酩、戴敦邦、林曦明等以及来自全市美术界近300名代表出席了大会。中国美术家协会、全国20余个省、市、自治区美术家协会及各市级机关和人民团体向大会发来贺信。

大会审议并通过了第七次会员代表大会工作报告以及上海美协新章程，选举产生了上海美协第七届理事会和主席团。施大畏同志再次当选新一届上海市美术家协会主席。卢辅圣、郑辛遥、汪大伟、张培成、俞晓夫、周长江、杨剑平、陈琪、李向阳当选为副主席。经第六届主席团讨论提议并经市文联批准，聘请贺友直、陈佩秋、方增先、徐昌酩四位老艺术家为第七届理事会荣誉顾问，聘请王劼音、邱瑞敏、朱国荣、张雷平为第七届理事会顾问。

【上海市摄影家协会第六次会员代表大会】

上海市摄影家协会第六次会员代表大会于6月26日在延安饭店召开。市委宣传部副部长朱英磊出席会议并讲话，市文联专职副主席、党组书记宋妍，市文联副主席、巡视员迟志刚等领导和嘉宾出席了会议。中国摄影家协会和全国各省市兄弟摄影协会以及合作单位发来了贺电和贺信。

大会审议通过了市摄协第五届理事会工作报告和《上海市摄影家协会章程》修改报告，选举产生了上海市摄影家协会新一届理事会和主席团。穆端正当选为主席，丁和、王杰、刘开明、李为民、宋建昌、陈海汶、林路、曹建国、常河、雍和当选副主席。

【纪念电影表演艺术家张瑞芳逝世一周年系列活动】

6月28日，上海电影（集团）有限公司、上海电影家协会、上海电影资料馆、上海电影博物馆、上海电影评论学会主办的“瑞草芳华”纪念著名电影表演艺术家张瑞芳逝世一周年系列活动在上海电影博物馆举行。市委宣传部副部长陈东，市文联党组书记、专职副主席宋妍，中国电影资料馆副馆长饶曙光，上影集团总裁任仲伦，上海电影家协会常务副主席许朋乐，著名表演艺术家仲星火、刘子枫以及张瑞芳生前的好友、同事及晚辈等近100人出席了活动。陈东、饶曙光、任仲伦分别致辞。活动由上海电影家协会主席张建亚主持。

开幕式上，上影集团副总裁、上海电影博物馆筹备组组长王小军同志向张瑞芳的亲属颁发捐赠证书。嘉宾们共同观赏了张瑞芳主演的电影《凤凰之歌》。下午，张瑞芳艺术人生研讨会在上海电影博物馆五楼会议室举行，电影界的专家学者、张瑞芳生前的亲朋好友共同参与了研讨。

【第二届“唯实杯”少儿曲艺大赛】

为纪念陈云同志关于“出人、出书、走正路”批示发表32周年，培育和发现曲艺新苗，7月18日下午，由陈云纪念馆与市曲协联合举办的“唯实杯”第二届上海市少儿曲艺大赛在上海电视台演播厅拉开帷幕，来自全市近百名少年儿童排演的17个曲艺作品依次登场。市文联党组书记、专职副主席宋妍，陈云纪念馆馆长徐建平、市曲协主席王汝刚等领导以及余红仙、黄永生、钱程、范林元、龚仁龙、陶德兴、顾竹君、计一彪等沪上曲艺名家出席大赛并为获奖小选手颁奖。

本届大赛自启动以来，得到了全市中小学校、艺校与少儿艺术团队的积极响应，经评选共有17个作品进入决赛。经过角逐，小荧星艺术团影视团报送的相声《说学逗唱比爷爷》、上海姚连生中学报送的评弹《Ipad和橡皮筋》获金奖，中福会少年宫报送的相声《如果我是市长》等三个节目获银奖，齐齐哈尔路一小报送的评弹表演唱《童趣江南》等五个节目获铜奖，浦东新区北蔡镇文广服务中心报送的浦东说书《颂花会》等七个节目获优胜奖。平凉社区文化活动中心等五家单位获优秀组织奖。

【2013年第四届“粉墨佳年华”】

8月21日晚，2013年第四届“粉墨佳年华”上海优秀青年演员展演系列活动在天蟾逸夫舞台拉开序幕。市委宣传部副部长陈东，市文联党组书记、专职副主席宋妍，党组副书记王依群、副主席何麟，上海文教结合工程推进办公室副主任马博敏等出席活动，并为入选2013年度“粉墨之星”的八位青年演员颁奖。“粉墨佳年华”于9月21日结束。

本届“粉墨佳年华”演出历时两个月，共6场演出，分别是上海京剧院“蓝梅绽放”蓝天、高红梅专场；上海越剧院“越海春雷”齐春雷专场，上海交响乐团李沛小提琴专场，上海民族乐团汤晓风琵琶独奏音乐会专场，上海昆剧团《墙头马上》罗晨雪专场，上海芭蕾舞团“舞动青春”项洁艳、张文君芭蕾专场。

“粉墨佳年华”系列展示活动是市委宣传部人才培养重点项目之一，自2007年启动以来，先后推出了一批扎根上海、影响全国的拔尖文艺人才和青年领军人物，成为群星的舞台、百姓的看台、青年文艺人才交流技艺的平台。

10月30日，2013年第四届“粉墨佳年华”上海优秀青年演员展演总结会暨讨论会在上海文艺活动中心举行。市文联党组书记、专职副主席宋妍，党组副书记王依群出席会议。在听取了各方的意见和建议后，主办方表示将开展专题研究，进一步清晰工作定位，完善操作流程，加大宣传力度，提高品牌含金量。

【卢辅圣艺术展】

9月20下午，由中央文史研究馆、中国文学艺术界联合会、中国美术馆、中国美术家协会、上海市文学艺术界联合会、上海市美术家协会主办的“知一知二之间：卢辅圣艺术展”在中国美术馆开幕。人民日报社总编辑杨振武，原文化部副部长赵少华，著名美术家、中国美协名誉主席靳尚谊，中国美协分党组书记、常务副主席吴长江，中央美术学院院长、中国美协副主席潘公凯，中国国家画院院长、中国美协副主席杨晓阳以及上海市文联专职副主席、秘书长沈文忠，上海美协顾问张雷平等出席开幕式。开幕式前举办了名为“存在与空间”的艺术论坛。

展览展出了卢辅圣先生自上世纪80年代以来创作的130余件精品力作，以及近三十年来积累的上百万字的著作。其中主圆厅呈现了一幅长37.5米，高2.4米的巨作《知一知二之间》，山水红遍、气象万千，将中国山水画当代转型问题提到一个新的历史点。

【纪念著名电影艺术家刘琼诞辰100周年】

10月15至16日，上海市文联、上海电影（集团）有限公司、上海电影家协会联合举办纪念著名电影艺术家刘琼诞辰100周年系列活动。市委宣传部副部长陈东，市文联党组书记、专职副主席宋妍，市文联专职副主席、秘书长沈文忠，上影集团副总裁王小军、党委副书记程坚军，上海影协主席张建亚、常务副主席许朋乐、主席团委员崔杰，著名表演艺术家秦怡、仲星火，著名导演李歇浦以及与刘琼生前合作过的同事、好友等出席了本次活动。

系列纪念活动包括电影观摩、研讨追忆、祭扫追思等内容。10月15日上午，刘琼亲友、本市劳模代表、共建单位武警上海总队司令部警勤中队、电影学研究者、影协会员代表等300余人在上海影城欣赏了刘琼1948年主演的影片《国魂》。15日下午，刘琼家属、曾与刘琼先生合作过的影片主创人员、电影学研究者等近百人对刘琼艺高气正的影剧人生进行了追忆、研讨。10月16日上午，刘琼先生的家属、朋友、同事和影迷们在福寿园人文纪念公园进行祭扫活动。

【首届上海书法艺术节】

10月19日，由中国书协、上海市文联、新华社上海分社、松江区人民政府、市书协主办的2013(首届）上海书法艺术节开幕式在“中国书法城”松江举行。中国书协主席、上海书法艺术节组委会主任张海，中国文联副主席、中国书协顾问段成桂，市委宣传副部长陈东，市文联党组书记、专职副主席宋妍，松江区区委副书记、区长俞太尉，中国书协副主席陈振濂、分党组副书记兼秘书长陈洪武，市文联副主席、巡视员迟志刚，市文联副主席、上海书协主席周志高，联合国外交官蓝安等与来自海内外的五百余名嘉宾、书法家出席了开幕式。张海、陈东分别代表中国书协和上海市委宣传部致辞。开幕式上举行了第二届平复帖杯全国书法篆刻大赛和当代书法创作暨中

国书法如何走向世界国际论坛颁奖仪式。

开幕式后，第二届平复帖杯全国书法篆刻大赛作品展、联合国官员及中国外交官书法作品邀请展、大字书法国际邀请展在松江美术馆和松江广富林文化展示厅同时展出，当代书法创作暨中国书法如何走向世界国际论坛在松江城市规划馆举行。

作为第十五届中国上海国际艺术节的重要组成部分，首届上海书法艺术节延续至11月末，其所包含的25场大型活动全部向社会公众免费开放。

【戏剧“梅花奖”“白玉兰奖”获奖演员公益系列演出】

由中国剧协、上海市文联、上海市宝山区人民政府、中国上海国际艺术节中心、上海市剧协、上海白玉兰戏剧表演艺术奖组委会办公室、上海戏曲艺术中心等单位共同策划组织的百花芬芳——戏剧“梅花奖”“白玉兰奖”获奖演员公益系列演出入选2013中国上海国际艺术节。

演出安排了一系列“双奖”艺术家进社区、进校园开展惠民活动。11月6日下午，艺术家论坛《当“百戏之祖”遇到“活化石”——古老剧种当下的困境和机遇》，在上海昆剧团开讲。福建省梨园戏实验剧团团长曾静萍和上海昆剧团团长谷好好这两位“双奖”艺术家进行了一次南北戏曲文化的交流。

11月8日和9日晚，“双奖”艺术家专场在天蟾逸夫舞台举行。全国10余个剧种的30余位“双奖”艺术家在著名京剧表演艺术家、首位梅花大奖及首届上海白玉兰戏剧表演奖主角奖获得者尚长荣带领下，献上经典戏曲唱段和折子。

【第四届市优秀童谣征集、传唱活动】

11月8日，由市委宣传部、市文明办、市教委、团市委、市妇联、市文联联合主办，上海民协、东方网等单位承办的“童心同梦 快乐分享”第四届上海市优秀童谣征集、传唱活动颁奖典礼在中福会少年宫小伙伴剧场举行。上海市委宣传部副部长、市文明办主任燕爽，市文明办副主任朱响应，团市委副书记杨元飞，市文联专职副主席、秘书长沈文忠等主承办单位领导出席，并为获奖代表颁奖。

第四届上海市优秀童谣征集、传唱活动于4月启动，5月在东方网开通活动专区，首次通过网络征集原创作品。截至6月30日，共征集到作品3028首（其中成人组1257首、未成年人组1453首，沪语作品318首），传唱节目702个。数量和质量都较历届有所突破。经过初评、复审，100首童谣原创作品（成人组、未成年人组各50首）脱颖而出，并汇集出版了《沪上新童谣——第四届上海市优秀童谣评选获奖作品集》；24个传唱节目于9月28日在浦东新区青少年活动中心举行了传唱决赛。

【第八届上海国际魔术节暨国际魔术比赛】

11月7日至10日，2013第八届上海国际魔术节暨国际魔术比赛在上海国际体操中心举行。市委宣传部副部长陈东，市文联党组书记、专职副主席宋妍，市文联党组副书记王依群，中国杂协党组书记邵学敏，中国文联副主席、中国杂协主席边发吉，上海杂协主席程海宝分别出席开、闭幕式并观看了国际魔术精品演出。

本届比赛分为舞台魔术大师邀请赛和舞台魔术新人赛两部分。法国魔术组合肯瑞斯·穆拉特与乌惠莉亚凭借《激情探戈》夺得大师邀请赛金奖；中国台湾的青年魔术师赵正明凭借《绿色的寂静》获得本届新人赛金奖。本届魔术节还举办了第二届全国专业魔术师高级研修班。

【上海美术作品进京展】

11月8日下午，上海美术作品进京展在中国美术馆开幕，全国人大原副委员长华建敏，中国作协原党组书记金炳华，中国文联党组书记、副主席赵实，党组副书记、副主席覃志刚，党组成员、副主席左中一，中国美协名誉主席靳尚谊，中国美协主席刘大为，中央文史馆副馆长、中国美协副主席冯远，中国文联副主席徐沛东，文化部艺术司副司长诸迪，中国国家画院油画院院长詹建俊，中国美术家协会分党组书记、副主席吴长江，副主席范迪安、潘公凯、杨晓阳、许钦松，解放军总政艺术局副局长李翔，上海市委宣传部秘书长姜迅，中国美协副主席、上海市文联主席施大畏，上海市文联党组书记、专职副主席宋妍，上海市文联副主席、巡视员迟志刚，上海市美协副主席卢辅圣、李向阳、杨剑平、张培成、陈琪、周长江、郑辛遥、俞晓夫，著名画家、理论家邵大箴、孙克、刘曦林、张祖英、陈履生、杜军、袁武、陈钰铭等500余人参加了开幕仪式。

此次展出的102件作品都出自当下最活跃的艺

术家之手，涵盖油画、国画、雕塑、版画等艺术样式。为配合展览，对海派美术150余年发展历程进行理论梳理，上海美协择选了海派美术发展历程中最具代表性的18位画家出版《海派百年代表画家系列作品集》18卷，收录专题学术文章和历史年表等资料40余万字，选用作者不同时期力作3000余幅、珍贵历史照片近600幅；此次进京展作品也将汇总出版《上海美术进京展作品集》。

【第九届中国舞蹈“荷花奖”舞剧·舞蹈诗评奖】

11月29日，经过10余天的比赛和评议，由中国文联、中共上海市委宣传部主办，市文联等主承办，市舞协参与承办的“舞动长宁”第九届中国舞蹈“荷花奖”舞剧•舞蹈诗评奖在沪落幕并颁奖。市文联党组书记、专职副主席宋妍出席颁奖仪式并讲话，中国舞协分党组书记、驻会副主席冯双白代表评委会对8部决赛作品进行点评，市文联党组副书记王依群，市文联副主席、上海舞协主席凌桂明等为获奖选手颁奖。

进入决赛的作品中，上海芭蕾舞团《简•爱》、上海歌舞团《一起跳舞吧》和总政歌舞团《铁道游击队》、武警政治部文工团《延安记忆》、厦门小白鹭民间舞艺术中心《沉沉的厝里情》、新疆艺术剧院歌舞团迪丽娜尔艺术团《永远的麦西热甫》荣获作品金奖；北海市文艺交流中心的《碧海丝路》、云南艺术学院文华学院的《茶马古道》获作品银奖；上海芭蕾舞团的吴虎生和范晓枫，上海歌舞团的王佳俊、朱洁静等演员获得表演金奖；上海芭蕾舞团的项洁艳、上海歌舞团的宋昕孺和张明煜等演员获表演银奖；上海市舞协获优秀组织奖。

11月24日，由中国舞蹈家协会和上海市文联共同主办，上海舞协主承办的“中国当代舞剧、舞蹈诗创作研讨会”在银星皇冠假日酒店举行。

【书写时代——全国名家书法作品展】

12月24日，由中国文联、中国书协主办，中华艺术宫联合主办，上海市书协协办的“书写时代”全国名家书法作品展在中华艺术宫开幕。中国书协分党组书记、驻会副主席赵长青，中国书协副主席陈振濂、言恭达，中国文联书法艺术中心主任、中国书协展览部主任刘恒；上海市文联主席施大畏，副主席迟志刚，市文联副主席、书协主席周志高，市书协副主席徐正濂、丁申阳、徐庆华等200余人出席开幕式。

此次展览共展出100多名活跃于当代书坛的书家、国展与兰亭奖获奖作者的作品。开幕式后召开了“书写时代——全国名家书法作品展学术讨论会”，与会书家围绕展览的意义与特色，当前书法创作展览的发展方向等议题，展开了热烈讨论，提出了建设性的意见和建议。

【第十届CASIO杯翻译竞赛】

12月13日，第十届CASIO杯翻译竞赛颁奖典礼在米盖尔•德•塞万提斯图书馆举行。市文联专职副主席、秘书长沈文忠，上海译文出版社总编史领空，卡西欧（中国）贸易有限公司副总经理岩丸阳一，米盖尔•德•塞万提斯图书馆馆长易玛，以及翟象俊、陆经生等英语、西班牙语组评委出席了颁奖仪式，对赛况进行了点评。侯凌伟、冀禹辰分别代表英语、西班牙语组获奖选手发言。

本届翻译竞赛共设英语和西班牙语两个语种，举办十年以来，首次尝试与国外文化机构合作，得到了塞万提斯学院的大力支持。

【2013上海小幅油画展】

12月27日下午，由上海市美协主办，上海市美协油画艺术委员会、上海市美协东外滩艺术空间共同协办“面孔”2013上海小幅油画展在东外滩艺术空间开幕。本届画展共收到作品近500件，经评审选出130件作品，与10件评委作品共同参展。画展开幕后举行了“面孔”2013上海小幅油画展研讨会，围绕小幅油画的现状和发展作了深入探讨。

上海小幅油画展是上海市美协一年一度的品牌活动，已连续举办四届。本届画展冠以“面孔”命名，即让作者换一种状态进入创作，在小小的油画布上展示自我的审美选择。

事业单位

【2013上海书画院画师年展】

4月12日下午，上海书画院画师年展在朱屺瞻艺术馆开幕，130余位上海和长三角地区签约画师集体参与，作品涵盖绘画、书法、篆刻三大艺术门类，涉及传统与当代等不同语境，反映了大都市中老中青三代不同的生命经验和体会。

【“浦江流芳”老艺术家作品邀请展暨社区巡展】

7月18日至7月25日，由市文明办指导,市文联主办，东方宣教中心、市文艺培训指导中心承办的“浦江流芳”2013上海美术•书法•摄影老艺术家作品邀请展暨社区巡展在宝山区图书馆举行，展出美术、书法、摄影作品60件，囊括了上海美术界、书法界、摄影界众多名家的作品。巡展系列活动辐射面广、延续性强、活动影响力直指基层，受到基层单位和广大市民的大力支持与肯定。

【文艺活动中心改扩建项目奠基仪式】

12月2日上午，上海文艺活动中心改扩建项目举行奠基仪式。市文联党组书记、专职副主席宋妍，专职副主席、秘书长沈文忠，一建集团副总裁俞建强等领导和施工人员一起挥锹，为上海文艺活动中心改扩建项目奠基石培土。

【2013《海上谈艺录》写作与编辑研讨会】

12月6日，上海文学艺术院召开《海上谈艺录》写作与编辑工作研讨会，探讨《海上谈艺录》写作特色，提高写作编辑水准，加强出版质量监控。《海上谈艺录》部分传记作者、上海世纪出版集团领导以及上海锦绣文章出版社的相关领导、编辑参加了会议。

截至2013年11月，《海上谈艺录》已出版丛书25部。上海文学艺术院还与上海电视台艺术人文频道召开了“文联名家谈艺”电视专题片摄制座谈会，作为《海上谈艺录》的姐妹篇。

【多媒体小剧场话剧《追梦的人》全市首轮巡演】

12月27日，作为基层开展“中国梦”主题群众性宣传教育活动的创新举措，由市文联艺术促进中心和浦东新区上钢社区联手创排的多媒体小剧场话剧《追梦的人》结束了全市首轮巡演。本轮巡演历时2个月，覆盖了浦东新区、普陀、虹口、嘉定、徐汇、闵行、宝山、黄浦和金山等9个区，演出场次共达12场，观众人数近5000人次，取得了良好的社会效益。

江苏省文联

综　述

在省委、省政府的坚强领导和省委宣传部的有力指导下，省文联以党的十八大精神为统领，以建设文化强省为目标，团结凝聚广大文艺工作者开展了一系列卓有成效的工作，取得了显著成绩：社会主义核心价值体系建设深入开展，文艺创作生产更加繁荣，文艺品牌建设全面推进，文艺人才优势更加凸显，文艺惠民服务更加有效，文艺活动更加丰富多彩，文艺理论创新成果丰硕，文联组织的凝聚力、影响力和服务能力不断提高，全省文艺事业和文联工作迈上了新台阶。

重要会议

【省文联第八届委员会第四次全体（扩大）会议】

1月28日，省文联在南京召开第八届委员会第四次全体（扩大）会议。省委常委、宣传部部长王燕文出席并讲话。省委宣传部副部长梁勇出席会议，省文联第八届主席团成员、全体委员、各县（市、区）文联主要负责同志，省文联各部门(单位)主要负责同志共180余人参加了会议。省文联主席王湛主持会议，省文联党组书记、常务副主席王慧芬作题为《为人民抒写　为时代放歌　再谱江苏文艺事业科学发展新篇章》的工作报告。会议增补成从武、刘俊、孙春伟、严克勤、荣凯元为省文联第八届全委会委员。苏州市文联、徐州市文联、宿迁市文联主席王清平、高淳县文联、宜兴市文联主席徐风、启东市文联、泰兴市文联、中石化南京工程公司文联、江苏省音协、江苏省书协等10个团体会员和个人在大会作了交流发言。大会对38项全国性优秀文艺奖项获得者和省曲协、省书协、省视协、省评协等4个获奖总数、获奖质量位居全国前三名的“优秀组织奖”获得单位给予颁奖。

【省文联主要领导调整】

12月4日，省文联召开机关全体干部大会，宣布省委关于省文联主要领导调整的决定。省委常委、宣传部部长王燕文出席并讲话。省委组织部副部长庄同保宣读了省委《关于章剑华、王慧芬同志任免的决定》:章剑华同志任省文联党组书记、书记处第一书记，建议推荐为省文联副主席人选；免去王慧芬同志省文联党组书记、书记处第一书记职务。

【省书协换届以改革新风促繁荣发展】

12月21日至23日，省书协在南京召开江苏省书法家协会第四次会员代表大会。省委常委、宣传部部长王燕文出席闭幕式并讲话。省委原副书记冯敏刚，省文联名誉主席顾浩，省文联主席王湛，省人大原副主任丁解民，省政协原副主席张九汉、陆军，省委宣传部副部长梁勇等分别出席了大会开、闭幕式。省委宣传部常务副部长、省文联党组书记、书记处第一书记章剑华在开幕式上作了题为《推进书协改革，促进书法繁荣》的讲话，他从正确认识书协的宗旨和任务、积极推进书协自身改革、切实加强书协队伍建设、不断强化书协服务功能、大力营造书协团结氛围、努力提高书协社会影响等六个方面，提出了任务和要求。省文联党组副书记、副主席、书记处书记杨企鹏，省文联书记处书记、党组成员叶飚荣、郑泽云与来自全省各地的200余代表出席了大会。大会通过了工作报告和《江苏省书法家协会章程》。大会经过民主程序，选举产生了由80人组成的江苏省书协新一届理事会和由25人组成的省书协第四届常务理事会。经选举，孙晓云当选为主席，徐利明、李啸、王伟林当选为副主席。第四届主席团和常务理事会还决定了秘书长、副秘书长人选，王卫军任省书协秘书长，赵彦国任副秘书长。大会聘任尉天池为名誉主席，言恭达为艺

术总监，王冰石、李大鹏、阙长山为顾问。

会议坚持将改革精神贯彻大会始终，推出系列创新举措，受到全国书法界的广泛关注和好评。首先，突出精简高效，优化书协组织架构。一是精简主席团成员，按照“一正七副”的规模设置。二是改进主席团产生办法，大会选举到位“一正三副”，其他职数在近两年通过民主推荐、考评考核、公平竞争的新机制产生，既确保选贤选优又为今后发展留下空间。三是创设常委理事，增设常务理事25人。四是有序推进书协各项改革。其次，淡化官方色彩，强化服务功能。一是创新机制，积极探索新的运行机制、组织形式和活动方式。二是丰富手段，为会员提供畅通便捷的联络沟通渠道和个性多元的艺术展示空间。三是面向社会，让书法艺术更多地进入千家万户、寻常百姓家。再次，坚持德艺双馨，深化队伍建设。一是提升思想道德修养，引导书法工作者自觉践行文艺界核心价值观，做到书人合一、心正笔正。二是树立正确创作导向，坚持以人民为中心，努力推出具有江苏气派、体现江苏风格，深受群众欢迎的时代精品。三是构筑书法人才高峰，增强江苏书法人才队伍整体实力，巩固和提升江苏书法在当代中国书坛的领军地位。

文艺创作

2013年，省文联坚持以人民为中心的创作导向，进一步强化精品意识，把握文艺创作规律，积极举办各类展演展赛活动，为文艺精品创作搭建平台。省各文艺家协会组织参赛、参展、参演的49件作品在全国性文艺奖项评选中获奖。在第13届中国戏剧节中，江苏共获17项大奖，在全国各省市中名列第一；在第11届中国民间文艺“山花奖”评选中，江苏有8件作品获奖，位列全国第二；在第9届中国音乐“金钟奖”评选中，江苏有7件作品获奖，获奖总数位居全国第三，其中江苏茉莉花组合在民乐组合比赛中荣获金奖；在中国舞蹈“荷花奖”第7届“小荷风采”全国少儿舞蹈展演中，江苏有9人获得“小荷之星”奖，舞蹈《沐月行》获得第9届中国舞蹈“荷花奖”作品银奖；在第24届全国摄影艺术展评选中，江苏取得3银2铜的好成绩；杂技剧《梦•餐厅》获得第8届中国杂技“金菊奖”第三次杂技剧目奖评委会特别奖；电影故事片《我的影子在奔跑》获得第29届中国电影金鸡奖最佳儿童片奖；论文《曲艺批评的价值与尊严》荣获第3届中国曲艺高峰论坛优秀曲艺论文奖。文艺创作的繁荣得益于各艺术门类文艺人才的不断涌现。在第四届中国书法“兰亭奖”中，江苏1人获“兰亭奖•终身成就奖”，3人获“兰亭奖•艺术奖”，5人入选首届中国书法“三名工程”，在全国名列前茅；在第八届全国德艺双馨电视艺术工作者评选中，江苏有4人获此殊荣；在第26届中国戏剧“梅花奖”大赛中，江苏的2位青年演员双双摘得中国戏剧“梅花奖”，1人名列榜首，江苏优秀文艺人才在全国的知名度和影响力进一步增强。

品牌活动

【第九届中国音乐“金钟奖”民乐比赛（二胡、古筝和民乐组合）暨2013中国江苏二胡之乡民族音乐节】

10月11日，由中国文联、中国音协、中共江苏省委宣传部、江苏省文联主办，江苏省文联、江苏省演艺集团、江苏省音协承办，南京艺术学院、刘天华阿炳中国民族音乐基金会特别协办的第九届中国音乐“金钟奖”民乐比赛系列活动在江苏举办。中国文联副主席、中国音协分党组书记、驻会副主席徐沛东，江苏省委常委、宣传部部长王燕文，省政协副主席、省委统战部部长罗一民，省文联名誉主席、刘天华阿炳中国民族音乐基金会理事长顾浩，省人大常委会原副主任柏苏宁，省政协原副主席陆军，中国音协副主席、中国东方演艺集团董事长、总经理顾欣，中国音协副主席、新疆艺术剧院常务副院长努斯来提•瓦吉丁，江苏省委宣传部副部长、省文明办主任梁勇，省文联党组书记、常务副主席王慧芬，中国音协分党组成员、秘书长韩新安，中国音协分党组成员、副秘书长王建国，江苏省文联党组副书记、副主席杨企鹏，省文联副主席、省音协主席、江苏省演艺集团董事长、总经理朱昌耀，省文联书记处书记、党组成员郑泽云等出席开幕式音乐会。本届民乐比赛系列活动分为：10月11日至15日在南京举办金钟奖民乐组合比赛；10月17日至23日在扬州举办金钟奖古筝比赛；10月24日至11月2日在无锡举办金钟奖二胡比赛。其中，民乐组合比赛是金钟奖首次设立的赛事。江苏茉莉花民乐组合荣获中国音乐金钟奖民乐组合比赛金奖第一名。

比赛期间，有多场音乐会和音乐学术研讨、讲座及惠民演出活动分别在南京、无锡、扬州、苏州、泰州、盐城、常熟等地举办。主要有：在南京举办的《乐韵流芳——第九届中国音乐金钟奖全国民乐比赛开幕暨纪念杰出的民间音乐家阿炳诞辰120周年名家名曲音乐会》《第九届中国音乐金钟奖民乐组合比赛获奖团队音乐会》《两岸情缘——台湾国乐团与江苏民族乐团音乐会》《纪念刘文金暨金钟奖二胡获奖选手音乐会》、中国民族音乐的传承与发展——纪念阿炳诞辰120周年学术研讨会、刘德海《为爱而弹琵琶》和王国潼《阿炳二胡演奏风格浅析》讲座等；在扬州举办的《韵风秀色——第九届中国音乐金钟奖古筝比赛开幕式音乐会》、《第七届中国古筝艺术学术交流会扬州专场音乐会》、《古筝名家专场音乐会》、《盛世筝鸣——第九届中国音乐金钟奖古筝比赛颁奖音乐会》、第七届中国古筝艺术学术交流会等；在无锡举办的《第九届中国音乐金钟奖二胡比赛开幕式纪念阿炳诞辰120周年民乐专场音乐会》、《两岸情缘——台湾国乐团与江苏民族乐团音乐会》、《第九届中国音乐金钟奖民乐比赛颁奖暨汇报演出》、送欢乐下基层“金钟奖”二胡新星惠民演出等；在泰州举办的《弦动金秋——泰州市民族器乐演奏会》；在盐城举办的音乐进校园——民族器乐讲座；在苏州举办的石湖流韵•海峡情缘——台湾台南艺术大学古筝乐团与苏州科技学院音乐学院师生交流音乐会、虞山派琴家古琴雅集活动、姑苏秋韵——苏州科技学院音乐学院民族器乐专场音乐会等。

【时代印记——2013中国百家金陵画展（版画）】

11月15日至25日，由中国美术家协会、中共江苏省委宣传部、省文化厅、省文联主办的时代印记——2013中国百家金陵画展(版画)在江苏省美术馆举办。江苏省委常委、宣传部部长王燕文，省政协副主席朱晓进，省文联名誉主席顾浩，省委宣传部副部长梁勇，省文联党组书记、常务副主席王慧芬，省文化厅副厅长高云，省文联党组副书记、副主席杨企鹏，省文联书记处书记、党组成员叶飚荣，中国美协展览部主任杜军，中国美协版画艺委会主任姜陆等出席开幕式并观看展览。画展共收到全国各地1384人次的1500余件投稿作品，经评选，有100件作品入展，其中金奖作品10件。分别是云南李传康《一二三四》、广东李康《白夜•夏至》、北京吴静秋《故乡风景》、黑龙江沙永汇《城市的乐章》、浙江周蕴智《空室遗音》、江苏顾志军《飞累了歇会儿》、北京徐匡《扎西和他的羊》、江苏凌君武《梦•桃源》、黑龙江崔柏涛《家有乖女》、重庆康宁《独木之舟》。江苏两幅作品荣获金奖。

【第三届东方工艺美术之都博览会】

11月22日，由中国文联、中国民协、江苏省委宣传部、省文联主办的第三届东方工艺美术之都博览会暨第十一届中国民间文艺“山花奖”民间工艺美术作品奖评选活动在南京开幕。江苏省委宣传部副部长、省文明办主任梁勇，省文联党组书记、常务副主席王慧芬，中国民间文艺家协会分党组成员、副秘书长周燕屏，省文联党组副书记、副主席杨企鹏出席开幕式。在11月22日至25日博览会期间，还轮番举行沉香艺术鉴赏表演，演绎土与火艺术的黑陶拉坯表演，激动人心的六合大鼓表演，金文云锦艺术研究院现场织造展示，金陵工坊民间工艺展演和免费的鉴宝服务等活动。在江苏优秀青年民间文艺人才精品展区，集中展示12位青年艺术家的精品力作，如曹氏香包第三代传承人井秋红带来的布艺《龙凤呈祥》，瓷刻艺术领军人物陈银付展出的瓷刻作品《杜秋图》，优秀民间文艺人才李玫展出的漆画作品《大唐盛世》等。

【第13届中国戏剧节】

11月25日，由中国文联、中国剧协和苏州市人民政府共同主办，江苏省文化厅、省文联、苏州市文广新局、市文联、省剧协、张家港市人民政府共同承办的第13届中国戏剧节在苏州落下帷幕。为期17天的本届戏剧节汇集了来自全国各地的35台剧目，包括29台参评剧目和6台展演剧目，涵盖了昆曲、徽剧、越剧、晋剧、黄梅戏、豫剧、秦腔等22个戏曲剧种以及话剧、儿童剧、舞剧、歌剧、音乐剧等戏剧样式。苏州市滑稽剧团的滑稽戏《探亲公寓》等20个剧目获优秀剧目奖;云南省玉溪市滇剧院的滇剧《水莽草》等9个剧目获剧

目奖;滑稽戏《探亲公寓》的顾芗等28人获优秀表演奖;滑稽戏《探亲公寓》的编剧陆伦章等5人获优秀编剧奖;锡剧《二泉映月•随心曲》的导演张曼君等5人获优秀导演奖;琼剧《海瑞》等4个剧目的音乐作者获优秀音乐奖;昆曲《续琵琶》等3个剧目的舞美作者获优秀舞美奖。

文化惠民

【江苏省文艺志愿者服务总队成立】

4月12日，省文艺志愿者服务总队成立仪式暨文艺惠民活动在南京审计学院举行。省委常委、宣传部部长王燕文，省文联主席王湛，省文联党组书记、常务副主席王慧芬，南京审计学院党委书记、校长王家新，省文联领导杨企鹏、叶飚荣、郑泽云、丁浩，省委宣传部文艺处处长李朝润，省文明办志愿者处长长王健，以及省文联各文艺家协会负责人、各市文联负责人、全省文艺家代表和南京审计学院的师生代表出席成立仪式。王燕文等向文艺志愿者服务总队总队长王慧芬及各文艺志愿服务团授旗。江苏省文艺志愿者服务总队由王慧芬担任总队长，杨企鹏、叶飚荣、郑泽云担任副总队长。江苏省文艺志愿者服务总队下设各市文联、省各文艺家协会和南京审计学院文艺志愿者服务团共26个，首批志愿者已超过千人。成立仪式结束后，文艺志愿者为南京审计学院的广大师生举行了惠民演出。2013年开展了多种形式的文化惠民活动，共131场。

重要活动

【第27、28届江苏省电视金凤凰奖颁奖典礼】

1月10日，由省文联、省广电总台、省视协主承办的第27、28届江苏省电视金凤凰奖颁奖典礼在江苏省广电总台综艺频道演播大厅举行。全国政协常委、中国文联副主席、中国视协主席赵化勇，中国视协分党组书记、驻会副主席张显，省人大常委会副主任赵龙，省文联名誉主席顾浩，省文联主席王湛，省委宣传部副部长梁勇，省文联党组书记、常务副主席王慧芬，省文联书记处书记、党组成员叶飚荣、郑泽云，省广电总台领导周莉、卜宇，省电视艺术家协会主席团成员、省和各省辖市广播电视总台负责人以及获奖代表等出席颁奖典礼。第27、28届电视金凤凰奖评奖共设有电视剧类（含栏目剧）、电视文艺节目类、电视纪录片类、电视美术片（动漫）类、电视广告片类和电视主持人类（不含电视新闻播音员）等6个项目。《生死之恋三部曲》《我是特种兵》《决战南京》《断　刺》《誓言今生》《你是我的幸福》等获得电视剧最佳作品奖；《非诚勿扰》连续两届获得电视文艺(文学)专题一等奖；《风范——老一辈革命家的故事》《盛宣怀》《大时代的记录者吴印咸》《雨花台》等获长篇（系列）电视纪录片一等奖；《同邀明月——“江苏台湾周”闭幕式晚会》《美丽的田野——首届中国农民艺术节开幕式文艺晚会》《扬帆2012——江苏卫视龙年春节晚会》《幸福我主宰——2012江苏卫视跨年演唱会》等获电视文艺晚会作品一等奖；《超能泡蛋2》《木头村》《水漫金山》获得电视美术动漫片类一等奖；孟非、杨华、李响、东方、夏青、方丹琼获电视节目主持人一等奖。

【大美·大爱——江苏摄影家眼中的新疆克州摄影作品展】

1月16日，由省文联、省摄协、省对口支援新疆克州前方指挥部主办，南京图书馆协办的大美•大爱——江苏摄影家眼中的新疆克州摄影作品展在南京举办。展览分为江苏援疆的“大爱”部分和克苏风光的“大美”部分。副省长史和平出席开幕活动并观看展览。省委组织部、省委宣传部、省文联、省援藏援疆办、省对口援疆领导小组成员单位及克州前方指挥部等有关单位领导和新疆克州领导出席了开幕活动。

【江苏省首届水粉画作品展】

3月26日，由省文联、省美协和盐城工学院联合主办的江苏省首届水粉画作品展在盐城举行。本次将水粉画单独展出，在江苏省历史上尚属首次。展览共收到207件应征作品，经专家评选，177件入围复评，最终入选124件，其中42件获优秀奖。参展作品主题涵盖了人物、风景、静物等几大类型，风格技法上以写实主义为主，兼及写意、装饰与抽象，呈现出多元的艺术风貌。来自全省知名艺术家和盐城工学院、盐城师范学院师生300多人出席开幕式并参观展览。开幕式期间还为江苏省水粉画创作研究基地举行了揭牌仪式。

【首届江苏省“钟山奖”电影剧本征集活动颁奖暨签约仪式】

4月26日，由省文联、省广播电影电视局、省委宣传部文化发展基金会联合主办，省影协、省剧本中心、省广电协会电影分会承办的首届江苏省“钟山奖”电影剧本征集活动颁奖暨签约仪式在南京举行。江苏省委宣传部副部长梁勇，省文联党组书记、常务副主席王慧芬，省广播电影电视局局长、党组书记张建康，省文联书记处书记、党组成员叶飚荣、郑泽云及江苏影视界的艺术家、理论评论家、高校影视专业的师生和部分获奖作者的代表等出席仪式。本届活动共收到来自全国各地、各行业、各年龄段作者的电影剧本566部，经来自江苏和全国的资深电影导演、编剧、电影理论家组成的评委会的四轮评选，最终39部佳作脱颖而出，最终评出二等奖3名，三等奖3名，优秀奖10名，优秀剧本提名奖23名（一等奖空缺）。颁奖活动期间，一些优秀获奖作品得到了影视制作机构的关注，其中电影剧本《梅园岁月》与南京毅刚文化传媒有限公司签约，《好运，特克斯》与江苏华红影视投资有限公司签约，《留守孩子》与江苏省电影公司文化传媒公司签约，《血海英雄》与南京精汇科技文化有限公司签约。部分获奖作品授权独家代理。

【梅花赋——中国当代著名画家主题作品邀请展】

5月18日，由中国文联主办，江苏省文联、中国文联演艺中心承办的梅花赋——中国当代著名画家主题作品邀请展在南京举行。第十一届全国政协副主席、中国文联主席孙家正，江苏省政协主席张连珍，中国文联党组副书记、副主席覃志刚，江苏省委常委、宣传部部长王燕文，中国文联副主席、中国美协主席刘大为等出席开幕式。本次画展邀请全国96位当代国画名家、文化名人和江苏书画名家共同进行主题创作。包括黄永玉、范曾、韩美林、王明明、冯远、刘大为、吴悦石、崔如琢、何家英、欧阳中石、李铎等数十位著名美术家、书法家。

【首届江苏紫金合唱节】

5月9日晚，由省委宣传部、省文明办、省教育厅、省文化厅、省文联联合主办的《乘着歌声的翅膀》——首届江苏紫金合唱节开幕式在南京人民大会堂举行。省委常委、宣传部部长王燕文，省人民政府副省长曹卫星，省文联主席王湛等出席开幕式音乐会。来自美国旧金山雄鸡合唱团、芝加哥玫丝合唱团、芬兰维普里男声合唱团、新西兰毛利合唱团、斯洛伐克卢契卡合唱团、韩国“永远的蔚蓝”合唱团等5个国家的六支优秀合唱团队，中国交响乐团合唱团、中国武警男声合唱团、杭州八秒大学生合唱团等国内3支优秀合唱团队汇聚南京，与江苏爱之旅合唱团、无锡山禾合唱团、南京市九中合唱团共同展示合唱艺术风采。

本届紫金合唱节系列活动有：5月10日，合唱节组委会在江苏省文联二楼剧场举办合唱艺术论坛，邀请乌普•劳哈拉（芬兰）、曹丁、王燕等国际、国内的著名合唱指挥就合唱艺术、指挥在合唱中的作用等论题进行演讲和现场训练合唱团队。5月10日晚，在南艺音乐厅举办美国芝加哥玫丝合唱团、新西兰毛利合唱团、韩国“永远的蔚蓝”合唱团专场演出。5月11日下午，新西兰毛利合唱团、美国芝加哥玫丝合唱团进入南京市建邺区莫愁湖街道莫愁湖公园抱月楼露天舞台与社区合唱团队进行广场互动演出，让更多群众感受合唱艺术的魅力。5月15日至21日，来自全省13个直辖市和省直系统初赛决出的52支合唱团队汇聚南京在南艺音乐厅复赛和决赛，角逐金、银、铜、优秀奖。5月22日下午在南京中山陵音乐台隆重举行颁奖活动。

【第五届江苏省壁画展】

6月14日，由省文联、省美协和省壁画学会共同举办的第五届江苏省壁画展在南京举行。中国美协壁画艺委会主任唐小禾，秘书长孙韬，中国美协漆画艺委会主任冯建亲，江苏省文联副主席、省美协主席宋玉麟等出席开幕式。本届展览以“传承人文江苏历史风貌，弘扬民族复兴奋斗精神，宣传改革开放伟大成果”为主题，共展出江苏近年来创作的大型壁画120件。

【苏韵梅香——庆祝中国戏剧梅花奖创办30周年江苏专场演唱会】

9月3日晚，由中国文联、中国剧协主办，江苏省文联、省剧协承办的苏韵梅香——庆祝中国戏剧梅花奖创办30周年江苏专场演唱会在北京梅

兰芳大剧院上演。晚会汇集江苏11个剧（曲）种的18位梅花奖演员同台亮相。中国文联党组副书记、副主席覃志刚，中国文联副主席杨承志，中国剧协分党组书记、驻会副主席季国平，江苏省文联书记处书记、党组成员郑泽云，江苏省剧协主席汪人元等主承办单位领导与首都1000余名观众一同观看了演出。

【生态文明·美丽江苏大型摄影作品巡回展】

11月25日，由江苏省环境保护厅、省文联联合主办的生态文明•美丽江苏大型摄影作品巡回展在南京举办，省文联主席王湛，省人大原副主任李全林，省文联党组书记、常务副主席王慧芬，省文联党组副书记、副主席杨企鹏，省环保厅副厅长柏仇勇，以及省摄协主席团成员、省环保宣教中心等相关单位负责人出席开幕式。展览自3月1日开始面向社会征集作品以来，得到全省专业及摄影爱好者的青睐和支持，共收到10000多幅(组)作品。经过评委们多轮的筛选、评定和无记名投票，共评出20幅(组)作品分获金银铜奖。展览在南京展出6天后，还分别在各省辖市展出，历时40天。

重要赛事

【第六届“江苏戏剧奖·红梅奖”大赛】

9月28日，由省文化厅、省文联主办，省戏剧家协会承办的第六届“江苏戏剧奖•红梅奖”在淮安落下帷幕。本届大赛分南、北片赛区，先后于9月10日至14日、9月23日至27日分别在南京与淮安举行。来自全省13个剧种的304名优秀选手参加了复、决赛，共有65名选手获得金、银、铜奖。其中13名选手获得金奖；18名选手获得银奖；34名选手获得铜奖；并产生优秀表演奖49名、优秀演奏奖6名；表演奖71名、演奏奖17名与优秀组织奖6名、组织奖4名。9月28日晚，颁奖晚会在淮安市人民大会堂举行。省文化厅副厅长高云，省文联书记处书记、党组成员郑泽云，省剧协主席汪人元，淮安市委常委、宣传部部长戚寿余，淮安市人民政府副市长王红红等领导参加了颁奖典礼并为各获奖所在地的代表颁奖。

9月29日，由江苏省历届“江苏戏剧奖•红梅奖”获奖演员组成的“红梅飘香”文艺志愿者服务团，来到具有光荣革命传统的红色老区刘老庄进行惠民演出，为老区人民献上了一台包括淮剧《马前泼水》、昆剧《宝剑记•夜奔》、淮海戏《赶集》、京剧《大唐贵妃•梨花颂》、越剧《唐伯虎点秋香》等经典剧目的文艺活动。

【江苏舞蹈“莲花奖”第三届青年舞蹈演员大赛】

6月9日晚，由省文联、南京市文联、省舞协主办的江苏舞蹈“莲花奖”第三届青年舞蹈演员大赛颁奖晚会暨“金陵五月风”第七届南京文学艺术节闭幕式在南京航空航天大学礼堂举行。省文联党组书记、常务副主席王慧芬，南京市委常委、宣传部部长、市文联主席徐宁，南京市委宣传部副部长、市文联党组书记、常务副主席陈炜，省文联书记处书记、党组成员郑泽云等出席。本届“莲花奖”青年舞蹈演员大赛设立专业院团组、大专院校专业组、中专院校专业组三个组别，历经两个多月的筹备和选拔，来自全省各院团、院校及中专的舞蹈新人、莘莘学子近500位，120多个作品，经过评委会严格的审看和海选后有67个作品近100名舞者进入决赛。最终易希等十人获“江苏优秀青年舞蹈家”称号，李彧等十人获“江苏舞蹈希望之星”称号，朱耕君等十人获“江苏舞蹈新秀”称号。

【江苏省第21届摄影艺术展】

8月12日至18日，由省文联、省摄协联合举办的江苏省第21届摄影艺术展览在南京举行。省文联名誉主席顾浩，省文联主席王湛，省人大常委会原副主任李全林，省政协原副主席李仁，省委宣传部常务副部长章剑华，省文联党组书记、常务副主席王慧芬，省人大、省政协、省文联等有关方面领导陶培荣、耿乃凡、杨企鹏、叶飚荣和入选作品摄影家等近千人出席并观看展览。本届展览，对来自全省的12000多幅作品进行评选，共有286幅纪录类和艺术类优秀摄影作品入展。其中邓元生的作品《一诺千金》、朱亚平的作品《永远的恒河》获纪录类金奖，李芯怡的作品《博》、沈佳宾的作品《舌尖上的幸福》获艺术类金奖。朱志刚与张广洲等10人分获纪录类与艺术类银奖，16幅作品获铜奖，40幅作品获优秀作品奖。

【第六届江苏省魔术比赛】

10月10日，由江苏省文联、辽宁省文联主办，江苏省杂协、辽宁省杂协承办的第六届江苏省魔术比赛暨南北方魔术比赛颁奖晚会在南京紫金大戏院举行。江苏省文联党组书记、常务副主席王慧芬，省文化厅党组副书记、副厅长马宁，辽宁省文联党组成员、副主席伊忱，江苏省文联党组副书记、副主席杨企鹏，省文联书记处书记、党组成员叶飚荣、郑泽云等与南京市民群众一起观看了演出。本届比赛通过初赛选拔，共有南京、苏州、无锡、盐城、南通、连云港、高校、部队等8支代表队28人进入复赛、决赛，其中舞台类魔术18个，近景魔术10个。经过激烈竞争和来自全国各地的评委们的公开公正的评选，孙秀芝的作品《羽》、张双剑的作品《滑稽魔术》获得舞台类金奖；范镇鸣的作品《茗》获得近景类金奖；吴迪与刘志赫等5人分别获得舞台类与近景类银奖；倪俊等4人分别获得舞台类铜奖；汤超等8人分别获得优秀表演奖。

本届大赛还特邀辽宁魔术队共同举办南北魔术比赛。在南北方魔术比赛评选中，江苏选手汪怀连的作品《变鸽子》、辽宁选手李诺亚方舟的作品《伞舞丹红》获得舞台类金奖；江苏选手汪碧潭的作品《温柔》、辽宁选手韩旭的作品《古豆传奇》获得近景类金奖；江苏选手张双剑、辽宁选手庞楠、江苏选手范镇鸣、辽宁选手张威分别获得舞台类、近景类银奖，江苏的刘志赫、辽宁的于智安等4人获得优秀表演奖。

【第五届江苏曲艺“芦花奖”评奖、颁奖晚会】

11月5日晚，由省文联、苏州市吴江区委宣传部、省曲协主办的第五届江苏曲艺“芦花奖”颁奖仪式暨惠民演出在苏州吴江区人民剧院举行。中国曲协分党组书记、驻会副主席董耀鹏，中国曲协主席姜昆，江苏省政协原副主席陆军，省文联党组书记、常务副主席王慧芬，省文联书记处书记、党组成员叶飚荣等出席颁奖晚会。本届“芦花奖”囊括苏州弹词、扬州清曲、苏北琴书、相声、曲艺小品等多种艺术形式，60位获奖者分别荣获江苏曲艺“芦花奖”表演奖、新人奖、节目奖、音乐奖、文学奖、理论奖、终身成就奖等七大奖项。其中，苏州弹词表演艺术家金丽生、邢晏春获终身成就奖，苏州、徐州、常州的曲艺家协会获得优秀组织工作奖，苏北琴书《白绫记》等8部作品获曲艺节目奖，扬州评话《陈毅•进香》等21部作品获曲艺表演奖。

【2013·江苏省手绘原创动漫艺术作品大赛】

12月13日，由省文联主办，省动漫艺术家协会、南通市文联、市动漫艺术家协会共同承办的2013•江苏省手绘原创动漫艺术作品大赛在江苏南通落下帷幕。省文联党组副书记、副主席杨企鹏，等相关单位负责人以及获奖代表出席颁奖仪式。大赛共收到600余件作品，经评选，入选作品102件，共有43件作品获奖，其中南京朱雀影视动画有限公司的动画电影《郑和1405——魔海寻踪》系列图获专业组金奖；院校组金奖被江苏大学章庆玲的《街巷》摘取。

【2013江苏省相声、幽默小品邀请赛】

由江苏省文联、省曲协、淮安市文广新局主办的2013江苏省相声、幽默小品邀请赛颁奖晚会12月30日在淮安举办。大赛共收到50余件作品，经过预赛、复赛，有14件作品在淮安参加了决赛。最终相声《致青春》《美食家》《谁是中锋》和小品《工棚小夜曲》《送礼》《二嫂争地》《怎么办》荣获一等奖，相声《免费》、小品《惊喜》等7件作品荣获二等奖。

人才培养

【第十七期全省文艺家读书班】

6月4日至7日，由省文联主办的第十七期全省文艺家读书班在徐州举行。省文联主席王湛，省委宣传部副部长梁勇，省文联党组、书记处领导王慧芬、杨企鹏、叶飚荣、郑泽云，徐州市人民政府副市长李燕，省文联主席团成员、各省辖市文联、各县（市、区）文联负责人，省文联各艺术家协会、各部门负责人，体制外艺术家代表等200余人出席开班仪式。徐州市文联、苏州市文联组团参加本期文艺家读书班。王湛主持了开班仪式。李燕代表徐州市委、市政府致欢迎词。本期读书班按照学习贯彻党的十八大精神和十七届六中全会部署要求精心安排，内容丰富多彩。在4天时间里共举办了4场讲座，分别侧重于不同的学习主题。一是进一步学习贯彻党的十八大精神，推进江苏文化发展繁荣，邀请省委党校文化学与文化建设教研部主任、教授张舒平作《提升文化软

实力，增强江苏竞争力》专题讲座；二是社会转型，价值多元，竞争剧烈，工作生活节奏不断加快，人们的心理承受能力面临新的挑战，文艺工作者如何保持心理健康，邀请省委党校公共管理教研部教授黄菡作《压力管理与心理调适》专题讲座；三是随着互联网普及并融入生活，面对侵权事件经常发生，如何加强文艺著作权的保护，邀请省新闻出版局处长陆幸生作《文学艺术作品的著作权保护》专题讲座；四是为进一步了解我国周边安全形势，帮助文艺工作者在国际大背景下认清形势，思考文化安全，拓展创作思路，邀请全国政协委员、中国战略文化促进会常务副会长兼秘书长罗援少将作《周边安全环境和软实力建设》专题讲座。读书班期间还进行了大会交流，徐州市文联、省摄协、南京市江宁区文联、昆山市文联、丹阳市文联、南京市书协、江苏克胜集团、扬州市名城书画院分别作了交流发言。

【基层文联新任负责人暨全省文联组联干部培训班】

6月25日，江苏省基层文联新任负责人暨全省文联组联干部培训班在南京开班。各省辖市文联驻会负责人、组联工作负责人、以及全省县（市、区）基层文联新任负责人和省文联部分机关干部等60多人参加培训。6月25日至28日，分别组织了《如何提升文联组织的执行力》、《儒学与现代社会》、《如何提升文联干部的文化竞争力》等专题讲座。还举行了基层文联负责人工作经验交流，由苏州市文联、徐州市文联、扬州市文联作了交流发言。

【第23期江苏省知名演员读书班】

8月20日至23日，由省文联、省剧协主办的第23期江苏省知名演员读书班在昆山举办。省文联党组书记、常务副主席王慧芬出席开班仪式。省剧协主席团成员、来自全省各专业院团的戏剧艺术家，体制外文艺工作者、各市剧协和地方相关文化艺术主管部门负责人、淀山湖镇的业余戏曲演员等老中青三代知名演员近50余人参加了读书班。读书班邀请了中国剧协副主席、上海市剧协副主席、著名剧作家罗怀臻作《走出梅兰芳》专题讲座，江苏省剧协主席、著名戏剧理论家汪人元作《戏曲创作的着眼点》专题讲座，江苏省委党校哲学教研部主任、教授章凝作《传统文化与中国现代化》专题讲座，著名戏剧家、国家一级导演陈薪伊作《演员自我修养的拓展》专题讲座等。

文艺交流

【赴加拿大和美国举行文化交流】

4月16日至25日，应加拿大不列颠哥伦比亚省政府和美国洛杉矶郡议会的邀请，省文联党组书记、常务副主席王慧芬为团长一行6人前往加拿大、美国执行文化交流任务，进行友好访问。访问期间，代表团与当地艺术家分别进行了座谈交流和参观考察，互相介绍各自文化发展情况，并就民间文化社团的管理模式和运作方式以及世界非物质文化遗产的保护等进行深入探讨。代表团一行，先后参观了加拿大温哥华的艺术展览中心、渥太华的文明博物馆、多伦多的安大略美术馆和美国纽约的现代艺术博物馆、洛杉矶的好莱坞影城等，实地考察了5个城市的风俗人情、自然文化遗产，与当地文艺界人士就传统文化保护、继承和发扬进行探讨交流。交谈中，双方还对文化的繁荣与发展、如何正确引导当今多样文化的发展等多个感兴趣的话题广泛交换了意见。

【2013中韩艺术交流展】

5月11日，由江苏省文联、韩国艺术总联合会大邱广域市联合会主办的2013中韩艺术交流展在徐州李可染艺术馆举行。江苏省文联党组书记、常务副主席王慧芬，徐州市副市长李燕，省文联党组副书记、副主席杨企鹏，韩国艺总大邱广域市联合会会长文武鹤，首席副会长崔相大等出席开幕式。此次展览共展出123幅书法、美术、摄影作品。

【非洲十国文化研修班学员考察省文联】

4月23日至28日由国家商务部主办，国家广电总局研修学院、中国文联文艺研修院承办的非洲英语国家文艺组织运营管理研修班学员，在江苏进行交流。24日上午，来自非洲10个英语国家的17名学员在江苏省文联进行了座谈交流与考察。江苏省文联主席王湛，省文联党组副书记、副主席杨企鹏，以及省文联有关部门负责人王卫军、徐宝亚等出席。在座谈会上，王湛主席介绍了江苏省发展概况和江苏省文联的组织机构、文联职能、运行管理等方面的情况，并回顾了江苏与非洲各国之间开展文艺交流活动的情况。在结束对江苏省文联的交流后，杨企鹏等还陪同非洲英语国家文艺组织运营管理研修班学员实地考察南京艺术学院、江苏省演艺集团、江苏省美术馆、南京民俗博物馆、高淳国际慢城、高淳陶瓷、高淳老街和世界物质文化遗产苏州拙政园、苏州文化艺术中心的运营与管理情况。学员主要来自塞拉利昂、赞比亚、加纳、莫桑比克、桑给巴尔、马拉维、埃塞俄比亚、尼日利亚、乌干达、埃及10个英语国家的新闻、旅游、文化与体育部官员和艺术院校、文化公司的领导。研修的主要形式为专家授课、现场教学、中国民俗文化体验等。学员通过研修，进一步了解中国国情与发展、中国文化发展政策及文艺组织运营管理模式、中国民俗保护与传承等情况。据悉，本期研修班是中国文联文艺研修院承办的首个国际项目。

【台湾新竹市美协来江苏省文联举行文化交流】

7月26日，江苏省文联党组副书记、副主席杨企鹏在省文联会见了到访的台湾新竹市美协理事长林授昌先生，总干事江雨桐女士一行。双方就江苏与台湾两地文艺界合作等进行了深入交流。

【赴澳大利亚和新西兰访问】

10月22日至29日，应澳大利亚新南威尔士洲议会和新西兰罗托鲁瓦艺术与历史博物馆的邀请，省文联党组副书记、副主席杨企鹏为团长一行6人赴澳大利亚、新西兰进行访问。访问期间，代表团与当地政府、文化团体就非政府组织的运行机制、文化社团的管理模式和运作方式、非物质文化遗产的传承与保护、政府对文艺工作者的服务与管理、传统文化和民间艺术在当代的保护等方面进行了交流与探讨。代表团一行，先后参观了加拿大温哥华的艺术展览中心、渥太华的文明博物馆、多伦多的安大略美术馆和美国纽约的现代艺术博物馆、洛杉矶的好莱坞影城等，实地考察了5个城市的风俗人情、自然文化遗产，与当地文艺界人士就传统文化保护、继承和发扬进行探讨交流。交谈中，双方还对文化的繁荣与发展、如何正确引导当今多样文化的发展等多个感兴趣的话题广泛交换意见。

理论建设

【范乐新京剧表演艺术研讨会】

6月3日上午，由南京市文联、市文广新局、市文化集团、江苏省剧协、民进南京市委共同主办的——范乐新京剧表演艺术研讨会在南京举行。南京市京剧团副团长范乐新凭借京剧《穆桂英大战洪州》中的精彩表演，摘得中国戏剧表演艺术最高奖“梅花奖”。江苏省文联、南京市文联、民进南京市委领导，来自中国文联、中国艺术研究院的专家学者，江苏著名戏剧表演艺术家及有关方面负责人参加了研讨。

【中国民族音乐的传承与发展——纪念阿炳诞辰120周年学术研讨会】

10月12日至13日，由江苏省音协，刘天华阿炳中国民族音乐基金会主办的中国民族音乐的传承与发展——纪念阿炳诞辰120周年学术研讨会在南京举办。中国文联副主席、中国音协分党组书记、驻会副主席徐沛东，南京艺术学院副院长、省美协副主席陈世宁，省文联书记处书记、党组成员郑泽云和来自全国从事民乐教育、研究、演奏等方面的专家学者，以及在宁艺术院校师生、音乐工作者等近百人出席研讨会。研讨会围绕“阿炳音乐的灵魂在哪里”“关于阿炳道路的再思考”“阿炳音乐作为传统音乐家代表在中国高校中的消解与重建的思考”“中国传统音乐的实践模式及其意义”“全球化背景下中国传统音乐的主体重建”等课题，作了各自最新研究成果的论文交流。

【第七届中国古筝艺术学术交流会】

10月19日至24日，由中国音乐家协会、江苏省委宣传部、省文联、扬州市人民政府共同主办，中国音乐家协会古筝学会、扬州市文化广电新闻出版局、扬州广电传媒集团、扬州市文联承办的第七届中国古筝艺术学术交流会在扬州举行。中国文联副主席、中国音乐家协会分党组书记、驻会副主席徐沛东，扬州市市长朱民阳，省文联党组书记、常务副主席王慧芬，中国音乐家协会分党组成员、秘书长韩新安，省文联书记处书记、党组成员郑泽云，扬州市委常委、宣传部部长卢桂平，副市长董玉海和来自国内各省区市以及日本、新西兰、美国、加拿大、新加坡等国家的600余位民乐界人士等出席交流会。本届学术交流会以“新时期传统筝艺的传承与发展”为主题，共收到论文102篇，筝曲40余首，时长近700分钟。学术交流会包括举办1场专家论坛，2场专场音乐

会，4场论文交流会和4场筝艺、筝曲交流会。

自身建设

【党的群众路线教育实践活动】

2013年，省文联根据中央和省委的统一部署，开展学习教育活动，广泛征求群众意见，联系实际查摆问题，认真进行对照检查，及时推进建章立制。省文联领导班子带头转变作风，深入实际调查研究，开展谈心谈话，进行批评和自我批评。在整个活动中，共谈心谈话48人次，互相提出批评建议33条，查找“四风”方面存在的突出问题12个，研究制定整改措施19项，制定、修订8项制度，建立健全了符合文联工作实际的制度体系，努力形成了解决作风问题的长效机制。

【自身建设稳步推进】

党组与文联机关各单位负责人签订《党风廉政建设责任状》，依靠制度加强党风廉政建设和反腐败工作。组织《江苏省文学艺术界联合会年鉴（2013年）》组稿和编撰工作；做好舆情信息工作，稳步推进《繁荣》的出版发行工作和文艺网更新维护，全年共编发《繁荣》工作通讯14期。

各文艺家协会

【江苏省油画学会第二次会员代表大会】

7月20日，江苏省油画学会第二次会员代表大会在南京召开。来自全省各地的130余位油画家代表出席了大会，省文联党组副书记、副主席杨企鹏等出席开幕式。大会通过了《勤奋创作勇攀高峰》的工作报告和《江苏省油画学会章程》，选举产生了江苏省油画学会第二届理事会。经选举，张华清、徐明华、沈行工当选为江苏省油画学会名誉主席，陈世宁当选为江苏省油画学会主席，陈坚、李建国、王浩辉当选为江苏省油画学会副主席，沈行工当选为江苏省油画学会艺术委员会主席，孙俊当选为江苏省油画学会秘书长。

【江苏省摄协第八次会员代表大会】

10月29日至30日，江苏省摄影家协会第八次会员代表大会在南京召开。中共江苏省委宣传部副部长梁勇，省文联党组书记、常务副主席王慧芬，党组成员、书记处书记叶飚荣、郑泽云，与来自全省13个市和省直协会的130名代表出席会议。梁勇、王慧芬分别在开幕式上讲话。省文联副主席、省摄协第七届主席沈遥致开幕词，大会通过《团结奋进　开拓创新　为发展和繁荣江苏摄影事业而不懈奋斗——江苏省摄影家协会第七届理事会工作报告》和《江苏省摄影家协会章程》。经选举，产生了由48人组成的江苏省摄影家协会第八届理事会。经选举，沈遥当选为江苏省摄影家协会第八届主席、于先云、王京、吉龙生（兼秘书长）、许益民、张炎龙、李培林、陆启辉、范钦尧、徐澎、栾跃生（按姓氏笔画排序）当选为副主席。大会推举王慧芬为江苏省摄影家协会第八届名誉主席，聘请于惠通、汤德胜、赵浏兰、梁玉飞为第八届江苏省摄影家协会顾问，聘请王小鹏、张成军、李宁、李忠民、陈解发、俞文鸿、袁曾亭等七人为江苏省摄影家协会第八届名誉理事。

【省曲协相声艺术委员会】

11月22日，江苏省曲艺家协会相声艺术委员会正式成立。省文联书记处书记、党组成员叶飚荣等到会祝贺。委员会特邀杨鲁平、韩兰成为名誉会长，李国先、梁尚义为艺术指导。吕少明任首届主任，马济江、安永生、陈峰宁、倪明、梁爽、谢东海任副主任，夏文兰任秘书长，钱麟、夏吉平、李作为任副秘书长。仪式结束后，省曲协在省文联剧场举行了专场惠民演出。

【省杂协第六次会员代表大会】

12月26日至27日，省杂技在南京召开省杂技家协会第六次会员代表大会。省委宣传部副部长、省文联党组书记、书记处第一书记章剑华，省委宣传部副部长梁勇，省文联党组副书记、书记处书记杨企鹏，省文联党组成员、书记处书记叶飚荣、郑泽云等领导和来自全省各地的杂技艺术家代表60余人出席了大会。大会通过了《求真务实，锐意进取，为实现江苏杂技事业繁荣发展而努力奋斗》的工作报告和《江苏省杂技家协会章程》。经选举产生了由30人组成的省杂协第六届理事会。经选举，费广生当选主席，吴其凯、汪奇魔、沙雪芬、曹志龙当选副主席，曹志龙兼任秘书长。省杂协第六届理事会聘请朱伏生、周蔚海为省杂协第六届主席团顾问。

浙江省文联

综　述

2013年是全面贯彻落实党的十八大和浙江省第十三次党代会精神的开局之年，也是浙江省干好“一三五”、实现“四翻番”重大部署中“一”的目标年。在中共浙江省委和省委宣传部的领导下，浙江省文联及各团体会员深入学习贯彻党的十八大和省第十三次党代会及中央、省委历次全会精神，牢牢把握高举旗帜、围绕大局、服务人民、改革创新的总要求，深入开展党的群众路线教育实践活动，主动服务党和政府工作大局，始终坚持正确的创作导向、发展导向、传播导向，坚持守土有责、守土负责、守土尽责，以强作风、建阵地、塑品牌、抓创作、带队伍为重点，各方面工作都取得了显著成绩。

会议与活动

【七届三次全委会】

2月21日，省文联在之江饭店五楼多功能厅召开七届三次全委会，深入学习贯彻党的十八大和省第十三次党代会、省委十三届二次全会精神，全面回顾总结2012年工作，认真总结经验，分析面临形势，研究部署2013年工作。省文联党组书记、副主席、书记处常务书记吴天行受省文联主席团委托，在会上做《坚持以人民为中心的创作导向，为“两富”浙江建设作出新的贡献》的工作报告。

【浙江省文艺界2013年新春大联欢】

2月21日，省文联在之江饭店千人会堂举行浙江省文艺界2013年新春大联欢。300多名省文艺界人士欢聚一堂，共贺新春。省文联党组书记、副主席、书记处常务书记吴天行主持联欢会，省委常委、宣传部长葛慧君，省文联主席许江分别致辞。省人大常委会副主任姒健敏，省人大教科文卫委主任蒋泰维，省委宣传部常务副部长胡坚，省委宣传部副部长、省文明办主任龚吟怡等出席并观看了大联欢文艺演出。

【干部职工大会】

3月13日，省文联召开干部职工大会。省委宣传部常务副部长胡坚主持会议，省委组织部副部长朱伟宣读省委关于浙江省文联主要负责同志调整任免的决定。省委决定，田宇原同志任省文联党组书记，并提名为省文联副主席、书记处常务书记；免去吴天行同志省文联党组书记职务，并提议不再担任省文联副主席、书记处常务书记。吴天行、田宇原分别作了表态发言。

【四省文联工作者座谈会】

3月21日，据中国文联安排，浙江、福建、广东、海南四省文联工作者座谈会在浙江梅地亚新闻中心召开，中国文联党组成员、副主席杨承志，中国文联机关党委副书记、纪委书记刘国强出席会议，浙江省文联党组书记田宇原主持会议，浙江省文联副主席、书记处书记黄先钢，福建省文联党组书记、书记处书记张作兴，广东省文联专职副主席李萍，海南省文联专职副主席扈大荣以及杭州、宁波、福州、深圳、义乌、鄞州等市、区文联代表参加了座谈。

【七届六次主席团会议】

3月27日，省文联七届六次主席团会议在七楼多功能厅召开。会议宣读了省委关于田宇原等同志职务任免的通知；增补田宇原同志为省文联第七届委员会委员；根据省委关于提议田宇原、吴天行同志职务任免的通知，通过了相关任免事项。

【华东、中南地区文联工作协作会议】

5月27日至30日，华东、中南地区文联工作协作会议在杭召开。中国文联国内联络部主任罗成琰出席会议并作讲话，省文联党组书记、副主席、书记处常务书记田宇原致辞，会议由省文联书记

处书记张均林主持。来自上海市、安徽省、福建省、湖南省、山东省、江苏省、浙江省、江西省、湖北省、河南省、广东省和广西壮族自治区等12个省（市）文联的负责人和组联处负责人参加。与会代表围绕组联工作在促进文联组织建设和文艺志愿服务中如何更好地发挥作用等议题展开了深入的研讨和交流。

【中国文学艺术界2013春节大联欢】

1月13日，“百花迎春——中国文学艺术界2013春节大联欢”在北京人民大会堂宴会厅举行。浙江与宁夏、江西、河南应邀组织节目参加此次演出。浙江版块以“西子荷风舞”命名，围绕“最美浙江”主旨，邀请浙江籍著名艺术家加盟，精选精编了一组蕴涵历史人文、反映自然风光、倡导核心价值、展现时代风采并呈现艺术品位的优秀文艺节目。

【浙江省第二十二届电视“牡丹奖”】

1月14日，由省文联、省广电局和省视协联合举办的浙江省第二十二届电视“牡丹奖”颁奖典礼，在之江饭店会议中心隆重举行。本届电视“牡丹奖”评选出各类奖项总计93个，其中电视纪录片类奖项30个、电视文艺节目类奖项30个、电视形象片类奖项20个、优秀电视节目主持人11名、单项奖2名。

【第三届浙江省青年歌唱家大赛】

4月5日至7日，第三届浙江省青年歌唱家大赛暨第九届金钟奖声乐比赛浙江选拔赛在杭州师范大学音乐学院举行。省文联党组书记、副主席、书记处常务书记田宇原，省文联副主席、书记处书记黄先钢，省文联书记处书记柳国平，省音协主席兼秘书长翁持更等出席颁奖音乐会并为选手颁奖。

【慰问抗击禽流感一线医务人员】

4月19日，省文联党组书记、副主席、书记处常务书记田宇原带领艺术家和文艺工作者来到浙江大学医学院附属第一医院看望慰问奋战在抗击H7N9禽流感一线的医务人员。著名艺术家何水法、孙永、骆献跃、徐家昌、马其宽、吴莹、王义骅、茹峰、余宏达等参加了慰问。艺术家们精心创作了12幅书画作品，赠送给浙一医院的医务人员，祝愿早日战胜H7N9疫情。

【浙江省第二届故事会】

5月25日至29日，浙江省第二届故事会暨2013年曲艺创作会在临安市举办。28日晚上，“农村文化礼堂建设，浙江曲艺家在行动”出征仪式暨“浙江曲艺进文化礼堂”首场演出在临安市泥山湾村举行。来自全省各地的150多位曲艺家和曲艺工作者参加。省文联党组书记、副主席、书记处常务书记田宇原为曲艺家出征授旗，中国曲协分党组书记、副主席董耀鹏出席相关活动。

【水生土长——浙江新农民画提名展】

6月19日，由省文联、省美协主办的“水生土长——浙江新农民画提名展”在浙江美术馆开展。省委宣传部副部长、省文明办主任龚吟怡，省文联主席、省美协主席、中国美院院长许江，省文联书记处书记高克明等出席，省美协副主席兼秘书长骆献跃主持开幕式。展览共展出缪惠新、徐重芳、刘巧云、陈钦椴、陈震、朱建芳、俞世祥、朱国安、吴晓飞、孙跃国10位农民画家的百余幅作。

【中国故事节“美丽中国故事会”】

6月20日至22日，中国故事节“美丽中国故事会”在桐庐举行。中国民协分党组书记、驻会副主席罗杨，浙江省文联书记处书记柳国平等出席颁奖晚会。罗杨为桐庐县命名“中国故事之乡”和建立“中国故事研究基地”授牌。本次活动是浙江省文艺界联合中国民协利用故事这一形式传播美丽中国内涵的一次有益尝试。

【第六届浙江电影“凤凰奖”】

6月28日，浙江省第六届电影“凤凰奖”获奖名单出炉。《搜索》、《一九四二》、《听风者》被评为优秀故事片奖，《幸福卡片》被评为优秀合拍片奖，《星空》被评为优秀少儿片奖。省委宣传部副部长、省文明办主任龚吟怡，省文联党组书记、副主席、书记处常务书记田宇原，省广电局局长寿剑刚，省文联书记处书记高克明，省广电局副局长王国富等领导和专家出席参加评审。

【浙江省第二十二届国际标准舞锦标赛】

7月6日，浙江省第二十二届国际标准舞锦标赛开幕式暨“巨星璀璨飞舞江南”表演晚会在浙江大学玉泉校区体育馆上演。经过两天的激烈角逐，第二十二届国际标准舞锦标赛圆满闭幕。全省共有42支队伍、1500多人参加了本次盛会。省文联副主席、书记处书记黄先钢，书记处书记高克明出席相关活动并为获奖者颁奖。

【首届浙江工艺美术双年展】

7月12日，首届浙江工艺美术双年展暨第四届浙江省民间文艺“映山红奖”（工艺美术类）评奖活动在杭州市工艺美术博物馆开幕。省政协副主席张泽熙宣布展览开幕，省文联党组书记、副主席、书记处常务书记田宇原和省民协主席吴海燕分别致辞，省文联书记处书记柳国平主持开幕式。

【第八届全浙书法大展】

7月26日，“第八届全浙书法大展”评选结果揭晓。每3年一届的“沙孟海奖”全浙书法大展是浙江书协最高层面的展示平台，已成为推动浙江书法发展的活力载体和品牌展览，也成为浙江书协发现人才、培养人才、推出精品的有效途径，广受全国书坛所关注。本次大展在浙江省书协及各地市书协的积极组织发动下，共收到参展作品2201件，最终决出36件获奖作品（书法30件，篆刻6件），对前5名书法获奖作者结合历届全国展、全省展成绩 ，决出“沙孟海奖”1名。

【浙产电视剧可持续发展研讨会】

9月25日，由省文联、省广电局和中国视协共同主办的浙产电视剧可持续发展研讨会在杭州召开。中国文联副主席、中国视协主席赵化勇，中国视协分党组成员、副秘书长张彦民，中央电视台电视剧管理中心副主任黄海涛，中国视协理论研究部主任赵彤，省委宣传部副部长、省文明办主任龚吟怡，省文联党组书记、副主席、书记处常务书记田宇原，中国视协副主席、省文联副主席、省视协主席程蔚东，省文联书记处书记高克明，省广电局副局长王国富，省视协副主席、浙江传媒学院院长彭少健，浙江广电集团编委周羽强，以及省文联、省广电集团、省广电局、高校有关专家、媒体记者及十余家浙江影视制作机构代表和浙大影视学研究生等78人出席了会议。

【视觉艺术青年人才培养“新峰计划”——美术提名展】

9月27日， 由浙江省文联、浙江省美协、宁波市文联联合主办的“丹青·新峰”浙江省视觉艺术青年人才培养“新峰计划”——美术提名展开幕式在宁波美术馆中央厅开幕，省文联党组书记、副主席、书记处常务书记田宇原，书记处书记高克明，省美术家协会副主席兼秘书长骆献跃等出席。经全省各地市级美协提名，20名提名作者的150余幅作品入选展览，展出的作品涵盖中国画、油画、版画、雕塑、多媒体等画种。

【首届中青年文艺评论骨干研修班】

9月27日至30日，浙江省首届中青年文艺评论骨干研修班在杭举行。省文联党组书记、副主席、书记处常务书记田宇原，党组成员、副主席、书记处书记黄先钢，中国文联理论研究室评论处处长周由强出席开班仪式并讲话。北京电影学院教授、博士生导师陈晓云，中国艺术研究院《文艺理论研究与批评》副主编李云雷等专家分别作专题讲座。

【第五届中国民间艺人节】

10月12日，由中国民协、省文联、杭州市人民政府等主办，省民协、上城区政府、河坊街管委会等单位承办的第五届中国民间艺人节在杭州开幕。中国民协分党组书记、副主席罗杨，省文联党组书记、副主席、书记处常务书记田宇原，省文联书记处书记柳国平，省民协主席吴海燕、副主席兼秘书长蒋水荣等出席艺人节相关活动。来自全国33个省、市、自治区及台湾地区的350余位民间工艺大师、企业参展商和民间艺术演出团体参与盛会，千余种手工艺精品集中亮相西子湖畔。

【TOP20·2013中国当代摄影新锐展】

10月23日，由中国摄影家协会和浙江省文联主办，中国摄影报、省摄协承办的“TOP20·2013中国当代摄影新锐展”在中国美院美术馆开幕。中国摄影家协会主席、分党组书记王瑶和省文联主席、中国美院院长许江分别致辞；省政协原副主席盛昌黎，中国摄协分党组成员、秘书长高琴，省委宣传部副部长、文明办主任龚吟怡，省人大常委、教科文卫委员会副主任委员吴天行，省委保密办主任、省保密局局长杜德荣，省委宣传部文艺处处长曹鸿等出席颁奖仪式，并为20位入选作者颁发证书和画册。省文联书记处书记柳国平主持仪式。来自摄影界、艺术界、新闻界的500余人参加活动。

【第十届浙江省电视论文比赛】

10月23日，第十届浙江省电视论文比赛评审会议在杭举行。经专家评委认真初评复评，评选出一等奖2件，二等奖3件，三等奖5件。

【2013长三角地区“金手杖”魔术大会】

11月2日至3日，由浙江省文联主办，浙江、

上海、江苏、安徽三省一市杂技家协会承办的2013长三角地区“金手杖”魔术大会在美丽的西子湖畔举行。中国杂技家协会分党组书记邵学敏，浙江省委宣传部副部长龚吟怡，浙江省文联党组书记、副主席、书记处常务书记田宇原，以及江苏、浙江、上海、安徽文联的领导出席嘉宾表演晚会并为获奖选手们颁奖。

【第六届中国（海宁）•王国维戏曲论文奖】

11月18日，由中国艺术研究院、浙江省文化厅、浙江省文联、海宁市人民政府共同主办的第六届中国（海宁）•王国维戏曲论文奖颁奖典礼在海宁市行政中心举行。省文联副主席、书记处书记、省剧协主席黄先钢，中国艺术研究院戏曲研究所所长贾志刚、研究员王安葵，省剧协理论学术委员会主任沈祖安，省剧协秘书长谢丽泓等领导、专家学者近百人出席。

【“吴昌硕奖”第四届浙江省篆刻大展】

11月20日，“吴昌硕奖”第四届浙江省篆刻大展开幕暨颁奖仪式在安吉生态博物馆举行。本届“吴昌硕奖”评选中，评委对124件获奖候选作品进行打分评选，从高分到低分决出35件获奖作品，决出“吴昌硕奖”1名，金奖4名，银奖10名，铜奖20名。

【首届“孙过庭奖”全国行草书大展】

11月25日，由中国书协、富阳市政府联合主办，省书协、富阳市委宣传部承办的首届“孙过庭奖”全国行草书大展开幕式暨颁奖典礼在富阳市文化中心举行。省文联党组书记、副主席、书记处常务书记田宇原为获奖人员颁奖并宣布展览开幕。中国书协副主席、省文联副主席陈振濂和富阳市委书记姜军分别致辞，省书协主席鲍贤伦宣读获奖人员名单。

【首届“浙江音乐奖”】

11月27日，首届“浙江音乐奖”颁奖典礼在浙江音乐厅举行。省委宣传部副部长龚吟怡、浙江文联党组书记田宇原、省人大常委、教科文卫委副主任委员吴天行，省文化厅副厅长杨越光、省文联书记处书记黄先钢、柳国平、张均林，省文化厅副巡视员尤炳秋、省委宣传部文艺处处长曹鸿出席颁奖现场，并为获奖同志颁奖。周大风、洛地两位老音乐家获浙江音乐奖的荣誉奖，刁玉泉等13人获得浙江音乐奖。

【钱塘笔阵——浙江省地市书法精品邀请展】

由省文联、省书协举办的“钱塘笔阵——浙江省地市书法精品邀请展”以各地市区域划分进行分别布展，在一年内展出全省各地市书法家协会会员的优秀作品，首开了在省会城市杭州为全省各地市书法家举办大规模展览的先河，获得了全省书法界的好评。

【浙风浙派——浙江省历届省展国展获奖作者书法篆刻精品展】

省文联、省书协举办的“浙风浙派——浙江省历届省展国展获奖作者书法篆刻精品展”全年在全省各地市巡回展出，并举办创作论坛和重点作者作品座谈会，让基层书法家和书法爱好者在家门口就能接触到高水准的书法作品，得到具有高深造诣的专家指导。活动提升了全省书法艺术创作的整体实力，推动了全省书法事业的发展。

创作与获奖情况

浙江省文联把推动创作繁荣作为文联工作的重点，增强宏观把握，采取有效措施，不断提高创作的组织化程度，积极带动全省文艺创作的繁荣。省文联对应中宣部“五个一工程”和我省“文化精品工程”、“文艺精品打造计划”，制订美术、书法、摄影等艺术门类精品创作规划。各文艺家协会也以组织作品参评国家级大赛、大奖为契机，对重点作者进行培训，对参评作品进行加工、打磨。这些措施充分发挥了文联组织人才高地的优势，促进了浙江文艺创作整体水平的提升。

经过努力，浙江美术、书法、摄影、民间文艺等艺术创作继续在全国稳居第一方阵。2013年，依托中国美术学院等重点美术团体，动员美术家创作的26件作品入选“全国中华文明历史题材美术创作工程”，数量列全国各省市之首。我省书法家在各全国性大展中共有819人次入展，71人次获奖，数量和质量都列全国第一。在第二十四届全国摄影艺术展览中，浙江入选作品71幅，获奖数和入选数连续三届名列全国第一；在第五十六届世界新闻摄影比赛（荷赛）中，中国共有4位中国摄影师获奖，浙江占据3席。在第十一届中国民间文艺“山花奖”评选中，我省获得13个“山花奖”，获奖数连续三届居全国首位。在第十三届中国戏剧节和第十四届“文华奖”评选中，浙江戏剧获得2个优秀剧目奖和3个剧目奖。在美国爱达荷州国际艺术节和第九届全国杂技大赛中，浙江节目均获得金奖。此外，电影、电视、音乐、舞蹈、曲艺等门类的艺术创作成果，都在全国级的评奖和大赛中获得了较高的奖项和名次。

文艺惠民与服务基层

浙江省文联把农村文化阵地作为文艺阵地建设的重要组成部分。推出省文联“送文艺、进礼堂”志愿服务活动，为全省农村文化礼堂提供文艺辅导、文艺培训、文艺演出、文艺支教等多种志愿服务。一年来，与全省市级党委宣传部门签约共建135家农村文化礼堂，发动文艺家和文艺工作者赴基层开展大型志愿活动47次，为基层群众送上17场综合性文艺演出、35场规模较大的各类艺术培训，组织优秀美术书法家为每个签约文化礼堂都创作了书画作品，为农村文化礼堂量身打造了“礼仪•背景音乐集”，向文化礼堂和村居、社区送去15万幅春联和福字贴。同时，充分发挥省文联人才高地的优势，将浙江省文艺家志愿者总团规模扩充至240人，并邀请著名艺术家担任省文联农村文化礼堂建设工作指导员，提升文艺志愿服务活动的整体质量和社会影响。在省文联统一筹划的文艺志愿服务活动以外，各文艺家协会及省文联直属单位也立足自身特色，推出了丰富的惠民载体，如“浙江书法村”建设、“情系民工子弟——舞蹈艺术伴成长”、“摄影进乡村•温暖合家欢”、“魔术进校园”、“百善孝为先——陪着父母看曲艺”，浙江画院帮助桐庐县打造美术团队，开展“新春寻宝”赠送名家作品、慈善拍卖捐助基层小学等。这一系列活动创新了文艺家服务基层服务群众的渠道和方式。

对外及对港澳台文化交流

【浙江、台湾两地摄影交流】

1月23日至29日，组织赴台湾摄影交流活动。台湾摄影界老前辈、中华艺术摄影家学会名誉理事长周鑫泉先生、中华艺术摄影家学会理事长王古山、台湾中华艺术摄影家学会副理事长、台湾摄影学会荣誉理事长林再生等参加了交流获得。

【中国·浙江电影周】

4月8日至19日，在波兰、罗马尼亚成功举办“中国•浙江电影周”活动。《听风者》、《岁岁清明》、《梦回金沙城》、《盖世武生》、《美女如云》和《民警王法金》等6部优秀浙产电影受到了热烈欢迎。中国驻波兰大使徐坚，波兰文化部副部长莫妮卡.贝鲁奇，世界电影联盟主席、波兰电影家协会主席博罗姆斯基和罗马尼亚国家电影中心主任谢尔伯内斯库，国家电影公司总裁尤拉什库，罗马尼亚雇主协会联合会主席乔治•康斯坦丁•珀乌内斯库，曼陀罗制片公司总裁珀乌内斯库等出席了相关活动。这是浙江省首次在国外举办电影周。

【舞蹈文化交流】

5月7日至18日，应法国玛黑区舞蹈协会中心、德国特罗斯多夫文化交流协会、瑞士日内瓦舞蹈中心的邀请，浙江省舞协组织赴法国、德国、瑞士进行舞蹈文化交流和考察。期间观摩了欧洲舞蹈艺术中心的授课和场地设施，学习了先进的舞蹈教学理念和经营模式。

【赴南非摄影交流】

6月27日至7月8日，浙江摄影家代表团赴南非、肯尼亚、纳米比亚交流展览访问活动。

【2013中国浙江·罗马尼亚电影周】

9月19日至28日，由省文联、省广电局、省影协主办的“2013中国浙江•罗马尼亚电影周”在杭州、海宁两地成功举办。省文联党组书记、副主席、书记处常务书记田宇原，罗马尼亚电影推广协会主席、曼陀罗制片公司总裁博比•珀乌内斯库分别代表中罗双方致辞。电影周播放了《山之外》、《佛兰切斯卡》、《蜗牛和男人》、《勇敢的米哈伊》、《达契亚人》和《在帕里卢拉》等六部优秀罗马尼亚电影，共计48场近万人次观看影片。

机关建设

【党的群众路线教育实践活动】

根据省委统一部署，省文联认真扎实开展党的群众路线教育实践活动。省文联党组按照“照

镜子、正衣冠、洗洗澡、治治病”的总要求，深入调查研究，广泛征求意见，深刻查摆“四风”方面的突出问题，带头转变作风。通过文联领导班子全省分片调研，处以上干部赴基层联系点走亲连心，举办全省艺术家代表、基层文联负责人、省文联中层干部和离退休老干部代表专场座谈会，向全省文艺界代表发放征求意见函，设置意见信箱和网上征求意见邮箱等途径，共征求意见建议47条次。自上而下认真开展群众路线理论学习活动、谈心交心活动；组织处级以上干部撰写对照检查材料，深挖“四风”问题的思想根源；召开领导班子和各支部民主生活会，开诚布公提意见，同心协力谋发展。在此基础上，推出了进一步加强新时期全省文艺界人民团体工作，建立班子成员联系基层文联制度，完善文艺志愿服务和文艺惠民手段，积极打造“网上文联”，完善和规范省级文艺评奖制度，扎实推进视觉艺术青年人才培养“新峰计划”，高质量完成省文化会堂修缮改造工程，修订完善《浙江省文联民办文艺类社团管理办法》等18条整改措施。并明确整改时限和责任人，逐项落实整改项目，建立完善了一系列规章制度，努力形成解决作风问题的长效机制，为进一步发挥好文联组织在“两富”现代化浙江和文化强省建设中的重要作用打下了良好的基础。

【传达学习党的十八届三中全会精神】

11月18日，省文联召开干部职工会议，传达学习党的十八届三中全会精神，贯彻落实全省宣传文化系统主要负责人会议精神。省文联党组书记、副主席、书记处常务书记田宇原主持会议，省文联领导班子和机关协会全体干部职工、直属单位班子成员、离退休支部委员参加了会议。

文艺家协会

【浙江省书法家协会成立30周年纪念会】

2月3日，省书协举办浙江省书法家协会成立30周年纪念会暨2012年度表彰会。全国人大财经委副主任委员、原浙江省省长吕祖善，省委常委、宣传部长葛慧君，省政协副主席陈加元，省书协顾问、老书家、主席团成员、秘书处及部分在杭理事、团体会员单位负责人和2012年度受表彰人员近200人参加大会。大会表彰了曾为浙江书法事业做出突出贡献，以及在书法领域等方面成就卓著的书法家和书法工作者，分别授予他们“荣誉奖”和“贡献奖”；对工作突出、成绩显著的22个县（区）书协授予“先进组织”称号；对浙江在2012年度中国书法家协会主办的重大展览中的27位获奖作者颁以“浙江省书法家协会个人‘年度奖’”；对247位入展作者颁以“浙江省书法家协会个人‘年度奖’”提名奖。

【农村小康电视节目专题片拍摄】

3月，为配合全国第五届新农村电视艺术节、全国新农村小康电视节目工程作品评选等系列活动，省视协开展以“美丽浙江”为主题、反映“两富”浙江建设内容的农村小康电视节目专题片拍摄和评选活动，并多次组织有关专家对部分作品进行了跟踪指导，得到了基层县市电视台及创作骨干的积极配合和欢迎。

【浙江作曲家（艺术歌曲写作）研修班】

3月28日至4月2号，省音协举办浙江作曲家第二期（艺术歌曲写作）研修班。

【中俄艺术名家联展】

4月20日，由省美协和西溪艺得美术馆联合举办的“回归经典——俄罗斯著名艺术家中国艺术之旅暨中俄艺术名家联展”在西溪艺得美术馆开幕。省委宣传部副部长来颖杰，省文联党组书记、副主席、书记处常务书记田宇原，省文联书记处书记高克明，俄罗斯联邦驻上海总领事馆副总领事巴甫洛夫，副总领事钱金等出席。画展呈献了中国著名艺术家白仁海、陈宁、张晖、林涛及俄罗斯著名油画家德米特里•瓦西里耶维奇•亚古秦亚、瓦西里•谢夫楚科•米哈伊洛维奇、拉申得•阿布多洛维奇•阿德格莫夫、谢夫楚科•斯维特莱娜•尤里耶夫娜的80件静物、风景、人物油画精品。

【优秀少儿舞蹈编导高级研修班】

4月20日至22日，省舞协举办“2013优秀少儿舞蹈编导高级研修班”。来自北京的全国知名舞蹈教育家周荫昌、桑鲁兵为培训班授课，全省超过50位优秀少儿舞蹈编导参加。

【“中国少儿戏曲小梅花荟萃”浙江地区选拔】

5月，省剧协组织进行第十七届“中国少儿戏曲小梅花荟萃”浙江地区参赛人员的选拔。最终推荐8位小选手参评第十七届“中国少儿戏曲小梅花荟萃”，其中有1位专业组选手，7位为业余组选手。

【浙、皖、苏编剧研修班】

5月28日至6月1日，由省影协与浙江传媒学院联合举办的第五届浙、皖、苏编剧研修班在浙江传媒学院举办。中国影协分党组书记、副主席康健民，省文联副主席、书记处书记黄先钢出席。

【“漫画端午”全国漫画作品展】

6月8日，由中国漫画创作基地办公室、省美协、嘉兴市委宣传部联合举办的“漫画端午”全国漫画作品展在嘉兴美术馆开幕，中国美协分党组副书记、秘书长刘健，省文联书记处书记张均林，省美协副主席兼秘书长骆献跃出席。展览共展出作品120件，其中特邀作品21件，最佳主题作品和最佳创意作品各15件，入选作品69件。这些作品从不同角度，以不同风格，反映了中国端午文化的深邃精神以及嘉兴江南水乡的人文特质。

【顾锡东逝世十周年追思会】

6月28日，为了纪念著名剧作家顾锡东，省剧协联合嘉善县西塘镇人民政府在西塘举办顾锡东逝世十周年追思会。参加人员主要有省、市宣传部门和文联的有关领导，戏剧界著名编、导、演，以及部分戏迷和媒体。追思会围绕顾锡东先生的喜剧思想、创作风格，以及对浙江戏剧的影响等进行探讨和交流。

【省书协青年人才培养“新峰计划”】

7月26日，浙江省书协青年人才培养“新峰计划”入选作者评审工作在温州龙湾举行。评审按书法、篆刻分类评审，从高分到低分评出20名入选作者，其中书法17名、篆刻3名。从20名入选作者中，结合作者历届全国性、全省性展览中的获奖、入展成绩，按分值确定38周岁以下的作者12名（书法9名，篆刻3名），报送省文联“新峰计划”。

【中青年摄影人才纪实摄影专题研修班】

8月9日至13日，2013浙江省中青年摄影人才纪实摄影专题研修班在杭州梅家坞举行，来自浙江省各地市近120名学员参加了此次培训班。

【“书意江南—行草十家展”】

8月14日，由中国书协展览部、省书协联合主办的“书意江南—行草十家展”在浙江美术馆隆重开展。省文联党组书记、副主席、书记处常务书记田宇原和省书协主席鲍贤伦分别致辞。省文联书记处书记高克明，中国书协副主席、省文联副主席陈振濂，中国书协顾问、省书协名誉主席朱关田，顾问杨西湖，副主席王冬龄、张索，副主席兼秘书长赵雁君出席开幕式。

【2013浙江戏剧创作年会】

8月27日至29日，省剧协举办2013浙江戏剧创作年会。年会共收到29部新创剧本，其中20部进入讨论，6部作为备选，近60位编剧和部分评论家和导演参加了会议。

【省摄协青年人才培养“新峰计划”】

8月28日，省摄协青年人才培养“新峰计划”入选作者评审会议在杭州召开。省文联党组成员、书记处书记柳国平、省摄协名誉主席吴品禾担任评审总监督，省摄协主席团成员担任评委。从33位推荐的作者中评选出10人参加省文联“新峰计划”培养人选评选。

【浙江省首届合唱作品评选】

9月11日，省音协举办浙江省首届合唱作品评选活动，评选出七首原创合唱作品，交由杭州师范大学八秒合唱团、温州女声合唱团、浙江大学合唱团、宁波合唱团、宁波少年合唱团进行排练。

【为80岁老艺术家祝寿】

9月13日，省剧协举办“为80岁老艺术家祝寿”活动。省文联书记处书记、省剧协主席黄先钢和老艺术家原所在单位领导们前来为老艺术家们庆祝生辰，并安排敬献鲜花、切蛋糕、吹蜡烛、唱生日歌、拍照留影等活动。

【中国民间手工艺传承人高级研修班】

10月8日至11日，由中国民协、中国文学艺术基金会、中国文联人事部联合主办，中国美院设计艺术学院、省民协承办的“中国民间手工艺传承人高级研修班”在中国美院象山校区举行。近百位来自全国各地的民间手工艺杰出传承人参加。中国民协分党组书记、副主席罗杨，中国文学艺术基金会副秘书长郭希敏，中国民协分党组成员、副秘书长周燕屏，省文联书记处书记柳国平，中国美院副院长宋建明，中国民间文艺研究所所长王锦强，省民协主席吴海燕等出席本次研修班。

【第二届“明日之星”大学生魔术比赛】

10月13日，省杂协举办第二届“明日之星”大学生魔术比赛。来自浙江省各高校的20名大学生魔术师分别参加舞台魔术与近景魔术比赛。

【首届“浙江舞蹈论坛”】

10月31日，省舞协举办首届“浙江舞蹈论坛”。全省逾50位舞蹈专业领域的骨干和8位老艺术家出席了会议。本次论坛侧重推动舞蹈理论研究，促进浙江舞蹈事业的繁荣发展。

【浙江省数字影像（学术）大赛】

11月26日，省视协和浙江新蓝网联合举办的浙江省数字影像（学术）大赛暨首届微电影大赛终评定评会议在杭举行。本届大赛共征集作品270余部，经初评、复评，19部作品入围终评。经讨论和投票共产生一等奖1部、二等奖2部、三等奖4部，单项奖5个。

【中青年电视专题纪录片专业培训班】

12月17日至18日，省视协在杭州举办了浙江省中青年电视专题纪录片专业培训班。中国视协副主席、省视协主席、著名编剧、策划人程蔚东，浙江广电集团总编室调研员、著名纪录片编导制作人沈蔚琴，浙江卫视高级编导、著名纪录片编导制作人夏燕平，中国视协副秘书长、原央视七套总监范宗钗等主讲。来自全省各地市、县基层电视台创作人员70余人参加。

【浙江省首届微电影大赛颁奖典礼】

12月19日，由浙江广电集团和省视协联合主办，浙江卫视和新蓝网承办的浙江省首届微电影大赛颁奖典礼在浙江卫视演播厅举行。本届大赛共集结200多位新锐导演及作品近300部，作品同步在新蓝网、浙江网络广播电视台、浙江手机台三大平台展映和展播，网媒、平媒、电媒全面联动，为广大新媒体网络观众奉上了一场视觉新颖的盛宴。据统计，本次大赛共有600多万网友参与评审并投票。

【书法篆刻创作骨干研修班】

省书协举办多期2013年度书法篆刻创作骨干研修班，省书协主席团成员、教育委员会主任沈浩等书法家针对临摹与创作中的普遍问题，为学员进行了细致的讲解。

【浙江摄影大讲堂】

省摄协举办多期“浙江摄影大讲堂”，邀请浙大教授、博导沈语冰，著名台湾学者、媒体与影像评论家郭力昕，中国摄影》杂志编辑部主任王保国，中国美院艺术家邵文欢、储楚等专家学者开设讲座。

【杂技创意创新大讲堂】

省杂协举办多期杂技创意创新大讲堂，邀请中国文联副主席，中国杂技家协会主席边发吉，美国旧金山著名哑剧艺术家Noe Zavala等专家为青年杂技魔术家授课。

安徽省文联

综　述

2013年是贯彻落实党的十八大精神的开局之年，是文艺事业和文联工作创新发展的机遇之年。在省委的亲切关怀和省委宣传部的直接领导下，按照省文联五届五次全委会的总体部署，省文联深入贯彻落实省委、省政府各项决策部署，紧紧围绕加快推进文化强省建设，紧密对接中国文联和全国文艺家协会中心工作，以安徽省文化艺术基金会为依托，以中国（北京）徽文化展示中心、中国（合肥）徽文化艺术馆和徽园建设为抓手，锐意进取，务实创新，推动文艺精品创作，促动优秀人才培养，带动文化产业发展，主动强化自身建设，各项工作都取得了重要进展和显著成效。

会议与活动

【中国徽文化艺术展示中心揭牌仪式在北京举行】

5月26日，由省委宣传部、省文联共同主办的中国徽文化艺术展示中心揭牌仪式暨首届皖籍书法美术民间工艺名家精品邀请展开幕式在北京举行。全国政协原副主席、中国文联主席孙家正，全国政协原副主席郑万通，全国政协常委、中国文联党组副书记、副主席覃志刚，中国文联党组成员、书记处书记夏潮，全国政协常委、中国美协名誉主席靳尚谊，中国文联副主席、中国美协主席刘大为，全国人大常委、北京市文联主席、北京人民艺术剧院院长张和平，中国美协分党组书记、常务副主席吴长江，中国民协分党组书记、常务副主席罗扬；安徽省委常委、宣传部长曹征海，省委宣传部副部长朗涛，省文联党组书记、书记处第一书记陈田，省文联书记处书记吴雪、王章好、王艳，省文联副巡视员江枫，云南省高级人民法院院长、安徽省书协主席张学群；著名艺术家陈维亚、吴为山、张瑞玲、刘敏、郁钧剑、高希希、濮存昕、舒楠、王涛、张松、林存安、王佛生；北京正东艺术馆馆长王胜及北京企业界人士张青、王兵、姜文等出席开幕式并参观展览。孙家正、郑万通为中国徽文化艺术展示中心揭牌。中国徽文化艺术展示中心牌匾由刘大为题写。曹征海代表安徽省委、省政府对展示中心揭牌暨首届皖籍书法美术民间工艺名家精品邀请展表示热烈祝贺。他说，进一步深入挖掘徽文化丰富内涵，精彩呈现徽文化物质形态，对于打造安徽文化品牌、提升中华文化影响力，具有重大而深远的意义。他希望中国徽文化艺术展示中心以弘扬徽文化为己任，充分发挥窗口、平台作用，将徽文化这一中华文化的奇葩远播海内外，为促进文化强省和文化强国建设做出积极贡献。覃志刚发表热情洋溢的讲话，他说，徽文化博大精深、独树一帜。成立中国徽文化艺术展示中心是安徽省文联为弘扬徽州文化、促进安徽文艺事业繁荣做的一件大好事，希望大家都关心支持中心发展，努力把中心建成展现盛世徽韵的一扇窗口、文艺皖军演绎精彩的一方舞台。中央电视台著名节目主持人周涛主持揭牌仪式暨开幕式。中国徽文化艺术展示中心是经安徽省委宣传部批准，在中国文联、中国美协、中国书协、中国民协的大力支持下，由安徽省文联、北京正东艺术馆联合创办，地址位于首都文化商业核心区域王府井大街。中心成立旨在提升安徽地域文化影响力、推进文化与市场融合、培育安徽文艺名家大家、丰富北京市民和中外游客文化生活。首届皖籍书法美术民间工艺名家精品邀请展展出作品既有赖少其、亚明等先辈大师的笔墨遗韵，也有江淮艺坛实力派代表人物的扛鼎之作，还有闻名遐迩的民间工艺大师的传世珍品。其中书画作品149件、民间工艺作品近百件。这些作品气韵生动、笔意流畅、格

调清新、意境高远，具有较高艺术水准和市场价值，充分体现了安徽艺术家坚守文化传统、坚持艺术追求、坚定新时代审美理想的靓丽风采和强劲发展实力。27日、28日、29日分别举办安徽与在京皖籍书法、美术名家创作笔会、民间工艺品展示专场。31日举办皖籍书法美术民间工艺名家精品拍卖会，拍卖部分展品，其中书法作品19件、中国画作品36件、民间工艺品20件。

【省曲协省舞协代表大会】

10月10日、11日，安徽省曲艺家协会、安徽省舞蹈家协会第五次代表大会分别在合肥召开，来自全省各地的80名曲艺界代表和92名舞蹈界代表欢聚一堂，共商全省曲艺、舞蹈事业发展大计。省委宣传部常务副部长叶文成出席大会开幕式并讲话，省文联党组书记、书记处第一书记陈田，省文联主席季宇，省文联党组成员、书记处书记吴雪、王章好、王艳，省文联副巡视员江枫，省委宣传部有关处室负责同志出席大会。王章好主持大会选举和闭幕式，李慧桥、张居淮分别主持大会开幕式。李慧桥代表省曲协第四届主席团作题为《同心同德　开拓进取　奋力开创安徽曲艺事业的美好明天》的工作报告，张居淮代表省舞协第四届主席团作题为《服务大局　服务基层　为繁荣安徽舞蹈事业而奋斗》的工作报告。王若祥、李明分别作《安徽省曲协章程》《安徽省舞协章程》修改草案的说明，李翔等39名同志当选省曲协第五届理事会理事，肖燕等50名同志当选省舞协第五届理事会理事。在省曲协、省舞协第五届理事会第一次会议上，李慧桥当选省曲协第五届主席团主席，孙卫东、李翔、沈季、孟影、赵彬当选副主席；张居淮当选省舞协第五届主席团主席，王成、王燕平、邓晓焰、朱宪宪、李明、金明、赵岳、谭玉林当选副主席。为贯彻落实中央和省委关于改进工作作风、密切联系群众的文件精神，本次会议一切从简。

【省书协摄协音协民协代表大会】

12月2日至3日，安徽省书法家协会第五次代表大会、安徽省摄影家协会第五次代表大会、安徽省音乐家协会第六次代表大会、安徽省民间文艺家协会第五次代表大会在合肥开幕。来自全省各地的省书协、省摄协、省音协、省民协代表共464人出席大会。省委宣传部常务副部长郎涛出席大会开幕式并讲话。大会开幕式由省文联党组书记、书记处第一书记陈田主持。省文联主席季宇，省文联书记处书记吴雪、王章好、王艳，省文联副巡视员江枫出席。在省书协第五次代表大会上，王亚洲代表第四届主席团作题为《高举旗帜　继往开来　再创安徽书坛新辉煌》的工作报告，傅爱国作《关于〈安徽省书法家协会章程〉修改草案的说明》，陈智等76名同志当选省书协第五届理事会理事，李士杰当选省书协第五届主席团主席，方斌、王亚洲、韦斯琴、任智、刘廷龙、吴雪、吴礼奇、张兆玉、陈辉、陈建国、桂雍、傅爱国、董昭礼当选副主席，吴雪被推选为常务副主席，聘请张学群为省书协第五届名誉主席，方茂鸿、许云瑞、余国松、张宇为顾问。在省摄协第五次代表大会上，徐殿奎代表第四届主席团作题为《凝心聚力　奋发进取　开创安徽摄影事业辉煌篇章》的工作报告，乐卫星作《关于〈安徽省摄影家协会章程〉修改草案的说明》，黄波等72名同志当选省摄协第五届理事会理事，陈志勇当选省摄协第五届主席团主席，王武、王朝阳、乐卫星、刘小兵、刘少宁、刘新义、许国、张永富、李晓红、武子轩、潘成当选副主席，聘请徐殿奎为省摄协第五届名誉主席，孙超、陆开蒂为顾问。在省音协第六次代表大会上，谢林义代表第五届主席团作题为《凝心聚力　开拓创新　谱写音乐事业繁荣发展的新篇章》的工作报告，盘龙作《关于〈安徽省音乐家协会章程〉修改草案的说明》，肖燕等73名同志当选省音协第六届理事会理事，盘龙当选省音协第六届主席团主席，丁叮、许飞、张毅、陈蕾、周晓平、罗可曼、曹玉萍、谢林义、撒世斌当选副主席，聘请陈惠龙、张恭友为省音协第六届顾问。在省民协第五次代表大会上，张甦代表第四届主席团作题为《弘扬民间文化艺术　推动安徽民间文艺事业发展》的工作报告，陆屹作《关于〈安徽省民间文艺家协会章程〉修改草案的说明》，朱和平等68名同志当选为省民协第五届理事会理事，张甦当选省民协第五届主席团主席，王胜、刘晓明、朱林寿、陆屹、倪国华、程远、蒋伟、路传新当选副主席，聘请俞凤斌、刘浩、张建中为省民协第五届顾问。12月2日下午，大会召开各市文联负责同志和全体党员代表会议，陈田主持会议并讲话。为改进会风，本次会议采取集中举行开幕式、分协会召开会议的办法召开。

【省作协省剧协省影视协省杂协代表大会】

12月31日，安徽省作家协会第五次代表大会、安徽省戏剧家协会第六次代表大会、安徽省电影电视艺术家协会第五次代表大会、安徽省杂技家协会第五次代表大会在合肥召开。出席大会的代表共388人，代表了全省广大文学、戏剧、影视、杂技工作者和全体会员单位。省委常委、宣传部部长曹征海出席大会开幕式并发表讲话。曹征海指出，打造“三个强省”、建设美好安徽、全面建成小康社会，既取决于经济健康快速发展，也取决于文化全面持续繁荣。他希望全省广大文艺工作者始终坚持先进文化前进方向，积极践行社会主义核心价值观；要始终坚持以人民为中心的创作导向，更好地服务文化民生；始终坚持高标准的艺术追求，推出更多彰显徽风皖韵的精品力作；始终坚持秉持高尚的道德情操，努力做德艺双馨的文艺家。曹征海强调，要把描绘中国梦、弘扬中国梦、抒发对我们的中国梦的美好憧憬作为应有的历史担当，传播安徽声音，塑造安徽形象，讲好安徽故事，创作出更多生动深刻地表现安徽人的光荣与梦想、奋斗与成功的优秀作品，凝聚建设美好安徽的强大精神力量。他要求省文艺家协会新一届领导班子深入总结文艺工作实践经验，不断探索文艺繁荣发展规律，发扬优良传统，大胆探索创新，拓展联络渠道，加大协调力度，创新服务机制，充分尊重文艺家的创造性劳动，多办好事、多做实事、多解难事，切实把协会建设成为文艺工作者的温馨和谐之家。省文联党组书记、书记处第一书记陈田主持大会开幕式。省文联主席季宇，省文联书记处书记吴雪、王章好、王艳，省文联副巡视员江枫出席。在省作协第五次代表大会上，季宇代表省作协第四届主席团作题为《为实现中国梦提供精神能量　推动安徽文学大发展大繁荣》的工作报告，许辉作《关于〈安徽省作家协会章程〉修改草案的说明》，方晗等77名同志当选省作协第五届理事会理事，许辉当选省作协第五届主席团主席，王明韵、王英琦、伍美珍、孙志保、许春樵、严歌平、何世华、李平易、沈天鸿、赵凯、赵焰、钱玉贵、曹多勇、韩进、潘小平当选副主席，聘请季宇为省作协第五届名誉主席，王达敏、吴昭元、钱念孙、高正文、裴章传为顾问。在省剧协第六次代表大会上，黄新德代表省剧协第五届主席团作题为《坚持稳中有进　为文化强省建设增光添彩》的工作报告，王长安作《关于〈安徽省戏剧家协会章程〉修改草案的说明》，王礼福等76名同志当选省剧协第六届理事会理事，王长安当选省剧协第六届主席团主席，刘传师、朱海燕、张强、李龙斌、陈若梅、秦佳凤、董成、蒋建国、韩再芬、熊辰龙、戴彩凤当选副主席，聘请黄新德为省剧协第六届名誉主席，杨刚、侯露为顾问。在省影视协第五次代表大会上，马雷代表省影视协第四届主席团作题为《繁荣影视精品创作　助推文化强省建设》的工作报告，朱晓光作《关于〈安徽省影视家协会章程〉修改草案的说明》，陶有誉等40名同志当选省影视协第五届理事会理事，马雷当选省影视协第五届主席团主席，尹鲁民、王节、王诗文、朱晓光、吴铭东、邹晓利、禹成明、殷光衡、戴克胜当选副主席，聘请周志友、金海涛、姚卫东、常小平为省影视协第五届顾问。在省杂协第五次代表大会上，焦长响代表省杂协第四届主席团作题为《服务大局　开拓进取　开创安徽杂技事业的美好未来》的工作报告，张志翔作《关于〈安徽省杂技家协会章程〉修改草案的说明》，邓大伟等32名同志当选为省杂协第五届理事会理事，陈坚当选为省杂协第五届主席团主席，许梅花、何连华、张志翔、李正丙、郑中民、胡敏当选副主席，聘请程圣清、杨志远、焦长响为省杂协第五届顾问。为改进会风，本次会议采取集中举行开幕式、分协会召开会议的办法召开。

【中国书法大厦在合肥奠基】

12月28日上午，中国书法大厦奠基仪式在合肥举行，安徽省书法艺术研究院同时揭牌。中国书法大厦是经中国文联同意、中国书法家协会批准冠名的一座综合性、高层次的书法创研基地。中国书协名誉主席沈鹏为大厦题名。中国书协分党组书记、驻会副主席赵长青，中国书协副主席吴东民、聂成文，中国煤矿文化宣传基金会理事长、中国煤矿文联副主席庞崇娅，省委宣传部常务副部长郎涛，省文联党组书记、书记处第一书记陈田，省安全生产监督管理局局长桂来保，合肥市政协主席董昭礼，宿州市委常委、埇桥区委书记孙勇，省文联副巡视员江枫，省书协主席、省书

法研究院院长李士杰，全国各省市区书协领导以及全省各市、省直书协代表出席奠基仪式。赵长青、陈田、李士杰先后致辞。奠基仪式由省文联书记处书记、省书协常务副主席吴雪主持。中国书法大厦位于合肥市高新区科学大道与望江路交口，地面层高23层，主要职能是以书法为主题，提供良好的书法创作、书法教学、书画展览及书画销售场所与环境；同时以文化为底蕴，提供围绕书法艺术的相关配套服务。大厦建成后必将有力地推动全国书法事业繁荣发展，也将对壮大安徽文化力量、建设文化强省产生积极而深远的影响。安徽省书法家协会第五届理事作品展同时举行。

【省文联接管合肥徽园10年】

8月28日，省文联党组书记、书记处第一书记陈田与合肥市人民政府副市长吴春梅分别代表省文联和合肥市人民政府签订合作框架协议。省委常委、宣传部长曹征海，省委常委、合肥市委书记吴存荣，省委宣传部副部长郎涛，合肥市委常委、宣传部长林存安，合肥市经开区党工委书记、管委会主任姚卫东，合肥市文广新局局长罗平等领导出席签字仪式。徽园是为欢庆新中国成立50周年而建设的一座融展示安徽、观光娱乐为一体的大型综合性纪念观光园，占地面积300余亩，全省17个城市在相应的区位均建有代表各地文化特色的标志性建筑物，既相对独立成园，又与相邻各园及整个园区相隔益彰。游览徽园，既可了解安徽悠久的历史，又如亲临全省各著名风景名胜景点游览一般。通过广泛征求意见和专家学者反复论证，省文联拟将徽园改造成徽文化精品园区，努力注入更多的文化元素。改造后的徽园定位是：展示徽文化精品的文化园区、文艺家采风创作和影视剧拍摄基地、市民休闲娱乐的文化综合体、安徽重要的文化旅游目的地，市民、游客可在领略安徽各地名胜风采的同时，感受浓厚的文化氛围、享受艺术之美。中国电视剧制作中心已将合肥徽园确定为影视拍摄基地。

【“美丽中国”庆祝新中国成立64周年第五届安徽省合唱节】

9月7日至8日在合肥举行。本次合唱节由省音协与合肥市蜀山区委宣传部共同主办，包括三项主要内容：合唱比赛、讲学和赴基层展演。省文联书记处书记王章好，省委宣传部、省文化厅有关部门和蜀山区委、区政府负责同志出席开幕式并观看比赛。合唱节共有24支合唱团1000多名合唱队员参加。合唱比赛经过激烈角逐，合肥市老年大学合唱团荣获老年组金奖，合肥一中毓秀合唱团荣获少儿组金奖，黄山合唱团、阜阳市金旋律合唱团、安徽省电力职工合唱团荣获成人组金奖。比赛舞台设置简约质朴，突出演唱主体。本次比赛邀请中国音协合唱联盟主席徐锡宜担任评委会主席。为保证比赛公平、公正，评委成员由中国音协、山东音协、江苏音协以及省音协的专家组成，比赛开始前组委会宣布评委名单。比赛结束后，徐锡宜就《合唱排练与指挥》作精彩讲解并现场指点排练。之后，主办方组织部分获奖合唱团进社区、进校园，进行群众性合唱交流演出和展示活动。

【纪念毛泽东诞辰120周年文化采风活动】

12月22日至24日，省作协组织作家赴革命老区六安参观考察。在史淠杭灌渠、佛子岭水库大坝和万佛湖，在许继慎烈士陵园、苏家埠革命烈士纪念馆和霍山革命纪念馆等展厅，在舒城县舒茶镇，作家们深情回忆毛泽东同志视察安徽的场景，深切缅怀毛泽东同志的丰功伟绩，回顾上世纪五、六十年代全省人民艰苦奋斗兴修水利的火热场景，畅谈新中国成立以来、特别是改革开放以来安徽经济建设和各项社会事业所取得的巨大成就，进一步增强了投身描绘中国梦、弘扬中国梦创作实践的自觉性和坚定性。

文艺志愿服务

【送欢乐到京福高铁铜陵长江大桥建设工地】

由中国文联、中国文艺志愿者协会主办，中国中铁股份有限公司、中国铁路文工团等单位承办，安徽省文联、京福客专安徽公司等单位协办的“我们的中国梦”送欢乐下基层京福高速铁路铜陵长江大桥建设工地行12月16日精彩呈现。中国文联党组成员、书记处书记李前光，中国文联副主席刘兰芳，中国文联文艺志愿服务中心副主任廖恳，省文联党组书记、书记处第一书记陈田，省文联书记处书记吴雪，省文联副主席、省美协主席张松，以及大桥建设单位负责同志与2000多名大桥建设者同看演出、共享欢乐。刘兰芳、王平、杨树泉、温玉娟、茸芭莘那等著名艺术家在严寒和风雨中为奋战在铜陵长江大桥工程一线的建设者奉献了歌曲、舞蹈、戏剧、相声等文艺节目，著名节目主持人程前和中央电视台主持人慕林衫主持演出。郑晓华、宋涛、杜军等著名书画家和安徽省美协、书协、摄协负责同志为建设者们创作了多幅精美的书法、美术、摄影作品。

【吴东魁画展暨援建安徽10所希望小学】

12月5日举行开幕式及捐助仪式，省委副书记李锦斌出席并参观展览、向吴东魁颁发捐赠证书。吴东魁已在近10个省捐助了42所希望小学。这次在安徽捐资300万元现金和价值500万元的书画作品，用于其援建的第43至第52共10所希望小学。捐助仪式上，李锦斌对吴东魁的善举给予高度评价。吴东魁表示，是中国悠久的文化历史成就了他，他要对这个祖国尽一份自己的责任。他说，教育是立国之本，希望以自己的绵薄之力促进贫困地区办学条件改善，唤起全社会重教意识，推动基础教育发展。省委副秘书长王信，省文联党组书记、书记处第一书记陈田，阜阳市委书记于勇等出席捐赠仪式。

【在美丽的田野上·安徽美好乡村摄影大展】

由省文联、省摄协主办，1月28日在合肥开幕。省人大常委会原副主任任海深、郭万清，省文联书记处书记吴雪，徽商集团董事长许家贵，省摄协主席徐殿奎出席开幕式并为获奖作者颁奖。大展共收到来自全国11个省市区798位作者创作的近万幅作品，这些作品聚焦江淮大地农村、农业、农民，以摄影家的独特视角记录乡村建设、田园风光、生态环境、民风民俗、农村生活，表现生态宜居乡村、兴业富民生活、文明和谐乡风，见证全省美好乡村建设成就，展现社会主义新农村的新风貌。

【组织创作义卖百幅书画作品捐助雅安】

为向雅安地震灾区奉献爱心、支援重建，省文联组织艺术家开展书画作品赈灾慈善义卖活动。省文联书记处书记、省书协副主席吴雪，省书协主席张学群、副主席王亚洲、李士杰、张兆玉，省美协主席张松、副主席林存安、杨国新、丁寺钟、师晶、朱治武、张国琳、巫俊、赵规划、班苓踊跃参加，全省各地书法家、美术家积极响应，精心创作100幅书法、美术作品。4月28日晚在安徽大剧院举行义卖活动，安徽演艺集团、安徽天脉文化传播公司、安徽朗诵艺术学会等艺术团体推出以朗诵为主的爱心文艺节目。所有书画作品，均由爱心企业家、爱心人士出资义购，所得200.6万元善款全部捐献给雅安地震灾区学校、学生。之前举办了安徽书画名家大型赈灾慈善义卖作品展。

【“中国书法进万家”走进精致淮北】

8月18日淮海战役胜利65周年之际举行，中国书协分党组书记、驻会副主席赵长青，省文联党组书记、书记处第一书记陈田，淮北市委书记、市人大常委会主任肖超英等领导共同按下活动启动球。近年来，淮北市书法事业发展势头良好，多位书法家屡获殊荣，在全省乃至全国的影响力不断提高。此次活动是淮北市上下兴起文化建设新高潮、共建和谐美好家园的重要体现，必将有力地推动淮北文艺事业繁荣发展。仪式上，中国书协向淮北市赠送了书法作品。与会的艺术家参观了淮海战役总前委旧址临涣文昌宫和美好乡村示范村烈山区榴园村、杜集区南山村。

【“孝行天下·埇桥杯”全国书法大展】

2014年1月9日在宿州市举行开幕式。中国文联党组成员、副主席夏潮宣布作品展开幕。中国书协顾问张飚，中国书协副主席张业法，中国文联书法艺术中心主任刘恒，省委宣传部副部长庄保斌、省文联党组书记陈田、省文联书记处书记吴雪、省书法家协会原主席张良勋、省书法家协会主席李士杰，宿州市领导刘晓云、张冬云、孙勇、何志中、邵郁等出席开幕式。市委副书记张冬云致词，市委常委、埇桥区委书记孙勇主持开幕式。此次活动由中国书协、安徽省文联、宿州市委、市政府主办，自2013年7月开始全国征稿，共收到国内外参赛作品7000余幅，经过专家组认真评审，反复斟酌和筛选，共评出入展作品301件、优秀作品12件。参展的书法作品主题鲜明，格调高雅，风格各异，受到书画界专家和社会各界的普遍赞誉。

创作与研究

【安徽中青年作家班】

由安徽文学艺术院与鲁迅文学院联合主办，

10月16日至27日在肥西县举办，来自全省各地的50名中青年作家参加培训并获鲁迅文学院结业证。本次培训班的班主任、教务、授课老师均由鲁迅文学院安排，授课老师多为鲁迅文学奖、茅盾文学奖评委，著名文学报刊主编、著名作家和评论家，包括北京作协副主席、著名作家刘庆邦，中国作协创研部主任、评论家胡平，著名评论家《文艺报》主编阎晶明，中国现代文学馆馆长、著名评论家吴义勤，《人民文学》主编施战军、副主编宁小龄，鲁迅文学院原副院长、著名作家白描，中山大学教授、评论家谢有顺等。授课内容包括《文学写作的几个关键词》《关于中国当代文学的评价问题》《新媒体时代的文学品格》《叙述的思维》《小说的多样复杂与作家的价值选择》《顽强生长的短篇小说》等。同时举办文学沙龙，开展考察桐城派社会实践活动。中国作协副主席张健，鲁迅文学院常务副院长成曾樾，省委宣传部副部长郎涛，省文联书记处书记吴雪，省文联主席、省作协主席季宇出席开班典礼。

【皖军书法华夏行（广州站）】

由省文联、省书协主办，11月23日在广东省博物馆开幕。省人大常委会原副主任郭万清，合肥市政协原主席周富如，省政府驻广东办事处主任朱丹，省文联书记处书记、省书协副主席吴雪，广东省文联副主席刘晓毅，广东省书协主席张桂光出席开幕式。张桂光、吴雪、合肥荣事达三洋电器股份有限公司董事长金友华分别致辞。广州站活动包括当代安徽百家书法精品展、“徽风粤韵”皖粤书法名家交流笔会、“帝度情怀”首届振兴文艺书法公益拍卖会、“跨界”首届帝度杯品牌与营销高端论坛等。

【第二届安徽省舞蹈编导高级研修班】

4月10日至11日，来自全省各专业艺术团体、专业院校的舞蹈编导及专业演艺人员120余人参加。中国舞协分党组书记、中国艺术研究院博士生导师冯双白，中国舞协秘书长、舞蹈博士生导师罗斌，中央民族歌舞团国家一级导演丁伟，广东舞协副主席、国家一级编导高成明应邀授课。省文联书记处书记王章好作培训总结。

【期刊方阵亮相首届中国（武汉）期刊交易博览会】

《清明》《安徽文学》《传奇•传记文学选刊》《艺术界》《诗歌月刊》等5家文艺期刊参展并获组委会颁发的优秀组织奖和优秀创意设计奖等奖项。9月14日开幕当天，国家新闻出版广电总局党组书记、副局长蒋建国，副局长邬书林和省新闻出版局局长郭永年、湖北省有关领导分别参观安徽省文联期刊方阵展台。5家期刊抢眼的封面设计、精彩的内容吸引了大批参观者。

【多件（部）作品和多位艺术家获全国性奖项】

安庆市黄梅戏艺术剧院王琴、安徽省黄梅戏剧院一级演员孙娟获第二十六届中国戏剧梅花奖。在第十一届中国民间文艺山花奖评选中，竹木雕作品《十八罗汉》（创作者洪建华）、砚雕作品《飞流直下三千尺》（创作者俞青）获民间工艺美术作品奖；文学作品《老师你好》（作者江永年）、《谁是过河卒》（作者章川封）获民间文学作品奖（新故事创作），这是山花奖设立以来安徽省获奖数量最多、获奖面最广的一次。在第十三届中国戏剧节上，由安徽省徽京剧院根据莎士比亚著名悲剧《麦克白》改编的徽剧《惊魂记》和由安庆市黄梅戏剧院创作演出的黄梅戏《半个月亮》获优秀剧目奖，两剧的主演汪育殊和王琴同时获优秀表演奖。在第九届中国音乐金钟奖评选中，安徽籍歌手陈燕妮凭借《离别的歌》《我就是花》两首歌曲摘得声乐民族组铜奖。在第九届中国舞蹈荷花奖评选中，分别由合肥演艺有限责任公司歌舞团、安徽省歌舞剧院有限责任公司创作演出的群舞《水欢鱼跃》获作品银奖、独舞《花鼓佬》获表演银奖，这是迄今为止安徽舞蹈在荷花奖民族民间舞蹈比赛中取得的最好成绩。许春樵获第十五届《小说月报》百花奖，苗秀侠获第六届北京文学奖。在中部六省曲艺大赛中，安徽大鼓《圆梦》、相声《快乐QQ群》获一等奖，快板书《威震敌胆》、相声《六秒钟的战斗》获得二等奖。省书协获全国文联系统先进集体，黄山市文联获优秀集体、安徽省美术家协会谢宗君获优秀个人荣誉，受到表彰。

对外文化交流

【新徽派美术家赴英举办作品展】

为推进安徽文化“走出去”，进一步提升安徽美术的国际影响力，应英国剑桥大学艺术中心邀请，省美协组织的安徽新徽派美术赴英国作品展12月3日起举办，60位美术家前往英国参加开幕式并进行文化交流。剑桥大学对外交流部高级主管克罗蒂亚和剑桥大学中国留学生学生会副主席周明亮出席开幕式并发表讲话，剑桥大学艺术爱好者和有关专家学者观摩展览。随团出访的省美协主席张松和副主席、秘书长杨国新接受有关媒体采访。本次展览共展出创作风格、语言各异的油画、国画、版画作品100余件，既有表现现实生活的写实题材，又有表达画家个人情感的写意作品。在英期间，美术家们参观了大英博物馆、泰特现代美术馆、英国国家美术馆、伯明翰美术馆、曼彻斯特工业和科学博物馆、苏格兰国家美术馆等著名的美术展馆，观摩了拉菲尔、达芬奇等艺术巨匠的精品原作，考察了伯明翰、约克、曼彻斯特、爱丁堡、谢菲尔德、斯特拉福德、牛津、巴斯、伦敦等城市。通过参观考察，安徽艺术家对英伦文化有了深入的了解，拓展了安徽美术家的国际视野。本次活动是继走进韩国、俄罗斯、美国之后，新徽派美术又一次走出国门与东、西方艺术开展对话交流。

机关建设

【党的群众路线教育实践活动】

成立活动领导小组，党组书记、书记处第一书记陈田任组长，党组成员、书记处书记吴雪、王章好、王艳和副巡视员江枫任副组长。7月5日召开动员大会，陈田和省委第十二督导组组长高红妹动员全体党员、干部以高度的思想自觉和行动自觉，积极投身到教育实践活动中来，按照“照镜子、正衣冠、洗洗澡、治治病”的要求，对作风之弊、行为之垢来一次打排查、大检修、大扫除。10月16日，召开专题民主生活会，省委督导组负责同志高红妹、罗胜军、苏胜久到会指导，陈田代表省文联领导班子进行对照检查，班子成员认真查找“四风”问题及原因、明确整改方向和措施，并在自我批评的基础上开展相互批评。活动过程中，共查摆出7个方面问题，制定了39条具体整改措施；各类会议减少30%、机关文件压缩15%，领导事务性外出活动减少40%、各类活动减少25%，“三公”经费支出同比下降17.2万元、出省差旅费同比下降12%；挤出“三公”经费12万元用于淮南市王郢村改善该村基础设施，党员干部捐资1.5万元帮扶困难户。根据群众意见，开办机关食堂，解决了长期存在的“午餐难”问题，干部职工十分满意。对照整改任务书认真落实整改措施，自觉接受党员、群众监督，同时建立健全长效机制，确保活动常态化、长效化。通过扎实有效的活动，使全体党员干部实现了自我净化、自我完善、自我革新、自我提高，进一步密切了与广大人民群众、文艺工作者的血肉联系，为推动文联和文艺事业更上新台阶奠定了坚实基础。

各文艺家协会

【省作家协会】

组织开展第二届全省小说南北对抗赛、首届全省散文大奖赛。继续实施长篇小说精品创作工程，20位作家提交原创长篇小说参评，在组织专家审读、提出修改意见后，将择优出版、宣传、推介。举办第三届安徽省文学内刊主编联席会议，150余位内刊主编、编辑、重点作者参加会议，同时颁发金穗文学奖，开展“相约杏花村”大型文学采风笔会活动。表彰池州市贵池区等安徽省文学创作先进县（市）。组织30余位女作家、美术家、音乐家、舞蹈家赶赴石台县向山区小学赠送文具、图书并开展采风活动。组织30多位知名作家、诗人赴桐庐开展采风考察活动。联办文学界“灵璧四杰”许辉、周恒、黄玲君、李成恩作品专场研讨会。

【省美术家协会】

主要展览：2013•安徽青年美术大展，共收到投稿作品100余件，其中375件作品入选、55件作品获优秀奖；吴东魁中国画邀请展，省委副书记李锦斌，省文联党组书记、书记处第一书记陈田，阜阳市委书记于勇等出席开幕式；首届安徽省粉画作品展，共收到投稿作品400余件、展出作品170件；举办安徽老美术家作品邀请展。主要活动：举办第十二届全国美术作品展览安徽参展作品草图观摩会，专家对百余幅草图作细致点评并提出修改建议；召开安徽省美术创作座谈会；增补赵振华、周逢俊为省美协第五届主席团副主

席；省美协工笔画学会换届，谢宗君当选会长；省美协中国画艺委会成立，张松当选主任。

【省书法家协会】

承办“孝行天下”全国书法作品展、“中国书法进万家”走进精致之城淮北等全国性活动。举办首届安徽隶书大展、安徽省第五届篆刻艺术展、首届安徽省临创大展、皖军书法华夏行（广州站）等活动。召开司徒越书法艺术研讨会、邓石如暨清代碑学书法学术报告会、行草书创作暨江淮书风学术研讨会，开展学术跟进皖军书家活动。实施安徽书坛百千万人才工程，颁发安徽书坛贡献奖，深入推进书法培训下基层活动。省书协获全国文联系统先进集体和省直机关五一劳动奖状，安徽4人和2个集体荣获中国书法进万家活动先进个人、先进集体，寿县被授予中国书法之乡，开通安徽省书法家协会官网。

【省摄影家协会】

举办在美丽的田野上•安徽省美好乡村摄影大展，共收到来自全国11个省市的摄影作品近万幅。启动第二届“中铁四局杯”农民工•我的兄弟姐妹全国摄影大赛，设立官方网站，尝试网络、微博投稿。举办“美丽中国•安徽之旅”中国摄影报2013安徽摄影拉力赛。协办摄影家赴革命老区大别山“送温暖、下基层”活动，联办我为“候鸟”拍张照大型摄影公益行动，同时举办“大湖名城•合肥24H”摄影大赛、2013“雪花纯生”中国古建筑摄影大赛•安徽分区摄影比赛、第二届“创意无限”数码后期处理与创意学习班学员作品展、第三届黄山脚下最美油菜花摄影大赛、第三届“国色牡丹•美丽铜陵”摄影比赛等系列摄影展赛活动，组织“皖北风情”等专题摄影采风创作活动。出版《大家摄影》电子杂志，开通安徽摄影家协会官方微博。

【省音乐家协会】

选送的歌手陈燕妮获第九届中国音乐金钟奖（民族唱法）铜奖，举办第十届安徽省小提琴比赛、第四届安徽省“雅韵杯”古筝大赛、第六届安徽省西洋管乐大赛，联办周晓梅师生钢琴音乐会、“燕歌行”曹晓燕独唱音乐会等音乐家专场音乐会。举办“美丽中国”第五届安徽省合唱节、西洋管乐精品音乐会、“长江之歌”安徽省优秀男高音中国作品演唱会。邀请徐锡宜作《合唱排练与指挥》主题讲学、段继抒作《音乐创作与作品交流研讨会》讲学，举办第五届安徽省音乐论文评选活动，编辑出版《时白林黄梅戏名段精选乐队总谱》《摘石榴安徽民歌精选》《陈国金创作歌曲200首》《红红的太阳升起来》等音乐专著。时白林创作的黄梅戏《雷雨》和徐志远创作的黄梅戏《妹娃要过河》、五音戏《云翠仙》音乐获第十届中国艺术节文华音乐创作奖。

【省戏剧家协会】

推选的孙娟、王琴等两名黄梅戏演员获第二十六届中国戏剧奖•梅花表演奖，黄梅戏短剧《磨店好人》获中国戏剧奖•小戏小品奖（剧目奖）。推荐的徽剧《惊魂记》和黄梅戏《半个月亮》获第十三届中国戏剧节优秀剧目奖，主要演员汪育殊、王琴获优秀演员奖，这是安徽剧目在全国性赛事中获得的最好成绩。举办第十五届安徽省少儿戏曲演唱大赛，选拔选手参加中国少儿戏曲小梅花评选，获4金2银。组织安徽梅花奖演员进京参加中国戏剧梅花奖30周年纪念大会暨大型文艺晚会，推选并组织安徽省黄梅戏剧院进京展演国家舞台艺术精品工程剧目《雷雨》。完成大型画册《梅花谱》的材料收集整理选送工作。

【省舞蹈家协会】

举办第二届安徽省舞蹈编导高级研修班、安徽省少儿舞蹈创作研习班，邀请中国舞协分党组书记、著名艺术理论家冯双白等授课。选送作品参赛第九届中国舞蹈荷花奖民族民间舞蹈大赛，群舞《水欢鱼跃》获作品银奖，独舞《花鼓佬》获表演银奖；选送作品参加第七届小荷风采全国少儿舞蹈展演，获5个金奖（小荷之星）、3个银奖（小荷之秀）；选送作品参加中国舞协“荷花•少年”全国（中学）校园舞蹈展演，舞蹈《怪物史瑞克》、《舞之梦》获“小荷尖尖”称号。举办第三届安徽省小葵花奖新农村少儿舞蹈汇演、第七届安徽省少儿舞蹈汇演。对金寨县70名中心小学、幼儿园专兼职舞蹈教师进行专业培训。

【省民间文艺家协会】

在第十一届中国民间文艺山花奖评选中，竹木雕作品《十八罗汉》（创作者洪建华）、砚雕作品《飞流直下三千尺》（创作者俞青）获山花奖民间工艺美术作品奖；文学作品《老师你好》（作者江永年）、《谁是过河卒》（作者章川封）获山花奖民间文学作品奖（新故事创作），获奖总数在全国排名第七位，其中民间文学作品奖（新故事创作）位列全国第一，这是山花奖设立以来安徽省获奖数量最多、获奖面最广的一次。选送作品分获中国(开封)首届民间工艺美术展暨第十一届中国民间文艺山花奖•民间工艺美术作品奖两项金奖、十项银奖、广西舞龙大赛中金奖、蔚县剪纸大赛铜奖、全国艺人节工艺精品奖。协助滁州市申报中国亭文化名城。

【省曲艺家协会】

在第六届中部六省曲艺大赛中，安徽大鼓《圆满》、相声《快乐QQ 群》获节目一等奖，快板书《威震敌胆》、相声《六秒钟的战斗》获节目二等奖；在宝丰马街书会曲艺大赛中，淮北大鼓《仨媳妇》获节目二等奖；在首届武清李润杰杯全国快板书大赛中，快板《杨志卖刀》获职业组一等奖。协助凤阳县完成中国曲艺之乡考核评比并通过验收。推荐琴书演员孟影赴法国参加由中国曲协、巴黎对外文化交流中心主办的巴黎中国曲艺节专场演出，演出节目获优秀奖。

【省电影电视艺术家协会】

参与电影《乳娘情》、《黄土情》制作及宣传推介工作。开展电影惠民活动，送经典老电影进福利院、敬老院和偏僻社区，为新四军老战士义务放电影，全年放映近20场，观众达2000多人次。联办浙皖苏三省影视编剧研修班暨影视创作采风活动。推荐安徽出品电影《乳娘情》《黄土情》《忠诚》参加第二十二届中国（武汉）金鸡百花电影节新片展演；推荐《清溪河》《长冈的难忘岁月》《合欢树》等5部电影参加2013中国农村题材电影表彰活动，其中《合欢树》获金奖。组织专家参加电影剧本《白姜传奇》论证会、《金刚台八姐妹》策划会和电视剧本《大山屋檐下》研讨会，组织影视评论家撰写华语电影评论文章，参加华语电影六安高端论坛。

【省杂技家协会】

举办首届安徽省魔术比赛，从近60个魔术节目中选出17个节目参加决赛，产生近景、舞台组金奖各1名，银奖各2名，铜奖各3名。参加第四届长三角地区“金手杖”魔术大会，安徽代表队杨春泽荣获舞台组特别奖、刘明源荣获少儿组铜奖。杂技剧《梦—美丽》在安徽大剧院首演成功。由省杂协副主席、秘书长焦长响撰写的《追梦之路》在《杂技与魔术》杂志发表。编纂安徽老杂技艺术家传略报中国杂协。圆满完成任务。参与策划第四届宿州埇桥马戏节、第三届安徽省（临泉）民间杂技艺术节。

直属单位

【安徽文学艺术院】

第三届安徽签约作家圆满收官，13位作家签约期间共发表出版长篇小说9部、中篇小说29部、短篇小说25篇、中短篇小说集4部、散文集3部、诗集4部、散文100篇、诗歌250首。与鲁迅文学院联合举办安徽中青年作家班，中国作协副主席张健、鲁迅文学院常务副院长成曾樾、省委宣传部副部长郎涛、省文联书记处书记吴雪、省文联主席季宇参加开班典礼。联办许春樵作品研讨会，省委宣传部副部长、省社科院院长陆勤毅，省文联党组书记、书记处第一书记陈田，省文联主席季宇等到会祝贺。召开储明、阿洋、宫开理、沙玉蓉、耿汉东等作家作品研讨会。开展文艺家走进含山大型采风活动。

【安徽文艺理论研究室】

与省马克思主义文艺理论学会、安徽文艺出版社联合举办《苏中文学评论选》研讨会，与省社科院文学所、安徽大学当代文学评论中心、安徽文艺出版社联合举办许春樵作品研讨会。承担并完成中国文联文艺理论研究课题《当代审美格局中地方戏曲生存与发展之研究》。与省作协联合举办“情系磬乡”中国作家看灵璧文学研讨会。编辑出版了6期《安徽文艺界》。

文艺期刊

【《清明》杂志社】

全年推出3期中篇小说专号，受到读者好评。30多篇作品被《中篇小说选刊》《小说月报》《小说选刊》《北京文学•中篇小说选刊》《中华文学选刊》《小说精选》等多家知名文学选刊选载。组织作家开展走进红色老区（定远）、纪念“五二三”

走进宣城、走进铜都（铜陵）、美好乡村建设（南陵）采风活动，举办枞阳文化采风笔会、当涂作者改稿会、肥东作者辅导会，向六安、黄山等地农家书屋赠送期刊，加强与各地作家、作者的联系，杂志影响力进一步扩大。

【《安徽文学》杂志社】

根据读者反馈意见，设计新的刊物封面，每期一个色彩定位，内文版式注入现代元素，力求向国内一流文学期刊靠近。在栏目设置上尽量扩大兼容性，使更多作者有发表作品的机会，对上升期作家进行重点推介，同时注重发掘培养80、90后作者。加强与基层作者的沟通，走访近百余名重点作者、多个文学社团，掌握全省文学创作骨干基本情况。全年为近400多名省内外作者发表各类作品300多万字。刊发的《苦竹飘摇》《张菊花的拐角楼》《带木匙的舅公》《成熟季》等作品被《小说选刊》等选载。

【《艺术界》杂志社】

对照岗位职责、工作标准，联系个人的思想和工作实际，深入查找在能力方面存在的差距，围绕重点应加强哪些方面的能力建设，提出个人能力建设的具体措施，力争在本职岗位上做出显著成绩，努力成为本职工作的行家里手。建立完善一系列发稿、审稿规章制度，规范程序、强化责任。由于设计方忽视出版程序规定，造成2013第3期杂志封面刊期差错，编辑部坚持原则，按规定，要求重新印制封面，挽回了不良影响。在审稿、校对环节和发行工作中，注重分解重点，细化职责，做到责任明确、各司其责、相互配合。

【《传奇·传记文学选刊》杂志社】

将选稿重点调整到关注现实、映照多彩生活的作品上，开设“乡村轶事”、“新农村传奇”等栏目。对“世纪风云”等金牌栏目进行深度拓展，重量级传记类系列纪实作品在读者中产生较大影响，所选发作品转载率上升20%。加大与古井集团等知名企业、文化公司合作力度，举办“慢点人生”全国美文大赛。与有关网站签定合作协议，加快传奇博客和手机版传奇更新速度，强化作者、编者、读者和同行之间网络互动。坚持开展“传奇之旅”文化采风活动。刘君早获得华东地区优秀编辑称号。

【《诗歌月刊》杂志社】

2013年起，刊物由黑白版改为全版彩色印刷，产生了图文并茂、耳目一新的视觉效果。增设读诗、e网等栏目，加强与网络诗人互动，同时拓展书画作品栏目。举办第十四届全国新诗大奖赛、“七夕杯”全国爱情诗大奖赛、“天河杯”世界华语诗人爱情诗大奖赛、“美丽乡村”征文暨采风活动。坚持开展诗歌公益活动，举办中国诗人慈善奖评选、慈善诗歌朗诵会等活动，募集资金和100多件棉衣用于救助玉树地震灾区儿童，同时，采取结对子方式，杂志社帮扶10名贫困儿童每人每年1600元至高中毕业，其中主编王明韵帮扶4名儿童。

基层文联

一年来，各市和企（行）业文联认真履行联络协调服务职能，充分发挥桥梁纽带作用，围绕各地党委政府和各部门中心工作，创新工作理念、联络方式、组织形式和服务手段，广泛凝聚基层文艺工作者，立足地域文化资源，开展形式多样的文艺活动，推进优秀作品创作，培养优秀文艺人才，打造知名文化品牌，丰富群众精神文化生活，取得了丰硕成果。黄山、宿州等市文联与省文联联合承办全国性文艺活动，合肥、安庆等市文联在全国性展赛活动中摘金夺银，为安徽文艺赢得了荣誉，进一步提升了文联的美誉度和影响力，有力地推动了当地经济社会发展和文化繁荣。

福建省文联

综　述

2013年，福建省文联认真贯彻落实党的十八大、十八届三中全会和习近平总书记系列重要讲话精神，深入贯彻落实省委省政府的重大战略部署，按照“高举旗帜、围绕大局、服务人民、改革创新”的总要求，以履行联络协调服务基本职能为根本，以提升文艺创作水平和创造活力为重点，凝心聚力，开拓进取，团结带领全省文艺工作者在推动福建文艺的大发展大繁荣中取得了重要进展。

会议和活动

【重要会议】

省委常委会听取省文联召开第七次代表大会情况汇报：12月25日，福建省委书记尤权主持召开省委常委会议，听取省文联党组书记、副主席张作兴关于召开省文联第七次代表大会有关情况的汇报。会议原则同意汇报中提出的有关意见，同意2014年1月上旬召开省文联第七次代表大会。

福建省文联六届七次全委会暨2013年全省文联工作会议：2月1日，福建省文联六届七次全委会暨2013年全省文联工作会议在福州召开。会议深入学习贯彻党的十八大精神，认真学习贯彻中央和省委领导重要讲话精神，以及中国文联九届四次全委会精神和全省宣传部长会议精神，号召全省广大文艺工作者坚定走中国特色社会主义文化发展道路，为推动文艺大发展大繁荣，建设文化强省建功立业。会议由省文联党组成员、书记处书记、副主席杨少衡主持。省政协副主席、省文联主席张帆通报了增补郑京水和陈毅达两位同志为省文联六届委员会委员的决定，宣布成立福建省文联第一届艺委会。省委宣传部副部长、省委文明办主任马照南代表省委宣传部作重要讲话，省文联党组书记、副主席张作兴作工作报告，省文联党组成员、书记处书记、副主席罗训涌宣读了闽清诗词楹联创作基地等19个单位为第二批福建省特色文艺示范基地的通知。出席会议的还有省文化厅厅长、省曲协主席陈秋平，省政协常委、港澳台侨和外事委员会副主任翁星，省文联副主席范碧云、张宇、陈奋武、陈济谋、章绍同、舒婷，省文联六届七次全委会委员，各市、县（区）文联、行业系统文联、挂靠省文联社团、省文联驻外办事处负责人和省文联各部门负责人参加会议。

省文联机关党委、纪委换届大会：5月8日，省文联召开了机关党员大会，回顾总结上一届党代会以来的工作，研究部署今后四年加强和改进文联机关和直属机构党的建设工作任务，选举产生新一届机关党委会和纪委会，进一步动员和组织机关广大党员干部职工，推动福建省文艺事业大发展大繁荣。会议选举罗训涌、郭平、张杰、黄河清、柯云瀚、曾章团、孙志纯、刘东方、郭杨经等9位同志为中共福建省文联机关委员会委员，其中罗训涌同志为机关党委书记、郭平同志为机关党委专职副书记。选举郭平、林建萍、闻建榕、汪梅田、王幼丽等5位同志为中共福建省文联机关纪律检查委员会委员，其中郭平同志为机关纪委书记，林建萍同志为机关纪委副书记。会议由省文联党组成员、副主席罗训涌主持，省直机关工委李选同志出席会议并讲话，省文联党组书记、副主席张作兴，省文联党组成员、书记处书记、副主席杨少衡出席会议，张作兴书记代表党组作重要讲话。

学习党的十八届三中全会精神党组中心组扩大会议：11月19日上午，省文联党组书记、副主席张作兴主持召开党组中心组学习扩大会议，传达学习党的十八届三中全会、11月14日省委常委扩大会议和11月15日全省宣传部长会议精神，部署贯彻意见：一要认真学习、深刻领会，把思想

和行动统一到党的十八届三中全会的决策部署上来。二要结合文联工作实际，研究文联自身改革的突破口和关键举措。三要加强领导、振奋精神，做好当前各项工作。省文联巡视员杨少衡，党组成员、书记处书记罗训涌、陈毅达，省文联全体党员、干部职工参加了会议。

【领导走访调研活动】

中国作协来省文联调研青年作家状况：3月27日，中国作协党组成员、书记处书记白庚胜带领中国作协创研部有关同志到闽粤对青年作家状况进行专题调研。调研座谈会在福州召开，省委宣传部副部长、省委文明办主任马照南，省文联党组成员、副主席、省作协主席杨少衡，广东省作协党组成员、副主席张建渝等闽粤两省有关部门领导和作家30多人与会。座谈会上，福建省作协秘书长张冬青汇报了福建省青年作家状况。根据五个调研课题，在座作家代表踊跃发言，提出了许多有针对性的意见和建议。

省人大常委会副主任刘群英一行到省文联调研：4月9日下午，省人大常委会副主任刘群英在省人大常委会委员、教科文卫工委主任宋闽旺，省人大法制委委员、教科文卫工委副主任陈星等一行的陪同下到省文联调研指导。省文联党组书记、副主席张作兴汇报了省文联贯彻党的十八大主题文艺活动、文艺精品创作、人才队伍建设和对台文艺交流等方面的工作推进情况及近期重点工作思路。刘群英副主任充分肯定文联建设充满生机活力、文艺事业激昂蓬勃向上、为福建文艺事业大发展大繁荣作出了重大贡献，表示要多渠道、多方面支持和全力促进福建文艺事业发展。省文联党组成员、书记处书记、副主席罗训涌，省文联副主席张宇、陈奋武等领导与省文联相关部门主要负责人参加了座谈会。

省政协副主席陈绍军一行到省文联调研指导：4月10日下午，省政协副主席、农工党福建省委主委陈绍军在省政协教科文卫体委员会主任杨平、副主任王敏等陪同下到省文联调研指导，与文艺家和文艺工作者座谈交流。省文联党组书记、副主席张作兴汇报了文联基本情况和主要工作。陈绍军副主席高度评价近年来省文联在推动福建文化大发展大繁荣中发挥的重要作用，希望省文联就如何挖掘福建文艺资源，如何打响福建文化品牌和如何搭建文化展示平台等课题提出新思路、新方法，表示要充分发挥政协职能，建立与文艺界沟通协作的长效机制，共同推进文化强省建设。

省委常委、宣传部长袁荣祥到省文联调研：5月8日下午，省委常委、宣传部长袁荣祥在省委宣传部常务副部长林辉、省委办公厅秘书二处处长黄逸群及省委宣传部相关处室负责人的陪同下到省文联调研指导工作。袁荣祥一行视察了安民巷“八闽书院”和文艺家之家艺术走廊，与各省级文艺家协会主席、秘书长和省文联相关部门负责人亲切座谈。在听取省文联党组书记、副主席张作兴的工作汇报以及与会同志的发言后，袁部长高度评价了省文联和所属各文艺家协会近年来在推动文化大发展大繁荣、建设文化强省中发挥的重要作用，对进一步做好文联工作，提出要把好导向，带好队伍，做好服务；强调做好省文联和所属12个文艺家协会的换届工作，一要写好报告，二要选好代表，三要选好班子，要通过换届进一步增强文联的凝聚力、创作活力、影响力。

福建省文联党组书记张作兴一行拜访中国作协：6月13日，省文联党组书记、副主席张作兴在省文联党组成员、副主席、省作协主席杨少衡，省文联秘书长陈毅达，省作协秘书长张冬青，省文学院院长吕纯晖等陪同下，专程到中国作协拜访。中国作协党组书记李冰接见了张作兴书记一行，进行了亲切友好的座谈并合影留念。

省委宣传部副部长马照南一行到省文联调研工作：8月2日下午，省委宣传部副部长、省委文明办主任马照南,省委宣传部副巡视员王启敏带领文艺处有关同志专程到省文联，召开党的群众路线教育实践活动征求意见座谈会。在听取省文联党组书记、副主席张作兴的简要介绍和与会代表的发言后，马照南副部长对省文联的近期工作给予充分肯定，对开展党的群众路线教育实践活动提出要求：一要聚焦各类评奖；二要聚焦品牌的培育；三要聚焦闽台交流；四要聚焦文化生态。马副部长表示，把征求意见座谈会的建议意见进行汇总整理，为省委宣传部对照检查整改提供参照，并具体落实到工作措施上。省文联党组成员、书记处书记、副主席杨少衡、罗训涌，省文联政协代表、文艺家代表以及各处、室、协会、所、院、馆、杂志社负责人参加了座谈会。

福建省委书记尤权到省文联调研：12月4日，福建省委书记尤权，省委常委、秘书长叶双瑜，副省长李红等领导到省文联调研，参观省文联艺术走廊和“文联阁”，看望文艺家和文联干部职工并亲切座谈。座谈会上，省文联党组书记、副主席张作兴简要汇报了省文联深化文化体制改革的措施和组织“美丽中国”、“唱响福建”主题文艺创作的成果。与会领导、艺术家踊跃发言，气氛融洽而热烈。尤权书记在会上作了即席讲话，充分肯定近年来福建省文联所做的大量工作和所取得的成绩，要求省文联要组织引导文艺家充分挖掘好、利用好福建的文化资源，把体现福建特色的几个大的方面“唱响”；要团结12个文艺家协会及全省文艺人才，让他们有用武之地和更多的创作空间。叶双瑜秘书长、李红副省长也分别在会上讲话。省委组织部副部长杨国豪，省委副秘书长陆开锦，省财政厅厅长陈小平及省委办公厅有关同志陪同调研并参加座谈会。省政协副主席、省文联主席张帆，原省政协副主席、省文联名誉顾问、省音协主席王耀华，省文联副主席范碧云，省文联巡视员杨少衡，省文联党组成员、书记处书记罗训涌、林瑞发、陈毅达、王来文，省文联副主席张宇、章绍同、陈奋武、曾静萍，省文联机关处室、艺术家协会、事业单位负责同志参加了座谈会。

【党的群众路线教育实践活动】

根据中央和省委的统一部署，在省委第14督导组的指导帮助下，严格按照“学习教育、听取意见；查摆问题、开展批评；整改落实、建章立制”三个环节的要求，扎实开展以“为民务实清廉”为主要内容的党的群众路线教育实践活动，有效推进文联作风建设。

7月26日上午，召开省文联机关全体党员干部大会进行动员部署。制定实施方案，成立教育实践活动领导小组及办公室，下设学习资料组、建章立制组、征求评议组、宣传联络组、文字综合组。先后召开了10次党组会议、8次领导小组会议、集中学习21次，召开座谈会5场，收集意见建议65条，编发简报20期，稳妥推进教育实践活动。

在深入学习研讨、广泛征求意见、谈心交心的基础上，查摆出“四风”方面存在的15个突出问题。11 月 5 日上午，召开党组班子专题民主生活会，深刻剖析深层次原因，开展坦诚直率的批评与自我批评，研究制定了44条改进措施。11月13日，召开了省文联党的群众路线教育实践活动专题民主生活会情况通报会。

认真贯彻落实八项规定和《党政机关厉行节约反对浪费条例》等制度性文件精神，修订完善了人、财、物管理等11项制度，建立健全促进作风建设的长效机制。积极做好行政事业单位内部规范工作，精简会议、简报，节约“三公”经费，完成改进服务会员的程序方式、服务基层、缩减会议活动、办公用房清理等一系列问题整改，解决了省文联存在的一些历史遗留难点问题和干部群众反映强烈的突出问题。深入开展调查研究，形成的调研报告被中国文联《调研通讯》、省委《海峡通讯》、省委宣传部《宣传思想工作》等多家刊物采用。

重要文艺活动

【“八闽神韵”福建当代书画名家作品海内外巡回展】

由中共福建省委宣传部、福建省文化厅、福建省文联主办，海峡文化艺术经纪有限公司承办的“八闽神韵”福建当代书画名家作品海内外巡回展于2013年7月18日上午在浙江省美术馆隆重开幕，拉开整个巡回展的序幕。本次海内外巡展，荟萃了包括陈奋武、檀东铿、陈初良、蒋平畴、陈立德、翁振新、王和平、朱以撒、张明超、郭东健、林容生、柯云瀚、陈子、卢志强、张永海、陈金华、何玮明、杨东平、李木教、王来文、林任菁、林涛、汤志义、苏国伟等30多位福建当代书画艺术的代表人物，展出约200幅书画作品。8月15日，巡回展在香港举行，其中2013年福建文化精品•茶艺香江行同时开幕。一共展出5位书法、19位画家的48幅作品，以不同的形式展现了八闽风土人情。10月22日，在台湾艺术大学举行巡回展台北站开幕式，共展出福建省24位当代书画名家的百余幅精品力作。这次海内外巡回展，是面向海内外展示福建书画艺术的一个重要窗口，是福建当代书画艺术首次面向海内外多个城市和地区巡回，展示其最高艺术成就的一场重大文化活

动，将促进跨地区间的学术交流和学习，对推动福建省文化产业跨越发展有着非常重要的意义。

【文艺“四到基层”活动】

9月6日至7日，省文联组团赴闽东革命老区开展以“送欢乐到基层”、“采风调研到基层”、“艺术培训到基层”、“文艺志愿服务到基层”为内容的文艺“四到基层”活动，深入贯彻落实省委群众路线教育实践活动和“四下基层”的部署。省文联党组书记、副主席张作兴，省政协提案委副主任、省委教育实践活动第14督导组组长林鸿坚和督导组部分成员，省文联巡视员杨少衡，党组成员、书记处书记、副主席罗训涌，副主席范碧云、陈奋武，省文联处级干部、全体党员以及部分文艺家近百人参加了活动。党员干部在屏南县棠口村新四军第六团第三支队北上抗日出发点纪念碑前敬献花篮、重温入党誓词、齐唱革命歌曲、朗诵爱国诗词缅怀先烈，在革命旧址看展览、听党课，举行慰问演出，召开座谈会听取基层意见，举办书画笔会和文学讲座，慰问“五老”人员和基层老文艺家。随后，文艺家们分赴周宁、福安、蕉城和屏南当地采风创作。本次“四到基层”活动为民惠民不扰民，党员干部和文艺家们接受了革命传统教育，密切了与群众的关系，受到基层和群众的热烈欢迎。

【联办或承办全国性文艺活动】

承办中国文联文艺志愿服务团“送欢乐下基层”走进闽西革命老区慰问演出活动：1月18日至19日，由中国文联、福建省委宣传部主办，中国曲协、中国文联国内联络部、中国美协、中国书协、福建省文联和龙岩市委、市政府联合承办的中国文联文艺志愿服务团“送欢乐下基层”走进闽西革命老区慰问演出系列活动在上杭县古田镇举行。中国文联党组副书记、副主席覃志刚，中国文联党组成员、书记处书记李前光，福建省政协副主席、省文联主席张帆，福建省委宣传部副部长、省委文明办主任马照南，福建省文联党组书记、副主席张作兴，福建省文联党组成员、书记处书记、副主席罗训涌等领导，与来自中国文联国内联络部、中国曲协、美协、书协及福建省文联、龙岩等单位的100多名领导、书画艺术家和姜昆、牛群等著名表演艺术家通过书画笔会、走访慰问、专场文艺演出等形式，把丰富多彩的精神食粮奉献给老区人民，给老区人民带来一场欢乐的盛宴。

承办中国文联文艺志愿服务团送欢乐下基层“情系晋江”公益慰问演出活动：1月22日晚，由中国文联、中国影协、福建省文联和晋江市委、市政府共同主办，福建省影协协办的送欢乐下基层“情系晋江”公益慰问演出在晋江市祖昌体育馆举行。王馥荔、陈寒柏、王敏以及扮演毛泽东、周恩来、朱德、陈毅的四位特型演员等著名表演艺术家的精彩表演，受到当地市民的热烈欢迎。当晚还举行了“百花放映 情系基层”优秀组织、放映单位和放映员表彰活动。中国电影家协会分党组书记康健民、晋江市副市长丁峰在晚会上致辞。福建省文联党组书记、副主席张作兴，省文联党组成员、书记处书记、副主席罗训涌，省文联副主席、省影协主席章绍同出席活动。

联办“庆祝中国戏剧梅花奖创办30周年福建梅花奖演员系列展演”活动：由中国文联、中国剧协、福建省文联主办，省剧协和获梅花奖艺术家所在单位联合承办的“庆祝中国戏剧梅花奖创办30周年福建梅花奖演员系列展演”活动，于7月26日—10月24日在福建举行。福建省十余位“梅花奖”得主先后登台献艺，展演包括新时期经典剧目梨园戏《董生与李氏》在内的20余部精彩剧目。7月26日，福建京剧院“梅花”得主孙劲梅主演的新编历史剧《才女鱼玄机》打响了展演活动的“头炮”；8月18日，闽剧第一朵“梅花”陈乃春领衔主演闽剧《红裙记》，并于9月22日晋京参加“庆祝中国戏剧梅花奖创办30周年系列展演”主会场的演出，在梅兰芳大剧院展现福建戏剧独特的风采神韵。此次“梅花奖”庆祝展演活动，是福建省戏剧表演艺术人才的一次集中检阅，更是戏剧界服务社会、服务基层的一次文化惠民活动。

联办中国文联、中国音乐家协会“送欢乐、下基层”慰问演出活动：12月20日至21日，由中国文联、中国音协、中共福建省委宣传部、福建省文联、福州市委市政府、莆田市委市政府主办，福建省音协、中共福州市委宣传部、中共莆田市委宣传部承办的“送欢乐、下基层”慰问演出活动在莆田、福清、仙游县台资企业、福清侨资企业和工业区等地举行。慰问演出由中国文联党组副书记、书记处书记、副主席覃志刚，中国文联副主席、中国音乐家协会分党组书记徐沛东，中国文联国内联络部主任罗成琰、中国音协分党组副书记、秘书长韩新安带队，率领宋祖英、殷秀梅、吕继宏、张也、王丽达、满文军、吴娜、黄训国、王传越、高宝利等众多知名歌唱家，近距离走进群众、走进企业，为数百万老百姓献上了精彩、欢乐的艺术盛宴。福建省文联党组书记、副主席张作兴，福建省文联党组成员、书记处书记、副主席陈毅达，福建省文联副主席章绍同等领导参加了慰问活动。

《海峡艺术名家》栏目开播：12月23日，由福建省委宣传部、福建省文联、福建省广播影视集团共同主办，福建省电视家协会和海峡卫视联合摄制的《海峡艺术名家》在福建省文艺家之家大楼“文联阁”举行开播仪式。省委常委、宣传部长袁荣祥为栏目取名，闽籍著名艺术家、中国美术馆馆长范迪安为栏目题写。《海峡艺术名家》栏目采用季播方式，每季10集，每集24分钟，每集重点推介一位闽籍文艺名家。旨在立足福建跨越海峡，辐射海外，挖掘整合华人艺术界的文化和人脉资源，通过在海峡卫视黄金时间播出，并将依托福建省电视外宣协作网拓展多元的传播渠道，在海内外提升中华文化的影响力。《海峡艺术名家》第一季播出的十位艺术家为：黄健中、章绍同、冯久和、蔡国强、汤志义、北村、陈文令、王君安、郑怀兴、赵玉林。省委宣传部副部长马照南，省文联党组书记、副主席张作兴，人民日报社福建分社社长余清楚、省财政厅副厅长张小平、省广电集团副董事长陈若凡、福建师范大学文学院博士生导师孙绍振等启动开播。

创作与研究

【创作情况】

通过项目扶持、采风创作、评论评奖、宣传推介等方式，推动优秀文艺作品的创作生产。召开“福建小说家群”研讨会、第十二届全国美展创作动员大会暨“八闽丹青奖”首届福建省美术书法双年展创作动员大会等研讨会、座谈会、笔会近20场。成立福建省文联艺术委员会的文学创作、舞台艺术、造型艺术三个专业委员会，建立“福建文艺创作题材库”，精心组织重大革命创作和历史题材创作工程、重点文学艺术作品扶持工程、优秀少儿作品创作工程等三大工程。大力实施“唱响福建”文学艺术作品创作扶持工程，经艺委会严格筛选出97件创作题材予以资助，其中3个重大文艺精品创作题材作为第一批重点资助项目，18个创作题材入选我省重大文艺创作题材库，5个项目入选2013年度福建文艺发展基金资助项目。

3月15日，“福建省文联文艺创作题材库座谈会”在福州召开。座谈会以中长篇小说、戏剧剧本和歌词创作为主要内容，召集了全省各设区市文联、作协的主要负责人和80多位在全国具有较大影响力的我省实力派小说家、剧作家和词作家与会。省政协副主席、省文联主席张帆，省文联党组书记、副主席张作兴，省文联党组书记、书记处书记、副主席杨少衡、罗训涌，省文联副主席、省文联艺委会常务副主任范碧云、陈济谋和省文联相关部门主要负责人出席会议。会议围绕如何策划和进一步建立反映福建人文历史、体现福建精神的文艺创作题材库相关问题进行深入的交流和探讨，与会作家艺术家汇报了各自近期的创作规划，并提出了许多建设性的意见和建议。

9月26日，福建省文联第一届艺术委员会全体会议在省文联八楼“文联阁”举行。会议传达了习近平总书记关于宣传思想工作等系列重要讲话精神，表决通过了《福建省文联艺术委员会组织规则》，增补沈爱妹、林蔚文为省文联艺委会副秘书长；增补王炳根、吕纯晖、宋瑜、林蔚文、哈雷（蒋庆丰）、杨际岚、黄文山为文学创作委员会委员，孙志纯、吴乃光、林容生、陈礼忠、李凤荣为造型艺术委员会委员，魏德泮为舞台艺术委员会委员。37位委员无记名投票推选了“福建省文联文艺创作题材库”第一批资助的3个优秀作品：赖妙宽的长篇小说《金海柳》、孙永明的电视连续剧《红色生命线》和林那北的电视连续剧《紫衣袈裟》，将给予各10万元的创作经费扶持。会议讨论通过了近期艺委会工作要点和2014年工作计划。

【获奖情况】

文学创作：《木棉•流年》获得第九届全国优秀儿童文学小说类奖，实现了我省全国优秀儿童文学奖项“零的突破”；小说《隐隐作痛》获得

第三届“石碣崇焕杯”《人民文学》中短篇小说奖；《在南海 在天涯》获得第23届中国新闻奖报纸副刊作品评选金奖。戏剧创作：京剧《才女鱼玄机》荣获第26届中国戏剧“梅花奖”，实现我省该奖“六连冠”；芗剧《保婴记》获“中国戏剧奖”优秀剧目奖、优秀表演奖和优秀导演奖，实现了该奖“五连冠”；高甲小戏《送水饭》荣获全国小戏小品大赛“优秀剧目奖”，实现了该奖“零的突破”；新版闽剧《与妻书》荣获第四届中国戏剧奖•曹禺剧本奖。音乐创作：在第九届中国音乐“金钟奖”钢琴比赛中喜获银奖，实现“零的突破”；3首歌曲获“美丽中国”十大歌曲最佳创作奖，2首入选优秀创作奖；电影《周恩来的四个昼夜》配乐荣获第22届金鸡百花电影节暨第29届中国电影“金鸡奖”最佳音乐奖；在第三届全国少儿小提琴比赛中获1金、3铜、1个优秀奖和5个入围奖的佳绩。美术创作：7幅作品入选“中华文明历史题材美术创作工程”，位居全国前列，填补了历史空白。书法创作：在第四届中国书法“兰亭奖”中荣获2个二等奖，4个入展奖的佳绩；在中华“妈祖杯”全国书法篆刻展中荣获入展名列全国第二、获奖全国第一，创造我省近30年来书法国展最好成绩。舞蹈创作：在第九届中国舞蹈“荷花奖”多个奖项的角逐中取得优异成绩，尤其是舞蹈诗《沉沉的厝里情》获舞剧、舞蹈诗作品金奖、表演银奖，实现“零的突破”；原创作品《鼓浪声声》荣获“荷花•少年”金奖；在“小荷风采”全国少儿舞蹈展演获两金一银的佳绩；群舞《嗦啰嗹》入选“国家级非物质文化遗产民族民间舞蹈展演”十强。摄影创作：在第24届全国摄影艺术展中，获得1银3铜的好成绩，位居全国第7；在“雪花杯”全国建筑摄影大赛中取得6枚金牌占4枚的佳绩；在中国第15届国际摄影艺术展览评选中，分获银牌、铜牌、优秀奖各1枚，入选作品21幅，在全国名列前茅。曲艺创作：在第五届全国少数民族曲艺展演中，新创“畲歌说唱”获二等奖，填补我省历史空白。民间文艺创作：在第11届中国民间文艺“山花奖”多个奖项的竞争中，共产生金奖作品35件，我省占7件，其中布袋木偶获得“山花奖”民间工艺美术作品奖，实现“零的突破”；在首届中国（开封）民间工艺美术作品展中，获得6金、11银佳绩。此外，各协会组织选送的一批优秀作品参评其它全国评奖赛事，均取得不俗成绩。文艺创作成果信息在《八闽快讯》第236期头版头条刊登。

对外及对港澳台地区文化交流

【参与主办第三届海峡两岸欢乐汇】

11月7日至9日，由中国文联、中国曲协、福建省文联、全国公安文联主办的国台办重点项目——第三届“海峡两岸欢乐汇”在福州举办，两岸300名曲艺名家精心呈献四大专场演出。7日晚上，全国公安系统优秀曲艺专场率先亮相，来自全国11个省市的公安战线文艺工作者为专场奉上了13个表演形式各异、各具特色的曲艺节目。8日上午，召开“2013海峡两岸欢乐汇”曲艺事业研讨会，两岸曲艺界人士共同“探寻两岸曲艺发展之路”。晚上，台湾著名曲艺艺术家王振全先生主持“台湾专场演出”，这是台湾曲艺说唱艺术团队在大陆的首场曲艺专场演出，荟萃了数来宝、双簧、快板书、相声、太平歌词等多个曲种节目。9日下午，举行福建曲艺专场演出，南音、福州评话、闽南锦歌、南平南词答嘴鼓畲歌说唱等14个精彩节目展现八闽曲艺异彩。晚上，举行中国曲协文艺志愿服务团“送欢笑”走进福州暨“2013海峡两岸欢乐汇”优秀曲艺节目展演颁奖仪式专场演出。晚会由牛群和鞠萍主持，中国曲协主席、著名相声表演艺术家姜昆，中国曲协副主席、苏州评弹表演艺术家盛小云，以及戴志诚、刘全利、刘全和等著名曲艺表演艺术家们为福州的曲艺迷送上了高品质的演出。观众们在欣赏丰富多彩的艺术表演的同时，感受两岸曲艺同源异彩、殊途同归的文化传承。

【参与主办第四届海峡两岸青年舞蹈嘉年华】

2013年12月28日至2014年1月5日，由中国舞蹈家协会、福建省文联、漳州市人民政府、台湾两岸关系发展促进会联合主办，福建省舞蹈家协会、台湾舞蹈家协会等承办的第四届海峡两岸青年舞蹈嘉年华，在福建福州、漳州两地举行，来自两岸100多支队伍、近3000名舞蹈界人士载歌载舞，感受到浓浓的“两岸一家亲”。嘉年华活动以“我们的中国梦”为主题，为期一周，包括开幕式、两岸优秀舞蹈展演、两岸舞蹈发展与合作论坛、世界非物质文化遗产地采风、海峡青少年国标舞公开赛、海峡少儿舞蹈展演等六项内容，展演两岸优秀舞蹈、交流两岸舞蹈艺术，展现中华舞蹈文化的独特魅力，反映两岸青年热情洋溢、积极向上的精神风貌，传颂两岸同根同缘同宗的文化艺术情怀，共圆“中国梦”。中国舞协荣誉主席贾作光，台湾工党中央委员会主席、台湾两岸促进会理事长郑昭明，省委宣传部副部长、省委文明办主任马照南，省文联党组书记、副主席张作兴，中国舞协党组副书记、秘书长罗斌，中国舞协副主席、吉林舞协主席王小燕，福建省文联党组成员、书记处书记陈毅达，上海市文联副主席、舞协主席凌桂明等领导出席开幕式。

【其它对台文艺交流活动】

成功举办台湾作家张晓风、朱天衣文学讲座和两岸作家座谈会，联合举办第四届海峡两岸电视主持新人大赛、海峡两岸民俗文化节等活动，编辑出版《隔不断的情缘——海峡两岸故事集2》。赴台参加第四届当代中国画学术论坛、第六届海峡两岸合唱节、闽南文化艺术田野采风调研与学术交流研讨、海峡文缘采风调研等活动，密切了闽台两地的文艺交流。

【对外及对港澳文艺交流活动】

联办的“八闽神韵--福建当代书画名家作品海内外巡回展”成功在香港、台湾等地举办，组团参加了2013福建(香港)文化精品展览交易会(福建文化精品•茶艺香江行)，接待香港作家访问团来闽采风交流，组织文艺访问团赴北美开展交流活动，扩大了中华文化的影响力。

自身建设

【机关建设】

结合深入开展党的路线教育实践活动，认真组织学习、深入贯彻习近平总书记系列重要讲话精神和党的十八届三中全会精神，深入贯彻落实全国、全省宣传思想工作会议和省委九届九次、十次全会精神。理清人事工作思路，积极选拔优秀中青年干部充实处级领导职位，全年共选拔任用17名处级干部、21名科级干部，新招录5名公务员。严格落实领导班子和领导干部党风廉政建设责任制，推行“阳光文联”。认真筹备省文联第七次代表大会和12个协会的换届工作，顺利完成省文联机关党委、机关纪委和机关工会换届，工青妇工作全面推进、积极活跃，困难职工和老艺术家节日慰问、老干部工作更加人性化，文联的感召力和凝聚力进一步增强，“学习型、创新型、和谐型”文联机关建设初显成效。

推动各协会和杂志社法人登记工作，在北京、上海成立办事机构，新增经民政厅批准挂靠社团7个。整合文联所属杂志，组建期刊方阵。《散文天地》更名改版为艺术类刊物《艺品》。依托三产中心稳妥发展文化产业，成立福建海峡文艺教育管理有限公司，规范各文艺门类的培训考级工作。扎实推进文联信息化办公智能化工程，完成文艺家之家的内外部环境改造，新建“福建文联阁”，成立福建省海峡民间艺术馆。实施旧文联大楼修缮工程，启动冰心馆二期改造工作，办公条件和服务功能进一步得到改善。

【服务文艺家、服务基层、服务群众】

加大人才培养推介力度：深入实施“名家名作”、“千百十”、“福建省文艺名家推广”和“闽派书画名家海外推广”等文艺人才推介工程，制定福建省民协乡土文化能人培养计划，启动福建省电影艺术人才培养系列工程，打好福建文艺人才选拔、培养、宣传、推广于一体的“组合拳”。大力实施“请进来”、“走出去”战略。举办了影视编剧和制作、文学创作与评论、戏剧知名演员、音乐歌曲创作和声乐人才、中青年舞蹈编创人才、曲艺创作、公安摄影等研修班、培训班，邀请到莫言、姜昆、印青、阎肃、陈晓明等众多全国级名家大师前来授课办展；联办“八闽神韵--福建当代书画名家作品海内外巡回展”在杭州、香港、台湾等落地举办；积极推荐优秀人才参加全国性培训活动，组织选送优秀作品参加民间工艺全国展福建馆的展出等全国各类文艺评奖赛事、展览展演；联合摄制电视专题栏目《海峡艺术名家》，向全球40多个国家传播福建文艺名家大师。举办“银发创作”评选表彰活动，完善老文艺家寿诞庆贺等制度，精心务实为老艺术家服务。启动福建省文艺人才培训中心，集中力量加强后备人才培养。成立福建师范大学音乐学院、作协洪恩岩等

创作基地，精心为文艺工作者服务。各文艺家协会发展会员由一年一次提高到两次，在福建文艺网上公布申请流程和表格，并关注不同领域和体制的文艺工作者，精心为会员服务。

扶持基层文联和文艺工作发展："一县一品"特色文艺基地建设，列入2013-2015年省委省政府为民办实事项目。授予22个特色示范基地，其中给予20个基地每个30万元的资金支持；组织文艺专家讲师团下基层辅导讲座、专业培训、书画笔会、联办活动等多种形式的文艺服务，加强对基层文联的协调、指导和扶持。

创新开展文艺"四到基层"惠民活动10余场，联办"百姓健康舞"展演、赈灾慈善义演献爱心和百余场"闽都书场"等公益活动，举办"名家大讲堂"、"好书大家读"、"作者寻找读者"、"走进冰心爱的世界"等系列公益文学活动20余场，八闽书院、冰心文学馆场馆、海峡民间艺术馆免费开放，省画院启动"月月有好展"活动，促进文化发展成果惠及更多群众。

直属单位

【文艺理论研究室】

2月，举办"福建省文联文艺创作题材库座谈会"，收集创作题材作品100余件。5月，主办"2013年福建文艺论坛"，全省专家学者40余人与会，提交论文20余篇。9月，开展"海峡文缘采风调研系列活动"，组团到台湾、金门等地开展闽台文化采风调研与学术交流活动。11月，举办第七届"全省文学艺术高级讲习班"。此外，完善"福建文艺网"建设，完成了《福建文艺界》由季刊到双月刊的改版，全年编发各类作品1000余件。

【文学艺术对外交流中心】

全年完成包括文艺家、音乐家代表团赴台，省文联代表团出访美国、加拿大、墨西哥、俄罗斯等手续办理。高标准完成了省文联参加2013年福建（香港）文化精品展览交易会暨"福建文化精品•茶艺香江行"活动的3批4个团组的出访办理任务。

【省文学院】

全年成功举办"八闽书院名家大讲堂"、"好书大家读"、"作者寻找读者"等大型公益文学活动20余场，邀请两岸著名作家张晓风、朱天衣、刘庆邦、谢有顺、陈晓明、肖克凡等开讲授课，开展文学研究，促进文艺交流。3月，与省作协联办"春暖花开"诗歌朗诵会。承办省政协教科文卫体委员会"纪念三八节"活动。组织第七届百花奖文艺文学组申报工作。11月，联办福建省小说家高级研修班，全省38名中青年作家参加。

【省画院】

4月，举办"翰墨闽江源——三明书画晋京作品汇报展"。5月，福建省委常委、宣传部长袁荣祥到省画院开展调研指导工作；举办第二期艺术惠民讲习班，受惠群众300余人次。8月，举办全省画院学术联动活动，包括召开第三届全省画院工作联席会，举办"2013年全省画院创研作品展"，开展"相约高雅艺术、传播传统文化"艺术惠民活动，共展出全省各级画院专业书画家作品近百幅。此外，参与组织草图创作申报"中华文明历史题材美术创作工程"，5幅作品入选。

【冰心文学馆】

全年，免费做好开放工作，接待观众近6万多人次；编辑出版《2012年度冰心论集》（上海交通大学出版社）、《冰心研究会20年、冰心文学馆15年成长纪事》、《冰心藏书书目》、《馆藏字画索引》和《冰心研究目录索引》等书稿。此外，开展"走进冰心爱的世界"走进校园系列活动，举办"20世纪文化名人的中国梦"等大型展览。

【《福建文学》杂志社】

创新刊物自身建设，完成封面及版式的改版工作。关注校园文学和福建地域文学的创作，承办了首届福建高校文学作品大奖赛活动，6篇作品被《小说月报》、《中篇小说选刊》、《诗刊》、《青年文摘》等转载。11月，联办"第七届福建省文学艺术高级讲习班"，培养文艺新人，繁荣文学创作。

【《台港文学选刊》杂志社】

完成杂志双月刊向月刊的改版，编发《眷村•眷村》、《通往台湾自然书写的线索》、《谁在银闪闪的地方等你》——台湾老年社会问题、《顽石真爱》——两岸"破冰之旅"等一系列重点介绍台湾文化的专题，深入推动两岸文化交流。6月，参与创办CNQ刊《两岸视点》。7月，完成"我看今日中国"有奖征文评奖活动，台港澳及海外华侨华人应征文章数百篇。12月，联合举办“两岸文化视域中的生态美学与生态书写”学术研讨会。

【《故事林》杂志社】

提高刊物质量，按时保质完成全年期刊编辑出版发行任务，荣获“2013年度数字阅读影响力期刊TOP100”称号。9月，编辑《隔不断的情缘——海峡两岸故事集2》正式出版，促进两岸深入交流合作。12月，举办第八届“海峡两岸故事”全国新故事大奖赛评奖。

【第三产业服务中心】

全年完成省文联旧办公大院公房土地证、房产证办理，开展旧院整顿改造。投资500万元成立福建省文联书画艺术发展有限公司。推进“书画艺术品交流中心”、“剧本交流中心”、“影视创作制作中心”、“文艺人才培训中心”、“艺术创意产业中心”和“文艺传播中心”六大平台建设。启动海峡艺术网微信平台（暂名）建设。

各文艺家协会

【作家协会】

1月，举办“福建作家迎新春诗歌朗诵会”。2月，举办第26届福建省优秀文学作品奖暨陈明玉文学奖评奖活动。6月，召开两岸作家座谈会，举办首届福建省“启明杯”儿童文学作品奖颁奖。9月，推荐的长篇儿童文学《木棉、流年》获第九届全国优秀儿童文学奖；举办闽港作家座谈会。10月，召开福建小说家群作品研讨会；创办首届林语堂散文奖，海内外近400名华语作家参赛。12月，与北京师大国际写作中心联合主办“著名作家莫言、苏童、格非走进福清”系列活动。此外，与省炎黄文化研究会联合组织“走进”系列采风活动，创作撰写七部散文报告文学集。

【戏剧家协会】

3月，举办“情系妈祖”——省文联送欢乐到基层专场演出暨第11届福建省“水仙花”戏剧表演奖颁奖晚会。5月，组织选送京剧《才女鱼玄机》参评第26届中国戏剧梅花奖，演员孙劲梅“喜摘”梅花，实现我省该奖“六连冠”。省委书记尤权，省委常委、宣传部长袁荣祥对“推梅”工作作重要批示。9月，组织中国戏剧节获奖剧目闽剧《红裙记》晋京展演。11月，组织推荐《保婴记》参加中国戏剧节，荣获“中国戏剧奖•优秀剧目奖”，我省蝉联五届中国戏剧节最高奖；高甲小戏《送水饭》荣获第五届中国戏剧奖•小戏小品奖优秀剧目奖，实现我省该奖“零的突破”，省剧协荣获“优秀组织奖”。此外，实施“庆祝梅花奖创办30周年”福建梅花奖演员系列展演活动，启动“福建历史文化名人戏剧创作工程”和“福建省濒危剧种抢救工程”，举办“经典剧目进校园”专场演出和“首届福建省大学生戏剧节”，协助中国剧协做好梅花奖艺术团赴台演出等活动。

【美术家协会】

2月，举办“福建省美协顾问、知名老画家迎春雅集”画展。5月，组织作品参评“中华文明历史题材美术创作工程”，入围5幅作品，在全国名列前茅；组织“美丽福建 人文晋江”——福建省著名画家走进晋江写生暨写生作品展。6月，主办“美丽福建 生态长汀”——福建省著名画家走进长汀采风创作活动，组织第四届高等艺术院校美术作品展评选活动。10月，主办“福建省第六届漆画展”。此外，精心举办“八闽丹青奖”首届福建省美术双年展和“福建省第十七回东海浪（新人新作）展”。省美协被评为全国文联系统先进集体。

【音乐家协会】

1月，举办2013年新年民族音乐会。4月，参加“祈福雅安”赈灾慈善义演献爱心活动。5月，举办福建省第二届“金钟花奖”声乐比赛。8月，组织参加中国音乐“小金钟”奖第三届全国少儿小提琴比赛，获得金奖1名、铜奖3名、优秀奖1名和入围奖5名佳绩，省音协获“优秀组织奖”。9月，推荐的电影《周恩来的四个昼夜》作曲获得第22届金鸡百花电影节暨第29届中国电影金鸡奖最佳音乐奖，章绍同成为我省首个三度获此殊荣的艺术家。11月，创作歌曲参加“美丽中国”大型征歌活动，3首荣获最佳创作奖，2首入围优秀创作奖；我省选手尹存墨获得第9届中国音乐“金钟奖”钢琴比赛银奖，实现我省该奖“零的突破”；举办青年音乐人才歌曲创作高级研修班。12月，承办中国文联、中国音协“送欢乐、下基层”走进莆田、福清慰问演出活动。年内，全年还组织“送欢乐、到基层”——进军营慰问演出、“送欢乐、到基层”暨“爱我侨乡”赴宁德霞浦音

乐采风创作等活动。

【电影家协会】

1月，配合中国电影家协会到晋江“送欢乐、下基层”慰问演出。11月，成功举办福建省电影、微电影导演培训班，开创福建省电影界办班培训导演先例。12月，举办闽台电影编剧高级研习班。

【摄影家协会】

2月，协办“水暖中国”第三届海峡青年摄影大奖赛。5月，组织参加第24届全国摄影艺术展，获1银、3铜、2评委推荐奖和8幅优秀作品的好成绩，奖牌总数并列全国第七名。6月，联合举办“魅力福建海疆行”大型摄影采风活动。7月，组织参加“雪花杯”全国建筑摄影比赛，夺得一类5枚金牌中的4枚，再创国展佳绩。9月，组织参加第15届国际摄影艺术展，获银牌、铜牌、优秀奖各1枚，入选作品21幅的优异成绩。此外，成功创办海峡摄影艺术培训学校，组织开办北京摄影函授学院福建分院。

【曲艺家协会】

4月，省曲协荣获中国文联“2012年度优秀团体会员”称号。7月,开展“欢笑进军营”专场曲艺晚会演出。9月，主办“福建人•中国梦•曲艺情”创作培训。11月，高标准承办两岸重点交流项目——“2013年海峡两岸（曲艺）欢乐汇”，深化海峡两岸文艺交流。12月，选送作品畲歌说唱《山哈结婚难离离》获第五届全国少数民族曲艺展演二等奖，实现我省该奖“零的突破”。此外，全年举办“闽都书场”曲艺公益演出300余场。

【舞蹈家协会】

2月，承办“喜迎新春”——中国舞蹈家协会第215届少儿舞蹈展演。3月，选荐的原创民族民间舞蹈《嗦啰嗹》入选“国家级非物质文化遗产民族民间舞蹈展演”十佳优秀作品。4月，举办第二届福建舞蹈“百合花奖”专业舞蹈大赛。8月，组织作品参加第九届中国舞蹈“荷花奖”古典舞比赛，群舞《百年情书》荣获铜奖，省舞协获“优秀组织奖”。11月，组织作品参加第九届中国舞蹈“荷花奖”民族民间舞和舞剧•舞蹈诗评奖大赛，群舞《篝火》获民族民间舞十佳作品奖，舞蹈诗《沉沉的厝里情》获舞剧•舞蹈诗评奖金奖，省舞协获两项赛事“优秀组织奖”。12月，举办国台办重点文化交流项目——“第四届海峡两岸青年舞蹈嘉年华”活动。此外，举办“中青年舞蹈编创人才高级研修班”、“福建舞蹈编导创作提高班”，组办全省优秀舞蹈进校园展演。

【民间文艺家协会】

4月，选送优秀作品参加中国（开封）首届民间工艺美术展，荣获4个金奖和9个银奖。6月，参评中国舞龙展演暨第11届中国民间文艺“山花奖”•民间艺术表演奖，选荐的《集美弄龙阵头》获金奖入围“山花奖”。7月，推荐作品参加第4届中国剪纸艺术节，收获金、银、铜奖。8月，推荐民间工艺家参加“中国（长春）民间艺术博览会暨第11届中国民间文艺山花奖”，获金奖7个、银奖1个。10月，选荐工艺家参加第5届中国民间艺人节，6人分获中国“十佳民间艺人”和“最受欢迎民间艺术家”称号。11月，选送的作品《志在书中》荣获第11届中国民间文艺山花奖•民间工艺美术作品奖金奖，《荷塘月色》、《雀之灵》分获全国民间灯彩展暨第11届中国民间文艺山花奖•民间灯彩作品奖金、银奖。12月，参加第11届中国山花奖颁奖会，荣获7个山花奖，成绩位列全国前茅，省民协获“组织工作先进单位”。此外，举办了2013年海峡两岸民俗文化节、“美丽福建 锦绣家园”福建民间剪纸作品邀请展、首期乡土文化能人工艺大师高级人才研修班、“八闽瑰宝 海峡记忆”——福建民间艺术杭州行、中国（福建）古村落文化遗产保护高峰论坛等活动，促成“中国雕刻艺术传承基地”落户惠安。

【书法家协会】

1月，组织“癸巳新春福建书法进万家送春联”活动。5月，参加首届中华“妈祖杯”全国书法篆刻展，取得入展全国第二、获奖全国第一佳绩。6月，组织全省书法家走进美丽长汀采风创作活动。10月，举办第二届“海峡杯”书法篆刻展，促进海峡两岸文化交流。12月，主办“八闽丹青奖”——首届福建书法双年展。此外，配合联办“八闽神韵——福建当代书画名家作品海内外巡回展”（杭州、香港、台湾），成功申报漳浦县“中国书法之乡”称号。

【电视艺术家协会】

9月，完成历时三年摄制的电影艺术片《追你到天边》后期制作。11月，正式开播大型人文艺术类栏目《海峡艺术名家》，重点推介闽籍文艺名家。12月，成功举办第五届海峡两岸电视主持新人赛。此外，完成全省重大文艺创作项目库剧本选题及剧本大纲征集与评选，37部优秀影视剧作品入选；组织摄制以长汀水土治理故事为背景的大型纪录片《走向美丽》，面向海内外推广发行。

【杂技家协会】

1月，组织杂技家赴基层开展“送欢乐、下基层”和杂技专场慰问演出。9月，迎接中国杂志家协会党组书记、秘书长邵学敏一行来闽调研指导。10月，组织参加第九届全国“文华奖”杂技大赛，《绳技》、《抖杆》2个节目分获金奖和铜奖。11月，开办全省高校专业魔术师培训班。此外，举办福建高校大学生优秀魔术节目展演和民间杂技魔术“四到基层”活动，普及杂技技艺和知识。

基层文联

【泉州市文联】

紧紧围绕中心，服务大局，精心组织文艺家创作反映泉州改革开放新成就的精品力作，积极开展丰富多彩的活动，取得显著成绩，被中国文联评为全国文联系统先进集体。

积极开展重大文艺主题活动。围绕市委市政府工作大局，精心组织2013年世界闽南文化节系列活动，举办闽南红砖建筑美术摄影展等 7 项活动。围绕泉州当选首届东亚文化之都，精心组织系列文艺活动。启动泉州市创建“中国书法名城”工作，开展创建的具体工作。

切实加强文艺创作和人才培养。提线木偶戏《赵氏孤儿》获“第十四届文华奖——优秀剧目奖”和3个单项奖。在中国书协主办的赛事上，21人获优秀作品奖（最高奖），另有60人入展。不断培养和壮大文艺骨干队伍，2人被中国书协评为2012年度“中国书法进万家”活动先进个人，永春县书协被评为先进集体。1人被中国美协水彩画艺术委员会聘为委员（全省首位）。

深化对台对外文艺交流活动。承办第五届海峡两岸电视主持新人大赛等展事；承接中国音协、中国作协等赴泉采风及培训活动；组织艺术家赴澳门、金门书画联展暨笔会交流。

深入开展文化惠民活动。成立福建省首支文艺志愿服务队，推动文艺志愿服务活动深入开展。举办在全国有影响的大型活动，与中国国标舞总会联办福建省规格最高、规模最大的2013年国际标准舞（体育舞蹈）全国公开赛暨CBDF“中国杯”国际标准舞巡回赛。组织开展纪念毛泽东同志《在延安文艺座谈会上的讲话》发表71周年系列文艺活动、“欢乐泉州”基层宣传文化活动、“画家走基层，丹青绘泉州”、第三届中国海西书画大展赛、第二届巴金文化节及各种艺术展览和艺术活动，丰富人民群众文化生活。

重视文联组织自身建设。加强特色文艺示范基地建设，4个基地被授予省第三批特色文艺示范基地，入选数量居全省首位。加强基层文联建设，成立泉州市公安文联和罗溪镇文联。办好国内外公开发行的《泉州文学》纯文学月刊，在省期刊协会举办的“2013年期刊优秀封面”评选中获金奖。

【马尾区文联】

马尾区文联抓特色、塑品牌、显成效。全区三镇一街成立了文联组织，建有企业文联，率先在全省实现了基层文联全覆盖。目前共有7个协会，29个文艺协会，100多个文艺团队，会员达5000余名，荣获“福州市文联系统先进集体”称号。

强化组织建设，夯实文联基础。一年来，先后成立了福州市首个镇街文联组织“琅岐镇文联”以及“亭江镇文联”、“罗星街道文联”、“马尾镇文联”。12月23日，成立了“企业文联”组织，文艺队伍不断壮大。

力抓精品创作，促进文化繁荣。在书法、美术、戏曲、音乐等艺术门类方面，取得可喜成绩。陈炜烨的国画作品《琅岐新气象》和书法作品参加由教育部主办的全国第四届中小学生艺术作品评选均荣获一等奖；林传生书法作品入展全国第四届扇面书法展；在福建省首届“八闽丹青奖”美术书法双年展中，林传生作品获金奖提名，陈虎志、林涌两位同志的作品入展；在“一代伟人•世纪之光”纪念毛泽东同志诞辰120周年书画展中，方电华中国画作品《梦中又见桃花源》荣获金奖。舞蹈《藏族欢歌》荣获第四届香港国际文化艺术节金奖。戏曲协会会员周凯参加“第三届海峡两岸欢乐汇优秀曲艺节目展演”获银奖。歌词《鼓岭风韵》在福州市委宣传部举办的“啊！

鼓岭”为主题的全国征集歌曲评选中荣获二等奖。

举办特色活动，彰显马尾品牌。围绕船政文化、侨乡文化、企业文化、海峡文化、传统文化等特色文化资源，举办书画、美术、摄影等艺术作品展20余场次，举办各类文艺演出活动30余场次。其中，以船政文化为主题的系列活动有：6.18海峡两岸船政文化交流活动周系列活动—“船政文化书画摄影作品展”、“中国梦•船政魂”读书日主题活动等。以侨乡文化为主题的系列活动有：联办《翰墨飘香　中国梦》—侨乡书画艺术作品展，联合出刊《亭江艺苑》，“优秀传统文化镇街行”巡回讲座进侨乡，组织企业职工艺术团小分队进侨乡、社区、村慰问演出，组织以“书春送福进万家”为主题义务为侨乡居民、村民写春联等。围绕节庆日举办各类书法、美术、摄影展，开展“文艺下乡”慰问演出活动有：“中国梦快安美”迎新春欢乐会，“迎春文艺汇演”等等。通过特色活动，推动品牌创建再上新台阶。

江西省文联

综　述

2013年，江西省文联及所属各文艺家协会认真贯彻落实党的十八大、十八届三中全会精神和全国全省宣传思想工作会议精神，紧紧围绕党和政府的中心工作，按照“文艺创作抓精品、人才培养出名家、文艺活动创品牌、自身建设强服务”的工作思路，认真履行联络协调服务的基本职能，团结拼搏、开拓创新，圆满完成各项工作任务，有力地开创了文联工作的新局面。

会议与活动

【完成2013中国文联“百花迎春”江西节目演出任务】

1月13日，“百花迎春——中国文学艺术界2013春节大联欢”在人民大会堂成功录制，此次晚会由江西、浙江、宁夏、河南四省区文联联合承办。为把最具江西风格、江西特色、江西气派的优秀节目展示给全国观众，江西省文联调动一切积极因素，精心筹划、认真实施，从节目遴选、舞台样式、嘉宾邀请、演员队伍等方面，与晚会导演组反复沟通，精益求精。经过全体演职人员的共同努力，40多分钟的江西板块节目，地域特色浓郁、明星阵容强大、表现形式独特、演出效果绝佳。节目于春节期间在中央电视台、江西电视台多次播出，广受好评。认为这是江西文艺界新时期以来的一次重大突破，是江西历史上第一次在央视春晚舞台长时间地集中展示江西节目；第一次有70多位国家级老中青艺术家参演江西节目，歌咏江西，宣传江西；第一次使江西多位优秀中青年歌手与全国大腕联袂演出，推出了江西优秀歌手和作品。

【江西省文联七届三次全委会】

3月6日，在南昌召开了江西省文联第七届委员会第三次全体会议，省文联委员120余人参加会议。中共江西省委常委、宣传部部长姚亚平出席并讲话。会议依照省委文件和省文联《章程》规定，通过人事事项，总结和交流了2012年工作，研究部署2013年工作任务。

【承办第三期全国中青年德艺双馨文艺工作者高级研修班】

3月23日至28日，在井冈山承办了中国文联第三期全国中青年德艺双馨文艺工作者高级研修班。中国文联党组副书记、副主席李屹等领导出席开班仪式，刘劲、高希希等21位学员参加了研修班学习，这是江西省文联连续第三次承办全国中青年德艺双馨文艺工作者高级研修班。此次研修班围绕“牢固树立以人民为中心的创作理念”等课题组织研讨。

【2013江西谷雨诗会】

4月20日，由江西省作协、上饶市文联主办，上饶市作协、广丰铜钹山国家森林公园管委会承办的“2013年江西谷雨诗会”在广丰铜钹山举行。中共江西省委宣传部副部长马玉玲，省文联主席刘华等领导，以及来自全省各地的50多位诗人参加活动。诗会以礼赞江西、服务人民为主题，包括“与铜钹山一起呼吸”诗歌朗诵会，“后乡村时代的诗歌写作”高峰论坛，“我们和诗在一起”主题对话会，江西诗歌走基层“诗赠文学上饶”诗歌捐赠活动，诗刊社、《十月》杂志社诗歌编辑名家讲坛，铜钹山诗歌采风等系列活动。

【抗震救灾义卖笔会捐赠活动】

5月4日，组织20余位书画家举办了“江西省著名书画家为雅安地震灾区义卖笔会捐赠”活动，共筹集20万元。5月25日，组织“翰墨飘香•心系雅安”书画义拍，拍得36万元。两次义卖所筹善款56万元，均由江西省民政部门捐赠给雅安灾区。

【第六届中部六省曲艺大赛】

8月14日至16日，由中国曲协、江西省文联主

办，江西省曲协、南昌市文联承办的第六届中部六省曲艺大赛在南昌举行。江西、河南、安徽、湖南、湖北、山西共派出近200人参赛，其中江西有7个节目90人参赛，是参赛节目最多、参赛人员最多的省份。本届大赛参赛节目共计23个，涵盖了中部六省13个不同风格的曲种。江西7个参赛节目分别是南昌清音《傲雪的红梅》、永新小鼓《宝朵“冲浪”》、万年丝弦《物华天宝赞江西》、鄱阳大鼓《江西名山秀奇峰》、余干道情《神秘的第三者》、小品《错客》、相声《富二代》。大赛期间，广大观众还欣赏到了河南的河洛大鼓、河南坠子，湖南的祁东渔鼓、道州说唱，湖北的天门莲花落，安徽的大鼓，山西的群口相声、群口快板等不同地域文化特色的“乡音”、“乡韵”、“乡情”。大赛评出一等奖节目11个，二等奖节目12个。颁奖晚会上，获奖演员代表和姜昆、戴志诚等全国曲艺名家联袂为观众表演了精彩的节目。

【承办中国民间文化之乡研究人才培训班】

9月4日至8日，在进贤县承办了由中国文联、中国民协主办的全国民间文化之乡研究人才培训班。中国民协分党组书记、常务副主席罗杨，中国民协分党组成员、副秘书长张志学，中国社科院民族文学研究所所长朝戈金，中国民协副主席、江西省文联主席刘华，以及全国16个省（市、区）的40余位民间文艺界的专家、学者、民间文艺工作者参加了培训班。培训班采取专家授课、学员经验交流、调研考察与现场解读相结合的方式进行。

【参与主办全国“山花奖”民间灯彩大赛】

11月26日至28日，由中国民协、江西省文联、江西省旅游局、上饶市政府共同主办，江西省民协、婺源县委、县政府承办的2013婺源•中国乡村文化旅游节暨全国“山花奖”民间灯彩大赛在婺源举行，来自山东、河南、陕西等十二个省的代表队在婺源进行了灯彩表演。大赛评选了民间灯彩艺术“山花奖”5项，这也是江西省文联连续10届参与“婺源•中国乡村文化旅游节”，并成功引入中国民间文艺最高奖“山花奖”。中央电视台新闻频道、新华网、人民日报等数十家国内外主流媒体对活动进行了报道。

【承办中国文联理论调研工作研讨会】

11月12日至14日，在南昌承办了中国文联理论调研工作研讨会。中国文联理论研究室副主任杨发航等领导出席研讨会。与会代表听取了江西省文联“八一起艺”文艺创作工程情况汇报，交流了工作经验，并赴景德镇市文联调研。

【首届“汤显祖戏剧奖·小戏小品奖”大赛】

11月26日至30日，由江西省文联、抚州市政府主办，江西省剧协等单位承办的首届“汤显祖戏剧奖•小戏小品奖”大赛决赛在抚州市汤显祖大剧院举行。江西省政协主席黄跃金、省政府副省长朱虹分别出席开幕式和颁奖典礼。大赛历时7个月，分为剧本征集评选、大赛演出评奖两个阶段。剧本征集共收到参赛剧本99件，评选出小品类作品奖二等奖9名，三等奖11名（一等奖空缺）；小戏类作品奖一等奖1名、二等奖14名、三等奖19名。40个剧目参加大赛演出，经过初赛、复赛，22个剧目进入决赛，共评出演出一等奖10名、优秀演员一等奖20名、导演奖6名、音乐奖3名，优秀组织奖6名。大赛颁奖典礼上，中国剧协梅花奖艺术团进行了“送欢乐、下基层”慰问演出。

【全国首届“王安石奖”书法作品展、“陶渊明奖”书法作品展】

12月20日、21日分别在东乡县和南昌市成功举办了全国首届“王安石奖”书法作品展、全国首届“陶渊明奖”书法作品展，填补了江西书法史上无全国书法展的空白。两个全国书法展均自5月份启动，“王安石奖”书法作品展收到参展作品7000余件，评选出入展作品291件，优秀作品29件。“陶渊明奖”书法作品展收到参展作品7500余件，评选出入展作品307件，优秀作品29件。

【组织以中国梦为主题的文艺活动】

与江西省总工会联合举办了“中国梦•劳动美”全省职工诗词创作大赛、全国摄影大赛。诗词创作大赛收到作品800多件，摄影大赛收到来自全国各地的参赛作品5000余幅。与省国资委等单位举办了“快乐职工•唱响中国梦2013年‘江铃杯’全省企业职工歌手大赛”。江西省美协、省书协等协会也举办了多项以“中国梦”为主题的书画展览。

【开展文艺志愿服务】

经常性深入社区、农村、厂矿开展文艺志愿服务活动。1月29日，组织艺术家走进广昌县甘竹镇龙溪村，十余位知名书法家为村民义务书写春联700余幅，省文联领导还走访慰问了困难群众、基层老党员，并赠送慰问金。9月，组织文艺工作者到龙溪村小学进行文艺支教。省书协举办各类公益书法讲座、培训活动30余次。省摄协组织了“江西摄影走基层”，先后赴乐平、鄱阳等地开展摄影培训交流活动。省企业文联组织文艺工作者到万安水力发电厂等企业“送文化、送温暖”。

创作与研究

【“八一起艺”文艺创作工程】

为组织和引导文艺创作，推出精品力作，江西省文联组织实施了“八一起艺”文艺创作工程，包括文学作品、瓷板画长卷、国画长卷、摄影长卷、书法长卷、优秀歌曲、长篇电视连续剧、舞台剧等8个创作项目。创作工程自2012年7月启动后，江西省委省政府领导高度重视，省文联精心组织实施，社会各界倾力相助，文艺工作者积极响应，知名文艺家热情参与，至2013年下半年，56米反映中华名山大川的通景式瓷板画长卷《锦绣中华》、62米反映江西山川胜景的中国画长卷《锦绣赣鄱》、110米反映赣鄱生态文明和建设新貌的摄影长卷《千里赣鄱锦绣图》、100米收录江西历代名家礼赞江西的诗词歌赋的书法长卷《秀美江西》、以及“歌声起艺”江西优秀原创歌曲等五大项目已创作完成。这些已推出的作品，以宏大的规模、鲜明的主题、高超的水准、独特的视角和创新的形式赢得了领导、专家和群众的一致认可。中国文联领导在观看创作成果后大为赞赏，认为：江西文联、江西文艺界做了一件了不起的大事，“八一起艺”文艺创作工程有魄力、有创意、有水平，深感震撼。

【江西省文艺创作与繁荣工程】

突出创作原则，宣传推介江西厚重的人文历史和优越的自然资源，大力实施江西省文艺创作与繁荣工程项目。共23个项目获得批准，覆盖的艺术门类广泛，11个设区市文联均有项目入选。至年底，“走向田野”文化大散文丛书第一辑九本组稿完毕；“江西文学原创精品”丛书第二辑由长江文艺出版社出版；“苏区记忆”丛书五本、“农村改革开放长篇小说丛书”二本组稿完毕；“江右新散文文丛”七本交相关出版社审读；《江西当代作家创作论》已出版。《江西古村落》《江西南丰傩文化》《江西年俗》《江西庙会》《广昌孟戏》《赣南红色歌谣和客家民俗》等“民俗江西”系列丛书也已完成或即将出版。

【滕王阁文学院第四届特聘作家聘任工作】

为繁荣江西文艺创作，培养、扶持、服务重点作家，推出江西创作群体，江西省文联开展了滕王阁文学院第四期特聘作家聘任工作，并于1月28日举行了聘任仪式。本届特聘作家有樊健军、杨帆、欧阳娟等15位，是当前活跃在江西文坛的一批潜力巨大的青年才俊。三年聘任期，省文联将为特聘作家在专题采风、作品研讨、学习培训、创作成果推介等方面提供支持和帮助。

【江西省优秀文学剧本、长篇小说、歌曲征集评选】

活动由江西省委宣传部、省文联联合举办，于5月15日启动至11月15日评选结果公示，经过了征集、初评、复评三个阶段，历时6个月，共收到各类作品678部（首），经过两次专家评审，评出获奖作品19部（首），入选作品65部（首）。征集评选活动受到全省专业作者和文艺爱好者的普遍欢迎，激发了创作热情，推出了一批本土文化特色浓厚、富有生活气息的作品。

【江西省文艺创作人才研修班】

5月至6月，与中共江西省委宣传部在江西交通干部学院共同举办了2013年江西文艺创作人才研修班。小说、戏剧、影视、歌词四个门类的32名学员参加了研修。研修班聘请了省内外著名作家和期刊编辑授课，采取专家与学员结对的导师制形式，通过讲座、研讨、改稿、观摩相结合的方式提高教学效果。

【全省八零后作家改稿会】

12月7日至10日，在瑞金市文学艺术院举办了全省八零后青年作家改稿会，33名1980年后出生的青年作家参加了改稿会。《诗刊》《小说选刊》《青年文学》《散文》等刊主编和编辑到会讲课，《星火》《创作评谭》《江西日报》副刊编辑一对一帮青年作家改稿，有关刊物还开辟了改稿会作品专辑。

机关建设

【深入开展党的群众路线教育实践活动】

作为江西省开展党的群众路线教育实践活动第一批单位，江西省文联党组对教育实践活动高度重视，科学谋划，精心实施。认真做好学习教育、听取意见，查摆问题、开展批评，整改落实、建章立制各环节工作，做到了“规定动作”到位、“自选动作”扎实。省文联先后召开了6次领导小组专题会议，组织6次中心组学习、听取两场报告会、1次辅导授课、1次机关道德讲堂，收集各类意见建议近百条（归纳梳理为43条），领导班子和成员的对照检查材料修改4次以上，提出25项整改意见，制订和完善11项工作制度。通过教育实践活动，领导班子和机关党员干部进一步增强了群众观念和宗旨意识，达到了坚定理想信念、坚持群众路线、坚决转变作风的良好效果。江西省委活动办、省委第六督导组对省文联教育实践活动充分肯定，有两项整改措施在《江西日报》作为典型介绍。

【圆满完成五个协会的换届工作】

7月至9月，江西省作家协会第七次代表大会、江西省剧戏家协会第八次代表大会、江西省电影家电视艺术家协会第五次代表大会、江西省音乐家协会第七次代表大会、江西省舞蹈家协会第六次代表大会分别在南昌召开。会议全面总结了协会上届代表大会以来的主要工作，部署了今后五年的目标任务，修改了章程，选举产生了新一届领导机构。刘华当选为省作协主席，龙红当选为省剧协主席，杨玲玲当选为省影视协主席，邓伟民当选为省音协主席，赵小元当选为省舞协主席。

【开展全省文联系统先进集体和先进个人评选表彰】

首次与江西省人力资源和社会保障厅联合组织开展了全省文联系统先进集体和先进个人评选表彰工作，南昌市文联、赣州市文联、宜春市文联、吉安市文联、新余市文联、贵溪市文联、黎川县文联7个单位和余志华、叶红艳、廖巧云、雷鸿尧、刘新龙5名个人获得表彰。同时，开展了全省文联工作优秀集体和优秀个人评选，53个单位和36名个人获奖。

【加强机关内部建设】

先后制定了《每周工作信息报送制度》《个人申请以省文联、省文艺家协会名义主办艺术展览的若干规定》等制度，强化了按制度办事的意识，推动了工作科学化规范化。深入开展红包专项治理和小金库治理“回头看”工作，机关坚持每月组织一次文体活动，举办了道德讲堂、慈善一日捐和学雷锋志愿服务活动，积极推进精神文明创建和社会治安综合治理工作。

【加强干部队伍建设】

提拔使用了12名干部（5名正处、4名副处、3名正科），调整了6名干部的工作岗位，对一名试用期满的干部进行了考核转正定级。对于干部的选拔任用，江西省文联党组始终坚持德才兼备、以德为先，坚持注重实绩、群众公认。

【做好人才推荐】

积极推荐机关、协会文艺人才申报各类评选表彰和荣誉称号，并做好入选人员项目资助申报。熊纬被中共江西省委组织部确定为第三批“赣鄱英才555工程”人选，赵小元经国务院批准享受国务院特殊津贴，毛国典被中国文联评为全国文联工作优秀个人。

【机关获奖情况】

被评为江西省文明单位、江西省社会治安综合治理先进单位、江西省省直机关文明单位，江西省民协被评为全国文联系统先进集体。

各文艺家协会

【作家协会】

3月1日，江西省作协、省书协、省美协、省评协、省民协共同在江西省文联艺术展览中心举办了“滕阁三主”——江西省作家协会三主席书画展。展览共展出省作协李晓君、褚兢、程维三位副主席的书画作品90余幅，并举办了作品研讨会。

3月31日，为响应中央文明办在全国大力开展“我们的节日”主题活动的号召，江西省作协与省民协、江西诗词学会等单位于清明节期间组织70余位诗人赴修水县拜谒祭扫黄庭坚墓园。

4月19日～20日，江西省谷雨诗会在上饶市铜钹山举行，来自全省各地的50多位诗人参加活动。

4月27日，与江西林恩茶业有限公司联合在南昌市湾里区梅岭镇举办了首届江西谷雨茶诗会暨林恩杯茶言茶语诗歌大赛，50位诗人参加诗会。活动以弘扬茶文化为主题，收到省内外诗人来稿

300多首，评选出一、二、三等奖6名，优秀奖若干名。

6月5日，江西知名作家代表与海南“特区作家看老区”赴赣采风采访团成员交流座谈会在南昌举行。“特区作家看老区”海南作家赴赣采风采访团一行20余人，活动历时半个月，分别走访了瑞金、宁都、兴国、莲花等革命老区。

6月28日，与赣州市委宣传部、市文联联合主办“名家写赣州”采风活动。祝勇、庞培等来自全国八省一市的新锐作家和《中国艺术报》《文艺报》记者、编辑一行20多人参加采风。

6月30日，江西省文联、光明日报社文艺部、赣州市委宣传部联合主办，江西省作协、省评协、赣州市文联承办了知名文艺家走进赣州采风暨作家群现象研讨会。江西省文联主席刘华参加了研讨会并主持会议开幕式。中国作协党组成员、书记处书记、副主席廖奔，江西省委常委、赣州市委书记史文清，光明日报社总编辑何东平分别致辞。白烨、孟繁华、贺绍俊、吴义勤、陈福民、王干、邱华栋、刘川鄂等参会并发言。来自省内外的50多名文艺工作者和专家学者出席了会议。

7月，承担了江西省优秀文学剧本、长篇小说、歌曲征集评选活动之长篇小说征集工作。成立了初评组，召开了初评会，组织力量完成了78部近两千万字长篇小说的阅读任务，经过初评、终评，刘建华的《天宝往事》、樊健军的《桃花痒》、林岚的《爱民太守况青天》、乌安诗云的《西行历险记》四部作品入选。

8月2日，江西省作协第七次会员代表大会在南昌召开，来自全省各地的155名代表参加会议。中国作协党组副书记、副主席钱小芊，中共江西省委常委、宣传部部长姚亚平等出席会议并讲话。江西省文联党组书记汪天行主持开幕式，省文联主席刘华致开幕词。会议深入学习贯彻党的十八大精神和习近平总书记一系列重要讲话精神，审议并通过了第六届理事会工作报告和《章程（修改草案）》，选举产生了江西省作协第七届理事会主席团。刘华当选为江西省作协主席，陈政、袁萍、傅太平、彭学军、曾清生、温燕霞、褚兢、颜敏、程维、熊正良当选为副主席。

9月7日，与萍乡市文联和萍乡市作协联合召开了张学龙安源题材小说研讨会。20多位作家和评论家，对萍乡作家张学龙长篇新作《龙骨》暨其安源题材系列小说进行了研讨。

9月24日，由中国作协和共青团中央举办的全国青年作家创作会议在北京京西宾馆举行。经江西省作协七届二次主席团会议选举，江西作家林莉、杨帆、杜青、倪爱珍成为本次全国青创会代表。另有喻虹、王彦山以鲁迅文学院第十九届、第二十一届高研班学员身份列席了本次会议。省作协驻会副主席曾清生参加会议并担任江西代表团领队。

积极推进江西省文艺创作与繁荣工程，推动了文学出版工作。组织创作了“走向田野”文化大散文丛书，第一辑九本书稿已组稿完毕。第二辑“江西文学原创精品丛书”由长江文艺出版社出版发行，共六本，分别是：杨剑敏的小说集《刀子的声音》、陈蔚文的小说集《雨水正白》、陈然的小说集《捕龙记》、刘伟林的小说集《良宵》、朱传辉的小说集《力顿的晚餐》、石兰芳的散文集《遗失的乐园》。“建国以来长篇小说经典丛书”第一辑四本也已组稿完毕，分别选入高歌的《孤坟鬼影》，吴源植的《金色的群山》，郭国甫的《在昂美纳部落里》，赵洪波的《未结束的战斗》。“苏区记忆”丛书五本组稿完毕，分别是钱其昭长篇小说《烽火赣西南》，罗旋长篇小说《客家风月》，李伯勇长篇小说《父韵空濛》，贺传圣长篇小说《布谷梦》，肖麦青纪实散文《烟雨安源》。“农村改革开放长篇小说”丛书二本也已征集完毕，分别是黎润林的《香樟赋》，汪伟跃的《移民移民》。“江右新散文文丛”七本已交相关出版社审读，分别是李晓君的《方圆数里——1990年代一个南方乡镇的社会生活》，王晓莉的《怀揣植物的人》，范晓波的《带你去故乡》，陈蔚文的《见字如晤》，罗荣的《神像的启示》，丁伯刚的《内心的命令》，江子的《赣江以西》。

江西文学创作成果丰硕。刘华长篇小说《车头爹　车厢娘》获湖北省委宣传部“五个一工程奖”；阿袁长篇小说《打金枝》入选中国作家协会2013年度重点作品扶持项目，《子在川上》获《小说月报》第十五届百花奖；陈世旭散文继续在《文艺报》以专栏形式亮相，他的散文《夜宿真如寺》获首届“观音山杯•美丽中国”全国游记征文大奖赛特等奖；周亚鹰散文《二姐》改编成电

视剧《油菜花香》在深圳都市频道开播；林莉组诗《在垫江谈美》获首届牡丹杯诗歌大赛一等奖，《起伏》荣获第25届中国李白诗歌节全国诗赛大奖；邓诗鸿《再登鹳雀楼》获第二届“鹳雀楼杯”诗歌大赛一等奖；彭学军《冰蜡烛》荣获第二届“周庄杯”全国儿童文学短篇小说大赛特等奖等。

【戏剧家协会】

4月9日，在江西省文联文艺之家召开2013年工作会议，省剧协第七届主席团成员、各设区市剧协、省直团体会员单位负责同志30余人参加会议。会议总结了2012年省剧协的工作情况，审议了2013年工作计划，并介绍了2012年各团体会员工作情况。

4月15日至19日，组织艺术家赴赣州会昌、宁都、安远等地进行了戏剧方面的专题调研。

7月24日，江西省戏剧家协会第八次代表大会在南昌召开，来自全省各地的112名代表参加会议。大会全面总结了省剧协第七次代表大会以来的工作，部署了今后五年的目标任务，修改了协会章程，选举产生了新一届领导机构。龙红当选为江西省剧协第八届理事会主席，万华南、何益萍、张斯栋、肖晓、熊林宝、陈俐当选为副主席。

组织开展了首届“汤显祖戏剧奖•小戏小品奖”大赛。活动历时7个月，分为剧本征集评选、大赛演出评奖两个阶段。11月26日～30日，在抚州市成功举办了大赛决赛。颁奖典礼上，还邀请了中国剧协梅花奖艺术团进行“送欢乐、下基层”慰问演出。

2013年，赣剧《青衣》入选由中国文联、中国剧协主办的第13届中国戏剧节参演剧目，获得剧目奖，主演陈俐获得优秀表演奖。由江西省剧协选送的余欣阅、苏琳钰、徐柳祺小演员参加第17届中国少儿戏曲小梅花荟萃终评决赛，获得“中国少儿戏曲小梅花”金花称号；讽刺小品《错客》获得第五届“中国戏剧奖•小戏小品奖“暨第五届（张家港）全国小戏小品大赛“剧目奖”。

【电影家电视艺术家协会】

4月2日，由北京电影学院青年电影制片厂、江西省文联、北京上元中太国际文化发展有限公司主办的电影《她们》新闻发布会在南昌举行。江西省文联党组书记汪天行出席新闻发布会。该片主创人员，包括导演陈兵，主演徐熙颜、庄庆宁、谢冰等到会畅谈影片创作。

5月16日上午，江西省影视家协会秘书长工作会在江西省文联举行。会议研究、部署了江西省影视家协会2013年重点工作，就协会换届准备工作、全国第八届德艺双馨电视艺术工作者推选、第五届新农村电视艺术节作品征集、江西省优秀文学剧本征集、各设区市影视协采风交流活动方案等进行了讨论。

7月24日，江西省电影家电视艺术家协会第五次代表大会在南昌召开，共有116名代表参加会议。会议审议通过了协会第四届理事会工作报告和《章程（修改草案）》，选举产生了新一届理事会和主席、副主席，杨玲玲当选为江西省影视家协会主席，李建国、张跃明、熊诚、张芸、舒礼荣、陈海萍、余冰冰、辜建刚当选为副主席。

2013年，与江西省纪委、省广播电视台联合组织“反四风”微电影展播活动。并于11月1日在省广播电视台网络会议室联合主办了微电影、纪录片业务讲座，邀请了微电影和电视制作专家时间、郑子、曹剑讲课，160余位纪录片、微电影创作编导聆听讲座。

11月27日至12月1日，中国电影家协会第九次代表大会在北京召开，江西省影视家协会杨玲玲、张跃明、余冰冰、温燕霞四位代表出席了大会。杨玲玲、余冰冰当选中国影协九届理事。

江西省影视协副主席辜建刚荣获第八届全国德艺双馨电视艺术工作者称号；副主席熊诚主创出品的电视连续剧《妈祖》成为中央电视台八套开年大戏，并荣获第29届中国电视剧“飞天奖”。省影视协选送的两位选手获得第九届华东电视主持新人赛银奖；一位选手获得“第五届海峡两岸主持新人大赛”铜奖，省影视协获“优秀组织奖”；两件微电影作品获得首届亚洲微电影节“金海棠”奖。

【音乐家协会】

4月8日至10日，组织16位老中青词曲作家组成“歌声起艺”采风团，赴宜春等地采风创作。采风团先后到袁州区、铜鼓县、高安市观看了宜春评话、三星鼓、袁河锣鼓等民间音乐表演，并举行了数场创作座谈会。

7月24日，江西省音乐家协会第七次代表大会在南昌召开，来自全省各地的108名代表参加会议。大会审议通过了第六届理事会工作报告和协会章程，选举产生了第七届理事会、常务理事会和主席团。邓伟民当选为江西省音乐家协会主席，徐向东、杨丁、熊纬、王亮生、邬成香、徐剑频、葛平波、谢晓滨当选为副主席。

组织实施了“歌声起艺”——江西优秀原创歌曲全国征集活动。通过中国音协《歌曲》《词刊》杂志、中国音协网站等国家级、省级媒介广泛宣传。活动于5月正式启动，9月30日止，历时五个月，受到广大词曲作者的高度关注和积极参与，共收到来自全国各地的应征作品800余件。评审分初评、复评、终评三个阶段进行，特邀了全国著名词曲作家付林、田晓耕、王晓岭、张卓娅、李昕担任终评评委。活动评出《美丽》等10首优秀歌曲，《井冈杜鹃花又开》等20首入围歌曲。

完成了《江西风景独好》歌曲专辑出版。该专辑由江西省副省长朱虹任总监制，省文联党组书记汪天行任总策划，江西省文联出品，江西省音协担任策划、编辑、监制，二十一世纪音像电子出版社出版，面向全国发行。专辑分为：红色经典、绿色家园、时代放歌、风景独好四个篇章，选编了建国以来反映江西人文历史、风景名胜以及新形象、新风貌的优秀歌曲64首，其中包括广泛传唱的经典老歌和群众喜爱的创作新歌，以及获中宣部“五个一工程奖”、中国音乐“金钟奖”等全国大奖的歌曲。

《心声歌刊》稳步发展，全年刊发歌曲歌词新作270余首，论文30余篇，举办了全国歌曲创作大赛。

在第九届中国音乐“金钟奖”评选中，江西原创歌曲《那一片红》（曲：邓伟民、熊纬，词：黄小名）获优秀作品奖，音协会员黄训国获声乐（民族组）比赛金奖；选手肖丽获中国音乐“小金钟”奖全国少儿二胡比赛金奖；在中国音乐“小金钟”奖第三届全国少儿小提琴比赛中，江西省取得三铜一优秀。

【舞蹈家协会】

2月23日至27日，组织部分编导赴宁都、南丰、景德镇采风。省舞协主席团成员，省内各高校艺术院系、艺术院团主要编导共30人参加了采风。

3月15日、4月12日、5月16日，连续召开“全省舞蹈创作专题研讨会”，江西省舞协主席团成员，部分高校艺术院系、有关文艺院团负责人及省内中青年舞蹈编导参加研讨。通过研讨，收集了28个完整的舞蹈作品构思。

4月，江西省舞协新版网站上线。新版网站突出窗口服务、注册管理、学术交流三大功能。

5月15日，与江西科技学院音乐舞蹈学院共同举办了2013“江西文艺•名家讲坛”，邀请北京舞蹈学院中国民族民间舞系主任高度教授来赣讲学。授课的主题是《职业化架构下的中国民族民间舞》，400多位舞蹈工作者和师生聆听了讲座。

5月23日，接待了中国舞协“重走红军路”——深入学习“井冈山精神”活动采风团。

6月6日、11月8日，分别为80岁老艺术家贺光源、刘国志夫妇、刘励勤、欧阳维德夫妇祝寿，在昌的老艺术家李克、盛肖梅、吕敏、艾华等出席。

9月16日，江西省舞蹈家协会第六次代表大会在南昌召开，来自全省各地的110多名代表和嘉宾与会。大会总结了省第五次舞代会以来的工作，部署了今后五年的目标任务，修改了协会章程，选举产生了新一届领导机构，并向从事舞蹈工作40年的舞蹈工作者颁发荣誉证书。赵小元当选为新一届省舞协主席，罗亚群、梁萍茹、孙雪玉、吴翔、刘永红、蓝文、陈丽当选为副主席。

4月至11月，承办了由江西省教育厅、省文联共同主办的江西省第四届大学生舞蹈比赛。大赛以“共圆中国梦”为主题，吸引了40所高校选送的近百个作品和3000余名师生参加。83个作品入围决赛，分别评出本科院校和专科院校的专业组、非专业组一、二、三等奖。10月24日，大赛组委会在江西省文联文艺之家召开“江西省第四届大学生舞蹈比赛专家点评会”，与会专家和各高校指导老师围绕参赛作品及当前高校舞蹈教学创作，进行了探讨交流。

推荐的《“舞”与“轮”比》《妈妈，我来帮帮你》《手指宝贝》3个作品荣获第七届“小荷风采”全国少儿舞蹈展演最高奖——“小荷之星”，作品《妈妈 洗脚》荣获银奖——“小荷新秀”，《妈妈，我来帮帮你》和《手指宝贝》还应邀参加央视三套《舞蹈世界》栏目的录制；《扬帆起航》获得首届“荷花•少年”全国（中学）校园舞蹈汇演最高奖——“荷花•少年奖”。

【美术家协会】

1月1日，在江西省文联艺术展览中心举办了

江西省第十四届版画展。画展收到200余件参展作品，经过评审，遴选出102件优秀作品展出，并邀请全国著名版画家30余幅作品参展。展出的作品涵盖木版、铜版、丝网版、综合版及数码版画等版画种类。

4月14日，在江西省文联文艺之家举办了“名家讲坛•罗一平教授艺术讲座”，蔡超、王林森等全省50余位艺术名家聆听讲座。

4月22日，在江西省美术馆承办了由省文化厅和省文联联合主办的“责任与使命——蔡超、王林森、唐晓、杨金星国画精品展”。江西省政协主席黄跃金，省政府副省长朱虹，中国文联副主席、中国美协主席刘大为，省委宣传部副部长马玉玲，省文化厅厅长郜海镭，省文联党组书记汪天行等领导出席开幕式。画展开幕式之后，省美协组织召开了“责任与使命——江西美术发展方略”研讨会。

5月25日，江西省美协与集雅斋等单位共同组织了“翰墨飘香•心系雅安”——雅安赈灾江西当代书画义拍，共拍得善款36万元捐赠给灾区。

11月25日，第八次全国美代会在北京召开，江西省美协组成了以汪天行为团长，蔡超、杨金星、何炳钦、李晖、万国华、王向阳、游新民7人为成员的代表团参加大会。杨金星、李晖当选中国美协第八届理事会理事。

12月8日，与广东省美协等单位在江西省美术馆承办了由江西省文联、广东省文联联合主办的“岁月如歌——汪晓曙、吴翘璇、唐高潮、杨建林、李抚生五人作品展”，中共江西省委常委、省纪委书记周泽民等领导出席了开幕式。

2013年，开展了江西省文联“八一起艺”文艺创作工程之《锦绣中华》巨幅瓷板画长卷的创作。为推出精品力作，省美协积极组织作者深入生活、搜集素材资料、展开创作研讨，精心构思，历时大半年，在36位艺术家的共同努力下，于10月圆满完成。并于10月18日，亮相“2013年景德镇国际陶瓷博览会”，全国政协副主席何厚铧、中共江西省委书记强卫、省长鹿心社、省政协主席黄跃金等领导观看了长卷。

还举办、联办了一系列学术展、交流展和艺术家个人作品展，主要有：“道法自然——彭友善、彭开天父子水墨画艺术台北联合展”，江西当代优秀美术作品展、“水墨鄱湖、秀美江西——全国当代名家中国画作品展”、全省数字艺术设计双年展、“大器成景、厚德立镇”全国书画陶瓷艺术大赛、“梦圆苏区——纪念毛泽东诞辰120周年红土地书画名家主题创作展评”、第四届全省工业设计作品艺术双年展、第八届江西漆画展、“绘事后素——张会元作品展”、“高蹈留痕——谢天锡作品展”、“翰墨丹青铸虎魂——彭开天国画陶瓷精品展”、“碧海丹心——沈一丹书画展”、“游艺畅神——杨芷、王永昌油画作品展”、“汤教勉山水画展”、江西国画院赴俄罗斯采风写生画展、全省油画肖像画提名展、传承与开拓——江西省当代油画家学术邀请展以及梁邦楚诞辰百年画展，2013年江西省素描作品大赛、全省第六届职业美术教学成果大赛、海峡两岸书画展，和景德镇陶院在中国国家博物馆举办了“意象墨彩•泥火天成——冯林华陶瓷艺术作品展”及研讨会。省美协还组织编写了《江西省少儿美术书法考级教材》。

会员封治国的作品《明代书画》入选“中华文明五千年国家重大历史题材美术创作工程”，三位青年作者获中国当代油画展优秀奖。

【书法家协会】

1月11日至13日，江西省第四届临帖培训班在省文联艺术展览中心举办。江西省书协邀请四川大学书法研究所所长、教授吕金光等六位书法家、大学书法教授来赣讲学。

3月2日，江西省书协在南昌召开了三届三次常务理事会，39位省书协常务理事参加会议。会议通报了省书协2012年的主要工作，研究部署了2013年工作任务，各地市书协负责人交流了工作体会；审议通过了2012年申请入会人员名单，共审批新会员219人；对在2012年中国书法进万家活动中表现优秀的先进集体和先进个人进行了表彰。

3月10日，江西省书法培训中心在南昌成立，举行首期培训班开班仪式，并在江西省文联艺术展览中心举办了教师展。江西省书法培训中心由省书法家协会发起成立，以省文联作为业务主管单位，经省民政厅批准成立，特邀刘恒、李木教、吴行、张继等20余位全国著名书法家担任特聘教师。

8月9日至11日，在星子县举办了2013年书法国展培训班，来自全国20多个省市区200余名书法爱好者参加培训。

10月18日至22日，在江西省文联艺术展览中心举办了江西省首届新人新作书法展。展览共收到书法作品600余幅，经过评选，评出一等奖5名，二等奖9名，三等奖20名，优秀奖26名，入展229名。

11月15日至17日，在省文联艺术展览中心举办了江西省首届大学生书法展。展览共收到来自全省各地高校学生书法作品200余件，经过评选，评出一等奖5名，二等奖10名，三等奖18名，优秀奖36名。

11月24日，在江西省文联艺术展览中心举行了江西省第九届书法篆刻展。展览自9月份开始征稿，至10月20日截止，共收到来自全省各地市作品700余幅。经过评审，评出一等奖4件，二等奖8件，三等奖16件，优秀奖39件，入展200余件。

12月13日，“放飞梦想”江西首个书法月暨全国书法展新闻发布会在江西省文联举行，省文联党组书记汪天行出席新闻发布会并讲话。

12月18日～20日，在江西省文联艺术展览中心举办了江西省第三届老年展。展览共收到作品200余件，其中150件作品入选展出。

12月20日，全国首届“王安石奖”书法作品展开幕式在东乡县体育馆举行。书法展自5月份启动，收到来自全国各地及海外应征作品7000余件，评选出入展作品291件，优秀作品29件。

12月21日，全国首届“陶渊明奖”书法作品展在江西师范大学美术馆展出。展览自5月份启动，海内外书法家和书法爱好者踊跃投稿，共收到参展作品7500余件，评选出入展作品307件，优秀作品29件。

12月25日，在江西省文联艺术展览中心举办了“纪念毛泽东同志诞辰120周年”全国书法名家邀请展，共展出90余位书法家的180余件作品。

12月30日，在江西省文联艺术展览中心举办了江西省第七届书法临帖展。展览共收到作品725件，经过评审，评出一等奖6名，二等奖12名，三等奖30名，优秀奖61名。

组织并完成江西省文联“八一起艺”文艺创作工程项目之《秀美江西》百米书法长卷的创作。《秀美江西》长100米、宽1.1米，书体按照中国文字演变顺序，由甲骨文《滕王阁序》开卷，以汪天行创作的《锦绣赣鄱赋》结尾，书写了历代文化名人描写江西名胜古迹的诗词，通过书法的线条之美诠释了“秀美江西”的真谛。

积极组织会员参加全国书法大展大赛，取得优异成绩。在首届“西狭颂”全国书法大展中江西共有23人入展，其中4人获得优秀奖，获奖人数全国第一，入展人数全国第三；在全国首届楷书展中，江西入展26人，入展率全国第一；在2013年中国书协举办的28场书法大赛中，江西入展获奖人次排名全国第五。2013年江西省还新增中国书协会员70多名。

【摄影家协会】

3月15日，在南昌召开江西省摄协五届二次常务理事会暨全省摄影工作总结表彰会，省摄协五届常务理事，各设区市、县（市、区）摄协主席等100余人出席会议。会议报告了2012年度协会主要工作，为获得2012年度奖项的单位和个人颁发了奖杯和荣誉证书。

举办摄影大赛16项：即与江西省总工会联合主办“中国梦•劳动美”全国摄影大赛，与永新县政府联合主办“美丽乡村”全省摄影大赛，与省农业厅联合主办“煌上煌杯”江西农业摄影大赛，与九江市文联、武宁县委、县政府联合主办“山水武宁”全国摄影大赛，与资溪县政府联合主办“感悟纯净资溪•体验健康之旅”全国摄影大赛，与抚州市纪委联合主办首届“清风苑杯”廉政文化建设全国摄影大赛，与江西省高校摄影协会联合主办省第12届高校摄影艺术作品展，与天强数码公司联合举办天强杯——“江西的表情”全民摄影大赛（月赛），与庐山西海管委会联合主办“中信庐山西海”全国摄影大赛，与新丝路模特公司联合主办2013•江西省新丝路模特摄影大赛，与照相机杂志社等单位共同举办2013卡西欧杯“魅力中国”全国摄影大赛，与中国摄协、上栗县委宣传部联合举办“上栗花炮杯”全国摄影大展，与省文化厅、江西画报社共同举办“美丽江西”全省摄影大赛，与中国摄影报、江西农业摄影协会、凤凰沟风景区联合举办中国南昌•凤凰沟风景区“四季风光”全国摄影大展，与莲花县委、县政府联合主办“秀美莲花”全国摄影大赛，与庐山管理局等联合主办“梦回庐山”全国摄影大赛等。

组织集体采风14批次：即与抚州市纪委共同主办全省廉文化摄影创作采风，与江西新丝路模

特大赛组委会联合主办“2013•江西省新丝路模特摄影大赛”模特拍摄创作活动，与庐山西海管委会联合举行“当庐山遇见西海”摄影大赛启动仪式暨创作采风活动，与中信庐山地产集团先后组织 5 批共100多名摄影家到庐山西海进行创作采风，组织近10人的摄影创作小分队赴石城县莲田和通天寨景区进行创作采风，与武宁县委、县政府共同举办“山水武宁”全国摄影大赛启动仪式暨创作采风活动，组织30余名摄影家赴资溪县参加大觉山创作采风，与上栗县共同举办“上栗花炮杯”全国摄影大展启动仪式暨大型采风创作，结合《江西摄影》“走进乐中”影友联谊会活动赴乐平市怪石林景区进行创作采风，结合《江西摄影》走进鄱阳联谊会活动组织赴鄱阳湖长兴岛开展创作采风。

举办联谊会、讲座等活动15次：即举行《江西摄影》杂志“走进乐中”影友联谊会、“走进鄱阳”影友联谊会、“走进安福”影友联谊会，与省信息摄影分会共同主办“江西摄影•名师讲坛”活动，组织摄影家参加江西财大摄影培训班开班仪式，赴北京为第二期全国省级文艺家协会秘书长（驻会负责人）研修班学员授课等。

举办摄影展览5次：即第七届江西省青年摄影艺术展、《风从赣鄱来》摄影联展、《走进希望的田野》——“煌上煌杯”江西农业摄影大赛获奖作品展、江西省第十二届高校摄影艺术作品展、“美丽江西”全省摄影大赛获奖作品展。

组织实施了两项重大创作工程。一是组织创作完成江西省文联“八一起艺”文艺创作项目之摄影长卷《千里赣鄱锦绣图》。作品长110米，高620毫米，是世界上最大的单幅摄影作品，也是全球第一个采用宣纸打印、国画装裱形式来制作的巨幅摄影作品。10月28日、11月19日，江西省政府党组成员、顾问孙刚和熊盛文分别到省摄影家协会观看摄影长卷。11月12日，中国文联理论调研研讨会的与会人员观看了摄影长卷。二是组织实施《江西的表情》大型画册。

江西摄影获得国内金奖5个，国际金奖40多个，其中彭学平获中国摄协“和美瓮安”全国摄影大赛金奖，段友情获中国摄协“客家摇篮”国际摄影大赛金奖，肖戈、汪云红分别获得奥地利超级巡回赛专题组和黑白组金奖，樊建功获第四届美国TSA国际摄影大赛金奖。

【民间文艺家协会】

2月23日至26日，与中国民协、江西省文联共同主办了“江西年俗文化考察活动”。中国民协分党组书记、驻会副主席罗杨，中国民协副主席、江西省文联主席刘华等领导，及全国高校科研单位学者、《中国艺术报》《缤纷》杂志记者等20余人参加活动。

5月16日至18日，中国民协副主席、江西省文联主席刘华，中国民协分党组成员、副秘书长张志学率专家组一行九人赴广昌考察“中国莲文化之乡”申报工作。专家组高度评价了广昌长期以来积累的底蕴深厚的莲文化，一致通过评审。

9月4日至8日，在进贤县承办了由中国文联、中国民协主办的全国民间文化之乡研究人才培训班。

11月26日至28日，与婺源县委、县政府共同承办了2013婺源•中国乡村文化旅游节暨全国“山花奖”民间灯彩大赛。中国民协分党组书记、驻会副主席罗杨，中国民协副主席、江西省文联主席刘华，上饶市有关领导等参加了开幕式。本次活动包括中华灯彩游园活动、中华灯彩摄影大赛、全国知名媒体“中国最美乡村——婺源行”采风采访活动、全国民俗类“非遗”保护研讨会、中华五显文化论坛、山地自行车邀请赛等。

积极申报中国文联和中国民协命名的“中国民间文化之乡”，广昌县和龙南县分别获批“中国莲文化之乡”、“中国围屋之乡”，已完成进贤县“中国笔文化之乡”、万安县“中国农民画之乡”、铅山县“中国连史纸之乡”申报的前期准备工作。

积极抓好《民俗江西》系列丛书的创作，《江西南丰傩文化》已由江西人民出版社出版，《江西年俗》《江西庙会》《广昌孟戏》《赣南红色歌谣和客家民俗》等项目进展顺利。《江西古村落》大型画册由江西美术出版社出版，《中国名村•江西省•吉安市渼陂村》由中国文史出版社出版，《中国民间故事全书•抚州卷》（11本）由知识产权出版社出版，《中国民间故事全书•南昌卷》《中国民间故事全书•九江卷》正在积极编撰中。同时，抓好《魅力古村落》丛书创作。

江西民间文艺成绩斐然。在吉林长春举行的第十一届中国民间文艺山花奖颁奖巡礼上，江西共获得5项山花奖，分别是：青云谱区城南民间灯彩舞蹈《龙腾鱼跃》获民间艺术表演奖，于清华的著作《香炉造物艺术研究•战国至宋代的香炉》获民间文艺学术著作奖，屠丽青的瓷瓶《花语芬芳》、岑艳的瓷瓶《飞舞的思绪》分别获得工艺美术奖，婺源香灯人物造型获民间艺术灯彩奖。

【曲艺家协会】

承办了第六届中部六省曲艺大赛。8月14日至16日，大赛在南昌进行了决赛，共有13个曲种、23个节目参加比赛，评出一等奖节目11个，二等奖节目12个。8月16日晚，在江西艺术中心大剧院举行了颁奖晚会。中国文联党组成员、书记处书记李前光，中共江西省委常委、宣传部部长姚亚平，江西省政协副主席汤建人，中国曲协分党组书记、驻会副主席董耀鹏，江西省文联党组书记汪天行等领导出席了颁奖晚会。颁奖晚会上，部分获奖演员与全国曲艺名家同台为现场观众表演了一场精彩的曲艺节目。

选送的春锣剧《法中有情》参加了由中国曲协、河南省文联等单位主办的第八届河南宝丰马街书会邀请赛，并荣获节目一等奖。推荐的王付平论文《江西萍乡渔鼓说唱艺术特征初探》参加了第三届中国曲艺高峰（柯桥）论坛。

【文艺评论家协会】

4月，《江西当代作家创作论》一书出版。该书近40万字，对遴选出的1949年后江西各个不同时期的优秀代表作家30余人，逐一进行评论。

12月7日至10日，与江西滕王阁文学院在瑞金市文学艺术院举办了全省80后作家改稿会。

开展《江西省文艺评论家丛书》选编，丛书一套7本，遴选已取得较好成绩的江西文艺评论家评论作品结集出版。

组织评论家对不同门类、不同风格的文艺作品进行认真评介及大力宣传。开展了“滕阁三主”江西省作家协会三主席书画作品研讨会。对上饶三清女子文学社的女子作家群体现象，对邓涛、郑渭波、张学龙等新老作家作品等进行评论推介。

选送的《大众文化语境中的革命历史题材创作研究》课题获批“中国文联部级研究课题项目”，成为27个国家资助课题中的一个。

【企业文联】

2月1日，与江西省书协等单位组织文艺工作者到万安县高陂镇、国电万安水力发电厂走访慰问困难职工，为当地老百姓、企业职工现场书写春联。

3月20日，在江铃汽车集团公司召开了江西省企业文联三届五次理事会，46个会员单位的副主席、常务理事、理事150余人参加会议。会议通报了2012年主要工作，研究部署了2013工作计划。

5月，组织部分理事赴延安采风，重温《毛泽东在延安文艺座谈会上讲话》，20多人参加采风活动。

6月11日，组织会员单位16名企业文艺骨干赴酒泉基地现场感受了“神十”发射升空的场面，并参观酒泉卫星发射中心的历史展览馆。

7月，组织主席团成员到广丰卷烟厂调研座谈，20多人参加活动。

8月，组织主席团成员到江西省投资集团开展党的群众路线教育实践活动，听取会员单位对省企业文联工作的意见建议，15位企业负责人参加活动。

11月8日，与江铃汽车集团公司在南昌承办了由江西省文联、省国资委联合主办的“快乐职工唱响中国梦”2013“江铃杯”全省企业职工歌手大赛决赛，省文联党组书记汪天行与省内核工、电信、印钞、稀有、钨矿、建工等15家企业的领导为获奖选手颁奖。大赛自9月启动，吸引了省内76家企业的200余位选手参赛。经过2个月的紧张角逐，60名选手进入决赛，评出18个奖项。

开展系列走访活动，分别赴省煤田地质局、桑海集团有限责任公司和江西大方向文化发展有限公司进行走访，并召开座谈会，就企业文化发展进行研讨。

山东省文联

综　述

2013年，在山东省委、省政府和中国文联的坚强领导下，在省委宣传部的具体领导和支持下，山东省文联及所属省戏剧、音乐、曲艺、舞蹈、杂技、电影、电视、美术、书法、摄影、民间文艺家协会等单位，坚持深入贯彻落实科学发展观，深入贯彻党的十八大、十八届三中全会精神和省十次党代会精神，团结拼搏，开拓创新，圆满完成各项工作任务。

重要会议与活动

【参与“和平之旅·国际美术作品展”】

9月12日，作为上海合作组织比什凯克峰会系列活动之一，“和平之旅·国际美术作品展”在吉尔吉斯斯坦首都比什凯克国家历史博物馆隆重举行。国务委员杨洁篪和吉尔吉斯斯坦副总理塔利耶娃出席开幕式并致辞。这是习近平主席访问中亚四国并出席上合组织峰会框架内唯一一场大型文化交流活动，此次展览为团结和凝聚上合组织成员国艺术家开展合作交流发挥了积极作用，展览的圆满成功得到各国领导人的高度赞赏，影响十分深远。其中我省多名艺术家参加。山东省美术家协会主席张志民、常务副主席朱全增等山东省美术家代表不仅提供了优秀的美术作品，还全程参与该项国际画展的筹办、组织和协调工作。山东省画家以其高超的美术技艺、深厚的艺术修养，获得出席画展的中外方领导人的好评。我国外交部于10月14日专门致函山东省人民政府，对山东省美术家协会提出表扬，对山东省给予上合组织峰会活动的大力支持和帮助表示感谢。

【承办中国书协六届七次主席团会】

5月27日，中国书法家协会六届七次主席团会在济南召开。中国书协主席张海主持会议。中国书协分党组书记、驻会副主席赵长青，中国书协副主席王家新、申万胜、吴东民、吴善璋、何应辉、何奇耶徒、言恭达、张业法、张改琴（女）、陈振濂、胡抗美、聂成文出席会议。中国书协分党组副书记、秘书长陈洪武，中国书协分党组成员、副秘书长潘文海、张陆一，中国文联书法艺术中心主任刘恒，中国书协办公室副主任王彦，中国书协外联部主任张艺群，《中国书法》杂志社常务副社长郭志鸿列席会议。会议期间，中共山东省委常委、宣传部部长孙守刚看望了中国书协主席团成员和与会领导。为援助四川雅安震后重建，会议决定委托山东省书法家协会将中国书协理事书法作品义卖捐献。最后由淄博扳倒井集团出资200万元将作品义买，该款项全部捐给四川雅安地震灾区。

【山东文艺界支援雅安抗震救灾活动】

第三届中国画节为雅安灾区举行赈灾公益笔会：4月21日，由中国画学会、中国艺术研究院、中国美协、中国画艺委会、中国工艺美术学会、省委宣传部、大众报业集团、省文化厅、省文联、中国宜兴紫砂收藏鉴赏专业委员会、潍坊市人民政府主办的第三届中国画节•第六届中国(潍坊)文展会在潍坊举行。来自两岸三地的20余位参会艺术家在中国文联副主席、中国美术家协会主席刘大为倡议下，举行了赈灾公益笔会，艺术家们将百余幅书画作品赠与潍坊市慈善总会和潍坊市红十字会，支援灾区人民战胜灾害，重建家园。

山东百名书画家抗震救灾公益笔会暨捐赠活动：4月27日下午，省文联与山东画院等单位在山东大厦联合举办了“情系雅安——山东百名书画家抗震救灾公益笔会暨捐赠活动”。山东省委常委、宣传部部长孙守刚，副省长、省红十字会会长王随莲，省政协副主席、民革山东省委主委孙继业出席笔会活动。省政协原副主席、山东省文史书画研究会会长王宗廉，王本诚、张登堂、于阳春、郭志光、吴泽浩、曾昭明、丁宁原、孙敬会、谭英林、尹延新、康庄、李承志、张宝珠、曲学霭等省内老一辈画家，张志民、孔维克、刘书军、梁文博、岳海波、于新生、沈光伟、李学明等中青年画家，及顾亚龙、刘锡山、于茂阳、李向东、范正红、郑训佐、张仲亭、黄斌、赖非等书法家百余人参加了本次笔会。美术家、书法家们挥毫泼墨，在现场精心创作了百余幅书画作品。此次捐赠活动募集资金600余万元，全部支援抗震救灾工作。

山东省文联、省书协向雅安人民捐作品献爱心：在省文联党组的倡导下，省书法家协会积极组织省书协主席团成员为灾区群众精心创作了28件书法作品。4月25日下午，省文联党组成员、副主席、省书协主席顾亚龙带领省书协艺术家来到山东省红十字会，将代表全省书法家爱心的书法精品进行了捐赠，支援灾区重建。

【第六届山东国际大众艺术节】

4月30日至8月31日，本届艺术节遵循“艺术走近大众、大众共享艺术”的宗旨，以“相约十艺节、文艺走基层”为主题，组织广大文艺工作者深入基层为广大人民群众奉献了50项、100余场各具特色的艺术展演活动，包括艺术展览、舞台演出、文化产品博览交易、艺术高端论坛、群众文化活动等五大版块，涵盖戏剧、音乐、曲艺、舞蹈、杂技、电影、电视、美术、书法、摄影、民间文艺、雕塑等12个艺术门类。艺术节期间，万余名艺术家、文艺爱好者、国外艺术家及其作品参加演出和展览，10余万人次的观众参与到艺术节中，成为一次以齐鲁艺术为主、东西方艺术荟萃、传统艺术与当代流行艺术相结合的艺术盛会，逐步形成一个文化艺术交流的平台、艺术产品交易的载体、人民大众共享欢乐的盛大节日。本届艺术节被省委宣传部、省发改委等十部门评选为“山东最具影响力十大文化节会品牌”之一。

【首届“云峰奖”全国书法作品展】

9月8日上午，首届“云峰奖”全国书法作品展开幕式在莱州宾馆举行。中国书协分党组书记、驻会副主席赵长青，中国书协副主席张业法，山东省文联党组书记、副主席于钦彦等领导和嘉宾以及莱州市有关领导出席仪式。开幕式上宣读了首届“云峰奖”优秀作品作者名单并为获奖作者颁发了证书。此次展览共收到国内外书法篆刻作品7291件，最终评出入展作品291件，其中优秀作品21件。展览期间还举办了历代碑帖拓片收藏展、云峰刻石书法史料和风光摄影展等主题活动。

创作、研究与获奖情况

【文艺精品创作生产】

2013年，美术、书法、摄影、音乐、舞蹈及微电影等艺术门类共创作生产了10万余件（项）艺术作品。同时，各协会积极组织向全国推荐艺术精品和优秀人才，角逐全国的各项大奖。其中，省戏剧家协会组织推荐的青年戏剧演员刘建杰、吕淑娥获第26届戏剧梅花奖，吕剧《闹猪场》、鱼鼓戏《墙角》获第五届中国戏剧奖•小戏小品奖最佳剧目奖，吕剧《百姓书记》参加第十三届中国戏剧节获优秀剧目奖；省音协组织推荐的吴可畏作曲的女生表演唱《心绣荷包》获得第十届中国艺术节音乐类群星奖，山东大学艺术学院合唱团参加（台湾）“海峡两岸合唱比赛”获金奖，组织推荐的滨州群星合唱团参加“第十届中国艺术节合唱比赛”（广州）获金奖；省舞蹈家协会组织推荐的舞蹈作品在全国少儿舞蹈比赛中有4件作品获金奖、3件作品获银奖，其中艺术学院舞蹈作品《沂蒙那座——桥》获CCTV电视舞蹈大赛优秀作品奖；省曲协组织推荐的曲艺作品山东快书《送西瓜》、相声《让喜帖飞》获中国曲艺家协会第二届曲艺新人新作展演一等奖、山东快书《深夜奇案》获最佳作品奖，《油海长虹》、《顶牛》获得全国快板书大赛职业组和非职业组一等奖，省曲协主席孙立生创作的山东快书《肉夹馍》、数来宝《登陆“上海滩”》在十艺节曲艺小品比赛中获群星奖；省美协组织推荐的100余件美术作品入选全国“十艺节”美术展览；省书协组织推荐的80余件书法作品在全国首届“云峰奖”书法大展、第七届中国中小学生书法节评选中获奖；省摄影家协会推荐的12名摄影家在第24届全国摄影艺术展览中获得2金2银1铜的好成绩；省电影家协会组织推荐的电影《山子的一家》、微电影《银杏的奥秘》等12部作品在国际、全国获奖；省电视艺术家协会组

织推荐的90余部作品在第六届中国旅游电视周、第五届新农村电视艺术节等活动中获奖；省民间文艺家协会组织推荐的3件农民画和农民画绣在全国农民画大展中获1金1银1铜的好成绩。2013年，省文联11个艺术门类共荣获200余（件）项全国各类艺术大奖。

【第六届山东省泰山文艺奖】

7月至8月，组织承办了全省文艺界综合性的政府奖第六届“山东省泰山文艺奖”评选。经过认真严肃、公开公正、科学规范的评选，授予吕剧《断桥惊梦》等14件作品为一等奖，歌曲《江南雨》等44件作品为二等奖，国画《重置的风景二》等79件作品为三等奖，单项奖共14项。共计151件作品获奖。8月31日，在山东艺术学院艺术剧场简约而隆重地举行了第六届山东省“泰山文艺奖”颁奖典礼暨山东国际大众艺术节闭幕式。

文化艺术惠民活动

【赴齐河县潘赵、郭窑村慰问演出】

1月18日上午，山东省文联组织了20位省内知名艺术家到齐河县焦庙镇潘赵村和郭窑村举办了“送文艺走基层”慰问演出活动，为当地群众送去温暖的新春祝福。还分别走访看望了潘赵、郭窑两村的7户困难家庭，并给他们送去年货和慰问金。省文联还印制了书法家书写的2000余幅春联，现场赠送给当地群众。

【书法下乡活动】

元旦春节期间，省书协继续组织全省书法家文艺志愿者走基层、接地气、送温暖，赴济南火车站慰问广大干部职工、到新泰市良庄矿业集团进行了送书法进基层活动、赴山东省监狱管理局郓城监狱进行“翰墨寄情、艺促新生”帮教活动、到省委宣传部干部培训中心举办书画联谊、培训活动，为基层广大职工群众奉献了精美的文化食粮。

【迎新春·送戏到基层】

1月15日、17日、22日，由省委宣传部主办，省戏剧家协会、省戏曲艺术发展促进会承办的“迎新春•送戏到基层”活动，分别在山东垦利、菏泽、泰安隆重拉开帷幕，济南市京剧院受邀参与演出活动，约90位演职人员以饱满的热情，精湛的表演为基层劳动者献上了3场传统名剧京剧《铡美案》的专场演出。

【“我们的中国梦”摄影志愿服务活动】

山东省摄影家协会组织开展“我们的中国梦”文艺志愿服务系列活动。12月27日至29日，省摄协组织30余名会员深入威海荣成农村，为渔家百姓拍摄照片，记录他们的生活变迁，宣传生态环境保护。12月29日，省摄协组织摄影家走进青州大明衡王城采风创作，为当地居民和民间艺术家创作了大量体现古城文化特色的影像作品。活动邀请《中国摄影报》总编助理、视觉总编车万坤先生向基层摄影爱好者传授他多年在摄影创作中积累的经验和拍摄技巧。12月30日，由中国摄影家协会、青州市人民政府共同主办“东方花都 文化青州”全国旅游摄影大赛在青州落下帷幕。中国摄影家协会副主席邓维，青州市委书记、市人大常委会主任孙忠礼，中国摄影报总编辑曾星明等出席了颁奖仪式，并参观了展览。12月31日，《我的父老乡亲》大型摄影展暨《我的父老乡亲》画册出版发行仪式在潍坊年货市场举办。展览作品由唐国志、李树平、陈建伟、王爱英、张国强五位摄影家历时多年深入农村基层共同创作，用镜头记录了人民群众的日常生活，描述了田园风景、村庄格局和民生现实。中国摄影家协会副主席邓维，中国摄影函授学院常务副院长张希红，山东省摄影家协会常务副主席田凤仙，市人大、政协、市委宣传部、市文联等有关领导和来自全省各地的摄影爱好者200多人参加了开幕式。

【省、市、区文联文艺志愿服务环卫行动】

10月25日上午，山东省、济南市、历下区文联文艺志愿服务环卫行动暨“历下区文艺家之家”揭牌仪式在甸柳社区文化广场举行。省文联党组成员、副主席、山东省书协主席顾亚龙，济南市文联党组书记、副主席刘溪，历下区有关领导、社区环卫工人代表、居民代表约100余人参加。在活动现场，顾亚龙、刘溪同志为“历下区文艺家之家”揭牌。省、市及历下区书协、美协的书画家为一线环卫工人现场赠送了书画作品50余件。其中，省书协主席顾亚龙，省书协驻会副主席孟鸿声，省书协主席团委员、秘书长靳永，泰安市书协主席仇东，莱钢美协秘书长王沂春等书画艺术家还为环卫工人赠送了精美的书画作品。

【赴昌邑市教育系统文艺支教】

11月22日，由山东省文联文艺志愿服务团主办，昌邑市教育局承办的山东省文艺志愿服务团赴昌邑市教育系统支教活动在潍坊市昌邑一中成功举办。省文联党组成员、副主席、省书法家协会主席、山东省文艺志愿服务团团长顾亚龙同志代表服务团授予昌邑市“山东省文艺志愿服务基地”牌匾。活动邀请了山东师范大学音乐学院副教授、硕士生导师冯巍巍，山东艺术学院美术学院副教授刘光文，山东师范大学美术学院副教授、硕士研究生导师、山东省书法家协会主席团委员、秘书长靳永3位专家，针对中小学艺术教育、文艺人才培养等内容为600余位昌邑市教育系统的艺术教师进行了专业讲座，解答和解决了基层教学工作中的诸多问题和困难。

【“我们的中国梦·文化进万家”活动启动】

12月30日，由省委宣传部、省文化厅、省广播电影电视局、省新闻出版局、省文联主办的2014年“我们的中国梦——文化进万家”暨全省元旦春节“送欢乐下基层”活动启动仪式在沾化县古城镇举行。启动仪式上，省、市、县专业文艺院团为群众奉献了一场精彩的文艺演出，省直宣传文化部门向沾化县基层单位赠送了灯光、音响器材，省文联文艺志愿服务团为当地群众送去了印刷精美的春联，为基层群众送上美好的新春祝福。

【第三届“百县千村”书法下乡活动启动】

12月28日，由省文联、省书法家协会主办的“我们的中国梦”文化进万家山东文艺志愿者服务暨第三届山东省书法家协会“百县千村”书法下乡活动主会场启动仪式在济南市历城区郭店街道相公村举行。与此同时，全省130多个县市区、近千名书法家，也在当地设分会场同步举行书法下乡文化惠民活动。中共山东省委宣传部副部长王红勇，“一得阁”集团董事长孟繁韶，山东省文联党组成员、副主席、省书协主席顾亚龙，山东省文联党组成员、纪检组长矫红等出席启动仪式。活动现场，“一得阁”集团、鲁商集团、山东省书法家协会以及相公村委共同签署了“一得阁”生产线落户山东的合作协议。省书协副主席郑训佐、范正红、孟鸿声、黄斌、吴苳，主席团委员、秘书长靳永，省书协副秘书长、济南市书协副主席兼秘书长王升峰，济南市书协副主席王瑞等省内知名书法家为相公村村民创作了书法作品。

机关建设

【党的群众路线教育实践活动】

按照中央和省委的部署要求，党组认真开展了以“为民务实清廉”为主题的群众路线教育实践活动，按照“照镜子、正衣冠、洗洗澡、治治病”的要求，深入查摆和整改领导干部在“四风”方面存在的问题，明确了转变作风、勤政为民、创新发展的工作思路，制定和完善了17个规章制度。通过这次教育实践活动，进一步提高了领导干部的思想政治素质，树立了廉洁勤政的良好作风，为文联工作和文艺工作的发展提供了思想保障。

【精神文明建设】

省摄影家协会常务副主席田凤仙同志荣获中国文联、人社部共同评选的全国文联系统先进工作者（省部级劳模）荣誉称号。在机关及协会所有干部职工的共同努力下，省文联荣获“山东省精神文明先进单位”称号。

【基础设施建设】

在山东省委、省政府的亲切关怀和领导下，在省发改委、省财政厅的大力支持下，“山东省文化艺术之家”建设取得重大进展，大楼已于2013年9月封顶，并通过了中办、国办检查组的验收。

各文艺家协会

【戏剧家协会】

1月15日、17日、23日，省剧协组织济南市京剧院先后赴垦利、菏泽、泰安举办“迎新春•送戏到基层”活动，为基层群众演出了京剧《铡美案》，送去新春的慰问和祝福。

2月1日、2日，省剧协、山东省戏曲艺术发展促进会、中国第十届艺术节济南市筹委会办公室、济南市文化广电新闻出版局共同主办了“2013年迎新春京剧演唱会”，让泉城观众享受到京剧艺术的独特魅力。

4月14日，在潍坊市民文化艺术中心工人文化

宫举行“山东大舞台月月赏名剧”展演首场演出。

4月16日、5月6日，第26届中国戏剧梅花奖大赛分别在浙江杭州和四川成都举行。由省剧协选送的新版吕剧《李二嫂改嫁》主演吕淑娥和新编京剧《瑞蚨祥》主演刘建杰荣获“第二十六届中国戏剧梅花奖”，省剧协荣获组织奖。

5月，由山东省文联、中共青岛市委宣传部主办，青岛市文明办、青岛市文联、山东省戏曲艺术发展促进会、青岛市广播电视台、省剧协承办的“中国梦、琴岛梦—美德山东、美丽青岛•山东省第三届朗诵大赛”在青岛举行，本次大赛作为第六届山东国际大众艺术节重要活动之一，吸引了全省200多名选手参加了激烈角逐，共评出一等奖三名、二等奖六名、三等奖九名和优秀奖十二名。

7月1日至3日，省剧协承办了中国剧协召开的“庆祝中国戏剧梅花奖创办30周年工作会”。来自全国31个省市自治区及中直院团的50多名剧协负责人参加了会议。中国剧协党组书记季国平出席会议并讲话。中共山东省委宣传部副部长王红勇到会祝贺，省文联党组书记、副主席于钦彦向会议致贺词。此次会议是我省剧协第一次承办全国性工作会议。

7月1日、2日，由省戏协、山东省戏曲艺术发展促进会、齐鲁晚报、山东演艺集团主办的《弘扬经典——李军京剧交响演唱会》和传统京剧《红鬃烈马》演出在山东剧院举行。

8月初，由省剧协推荐的8位小选手在“第十七届中国少儿戏曲小梅花荟萃”比赛中分别获得3金6银的好成绩，宋一芯、张铭泽、寇佳琦、张郁晨获得金奖。

8月14日，由山东国际大众艺术节筹委会、省文联主办，山东省戏曲艺术发展促进会、省剧协、省文联文艺部承办的“鲁韵金声•山东梆子名家交响演唱会”在山东剧院举行。演出气势磅礴，精彩不断，受到观众、戏迷和专家的高度赞扬。

8月16日至18日，由省剧协、山东省戏曲艺术发展促进会、青岛市文广新局、莱西市人民政府联合主办的“首届华东六省一市京剧票友大赛”在莱西市举办。

8月31日，省剧协带领我省17位梅花奖演员赴北京参加了“庆祝中国戏剧梅花奖创办30周年”纪念活动。我省二度梅获得者章兰带领聊城市山东梆子剧院在梅兰芳大剧院演出了山东梆子新编历史剧《萧成太后》。

9月，由省剧协、山东省戏曲艺术发展促进会主办，广饶县委县政府承办的省首届吕剧票友大赛在广饶县举办。共评出了“十大名票”14名、金星奖1名、一等奖20名、二等奖15名。

10月9日，由山东省戏曲艺术发展促进会、省剧协、山东省老新闻工作者协会主办，菏泽市枫叶正红老龄文化研究中心承办的“重阳枫叶红 十艺国粹风•山东省京剧票友演唱会”在菏泽举行。参加演出的有戏迷票友、有专业演员和京剧名家。活动受到了当地观众和老同志们的热烈欢迎。

10月30日至11月6日，由中国剧协主办的“第五届中国戏剧奖•小戏小品奖暨第五届（张家港）全国小戏小品大赛”在张家港市大新镇文化中心剧场举行。山东剧协推荐报送的作品获得4个优秀、2个十佳的成绩。

由中国文联、中国剧协、苏州市人民政府共同主办的第十三届中国戏剧节于11月9日—25日在苏州市隆重举行。省剧协推荐的吕剧《百姓书记》获得中国戏剧奖优秀剧目奖、优秀表演奖。

【音乐家协会】

1月6日至13日，在济南隆重举行了由省音协秘书长吴可畏作曲（李殿奎作词）并组织排练、指挥的大型原创交响音画史诗《黄河入海流》演出活动，近2万名观众观看了6场演出，受到音乐界和观众的广泛好评，引起较大反响。

1月16日，省文联、省音协在广电音乐厅举办了“2013新年音乐会”，省音协副主席常思思、皓天等参加了演出。演出前为山东省人民政府夏耕副省长颁发了省音协名誉主席证书。

5月11日，在青岛举行了歌颂祖国、赞美家乡为主题的“齐鲁风情、美丽青岛•山东省合唱比赛”。

6月8日，在济南推出了富有青春激情的“喜迎十艺节•2013山东省《郦部杯》原创音乐大赛”。

6月21日，山东大学艺术学院合唱团，由省音协秘书长吴可畏组织排练、指挥的在台湾举办的“海峡两岸合唱比赛”中荣获金奖。

8月24日，组织了别具风情的“第三届山东省打击乐大赛”。

8月26日，由吴可畏组织排练、指挥的滨州群星合唱团在广东举办的“第十届中国艺术节合唱比赛”中荣获金奖。

8月31日和9月28日，在济南分别举办了“2013•山东省民族器乐业余组和专业组演奏大赛”。

9月10日，在淄博隆重举办了“畅想齐鲁、美丽山东•第九届《齐鲁风情》青年歌手暨新作品演唱大赛”。

10月26日，由山东省音乐家协会、山东艺术学院主办，山东艺术学院音乐学院承办的萨克斯乐团建团专场音乐会在山东艺术学院文东校区艺术剧场音乐厅上演。

11月3日，由山东省音乐家协会、山东艺术学院主办，音乐学院、艺术实践与创作处承办的“春之舞”——泉韵女子弹拨乐团建团专场音乐会在山东艺术学院文东校区音乐厅举行。

12月31日，由山东省音乐家协会主办的“盲人钢琴家金元辉《光明随想》钢琴音乐会”在鲁艺剧院举行。

【曲艺家协会】

1月，组织部分知名曲艺家赴齐河潘赵村、郭窑村举办“送欢乐，到基层——新春慰问演出”。

2月，组织作家、演员参与山东省委宣传部、省文明办等单位主办的“美德山东人，厚德齐鲁风——山东好人‘每周之星’十大年度人物颁奖电视晚会”的创作、演出。

5月，推选王斌、刘昊创作、表演的相声《让喜帖飞》获得中国曲协等单位在深圳举办的“第二届‘南山杯’全国曲艺新人新作展演”一等奖。

7月，成功举办“欢乐进万家——曲艺工作者赴滨州慰问演出”活动；推选张勇表演的《油海长虹》、申振柱表演的《顶牛》，分别获得中国曲协等主办的“首届‘武清•李润杰杯’全国快板书大赛”职业组与非职业组一等奖；在济南明湖居成功举办“山东省优秀青年演员曲艺新作大赛决赛暨颁奖晚会”。

9月，推举慈建国同志入选“中国文联研修院首届中青年文艺人才高级研修班”学习。

10月，驻会主席孙立生创作的山东快书《肉夹馍》、数来宝《登陆上海滩》获得第十届中国艺术节群星奖。

【舞蹈家协会】

3月16日，山东舞协带队参加了中国舞协、中央电视台主办的舞蹈世界栏目“非物质文化遗产——中国民族民间舞蹈展演”，山东代表团此行120余人，参加展演的节目有鼓子秧歌、海阳秧歌和胶州秧歌。

3月中旬，山东舞蹈家协会主席李建国参加中国舞协工作会。

4月30日、5月1日，山东国际大众艺术节开幕式暨CBDF中国杯国际标准舞巡回赛在济南黄亭体育馆举行，山东省人民政府副省长季缃绮出席开幕式。

4月28日，文艺惠人民，舞蹈走基层“中国梦•舞之美”山东青年舞蹈家慰问演出舞蹈晚会在菏泽大剧院演出。

5月3日，由山东省舞蹈家协会、商河县文广新局、商河县妇联、商河县工会主办的首届商河鼓子秧歌广场舞展演在商河全民健身中心广场举行，本次活动共有23支演出队，800余人参加展演。

5月18日、19日和6月1日，第八届青少年舞蹈比赛在山东剧院举行，本次比赛共有选手4000余人参赛，最后评出一、二、三等奖和金牌指导教师奖。

5月26日，文艺惠人民，舞蹈走基层“中国梦•舞之美”山东青年舞蹈家慰问演出舞蹈晚会在临沂大学演出。

6月3日，文艺惠人民，舞蹈走基层“中国梦•舞之美”山东青年舞蹈家慰问演出舞蹈晚会在齐河演出。

6月29日，接待韩国庆尚北道艺总联合会会长李炳国率团一行16人。

6月30日，“绚丽艺缘—中国山东•韩国庆尚北道艺术交流歌舞晚会”在山东剧院举办。本次晚会参演人员100余人，观演观众1000余人，活动取得圆满成功。

7月16日，在山东省特殊教育中等专业学校礼堂举行了第六届泰山文艺奖舞蹈类预选展演，共有30多个节目参加申报，16个作品进入展演、16个作品进入初评。

7月30日，在长清灵岩寺举办第六届泰山文艺奖舞蹈类评奖，评出作品类一等奖：舞剧《齐风韶韵》之《齐风•甫田》；二等奖：现代舞《一个关于渴望的梦》、民间舞《喜鹊喳喳喳》、当代舞《攀》、舞剧《柳泉寻踪》、大型红色歌舞《沂

蒙印象》；三等奖：古典舞《梨花待雨开》、古典舞《声声慢》、民间舞《大鼓小妞》、少儿舞《小海豚》、当代舞《秦淮河畔的歌声》、少儿舞《娃娃舞龙》。

8月18日，红领巾之歌——危学莉个人舞蹈晚会在山东剧院举办。这是山东舞协为舞蹈教育家危学莉首次举办个人晚会，并颁发舞蹈家证书。

8月，“荷花•少年”全国（中学）校园舞蹈展演在北京清华大学举办，山东青春舞蹈职业中等专业学校《红色激情》、滕州市文化馆滕州市小百合艺术团《闯关东》、临沂市杜鹃舞蹈学校《恰同学少年》获金奖。章丘市舞蹈学校《漱玉当风》、东营华艺艺术培训学校《清荷》获银奖。

8月，第七届“小荷风采”全国少儿舞蹈展演在北京举行，我省淄博艺敏舞蹈学校《警民鱼水情》获金奖，枣庄丽薇舞蹈艺术中心《小荷秀秀》、滨州医学院小白鸽艺术团《娃娃舞龙》获银奖。

10月，在CCTV电视舞蹈大赛中，山东艺术学院《沂蒙那座——桥》获得优秀作品奖。

10月初，应韩国庆尚北道艺总联合会会长李炳国邀请，我省舞协主席李建国一行8人成功访演韩国，受到了韩国友人的喜爱和赞扬。

11月28日，桑榆抒情怀——山东省老年人舞蹈协会成立20周年舞蹈晚会在省老年活动中心举办。

【杂技家协会】

2月20日，山东省杂协组织部分艺术家到仲宫镇慰问演出。

6至7月，由山东省文学艺术界联合会主办，山东省杂技艺术家协会、宁津县人民政府承办，德州百货大楼（集团）有限责任公司协办的“德百杯•第七届山东杂技魔术大赛”成功举办。经过一个多月的评选，最终评出一等奖8名，二等奖6名，三等奖5名。

7至8月，圆满完成了第六届山东省“泰山文艺奖”的评选工作，本届评选共有参赛单位11个，收到参赛作品25件，共选出一等奖1个，二等奖3个，三等奖3个。

10月，圆满完成了“第十届中国艺术节”对口接待任务，并收到中国杂协发来的感谢信。省杂协获得了由省委宣传部颁发的“第十届中国艺术节筹办组织工作先进集体”奖。

10月22日，山东省杂技家协会组织50余人到仲宫镇北杨家村，举办了杂技、魔术、京剧、歌曲、音乐等多种形式的慰问演出。

【美术家协会】

1月26日至27日，新春佳节来临之际，省文联党组书记于钦彦带队，省美协常务副主席朱全增、省美协副主席刘书军、何乃磊、李学明等我省著名画家20余人到泰安“送文化下乡”，为当地群众创作了几十幅美术精品。

3月15日，“三魂一心——于希宁诞辰一百周年艺术展”在中国美术馆隆重开幕。本次展览由中华人民共和国文化部、山东省人民政府主办，山东艺术学院、山东省美术家协会等单位承办。

3月24日，山东省美术家协会2013年工作会议在滕州召开。于钦彦、张志民分别作了重要讲话；朱全增作了工作报告，回顾总结了去年工作，对2014年工作进行了安排部署。

4月27日，“情系雅安——山东百名书画家抗震救灾公益笔会”在济南举行。本次活动由省政协办公厅、省文化厅、省文联等单位主办，省美协等单位协办，艺术家现场创作书画100余幅。义款购置600万元的药品，通过山东省红十字会运往芦山地震灾区。

5月8日至9日，在第六届山东国际大众艺术节期间，省美协组织20多名画家走进枣庄和泰安，开展了“运河古情•山东美术家走进台儿庄”“泰山颂•山东省美术家走进军营”文化下乡采风活动。

4月14日至6月4日，山东省美协2013年花鸟、山水写生创作培训班在济南举办。

6月16日，“2013年泰山文艺奖油画、水彩（粉）画预选作品展”在山东广电产业大厦开幕。

6月28日，由山东省文联、山东省美协、中共日照市委宣传部主办的“相约十艺节•沂蒙画派国画作品展”在日照市博物馆开幕。

7月4日至6日，省美协组织20多名画家开展了“第六届山东国际大众艺术节——情系沂蒙•山东美术家走临沂”、“第六届山东国际大众艺术节——钢城赞歌•山东省美术家走进莱钢”活动。

7月17日至19日，省美协组织我省20多名画家，开展了“第六届山东国际大众艺术节——大海欢歌•山东美术家走日照”活动，现场创作书画作品50余幅。

7月25日，由山东省美协、济南军区等单位联合举办的“我们血脉相连——庆祝中国人民解放军建军86周年山东书画名家双拥笔会”在济南军区八一文体馆举行。

7月27日，由中国文联、中国美协、中国书协、中共山东省委宣传部、山东省文化厅、山东省文联等单位主办,山东省美协、山东省书协等单位承办“墨韵桑梓•李荣海书画作品展”在山东博物馆隆重开幕，集中展出了李荣海的160幅书画精品。

8月25日，由山东省文联、山东省供销社联合主办，山东省美协与山东省宝福邻购物中心股份有限公司承办的“宝福邻•2013爱心书画义买义捐”金秋助学行动在德州宁津举办，筹集义款20万元资助即将踏入大学校门的15位品学兼优的学生。

8月3日,第六届山东省“泰山文艺奖”评选圆满结束。美术类17项，包括特别创作奖1名，一等奖2名，二等奖6名，三等奖9名。

9月2日，由山东省文学艺术界联合会主办，山东省美协、韩国仁川国际交流中心承办的“第八届中韩国际美术交流展”在山东省图书馆开幕。

9月8日，由山东省美协主办，省美协油画艺委会承办的“第五届齐鲁风情油画展”在山东省图书馆开幕，展出油画作品310件。

9月12日，作为上海合作组织比什凯克峰会系列活动之一，“和平之旅•国际美术作品展”在吉尔吉斯斯坦首都比什凯克国家历史博物馆隆重举行。省美协组织我省多名艺术家参加展览。山东省画家以其高超的美术技艺、深厚的艺术修养，获得出席画展的中外方领导人的好评。

9月22日至24日，山东省美术家协会组织我省20余位画家走进蒙山和平度，精心创作书画作品百余幅，为当地群众送去文化春风。

10月17日，首届山东美术家协会日本冲绳书画交流展在冲绳县国立剧场开幕。本次活动由省美协常务副主席朱全增带队，我省书画家孟鸿声、何乃磊、刘玉泉、张星斗、韩玮、杨文德、王盛华、赵英水、韩英伟、张健等共同组成交流采风团赴冲绳参加了展览开幕式。

10月23日，“齐鲁颂•‘三个一百’美术创作工程——百处山东重要名胜古迹”总结表彰暨“百位山东历史文化名人”创作部署会议在济南东方大厦召开，省文联党组书记于钦彦，省美协主席、山东艺术学院院长张志民，会议由省美协驻会常务副主席朱全增主持。展览参展作者共100余人出席本次会议。

10月30日，省美协主办的“山东省十七地市国画名家提名展暨邹平图书馆开馆仪式”在邹平文化中心举办。

11月27日，中国美术家协会第八次全国代表大会在北京会议中心闭幕。孔维克、朱全增、张志民、杜华、曾先国、潘鲁生当选为中国美协第八届理事会理事。

11月22日，由32名“沂蒙画派”画家组成的“沂蒙画派”写生团，前往沂蒙山区举行了写生活动。

【书法家协会】

1月，组织省书法家一行先后来到新泰市良庄矿业集团、郓城监狱、省委宣传部干部培训中心进行了三场送书法文化进基层活动；在淄博市张店第七中学举行了山东省书协“王羲之书法特色学校”揭牌仪式。

3月，在济南市槐荫区德兴街小学举行了山东省书协“王羲之书法特色学校”揭牌仪式；赴聊城书协开展了调研活动；举行了首期书法创作高级研修班；召开了2013年中国书协书法考级山东考区工作会议。

4月，省文联副主席、省书协主席顾亚龙应邀参加了全国首届楷书作品展评审工作；赴滨州市书协开展了走基层调研活动；省书协主席团向雅安地震灾区捐赠了数十幅书法精品；举行了深入推进百县千村书法活动工作会。

5月，举办了第二期书法创作高级研修班（青州班）；在济南承办了中国书协六届七次主席团会议。

8月，与有关单位共同举办了“济宁世通杯”第八届山东省青年书法篆刻展；在临沂举行了第七届中国（临沂）中小学生书法节评审工作；在平度市举行了五届五次主席团会；在青岛举行了郑道昭奖山东书法作品展；在高密市文学艺术中心举行了“王羲之书法创作培训基地”命名活动。

9月，第七届中国•临沂中小学生书法节在临沂开幕；与中共聊城市委宣传部联合主办了山东省第六届书法篆刻作品展览暨第二届王羲之书法论坛；在莱州举行了首届“云峰奖”全国书法作品展开幕式；与有关单位共同承办了“喜迎十艺

节•黄河万里图暨中国当代书画名家作品展”；与有关单位共同主办了翰墨青州•2013中国书画年会；首届全国“三名工程”书法展在中国美术馆开幕，省书协主席顾亚龙等入选书法名家。

10月，参与了山东省、济南市、历下区文联文艺志愿服务环卫行动暨“历下区文艺家之家”揭牌仪式；与有关单位共同主办了首届“养生文登•墨香齐鲁”杯全省书法篆刻作品大奖赛展览；省书协主席顾亚龙与中国书协考察组到滨州考察“中国书法城”创建工作。

11月，举行了《归网门下——蒋维崧先生弟子书法篆刻展》首展；在威海举行了2013年刻字工作会议；在日照举行了第五期书法创作提高班；主办了中国刻字艺术馆首期全国现代刻字培训班；在淄博高青县中心路小学举行了“王羲之书法特色学校”揭牌仪式；主办了第三届王羲之书法论坛。

12月，与有关单位主办了第二届“羊欣奖”全国书法作品展览；与有关单位联合主办了大海杯•民营企业家与中国梦书画作品展；在济南历城区相公庄村举行“我们的中国梦、文化进万家”山东文艺志愿者服务暨第三届山东省书法家协会“百县千村”书法下乡活动启动仪式暨“一得阁”品牌生产线落户山东签约仪式；举行了“中国书法城——滨州”命名揭牌仪式；在博兴湖滨镇寨卞小学举行了“王羲之书法特色学校”揭牌仪式。

【摄影家协会】

1月，创办了具有国家正式刊号的专业摄影刊物《走向世界•山东摄影》；组织济宁市梁上县东马村摄影下乡送温暖活动；向烟台市龙口县龙新街道文化宣传站捐赠摄影画册、书籍。

2月，赴青州庙镇上庄村为农民拍照送照片，年货慰问；为济南历下区鲍山社区村民赠送摄影作品、书籍、年历；在淄博周村开展走基层活动。

4月，沂蒙山老区和红色革命基地学习采风、慰问。

5月至6月，第六届山东国际大众艺术节山东摄影家走进河口、沂蒙、烟台、垦利、潍坊，拍摄作品举办影展。

5月，东营河口召开山东摄影工作会；成立东营市河口区孤岛万亩槐林摄影创作基地。

6月，在潍坊举办了中韩摄影交流展，并接待了韩国全罗北道摄影协会访问团。

8月，在第六届山东省泰山文艺奖摄影类评选中，学术型纪实摄影《山东野生鸟类》画册荣获一等奖，《二战劳工幸存者》吕廷川、《穿越时空》崔文斌、《考研路上的艰辛》陈文进、《青岛2011》李学亮分获二等奖。

9月，在济南市阳光100小学成立山东省摄影家协会青少年教育基地；田凤仙、谷永威出席中国摄影著作权协会会议，田凤仙同志当选理事。

10月，在济南市铁路文化宫成立山东省摄影家协会培训基地。

11月，山东省鸟类生态摄影艺术协会工作会在日照召开。北京摄影函授学院山东函授站24期函授培训全年共举行5次面授采风活动，180名函授学员顺利毕业。

2013年，山东省摄协举办了“孔子故乡中国山东”国际网络摄影大赛、中国京杭大运河沿岸城市摄影作品邀请展、“齐鲁证券杯”美丽山东摄影大赛等18项大型摄影比赛；相继在龙口、烟台、临沂、淄博、铁路系统等地举办了2013年“光影心田”田凤仙摄影艺术展。

2013年，山东省摄协被北京摄影函授学院授予2013年优秀函授站；山东省摄协被中国摄影家协会授予2013优秀组织工作奖；山东省摄协被中国摄影家协会授予“万名摄影家万幅作品进万家”活动先进单位，田凤仙、迟鸣明、侯希智、王成谟、王亮朝被评为先进个人，吕全新、唐国志、王晓光、王雪峰被评为中国摄影家协会服务基层优秀会员；山东摄影家在第24届全国摄影艺术展上获得2金2银1铜、12幅优秀作品奖奖，取得历史性突破。其中，吕廷川《哭泣的菜农》组照、马杰《雨中的杂技少年》分获记录类、艺术类金奖，鲁少河《艰辛的考研路》组照、徐淑凯《西湖印象》组照分获记录类、艺术类银奖，吕廷川《二战劳工幸存者》组照获记录类铜奖；田凤仙获中国文联人社部“全国先进文艺工作者”称号。

【电影家协会】

2月至5月，由山东省文联、山东省广播电影电视局联合主办，山东省电影家协会、大众网承办了“鲁信院线杯”微电影剧本征集活动。

3月，组织举办了山东电影制片厂创作的电影《止杀令》影评座谈会。

3月至6月，在第六届山东国际大众艺术节中，举办了第六届山东青年微电影大赛。

6月至8月，在第六届山东省“泰山文艺奖”中，组织了电影类评选活动。

10至11月，推举产生全国影代会代表于海丰、王坪、钱晓鸿，参加中国电影家协会第九次全国代表大会。

12月，组织参加了由中宣部、文化部、国家新闻广播出版总局、中国文联、中国作协联合发起的“我们的中国梦——讲述中国故事”文艺作品征集活动。

2013年，我省有《止杀令》等近40部电影拍摄完成，《最美声音》等近千部微电影诞生，影协和有关单位积极组织向全国推荐优秀作品，角逐全国及世界大奖。其中，山东电影制片厂拍摄的《山子的一家》，获得2013年中国四平国际儿童电影节优秀儿童电影提名奖、美国圣地亚哥国际儿童电影节最佳儿童电影提名奖；山东电影电视剧制作中心拍摄的《小小飞虎队》，获第9届北京青少年公益电影节“青少年最喜爱的影片”奖、第12届中国国际儿童电影节竞赛单元入围奖；山东新农村数字电影院线有限公司拍摄的科教片《高效节水灌溉》，分别获得2013年中国政府华表奖优秀影片提名奖和优秀科教影片提名奖；临沂市前轮影视文化传播有限公司摄制的《少年闵子骞》、莱芜华友影视文化公司拍摄的《钢城故事》，先后在央视电影频道播出，获得较高的收视率；山东师范大学拍摄的微电影《银杏的奥妙》、《凡人刘得山》分别获得第八届“科讯杯”国际大学生影视作品大赛最佳纪录片奖和二等奖。山东师范大学拍摄的微电影《甲蚊流》、聊城大学拍摄的微电影《一米阳光》，由省影协推荐参加2013年美国民族电影节并获得入围奖；山工艺创作的微电影《大乳山传奇》等入围澳门国际电影节。

【电视艺术家协会】

1月，在济南召开山东省电视艺术家协会主持人专业委员会成立大会。

2月，组织民间艺术家赴美国帕特森市交流访问。

3月，在泰安举办第二十五届山东省电视艺术“牡丹奖”评奖，并召开四届第三次主席团会议。

4月、7月、9月，分别在潍坊、烟台、台儿庄举办了“山东电视纪录（专题）片创作研讨会”“宣传策划与采编创新研讨会”“创新编排与频道竞争力研讨会”三次电视研讨活动。

4月，在菏泽举行第25届山东省电视艺术“牡丹奖”十佳主持人颁奖礼；在济南组织第三届山东省“十佳”德艺双馨电视艺术工作者评选。

5月，组织来自全省40多名主持人代表赴山东安泰时装有限公司进行了“劳动最光荣 共筑中国梦”的慰问演出。

6月，在日照举行建设者之歌——山东国际大众艺术节走进日照昌华集团慰问演出；在济南召开了2013年度全省电视文艺创作研讨会暨联络协调会。

8月，在泰安举办了大众艺术节系列活动之一的山东省第五届小主持人金话筒电视大赛全省总决赛；在日照举办山东省第五届泳装、沙滩装模特电视邀请赛；在寿光举办全省主持新人大赛、第八届华东及全国部分省市电视主持新人赛。

9月，在济南举办首届华东六省一市暨全国部分省市新媒体影视作品大赛。其中优秀获奖作品参加“首届亚洲微电影节”评选，并获得了奖项。

10月，在德州夏津县举办第六届（2013年度）山东省县(市、区)级电视艺术（电视剧类、电视文艺类）评奖活动；在嘉兴举办的全国第八届“德艺双馨电视艺术工作者”表彰颁奖活动中，我省山东广播电视台的刘大伟、潍坊电视台的杜涛获得荣誉者称号。

11月，在泉州举办的2013海峡两岸电视主持新人赛，我省4名选手参赛，获得三等奖1名，新人奖3名。

【民间文艺家协会】

4月，在山东潍坊举办了山东省民俗文化博览交易会，共有60多个种类，3000余件民间工艺品在本次博览会上展览展销，现场交易额达到450万。博览会期间还进行了山东省民间手工艺制作大师及泰山文艺奖参评作品的评选。

4月，组织民间艺人参加了中国民协在河南开封举办的中国民间工艺美术展；参加了中国民协在河北邢台举办的“第二届中国汉牡丹文化节—2013华北农民画大展”，其中，日照农民画绣《喜盈门》荣获金奖；农民画《盼》荣获银奖；农民画绣《包粽子》荣获铜奖。

7月，参加了在河北张家口举办的“第四届中

国剪纸艺术节暨第三届蔚县国际剪纸艺术节”；按照省文联的统一要求，认真组织了“第六届泰山文艺奖（民间文艺类）”的评选。

8月，组织民间艺人参加第八届中国（长春）民间艺术博览会，山东华艺雕塑创作的作品《龙凤呈祥》荣获金奖；在长岛举办了“中国妈祖文化研讨会”，中国民协党组书记罗杨、副秘书长周燕屏出席了会议，罗杨书记讲话。会议期间还对长岛县申报“中国妈祖文化之乡”进行了考察；接待台湾中国口传文学学会会长、中国文化大学教授金荣华率领的民俗考察团，先后对烟台、青岛、曲阜、济南等地的民间文化进行了详细的走访和发掘,对我省海洋文化、妈祖文化、儒家文化等的历史渊源进行了梳理，并与台湾学者在民间文化传承与保护上做了深刻交流，加强了海峡两岸民间文化学者间的交流与互访。

9月，组织参加了黑龙江鸡西举办的“唱响大湖文明——2013兴凯湖肃慎文化艺术节”活动；组织了在河南郑州举办的“中原六省中秋文化民间工艺美术作品联展”，我省选派民间艺人参加并获得好评；组织艺人参加了河北滦县举办的“第三届中国滦河文化节”，皮影艺人林宗禄和邢如雨在大赛中分别获优秀奖；在青州召开了山东画廊联盟成立大会。大会由省文联党组成员、副主席姬德君主持，省文联党组书记于钦彦到会作了重要讲话并为山东画廊联盟揭牌。

10月，选派民间艺人参加了在浙江杭州举办的“第五届中国民间艺人节”，我省艺人王美的面塑被中国民协评为“最受欢迎的民间艺术品”。

11月，省民协带队参加了在江西婺源举办的“全国灯彩展览暨第十一届山花奖•民间灯彩”评奖活动。其中淄博的花灯《年年有余》凭借其独特的题材，完美的制作工艺，从众多作品中脱颖而出，以第三名的成绩勇夺山花奖。

11月，选派艺人参加了在江苏南京举办的“第十一届中国民间文艺山花奖•民间工艺美术作品奖”评奖活动，日照苏兆起、苏日华的黑陶作品《蛋壳陶系列》得到专家评委的高度认可，一举夺得山花奖。

11月，在山东烟台举办了“2013(中国•烟台)山东省首届（红星）民族民间艺术品博览交易会”，有来自省内外的300多家民间艺人和民间艺术企业参展，现场交易额达到270余万。活动期间对参展作品进行了评奖。

河南省文联

综　述

2013年，在中共河南省委的亲切关怀和省委宣传部的直接领导下，河南省文联及各团体会员牢牢把握“高举旗帜、围绕大局、服务人民、改革创新”的总要求，深入贯彻落实党的十八大和十八届二中、三中全会精神，以把握文联工作的规律特点，不断提高科学化水平为基本思路，认真履行“联络、协调、服务、指导”基本职能，团结推动全省文联系统坚持围绕中心、服务大局，深入基层、服务群众，改进作风、服务文艺工作者，以良好的精神风貌和改革创新精神，努力提高自身服务能力和工作水平，各项工作取得了重要进展和显著成效，巩固发展了积极向上的良好发展态势。

重要会议与活动

【“根植中原——宋华平书法展”】

1月6日，由中国书协、省委宣传部、省文联等主办的“根植中原——宋华平书法展”在省美术馆开幕。此次活动是河南省“中原文化名家宣传推介工程”的重要内容，也是继续打造“中原书风”文化品牌的具体举措，对于推动河南书法艺术的繁荣发展具有重要意义。展览共展出宋华平书法精品近百件。开幕式上，宋华平不仅向省美术馆捐赠了书法作品，还捐出50万元为驻马店贫困地区小学生购置羽绒服。

【承办“百花迎春——中国文学艺术界2013春节大联欢”河南版块】

“百花迎春——中国文学艺术界春节大联欢”被誉为全国文艺界一年一度的“全家福”和“第二春晚”。根据中国文联安排，2013年第十一届“百花迎春”大联欢首次吸纳河南为参演单位，并承担时长超过40分钟的压轴部分。1月13日，“百花迎春”大联欢在北京人民大会堂顺利演出。河南板块文艺名家和演员阵容强大，邀请了马金凤、张海、刘震云、李雪健、唐国强、宋祖英、郁钧剑、关牧村、佟铁鑫、刘和刚、王丽达、朱军、陈鲁豫、海霞、张泽群、任鲁豫、董艺、刘洋、江涛、范军、小香玉、庞晓戈等众多深受观众喜爱的全国知名的河南籍以及和河南有关联的名家、明星、部队英模以及登封武术学校的学员们参加演出。整个板块的演出以说河南、唱河南为主题，巧妙地将中原文化与名家绝艺结合起来，唱出了中原大省的气势、河南人的精气神，演出非常成功，现场掌声不断，高潮迭起，受到在场领导和艺术家们的一致好评，被称为现场分量最重的一个板块。春节期间，晚会在中央电视台一套、三套和四套播出。

【首届河南音乐金钟奖合唱比赛】

1月16日至17日，由省文联、省教育厅、省音协主办的首届河南音乐金钟奖合唱比赛在郑州黄河科技学院音乐厅举行决赛。最终郑州大学音乐系学生合唱团、洛阳师范学院合唱团、郑州师范学院合唱团、黄河科技学院音乐学院女声合唱团、河南省教师合唱团夺得前五名。4月3日，在河南艺术中心音乐厅举行了“金钟之声”合唱音乐会。

【“荆浩杯”中国画双年展】

1月16日至20日，由中国国家画院、省委宣传部、省文联、济源市委、济源市政府主办，省美协等承办的“荆浩杯”中国画双年展在省博物院举行。共展出包括特邀作品、获奖作品、优秀作品在内的150余幅作品。

【赵素萍到河南省文学院和《故事家》杂志社调研】

1月28日，省委常委、宣传部长赵素萍在省文联党组书记吴长忠陪同下调研省文学院、省文联《故事家》杂志社。

赵素萍参观了省文学院文史馆，认为河南省拥有丰厚的文学资源，有着深入挖掘的潜力；并到河南省文化改革试点单位河南省故事家杂志社有限责任公司考察调研，听取了《故事家》关于杂志发展的工作汇报并寄予厚望。

赵素萍对省文联杂志文化体制改革取得的可人成绩表示肯定。

省委宣传部常务副部长王耀、副部长李庚香，省文联副主席李佩甫、何白鸥等陪同调研。

【2013年全省文联工作会议】

2月1日，2013年全省文联工作会议在郑州举行。省委宣传部副部长李庚香，省文联党组书记吴长忠，主席马国强，副主席李佩甫、何白鸥、郑彦英、苗树群、宋华平、范军、夏挽群、周绍成，副巡视员张剑锋出席会议。省文联各团体会员、机关各处室、直属各单位负责人参加会议。会议由马国强主持。

会议传达了《中共中央办公厅印发习近平同志关于厉行节约反对铺张浪费重要批示的通知》《中共河南省委办公厅关于认真贯彻落实习近平同志重要批示精神厉行节约反对铺张浪费的通知》，总结了省文联2012年工作，研究部署了2013年工作。

李庚香在会上发表讲话，对省文联工作作出高度评价。

吴长忠作了题为《深入学习贯彻十八大精神　进一步开创河南文艺工作和文联工作新局面　为推动河南文艺事业大发展大繁荣做贡献》的报告。

李佩甫传达了《中共中央办公厅印发习近平同志关于厉行节约反对铺张浪费重要批示的通知》。

何白鸥传达了《中共河南省委办公厅关于认真贯彻落实习近平同志重要批示精神厉行节约反对铺张浪费的通知》。

【第五届中国（鹤壁）民俗文化节】

2月21日，由中国民协、河南省文联主办的“第五届中国（鹤壁）民俗文化节”在鹤壁市艺术中心开幕。

中国文联副主席赵化勇，省文联党组书记吴长忠，省社科联党组书记李恩东出席开幕式。鹤壁市委书记丁巍宣布开幕，市长魏小东致辞。

本届民俗文化节主题为“赏中原民俗，逛千年庙会，享春节盛宴”。非物质文化遗产展演是一大看点。山东绢花、山西绒绣、河北大名草编等130多项绝活儿亮相。本届民俗文化节还举办了第四届中国春节文化高层论坛、社火大赛、中原美食文化节和商贸一条街活动。

【2013马街书会】

2月21、22日，马街书会在平顶山市宝丰县马街举行。中国文联党组成员、书记处书记李前光，中国文联副主席刘兰芳，中国曲协分党组书记、副主席、秘书长董耀鹏，中国曲协副主席郭刚、马小平，中国曲协分党组成员、副秘书长曲华江，省文联副主席何白鸥，省文联副主席、省曲协主席范军，省文联副巡视员张剑锋等出席书会相关活动。

本届书会，共有1518位民间艺人参加，说书棚297摊(棚)，赶会群众近30万人次，被世界纪录协会认证为“世界最大规模的民间曲艺大会”。在书会会场，由中国曲协、省文联、平顶山市委、市政府主办，省曲协等承办的“第八届中国•宝丰马街书会全国曲艺邀请赛”汇聚了全国曲艺精品，从报送的90个节目中选出24个参赛。最终，快板书《朱元璋斩婿》等12个节目获得一等奖，徐州琴书《一个女人三个娘》等12个节目获得二等奖。河南省宝丰县的张高伟获得本届“书状元”。本届书会还举办了“全国非物质文化遗产曲艺展演”“马街书会书状元专场演出”等精彩活动。

【河南省民间文艺金鼎奖】

3月5日，省文联、省民协在郑州举行“河南省民间文艺金鼎奖颁奖暨河南省民间文艺家协会2013年工作会议”。金鼎奖共设民间文艺成就奖、民间文艺学术著作奖、民间文学作品（含新故事）奖、民间艺术表演奖、民间工艺美术作品奖、民俗影像作品奖等6个奖项。共评出金鼎奖57个。其中民间文艺成就奖16个，倪宝诚、高天星、马紫晨获民间文艺终身成就奖，马卉欣等11人获民间文艺成就奖，新密市民间文艺家协会、济源市邵源镇政府获集体成就奖；刘炳强等12人获民间文艺学术著作奖；申法海等7人获民间文学作品奖；上蔡县等3个单位、个人获民俗影像作品奖；阎夫立、高水旺等19人获民间工艺美术作品奖。活动还表彰了河南省民协系统2012年度先进单位、先进工作者。

【2013中国（开封）清明文化节】

4月3日，由中国文联、省政府主办，中国民协、省文联和开封市委、市政府承办的2013中国

（开封）清明文化节暨“宋韵之春”首演在开封清明上河园拉开帷幕。中国文联党组成员、副主席、书记处书记杨承志，中国民协分党组书记、副主席罗杨，省委常委、统战部部长史济春，省人大常委会副主任蒋笃运，副省长张广智，省政协副主席靳绥东，开封市委书记祁金立，开封市长吉炳伟共同启动开幕式水晶球。中国民协分党组成员、副秘书长周燕屏，省委宣传部副部长李庚香，省文联副主席何白鸥等同数万名群众观看演出、参与踏春巡游活动启动仪式。独具特色的“宋韵之春”首演和盛况空前的踏春巡游，展现了宋代清明官民互动，万人空巷，全城一景，宋韵彰显，外在古典，内在时尚的历史风俗和时代风貌。

中国（开封）清明文化节从2009年开始已连续举办五届，本届突出“传承文明，拥抱春天，踏春祈福，祭奠先贤”的主题，活动为期18天，开展了两大类33项文化活动。为时7天的“中国（开封）首届民间工艺美术展暨第十一届中国民间文艺山花奖•民间工艺美术作品奖评奖”，成为一大亮点。来自24个省、区、市的近千名民间工艺美术家，展示了300多个品种的艺术作品，经评审，89件作品被评为“中国（开封）首届工艺美术展”金奖，“中国民间文艺山花奖”将从金奖名单中产生。河南省有34件作品获金奖，占金奖总数的三分之一。

【“教你一招”群众文艺活动基层文艺骨干培训班】

5月21日至29日，由省委宣传部、省文联主办，省杂技家协会、省名家艺术团承办的第一期全省“教你一招”群众文艺活动基层文艺骨干培训班在郑州举行，培训来自各县（市）、区，主要是乡（镇）、村（社区）具备一定文艺基础的文艺骨干200余名。河南“教你一招”活动受到基层群众的热烈欢迎，中宣部《文艺信息》编发了活动信息，河南日报刊发了省文联党组书记吴长忠撰写的“教你一招”体会文章，省委宣传部主要领导对活动作出重要批示、给予充分肯定。

【第六届黄河戏剧奖·小戏小品奖大赛】

5月29日，由省文联、省剧协等主办的“第六届黄河戏剧奖•小戏小品奖大赛”落幕。大赛收到参评作品30多部，17部进入决赛，最终评出《下乡帮扶记》等5个剧目金奖，《婆婆•妈妈》等6个剧目银奖，《王华嫁母》等6个剧目铜奖，另评出编剧、导演、作曲、表演等各类单项奖若干。评出来的优秀剧目参加全国小戏小品大赛。

【首届“银河杯”全国市县电视台推优活动】

6月22日，由中国视协、省文联主办的首届“银河杯”全国市县电视台推优活动在河南项城颁奖。评出一等奖38件，二等奖81件，三等奖130件。同时评出“全国20强市县电视台奖”。河南多个节目获奖，项城广播电视台获得“全国20强市县电视台奖”。

【河南省第七届少儿曲艺大赛】

8月22日，由省文联、省曲协主办的河南省第七届少儿曲艺大赛决赛在焦作市举行。大赛共评出节目表演一等奖12个、二等奖20个、三等奖13个，作品文学奖15个，同时还有20位辅导老师获得园丁奖，14个单位获得组织奖。

【中国音乐“小金钟”奖第二届全国少儿二胡比赛】

10月2日至6日，由中国音协、省文联主办，省音协和郑州大学西亚斯国际学院承办的中国音乐“小金钟”奖第二届全国少儿二胡比赛在郑州大学西亚斯国际学院举行。比赛分为专业组和业余组，共产生金奖6名、银奖9名、铜奖16名、优秀奖35名。

【协办第四期全国地县级文联负责人研修班】

10月8日至15日，由中国文联主办、中国文联文艺研修院承办、省文联协办的第四期全国地县级文联负责人研修班在郑州举办。中国文联党组副书记、副主席、中国文联文艺研修院院长李屹，省文联党组书记吴长忠，中国文联文艺研修院常务副院长傅亦轩，中国文联人事部副主任郑更生，省文联副主席何白鸥，中国文联文艺研修院副院长孙德华等出席研修班。来自全国31个省、自治区、直辖市、新疆生产建设兵团文联和部分单列市文联的64位地县级文联负责人参加研修。

研修班安排了丰富的报告、讲座、教学、讨论等内容。

【“中国·上蔡重阳节”系列文化活动】

10月12日，由中国民协、省文联等主办的中国•上蔡2013“九九重阳”群众文化活动暨《我的长辈》微视屏作品大赛颁奖公益活动在上蔡县蔡明园广场举行。中国老龄事业发展基金会理事长

李宝库，中国民协分党组成员、副秘书长吕军，省文联副主席何白鸥，驻马店市委副书记贾英豪等出席活动。

活动由重阳祈福、送枣山、重阳拜寿三大仪式组成。2013“九九重阳”《我的长辈》微视屏作品大赛成为本届重阳文化节的一大亮点。受表彰的尊老敬老模范、孝心模范、孝道家庭代表为来自祖国各地的获奖者颁奖。著名艺术家阎维文、李丹阳、刘和刚、于文华等参加大赛并获奖。艺术家们登台高歌，唱出了华夏儿女对长辈的挚爱之情。

【第七届河南省戏曲红梅奖大赛】

12月18日至21日，由省文联、省戏剧家协会主办，英德集团承办的“英德杯”第七届河南省戏曲红梅奖大赛在洛阳歌剧院举行，进入决赛的149名参赛选手涵盖了豫剧、曲剧、京剧等多个剧种，经过七场比赛，共有演唱组张秀丽等37人荣获金奖、姜爱敏等46人荣获银奖、李梅香等26人荣获铜奖，器乐组吴灿江等10人荣获金奖、苗锋等16人荣获银奖、李巧等14人荣获铜奖。

【首届中国黄河流域戏剧红梅奖大赛】

12月21日至23日，由省文联、中国黄河流域戏剧发展联盟主办，省戏剧家协会、英德集团承办的“英德杯”首届中国黄河流域戏剧红梅奖大赛在洛阳举办。共有来自河南、河北、山东、山西、陕西、青海、宁夏、内蒙古、天津、四川10个省市自治区的13个剧种的近百位演员参赛。共评出演唱组姜芳娟等43人荣获金奖、董媛媛等27人荣获银奖，器乐组石学仁等4人荣获金奖、吴灿江等4人荣获银奖，左吉河荣获优秀导演奖，杨治家等2人荣获优秀舞美奖，金杉等2人荣获优秀音响奖，洛阳豫剧院乐队荣获优秀伴奏奖，洛阳英德集团等荣获优秀组织奖。

【河南省文联第七次代表大会】

12月26日至27日，河南省文学艺术界联合会第七次代表大会在郑州举行。来自全省文艺界的680名代表齐聚一堂，回顾总结近年来河南文艺事业发展历程，共商新形势下文艺事业发展大计。

26日，大会开幕式在省人民会堂举行。省委书记、省人大常委会主任郭庚茂，省委副书记、省长谢伏瞻出席开幕式。

中国文联党组副书记、副主席覃志刚，省委副书记邓凯在开幕式上讲话。省委常委、秘书长刘春良，省委常委、宣传部部长赵素萍，省人大常委会副主任秦玉海，副省长张广智，省政协副主席靳绥东，省军区副政委冷志义出席开幕式。赵素萍致开幕词。省妇联代表我省群团组织向大会致贺词，兄弟省市文联也发来了贺电、贺信。大会听取了省文联第六届委员会工作报告。

27日，在圆满完成会议各项议程后，大会闭幕。省委常委、宣传部长赵素萍，省人大常委会副主任李文慧，副省长张广智，省政协副主席龚立群等出席闭幕式。张广智在闭幕式上讲话。

会议期间，代表们认真听取并讨论了中国文联党组副书记、副主席覃志刚代表中国文联所作的致辞，省委副书记邓凯代表省委、省政府所作的讲话；审议通过了省文联第六届委员会的工作报告；修改通过了省文联新的《章程》；选举产生了省文联第七届委员会、主席团。杨杰当选为省文联第七届委员会主席，吴长忠、苗树群、张剑锋、邵丽、宋华平、李树建、范军、何弘、李仲党、刘杰、程建军、吴行当选为副主席。大会推举张海、马国强、凌解放（二月河）为省文联名誉主席。

【中国文联、河南省文联到南水北调中线渠首工地慰问】

12月28日至29日，中国文联党组书记赵实，中国文联副主席、中国美术家协会主席刘大为，省委常委、宣传部长赵素萍，国务院南水北调工程办公室副主任蒋旭光，副省长王铁，省文联主席杨杰等带领中国文联志愿服务团文艺家和河南省文艺工作者来到南水北调中线工程渠首陶岔工地慰问工程建设者。

赵实、赵素萍一行先后到陶岔渠首、湍河渡槽等施工现场，亲切慰问建设者，详细了解移民迁安、工程建设和生态保护等有关情况。

28日晚，此次慰问活动书画交流笔会举行。刘大为首先为笔会开笔，杨杰、刘鲁豫、刘杰、李明、王清健、谢安均、李强、云平、申慧生等河南文艺工作者与中国文联文艺志愿服务团的艺术家一起，即兴为现场的工地建设者挥毫，现场创作出一幅幅美术与书法作品。杨杰代表河南省文联和广大文艺工作者，将专程带来的十余幅书画作品赠送给工地建设者。

创作与研究

文学创作方面，出版新书百余部。邵丽的《我的生存质量》《玉碎》《迷离》《她说》，乔叶长篇小说《认罪书》，墨白长篇小说《欲望》，孟宪明的《念书的孩子》，侯钰鑫长篇纪实《大师的背影》，张宇的《对不起，南极》，傅爱毛长篇小说《男女关系》，冯杰散文集《田园书》《捻字为香》等先后出版。萍子诗集《我的二十四节气》再版。省文学院编辑出版了“中原之星文库”第一辑10本，对河南省有一定创作水平的10位青年作家进行了扶持。

文学研究方面，省文艺评论家协会申报的《网络化背景下的文学艺术研究》被列为中国文联部级研究课题项目重点资助课题。何弘理论研究专著《超越还是重复——中原文学论稿》出版。4月26日，何弘在《人民日报》文艺评论版头题发表长篇综述文章《中原作家群：关注现实　厚重大气》，引起强烈反响，进一步扩大了中原作家群的影响力。省作协配合人民文学出版社举办了邵丽《我的生存质量》新书发布会。全省共组织张宇、墨白、孙方友、侯钰鑫、冯杰、王剑冰、吴元成、尚新娇、田君、杨炳麟、萧根胜、赵俊杰等几十位作家作者的作品研讨会。

美术方面，省美协在举办展览的同时举办了20多个有学术影响的研讨会。

影视方面，省影视协组织专家审看、评论了电视纪录片《水墨太行》文学脚本、电影《胡笳声声》剧本、长篇电视剧《正义的承诺》等。

民间文艺方面，《中国民间泥彩塑集成•浚县泥咕咕卷》《中国民间故事全书•宝丰县卷》出版发行。

其他方面，协助省委宣传部开展河南省文艺界特殊性知识分子状况调研。

对外文化交流

【海内外华侨华人书画名家邀请展】

4月11日，由癸巳年黄帝故里拜祖大典组委会主办，国务院侨务办公室宣传司、省政府外事侨务办公室、省文联、省侨联联合承办的癸巳年黄帝故里拜祖大典“海内外华侨华人书画名家邀请展”在郑州市商都艺术馆开展。

作为癸巳年黄帝故里拜祖大典“中原文化活动周”的重要组成部分，本次展览汇聚了来自美国、新加坡、新西兰、马来西亚、巴西、韩国、及中国香港、台湾等8个国家和地区的104位海外华侨华人书画家和国内当代书画名家的200余幅精品力作。展览为期6天。

【海外华侨华人“文化中国之旅”观摩团访问省文联】

4月28日上午，由来自美国、俄罗斯、芬兰、瑞士、韩国、奥地利、老挝等国的客人组成的海外华侨华人“文化中国之旅”观摩团一行二十余人来到河南省文联访问。

观摩团参观了正在省文联举办的河南省第三届摄影金像奖获奖作品展，并与省文联就开展文化交流等相关议题座谈。

自身建设

省文联认真抓好十八大和十八届三中全会精神的学习贯彻，认真组织学习了习近平总书记一系列重要讲话精神，提升了省文联领导班子和干部队伍的思想理论建设。按照中央和省委的统一部署，扎实开展了党的群众路线教育实践活动。省文联党组围绕“为民、务实、清廉”和解决“四风”的总体要求，在深入学习研讨、广泛征求意见的基础上，认真查摆“四风”方面存在的突出问题，深刻剖析深层次原因，开展坦诚直率的批评与自我批评，研究制定了整改措施，建立完善了一系列规章制度，努力形成解决作风问题的长效机制。通过活动的开展，党员干部思想进一步提高，作风进一步转变，党群关系进一步密切，为民务实清廉形象进一步树立。认真贯彻中央八项规定和省委省政府20条意见，厉行节俭，降低行政成本，避免资源浪费，“三公”经费得到进一步压缩。

行管后勤工作得到加强，做好办公楼及家属院水、电、暖、气的维护，安装了家属院大门门禁卡，更换了地下车库大门，省文联停车场获得

主管部门的审批，较好地解决了机动车辆停放难的问题。人事、财务管理和廉政建设等工作都上了一个新台阶。老干部工作得到进一步加强，重视、关心老艺术家的生活和学习，积极创造条件，为老艺术家解决生活困难，积极组织老艺术家到省内、省外参观考察。热心服务老艺术家，坚持做好走访慰问、寿辰庆贺、从艺纪念等工作。制定了《河南省文联因公临时出国（境）管理规定》。《河南文艺界》在完成全年编辑、出版任务的同时，为推介河南文艺家，更加全面、深入地报道河南文艺界情况，又增出专版十余版，并筹划编辑省文联宣传板报5块，受到省内文艺界的关注、肯定和兄弟省市文艺界的好评。

省文联被评为中国艺术报社“2013年度通联工作优秀单位”。

直属单位

【省文学院】

10月22日至27日，省文学院举办了为期六天的河南省文学创作研修班。省文学院30余名签约作家和由各地作协推荐的具有一定创作实力和潜力的学员共100余人参加了学习。李敬泽、何向阳、李佩甫等十多位国内著名作家、诗人、评论家、文学期刊主编以专题讲座的方式为学员授课。

【省书画院】

5月，省书画院在河南当代美术馆举行“五月当代——河南省著名画家学术邀请展”。6月，省书画院在升达艺术馆主办“河南省书画院精品展”。7月，省书画院主办的“飞白视觉——名家作品学术邀请展”“涉事当代”河南省著名书画家学术邀请展，分别在升达艺术馆、河南省当代美术馆举行。8月，“澄怀问道——满维起、谢冰毅师生作品联展”在升达艺术馆开幕。9月，省书画院著名书画家一行13人走进新疆采风写生。11月19日，由省书画院主办的河南省第二届委员作品展暨中青年山水画学术提名展在省文联举行。11月20日，由省书画院主办的“河南省中青年油画家学术提名邀请展”“晨露莲心——陈晨，阿莲作品联展”，分别在郑州升达艺术馆、河南当代美术馆开幕。

【《莽原》杂志社】

5月，与遵义市文联联合举办研讨会，研讨在《莽原》扶持下迅速成长的遵义作者，在遵义文坛引起很大反响。2013年，《莽原》一方面刊发更多的名家优秀作品，提高刊物的知名度、转载量；一方面深入基层讲学、辅导、研讨，开设栏目，给基层写作者以成长的机会和平台。2013年，《莽原》设置了“年度文学奖”，评出了2013年刊发在《莽原》的十篇优秀作品，这是《莽原》在中断评奖近二十年之后重新开始评奖。

【《故事家》杂志社】

2013年，杂志社携手盛大文学创办了《起点•大神》杂志；扩充了图书出版种类，增加了网络小说、畅销图书的出版。1月创刊的《轻松语文》《轻松数学》发行量已达15万册，3月份创办的《星薇》杂志也已成为国内明星刊物的一本小清新励志典范。杂志社编辑团队增加到本部50人，北京图书公司20余人，每月出版杂志10种、特刊10余种、图书五六种，月销售码洋达500万元。杂志社募集资金500万元，组建了北京九志天达图书公司，10月份第一批图书已上市，《宝鉴》《唐砖》等引起巨大反响，《向上的青春》等青春励志图书一周内全国脱销。

【《散文选刊》杂志社】

6月，《散文选刊》中旬刊创刊，发行量迅速增长，《散文选刊》全年总码洋约576万。2013年，编辑、策划、出版“最散文”系列图书，深受读者欢迎；编辑出版2012年度散文精选；策划并出版《散文选刊》三十年精选集六卷本——《纸上春秋》《我的村庄》《行走无疆》《人间烟火》《浮世悲欢》《人生边上》，码洋约为3576000元；策划出版建国六十年历史文化散文选丛书《新史记》，包括《抚摸汉朝》《落日故人情》《流年记》《从这里到永恒》《小看客》，码洋约为1990000；举办“2012年度华文最佳散文奖”的评选和颁奖；与《人民日报》《上海文学》，澳门政府基金会联合举办“我心中的澳门”全球华文征文活动。

【《时代报告》杂志社】

2013年，时代报告手机报和电子杂志、微博上线。1月，《时代报告》杂志社联合省报告文学学会启动河南省首届短篇报告文学大奖赛。7月5日，由中国报告文学学会、河南省报告文学学会、时代报告杂志社联合举办的“时代中国”万里行采访活动在河南郏县启动；各位参与采风的作家写出了30多篇文章发表在河南所属媒体；《“时代中国”万里行郏县篇》一书于12月底出版。

各文艺家协会

【参加第七届全国青年作家创作会议】

9月24日至25日，由中国作协与共青团中央联合举办的第七届全国青年作家创作会议在北京召开。河南代表团由省作协副主席、秘书长邵丽任领队，乔叶、赵瑜、南飞雁、孔会侠、陈宏伟、刘峰晖、尚攀、忻尚龙等八位青年作家、评论家参会。由于近年来创作成果卓著，乔叶在会上作重点发言。省文联为参会作家召开了欢送会，省文联党组书记吴长忠对青年作家寄予殷切期望。

【河南省第十八届黄河诗会】

9月29日，省作协、省文学院、省诗歌学会举办河南省第十八届黄河诗会。省文联巡视员、省作家协会主席李佩甫，省文联原主席南丁，省文联副主席郑彦英等以及省内外近百位诗人、诗歌评论家参加了此次诗会。与会人员围绕“突围、突破——中原诗歌的现状与发展”深入研讨，为河南诗歌把脉献言。

【英协有戏2013新春戏曲周】

1月27日，省剧协与大河报社、河南英协文化有限公司联合主办“英协有戏2013新春戏曲周”。此次演出为公益演出，让戏迷和观众看名家、看名剧、看好戏，把文化送到观众家门口。

【武秀之“三合一”理论暨教学成果展演、座谈】

7月6日晚，由省文联、省音协主办的著名声乐教育家武秀之“三合一”理论暨教学成果展演音乐会在河南艺术中心音乐厅举行。7月7日，在省文联举办了武秀之“三合一”理论暨教学成果座谈会。

【河南版画精品展走进深圳观澜】

作为深圳观澜美术馆年底的压轴展览，由深圳观澜美术馆、中国观澜版画原创产业基地、河南省美术家协会版画艺术委员会共同主办的“河南版画精品展”于12月26日上午在深圳观澜美术馆开幕，展览将持续到2014年2月26日。画展汇聚了跨越两个世纪的河南版画家的经典之作，共展出55位作者的74件版画作品。

【美术系列学术讲座】

为加强河南美术理论队伍的建设，拓展河南画家创作思路，由省美协、省美术馆主办，每月一次的河南省美术馆系列学术讲座，受到了会员们的广泛好评。《江山如此多娇——傅抱石“毛泽东诗意画”创作之考察》《徐悲鸿的艺术人生》《宣传画中的中国农民——以土改、合作化、大跃进及人民公社为中心》等专题讲座使大家开阔了视野，弥补了河南美术理论研究不足，对促进河南美术创作健康发展起到了重要作用。

【书法惠民】

春节前夕，省书协组织书法家赴洛阳、驻马店西平县、商丘宁陵县、开展“书法进万家”和“送欢乐下基层”活动，为老百姓写春联。11月，省书协承办“大爱中原”全国书画名家爱心助残艺术展活动，收到的爱心捐赠作品将收藏于河南省爱心助残书画院，用于支持河南省残疾人事业发展。

【“家乡寄语——谢安钧书法作品展”】

6月8日，由中国书协草书专业委员会、省文联、省书协主办的“家乡寄语——谢安钧书法作品展”在省美术馆开幕，展出了谢安钧近期创作的70余件作品。展览中，谢安钧还向省美术馆捐赠了书法作品。展览于6月22日在信阳博物馆展出。

【书法之乡建设】

7月27日，新乡辉县市“中国书法之乡”授牌，至此，河南省“中国书法之乡”已达8个。3月18日，省书协为首个“河南省书法之乡”长垣县授牌。

【王瑶到温县调研】

8月24日，中国摄影家协会主席、分党组书记王瑶一行到河南省温县太极拳发源地陈家沟等地调研。王瑶一行观看了当地的农民摄影作品展，向农民摄影志愿者赠送了摄影书籍，还出席了由中国摄协、河南省摄协、温县政府联合主办的国际太极拳摄影大展采风活动启动仪式。

【发出文明摄影倡议】

针对个别摄影人在创作中随意践踏公共设施等不和谐现象，10月，省摄协向全省会员和摄影

爱好者发出了《关于文明摄影的倡议书》，呼吁大家遵守社会公德，做文明摄影人。倡议书在中国摄影家协会网等刊登后，在河南摄影界乃至全国摄影界引起热议。

【摄影惠民】

1月，省摄协组织慰问团赴中牟移民新村，把摄影展览送到当地百姓面前，并为村民拍摄“全家福”，赠送年画、挂历等慰问品；组织摄影家赴西平、宁陵、辉县等地举行“送温暖下基层”活动，为基层百姓拍摄“全家福”，赠送摄影作品，受到群众赞誉。

8月1日，省摄协组织志愿者赴温县举行“送文化到基层”活动，为40多位农民摄影爱好者送去了数百本摄影类书籍、画册。

2013年上半年，省摄协多次组织文艺志愿者赴温县、长垣摄影基地，向农民摄影师发放相机，进行技术辅导，帮助整理作品；邀请专家学者举行学术讨论；积极筹备村民摄影展。短短一年，农民摄影师们拍摄了三万余幅作品。

在2013年的“万名摄影志愿者万幅作品进万家”公益活动中，省摄协荣获“先进团体会员单位”称号，刘鲁豫、黎青、申云峰、慎广建、宋云雷、孙迎新、王明俊、王有庆、张杰等九名摄影工作者获得“先进个人”荣誉称号；在“百名服务基层优秀会员”评比中，河南摄影家朱付新、籍晓鸣、王铁栓、朱伟民喜获殊荣。

【曲艺惠民】

4月29日至30日，省曲协组织范军、于根艺、陈冠义、张若愚、胡润芝、刘小宝、崔文化、杨建国、张志刚、闪海鹏等著名曲艺家及南阳市说唱团演员赴南阳市南召县举行了两场惠民演出，受到当地群众热烈欢迎。

【河南省首届微电影大赛】

3月10日，由省影视协、河南影视集团主办的“文化中原——河南省首届微电影大赛暨‘微影星播’大赛颁奖盛典”在郑州举行。《家书》《父爱》《全家福》《微博有鬼之僵尸无间道》《比约夏》《地铁便利贴》等6部作品荣获一等奖，《虎头岗》《一路顺风》《光盘》等12部作品荣获二等奖，《刺梅》《13号公路》《父子看月》等20部作品荣获三等奖。仪式上，郑州微电影协会成立揭牌。

【参加中国电影家协会第九次全国代表大会】

11月29日至12月1日，中国电影家协会第九次全国代表大会在京召开。宗树洁、张志功、崔卫、金萍赴京参会。经大会选举，张志功当选为理事。

【“舞动中原”系列活动】

“五•一”期间，第七届“舞动中原”国际标准舞全国公开赛举行，作为河南舞蹈的品牌赛事，吸引了全国近万名选手参加比赛。省舞协还举办了“舞动中原”“六•一”少儿舞蹈展演；历时四个月在全省举行了“舞动中原”全民广场舞大赛，两百多个节目、近万人参赛。

【农村少儿舞蹈基地建设】

2013年，经省舞协调研考察，上报中国舞协审批，将郑州南十里铺小学设为“新农村少儿舞蹈美育工程”少数民族舞蹈课堂教学基地，将封丘建勋学校设为“新农村少儿舞蹈美育工程”教学基地。中国舞协、省舞协投入专项资金用于基地基本设施改造、教学设备更新。经省舞协派驻文艺志愿者，当地选派专业教师，两个基地已有序开展活动。

【“天天邮戏　戏送万家”下基层文化惠民演出】

省杂协承办了由省委宣传部、省文化厅、省文联、省邮政公司联合主办的“天天邮戏　戏送万家”活动，组织艺术家赴信阳、郑州、济源、焦作、驻马店、富士康、河南能源赵固矿区等开展送戏下乡活动，“双节”期间共为基层一线群众和矿工演出30余场次。

【“第二届全国廉政剪纸艺术大赛”颁奖】

1月15日，由中国民协剪纸艺术委员会、省民协、三门峡市纪检委等主办的第二届全国廉政剪纸艺术大赛颁奖仪式和本次大赛优秀作品展在三门峡市国际会展中心举行。大赛以“尚德、修德、守德”为主题，共收到全国24个省、区、市的剪纸作品1300余幅。经评审，108幅作品获奖，其中特等奖3幅，一等奖5幅，二等奖15幅，三等奖85幅。《中国•三门峡第二届全国廉政剪纸艺术大赛作品集》已由河南美术出版社出版发行，该书被列入河南省民间文化遗产抢救工程系列成果。

【“中国民间文化之乡”建设】

2013年，河南省鲁山县被命名为“中国墨子文化之乡”，并建立“中国墨子文化研究中心”；武陟县被命名为“中国黄河文化之乡”，并建立

“中国黄河文化研究中心”；荥阳市被命名为“中国嫘祖文化之乡”“中国象棋文化之乡”并建立“中国嫘祖文化研究基地”；济源市思礼镇被命名为“中国卢仝文化之乡”，并建立“中国卢仝文化研究中心”。全省中国民间文化之乡已达43个，位居全国首位。

6月至12月，省民协结合开展党的群众路线教育实践活动，按照一书（中国民间文化之乡丛书单卷本）、一馆（博物馆或展览馆）、一机构（研究中心、基地、专业委员会）的基本要求，对全省2012年底前命名的38个民间文化之乡进行了回访调研，行程近万公里，对全省民间文化之乡建设的情况有了比较全面的了解，收到了良好的社会效果。

获奖情况

文学方面，李佩甫的《生命册》获第二届施耐庵文学奖，邵丽的《城外的小秋》获第十届“十月文学奖”中篇小说奖，邵丽的《刘万福案件》、乔叶的《盖楼记》获第五届北京文学中篇小说月报奖，邵丽的《刘万福案件》、傅爱毛的《你是我的眼》获《小说月报》第十五届百花奖中篇小说奖，马新朝以组诗《黄土高天》获第四届“闻一多诗歌奖”、中国诗人奖，墨白的《首长》《老酸奶》《葬礼》等十篇小说获第六届小小说“金麻雀奖”，萍子获河南省诗歌学会颁发的“中原诗歌突出贡献奖”。刘建超、安晓斯分别凭借作品《戏霸》和《距离一米看孙子》获首届“钟宣杯”全国优秀小小说双刊奖。《莽原》被评为河南省社科类“二十佳期刊”。《武侠故事》被评为河南省一级期刊。

戏剧方面，刘雯卉以现代豫剧《王屋山的女人》中的出色表现摘得第26届中国戏剧“梅花奖”（第四届中国戏剧奖•梅花表演奖）。在第十七届“中国少儿戏曲小梅花荟萃”活动中，河南省五名小选手荣获金花称号，臧琼杰、蒋文涵、张露戈同时荣获十佳称号。第27届田汉戏剧奖评选中，话剧剧本《红旗渠》获剧本一等奖，戏曲剧本《潘安与秋菊》获剧本三等奖，论文《当代戏剧创作的三个命题》获论文二等奖，论文《劝君莫唱前朝曲》获论文三等奖。第五届“中国戏剧奖•小戏小品奖”暨第五届全国小戏小品大赛，河南小戏《桑林收子》荣获优秀剧目奖。第十三届中国戏剧节，豫剧《山城母亲》获最高奖——“中国戏剧奖•优秀剧目奖”，该剧主演肖秀莲获优秀表演奖。

音乐方面，第六届海峡两岸合唱节中，河南理工大学合唱团获金奖第一名。在第三届全国小提琴优秀选手展演中，河南选手获得1银、3铜、2个优秀奖。中国音乐金钟奖全国少儿二胡比赛揭晓，河南选手获得1个优秀奖，3个入围奖。

书法方面，第四届中国书法兰亭奖颁奖，河南书法家吴行获得艺术奖，牛耕、季平、王乃勇、刘伊明、薛党军、刘聚森、张红杰7人获得佳作奖，张典友获得理论奖，33人入选佳作展，入选人数居全国第一，整体成绩居全国领先地位。

曲艺方面，第六届中部六省曲艺大赛中，河南白军宣演唱的河洛大鼓《买驴卖驴》、李爱红演唱的河南坠子《大老薛开店》获一等奖；郎玉明、魏鹏表演的对口快板《乌江恨》及刘宝、余东风、张健表演的小品《卖鱼》获二等奖。“岳池杯”第二届中国曲艺之乡曲艺大赛，河南三弦书《孝子》及小品《公公•媳妇•狗》荣获银奖，平调三弦书《新农村更比天堂美》荣获铜奖。“第二届南山杯全国曲艺新人新作展演”中，河南孙雁斌、张德高的小品《私房钱》荣获三等奖。“武清•李润杰杯”全国快板书大赛中，河南何香群的快板书《智破假酒案》荣获二等奖，郎玉明、魏鹏的对口快板《乌江恨》荣获三等奖。

影视方面，“第八届华东及全国部分省市电视主持新人赛”，河南的张靓、王璐瑶获得季军，王岗、班浩庆、成石磊获得新人奖。电影《念书的孩子Ⅱ》获第十届美国圣地亚哥国际儿童电影节“最佳影片”和“最佳演员”两项国际大奖，该影片被国家教育部和广电总局评选为优秀影片，并联合发文推荐全国中小学生组织观看。第五届新农村电视艺术节暨第七届小康电视节目工程颁奖仪式在京举行，河南7部作品获奖。第六届“中国旅游电视周”表彰活动上，河南5部作品获奖。第29届中国电影金鸡奖颁奖典礼在武汉举行，河南导演朱赵伟导演的京剧电影《蓝梅记》获最佳戏曲片奖，这在河南电影史上前所未有；河南电视台、中央新闻纪录电影制片厂（集团）出品的

《杜甫》获得最佳纪录片提名奖，河南电影电视制作集团有限公司、河南电影制片厂、与众不同（北京）国际电影科教片发行有限公司出品的《生命奇观——胎儿的奇异旅程》获得最佳科教片提名奖，河南小皇后豫剧团、八一电影制片厂、河南电视传媒发展有限公司、河南王红丽文化艺术有限公司出品的《铡刀下的红梅》获得最佳戏曲片提名奖。庞晓戈荣获“第八届全国德艺双馨电视艺术工作者”称号。“人文中国第二季——味道中国”全国电视专题、纪录片推选、展播活动在广州颁奖，河南7部作品获奖。亚洲微电影“金海棠奖”评选表彰活动中，省影视协选送的31部作品最终夺得“十佳微电影频道”、“最佳作品奖”、“微电影好作品奖”、“优秀原创音乐奖”4项大奖。第五届海峡两岸电视主持新人大赛在福建泉州举行，河南张辉丹、陆鹏获得二等奖。

舞蹈方面，“荷花少年”中学生舞蹈展演，河南荣获三个金奖；“小荷风采”少儿舞蹈展演，河南荣获五个“小荷之星”，两个“小荷之秀”。省舞协选送《那年那月》、《袖鼓》参加中央电视台舞蹈世界栏目演出均获优秀节目奖。

杂技方面，省杂协获得省委宣传部2013年“欢乐中原”群众文化活动先进单位，李锦利荣获先进个人。在2013年召开的全国杂协工作会议上，省杂协作为先进单位在会上作了经验发言。省杂协组织推荐的杂技节目《空中大飞人》、《天山上的红花》分别荣获第九届全国杂技（魔术）比赛评委会特别奖和单项表演奖。12月27日，第八届中国杂技金菊奖第三次剧目奖在濮阳颁奖，濮阳豪艺杂技团《水秀》获优秀剧目奖，濮阳市阳光残疾人杂技团《追寻太阳》获评委会特别奖。

民间文艺方面，中国故事节“美丽中国故事会”全国少儿故事表演邀请赛中，王馨仪表演的故事《超级变变变》荣获大赛金奖第一名，辅导老师张进获大赛辅导金奖。“中国（南宁•青秀）舞龙展演暨第十一届中国民间文艺山花奖•民间艺术表演奖评奖活动”上，河南洛阳曹屯舞龙队荣获舞龙展演金奖。第十一届中国民间文艺山花奖在长春颁奖，河南开封市王素花刺绣作品《百鸟朝凤》、汝州市朱钰峰的汝瓷作品《如意尊》、洛阳市白马寺孙村秋艺社民间绝艺《孙氏“十六挂”转秋千》获得本届山花奖。

湖北省文联

综　述

2013年，湖北省文联坚持以人民为中心的工作导向，认真履行联络、协调、指导、服务职能，积极开展党的群众路线教育实践活动，团结推动全省文联系统坚持围绕中心、服务大局，深入基层、服务群众，改进作风、服务文艺工作者，以良好的精神风貌和改革创新精神，努力提高自身能力和工作水平，各项工作取得了重要进展和显著成效。6月，中国文联九届五次全委会暨全国文联系统先进集体和先进个人表彰会在北京召开，湖北省大冶市文联获全国文联系统先进集体称号，长阳县文联主席陈哈林获全国文联系统先进个人称号，湖北今古传奇传媒集团获全国文联工作优秀集体称号。

会议与活动

【第9届中国国际民间艺术节】

9月16日，由中国文联、湖北省人民政府主办的第九届中国国际民间艺术节在宜昌开幕。本届艺术节开幕式与第四届中国长江三峡国际旅游节、第三届宜昌长江钢琴音乐节开幕式一起举办。全国政协副主席卢展工出席开幕式。中国文联党组书记、副主席赵实，湖北省委副书记、省长王国生，国家旅游局党组成员吴文学，中国文联副主席、中国音协分党组书记徐沛东，湖北省委常委、宜昌市委书记黄楚平，重庆市副市长谭家玲登台按动水晶球启动开幕式。中国文联党组成员、书记处书记李前光致辞，黄楚平代表省委省政府致辞。全国人大环境与资源保护委员会副主任委员罗清泉，第十届全国人大常委、财政经济委员会副主任委员郭树言，全国政协教科文卫体委员会驻会副主任常荣军，中国侨联副主席乔卫，国务院三峡办副主任王伟，中国长江三峡集团副总经理毕亚雄，省人大常委会副主任赵斌，省政协副主席刘善桥，省政府秘书长王祥喜，以及埃及、蒙古、巴基斯坦、波兰、塞内加尔、西班牙等六国驻华使节出席开幕式。开幕式由湖北省副省长甘荣坤主持。民间文化艺术节期间，参加艺术节的各国民间艺术家在宜昌和北京两地为观众献上了近20场特色鲜明、风格迥异、激情洋溢的文艺演出。

【第22届中国金鸡百花电影节】

9月25日，由中国文联、中国影协、武汉市人民政府主办的第22届中国金鸡百花电影节在武汉开幕。全国政协副主席陈晓光，中国文联党组成员、副主席、电影节主席团主席夏潮，国家新闻出版广电总局副局长童刚，中国影协名誉主席谢铁骊，中国影协主席李前宽，中国影协分党组书记、驻会副主席康健民，湖北省政协主席杨松，湖北省委常委、武汉市委书记阮成发，市长唐良智等出席开幕式。9月28日晚，第22届中国金鸡百花电影节颁奖典礼暨闭幕式在武汉举行，第29届中国电影金鸡奖各大奖项逐一揭晓。中国文联主席孙家正，中国文联党组书记、副主席赵实，湖北省政协主席杨松，湖北省副省长甘荣坤，中国文联副主席、中国影协副主席奚美娟，以及谢铁骊、李前宽、康健民、许柏林、李述永等湖北省、中国影协、武汉市相关领导，和谢飞、吴天明、王中军、冯小刚、陈可辛、黄宏、陈力、赵薇、刘震云、张国立、黄晓明、张静初、孙维民等众多电影人出席颁奖典礼。孙家正、赵实为于敏、刘学尧两位新中国电影的奠基人颁发了终身成就奖。《中国合伙人》与《周恩来的四个昼夜》等几部不同风格的现实主义题材影片斩获几大重要奖项，成为本届金鸡奖的一大特色。第22届中国金鸡百花电影节期间，国产新片展、中国电影论坛、“美丽中国梦”首届中国•武汉微电影大赛、金鸡

国际影展、电影艺术家下基层慰问、电影群星红毯秀等多项活动陆续举办。

【"百花迎春"——2013年湖北文艺界新春大联欢】

1月30日，"百花迎春"——2013年湖北文艺界新春大联欢在汉举行。省委常委、宣传部部长尹汉宁，省人大常委会副主任周洪宇，副省长王君正，省老领导陈春林出席，并向全省文艺工作者表达了诚挚的问候。联欢会由省文联党组书记、常务副主席刘永泽主持，省文联主席熊召政致辞。联欢会上，艺术家们表演了歌舞、相声、京剧、小品、黄梅戏等15个节目。

【湖北省文联九届二次全委会、第二批湖北省文艺家工作室】

4月16日，湖北省文联第九届委员会第二次会议在武汉召开。会上，省文联党组成员、副主席朱莎莉宣读《关于我省在全国基层文联组织网络体系建设典型经验征集评比中获奖文章和组织工作先进单位的通报》，并颁奖。省文联党组书记、常务副主席刘永泽向大会作工作报告。省文联党组成员、副主席罗丹青宣读《湖北省文联关于成立湖北省文艺家工作室的决定》。第二批朱世慧、王原平、方石、何祚欢、杨发维、梅昌胜、徐本一、金伯兴、曹小强、於可训、梅月洲、张以庆工作室挂牌成立。省文联党组成员、副主席易熙君宣读了《关于〈工作报告〉和〈工作要点〉的决议》（草案），并表决通过。会议还通过了省文联第九届委员会、主席团有关人事调整的决议。

【首届"黄海怀二胡奖"颁奖音乐会】

6月16日，首届"黄海怀二胡奖"系列活动伴随着二胡演奏比赛、作品征集评奖颁奖音乐会的成功举行在武汉谢幕。全国人大环境与资源保护委员会副主任委员、湖北省中华文化促进会名誉主席罗清泉，省委常委、宣传部部长尹汉宁，省政协副主席刘善桥等省领导，中华文化促进会、中国音协的领导、专家，和来自全国著名的二胡演奏家、作曲家；以及省委宣传部、省文联、省中华文化促进会、武汉音乐学院等省直单位负责人出席颁奖音乐会并为获奖选手颁奖。15人在二胡演奏比赛中获奖，其中金奖1名、银奖2名、铜奖3名、优秀奖9名，金奖由上海音乐学院选手陆轶文获得。首届"黄海怀二胡奖"系列活动为期一周，由中国音协、中华文化促进会、省委宣传部为指导单位，中国音协二胡学会、省教育厅、省文化厅、省文联、省中华文化促进会、省广播电视台、武汉音乐学院主办。

【2013年湖北省文艺管理人才高级研修班】

6月17日，湖北省文艺管理人才高级研修班在武汉开班。开班仪式由省文联党组成员、副主席罗丹青主持，省文联党组书记、常务副主席刘永泽作了动员讲话。本次研修班为期5天，中国曲艺家协会分党组书记董耀鹏，中国纪录片学术委员会理事、湖北电视台独立制片人张以庆，省文联党组书记、常务副主席刘永泽，党组成员、副主席罗丹青罗丹青，原湖北省文联副主席黄中骏，省文联文艺理论家协会副主席李建华等参与授课。研修学员均为来自于我省地市州、林区、产业文联和县（市）区文联新近走上工作岗位的主席和副主席，共50余人。

【《十大行书赏析》首发式暨学术研讨会】

6月24日，《十大行书赏析》首发式暨学术研讨会在武汉举行。全国人大环境与资源保护委员会副主任委员罗清泉，省委常委、宣传部部长尹汉宁，中国书协副主席陈振濂，省老领导王少阶、韩忠学等出席。中国书协主席张海发来贺信。由省中华文化促进会、省文联、长江书法研究院和长江出版集团创意编辑的大型书法鉴赏丛书首部专著《十大行书赏析》，汇集了10位书法理论家的赏析文章，从不同角度对中国古代最有代表性的十件行书精品作了精彩的赏析。该书饱含中国气派和风格，又富有楚文化特色。

【湖北省书协第五次会员代表大会】

8月3日至4日，湖北省书协第五次会员代表大会在武汉召开。来自全省的会员代表153人出席大会。大会授予王峻峰、钟鸣天、孙方、陈方既4位书家"终身成就奖"，授予穆毅、曹立坚、戴浩书3位书家"特殊贡献奖"，审议并通过《湖北省书协第五次会员代表大会工作报告》和《关于修改〈湖北省书法家协会章程〉的说明》，选举产生了新一届湖北省书协理事会和主席团。徐本一当选为湖北省书协第五届主席团主席，葛昌永、张明明、夏奇星、张天弓、王军、刘水露、李国光、吴中华、张秀、张炳绍、周恒发、周德聪、童德昭当选为副主席。

【神游东方——周韶华艺术大展】

9月7日至22日，由文化部、中国文联、湖北省政府、上海市政府主办，上海市委宣传部、湖北省委宣传部支持，中国美协、中国国家画院、中国美术馆、上海市文化广播影视管理局、上海市文联、湖北省文化厅、湖北省文联、上海市美协、湖北省美协协办，中华艺术宫、中国国家画院美术研究院、周韶华艺术中心共同承办的《神游东方——周韶华艺术大展》在中华艺术宫隆重举行。文化部党组成员、副部长董伟，中国文联党组成员、副主席、书记处书记左中一，中国文联副主席、中国美协主席刘大为，湖北省委常委、宣传部部长、大展组委会主任尹汉宁，上海市副市长翁铁慧，以及中国国家画院院长杨晓阳，中国国家画院副院长、大展策展人张晓凌等美术界、理论界的一批著名艺术家、评论家出席了展览开幕式并参观展览。湖北省副省长甘荣坤主持开幕式。展览包括作品、文献、讲座、研讨四个部分，着力阐释了周韶华的艺术观念与艺术人生。

【中国（武汉）期刊交易博览会·演武大会】

9月14日至16日，中国（武汉）期刊交易博览会•演武大会在武汉国际博览中心举行。演武大会是中国（武汉）期刊交易博览会的主项目之一，也是刊博会中最具动感、规模最大的项目，由省文联指导，湖北今古传奇传媒集团、武当杂志社承办。来自美国、俄罗斯、法国、马来西亚、蒙古、摩尔多瓦等国家和地区以及国内30个省市的130余支代表队、1500余名武林高手参加了此次武术盛会。著名武术家吴彬、江百龙、陈顺安、梅墨生、马杰、赵幼斌等作为嘉宾前来指导，著名网络作家蝴蝶蓝等应邀前来文武互动。

【湖北省影视剧本创作高级研修班】

9月22日至28日，湖北省影视剧本创作高级研修班在武汉举办。本次研修班由湖北省文联主办，省文联文学艺术院承办，来自我省各市、州、县、神农架林区文联及新疆博州的影视创作人员50余人参加了研修班。参与授课的专家有：中国传媒大学教授、博士生导师曾庆瑞，著名编剧全勇先，中国影协分党组书记、驻会副主席康健民，北京御景江山影视文化发展有限公司总经理、著名制片人、演员刘燕军，著名导演、红色世纪影业（集团）公司董事局主席、中华文化促进会传媒中心副主任（电影部主任）、中国青年导演创作集体主席郑克洪，省文联党组书记、常务副主席刘永泽，省文联党组成员、副主席罗丹青，湖北广播电视台副台长焦宪成等。

【中国文联文艺志愿服务团赴红安开展“送欢乐、下基层”慰问演出】

10月26日，由中国文艺志愿者协会、中国文联文艺志愿服务中心、湖北省文联主办，黄冈市文联、红安县委县政府承办，红安县委宣传部、文联协办的“送欢乐、下基层”中国文联文艺志愿服务团“情系红安”慰问演出，在黄麻起义和鄂豫皖苏区纪念园举行。姜昆、戴志诚、程志、满文军、乌兰图雅、王莹等知名艺术家登台表演。

【第三届湖北美术节暨首届“湖北国际当代艺术节”】

11月11日，由湖北省委宣传部、省文化厅、省文联主办，省美协承办的第三届湖北美术节暨首届“湖北国际当代艺术节”，在省图书馆新馆开幕。来自9个不同国家、地区的著名艺术家、评论家、艺术群体、社会各界文化名人、省市领导参加了开幕仪式。此次美术节历时近三个月，秉承“融合世界，繁荣艺术，发展文化”的理念，邀请了湖北和欧洲各国的当代艺术家共同参与展览，设置了国际交流展区、地市州展区、高校展区和艺术机构展区，共举办了59项展览。

【湖北省书法院揭牌】

11月12日，湖北省书法院在省文联十楼会议室举行成立揭牌仪式。中国书协副主席胡抗美、湖北省委宣传部副部长陈连生为湖北省书法院成立揭牌。原省人大常委会副主任韩忠学被聘为湖北省书法院院长，刘永泽为常务副院长，曾翔、葛昌永为副院长。湖北省书法院隶属于湖北省文联文学艺术院，为事业单位，院址坐落于东湖高新技术开发区九峰国家森林公园内，基础建设现已动工，将在两年内建成。

【湖北省“一县一品”文化品牌创建工作座谈会】

12月2日，湖北省“一县一品”文化品牌创建工作座谈会在武汉召开。会上宣读了《关于表彰第二届（2011-2012年度）湖北省“一县一品”文化品牌“创建特别奖”和“创建奖”的决定》、《关于开展第三届湖北省“一县一品”文化品牌

创建项目申报工作的通知》并向获奖者颁奖；十堰市文联等6个获奖单位的代表进行了交流发言。“随州炎帝神农文化”、宜昌长阳巴土文化园、武当文化等一批文化品牌获得奖励。

【湖北省第25届摄影艺术展】

12月15日，湖北省摄影家协会主办的湖北省第25届摄影艺术展开幕式在武昌首义广场举行。本届展览展出的200余幅作品，展现了湖北的自然风光、历史文化遗产、风土人情，运用摄影艺术的独特视角诠释了“文化湖北”。

文艺创作与研究

【第五届湖北音乐金编钟奖颁奖盛典】

7月6日，“奏响金编钟•唱响中国梦”第五届湖北音乐金编钟奖颁奖盛典在武汉音乐学院编钟音乐厅举行。“第五届湖北音乐金编钟奖”评选活动从2月开始，历时五个月，共有236名表演类选手，116件器乐、声乐作品，15位终身成就奖候选人参加了本届的比赛和评选。操奕恒等57名选手、室内乐《水之灵》等9件器乐作品、《亲爱的，我亲爱的中国》等24件声乐作品获得金、银、铜奖；武汉音乐学院等5个单位获得组织奖；陈国权等8人获得终身成就奖。

【刘永泽书法展】

11月7日，《心铸墨魂——刘永泽书法作品展》在北京视觉经典美术馆开幕。本次展览是刘永泽应北京大学书法艺术研究所邀为书法高研班学生作《我们的荆楚书道》学术讲座之后，从创作实践层面对理论所做的回应，共展出了其近年创作的80幅优秀作品。

【熊召政诗文书法展】

11月28日，“熊召政诗文书法展”在西安美术馆开幕。此次展览共展出熊召政诗、词、联、赋等文体的书法作品近百幅，以吟颂西安、秦川为题材。

【第八届湖北文艺评论奖颁奖】

12月11日，第八届湖北文艺评论奖颁奖仪式在武昌东湖举行，共有52篇（部）作品获奖，其中一等奖7篇（部），二等奖11篇（部），三等奖17篇（部），此次评奖首次设立著作类奖项，有9部著作获奖。省文联党组书记、常务副主席刘永泽，党组成员、副主席朱莎莉，省委宣传部文艺处处长杜海波出席了颁奖仪式。

【第十届湖北戏剧牡丹花奖颁奖】

12月17日，湖北省戏剧最高奖——第十届湖北戏剧牡丹花奖颁奖暨汇报演出在湖北省孝感市举行。本届湖北戏剧牡丹花奖经过专家评委会严格的资格审查、初评和终评，共有19个戏剧院团的23人荣获“牡丹花奖”，4人荣获“牡丹花大奖”，湖北省京剧院等7个单位荣获组织工作奖。

【第四届湖北少儿文艺金蕾奖(表演类)颁奖】

12月21日，第四届湖北少儿文艺金蕾奖(表演类)在武昌“京韵大舞台”颁奖。本次表演类评奖，共收到参赛作品219件，评出一等奖7个，二等奖10个，三等奖34个，创作奖3个，辅导奖7个，组织工作奖7个。

【一批文艺作品和人才获全国大奖】

2013年，湖北省文联加强文艺精品创作的研究与规划，积极为文艺创作营造良好的环境和氛围，100多件优秀文艺作品和一批文艺家在全国各类文艺评奖中获奖。主要有：《建安轶事》获第14届文华奖“文华大奖”、《妹娃要过河》、《宇宙锋》获“文华优秀剧目奖”，《过河》、《三个媳妇》获第5届中国戏剧奖•小戏小品奖优秀剧目奖;《水德吟》获第9届中国音乐“金钟奖”比赛最佳作品奖;《汉正街的娘子军》、《土家汉子摔个起》分获第10届全国舞蹈比赛创作银奖和铜奖；《武当和韵》、《清江恋歌》、《月落孤秋》分获第9届中国舞蹈“荷花奖”古典舞作品银奖、民族民间舞“十佳作品奖”和表演铜奖;《精武英雄霍元甲》获首届全国快板书大赛三等奖，《密码》获第9届全国电视小品大赛铜奖;《青铜文明》、《商汤崛起——汤誓》、《李自成进京》入选中华文明历史题材美术创作工程;张晖、彭金淋、张大钧等书法家的书法作品获全国书法大展优秀作品奖;《南水北调移民》获24届全国影展纪录类“金质收藏”奖;《土家族撒叶儿嗬》、《佛经故事与中国民间故事演变》、《再世嫦娥——钱六姐研究文集》、《巧女节》获第11届中国民间文艺“山花奖”;《绸吊》获第6届亚洲之声国际杂技艺术节金奖，《飞轮炫技》获全国杂技（魔术）比赛金奖和创新奖;30集电视剧《正午阳光》获“飞天奖”农村题材一等奖。朱世慧、杨俊获2013年中国文化艺术政府奖——文华表演奖。沈虹光等25名文艺名家入选湖北“文化名家”。詹春尧获第26届中国戏剧梅花奖，刘子微获“二度梅”，王荔获第13届中国戏剧节优秀表演奖。龚爽获第9届中国音乐金钟奖声乐民族组银奖、操亦恒获优秀奖，金婷婷获第15届央视“青歌赛”民族组银奖。

市州与产（行）业文联

【市州与产（行）业文联工作亮点纷呈】

一年来，湖北省文联注重对基层文联工作的创新，加强对市州文联和产行业文联（文协）的服务指导，不断提高基层文联的自身建设水平。武汉市文联打造了“武汉系列”文艺创作品牌。襄阳市文联开展了文艺“五走进”和各类主题文艺活动。宜昌市文联大力实施文艺人才百人工程。荆州市文联举办了首届海峡两岸现当代诗学研讨峰会。十堰市文联成立了文学艺术界志愿者服务队。孝感市文联开展了“创建先进协会、争当优秀文艺人”活动。黄冈市文联积极推进“中国书法城”创建。黄石大冶市文联获全国文联系统先进集体称号。鄂州市文联在全国文艺志愿服务工作会议上交流经验。咸宁市文联承办了“中国文艺名家看咸宁”活动。荆门市文联采取文企联姻形式成立了文艺创作基地。随州市文联举办了全市戏曲演唱活动。恩施州文联策划组织庆祝建州三十周年系列文艺活动。潜江、天门、仙桃、神农架等地文联承办了党委政府交办的大型主题性文艺活动。“一县一品”文化品牌创建深入推进，表彰了随州炎帝神农文化、宜昌长阳巴土文化园、武当文化等3个创建工作特等奖项目，武昌首义文化等23个创建奖项目。产（行）业文联与文艺社团工作有声有色、稳步推进。武钢文联举办了武钢“五一之歌”职工联唱会。武汉铁路局文联举办了语言类文艺节目创作培训班。长航文联举办了首届职工优秀书画摄影展。省水利文协举办了“爱我千湖”文学有奖征文活动。省电力公司文联举办了系列职工文联作品研讨会。铁四院文联举办了建院60周年职工文艺演出。省诗词学会成立了聂绀弩诗司研究基金会。省楹联学会举办了湖北省楹联文化艺术节。

机关建设

【开展党的群众路线教育实践活动】

上半年，湖北省文联围绕如何贯彻落实中央八项规定和省委六条意见，更好地在下半年开展党的群众路线教育实践活动等课题，在全省文联系统广泛开展了系列专题调研活动。3月20日至23日，中国文联华中地区调研座谈会在湖北省文联举行，会后，中国文联党组成员、副主席左中一一行在湖北省文联党组书记、常务副主席刘永泽等陪同下到潜江市进行深入调研，并召开我省部分县、市文联负责人和文艺家代表座谈会。2013年7月以来，省文联紧紧围绕“为民、务实、清廉”的主题，紧扣“照镜子、正衣冠、洗洗澡、治治病”总要求，紧密联系文艺工作和文联实际，认真组织学习教育、听取民意，查摆问题、开展批评，整改落实、建章立制，共征求到各类意见和建设41条，查摆出党组班子在“四风”上20多个具体方面的问题；党组成员自我查找个人问题共计37条，相互提出批评意见50多条，逐步建立六个方面的规章制度60项，圆满完成了各个环节的各项工作任务，教育实践活动收到了预期效果。

【湖北省文联系统多个集体和陈哈林等个人获全国表彰】

6月30日，中国文联九届五次全委会暨全国文联系统先进集体和先进个人表彰会在北京召开，我省大冶市文联获全国文联系统先进集体称号，长阳县文联主席陈哈林获全国文联系统先进个人称号，湖北今古传奇传媒集团获全国文联工作优秀集体称号。陈哈林作为先进个人的唯一代表发言，其先进事迹受到中国文联主席孙家正和党组书记、副主席赵实的充分肯定。

【积极开展“三抓一促”活动】

在大悟县宣化店镇组织文艺家开展为村民送迎春对联、歌曲光碟、书画作品、文艺报刊、文艺演出、全家福照片、艺术台历、学习用具的“八送”活动。为给湖北省文联“三万”活动驻点村及结对共建油柿村、万畈村、徐门寨村筹措资

金，机关党委下发《关于为“三万”活动驻点村贫困群众捐款的通知》，组织机关党员干部捐款。全年为驻点村及结对共建村落实帮扶资金30万元，组织文联机关干部职工及部门捐款近4万元，走访贫困户 90户。我会“三万”工作组受到省委、省政府表彰。组织开展了七一评比表彰活动。评选出先进基层党组织6个，优秀党员16人，优秀党务工作者6人。

【严格执行机构编制审批程序和编制管理制度】

2013年，省文联党组重视机构编制管理工作，认真落实机构编制目标责任制。贯彻执行《地方各级人民政府机构设置和编制管理条例》、《事业单位登记管理暂行条例》等政策法规，严格按程序报批有关机构编制事宜，接受省机构编制主管部门的领导。在省委宣传部的有力指导下顺利完成了省书协换届工作，严格按照《湖北省文联事业单位人员招录实施方案》招聘了5名省文联文学艺术院工作人员。

直属企事业单位

【今古传奇报刊集团】

《今古传奇》被中国期刊协会和人民网评选为“2013年度最受读者欢迎的五十种期刊”。3月，成立数字新媒体公司、影视公司、网络公司、商贸公司，开展多种经营。8月，今古传奇传媒集团被中国文联评为“全国文联系统先进单位”。9月，举办“中国（武汉）期刊博览会•演武大会”。全力打造今古传奇产业园，已纳入东湖高新技术开发区2013年的14大重点投融资项目。打造的动画片《武当•虹少年•太极学院》全面启动。编纂《湖北文艺典藏大系》工作启动。推进了故事版、武侠版的数字化转型试点，开始电子版宣传与运营。《今古传奇•人物》通过精准改版和专题策划，发行量同比上升。传奇书局策划推出了《中国报告》、策划“中华文化遗产”40卷的大型丛书项目。今古传奇数字新媒体与中国移动、中国电信天翼、中国联通三大运营商阅读基地达成了战略合作关系。今古传奇网络有限公司打造天猫网上商城。影视有限公司拍摄宣传片《美丽武汉》、《美丽的中三角我的家乡我的城》、《2013中国（武汉）国际旅游节拍摄资料片》等。已与中央九台达成意向协议，将合作拍摄纪录片《红色特工》。

湖北画报社：围绕湖北省委省政府“一元多层次”的战略目标，策划了一系列专题报道，展示全省各地建设“五个湖北”的最新成果；与省委宣传部合作编辑出版了《湖北概览》，展示湖北对外宣传窗口；与神农架林区政府合作，编辑出版了《天下最美神农架》旅游专刊；为恩施建州三十周年巡礼编辑出版了《仙居恩施》专刊。

书法报社：4月，举办第五届全国硬笔书法展；举办书法骨干教师高级研修班。5月，主办2012书法报•书法海选（擂台赛）总决赛（浙江台州）；举办“书法报30年”—作者•读者•编者书法作品巡回展。7月，与《书法》杂志共同主办2012中国书法十大年度人物展览颁奖仪式；全国中小学生硬笔书写大赛将分别在桂林、苏州、北京、杭州、西安和武汉举行；10月，举办第二届湖北中年实力书法家展览拍卖会；举办“金东方杯”第五届中国重阳书画展；11月，举办“第三届中国千字文书法艺术节”；举办孙方书法作品捐赠展览；12月，“书法报30年—全国书法名家作品邀请展”在武汉海山文化艺术城展出。成立书法报社书道文化有限公司，开始在全国建立“书道轩”工作站点，已建100余家。

【文学艺术院】

1至6月，下发《关于评选2013年湖北省重点文艺签约扶持项目的通知》，截至6月底，共收到全省17个地市州和12个省级文艺家协会申报项目88个，按照工作安排，本年度重点扶持项目评选工作已于10月完成，本年度的55个扶持项目首期扶持款已由省财政厅审核，发放到位。6月-12月，先后举办了“2013湖北省文艺管理人才高级研修班”、“湖北省影视剧本创作高级研修班”和“牡丹花戏剧艺术拔尖人才高级研修班”，邀请中国文联、湖北省文联专家领导对全省各县、市、区新进文联的主席、副主席，影视剧本创作人才和戏剧表演拔尖人才进行了培训指导。8-9月，进一步修改完善了《湖北省中青年优秀文艺人才库遴选方案》，该项工作将正式启动。与武汉电视台联合拍摄22集“亲吻岁月”湖北文艺名家电视专题片。11月，湖北省书法院挂牌成立。《名家典藏》

杂志出刊3期。湖北省国画院建院一年多来，举办了湖北画家画湖北、湖北国画院首届作品展等活动，李军平等4人获得了全国性展赛五个大奖，4人作品被国家级展馆收藏。荆楚文苑（湖北文艺家之家）、湖北戏剧牡丹园、今古传奇产业园等省"十二五"文艺项目建设取得了新进展，其中荆楚文苑子项目——湖北书法院（东湖印社）的土地问题得到了解决，湖北省发改委批准立项。

采风与文化交流

【湖北艺术家亮相国际威尼斯双年展】

6月1日，第55届国际威尼斯双年展在意大利威尼斯举行，应组委会邀请，由湖北省文联、省美协与大楚艺术机构主办的《对望——中意当代艺术作品展》在岛内主展区隆重开幕，展出了傅中望、肖丰、魏光庆等15位湖北艺术家最新作品。展览期间，省文联党组书记、常务副主席刘永泽代表湖北省第三届美术节组委会与米兰美术学院、罗马美术学院签署了艺术交流合作协议。

【湖北省产（行）业文联文艺创作采风活动举行】

5月23日至28日，由省文联湖北省产（行）业文联工作委员会主办的"走向基层　拥抱自然"文艺创作采风活动在黑龙江省哈尔滨市举行。武汉铁路局等11个产（行）业文联20人参加了此次创作采风活动。

各文艺家协会

【戏剧家协会】

5月，推荐的湖北省地方戏曲艺术剧院优秀演员詹春尧、武汉京剧院优秀演员刘子微在第26届中国戏剧梅花奖评奖中喜摘"梅花奖"。7月，应云南省剧协邀请，开展"滇鄂戏剧交流暨抗日遗址文艺采风活动"。8月，主办"湖北省地方戏曲发展战略理论研讨会"。10月，与潜江市委市政府主办"开展党的群众路线教育实践活动——'我的父老乡亲'文艺演出"；对在惠民演出成绩突出的福星楚剧团进行大力宣传，联合《中国艺术报》和湖北电视台对其文艺服务基层百场演出活动作专题采访和报道。11月，完成第十届湖北戏剧牡丹花奖终评，并举行颁奖典礼。12月，举办"2013年'牡丹花'戏剧艺术拔尖人才高级研修班"。推荐武汉汉剧院《过河》、武汉楚剧院《两颗菜》、湖北实验楚剧团《三个媳妇》和潜江市戏剧曲艺家协会《金枣劝酒》参评中国剧协主办的第五届中国戏剧奖•小戏小品奖，《过河》、《三个媳妇》荣获优秀剧目奖；《两颗菜》获剧目奖，湖北省剧协推荐工作出色而荣获优秀组织奖。

【音乐家协会】

3月，举办第十五届央视青歌赛湖北选拔赛。4月，召开"2012十佳湖北音乐年度人物"颁奖表彰大会。5月，举办了第九届中国音乐金钟奖声乐大赛湖北选拔赛。6月，与武汉音乐学院承办的首届"黄海怀二胡奖"系列活动在汉举行；选派的武汉老干合唱团在台湾新竹市举行的第六届海峡两岸合唱节中，进入前五名，荣获银奖。7月，举办第五届湖北音乐金编钟奖评奖活动；举行第六届全省小提琴展演比赛暨"小金钟"第三届全国少儿小提琴比赛湖北选拔，举办小金钟二胡比赛湖北选拔赛；与伯斯音乐集团等联合主办第四届KAWAI亚洲钢琴大赛决赛。8月，承办第六届"流淌的歌"电影歌曲演唱比赛；首场"武汉28街周末音乐会"在盘龙城拉开序幕。11月，武汉音乐学院冯家慧教授独唱音乐会举办；举办华语乐坛大师左宏元（古月）家乡行座谈会。

【美术家协会】

成功举办第三届湖北美术节暨首届湖北国际当代艺术节，此次美术节以其展览形式的多样性、国际性，再次深化和提升了我省美术节品牌。获得2014年十二届全国美展的水彩粉画展区在湖北的举办权。协助周韶华在上海美术馆举办《神游东方——周韶华艺术大展》。组织最美农民工绘画题材主题公益性创作活动、湖北湖南联展、迪拜写生展。经过两轮的筛选，李也青、谭崇正、王晓愚《青铜文明》，孙恩道、钟鸣、刘钟《商汤崛起——汤誓》，以及李乃蔚、李洋《李自成进京》等作品入选中华文明历史题材美术创作工程。

【曲艺家协会】

4月，完成"湖北曲艺网"网站备案工作；选送天门曲艺节目和论文参加"岳池杯"第二届中国

曲艺之乡建设系列活动。5月，推选优秀节目参加首届“武清•李润杰杯”全国快板书大赛，快板书《精武英雄霍元甲》获三等奖。7月，协同“中国曲艺之乡”考核评估小组考核天门市。8月组织选送节目赴南昌参加第六届中国中部六省曲艺大赛，莲花落《戚老汉参观美食节》获一等奖、相声《山水襄阳》获二等奖。10月，主办“湖北大鼓大家唱”活动；组织推选恩施扬琴《镇船石》参加第五届全国少数民族曲艺展演；推荐选送的武汉说唱团小品《密码》获第九届全国电视小品大赛三等奖。11月，策划筹备湖北道情创始人周维收徒活动；筹备湖北省曲协第七次会员代表大会。

【摄影家协会】

1月，举办“秭归脐橙”全国摄影大展。3月，举办“汉川黄龙湖四季风光摄影大赛”；举办“省图一日”摄影大赛。4月，会员陶德斌荣获“第24届全国摄影艺术展览”纪录类金奖；八届三次理事会暨百名摄影家走进百年冶钢大型采风系列活动在黄石新冶钢举行；举办第二届“普仁杯”摄影大赛。5月，举办2013湖北省摄影家协会摄影艺术培训班；举办湖北省摄影作品及老摄影器材春季拍卖会。7月，举办全洲杯“中华孝文化 孝感动苍穹”全国摄影大展；举办“追梦的女人”摄影大赛；举办“红色老区灵秀大悟”全国摄影大展。9月，举办“老武昌、新武昌”摄影大赛。10月，为配合“红色老区 灵秀大悟”全国摄影大展，特邀请部分全国和我省著名摄影家赴大悟创作采风。11月，在安陆市举行“千年银杏 诗画安陆”全国摄影大展启动仪式暨“摄影名家走进安陆”采风活动。12月，湖北省第25届摄影艺术展开幕式举行；湖北摄影家走进非洲大型摄影展举行。

【舞蹈家协会】

3至11月，举办了第三届湖北舞蹈“金凤奖”（非职业舞蹈）评奖活动，举办了全省舞蹈编导培训班。3月，选送作品《来凤土家摆手舞》、《土家撒叶儿嗬》进京参加2013年国家级非物质文化遗产民族民间舞蹈展演录播活动，获得第二名。4月，举办首届“雏凤炫采”少儿舞蹈大赛；选送武汉音乐学院作品《清江恋歌》获第九届中国舞蹈“荷花奖”民族民间舞评奖“十佳作品奖”；选送的湖北艺术职业学院的作品《激楚》获CCTV中国舞蹈大赛“优秀作品奖”。8月，报送武汉音乐学院舞蹈系作品《武当和韵》、《月落孤秋》参加第九届中国舞蹈“荷花奖”古典舞评奖，分别荣获作品银奖和表演铜奖。11月，举办舞蹈教学公开课及研讨座谈会。

【民间文艺家协会】

4月，举办湖北省民间文艺专业培训班。5月，在“中国故事节•美丽中国故事会”——全国少年故事邀请赛中，郭祥羽表演故事《爸爸戒烟》获铜奖。6月，在中国（南宁•青秀）舞龙展演赛上，湖北恩施州来凤县旧司乡地龙灯队获展演银奖。11月，湖北浠水洗马镇花灯队代表湖北参加在江西婺源举行的山花奖民间灯彩大赛上荣获金奖。在第十一届中国民间文艺山花奖评选活动中，土家族撒叶儿荷获民间广场歌舞类山花奖；刘守华《佛经故事与中国民间故事演变》获民间文艺学术著作类山花奖；刘民《再世嫦娥——钱六姐研究文集》获得民间文学作品类山花奖；方光晴新故事《巧女节》获得民间文学作品类山花奖。举办了我省首届十佳“民间文化守望者”评选活动。参与2013年湖北省百名大师级民间工艺传承人才项目。考察宜昌小溪塔民间版画，命名其为“湖北省版画之乡”。10月，中国民协正式命名孝感为“中国孝文化之乡”。

【书法家协会】

1月，参与“送欢乐下基层”文艺志愿服务活动，走进大悟县宣化店镇土门村，向当地群众赠送书画作品；为东风汽车公司宁康苑社区居民创作600余幅春联；为第二炮兵指挥学院创作春联；陈方既荣获第四届中国书法兰亭奖•终身成就奖。4月，主办迎国展书法骨干作者创作培训班；主办老年书法创作培训班。6月，主办美丽湖北——纪念湖北省书协成立30周年书法篆刻展； 7月，举办省书协成立30周年座谈会； 8月，召开第五次会员代表大会。9月，开展湖北书法家走边防活动。10月，举行“2013湖北实力中年书法家作品展览拍卖会”11月，举办湖北省第四届新人新作书法展暨2013年新会员创作培训班。

【电影家协会】

通过一年多的联络、协调，金鸡百花电影节2013年落户武汉，并于9月成功举办。举办了“湖北电影论坛”。举办了电影文学剧本征集评选活动，经评选，产生“评委大奖”5部，“优秀电影剧本奖”13部。出版了《武汉与中国电影》、《湖北电影文学剧本集》。联合民营影视机构拍摄的《顺风车》、《沔阳1911》、《拐杖》已在影院上线。

【文艺理论家协会】

《文艺新观察》改为公开刊号出版，策划“生态文明与艺术”“大家访谈”等系列栏目，推出了“抗战题材影视剧”“动漫文化”“微博文化”“当代文化中的美国想象”等专题，获得好评。组织第八届湖北文艺论文奖评奖活动，共评选出近两年发表、出版的42篇（部）优秀论文及专著。组织有关专家开展中国文联资助项目“抗战题材影视剧生产与消费调查研究”的研究。参与周芳散文研讨会、长篇小说《张叉叉列传》研讨会，参与组织“心铸墨魂——刘永泽书法展”及学术研讨会、罗莹“线形象”展览及学术研讨会，与湖北美协共同举办理论研讨会“美术节——作为艺术的节庆与城市和市民的关系”。分别与省作协和省文学艺术院主持了咸宁市的泉城文艺奖和十堰的武当文艺奖的评审工作，还参与了湖北农村小说精选项目评审、长江杯全国网络文学大赛的评审等。

【杂技家协会】

组织湖北省杂技魔术节目开展“湖北精品杂技魔术红安县革命老区行”活动，9月，在红安县电视台演播厅举办慰问演出。按中国杂协要求，撰写了3万余字的“湖北老艺术家传略”。9月，组织优秀杂技节目《绸吊》赴哈萨克斯坦参加“第六届亚洲之声国际杂技艺术节”，获得金奖。11月，武汉杂技团的《飞轮炫技》节目在由文化部主办的全国杂技（魔术）比赛中，获得大赛金奖和创新奖。参与并举办武汉杂技申报全国非物质文化遗产研讨会、武汉杂技团《顶碗》参加湖北非物质文化遗产研讨会、浠水杂技厅建设研讨会。

【电视家协会】

1月，举办《中国农民梦——2013年中国农民春晚》。2月，承接中国文联、中视协《“送欢乐、下基层”——走进革命老区罗田大型慰问演出》。3月，举办2012年度“湖北省十大电视艺术成就”评选活动。4月，举办第十一届“春满楚天”地方春节节目展播和评选活动。8月，举办第十八届“湖北省广播电视文艺奖”的评选。10月，推荐谈笑、姜公映等参加“第八届全国德艺双馨电视艺术工作者”评选。12月，举办《凝望• 对话——2013“洞•察天下”中国腾龙洞•美国猛犸洞中美青年国际影像艺术交流展》；举办“长江杯”——中国中部四省（湖北、湖南、安徽、江西）青年视频微电影大赛。12月，参与湖北垄上频道年度大型活动《垄上牛人大赛》。

湖南省文联

综　述

2013年，以党的十八大和十八届三中全会精神为指针，在湖南省委、省政府和省委宣传部的正确领导和亲切关怀下，湖南省文联团结带领全省广大文艺工作者，以开展党的群众路线教育实践活动为契机，实实在在转作风，认认真真谋发展，文艺工作和文联工作在整体推进中重点突破，在稳步发展中奋力开拓，在改革创新中焕发活力，各项工作取得了显著成效。

重大活动

【党的群众路线教育实践活动】

2013年，按照中央和省委的统一部署，省文联认真扎实地开展了党的群众路线教育实践活动。一是不折不扣完成规定动作。在深入学习讨论、广泛征求意见的基础上，查摆了“四风”方面存在的突出问题，深刻剖析了深层次原因，开展了坦率真诚的批评与自我批评，召开了高质量的党组民主生活会和支部组织生活会。对群众关心的具体问题，进行了专项治理，研究制定了整改措施，明确整改时限和责任人，逐步落实整改项目。新建制度14项，对原有42项制度规定进行了重新修订，努力形成解决问题的长效机制。继续严格控制“三公”经费支出，2013年度省文联“三公”经费比预算节约17.23%，公务接待制度更加规范；因公出国（境）经费使用为0，比年度预算减少15万元；公务用车全部由办公室统一管理、统一调配，非工作日一律停放院内封存。二是转变作风做好调研工作。文联党组带头转变作风，深入开展调查研究，形成了《新形势下文联工作规律浅探》等5个有分量有价值的调研报告。党组主要负责人还带领《创作与评论》杂志编辑部的同志奔赴娄底、湘潭、常德、岳阳等地进行组稿，与作者、读者、本土文艺家面对面交流。这种把服务送上门的做法，受到了广泛好评。三是想方设法解决实际问题。党组想方设法解决群众在活动中反映的各类问题，让人民群众通过活动看到实实在在的变化，获得真真切切的利益。给每个办公室配备了纯净水；对运行多年陈旧落后的院内下水管道、道路、大门等进行了改造；按照政策法规，对文联非居民住宅存量公房进行了全面清理，对文联门面和刊物开展了清收，制定了更为科学严格的管理办法；建立了困难干部职工帮扶制度等。这些措施，使得省文联党的群众路线教育实践活动落到了实处，取得了实效，有力地转变了党员干部的工作作风，提升了文艺工作者的思想境界。省委第23督导组负责同志用“认真”“务实”概括和肯定了省文联教育实践活动情况。

【湖南省文学艺术界迎春茶话会】

1月22日，湖南省文学艺术界迎春茶话会在长沙举行，160余名省会文艺家和文艺工作者欢聚一堂，共话旧岁，喜迎新春。在省委常委、省委宣传部部长许又声的倡议下，此次茶话会体现了节俭办会的新风气。会上，他代表省委、宣传部向艺术家们致以了新春的祝福，对省文艺界在2012年取得的成绩给予了赞赏和肯定，他希望广大文艺家们深入生活，深入群众，走进基层，创作出更多的精品力作，促进群众文化生活。省政协副主席、省文联主席谭仲池发表了简短的讲话，祝愿艺术家们在新的一年里有新的作品、新的形象、新的期待。

【“牵手丹青”系列活动】

为认真贯彻落实国家文化交流战略，发挥湖湘文化的品牌优势，促进湘、港、澳三地的文化交流，由省文联、省海外联谊会，香港青年议会和澳门基金会联合主办，省青年美术家协会承办的“牵手丹青——2013湘、港、澳三地青年美术家作品巡展”系列活动成功举办。

活动自2012年10月启动以来，得到了省委宣传部、省财政厅的重视与大力支持。省委常委、省委宣传部部长许又声亲临香港展现场观看并对此次活动给予了鼓励和肯定，省文联主席谭仲池，省委宣传部副部长魏委，省文联党组书记、副主席江学恭，省文联党组副书记、副主席、秘书长夏义生等出席了采风和开幕式。在港、澳巡展期间也受到了驻港、驻澳中联办领导和各界团体人士的大力支持与帮助。活动更是得到了湘、港、澳三地青年艺术家的积极响应，三地共300多位艺术家参与，其中50人次的艺术家代表分别到湘、港、澳三地进行了采风创作、座谈和笔会等艺术交流活动。共征集作品500余幅，包括国画、油画、水彩、雕塑和版画等多种形式，涉及自然山水、人物风貌、花鸟静物等多种题材。评选出优秀作品100余幅，金、银、铜奖作品18件，编辑出版了画集，作品全面展示了三地青年艺术家扎实的绘画功底和对艺术创作的高超领悟能力。分别于2013年5月4日、5月25日、6月20日在湖南千年时间和联艺术空间、香港九龙塘创新中心美术馆、澳门教科文中心美术馆进行了巡回联展。

“牵手丹青”系列活动，是目前三地参与人数最多、影响较广的一次青年美术家交流活动。旨在加深并推动湘、港、澳三地美术界的学习和交流，邀请香港、澳门的美术家们走进湖南，组织湖南的青年美术家走出去，为三地青年美术家提供了一次思想交流、艺术切磋的契机，凝聚三地青年美术家的艺术智慧，以丹青为媒相互牵手，共同描绘美丽的中国梦。

【“亲情中华·魅力湖南”文化交流活动】

为庆祝中泰建交38周年，受中国侨联委派，由湖南省侨联、省文联、省文化厅组织的“亲情中华•魅力湖南”文化交流活动赴泰国演出团，5月16日在泰国曼谷seacom商厦，进行了开幕式演出。当地华人华侨、社会各界人士两千多人观看了演出。

此次演出由湖南省杂技艺术家协会具体承担。在省文联领导的高度重视和关怀下，省杂技艺术家协会精心组织了一批技艺精湛、素质过硬的优秀演职人员完成此次任务。全体演职人员克服了演出任务繁重、时间紧迫等种种困难，在短短一个月的时间内组织排练了一台杂技综艺晚会。晚会共计90分钟、12个精彩节目，包含《四人柔术》《绸吊》《芭蕾转碟》等我省优秀保留节目及新排练的《现代舞》《红绸情》《媚影桃夭》等。出席当天开幕式演出活动的有：泰国国务院事务部部长讪撒妮，中华人民共和国驻泰王国大使馆侨务参赞方文国，湖南省侨联主席朱道宏，湖南省文联党组书记、副主席江学恭，泰中文联会长林栩等及泰国知名华人华侨代表。

【《湖南文艺60年》丛书】

该丛书由湖南人民出版社出版发行，共17卷19册，包括省文联卷、文学卷（上、下册）、戏剧卷、电影卷、电视卷、音乐卷、舞蹈卷、美术卷、书法卷、摄影卷、民间文艺卷、曲艺卷、杂技卷、设计艺术卷、文艺评论卷（上、下册）、省企（事）业文联卷、省画院卷。全套丛书内容丰富、史料扎实、图文并茂、编印精美，较全面地描绘了省文联和各文艺家协会的发展历程，收录了60年来全省各文艺门类的经典之作，展现了湖湘文艺界的辉煌成绩。

重要会议

【学习贯彻全国“两会”精神会议】

3月28日下午，湖南省文联学习贯彻全国“两会”精神会议在长沙召开。会议由省政协党组成员、省文联主席谭仲池主持，省文联领导、市州文联主席、省文艺家协会主席、秘书长、省文联部分处室负责同志共60余人出席会议。

省文联党组书记、副主席江学恭传达了全国“两会”精神，并从《政府工作报告》反映的重大变化，政府职能转变的重要意义，人大、政协、两院工作报告体现的民主法治理念等方面，深入浅出讲解了自己对“两会”精神的认识和领悟。他强调要认真学习、深刻理解习近平、李克强等党和国家领导同志的重要讲话精神，充分吸收代表委员在经济建设、民主法治、文化建设、社会建设、生态文明建设上的有益意见和建议，不断提高政治理论水平和政策把握能力。

谭仲池同志就学习贯彻党的十八大和全国

"两会"精神，推进文联工作提出了四点要求。他最后强调，全省各级文联都要在省委、省政府的坚强领导下，以建设湖南文化强省为己任，扎扎实实地抓好全国"两会"精神的学习宣传贯彻工作，进一步增强对中国特色社会主义的道路自信、理论自信、制度自信，锐意进取、奋发有为，为实现"中国梦"做出新的贡献和不懈努力。

【湖南省摄影家协会第七次代表大会】

5月9日，湖南省摄影家协会第七次代表大会在长沙举行。大会总结了第六次代表大会以来湖南省摄影家协会的工作，审议并通过了新修订的湖南省摄影家协会章程，选举产生了新一届领导机构，谢子龙当选为湖南省摄影家协会新一任主席。王再、李微、何东安、张黎明、赵勇、韩世祺、彭志敏、熊汉泉、翟建、颜志雄当选副主席。

新当选主席谢子龙表示，将努力打造湖南的摄影品牌，扩大湖南摄影在全国的影响力；将在湖南创办一个集展览、作品交易、会员服务、管理、制作于一体的摄影艺术品展览中心，并通过这个中心，宣传推广协会会员作品，加强与世界各地摄影机构和摄影大师的联系与合作；开展专题摄影展，建立图片库，创建一个摄影后期制作中心，全面发展摄影产业链。

【湖南省文艺评论家协会第三次代表大会】

6月28日，湖南省文艺评论家协会第三次代表大会在长沙举行。省文联主席谭仲池出席开幕式并讲话。会议总结第二次代表大会以来省评论家协会的工作，审议并通过了新修订的省评论家协会章程。大会选举产生了新一届理事会，余三定当选为省评论家协会新一任主席，王涘海、刘绍峰、李蒲星、陈善君、欧阳友权、季水河、夏义生、龚旭东、龚政文、谭伟平等十人当选为副主席。

余三定表示，省评论家协会将努力营造有利开展和提升文艺理论评论工作的良好氛围，围绕文艺界热点问题和重大理论问题开展评论活动，着重做好"当代文艺湘军"专题研究，加强湖湘特色文艺理论研究和艺术评论力量，增强协会凝聚力、影响力，拓展协会工作空间。

【湖南省艺术收藏家协会第一次代表大会】

7月5日，湖南省艺术收藏家协会第一次代表大会在长沙湖南宾馆召开。省文联主席谭仲池，中国作协副主席谭谈，省文联党组书记、副主席江学恭等出席大会。会上，周艺文当选为湖南省艺术收藏家协会第一届主席，刘兴跃、胡尚伯、徐铭、谭迪、虢跃进、王法当选常务副主席，汪涵、谭国斌、陈羲明、谭北江、杜月意、潘晓林、吴树彬、伍志军、彭军、涂江元、罗勇峰、陈团初、廖真当选副主席。

【中国新文学学会第29届年会暨"和平文化与战争文学"国际学术研讨会】

7月21日至22日，由中国新文学学会、湖南省文联及怀化学院联合举办的中国新文学学会第29届年会暨"和平文化与战争文学"国际学术研讨会在怀化学院举行。

来自加拿大、马来西亚、日本和全国16个省、直辖市、自治区及台湾地区的170多名专家学者出席研讨会。研讨会旨在纪念抗日战争胜利68周年和贯彻党的十八大提出的"继续促进人类和平与发展的崇高事业"精神。

21日上午，中国新文学学会第29届年会暨"和平文化与战争文学"国际学术研讨会开幕式在东区图书馆报告厅举行。中国作家协会名誉副主席、中国当代文学研究会名誉会长张炯，中国新文学学会名誉会长、华中师范大学原校长王庆生，省文联党组副书记、副主席、学会副会长夏义生等出席开幕式。省文联主席谭仲池向大会发来贺信。谭仲池指出，此次研讨会对于拓展和平文化与战争文学研究视野，构筑良好学术交流平台，增强民族和平理念，推动我国和平事业发展具有重要意义，希望与会专家学者为民族文化崛起作出积极贡献。

开幕式结束后，专家学者们从中国现当代战争题材文学作品和影视作品及作家入手，进行学术研讨，深入阐述"中国战争文学思潮、和平文化与战争文学间的关系、战争文学的人性表达、女性文学的战争叙事"等问题，分析战争与和平的现实意义。

7月22日，专家学者们参观考察了芷江和平村、芷江受降纪念坊和飞虎队纪念馆，并在芷江举行学术研讨，专家学者们一致认为，战争文学的意义不在于诋毁战争和宣扬好战精神，而是以战争为戒，动员人们制止战争、热爱和平，始终不渝地走和平发展道路。在闭幕式上，夏义生评价此次学术研讨会为"大会师、大视野、大丰收"。

【湖南省戏剧家协会第九次代表大会】

10月9日，湖南省戏剧家协会第九次代表大会在长沙举行，湖南省文联主席谭仲池，省委宣传部副部长魏委，省文联党组书记、副主席江学恭等领导出席。谭仲池、魏委分别作重要讲话。

大会审议通过了第八届省戏剧家协会主席团工作报告，修改通过了《湖南省戏剧家协会章程》，并选举王阳娟为湖南省戏剧家协会第九届理事会主席，选举王峰、李鸿飚、肖笑波、邹健、张富光、陈耀、庞焕励、彭玲、谢晓君、魏俭等10人为副主席。

新当选主席王阳娟在会上号召广大戏剧家与戏剧工作者，努力继承优秀戏剧传统，充分吸取各民族戏剧文化养分，与时俱进，振奋精神，创造出更多能反映伟大时代与火热生活的戏剧佳作，培养和推出更多“德艺双馨”的优秀人才。

【“讲好中国故事”第三届两岸三地电影编剧长沙高峰论坛】

11月2日，“讲好中国故事”第三届两岸三地电影编剧长沙高峰论坛在长沙举行，来自内地、香港、台湾的近50名编剧齐聚长沙，就华语电影的现状，编剧的创作、生存状况，两岸三地创作合作、交流等问题进行专题发言和讨论。

编剧们认为，讲好中国故事首先要讲好故事的背景、生长的土壤，要有历史背景、现实背景，要看到社会变化；要以认真的态度审视时代的本质，要找出中华民族的最有代表性的品质、最优越的品质、最能代表中华文明的文化品质；编剧还要学会用人类听得懂的语言、世界能接受的语言来讲中国故事。编剧如果心里只装着票房，只想着是否有人投资，那么很难超越自我写出卓越的作品。编剧只有“无畏”才能“无悔”。

两岸三地编剧论坛前身是内地、香港编剧交流会，去年由于台湾编剧的加入，而成为首届两岸三地编剧交流会。

【湖南省文联成立60周年座谈会】

11月28日上午，湖南省文联成立60周年座谈会在长沙举行。湖南省委书记、省人大常委会主任徐守盛，中国文联党组成员、副主席、书记处书记夏潮出席了湖南省文联成立六十周年座谈会，并在会上讲话。

中国文联，湖南省委、省政府，省委宣传部，群团组织领导与省文联及地方文联老中青三代文艺家近300人参加了座谈会。会议由省文联主席谭仲池主持。

徐守盛代表省委、省人大常委会、省政府、省政协向省文联成立60周年表示祝贺，向全省广大文艺工作者致以诚挚问候和崇高敬意。他说，60年来，在历届省委、省政府的正确领导下，省文联认真贯彻党的文艺方针政策，紧紧围绕党在不同时期的中心工作和主要任务，切实履行职能，为推动湖南文学艺术事业的发展作出了重要贡献。当前，湖南已进入全面建成小康社会、同心共筑中国梦的历史新时期，更需要加快推进文艺事业繁荣发展，需要广大文艺工作者与时代发展同舟共振。

徐守盛强调，全省广大文艺工作者要认真贯彻党的十八大、十八届三中全会和习近平总书记重要讲话精神，坚持在人民的历史创造中进行艺术创造，以人民为中心的发展进步中追求艺术进步，创作出更多无愧于历史、时代和人民的优秀作品，不断开创湖南文艺繁荣发展新局面。

一要在弘扬主旋律，凝聚正能量中发挥重要作用。始终坚持正确的政治方向、文化发展方向，用德艺双馨的标准严格要求自己，做弘扬主旋律的主乐手，坚守主阵地的生力军，聚集正能量的工程师；善于发掘和表现人间的真善美，表现人内心深处的温暖感、向上感；充分挖掘湖南省文化资源，热情讴歌湖南改革开放和现代化建设的伟大成就，生动展示全省人民奋发有为的精神风貌和伟大实践，让文学艺术在共筑中国梦的湖南篇章中更好地发挥凝聚力量、提振人心、鼓舞士气的作用。

二要在坚持高远艺术追求，创造美好精神食粮方面发挥重要作用。牢固树立和坚持以人民为中心的创作导向，着力提高文艺作品质量；主动走出书斋，走好群众路线，广泛开展为民惠民乐民文艺志愿服务，创作生产更多反映人民主体地位和现实生活、深受群众欢迎的文学艺术作品；自觉推动文艺发展与经济社会发展同步，与公众需求对接，不断满足人民群众多方面、多层次、多样性的精神文化需求；以感恩之心、敬畏之心去思考和创作，不断塑造温暖大众情感、带给社会希望和力量的艺术形象；牢牢守住文艺的底

线，坚持正确导向，坚守精神家园，坚决抵制庸俗、低俗、媚俗之风，让文学艺术的天空更加清朗起来。

三要在提升文化软实力，推动文化强省建设中发挥重要作用。进一步解放和发展文化生产力，在打造湖南文化产业高地和文化品牌高地的进程中有大作为、作大贡献；进一步解放思想，大力推进文艺创新，着力打造具有湖湘风格、湖南特色的精品力作；增强文化开放意识，大力实施文学艺术“走出去”工程，更好地向全国乃至全世界展示湖南的优秀文化，展示湖南的良好形象。

徐守盛在会上强调，全省广大文艺工作者要做弘扬主旋律的主乐手、坚守主阵地的生力军、聚集正能量的工程师，永远和人民在一起，以感恩之心、敬畏之心去思考和创作，不断开创湖南文艺繁荣发展新局面。

徐守盛要求，全省各级党委、政府要高度重视和关心文学艺术工作，把好方向，提供保障；要全面贯彻党的文艺方针政策，充分调动文艺工作者投身湖南文化体制改革、推动文化大发展大繁荣的积极性、主动性和创造性；要把文联建设成文艺工作者的温馨和谐之家；要加强文艺工作者队伍建设，努力造就一批名家大师。

夏潮充分肯定湖南省文联成立60年来取得的成绩。他希望湖南的文艺工作者把握先进文化的前进方向，激发文化创造活力，努力满足人民群众日益增长的精神文化需求。自觉传承中华民族优秀文化传统，扩大民间领域的文化对外交流，提高中华文化的影响力。结合当前正在开展的党的群众路线教育实践活动，从人民群众的现实生活中去汲取创作灵感。大胆探索创新，加强对文艺界自由职业者的团结和引导，为推动文化大发展大繁荣发挥更大作用。

会上，一批从艺60年的老文艺家获颁荣誉证书，部分文艺家代表发言。

【湖南省文艺志愿者协会成立大会】

11月28日下午，在湖南省文联成立60周年之际，湖南省文艺志愿者协会成立。省文联主席谭仲池，中国文联国内联络部主任、中国文艺志愿者协会秘书长罗成琰向湖南省文艺志愿者协会授牌。

会议审议通过了协会《章程》，选举产生了湖南省文艺志愿者协会第一届主席团和第一届理事会理事。其中，任军（大兵）担任协会主席，谢群担任秘书长。

湖南省文艺志愿者协会是由湖南省文联的相关单位自愿组成，按照章程开展活动的全省内、联合性、非营利性社会团体组织，接受湖南省文联的指导。其宗旨是为广大人民群众提供切实有效的文艺志愿服务，促进社会主义核心价值体系建设，推动社会主义文化大发展大繁荣，为全面建成小康社会作出积极贡献。

【湖南省设计艺术家协会第三次代表大会】

12月7日，湖南省设计艺术家协会第三次代表大会在湖南城市学院音乐厅隆重举行。湖南省设计业界的领军人物及设计教育、研究、批评、管理领域的杰出代表130余人出席会议。

第二届协会副主席、秘书长马建成作了《湖南省设计艺术家协会第二次主席团工作报告》，第二届协会主席、湖南大学建筑学院院长魏春雨总结了五年来的工作成绩。

会议选举了新一届领导班子。何人可、魏春雨再次当选第三届理事会主席，马建成、王小保、冯放、朱力、朱和平、安勇、孙湘明、李小山、李少波、杨瑛、杨建觉、陈建明、傅忠成、蒋涤非等14人当选副主席。

【湖南省美术家协会第九次代表大会】

12月30日，湖南省美术家协会第九次代表大会在长沙市蓉园宾馆隆重召开，来自全省各地的240多位代表出席了大会。省文联主席谭仲池，省委宣传部副部长魏委，省文联党组书记、副主席江学恭出席会议并讲话。

省美协副主席兼秘书长旷小津受理事会委托向大会做《为人民奋发创作、推动湖南美术事业大发展、大繁荣》的报告。会议传达了中国美协第八次代表大会精神，回顾总结了湖南省美术家协会五年来的工作，研究部署了今后五年的工作。

大会通过了湖南省美术家协会第八届理事会的工作报告和经过修改的协会新《章程》，并选举产生了新一届领导机构，朱训德当选为湖南省美术家协会第九届主席。刘云当选为常务副主席，王金石、石纲、坎勒、杨国平、旷小津、邹建平、陈飞虎、陈和西、段江华、雷宜锌、魏怀亮当选为副主席，刘永健、李小山、吴荣光、昌世军、周玲子、舒勇当选为主席团委员。

创作与获奖

【戏剧】

青年昆剧演员雷玲获得第26届中国戏剧梅花奖，花鼓戏《老四维稳》获得第五届中国戏剧奖•小戏小品奖，小演员龚森虎、李赛珠分别获中国戏剧“小梅花”金花称号和“小梅花”银花称号。

【电影】

《青春雷锋》在《人民日报》刊登的《2013年全国宣传思想文化工作综述》一文中得到高度评价，被指出是凝聚改革发展的强大精神力量、深受群众欢迎的优秀电影作品。

【音乐】

省音协选送的选手在中国音乐“小金钟”奖第二届少儿二胡比赛中获得一金一银二铜的好成绩。

【舞蹈】

少儿舞蹈《排排坐》在第七届CCTV全国电视舞蹈大赛中成为进入决赛的少儿组12个节目之一，并获得优秀作品奖；省舞协推选的三个作品获得了第七届“小荷风采”全国少儿舞蹈展演总决赛两金一银的好成绩。

【美术】

在中华文明历史题材美术创作工程中卢雨的版画《秦始皇统一中国——秦颂•武•统一中国》入选。

【民间文艺】

李跃忠的《演剧、仪式与信仰——民俗学视野下的例戏研究》荣获第十一届中国民间文艺山花奖•学术著作奖，邬建美的《八月》荣获山花奖•民间工艺美术作品奖。

【曲艺】

省曲协组织创作、大兵领衔主演的相声剧《超人》的首演，引起强烈反响。

直属单位

【创作与评论杂志社】

2013年，《创作与评论》扩容为半月刊，全国各大报刊杂志转载文章35篇次。改刊后依托精品栏目，立足本土，面向全国，推出了一大批湖南本土文艺家。6月，杂志社被国家人力资源和社会保障部、中国文联评为全国文联系统先进集体，是全国文联系统唯一受奖刊物。省新闻出版局《报刊审读与管理》载文《殷切的期待》对该刊进行了宣传与表扬。

【湖南省画院】

每年都要举办年度作品展，向社会展示年度艺术创作成果。“夏日新象•湖南省画院作品展”于7月19日在画院美术馆开幕。湖南省委宣传部部长许又声，省文联主席谭仲池等领导参观了展览。积极推动艺术走进基层。12月18日“湖南省画院美术精品展”在湖南娄底市开幕，展出了该院11名画家55幅作品。

广东省文联

综　述

2013年，是深入贯彻落实党的十八大各项战略部署，迈向全面建成小康社会的开局之年。在省委省政府的重视支持下，在中国文联的指导下，广东省文联按照省委宣传部的部署和要求，坚持以学习宣传贯彻党的十八大精神为主线，围绕中心、服务大局，树立以人民为中心的工作导向，不断改革创新，着力推动文化强省建设，扎实开展党的群众路线教育实践活动，圆满完成省文联领导班子换届工作，为我省转型升级，实现“三个定位、两个率先”的宏伟目标添砖加瓦，推动全省文艺事业和文联工作迈上新的台阶。

会议与活动

【广东省文联第七次代表大会】

12月24日，广东省文联第七次代表大会在广州举行。中共中央政治局委员、广东省委书记胡春华，中国文联主席孙家正，中国文联党组书记、副主席赵实，广东省委副书记、省长朱小丹，广东省人大常委会主任黄龙云，广东省政协主席朱明国，广东省委常委、秘书长、办公厅主任林木声，广东省委常委、宣传部部长庹震，广东省副省长陈云贤，省文联党组书记、专职副主席程扬，共青团广东省委书记曾颖如及来自全省的文艺工作者代表，香港特别行政区、澳门特别行政区文艺界的特邀嘉宾共８００余人出席会议。会议审议和通过广东省文联第六届委员会工作报告，修改《广东省文学艺术界联合会章程》，并选举产生广东省文联第七届委员会及领导机构。

12月25日，广东省文学艺术界联合会第七次代表大会在广州闭幕，选举产生了省文联第七届主席团。许钦松当选省文联主席，程扬、曹利祥、李仙花、刘小毅当选专职副主席，丁凡、乔平、李伟坤、李劲堃、杨树、张惠建、陈武、陈佐辉、陈学希、陈春声、罗烈杰、倪惠英、唐永葆、黄育振、崔峥嵘、谢晓泳当选兼职副主席。省委常委、宣传部部长庹震同省文联和省作协新一届领导班子成员进行了座谈。

【广东省文联六届六次全委会暨2013年全省文联工作会议】

3月15日，广东省文联六届六次全委会暨2013年全省文联工作会议在广州召开。省委宣传部副部长、省文明办主任顾作义，省文联全体领导、六届委员会委员、团体会员负责同志、省文联机关各部室副处级以上干部、直属单位领导班子成员以及来自港澳文艺界的委员和领导嘉宾等共130多名代表出席会议。省文联党组书记、专职副主席白洁同志传达中国文联九届四次全委会和全省宣传部长会议精神并作《强化“大文联”服务功能　开创以人民为中心的文艺繁荣新局面》的工作报告，省文联主席刘斯奋最后作会议小结。会议更替和增补马融等同志为省文联委员、主席团成员。

【中国书法创作培训基地挂牌仪式暨“全国书法名家作品邀请展”】

4月13日，中国书法创作培训基地在广东海景投资集团正式挂牌，由中国书法家协会、省文联主办的中国书法创作培训基地挂牌仪式以及“全国书法名家作品邀请展”同期揭幕。

【中国剧协2013年（广东）中青年编剧研修班】

5月30日，由中国戏剧家协会、广东省文联主办，中国剧协《剧本》杂志社和广东省戏剧家协会承办的“中国剧协2013年第五届（广东）中青年编剧研修班”在广东文艺职业学院郭兰英艺术分院举行开班仪式，白洁书记、李仙花副主席同中国剧协季国平书记出席，并邀请罗怀臻、张先、谢柏梁等权威教授，刘锦云、喻荣军、欧阳逸冰、陈中秋等剧作名家，以及王晓鹰、王佳纳等著名导演专题辅导集中授课。6月12日结业。

【“绚彩意象”张桐胜摄影作品展】

7月20日-28日，由中国文学艺术基金会、中国摄影家协会、省文联主办，广东省摄影家协会、广东省立中山图书馆承办的“绚彩意象”张桐胜摄影作品展在中山图书馆举行，展览展出的 60幅摄影作品全部取材于2010年上海世博会。

【广东省新农村少儿舞蹈教室节目汇演】

9月25日，由中国舞蹈家协会、广东省文联、广东省教育厅、南方日报社、广东省出版集团有限公司联合主办的“广东省新农村少儿舞蹈教室节目汇演”在广州友谊剧院举行。中国舞蹈家协会分党组书记、常务副主席冯双白，中国舞蹈家协会分党组副书记、秘书长罗斌，省文联党组书记、专职副主席白洁，省关心下一代工作委员会副主任胡中梅，省舞蹈家协会名誉主席陈翘，省文联党组成员、纪检组长双南征，副巡视员黄浩，以及来自全省各主承办单位的领导嘉宾和省内著名舞蹈艺术家、支教舞蹈老师们共同观看汇报演出。

【2013全国少儿舞蹈创作研讨会暨广东省少儿舞蹈金奖作品展演】

12月14日至15日，由中国舞蹈家协会、省文联主办，广东省舞蹈家协会、江门市文学艺术界联合会承办的“2013全国少儿舞蹈创作研讨会暨广东省少儿舞蹈金奖作品展演”在江门举办，第七届“小荷风采”全国少儿舞蹈展演金奖的优秀作品展演，中国舞蹈家协会分党组书记、常务副主席冯双白、秘书长罗斌等全国知名舞蹈编导、专家就少儿舞蹈创作、教学等相关课题进行研讨。

【广东曲艺新作品创作活动】

由省委宣传部、省文联、省曲协联合主办的广东曲艺新作品创作活动，自2013年3月启动，受到全省曲艺创作人员的广泛支持，共收到涵括14种形式的曲艺作品286篇，经过海选、复评、终评共评出一等奖4名，二等奖11名，三等奖12名，为弘扬、传承优秀民族民间艺术，发展岭南特色文化，推动广东曲艺创作的繁荣与发展作出了积极的贡献。

【“大美天山·新疆中国画全国行”广州展】

8月23日至27日，由广东省委宣传部、新疆维吾尔自治区党委宣传部及广东省文联、新疆文联共同主办的“大美天山•新疆中国画全国行”广东展览在广州美术学院美术馆开幕。省委宣传部副部长、省文明办主任顾作义，新疆维吾尔自治区党委宣传部副部长、自治区文联党组书记黄永军，省文联党组书记白洁等相关文艺界人士200多人出席画展。

【省书法家协会顾问作品展】

10月16日，由省委宣传部、省文联共同主办，省书法家协会和广东美术馆承办的广东省书法家协会顾问作品展在广东美术馆开幕。广东省委原书记吴南生，广州军区原政委、上将杨德清，广东省原省长、省书协顾问朱森林，省委宣传部副部长、省文明办主任顾作义，省文联党组书记程扬等出席开幕仪式。

【“幸福绿道”美术创作展】

11月1日，由中共广东省委宣传部、省文联、省美协联合主办的“幸福绿道——广东美术家创作展览”在广东美术馆展出。该活动以绿色环保为展览主题，从筹备到实施将近一年，展示了省内知名画家通过实地采风、认真考察，创作出国画、油画两大画种共53件风景作品。省委宣传部副部长顾作义，中国美协副主席、省美协主席、广东画院院长许钦松，省文联党组副书记、专职副主席曹利祥，省文联党组成员、专职副主席刘小毅等出席开幕式。

【“古典·古朴”——郭小宁梁力昌俄罗斯摄影作品系列】

11月30日，由广东省文化厅、省文联主办，广东省摄影家协会承办，广东省立中山图书馆协办的“古典•古朴”——郭小宁梁力昌俄罗斯摄影作品展在广东省立中山图书馆开幕，展出了一批表现俄罗斯自然风光、城乡风貌和民俗风情的优秀摄影作品。广东省文联党组书记、专职副主席程扬出席开幕式。《“古典•古朴”——郭小宁 梁力昌俄罗斯摄影作品集》首发式，作者郭小宁、梁力昌分别向广东省立中山图书馆和俄罗斯领事馆赠送了图书。12月14日，“古典•古朴”——郭小宁梁力昌俄罗斯摄影作品研讨会在佛山南海里水镇举行。

【“绚丽广东”摄影大展】

12月10日，由省委宣传部指导，省文联主办，广东省摄影家协会承办的“绚丽广东”摄影大展开幕，同期举行“绚丽广东”摄影大展的颁奖和

《“绚丽广东”摄影大展作品集》首发式。省委宣传部副部长顾作义，省文联党组书记程扬等出席活动。“绚丽广东”摄影大展自2013年4月至8月，征得稿件9000多件岭南民间文化的大荟萃，分为“风俗”、“风采”、“风物”三个部分，最终评出作品201件，并从中选出80多件摄影作品展出。

【“中国梦——广东省书法家、省摄影家协会理事作品展”】

12月23日，由广东省委宣传部指导，省文联主办，广东省书法家协会、广东省摄影家协会承办的“中国梦——广东省书法家协会、摄影家协会理事作品展”在白云国际会议中心开幕。

【绿叶增春——中国文联著名表演艺术家书画联展】

4月13日，由省文联主办，路翔股份有限公司、香港卫视国际传媒集团承办的“绿叶增春——中国文联著名表演艺术家书画联展”在广东省博物馆新馆开幕。此次展览为覃志刚、姜昆、唐国强、徐沛东、郁钧剑、张铁林等六位文艺家精心创作的130余幅书画作品联展，此作品展览已先后在上海、成都、南京、杭州、合肥、美国纽约联合国总部、美国洛杉矶、太原、南宁、昆明等地举办。

【京沪穗当代地方音乐文化高峰论坛】

4月14日，由省文联主办，广东省当代文艺研究所承办的“京沪穗当代地方音乐文化高峰论坛”在广东外语艺术职业学院召开。中国音乐学院党委书记闫拓时，广东省文联党组副书记、专职副主席曹利祥，上海音乐学院副院长杨燕迪及星海音乐学院原院长、广东省音协原主席赵宋光等众多专家学者出席。

【首届广东星海音乐节歌唱比赛总决赛】

5月12日，首届广东星海音乐节歌唱比赛总决赛在广东电视台800平方演播厅举行。省委宣传部副部长顾作义、省文联党组书记、专职副主席白洁等出席，刘长安、姚晓强、姚峰、崔峥嵘、唐彪、杨岩、崔泉馨担任评委。此次活动部分赛事与中国音乐金钟奖比赛项目对接，获奖选手由广东省音协选送参加中国音乐金钟奖声乐比赛。

【第二届岭南民俗文化节暨2013年老广州民间艺术节“五月五·龙船鼓”活动】

6月12日，第二届岭南民俗文化节暨2013年老广州民间艺术节“五月五•龙船鼓”活动在荔湾上演。副省长陈云贤，省委宣传部副部长顾作义，省文联党组书记白洁及有关领导出席。活动以荔枝湾涌为主舞台，跨端午假期，接连5天在荔湾上演汕尾滚地金龙舞、揭阳英歌舞、惠州舞火狗、湛江舞鹰雄、湛江傩舞、云浮禾楼舞、高州木偶戏、东莞大朗木偶等数十场民俗好戏，累计接待游客100万人次。

【广东省书法家协会第六次会员代表大会】

7月18日，广东省书法家协会第六次会员代表大会在广州举行。来自全省各地、省直单位、解放军及港澳地区的近三百名书法工作者代表共商广东书法事业发展大计。广州军区原政委杨德清上将，省委常委、宣传部部长庹震，省委宣传部副部长顾作义、蒋斌，省文联主席刘斯奋，省文联党组书记白洁等出席大会开幕式。

【王楚材书画作品展】

8月12日，由省文联、广东省文史馆、广东省书协共同主办的“王楚材书画作品展”开幕式在广州图书馆新馆举行。广州军区原政委杨德清上将、广州军区原副司令员龚谷成中将，老将军邓正明、杨英凯、蔡家作、孙树林、白宝满、胡海平、臧为等出席。

【“寻找广东十大传统美食之乡”系列活动】

4月12日,“寻找广东十大传统美食之乡”暨2013年老广州民间艺术节“三月三•荔枝湾”活动在广州荔湾湖畔启动。省委宣传部常务副部长、南方报业传媒集团党委书记、管委会主任杨健，省文联党组书记、专职副主席白洁，广州市荔湾区委书记唐航浩、区长晏拥军等出席仪式；4月12日至7月31日，从15个地级市的30个“选手”中评选出“十大传统美食之乡”及“广东100味传统小吃”；8月11日至13日，由省文联党组副书记、专职副主席曹利祥带队的“广东十大传统美食之乡”考察团一行六人，奔赴参评的潮州湘桥区、潮安县庵埠镇、普宁市洪阳镇进行走访。

【省文联领导深入基层开展讲学活动】

8月27日，巡视员廖曙辉前往广东书法院开展讲学活动，强调教育实践活动的重要性，指出书法院是思想宣传战线的重要一份子，要敢于进一步改革创新，革新创作，加强与市场、作者的联系起来，以书法传播中国精神。

8月28日，党组书记、专职副主席白洁前往广东文艺职业学院开展讲学，重点聚焦“四风”突出问题谈学习体会，并对继续搞好路线教育活动提出要求。

8月28日，党组成员、专职副主席李仙花在省文联会议室，为省文联剧影视部全体党员干部讲学辅导，并结合剧影视部的实际情况，对切实搞好教育实践活动提出要求。

8月28日，副巡视员黄浩到省当代文艺研究所，以“加强文艺研究，助推中国梦”为题，为研究所全体党员干部讲学辅导，从党的群众路线的历史传统和现实意义，中国梦的丰富内涵和实现中国梦的迫切要求以及实现中国梦必须进一步繁荣文艺事业等方面谈了自己的思考和体会。

8月29日，党组副书记、专职副主席曹利祥前往岭南美术出版社，结合出版社的工作实际，就教育实践活动的重要性、整治“四风”的重大意义，着力解决出版社存在的突出问题等方面开展讲学，出版社中层以上干部和全体党员参加了活动。

8月30日，党组成员、专职副主席李萍到省文联理论研究部，给理论部全体干部和省文联艺术馆全体党员开展讲学，深入开展群众路线教育实践活动中需要注意的问题。

9月2日，党组成员、纪检组长双南征在省文联会议室，为省文联机关第一党支部全体党员开展讲学，并就如何充分利用批评与自我批评的武器谈对教育实践活动的认识和体会。

9月4日，党组成员、专职副主席刘小毅在省文联会议室，为省文联组联部、人事部、美书协摄部全体党员干部开展讲学活动，深入剖析了“四风”问题的特点和主要表现，并指出各部门存在的突出问题和今后工作的努力方向。

【“最美是你”房千作品音乐会】

10月17日，由深圳市宣传文化专项基金支持，省文联、广东省音乐家协会、中共深圳市委宣传部、深圳市文学艺术界联合会、中共深圳市龙岗区委宣传部联合主办的广东省第二届星海音乐节——“最美是你”房千作品音乐会在深圳音乐厅举行。

【“我们正年轻”——中老年才艺表演大赛启动】

10月25日，由省文联、广东省广播电视网络股份有限公司、广东电视台联合举办的“真高清视频专家-U互动”之“我们正年轻”中老年才艺表演大赛在广东电视台举行启动仪式。省文联党组成员、专职副主席李萍、省广播电视网络股份有限公司董事长张健、广东电视台台长曾国欢，清远市委宣传部副部长、文联主席刘国华，以及省文联文艺志愿服务团、省剧协、省音协、省舞协、省曲协的相关负责人出席活动。

文艺志愿服务与文化惠民活动

【“送欢乐、下基层”走进清新】

3月3日，由中国民协分党组书记、副主席罗杨，及省文联党组副书记、专职副主席曹利祥等文艺工作者组成的志愿者服务团，在清远市清新区龙颈镇石马片南田村委会万兴村村前广场举行“送欢乐下基层暨万兴彩庆堂民间艺术貔貅狮表演”活动。

【“情牵四川 心系雅安 ”——大型赈灾义演】

4月28日，由省文联、广东电视台、羊城晚报社、省慈善总会、省繁荣粤剧基金会、广州市振兴粤剧基金会联合主办，广东电视台珠江频道、岭南戏曲频道承办的“情牵四川　心系雅安”——广东文艺界大型赈灾义演在广州南方剧院举办，来自省内十多个专业文艺院团和300多名文艺工作者登台献艺，向灾区人民传递爱心。慈善拍卖筹集赈灾善款及义演现场观众捐款全部捐赠给广东省慈善总会用于抗震救灾工作。

【“和风化心雨——广东文艺家走进戒毒所”艺术帮教系列活动 】

6月26日，“广东省文联艺术帮教基地”正式在省一戒所挂牌成立，举行书法家笔会和“大美广东”主题摄影展，省文联巡视员廖曙辉，专职副主席刘小毅，省书法家协会主席张桂光，专职副主席纪光明，广东书法院院长李远东，省文联艺术馆馆长陈俊生现场挥毫，为戒毒宣传工作留下墨宝，来自省音乐家协会、戏剧家协会、舞蹈家协会、杂技家协会、曲艺家协会等文艺家协会的文艺志愿者和省一戒所部分民警、戒毒学员同台表演“和风化心雨—广东文艺家走进戒毒所”大型文艺演出活动。此外，精心组织安排广东棋

文化促进会、省舞蹈家协会、省书法家协会和摄影家协会的志愿者老师、教练们来到省一戒所，启动了象棋文化推广、戒毒康复舞培训等一系列文化帮教措施，

【“中国梦·舞者展风采”文艺志愿服务活动】

12月7日至8日，由省文联主办，广东省舞协、河源市文联、惠州市文联承办的“中国梦——文艺志愿服务团‘送欢乐、下基层’舞者展风采活动”大型文艺演出，先后在河源市紫金县文化广场和惠州市惠城区文化广场举行，省文联党组副书记、专职副主席曹利祥，副巡视员黄浩，组联部主任樊广莲，惠州文联主席安想珍，河源市紫金县委宣传部长叶竞祥、副县长刘向红等参加活动及观看演出。

理论研究

【曲艺理论研讨】

5月14日至18日，省曲协结合中国曲协“中国曲艺之乡”督促检查活动，赴东莞、顺德、江门、佛山、广州等地开展“中国曲艺之乡”调研活动，对广东“曲艺之乡”及曲艺生态进行实地调研。组织参加各类理论研讨活动，在“中国曲艺之乡”建设论文征集活动中，我省有1篇文章被评为年度优秀曲艺理论（评论）文章，2篇文章入选年度曲艺理论（评论）文章，9篇文章入编“中国曲艺之乡”建设论文集。

【文艺理论研讨】

省文艺批评家协会联合广东省影协、珠影、岭南美术出版社，为著名电影导演王为一举办“王为一电影艺术观理论座谈会暨《我的电影艺术观》首发式”，并将专家发言整理汇编成册，进一步巩固研究成果；与广州市批协共同举办“第四届广州市青年文艺批评论坛”，探讨广州市文艺理论发展之路和广州市文艺理论人才的提升方略。

【摄影理论研讨】

4月，将广东省第七届摄影理论研讨会征集评选出的65篇论文结集出版《广东省第七届摄影理论研讨会论文集》;11月26日，由中国摄协、广东省文联、广东摄协、长安镇政府主办的第11届全国摄影理论研讨会在东莞市长安镇开幕。来自国内外80多位摄影名家围绕“当前摄影创作实践对理论创新的期待”和“中国摄影史”的撰写两个主题展开研讨。会上评出的15篇优秀论文中，成功、杨莉莉、张楚翔三位广东作者名列其中，占1/5强，为广东乃至全国摄影理论发展起到了推动的作用。

民间文化保护与发展

【第二届广东省花灯文化节】

2月18日至24日（农历正月初九至十五），成功举办第二届广东省花灯文化节。河源市连平县和东莞市洪梅镇两个分会场，汇集番禺沙湾、佛山、潮州、连平、洪梅、兴宁、信宜、陆丰、廉江、遂溪等10个参展单位的数万盏形态各异，造型独特的花灯作品，全面彰显花灯文化的魅力。

【全国古村落工作经验交流会暨第三届中国古村落保护与发展研讨会】

6月3日至5日，由中国民协、省民协、高要市政府联合举办的2013年全国古村落工作经验交流会暨第三届中国古村落保护与发展研讨会在肇庆高要召开。来自全国和省内的30多位专家、学者再次就中国古村落的现状、保护存在的问题以及未来如何开展保护开发工作等进行研讨。

【第二届岭南民俗文化节】

6月12日至16日，成功举办以“美丽广东，欢乐岭南”为主题的第二届岭南民俗文化节。本届岭南民俗文化节以夏季的“端午节”为节点，结合广州市荔湾区2013年老广州民间艺术节“五月五•龙船鼓”活动，展现传统龙舟、滚地金龙、舞鹰雄、舞火狗、英歌舞、傩舞、禾楼舞、木偶戏等优秀传统民间艺术，再现岭南端午习俗文化的特色与精髓，活动吸引过百万的群众参加。

【第二届广东省民间工艺博览会暨第六届广东省民间工艺精品展】

11月8日至12日，举办以“传承创新　交流合作　市场推介”为主题的第二届广东省民间工艺博览会暨第六届广东省民间工艺精品展。展期5天，展出面积近30000平方米，设四层楼三大展区，分别为博览会、精品展、珠宝展。全省21个地市及特邀商家的展销作品有20万多件，参评精品近千件。现场销售额近3000万元，到会客商及观众7万人次。

对外及对港澳台文化交流

【岭南文化在悉尼】

2月17日，省文联选送的瑶族民间歌舞表演团队加入澳大利亚悉尼市政府举办的“2013年中国春节大巡游”活动。

【梅花清韵逸濠江】

7月20日和21日，省文联、广东省戏剧家协会组织的“梅花清韵逸濠江——广东梅花戏剧团精品晚会”在澳门文化中心献演。粤剧、潮剧、汉剧、雷剧、话剧五大剧种的近20位中国戏剧最高奖——梅花奖获得者参与。

【“四洲杯”粤港澳粤曲演唱大赛总决赛】

11月15日晚，由省政协办公厅、省文联联合主办的广东省政协第十届“四洲杯”粤港澳粤曲演唱大赛总决赛在澳门永乐戏院举行。开赛10年来，相继有3万多人次报名参赛。澳门特别行政区行政长官崔世安和广东省委副书记、省政协主席朱明国共同为总决赛开赛鸣锣。澳门中联办秘书长崔国潮，省政协副主席梁伟发，澳门文化司司长张裕，省政协秘书长杨懂，全国政协常委、省政协常委、香港四洲集团董事局主席戴德丰出席并观看了比赛。本届大赛共有1000多名粤曲爱好者报名参赛。

扶贫开发工作

【新一轮扶贫开发对口帮扶新丰县回龙镇塘村工作启动】

6月7日至8日，省文联党组书记白洁率省文联新一轮三年（2013—2015）扶贫开发工作组赴新丰县回龙镇塘村村举行“规划到户责任到人”工作启动仪式及实地调研、入户调查、慰问等活动，共商脱贫发展计划。

【“扶贫济困日”系列活动】

6月28日至29日，文联直属机关党委与塘村村村党支部在村委会开展纪念建党92周年“七•一”党日活动。白洁走访慰问塘村村生活困难老党员，并率新一轮扶贫开发小组策划文联系统书法家的书法作品创作与捐赠活动，组织省文联系统为塘村村阅览室捐赠涵盖文、史、艺、农等内容的794册书籍筹办塘村阅览室，赠送文具、体育用品等，并携手广东省第二人民医院组织一支专业医生志愿队伍，免费为塘村村村民提供体检、诊疗等义诊服务，为贫困户赠送小药箱。7月，安排广东文艺职业学院团委组织一批青年教职工和文化志愿者到韶关市新丰县回龙镇塘村村小学进行为期九天的文化扶贫支教工作。

【省文联文艺志愿服务团赴塘村村开展文化惠民活动】

12月3日，省文联党组书记程扬同志带领省文联文艺志愿服务团一行来到新一轮“双到”扶贫开发帮扶点新丰县回龙镇塘村村，开展文化惠民送温暖活动，向塘村村捐赠了4万元用于为贫困户购买农村合作医疗保障和贫困户种植、养殖项目等，并走访慰问塘村村贫困户。省文联党组副书记、专职副主席曹利祥、巡视员廖曙辉、党组成员、专职副主席刘小毅、副巡视员黄浩，办公室主任孙秋峰、副主任林金洲和省书协专职副主席纪光明、省视协专职副主席徐清雄、省文联艺术馆馆长陈俊生，省文联扶贫工作组有关工作人员，驻村干部金鹏和广东狮子会和乐服务队一同前往参加活动。程扬、刘小毅等书法家现场义务为村民挥写春联近百幅。

自身建设

【党的群众路线教育实践活动系列】

7月8日上午，省文联召开深入开展党的群众路线教育实践活动动员大会，贯彻习近平总书记等中央领导同志的重要讲话精神，对开展党的群众路线教育实践活动进行动员和部署。省文联党组书记、专职副主席白洁主持会议，省委第七督导组组长陈建辉作指导讲话。省文联党组副书记、专职副主席曹利祥，巡视员廖曙辉，党组成员、专职副主席李萍、李仙花、刘小毅，双南征、吴佳联、黄浩及全体干部职工，省委第七督导组副组长韦龙，组员熊正友、张凯茗、陈丹琳、王丽春等参加动员大会。7月24日，省文联召开党的群众路线教育实践

暨2013年纪律教育学习月动员大会。

【全省文联舆情信息与调研骨干培训班】

8月29日，全省文联舆情信息与调研骨干培训班在省文联举办。省文联部分团体会员、机关部室、直属单位的负责人、舆情信息与调研骨干参加了本次培训班。省文联党组书记、专职副主席白洁，省文联党组成员、专职副主席李萍，中国文联理研室舆情处副调研员宋保成出席了全省文联舆情信息与调研骨干培训班。

【省文联召开党组中心组（扩大）集中学习会议】

9月10日，省文联召开2013年第三季度省文联党组中心组（扩大）集中学习会议，省文联机关处以上干部和直属单位领导班子成员出席会议。11月，省文联党组召开理论中心组（扩大）会议传达学习党的十八届三中全会精神，邀请了省委党校梁道刚教授作专题辅导，同时请部门代表结合工作实际谈学习体会。

【公开遴选充实力量】

坚持德才兼备、以德为先的用人标准，注重综合能力和专业水平考评，严格按照公开、平等、竞争、择优原则，根据广东省从基层遴选公务员到省、市机关工作的文件要求，公开遴选公务员2名，补充到急需用人的岗位。

直属单位

【广东文艺职业学院】

创建省级示范性高职院校，牵头组建广东文化艺术职业教育集团。顺利通过大学生心理心理健康教育与咨询工作检查评估；圆满完成2013年招生录取工作，共录取1611人。其中面向本省招收1250人；面向河南、广西等11个省（区）招收250人；报到1390人，报到率86.3%，2013年招生录取工作是转制以来报到率最高的一年。全面启动国家级精品课程《戏剧表演》摄制工作，该课程成功入选成为第三批国家级精品资源共享课立项项目；与番禺博物馆共建爱国主义实践教育基地；邀请著名艺术家姚锡娟、两届奥运冠军冼东妹做客名家讲坛；与深圳诺亚星光文化传播有限公司合拍电影《一路相随》；与好好学文化教育有限公司达成校企合作项目“共建豆芽数字音乐平台”。5月，艺术设计系形象与服饰展示设计毕业作品参展2013中国（广东）大学生时装周，获优秀服装设计大赛金奖；6月，音乐系赴台湾参加“第六届海峡两岸合唱节”并获得金奖；影视戏剧系参加中国戏剧奖小戏小品大赛广东赛区选拔赛三等奖；7月，《广东文艺职业学院合唱团成果汇报》获2013年广东高校校园文化建设优秀成果评选优秀奖；11月，动漫专业作品《十八罗汉》和《达摩•慎独》在第二届广东民间工艺博览会及第六届广东省民间工艺精品展评选中两件作品荣获金奖；12月，艺术设计系学生在中国之星设计艺术大赛中获“希望之星”称号2人，优秀指导教师称号1人，并获优秀组织单位称号；基础教育部学生在首届岭南杯“我的中国梦”英语写作技能大赛中荣获优秀奖。

【岭南美术出版社有限责任公司】

岭南艺术美育网顺利上线运转。4月，编写并修订的九年义务教材《美术》（共18册），送教育部审查获得通过；4月至8月，完成《硬笔书法》、《毛笔书法》的编写工作，《硬笔书法》教材获得省教厅的审查通过；4月至11月，组织《东方墨名家书画》巡回展活动，分别于杭州、兰州、徐州、广州、惠州展出。

【广东省当代文艺研究所】

3月29日，纪念建所50周年活动启动仪式；4月14日，召开“京沪穗当代地方音乐文化高峰论坛”；5月15日，研究通过出版《广东省当代文艺研究所建所50周年纪念丛书》一套；8月8日，《半个世纪：我们一起走过》建所50周年画册第一次统稿会议；9月，《广东省当代文艺研究所建所50周年纪念丛书》之《怀旧的权力》出版；12月1日，《广东省当代文艺研究所建所50周年纪念丛书》之《半个世纪：我们一起走过》纪念画册出版；12月18日，举办广东省纪念人民音乐家李凌诞辰100周年的系列活动；12月30日，举办广东省当代文艺研究所纪念建所50周年座谈会。

【广东书法院】

1月12日，举办“喜庆十八大——首届全国书法院艺术交流展暨第四届岭南书法大讲坛”；4月28日，主办“税收•发展•民生——全国书法名家作品邀请展”；5月25日，举办李双阳书法篆刻作品展；6月10日，主办第二届岭南书法创作论坛；

9月1日，举办首届书法高研班结业师生作品展；9月14日，举办第二届书法高研班开学典礼及第五届岭南书法大讲坛暨姜寿田书法作品展；10月19日，举办首届书法高研班优秀学员作品展；11月19日，举办第二届岭南书法教育论坛；12月28日，由中国书协学术专业委员会、广东书法院举行第三届“全国书法名家双年展”暨全国优秀中青年书法家作品邀请展开幕式与广东书法院花都书法创作培训基地揭牌及中国书法•花都讲坛活动。

各文艺家协会

【戏剧家协会】

3月，举办“粤剧艺术在社群”主题惠民活动；广州文化公园粤剧文化广场2013年全年演出上百场，惠及各界观众8万多人次；推荐优秀剧目音乐剧《西关小姐》和广东汉剧《金莲》参加第十三届中国戏剧节，分别荣获优秀剧目奖和剧目奖；推荐粤剧演员崔玉梅参评中国戏剧梅花奖；5月，举办第四届广东省少儿戏曲小梅花荟萃活动，选拔出9名选手参加全国大赛；6月，举办中国剧协2013年（广东）中青年编剧研修班圆满收官，与广东电视台岭南戏曲频道举办“请小朋友睇大戏”活动，省剧协主席倪惠英现场作示范讲座；7月，组织广东梅花戏剧团首次对外戏剧交流演出，在澳门文化中心演出“梅花清韵逸濠江——广东梅花戏剧团精品晚会”；9月，组织我省15名梅花奖艺术家赴北京参加中国梅花奖30周年系列纪念活动，并推进戏剧进校园活动；10月至11月，组织首届全省小品小戏选拔赛决出的5个剧目参加在江苏张家港举行的第五届“中国戏剧奖•小戏小品奖”终评活动，荣获5项大奖，创造了我省参赛最好成绩。

【电影家协会】

3月31日，举办以“幸福细节”为竞赛主题的“首届南方微电影大赛”颁奖活动；4月，举办“王为一电影艺术观理论座谈会暨《我的电影艺术观》首发式”活动；5月，举办首届“魅影中国”微电影大赛；重新启动电影资料馆放映工作，放映国内外优秀影片近30部；6月13日，省影协大学生协同创新委员会成立仪式在暨南大学艺术学院举行；8月底，举办香港著名电影人黄百鸣“电影、奋斗、坚持”专题报告会；9月2日，“中加文化交流年，中国影视未来偶像从这里走向世界舞台”大型系列活动暨“加拿大国家电视台（CNTV）与广东华之杰影视传播有限公司战略合作伙伴签字仪式”在广州启动；9月15日,“第十届广州大学生电影节”在广州岗顶天河电影城正式拉开帷幕；12月5日,第十届广州大学生电影节在广州暨南大学落下帷幕。共颁出“原创微电影大赛”以及“原创微剧本大赛”、“影评大赛”、“电影配音大赛”、“摄影大赛”等的各奖项及揭晓“我的银幕至爱”华语电影评选活动结果。

【电视家协会】

2月1日，举办“广东省首届十佳电视频道奖”颁奖仪式；5月21日，组织广州地区高校新闻传播学院主要领导、教授座谈会；7月5日，广东省电视艺术家协会专家委员会成立大会在华南理工大学举行；8月25日，举行《百家访谈哈军工》一书的首发式；10月23日，举办“粤港澳三地电视合作发展论坛（2013）”，来自粤港澳三地的电视传媒领军人和专家、学者及业界人士50多人汇聚一堂，围绕“合作、促进、发展”的论坛主题进行了深入交流和探讨；11月23日，主办“广东省新世纪电视理论贡献奖”颁奖仪式；11月23日至30日，在广州市流花湖公园东苑艺博馆举办“广东省新世纪电视理论贡献奖”获奖图书展览。

【音乐家协会】

1月16日，举行“2012年优秀音乐家奖颁暨广东省音协新春团拜”活动；3月14日，举办“花田动漫音乐汇”活动；4月8日，主办“首夏清荷•琴韵凝香—郭洁钢琴音乐会”；5月12日，举办首届“广东星海音乐节”决赛；6月27日至28日，联合塘厦镇文化广播电视服务中心，在东莞市塘厦镇举办“广东省音协‘美丽中国’主题创作座谈会暨塘厦采风交流”活动；9月12日，设立广东省音乐家协会(顺德区)音乐创作培训基地；9月27日，联合举办“2013珠三角咸水歌•渔歌歌会”；10月4日至6日，主办“2013年广东省青少年键盘乐器大赛”活动；10月8日，《岭南音乐》杂志在省文联大楼1702室正式继续启动，与广东国诚文化投资发展有限公司合作“广东原创音乐交易廊”，交易廊设在《岭南音乐》杂志社，并于9月2日启

动；10月10日，主办“中国•塘厦第五届打工歌曲创作大赛”评选活动；10月17日至18日，主办“第二届广东星海音乐节《最美是你》—房千作品音乐会暨研讨会”；10月31日，在东莞市清溪镇文化广播电视服务中心成立“广东省音乐家协会客家新民歌（清溪）创作基地”；12月15日，主办“第九届2013年度十大发烧唱片榜颁奖典礼”，联合主办“2013第四届广东音乐大赛暨年度优秀团队展演‘大千杯’管乐邀请赛”。

【舞蹈家协会】

5月1日至5日，举行“第二届广东省少儿舞蹈大赛暨‘小荷风采’全国少儿舞蹈展演广东省选拔赛”;6月，承办第二届“广东省百姓艺术健康舞志愿者推广活动”，吸引70多万群众参与，编发《广东省百姓艺术健康舞教材第一辑》，在全省17个市举办师资培训班，培训700多名志愿者推广教师；7月20至27日，组队赴北京参加第七届“小荷风采”全国少儿舞蹈展演，省舞协推选出的19个优秀节目，17个作品获金奖，2个获银奖。省舞协荣获“第七届‘小荷风采’全国少儿舞蹈展演”全国唯一的“特殊贡献奖”；9月25日，举办“2013广东省新农村舞蹈教室汇报演出”，22所试点学校400多名孩子们表演志愿者老师们精心编排的舞蹈节目；12月14至15日，承办“2013全国少儿舞蹈创作研讨会暨广东省少儿舞蹈金奖作品展演”；全年，编辑出版四期舞蹈理论刊物《舞蹈研究》。

【美术家协会】

3月25日，举办“大道自然——梁如洁中国画展”。4月25日，举办“第六届广东省版画展”；5月10日，"广东省美术家协会艺委会换届暨广东美术创作会议"在广州举行，近250名代表出席了会议。大会通过了《艺委会工作报告》，顺利完成了新老艺委会班子交接；4月至6月，举办“第二届广东大学生美术作品双年展——优秀作品展”、“龙门农民画展”及“星河展第68回——刘明、许永城、吴洁聪、陈东锐、林志彬、罗小颜、喻涛美术作品展”；9月至11月，举办“第二届广东岭南美术大展”、“幸福绿道——广东美术家创作展览”、“岁月悠悠——陈章绩中国画展”及“实干兴邦——第二届全国（大芬）中青年油画展”在大芬美术馆拉开帷幕。12月，举办“广东省第三届漆画作品展”、“广东省第六届水彩、粉画展”；12月27日，举办“我们的中国梦——文化进万家”广东省第十二届美术书法摄影联展。

【书法家协会】

4月，中国书法创作培训基地在广东海景投资集团正式挂牌，中国书法创作基地挂牌仪式及“全国书法名家作品邀请展”同期揭幕，协办“绿叶增春——中国文联著名表演艺术家书画联展”；6月14日，举办纪念梁启超诞辰140周年“聘园艺轩杯”广东省书法作品展；7月18日，举行广东省书法家协会第六次会员代表大会，选举产生省书协新一届主席团和理事会；8月，联合主办第九回中韩书法交流展及“王楚材书画作品展”；10月至11月，承办广东省书法家协会顾问作品展、广东省第二届“张九龄杯”书法篆刻展及广东省书法篆刻上海邀请展；12月7日，举办第四届全国“康有为奖”书法评展暨“中国书法•岭南论坛”，康有为书法艺术院同时揭牌投入使用；12月21日，举办上海书法篆刻广东邀请展；12月23日，承办“中国梦——广东省书法家协会、广东省摄影家协会理事作品展”；12月27日，主办广东省老书法家作品邀请展。

【摄影家协会】

3月21至22日，举行广东摄协摄影教育委员会暨函授学院教师公开课交流会；3月28日，启动2013“伯奇杯”中国创意摄影展；4月12日，联合主办“陈复礼摄影艺术展”；4月20日至21日，召开广东摄协第九届理事会第二次会议；5月1日,参与举办的第24届全国摄影艺术展览。国展第一次落户广东，广东摄影人在第24届国展中获得了2金5银6铜共66件奖项的优秀成绩，总分位于全国第二名。5月至10月，第24期北京摄影函授学院摄影基础班暨2013届广东省摄影家协会摄影专修班共举行了4次面授活动；6月，顺利完成办公新址的搬迁工作；7月9日，举办第一届广东摄协主席团成员及各团体会员主席摄影作品联展；7月20日，主办“绚彩意象”张桐胜摄影作品展；9月17日，联合主办“华人视觉•影述世界”第一届全球华人摄影传媒大奖；9月23日，中国第15届国际摄影艺术展览，广东入选数量蝉联第二名，获得纪录类与商业类两项金牌奖，得全国金牌第一;11月26日，主办第11届全国摄影理论研讨会；11月30日，

“古典•古朴”——郭小宁梁力昌俄罗斯摄影作品展在广东省立中山图书馆开幕；开展10站“摄影大篷车下基层”活动，并结合“中国梦”主题走进广州大学城与大学生互动；12月10日，承办岭南风民俗情——“绚丽广东”摄影大展；12月14日，“古典•古朴”——郭小宁梁力昌俄罗斯摄影作品研讨会在南海里水顺利举行；12月23日，承办“中国梦——广东省书法家协会、摄影家协会理事作品展”。

【曲艺家协会】

4月至6月，主办梅花吐艳星韵传——黄少梅星腔艺术专辑制作及参评金唱片工作；7月14日，与广东粤剧推广协会(香港)联合主办大型粤曲舞台剧《小明星》；7月20日，与广州市委宣传部联合主办“白燕飞翔薪火传”个人粤曲演唱会；8月10日，举办2013年广东曲艺（器乐）考级活动；10月20日，主办失明艺人莫若文、李广生从艺六十周年师生友曲艺晚会；10月23日至25日，承办广东省政协第十届“四洲杯”粤港澳粤曲演唱大赛广东决赛；10月26日，举办第七届广东省青少年曲艺“明日之星”选拔赛（粤语曲种）；11月3日，举办第七届广东省青少年曲艺“明日之星”选拔赛（综合曲种）；11月13日至15日，承办广东省政协第十届“四洲杯”粤港澳粤曲演唱大赛总决赛；12月20日，在中山市古镇镇“广东省曲艺之乡”举办挂牌仪式。

【杂技家协会】

4月28日，举办第二届广州市青年（中学生）舞台魔术比赛；5月16-22日，举办第九届文博会杂技舞台专场活动之“杂技魔术行业峰会”暨广东省杂技魔术精品研讨会；8月23日，举办2013粤港澳台魔术创新与发展研讨会；11月16日，举办第四届广东高校魔术大赛；11月27日，省杂技家协会文艺志愿服务团赴解放军花都某部装甲旅采风、慰问演出；12月13日，省杂协与广东文艺职业学院团委共同主办了魔术讲座，并成立了学院魔术社。

【民间文艺家协会】

1月23日至2月3日，举办“幸福广东•快乐家园——广东省剪纸艺术竞技大赛”；2月14日至20日，组织广东民间艺术团一行58人参加悉尼市政府举办的“2013年中国春节大巡游”活动；2月18日至24日，举办第二届广东省花灯文化节；3月3日，举办“送欢乐下基层”志愿者服务团将欢乐送到清远市清新县；5月，举办“名人名家讲堂•文学艺术系列讲座之《翠中寻趣——尹秋生翡翠雕刻鉴赏》”；6月3日至5日，举办2013年全国古村落工作经验交流会暨第三届中国古村落保护与发展研讨会；6月8日至12日，举办“广东省龙门农民画展”；6月12日至16日，举办以“美丽广东，欢乐岭南”为主题的第二届岭南民俗文化节；6月，省民协被人力资源和社会保障部和中国文联评为全国文联系统先进集体；7月15日，省民协东莞办事处正式挂牌成立，并组建广东省民间文艺志愿者服务总队东莞支队；8月9日至11日，举行2013广东祠堂文化研讨会；8月12日，联合举办“名人名家讲堂走进社区”活动；9月17日至18日，召开“中国七大传统节日研讨会”；11月8日至12日，举办第二届广东省民间工艺博览会暨第六届广东省民间工艺精品展；12月18日，联合主办“医学与艺术沙龙——艺术走进医学空间”座谈会；举办“美味广东——寻找广东省十大传统美食之乡”活动；成功申报古村落大数据平台；编辑出版了《广东古村落丛书•程洋岗村 》、《广东民间故事丛书•封开卷 》、《广东民间故事丛书•黄埔卷》、《广东省民间工艺精品集•晋京展》、《广东省剪纸艺术竞技大赛作品集》。

【文艺批评家协会】

3月29日，在广州TIT创意园区举办以“音乐的庙堂与江湖”为主题的艺术家沙龙，就音乐创作与民俗民风、民歌民谣及民族音乐遗产抢救等话题进行广泛交流和深入探讨；4月11日，与广东省电影家协会等联合举办“王为一电影艺术理论座谈会暨《我的电影艺术观》首发式”；7月，举办以“现代生活与收藏文化”及“大众文化时代的古典诗词创作与传播”为主题的艺术家沙龙；9月5日，为培养广州市各区文艺创作队伍，结合首部广州文化研究与文艺批评文选《本土关注：广州文化与文艺批评论文选》的出版首发，与广州市批协等单位共同举办第四届广州市青年文艺批评论坛。

广西壮族自治区文联

综　述

2013年，广西文联深入贯彻落实党的十八大和十八届三中全会精神，围绕广西壮族自治区党委、政府全面推进经济社会发展、“两个建成”的战略部署，围绕实现伟大“中国梦”的宏伟目标和建设民族文化强区的使命，坚持“二为”方向、“双百”方针和“三贴近”原则，坚持以人民为中心的工作导向，按照广西文联九届二次全委会的工作部署，围绕中心、服务大局，改进作风，发挥组织引导、联络协调、服务维权的作用，团结广大文艺工作者，开展文艺工作和组织文艺创作活动。

重要活动

【“千村万户文艺惠民工程”】

2013年，广西文联“千村万户文艺惠民工程”继续推进。11月29日至30日，2013年广西文联“千村万户文艺惠民工程”推进会在钦州市召开。广西文联和全区性文艺家协会负责人、各市、部分县（区）文联负责人及文艺村、文艺户代表等近70人参加了会议。推进会上，进行了经验介绍和书面经验交流，代表们观摩了钦州市钦北区小董镇那兰“狮龙”村、小董“曲艺”社区和三娘湾旅游管理区“海歌”村文艺表演，实地了解钦州市“文艺村”建设情况。会议总结了2012年“千村万户文艺惠民工程”试点市贺州市、南宁市的工作经验，要求“千村万户文艺惠民工程”在全区普遍开展，按突出当地的文艺特色和达到“五有”（有领头人、有队伍、有场地、有活动、有制度）的要求，严格审核命名全区“千村万户文艺惠民工程”文艺村、文艺户。截止至年底，广西文联共命名了全区“千村万户文艺惠民工程”文艺村303个、文艺户611个。

【广西文艺志愿者协会成立】

10月15日，广西文艺志愿者协会在南宁隆重成立，170多位各艺术门类的老中青文艺家出席成立大会。这是全国首个成立的省级文艺志愿者协会。

大会选举产生了广西文艺志愿者协会第一届理事会理事和负责人，广西文联党组副书记、副主席赵如锋当选广西文艺志愿者协会主席，广西籍知名文艺家罗宁娜、赵传等17人当选为协会副主席，秦启春任协会秘书长。各门类艺术家代表和广西文联各团体会员单位负责同志共75名当选协会第一届理事会理事。潘琦、韦守德、余昌文被聘为协会名誉主席。

广西文艺志愿者协会作为广西文联的团体会员，将通过组织开展各类文艺志愿服务活动，团结凝聚文艺家、文艺工作者和文艺爱好者积极投身改革开放和社会主义现代化建设，为广大人民群众提供切实有效的文艺志愿服务，促进社会主义核心价值体系建设，推动社会主义文化大发展大繁荣。

【文艺志愿服务活动】

2013年，广西文联坚持“以人民为中心”文艺理念，把“为民惠民乐民”作为文艺工作的根本宗旨，在全国率先成立了第一个省级文艺志愿者协会——广西文艺志愿者协会。组织广大文艺家、文艺工作者和文艺爱好者，深入基层，深入群众，开展形式多样的文艺志愿服年活动。创建了三江农民画等24个文艺志愿长效服务基地。配合中国文联“乡村艺术教师培训”田东试点项目，在田东县开展了为期10天的音乐、美术培训班活动。配合中国文联“送欢乐下基层”到防城港举行行慰问演出。组织文艺志愿服务团赴田林县潞城瑶族自治乡开展“三贴近”魔术杂技慰问演出，赴钦南区大番坡镇、大新县恩城乡、天等县龙茗镇等地开展“送欢乐下基层——美丽广西·

清洁乡村”慰问演出活动；组织艺术家赴桂平市开展“送欢乐 下基层”——纪念“12•5”国际志愿者日系列活动。组织书法家到平南县举办书法培训班并举行“广西兰亭小学”授匾仪式。年内，广西文艺志愿者协会、广西文联文艺志愿服务办公室与广西文联各门类文艺志愿服务团在广西共创建了三江农民画等24个文艺志愿长效服务基地。这些活动有效扩大了文艺志愿服务的覆盖面和影响力，进一步丰富了人民群众精神文化生活。广西文联分别在中国文联九届六次全委会、中国文联文艺支教贵州现场会上作经验介绍。

【广西文联九届二次全委会】

2月28日，广西文联第九届全委会第二次会议在邕召开。广西文联九届委员会全体委员，13个全区性文艺家协会负责人，各市、县（市、区）文联和产（行）业文联负责人，广西文联机关各处室负责人等近百人出席了此次会议。会议的主要内容是：传达中国文联第九届全国委员会第四次会议、全区宣传部长会议精神；总结2012年广西文艺工作和文联工作，研究部署2013年工作。韦守德代表广西文联九届主席团作工作报告。他对2012年重点工作进行了回顾和总结。工作报告指出2013年，广西文联要着力抓好学习、活动、交流、品牌、评论评奖、文艺惠民、队伍建设等七个方面重点工作。

【第三届广西作家节】

12月24日，第三届广西作家节在河池市举行。每年一度的广西作家节是由广西文联、广西作协创办的作家之间互相交流学习的品牌活动。今年的作家节内容十分丰富，有文学颁奖活动、《广西少数民族新锐作家丛书》（十卷）首发式、“1+2”工程启动仪式、广西作家书法展和深入基层、企业采风等活动。首次设立的广西年度作家奖、第十届广西青年文学“独秀”奖均在开幕式上举行颁奖仪式。红日、刘频、黄土路因在2013年小说、诗歌、散文创作中表现不俗而获得“广西年度作家奖”；第十届广西青年文学独秀奖则颁给了在现代诗歌创作、诗歌评论、网络诗歌生态建设等方面都做出了不懈努力的刘春。作家节上举行了《广西少数民族新锐作家丛书》举行了首发仪式。该丛书由广西作家协会组织策划，广西人民出版社出版。入选该辑丛书的梁志玲、陶丽群、周末、黄土路、杨仕芳、何述强、黄芳等10位作者，大多生活、工作在基层，入选作品均是他们近10年来心血凝聚的创作成果。

24日下午举行的文学桂军人才培养“1+2”工程启动仪式是此次作家节的最大亮点。该工程主要内容是以名作家与青年作者“结对子”、“传帮带”的方法，对有潜力的青年作家给予重点培养，以期更多像东西、鬼子那样的享誉全国的名作家出现。启动仪式上，东西等十位名作家与从全区各市选拔出的20名有潜质的青年作家正式确立师徒关系。该工程实施两年为限。

同日下午还举办了“文学桂军再出发”研讨会。区内外著名作家、评论家李霄明、宗仁发、田瑛、钟红明、刘书棋、张柱林、映川、朱山坡、刘春、李约热、刘频、黄土路、谢凤芹、王勇英、周末等先后发言。

广西作家节是由广西文联、广西作协主办的作家交流品牌活动，首届广西作家节于2011年在贺州举办。本届广西作家节共有80多位广西作家参加。

【南宁市新增三个“中国民间文艺之乡”】

2013年初，南宁市组织隆安县、邕宁区、良庆区申报“中国民间文艺之乡”称号。4月，中国民协组织多位民俗和民间文化专家组成考察组，对隆安县的“那文化”、南宁市邕宁区的“八音文化”、南宁市良庆区的“嘹罗山歌文化”等民俗文化进行考察评估。6月20日上午，在中国民间文艺家协会在南宁举行“中国民间文艺之乡”授牌仪式，隆安县、良庆区、邕宁区分别被中国民间文艺家协会授予“中国那文化之乡”、“中国嘹罗山歌之乡”、“中国八音之乡”称号。

【广西首个“中国曲艺之乡”落户荔浦县】

2013年12月13日，中国曲艺家协会在荔浦县举行授牌仪式，授予荔浦县“中国曲艺之乡”称号。荔浦县成了广西第一个获得“中国曲艺之乡”称号的县份。

荔浦县曲艺文化历史悠久、源远流长，群众基础深厚。流行于荔浦县境内的曲艺形式包括文场、说书、渔鼓、快板、零零落、莲花落、桂剧清唱、山歌，调子歌等近10种。其中尤以文场传播最广，影响最大，喜爱者最多。文场在广西流传已有200多年的历史。进一步整理现有曲艺资

源，促进荔浦县曲艺的更大发展，广西曲协配合荔浦县启动曲艺之乡建设活动，并向中国曲协申报广西首个“中国曲艺之乡”。从年初荔浦县开始启动曲艺之乡建设，6月广西曲协组织区内曲艺专家对荔浦县工作进行评估，7月下旬中国曲协考察组赴荔浦县考察。8月中国曲协正式发文，授予荔浦县“中国曲艺之乡”荣誉称号。

创作与研究

【2013“歌海元宵”】

1月23日，由广西文联、广西电视台共同举办的2013年“歌海元宵”晚会在广西电视台录制。本届晚会以“在百花盛开的田野上”为主题，主要展示广西文联系统文艺惠民工程成果。晚会录像于2月24日(元宵节)晚在广西综艺频道首播。

【第二届中国-东盟音乐周】

5月26日至6月2日，有广西音乐家协会与广西艺术学院联合主办的“2013(第二届）中国-东盟音乐周”在南宁举行。来自马来西亚、新加坡、泰国、越南等国家，以及中国台湾和香港地区的音乐院校、音乐团体及著名音乐家出席。

音乐周期间，共举行3场大型交响乐音乐会、3场国际室内乐音乐会、1场四幕歌剧、1场音乐舞蹈、3场室内乐新作品音乐会及新校区演出共14场音乐会。另外还有3场高峰论坛、1场学术交流研讨会、2场大师专题讲座。

【“丰域西南——吾土吾民油画邀请展”】

7月1日，由广西壮族自治区党委宣传部、中国美术家协会油画艺术委员会、广西文联主办，广西美术家协会承办，“丰域西南——吾土吾民油画邀请展”在广西美术馆开幕。“吾土吾民油画邀请展”是中国美术家协会油画艺术委员会于2010年开始举办的系列画展，旨在以中国油画的发展历程和当代文化背景下油画的定位为切入点，通过对中国以地域性为代表的文化传承和当代中国油画家的生活体验与精神情感的表达，来对中国文化传承进行研究和梳理。计划用5年时间，选择全国6个地域片区，探索油画的中国本土特征。先前该系列展已举办了“传承西北”、“化境长城外”、“人文江南”、“鼎新华南”4个地域专题展。本次“丰域西南”是系列画展的第5个专题。共展出来自重庆、四川、云南、贵州、广西油画家的274件油画作品，展期15天。画展通过多元文化、民族风情与当代文化、自然与人生、中心与边缘、沉思北部湾、都市的思考等主题，展示了西南五省（区、市）多彩的少数民族风情和多元而富有灵性的地域文化特色，反映了西南地区油画家艺术创作的整体面貌与特色。展览期间，主办方还举办了“中心与边缘性——西南油画状况研究”学术研讨会。

【2013广西艺术作品展览】

11月8日至12月7日，2013广西艺术作品展览在广西美术馆举办。此次艺术作品展览包括首届广西美术作品展览、首届广西书法作品展览、首届广西篆刻作品展览、第二届广西工艺美术作品展览。共有1200件作品入选本届展览，参展作品代表了广西近年来艺术作品创作水平，展示了广西美术、书法、篆刻和工艺美术事业的发展成就。

【全国中青年文艺评论家高级研修班】

7月21日至27日，第七届全国中青年文艺评论家高级研修班在南宁召开，由中国文联主办，广西文联承办，广西理协协办。来自全国各地的近80名中青年文艺评论家参加学习、研讨。

本届全国中青年文艺评论家高级研修班研修的主题是“以人民为中心的价值取向与中国当代文艺评论”。研修班邀请了国家当代艺术研究中心主任、中国艺术研究所所长、中国雕塑院院长、南开大学美术研究院院长、教授、博士生导师吴为山，中国电影资料馆副馆长、中国电影艺术研究中心副主任、研究员饶曙光，中国社会研究院文学研究所研究员、中国社会科学院研究生院教授李建军，中国戏剧家协会副主席、上海市戏剧家协会副主席、上海市剧本创作中心艺术指导罗怀臻四名专家分别给学员授课。此次研修班采取集中教学与社会实践相结合，除专家授课外，还开展了学员论坛、艺术观摩、学习采风等交流活动，致力于提高中青年文艺评论家的整体素养。学员们在研讨和论坛中，就当前文艺理论所面临的焦点热点问题和如何正确把握文艺评论等进行了深入研讨和交流。

【第二次壮族文学研讨会】

1月11日，由广西作家协会和广西文艺理论家协会主办、壮族作家创作促进会承办的第二次壮族文学（广西）研讨会在南宁召开。这是继1986年第一次壮族文学研讨会后的又一次会议。石一宁、宗仁发、田瑛、东西、凡一平、黄佩华等10多位文学名家与评论家出席。会上还揭晓颁发了第七届壮族文学奖暨第三届壮语文学奖。

【百年独峰——纪念黄独峰先生诞辰100周年学术研讨会】

9月29日下午，由广西文联、广西美术家协会主办的“百年独峰——纪念黄独峰先生诞辰100周年学术研讨会”在南宁召开。黄格胜、韦守德、谢麟等名家和广西美术界的专家代表，以及黄独峰先生的家属、学生齐聚一堂，共话黄独峰先生的艺品与人生，系统梳理这位前辈大师的艺术成就并阐释其现当代意义。

【2013中国东盟舞蹈教育论坛】

12月6日至7日，由中国舞蹈家协会和广西艺术学院主办的“中国-东盟舞蹈教育论坛”在广西艺术学院举行。来自柬埔寨、缅甸、越南等国的33名专家及国内13所院校的专家学者、艺术界人士参加论坛。本次论坛以探索中国-东盟各国舞蹈教育现状，探索舞蹈教育与创作发展方向，关注民族舞蹈文化的传承与创新，加强我国与东南亚国家之间舞蹈文化研究与交流为主要内容。活动期间，除学术交流外，还举办了舞蹈展演晚会。

【“当代广西文学批评的回望与重塑”研讨会】

12月10日，由广西文艺理论家协会和《广西文学》编辑部联合举办的“当代广西文学批评的回望与重塑”主题研讨会在南宁举行。向云驹、谢有顺、石才夫、容本镇、东西、鬼子等相关领域专家学者、评论家、作家汇聚一堂，面对面研讨文学批评新突破。与会专家对《广西文学》开办文学评论专栏“批评进行时”给予了充分肯定，希望通过进一步加大对广西文学的研究和评论力度，推出一批有活力的中青年批评家和作家

【2013年文艺家读书班】

6月16日至21日，由广西文联主办的全区文联系统2013年文艺家读书班在广西区党校举办。广西文联主席团成员，全区各市、县（市、区）、产（行）业文联负责人，各全区性文艺家协会负责人，以及广西文联机关的干部职工等一百多人参加了此次读书班。中国曲艺家协会副主席罗杨、桂学研究会会长潘琦、广西文联主席韦守德、广西文联副主席赵如锋分别为读书班作了题为《民间艺术与非物质文化遗产》《弘扬中国精神 为实现中国梦而奋斗》《使命和任务》《学习贯彻十八大精神 广泛开展文艺志愿服务活动》的专题讲座。

【广西青年文学讲习班】

7月9日至14日，由广西作家协会主办的第十一期广西青年文学讲习班在南宁市举办。来自广西各市县的22名40岁以下、有创作实力和潜力的青年学员参加了学习。区内著名作家黄佩华、朱山坡、刘春、严风华、何述强先后就小说、诗歌、散文等方面的创作进行授课。本期讲习班期间，广西作协还组织学员到来宾桂中水城、武宣县东乡、百崖漕等地进行考察采风学习。

【获奖情况】

第五届“中国戏剧奖•小戏小品奖”暨第五届全国小戏小品大赛于10月30日至11月6日在张家港市举行。由广西戏剧家协会选送的永福县创作作品彩调剧《追梦》获得了第五届“中国戏剧奖•小戏小品奖”暨第五届全国小戏小品大赛优秀剧目奖（最高奖），这是广西唯一入围并获奖的剧目。

2013年10月，在山东举行的第十届中国艺术节上，由广西戏剧院排演的新编桂剧《七步吟》获第十四届文华奖——文华优秀剧目奖、文华导演、音乐创作、舞美设计、服装设计等五项大奖。

2013第八届上海国际魔术节暨国际魔术比赛，11月10日在上海落幕。广西戏剧院演员孙巧梅表演的情景魔术“瑶山谣”荣获本届国际舞台魔术新人赛铜奖。

11月14日，第九届中国舞蹈“荷花奖”中国民族民间舞大赛在贵阳落幕。由柳州市艺术剧院创作排演的仫佬族舞蹈《仫佬仫佬背背抱抱》，获的本届“荷花奖”金奖，和最佳音乐创作奖。

12月11日，由中国文联、中国民协等主办的第十一届中国民间文艺山花奖颁奖典礼在长春举行。广西民间文艺家协会选送的3件作品获奖。其中，南宁市西乡塘区陈东村师公团的傩戏《大酬雷》（郑天雄、陈亚弟编排）获民俗礼仪表演奖、南宁市青秀区长塘镇定西村椤仲坡的舞龙《平安芭蕉龙》（郑天雄、陈生乐创作）获第十一届中国民间文艺山花奖•民间艺术表演奖；《布洛陀史诗》（韩家权等创作）获第十一届中国民间文艺山花奖•民间文学作品奖。

广西文联主办的理论刊物《南方文坛》获得2013年“广西十强期刊”称号和2012—2013年度“广西期刊奖”。

年内，贺州市文联、都安县文联分别获得“全国文联工作优秀集体”、“全国文联系统先进集体”光荣称号，平南县文联主席谢世团获得“全国文联系统先进个人”。

对外及对港澳台地区文化交流

【桂台文艺交流】

2013年4月下旬，2013•桂台经贸文化合作论坛在台湾台北、花莲、高雄等市举办。广西壮族自治区党委书记彭清华率广西代表团访问台湾。4月22日-29日，以广西文联党组成员、副主席石才夫作为分团长的广西文艺家参访分团一行10人赴台访问，通过与花莲市艺术家在文学、音乐、美术、书法、摄影、民间文艺等多个艺术领域的座谈交流、文艺作品展示、走访当地创意文化园区、社区文化建设成就等。8月24日-30日，以台湾花莲县文化局姜家珍秘书为团长的台湾花莲县文学艺术工作者参访团一行22人，到广西南宁、贺州、桂林进行了为期七天的参观访问和文化交流。11月7日-12日，广西两位知名青年诗人刘春、盘妙彬应花莲市“太平洋诗歌节”组委会邀请，赴台参加第八届太平洋诗歌节活动。

【中国广西与马来西亚摄影交流采风活动】

4月30日至5月9日，应马来西亚摄影家协会的邀请，广西摄影家协会主席施兴良率广西摄影家一行14人，赴马来西亚进行了为期10天的采风交流。5月25日至6月3日，马来西亚摄影家协会何利组会长一行8人回访广西，并深入龙胜、阳朔、三江等地进行采风创作，两地摄影家均拍摄了大量反映当地山水风光及民俗风情的作品。9月23日，由中国广西摄影家协会、马来西亚摄影家协会共同主办的“中国广西与马来西亚摄影交流作品展”在桂林市展览馆举行开幕式。年底，《中国广西与马来西亚摄影交流作品集》出版。

【“两岸四地”百名书画摄影家走进河池采风活动】

10月20日至27日，由广西文联与河池市政府联合举办的“天下河池美•神奇红水河”—“两岸四地”百名书画摄影家走进河池采风创作活动在河池市举行。活动邀请了来自我国香港、澳门、台湾和内地的109名艺术家，在河池市11个县（市、区）采风并举行书画笔会，共同表现和传播红水河文化，描绘河池市美丽的自然风光和少数民族风情。

机关建设

2013年，根据党中央和自治区党委的部署，自治区文联党组开展党的群众路线教育实践活动，切实加强作风建设。班子成员分别深入基层，开展调查研究。在广泛征求意见和建议的基础上，认真查摆贯彻执行中央八项规定、“四风”、“六病”方面存在的突出问题，进行党性分析，剖析原因，开展开诚布公的批评与自我批评。对“四风”方面存在的主要问题和群众普遍关心的问题，进行认真分析，提出解决对策，制定和落实整改方案，对突出问题进行了重点整改，取得了初步成效。节俭办会办事，压缩“三公”经费。加强了制度建设，逐步建立健全文联各项规章制度，特别是增强各项制度的针对性、实效性和保障性。出台了《广西文联贯彻落实中央和自治区关于改进工作作风、密切联系群众有关规定的实施办法》，进一步修改完善了文联关于学习、工作、人事、机关管理等26项规章制度，机关作风进一步好转。

结合开展党的群众路线教育实践活动，切实加强文联自身建设。进一步调整优化干部结构，自治区文联通过公开竞岗等形式选拔任用了正处级干部3人，正处级非领导职务干部3人，调入副处级领导干部2人，调入副主任科员1人，调整交流工作岗位4人。组织干部职工加强对文学艺术知识的学习，进一步提高各级文联组织领导干部的艺术素养。举办全区文联系统文艺家读书班，举办“说文谈艺”讲座8期。

各文艺家协会

【广西作家协会】

1月11日，由广西作协和广西理协主办、壮族作家创作促进会承办的第二次壮族文学（广西）讨论会暨第七届壮族文学奖颁奖仪式在南宁举行。来自区内外的专家学者就如何繁荣我区壮族文学事业进行了深入探讨。同时举办了第七届壮族文学奖暨第三届壮文文学奖颁奖仪式，钟日胜的报告文学《非洲小城的中国医生》、明媚的长篇小说《搁浅在夏天的雪》、潘莹宇的小说集《跨越门槛的一种姿势》、路成的长篇小说《叶家老大是农民》、廖庆堂的散文集《根是一条河》、黄鹏的诗集《芬芳飞翔的歌谣》分别获得第七届壮族文学奖。石才以、零兴宁、甘说文的长篇小说《古荒河畔》，予路的短篇小说《回头望望》，莫克利的散文《龙英一片真情》，蒙燕群的翻译作品《爱情侏罗纪》则获得本第三届壮文文学奖。

3月20日至4月10日，鲁迅文学院在广西南宁举办第一期少数民族文学培训班，为期22天。来自广西各地的40位广西少数民族青年文学作者参加了培训。

6月，广西作协与南宁市作协举办了张冰辉散文作品研讨会。11月，广西作协与广西理协联合召开了骏马奖获得者钟日胜作品研讨会。

7月9日，第十一期广西青年文学讲习班在南宁开班，来自全区各地青年作者22人参加了为期7天的学习，聘请了小说、散文、诗歌等门类作家进行授课。这是广西作协为培养青年文学作者而实施的一项常态化的文学培养工程。

【广西戏剧家协会】

4月28日，持续了半个月的“2013年田林壮剧文化展演活动”在田林县文化广场落下帷幕。观众在这些日子里充分领略了各路壮剧在各地传播、与当地接地气以后呈现的独特风采。

7月2日至4日，由广西戏剧家协会、永福县委宣传部、永福县文化体育局主办的第28届“茅江之夏”农村彩调大赛在永福县剧场举行。“茅江之夏”农村彩调大赛已成功举办27届,永福县作为彩调的发祥地之一，拥有广泛的群众基础。经过一代代传承与发展，形成了彩调文化浓厚的彩调之乡，大赛的举办对民间彩调队伍的发展，彩调艺人的培养和群众文化生活的丰富都起到了促进作用。

3月5日，由广西戏剧家协会主办的第四届广西校园戏剧节大学生戏剧创作座谈会在南宁举行。区内十余所高校的六十多名师生参加了座谈会，共同探讨广西校园戏剧的发展。座谈会标志着第四届广西校园戏剧节正式启动。

6月20日，由广西壮族自治区文学艺术界联合会和广西艺术学院联合主办、广西戏剧家协会和广西艺术学院东盟艺术系承办的“第四届广西校园戏剧节•大学生戏剧奖”颁奖典礼在广西艺术学院举行。本届戏剧节共收到54部作品参加展演。本届戏剧节“年度提名奖”、“年度演出奖”、“年度优秀奖”、“年度最佳奖”、“广西校园戏剧新人奖”、“广西校园戏剧活动积极分子”、“优秀指导老师奖”、“优秀组织奖”八项大奖。分由广西11所高校的社团和个人获得。

3月17日，由广西文联和广西戏剧家协会主办的“2013年广西80后、90后青年戏剧创作培训班”结业典礼在南宁举行，广西文联党组成员、副主席韦苏文，广西剧协常务副主席林超俊，作曲家黄有异、广西艺术学院教授郭进出席典礼并给学员们颁发结业证书，为培训班画上完满句号。

【广西音乐家协会】

2月1日，由广西音协主办，广西音乐文学学会编辑出版的《词海》杂志在南宁创刊。该杂志为双月刊，今后将成为广西歌词创作的重要发表园地，为广西歌曲创作的发展起到桥梁与纽带的作用。

5月26日至6月2日，由广西音乐家协会和广西艺术学院联合主办的第二届中国—东盟（南宁）音乐周在南宁举行。来自中国、泰国、马来西亚、越南、新加坡等国以及港台地区的90多位音乐家、学者，与广西本土的音乐家一起参加了活动。音乐周期间，共举行了交响乐、歌剧、室内乐、民族管弦乐、中泰音乐舞蹈、艺术歌曲、钢琴独奏等多种形式的12场音乐会、6场学术研讨活动。此次活动增进了各国间的相互理解，并使各自的文化得到很好的交流与发展。

6月27日，由、广西音乐家协会、河池市文联、中共都安县委、都安县政府共同主办的“‘美丽广西•清洁乡村’进万家　唱给故乡的歌——广西文艺志愿者都安演唱会”在都安县休闲广场举行。此次演出阵容以都安籍歌手为主。虽然演唱会当晚风雨交加，但丝毫没有影响到大家的热情，文艺志愿者们冒着大雨为乡亲们进行了演出，观众反响热烈。

7月10日至14日，广西音乐家协会采风团一行20余人，深入革命老区百色开展民族音乐采风活动。音乐家们先后深入田阳、凌云、乐业、靖西四个县进行采风，体验生活。采风团创作了一批音乐词曲作品。

【广西美术家协会】

“丰域西南——吾土吾民油画邀请展”（西南展）大型美术展览，于7月1日在南宁市广西美术馆举办了开幕式。同时举行了“中心与边缘——西南油画状况研究”学术研讨会。展览共展出286件作品，广西入选87件，占全部入选作品的1/3强，其中有40多件作品是广西油画界新人新作。画展展示和整理了西南现当代油画的发展概貌，为研究西南油画的状况做出了贡献。

9月28日，广西文联、广西美协举办了“百年独峰——纪念黄独峰先生诞辰100周年学术研讨会”，出版了《百年独峰——纪念黄独峰先生诞辰100周年黄独峰作品集》及文献集，为梳理、研究广西近现代美术大家，培育漓江画派做出了重大的贡献。

11月8日至12月7日，2013年首届广西美术作品展览在南宁举办，本次展览共组织、评选出200件入选作品和20件优秀作品。

年内，广西美术家协会会员共有182件作品入选中国美协、中国油画学会主办的全国性画展，其中17件作品获奖。

【广西曲艺家协会】

12月7日，由中国文联、国家民委联合举办的第五届全国少数民族曲艺展演在呼和浩特举行。广西5个参演节目获奖。其中：桂林市龙胜县创作演出的侗族琵琶歌《侗寨传奇》获得节目一等奖；钦州市创作演出的京族说唱《刘永福拒接总统印》、百色市靖西县创作演出的壮族末伦《壮锦梦》获得节目二等奖；桂林市灵川县创作演出的苗族呢呐哩《听房》、桂林市临桂县创作演出的瑶族铃鼓《打锣挖地歌满坡》获得节目三等奖；京族说唱《刘永福拒接总统印》并获得最佳创作奖。广西曲协代表队又一次成为获奖最多的代表队之一。

12月13日，中国曲艺家协会在荔浦县举行授牌仪式，授予荔浦县“中国曲艺之乡”称号。荔浦县成了广西第一个获得“中国曲艺之乡”称号的县份。

【广西舞蹈家协会】

4月30日至5月1日，广西舞蹈家协会、广西国标舞学会主办的“中国国际标准舞全国公开赛暨广西第18届国际标准舞锦标赛”在南宁举行。

由中国文联和中国舞蹈家协会共同主办的第七届“小荷风采”全国少儿舞蹈展演，于7月31日在北京落下帷幕，广西选送的六个少儿舞蹈《锤乐》、《田园交响曲》、《童趣•辣椒钵》、《“豚”飞北部湾》参加第七届小荷风采全国少儿舞蹈展演，《童趣•辣椒钵》和《“豚”飞北部湾》少儿舞蹈获得“小荷之星”奖，《锤乐》和《田园交响曲》少儿舞蹈获得“小荷之秀”奖，广西舞蹈家协会获得大赛优秀组织奖。

8月17日至20日，第四届“小桂花风采”广西少儿舞蹈展演教学成果展演在南宁举行，展演共有来自广西各市、县43个参演队2000多名选手参加。

11月14日，第九届中国舞蹈“荷花奖”中国民族民间舞大赛在贵阳落幕。广西柳州市艺术剧院创作的仫佬族女子群舞《仫佬仫佬背背抱抱》获得了第九届中国舞蹈荷花奖民族民间舞金奖、民族民间舞最佳舞蹈音乐奖。

【广西民间文艺家协会】

6月28日至29日，中国(南宁•青秀)舞龙展演暨第十一届中国民间文艺山花奖•民间艺术表演奖评奖活动在“中国芭蕉香火龙之乡”青秀区举行。此次活动由中国文联、中国民协、广西文联、南宁市人民政府主办，青秀区党委、青秀区政府、广西民协、南宁市文联承办。除青秀区芭蕉香火龙外，还有来自全国15个省、市的15支参演队伍角逐“山花奖”。

11月26日至28日由中国文联、中国民协主办的全国“山花奖”民间灯彩大赛在江西婺源举行。广西富川县的瑶族大花炮荣获金奖，贵港市参评的作品走马灯荣获银奖。邕宁县的鱼灯和龙灯分别获优秀奖。

7月5日至6日，“我是山歌王”广西首届山歌王中王争霸赛在鹿寨中渡古镇举行。由自治区党委宣传部文艺处、广西民间文艺家协会、自治区文化厅非物质文化遗产中心等单位联合主办。来自广西41个县（区）的100位民间歌王争夺山歌“王中王”称号。最后评选出南丹苗族女歌手龙江存获得了山歌“王中王”冠军称号，武宣县壮族女歌手郭秀莲获得了亚军，金秀县瑶族女歌获得了季军。

4月1日至7日，由中国文联、河南省人民政府、中国民间文艺家协会联合举办的“2013中国（开封）清明文化节”暨“中国（开封）首届工艺美术展”在河南开封举行，广西民间文艺家协会选送参展的壮族工艺美术作品获得了二项金奖和二项银奖。这次获奖的作品是：广西民间工艺大师蒋欣欣和谭湘光、罗倩合作的作品《壮锦团扇》和桂林民间工艺师张杰的作品《壮锦时尚创意系列》分获金奖；桂林民间艺人黄可人创作的《剖丝苗乡团扇》和广西民间工艺大师黄硕夫创作的《插丝蜡染团扇》分获银奖。这些民间工艺作品具有广西壮乡民族特色，深受广大消费者欢迎。

12月11日，由中国文联、中国民协、吉林省长春市人民政府主办的第十一届中国民间文艺山花奖颁奖典礼在长春举办，共有5个奖项的98件作品获奖。广西民间文艺家协会选送的三件作品获奖。其中，南宁市西乡塘区陈东村师公团的民俗礼仪表演《大酬雷》（郑天雄、陈亚弟编排）获第十一届中国民间文艺山花奖•民间艺术表演奖（民俗礼仪表演）；南宁市青秀区长塘镇定西村楞仲坡的壮族舞龙《平安芭蕉龙》（郑天雄、陈生乐创作）获第十一届中国民间文艺山花奖•民间艺术表演奖（舞龙）；《布洛陀史诗》（韩家权等著）获第十一届中国民间文艺山花奖•民间文学作品奖。

【广西摄影家协会】

1月6日，由中国文联、中国摄影家协会、北京摄影函授学院主办，中共百色市委宣传部、广西摄影家协会、百色市文联、百色市摄影家协会承办的“温暖边疆 辉煌历程”祖国边疆建设成就摄影展广西巡展在百色市灵洲会馆开展。

4月30日至5月9日，广西摄影家协会率团一行14人，赴马来西亚进行了为期10天的采风交流，在马来西亚摄影家协会会长何利纽等人的陪同下，先后到了有着“摄影天堂”美誉的仙本那以及历史名城马六甲、马来西亚行政中心太子城、水上清真寺、国家皇宫、黑风洞等地进行了采风创作。

5月25日至6月3日，马来西亚摄影家协会何利纽会长率团一行8人，来到广西进行了为期10天的采风交流，分别到三江、龙胜、阳朔等地进行了采风创作，并与广西摄影家进行了交流。

9月23日，广西摄影家协会在桂林成功举办了中国广西与马来西亚摄影交流作品展。此次展品均为中马摄影家双向采风交流所创作的作品。广西文联党组成员、副主席赵如锋，马来西亚摄影家协会会长何利纽、秘书长王雯弘先生，中国摄影家协会理事、西藏摄影家协会副主席兼秘书长阿旺洛桑等领导专家出席了展览开幕式。我们举办这次展览，是作为中马摄影家交流往来的一个见证，同时也希望启迪将来与马来西亚等东盟国家进行更多的更为广泛的摄影交流和友好往来.

8月21日上午，由中国摄影家协会主办，广西摄影家协会、桂林市展览馆承办，广西民族摄影学会、桂林市摄影家协会协办的“第24届全国摄影艺术展览广西巡展”开幕式在桂林市展览馆举行。

年内，在中国第15届国际摄影艺术展中，广西摄协副主席陈会星摄影作品《瞧这一家子》(组照12张)入选，广西大学新闻传播学院女研究生黄燕的系列摄影作品《女大学生宿舍》，夺得“女性”主题类铜奖。理事唐辉吉的论文《论摄影记者岗位的消亡》获第11届全国摄影理论研讨会优秀论文奖。广西摄协副主席火炎的摄影作品《新桂林山水》(组照)荣登“首届中国摄影年度排行榜”榜首。

【广西书法家协会】

8月6日，由广西文联、广西书法家协会主办的广西第三届临帖书法作品展评选活动在南宁市举行。本次展览共收书法作品718件。

10月25日下午，广西第二届书法艺术节作品展暨广西第三届临帖书法作品展在南宁开展，共展出作品150多件，涵盖草、楷、隶、篆、行等书法种类。展览充分展示了广西书家学习古代经典法贴的成果和水平，充分发挥经典作品在广西书家创作中导向的作用。

11月8日，首届广西书法作品展览、首届广西篆刻作品展览在广西美术馆开幕。本次展览共展出入展、获奖作品200多幅。其中获得书法作品优秀奖20件；篆刻作品优秀奖20件。

11月3日，由广西文联、中共宜州市委、宜州市人民政府主办，广西书法家协会、宜州市委宣传部承办的第二届“黄庭坚奖”全国书法大赛评审工作在南宁举行。本次活动共收到了来自全

国各地的投稿作品4135件。评委按征稿启事要求进行评审，通过初评、复评、终评，评出入展作品182件，其中一等奖1件；二等奖3件；三等奖6件；获奖提名20件。

【广西杂技家协会】

1月18日广西杂技家协会协会志愿服务团赴广西田林县举办“三贴近”杂技魔术专场文艺慰问演出。

9月27日至28日，广西杂技家协会和博白杂技团组织杂技魔术演员参加广西文联“送欢乐、下基层—美丽广西、清洁乡村”赴大新县、天等县进行文艺志愿慰问演出。

10月19日广西杂技家协会主办了“首届桂林高校魔术交流展演活动”。此次展演分三场进行，有近八百名桂林各高校的学生参加。

11月13日，为了更好地开展杂技艺术及广西相关领域的专业研究，广西杂技家协会成立了由高校及社科界专家教授组成的“广西杂技艺术研究会”。

【广西文艺理论家协会】

1月11日，第二次壮族文学研讨会在南宁举办。近80名区内外专家、学者参加研讨会。这是继26年前第一次壮族文学研讨会之后的又一次壮族文学讨论会，与会领导、专家对壮族文学的过去、现状及发展所面临的问题畅所欲言，各抒己见，建言献策，共同推进壮族文学事业的发展。

6月8日，陈中华、彭洋无人岛野外生活艺术作品研讨会在南宁纪行。研讨会围绕陈中华和彭洋在广西北部湾无人岛野外生活采风和创作首次展出的部分作品的特点、风格进行深入研讨，呼吁文学艺术家应深入生活，体验生命激情，创作出更多更好的海洋题材的文学艺术作品。

11月3日，与南宁市文联联合举办获第十届中国少数民族文学“骏马奖”的钟日胜纪实文学《非洲小城的中国医生》研讨会。

11月10日，主办潘俊英长篇小说《启蒙时代》（上）研讨会。

11月15日，联合主办河池学院作家群研讨会。来自广西各地的文化界作家和评论家以及河池学院作家群部分代表、河池学院各文学社团学生代表出席了研讨会。

11月15日，联合主办现代美学新进展——庆贺黄海澄教授80华诞暨从教56年学术研讨会。

12月5日，联合主办弘扬主旋律，传播正能量——首府知名文艺家围绕杜丽群先进事迹文艺创作研讨会。杜丽群坚守艾滋病护理岗位近10年，曾荣获“白求恩奖章”和“全国五一劳动奖章”，南宁作家谭小萍以她的事迹创作了《绝地阳光》报告文学。

12月10日，“2013广西文艺论坛”，在南宁举行。本次论坛的主题为“当代广西文学批评的回望与重塑”。论坛邀请了《中国艺术报》社长、著名评论家向云驹和中山大学文学院教授、著名评论家谢有顺，区内著名作家东西、鬼子、黄佩华等，著名批评家容本镇、李建平、黄伟林、王建平等和部分在邕高校研究生参加研讨。向云驹、谢有顺分别做了题为《文艺批评的媒体策略》、《文学批评的焦虑与应对》主题讲座，区内著名作家、批评家和高校研究生一起展开了热烈的研讨。

年内，由广西文艺理论家协会负责组织研究撰写出版的《广西文学艺术六十年》荣获广西第十二次社会科学优秀成果一等奖。

【广西文艺志愿者协会】

10月15日，广西文艺志愿者协会在南宁成立，170多位各艺术门类的老中青文艺家出席成立大会。这是全国首个成立的省级文艺志愿者协会。

大会选举产生了广西文艺志愿者协会第一届理事会理事和负责人，广西文联党组副书记、副主席赵如锋当选广西文艺志愿者协会主席，广西籍知名文艺家罗宁娜、赵传等17人当选为协会副主席，秦启春任协会秘书长。各门类艺术家代表和广西文联各团体会员单位负责同志共75名当选协会第一届理事会理事。潘琦、韦守德、余昌文被聘为协会名誉主席。

广西文艺志愿者协会作为广西文联的团体会员，将通过组织开展各类文艺志愿服务活动，团结凝聚文艺家、文艺工作者和文艺爱好者积极投身改革开放和社会主义现代化建设，为广大人民群众提供切实有效的文艺志愿服务，促进社会主义核心价值体系建设，推动社会主义文化大发展大繁荣。

海南省文联

综　述

2013年，海南省文联坚持思想理论和作风建设，认真组织学习党的十八大、十八届三中全会精神，深入开展党的群众路线教育实践活动，求真务实，有效解决了一些影响和制约文联工作和文艺科学发展的突出问题以及党员干部“四风”方面突出问题。坚持文艺“二为”方向，认真履行联络协调服务的基本职能，围绕中心、服务大局，团结带领广大文艺工作者开拓思路，激发活力，主动作为，发挥优势，整合资源，精心组织开展丰富多彩而特色鲜明的主题、专题文艺活动，坚持开展形式多样的送欢乐下基层文艺志愿服务活动，积极开展文化艺术对外交流活动，充分发挥文艺在服务大局、丰富活跃群众精神文化生活中的独特作用。围绕出作品出人才根本任务，通过积极有效的方式激发文艺家和广大文艺工作者的创作热情，各艺术领域精品创作呈现出欣欣向荣的景象。抓住海南文艺新成果新亮点，开展文艺评论活动,发挥文艺批评引领作用，不断推出研究成果。

重要活动

【中国文联艺术家2013年元旦赴三沙、文昌慰问演出】

1月1日，在2013年的第一天，中国文联艺术家来到了美丽年轻的海南三沙市开展慰问演出。演出前，中国文联党组书记、副主席赵实、中国文联党组副书记、副主席李屹、三沙市委书记、市长肖杰、省文联作协党组书记、省文联主席张萍等有关领导和中国文联文艺志愿服务团全体演职人员、驻岛警区官兵、市属干部员工、岛上村民渔民300余人，一起在晨曦微露中举行了庄严的升国旗仪式。慰问团还向三沙市有关单位赠送了大型美术作品、书法作品、摄影作品、电视用品等，三沙市也向中国文联赠送了纪念品。上午7时，慰问演出开始。随后，声乐、舞蹈、魔术、哑剧、相声、评书、戏剧、杂技、诗朗诵等节目纷纷登台。牛群、鞠萍、卫晨霞主持节目，表演艺术家一一亮相，以丰富多彩的作品向三沙人民奉献一台精致又精彩的新年文艺演出。黄丽芬的女声独唱《爱在三沙》、姜昆、戴志诚的相声《欢歌笑语颂三沙》、郁钧剑的新歌《南海谣》等专门以三沙为题材创作的作品深受官兵和渔民欢迎。牛群为三沙自创一首小诗《南沙随想》，深情的朗诵，赢得了阵阵掌声。刘维维与郑咏的二重唱《为祖国干杯》把演出推向高潮，台上台下群情振奋。文艺家们还在三沙参加了海龟增殖放流活动，文艺家们把240只人工繁殖的海龟放入大海，表达了热爱自然、呵护自然的绿色环保理念。此外文艺家们还参观了永兴岛上的将军林、纪念碑、博物馆等，受到了生动的爱国主义教育。著名评书表演艺术家刘兰芳向观众深情地说：“我从艺50多年了，今天在元旦之晨为大家演出，在文艺演出中迎来新的一年、新的一天。我们今天的演出是全中国最早的一场演出！”。

1月1日晚，中国文联组织文艺志愿者服务团结束三沙慰问演出后，赶回侨乡文昌市，在清澜开发区举行“为人民、送欢乐、下基层”慰问演出。演出前，中国文联艺术家慰问团向文昌市赠送了美术作品、书法作品、摄影作品，文昌市也向中国文联赠送了纪念品。晚会在三亚市艺术团的歌舞《绿色崛起》中拉开帷幕，刘兰芳、姜昆、郁钧剑、关牧村、戴志诚、郑咏、刘维维、吴正丹、魏葆华、高保利、刘全和、刘全利、曲蕾、朱磊、黄丽芬等一批深受观众喜爱的著名艺术家和著名演员登台献艺，郁钧剑的男声独唱《南海谣》《说句心里话》、姜昆、戴志诚的《欢

歌笑语》、朱磊的女子独舞《且看行云》；刘全和、刘全利的滑稽《橱窗模特》；李彦培的魔术《变脸》；吴正丹、魏葆华的杂技《东方的天鹅—芭蕾对手顶》、关牧村的独唱《打起手鼓唱起歌》《大海啊故乡》、黄丽芬的独唱《乐舞沙滩》、黄宏的单人小品《泄密》、文昌市舞蹈《文昌盅盘舞》等节目分别上演，引起观众阵阵喝彩。著名评书艺术家的刘兰芳的评书《岳飞传—还我河山》给现场观众留下了深刻的印象。

表演艺术家牛群、中央电视台著名主持人鞠萍、中央电视台军事频道主持人卫晨霞，共同担任今晚的慰问演出主持。今晚的文昌显得格外温暖，这场精彩难得的慰问演出，让清澜白金海岸酒店草坪自始至终洋溢着温暖热烈的氛围，侨乡人们享受到了艺术的欢乐，现场万余名观众度过了一个难忘的元旦之夜。

中国文联、海南省委、文昌市委市政府、海南省文联有关领导与来自乡镇群众、外来民工、外地游客观看了演出。 文昌慰问演出由中国文联主办，中国杂技家协会、中国电视艺术家协会、中国文联国内联络部、海南省文学艺术界联合会、中共文昌市委、市政府联合承办。

【纪念毛泽东同志《在延安文艺座谈会上的讲话》发表71周年座谈会】

5月23日，省文联在海口举行纪念毛泽东同志《在延安文艺座谈会上的讲话》发表71周年座谈会。老中青文艺家代表结合自己的艺术道路、艺术实践和艺术人生，深情回顾了《讲话》精神的重要引领作用。大家认为，艺术实践证明，远离生活就是枯竭文艺创作的源泉，人民需要艺术，艺术更需要人民，艺术家和艺术的价值体现在为人民服务的过程。坚持以人民为中心的创作导向，艺术之树才能长青。同时举行第二届海南省中青年“德艺双馨”文艺工作者表彰大会。省委常委、宣传部长许俊出席并讲话。中国文联委员、省文联作协党组书记、省文联主席张萍主持会议。省委宣传部副部长林光强宣读表彰决定。许俊向获得第二届海南省中青年“德艺双馨”文艺工作者荣誉称号的颜业岸、曹时娟、彭煜翔、韩芍夷、李士伟、江寿男、阮江华、王军、符传杰、谷晓晶等10位中青年文艺工作者颁发奖章和证书。

许俊在讲话中希望广大文艺工作者继承和弘扬《讲话》精神，树立崇高艺术追求，铭记神圣使命，始终坚持“二为”方向，贯彻“双百”的方针，坚持“三贴近”的原则，把社会主义核心价值体系的要求体现到文学艺术创作生产中，结合海南独特的资源优势，认真研究群众精神文化需求和审美需求的变化，努力创作出思想性艺术性相统一、群众喜闻乐见的精品力作。

【艺海文心·李岚清篆刻书法素描系列活动】

艺海文心•李岚清篆刻书法素描艺术展

9月29日，省委宣传部、省文体厅、省文联联合主办，高等教育出版社、中国美术馆、海南大学承办的艺海文心•李岚清篆刻书法素描艺术展在省博物馆开幕。本次展览分为“大众篆刻——李岚清篆刻艺术展”、“诗印书情——李岚清书法艺术展”、“我为大师画素描——李岚清素描艺术展”三大部分，分别展出400件篆刻作品、20幅书法作品、126幅素描肖像作品，以印、诗、书、画、图片、短文相结合的形式，展示了李岚清同志在篆刻、书法、素描创作上的深厚造诣与丰硕成果。李岚清在开幕式上讲述了自己从事艺术创作的初衷，以及在创作过程中的感悟和心得，并高兴地前来参观展览的与海口小学生交流篆刻心得。省委书记罗保铭接受李岚清为海南题字“南海明珠”。

“艺文清韵•李岚清篆刻书法素描艺术作品研讨会”

9月29日下午，研讨会在海口举行。国内专家和海南书画界专家、学者汇聚一堂，畅谈观展感想，热烈探讨李岚清同志篆刻书法素描艺术作品的艺术成就和思想成就、文化意义和社会意义。研讨会结束后，李岚清在省委副书记李宪生，省委常委、宣传部长许俊，副省长王路的陪同下，亲切会见了与会的专家学者，并与他们合影留念。他寄语与会人员，一个国家的强大靠的不仅是硬实力，同样需要软实力，我们的国家有着丰富的文化遗产，大家要共同努力，为保护和弘扬中华民族的优秀传统文化艺术贡献力量。

李岚清篆刻书法素描艺术讲座

9月30日，李岚清同志在海南大学思源学堂举行艺术讲座，与1000多名海南高校师生、文化艺术界代表一起分享他对篆刻的热爱、对汉字文化的思索、对人生的感悟。省委书记罗保铭，省委副书记、省长蒋定之，省委常委、秘书长孙新阳，副省长王路出席，讲座由省委常委、宣传部长许俊主持。

【送欢乐下基层文艺志愿服务活动】

1月22日下午，省文联来到屯昌县屯城镇良史村开展慰问活动，为30名老人发放食油、大米等生活用品，为群众免费放映电影《甲午大海战》；7月23日-26日，省文联组织曲艺志愿服务演出队伍，来到武警海运大队、海南军区船艇大队、海军是十一支队、武警边防总队医院、武警训练基地，开展巡回慰问演出，为官兵送去精彩的文化大餐；12月18日，海南省首个省级文艺志愿者协会在海口成立，文艺家小分队在省文联的领导下，结合艺术特点、围绕群众的需求，深入基层开展服务活动；12月26日晚，省文联等单位联合主办“中国梦海南美”文艺志愿服务巡演启动仪式暨海口市迎新惠民演出。当晚，在省歌舞剧院广场，200多名文艺志愿者为观众表演了情景诗朗诵、音乐说唱表演、中国爵士风新民乐、小品、歌伴舞、独唱等精彩节目，此外，“我爱海口”有奖知识问答、“学习雷锋好榜样”寻找身边的好人和“超级梦想秀”文艺志愿者招募环节将演出活动推向高潮；12月29日下午，由省委宣传部、省文联、省文体厅组织的“送欢乐、下基层”惠民演出团，来到海口市美伴村，由10位中国东方歌舞团国家一级演职员组成的南中海乐队，向村民们奉上了二胡独奏、吉他弹唱、树箫独奏、萨克斯独奏、女声独唱以及阿拉伯舞蹈等精彩纷呈的节目。

【中国文联文艺志愿者为琼中黎族苗族同胞送欢乐】

12月20日至22日，由中国文联文艺志愿者协会、中国文联文艺志愿服务中心、海南省文联联合主办，琼中黎族苗族自治县委、县政府承办的中国文联文艺志愿服务团“送欢乐下基层”慰问演出活动，在琼中县举行。21日上午，在三月三文化广场进行主场演出，万山红、金波、顾莉雅、阿幼朵、乌兰图雅、哈孜肯、白玛曲宗、金学峰等歌唱家、民族歌手、杂技演员为黎苗同胞送上文艺大餐。慰问演出活动贯彻中央厉行节约、勤俭办活动精神，在白天举行，活动朴实又注意提高文化内涵，既节省了灯光等各种费用，又方便农村老百姓观看。这次活动根据琼中民族特色策划，展现琼中最美最有代表性的文化艺术，内容定位在民族大联欢主题，着重营造欢乐和谐的民族团结氛围。

活动期间，艺术家们考察琼中县民族文化活动，和当地文艺工作者、群众开展劳动、射弩、苗绣等互动节目，与当地的农村文艺队联欢。主场慰问演出结束后，文艺志愿者小分队还深入琼中县红毛镇什寨黎族苗族村进行采风慰问联欢。

此前，中国摄影家小分队就深入黎母山镇、什运镇，走访全国道德模范苏金兰、王妳大、肖山家，为他（她）们拍摄照片，并于演出现场赠送苏金兰等本人。

【“2013两岸诗会两岸诗歌高端论坛”】

12月29日，由省委宣传部、省台办、省文体厅、中国诗歌学会、台湾伯政文教经贸交流协会、省文联、海峡两岸（海南）文化交流联合会、《诗刊》杂志社、罗牛山集团共同主办的“2013两岸诗会两岸诗歌高端论坛”在海口举行，60余两岸三地的诗人齐聚一堂，以“自然至上，呼唤诗意中国”为主题展开交流研讨，呼吁弘扬中华传统诗歌文化，巩固和扩大两岸文化交流，促进两岸文学发展繁荣，重建诗意中国，建设美丽中国。

当晚举行颁奖礼暨《乡愁》主题交响乐诗会，根据台湾著名诗人余光中经典诗作《乡愁》，改编的交响乐《乡愁》，让诗人和现场观众感受到血浓于水的两岸同胞之情。中国国民党副主席蒋孝严、海峡两岸关系协会顾问陈云林、海南省政协主席于迅、海南省委副书记李宪生为著名诗人余光中、郑敏、姚风、阎安荣获桂冠诗人奖的四位诗人颁奖。

30日，诗人赴保亭采风。

【第二届海南省舞蹈（原创作品）比赛】

由省文联和省舞协主办的第二届海南省舞蹈（原创作品）比赛自3月份启动，5月15日完成了准备工作举行新闻发布会。为增强编导们的创作水平，于5月20—25日，和省群众艺术馆联合举办全省群艺馆、文化馆（站）舞蹈骨干、编导培训班并组织学员到琼中南毛村和番道村进行采风活动。7月28、29日以录像光盘、评委记名投票方式顺利完成第二届海南省舞蹈（原创作品）比赛初评工作。8月28、29日组织完成了第二届海南省舞蹈（原创作品）比赛群文组专场、专业组单双叁和群舞专场决赛工作，并在30日晚举行了颁奖晚

会。本届比赛突出原创，简约办赛为亮点，成立专家评委会，对作品进行点评，为创作者走出误区，明确修改走向提供了便捷、经济的智力支持。本届舞蹈比赛推出一批具有海南特色的舞蹈作品。

【“唱响海南”优秀原创歌曲颁奖暨推广启动晚会】

8月31日，由中国音协、省委宣传部、省文联联合主办的“唱响海南”全国征集优秀原创歌曲颁奖暨推广启动晚会在海口举行，音乐艺术家们用激情洋溢的歌声热情为美丽海南放歌，演唱了《唱响海南》、《请你常到海南来》、《椰风歌海》、《在三沙》、《我的南海我的爱》、《热带天堂》等深情讴歌宝岛海南的动人歌曲。舞蹈艺术家们热情奔放的舞蹈传递着浓浓的海南风情。“唱响海南”原创歌曲全国征集活动于2012年8月正式启动，得到全国广大词曲作者的积极响应，共收到应征作品1180件。经评委会严格组织初评、复评和终评，歌曲《请你常到海南来》获金奖，《文笔峰》、《在三沙》等6首歌曲获银奖，《三亚之恋》、《海南姑娘》等9首歌曲获铜奖，《南海谣》、《海的故事》等14首歌曲获优秀奖。

中国文联副主席、中国音乐家协会分党组书记徐沛东，省委常委、宣传部长许俊，省政协副主席王应际，省委宣传部副部长林光强，省文联作协党组书记、省文联主席张萍出席仪式，并为词曲作者颁奖。

【文联系统干部学习培训班】

11月27日上午，省文联举办的全省文联系统干部学习培训班在省文联开班。开班仪式上，省文联作协党组书记、省文联主席张萍作动员讲话，要求密切联系实际学以致用，善于转化学习成果，推动实际工作，贯彻执行党的文艺政策，坚定理想信念，增强使命感和责任感，提高管理水平、业务素质和理论修养，提高工作水平、促进文艺创新的巨大能力。准确地把握文联工作的特点，真正把各级文联建设成为广大文艺工作者和广大文艺爱好者向往的“温馨和谐之家”，建设成为能够团结凝聚广大文艺工作者和广大文艺爱好者的“创作之家”。

培训期间，省委党校常务副校长彭京宜教授、海南大学人文传播学院院长刘复生，油画家王昌楷，省文联专职副主席、诗人李少君，分别就“十八届三中全会与当前形势”、“当代文艺思潮与发展趋势”、“艺术与人生”、“开拓文联工作新局面”等专题进行全面讲解分析。培训期间，省文联负责人还和市县文联负责人、省文艺家协会负责人一起进行工作交流研究。

两天的集中培训学习，大家普遍感受到整个课程由浅入深、讲解生动，授课专家业务精、理论高、讲授内容定位明晰、针对性、实用性强，内容丰富、实践指导性强，受益匪浅，在理论上得到很大的提升。

【第五届全国妇女书法作品展】

9月10日，由中国书协、省委宣传部、省文联、文昌市政府主办，省书协、晋唐投资集团、晋唐（北京）书画院承办，中国书协妇女工作委员会协办的第五届全国妇女书法作品展在文昌市举行开幕式，共展出354件作品，其中有30件被评为优秀作品。另外，还有评审监审委与百名书法家作品同时展出。同时编辑出版了《第五届全国妇女书法作品展作品集》。此次书展征稿得到了台湾、香港在内的全国各地女性书法家和书法爱好者的广泛响应，共收到稿件6000余件，作者中年龄最大的88岁，作品形式丰富，反映了当代女性书法家队伍的创作成果。承办方同时组织了“当代书法名家邀请展”。开幕式期间，与会书法家及获奖作者还深入文昌市基层单位开展笔会和研讨会。

【省文联举办文艺界新年音乐会贺新春】

12月29日晚，由省文联、海口广播电视台主办，海口广播电视台、海南省合唱协会承办的新年合唱音乐会在海口电视台唱响。本次音乐会以合唱为主，推出“冬天到海南唱合唱”的理念，打造“海南之冬”的品牌文化。海口琼山海韵合唱团 、海口广播电视少儿合唱团、海南华侨中学合唱团演唱了《去一个美丽的地方》、《龙的传人》、《美丽的草原我的家》、《嘎哦丽泰》、《雪花》、《在森林那一边》、《乘胜进军》、《桃花红 杏花白》《嬉戏曲》、《美好的远方》、《槟榔树下摇网床》等歌。

12月30日晚，由省文联主办的海南文艺界新年音乐会，在海口人大会堂上演。音乐会采用交响乐队演奏，海南师范大学蓝韵合唱团演唱了黎族民歌《拣螺歌》和《久久不见久久见》。代表海南省角逐第九届中国音乐金钟奖并获得良好成绩的李文杰、赵媛、刘鹏、牛静等，分别演唱了多首世界著名歌剧咏叹调和中国艺术歌曲。根据海南经典历史题材创作的民族歌剧《红色娘子军》选场的首次亮相，把现场气氛推向高潮。

【第三届中国南方（海口）合唱艺术周】

12月1日晚，省文联与海口市政府、中国合唱协会联合主办的第三届中国南方（海口）合唱艺术周，在海口市人大会堂拉开序幕，来自国内外的59支合唱团，经过5场激烈角逐。海南红棉合唱团、广州老干部星海合唱团、广东省东莞市老干部青松合唱团、海南爱乐女子合唱团、加拿大温哥华爱乐合唱团、深圳市福田区春天合唱团、海南兰心爱乐合唱团、中山市小榄声雅女子合唱团、海南华侨中学合唱团等10个团体获金奖，22个合唱团获银奖，20个合唱团获铜奖。加拿大温哥华爱乐合唱团获评椰城奖。4日晚闭幕式和颁奖仪式。

活动期间，组委会组织合唱团体走进华侨中学、龙华区滨濂社区等地开展合唱艺术展演活动。闭幕式过后，开展唱响国际旅游岛环岛采风活动。

文艺创作表演入展获奖情况

年内，省文联通过积极有效方式，激发文艺家和广大文艺工作者的创作热情、激发打造精品的创作活力。全省各艺术门类文艺创作欣欣向荣，一批作品入选省级国家国际奖项，一批文艺工作者和文艺家获表彰。

【文学】

省文联名誉主席韩少功创作知青题材的长篇小说《日夜书》，全文刊载《收获》杂志，并由上海文艺出版社出版单行本，成为23届全国图书交易博览会上热门读物，小小说《乡村英文》获第14届《小小说选刊》优秀作品奖。省文联专职副主席李少君诗作品被收入北京大学等多所高校联合编辑的《百年新诗大典》，发表国内的《诗刊》、《天涯》、《诗歌月刊》、《汉诗》、《明天（2011－2012华语诗歌双年展）》、《中国诗歌》等刊物。

【戏剧】

新编历史琼剧《海瑞》参演第十三届中国戏剧节，获“中国戏剧奖--优秀剧目奖”大奖，朱绍玉、王天赐、黄志启、陈世文、陆铭芳获优秀音乐奖，郑怀兴获优秀编剧奖，符传杰获优秀表演奖三个单项奖。省剧协获中国戏剧家协会的“优秀组织奖”。剧目《常规与例外》获2013年金刺猬大学生戏剧节“最佳舞台设计奖”和“优秀剧目奖”。祁嫚腊获第十七届“中国少儿戏曲小梅花荟萃”比赛金花称号。小品《英雄无悔》参加“中国戏剧奖--小戏小品奖”比赛，获中国剧协“推荐举目奖”。陈涣创作的琼剧《北楼逸事》、谢成驹创作的琼剧《胡汉情》获第八届全国戏剧文化奖（中国戏剧文学奖）银奖。《戏曲剧本可演性探微》等一批理论文章在国内省级以上刊物发表。陈涣撰写的理论文章《打断骨头连着筋—琼剧融入闽南戏剧文化圈的构想》发表省委机关刊物《今日海南》。

【舞蹈】

反映鹦哥岭先进青年团队事迹精神的歌舞剧《执着》获得第十四届文华剧目奖。由罗小珠、白金峰、吴圣彪、杨艺创作编导的舞蹈《花帽子》摘第九届中国舞蹈“荷花奖”民族民间舞蹈大赛编导铜奖。颜业岸编导的群舞《搏•鳌》，参加新加坡中国优秀青年舞蹈展演暨国际舞蹈大赛获金奖，并和群舞《花帽新韵》双双荣获国家文化部“群星奖”。武敏的原创舞蹈《椰女翩翩》获“荷花•少年”全国校园舞蹈展演“荷花•少年”奖、最佳编导奖、优秀指导老师等多个奖项。辜杰红编排的舞蹈《阿婆的椰侬》获香港国际艺术大赛“金紫荆花奖”少儿组第一名。少儿舞蹈《海南岛，长寿歌》，获第七届“小荷风采”全国少儿舞蹈展演“小荷之星”奖、“小荷园丁”和“最佳编导”荣誉称号，椰娃艺术团被授予“小荷之家”荣誉称号，受邀参加了央视综艺频道《舞蹈世界》栏目的录制。

【美术】

在第十届中国艺术节•全国优秀美术作品展览中，符祥康创作的油画《岁月》、梁峰创作的油画《寂静的莲》、莫小弟创作的油画《南国椰韵》、周铁利创作的油画《乡村系列之一》、吴明儒创作的版画《关于相遇的理想片段•地铁》、张艳杰创作的版画《盛夏里》、黄亚虹创作的水彩画《港口•1号》入选第十届中国艺术节•全国优秀美术作品展符祥康、梁峰、莫小弟、周铁利、吴明儒、张艳杰、黄亚虹作品入围参展。张艳杰《盛夏里》，王楠《律动的城市》，王甲海《山野幽声》入选“第

二十届全国版画作品展览”，符嘉臻的油画《早报》入选全国油画作品展。王甲海的《田野幽声》、马琼颜的《密林深处》入选时代印记——2013中国百家金陵画展。2013年《中国画清赏》杂志推出封面名家阮江华专辑。

【书法】

蒋冰作品入选全国第七届楹联书法作品展；林鸣龙作品入选全国首届书法作品展；冯宗辉作品入选全国新人新作展、“孝行天下•埇桥杯”全国书法作品展、纪念毛泽东同志诞辰120周年全国书法展等三项全国专项展；冯伟作品入选第二届“平复贴杯”全国书法篆刻作品展并获奖，入选全国第七届楹联书法作品展、全国首届书法小品展、首届“大爱妈祖”、“钟繇奖”、“三苏奖”、“沙孟海杯”等全国书法篆刻作品，入选全国“铁人杯”书法作品展，第二届“翁同使命龢奖”全国书法作品展览。陈洪得全国文联工作先进个人荣誉称号。

【音乐】

赵媛、刘鹏入围第九届中国音乐金钟奖半决赛，丁金源与李文杰入围复赛；我省选手参加第六届上海国际青少年钢琴大赛获青年、儿童等组别5项金奖，张黎获“最佳指导奖”，参加第四届亚洲青少年钢琴艺术节暨“莫扎特艺术奖”国际青少年钢琴公开赛，获7个级别组4冠军、5亚军、3季军，张黎获“亚洲钢琴艺术最佳导师大奖”、“2013年度亚洲钢琴艺术杰出人物奖”，获2013“霍纳杯”全国流行手风琴邀请赛室内乐1组、室内乐2组、原创2组、重奏组、青年A组五项金奖、两项一等奖、两项第一名，获“鹦鹉杯”第三届北京手风琴艺术节赛事两项一等奖、两项第一名；刘锦标创作的《三亚美》(宋于崇词）获原创词曲全国征集选拔活动创作奖。乐冰作词、吴岩谱曲的《南海，我的祖宗海》获“唱响心中的歌——感动中国第七届全国新创词曲征集选拔大赛活动”二等奖。李文杰第三届全国高校音乐教育专业声乐比赛及第五届“神州唱响”全国高校声乐展演中获美声本科组一等奖及美声唱法铜奖；省音协理事赵玉生撰写《海南黎族民歌合唱曲集》出版，在全国核心期刊《飞天》发表论文《浅谈二胡演奏的音色》、《海南军话民歌的历史形态及艺术价值概述》。

【摄影】

蒋聚荣作品《鹿城处处美景多》获“发现最美三亚”全国摄影大赛特等奖，林一青作品《竞技体育》获三等奖；在中国摄影报、万宁市政府主办的“爱情海岸、福缘万宁”全国摄影大展中，张波作品《椰影云韵》获金质收藏作品，许欢作品《龙滚如画》获银质收藏作品，林廷彬作品《碧水银滩》获铜质收藏作品，另有二十余幅优秀作品入选收藏。王军作品《寿》刊登在美国摄影专业杂志《镜头》并选为封面。

【曲艺】

唐世江创作的音乐说唱《南海颂歌》，在“全国第十届文化艺术节”上获“优秀群星奖”。唐世江创作的拉场戏《租妈》，战胜创作的小品《超级速成班》分别在吉林卫视《好戏登场》栏目播出，两人创作的二人转《牛羊pk》获“吉林省第六届二人转戏剧小品艺术节”综合艺术大奖。并代表吉林省进京参加全国文艺展演。唐世江编剧，自筹资金拍摄了电影《椰子树下的椰子》，微电影《打工奇遇》、《打工小子》、《二楞歪传》年内拍摄完成。唐世江创作的小品《真的假不了》、《一枚戒指》、《可怜天下父母心》，参加“海南省第二届残疾人文艺汇演”分别获一个二等奖和两个三等奖。分别在第2期和第10期的《曲艺》杂志上刊发文章。

【民间文艺】

在第五届中国民间艺人节上，黄丽琼黎锦《婚礼图》、吴名驹椰雕作品《江山如此多娇》、黄黎祥《山鬼》、吴孔德木雕《盖世雄风》获十佳作品奖。

【影视】

反映“海南人幸福生活”的《作雅村的幸福歌声》、《我们的海》的两部电影正在创作筹拍中，《天然氧吧迎客来-美不胜收的绿色琼中》和《琼中三珍》两部作品，参加第六届中国旅游电视周和第五届中国新农村电视艺术节活动获三等奖。

文艺家协会

【文艺评论家协会】

组织和开展文艺评论研究活动，发挥文艺批评对文艺创作的引领作用。8月7日，与海南日报报业集团海岸生活杂志在海口举办“天涯文化系列丛书”专家研讨会。9月16日至17日，在长沙市承办“韩少功长篇新作《日夜书》研讨会”，组织全国各地的四十多位专家学者、作家就《日夜书》的精神世界、典型塑造、文体创新等层面进行了多角度、多层面的研讨。年内，举办海南画家系列研讨会，先后举办了“琼台杯”海南省青年美术作品展学术研讨会，“中信银行•海南画派”系列研讨会，研讨了刘贵宾、潘正沂、邓子芳、游桂光、丁孟芳等美术家的作品，出版了《海南画派作品第一辑（十人十部）》。关注海南少数民族文艺成果。与海南大学人文传播学院于5月11日，举办了“黄明海与黎族文学的当代性”研讨会，7月17日，举办黎族诗人郑文秀原创诗集《水鸟的天空》在海口首发暨郑文秀诗歌研讨会。8月28至30日，组织省内评论家，对第二节海南省舞蹈（原创作品）进行了专场点评。

【戏剧家协会】

1月10日，送琼剧《张文秀》到秀英区海秀镇水头村，为基层老百姓义务演出。8月1日-9月29日，协办“庆祝中国戏剧梅花奖创办30年海南祝贺演出”全省巡回演出活动。在为期两个月的巡回演出中，分别为海口、陵水、万宁、乐东、澄迈、文昌22个镇、村的老百姓演出了25场次的琼剧经典剧目，受众约12500人。8月，推荐报送小品《英雄无悔》参加“中国戏剧奖--小戏小品奖”比赛，8月，推荐海南大学海棠剧社改编演出的剧目《常规与例外》参加2013年金刺猬大学生戏剧节。8月与省文体厅、省非物质文化遗产保护中心、省琼剧院联合主办“2013年海南省琼剧编导、演员新秀传习培训班暨第三届海南省琼剧擂台赛”。8月报送祁嫚腊等三位戏曲小选手参加中国剧协举办的第十七届“中国少儿戏曲小梅花荟萃”演唱比。11月，推荐报送省琼剧院创作演出的新编历史琼剧《海瑞》参加第十三届中国戏剧节演出。

【书法家协会】

1月20日承办翰墨书香—苏士澍、周文彰、陈成、王应际、吴东民五人迎春书法展；2月1日，召开五届三次理事扩大会议。总结回顾2012年工作，展望2013年工作计划。大会传达了中国书协六届三次理事会大会盛况和中国文联《中国文艺工作者职业道德公约》。并对2011年度国展入展（入选）和获奖的我省书法作者进行了表彰和奖励；2月5日，组织书法家，到琼海市开展“迎新春送春联”活动；5月，在文昌举办海南东部沿海五市县书法展；3月16日，在省博物馆承办吉林、江西、海南“三省书法联展”；3月29日，开展“海南省书画院、云南画院学术交流展”；5月18日上午，举办海南省首届行草书作品展；8月29日上午，承办“首届美丽三沙书法摄影艺术联展”；9月10日，承办第五届全国妇女书法作品展；9月14日，承办椰韵书魂—黄强书法篆刻作品展，举行黄强书法篆刻艺术研讨会；12月12日，承办的纪念毛泽东同志诞辰120周年12人书法作品展在省博物馆举行。11月15日，承办的“周鉴明书法作品展”，在北京中国革命军事博物馆举行。年内，积极推动海南侨乡万宁创建“中国书法之乡”全国性文化品牌活动。

【曲艺家协会】

年内，派员参加第五期全国曲艺创作高级研修班；海南福星相声社，每周六在海口市群艺馆小剧场和龙华区文化馆小剧场为人民群众进行公益演出，年内进行了22场公益演出；八一前，承办曲艺志愿者“送欢笑、进军营”慰问演出活动。先后在武警边防总队、海军第十一支队、广州军区海口油料仓库、武警海运大队、武警东山训练基地等单位进行慰问演出5场次。年内，哈鹰组合参加了海南省和宁夏回族自治区的春晚演出，参加琼中、三亚、东方、白沙等地的黎族三月三演出，应邀赴美国、加拿大参加两国中华情，美丽海南为主题的文化交流演出，9月份参加全国新农村建设文艺展演，11月参加广西海南两地民族风文化交流演出。全年深入到农村基层，黎村苗寨进行安心义演25场，随中国艺术家慰问团前往三沙市进行慰问演出。

【美术家协会】

1月，联合主办刘大为工作室画家走进五指山写生采风活动；1月26日，联合主办《黄文琦中国画展》；3月31日，承办首届海南省“朝霞工程”少儿美术作品展览；3月，与海南师范大学联合主办海南师范大学美术学院2013届毕业生作品展暨2013级第三届“学院奖”优秀作品展；6月25日承办“美丽中国——魅力海南”海南省第二届雕塑艺术作品展；7月12日至7月14日，主办“蜀水兰心醉丹青-四川省江中兰-海南个人钢笔画用品展

览”，主办儋州市庆“五一”美术作品系列展活动，南风徐来——“海南省首届扇面画精品展•中国梦秀儋州——市首届水彩水粉画作品展”在儋州展出；10月3日，启动迎第十二届全国美展——海南油画家系列采风活动：当天开始，25名画家深入西线进行为期三天的采风活动。10月4日至6日，深入琼海、万宁的渔村海滩进行采风活动。10月12日至14日，10多名画家深入白沙县黎苗村寨、鹦哥岭进行人物画的采风。10月17日，开展昌江黎族自治县的霸王岭开展采风创作活动；10月18日，联合主办“海南省2013年第十三届青年美术设计作品展”；10月23日，与省外事侨务办公室、省文联、省文体厅、省美协和韩国美术协会济州美术支会，在省博物馆主办第三届海南、济州美术作品交流展。11月2日，组织中青年画家，深入定安县母瑞山进行人物画创作的采风活动。11月10日，举办黎族画家王雄《画布上的黎家历史》油画展。

【舞蹈家协会】

7月，舞蹈《椰女翩翩》参加中国舞协主办的“荷花•少年”全国校园舞蹈展演，7月27日，参加香港国际艺术大赛“金紫荆花奖”比赛。8月，选送椰娃艺术团少儿舞蹈《海南岛，长寿歌》，参加第七届全国“小荷风采”舞蹈比赛。10月16日，组织舞蹈赴山东省青岛市参加第十届“群星奖”决赛。11月11—13日，选送舞蹈《花帽子》赴贵州贵阳参加第九届中国“荷花奖”民族民间舞比赛，并参加了中国文联、中国舞协“送欢乐下基层”活动。11月22日，协办“群星璀璨”海南省参加第十届中国艺术节群星奖优秀作品展演电视晚会。11月29、30日，承办由海南省政协、广西壮族自治区政协主办的“琼桂情•民族风”—海南、广西两地少数民族文化艺术交流演出。年内参加“绿岛欢歌——2013海南春节晚会”以及海口市和三沙市联办的“幸福海口美丽三沙”电视春节晚会。蒙麓光的率领舞蹈艺术工作者，圆满完成了海南省非物质文化遗产专题文艺晚会《寻找•守望•海南梦》、纪念三沙设市一周年《“海域阳光”吕远作品音乐会》、《文化惠民巡回演出》、《中国(海南)2013年七仙温泉嬉水节大型文艺晚会》及《嬉水节开幕式演出》、《唱响海南》全国征集优秀原创歌曲颁奖暨推广启动晚会等30余台晚会的创作演出。

【音乐家协会】

2月，组织举办了著名作曲家、经典芭蕾舞剧《红色娘子军》音乐创作者之一王燕樵音乐创作座谈会；5月，举办第七届海南省音乐“金椰奖”比赛，选拔推荐我省选手参加中国音乐“金钟奖”各项专业比赛。组织选拔选手参加第十五届CCTV全国青年歌手电视大奖赛；7月，会员周戈率我省十一名双排键电子琴选手赴台湾参加亚太地区双排键电子琴国际大赛； 8月，会员张锴率学生参加由中国音乐家协会手风琴学会主办2013“霍纳杯”全国流行手风琴邀请赛和 2013“鹦鹉杯”第三届北京手风琴艺术节比赛；10月份，省音协理事、副秘书长张黎率学生赴香港参加第四届亚洲青少年钢琴艺术节暨“莫扎特艺术奖”国际青少年钢琴公开赛；年内，组织人员采风创作、作品收集评选、获奖作品MV拍摄及组织颁奖晚会、配合出版社整理审阅修改校对作品集，完成“唱响海南”全国歌曲创作征集评选活动的收集评审及推广工作。年内，先后主办郑晔钢琴独奏音乐会、谢灵独唱音乐会、云华独唱音乐会、刘彩云独唱音乐会、孙毅师生二胡演奏音乐会、曹量国乐音乐会并分别举办了数场学术讲座。

【摄影家协会】

1月10日 ，举办海岸生活杯摄影大赛、第七届中国(三亚)国际热带兰花博览会摄影展；1月27日，开展“送欢乐下基层”活动，期间举办了老街摄影展、送年画、慰问老党员等活动，并拍摄全家福并赠送给村民，看望娘子军老战士，摄影家们现场拍摄后立即打印相片送给老人，向老人发慰问金、送油、送米和挂历，参观了红色娘子军纪念馆；4月，王军的个人作品《村》在美国芝加哥摄影节上展出；4月13日，举办第二届“热带天堂杯”美丽梧桐花全国摄影大赛；7月6日，联合主办书画摄影仪拍活动，拍卖所得捐助山区贫困儿童；8月5日，承办海南五指山牙胡梯田摄影展；8月27日，举办“中铁•丽湖半岛杯”南丽湖首届摄影大赛；8月29日，承办首届美丽三沙书法摄影艺术联展；12月28日，在广州沙河首次跨省举办大画幅摄影展，展现海南“火山口”风土人情文化；12月29日，在海南岛14届欢乐节上组织大型摄影展。

【民间文艺家协会】

7月上旬参加中国民协在上海大学举办的中国民间文化产业发展高级研修班。10月1日至7日，组织民间艺人黄黎祥携多件黄花梨雕刻作品参加在上海东亚展览馆举办的一年一届的上海民博会。10月中旬组织和带领我省六位民间艺人赴杭州参加了第五届中国民间艺人节活动。11月底启动"海南十宝"评选工作，于12月上旬组织召开了十宝评选工作动员会，会议确定在评选"海南十宝"的同时开展名为"宝岛寻岛"的活动，决定在全省范围内开展寻找民间宝物活动。

【影视家协会】

6月，与海南广播电视总台联合主办"首届海南影视表演大赛"；8月，派员赴贵州都匀市参加金鹰奖评奖工作调研座谈会；积极参与由中国视协主办的第六届中国旅游电视周活动和第五届中国新农村电视艺术节活动；推荐代表参加第九届全国会员代表大会；8月，举办首届海南"DV看琼中"民间影像大赛活动；9月，走进屯昌开展"帮困助学活动"，为松坡小学的孩子们带去了书包、文具、体育用品等，还现场对6名家庭困难的孩子进行了一对一帮扶，走访了几个五保户家庭，为他们送去了粮油及部分现金；9月，启动"海南人的幸福生活系列数字电影"活动，全面深入挖掘海南优秀的影视文化资源，寻找更优质的电影剧本；10月中旬，开展编剧实地采风活动。

机关建设

【深入开展党的群众路线教育实践活动】

思想动员部署。7月23日上午，省文联作协党组召开会议，对深入开展党的群众路线教育实践活动进行动员部署。会议强调，围绕文联作协工作特点，从实际出发，求真务实，完成既定的目标任务，要以教育实践活动为契机，把党员干部在活动中激发出来的工作热情和进取精神转化为做好工作的动力，以教育实践活动为契机推动各项工作，进一步深化为民服务和文化惠民意识，广泛开展群众性文化艺术活动，推动文艺志愿服务，要弘扬"爱国、为民、崇德、尚艺"的文艺界核心价值观，带着对人民的感情和追求艺术的责任，自觉坚定地做党的群众路线的忠实拥护者和实践者，积极深入群众生活，向群众学习，努力推出更多优秀文艺作品。积极开展"追寻中国梦"主题文艺实践活动，用丰富多彩和喜闻乐见的艺术形式，讲好海南故事、唱响海南声音、抒发爱国情怀、塑造国际旅游岛形象。

加强学习培训。学习习近平总书记及中央其他领导同志重要讲话精神，学习全国宣传思想工作会议精神，学习省委领导有关讲话精神，传达学习了《中国文联转发中宣部等五部委关于制止豪华铺张、提倡节俭办晚会的通知》精神。采取集中和自习方式学习《党的群众路线教育实践活动学习文件选编》、《党章》、《论群众路线—重要论述摘编》、《厉行节约、反对浪费—重要论述摘编》，提高党员干部思想认识。组织党员到陵水县苏维埃政权旧址、琼崖中国共产党第一次代表大会旧址和李硕勋烈士纪念亭参观学习，接受琼崖革命斗争历史教育，缅怀琼崖革命先烈。邀请海南大学政治与公共管理学院庞京城教授做《践行党的群众路线转变领导干部作风》的专题讲座。

坚持开门搞活动。印发征求意见表，发放市县文联、省级各文艺家协会、挂靠省文联各民间文艺社团，省书画院，党外文艺家和文艺工作者，广泛听取群众意见，听取省督导组指导意见，结合文联作协实际，制订了实施方案。7月26日和29日，组织召开座谈会，听取近20个文艺社团、海口市文联、文联老干部对省文联作协深入开展群众路线教育实践活动的意见和建议。党组成员分别带领调研组深入陵水、琼中、白沙、东方等市县文联调研，倾听基层文联和文艺工作者的意见建议。

专题民主生活会。11月8日，召开民主生活会通报整改落实情况，张萍、邢孔建、李少君、扈大荣四位同志紧密联系个人思想、工作和生活实际，联系个人成长进步经历，分别作对照检查，深刻剖析存在的问题，并彼此提出批评意见及建议。督导组对省文联民主生活会给予了客观评价：党组高度重视，联系实际剖析深刻，敢于拿起了批评与自我批评的武器，体现了整风精神，有针对性地提出了整改意见、方案。无论是领导班子还是班子成员个人，整改方向都比较明确、整改措施都比较具体，体现了自我提高、自我完

善的决心，体现了从我做起、立行立改的态度。

践行群众路线。积极开展文艺活动，丰富活跃群众文化生活，扶持培育民间文艺力量，并把服务挂靠文艺社团、凝聚人才和力量共同繁荣发展海南文艺事业，作为检验教育实践活动成果的一个主要标准。积极开展扶贫慰问工作，为扶贫点农民办实事，开展“帮困助学”活动。贯彻落实中央精神、厉行节俭、崇尚艺术，严格控制活动规模，杜绝铺张浪费，精打细算，压缩活动经费，提高晚会的艺术性和导向性，举办人民群众喜闻乐见的文艺活动，努力开创文艺活动新风尚。

专项整治与建章立制。省文联作协党组，按照《关于开展“四风”突出问题专项整治和加强制度建设的通知》（群组发〔2013〕23号）精神，研究部署“整改落实、建章立制”环节“两方案一计划”工作。按照中央部署的7项重点整治任务，着力重点从作风纪律、奢侈浪费、侵害群众利益等三方面开展整治工作；切实加强建章立制，认真做好废、改、立工作，以创新精神突出制度建设的重点，进一步修订和完善各项规章制度，促进文艺事业繁荣发展。

地方文联

【海口市文联】

创作成果丰硕。大型新编历史琼剧《百年苍萃》进京汇演。出版了张品成的《红猫》、乐冰的《海南梦》、廖怀明的《隐者显赫》、庞灼和钟南平的《愤怒的五指山》、蔡旭的《蔡旭自选集—散文诗新作100首》、王丽莹的《与大师共进午餐》、韩芍夷的《断摸》、叶海生的《罗崇敏政道》等各类文学作品60多篇（首）。王俞春创作出版的《海南官典》、冯所海创作出版的连环画作《激战椰子寨》、《王国兴》等海南题材作品，得到了有关专家的好评。黄克勤创作的油画《渔归》、《南丰镇老街》分别获得了“2012年群星璀璨•全国群众美术书法摄影优秀作品展”优秀奖和海南省首届“群星奖”三等奖。丁孟芳的水彩画《渔歌　归》入选由中国美协主办的“第二界全国小幅水彩画展”。赵日雷的版画《阳光地带》入选“第十九届全国版画作品展”。参加全国小音乐家大赛荣获九金、一银、一铜的好成绩。摄影方面全国性的各类摄影展览、大奖赛，荣获1个铜奖，5个优秀奖，省级摄影大奖赛，荣获1个一等奖，2个二等奖，1个铜奖，10个优秀奖。广场舞《海头阿公海尾婆》参加全国首届原创广场舞大会演，获一等奖，填补了我省广场舞全国性获项的空白。舞协创作表演了《青春日记》、《春天的祝福》、《天堂海南梦》、《我的南海》等一批佳作。原创大型舞剧《天堂鸟》获首届海南省艺术节文华大奖第一名，并为第八届泛珠大会做了三场精彩演出，广受赞誉。舞蹈《大树底下》、《九妹》获海南省第二届（原创作品）舞蹈比赛群文组表演银奖、表演优秀奖、群文组创作铜奖。

文艺活动丰富多彩。开展“书画椰乡行”、“送春联、送书画”、“琼剧下乡”、“文化帮扶”等文化惠民活动。举办纪念《毛泽东在延安文艺座谈会上讲话》发表71周年文艺家采风座谈会、“特区作家看老区”采风参观活动、“段玉鹏师生书法篆刻作品展”、李汉仁《黎族人》个人摄影展，举办海南画派系列作品展暨研讨会。积极弘扬海口优秀历史文化，与市委宣传部等单位联合主办“走进2014海南琼剧文化传承展演暨新年交响音乐会”，选取精典琼剧目，配以云南昆明聂耳交响乐团的精彩伴奏，琼剧与交响乐“混搭”的全新艺术形式，为椰城观众展现出美妙的视听盛宴。深化文学刊物《椰城》改版改革工作，推陈出新，编辑出版《椰城》12期，成为全市文化展示的前沿阵地、文学作者的摇篮。充分发挥音乐、书法、摄影、舞蹈影视等文艺家协会的作用，先后举办“海口十大歌曲征集评选活动”、“两岸四地”内地、香港、澳门、台湾摄影家海口行采风创作展览活动、“跨越海峡”—琼台双岛摄影家宝岛行台湾摄影作品展、纪念三沙设市一周年“海域阳光”吕远作品音乐会等艺术活动。

重庆市文联

综　述

2013年，重庆市文联坚持以邓小平理论、“三个代表”重要思想和科学发展观为指导，高举旗帜、围绕大局、服务人民、改革创新，以建设社会主义核心价值体系为根本要求，以满足人民群众精神文化需求为根本目的，以多出文艺精品、多出优秀人才为根本任务，以服务广大文艺工作者为根本职责，认真谋划工作，强化改革意识、创新意识和作品意识，树立以人民为中心的工作导向，紧紧围绕多出精品、多出人才的工作重心，积极进取，勤奋耕耘，使文艺门类呈现出百花齐放、绚丽多彩的良好局面。

2013年，重庆市文联全面启动了党的群众路线教育实践活动，在全市文艺界大力践行社会主义核心价值体系，弘扬文联精神，更好地发挥了文化引领风尚、教育人民、服务社会、推动发展的作用。为响应党的十八大提出的“强化人民团体在社会管理和服务中的职责”这一新要求，重庆市文联坚持引领正确的文艺导向，面向基层、面向群众，重心下移，主动拓展惠民文化活动覆盖范围，通过建立文艺志愿服务组织保障体系，广泛动员文艺工作者积极参与，保证“为人民、送欢乐、下基层”文艺志愿服务活动品牌化、经常化、制度化。同时，重庆市文联积极引导和服务于文艺精品的创作，致力于打造具有开放性、包容性、互动性的文化环境，建立了以音乐创作为龙头，以美术、戏剧及杂技创作为重点，以电影、电视为亮点，以其他艺术门类为支点的文艺创作格局，实现了重点艺术门类的突破，重庆文艺的整体突围。在此基础上重庆市文联充分发挥“喉舌”和“纽带”作用，抓好文艺人才建设，并积极创新组织形式，延伸联系艺术家的手臂，引导他们自觉把社会效益放在首位，追求社会效益和经济效益相统一，发挥建设性作用。

一年来，重庆市文联以改革创新为动力，以创先争优活动为载体，以学习型、创新型、服务型、廉洁型组织建设为目标，努力提高文联工作科学化水平。成立了重庆市文联协会联合委员会，选举产生了重庆市文联协会联合党委第一届委员会。组织召开了重庆市文联三届三次全委会、基层文联工作会和重庆市主城九区文联工作座谈会，并积极推进了重庆市文艺家活动中心大楼建设。完成了重庆市各市级文艺家协会和直属社团年检工作。指导彭水苗族土家族自治县完善协会建设，涪陵区首个乡镇街道文联——马武镇文联和九龙坡区首个基层文联——渝州路街道文联正式成立。截至年底，重庆市共有全国会员3115人，市级会员13515人，基层会员34572人。

机关会议和组织建设

【全面启动党的群众路线教育实践活动】

按照中央和市委的统一部署，重庆市文联于7月26日，召开了党的群众路线教育实践活动动员大会，全面启动了重庆市文联党的群众路线教育实践活动。在中共重庆市委宣传部的领导和中共重庆市委第六督导组的指导下，切实做到“规定动作”不走样，“自选动作”有特色，狠抓学习、统一认识，聚焦“四风”、开门活动，梳理问题、积极整改，保证了教育实践活动工作的顺利开展。

在学习中，重庆市文联结合实际开展了“文艺为民、联系群众、服务艺术家”的专题讨论，在文联系统开展了“文艺为人民•唱响中国梦”征文活动和文联大讲坛，邀请重庆市党史专家艾新全研究员作了“党的群众路线　光耀文联讲坛”专题报告，并组织干部职工观看电影《周恩来的四个昼夜》，参观“精神不朽、宗旨永恒”——红岩精神群众路线教育展览，机关各支部也开办了

学习专栏。

为查找问题，重庆市文联把“开门搞活动”作为征求和听取意见的基本方法，采取召开座谈会、个别走访、上门征求意见等多种形式，深入基层、走进群众，面对面地听取基层文艺工作者的意见和建议。除了赴区县调研，听取并征求基层文联的意见外，重庆市文联还深入8个区县对口联系点，上门走访文艺家35人次，听取基层文艺工作者和文艺家的心声。结合发放调查问卷的形式，重庆市文联分别召集了各市级文艺家协会、区县文联负责人召开座谈会、镇乡社区文艺工作者院坝会、职工座谈会、老同志座谈会，形成了全方位、多角度、立体化调研工作态势，为教育实践活动的全面开展提供重要依据。

对征集到的253条建议和意见，重庆市文联建立整改事项督改台账，明确整改目标，制定整改措施，同时坚持两手抓、两促进，结合教育实践活动，以开放的思路，改革的举措，面向基层、面向艺术家，组织全市广大艺术家及艺术工作者，开展党的群众路线教育实践活动文艺创作活动，以良好的作风保障文艺界践行党的群众路线，进一步强化了文艺为民的理念和责任。

【文艺家茶叙会】

为贯彻重庆市宣传思想工作会上提出的“要积极探索新形势下做好知识分子工作的新思路”的指示精神，深入开展党的群众路线教育实践活动，10月24日下午，重庆市文联在渝中区三闲堂茶会所举办了首次文艺家茶叙会。陆棨、刘庆渝、王定天、申列荣、罗中福、李耀国、余纪、毕富淳、张永安、仇小豹、杜承南、毛锡雄、周昌荣、李毅力、罗大万、刘能风、刘靓靓等17位重庆资深艺术名家，与中共重庆市委宣传部副部长樊伟，重庆市文联党组书记、副主席王超，重庆市文联党组成员、副主席龙川齐聚一堂，清茶一杯，促膝交谈。

文艺家茶叙会是一次积极尝试和探索，不仅能在轻松愉快的环境中沟通感情、交流思想、凝聚人心，同时也能开门纳谏，集思广益，使领导部门决策更加科学，工作更有针对性。在轻松愉悦的气氛中，与会艺术家们敞开心扉、畅所欲言，一致认为“茶叙会”既拉近了宣传文化部门与艺术家之间的感情距离，又体现了“节俭、务实、求真”的工作作风，是重庆市文联为文艺界搭建沟通交流平台的一项创举。

【重庆市文联三届三次全委会】

为总结2012年重庆市文联工作，分析当前形势，部署2013年工作任务，进一步开创重庆文艺工作和文联工作新局面，2013年3月29日，重庆市文联召开三届三次全委会，传达学习全国“两会”精神，审议重庆市文联党组书记、副主席王超代表文联三届主席团所作的工作报告，通报人事调整变动情况，并表彰2012年先进。会议由市文联党组成员、副主席陈若愚主持。重庆市文联荣誉主席、荣誉委员，文联三届委员会委员，机关处级干部参加会议。王超在报告中指出新的一年，重庆市文联要在“办品牌活动，出精品力作，育高端人才，探产业新路”上狠下功夫，为建设文化强市作出新的贡献。

【主城区文联工作座谈会】

3月22日，由重庆市文联主办，重庆市九龙坡区文联承办的主城九区文联工作座谈会在九龙坡区走马镇召开。重庆市文联党组成员、副主席杨矿，重庆市文联秘书长周和平，重庆市文联组织联络部、创作评论室负责人，主城九区文联负责人及其有关人员近30人参加会议。

座谈会简约朴实，会风清新，发言踊跃，气氛热烈。主城九区文联负责人围绕会议主题，分别从加强文联自身建设、狠抓文艺创作生产，打造特色文艺品牌等方面介绍了各自的经验和做法，提出了探索思考，其重点突出，亮点纷呈。

会上，周和平介绍了市文联的有关情况和今年工作重点。杨矿在讲话中谈了“三感”：一是感谢主城九区文联多年来对重庆市文联的支持；二是感慨重庆文艺“起步晚、基础差、底子薄”的现状，同时分析了文联工作的优势，认为大有可为；三是感悟，文联工作首先要凝心聚力，要为艺术家服好务，搭建平台，营造氛围，提供机会，调动广大文艺工作者的积极性和创造性，不断推动文艺大发展大繁荣。

【九龙坡区渝州路街道文联成立】

8月7日，九龙坡区首个基层文联——渝州路街道文学艺术界联合会正式成立。重庆市文联副主席杨矿，中共九龙坡区委常委、宣传部长胡奇明等领导与渝州路街道60余名文艺爱好者参加了成立大会。九龙坡区文联主席胡宗伦为街道文联授牌。会议选举产生了渝州路街道文联第一届委员会成员，共选出委员28人，其中主席1人，副主席7人，常务副主席1人（兼秘书长），下设书法家协会、摄影家协会、音乐家协会和舞蹈家协会4个协会。

【第二届重庆市中青年文艺骨干暨巴渝新秀研修班】

6月16日，第二届重庆市中青年文艺骨干暨巴渝新秀研修班在重庆市委党校举行开班仪式。中共重庆市委宣传部常务副部长、对外宣传办公室主任周波到会议讲话并给参训学员授课，重庆市文联党组书记、副主席王超主持会议。重庆市文联党组成员、副主席陈若愚，中共重庆市委党校校委委员、教育长张洪晋，中共重庆市委宣传部干部处、文艺处及市文联各部室负责人和全体参训学员参加了开班仪式。

中共重庆市委宣传部、重庆市文联为了深入贯彻落实党的十八大、全国两会和市第四次党代会精神，加强文艺人才队伍建设，提升中青年文艺骨干暨巴渝新秀的理论水平和业务能力，特举办第二届中青年文艺骨干暨巴渝新秀研修班。参加此次培训的学员为市、区文艺创作骨干及巴渝新秀，重点是活跃在全市文化艺术领域，具有文艺创作潜力的一线骨干共59名。此次培训严格按照市委组织部关于《干部教育培训学风建设“十不准”》要求，采取“三段式”教学模式，通过党校学习、巫山创作体验、北大研修以及到陕西省、山西省、甘肃省、宁夏回族自治区等西部文化强省考察交流等形式开展学习研修。

【大兴调研之风】

2013年，重庆市文联进一步拓展调研深度和广度，重点开展了“加强改进文联工作”“文艺精品创作生产”“文联对文艺精品创作生产的引导”“延伸联系艺术家手臂”“文联在社会管理和服务中的职能和作用”等课题的调研活动，形成了纵深度高、操作性强的调研报告。同时，还在重庆市基层文联中举办基层文联工作和文艺工作的调研评比表彰活动，催生了一批质量较高的调研报告。8月20日，重庆市文联调研组到城口县开展党的群众路线教育实践活动，实地调研指导文联工作。此外，重庆市文联向中国文联申报部级研究课题“当代文学思潮的文化价值取向”已获得立项，对于研究当前文艺工作具有重要的学理价值和现实意义。

文艺活动和文艺展览

【“为人民送欢乐下基层”文艺志愿者服务活动】

“送欢乐下基层”是文联系统开展文艺惠民活动的一大品牌。2013年元旦春节期间，由重庆知名艺术家和文艺工作者组成的重庆市文联文艺志愿服务团陆续在北碚区、綦江区、巫山县以及公租房小区开展“为人民送欢乐下基层”慰问活动，为大家献上了一台精彩的文艺演出并现场制作、免费赠送精美的全家福照片、电影光碟、春联、绘画和剪纸等作品，向敬老院、困难群众赠送了慰问品。重庆市基层文联也积极响应，沙坪坝区、九龙坡区、江北区、北碚区、万盛经开区、涪陵区、永川区、长寿区、丰都县、忠县、秀山县、巫山县等区县文联以及中山路街道文联相继赶赴基层，开展丰富多彩的文艺活动，并赠送春联、年画等。

为纪念《毛泽东在延安文艺座谈会上的讲话》发表71周年，重庆市文联文艺志愿服务团走进开县开展了“美丽开县”采风慰问活动。重庆知名作家、艺术家和开县当地文艺工作者共20人参加了创作采风、文联大讲坛走进开县、书画作品赠送和“美丽开县”座谈会等采风慰问活动，并赠送了《小白杨—梁上泉歌曲词作选》、《八方来鸿》等书籍。慰问团成员、著名大提琴家、西南大学音乐学院音乐表演系主任、教授王红在开县实验中学举行了文联大讲坛“音乐艺术欣赏”。

9月24日，由重庆市30多位文艺家组成文艺志愿服务团赴石柱县冷水镇八龙村，开展以“八龙村的幸福”为主题的文艺创作采风活动，积极深入当地农宅，收集原生态的民间文艺元素，并为当地群众举办了音乐赏析和人文纪实摄影两场讲座。

10月18日，与城口县委、县政府共同主办第四届中国大巴山（重庆•城口）彩叶文化旅游节开幕式暨重庆市文联“送欢乐下基层”走进城口慰

问演出活动，不仅组织重庆美术家和摄影家实地采风，还举办了重庆市文联助推城口旅游经济发展交流座谈会，并请重庆文艺名家为举行还为当地文艺爱好者举办了一场题为“重庆文化板块中的城口文化”讲座。中国民间文艺家协会为城口县颁发了“中国钱棍舞之乡”荣誉称号。

此外，各市级文艺家协会也纷纷深入基层，组织惠民活动，服务基层成绩突出。重庆市曲艺家协会“送欢乐下基层”走进北碚区朝阳街道河嘉村社区，为市民送上“曲艺名家闹元宵”元宵节文艺演出。市戏剧家协会与万盛经开区管委会、重庆市中山摄影家协会联合主办“重庆万盛•五和首届梨花文化旅游节”。重庆市摄影家协会号召会员积极踊跃地参与“万名摄影志愿者万幅作品送万家”文化公益活动，共有近500人次向基层文化单位和群众赠送摄影作品近800幅。冯建新、李文勇被中国摄影家协会评为服务基层优秀会员，重庆市摄影家协会被评为先进团体会员单位。重庆市电影家协会与重庆市扶贫基金会联合开展“送电影进乡村公益放映活动”，组织放映队到重庆市国家级20个贫困县为农村群众免费放映电影3000余场，覆盖群众近80余万人，受到当地群众的热烈欢迎。

【艺术名家齐聚一堂共话新春佳节】

2月22日，重庆艺术界代表150余人欢聚一堂，清茶一杯，以简朴务实的形式畅叙友情、同贺佳节、共话发展。重庆市文联党组书记、副主席王超主持茶话会。中共重庆市委常委、宣传部部长徐海荣出席会议并致辞。

会上，徐海荣充分肯定了重庆市文联2012年的工作，他说，在过去的一年里，全市广大文艺工作者认真学习宣传贯彻党的十八精神，全面落实重庆市第四次党代会，中共重庆市委四届二次全会精神，坚持“二为”方向和“双百”方针，坚持“三贴近”原则，着力在“抓文艺创作出精品、抓队伍建设出人才、抓市场营销出效益”上下功夫，取得可喜成绩。徐海荣希望在新的一年里，全市广大文艺工作者以高度的文化自觉和文化自信，进一步增强推动重庆文艺大发展大繁荣的责任感和使命感，坚持以人民为中心的创作导向，求真务实，潜心创作，书写重庆文艺事业的崭新篇章，为推动“科学发展、富民兴渝”，为实现伟大“中国梦”提供强大精神文化力量；希望全市广大文艺工作者坚守艺术理想与艺术良知，做到创作与修身共进，文品与人品齐升，真正把“爱国、为民、崇德、尚艺”的文艺界核心价值观体现在文艺创作中，弘扬主旋律，凝聚正能量，争做“德艺双馨”的表率。茶话会上，艺术家们表演了精彩的文艺节目。

【承办全国首届楷书作品展】

6月16日，由中国书法家协会主办，重庆书法家协会、秀山土家族苗族自治县政府承办的全国首届楷书作品展开幕式在重庆南坪国际会展中心举行。

这是中国书法家协会成立31年来主办的全国首届楷书类专业性国家级大展，共征集到来自澳大利亚、卢森堡和港澳台以及国内各省市来稿8000余件。经认真审评，共选出入展作品295件，获奖作品10件。中国书法家协会党组书记、副主席赵长青，中国文联书法艺术中心主任刘恒，中国书法名城(之乡)联谊会会长宋华平，重庆市人大常委会副主任谭栖伟，重庆市政协副主席姜平，武警重庆总队政委董书民，重庆市消防总队政委张剑明，中共重庆市委宣传部副部长樊伟，重庆市文广新局副局长李廷勇，重庆市书法家协会主席刘庆渝，秀山县委书记代小红，秀山县县委副书记、县长王杰等出席开幕式。开幕式由重庆市文联党组书记、副主席王超主持。开幕式上，机关领导为获奖者颁奖，并举行了秀山“中国书法之乡”授牌仪式。

【龙乡墨韵·第二届全国中小学书法教学高峰论坛、全国教师书法作品展】

3月26日，由中国书法家协会教育委员会、重庆市文联、重庆市书法家协会和重庆市教育科学研究院联合主办的龙乡墨韵•第二届全国小学书法教学高峰论坛、全国教师书法作品展在重庆市铜梁县隆重开幕。中国书法家协会、重庆市书法家协会相关领导与来自全国各地的获奖作者、重庆市书法艺术学校教师共500余人出席开幕式。开幕式为先进单位、获奖作者代表颁奖。与会人员观看了龙乡墨韵•第二届全国中小学教师书法作品展和铜梁县师生书法展览暨现场表演，还听取了书法教育示范课。在高峰论坛上，全国少儿书画教学理事会副理事长卢海洲、中国书法家协会学术委员会委员王伟林分别就书法校园文化建设及怎样撰写教学论文进行了专题讲座。全国获奖作者江苏的张玲珑和重庆的何文婧分别从书法教学设计及课改教研等方面作了精彩阐述。此外，还举行现场书法笔会和座谈会，与会人员进行了书艺切磋及创作经验交流。

【陶行知杯·全国首届中小学生书法大赛作品展暨颁奖典礼】

由重庆市文联、重庆市书法家协会、重庆市教育科学研究院联合主办，重庆市书法家协会教育委员会、重庆市育才中学共同承办的陶行知杯•全国首届中小学生书法大赛现场决赛暨颁奖典礼于5月4日至5日，在重庆举行。陶行知杯•全国首届中小学生书法大赛共收到来自全国各地的稿件2153件，最终评出53名参赛选手进入决赛。决赛以现场命题、现场创作的方式进行角逐。评委们对作品进行了认真评审，最终评出一等奖10名、二等奖20名、三等奖23名。颁奖仪式为获奖作者颁发了奖杯、证书和奖品。会后，与会人员观看了陶行知杯•全国首届中小学生书法大赛书法作品展。活动期间参赛选手、家长和指导教师到陶行知纪念馆、育才学校旧址、合川钓鱼城进行了艺术采风活动。

【大型油画史诗“悲壮的山河——四川汶川5·12大地震五年祭”展览】

3月24日，由中国文联副主席、著名画家冯远题写展名，重庆市文联、重庆市美术家协会等联合主办的大型油画史诗“悲壮的山河——四川汶川5•12大地震五年祭”展览在重庆画院开展。重庆市文联党组成员、副主席杨矿，重庆市文联秘书长周和平，四川美术学院副院长张杰，中国美术家协会理事、重庆市美术家协会副主席、重庆画院名誉院长周顺恺，四川汶川县文联主席杨国庆等领导和嘉宾出席了开展式。周和平主持了开展仪式。

大型系列史诗油画“悲壮的山河”展出了重庆市油画家李克进历时4年多，多次深入灾区采风体验生活，数十度易稿，精心创作的反映汶川地震及其灾后重建的32幅大型油画，是重庆美术史上完全由单个艺术家独立创作的整体规模最大、单幅数量最多的主题油画作品。展览以写实的手法、艺术的语言，站在人文的角度、人性的高度，真实、生动、形象、翔实地描绘这场罕见的自然灾害给人们带来的毁灭和伤痛，再现了灾区人民自强不息、中华儿女众志成城的伟大的抗震救灾精神，以及灾区人民生产自救、重建家园的生动场面，给人以极大的视觉冲击力和情感震撼力。作品色彩线条柔和、构图用光考究、场景设置精心、人物形象丰满，具有较高的历史价值、艺术价值和社会价值，受到了观展领导、众多美术家和各界群众的称赞和好评，是重庆美术关注生活、关注现实的重大收获。

【“五月的鲜花”重庆女子书画作品展】

5月1日，由重庆市文联、重庆市妇联、重庆市美术家协会主办，重庆市女子书画协会承办，西南大学美术学院协办的“五月的鲜花”重庆市女子书画作品展在西南大学美术馆隆重开幕。重庆市文联党组成员、副主席杨矿，重庆市妇联副主席张淑钰，重庆市美术家协会副主席、西南大学美术学院院长陈航，重庆市女子书画协会会长、重大艺术学院教授戚序等领导和妇女画家、书法家近百人参加开幕式。展览共收到来自重庆市各大艺术院校及社会各阶层女性书画作品数百件，反映了重庆市女子画家、书法家的创作水平。经专家认真审定，从192件入展作品中共评出各类美术作品一等奖5名，二等奖15名，三等奖25名；书法类一等奖2名，二等奖5名，三等奖7名。

【川美师生重走古盐道写生作品展】

6月28日，由重庆市文联、重庆市美术家协会和四川美术学院联合举办的“四川美术学院师生重走古盐道写生作品展”在自贡市南湖体育中心艺术展览厅开展。重庆市文联党组成员、副主席杨矿，四川美术学院原副院长罗力，自贡市相关领导，川美师生代表及当地美术家近200人出席画展开幕式。该展以“传承盐都文脉、抹绿高新色彩”为主题，四川美术学院的师生以独特的视角、精湛的画技，勾勒出了千年盐都丰厚的文化底蕴，展现了自贡国家级高新区的变迁进步。60多幅作品反映了南湖公园、釜溪小景、仙市古镇、盐道春色、富顺文庙、王爷庙等景致的丰厚文化底蕴和旖旎自然风光。

【2013年重庆市职工书画摄影展】

为庆祝“五一”国际劳动节，4月28至5月2日，重庆市文联和重庆市总工会联合主办的重庆

市职工书画摄影作品展在重庆文化宫成功举办。重庆市人大副主任、重庆市总工会主席郑洪，重庆市文联党组成员、副主席龙川，以及书画摄影作品展获奖作者和职工群众代表600余人参加了开幕式。此次重庆市职工书画摄影作品展以歌颂“最美重庆”“最美工厂”“最美劳动者”为主题，共征集到来自全市广大职工、社会各界书画及摄影爱好者作品9000余件，充分展示了新时期全市各条战线职工群众的艺术风采。经评审委员会评定，侯宝川等创作的70件美术作品、刘再兵等创作的70件书法作品、颜瀚等创作的120件摄影作品，分别荣获2013年重庆市职工书画摄影作品展一、二、三等奖和优秀奖。北碚区总工会、綦江区文联等单位被评为组织工作先进单位。

【重庆市第五届青少年书法艺术节】

12月11日，由重庆市文联、重庆市书法家协会、重庆市语言文字工作委员会、重庆市教育科学研究院联合主办，大渡口区教育委员会承办，育才小学实施的“重庆市第五届青少年书法艺术节”在育才小学隆重开幕。相关部门领导与重庆市书法艺术学校代表500余人一起参加了此次活动。开幕式由大渡口区教育委员会主任毛勇主持。

中国书法家协会理事、重庆市书法家协会主席刘庆渝宣布艺术节开幕。开幕式上，与会领导为书法艺术学校授牌，并为重庆少儿书法50佳、先进单位和先进个人颁发了奖牌、奖杯及奖品。

在书法艺术节上，举办了育才杯•重庆市第六届青少年书法小品大赛暨第30届中日友好高野山青少年书法竞赛重庆选拔赛优秀作品展，墨坊杯•重庆市第四届青少年书法大赛获奖作品展以及2013年重庆市书法艺术学校书法作品联展获奖作品展，召开了2013年重庆市青少年书法创作辅导座谈会及2013年重庆市书法艺术学校工作会。

【第二届海峡两岸电视艺术节】

12月20日，由中国电视艺术家协会、台湾中华广播电视节目制作商会同业公会主办，重庆广电集团（总台）、重庆市电视艺术家协会承办的第二届海峡两岸电视艺术节暨海峡两岸电视论坛在重庆召开。中国文联副主席、书记处书记夏潮，中国文联副主席、中国电视艺术家协会主席赵化勇，中国电视艺术家协会分党组书记、副主席兼秘书长张显，重庆市台湾工作办公室主任李志雄，重庆市文联党组书记、副主席王超，重庆市广电集团（总台）党委书记刘光全等出席了活动。来自海峡两岸的50多名电视纪录片业界代表共聚一堂，就两岸纪录片的发展、未来趋势及合作做了专题演讲交流。同时就《飞阅台湾》、《聚焦国宝》、《故宫100》、《茶，一片树叶的故事》等两岸优秀纪录片进行了观摩研讨。

【首届重庆市声乐比赛】

为发现和培养优秀声乐表演人才，推动声乐艺术的繁荣发展，由重庆市文化广播电视局、重庆市文联、重庆广电集团（总台）主办，重庆市艺术创作中心、重庆市音乐家协会、重庆广电集团（总台）卫视国际频道承办的首届重庆市声乐比赛，自5月启动以来，历时半年，于2013年11月30日圆满落下帷幕。作为第四届中国重庆文化艺术节的重头戏，参加首届重庆市声乐比赛的单位（区县）共44个，报送的各组别选手共计249人(队)。经过激烈地角逐，各组评出一等奖1名、二等奖3名、三等奖6名、优秀演唱奖10名。

【首届“海棠香国”美术作品联展】

5月15日， 由重庆市文联、重庆市美术家协会、永川区政府、荣昌县政府联合主办的首届“海棠香国”永川 •荣昌美术作品展在荣昌县体育馆开幕。重庆市文联副主席、党组成员杨矿，重庆市美术家协会副主席兼秘书长徐亮分别在开幕式上讲话。永川区副区长余国东、荣昌县副县长程昌耀分别致辞。荣昌县委常委、宣传部部长赵天智宣布开幕。

永川、荣昌均古属昌州，因天下海棠无香，唯昌州海棠独香，故昌州被誉为“海棠香国”。此次展览旨在切实增强永川、荣昌两区县文化交流和艺术互动，形成“海棠香国”历史文化资源共享、“海棠香国”先进文化共建的发展态势，推动荣昌、永川两地文化交流和互动，展现海棠文化的独特魅力。联展精选两地画家100幅作品进行展览。参展作品主要有油画、国画、版画、水彩、水粉等作品，内容大多体现荣昌和永川本地文化特色。本次展览主要为探索海棠文化的创新之路，促进重庆文化强市建设。

【第二届重庆市篆书篆刻展】

5月18日，由重庆市文联、重庆市书法家协会、重庆市沙坪坝区文联主办，重庆市书法家协会篆刻委员会、沙坪坝区文化馆、沙坪坝区书法家协会承办的“第二届重庆市篆书篆刻展”于在沙坪坝区文化馆展厅开展。本次展览展出了重庆市书法名家佳作以及来自沙坪坝区、渝中区、江北区、秀山县、彭水县等多位区县书法家及书法爱好者的篆书、篆刻作品共计140幅，既是对篆书篆刻传统精髓的继承弘扬，又是对变化创新的有益尝试和探索。

文艺创作和文艺评论

【重庆第四届“重庆电影杯”电影剧本征集评选活动】

为提高剧本原创能力，打造更多现实主义题材精品力作，由重庆市文联主办，重庆市电影家协会、重庆电影集团承办的重庆市第四届“重庆电影杯”电影剧本征集评选活动于5月启动以来，共收到全国21个省、市、自治区及重庆地区70余名作者投稿的80余部电影剧本，充分反映了近年来政治、经济、文化、社会发展的巨大变化。共有10部剧本获奖，《北京的江南》获一等奖，《 截击轰炸机之王》《 日夜公寓》获二等奖，《 深情约定》《 36号客栈》《沙飞之死》获三等奖。《救子遇仙记》《窑商传奇》《 平安大嫂》《竹琴声声》获入围奖。此外，《烧香记》《请把你的微笑留下》获微电影剧本优秀奖。

【青春励志电影《黄连有点甜》】

由重庆市文联、中共石柱县委、石柱县政府、重庆市电影家协会、重庆帝都影视公司联合主创摄制，中共石柱县委宣传部、石柱县文联、石柱县文化广播新闻出版局、石柱县旅游局、石柱黄水国家森林公园管委会参与拍摄的数字电影《黄连有点甜》，于5月6日晚在石柱县万寿古寨圆满杀青。

数字电影《黄连有点甜》系中国电影家协会2013年重点扶持拍摄的“12•5全国百部农村电影工程”优秀作品，它是一部反映重庆市石柱县土家山寨人文情怀、渗透韩式浪漫故事情节的青春励志片。重庆市文联党组成员、副主席杨矿，石柱县人大副主任张乾方，石柱县文联主席蔡玉葵，重庆帝都影视公司总经理蔡智稀，导演李红翔，以及相关单位负责人参加杀青仪式。

【纪念吴芳吉诞辰117周年座谈会】

6月15日，由重庆市文联、重庆市作家协会、江津区政府联合主办的纪念吴芳吉诞辰117周年座谈会在江津区聚奎中学举行。重庆市政协原副主席辜文兴，中共重庆市委宣传部副部长杨清明，重庆市文联党组成员、副主席杨矿，重庆市作家协会主席陈川，中共江津区委副书记、江津区长王合清，中共江津区委常委、宣传部长辛华等领导和来自四川、重庆等地的数十位专家、学者以及吴芳吉的后人代表，怀着崇敬的心情，一起追思吴芳吉颇具传奇色彩的一生，缅怀他对中华文化做出的卓越贡献。

吴芳吉，重庆江津人，字碧柳，号白屋吴生，世称“白屋诗人”，是一位颇具传奇色彩的爱国诗人、散文家、文学评论家、杰出教育家。他一生才华横溢，著有《婉容词》等600多首诗歌，出版有《白屋吴生诗稿》。生前，他受到毛泽东、郭沫若等伟人志士的高度赞誉；死后吴宓、刘朴等大家分别为其立传。他的诗歌曾被选入20世纪30年代的中小学教材，2007年，吴芳吉被评为重庆历史文化名人。

座谈会上，专家学者踊跃发言，畅谈吴芳吉先生的人品风范、诗文创作成就。会议交流了研究结果，倡导和鼓励广大文艺工作者学习吴芳吉先生忧国忧民的爱国情怀，光明磊落的坦荡胸怀，不拘一格的教育理念，孜孜以求的学术精神，以及他“三日不书民疾苦，文章辜负苍生多”的文学追求和实践，努力创作出更多思想性艺术性观赏性相统一、人民喜闻乐见的精神文化产品。吴芳吉课题研究组负责人刘国铭向江津区图书馆、档案馆、读者代表赠送了《吴碧柳评传》，江津吴芳吉研究会负责人宣布启动吴芳吉诗文奖，聚奎中学师生还现场朗诵了吴芳吉作品。

【《中国近现代名家彭召民画集》首发式暨专家座谈会】

由重庆市文联、重庆市美术家协会、重庆市群众艺术馆联合主办的《中国近现代名家彭召民画集》首发式暨专家座谈会于3月14日，在重庆市渝中区文化馆隆重举行。中共重庆市委原常委、重庆市政府原常务副市长、重庆市人大常委会原副主任、重庆市民族文化促进会会长肖祖修，中

共重庆市委宣传部原副部长、重庆市民族文化促进会副会长何天祥，重庆市文联荣誉主席陆棨，重庆市文联原党组书记蓝锡麟，重庆市新闻出版局局长杨恩芳，重庆市文联党组成员、副主席杨矿以及重庆美术界专家学者50余人参加了本次会议。中国美术家协会原分党组书记、著名版画家王琦先生，法籍画家刘英女士，广安市文联及广安市美术家协会分别发来贺信。会议由重庆市文联秘书长周和平主持。

彭召民原系重庆市文联副主席、重庆市美术家协会主席、中国美术家协会理事，现任市文联荣誉委员、重庆市美术家协会荣誉理事，是新中国成立至今重庆地区著名的美术家、美术活动组织者。他的作品以关切社会、关注民生、关心国家发展而获得“人民画家”的美誉，其扎实的绘画功底和敏锐独特的艺术表现力在美术界产生了广泛影响，油画、中国画、宣传画技艺俱佳，代表作品有《遵义会议》、《毛主席回韶山》、《桃李情》等，多幅作品被中国美术馆、韶山毛泽东旧居陈列馆陈列收藏。在海内外美术界享有“大红袍”美誉的《中国近现代名家画集》，是为弘扬中华民族的文化艺术传统，展现我国近现代最著名、最有影响美术家的代表作品而编辑出版的大型系列画册。《中国近现代名家彭召民画集》，既是彭召民几十年美术创作成果的展示，也是一个时期重庆美术创作历程的缩影。

座谈会上，与会人士对画集的出版致以热烈的祝贺，对彭召民的人品及艺术造诣给予了高度评价，盛赞其作品具有历史担当，时代气息浓，艺术功底深，并以“朴实、厚实、丰实”形容其作品。大家认为，彭先生的人品及艺术成就对年青一代有很强的引导和示范作用。

【周永健艺术人生研讨会】

5月11日，重庆市文联、重庆市书法家协会主办的纪念周永健逝世五周年——周永健艺术人生研讨会在重庆市文联会议室举行。周永健生前好友、南京博物院艺术研究所所长庄天明先生应邀参加研讨会，重庆市文联党组成员、副主席杨矿，重庆市书法家协会主席刘庆渝与重庆市书法家协会主席团，区县书法家协会代表，各界书法家代表以及周永健老师的家属代表约40余人参加了研讨会。研讨会由重庆市书法家协会副主席漆钢主持。

周永健曾任中国书法家协会理事、中国书法家协会草书专业委员会副主任、重庆市文联副主席、重庆市书法家协会主席、西南大学文学院教授、书法硕士导师、重庆出版集团副总编辑。年仅56岁的周永健在2008年5月因病辞世。重病期间，他倾其毕生所得，捐出100万元设立重庆书法奖励基金，鼓励新秀传承书法艺术。

研讨会上，各位代表围绕周永健的为人、为艺等点滴事迹，表达了思念之情，回忆了他崇高的艺术追求和道德追求。

【话剧剧本《铁肩》研讨会】

2月20日，重庆市文联推进的重点文艺创作项目——话剧《铁肩》剧本研讨会在重庆市文联会议室举行。重庆市文联党组书记、副主席王超出席会议并发表讲话，会议由重庆市文联党组成员、副主席杨矿主持。

2012年初，为了加大现实题材文艺创作推进力度，重庆市文联组织剧作家、重庆市文艺评论家协会副主席王定天到重庆钢铁（集团）公司体验生活，挂职担任公司工会副主席。王定天利用4个月的时间深入到重钢生产一线、深入到工人师傅当中，深切感受了改革开放给重钢和重钢人带来的巨大变化，数易其稿，终于创作出话剧剧本《铁肩》。

研讨会上，蓝锡麟、隆学义、柯愈劢、夏祖生、张昌达、王逸虹、陈朝正、王庆华等重庆戏剧文学专家纷纷发言，各抒己见。大家认为，《铁肩》是一部有潜质、有实力、有思想的戏剧，它对现实、对民生、对改革的关注充分体现了当代文艺家的艺术追求和价值取向。这部话剧直面矛盾，从一群产业工人的命运变迁着手切入主题，通过表现现代钢铁企业搬迁及改革开放30年来带给人们的困惑，反映了钢铁工人的担当与责任，有深度、有高度，值得期待和关注。

【电影剧本《遥远的村校》论证会】

7月28日，重庆市电影家协会召开电影剧本《遥远的村校》论证会。重庆市文联党组成员、副主席杨矿，南川区委组织部长周部长，重庆市电影家协会主席余纪，副主席颜铀，中共南川区委宣传部副部长，区文联主席唐利春，重庆市电影家协会理事、西南大学教授刘帆及《遥远的村校》

编剧刘先畅、导演张飞、投资人南川诚信集团董事长张永强等10余人参加了论证会。

《遥远的村校》是一部关于乡村教育题材的电影剧本，讲述一位国家定向培养的免费师范生在村小的艰苦环境中，与村里的孩子从不相识到感情的加深、难舍，经历重重困难，从而毅然留下来坚守这份执着，为乡村教育奉献热血青春的故事。与会专家围绕剧本集思广益，进行了深入探讨。制片组认真听取了大家的意见建议，表示将进一步，力求提升剧本的思想性、真实性、合理性，积极体现其社会价值与艺术价值。该电影剧本于2013年9月在南川区开机投拍。

工作实绩和获奖情况

【周利喜获中国戏剧梅花奖】

5月20日，第四届中国戏剧奖•梅花表演奖(即第26届中国戏剧梅花奖)颁奖晚会在成都市东郊记忆文化中心隆重举行。重庆市戏剧家协会理事、重庆市京剧团副团长周利喜获第四届中国戏剧奖•梅花表演奖。

第四届中国戏剧奖•梅花表演奖大赛共有22个省、市、自治区以及中直院团的近100位演员参评，涉及话剧、京剧、昆曲、越剧、豫剧等18个剧种。终评演出分为南、北赛区,分别在杭州和成都举行，共评选出42名演员进入终评演出。由周利担任主演的京剧《张露萍》在成都华美紫馨剧院进行了成都片区的首场演出。周利出色的唱腔和精湛的技艺，征服了专家评委和全场的观众，最终获得梅花奖（一度梅）。周利的获奖，创造了重庆市自2005年起，获得中国戏剧梅花奖四连贯的优秀成绩，为重庆戏剧又添荣誉。

【重庆实现全国摄影艺术展获奖零突破】

5月1日，重庆市董亚林的作品《苍生》在全国摄影艺术展览（即24届“国展”）获得艺术类银奖，实现了重庆摄影人在国展历史上无人获得银奖的零的突破，是重庆市继上届国展入选数量大幅提升并获得铜奖后，在获奖等级上的又一个历史性飞跃。

2012全国摄影艺术展览共收到来自全国31个省区市和新疆生产建设兵团、中直机关、解放军，以及港澳台地区和海外华人华侨11357人投送的7万余件、11万余幅来稿，最终评出金质收藏作品13件，银质收藏作品26件，铜质收藏作品50件，优秀作品395件，评委推荐作品30件。值得一提的是，本届国展首次征集评选的多媒体作品是一个全新的领域，入选数量非常少，全国共入选26部作品，重庆有2部入选。冯建新的《圆梦》获得评委推荐奖，高路的《乡村理发摊》获得纪录类评委推荐奖。重庆摄影家协会获组织工作奖。

【刘靓靓参加俄罗斯“中国旅游年”开幕式演出】

3月22日晚，俄罗斯中国旅游年开幕式主题文艺演出《美丽中国》在莫斯科克里姆林宫大剧院隆重举行，出访俄罗斯的国家主席习近平在俄罗斯总统普京陪同下，与中俄各界人士5000多人观看演出。重庆市曲艺家协会副主席、四川清音代表性传承人、一级演员刘靓靓，在晚会中唯一的曲艺类节目《蜀韵风流》中演唱四川清音传统名段《布谷鸟儿咕咕叫》，这是继56年前著名清音表演艺术家李月秋在俄罗斯举办的第6届世界青年联欢会上夺得金奖后，四川清音第二次在如此高规格的国际舞台上唱响。除清音演唱外，《蜀韵风流》还融合了茶艺功夫、俏花旦伴舞等情景剧，描绘出川渝人民恬静、安逸、悠闲的生活场景。

作为全国曲艺界唯一受邀走上这一世界级舞台的青年演员，刘靓靓不仅为山城重庆赢得了荣誉，也为全国曲艺人增添了荣光。

【重庆市摄影家协会服务基层工作成绩突出】

在中国摄影家协会2013全国摄影工作会议上，表彰了一批在摄影文化服务基层工作中表现突出的优秀会员和在“万名摄影志愿者万幅作品进万家”志愿者服务活动中的先进团体单位、先进个人。由重庆市推荐的冯建新、李文勇荣获服务基层优秀会员称号；在“万名摄影志愿者万幅作品进万家”公益活动中，冯建新等16人荣获先进个人称号，重庆市摄影家协会被评为先进团体会员单位。重庆市摄影家协会副主席田捷民代表重庆市摄影家协会对“万名摄影志愿者•万幅作品送万家”摄影志愿者服务活动进行了汇报。

自2012年以来，中国摄影家协会启动了“万名摄影志愿者万幅作品送万家”文化公益活动。重庆市摄影家协会高度重视、积极响应，组织涪

陵区、渝北区、合川区、黔江县、江北区、永川区、沙坪坝区等地的摄影家协会向村镇文化服务中心、敬老院、村民代表、老党员代表、慈孝模范、先进工作者赠送了摄影作品，同时还免费进行现场拍照，并赠送给乡亲。此次活动，登记在册的志愿者共有近500人次，向基层文化单位和群众赠送摄影作品近800幅。重庆市摄影家协会将这一活动与党的群众路线教育实践活动相结合，号召广大摄影家、摄影爱好者进社区、进乡村、进工厂、进学校，为基层群众送去文化，让文化普及到乡村，同时也让摄影家积累创作灵感，以此形成一个良性互动的过程，取得了公益行动抓得早、有特点、形式活等突出成绩，在全国树立了榜样。

【《重庆文艺》连续5年被评为重庆市优秀内部期刊】

6月28日，重庆市新闻出版局召开2013年重庆市连续性内部资料管理工作会，通报了2012年度全市连续性内部资料核验情况。《重庆文艺》被评为2012年度重庆市优秀内部期刊。《重庆文艺》在重庆市文联党组和主席团的领导下，坚持正确的办刊方向、严格遵守《出版管理条例》《内部资料性出版物管理办法》等出版管理法规、规章，在编辑质量、制度建设、队伍建设和内部管理上下功夫。刊物始终坚持服务社会主义文艺事业、服务广大文艺家、发展和建设先进文化的宗旨，较好地完成了工作任务，赢得了重庆广大文艺家的好评。在重庆市536家内刊（报）中，《重庆文艺》自2008年至今连续5年被评为重庆市优秀内部期刊，为推动重庆文艺大发展大繁荣发挥了积极作用。

【重庆市各文艺门类成绩斐然】

据统计，截止12月底，重庆市文联系统2013年获得全国大奖66项。其中，美术类12项，音乐类6项，书法类8项，摄影类3项，戏剧类6项，舞蹈类9项，曲艺类2项，电视艺术类11项，杂技艺术类4项，民间文艺类1项，基层文联4项。

美术类：康宁创作的版画《独木之舟》获“时代印记——2013•中国百家金陵画展（版画）”金奖；裴天林创作的版画《风吹着•云飘着》获“和美西藏大赛（版画）”金奖；金洪钢创作的版画《右直拳》获“第二十届全国版画作品展览”优秀奖；胡焱创作的中国画《家门前的火车站》获“2013年全国中国画作品展”优秀奖；庞茂琨、刘晓曦、王朝刚、郑力、王海明创作的油画《墨子与墨经》，雷著华、高晓华（四川）创作的油画《周易•占筮》，戚序、肖力、龙红、张兴国、贾国涛、徐亮、唐良峰、何意富创作的版画《中华营造法式》，康宁、付继红、臧亮创作的版画《周天子分封诸侯》，入选“中华文明历史题材美术创作工程”，取得了重庆文艺界有史以来参加国家重点文艺创作活动的最好成绩；戴政生、黄静创作的版画《孝治天下》，徐亮、张俊德创作的雕塑《法家韩非》，张朋创作的雕塑《陶渊明》入选“中华文明历史题材美术创作工程”；重庆市美术家协会获“时代印记——2013•中国百家金陵画展”组织奖。

音乐类：朱鹏熹获全国第三届“小金钟”奖少儿小提琴比赛儿童A组银奖，张支获优秀教师指导奖；罗闽嘉获全国第三届“小金钟”奖少儿小提琴比赛儿童A组铜奖；阳奥获全国第三届“小金钟”奖少儿小提琴比赛少年B组铜奖；王苾妍获胜者中国音乐“小金钟”奖第二届全国少儿二胡比赛少年组银奖，重庆市音乐家协会副主席刘光宇优秀教师指导奖；重庆市音乐家协会获中国音乐“小金钟”奖第二届全国少儿二胡比赛组织奖；重庆市音乐家协会协获全国第三届“小金钟”奖少儿小提琴比赛组织奖。

书法类：朱睿获全国第三届行草书展优秀奖（最高奖）；雷虎获全国首届楷书作品展优秀奖（最高奖）；李阳洪获全国第九届书学讨论会一等奖；刘大龙、潘池勇、李象松获全国第九届书学讨论会三等奖；曹建获第四届中国书法兰亭奖三等奖；在第29届中日青少年书法大赛中，柏小童荣获外务大臣赏，樊航宇荣获真言宗管长奖，王代薪荣获每日新闻社赏。重庆市书法家协会被国家人力资源和社会保障部、中国文联联合授予“全国文联系统先进集体”称号。在第七届中国中小学书法节中，教师组黄璜老师获优秀奖，学生组王豪杰、王委、杨珅等15位同学均获优秀奖。

摄影类：董亚林获24届全国摄影艺术展银奖；重庆市摄影家协会获中国摄影家协会“万名摄影志愿者万幅作品进万家”公益活动先进团体会员单位；重庆市摄影家协会获第24届全国摄影艺术

展优秀组织工作奖。

戏剧类：周利获第四届中国戏剧奖•梅花表演奖（26届中国戏剧梅花表演奖）；歌剧《钓鱼城》获第13届中国戏剧节“中国戏剧奖•剧目奖”；微戏剧《憨娃》、影视小戏《重庆好声音》、微型话剧《救救孩子》荣获第八届全国戏剧文化奖小型剧本类铜奖；刘广获第13届中国戏剧节“中国戏剧奖•优秀表演奖”。

舞蹈类：少儿舞蹈《亲亲我的小树》《山里山外》获第七届“小荷风采”全国少儿舞蹈展演金奖，少儿舞蹈《猴趣》获展演银奖，教师夏阳红、石梦、赵微获“最佳编导奖”，重庆市舞蹈家协会获优秀组织奖；舞蹈《汉风俪影》获第九届中国舞蹈“荷花奖”古典舞比赛表演银奖，舞蹈《冷夜清秋舞清愁》、《醉伶人》、《乐舞伎》获表演十佳，舞蹈《汉风俪影》获比赛组委会特别奖。

曲艺类：由凌宗魁、凌潇创作，凌潇表演故事《良心》获得第二届“岳池杯”中国曲艺之乡曲艺大赛二等奖；邱朝晖、程功表演的男女对口相声《山城布谷鸟》入选2013全国相声小品优秀节目展演。

电视艺术类：纪录片《舌尖上的重庆》在“人文中国第二季——味道中国”全国专题片、纪录片表彰活动中获二等奖，纪录片《大城小事之舌尖上的中国》、《找寻老字号：超越时间》等作品获得三等奖；音乐专题片《薅秧情歌》获全国“新农村、新农民”小康电视工程最佳奖（金奖）；纪录片《仰望帅星》、《四面山水、浪漫江津》、《大美遵义》参加第六届“中国旅游电视周”颁奖活动获二等奖，《绿色安溪》获三等奖；刘学伟、李卫东获“第八届全国德艺双馨电视艺术工作者”称号；重庆市电视艺术家协会获全国“新农村、新农民”小康电视工程优秀组织奖。

杂技艺术类：杂技《梦》获第九届全国杂技（魔术）比赛杂技组金奖，杂技《励》获银奖；魔术《伞丛扇影》获第九届全国杂技（魔术）比赛魔术组金奖，周昌容、张姿获最佳编导奖，王雅勤、刘盈盈获最佳表演奖；杂技剧《花木兰》编导王亚非荣获第八届中国杂技金菊奖（第三次杂技剧目奖）最佳编导奖。

民间文艺类：余继平撰著的《乌江流域民族民间美术》（重庆出版社2012年8月出版）获第十一届中国民间文艺山花奖•民间文学著作奖。

基层文联：永川区文联获“全国文联系统先进集体”称号;巴南区文联主席戚万凯获“全国文联系统先进个人”称号；秀山土家族苗族自治县被中国书法家协会授予“中国书法之乡”；城口县被中国民间文艺家协会授予“中国钱棍舞之乡”。

四川省文联

综　述

2013年，四川省文联及各团体会员在省委、省政府的正确领导下，在省委宣传部的有力指导下，牢牢把握“出作品、出人才”的工作主线，以惠民利民为工作出发点和落脚点，按照省文联六届五次全委会工作部署，集中力量抓大事，扎扎实实打基础，团结凝聚广大文艺工作者在继续实施精品创作工程、德艺双馨人才工程、文艺惠民工程、“走出去”工程、市场推广工程、强身健体工程等方面开展了一系列卓有成效的工作，取得了明显成效。

重要会议及活动

【省文联六届五次全委会暨第七届四川省巴蜀文艺奖颁奖大会】

1月17日上午，四川省文联六届五次全委会暨第七届四川省巴蜀文艺奖颁奖大会在成都召开。省委宣传部副部长朱丹枫，省文联党组书记、常务副主席蒋东生，党组副书记、副主席陈黔鲁，党组副书记李兵等出席会议。省文联第六届主席团成员和全委会委员，2012年度全省文联系统先进单位，各市州文联主要负责人，省文联机关各处室负责人、省级各文艺家协会主席、秘书长，省文联直属事业单位负责人等300余人参加了会议。

会上，朱丹枫代表省委宣传部讲话。蒋东生作了《坚持以人民为中心的价值导向，多出精品多出人才，为建设文化强省而不懈努力》的工作报告。李兵、陈黔鲁分别宣读了《省文联关于表彰2012年度全省文联系统先进单位的决定》和《关于表彰奖励第七届四川省巴蜀文艺奖获奖作品（作者）的决定》。大会对获得四川省第七届巴蜀文艺奖的14个金奖、25个银奖、46个铜奖、27个不分等级奖、26个特别奖和12名“巴蜀文艺奖终身成就奖”获得者及2012年度全省文联系统各项工作取得突出成绩的单位进行了表彰。会议审议并通过增补、替补省文联第六届全委会委员，增选李兵、陈华同志为省文联第六届副主席。

【四川省文联成立六十周年纪念大会暨百花天府——2013年四川文艺界迎春文艺演出】

1月17日下午，四川省文联成立六十周年纪念大会暨百花天府——2013年四川文艺界迎春文艺演出在四川广播电视台演播大厅隆重举行。省委常委、宣传部长吴靖平，省政府副省长黄彦容，省老领导冯元蔚、席义方、马识途等出席了大会。吴靖平部长代表省委、省政府作了重要讲话。团省委书记张彤代表人民团体致贺辞。原中国美协副主席、著名艺术家李焕民和成都市川剧院副院长、“二度梅”获得者陈巧茹分别代表老艺术家和中青年艺术家发言。黄彦蓉副省长宣读了《四川省文联关于授予马识途等12名同志四川省“巴蜀文艺奖终身成就奖”称号的决定》。《决定》授予我省12名从事文艺事业超过30年，年龄70岁以上，受业内推崇，得到社会公认，在全省影响巨大的著名文艺家“四川省巴蜀文艺奖终身成就奖”称号。他们分别是：马识途、李致、卢子贵、李焕民、徐匡、魏明伦、徐棻、栗茂章、黄万品、徐述、黎本初、冷茂弘。会上还为从艺60年的老艺术家和文艺工作者代表颁发了荣誉证书和奖杯。随后，与会者观看了百花天府——2013年四川文艺界迎春文艺演出。

【中国文联调研组来川调研并召开西南片区座谈会】

3月21日至24日，中国文联党组书记、副主席赵实率中国文联调研组来川调研文艺发展和文联工作。调研围绕“社会主义文艺大发展大繁荣与当前文联工作创新”的主题，突出“以人民为中心的价值理念”和“文联组织网络体系建设”两个重点展开。21日在蓉召开的西南片区调研工作座谈会、四川文艺家代表座谈会上，赵实指出，希望各级文联和文艺工作者树立问题意识、辩证思维，把握新形势新要求，通过深入调研，发现问题，总结经验，提炼规律，切实解决问题，取得工作新成效。中共四川省委常委、宣传部部长吴靖平出席座谈会并致辞。五省（区、市）文联的负责人对如何创新当前文联工作的方式、方法，如何健全以人民为中心的创作导向的制度机制，如何深入开展文艺志愿服务等五方面内容展开讨论。在四川文艺家代表座谈会上，调研组与四川省数十位文艺家深入座谈，倾听他们关于践行文艺界核心价值观、精品创作和人才培养等方面的意见建议。会后，赵实走访看望了马识途、李焕民两位老艺术家。22至24日，调研组深入阿坝州松潘县等地，对传子沟村农家书屋、阿坝州民族工艺品发展等进行调研，并与当地基层文艺工作者进行座谈。

【2013全国曲协工作会议】

4月2日，全国曲协工作会议在成都举行。来自全国各地的曲艺专家汇聚一堂，为我国曲艺的发展出谋划策。中国文联党组成员、书记处书记李前光，中国曲协主席姜昆，省委宣传部副部长朱丹枫，成都市委常委、宣传部部长白刚出席开幕式，中国曲协分党组书记董耀鹏主持开幕式。开幕式上，中国曲协宣布《关于表彰2012年度优秀团体会员的决定》。期间，李前光主持召集部分省市文联、曲协负责人座谈，听取工作情况汇报和意见建议。闭幕式上，福建省文联党组成员、书记处书记、副主席罗训涌和四川省曲协常务副主席、秘书长李蓉交流了工作经验。董耀鹏总结了这次会议的成果和近年曲艺事业发展与曲协工作经验，并对进一步做好全国曲艺工作进行部署。

【第二十六届中国戏剧梅花奖大奖赛（南方片区）】

5月20日，中国文联、中国剧协主办的“第二十六届中国戏剧梅花奖大奖赛（南方片区）”在成都落下帷幕。本次梅花大奖赛精英荟萃，共有全国21个专业剧团参加比赛，演出各类剧目和折子戏专场23场，涉及京剧、川剧、歌剧、话剧、秦腔等15个剧种。在大赛中,我省的优秀青年演员王超、刘露分别获得一度梅。

【积极行动应对“4・20”芦山地震　按照统一部署奔赴救灾现场慰问演出】

4月20日8时02分，雅安芦山县遭遇7.0级强烈地震。省文联机关迅速行动，做出相应工作部署，安排值班，保持通信畅通，对在雅安的省文联干部职工家属及省级文艺家协会会员的安危情况进行摸底，省级文艺家协会迅速组织成立了抗震救灾文艺小分队，每个小分队由5名艺术家组成，随时听候统一调遣，四川文艺网及时滚动刊发省文联系统特别是雅安文联抗震救灾工作，省美协、书协组织书画作品捐赠义卖。省文联还随即向雅安、成都、眉山、甘孜等受灾市（州）、县（区）文联发出了慰问信。5月8日，按照省委宣传部的统一部署，四川省文联党组副书记、副主席陈黔鲁率“中国爱”——第三文艺小分队冒雨奔赴雅安地震灾区慰问演出，历时两天，行程几百公里，为九千多名灾区群众演出三场，传递关爱、乐观与坚强。

【第六届全国少儿曲艺大赛四川赛区选拔赛暨第二届四川省少儿曲艺大赛】

7月6日至7日，第六届全国少儿曲艺大赛四川赛区选拔赛暨第二届四川省少儿曲艺大赛在成都举办。此次比赛分为儿童组和少年组，参赛节目40余个，涵盖14个曲种，参评小演员199人。7月6日在成都锦城艺术宫举办了决赛，评出一等奖6个，二等奖7个，三等奖8个。7月7日晚，举办了说唱四川•花开的声音——四川省优秀少儿曲艺节目展演暨颁奖晚会。

【“印道・中国篆刻艺术双年展2013中国篆刻艺术名家邀请展”】

6月16日，省文联和四川省文物局、成都市文化局共同主办的“印道•中国篆刻艺术双年展2013中国篆刻艺术名家邀请展”在四川省博物院开幕。展出了来自全国的105位篆刻名家创作的代表当代中国篆刻最高水平的篆刻印屏作品102幅、篆刻原石作品102方和书法作品3件。参展的艺术家具有区域的广泛性，作品风格流派具有多样性，是一次中国篆刻艺术的盛会。

【笔墨东方——中国书法艺术国际大展】

6月24日，“笔墨东方——中国书法艺术国际大展”在成都非物质文化遗产园开幕。展览展出了美国、加拿大、英国、日本、韩国、新加坡、

法国等国的书法家代表和国内书法名家的作品。省文联组织30余名书法家参加了该展。此次展览不仅增进了我省书法家与全国和世界各地书法家的友谊，而且进一步繁荣了书法艺术，促进了中华民族文化的传播。

【中国民协调研组考察彝族民俗文化】

7月27日至8月4日，中国民协组织北京、上海、广东、江西、四川等地区民间文艺专家20余人赴我省凉山州开展“我们的节日--彝族火把节”考察调研活动。中国民协副主席、省民协主席沙马拉毅，中国民协分党组书记罗杨、省民协副主席兼秘书长孟燕等参加了此次活动。调研组一行深入冕宁、盐源、普格及西昌市，详细考察了彝族火把节及传统音乐、舞蹈、诗歌、饮食、服饰、天文、崇尚等文化习俗，对凉山州新农村建设的各项成就，州境内红色文化，摩梭人原生态文化等课题进行了调研。调研中，专家学者们对彝族火把节、民族村寨文化的保护及规划给予了充分肯定，并对今后如何继续和保护的问题，提出了建设性意见。

【四川省电视艺术家协会纪录片专业委员会成立】

8月2日，四川省电视艺术家协会纪录片专业委员会成立大会在宜宾举行。省文联党组书记、常务副主席蒋东生、党组副书记、副主席李兵、中国视协会副主席、省视协主席陈华到会并讲话。大会决定专委会主任由省视协副主席王海兵担任，梁碧波、凌中担任副主任，张平担任秘书长。专委会从全省纪录片创作精英人才中聘请了58名担任委员。该专委会的成立，旨在进一步整合四川纪录片创作力量，为打造具有中国气派、巴蜀特质的纪录片打下坚实的基础。大会期间，还观摩、研讨了宜宾广播电视台制作的纪录片《远逝的僰人》。

【四川省文艺评论家协会第三次会员代表大会】

8月20日，四川省文艺评论家协会第三次会员代表大会在成都召开。四川省委宣传部副部长朱丹枫、赵明仁，四川省文联党组书记、常务副主席蒋东生，副书记、副主席李兵，省社科院党委书记李后强，四川省文化厅厅长郑晓幸，四川省作家协会主席阿来，省文联秘书长钱江平，成都市文联主席朱树喜，西南民大副校长曾明等出席大会。110余位代表参加了大会。大会听取并通过了何开四代表第二届主席团所做的题为《推进文艺评论工作，打造文艺评论川军》的工作报告。选举产生了第三届省评协理事，召开了三届一次理事会。理事会选举李明泉、万山河、王海兵、王骏飞、牟佳（女）、刘大桥、江永长、苏宁（女）、李晓明、罗勇、罗庆春（彝）、钟昌式、姜明、黄宗贤、黎风等为第三届主席团成员。主席团聘请艾莲为本届秘书长，毛克强、陈小海、刘彦武、代兵、范藻、何万敏、张德明为副秘书长和冯宪光等20名同志为顾问。

【四川省舞蹈家协会第七次会员代表大会】

9月4日，四川省舞蹈家协会第七次会员代表大会在成都召开。四川省文联党组书记、常务副主席蒋东生，省委宣传部副巡视员平志英，省文联党组副书记、副主席陈黔鲁，省文联党组副书记、副主席李兵，省文联秘书长钱江平等与省舞协第六届主席团成员以及来自全省舞蹈界的108名代表出席了大会。第六届省舞协主席王玉兰致开幕词并主持大会。大会听取并通过了第六届省舞协副主席、秘书长据瑜安代表主席团所做的《工作报告》，选举产生了省舞协第七届理事，召开了七届一次理事会。理事会选举王玉兰、马琳（女，彝）、马东风（女）、白云、夺科（藏）、吕勇、苏冬梅（女）、李炜、杨向东、何川、张平（女）、林海、郑源、哲他（藏）、侯宏澜（女）、曹平为第七届主席团成员，主席团聘请琚渝安（兼）为秘书长，聘请杜天文等3人为名誉主席、王庚寅等15人为顾问。

【四川省第五届篆刻艺术作品展】

9月28日，“四川省第五届篆刻艺术作品展”在成都美术馆隆重开幕。本次展览共评出10名获奖作者，5名获奖提名，85名入展作者。此展是继2007年四川省第四届篆刻艺术作品展之后，全面展现四川省6年来篆刻作者创作实力和水平的一次别开生面的艺术盛典，无论是一般来稿还是获奖者，都呈现年轻化，并涌现出不少新作者，创作水平也达到新的高度。

【第二届“岳池杯”中国曲艺之乡曲艺大赛】

9月28日，“中国曲艺之乡曲艺大赛”在岳池县举办。该大赛是中国曲协、四川省文联、四川省曲协共同打造的一个全国性重要品牌活动。本届曲艺之乡曲艺大赛参赛的节目来自全国17个省市的32个“曲艺之乡”。曲种多样、作品构思巧妙，演员表演生动有趣，具有较高的艺术观赏性和地域特色。中国曲协分党组书记、驻会副主席、秘书长董耀鹏、四川省文联党组书记、常务副主席蒋东生，党组副书记、副主席陈黔鲁、李兵及广安市、岳池县的相关领导参加了活动。四川参赛节目获得3个金奖，2个银奖，1个铜奖的好成绩。

【四川首家“兰亭中学”落户什邡市双盛中学】

10月23日，中国书协授予什邡市双盛中学“兰亭中学”仪式在什邡市举行。该校成为四川首家、而且是通过自身创建合格的“兰亭中学”。四川省文联党组书记、常务副主席蒋东生，中国书协副主席、四川省书协主席何应辉，中国书协理事、省书协常务副主席兼秘书长代跃以及四川大学校长、四川省书协副主席谢和平等参加了授牌仪式。各级领导参观了学校，对学校浓厚的艺术氛围给予了肯定。

【翰墨四川——四川省书法家协会会员优秀作品展】

10月27日，“翰墨四川——四川省书法家协会会员优秀作品展”在成都美术馆（成都画院）隆重开幕。参展的100名作者均是近年来在全省乃至全国大展中的获奖入展作者，展示了四川省书法创作骨干的最新成果，促进了会员在书法创作方面的交流与提高。该展以小品形式，突出“小而精”的特点，作者在方尺之小的空间内展万千气象，为创作者和欣赏者提供一道别致的视觉风景线。

【说唱四川——叮当谐剧专场】

11月19—20日省文联举办了两场“说唱四川——叮当谐剧专场”。叮当作为四川观众中知名度较高的喜剧明星、笑星，集创作、演出、节目主持于一身。这次谐剧专场虽以叮当冠名，实际上是四川谐剧人的集体力作。节目多为新创，既有突出“川军”厚重历史文化的题材，同时又有关注现实的作品。演出结束后，召开了谐剧创作演出专题研讨会。

【四川首届“十佳主持人”诞生】

12月8日，由四川省电视艺术家协会主办的“诗丹雨四川省首届十佳主持人评选”颁奖活动在四川传媒学院隆重举行。张奕、陈亭甫、卢欣然、刘磊、安丽、杨畅、张毅、李颖、高玉才、仲卫国等10位主持人获得首届十佳主持人称号。郭轶获“观众支持奖”。参评的主持人在颁奖之前，还以“用心灵塑造形象 用魅力传递理想”为主题开展了3次公益活动。省文联党组对评选“十佳主持人”活动高度重视，党组副书记、副主席李兵参加了启动仪式和颁奖活动。

【四川省文联系统网络与信息工作座谈会】

12月24日，全省文联系统网络与信息工作座谈会在成都召开。省文联党组书记、常务副主席蒋东生，省文联党组副书记、副主席李兵，中国文联文艺资源中心副主任、中国文联信息化建设领导小组办公室副主任冉茂金，省文联秘书长钱江平及各市州文联、省级各文艺家协会、省文联机关各处室及直属事业单位有关负责人100余人参加了座谈会。蒋东生在讲话中强调了省文联文艺资源中心的主要职责，并对全省文联系统的网络信息建设提出了要求。李兵传达了中国文联党组书记、副主席赵实同志在中国文联网络与信息工作座谈会上的讲话精神，部署了四川网上文联建设和信息化工作。冉茂金介绍了中国文联文艺资源中心情况、中国文联数字文艺上线规模，介绍了全国其他省市数字化文艺发展状况。会议还介绍了中国文艺网的建设情况以及四川文艺网改版目标，听取了代表对四川文艺网改版的意见。参会代表就各单位网络信息工作进行了经验交流，并就协调机制等问题进行了深入探讨。最后，大会对全省文联系统网络信息工作优秀通信员进行了表扬。

【四川省摄影家协会第六次会员代表大会】

12月25日，四川省摄影家协会第六次会员代表大会在成都召开。中共四川省委常委、宣传部长吴靖平，省委宣传部副部长赵明仁，省文联党组书记、常务副主席蒋东生，省委宣传部秘书长李晓俊，省文联党组副书记、副主席李兵，省文联副主席陈黔鲁等出席大会。摄影家代表200余人参加了大会。吴靖平在会上作重要讲话。大会听取并通过了第五届副主席兼秘书长贾跃红代表主席团所做的题为《围绕中心抓普及促提高，为四川摄影事业发展繁荣团结奋斗》的工作报告。

选举产生了第六届省摄协理事，召开了第六届一次理事会，推举王达军、王建军、王瑞林、田捷砚、冉玉杰、陈宁、陈锦、林强、金平、莫定有、黄冬为第六届主席团成员，主席团推举苏碧群、康大荃为名誉主席，聘请贾跃红为秘书长，聘请王学成、申荣、刘先华、刘光孝、赵忠路为顾问。

【“圣洁甘孜·情歌故乡”中国甘孜州首届国际摄影大展】

10月24日，由中国摄影家协会、四川省甘孜州人民政府、四川省文联联合主办的“圣洁甘孜•情歌故乡”中国甘孜州首届国际摄影大展新闻发布会在成都锦江宾馆举行。四川省委常委、农工委主任李昌平，中国摄影家协会分党组书记、主席王瑶，中国摄影报社总编辑曾星明，中共甘孜州委书记胡昌升，州委副书记、州长益西达瓦，四川省文联党组书记、常务副主席蒋东生和党组副书记、副主席陈黔鲁、李兵等领导与来自北京和省内主要媒体等有关方面百余人出席了新闻发布会。胡昌升致辞，王瑶代表活动主办方宣布“圣洁甘孜•情歌故乡”中国甘孜州首届国际摄影大展正式启动。此次摄影大展面向国内外摄影家及摄影爱好者征稿，拍摄及评奖活动将历时一年的时间。大展将分风光类摄影和人文类摄影两大类，并设置两大类奖项。作品征集时间为2013年10月至2014年8月20日。

【文联组织立法工作启动】

根据党的十八精神和深化改革的新形势对文联工作的新要求，四川省文联在全国率先启动了文联组织立法调研工作。省文联成立了以党组书记、常务副主席蒋东生为组长、党组副书记、副主席李兵及有关方面负责人为副组长的“文联组织立法问题专项调研工作领导小组”，并从5月起开始了一系列的调研工作。在此基础上，9月省文联向四川省人大常委会提交了《关于对文联组织和文学艺术家权益保障进行立法的建议》，针对新的历史时期文联工作面临的新任务和目前文联工作存在的诸多不适应、不规范等问题，建议省人大颁发《四川省文学艺术界联合会组织工作条例》和《关于四川省文学艺术家及文艺工作者权益保障的若干规定》。调研工作告一段落后，省文联年底形成了《四川省文联关于开展文联组织立法问题调研的情况报告》上报了中国文联并赵实书记。

创作与研究

【四川省7件美术作品入选“中华文明历史题材美术创作工程”】

7月24日“中华文明历史题材美术创作工程”动员大会在四川峨眉山召开后，四川省文联立即组织创作，多次组织了专家看稿，几经修改后，送选了29件有特色、实力的作品，代表四川省参与“工程”的申报。通过初评和复评，入围7件，分别是：叶毓山的《唐诗仙圣》；梁时民、李锛、张跃进的《李冰与都江堰》；李先海的《中华医学》；吴绪经的中国画《科举考试》；马振声的中国画《忽必烈与元大都》；邓乐的雕塑《汤显祖与明代戏剧》；高小华和雷著华的油画《〈周易〉占莁》。

【四川省文联抓影视作品创作受到省委领导充分肯定】

4月16日至17日“2013年影视作品创作研讨会”在成都召开。省委宣传部、省文联、省广电局有关领导及处室负责人，以及省电影、电视专家委员会委员，省内外41家影视制作机构的负责人和8位影视作品的作者（编剧）携73部影视作品，共106人参加了会议。会议逐一听取了参会作品情况介绍，两个专委会分别对报送作品评审，通过充分酝酿、讨论确定了对35部重点扶持作品按不同类别进行分阶段扶持和跟踪服务的具体方案。

会后，省委常委、省委宣传部部长吴靖平在省文联《2013年影视作品创作研讨会的情况报告》上批示：“省文联对影视作品创作进行了深入研究分析，这份报告很有价值，希望在此基础上再做工作，切实把重点文艺作品创作工作抓好，抓出成效”。

【四川省文联文艺作品创作工作会】

7月15日至16日，“全省文艺作品创作工作会”在成都召开。省文联党组书记、常务副主席蒋东生，副书记、副主席陈黔鲁、李兵，全省21个市州文联、12个省级文艺家协会、省文联机关各处室和直属事业单位负责人参加了会议。围绕“坚持以人民为中心的价值导向，努力繁荣我省文艺创作”这一主题，与会者交流了开展“艺术四川创作年”的活动情况，分别介绍了今年以来的创作动态和创作成果，提出了下一步抓文艺创作的对策措施。会议还就《四川省文联重点文艺作品扶持暂行办法》广泛征求了意见。

【《影像生活》创刊】

9月29日，由省摄影家协会主办的四川首部摄影文化专业杂志《影像生活》正式创刊。杂志以传播国际国内影界资讯、学术理论、影像视觉思想、摄影知识及业界法律维权为己任，本着“多元、开放、学术、创新”的办刊宗旨，力争把握世界影像发展潮流，梳理四川影像艺术发展脉络，秉持影像引导生活的理念，服务大众影像群体，推动四川影像文化的发展。

【印发实施《四川省文联重点文艺作品扶持奖励暂行办法》】

10月22日，四川省文联以川文联〔2013〕97号文下发了《四川省文联重点文艺作品扶持奖励暂行办法》。《办法》经10月15日四川省文联六届十二次主席团会议讨论通过。它的制订与实施对推进全省文联系统对于重点文艺作品的扶持奖励工作将起到十分重要的作用。该《办法》对扶持的范围、标准、分类、金额，以及推荐程序、审定程序、申报时限以及项目扶持工作管理等进行了明确规定。

【四川省文联“艺术四川”创作年成果丰硕】

2013年是省文联的“艺术四川”创作年，四川文艺呈现出一派蓬勃发展的景象。据统计，2013年度全省文联系统获得各类奖项 101个（件），具体获奖情况为：戏剧 9个（件）；音乐3个（件）；舞蹈8个（件）；美术11个（件）；电影1个（件）；民间文艺8个（件）；曲艺 4个（件）；摄影3个（件）；文艺评论1个（件）；电视37个（件）；书法16个（件）。其中，符合2005年中宣部发布的国家级大奖9个（件），分别是：中国戏剧奖•梅花表演奖2个；中国舞蹈“荷花奖”3件，银奖1项，铜奖2项；中国民间文艺“山花奖”3件；“中国电影金鸡奖理论评论奖”1件。此外，由省文联重点扶持创作的电视连续剧《壮士出川》在电视台热播引起强烈反响。由省文联指导省视协策划的“纪录四川——新时期感动中国的100双手”（拟更名为“纪录四川——新时期托起梦想的100双手”）已拍摄完第一节并获得了国家广电总局的重点选题支持。

【各协会的作品创作研讨工作】

省剧协：召开大型川剧腔音乐剧《武则天》剧本的研讨会。省书协：11月3日在遂宁召开“首届行草书研讨会”，11月30日在温江举行“2013年四川省篆刻艺术年会”。省曲协：9月28日在岳池承办“中国曲艺之乡•岳池论坛”，11月20日召开谐剧创作演出专题研讨会，推荐陈淳、邓添天参加第三届柯桥论坛，其中陈淳的论文获优秀奖。省影协：5月23日举办故事片《转移》文学剧本研讨会，刘迅、岳莹合著的论文《媒介素养与网络影评的主题建构》获得“中国电影金鸡奖理论评论奖”三等奖。省音协：组织“走进剑门关”主题作品创作，开展“我们在阳光下”少儿歌曲创作活动，组织艺术家到凉山州、巴中市等地区采风创作。省杂协：4月18日召开《圣火吉祥》作品研讨会，组织改编《双人技巧》。省美协：5月，举办“红色经典—李焕民的版画艺术”版画展及《新中国美术中的四川版画》学术讲座，编纂版画藏画《神州版画》系列丛书，编辑列入国家“十二五”重点工程的《神州版画博物馆馆藏版画精品集》。

文艺惠民

【协助中国剧协“梅花奖”艺术团赴彭州演出】

1月20日至23日，为配合中国剧协“梅花奖”艺术团一行赴彭州慰问演出，我会全力做好协调、服务工作。此次慰问演出由全国政协常委、中国文联原党组书记、副主席胡振民带队。裴艳玲、顾芗、李树建、陈巧茹等历届“梅花奖”获奖艺术家为观众奉献了8个剧种、女声独唱和小品等16个节目，让广大群众尽享了一场“国粹大餐”。

【组织书法家、画家、摄影家参加四川省第十三届迎春科技、卫生、文化大场】

1月20日，省文联党组书记、常务副主席蒋东生带领20余名书法家、画家、摄影家赴宜宾翠屏区参加“四川省第十三届迎新春科技、卫生、文化大场”大型惠民活动。启动仪式上，省文联党组书记、常务副主席蒋东生同志代表省文联将一

幅6尺见开的国画作品《紫氣东来》赠送当地政府。书法家、画家们为群众作画、写春联，摄影家们为群众拍摄“全家福”照片，并现场打印赠送，深受群众欢迎。

【协助中国文联、中国摄协开展“送欢乐下基层”文化志愿服务活动】

2月22日省摄影家协会积极配合中国文联、中国摄影家协会组织的中国著名摄影家慰问服务队深入四川省阆中市开展“送欢乐下基层”文化志愿服务活动。同期，我省南充、达州、广元、广安、遂宁市、射洪县、南部、都江堰等市县各级摄影组织，也配合开展了“万名摄影志愿者万幅作品送万家”主题文化惠民公益活动。

【电影惠民活动暨四川电影界少数民族题材电影文学剧本研讨会】

4月8日上午，由四川省文联、四川省影协主办的“大型电影惠民活动优秀影片捐赠仪式暨四川电影界少数民族题材电影文学剧本研讨会”在凉山州甘洛县举行。省文联党组副书记、副主席李兵，峨影集团副总裁、省影协常务副主席兼秘书长王春良，省影协副秘书长张一林，甘洛县委副书记马小合，县委常委、宣传部长曹怀香与电影界的专家、学者等出席了活动。李兵代表省文联向甘洛县赠送了160册优秀图书，王春良代表省影协向甘洛县赠送了38部优秀影片光碟。活动中举行了“四川电影界少数民族题材电影文学剧本研讨会”，重点研讨了甘洛县文联主席白马曲真创作的电影文学剧本《那些过去的岁月》（大纲），这是省影协首次专题召开少数民族题材电影文学剧本研讨会。

【“光影四川·魅力兴文”大型电影惠民活动】

4月26日至5月3日，由四川省文联、四川省影协主办，中共兴文县委、县政府等单位承办的“百花回报沃土，电影扎根人民”的大型电影惠民活动“光影四川•魅力兴文”在宜宾兴文县举行。省文联党组副书记、副主席李兵，峨影集团副总裁、省影协常务副主席兼秘书长王春良等参加了这次大型电影惠民活动启动仪式。这次活动分为微电影拍摄、优秀四川电影及优秀电影图书捐赠、影视欣赏培训班、本土作家作品专题研讨会、优秀四川电影展映季、艺术家创作采风等单元。

【创建全国首个乡村手机摄影辅导组织】

7月14日，省摄协组织四川省摄影家协会网志愿者在眉山市摄影家协会、洪雅县摄影家协会、汉王乡政府的大力支持与协同下，在洪雅县汉王乡成立“手机摄影乡村辅导站”。这是我省首个乡村摄影辅导组织，也是全国首个乡村摄影公益性组织。辅导站成立后，将组织乡村手机摄影会员开展摄影创作，举行交流活动，艺术、巧妙地运用随身摄影工具。为继续深入开展此项活动，省摄协还分别于10月17日在大巴山区万源市旧院镇、11月17日在美姑县又成立了两个辅导站。

【民间有大美——省民协惠民工程之民间文艺系列讲座走进凉山】

7月22日，“民间有大美——省民协民间文艺系列讲座”走进凉山州四川省彝文学校。中国民协副主席、省民协主席沙马拉毅，西昌市人大常委会主任罗开莲，省民协顾问马德清，凉山州民协主席吉则利布等以及来自基层的文化专干、彝族文学爱好者及从事非物质文化事业的学者60余人参加了讲座。讲座上，马德清从彝族文化的历史渊源、彝族文字的变迁、彝族的文明史、彝族的独特文化以及继承与弘扬等五个方面进行了主讲。

【第十一届春熙放歌——走进内江“大千情中国梦”大型文艺演出】

9月28日，由省音协、内江师范学院承办的四川省第十一届春熙放歌——走进内江师范学院“大千情 中国梦”大型文艺演出在内江师范学院隆重举行。这是“春熙放歌”首次走进高校。演出共设15个节目，汇聚了四川省歌舞剧院、四川音乐学院、四川师范大学、西南民族大学、成都二十一女子舞蹈团、内江师范学院大千艺术团的众多艺术家和优秀节目，现场嘉宾和观众超过6000千人。省文联党组副书记、副主席李兵、内江师范学院党委书记马元方、省音协常务副主席、秘书长朱嘉琪、内江市人大常委会副主任张世忠，内江市委宣传部副部长、文联主席刘浩等领导及内江市部分艺术家参加了活动。

【“技炫四川”魔术进校园活动周】

9月23日至27日，由省杂协主办的“技炫四川”魔术进校园活动在四川大学、电子科技大学、西南财经大学、四川传媒学院、西南民族大学等高校陆续登场。“魔术进校园活动周”以魔术专场演出的形式，组织专业魔术师连续五天深入到各高校进行演出、交流、互动，有力地扩大了魔术在青年人中的影响力，为推动四川魔术的发展搭建了平台。据统计，活动周期间约4000余名大学生观看了演出。

【第八届全国“德艺双馨”和四川省“十佳”电视艺术工作者赴甘孜阿坝开展文艺志愿服务】

10月21日至24日，省视协组织四川全国“德艺双馨”和省“十佳”电视艺术工作者赴甘孜、阿坝开展为期4天的文艺志愿服务活动。在甘孜州康定藏文中学举行了“四川省电视艺术家协会影视小屋”授牌仪式，向康定藏文中学赠送了5部高清DV摄像机、一千多张电视作品光碟和几十册电视艺术启蒙书籍。志愿者们还开展了电视基础技能培训，现场指导学生拍摄视频。在海拔近4000米的道孚县龙灯乡，深入牧民家中了解太阳能卫星电视接收机使用情况，倾听了他们对电视节目的意见，并赠送影视光碟。

【赴革命老区巴中开展采风创作暨文艺惠民活动】

10月30日至11月1日，省文联党组书记、常务副主席蒋东生率领20多名书画家到南江县开展采风创作暨文艺惠民活动。巴中市委书记李刚，市委副书记、市长周喜安接见了采风团全体成员，市委常委、宣传部长陈兴国，市委常委、秘书长李映及相关部门负责人先后出席和参加了活动。活动中，艺术家们深入基层，实地采集创作元素，寻找创作灵感，共创作了60多件讴歌巴中变化、展现光雾山风情的作品，并将所有的作品无偿赠送给南江县文联。活动期间，蒋东生还调研了南江县文联机关建设情况。

各文艺家协会

【戏剧家协会】

1月承办中国剧协“梅花奖”艺术团赴彭州慰问演出。3月25日-4月2日承办中国戏剧采风团赴凉山采风创作。5月17、18、29 日为落实四川省委、省政府《关于进一步保障和改善民生加强藏区群众工作的意见》的工作部署，分别在甘孜、阿坝举办“川剧惠民藏区巡演”活动。5月20日承办由中国文联、中国剧协在成都主办的“第二十六届中国戏剧梅花奖大奖赛（南方片区）”。6月20日召开大型川剧腔音乐剧《武则天》剧本的研讨会。7月15日召开小戏小品研讨会。8月6日排出三个折子剧目参加“中国少儿戏曲小梅花荟萃”。陈佳英、蒋巧和徐洋滔三位小演员获得“小梅花”金奖，陈佳英小朋友获十佳称号。省剧协获得组织奖。8月与成都市总工会共同举办了“中国梦•京剧梦”职工京剧展演活动。推选出新编京剧《浣花吟》、川剧《卧虎令》、现代川剧《岁岁重阳》三个汇聚了众多思想性、艺术性、观赏性俱佳的戏剧精品参加11月9日由中国文联、中国剧协共同在苏州主办的第十三届中国戏剧节。推选优秀剧目《狗不咬干部》和《闹隍会》参加11月26—30日在江西抚州举办的首届“汤显祖戏剧奖•小戏小品奖”大赛。12月2日至4日在成都市和南充市两地举办“川剧大师陈全波表演艺术系列活动”。推选现代川北小灯戏《狗不咬干部》和小品《唱吧，唱吧》参加在张家港举办的第五届中国戏剧奖•小戏小品奖比赛，获得小戏类“剧目奖”。省剧协获优秀组织奖。继续开展“戏剧进校园”的演出活动，全年共演出54场，让省内大中院校的学生对中国传统戏剧艺术有更多的了解和认识。

【美术家协会、四川美术馆】

力抓创作，7件作品入围全国“中华文明历史题材美术创作工程”。继续抓紧“四川重大题材”美术创作，陆续与创作草图成熟的35名作者签约。收件《大美四川——全国百名名家画四川美术作品展》大型采风活动的画稿。组织参加中国美协油画艺委会主办的《丰域西南——吾土吾民系列油画邀请展》，入选作品39件。加强创作基地建设，省美协已在全省建立创作基地12个并挂牌。5月，举办“红色经典—李焕民的版画艺术”版画展及《新中国美术中的四川版画》学术讲座。编纂版画藏画《神州版画》系列丛书。编辑列入国家“十二五”重点工程的《神州版画博物馆馆藏版画精品集》。版画博物馆整理和拍摄7000余幅馆藏版画，并进行信息采集和整理工作。7月在北京举办《天地吉祥——阿鸽、徐匡艺术展》。年初，省美协版画艺委会、神州版画博物馆、西南民大艺术学院与一汽大众成都公司联合在省博成功举办《发现工业之美》版画创作、展览，共创作工业题材版画100余件幅。与中国美协版画艺委会、重庆美协、綦江版画共同发起的《纪念邓小平诞

辰110周年全国版展》已动员有能力的作者绘制了10余幅草图，并邀请部分著名版画家参加。组织参加《百家金陵首届版画展》（中国美协）和第20届全国版展的初选，其中徐匡的《扎西和他的羊》获金奖，四川有3幅作品入选，省美协获组织工作奖。11月25—30日举办纪念毛泽东诞辰120周年暨四川省版画提名展，展出版画新作140幅；12月6—24日举办纪念毛泽东诞辰120周年暨第四展四川青年美术作品展，展出400余件作品，评出优秀作品57件。12月21日举办全国第六届花鸟画展，评出金奖2名、银奖4名、铜奖10名。省美协副主席林跃油画作品在俄罗斯圣彼得堡展出，刘正兴作品在法国展出。在11月27日闭幕的中国美术家协会第八次全国代表大会上，我省李焕民先生当选顾问；阿鸽、梁时民、张国平、李兵、刘正兴、秦天柱当选为第八届理事会理事。

【书法家协会】

年初，组织15位书法家到内江开展“送文化下基层”惠民活动。芦山地震发生后，组织主席团成员及理事会全体理事捐献作品参加义卖，收到了100余位书法家们从各地送来的精品力作共计106幅。完成“西部书界新秀书法理论研修班”、“西部书界新秀篆书篆刻研修班”和“西部书界新秀隶书研修班”学员的审核及申报推荐工作。5月11日组织20多位书法家参加“中国力量•什邡放歌”——援建者诗词京川书法展，并先后组织10多位书法家为北川地震博物馆“感恩奋进墙”、华西圆梦基金活动义务书写作品。6月16日，与四川省文物局、成都市文化局在四川省博物院共同主办“印道•中国篆刻艺术双年展2013中国篆刻艺术名家邀请展”。6月24日，协办“笔墨东方——中国书法艺术国际大展”在成都非物质文化遗产园开幕。7月18—21日，举办四川省书法家协会第十六期临帖（行草）培训班。5月启动“‘西泠百年•金石华章’西泠印社大型国际篆刻选拔活动暨第八届篆刻艺术评展”西南赛区的征稿工作，7月28日在成都完成评审工作。9月28日，“四川省第五届篆刻艺术作品展”在成都美术馆隆重开幕，展览共评出10名获奖作者，5名获奖提名，85名入展作者。10月23日什邡双盛中学被中国书协正式授牌命名为我省首个“兰亭中学”。10月27日，在成都美术馆（成都画院）举办“翰墨四川——四川省书法家协会会员优秀作品展”。11月3日，在遂宁召开“首届行草书研讨会”。11月30日，在温江举行“2013年四川省篆刻艺术年会”。12月6日，组织书法作品参加了由四川省人大办公厅主办的《为纪念毛泽东同志诞辰120周年书画展》。全年，在由中国书协主办的各项全国性大展中四川省有12人夺得21项优秀奖（全国展最高奖）。

【曲艺家协会】

4月2日，承办在成都举办的全国曲协工作会议，并组织参加惠民演出。7月6—7日举办第六届全国少儿曲艺大赛四川赛区选拔赛暨第二届四川省少儿曲艺大赛。9月28日举办第二届“岳池杯”中国曲艺之乡曲艺大赛。11月19—20日举办了两场“说唱四川——叮当谐剧专场”。7月组织曲艺名家赴彭州采风创作。10月18日与《华西都市报》联合主办谢扬功同志从艺四十周年曲艺演出。全年编辑第40期《四川曲艺》。协助中国曲协完成会员普查、基层组织调研等工作。惠民活动：“4.20芦山地震”发生后，组织曲艺志愿者赴灾区慰问演出；10月9日组织曲艺专家赴简阳，对创作、演出进行指导；10月29日，四川省曲协与中共雅安市委宣传部、市文联合作，在雅安市举办了首届曲艺创作表演培训班。获奖情况：4月2日在中国曲协召开工作会上四川省曲协荣获全国先进曲协荣誉称号（全国四个）；创新谐剧《麻将人生》获2011年度全国优秀曲艺作品金奖；10月23日推荐陈淳、邓添天参加中国曲协主办的第三届柯桥论坛，其中陈淳的论文获优秀奖。

【杂技家协会】

4月18日，在成都召开重点作品《圣火吉祥》研讨会。5月20日至21日，与维权中心赴北京协调遂宁杂技团法律合同纠纷案。9月23日至27日，在四川大学、电子科技大学、西南财经大学、四川传媒学院、西南民族大学举办魔术进校园活动。10月21日，在资中县重龙镇举办惠民演出。11月19日，在文联三楼会议室召开魔术座谈会。11月28日，重点打造的杂技作品《双人技巧》在德国斯图加特举办的世界圣诞马戏节上征服观众，并将角逐蒙特卡洛“金小丑奖”。全年编辑出版《四川杂技》4期。做好调研工作，撰写《四川杂技的现状调查与前景思考》。配合中国杂协《中国杂技老艺术家传略》，编辑川籍老艺术家传。

【电影家协会】

4月7日至9日、4月26日至5月3日，分别在甘洛县和兴文县举办电影惠民活动。5月23日举办故事片《转移》文学剧本专题研讨会，该片已在国家广电总局立项。组织对电影《时光漏斗》的剧本进行修改，并在国家广电总局立项。拍摄完成2部微电影《我与兴文美丽的故事——邂逅》、《石海情缘》。完成6部西藏题材微电影的剧本创作及拍摄方案。推荐刘迅、岳莹的论文《媒介素养与网络影评的主题建构》参评金鸡奖，获“中国电影金鸡奖理论评论奖”三等奖。

【民间文艺家协会】

打造“人文四川”三部曲：《四川民间工艺百家制作流程》、《中国唐卡文化档案•甘孜炉霍卷》和《中国服饰文化集成•羌族服饰卷》。组织参加山花奖的评选。陈云华的青神竹编《苦乐清凉》获民间工艺美术类奖，赵军、张涛、张泽松、林渤合制的《坚守》获民俗影响类奖，阿牛木支、吉则利布、孙正华等合著的《彝族克智译注》获民间文学类奖。6月，组织洛带舞龙团参加全国舞龙展演暨第十一届中国民间文艺山花奖舞龙评奖，获银奖。7月22日，在西昌市的四川省彝文学校举办“民间有大美”民间文艺讲座。8月组织甘孜州歌手参加2013中国少数民族（藏语原生态唱法）情歌大赛，分获银奖和铜奖。9月，《影梦人生》在克罗地亚第46届萨格勒布国际木偶节上获最佳作品奖。11月组织自贡彩灯参加全国山花奖灯彩大赛，获金奖。与泸州市文联、民协共同努力，泸州市被中国民协命名为“中国长江奇石文化城”。省民协编辑的《中国唐卡艺术集成•德格八邦卷》获第四届中华优秀出版物奖图书提名奖。

【摄影家协会】

2月22日配合中国文联、中国摄协深入四川省阆中市开展“送欢乐下基层”文化志愿服务活动。同期，市县各级摄影组织配合开展了“万名摄影志愿者万幅作品送万家”主题文化惠民公益活动。3月2日，在成都金沙剧场举办《新年摄影赏析会》。3月7日，我省10人作品入选全国第24届国展。其中，杨建川一人包揽金质收藏一幅、铜质收藏一幅、优秀作品一幅；段培根，谭曦，王斌，朱建国等四人入选纪录类优秀作品，杨建川，柏茂忠，何元华，廖小西，刘燕玲五人分别入选艺术类，张东获得评委推荐佳作。4月27日，组织赴雅安地震灾区看望、慰问雅安摄影人。5月21日至24日，在泸州市举行了四川省第十六届摄影大会，同时举办了大型摄影展及采风活动。7月14日，创建全国首个乡村手机摄影辅导组织—洪雅县汉王乡“手机摄影乡村辅导站”。10月17日，在大巴山区万源市旧院镇成立我省第二个乡村手机摄影辅导站。11月17日，建立手机摄影乡村辅导站美姑站。7月19日“四川省摄影家协会网”新改版正式上线。7月24日，在成都召开“先锋摄影”座谈会。7月27日至8月2日，在成都市青少年活动中心举办了四川省新人新作摄影展。8月21日，四川省摄影家协会网在邛崃召开网站工作会暨“影像的可能性”研讨会。8月24日，在成都举办当代影像收藏研讨会。9月29日，由协会主办的四川省首部摄影文化专业杂志《影像生活》正式创刊。10月21日，在中国摄协2013年全国工作会议上，我省李燊、杨麈、唐明等3人名同志分获中国摄影家协会“百名服务基层优秀会员”；龚志勇、罗进、杨成龙、贾跃红等四名同志获得“万名摄影志愿者万福作品进万家”先进个人表彰。省网编辑李燊同志作为全国唯一一位“万名摄影志愿者万福作品进万家”先进个人代表在大会上做了主题报告发言。12月25日，在成都召开的四川省摄影家协会第六次会员代表大会。另外还在大巴山革命老区、大凉山民族地区、成都万寿社区等深入开展“最美全家福”重点摄影工程活动。

【音乐家协会】

年初，组织音乐家到剑阁、巴中、凉山采风，采集素材、提炼作品，并完成以“走进剑门关”为主题的作品6部。4月起，组织“我们在阳关下”少儿歌曲创作活动，征集词曲作品300余首，并召开三次评审工作会。4至5月，组织举办“岁月如歌—首届知青歌唱比赛”。4月至8月，组织2013年考级工作。5月举办第九届中国音乐金钟奖四川赛区声乐比赛。9月，举办“第十一届春熙放歌——走进内江‘大千情　中国梦’”大型文艺演出活动。9月23日，李牧雨的电影剧本《藏刀》在“夏衍杯”电影剧本奖评选中荣获优秀剧本奖。10月，组织参加中国音乐“小金钟”奖暨第二届全国少儿二胡比赛，选手陈思璐获铜奖，省音协获组织奖。11月，举办“逢春杯—四川省第四届声

乐大赛”。惠民演出：8月慰问四川省荣军院伤残军人；9月在成都市群众文化馆举办群众音乐欣赏会；参与在川庆钻探工程公司举办的“唱响主旋律 建设新川庆——职工声乐大赛”评审工作。

【舞蹈家协会】

2月，启动由中央电视台、中国舞协举办的“2013全国非物质文化遗产‘民族民间优秀舞蹈’电视展播”四川作品征集工作，共征集“非遗”舞蹈作品10余件，其中羌族舞蹈《羊皮鼓舞》和汉族舞蹈《雨坛彩龙》荣登征录榜。4月，与省文化厅联合主办2013全省舞蹈新作比赛。7月，组织参加第七届“小荷风采”全国少儿舞蹈展演，其中《圆梦》、《爸爸妈妈我想你》荣获金奖，《今天我执勤》获银奖，协会获优秀组织奖。9月3日至4日，召开四川省第七次舞代会。11月，组织作品参加第九届中国舞蹈“荷花奖”全国民族民间舞蹈大赛，其中《日出日落》获表演银奖，《玛曲姑娘》、《她•们》获作品铜奖，协会获优秀组织奖。11月下旬，举办惠民赛事即第七届“星光灿烂”、第五届“金秋乐”全省舞蹈展演比赛。

【电视艺术家协会】

8月2日举办纪录片专委会成立大会暨纪录片《远逝的僰人》鉴赏会，聘任马吉利等57名为纪录片专委会委员。省视协动漫专委会组织全省动漫作品征集和评选。举办全省播音员、主持人业务培训班。举办四川省“十佳电视艺术工作者”推选活动。组织参加第八届全国“德艺双馨电视艺术工作者”推选活动，梁晓痴、潘勇、启米翁姆3人荣获第八届全国“德艺双馨电视艺术工作者”荣誉称号。与省民协共同开展“第十一届中国民间文艺山花奖•民俗影像作品奖”四川地区的评选活动。推荐了5名选手参加“第八届华东及全国部分省市电视主持新人赛”活动，夺得了一银、一铜和三个优秀新人奖的好成绩。组织22件微电影作品参加“国际微视频（微电影）新影像大奖”—亚洲微电影“金海棠奖”评选，3件作品获奖。在社区、学校、基层电视台和部队推出“影视大讲堂”活动。举办四川省首届十佳专业主持人评选活动。协调落实《纪录四川》的创作工作，2013年共征集到《妙手仁医吴孟超》、《英子的七彩霓裳》、《川北王皮影》等选题近40个，其中《纪录四川—新时期感动中国（四川）100双手》样片《根在四川》的拍摄制作工作已接近尾声。组织参选第六届中国电视旅游周优秀旅游电视节目评选，我省报送的《灵动婉约峨眉河》、《大美凉山•彝风浩荡》等作品分别荣获最佳作品奖1部，优秀作品奖1部，好作品奖8部。省视协获优秀组织奖。参选“人文中国第二季——味道中国”全国电视专题片、纪录片评选，四川广播电视台海外•社教中心的《吃八方》特别节目，川行•蜀地穿越《挂面村的故事》荣获栏目类一等奖。

【文艺评论家协会】

8月20日，省评论家协会第三次会员代表大会在四川省社会科学院隆重召开。本次大会审议通过工作报告，选举产生第三届主席团主席、副主席及理事。

直属事业单位

【沫若艺术院】

启动“天府四重奏”（蚕歌、茶歌、酒歌、盐歌）纪录片和剧本的创作工作。推进《城市艺术名片》系列活动。完成《大唐文宗—陈子昂》、《姊妹观音》、《峨眉神猴》、《弥勒传说》连环画脚本创作。完善、修改60集大型历史题材电视连续剧《杜秋娘》剧本。完成《中国墨竹史》的图片、提纲、初稿。承办由四川省文联和西藏自治区文联共同组建的“川藏艺术家联盟”的相关事宜。创建艺术网，完成天府百家画廊、书画创作室、陈列室的装修工作。举办“东坡书画研究院名家作品邀请展”、“四川名家迎春国画作品展”，开设“品读四川——天府百家讲坛”。

【民间文学三套集成办】

负责联络实施省文联、都江堰市和陕西省有关单位联合主办、承办的“弘扬张大千与董寿平艺术精神——当代艺术家作品交流对话展”活动。与都江堰市玉堂窑艺术研究中心合作开发艺术衍生品。

【现代艺术杂志社】

完成转制工作。确立了独立经营的法人资格，实现公司社保制度与原来体制的平稳过渡。获得影视艺术杂志《Empire》的版权资源。

【文艺家维权中心】

为文艺家协会、艺术家演出、举办赛事提供法律咨询、草拟合同、文案。协助处理某驻京演出的川籍杂技团的合同纠纷。继续做好“四川省文艺家维权中心网”的建设。编发《维权园地》12期。

【展演中心】

1月17日，承办四川省文联成立六十周年暨《百花天府》2013四川文艺界迎春文艺演出活动。10月31日完成第四届东坡文化节暨第五届四川泡菜展销会开幕式演出

【文艺资源中心】

5月24日，经省文联党组会议研究决定成立四川省文联文艺资源中心，并下发《四川省文联关于成立“文艺资源中心”和调整舆情信息报送相关工作的通知》（川文联［2013］61号）。12月24日，在成都市金河宾馆召开全省文联系统网络与信息工作座谈会。

机关建设

【贯彻落实“八项规定”和习近平同志重要批示精神】

中央“八项规定”和习近平同志关于厉行勤俭节约反对铺张浪费重要批示下发后，省文联党组召开专题会议，深入领会精神实质，部署贯彻落实具体措施。召开全体党员干部职工大会，传达中办《十八届政治局关于改进工作作风、密切联系群众的八项规定》、省委、省政府《关于改进工作作风、密切联系群众的规定》和习近平同志关于厉行节约反对铺张浪费的重要批示精神。省文联党组制定了《中共四川省文联党组关于认真贯彻“八项规定”，进一步改进省文联系统工作作风的实施意见》和《关于贯彻落实习近平同志重要批示杜绝公款浪费的八项规定》。

【开展“实现伟大中国梦、建设美丽繁荣和谐四川”主题教育活动】

5月13日，省文联召开“实现伟大中国梦、建设美丽繁荣和谐四川”主题教育活动动员大会。四川省文联党组书记、常务副主席蒋东生作了重要讲话，四川省文联党组副书记、副主席李兵主持大会，省文联全体干部职工参加了大会。制定了《中共四川省文联党组关于开展“实现伟大中国梦、建设美丽繁荣和谐四川”主题教育活动的实施意见》，在《四川文艺报》和《四川文艺网》上设立主题教育活动专栏，开展《我的中国梦》主题征文活动，共征集文章27篇。

【深入开展党的群众路线教育实践活动】

从7月份开始，省文联深入开展党的群众路线教育实践活动。全体干部职工（包括全体党员）按照规定的学习文件和书目集中学习5次、全体党员集中学习2次，中心组集中学习3次，集中讨论1次，中心组扩大会集中学习2次，集中讨论3次，8个党支部各集中学习3次，集中讨论3次。省文联提出了“八个怎么看待”，即：怎么看待我们的党，怎么看待我们的国家，怎么看待深入开展党的群众路线教育实践活动，怎么看待我们的事业，怎么看待我们所在的单位，怎么看待同事，怎么看待自己，怎么看待未来，形成了省文联党的群众路线教育实践活动的一项理论成果。认真开展问题查摆，对照检查。省文联党组提出了“八问八查”，即在思想观念、价值追求、工作方面、服务能力、工作作风、工作制度、评价标准、廉洁自律八个方面开展问和查，这一作法成为文联党的群众路线教育实践活动的又一项理论成果，得到了上级组织的充分肯定。按照“八问八查”，省文联处级以上领导干部深入基层听取意见，召开干部职工大会、小型座谈会和向社会各界发放征求意见表并汇总梳理。党组班子成员和处级干部认真查摆领导班子和自身存在的问题，写出了高质量的对照检查材料。群众对党组领导班子查摆出的问题有较高的认可度。党组领导班子、处级干部分别召开了专题民主生活会，开展了批评和自我批评，收到了良好的效果。同时修订48项制度，制定了整改方案。通过党的群众路线教育实践活动的开展，提高了党员干部思想认识，转变了作风，密切了党群关系，为民务实清廉形象进一步树立。

【联系服务基层群众】

芦山县7.0级特大地震发生后，省文联积极组织募捐活动，共募集善款31250元，上交到省财政厅指定的救灾捐赠资金专户。认真开展“联村帮户”活动。多次赴理县桃坪乡实地考察，召开党组会研究帮扶工作，选派干部挂职锻炼。7月，理县桃坪乡发生特大泥石流，省文联及时了解受灾情况，制定帮扶计划，实地走访查看人员伤亡和

受损情况，慰问遇难的村民吴文安家属，送慰问金1万元。为桃坪村提供10万元资金，用于恢复谢溪沟人饮灌溉管道和孔地坪组饮水管道。年底，为12户特困户送去慰问金和生活用品。

【省文联兴文县文艺创作培训基地】

1月23日，四川省文联兴文县文艺创作培训基地授牌仪式在兴文县举行。省文联党组副书记、副主席陈黔鲁、省级相关艺术家协会负责人、宜宾市文联、兴文县委主要负责同志出席了授牌仪式。2012年兴文县启动创建工作，县委、县政府从组织管理、经费等方面给予支持。县委宣传部、县文联协调落实了办公场地，市文联具体指导相关创建工作，省文联领导和专家评估组先后2次到兴文县实地指导。兴文县是全省第七个省文联文艺创作培训基地。

【四川省文联系统第八期领导干部培训班】

11月21日，“文联系统第八期领导干部培训班”在成都举办。全省20个市州文联、110个县级文联的130余位同志，省文联机关全体干部职工、文艺家协会、所属事业单位负责人50余人，总共180人参加了培训。培训会上，省文联党组书记、常务副主席蒋东生同志以《用党的十八届三中全会精神统一思想、凝聚力量、创新发展》为题作重要讲话。省文联党组副书记、副主席陈黔鲁、李兵等对参训人员就文联工作创新、组织建设、工作开展等内容进行了辅导。

贵州省文联

综　述

全年开展各项文艺工作和文联工作220余项。目前，拥有团体会员单位32个，县级文联87个，乡级文联47个。下设12个文艺家协会、三家杂志社有限责任公司、“四院一室一中心”和机关行政处（室）共计28个部门，在编人员134人，省管核心专家1名，省管专家3名，全国“四个一批”人才1名，省“四个一批”人才11名。省文艺家协会会员12465人，其中，全国文艺家协会会员1567人。

会议与活动

【“送欢乐·下基层”——中国文联文艺志愿服务团贵州行】

6月28至29日，中国文联文艺志愿服务团分别在安顺市西秀区三股水小学、安顺市关岭县民族文化广场、黔东南州凯里市舟溪逸夫中学进行三场送欢乐下基层慰问演出，并进行文艺辅导、现场教学、座谈交流。中国文艺志愿者协会主席、中国曲协主席、中国文学艺术基金会副理事长兼秘书长姜昆，中国文联文艺志愿服务中心副主任、中国文艺志愿者协会副秘书长廖恳，省文联主席顾久，省文联党组书记、副主席李碧川等出席慰问演出活动，向学生赠送文具用品。姜昆为三股水小学和文艺支教志愿者题字“爱心永远”。牛群、刘璐、李维康、陈铎、虹云、姜昆、殷秀梅、魏金栋、罗秉松、张薇、刘全和、刘全利、韩延文、戴志诚、全维润、红旗、司红军、阿幼朵、毋攀、常亮、刘晶晶、黄磊等艺术家表演了歌舞、相声、诗朗诵等节目。在书画创作交流笔会上，书画家创作书画作品30余幅。活动由中国文联、中国文艺志愿者协会主办；中国文联文艺志愿服务中心、贵州省文联、中共安顺市委、安顺市人民政府承办；中国美术家协会、中国曲艺家协会、中国摄影家协会、中国书法家协会、武警文工团、中共凯里市委、凯里市人民政府协办。

【文艺支教】

3月5日，中国文联发布《中国文联文艺支教试点项目面向社会招募第一期文艺志愿者公告》，省文联负责贵州地区——安顺市西秀区文艺志愿者的招募工作。4月17日，中国文联首批文艺支教志愿者9人抵达安顺，为安顺市西秀区岩腊小学和三股水小学提供音乐、舞蹈、美术方面的志愿服务，截至7月初。9月4日，中国文联文艺支教第二期志愿者培训班在安顺黄果树滑石哨布依族民俗村举办，来自青岛市文联、青岛农大、敦煌市文联、贵阳学院、遵义师院的12名文艺志愿者于培训后在岩腊小学、三股水小学开展支教志愿服务活动。结合工作实际，省文联相应开展贵州省文艺志愿服务支教工作。3月28日，省文联文艺志愿服务支教工作座谈会在贵阳召开。成立以省文联主席和党组书记为组长的领导小组，组建省文艺志愿服务中心，落实20万元工作经费。项目点设在凯里市炉山镇小学和舟溪镇逸夫中学，第一期支教志愿者10名。一年来，共在全国范围内招募52名志愿者，分别在两个项目点和贵阳市云岩区外来务工人员随迁子女学校开展书法、美术、音乐、舞蹈、民间文艺支教培训，受益人数近万人。10月19日，由省文联、省教育厅、共青团贵州省委、省慈善总会主办，贵阳市教育局、贵阳市南明区教育局、贵阳市云岩区教育局协办，贵阳市御歌苑娱乐有限责任公司支持，主题为“艺术点燃梦想•关注农民工子女教育”文艺支教启动仪式在贵阳市筑城广场举行。贵阳市南明区政府副区长杨吉华及企业代表林昭华、梁丽珠、吴名良等为贵阳市南明区和云岩区10所农民工子弟学校分别捐赠价值20万元的教学用品，帮助学校建立“艺术教室”。主办方向贵阳市御歌苑娱乐有限公

司授予艺术志愿爱心企业荣誉称号；向御歌苑及10所农民工子弟学校赠送书法作品。

【首届贵州专业文艺奖】

2012年11月，省委宣传部、省文联联合下发《关于在2012-2013年度开展贵州专业文艺奖评选工作的通知》，制定《贵州专业文艺奖评选办法》，于2013年9月中旬在省内主流媒体发布评奖公告，并通过省级各文艺家协会、各市州文联、行业、高校等多种渠道向社会各界征集文艺作品，至10月30日，共计受理1417件有效参赛作品。11月11—13日组织集中评审。各初评组严格按照《贵州专业文艺奖评审制度》和各文艺门类的《评审细则》，经过对作品审读、讨论、复议、实名推荐，报终评委员会、领导小组，评出获奖作品197件，其中一等奖31件，二等奖67 件，三等奖99件。

【贵州省农村小康电视节目工程暨党员教育电视片观摩、展播、评奖】

4月，由省委组织部、省文联联合主办，省视协承办，近40个单位参加活动，500多人次参加拍摄、编导、制作，创作93部电视作品参评。评出特别奖1名、一等奖2名、二等奖4名、三等奖6名、优秀奖8名、组织奖7名。

【“新长征”职工文艺创作评奖】

由省委宣传部、省文明办、省经信委、省文联、省总工会、团省委、省工商联共同举办。历时大半年，有15个行业、170多家厂矿企业的万余职工参加。共收到文艺作品13000多件。通过初选，推荐参评作品902件。8月15日至9月23日，由28位省内专家组成评奖委员会，评出一等奖14件、二等奖35件、三等奖50件、优秀奖62件、特别荣誉奖6件，共计167件。评出组织工作奖10名。

【第三届贵州省道德模范先进事迹巡回报告会】

由省委宣传部、省委党的群众路线教育实践活动领导小组办公室、省文明办主办，省文联协办，省剧协承办，以宣传“党的十八大精神”为主题，在全省9个市州巡回演出12场，行程共计3000多公里。文艺家以全省58名道德模范先进事迹为主题，创作出评书《铁血警花》，对口相声《良心》、对口词《飞腿哥》、花灯说唱《英模赞》、小品《在一起》、诗朗诵《背篼干部精神赞》、歌舞《情满人间》等7个节目参演。

【省直机关“帮联驻”文艺汇演】

2月25日，由省直属机关工作委员会主办、省文联协办的“心系百姓•情满山乡”——贵州省直机关“帮联驻”文艺汇演在省委大礼堂举行。省直属机关各单位负责人、“帮联驻”干部等千余人观看演出。演出近3个小时，16个单位将一年来在“帮联驻”工作中涌现出的先进事迹，采取文艺形式展现给广大干部职工。

【贵州省文联成立60周年书画摄影作品展】

由省文联主办，9月16日至23日在贵阳美术馆展出。来自全国各地艺术家共惠赐精品488件，其中书法作品81件，美术作品94件，摄影作品313件，展出303件。

【“送欢乐・下基层”走进乌当】

由省文联、乌当区委、乌当区人民政府主办，乌当区委宣传部、乌当区文明办、乌当区文联承办，1月10在贵阳市乌当区举行。表彰了8位“最美乌当人”；省文联向乌当区委、区政府赠送书画作品；艺术家们带去历时2小时的慰问演出；书法家义务为老百姓书写春联1000余副；摄影家为老百姓义务拍摄全家福1000余张。

【“心系建设者”贵州文艺界志愿者服务团慰问演出】

9月2日，由省政协文卫体委员会、省文联主办，省企业文联、凯里市文联、中共大风洞乡委员会、大风洞乡人民政府承办。演出近一个半小时，吸引了十里八乡的村民、学生数千人前来观看。

【中国美术名家走进多彩贵州】

由中国美协、省委宣传部、省文联主办。5月4日至10日和5月28日至6月5日，来自全国各地的70余位美术名家分两批走进多彩贵州，对“贵州主题美术”进行全面关注和总结研究，美术名家分赴兴义、安顺等地，走村寨，画山水，创作素描、速写、国画、油画、版画等达数百幅 。

【贵州省第六届行草书法大展】

由省文联、省书协、铜仁市委宣传部主办，铜仁市文联、德江县委、德江县政府、铜仁市书协承办，于3月征稿，7月截稿，收到作品近1000件，评出一等奖3件、二等奖5件、三等奖10件、优秀奖104件。10月26日在德江县举行开展仪式，为获奖代表颁发奖金和证书，同时举行“德江县书画院”挂牌成立仪式。

【“5个100工程”纪实摄影活动】

11月，由省文联主办，省摄协承办，围绕全省“5个100工程”的前期启动、中期建设、后期成果及与其相关有历史性的、有史料价值的和重点突出的感人场景、事迹或人物进行创作。11月1日，在贵州民族文化宫举办启动仪式，省文联党组书记、副主席李碧川授予省摄协“5个100工程”纪实摄影活动启动旗。

【贵州省文联系统三家单位（个人）获全国文联系统先进集体和先进个人】

5月，人力资源社会保障部、中国文联下发《关于评选全国文联系统先进集体和先进个人的通知》，由省文联推荐，经人力资源社会保障部、中国文联审定，遵义市文联荣获“全国文联系统先进集体”荣誉称号；安顺市文联荣获“全国文联系统优秀集体”荣誉称号；谌宏微同志荣获“全国文联系统优秀个人”荣誉称号。

创作与研究

【获奖情况】

大型电视连续剧《奢香夫人》获第二十九届中国电视“飞天奖”；《贵州少数民族音乐文化集萃》丛书荣获第九届中国音乐金钟奖理论评论类金奖；舞蹈《踩亲舞》、著作《刻道》《“蒙恰”古歌研究》、苗族英雄史诗《亚鲁王》获第十一届中国民间文艺山花奖；在第九届中国舞蹈“荷花奖”民族民间舞评奖上，《太阳山》获作品金奖，《山尖尖》《苗女银秀》获作品银奖，《斗牛场上》获作品铜奖，《跺月亮》获表演银奖，《山•灵》获表演铜奖；彝族咪谷《厅长哥哥探亲来》、侗族琵琶弹唱《回乡创业天地宽》分获第五届全国少数民族曲艺展演二、三等奖；论文《舒卷炎凉：明人的书扇赠酬及其文化隐喻》获第四届中国书法兰亭奖理论奖三等奖。

【文艺创作】

8月1日晚，省文联参与联合打造的大型苗族歌舞剧《仰欧桑》在北京国家大剧院首演，拉开《仰欧桑》全国首演序幕。文化部部长蔡武，中国文联党组书记、副主席赵实，文化部副部长董伟，中国文联党组成员、副主席左中一，全国人大财经委原主任石秀诗等亲临现场。省人大常委会副主任谢庆生，省人民政府副省长何力，省政协原主席王正福，省人大常委会原副主任、省苗学会会长杨光林，省人大常委会原副主任、省文联主席顾久，省文联党组书记、副主席李碧川观看首演。9月27日，由省文联雕塑院雕刻的高一米、重一百斤的莫言塑像落户莫言文学馆，塑像用一百斤红高粱雕刻而成。全年，《山花》刊发的50余篇文学作品被《新华文摘》《小说选刊》《诗选刊》等转载或编入年度选本，部分作品被美国《圣彼得堡大学评论》转载。

对外及对港澳台地区文化交流

【2013发展中国家保护与传承民族文化多样性研修班】

9月2日至7日，由商务部、国家广电总局、中国文联主办，省文联承办。学员21名，分别来自缅甸、肯尼亚、智利、吉尔吉斯斯坦、尼日利亚、喀麦隆、埃塞俄比亚等13个国家。期间，学员们观看了大型民族歌舞剧《多彩贵州风》演出，参观了安顺洪福远蜡染艺术馆、天龙古镇、西江苗寨等。省文联党组书记、副主席李碧川等与学员座谈，作互动交流。

【“山韵”合唱团参加“中俄友谊之声——圣彼得堡合唱音乐会”】

8月，省文联“山韵”合唱团受中国合唱协会邀请，前往俄罗斯参加“中俄友谊之声——圣彼得堡合唱音乐会”。合唱团带去一首由俄罗斯传统民歌改编的合唱《田野静悄悄》。

【罗马尼亚电影周】

9月24日至30日，省影协、省电视台文艺频道、贵阳星空影城在贵阳联合举办。罗马尼亚曼陀罗制片电影公司总裁、浪潮电影代表、著名导演鲍比•珀乌内斯库（Bobby Paunescu）等与贵阳影迷就罗马尼亚电影展开讨论和对话。罗马尼亚电影代表团带来《蜗牛与男人》、《山之外》、《意大利人》、《大亨》、《在帕里卢拉》等5部新片。

【魔术交流】

3月23日，特邀香港魔术师毛镇凯、墨西哥魔术师乔治来黔，在省文联召开“贵州魔术文化发

展研讨会”，来自贵阳、遵义、铜仁等地的魔术组织代表共30余人参会。11月17日，邀请美国著名魔术师约舒亚•杰来筑，在省文联作讲座和魔术展示、交流。

文艺人才培养

【第三期全国地县级文联负责人研修班】

由中国文联主办，中国文联文艺研修院、省文联承办的第三期全国地县级文联负责人研修班7月9在贵阳开班。研修班为期7天，共有学员67名，分别来自各省市自治区地县级文联。中国民间文艺家协会分党组书记、驻会副主席兼秘书长罗杨，北京大学教授宇文利等分别作了《协会工作的创新思路》、《从群众路线到群众工作——新时期做好群众工作的艺术与方法》等专题讲座。北京西城区文联主席杨海森、浙江湖州市文联主席竺鸰分别就《如何实现基层文联工作的创新发展》、《如何发挥文联组织在社会服务管理中的职能和作用》作了案例教学，全体学员赴遵义红军山敬献花篮，在遵义会址、安顺蜡染厂进行现场教学。

【鲁迅文学院第二期少数民族文学创作培训班】

由鲁迅文学院主办，省作协承办，3月25日至4月15日在贵阳举办，中国作协党组副书记、副主席、鲁迅文学院院长张健，省人大常委会副主任龙超云，省人大常委会原副主任、省文联主席、省文史研究馆馆长顾久，省委宣传部常务副部长李建国，鲁迅文学院原常务副院长白描等出席开班仪式。学员40名，来自全省九个市州的少数民族作家。邀请18名国内著名文艺理论家、评论家、作家和文学类核心报刊主编为培训班学员授课。期间，省作协组织举办第六届贵州少数民族文学创作改稿班，全体学员参加改稿班。

【贵州省文联“百千万”文艺惠民工程“基层文艺宣传队队长”培训班】

11月4日至7日，省文联在贵阳市委党校举办，来自全省9个市（州）、43个乡（镇）的46名基层文艺宣传队骨干参加培训。邀请了4位专家就群众文化活动、舞蹈创作与编排等进行专题讲座。并组织学员赴贵阳市花溪区青岩镇龙井村观摩教学及惠民演出，为43个省文联“百千万”文艺惠民工程第一批“基层文艺宣传队”示范点授牌。

【贵州省鼓楼风雨桥传承人高级研修班】

由省民委、省文联联合主办，11月13日至17日在黎平县开班。来自黎平、榕江、从江等县的近40名鼓楼风雨桥传承人和建筑木艺制作技艺成绩突出的民族民间艺人参加学习。培训班开设鼓楼风雨桥文化的创新发展、传统鼓楼风雨桥与现代园林设计、传统鼓楼风雨桥如何走向现代旅游市场、鼓楼风雨桥传承的新思路、鼓楼风雨桥的传承与保护、鼓楼风雨桥经典欣赏与解析、鼓楼风雨桥图案的象征意义等课程。培训为期 5 天，采取授课和现场教学相结合的方式。研修班分别在肇兴、地坪、高近、地扪等进行现场研讨。

机关建设

【党的群众路线教育实践活动】

按照《贵州省第一批深入开展党的群众路线教育实践活动实施方案》要求，7月11日召开动员会。完成学习教育、听取意见，查摆问题、开展批评，整改落实、建章立制三个环节的各项任务。

【省文联七届二次全委会】

3月18日在贵阳召开。李碧川以《服务广大基层群众、服务全面小康建设，为加快建设多民族文化强省建功立业》为题作工作报告。

【全省文联系统办公室主任会议】

4月25日在贵阳召开。省政府办公厅机关党委书记张文富，省委宣传部办公室副主任谢赟应邀出席会议并为参会人员授课。省文联、各市（州）文联办公室负责人，部分县级文联主要负责人参加会议。

【夯实基础建设】

成立“权益维护部”；与雷山县人民政府签订贵州西江文化艺术创作基地项目投资合作协议。

各文艺家协会

【作家协会】

1月，与贵州人民出版社、贵州日报文艺部共同举办“共建黔籍作家精英团队同推贵州精神精品力作”座谈会，探索贵州文化表述新途径；举办《播撒春天》（作者：李远刚）诗歌研讨会。5月，举办家庭教育绘图本《嘟嘟我是你爸爸》（作者：姚晓英）研讨会。9月，举办儿童文学《杜娜娜的开心事儿》（作者：何伊经）研讨会。12月，在独山县主办首届“贵州诗歌节”，全国诗评家、诗人近200人参加；与省民委合作，征集反映贵州少数民族题材的影视文学剧本，历时半年，收到44部，评出5部优秀剧本；与贵州民族报、贵州习酒公司、民族新闻网等联合组织“爱我贵州•醉美习酒”——贵州建省600年“习酒杯”征文大赛；与金黔在线、纪念贵州建省600年活动组委会联合举办“我与贵州的故事”征文大赛；与黔南州文联、瓮安县委、县政府、贵州福明置业公司联合举办贵州省“瓮安商城杯”诗歌创作朗诵邀请大赛；出版贵州精品文学丛书5本；《贵州作家》由刊发原创作品改版为选发省内内刊优秀作品为主，全年出版2辑。

邀请白描、施战军、肖克凡等著名评论家、主编、作家在孔学堂讲授国学；组织青年作家肖江虹、肖勤、陈国华、马结华赴京参加由中国作家协会和共青团中央主办的全国青年作家创作会议。

【美术家协会】

1月，与中国美协观澜原创版画基地在深圳市观澜美术馆主办“经典版画进观澜•贵州省版画作品展”，展出作品115件。3月，与富宝锤拍卖公司在贵阳举办“迥异多姿•灵动存在•贵州中国画新秀精品推介展及专场拍卖”，推出贵州优秀青年美术家29人，成交作品40件。5月，与贵阳市美协在贵阳美术馆主办“2013贵州版画精品展”，展出作品110件；在青岛美术馆举办“逸品国香•贵州美术作品走进青岛”展览，展出作品100件。9月，与219艺术空间联合主办“虚拟的当代——首届贵州多媒体艺术邀请展”，展出17位青年画家的60件电脑绘画、手机绘画作品。10月，在219艺术空间举行“自持与自在/贵州写生7人展”，推出50件作品；在省博物馆举行“柔性力量”贵州省首届女美术家作品展，展出作品149件；在219艺术空间，与省文联、省教育厅等主办大型公益性活动“梦想家园•2013年贵州省少儿美术作品展”，从全省4000多名少年儿童的参赛作品中选出232件作品展示。11月，与贵阳美术馆、花旗银行、多彩贵州文化产业发展中心等主办“绝对贵州2013文化创意活动周”生态主题设计系列活动。12月，在贵阳美术馆举行“贵州省第六届青年美展”，展出作品120件，其中25件获等级奖，作品被贵阳美术馆收藏；在贵阳美术馆举行“多彩贵州•吾土吾民/2013贵州省油画展”，展出作品120件，评出35件等级奖、20件优秀奖；在219艺术空间举行“西江颂”李玉辉油画作品展，展出50件作品。

3月，推荐5位会员王仕明、赖辉、朱瑞、杨光黔、杨韦参加中国美协扶持西部公益项目“中国少数民族美术创作高研班”。5月，在贵阳美术馆举办“圆梦人生•一个女画家的深情凝望——郑德荣作品展”，现场义卖，善款捐献贫困山区。11月，启动“名家牵手•爱心圆梦”扶助贵州高校美术贫困生名家义卖活动。

8月，主持贵州高校优秀美术毕业生“择优定向招聘”指标协调分配工作，为在“黔灵毓秀•青春艺术”2013贵州省高校美术专业毕业生优秀作品展览中涌现的优秀美术毕业生，安排36个在贵阳定向就业岗位。

成立省美协女美术家协会和少儿美术艺委会；组建“贵州书画艺术品行业理事会”和“贵州省美术评鉴专家咨询委员会”；在黔西县挂牌设立“贵州省美协黔西创作、培训基地”；在威宁县挂牌成立贵州美术写生活动基地。

【音乐家协会】

承办由省委宣传部、省文联主办的第五届“多彩贵州”音乐作品创作大赛，大赛从2012年8月开始面向全国征集作品，至2013年1月15日结束，共收到有效参赛作品180余件，评出歌曲类一等奖2个、二等奖4个、三等奖6个，优秀奖6个，室内乐类一等奖1个、二等奖1个、三等奖2个。完成推荐全国青年歌手电视大赛参赛工作，3名选手晋级第二期比赛，周强排名流行唱法第四。完成中国音乐金钟奖贵州赛区选拔工作，贵州5名选手入选全国决赛。完成“黔岭歌飞”贵州省首届少数民族歌曲创作作品征集评选，收到戚建波、小柯、浮克、邬大为、杜兴成、阿幼朵、张擎等著名音乐家的优秀作品260余件，其中，特等奖空缺，《我从彝山来》（丁时光　词、戚建波　曲）、《欢歌唱起来》（张擎　词曲）、《贵州歌儿多》（邬

大为 词、陈涤非 曲)、《鼓楼天歌》(玉镯儿 词、浮克 曲)、《甜甜的榕江》(杨俊 词曲)、《阿么阿么》(吴飚 词曲)分获一、二、三等奖。

9月，召开西南片区音乐家协会贵州工作交流会。云南、重庆、广西、山东等省市自治区音协负责人参加会议，与会人员还前往黔东南、安顺等地采风创作。

5月上旬开始至8月结束，近万人参与中国音协过级考试。

【戏剧家协会】

8月，为纪念中国戏剧梅花奖创办30周年，省花灯剧团在贵州国际会议中心演出《枫染秋渡》、省京剧院演出《折子戏专场》，梅花奖演员侯丹梅、邵志庆代表贵州参加中国戏剧梅花奖创办30周年大会。9月，小品《邻土之争》《母亲的心愿》入选“中国•潜江小戏小品大赛”暨第五届“中国戏剧奖•小戏小品奖”潜江赛区选拔赛，《母亲的心愿》获最佳推荐剧目奖。

10月24至26日,全国政协副主席卢展工率全国政协考察团赴黔,就“贵州省少数民族戏曲艺术传承与发展”进行专题调研。10月25日上午,出席在贵阳召开的座谈会。省政协主席王富玉,副省长何力分别就我省少数民族戏曲艺术传承、历史沿革、丰富资源和发展创新的情况作汇报。全国政协常委、副秘书长刘家强,全国政协委员、中国文联副主席杨承志等出席座谈会。省政协副主席左定超主持座谈会。省文联、省剧协等有关单位领导、专家参加座谈。

【民间文艺家协会】

7月，召开《中国民间剪纸集成•贵州卷》工作布置会，启动编撰工作。该项目属于由中国民协组织实施的国家社科基金特别委托项目——中国民间文化遗产抢救工程首批全国性专项之子项目，10月，省民协与中国民协完成协议签订，深入黔南、黔东南、安顺、遵义等地开展调研。12月，完成《中国民间蜡染文化——蓝与白的艺术交响》一书；完成省长牵头的《贵州世居民族文化》丛书中苗族卷、布依族卷、侗族卷和彝族卷等；完成《苗族贾理》编撰；组织策划的《贵州民俗通典•雷山民俗》《贵州民俗通典•丹寨民俗》列入贵州出版集团重点项目；第三届贵州民族民间文化青年论坛论文集《文化遗产与创意产业》由民族出版社出版。

6月，与册亨县文联组织推荐的“布依山龙舞龙队”参加中国（南宁.青秀）舞龙展演暨第十一届中国民间文艺山花奖•民间艺术表演奖比赛，获金奖。8月，中华文化促进会剪纸艺术委员会、中共六盘水市委宣传部、省民协剪纸艺术委员会联合举办“中国•凉都清韵”廉政剪纸艺术大赛，组织推荐的剪纸作品《夜郎王的传说》（许瑞芬）、《地戏魂》（蒋晓昀）、《鸟笼》（左鸿富）等6件作品分获金、银、铜奖。

年初，启动贵州省十大民间剪纸艺术大师及民间剪纸艺术精品的评选认定工作，截至6月，共收到参评申报作品300余件。

【书法家协会】

4月，组团35人赴第四届兰亭展开幕式观展学习；为四川省雅安地震募捐善款27650元。3—9月，承办由省委宣传部、省文明办、省教育厅、省文联、省团委主办的“祖国好•家乡美”主题系列活动—“多彩贵州美丽家乡”书法、绘画大赛，评出小学组书法、绘画各一等奖5名，二等奖10名，三等奖15名和指导老师奖5名。绘画中学组书法、绘画各一等奖5名，二等奖10名，三等奖15名和指导老师奖5名。4—10月，分别推荐优秀会员15人参加三期中国书协举办的“西部书界新秀书法研修班”。9月，在修文县王阳明陈列馆，与省文化厅、省文联主办，修文县委、县政府承办贵州省第五届“茫父杯”书法双年展，展出223件作品；在湄潭县与省旅游局、遵义市人民政府共同主办，中共湄潭县委、县人民政府、遵义市书协承办“美丽湄潭•中国茶海”全国书法展，以茶文化和浙大文化为主题，向全国乃至海外征集2190幅作品，评出一等奖2名、二等奖5名、三等奖10名,入展作品200幅，特邀作品25幅，242件作品参展。

11月，为威宁自治县授牌“贵州省美术、书法创作基地”。

【摄影家协会】

成立省摄协天平摄影分会、高速公路职工摄影分会、高速公路管理局职工摄影分会等。

2013“摄影大篷车下基层”暨双月赛评选分别在贵阳、安顺、黔西南和毕节、黔东南举行，共收到作品2000幅。6月，相继启动“绿色磷都、幸福福泉”摄影比赛、思南县人口与计划生育文化摄影展、“梵天净土•醉美印江”全国摄影大赛。7月，在省文联举办“魅力贵定”风光风情摄影大赛评选，共收到2000多幅（组）作品，评出金奖1名，银奖2名，铜奖5名，优秀奖30名，入选作品100幅。9月，在贵州建省600周年之际，与《贵州画报》旅游专刊发起“24小时•寻觅大明遗风”纪实摄影作品创作研讨会。11月，与石阡县举办“武陵雪原•火树茶花风光风情”摄影活动，组织20余名会员赴铜仁、石阡创作采风；与省民族文化宫联合举办2013多彩的贵州民俗风情摄影展，收到稿件一万余幅（组）。

【舞蹈家协会】

6月，由中华儿童文化艺术促进会、中国下一代教育基金会、中华文化信息网、亚洲青少年文化艺术交流联盟、省文联、中国儿童网主办，省音协、省舞协承办的“蒲公英第十三届（2013）青少年艺术新人贵州赛区选拔活动”在贵阳举行，全省近300名选手参赛，按参赛类别分别评出一、二、三等奖，优秀奖及园丁奖若干，7月，组织近50名选手赴北京参加全国总决赛。与省茶文化研究会、省音协、贵阳市南明区委宣传部联合举办2013中国贵阳避暑季“黔茶飘香•品茗健康”茶文化系列活动—“茶乡风情”歌舞展演及颁奖晚会，分别在筑城广场及贵阳电视台演播厅举行，全省25个舞蹈节目参选，评出一等奖1名、二等奖2名、三等奖3名。与保利贵州置业集团先后在六盘水、遵义、安顺、黔东南州及黔南州举办“舞动贵州、实现中国梦”贵州省首届“保利杯”广场健康舞蹈大赛。

3月，推荐舞蹈节目《苗族芒筒芦笙舞》《苗族锦鸡舞》赴北京参加2013年国家级非物质文化遗产民族民间舞蹈进京展演录制活动。5—8月，在全省范围内遴选并推荐13个优秀少儿舞蹈节目参加第七届“小荷风采”全国少儿舞蹈展演及“荷花•少年”全国（中学）校园舞蹈汇演，选送的《今天我做主》获小荷之星（金奖），《小鸡丑丑》获小荷之秀（银奖）。9月，推荐21个优秀舞蹈作品参加第七届全国电视舞蹈大赛，其中，仡佬族舞蹈《心心结》获群文群舞组优秀作品奖。11月，第九届中国舞蹈“荷花奖”民族民间舞大赛在贵阳举行，我省取得2金、3银、2铜、1优。

年初，在福泉市，与黔南州舞协主办，福泉市文联、福泉市王卡乡承办“贵州省舞蹈编导采风创作研讨培训班”，邀请了全国著名舞蹈理论家罗斌、著名舞蹈编导家邓林两位专家授课，省舞协主席团部分成员及省内各地60多名编导参加培训。5月，在贵大艺术学院召开省舞协教育专业学术委员会成立大会。选举省舞协副主席刘远林为省舞协教育学会会长。8月，举行中国舞蹈家协会“中国舞”舞蹈考级工作。11月，在凯里市炉山小学举行中国舞协“新农村少儿舞蹈美育工程——炉山小学教学基地”授牌仪式。

【杂技家协会】

2月，组织10余名魔术演员参加观山湖庙会传统与现代两个板块30余场的展演活动。

调研及成果　4月，赴安顺电视台进行文化调研工作、赴普定县马官镇民间艺术团调研。完成贵州去世老一辈杂技家艺术人生的撰写，4位，约一万五千字。完成“贵州魔术文化是失去还是走向成熟”调研报告。

【曲艺家协会】

4月，推荐对口相声《公生明、廉生威》、花灯说唱《两瓶茅台酒》、对口快板《抉择》参加“第二届‘南山杯’全国曲艺新人新作展演”评奖。6月，组织由杨远承创作、梁正帮编导执排的诗歌朗诵《女儿的思念》代表省公安厅警卫局参加“2013全国公安警卫部队文艺汇演”。9月，推荐毕节乌蒙演艺集团彝族咪谷《厅长哥哥下乡来》、黔东南州榕江县文化馆侗族琵琶弹唱《回乡创业天地宽》参加“第五届全国少数民族曲艺展演”；推荐龚翠萍赴昆明参加“第五期全国曲艺创作高级研修班”。

5月，授牌普定县马关镇“贵州省农民曲艺演艺传承基地”。7月，协办“2013筑城广场市民才艺擂台赛——戏曲、曲艺擂台赛”决赛，由贵阳市委宣传部主办。

【电影家协会】

4月，与省文联、上海市文联、上海市影协、上海电影股份有限公司联合电影院线等联合举办的电影《小等》首映式在上海影城举行。该片由省文联、湄潭县委宣传部、秦皇岛汇中承天文化传媒有限公司、省影协、北京雨墨春秋影视文化有限公司联合出品，根据贵州作家肖勤小说《暖》改编，由中央电视台著名导演朱一民，省影协主席、贵州大学艺术学院副院长贺祝平联合导演，6

月，在湄潭县组织召开电影《小等》研讨会，来自北京、贵阳的专家参加会议。12月，在贵州大洋天下影视文化传媒有限公司开展文艺志愿者服务活动。省影协的两名会员徐小雁（贵州师范大学青年教师）、郝赫赫（北京电影学院研究生）给省影协少儿影视小演员培训点的老师、小演员及家长进行专业培训。

7月，省影协贵阳分会成立大会召开，来自贵阳市的剧作家、演员、影评人、放映员等近50人出席会议。大会选举产生省影协贵阳分会主席苏平，副主席陈常青、文国贤、胡平、李广平。

【电视艺术家协会】

贵州电视台胡庶、黔南电视台王友军获第八届全国“德艺双馨电视艺术工作者”称号；刘宝静、刘银刚、王丹、程建波、李明、赵军、封云、郭磊、唐仲荣、林昌媛获第六届贵州省“德艺双馨电视艺术工作者”称号。7月，在2013“全国城市电视台生态文明公益广告大赛”上，贵阳广播电视台的《珍爱生命之水》获金奖；贵州遵义广播电视台《保护水资源之眼泪篇》、贵州黔东南广播电视台《环卫工人篇》、贵阳广播电视台的《省一点能源 多一些资源》获银奖；贵阳广播电视台的《拒绝一次性消费品》、贵阳广播电视台的《生态文明是什么》获铜奖。根据省远程教育办公室安排，邀请专家对我省33件优秀党员教育电视片进行评审，推选出10件作品报送中央组织部。

2013，贵州被中国视协选为中国金鹰奖调研试点，8月，联合承办中国电视金鹰奖调研，来自北京及全国十个省区电视艺术界的30多名专家、领导汇聚黔南，分赴荔波、三都、瓮安等对贵州电视题材、民族文化进行调研。

3月，推荐12名会员赴北京参加中国电视艺术家协会培训部举办的编辑、三维动画和影视后期制作、电视灯光与电视音响培训班。4月，邀请贵阳电视台化妆专家路音楠等到毕节为七星关电视台培训节目主持播音员化妆，现场为播音员定妆。7月，省视协邀请专家到安顺为基层电视工作者服务。8月，邀请贵阳电视台著名主持人钟华到贵阳黔灵镇为农民工子女演讲当评委并做现场指导。

基层文联

【遵义市文联】

6月，荣获人力资源社会保障部、中国文联表彰的“全国文联系统先进集体”荣誉称号；12月，获中共贵州省委宣传部颁发的贵州省“祖国好•家乡美”主题系列活动优秀组织奖。得到遵义市委、市政府支持，落实文艺专项资金130万元，增设参公编制5名。4月，汪洋的长篇小说《洋嫁》在《中国作家》发表;王志敏的《茶山情歌》在CCTV3“天天把歌唱”栏目播放。

1月，在正安县举办“遵义市小说创作研讨会”、遵义籍旅美作家汪洋作品研讨会；3月起，开展中小学生“祖国好•家乡美——多彩贵州美丽家乡”书画大赛。5月，在绥阳县举行“故人故土故事、诗人诗乡诗梦——纪念廖公弦‘中国诗乡’文化发展”座谈会；6月，召开青年作家夏青作品研讨会。8月起，在遵义市五个区县开展“红色遵义•欢乐乡村”共筑中国梦集中示范活动，10月23日，在绥阳县蒲场镇宜安社区举行启动仪式，后分别在遵义县、新蒲新区、凤冈县、习水县巡回演出。组织文艺工作者深入习水县，配合开展纪念第24个世界人口日暨“幸福家庭、生育关怀、出生缺陷救治”基金募集文艺演出活动，共募集基金520万元。承办《道德剧场》巡回演出活动近30场。举办以扶残助残、自强自立、关心关爱为主题的遵义市“走近残疾人”网络摄影大赛，共收到作品近千幅（张）。11月，召开遵义市第三次文代会。选举产生新一届领导班子成员。10—11月，在湄潭县、凤冈县、务川县等地举办文联系统理论与创作培训班。

3月，组织文艺家到福建省泉州市开展交流活动；4月，瓮安县文联来遵义开展文化产业发展交流座谈会。对老艺术家和困难艺术家宋渤、戴明贤、瞿明等进行了5000—30000元经费不等的扶持奖励。成立“遵义市美术家协会青少年分会”、“遵义市书法家协会青少年分会”、扩版发行《遵义文艺》3期。遵义市文联网站采取公司化运作模式；市音乐家协会的文化产业发展中心，产值达400万元；市曲艺家协会的红遵文化传播有限公司，注册资金200万元；市民间文艺家协会成立遵义市福林手工艺品设计中心等，以上文化产业公司均按照《公司法》、民间非营利组织的运行模式规范运营。实行行业运作，与新蒲新区、惠丰园有限责任公司合作，编辑出版反映新区发展的文艺刊物《沙滩风》1期；与市交警队、红十字会联合办刊《生命之舟》，出版1期。

【黔西南州文联】

2月5日，2013年黔西南州春节联欢晚会在兴义市万峰林纳录村举行。晚会由黔西南州委宣传部、州文化广播电影电视局主办，黔西南广播电视台承办，兴义市万峰林街道办事处、纳录泉汇农业发展有限公司和各县市广播电视台协办。黔西南州文联牵头指导，组织州舞协、州音协、州剧协等文艺家主创。1月30日上午，由黔西南州委宣传部主办、兴义市委宣传部承办的黔西南州迎春书画、奇石、兰花、盆景精品展在兴义市民族风情街开展。精品展共征集书画作品200余件，奇石100余件，兰花、盆景100余件。

黔西南州文联主办《金三角》杂志，兴义市文联主办《万峰林》、兴仁县文联主办《兴仁文苑》、安龙县文联主办《绿海》、贞丰县文联主办《北盘江》、普安县文联主办《南山湖》、晴隆县文联主办《二十四道拐》、望谟县文联主办《麻山文艺》等。

出版长篇小说《第三只眼睛》（杨远康）、《女人村》（马应立）、《星星在做梦》（杨元松）；诗集《迷漫的思绪》（牧之）；散文集《回眸》（高雪）、《走进喀斯特深处》（唐泽洋）、《苦难是一笔财富》（莫苍之）；戏剧小品集《珍珠串》（刘咏虹）；文献《布依服饰文化研究》（陈朗）、《兴义县政一览》（张明飞等）、《望谟布依族史》（王封常）、《册亨布依戏志》（册亨县文联）；论文集《布依文化论文集》（梁楠灿）等。

云南省文联

综　述

2013年，在省委、省政府的领导下，在中国文联、中国作协和省委宣传部指导下，省文联团结和带领全省文艺界认真贯彻党的十八大、十八届二中、三中全会和省委九次党代会精神，认真学习习近平同志系列重要讲话精神，积极倡导“爱国、为民、崇德、尚艺”的核心价值观，广泛开展“中国梦”主题文艺活动，精心组织开展党的群众路线教育实践活动，认真贯彻落实《中共云南省委关于新形势下加强和改进文联和文艺工作的意见》，成功召开省文联第七次代表大会，云南省文联云南文苑被人力资源社会保障部、中国文联授予“全国文联系统先进集体”荣誉称号，不断开创文联工作的新局面，文联和文艺工作为民族文化强省建设作出了积极贡献。

截止2013年12月，全省国家级文艺家协会会员数达1876名，省级文艺家协会会员达11760名，新增国家级会员73名，省级会员569名。

会议与活动

【省文联2013“送欢乐·下基层”文化惠民活动】

1月14日至15日，省文联2013年“送欢乐•下基层”文化惠民活动在武定县插甸乡禄劝县翠华镇举行，为武定县插甸乡、禄劝县翠华各族群众送上精彩的文艺表演和开展书法、摄影、美术等系列文化惠民活动。省文联主席、党组书记郑明，省委组织部部务委员、机关党委书记杜敏生，省文联党组成员、副主席麻卫军等领导出席，省音协副主席宗庸卓玛、王红星、何纾等著名歌唱家登台献艺，省电视台新闻主播耿嘉、省曲艺家协会副主席夏嘉伟等担纲主持人。在慰问演出的同时，省书法美术研究院、省书法家协会、省摄影家协会还组织了丰富多彩的书法、摄影、美术等系列活动，书法家和摄影家为插甸乡和翠华镇的群众免费书写春联、拍摄全家福，受到当地各族群众的热烈欢迎，向他们送上了欢乐和祝福。开展文化惠民活动的同时，为表达云南文艺界的一片爱心，省文联与澳大利亚著名华人企业家、慈善家魏基成联系，并受其委托向武定县捐赠总价值500万的冬衣5000件，助听器2500个，老花镜1000副。15日，省文联“送欢乐•下基层”活动在禄劝县翠华镇举行，活动现场，郑明、麻卫军等向翠华镇转交了由云南省烟草公司和省文联等单位共同向翠华镇捐赠人民币87万元。同时省文联受澳大利亚慈善家魏基成先生委托，向禄劝县捐赠冬衣5000件，助听器2500个，老花镜1000副，捐赠物资总价值约500万元。

【2013“春满彩云南”云南文艺界元宵晚会】

2月23日，由省委宣传部、省文联举办的“春满彩云南”2013云南文艺界元宵晚会在昆明世博吉鑫园举行。省委常委、省委宣传部部长赵金、省文联主席团成员、省委宣传部、省文化厅、省广电局等省级宣传文化系统主要负责同志，十三个省级文艺家协会文艺家共600多人出席联欢晚会。一年一度的文艺界联欢既是文联工作的惯例，也是加强党委、政府与文艺界联系的重要手段，成为展现各会员单位一年来创作成果的重要舞台，各文艺家协会的节目体现了各艺术门类创新发展的蓬勃生机，表达出全省文艺界共同推动云南文艺繁荣发展的美好心愿。

【中共云南省委下发《中共云南省委关于加强和改进新形势下文联和文艺工作的意见》】

3月1日，中共云南省委下发了《中共云南省委关于加强和改进新形势下文联和文艺工作的意见》（云发[2013]3号），提出了加强和改进文联和文艺工作的各种保障措施和指导意见。《意见》的下发使全省文艺界精神振奋，深受鼓舞。中国文联党组书记、副主席赵实同志给予了高度评价，中国文联编发简报报送中央领导同志，并同时转发至全国文联系统，《中国艺术报》在头版头条进行了重点报道。《意见》指出，全省文联组织要紧紧围绕全省工作大局，服务全省经济社会建设，大力弘扬“云南精神”，精心组织文艺创作，努力打造文艺精品，培育壮大文艺人才队伍，开展文艺惠民活动，为推进全省科学发展和谐发展跨越发展，建设开放富裕文明幸福新云南提供强大精神动力和文化支撑。《意见》的出台在云南文艺事业的发展史上具有深远意义，其中的各项具体规定和原则，对今后的文联和文艺工作具有重要的指导作用。

【省文联认真贯彻《中共云南省委关于加强和改进新形势下文联和文艺工作的意见》】

3月16日，中共云南省委下发了《中共云南省委关于加强和改进新形势下文联和文艺工作的意见》，省文联随后发出通知，要求全省文联系统认真学习贯彻《意见》精神，省文联利用六届七次全委会，七次文代会之机，认真组织传达学习《意见》，努力完善文艺创作激励机制和文艺人才表彰机制，经报中央评奖办批准，同意设立并表彰“云南省杰出艺术家”，经省政府批准，同意设立并表彰“云南省德艺双馨文艺家”、“云南省文学艺术创作奖”，省文联将按中央省委、省政府意见，做好评选准备工作。

【中国舞蹈家协会2013年度工作会】

3月26日，由中国舞蹈家协会和云南省文学艺术界联合会主办，云南省舞蹈家协会承办的2013年度中国舞蹈家协会工作会在昆明震庄宾馆召开。中国舞蹈家协会分党组书记、驻会副主席冯双白出席并讲话。来自全国31个省、直辖市、自治区、产业文联的舞协负责人参加了会议，会议讨论通过了《中国舞蹈家协会2012年工作总结和2013年工作计划》，并就各地舞协工作进行了经验交流，工作会获得了圆满成功。

【中国美协云南采风团启动仪式暨第十二届全国美展调研工作会】

4月12日，中国美术家协会赴云南采风团启动仪式在昆明举行。中国文联副主席、中国作协名誉副主席丹增，中国美术家协会分党组书记、驻会副主席吴长江，原云南省委常委、宣传部长晏友琼，省委宣传部常务副部长尹欣，省文联党组书记、主席郑明，西南七省区美协负责人、云南省美协主席团和各艺术委员会负责人，以及来自全国各地的著名美术家等70余人出席仪式。中国文联副主席丹增向采风团授旗。12日下午，中国美协在昆明召开第十二届全国美展调研工作会，西南七省区美协负责人，以及来自全国各地参加采风活动的著名美术家、云南省美协主席团和各艺术委员会负责人，各媒体的记者共70余人参加了调研工作会。

【云南省文联第七次代表大会】

5月22日至23日，云南省文学艺术界联合会第七次代表大会在昆明召开。省委书记、省人大常委会主任秦光荣，中国文联党组书记、副主席赵实出席开幕大会并讲话。省委副书记、省长李纪恒，中国文联副主席、中国作协名誉副主席丹增出席。省领导曹建方、杨成熙、张百如、高峰、罗黎辉、张学群，省老领导晏友琼、梁公卿、陈勋儒、赵廷光出席开幕大会。全省13个文艺门类和16个州市的490名正式代表，82名特邀代表，18名特邀嘉宾出席，会议听取了省文联第六届委员会工作报告。秦光荣书记做了题为“增强文化自信、打造文艺滇军”的重要讲话，要求全省文艺界增强文化自信、打造文艺滇军，讲好云南故事、唱响云南声音、舞动云南形象、培育云南人才。赵实书记也做了重要讲话。与会代表对《工作报告》和《〈云南省文联章程〉修正案》等进了审议，选举产生了云南省文联第七届委员会和领导机构。聘请梁公卿为省文联第七届名誉主席，郑明当选为云南省文联第七届主席；黄映玲、麻卫军、张维明当选为副主席；王毅、刘伟、李凡、李西宁、杨丽萍、杨福泉、吴卫民、何侃、宗庸卓玛、夏嘉伟、黄玲当选为兼职副主席。省文联成立了文艺志愿者服务团。

【“打造文艺滇军 繁荣云南文艺”座谈会】

6月27日，为深入贯彻省委领导在省文联第七次文代会上的重要讲话精神，由省委宣传部、省文联召开的云南文艺界“打造文艺滇军 繁荣云南文艺”座谈会在昆明举行。座谈会由省委宣传部常务副部长尹欣主持，省文联党组书记、主席郑明，省文联党组成员、专职副主席麻卫军，省文

联巡视员段斌，13个省级文艺家协会代表、省委宣传部文艺处、新闻单位记者80余人出席。会议提出，云南文艺界要认真学习秦光荣书记等领导的讲话精神，以云南精神作为打造“文艺滇军”的指导思想，确定云南文艺在全国文艺发展大局中的坐标，找准云南与全国文艺一流发展水平的差距，坚持以出人才、出精品为核心，努力打造一支全国一流的“文艺滇军”

【人力资源社会保障部、中国文联授予云南文苑“全国文联系统先进集体”荣誉称号】

6月30日，中国文联九届五次全委会暨全国文联系统先进集体和先进个人表彰会在北京会议中心召开。中国文联主席孙家正，中国文联党组书记、副主席赵实，中宣部副部长翟卫华，人力资源社会保障部副部长、国家公务员局党组书记杨士秋出席会议并为获奖集体和个人代表颁奖。云南省文联云南文苑等50个单位被人力资源社会保障部、中国文联授予“全国文联系统先进集体”荣誉称号。

【省文联深入开展党的群众路线教育实践活动】

2013年7月4日至2014年1月20日，省文联按照省委统一部署，在各省级文艺家协会、机关各处室开展了党的群众路线教育实践活动。省文联党组紧紧围绕“照镜子、正衣冠、洗洗澡、治治病”的总要求，以为民务实清廉为主要内容，认真开展各个环节的教育实践活动，有力推动了作风转变，进一步密切了与广大文艺工作者和人民群众的联系，强化了政治意识和政治纪律，增强了贯彻党的群众路线的自觉性，弘扬了批评和自我批评的优良传统，整改了“四风”突出问题，积极开展了谈心交心活动，成功召开了专题民主生活会，研究制定了18项整改制度。在活动中，省文联党组坚持严字当头，不折不扣地贯彻落实中央和省委决策部署；坚持领导带头，充分发挥示范引领作用；坚持敞开大门，充分调动广大文艺工作者和群众的积极性；坚持贯彻整风精神，自觉拿起批评和自我批评的武器；坚持问题导向，认真查找并解决“四风”方面存在的突出问题；坚持标本兼治，建立长效机制，以制度固化教育实践活动成果，得到省委领导和广大文艺工作者、全体干部职工的好评。活动期间，还邀请了原昆明军区文化部副部长、著名作家、鲁迅文学奖获得者彭荆风和全国政协常委、著名美术雕塑家袁熙坤举办了艺术讲座，省文联机关59名副处（副高）以上干部到扶贫挂钩点禄劝县参加教育实践活动，省文联组织了6次征求意见，到基层听取意见67次，征求到意见22条，提出了12项整改措施，对文艺活动、文艺评奖、三公经费、公款送礼、公款吃喝、铺张浪费、门难进、脸难看、事难办的现象进行专项整治，制定完善了13项管理规定和制度，形成了整改的长效机制。1月7日，省委常委、省委组织部长刘维佳同志到省文联随机调研检查对我会教育实践活动并给予好评，他认为“在群众路线教育实践活动的整改落实、建章立制环节中，领导重视、一把手发挥示范带头作风，规定动作基本到位，整改整治初见成效，制度建设积极推进、总体情况是好的”，1月14日，刘维佳部长在省文联整改报告中批示“好！”，2月21日，省委第4督导组到省文联参加教育实践活动总结大会，经民主评议，班子获得好、较好率达95.7% ，受到省委党的群众路线教育实践活动领导小组办公室和广大文艺工作者和文联干部职工的好评。

【“花儿朵朵向太阳”2013云南省少儿舞蹈比赛成功举办】

7月20日至24日，由省文联、省文化厅、省教育厅、省关心下一代工作委员会共同主办，省舞蹈家协会、省产业文联、昆明青少年活动中心承办，云南远大文化传播有限公司、云南东方民族民俗文化艺术传播中心、昆百大新纪元大酒店等协办的“花儿朵朵向太阳”2013云南省少儿舞蹈比赛暨第四届“金舞鞋奖”华夏舞蹈精品展演在昆明举行。来自全省的1500多人70余个节目参赛。《妈妈，我想》等22个节目获金奖，《活力》的表演者Ami张获特别表演奖，比赛旨在发现、培养、推出奖励优秀的舞蹈作品，表彰成绩突出的舞蹈创作与表演人员，活跃我省文化艺术演艺市场，推动云南民族舞蹈艺术事业的健康发展。

【省文联党员干部住村入户深入开展党的群众路线教育实践活动】

7月22日至25日，按照中央和省委的要求，围绕保持党的先进性和纯洁性，以为民务实清廉为主要内容，切实加强全体党员马克思主义群众观点和党的群众路线教育。由省文联党组书记、主席郑明和党组成员、专职副主席黄映玲、麻卫军带队，组织副处级和副高以上党员干部47人到禄劝县翠华镇调研基层文联工作，进村入户了解群众生产生活情况，与群众共同劳动。此次下基层，开展了以家庭环境卫生整治为主要内容的对口帮扶活动，加大了对禄劝县文联和翠华镇文化建设工作的支持力度，由省文联为禄劝县和翠华镇在年内办一个包括文学、摄影、美术等多个艺术门类的培训班，在《边疆文学》免费出一期禄劝县文艺专号，集中推介禄劝县文艺创作成果。

【省文联援建的禄劝县翠华镇大松园提水工程竣工】

7月24日，省文联援建的翠华镇大松园提水工程竣工。省文联党组领导郑明、黄映玲、麻卫军，禄劝县常务副县长杨文志，省文联党的群众路线教育实践活动第一批工作队员、翠华镇领导和大松园村民代表50余人参加了竣工典礼。2012年底，省文联协调省烟草公司出资50万元、省文联下属文艺家协会捐资8万元、禄劝县财政补助10万元，提水工程在半年内按计划如期完成。工程管道总长11公里，两个站房的水泵把掌鸠河引水供水工程隧道支洞里的水提上287米、276米，解决了大松园村委会7个村小组，纳岔村委会1个村小组共264户803人的饮水困难问题。

【第五届大理国际影会】

8月1日，由中共云南省委宣传部、云南省文学艺术界联合会、中共大理州委、大理白族自治州人民政府主办，中共大理州委宣传部、秘境传媒机构承办的第五届大理国际影会在大理古城开幕。中国文联副主席丹增、省文联主席郑明等领导出席开幕式。本届影会以“生活在别处——寻梦大理，诗意栖居”为主题，并延续“影像看世界、典藏看大理”的理念，突出国际、经典、新锐、本土，策划展出国内、国际摄影展200多个，作品6000余幅，邀请到国内外顶级画廊参展并进行图片交易，举办了“大理名镇名村”和“大理湿地”专题摄影展等一系列大理题材或大理本土摄影师的作品展。

【云南省首届杨柳可渡山歌节】

8月13日，由云南省文联、云南省广播电视台、云南省民间文艺家协会主办的云南省首届杨柳可渡山歌节在可渡村诸葛大营山歌广场举行。参加本届山歌节的40名选手来自贵州省及我省昆明、曲靖、文山、保山等州市及杨柳本地。比赛现场，异彩纷呈，民间歌手的歌声，清亮甘醇，淳朴自然，饱含着对新生活的热爱和对未来的美好憧憬，最终有10对歌手成功入围决赛。比赛评出金奖2名、银奖4名、铜奖6名，来自昆明呈贡的缪云雄、安宁的周存英最终摘得男、女金奖，获封本届山歌节歌王、歌后。本次山歌节，吸引了云贵两省交界群众2万余人参加。

【云南省音乐家协会音乐文学学会第一次会员代表大会】

8月23日，云南省音乐家协会音乐文学学会第一次会员代表大会在昆明举行，云南省音乐家协会音乐文学学会正式成立。全国政协原常委、云南省政协原副主席陈勋儒，云南省人大民族委员会主任孔祥庚，云南省文联党组书记、主席郑明，中国音乐文学学会常务副主席、著名词作家宋小明，中国音乐文学学会秘书长王玉民，云南省文联党组成员、专职副主席张维明，云南省音乐家协会主席、云南师范大学副校长陈勇等出席了大会。陈勋儒在会上作了重要讲话。会议确定我省著名词作家卢云生当选为云南省音乐家协会音乐文学学会会长，任英荣、赵家华、杨晓萍、蒋明初、谢维耕当选为副会长，土土、毛诗奇、宋思明、杨敬波、金鸿为、郑江涛、梁宇明当选为常务理事，肖正伟等24人当选为理事。学会聘任任英荣为秘书长，杨敬波、土土、李慧霖为副秘书长。聘请陈勋儒为总顾问，尹欣、郑明、黄峻、孔祥庚、段越庆、黄尧为顾问。中国文联副主席、中国音乐文学学会主席陈晓光，上海音乐文学学会等二十家余家音乐文学学会发来贺信。

【《聂耳百年》首发】

7月23日，为纪念聂耳诞辰百年，由云南省文联、中共玉溪市委宣传部和聂耳国际文化促进会联合编辑出版的大型画册《聂耳百年》在昆明举行首发仪式，以此缅怀伟大的人民音乐家聂耳。省文联主席、党组书记郑明在仪式上讲话。云南省音乐界人士、音乐剧《国之歌》主创人员、主要演员出席座谈会，郑明向聂耳亲属聂丽华颁发云南文苑收藏证书。

【原创音乐剧《国之歌》昆明演出】

7月23日，由中共云南省委宣传部、云南省文

联、聂耳国际文化促进会主办的大型原创舞台音乐剧《国之歌》在昆明胜利堂上演，这部为纪念人民音乐家聂耳诞辰１００周年而创作的音乐剧盛宴首次在聂耳出生地昆明演出，省文联党组书记、主席郑明，党组成员、专职副主席黄映玲等领导与现场近千名观众观看演出。音乐剧《国之歌》以四幕音乐剧形式，将聂耳动人的故事和聂耳大量的优秀作品相结合，充分展现出聂耳的人格魅力，洋溢着鲜明的青春励志的正能量。该剧计划在北京、上海、广州等地巡演百场。

【“魅力云南——郑明摄影作品展”】

7月31日，“魅力云南——郑明摄影作品展”在昆明艾维美术馆展出。展览没有举行开幕式，收录了省文联党组书记、主席郑明近年来拍摄的云南壮美山川，秀丽风光，包括东川红土地、昭通大山包、德钦梅里雪山、元阳梯田，以及傣族泼水节、彝族火把节、景颇族目瑙纵歌节。展览期间，先后有省委常委、省军区政委杨成熙，中国文联副主席丹增，省高级人民法院院长张学群，省政协副主席罗黎辉，省军区原司令员黄光汉，省人大原常务副主任晏友琼，省政协原副主席陈勋儒，省军区原副政委李炳军，湖南省政协原副主席、湖南文联主席谭仲池，中国文联原副主席、中国摄影家协会原主席吕厚民，中国摄影家协会副主席朱宪民，全国政协常委、著名雕塑家袁熙坤，《解放军报》原总编辑饶洪桥，驻滇某部董海军将军等领导、数十位省内外著名艺术家以及社会各界人士参观。参展作品多次在山西平遥国际影展、广东连州国际影展、大理国际影会等作专题展出，多幅作品收入中央档案馆永久收藏，并入选《中国摄影家艺术年鉴》。

【繁荣云南书法创作、打造书法滇军研讨会】

8月16日，为了认真贯彻落实中央、省委关于深入开展党的群众路线教育实践活动的重要部署，落实省委秦光荣书记在省文联七次文代会上向全省文艺界作出“增强文化自信，打造文艺滇军”的重要指示，由省文联主办、省美术书法研究院承办的“繁荣云南书法创作研讨会”在昆明举行。省高级人民法院院长、中国书协理事张学群，省人大原常务副主任、省美术书法研究院名誉院长晏友琼，省文联党组书记、主席郑明等领导与云南书法界著名书法家、专家学者约70人出席研讨会。会上，张学群与云南书画家们交流了安徽省繁荣书法事业的工作经验，特别是广泛动员广大书法爱好者，推动实施书法“百千万”人才工程，营造了浓厚的书法研究、创作氛围，提高了书法艺术的普及度，出精品、出大家，推动书法事业的大发展大繁荣。晏友琼向张学群颁发了云南省美术书法研究院总顾问聘书。研讨会由省文联党组成员、专职副主席麻卫军主持。

【中国少数民族戏剧学术研讨会】

9月6日，由云南省文联、云南艺术学院、上海戏剧学院主办，云南省戏剧家协会、云南艺术学院戏剧学院承办的“中国少数民族戏剧学术研讨会”在昆明召开。省文联党组书记、主席郑明，云南戏剧家协会主席、云南艺术学院院长、教授吴卫民，上海戏剧学院副院长、国家一级导演郭宇等领导出席开幕式。北京、上海、陕西、青海、甘肃、云南等省市戏剧界专家学者以及省内各院校师生、剧团的表演艺术家、研究所的相关专家100余人出席。省文联党组书记、主席郑明，云南艺术学院院长吴卫民，上海戏剧学院副院长郭宇分别在开幕式上致辞。开幕式由省文联党组成员、专职副主席黄映玲主持。

【云南少数民族戏剧调研座谈会】

9月7日，在“中国少数民族戏剧学术研讨会”召开期间，省文联党组成员、副主席黄映玲主持召开云南少数民族戏剧调研座谈会。昆明、大理、德宏、楚雄、文山等地的戏剧界专家学者参加了座谈会并在会上发言。调研活动旨在贯彻中央及省委深入开展党的群众路线教育实践活动的重要部署，更好地打造文艺滇军之戏剧军团，切实推进云南戏剧事业的发展繁荣。

【云南省第二届老年文化艺术节】

10月9日，由省民政厅、省文联、省老龄委办公室主办，省音协、省舞协、省美协、省书协、省摄协、省产业文联协办的“云南省第二届老龄文化艺术节”在云南艺术学院实验剧场开幕。省政协副主席倪慧芳，省政协原副主席、省老年产业协会会长陈勋儒，省军区原司令员、摄影家黄光汉，省文联党组书记、主席郑明，省民政厅厅长、省老龄委常务副主任段丽元，省人大常委会原秘书长、摄影家沈安波，省民政厅副厅长、省老龄委专职副主任王建新，省老龄委办公室专职副主任和向群，省文联党组成员、专职副主席麻卫军，省文联巡视员段斌，省公安厅原副厅长、摄影家孙大虹等领导出席了开幕式。参加开幕式的还有全省老年人代表、各艺术门类的艺术家代表、知名艺术家、文艺工作者代表共200余人。艺术节包括“云南省第二届老年文化节——美术、书法、摄影展”、“云南省第二届老年文化节——音乐、舞蹈（服饰）比赛”、“乾兴翠杯敬老节文艺展演暨小黄帽明志行动启动仪式”等系列活动。

【第二届云南省中青年文艺评论家高级研修班】

10月18日至10月23日，由云南省文学艺术界联合会、昭通市委宣传部主办，云南省文艺评论家协会、昭通市文联、昭通文学艺术创作中心承办的第二届云南省中青年评论家高级研修班在昭通文学艺术创作中心举办。省文联党组成员、副主席张维明和昭通市政府副市长杨桂兰出席开班仪式并讲话。来自全省文联系统、高校、宣传文化等部门的中青年文艺评论家共计50人参加了研修培训。

【第五期全国曲艺创作高级研修班】

10月26日，由中国曲艺家协会、云南省文联主办，云南省曲艺家协会承办的第五期全国曲艺创作高级研修班开班仪式在昆明连云宾馆举行。云南省文联党组书记、主席郑明，中国文联人事部副主任郑更生，中国曲协副主席、辽宁省文联副主席、省曲协主席崔凯，中国曲协副主席、山西省文联副主席、省曲协主席马小平，云南省文联党组成员、副主席黄映玲，中国文联人事部培训处处长闫少非等领导出席了开班仪式。来自北京、河北、山西、江苏、吉林等23个省、市的曲艺作家与云南当地中青年曲艺作者80余人出席。中国文联党组成员、书记处书记李前光作书面讲话，开班仪式由中国曲协分党组书记、驻会副主席董耀鹏主持。结业仪式上，学员孟祥伟代表本期学员向云南文苑捐赠自己创作的绘画作品，省文联党组成员、专职副主席黄映玲代表云南省文联为其颁发收藏证书。

【郑明主席主讲云南文化大讲堂】

10月27日，由云南省文化厅、云南省文联主办的2013年“云南文化大讲堂”第二十一讲在省图书馆开讲。云南省文学艺术界联合会党组书记、主席郑明为现场400余名观众带来了题为《用文学艺术彰显云南精神》的讲座，提出文联要努力为大批敢为人先的云南文艺人才脱颖而出创造一个良好的环境，团结和引导文艺家讲好云南故事、唱响云南声音、舞动云南形象、培养云南人才，打造文艺滇军，为共同实现中国梦而努力。郑明的诗歌、音乐、摄影给观众奉送了一场“高端的艺术盛宴”。

【鲁迅文学院第八期少数民族文学创作培训班】

11月4日至25日，鲁迅文学院第八期少数民族文学创作培训班在云南民族大学开班。中国文联副主席、中国作协少数民族文学委员会主任丹增，全国人大常委、全国人大教科文卫副主任、中国作协副主席、少数民族文学创作培训领导小组组长张健，省文联党组书记、主席郑明，云南民族大学党委书记陈鲁雁，省作协主席黄尧等出席开班仪式。丹增、张健、郑明在开班仪式上讲话，开班仪式由鲁迅文学院副院长李一鸣主持。11月25日，鲁院第八期少数民族文学创作培训班在昆明举行了结业仪式。中国作协党组副书记、中国作协副主席、鲁迅文学院院长钱小芊，少数民族创作领导小组副组长白描，省文联党组书记、主席郑明，省作协主席黄尧等出席结业仪式并为学员们颁发结业证书。钱小芊在结业仪式上讲话，结业仪式由鲁迅文学院副院长成曾樾主持。

【云南省文联七届二次主席团会议】

12月30日，云南省文联七届二次主席团会议在省文联召开。省人大教科文卫副主任尹欣，省文联党组书记、主席郑明，省文联党组成员、专职副主席黄映玲、麻卫军、张维明，省文联巡视员段斌，兼职副主席王毅、何侃、杨福泉、夏嘉伟、黄玲，省文联副巡视员张建林等出席会议。会议讨论通过了《云南省文学艺术界联合会章程修改的说明》，聘任尹欣为七届省文联委员会名誉主席。郑明为尹欣颁发聘任证书。郑明作了《省文联2013年工作总结和2014年工作计划》的报告。

【云南文苑建设】

在省委省政府的高度重视和亲切关怀下，在昆明市委、市政府及省、市、区各有关部门的大力支持下，“云南文苑”建设工程进展顺利，经过努力，主体工程已封顶断水，目前正在抓紧外墙装饰施工，云南文学艺术馆展览陈列方案已完成

第二轮编制，并已上报省政府审批，目前已收到社会各界捐赠实物4000余件，力争2014年底建成并向公众开放。由于云南文苑具有较强的创新性和示范效果，中国文联九届五次全委会上省文联云南文苑等50个单位被人力资源社会保障部、中国文联授予“全国文联系统先进集体”荣誉称号。建成后将成为一座集收藏保护、展览教育、培训交流、游览参观，具有民族性、时代性、艺术性、国际性为一体的云南文学艺术博物馆，成为人民群众接受文学艺术熏陶、休闲娱乐的云南文化大观园和推动云南文化大发展大繁荣的重要基地。

创作与获奖

省文联积极动员全省文艺工作者和文艺家进行文艺创作，组织参加国家级重大文艺活动，多位文艺家获得国家级和国际文艺奖项。

在戏剧方面，陈亚萍滇剧《京娘》获中国文联、中国剧协第26届中国戏剧梅花奖大赛中国戏剧奖•梅花表演奖。话剧《搬家》、《守望》，花灯《挡车石》、彝剧《喜羊羊》分别获文化部第十届中国艺术节文华剧目奖、群星奖。

在音乐方面，扎西顿珠获中国音协第九届中国音乐金钟奖音乐比赛流行唱法优秀奖，并获得个人单项奖（最佳人气偶像奖）。孔庆学获中国音协第九届中国音乐金钟奖声乐比赛民族唱法优秀奖。杨云燕、钟霄军作曲，金鸿为作词的歌曲作品《月亮情歌》获中国音协第九届中国音乐金钟奖作品比赛组合类歌曲创作优秀作品奖。张郁芩获第三届全国少儿小提琴少年B组比赛（小金钟奖）优秀奖。谢维耕作词歌曲《赶秋》、殷海涛作词、周国庆作曲《阿哈巴拉》获文化部第十届中国艺术节“群星奖”音乐类比赛群星奖。刘晔声乐作品获第九届中国音乐金钟奖作品比赛优秀作品奖。

在舞蹈方面，舞蹈《阿罗汉》获中国文联、中国舞协第九届中国舞蹈“荷花奖”民族民间舞比赛作品金奖。《小乖乖》、《小鹿的家园》、《哈尼梯田小卫士》、《长街宴》、《我爱机器人》、《妈妈，我想….》、《弹起我的小鼓鼓》、《搓豆豆》分别获中国文联、中国舞协第七届“小荷风采”全国少儿舞蹈展演最佳编导、小荷之星、小荷园丁、小荷之家奖。

在文学方面，于坚《于坚的诗》获第九届《十月》诗歌奖第一名、《圣敦煌记》排行《中国散文》2013年上半年排行榜第一位，《于坚诗选》获长江文艺双年奖诗歌奖、扬子江诗学奖年度诗歌奖第一名、长江文艺双年奖诗歌奖第一名。范稳《碧色寨》获“三个一百”原创工程奖、范稳《悲悯大地》入选《十月》创刊35周年最具影响力35部作品之一。胡性能《下野石手记》获第十届《十月》文学奖、李贵明《怒江》获《民族文学》2013年度奖。

在美术方面，共获得国际、国内6项大奖。李传康版画《一二三四》获得中国美协主办的“时代印记——2013•中国百家金陵画展（版画）”金奖、于克敏油画《打靶归来》获得中国美协主办的“首届中国美术家协会会员油画精品展”精品奖（最高奖）、胡晓幸水彩画《格子•围巾》获得美国国家水彩画会主办的“2013年度第93届国际水彩画展”大师奖。张晓春版画《幻界•沉鱼》、郭仁海版画《云之南•望云少年》、游宇版画《异位1》获得中国美协主办的“第二十届全国版画作品展”优秀奖。

在书法方面，田园媛获得第三届国际刻字艺术大展赛“耽罗”奖。

在曲艺方面，腊国庆《白鹇姑娘》获中国文联、国家民委、中国曲协第五届全国少数民族曲艺展演最佳创作奖。

在摄影方面，石明《“型”、“像”的描述》获中国摄协策展委员会、中国摄影展览中心摄影策展人奖中国优秀摄影策展人2013年度飞马奖提名奖。杨金海《乡宴》获中国艺术摄影家协会、中国摄影网第十五届全国艺术摄影大赛纪实摄影类金奖。

在民间文艺方面，通海民间文艺获中国民协中国舞龙展演银奖。

在电视方面，电视剧《木府风云》获中国广播电影电视部主办的“第29届飞天奖”长篇电视剧一等奖、电视剧《杨善洲》获长篇电视剧二等奖。

在电影方面，傅绍杰哈尼族电影《俄玛之子》获国家新闻出版广电总局、法国文化传媒部、巴黎市政府、法国国家电影中心“第八届法国巴黎中国电影节”最佳新人奖。

在杂技方面，《女子蹬人流星》获文化部主办的“第十四届中国吴桥国际杂技艺术节”国际金狮奖；李西宁等创作、编导，帅玺等演出的杂技《空竹——雨中情》获国际银狮奖；杂技《流星—马缨花》获得“哈萨克斯坦阿拉木图2013国际马戏节”金奖。

由于组织有力，省美术家协会、省舞蹈家协会、省曲艺家协会、省戏剧家协会、省民间文艺家协会、省电视家协会分别获得中国美协、中国舞协、中国曲协、中国剧协、中国民协、中国视协颁发的组织奖和优秀组织奖。

对外文化交流

【中西艺术文化交流会】

1月3日，由省文联主办，翡翠凤凰（北京）文化传媒有限责任公司承办的“中西艺术文化交流会”在昆明举办，来自俄罗斯的著名油画大师、人民艺术家、艺术科学院院士列德涅夫•瓦列裏•亚历山大罗维奇，俄罗斯新生代画家、国际艺术家学会成员、圣彼得堡水彩画家协会会员瓦西裏耶夫娜•阿廖娜与中国的潘义奎、阎禹铭、方胜、徐澄、赵力中、曾晓峰、白实、陈流等30多位画家就“民族文化传承中的油画”展开交流讨论。

【第四届中国•东南亚•南亚电视艺术周】

6月4至8日，由中国电视艺术家协会、云南省对外文化交流协会、云南省文学艺术界联合会、云南省商务厅、云南省广播电视局、云南广播电视台主办，云南省昆交会办公室、云南省电视艺术家协会、云南省摄影家协会、云南省书法家协会、云南省电影家协会承办的第四届中国•东南亚•南亚电视艺术周在昆明成功举办。艺术周邀请了孟加拉国、缅甸、印度、老挝、新加坡、泰国、越南、柬埔寨、马来西亚、新加坡等国家和香港、澳门、台湾地区以及国内中央电视台、四川广播电视台、云南润视荣光影业等影响较大的电视机构负责人和艺术家。本届电视艺术周主要举办了影视艺术的交流与合作论坛、“彩云南的微笑”暨“山茶花”奖颁奖典礼、东南亚•南亚电影观摩交流、南亚风光风情摄影展、亚洲书法艺术展等活动。第四届中国•东南亚•南亚电视艺术周的举办，丰富了南博会的文化内涵，给南博会增光添彩，凸现了文学艺术的特色与艺术魅力。

【云南作家代表团出访老挝】

12月19至23日，应老挝作家协会邀请，老挝外交部、中国驻老挝大使馆的邀请，省文联党组书记、主席郑明率省文联作家代表团对老挝进行访问，受到万象市委书记、市长，新闻文化旅游部长，原中央宣传培训部长的亲切接见，并与老挝作家协会、老挝部分作家进行了交流。双方签订了合作备忘录，达成四点共识：一是每年互派5至10人访问，每次5天以上的时间；二是每年选择经典图书翻译出版；三是每年帮助老挝培训2至3位有中文基础的老挝中青年作家；四是中国作协、云南作协对老挝作协给予必要的办公设施的资助。老挝作家协会提议云南作协代表中国加入老挝、泰国、越南、柬埔寨、缅甸联合举办的一年一度的湄公河文学评奖活动，云南作家协会将邀请五国作家参加2014年6月举办的中国•东南亚•南亚作家论坛。省文联先后派出文艺家赴美国、英国、法国、德国以及台、港、澳参加出访交流活动。卓有成效的文化交流活动有力促进了云南对外文化的合作与交流，增强了云南民族文化的国际影响力。

【2013中韩国际书法交流展】

12月14日， 由省文联主办，省书法家协会、韩国国际书法艺术联合大邱庆支会承办的“2013中韩国际书法交流展”在昆明举办。省文联党组书记、主席郑明出席并讲话。省书协主席郭伟、韩国国际书法艺术联合大邱庆北支会会长权时焕，以及中韩两国书法家、书法爱好者200余人参加开幕式。开幕式由省文联党组成员、专职副主席麻卫军主持。本届展览共展出中韩两国书法艺术家作品108件，其中，65件作品来自我省书法家，43幅作品来自韩国书法家。

各文艺家协会

【云南省作家协会】

积极服务会员，我省作家在诗歌、小说、报告文学、散文、评论等方面都有新的突破，在全国重点文学期刊上发表文章100余篇，与鲁迅文学

院共同主办了为期一个月的第八期少数民族文学创作培训班、举办了中国作家协会少数民族文学委员会议、全国青年作家创作会议云南座谈会、李骞的长诗《彝王传》研讨会、《张长文集》首发式、2013云南长篇小说•影视文学剧本红河创作会等创作研讨活动。

【省音乐家协会】

召开了音乐文学学会、音乐评论学会成立大会暨第一次会员代表大会,举办“本土化与多元化”学术研讨会,主办了第九届中国音乐金钟奖声乐选拔赛、“七彩保利”全省青少年钢琴大赛,云南省青少年获奖选手钢琴音乐会,云南省第二届老年文化艺术节音乐类比赛等重要赛事。

【省戏剧家协会】

组织我省梅花奖获得者参与“中国戏剧梅花奖创办30周年系列活动”,推荐的云南省滇剧院陈亚萍以滇剧《京娘》获得第26届中国戏剧梅花奖,承办了中国少数民族戏剧学术研讨会。

【省舞蹈家协会】

承办了2013年度中国舞蹈家协会工作会,承办“花儿朵朵向太阳”2013云南省少儿舞蹈比赛暨第四届“金舞鞋奖”华夏舞蹈精品展演选拔赛、“云南省第二届老龄文化艺术节”舞蹈(服饰)比赛、“第五届‘金秋风采’全省中老年舞蹈大赛”、推荐作品参加“第七届‘小荷风采’全国少儿舞蹈展演”、“第九届中国舞蹈‘荷花奖’民族民间舞决赛”,云南艺术学院舞蹈学院的《阿罗汉》获群舞创作金奖,《串哨》获单双三人舞编导铜奖;推荐作品参加“第九届中国舞蹈‘荷花奖’舞剧•舞蹈评奖”,推荐选送的云南艺术学院文华学院的《茶马古道》获得本届舞蹈评奖作品银奖。

【省曲艺家协会】

成功举办第五期全国曲艺创作高级研修班,组织节目参加“第五届全国少数民族曲艺展演”。

【省美术家协会】

承办的“七彩云南——中国美术作品展”云南采风、第二批“七彩云南——中国美术作品展”云南采风筹备、主办《理想与历程》大型画册首发式、“镜•境——女性视角艺术”画展、“李立环中国画作品展”等重要展览,著名画家钟开天的《瑞祥春和图》被人民大会堂常委会议厅收藏。

【省摄影家协会】

组织会员深入边疆民族地区、贫困地区、受灾地区开展“送欢乐、下基层”活动,拍老百姓的“全家福”,动员会员积极参加“万名摄影志愿者,万幅作品进万家”活动,受到群众的热烈欢迎。策划召开全省摄影创作研讨会,探讨云南摄影艺术的创新发展。主办了16个专题影展,近万名市民免费参观。与省博共同举办中法文化之春——“马克•吕布、布鲁诺•巴贝摄影作品展”,参与成功举办第五届“大理国际影会”、第二届景洪“西双版纳国际影像展”。承办的“感知中国•美丽云南”摄影展成功在日内瓦联合国总部“万国宫”展出。出版《云南摄影家个人作品专辑》。开展的各类群众性摄影比赛与摄影展览已达20多次。

【省书法家协会】

积极参与省文联“送欢乐、下基层”活动,举办了首届云南青少年书法大赛、感悟经典•云南首届临书展、杜建民书法艺术展,2013中韩国际书法交流展等书法活动,田园媛获得第三届国际刻字艺术大赛“耽罗”国际性文艺奖项。

【省民间文艺家协会】

会同中国民协正式命名宣威为“中国火腿文化之乡”、临沧市临翔区为“中国象脚鼓文化之乡”、“中国碗窑土陶文化之乡”。主办“云南省首届杨柳可渡山歌节”,吸引了云贵两省交界群众2万余人前来观看。“云南省第六届根雕艺术展”吸引5万余群众参与。

【省电影家协会】

承办第四届中国•东南亚•南亚电视艺术周,东南亚、南亚电影观摩研讨活动,组织报送作品参加首届亚洲微电影艺术节。

【省杂技家协会、省产业文联】

积极参与“艺术进万家”、“送欢乐、下基层”活动,参与组织了武定县插甸乡、禄劝县翠华镇、文山州砚山县、文山学院、麻栗坡老山连慰问演出,组织承办“2013春满彩云南——云南省文学艺术界迎新春元宵联谊会”,台湾戏曲学院民俗技艺学系赴云南杂技研修班,“海峡两岸书画名家作品展”,“2013首届大观楼云南省文艺家志愿者服务团进社区活动”,“云南省第二届中老年文化艺术节才艺大赛”。省杂技团杂技节目《流星—小伙、四弦、马樱花》获哈萨克斯坦国际马戏节金奖。《女子蹬人流星》获得了第十四届中国吴桥国际杂技艺术节金狮奖。

【省电视艺术家协会】

抓好“第四届中国·东南亚·南亚电视艺术周”，协调完成七次文代会成就片《万紫千红总是春》的编辑制作；协调电视剧《盾神》、《畹町桥》、电影《萨娜在中国》在滇拍摄工作。

【文艺理论室、省文艺评论家协会】

与云南师范大学签订了全面合作的框架协议，聘请全省知名文艺家作为客座教授，成立了“云南省青年文艺评论家培养基地”，与高校合作出版《边疆文学·文艺评论》杂志，举办了第二届云南省中青年文艺评论家高级研修班，策划组织“云南省文学艺术界联合会五年成就展”，举办了于克敏美术作品研讨会、王佳敏舞蹈艺术作品研讨展演活动。编辑出版云南省文艺评论丛书《云南精神与文学艺术》、《思考与批评》。

【省美术书法研究院】

承办了“2013繁荣云南书法创作研讨会”，积极参与省文联“送欢乐、下基层”活动，在普洱建立“云南省美术书法研究院创作基地”。

【《边疆文学》杂志社】

努力提高刊物质量，与企业联合主办边疆文学·金圣文学大奖，推出了鲁迅文学院第十届高研班和西南班专号，刊物的转载率显著上升。

【《边疆文学·艺术云南》、云南文艺网】

刊物质量、选题不断提高，影响力不断扩大。

基层文联工作

【昆明市文联】

制定了《昆明市文学艺术界联合会文艺家协会考评办法》和《昆明市文学艺术界联合会基层（行业）文联考评办法》，激发协会和基层（行业）文联工作活力，积极搭建昆明文艺面向全国的平台，召开了“繁荣昆明文学创作座谈会”积极提升繁荣昆明文艺工作水平。

【昭通市文联】

采取多种文艺方式，积极行动，深入贯彻落实十八大精神，抓好“四群”教育，助推新农村建设，突出重点，努力培养壮大昭通作家群，挂牌成立中国作协少数民族文学委员会昭通创作基地，承办第二届云南省中青年评论家高级研修班，成立了昭通市文艺评论家协会。

【曲靖市文联】

积极抓好作风转变，文联机关服务水平有显著提升，组织召开了市文联第四次代表大会。精心组织云南省首届杨柳可渡山歌节，近20000余各族群众参与，成功举办云南省第六届根雕艺术展，宣威被中国民间文艺家协会批准命名为“中国火腿文化之乡”。

【玉溪市文联】

承办了中国文联文艺志愿服务“戏剧培训项目”，60余名市、县区创作人才参加了培训。精心承办2013年滇东文学创作年会，举办农村题材戏剧小品剧本征集活动。

【保山市文联】

出台《保山市“永子”文学作品以奖代补奖励办法》，举办第三届保山市文学艺术政府奖评奖，保山国家公共文化服务体系示范区建设成果图片征集及“中国摄影家走进国家公共文化服务体系示范区——保山”摄影大赛活动。

【楚雄州文联】

积极协助州委出台《中共楚雄州委关于加强和改进新形势下文联和文艺工作的意见》，召开了州文联第七次文代会，积极打造彝州文化品牌。

【红河州文联】

开展了“中国梦·红河路”系列文艺活动，精心承办“2013云南长篇小说·影视文学剧本红河创作会”，精心组织了中国美术馆馆长范迪安带领的“七彩云南”采风团一行写生创作活动。

【文山州文联】

组织开展“文化拜年”系列活动，积极开展文艺活动及文艺交流，积极促进出版与创作。

【普洱市文联】

积极争取市委下发《关于加强和改进新形势下文联和文艺工作的实施意见》，在人力、物力、财力和政策上给予了扶持，文联发展环境得到突破性改善，地位和作用进一步提高。

【西双版纳州文联】

举办了庆祝建州60周年美术、书法、摄影大赛展览活动。音乐舞蹈协会与州民族文化工作团协作，组织演员开展送文化下基层演出10场，出

国演出3场，观众达60000余人。

【大理州文联】

争取州委出台《中共大理州委关于加强和改进新形势下文联和文艺工作的意见》、出台了《大理白族自治州优秀文学艺术奖评选奖励办法》，组织召开了大理州第四次文代会，繁荣创作，精品打造初见成效。

【德宏州文联】

努力办好文艺“三刊”，努力传承民族文化。精心承办了2013年滇西文学创作年会及2013年全国少数民族地区文学期刊主编会议。

【丽江市文联】

精心办好《壹读》、《丽江》杂志，培养本土文艺人才，不断扩大丽江影响力。

【怒江州文联】

积极开展向高德荣同志学习活动，积极做好“七彩云南——中国美术作品展”怒江写生采风活动，精心组织全国著名画家采风创作。

【迪庆州文联】

积极争取党委政府对文艺创作的重视，由州委、州政府表彰了迪庆州首届优秀文学艺术作品奖，《我的滇西》等65件作品获得奖励。

【临沧市文联】

积极协助出台《中共临沧市委关于贯彻落实〈中共云南省委关于加强和改进新形势下文联和文艺工作的意见〉的实施意见》，召开了市文联第二次代表大会，积极扩大文化交流，提升本土文艺队伍素质。

西藏自治区文联

综　述

2013年是实施“十二五”规划的关键一年，也是西藏文艺工作和文联工作取得明显成效、社会影响日益扩大的一年。一年来，在自治区党委、政府和区党委宣传部的坚强领导下，西藏文联坚持高举中国特色社会主义伟大旗帜，以邓小平理论、“三个代表”重要思想、科学发展观为指导，坚定信心、凝聚共识，统筹谋划、协同推进，深入学习贯彻党的十八大、十八届三中全会精神，学习贯彻习近平总书记系列重要讲话和关于西藏工作的一系列重要指示精神，坚持围绕中心、服务大局，坚持解放思想、实事求是、与时俱进，坚持贴近实际、贴近生活、贴近群众，紧紧围绕坚持中国道路、弘扬中国精神、凝聚中国力量，紧紧围绕保持党的先进性和纯洁性，认真履行联络、协调、服务职能，团结和带领广大文学艺术工作者共同奋斗、开拓进取，文艺工作和文联工作取得了新的成绩。

会议与活动

【学习贯彻习近平同志关于厉行勤俭节约、反对铺张浪费重要批示精神】

1月21日，西藏文联召开全体干部职工大会，传达学习习近平同志关于厉行勤俭节约、反对铺张浪费重要批示精神。会议要求，在三大节日期间，从文联党组主席团领导做起，机关工作人员一律做到不大吃大喝，严禁用公款搞走访、送礼、宴请、旅游等活动，坚决反对各种奢侈浪费行为，严格遵守相关纪律和规定，以实际行动落实习近平同志的重要批示精神，坚决同党中央、自治区党委的精神保持一致。

【认真学习贯彻自治区主席洛桑江村同志在新一届政府第一次全体会议上的讲话精神】

2月，西藏文联召开全体干部职工大会，传达学习1月31日，自治区主席洛桑江村同志在新一届政府第一次全体会议上的重要讲话精神。会议要求，对2013年要开展的重点活动、有关工作及要进行的项目建设再进行细化，把抓好文艺作品的创作同推动西藏经济建设、社会发展、民族团结结合起来，努力创作一批既能体现西藏特色，又乐于让人民群众接受的优秀文艺作品，进一步做好文联的维稳工作，确保春节、藏历新年、全国两会和三月份敏感期间文联的绝对安全稳定。

【理论学习中心组传达学习习近平总书记和刘云山同志在新进中央委员会的委员、候补委员学习贯彻党的十八大精神研讨班上的讲话精神】

3月4日，党组书记沈开运同志主持召开理论学习中心组学习会，传达学习习近平总书记和刘云山同志在新进中央委员会的委员、候补委员学习贯彻党的十八大精神研讨班上的讲话精神。会议要求，文联各党支部、广大党员和文艺工作者一定要把学习贯彻习近平总书记和刘云山同志在研讨班上的重要讲话与深入学习贯彻党的十八大精神、学习贯彻习近平总书记近期一系列重要讲话精神结合起来，进一步增强道路自信、理论自信、制度自信，努力开创文学艺术界各项工作科学发展的新局面。

【学习贯彻习近平总书记在参加十二届全国人大一次会议西藏代表审议时的重要讲话精神】

3月15日，党组书记沈开运同志主持召开理论学习中心组学习会，传达学习习近平总书记在参加十二届全国人大一次会议西藏代表审议时的重要讲话精神。会议要求，文联党组、主席团要把学习贯彻总书记的重要讲话精神作为当前和今后一个时期的一项重要政治任务，采取理论中心组集中学习、各党支部分头学习等多种形式，迅速传达到每一名党员干部，特别是县处级以上党员

领导干部要在今天学习的基础上先学一步、学深一层，扎扎实实地把学习转化为推动自治区文艺事业大发展大繁荣的实际行动。

【自治区副主席孟德利一行到西藏文联调研指导工作】

3月27日，自治区副主席孟德利一行前往西藏文联调研指导工作。孟德利副主席对文联近年来所取得的成就给予充分肯定，指出文联在今后工作设想里提到的“六个新突破”，思路清晰、措施有力、定位准确，并提出文联作为意识形态领域的重要组成部分，地位重要、职责光荣、特色鲜明，作为文学家、艺术家要充分利用自治区得天独厚的文化资源，把文化的理论化通过艺术作品上升到更高层次，塑造成一种形象，教育人影响人，做到“以文为体、以化为主、以德养艺、以艺创业”。

【西藏文联、西藏摄影家协会赴农村办展庆祝百万农奴解放纪念日】

3月28日，西藏文联、西藏摄影家协会联合日喀则地委组织部和第六批山东援藏干部管理中心，在白朗县吉定村举办摄影展，庆祝百万农奴解放54周年。图片展共展出120余幅照片，吉定村男女老幼仔细参观欣赏各自的“合家欢”照片和笑容灿烂的特写人物肖像，脸上充满了幸福和喜悦。

【西藏美术家协会主席韩书力捐赠5万元奖金给西藏文联美术基金】

4月7日，西藏美术家协会主席韩书力同志，带着中国美术家协会对其长期以来在推动西藏美术发展中所作出的突出贡献奖金人民币5万元来到西藏文联，捐赠给西藏文联美术基金。

【“美丽中国 画说西藏‘大爱’无声——李鹏举捐赠34幅系列油画作品展览慈善公益活动”在拉萨举行】

4月16日，由自治区党委宣传部、西藏文联和西藏高山文化发展基金会共同主办的“美丽中国 画说西藏‘大爱’无声——李鹏举捐赠34幅系列油画作品展览慈善公益活动”在西藏博物馆拉开帷幕。展出的34幅油画系列作品，是著名旅美油画家李鹏举先生历经两年多时间，多次进藏采风，克服多重困难，足迹遍布西藏多地精心创作完成的。

【鲁迅文学院第三期少数民族文学创作培训班在拉萨开班】

5月6日，鲁迅文学院第三期少数民族文学创作培训班开班仪式在西藏拉萨举行。中国作协副主席、鲁迅文学院院长张健在开班仪式上希望学员们进一步提高写作技巧，解决创作困惑，思想理论、创作水准迈上新的台阶。自治区党委常委、宣传部长董云虎在致辞中表示，此次培训班的开办，充分体现了中央对西藏文学的大力支持，体现了中宣部、中国作协对西藏文学事业的关怀，必将有力地推动自治区文学创作繁荣发展。培训班为期22天，来自西藏各地的38名少数民族作家参加培训。

【西藏文艺界举行庆祝西藏和平解放62周年座谈会】

5月23日，庆祝西藏和平解放62周年座谈会在拉萨举行，西藏文艺界人士代表齐聚一堂，结合自身体会，通过新旧西藏的巨大变化，畅谈西藏和平解放62周年来的发展进步。西藏文联主席扎西达娃出席会议并要求，与会文艺工作者要在全党全社会对文化建设的高度重视大好机遇下，思考如何通过我们西藏文艺事业的大发展大繁荣来实现习近平总书记提出的实现中华民族伟大复兴的中国梦，思考如何在立足本职岗位，继承和发扬“老西藏”精神，扎扎实实做好自己的本职工作，推进西藏文艺事业再上一个新台阶出谋划策，贡献智慧和力量。

【“推动艺术交流 促进文化繁荣《圣域的色彩》——西藏当代中国书画学术邀请展”在拉萨举办】

6月1日，由西藏文联、西藏美术家协会主办的“推动艺术交流 促进文化繁荣‘圣域的色彩’——西藏当代中国书画学术邀请展”在自治区博物馆开展。展览展出了全国各地书画艺术家近百幅新近佳作。党组书记沈开运同志在开幕式上表示，创建和举办“推动艺术交流 促进文化繁荣”系列展览，是西藏文联为西藏自治区内外文艺工作者搭建提供的一个交流互动、切磋提高的平台。希望这一平台能够引导西藏区内外文艺工作者、文艺爱好者为表现西藏、宣传西藏、发展西藏，为西藏社会主义文化大发展大繁荣作出新的努力和新的贡献。

【传达学习自治区党委八届四次全委会精神】

6月13日，党组书记沈开运同志组织党组、主席团成员，传达学习自治区党委八届四次全委会精神。会议要求，文联全体干部职工和文艺工作者要深刻领会自治区党委八届四次全委会的精神实质，深刻把握中央领导的重要批示精神，深刻把握当前的大好形势，深刻把握自治区党委的决策部署，充分调动全区广大文艺工作者的积极性，奋力推进跨越式发展，为实现西藏持续稳定、长期稳定、全面稳定作出我们的贡献。

【“西藏新派藏画展”在北京民族文化宫开幕】

6月18日，由西藏文联主办，西藏美术家协会、西藏展览中心、北京民族文化宫承办的“西藏新派藏画展”在北京民族文化宫开幕。展览共展出臧跃军、李宗委、计美赤烈三位西藏本土艺术家的112件作品，这些作品形式多样，风格独特，在绘画方式和题材选择上均运用了与西藏相关的材料，有些更是前所未有的尝试和突破。

【西藏山水长卷组画《神山圣水图》在京展出】

6月29日，著名画家刘万年的西藏山水长卷组画《神山圣水图》在北京宋庄展出。刘万年在西藏工作生活40年，将传统水墨画技法与藏地风光融合，有鲜明的地域特征。《神山圣水图》由120幅八尺宣并列组成，总面积369平方米，创作历时8年，集中展现了雪域高原千山之宗、万水之源的神韵。

【举办“中国梦”专题宣讲辅导报告会】

7月17日，党组书记沈开运同志作以“中国梦”为主题的宣讲辅导报告。文联全体干部职工、文艺工作者参加并认真聆听了宣讲报告。在近两个小时的报告中，沈开运同志从“辉煌历史，精神动力、两个百年，两重任务以及国家好，民族好，大家才好”三个方面全面翔实生动地阐述了“中国梦”的内涵、外延、时代特征和组成因素。

【认真学习陈全国同志在“为了谁、依靠谁、我是谁”专题讨论会上的讲话精神】

7月22日，西藏文联召开理论中心组学习会，传达学习自治区党委书记陈全国同志在自治区党委常委会“为了谁、依靠谁、我是谁”专题讨论会上所作的重要讲话精神。党组书记沈开运同志要求文联全体党员干部要将学习贯彻讲话精神作为党的群众路线教育实践活动的一项重要内容，认真思考文艺工作和文艺创作“为了谁、依靠谁、文艺工作者是谁”的问题，把学习成果转化为推动文艺事业发展繁荣的具体行动。

【四届六次全委会召开】

7月30日，西藏文联四届六次全委会在拉萨举行。文联主席扎西达娃同志受党组、主席团委托作工作报告，党组书记沈开运同志就党的群众路线教育实践活动征求意见。按照《西藏自治区文学艺术界联合会章程》，会议增选郭守平、肖世革为西藏文联副主席。

【理论学习中心组学习俞正声同志在西藏考察时的重要讲话精神】

8月13日，西藏文联召开理论学习中心组学习会，传达学习中共中央政治局常委、全国政协主席俞正声在西藏考察时的重要讲话精神。会议要求，文联各协会各部门和广大党员干部要认真贯彻落实俞正声主席“长期建藏”的批示精神，切实把思想和行动统一到党的十八大精神和习近平总书记一系列重要讲话精神上来，统一到俞正声主席的重要讲话要求上来，按照中央的部署要求，求真务实、开拓创新，把长期建藏思想作为做好西藏工作的长期指导思想，进一步理清工作思路、改进工作计划、完善工作措施，切实把讲话精神转化为推动西藏文艺大发展大繁荣的实际行动。

【“第六届中国西藏珠穆朗玛摄影大展”完美谢幕】

8月14日，“第六届中国西藏珠穆朗玛摄影大展”在布达拉宫广场落下帷幕。摄影大展由中国摄影家协会、西藏自治区党委宣传部、西藏文联和拉萨市人民政府共同举办。在10天的展出过程中，共吸引近十万人前来观展。展览共展出700幅摄影作品。

【中国舞协、西藏文联积极开展“藏族舞蹈西藏采风”活动】

8月21日至29日，中国文联安排中国舞蹈家协会前来西藏与西藏文联联合开展“藏族舞蹈西藏采风”活动。采风团一行深入基层考察民风民俗，感受新西藏、新发展、新变化、新生活。

【中国舞蹈家协会和西藏文联在拉萨成功举办“藏族舞蹈研讨会”】

8月22日，中国舞蹈家协会和西藏文联在拉萨举办“藏族舞蹈研讨会”。研讨会上，广东省艺术研究所所长文祯亚、四川省歌舞剧院一级编导马琳，北京舞蹈学院民间舞系副教授靳苗苗，成都

军区政治部文工团副团长苏冬梅和西藏舞蹈艺术家以及文化产业领军人才从“西藏歌舞艺术发展状况”、“藏族传统和再创作”等不同角度、不同方面，对中国舞蹈、藏族舞蹈如何传承创新、资源优势如何运用、舞蹈艺术如何弘扬发展等进行高水平的深入研讨。

【中国文联、中国舞蹈家协会、西藏文联联合举办“送欢乐、下基层”活动】

8月28日，中国文联、中国舞蹈家协会、西藏文联在山南地区曲松县举办“送欢乐、下基层”文艺演出活动，为曲松县近千名干部群众表演了《秧歌舞》、舞剧《格萨尔》片段和傣族《孔雀舞》、朝鲜族《独舞》等13个节目，受到基层干部群众的热烈欢迎。

【西藏文联同四川省文联签约成立“川藏艺术家联盟”】

9月6日，西藏文联与四川省文联签约成立“川藏艺术家联盟”。双方约定，“川藏艺术家联盟”每年组织1至2次艺术交流活动，首次活动以两省区唐卡艺术交流为起点，2014年首先在西藏举办，而后在四川举办。四川省文联党组书记蒋东升，西藏文联党组书记沈开运出席签约仪式并签字。

【西藏“甘露杯”曲艺大赛完美落幕】

9月7日，由中国曲艺家协会、西藏文联等单位主办，以“活跃基层文化，推动基层曲艺事业”为主题的西藏“甘露杯”曲艺大赛暨颁奖晚会，在拉萨市歌舞团剧场完美落幕。大赛共征集到西藏各地（市）民族艺术团、各县区民间艺术团和大中专院校艺术系参赛作品30多个，共评出各类奖项35个。牛群、李立山、全维润等国内曲艺界的专家、知名编剧和演员组成评委会，全程参与指导决赛评选工作并参加颁奖晚会。

【“和美净土——巴玛扎西水墨画展”在京开幕】

9月27日，由中国美术家协会艺术委员会、西藏文联、中国美术家协会、北京画院、西藏书画院、李可染艺术基金会共同主办的“和美净土——巴玛扎西水墨画展”在北京画院美术馆隆重开幕，展览集中展示巴玛扎西近年来创作的水墨探索新作60余幅。随后举行了巴玛扎西绘画作品学术研讨会。

【韩书力进藏40年绘画展在中国美术馆开展】

9月29日至10月8日，由中国文联、全国政协书画室、西藏自治区党委宣传部、中国美术家协会、中国美术馆、李可染艺术基金会、西藏文联联合主办的“韩书力进藏40年绘画展”在中国美术馆开展，同时还举办了韩书力绘画艺术研讨会等系列活动。展览展出了韩书力同志40年来创作的近百幅作品。

【深圳文联进藏考察采风，热情表达交流合作愿望】

9月下旬，深圳市文联组团进藏考察采风，与西藏文联进行了交流座谈，并与西藏书法家协会藏汉文书法家进行了书法交流笔会。座谈交流中双方一致认为，西藏深圳双方艺术家共同创作联合办展，在创作交流中相互学习，相互推动，共同发展，从而密切两地文化交流，增进文艺界建立广泛联系和友谊，在双方文化交流与合作过程中，深圳文联可在资金方面给予更多支持与承担。

【理论学习中心组召开专题学习会，传达全国、全区宣传工作会议精神】

9月30日，西藏文联理论学习中心组召开专题学习会，重点传达全国、全区宣传工作会议精神。会议要求，要守好、扩大文联的工作阵地，把政治导向放在第一位，把文艺家组织动员工作做好，抓住机遇策划几件大事，做好几个品牌，充分发挥桥梁纽带作用，整合区内文艺人才，吸引内地高端文化人才，使更多的人参与文化发展繁荣工作，组织引导各方面艺术家为社会增添正能量，提高正面宣传的“含金量”。

【第二届“和美西藏”美术作品大赛颁奖仪式暨作品展开幕式在国家大剧院举行】

9月28日至10月10日，由中国西藏网和西藏文化网共同主办，西藏文联协办的第二届“和美西藏”美术作品大赛颁奖仪式暨作品展开幕式在国家大剧院举行。大赛评选出获奖作品30幅，同时展出200余幅精选美术作品。

【电视剧《茶颂》座谈会在西藏文联召开】

11月5日，由西藏自治区党委宣传部、中国民族音像出版社、西藏文联共同举办的电视剧《茶颂》座谈会在西藏文联举行。座谈会上，与会的西藏民族历史学家、文化学者、影视工作者共同对该剧的艺术创作、思想意义，进行了热烈深入的研讨。

【西藏文艺界召开理论学习中心组学习交流座谈会学习贯彻十八届三中全会精神】

11月13日，西藏文联召开理论学习中心组学习交流座谈会，学习贯彻十八届三中全会精神。与会各文艺家代表就各自的学习畅谈了心得体会。党组书记沈开运同志在发言中说，作为文联的同志，要更多地研究如何满足广大人民群众日益增长的精神文化生活的需求，通过认真学习，统一思想，武装头脑。西藏文联主席扎西达娃同志在发言中结合自身成长具体事例谈到，一个国家的强大，必定体现文化的强大，作为一个生活在这个时代的艺术工作者感到十分荣幸，作为一个中国人觉得十分幸福。

【传达学习十八届三中全会精神】

11月18日，西藏文联召开党组、主席团扩大会，学习讨论习近平总书记在十八届三中全会上所作工作报告要点及第二次全体会上的重要讲话精神。会议要求，西藏文联要深刻领会习近平总书记的重要讲话和全会重大决定的精神，广泛宣传全会精神，坚决贯彻落实好全会关于全面深化改革的各项重要部署，特别是关于深化文化体制改革的重要部署，推进文艺工作和文联工作，以作风建设的新成效促进全会精神的全面贯彻落实。

【召开专题会议研究文艺家协会工作】

11月29日和12月3日，西藏文联党组、主席团组织西藏文艺家协会、期刊编辑部和机关处室负责人召开专题会议，研究文艺家协会工作。会议围绕十八届三中全会《关于全面深化改革若干重大问题的决定》，就当前协会工作存在的主要问题和如何加强协会自身建设、发挥好协会作用、加强文化产业建设、正确处理文联机关与协会的关系、加强主席团对协会工作的领导等六个方面的问题进行了研究。

获奖情况

【李运熙、祖牛·拉巴次仁分别获得中国书法进万家先进书法家和先进书法工作者称号】

2月22日，2013年中国书法进万家工作总结会在京召开，中国书法家协会下发了《关于表彰2013年中国书法进万家活动先进集体及个人的决定》，西藏书法家协会李运熙、祖牛•拉巴次仁分别获得中国书法进万家先进书法家和先进书法工作者称号。

【西藏原生态舞蹈《定日诺谐》、《萨嘎甲谐》荣获国家级非物质文化遗产民族民间舞蹈展演活动“《舞蹈世界》全明星之非物质文化遗产专题节目特别荣誉奖”】

3月，在中央电视台综艺频道《舞蹈世界》栏目与中国舞蹈家协会联合举办的“国家级非物质文化遗产民族民间舞蹈展演活动”中，由西藏文联、西藏舞蹈家协会选送的原生态舞蹈《定日诺谐》、《萨嘎甲谐》荣获“《舞蹈世界》全明星之非物质文化遗产专题节目特别荣誉奖”。

【中国美术家协会表彰西藏文联美协主席韩书力同志为推动西藏美术事业发展做突出贡献】

中国美术家协会决定，对韩书力同志长期以来在推动西藏美术事业发展中所作出的突出贡献予以表彰并奖励人民币5万元。同时号召美术家们以韩书力同志为榜样，为推动和促进少数民族美术事业和教育事业的繁荣发展，以及少数民族题材美术创作作出新的贡献。

【藏戏艺术首度荣获国家级戏剧表演最高奖项——“中国戏剧梅花奖”】

5月20日，由中国文联与中国戏剧家协会联合主办的第26届中国戏剧梅花奖大赛（西片）终评结果在成都揭晓。西藏藏戏艺术家、西藏自治区藏剧团副团长边点旺久同志荣获“中国戏剧梅花奖”。此次获奖，也是自1983年梅花奖设立以来，作为联合国人类非物质文化遗产的藏戏艺术首次荣获这一专业殊荣。

【杨年华漫画《铁窗下真言》获第九届全国法制动漫作品漫画类优胜奖】

4月3日，全国普法办公室公布了第九届全国法制动漫作品征集活动获奖名单，西藏影视家协会秘书长杨年华创作的漫画作品《铁窗下真言》，获漫画类优胜奖。

【西藏摄影家协会主席旺久多吉参加第12期“文化中国·名家讲坛”活动获国务院侨办表扬】

6月5日，国务院侨办发来函件，对2012年邀请西藏摄影家协会主席旺久多吉在香港和台湾举办的第12期“文化中国•名家讲坛”活动，向西藏

文联和旺久多吉同志表示诚挚谢意。

【西藏美术家协会、波密县文联、山南地区文联伍金多吉被人力资源社会保障部、中国文联分别授予“全国文联系统先进集体”、“全国文联工作优秀集体”和“全国文联系统先进个人”荣誉称号】

6月30日，中国文联九届五次全委会暨全国文联系统先进集体和先进个人表彰会在北京召开。西藏美术家协会、山南地区文联伍金多吉被人力资源社会保障部、中国文联分别授予“全国文联系统先进集体”、“全国文联工作优秀集体”和“全国文联系统先进个人”荣誉称号

【西藏剪纸作品“藏戏面具艺术”获第四届中国剪纸艺术节暨第三届国际剪纸艺术节铜奖】

7月8日，由中国文联、中国民间文艺家协会与中国剪纸艺术博物馆共同举办的第四届中国剪纸艺术节暨第三届蔚州国际剪纸艺术节开幕，西藏民间文艺家协会会员雪•达珍的剪纸作品“藏戏面具艺术”获得铜奖，并为中国剪纸艺术博物馆收藏。这是西藏剪纸艺术连续第三次获得奖项。

【西藏民协推荐参评民间工艺品获第十四届中国人口文化奖】

6月6日，第十四届中国人口文化奖（民间艺术品类）获奖作品公布，西藏民间文艺家协会推荐参评、由西藏民间手工艺人制作的木雕工艺品——藏式民居缩微木雕“吉祥门”获三等奖。

【创作歌曲获“第十一届中国西部民歌（花儿）歌会”金奖】

7月26日，由国家文化部、国家民族事务委员会、中国人民对外友好协会、宁夏回族自治区人民政府等单位主办的“第十一届中国西部民歌（花儿）歌会”在宁夏回族自治区永宁县举办。由杨年华作词、多吉欧珠作曲、扎西拉宗演唱的歌曲《珠穆朗玛的故乡——西藏》获金奖。

【微电影《国旗阿妈啦》在首届“北京影协杯”微电影创作评选大赛中，荣获社会组纪录片单元“最佳纪录片奖”】

8月，由西藏文联杨年华同志参与创作，河北广电局等单位联合出品的微电影《国旗阿妈啦》，在北京市文联、北京市电影家协会举办的首届“北京影协杯”微电影创作评选大赛中，荣获社会组纪录片单元“最佳记录片奖”。

【西藏选手在2013，“隆豪杯”中国少数民族情歌大赛中斩获卫藏组前三】

8月25日至27日，由中国民间文艺家协会、青海省文联海南藏族自治州人民政府主办的2013，“隆豪杯”中国少数民族情歌（藏语原生态唱法）大赛颁奖，那曲的多布获卫藏组一等奖，那曲的尼玛洛桑和山南的格桑巴珠获卫藏组二等奖，山南的达娃卓玛、拉萨市的才旦卓玛和当珠获卫藏组的三等奖。

【扎西达娃等四名同志被批准为自治区学术技术带头人】

9月27日，西藏自治区人力资源和社会保障厅公布2013年西藏自治区学术技术带头人名单，西藏文联一级文学创作扎西达娃、一级美术师计美赤列、研究员克珠群佩和副编审次仁罗布四位同志榜上有名。

【西藏民协会员、唐卡画师赤增绕旦连续获奖】

9月，在中国西藏网、中国西藏信息中心举办的第二届“和美西藏”美术作品大赛中，赤增绕旦的作品《释迦牟尼》荣获金质收藏奖。10月，在中国民间艺人组委会和中国民协联合举办的第五届中国民间艺人节上赤增绕旦被评为“中国十佳民间艺人”称号。

【舞蹈《阿谐》获第七届全国电视舞蹈大赛三项大奖】

10月20日，第七届全国电视舞蹈大赛颁奖晚会在中央电视台举行。西藏舞蹈家协会组织推荐的林周县民间艺术团表演的舞蹈《阿谐》获作品奖金奖，平措次仁、边巴旺堆获编导奖金奖，尼玛顿珠获最佳演员奖。

【摄影家车刚、次仁尼玛获中国摄影家协会表彰】

10月，在中国摄影家协会组织的“万名摄影志愿者万幅作品进万家”公益活动和“服务基层优秀会员”评选活动中，西藏摄影家车刚和次仁尼玛分别荣获了“万名摄影志愿者万幅作品进万家”公益活动先进个人和“服务基层优秀会员”荣誉称号。

【曲艺节目获“第五届全国少数民族曲艺展演”多个奖项】

12月10日，第五届全国少数民族曲艺展演活动举行颁奖仪式。西藏曲艺节目折嘎《新旧对比》

获一等奖，扎念琴弹唱《歌颂环卫工人》获二等奖，格萨尔说唱和鼓乐弹唱《夏尔巴的歌声飞向蓝天》获三等奖，日喀则地区民族艺术团演员石达获表演奖，西藏曲艺家协会获组织奖。

【著名画家韩书力水墨作品获法国卢浮宫国际美术展银奖】

12月14日，在“2013年卢浮宫国际美术展”颁奖典礼上，西藏著名画家韩书力的水墨作品荣获美术展银奖。韩书力此次获奖，反映了国际美术界对西藏文化发展繁荣和韩书力本人艺术成就的充分肯定，为我国和西藏赢得了荣誉。

理论研究

文艺理论评论工作有了新的推进，发挥了推动文艺创作繁荣、推动优秀作品广泛传播的积极作用。党组、主席团在《西藏日报》发表了题为《把好导向 自觉担当 努力推动西藏文艺事业大发展大繁荣》和《努力推动西藏文艺事业实现更大繁荣发展》的学习体会文章，文联党组、主席团领导创作的散文《叶巴的灯光》和《幸福永驻》分获《盛世赞歌》——学习贯彻党的十八大精神有奖征文活动一、三等奖。完成中国文联调研课题《西藏文艺理论评论工作现状及对策建议》，完成自治区党委宣传部调研课题《为人民抒写 为时代放歌——党的十六大以来西藏文艺工作的回顾与展望》、《努力培育高层次文艺人才，为自治区文化事业发展提供坚强人才保障》、《文艺家协会工作、文艺领军人才培养、重大题材文艺创作体制机制调研》和《西藏文联文艺家协会工作情况的调查》。

创作情况

【文学创作】

完成中国作家协会主编的汉译藏《短篇小说卷》、《散文卷》翻译、校对、审校、出版发行工作。创作出版长篇历史小说《金城公主》，完成长篇报告文学《系在金沙江畔的魂》的创作任务。

完成《中国新时期少数民族文学作品集•藏族文学卷》选编、编纂。组织编撰《西藏当代文学史》。联系中国作协组织全国知名作家撰写大型报告文学《千年一梦》。

【美术创作】

8月，西藏和平解放60周年“百幅唐卡”作品完成，在西藏博物馆举行新唐卡创作作品内部汇报展，并成立新唐卡画册编委会。

韩书力、边巴多吉、拉巴次仁、平措扎西、次仁旺加等同志接受文化部组织的“中华文明历史创作题材”《八思巴》、《格萨尔》创作任务。

组织推荐西藏4位艺术家的美术作品参加国际双年展。

编著西藏唐卡艺术家夏鲁•旺堆的传记《从僧僮到画师》。

组织作品参加中央统战部主办的“和美西藏画展”。

【书法创作】

组织书法作品参加“上海书法艺术节中国当代书法名家精品展”、“踏着伟人的足迹——纪念毛泽东诞辰120周年巡回书画展”、“第二届羊欣奖全国书法作品展”、“翰墨滨海——百名中国书协理事书法精品展”、“中国当代著名书画家百人作品展”。

【摄影创作】

配合中央统战部中国西藏网采风团前往林芝、山南、日喀则等地进行采风创作。

与日喀则地区拉孜县委合作，举办“美丽日喀则西部”大型摄影创作活动。

【民间文艺创作】

由大丹增负责的《中国故事集成•西藏卷》、德庆卓嘎负责的《中国歌谣集成•西藏卷》、才旦多吉负责的《中国谚语集成•西藏卷》藏文卷本集成工作全部完成，由张宗显负责编纂的《西藏民俗志》通过复审。

【影视创作】

完成电视剧《大爱无敌》、《一家人不说两家话》、《雪豹》、《文化站长》、《铁梨花》、《医者仁心》、《北京爱情故事》、《小小飞虎队》、《西藏秘密》等剧目的译制工作，译制并播出《中美外交大揭秘》、《行走西藏》、《中国珍稀物种》《抗日战争》、《狂野非洲》等专题片。

由《国旗阿妈啦》改编的电影《国旗阿妈》拍摄完成。

对外及对港澳台地区文化交流

【西藏艺术团赴澳门参加《澳门基本法》颁布20周年纪念演出】

3月23日，受中央人民政府驻澳门联络办文化教育部、澳门基本法推广协会邀请，西藏文联组成了以中国文联原副主席、自治区政协原副主席、国家一级演员才旦卓玛为团长，由自治区藏剧团、自治区歌舞团等42人组成的西藏艺术团赴澳门参加庆祝演出活动。在澳门期间，艺术团为澳门政经界人士、教师学生和社会各界进行3场演出。此项活动对于进一步加强澳门特别行政区与西藏的文化交流与互动，增进澳门同胞对西藏的认识与了解，宣传和介绍西藏优秀的民族文化都具有积极意义。

【“澳门美术协会青委美术作品展暨第九届澳门·辽宁·西藏三地摄影联展”在西藏博物馆开展】

6月10日，由西藏文联、澳门基金会主办的“澳门美术协会青委美术作品展暨第九届澳门．辽宁．西藏三地摄影联展”在西藏博物馆开展。展览展出了60余幅澳门美术协会青委艺术家在内地或海外采风、进修后新近完成的绘画作品和120余幅澳门综艺摄影会、辽宁新闻摄影学会、西藏摄影家协会的摄影作品。

【“文化中国·知名华人书画家西藏行”采风团与韩书力等著名艺术家开展交流互动活动】

8月20日、21日，受国务院侨办邀请，来自美国、加拿大、法国、澳大利亚、日本、新西兰等国的12位海外知名华人书画家与西藏著名书画家、作家在拉萨开展文化讲座、笔会交流互动活动。党组书记沈开运同志与采风团团员和西藏部分艺术家进行座谈，希望海外艺术家和自治区艺术家通过交流活动，切磋技艺、共同促进，让更多的海外华侨、外国友人通过艺术的桥梁沟通心灵，通过西藏题材书画作品向往西藏、认识西藏、了解西藏、热爱西藏。

机关建设

【改进作风、联系群众，党的群众路线教育实践活动有序开展】

自7月份以来，按照自治区党委关于开展党的群众路线教育实践活动的统一部署，制定了《西藏文联深入开展党的群众路线教育实践活动实施方案》，召开群众路线教育实践活动动员大会，组织党组、主席团学习会7次，理论中心组学习讨论会11次，文联3个党支部学习会5次，机关党委集中学习4次，党组书记沈开运同志围绕“中国梦”为全体干部职工作专题辅导报告1次，党组成员、副主席郭守平同志为全体党员干部上了一堂生动的专题党课，撰写心得体会文章7篇，向7个地市级文联，1个县级文联，自治区宣传思想文化单位，昌都地区八宿县驻村点，近50位文联委员、50位干部职工、近100位驻村点干部群众、联系户征求了意见。

【创先争优、强基惠民，切实帮扶解决基层困难】

建立村“两委”及党员档案和工作台账，完成党务、村务公开栏建设，制作标牌20条，落实47万元资金，维修八个蓄水池和2000米的水渠，申请42头牛、82头猪分发给各家各户饲养，提前半年完成村小招生工作，捐助价值1.8万余元学习生活用品和8万余元学校工作用车，捐助3万元帮助学校修建教工厨房食堂；为村里两位手术病人每人解决医疗费2万元，看病送药2500余元，发放节日慰问费2.6万元、贫困户慰问金8500元、护林费9.3万元、青苗补偿费9万余元、人畜饮水劳务费8700元和种粮补贴5535元，为特困户捐款4000元；解决村民大小纠纷几十次，办理低保17户，解决安居工程4户，办理合作医疗526人，增加养老保险260人，解决就业4人。

【履行职责、加强管理，文联自身建设成效明显】

顺利完成四届六次全委会选举程序，扎实做好第五次全区文代会换届的各项工作，完成旧办公楼拆除重建文化艺术交流中心的申请立项、招商引资、设计施工等工作，改进文联食堂经营，积极筹备“中国西藏民俗文化产业园区”、“中国西藏唐卡艺术博物馆”暨“西藏美术馆”和“西藏文学艺术创作研究院”等项目的前期工作，完成选派村党支部第一书记和工作队员驻村工作，组织实施院内供暖安装工作，完成第六批、第七批援藏干部交接工作，创新和改进事业单位人员使用和管理办法，机关党建工作进一步加强。

各文艺家协会

【作家协会】

白玛娜珍、次央、平措扎西藏的选题列为中国作协重点扶持项目，吉米平阶反映驻村生活的长篇小说列为中国作协定点深入生活的重点支持选题。

选送史映红、尼玛次仁参加第十九届、第二十一届鲁迅文学院高级研讨班学习，选派鹰萨•罗布次仁、张文捷等4位青年作家参加全国青年作家创作会议，发展西藏作家协会会员5名，其中，劳稔麦朵作为网络作者被破例吸收。

和宁夏作协采风团进行文学交流和座谈。

组织召开自治区重点扶持作品《金城公主》研讨会。

【美术家协会】

12月23日，西藏美术家协会召开第五次代表大会，近70名美术家代表出席大会。大会听取并审议了协会第四届主席团工作报告、审议通过了协会章程修改草案。自治区党委常委、宣传部长董云虎要求全区美术工作者，要始终坚持正确的政治方向，始终坚持以人民为中心的创作导向，始终坚持崇尚美、传播美，始终坚持德艺双馨的价值取向。会议选出产生了由30人组成的美协理事会和10人组成的新一届主席团。韩书力当选新一届美术家协会主席，扎西次仁等9人当选副主席，边巴当选秘书长，拉巴次仁当选副秘书长。

邀请西藏著名唐卡艺术家嘎青•阿顿在日喀则对全区唐卡画家讲解唐卡艺术度量经及历史。

接待中国美术家协会分党组书记、驻会副主席吴长江等赴藏文化考察团6次，扶持民间画家15人次。

【书法家协会】

12月24日，西藏书法家协会召开第四次代表大会，近60名书法家代表与会，大会听取并审议了协会第三届主席团工作报告，审议通过了协会章程修改草案，选举产生了由30人组成的书协理事会和10人组成的新一届主席团。杨双举当选新一届书法家协会主席，边罗等12人当选副主席，江村当选副秘书长，聘请巴珠为名誉主席。

组织西藏20多名中国书法家协会会员及西藏书法家协会会员举办“迎新春、展书风”书法笔会。

在昌都地区八宿县叶巴村为驻在村学校辅导藏文书法知识。

组织书法家为四川雅安和庐山地震灾区捐赠书法作品20余幅。

发展中国书法家协会会员4名，西藏书法家协会会员25名。

【摄影家协会】

12月25日，西藏摄影家协会召开第五次代表大会，64名摄影家代表与会。大会听取并审议了协会第四届主席团工作报告，审议通过了协会章程修改草案，选举产生了由39人组成的摄协理事会和12人组成的新一届主席团。旺久多吉继续当选新一届摄影家协会主席，阿旺洛桑等11从当选副主席，阿旺洛桑当选秘书长，普布次仁当选副秘书长。

参与“秘境林芝旅游摄影大赛”活动并为其作品进行评选。

西藏摄影家协会会员王伟涛摄影作品《荡秋千》荣获第八届美国《国家地理》全球摄影大赛“华夏典藏奖”和中国赛区二等奖。

【音乐家协会】

12月24日，西藏音乐家协会召开第五次代表大会，近58名音乐家代表与会，大会听取和审议了第四届协会主席团工作报告，讨论和修改了协会章程，选举产生了由43人组成的音协理事会和11人组成的新一届主席团。美郎多吉当选新一届音乐家协会主席，德西梅朵等10人当选副主席，多吉欧珠当选秘书长。

积极筹备音乐家协会主席美朗多吉的个人音乐作品《献给母亲的歌》专场音乐晚会。

向第九届中国音乐金钟奖推荐流行组歌手和组合歌手。

【舞蹈家协会】

12月25日，西藏舞蹈家协会召开第五次代表大会，近70名舞蹈家代表与会。大会听取并审议了协会第四届主席团工作报告，审议通过了协会章程修改草案，选举产生了由41人组成的舞协理事会和15人组成的新一届主席团。丹增贡布当选

新一届舞蹈家协会主席，白芨等14人当选副主席，洛金当选秘书长。

西藏远大农民工艺术团表演的“甲谐”入围第七届全国电视舞蹈大赛决赛。

【戏剧家协会】

12月20日，西藏戏剧家协会召开第五次代表大会，近50名戏剧家代表与会。大会听取并审议了协会第四届主席团工作报告，审议通过了协会章程的修改草案，选举产生了由30人组成的剧协理事会和8人组成的新一届主席团。强巴云丹当选为西藏戏剧家协会主席，扎西顿珠等7人当选副主席，郭杰当选秘书长。

选派西藏青年编剧尼玛顿珠参加中国文联第二期全国中青年编剧高级研修班。

发展西藏戏剧家协会会员7名。

【曲艺家协会】

12月26日，西藏曲艺家协会召开第五次代表大会，53名戏剧家代表与会。大会听取并审议了协会第四届主席团工作报告，审议通过了协会章程修改草案，选举产生了由26人组成的剧协理事会和6人组成的新一届主席团。平措扎西当选为西藏戏剧家协会主席，金巴洛珠等5人当选副主席，聘请土登为名誉主席，聘请牛群、姜昆为西藏曲艺家协会顾问。归桑朗杰当选副秘书长。

发展西藏曲艺家协会会员36名。

【民间文艺家协会】

12月27日，西藏民间文艺家协会召开第五次代表大会，西藏65名民间文艺家代表与会。大会听取并审议协会第四届主席团工作报告，审议通过了协会章程修改草案，选举生产了由43人组成的民协理事会和11人组织成的新一届主席团。图嘎当选新一届民间文艺家协会主席，克珠群佩等10人当选为副主席，克珠群佩当选秘书长，聘请才旦多吉为名誉主席。

西藏唐卡艺术传习基地暨西藏唐卡画院正式挂牌，西藏民间文艺家协会会员、著名勉唐派唐卡大师罗布斯达为聘任院长。

与《西藏商报》联合采访西藏民间工艺专版文章60余版，宣传推介自治区民间工艺和艺人成就。

【影视家协会】

12月26日，西藏影视艺术家协会召开第三次代表大会。西藏51名影视艺术家代表参会。大会听取和审议了第二届影视艺术家协会主席团所作的工作报告，讨论和修改了协会章程修改草案，选举产生了新一届协会领导班子。由25人组成协会理事，王跃华当选为主席，吴兴元等9人为副主席，杨年华当选为协会秘书长，聘请韩辉为名誉主席。

纪录片《国旗阿妈啦》荣获第十二届（2010—2013年度）河北省文艺振兴奖“作品奖”。

由报告文学《国旗阿妈啦》改编的电影《卓玛美朵》，通过中国百部电影专家论证会，列入2012年中国文学艺术发展专项基金资助项目、中国电影家协会“12•5”百部农村电影工程项目以及列入国家广电总局扶持项目。

根据报告文学《国旗阿妈啦》改编的纪录片《国旗阿妈啦》，在中央电视台十频道《讲述》栏目直播。

引进中国传媒大学和浙江广播电视学院等播音主持专业4名应届毕业生。

文艺期刊

由西藏文联主办的西藏文艺期刊《西藏文艺》（藏文）、《西藏文学》（汉文）、《邦锦梅朵》（藏文）、《西藏人文地理》（汉文）和内刊《西藏文联通讯》五个文艺期刊始终坚持“把握方向、办出特色、提高质量、扩大发行”的办刊宗旨，牢牢把握社会主义先进文化的前进方向，传播和谐理念，培育和谐精神，营造和谐氛围，回应时代呼唤，注重把好政治关、质量关和效益关，根据读者群的变化在办刊内容和形式上积极进行探索，受到广大读者欢迎。《西藏文学》第三期刊登的阿郎的小说《酥油花》等作品被《小说选刊》选载，《西藏文艺》推出“西藏新旧对比”和“鲁院第三届党员优秀作品”专栏，《邦锦梅朵》编辑部推出创刊三十周年“刊庆专栏”。

陕西省文联

综　述

2013年，是贯彻党的十八大精神的开局之年，是文艺事业发展的重要一年，陕西文联在不断加强队伍自身建设的基础上，开创新思路，制定新举措，始终坚持开展有影响力、有品牌效应的文艺活动，使陕西省文艺事业薪火相传，繁荣发展。

会议与活动

【“送欢乐、下基层”到韩城、合阳】

1月14日至16日，由省文联组织开展以“放歌盛世　喜奔小康”为主题的“送欢乐　下基层”文艺志愿服务活动举行。

由陕西省著名表演艺术家刘远、任丹峰、白海臣等30余名艺术家组成的服务团，在省文联党组成员、驻会副主席兼秘书长黄道峻的带领下，深入韩城市和合阳县的企业、农村、社区等生产生活一线，通过丰富多彩的文艺活动宣传党的十八大精神，把党的温暖、政府的关怀送到基层，把丰富的精神食粮奉献给人民，为春节增添喜庆、文明、和谐的气氛，为基层群众的精神文化生活增添亮丽的色彩。

【中国首届社火艺术节暨第十一届中国民间文艺山花奖·民俗礼仪表演评奖活动在宝鸡陇县举行】

2月18日至24日，由中国文联、中国民协、中共陕西省委宣传部、省文联、省文化厅、宝鸡市人民政府主办，省民协、中共宝鸡市委宣传部宝鸡有关单位承办的中国首届社火艺术节暨第十一届中国民间文艺山花奖·民俗礼仪表演评奖活动在宝鸡陇县隆重举行。中国民协分党组书记、驻会副主席罗杨，陕西省副省长白阿莹，全国政协常委、中国道教协会会长任法融，中共陕西省委宣传部副部长、省文联党组书记刘斌，省文联党组成员、驻会副主席兼秘书长黄道峻，中国民协副主席、陕西省民协主席王勇超，省旅游局局长杨忠武，省文化厅副厅长蒋惠莉等领导出席开幕式。中国民协和省民协领导共同为陇县颁发“中国社火文化之乡”牌匾，中国民协副秘书长周燕屏宣读命名决定。

本次活动的主要内容有“金蛇狂舞闹新春，红红火火过大年”系列社火展演、文化旅游产品展销、中国首届社火艺术节开幕式暨第十一届中国民间文艺山花奖·民俗礼仪表演评奖活动、中国社火文化与社会建设大讲堂、特色社火系列展演、陇州社火游演等。活动除组织陇县、华阴的社火代表队表演之外，还邀请天津、山西、内蒙古、江西等全国十一个省、自治区、直辖市的十二支代表队前来献技。

【省文联召开2013年社会组织工作会议】

3月19日，2013年陕西文联社会组织工作会议在西安召开。会议认真总结文联所属社会组织2012年的工作，对2012年度工作成绩突出的陕西省曲艺家协会、陕西省黄土画派研究会等四个先进社会组织进行表彰，先进单位在会上作经验交流，陕西省青年书法家协会、陕西省农民画协会等社会组织法人进行述职。中国美术家协会顾问、陕西省文联名誉主席、陕西省美术家协会名誉主席、陕西省黄土画派研究会会长刘文西出席会议并代表黄土画派艺术研究会作经验交流，省文联党组成员、驻会副主席兼秘书长黄道峻出席会议并讲话。

黄道峻充分肯定了各社会组织2012年的工作，对黄土画派、于右任书法协会等社会组织根植生活、忠于人民，围绕中心、服务大局，攻坚克难、开展活动的精神和取得的成绩给予高度评价。对各社会组织2013年的工作提出五点要求：一是进一步贯彻落实党的十八大精神和省十二次党代会精神，坚持用科学发展观统领工作；二是情系人

民，服务社会，积极开展面向基层、面向群众、面向农村的各类文艺志愿服务活动；三是积极为会员服务，努力培养德艺双馨文艺人才，营造良好的文艺生态；四是增强社会责任感和使命意识，加强自身建设，建立健全各项工作制度，促进社会组织健康有序发展；五是以陕西文艺界“九大特色品牌”为重点，结合自身专业优势，着力打造体现中华文化特色、具有陕西本土风格的文化符号。文联所属48家社会组织负责人参加了会议。

【五届四次全委会】

3月26日，陕西省文联五届四次全委会在西安召开。省文联党组书记、常务副主席吴丰宽作了题为《切实转变作风 真情服务人民 全力推进陕西文化强省建设》的工作报告；中国音协主席、省文联主席赵季平传达中国文联九届四次全委会精神；省文联党组成员、驻会副主席高建群宣读增补省文联五届委员会委员的决定；省文联党组成员、纪检组长陈普传达全省宣传思想文化工作及有关会议精神。省文联副主席王西京、王占良、王勇超、王胜利、雷珍民、胡武功、冯健雪出席会议。会议由省文联党组成员、驻会副主席兼秘书长黄道峻主持。

吴丰宽全面总结了2012年全省文艺和文联工作取得的成绩，针对当前形势和面临的问题，提出2013年文联工作的总体思路，强调要重点抓好五项工作：1.切实加强思想建设；2.紧紧围绕省委省政府工作大局，积极开展丰富多彩的文艺活动，满足人民群众精神文化需求；3.抓好文艺评论和各类赛事活动，扎实推进文艺创作、调研和信息交流工作；4.强化文艺队伍建设，努力打造一支德艺双馨的文艺队伍；5.加强文联自身建设，认真履行服务职能。为扎实做好2013年的工作，吴丰宽对文联和文艺工作提出了四点要求：1.把握导向，服务大局；2.尊重规律，鼓励创作；3.发挥优势，有所作为；4.加强学习，转变作风。

会议指出，省文联及各团体会员要以改革创新精神加强自身组织建设，充分发挥文艺界人民团体的独特优势，坚持面向文艺家、文艺工作者、文艺自由职业者和群众文艺骨干，充分发挥感情纽带、事业纽带、维权纽带和信仰纽带作用，更加自觉地服务大局、服务群众、服务文艺创作、服务文艺工作者，进一步激发广大文艺家和文艺工作者的创造活力，为推动社会主义文艺事业大发展大繁荣作出新的更大贡献。

【启动陕西省著名文艺家艺术档案工程】

3月，为进一步深入贯彻落实党的十七届六中全会精神和党的十八大精神，树立高度的文化自觉和文化自信，为陕西建设文化强省做一些基础性的工作，为陕西建设“三强一富一美”提供智力支持，陕西文联愈来愈感觉到搜集、整理、保存新中国成立以来陕西著名文艺家珍贵资料的重要性和紧迫性，经研究，启动“陕西著名文艺家艺术档案工程”。新中国成立以来，在省委、省政府领导下，陕西省文学艺术事业不断发展壮大，人才辈出、精品云集，既有“长安画派”、“文学陕军”、“西部电影”等具有全国影响的文艺品牌，也有一批如石鲁、赵望云、刘自椟、柳青等具有全国影响的文艺家。这些著名的文艺家是陕西宝贵的文化资源，是陕西文化影响力的生动体现，是陕西文化持续发展的不竭动力。首批入选艺术家459位，涵盖文学、美术、摄影、曲艺、戏剧、音乐、书法、电影、评论、民间文艺、电视、杂技、舞蹈等十三个艺术门类，这些艺术家都是新中国成立以来曾担任过历届省级各文艺家协会副主席以上职务、作品荣获国家级大奖、获得国家重大荣誉称号的或经公众推举认可的文艺家。

【省文联举办市县（区）行业文联负责人培训班】

7月30日，第七期陕西省市县（区）行业文联负责人培训班在榆林市开班。开班仪式上，省文联党组书记、常务副主席吴丰宽作了培训动员讲话，他从文联的定位、职能拓展以及创作导向、组织体系建设、出精品出人才和倡导文艺界的核心价值观等方面进行深入阐述，为新时期各级文联的工作开展、发展方向提供了重要思路，对进一步做好文联工作具有指导意义。省文联党组成员、纪检组长陈普宣读《人社部、中国文联关于表彰全国文联系统先进集体、先进个人的决定》和《中国文联关于表彰全国文联工作优秀集体、优秀个人的决定》。陕西省永寿县文联荣获全国文联系统先进集体；商州区文联和榆林市文联党组书记、常务副主席徐亚平分别荣获全国文联工作优秀集体和优秀个人。吴丰宽、陈宁、陈普等为受表彰的集体和个人颁发奖牌和证书。获奖单位代表和个人分别介绍了工作经验。来自全省各市县（区）行业文联80余名学员参加培训班。

【“新农村少儿舞蹈美育工程”在彬县举行】

9月23日至27日，由省文联、省舞蹈家协会主办为期5天的“新农村少儿舞蹈美育工程”暨舞蹈教师培训班在彬县举行。“新农村少儿舞蹈美育工程”是一套以舞蹈素质教育为主要手段的美育工程，旨在从农村少年儿童的素质教育入手，培养新一代农村少年儿童爱党、爱国、积极向上的良好精神风貌，用舞蹈美育手段推动农村精神文明建设。它以农村儿童为实施对象，以立足基层、放眼未来，为中国特色社会主义宏图大业立德树人为目标，至今已在全省十多个县市成功举办13届少儿舞蹈教师师资培训班，彬县为第14个陕西省“新农村少儿舞蹈美育工程”师资培训点。

【省杂协开展走基层慰问演出活动】

省杂协于9月6日和26日分别赴西京大学与渭河发电有限公司开展走基层慰问演出活动。艺术家们用饱满真诚严谨的艺术态度，把最精彩的节目奉献给每一位观众，为莘莘学子和企业职工送去欢乐，送去艺术的享受和精神的启迪。

【“扶助残疾人 共圆中国梦”文化助残活动在西安举行】

10月22日，由省残联、省文联联合主办的“扶助残疾人 共圆中国梦”文化助残活动在西安碑林区残疾人创业孵化基地举行。省文联党组成员、驻会副主席兼秘书长黄道峻，省残联巡视员明建宇等领导出席开幕式。省书协常务副主席兼秘书长王改民、省书协常务副主席魏良、省美协顾问胡明军、省美协副主席石丹、省花鸟画研究会会长樊昌哲、陕西书画艺术研究院名誉院长杨禄魁以及残疾人书画家杜振华、刘正年等18位书画艺术家参加本次活动。

品牌活动

【举办“轩辕杯”陕西省第六届戏曲红梅大赛】

4月2日，由省文联、省剧协等相关单位主办的“轩辕杯”陕西省第六届戏曲红梅大赛启动仪式在黄陵县举行。省文联党组书记、常务副主席吴丰宽，省文联副主席、省剧协主席、省戏曲研究院院长陈彦，省戏剧家协会党组书记、驻会副主席兼秘书长甄亮，省戏剧家协会党组成员、副秘书长罗顺庆，省文联副主席、省剧协副主席刘远等领导、嘉宾及观众千余人出席启动仪式。6月18日晚，由省文联、省剧协主办的“轩辕杯”陕西省第六届戏曲红梅大赛颁奖晚会在西安易俗大剧院举行。省文联党组书记、常务副主席吴丰宽，省文联副主席、省剧协主席、省戏曲研究院院长陈彦，省戏剧家协会党组成员、副秘书长罗顺庆，省剧协副主席李东桥、李梅、张保卫、赵冬红、雍涛、李娟，延安市文联党组书记赵翔，本届大赛组委会秘书长晁农、陕西轩辕圣地酒业有限公司总经理吴作鹏等领导出席颁奖晚会并为获奖者颁奖。

陕西省戏曲红梅大赛是由陕西省委宣传部批准、陕西省戏剧家协会主办的省级戏曲赛事活动之一，同时也是陕西省戏剧家协会实施培养优秀戏剧人才战略的一项重要举措，旨在弘扬民族文化，推出戏曲人才。陕西戏曲红梅大赛坚持以基层为重点，注重普及性；坚持面向各类戏曲人才，不限剧种；坚持以人为本，立足传统，积极创新；坚持正确导向，重视宣传舆论工作，营造良好戏曲艺术氛围。

【文艺志愿服务赴宝鸡】

为隆重纪念毛泽东同志《在延安文艺座谈会上的讲话》发表71周年，在陕西文艺界大力推广志愿服务理念，弘扬志愿服务精神，5月14日至17日，中共陕西省委宣传部、省文联主办了“到群众中去”陕西文联文艺志愿服务活动。

由刘远、雷开元、任丹峰、王蒙等陕西省著名表演艺术家、书法家、画家及新闻记者近60人组成的文艺志愿服务团，在省文联党组书记、常务副主席吴丰宽的带领下，赴宝鸡市麟游县和岐山县开展文艺志愿服务活动。艺术家们深入群众，深入生活，以慰问演出、书画创作和采风学习等形式，把先进文化送到人民群众的身边，极大丰富了当地人民群众的精神文化生活。服务团在四天时间里开展大型慰问演出两场，小分队演出三场，观众三万余人。为群众创作书画作品三百余幅，并向当地50名各行各业的优秀群众代表现场赠送。活动得到当地政府和人民群众的高度评价，

取得圆满成功。

自1992年以来，陕西省文联连续22年以纪念毛泽东同志《在延安文艺座谈会上的讲话》为契机，组织陕西文艺界“5•23”大型采风慰问活动，团结动员广大文艺工作者深入生活、走进基层、服务大众，把丰富的精神食粮奉献给人民，让人民共享文化发展成果，形成了独特的文艺采风品牌，产生了强烈社会反响，得到广大艺术家、社会各界和各级领导的一致认可。2013年，陕西文联全面贯彻落实党的十八大精神，响应中国文联号召，首次以文艺志愿服务的形式开展采风慰问活动，为文艺采风这一品牌赋予新内涵，注入新活力，开拓新方向。

【第四届秦岭大熊猫旅游节暨西北音乐节开幕】

7月5日，由中共陕西省委宣传部、省文联主办，省音协、佛坪县委、县政府承办的第四届秦岭大熊猫旅游节暨西北音乐节在佛坪开幕。活动以“文化发展，旅游惠民，悦动秦岭，欢乐佛坪”为主题，旨在挖掘和弘扬“快乐、健康、环保、科学、和谐”的生态文化，促进旅游和文化深度融合。省文联党组书记、常务副主席吴丰宽，省音协主席尚飞林，甘肃省音协主席毕忠义，宁夏文联副巡视员、音协主席何继英，青海省音协主席马玉宝，新疆音协常务副主席、秘书长佟吉生，汉中市有关领导参加开幕晚会。

创作与研究

3月26日至4月12日，2013中国清明文化节在开封举行。由陕西省民协推荐的民间艺术家李淑琴、田亚莉、汪海燕、张星等取得三金一银的好成绩。

4月，由省文联、省美协“创建名家艺术展播中心，搭建精品宣传展销平台”项目荣获“2012年度全省宣传思想文化工作创新奖”。

8月，由省文联、省舞协推荐了七个原创舞蹈作品参加中国舞协举办的第七届“小荷风采”全国少儿舞蹈展演，其中雁塔区少儿艺术团《羊趣儿》入围决赛得金奖。

9月19日至22日，在“我们的节日——中国（郑州）2013中秋文化节”期间举办了“中原六省中秋文化民间工艺美术作品联展”活动。陕西省艺术家张星、汪海燕、胡新明、傅蕊霞、雒志俭获得金奖，崔亚婷、陈秋娥获得银奖。

10月12日，由省视协推荐的陕西广播电视台焦海民、王移风，荣获“第八届全国德艺双馨电视艺术工作者”称号。

10月，由省杂协推荐的杂技节目《百戏钴桶》在第九届全国杂技比赛中荣获银奖，节目教练屈桂兰、崔海荣获教师奖。

11月，在第24届全国摄影艺术展中，陕西省摄影家高中印获金质收藏奖，赵鹏飞、高秋农获铜奖，多人获优秀奖。

12月，省曲协推荐选送的由苗阜等创作表演的节目《歪批山海经》，荣获2013年全国相声小品优秀作品奖。这是除京津地区之外，外省唯一获奖的相声创作节目，且得到中国曲协主席姜昆的特别赞誉，对陕西曲艺小剧场的繁荣给予肯定。

理论评论

【陕西省剧本创作研讨（培训）会举行】

5月22日至23日，由省剧协主办的陕西省剧本创作研讨（培训）会在西北大学举行。中国剧协理论研究室主任崔伟，省剧协和西北大学等部分高校领导、师生作者及省内各院团作者、戏剧爱好者代表约100余人出席会议。会议目的在于宣传贯彻党的十八大精神，深入开展党的群众路线教育实践活动，进一步加强陕西省戏剧创作队伍建设，提高创作人员整体水平与素质。中国剧协理论研究室主任崔伟专程受邀前来做了“中国戏剧及校园戏剧现状”的专题讲座。

戏剧作品点评会上，省内戏剧界知名专家孙豹隐、胡安忍、丁科民、孙见喜等对从全省报送的100余件作品中遴选出的50余件作品进行面对面的现场点评和讨论，并针对戏剧创作中的具体问题进行剖析讲解，提出具体修改意见。

【中华传统婚寿文化传承与发展研讨会召开】

6月27日，由中国民间文艺家协会、省文联主办，省民协与关中民俗艺术博物院承办的中华传统婚寿文化传承与发展研讨会在关中民俗艺术博物院召开。省文联党组成员、驻会副主席兼秘书长黄道峻出席并致辞，中国民协副主席、省文联副主席、省民协主席、关中民俗艺术博物馆院长王勇超做总结发言，会议由省民协名誉主席傅功振主持。

【中国戏剧梅花奖陕西获奖艺术家座谈会举行】

8月30日，省文联召开中国戏剧梅花奖陕西获奖艺术家座谈会，中共陕西省委常委、省委宣传部部长景俊海出席并讲话。

在听取了艺术家刘远、李梅等的发言后，景俊海首先向陕西省梅花奖获得者晋京参加“中国戏剧梅花奖创办30周年纪念活动”表示祝贺。他指出，文艺作品有感染力才能打动人，打动人的作品才是好作品，才能被群众喜爱、经久流传。当前，正是加快“三个陕西”建设的重要时期，伟大变革的时代给予文学创作极为丰富的素材，也为艺术家提供了更加广阔的天地。希望艺术家们抓住时代机遇，深入基层，广接地气，深刻体会人民群众精神面貌的新变化，主动体验多姿多彩的生活实践，使文艺创作的题材更丰富，内容更广泛，感情更深厚。作为人民艺术家，一定要有历史的担当，倾力打造更多精品佳作，不断攀登艺术高峰，推出更多思想深邃、艺术精湛、影响广泛的优秀作品，为大力弘扬时代主旋律、不断提高陕西文艺的影响力作出新的更大贡献。省文联党组书记、常务副主席吴丰宽主持座谈会，省委宣传部副部长、省剧协主席陈彦，省文联党组成员、驻会副主席兼秘书长黄道峻，省文联党组成员、纪检组长陈普，省演艺集团总经理张民，省戏曲研究院党委书记李仲谋参加会议。

【“丝绸之路”征歌创作座谈会召开】

12月4日，省音协召开了“中国梦——丝路唱响”歌曲创作座谈会。来自铜川、宝鸡、咸阳、延安等各地、市音协主席和词曲作家30余人参加了这次座谈会。座谈会由省音协秘书长刘小强主持，中国音乐文学学会副主席、省音协党组书记、主席尚飞林对会议目的和重要性进行了阐述，并指明“中国梦——丝路唱响”歌曲创作的总体方向，号召和动员与会词曲作家积极行动，为繁荣陕西音乐事业努力创作。会上，著名词作家党永庵、徐宗德、李红林，省艺术研究所党总支书记、作曲家唐瑜君、作曲家夏正华、张林等就如何围绕丝绸之路进行歌曲创作，进行了深入的交流和探讨。

对外及对港澳地区文化交流

【陕西省美术家协会代表团访问尼泊尔】

4月19日，应尼中友好协会邀请，以王西京为团长的陕西省美术家协会代表团对尼泊尔进行了友好艺术交流访问。4月20日下午，尼泊尔联邦民主共和国总统拉姆•亚达夫，在总统府亲切会见了以王西京为团长的陕西美术家代表团一行。访问期间，尼泊尔文化部长斯瑞斯塔、尼泊尔国家艺术研究院院长曼南德拉分别与代表团进行会见和座谈。在尼泊尔文化部长斯瑞斯塔的倡议下，陕西省美协与尼泊尔国家艺术研究院签署了合作备忘录。

【“长安精神——陕西优秀中青年画家国画作品展”于洛杉矶圆满落幕】

7月13日，“长安精神——陕西优秀中青年画家国画作品展”在洛杉矶帕萨蒂纳会议中心开幕。中国驻洛杉矶总领事孙伟德、蒙特利尔市市长、前美国交通部部长以及来自洛杉矶大学、20世纪福克斯集团等各界人士和当地华侨近200人参加开幕式。“长安精神——陕西优秀中青年画家国画作品展”展出了陕西省优秀中青年画家的近60幅精品。开幕式现场，主办方与省美协代表团互赠礼品，洛杉矶华人协会授予王西京特别文化贡献奖牌。画展举行期间，代表团成员赴科罗拉多大峡谷、黄石公园等美国西部地区采风写生。

【中国、波兰两地交流展举行】

在中国、波兰建交64年之际，应陕西省美术家协会邀请，7月29日，“‘结束与开始’波兰艺术家及设计师协会当代艺术中国西安展”在天朗美术馆举行。此次展览是波兰艺术家及设计师协会首次在中国西部举行，展览上展出了来自弗罗茨瓦夫下西里西亚省和奥波莱省艺术家及设计师协会共32位艺术家作品。

8月13日，陕西美术家第一次走进波兰，向波兰艺术家和民众展示中国画。为了促进陕西美术与波兰艺术界的长期交流，当天王西京代表陕西

省美术家协会、西安中国画院与波兰中国文化艺术协会主席、波兰奥波莱省艺术家及设计师协会副主席、波兰弗罗茨瓦夫下西里西亚省艺术家及设计师协会主席签署了艺术家协议。

【陕西画家赴马来西亚参加国际艺术博览会】

10月28日，陕西省美术家协会主席王西京率陕十位画家赴马来西亚参加国际艺术博览会，来自二十多个国家和地区的四百多位艺术家聚此盛会。马来西亚王储及王储妃，中国驻马领导，马中友好协会拿督马吉德，马中经济贸易总商会黄汉良出席开幕式。王西京代表由广东、辽宁、北京、陕西、湖南等省市组成的中国艺术代表团在开幕式上致辞。陕西美协精选展出了国画、油画、雕塑等四十余件极具中华民族特色的作品。在马期间，画家们拜谒了中马友谊的先驱马六甲郑和纪念碑，用书法作品慰问了我驻马大使馆工作人员。

【“汉唐风韵——现代中国陕西书法展”在日本成功举办】

为积极传播中国传统文化，弘扬中华书法艺术，增进中日两国人民之间的相互理解，在中日和平友好条约签订35周年之际，文化部中国文化中心、国家旅游局驻日本代表处、新华社日本分社、陕西省文联等单位，在中国驻日本大使馆的具体指导下，于11月15日至19日在日本高山市成功举办“汉唐风韵——现代中国陕西书法展”。以陕西省文联党组书记、常务副主席吴丰宽为团长的陕西书法代表团访问了高山市，并展出20位书法家的190余件书法作品。

中国驻日本大使馆公使王晓渡在展览开幕式上致辞表示，中日两国拥有汉字、书法等许多共同的文明因素，人文交流源远流长，通过丰富多彩的展览等交流活动，中日艺术家互相切磋，观众领略不同文化的魅力，有助于增进两国民众互相理解和友好感情。开幕式后，陕西书法家与日本高山市书法家共同挥毫交流书艺。来自高山市各界约600余人参加开幕式并参观展览。

【首届西安、台北书画名家交流展在台北举行】

11月19日至24日，由中国拍卖行业协会、陕西省美术家协会、西安美术学院联合国立台湾艺术大学、财团法人台湾生命力文教基金主办，陕西天龙国际拍卖有限公司承办的“首届西安、台北书画名家交流展”在台北举行。两岸艺术家还举行了“台秦书画大观高峰论坛”。此次展览加强了两岸的文化了解，增进了两岸艺术家间的艺术交流和民族情感，获得圆满成功。

【尼泊尔学院代表团来陕访问】

应中国文联的邀请，以尼泊尔学院院长胎尔•比克诺姆•内姆旺（正部级）为团长的尼泊尔国家学院代表团一行6人于12月6日至9日访问陕西。6日，陕西省文联党组书记、常务副主席吴丰宽会见来访尼泊尔国家学院代表团，双方就中尼及陕西的文学创作、文学评论、诗词等方面进行交流，并就今后陕西与尼泊尔开展文化艺术方面交流达成初步意向。

各文艺家协会

【戏剧家协会】

梅花奖艺术家开展一系列活动

7月，由刘远话剧艺术团演出的《秦人新风》、米东风主演的歌剧《大汉苏武》、赵扬武主演的秦腔《大秦将军》、齐爱云主演的秦腔《宇宙风》、李东桥主演的秦腔《西京故事》分别在全省各地演出，受到观众热烈欢迎。

8月30日，陕西省文联召开中国戏剧梅花奖陕西获奖艺术家座谈会。中共陕西省委常委、宣传部长景俊海出席会议并讲话。刘远、李梅代表梅花奖艺术家发言。

8月31日到9月2日，陕西省戏剧家协会带领陕西省梅花奖艺术家在北京参加了中国戏剧梅花奖30周年庆祝活动。31日在北京北展剧场的大型汇报文艺晚会《梅花赞》中，陕西省两位二度梅获得者李东桥、李梅代表陕西表演了精彩的秦腔《走雪》选段。随后，集体参加了在人民大会堂小礼堂举行的梅花奖创办30周年活动。9月5日、6日，由中共陕西省委宣传部、陕西省文联、陕西省戏剧家协会主办，陕西省戏曲研究院承办，在陕西戏曲研究院剧场举行了两场以陕西省梅花奖艺术家为主体演员的大型惠民综艺晚会。旨在慰问陕西省劳动模范、驻陕部队指战员、公安干警、农民工、环卫工人及社区群众。

举办陕西省第四届校园戏剧节

9月17日下午15时，陕西省第四届校园戏剧节在渭南师范学院举行开幕式。陕西省委宣传部、省教育厅、省文联、省剧协有关领导、省内各大专院校代表以及新闻媒体出席开幕式。

本届校园戏剧节共有来自全省24所院校排演的44个剧（节）目上演，并于11月27日至28日举行了优秀剧目展演。11月29日，陕西省第四届校园戏剧节在长安大学落下帷幕，陕西省委宣传部、省教育厅、省文联、省剧协有关领导、省内各大专院校代表以及新闻媒体出席了闭幕式。话剧《玉碎月殇》、《爱，不殊不忘》等13个剧目荣获优秀剧目奖；话剧《小芹的郎河》等8个剧目荣获剧目奖；话剧《秦家院子》、《没有你，哪有我》等5个剧目荣获优秀演出奖。渭南师范学院等4所院校荣获优秀组织奖，段丽琨等8人荣获优秀组织工作者奖。

【音乐家协会】

主办“好歌唱三秦”百场系列公益文化活动

3月，启动实施“好歌唱三秦”系列公益惠民演出活动。演出团以省音协会员和陕西音乐奖获奖歌手为主体演员。演出曲目除《东方红》、《玛依拉变奏曲》等群众耳熟能详的歌曲外，精心挑选了《美丽陕西》、《西部扬帆》、《圪梁梁上的二妹妹》等近年来陕西省创作的优秀歌曲作品，演出陕西省原创的全国“五个一工程”获奖作品。演出一百余场，足迹遍布西安市及周边乡镇的大学、社区、医院及农村。观众累计25万人次。

主办第四届“霸陵新区杯”歌唱比赛

4月13日，与西安市委宣传部、市民政局、市文明办、市委外宣办、汇国集团霸陵新区联合主办第四届“霸陵新区杯”歌唱祖国歌唱美好生活大型公益社区歌会在西安启动。“霸陵新区杯”社区歌会是西安近年来有广泛群众基础和社会影响力的大型公益歌会，自2010年开始，已连续举办三届。歌会以活跃群众文化生活为目的，以社区为舞台，万余名市民踊跃报名参加，十余万社区群众观看比赛。

主办第二届西北音乐节歌曲创作评选活动

为进一步继承和发扬西北地区优秀传统音乐资源、打造和提升西北音乐的知名度和影响力，陕西、甘肃、宁夏、青海、新疆五省(区)音乐家协会联合举办第二届“中国西北音乐节歌曲创作评选”活动，活动于6月3日至4日在宁夏落下帷幕。陕西省共有近百首歌曲参加评选，经专家评议后推荐《王宝钏——寒窑咏叹调》、《老祖先留下个人爱人》、《伏茶之歌》、《魅力陕西》等11首歌曲参加总决赛。经大赛评选，《王宝钏——寒窑咏叹调》（党永庵词、侯玉峰曲）、《老祖先留下个人爱》（尚家子、李煜辉曲）获一等奖。活动推动了西北五省（区）各族群众间的交流，增加了群众对民族民间音乐的认识与了解，进一步提升了西北民族民间音乐文化在全国的知名度与影响力。

主办第六届中国西北施坦威国际青少年钢琴比赛

由陕西、甘肃、宁夏、青海、新疆等五省（区）音乐家协会共同主办，西安音乐学院钢琴系协办的第六届施坦威国际青少年钢琴比赛西北赛区比赛于7月至9月举行。经过各省音协层层选拔，共有221名来自西北五省的选手参加了9月20日在西安音乐学院举行的西北赛区总决赛。21名专家评委评选出了每个组别的一、二、三等奖及优秀奖的获奖选手。获奖选手代表西北赛区于12月赴厦门参加了第六届施坦威国际青少年钢琴比赛中国区总决赛，陕西省选手刘小禾荣获专业A组一等奖。这是陕西省选手第一次在国内权威钢琴比赛中获得最好名次。

主办第四届陕西音乐奖声乐比赛

“陕西音乐奖”是由中共陕西省委宣传部批准设立的，也是陕西省目前规模最大、专业水准最高的音乐类赛事。本次声乐比赛分初赛和决赛两轮。初赛分为少儿和成人两个子项，其中少儿声乐比赛设一轮，于9月21日举行，全省共500余位小歌手参加，是历届少儿声乐比赛中参与人数最多的一届。成人声乐比赛西安地区初赛于9月28日在市群众艺术馆举行，其他各地市由当地文联、音协负责举办，最终共有二百余位选手进入决赛。活动期间，组委会还组织优秀歌手惠民演出小分队、邀请“好歌唱三秦”公益演出团，带领参赛歌手和省内著名音乐家下基层演出。“陕西音乐奖”通过不断地发展完善，现已成为涵盖声乐演唱、器乐表演、合唱、理论评奖等子项赛事的综合性音乐文化活动。

主办“爱心歌曲大家唱”合唱比赛

11月30日，由陕西省慈善协会、省音协共同

主办的“善曲高奏•爱心奉献”——爱心歌曲大家唱活动爱心奉献考核演唱大赛在西北大学举行。“爱心歌曲大家唱”群众演唱活动于5月在全省范围内启动，推出了《爱心涌三秦》等30首爱心歌曲。活动得到各群众合唱团队的积极响应，受众人数3万余人。来自全省的26支群众志愿合唱团（队），1600名演职人员参加比赛。

主办“畅想新丝路”民族交响音乐会

由省委宣传部、省文联、省音协、西安音乐学院主办的“丝路畅想”民族交响音乐会于12月28日在西安音乐厅举行。西安音乐学院民族乐团的师生送上《长安社火》、《音诗，丝路断想》、《丝绸之路幻想曲》等脍炙人口的曲目。本次音乐会由中国音乐家协会主席、著名作曲家赵季平担任音乐总监，香港中乐团著名指挥家闫惠昌担任指挥，西安音乐学院民族交响乐团的师生盛装出演。严谨的理念、高超的技术、完美的演绎、庞大的阵容，彰显音乐会的影响力。

【美术家协会】

4月20日，四川雅安大地震后，省美协向全省会员发出为灾区捐赠作品的倡议书，收集募捐作品进行义卖。本次活动共收到捐赠作品691幅。

举办“长安精神•陕西当代中青年美术（国画）作品展”等系列活动

由中共陕西省委宣传部、省文化厅、省文联主办，省美协承办的“长安精神•陕西当代中青年美术（国画）作品展”举行。3月27日，省美协组织19位专家在陕西美术馆对505幅作品进行挑选，确定了巡回展出的60人名单，出版了《长安精神•陕西当代中青年美术（国画）作品集》。

5月22日，由中国国家画院主办，省美协协办的“时代人物——中国著名人物画家优秀作品邀请展暨中国国家画院陕西创作研究中心揭牌仪式”在陕西省美术博物馆开幕。此次展览展出中国国家画院中国画研究员以及陕西优秀人物画家作品200余幅，汇集当代人物画名家及其重要作品，是近年来难得的全国人物画名家的集体展示。

6月1日，由中国美术家协会少儿美术艺委会、西安市政府、省文化厅、省文联联合主办，省美协、省美术馆承办的“放飞心灵成就未来”中国•西安国际少儿美术节在西安启动。此次盛会是一项国家级、大规模、高水准、多元化、公益性的少儿美术盛会，在全国乃至世界首创。

7月10日，省美协在汉中南郑县南湖风景区举行陕西省美术家协会南郑写生创作基地授牌仪式。

【书法家协会】

1月6日，“大手拉小手•书法走基层”喜迎新春送春联大型公益活动在西安举行。共有150余名书法家参与了活动，为市民送出了近3000幅春联。全省各地市书协共组织义写春联活动120余场，共义写春联3万余幅。

4月2日正式建立了陕西书法家协会官方网站，并开通使用，网站总点击量30多万次，平均每天点击量3000余次。

4月28日至5月18日，省书协举办了“心系雅安”全国网络书法大型公益活动，共收到全国书画家作品 8937 件。5月18日，在省美术博物馆举行了捐赠仪式，活动组委会主任、省书协主席周一波向四川省书协主席何应辉移交了义捐作品所得款项100万元，将在四川雅安地区建立第一所“陕西仓颉小学”。

6月，“大美陕西——陕西中国书协会员作品展征稿”，共收到陕西中国书协会员作品210件，经过三次评审，于10月在西安亮宝楼展览。

7月，启动“杨凌杯——陕西省农民书法大展”征稿活动，共收到农民作品2600余件，经过专家评审，评出一等奖5名，二等奖10名，三等奖20名，于10月在杨凌农高会期间举办了展览，并颁发奖金和证书。

【曲艺家协会】

9月23日至27日，省曲协举办陕西快板（快书）大赛。由曲艺界表演艺术家、作家、理论家等专业人士组成的大赛评奖委员会分赴西安、渭南、咸阳、商洛等地进行初赛、决赛。10月22日在省戏曲研究大剧院举行颁奖晚会。

12月，举办“陕西省快板书•山东快书艺术委员会”成立大会暨展演活动。

12月，省曲协推荐选送的由苗阜等创作表演的节目《歪批山海经》荣获2013年全国相声小品优秀作品奖。这是除京津地区外，外省唯一获奖的相声创作节目，且得到了中国曲协主席姜昆的特别赞誉，对陕西曲艺小剧场的繁荣给予了肯定。

【摄影家协会】

1月，省摄协会同省邮政公司为陕西省五位摄影家设计印制的摄影作品明信片及个性化邮票亮相西安。以明信片珍藏册的形式出版发行在陕西省属首次，极具收藏价值。

7月，省文明办、省邮政公司、省摄协在全省联合开展“中国梦•三个陕西”邮政明信片摄影大赛活动。

8月，省地税局和省摄协联合举办第二届“税收、发展、民生”摄影大赛。共征集1000余幅作品。

9月9日，陕西省第16届摄影艺术展在西安亮宝楼开展，展出的324幅作品是从1600多名摄影家的近12000幅（组）投稿作品中遴选出来的，在一定程度上反映了陕西摄影的整体水平。展览每两年举行一届，已成功举办15届。

11月19日，第三届陕西摄影奖评审委员会经评选，共评出10位获得第三届陕西摄影奖的参评者。陕西摄影奖是由省委宣传部批准、省文联和省摄协共同主办的全省性摄影最高奖项，是省文联十一个专业奖项之一。

11月，省摄协、《陕西农村报》联合举办开展“大美三秦”农村摄影大赛活动。

【舞蹈家协会】

3月，由省舞协推荐的横山县民间艺术团《横山老腰鼓》和安塞县民间艺术团《安塞腰鼓》节目，代表陕西省入围由中国舞协与CCTV-3《舞蹈世界》栏目共同举办的“非物质文化遗产与原生态舞蹈”大赛，并在CCTV-3录制播出。

5月1日，在西安成功举办“陕西省第十届青少年国际标准舞公开赛”，共有来自全国十三个省、市的六千余名选手参加，参赛人数与规模均创历史之最。

7月25日至30日，参加由中国文联、中国舞协举办的第七届“小荷风采”全国少儿舞蹈展演。经中国文联、中国舞协专家组一致评定，由省舞协推荐报送的雁塔区少儿艺术团《羊趣儿》获得金奖，省舞协荣获优秀组织奖。

8月10日至11日，在西安成功举办“陕西省第五届国际标准舞新秀公开赛”，全国十一个省、市五千余名选手参赛。

10月1日至2日，由省文联、省舞协主办，陕西省国际标准舞学会承办的“陕西舞蹈荷花奖 第十八届国际标准舞锦标赛”在西安举办，来自全国及省内一百多个代表队参赛。

【民间艺术家协会】

4月2日至4日，经专家组论证、中国民协批准，陕西省华阴市被命名为“中国秋千文化之乡”。

参加中原六省中秋文化民间工艺美术作品联展

9月19日至22日，在“中原六省中秋文化民间工艺美术作品联展”活动中，陕西省艺术家张星、汪海燕、胡新明、傅蕊霞、雒志俭获得金奖，崔亚婷、陈秋娥获得银奖。

参加中国“滦河杯”皮影雕刻大赛

9月24日至26日，由中国民协、中共河北省委宣传部等共同主办的“中国‘滦河杯’皮影雕刻大赛”在河北滦县举办。由省民协推荐的优秀皮影雕刻艺术家全部获奖，其中汪海涛获金奖，陈义文获银奖，王辉获铜奖。

陇州花灯惊艳全国灯彩大赛

11月26日至28日，由中国文联、中国民协等单位主办的“中国民间文艺山花奖暨全国民间灯彩大赛”在江西婺源县举办。省民协选送的陇州传统花灯“福满乾坤”、“花好月圆”分获金、银奖。

举办陕西老民宅摄影大赛

“秦风•汉韵•唐文化”陕西老民宅摄影大赛历时半年多，共收到1300余幅参赛作品。12月19日，由省民协和省摄协组织专家组评审。经多轮筛选，共有160幅作品入围，并评出一、二、三等奖和优秀奖奖项。

【电影家协会】

6月13日，省影协老电影载体专业委员会举行成立仪式。省影协主席、中国档案学保护技术委员会主任、省摄协主席等出席了成立仪式。

举办“践行群众路线　同筑陕西梦”优秀国产影片进社区公益文化活动

活动以深入社区、为群众义务放映电影为载体，以主题鲜明、风格各异、集中展现共产党人光辉形象、弘扬时代主旋律的优秀国产电影作品为主要内容，激发群众爱国爱党热情，深入推进党的群众路线教育实践活动，为共同实现“富裕陕西、和谐陕西、美丽陕西”的陕西梦而努力。活动从9月1日启动，为期1个月，共走进14个大型社区，放映16场次，观影人数近3000人。

【电视家协会】

4月，中国视协市县委员会启动首届“全国市县电视台优秀电视节目评选和推选全国20强市县电视台活动”作品征集工作，省视协共报送作品3件。其中由汉中电视台制作的《古镇青木川》获电视文艺专题类二等奖、《孤岛守望者》获电视专题类三等奖。

4月8日至10日，由陕西广播电视台选送的《春到长安》、《2013全国打工春晚》在中国视协电视文艺委员会举办的“2013年全国电视春节联欢晚会及特别节目的评奖会”上分获一、二等奖。

6月，为中国电视艺术家协会举办的第五届新农村电视艺术节报送电视作品32件。9月10日至12日，协助中视协组织陕西省获奖作品代表出席“第五届新农村电视艺术节颁奖典礼活动”。其中作品《清曲悠悠》、《农民段大妈的“书香生活”》、《2013打工春晚》获年度优秀对农电视作品优秀作品奖；《孤岛守望者》《聚焦“大荔模式”》等五部作品获年度优秀对农电视作品好作品奖；《农家四季》栏目获好栏目奖；电视剧《老爹的非“城”勿扰》获好作品奖。

9月12日至14日，协助中视协组织陕西省获奖代表出席第六届“中国旅游电视周”表彰活动。由省视协报送的陕西广播电视台制作的《七女秀陕西》之奇险华山获电视栏目一等奖，《澳门——活色生香》获景点景区类一等奖，《雄才大略看昭陵》获旅游电视专题二等奖，《红都子长》获红色之旅三等奖，渭南电视台制作的《无腿歌手陈州爬上华山极顶》获旅游报道二等奖；《华山景区营销中心（宣传片）》获广告宣传片三等奖，省视协获第六届中国旅游电视周组织奖。

10月29日，国内首家专业影视版权仲裁机构——西安影视版权仲裁中心正式挂牌运营。该机构由西安电视剧版权交易中心、西安仲裁委员会、陕西电视艺术家协会、西安交大知识产权研究中心等机构联合设立。

甘肃省文联

综 述

2013年是甘肃省文艺事业和文联发展历程中十分重要的一年。一年来，在中国文联和甘肃省委、省政府的正确领导下，在省委宣传部的大力指导下，甘肃省文联党组高举旗帜、围绕大局、服务人民、改革创新，圆满完成了各项工作任务，取得了良好效果，文联工作在过去的基础上取得了很大发展和提高，为甘肃华夏文明传承创新区和文化大省建设作出了应有的贡献。

2013年甘肃省文联工作的主要特点有：一是转变工作作风、注重节俭办会，群众路线教育活动成效显著；二是突破体制成见、延伸工作手臂，主动将体制外人员逐步纳入文联服务联系视野，壮大创作力量；三是积极开拓进取，勇于承担重任，在华夏文明传承创新区和文化大省建设中从配合到争当主角；四是工作重心下移，服务基层一线，结合双联行动，积极开展丰富多彩的文化惠民活动，扩大文联影响力和感召力；五是继续打造品牌，大力宣传甘肃，通过举办一系列全国性的大型文艺活动、文艺评奖，进一步打造文艺品牌，宣传甘肃。

会议与活动

【甘肃省花儿培训推广基地命名】

2月20日，根据临夏州文联申请临夏河州花儿文化艺术苑为“甘肃省花儿培训推广基地”的报告，甘肃省民协组成“甘肃省花儿培训推广基地”命名考察工作专家组赴临夏州进行实地考察。

考察组由甘肃省文联党组书记、副主席马少青带队，省民协主席、西北民大教授马自祥，省民协花儿专业委员会主任、著名花儿学者李恩春等领导专家参加，对河州花儿文化艺术苑进行实地参观、考察。并与临夏州文联、州民协有关领导和专家召开“甘肃省花儿培训推广基地”命名考察工作评审会。考察组一致认为河州花儿文化艺术苑符合“民间文艺（化）基地”命名标准。同意命名“甘肃省花儿培训推广基地”。各位专家也分别就考察中发现的问题提出了宝贵的意见和建议。甘肃省文联党组书记、副主席马少青同志对河州花儿文化艺术苑今后的工作提出了进一步的要求。2月27日，省文联召开党组会议，同意命名河州花儿文化艺术苑为“甘肃省花儿培训推广基地”。

【红色经典甘肃省妇女书法作品展】

2月28日，由甘肃省书协、省妇女书法家协会主办的“红色经典甘肃省妇女书法作品展”在甘肃省艺术馆开幕。中共甘肃省委宣传部副部长高志凌宣布展览开幕并剪彩。来自全省各地3000余名书法家参加了开幕式并参观展览。

此次展览，共收到全省各地173名作者近200幅书法篆刻作品，评出获奖作品21件，入展作品117件。这些作品以女性独有的视角，以艺术的手法表达了对革命先驱的无上崇敬，抒发了对祖国壮美河山的讴歌赞美之情，彰显了女性特有的智慧和才华，充分展示了甘肃省妇女书法创作的整体实力。

【甘肃省文联四届十七次全委会】

3月1日，甘肃省文联四届十七次全委会在兰州召开。中共甘肃省委宣传部副部长高志凌，省文联党组书记、副主席马少青，省文联党组副书记、副主席孙周秦，省文联党组成员、副主席张永基、苏孝林、翟万益等领导及省文联名誉委员、委员共60人出席会议，有关市、州文联和团体负责人共15人列席会议。会议总结了2012年工作，并对2013年省文联工作进行了周密部署，会议增补王永久、李晓林、杨林、孟广顺等四位同志为省文联委员，免去了仁青才尕、杨俏童省文联委

员职务。会议传达了中国文联全委会会议精神，表彰了全省基层文联先进集体和先进个人，以及“省民间文艺百合花奖•首届学术理论奖暨终身成就奖”获奖单位和个人。

【福建省文联赴甘肃考察座谈会】

4月24日下午，福建省文联赴甘肃考察座谈会在兰州饭店西楼会议室召开。甘肃省文联党组书记、副主席马少青及省文联有关部门、协会负责人参加了座谈。福建文联参加座谈的有福建省文联党组书记、书记处书记、副主席张作兴，文联秘书长陈毅达等一行15人。

座谈会上马少青书记向客人简要介绍了甘肃省情及甘肃省文联基本情况。张作兴书记对甘肃文联的盛情表示感谢，并对福建省文联近年来的发展及文艺创作作了简要介绍，希望今后两省文联间要加强联系，及时沟通，互相学习，互相交流。随后与会人员就首届“张芝奖”全国书法大展、第一届“西峡颂”全国书法展的运作模式和深层影响，甘肃如何打造“敦煌画派”、“文学八骏”的组建、选拔、推介和运作方式等方面进行了交流。

【中国文联赴甘肃武都开展文艺志愿服务活动】

4月27日至29日，中国文联“送欢乐下基层”陇南武都行慰问演出活动在甘肃省陇南市武都区马街小学和塘坪村举行。中国文联党组书记、副主席赵实，中共甘肃省委宣传部部长连辑，甘肃省副省长张广智以及中国文联办公厅、国内联络部、文艺志愿服务中心、甘肃省文联、陇南市委市政府、武都区区委、区政府有关领导参加活动。来自武都区马街镇和马街小学的1万余名群众在现场观看了演出。本次活动是中国文联文艺志愿服务中心成立以来承办的首场“送欢乐，下基层”文艺志愿服务活动，由中国文联与中共甘肃省委宣传部联合主办，中国文联文艺志愿服务中心、甘肃省文联、陇南市委、市政府承办，由陇南市文联、武都区委区政府协办。

这次演出活动是中国文联文艺志愿服务团西部行系列活动的第一场，姜昆、程志、戴志诚、程钱、管彤、常思思等全国知名艺术家参加演出。演出现场，美术、书法名家志愿者还向当地赠送他们集体创作的书画作品；赵实书记为武都区的贫困大学生、贫困中小学生发放了助学金；解海龙等摄影家还奉献了摄影家志愿者小分队前期深入武都地区拍摄的风情民俗和当地家庭全家福照片。演出结束后，艺术家又参加了书法笔会交流、音乐辅导、舞蹈培训、摄影讲座等活动，用自己的艺术特长为老百姓送去零距离的服务。中国文联领导、甘肃方面领导还在演出开始前看望慰问了当地贫困农户、文艺支教志愿者，考察了武都区数字电影放影机安装情况。

【首届“西狭颂”全国书法大展】

6月13日，由中国书法家协会、中共甘肃省委宣传部、甘肃省文联、中共陇南市委市政府主办，甘肃省书法家协会、中共成县县委县政府承办的首届“西狭颂”全国书法大展在兰州举办，这是甘肃省书协继首届“张芝奖”全国书法大展之后争取到的又一项由中国书协主办的、打造具有全国影响力的专业性大型展览。整个展览组织严密、井然有序，圆满完成了征稿、登稿、评审、布展等一系列大量的、繁杂的工作。展览的成功举办显著地提升了甘肃书协在全国书法界的影响力和知名度，推动了甘肃书法向着更好更快的目标跨越式发展。首届“西狭颂”全国书法大展优秀作者分别为陈景锋（广东）、董卫平（江西）、杜忠义（河南）、何春权（广西）、刘鲁旭（山东）、刘胜民（山东）、刘雪峰（山东）、柳忆（江西）、欧阳荷庚（江西）、沈桂林（广东）、司燕飞（浙江）、唐建平（上海）、杨东亮（甘肃）、杨励（广西）、余中新（浙江）、袁少民（江西）、曾熙（河南）、张晖（湖北）、张进（重庆）、张军（江苏）、张伟城（吉林）、张献成（贵州）、张蕴慧（河南）等共23人。9月4日，首届“西狭颂”全国书法大展获奖作品在甘肃省博物馆展出。

【甘肃省在全国文联系统先进评选中获奖情况】

6月30日，中国文联九届五次全委会暨全国文联系统先进集体和先进个人表彰会在京召开。甘肃省陇南市文联和张掖市肃南裕固族自治县文联安雪琴同志分别被评为“全国文联系统先进集体”和“全国文联系统先进个人荣誉”称号。

【甘肃省"双联"书法美术摄影展】

7月16日，由中共甘肃省委宣传部、省文联联合主办的“联村联户、为民富民”书法、美术、摄影展在甘肃美术馆拉开帷幕。中共甘肃省委常委、宣传部部长连辑出席开幕式并讲话，陆武成、杜永耀、姚文仓出席开幕式。

在“联村联户、为民富民”重大行动中，甘肃省文联组织动员广大文艺工作者深入农村、关注民生，真诚倾听农村群众的呼声，创作了一大批“双联”和“三农”题材的优秀作品。此次“联村联户、为民富民”美术、书法、摄影展，共展出从3500多幅作品中遴选出来的300余幅作品，这些作品主题鲜明、题材广泛、形式多样，涵盖了美术、书法、摄影三个艺术门类的多个艺术品种，关注农村生活的新气象、描绘农村的自然景物和村民的精神风貌，反映了“双联”行动中干部、群众的思想感情，塑造了典型形象，从不同侧面歌颂了省委的重大决策，体现了时代精神，唱响了时代主旋律，具有较高的艺术性和思想性。

连辑指出，此次展览主题好、形式好、水平高。他说，以“双联”为主题举办书法美术摄影展切合当前工作；开展“双联”行动形式多样，用艺术形式诠释“双联”，不仅形象直观地展示了“双联”的阶段性成果，也更易引起群众的热烈反响和心灵共鸣；此次展览集中展示和反映了省艺术家高水平的艺术水准在促进艺术事业繁荣发展以及进一步促进省“双联”工作继续深入开展等方面具有积极意义。

【首届中国西部“百益杯”花儿艺术节】

8月23日至27日，首届中国西部“百益杯”花儿艺术节在临夏州成功举办。艺术节由中国音协、中国民协、中共甘肃省委宣传部、省文联、省广电总台、临夏州委、临夏州政府主办，甘肃省民协、省音协、临夏州委宣传部、临夏州文联、百艺集团等单位承办。中国文联副主席杨承志，中共甘肃省委常委、宣传部长连辑，中国音协党组成员、秘书长韩新安，中国民协副主席曹保明等领导参加了艺术节开幕式及相关活动。艺术节围绕“保护、传承、发展”的主题，举办了开幕式、全国花儿大奖赛、第三届全国花儿学术研讨会、朱仲禄艺术成就研讨会、朱仲禄花儿作品演唱会等系列活动。节会期间，来自全国的60多位花儿研究专家学者，以及从青海、新疆、宁夏、甘肃四省（区）选拔的70余位汉、回、藏、土、维吾尔、蒙、东乡等多个民族的花儿歌手云集花儿故乡，参加了上述各项活动，数以万计的观众领略了花儿的独特艺术魅力，共享了文化发展成果。《人民日报》、《中国妇女报》、《甘肃日报》、中央电视台、甘肃电视台、新华网、中国网、中国甘肃网等近百余家新闻媒体对艺术节进行了详细报道或转载转发，《中国艺术报》设专版对艺术节系列活动进行了深度报道。

本届花儿艺术节是2009年花儿进入联合国教科文组织“人类非物质文化遗产代表作名录”后甘肃省首次举办的一项全国性节会，呈现如下亮点：一、艺术节为近年来全国范围内举办的花儿活动中规模最大的一次系列活动；二、“全国花儿大奖赛”首次将参赛花儿歌手分专业和原生态两个组别分别进行了比赛，受到歌手和与会专家的肯定；三、首次为“花儿王”朱仲禄举办了个人作品演唱会和艺术成就研讨会；四、第三届全国花儿学术研讨会涌现出了许多卓有实力的新生力量，他们以新的视角来审视我们的传统文化，给花儿学研究注入了新的活力。作为甘肃文化大省和华夏文明传承创新区建设的一次重要实践，艺术节的成功举办对大力弘扬“花儿”这一优秀传统文化，进一步树立“花儿”文化品牌，保护和弘扬优秀民间文化将会产生巨大推力。

【首届朝圣敦煌——全国美术作品展】

9月28日，首届“朝圣敦煌——全国美术作品展”在敦煌开幕。本次展览由中国美协、中共甘肃省委宣传部和省文联主办，甘肃省美协和敦煌市委、市政府承办，是中国美协首次与甘肃省联办的全国性、综合性展览，是甘肃省与中国美术家协会的战略合作成果之一，是近几年中国美术家协会与省、市、自治区共同举办的各类展览中，规模较大、画种较全、质量较高的一次展览。这项活动对弘扬甘肃美术文化品牌、名人起到积极的作用，对繁荣甘肃美术创作意义重大，影响深远。甘肃省副省长张广智，中国美协分党组副书记、秘书长刘健等领导同志出席了开幕式。

创作与研究

【甘肃文学论坛·西部儿童文学研讨会】

5月19日上午，由中共甘肃省委宣传部、中国作家协会儿童文学委员会、北京师范大学中国儿童文学研究中心、甘肃省文联、《文学报》、甘肃

省文学院和甘肃当代文学研究会共同主办、承办的“甘肃文学论坛•西部儿童文学研讨会”在兰州开幕。“甘肃儿童文学八骏”首次正式亮相，与来自北京、上海、云南、内蒙古、重庆、四川、陕西等11个省份的儿童文学作家、编辑齐聚一堂，为西部儿童文学把脉，共商振兴西部儿童文学事业大计。此次研讨会是甘肃省自1991年举办儿童文学笔会后，首次举办的大型儿童文学活动。

中国作协副主席高洪波为研讨会发来贺诗。开幕式上，主办方为李利芳、赵剑云、曹雪纯、张琳、张佳羽、苟天晓、刘虎和张元组成的首届“甘肃儿童文学八骏”举行了授牌仪式。“甘肃儿童文学八骏”是继2005年、2008年、2011年三届“甘肃小说八骏”和2012年第一届“甘肃诗歌八骏”后，又一支甘肃文学劲旅。

甘肃文学论坛是由甘肃省文学院发起、策划的甘肃文学最高学术平台，自2004年创办以来，已成功举办了“甘肃小说八骏”上海之旅、北京之旅，“甘肃诗歌八骏”上海论坛、浙江甘肃诗人峰会等一系列学术交流和研讨活动。与以往不同的是，今年主办方不再“走出去”，而是“请进来”，把论坛的主会场设在甘肃本土，此举也是为了让更多的省外作家了解养育甘肃文学的这一方水土。

研讨会上，与会嘉宾就我国当下儿童文学创作现状、创作方向和儿童文学发展前景等话题进行了深入交流与研讨。此次研讨会持续到5月24日，其间，与会的儿童文学作家还在甘肃省进行采风活动。

【“西风烈·绚丽甘肃”原创歌曲征集评选演唱活动】

6月至11月，中国音乐家协会、中共甘肃省委宣传部等单位联合启动“西风烈•绚丽甘肃”原创歌曲征集评选演唱活动。经过为期半年的评选，11月5日至12日，评委会从参评的480首歌词、403首歌曲作品中挑选出30首歌曲，最终选出12首等级奖作品、18首优秀作品。

【追寻中国梦——美术家采风创作基层行】

6月21日，由中国美术家协会组织的“追寻中国梦——美术家采风创作基层行”在兰州“黄河母亲”雕塑前启动。这次活动由中国文联副主席、中国美协主席刘大为带队，20多名全国知名美术家组成的采风团在甘肃进行了为期9天的写生采风活动。中共甘肃省委常委、宣传部部长连辑接见了采风团一行。甘肃省文联党组书记、副主席马少青出席了启动仪式并讲话。活动中美术家们走进基层、贴近群众，沿丝绸之路追寻最优秀的传统文化，感受甘肃发展的成就，用画笔表现甘肃社会发展的大好面貌，对深入宣传甘肃，弘扬中华民族的优秀传统文化，起到了积极的推动作用。

【《中国书法》杂志社甘肃书法专题研讨会】

7月5日，《中国书法》杂志社甘肃书法专题研讨会在兰州举办，甘肃省文联党组书记、副主席、甘肃省书协主席马少青，《中国书法》副主编朱培尔，《中国书法》编辑部副主任朱中原，甘肃省书协副主席马国俊、秋子、陈永革等领导及省内画廊、农民收藏家、教育培训工作者、书法之乡、中青年书法创作骨干代表30余人参加研讨会。

【中国（西和）乞巧文化高峰论坛】

8月7日，中国（西和）乞巧文化高峰论坛在北京成功举办。论坛由中国文联、中国民协、文化部非遗司、国家非遗保护中心、中共甘肃省委宣传部、甘肃省文联、甘肃省文化厅主办，甘肃省民协、中共陇南市委、陇南市政府、中共西和县委、西和县政府承办。为了使与会专家亲身感受原生态的乞巧民俗，并为乞巧论坛热身，7月2日至4日，甘肃省民协与中共陇南市委、陇南市政府、中共西和县委、西和县政府等单位在西和县举办了中国（西和）乞巧文化高峰论坛田野考查活动，演示性再现了西和乞巧活动的全过程。中国民协分党组成员、副秘书长张志学，甘肃省文联党组书记、副主席马少青，省民协专职副主席杜芳，以及省内外研究机构和高校的民俗专家共计60余人参加了考察活动。8月7日，全国人大常委会原副委员长、中国关心下一代工作委员会主任顾秀莲，联合国妇女署中国区首席代表汤竹丽，中国文联党组成员、副主席夏潮，中国民协分党组书记、驻会副主席罗杨，以及中共甘肃省委宣传部、省文联、省文化厅、陇南市相关部门领导，和来自北京大学、复旦大学、北京师大、中山大学、兰州大学、中科院、中国艺术研究院等著名高校和研究机构的著名民俗专家共计100余人出席论坛开幕式。与会专家学者围绕“西和乞巧民俗与传统节日文化的保护和发展”这一主题进行了深入研讨交流，对甘肃省在乞巧文化的挖掘、保护、传承和发展等方面所做的工作给予了充分肯定和高度评价，并对今后的保护工作提出了许多非常有价值的建议。中国民俗学会荣誉会长、国家非物质文化遗产保护专家委员会副主任乌丙安等6位国内知名民俗专家在论坛作了主旨发言。《人民日报》、《光明日报》，《中国艺术报》、中央电视台，中国国际广播电台等数十家新闻媒体及腾讯网、新浪网、凤凰网、网易、优酷等多家网络媒体对本次论坛进行了详细报道。

“中国（西和）乞巧文化高峰论坛”是中国民协2013年“我们的节日”七夕节系列活动之一，也是甘肃打造华夏文明传承创新区和建设文化大省的一项重要活动。本次论坛专家阵容之强，论坛规模之高，交流成果之丰，为近年来此类研讨活动所少见。

【甘肃八部作品在第六届中国旅游电视周获奖】

9月13日，第六届中国旅游电视优秀电视节目表彰活动在江苏常熟市沙家浜镇举行。由甘肃视协组织报送的14部作品有8部获奖。其中旅游电视专题类：由甘肃省广电总台拍摄的《和政行》获优秀作品二等奖，武威电视台拍摄的《那山、那佛、那宝卷》获好作品三等奖；电视栏目类：天水电视台拍摄的《行游天下》获好作品三等奖；旅游报道类：平凉电视台拍摄的《崆峒山下惊现垃圾场》获优秀作品二等奖；广告宣传类：甘肃省广电总台拍摄的《戈壁明珠——嘉峪关》获优秀作品二等奖；红色之旅类：会宁电视台拍摄的《红色旅游迎朝阳》获优秀作品二等奖，武威电视台拍摄的《浴血古浪》获好作品三等奖；景点景区类：会宁电视台拍摄的《红军长征胜利纪念馆》获好作品三等奖。

【关陇地区民间剪纸精品展暨学术论坛】

9月27至28日，由中共甘肃省委宣传部、省文联、省民协、定西市政府联合主办的“关陇地区民间剪纸精品展暨学术论坛”在定西师专举行。中共甘肃省委宣传部副巡视员赵延河，甘肃省文联党组成员、副主席张永基，中共定西市委常委、宣传部部长王美萍等出席开幕式。

来自陕西、宁夏、甘肃三省区的民俗专家、学者及民间剪纸艺人100余人齐聚定西，相互交流剪纸技巧及各自的学术观点、创作心得，为更好地传承和发展关陇地区民间剪纸艺术献计献策。此次活动共收到陕西、宁夏、甘肃定西、天水、白银、平凉、庆阳等市州共25个县（区）90余位作者的四百多幅（组）精品剪纸佳作，论文28篇。经组委会专家组评审，共评出贡献奖4名、剪纸作品金奖5名、银奖10名、铜奖18名、优秀奖58名；论文一等奖2名，二等奖3名，三等奖6名，优秀奖9名。

会后由甘肃定西市倡议，并经与陕西、宁夏协商，与会人员共同讨论后达成一致，发表关陇地区民间剪纸《定西宣言》。宣言中确定自2013年起，“关陇地区民间剪纸精品展暨学术论坛”由甘肃、陕西、宁夏三省区轮流举办，每年一次。根据陕西省剪纸协会的申请，推举陕西省为2014年“关陇地区民间剪纸精品展暨学术论坛”的主办方。

【Joshua Jay中国巡回魔术讲座兰州站魔术讲座举办】

11月15日下午，由甘肃省杂协主办、甘肃省魔术联盟承办、柏拉图工作室协办的“Joshua Jay中国巡回魔术讲座兰州站”活动在甘肃省文联举办，这是一次别开生面的魔术讲座，主讲人是以近景魔术闻名于好莱坞魔术城堡的著名国际大师Joshua Jay，他的表演曾为全球超过60个国家和地区的观众带去惊喜和快乐。

此次讲座上，他主要为爱好者们讲解了近景魔术技巧及表演经验。本次讲座除吸引来自甘肃省内各高校的魔术高手观摩外，还有青海、陕西的魔术爱好者前来“取经”。一幕幕见证奇迹的时刻，迎来了台下观众热烈的掌声。这次魔术讲座以近距离魔术为主，同时又夹杂着舞台魔术表演，完全摆脱了近景魔术当中扑克和硬币的局限。通过一些基本原理和技法的改进，将一些已经被爱好者玩熟玩厌的魔术道具进行反复的改良，从而以一种新颖别致的方法展现出来，让我们对魔术有了一个全新的认识。此次讲座，共表演和讲解了七套魔术流程，每一套原创流程的表演，都是一次十分难得的视觉盛宴和心灵震撼。

【中国书法家创作培训基地落户瓜州】

11月22日，中国书法家草圣故里文化产业园创作培训基地授牌仪式在甘肃瓜州举行。中国书协副主席、中国书法名城（之乡）联谊会名誉会长张改琴，中国书协理事、中国书法名城（之乡）联谊会会长宋华平，中国书协理事、中国书法名

城（之乡）联谊会副秘书长杨西湖，中国书协理事、甘肃省书法家协会副主席陈扶军，甘肃省书法家协会驻会副主席兼秘书长林涛，酒泉市市委副书记、市长都伟出席授牌仪式。

机关建设

【群众路线教育实践活动】

7月至12月，甘肃省文联作为第一批深入开展党的群众路线教育实践活动单位，扎实推进甘肃省文联党的群众路线教育实践活动。7月11日，甘肃省文联召开动员大会，省文联党组书记、副主席马少青作动员讲话，甘肃省委第十七督导组组长南明法同志作重要讲话，省文联班子全体成员、省委第十七督导组成员、省文联全体干部职工参加会议。在群众路线教育实践活动过程中，人事处牵头组织中心组学习3次，全体干部集中学习13次，党组成员集中辅导5次、党支部专题学习6次、专家授课1次，实地参观1次、观摩以群众路线教育为主题的电影1部，警示教育视频2部，编发教育实践活动简报21期，上报督导组各类汇报材料30多份；通过各种方式征求到意见78条，整理梳理出班子“四风”方面存在的问题14条；11月14日组织召开了省文联班子专题民主生活会；形成了专题民主生活会通报材料，组织召开了通报大会，制定了教育实践活动整改方案和专项整治方案，提出了整改措施，修订了相关制度、明确了整改责任。

【为定西市岷县、漳县地震灾区捐款】

7月22日，针对定西市岷县、漳县发生6.6级地震，甘肃省文联及时组织104名干部职工充分发扬“一方有难、八方支援”的优良传统，捐款33200元。定西市文联及时安排开展7•22地震抗震救灾文学、摄影和书画作品创作活动，编辑《黄土地》抗震救灾特刊，刊登了《市文联向全市文艺工作者发出奉献爱心倡议书》。8月2日，天水市委宣传部、市委统战部、市文联等部门共同倡议，天水广播电视台等单位承办了赈灾义演，共有205家单位和个人捐款捐物共计1917.9295万元。

【其他工作】

圆满完成办公楼改造工程，使甘肃省文联机关的办公条件有了明显的改善。在办公楼改造期间，本着节约、实用、便利的原则，协调租用兰州饭店部分房间作为办公用房，安装临时办公电话、网络设施，确保了在此期间文联的正常运转。

按照中国文联文艺研修学院通知精神，推荐11名同志先后参加了中国文联团体会员负责人研修班、全国文联系统处级领导干部研修班、全国省级文艺家协会负责人研修班、全国地县级文联负责人研修班、全国文艺家高级研修班、全国文联系统维权干部培训班、全国文联系统年鉴编撰工作培训班等7个班次的培训。

举办了第二期甘肃省文联干部研修班。

本年度甘肃省文联划拨出一笔经费为机关108名职工办理了住院医疗保险、住院医疗津贴和意外伤害三项互助保险，并为49名女职工办理了女职工特殊疾病保险，切实为干部职工解除了看病住院之忧。

各文艺家协会

【作家协会】

甘肃省作协2013年特色活动主要有：与甘南州文联等单位联合举办达赛尔文学论坛；与白银文联等单位合作，组织举办了作家、摄影家白银采风活动；与《西部商报》等单位联合开展了“中国梦•我的梦”甘肃省中小学作文比赛活动；与平凉作协等单位联合举办了马玉龙长篇小说《山河碎》作品研讨会；编辑出版了《甘肃红色故事作品选》；与《飞天》联合举办临洮文学骨干培训班；与《甘肃日报》文艺部联合举办文学陇军专栏，在甘肃省主流媒体推介省作家创作情况。

【美术家协会】

甘肃省美协2013年特色活动主要有：举办了首届“朝圣敦煌——全国美术作品展”；承办了中国美协“追寻中国梦——美术家采风创作基层行”活动；积极参与举办打造“敦煌画派”座谈会；牵头承办“联村联户、为民富民”书法美术摄影展；举办“风从敦煌来”——甘肃省十四市州美术作品联展；举办了“美丽甘肃”——美术写生作品展；举办了甘肃穆斯林书法、美术、摄影邀请展。

【戏剧家协会】

竞梅工作是甘肃省剧协2013年度的工作重点，5月，第26届梅花奖大赛在四川省成都市举办。甘肃省参赛的三位演员在竞演中顶住了压力，充分发挥精湛演技，受到评委和观众的好评，甘肃省秦腔艺术剧院苏凤丽、甘肃省陇剧院佟红梅两人成功摘得“梅花奖”，甘肃省话剧院朱衡也以出色的表演获得了滚动进入下届“二度梅”竞争的资格。一个西部省区获得两个“一度梅”的情况在全国并不多见，在甘肃省竞梅历史上更属首次，意义重大，影响深远。

【音乐家协会】

甘肃省音协2013年主要活动有：举办甘肃省音乐家协会歌曲创作评奖；主办第九届中国音乐金钟奖甘肃选拔赛；主办第九届中国音乐金钟奖流行音乐大赛“翡翠年代杯”甘肃选拔赛暨中国音乐金钟奖甘肃选拔赛表演奖颁奖典礼；组织2013年甘肃考区音乐考级；参与筹备组织“首届中国西部花儿艺术节”；举办了第二届甘肃音乐黄钟奖（钢琴专业）暨青少年钢琴比赛；编辑出版《纪念张枭先生文集及歌曲创作选》；组织“西风烈•绚丽甘肃”中国音协采风团赴甘肃河西三市进行为期七天的创作采风活动；组织“西风烈•绚丽甘肃”原创歌曲征集评选演唱活动；承接中国（兰州）国际鼓文化艺术周活动中的“世界鼓文化高峰论坛”，参与制定方案、邀请专家；发展省级会员40名，中国音协会员5名。

【杂技家协会】

甘肃省杂协2013年主要活动有：完成中国杂协和省文联交办的各项工作；整理汇总近2012至2013年省杂协组织的比赛、评奖及演出等各项活动以及论文等，编辑印制杂协会刊；举办了Joshua Jay魔术讲座；举办了的“大型魔术校园巡演”活动。

【舞蹈家协会】

甘肃省舞协2013年主要工作有：组织部分主席团成员并邀请四川省舞协主席及青海省舞协理事于8月中旬赴甘南州碌曲县负责策划、参与了碌曲县第二次锅庄舞大赛活动并担任评委工作；6至9月，在兰州、金昌、酒泉、庆阳、陇南等地开展中国舞少儿考级工作；省舞协承接了2013至2014年“新农村少儿舞蹈美育工程——少数民族舞蹈课堂”活动。

【曲艺家协会】

甘肃省曲协2013年报送多名选手参加全国曲艺类比赛并取得了不俗成绩，报送参赛的曲艺作品较往年来看，种类明显更加丰富，除了相声、小品、快板等常见类型外，更有秦安小曲、冬不拉弹唱，特别是今年的评书、兰州鼓子和回族花儿，都是近年来首次报送参加全国曲艺大赛。而且本年的比赛范围更加广泛，节目也更加面向基层，不仅有专业院团的作品，也有非物质文化遗产传承人的作品，更有活跃在田间地头的曲艺爱好者的作品。对于宣传甘肃省的曲艺曲种，促进甘肃省与其他省份曲艺艺术的交流都起到了重要作用，特别是为甘肃省的基层曲艺工作者、曲艺爱好者提供了一个平台、渠道，能够将自己热爱的曲艺艺术展示给更多的观众。

2013年甘肃省有两位青年相声演员登上了春晚的舞台。他们在是2012年的CCTV相声大赛中脱颖而出的，比赛中，由甘肃省曲协推荐报送的相声《看电视》获得了众多评委的认可。这是甘肃省本土演员时隔22年再次亮相春晚，用相声这门艺术来展示西北文化的魅力和特色。

【民间文艺家协会】

甘肃省民协2013年主要活动有：举办了首届中国西部“百益杯”花儿艺术节 ；举办了“中国（西和）乞巧文化高峰论坛”；主办了“关陇地区民间剪纸精品展暨学术论坛”；命名临夏河州花儿文化艺术苑为“甘肃省花儿培训推广基地”，命名张震一等109名庆阳民间艺人为“甘肃省民间艺术家”，其中民间工艺美术类102名、民间音乐类7名；命名刘伟等23名同志为“甘肃省优秀民间工艺美术家”；启动实施《中国民间剪纸集成•庆阳卷》编撰工作，组织《中国唐卡文化档案•甘南卷》课题组相关人员赴甘南州开展甘南卷的补充调查工作；荣获《中国艺术报》2012至2013年度通联工作优秀奖。

【书法家协会】

甘肃省书协2013年主要特色活动有：举办了首届“西狭颂”全国书法大展；举办了甘肃书法名家百人作品展；举办了红色经典甘肃省妇女书法作品展；举办了“联村联户、为民富民”美术书法摄影展；举办了甘肃省第六届青少年儿童书

法作品展。在省书协协调下，通渭县被中国书协授牌、命名为“中国书法之乡”；瓜州张芝文化产业园被中国书协命名为“中国书法家创作培训基地”；举办了第十期书法创作提高班；举办了第九期书法创作提高班学员作品展，并编辑出版了《第九期学员作品集》；出版发行了四期《甘肃书法》。对2012年到2013年10月期间在中国书协主办的各项展览中获奖以及在兰亭奖中入展的13名作者进行了表彰奖励。

【电影家协会】

甘肃省影协2013年主要工作有：搜集近十年甘肃电影剧本并编辑出版2003至2013《甘肃电影文学剧本选》第二集 ；申报张掖市丹霞国家地质公园等景区命名为“影视拍摄基地”挂牌事宜获中国电影家协会批复；4月组织会员参加徐鸿君电影作品研讨会及影视专家讲座；参与拍摄微电影《你不能煮沸大海》；搜集整理各个国家电影邮品并编辑出版《银海邮波》；搜集整理并拷贝近年来省电影影像资料共55部。

【电视家协会】

甘肃省视协2013年主要工作有：组织相关单位拍摄新农村题材专题纪录片参加中国视协和中国农业电影电视中心联合主办的、全国各省视协组织参与的第五届新农村电视艺术节暨第七届农村小康电视节目工程活动，有5部作品分获一、二、三等奖；组织拍摄“人文中国第二季——味道中国”全国电视专题片、纪录片参加11月16日在广州举办的全国推优展播研讨活动；积极协助张掖市委、市政府就《关于命名甘肃省张掖市丹霞国家地质公园等景区为影视拍摄基地的报告》批复、授牌等事宜。

【摄影家协会】

甘肃省摄协2013年主要工作有：举办“联村联户、为民富民”美术书法摄影展；举办甘肃省首届大学生摄影大展。与甘肃省教育厅联合举办全省首届大学生摄影艺术大展；举办甘肃省首届摄影作品收藏展；支持举办绚丽甘肃全国摄影大展；举办阳关杯•甘肃敦煌摄影大展；举办第二届培训班学员展；多次组织和动员全省各地摄影家到农村义务为老人和儿童免费拍摄照片，用手中的镜头为每一个农村家庭留下充满温暖气息的“全家福”，拍摄活动结束后，摄影家们还自费为农村家庭冲印照片，并集中送到农民朋友们的手中；与华润雪花啤酒（中国）有限公司共同组织参与了“雪花纯生•中国古建筑摄影大赛”；支持2013年“兰州银行杯”国际马拉松大赛活动，组织会员及摄影爱好者对大赛进行拍摄活动；组织评选了“安多杯”九色甘南香巴拉国际摄影大赛、夏河县第二届拉卜楞摄影大奖赛；与民乐县人民政府、《党的建设》杂志社共同举办《党的建设》杯扁都口全国摄影大赛；与会宁县政府联合举办“西雁杯”摄影展；与政协泾川县委员会共同主办了海峡两岸“华夏母亲•西王母”杯摄影大赛；与人民银行兰州中心支行联合举办“央行支付 中流砥柱”杯摄影比赛；与天水摄协、陇南摄协联合举办采风活动；成功举办了甘肃省摄影家协会第二期摄影创作提高班。

直属单位

【文艺理论研究室】

2013年文艺理论研究室主要工作有：完成了全年六期《甘肃文艺》的编辑出版及发行工作，《甘肃文艺》在过去的基础上社会影响越来越大，社会认可度也越来越高，已经成为甘肃省文联的一个重要窗口。本年度《甘肃文艺》报道省文联重要活动共33篇。发表文艺理论、文艺评论、艺术杂谈等文章共计100篇。介绍了15个名家及他们的书画作品，“甘肃省青年实力派艺术家推介工程系列”共推出书法、美术、舞蹈、戏剧、民间艺术等甘肃青年实力派艺术家共计30人，“市州县区天地”栏目中展示7个基层先进文联的工作成就和经验，在“文艺动态”栏目中报道了省文联各协会、各基层文联的文艺动态共计80条，从第三期新开设了一个“对话”栏目。与甘南藏族自治州文联联合主办了“格桑花文学论坛暨《六个人的青藏》研讨会”；完成了“甘肃传统文化资源与当代文艺关系的理论研究”课题。

【文学院】

2013年甘肃省文学院主要工作有：评选“2012年甘肃文学十大新闻”举办；甘肃文学论坛西部儿童文学研讨会；编辑、整理《天马横空——甘肃文学八骏系列图文志》；举办第十四届诗歌之夜等。

【《飞天》杂志社】

2013年《飞天》编辑部主要工作有：除常规编刊外，编发了“全国青年女作家小说”专号、“红色热土 魅力两当”红色文化专辑等，社会反响良好，进一步提高了刊物的影响力；举办了《飞天》两当红色文化创作笔会、红色文化座谈会暨采风活动，首届酒泉市文学创作高级研讨班暨百名作家看玉门采风活动，与嘉峪关市文化馆、嘉峪关市文联、中核四〇四厂文联联合举办了文学骨干培训会，《民族文学》藏文版作家翻译家改稿班暨《飞天》甘南少数民族文学创作笔会，临洮文学创作骨干培训班；年内，有40多篇（首）作品被《小说月报》、《散文海外版》、《中华文学选刊》、《作品与争鸣》、《作家文摘》、《小小说选刊》、《诗选刊》、《读者》、《散文选刊》和多种年度权威选本收录。有多部作品在各类评奖中获奖。

基层文联

【兰州市文联】

全面部署打造“敦煌画派”工作：兰州市文联在年初制订了打造“敦煌画派”工作的实施方案，全面部署了打造“敦煌画派”的工作。兰州市文联以深入挖掘甘肃多元文化的构成，科学地建立起“敦煌画派”的艺术理论研究体系、学术思想，不断拓宽“敦煌画派”艺术创作的语言，形成“敦煌画派”整体艺术形象作为指导思想。组建兰州市文联打造“敦煌画派”工作领导小组，以兰州市美术家协会成员为主体，跨行业、跨部门、跨区域组织具有敦煌元素作品的作者以甘肃历史文化、敦煌艺术（包括敦煌写经、敦煌汉简）、丝绸之路文化、黄河文化、民族文化的丰富内涵为依托，进行历史文化、风情人物、山川景观、大漠风光等题材的艺术创作。制订了开展创作、写生、展览、研究、出版计划，把敦煌元素贯穿于兰州市的各项美术活动中，使兰州市文联在打造“敦煌画派”的工作中起到积极作用。

兰州市文联组织协调社会各界人士研讨并编写了“兰州牛肉面”宣传册：兰州牛肉面是“一碗面（牛肉面）、一本书（《读者》）、一条河（黄河）”为内容的兰州名片之一，是兰州本土文化的重要内容。兰州牛肉面始于清朝末年，至今已有100多年的历史，1999年被国家确定为中式三大快餐之一。宣传册翔实地介绍了兰州牛肉面的起源及形成、工艺及特点、品种及适合人群，同时介绍了兰州众多特色小吃：酿皮子、灰豆子、甜胚子、软儿梨等。

黄河之都·金城兰州——兰州市美术书法摄影作品晋京展：8月24日，“黄河之都·金城兰州——兰州市美术书法摄影作品晋京展”在北京中华世纪坛世界艺术馆举行，这是兰州首次在京举行由市委、市政府主办的艺术性展览。本次展览在北京社会各界引起了广泛关注，取得了极大反响，赢得了好评。达到了“通过首都交流平台，展示本土艺术成就，让世界了解兰州，让兰州走向世界，诚邀各界友人亲临兰州，领略西北这片美丽神奇土地的魅力风光”的目的。开幕式上，中国文联党组书记、副主席、全国妇联副主席赵实等有关领导，文艺界、新闻界及社会各界知名人士600多人出席开幕式。展览期间，包括在京工作、生活的甘肃兰州籍的各界朋友以及北京市民也纷纷前来参观展览。

【白银市文联】

景泰县设立黄河石林文艺奖：2013年，白银市景泰县设立了黄河石林文艺奖，该奖项是景泰县委、县政府设立的文学艺术最高奖，也是白银市所辖三县两区中首个设立地方文艺最高奖的县（区）。“黄河石林文艺奖”每两年评选表彰一次，主要奖励在文学、美术、书法、摄影、音乐、戏剧、舞蹈等艺术门类中创作出的优秀作品，旨在进一步激励和调动当地文艺工作者的创作热情，争取多出文艺精品，争创文化品牌，全面提升景泰县文学艺术的知名度和影响力，为景泰县全面建成小康社会提供强大的精神动力和文化支撑。

【甘南州文联】

庆祝甘南州建州60周年“格桑花文学论坛”：6月19日至22日，由甘南州文联、甘肃省文联文艺理论研究室、甘肃省作家协会联合主办的庆祝甘南州建州60周年“格桑花文学论坛”在甘南州国家4A级景区冶力关举行。60余名学者、作家和诗人参加了会议。甘南建州60年来，甘南作家诗人的作品广泛地发表在国内数百家报刊上，入选多种总结性选本、年度散文、诗歌选等数百种重要的和权威的文学选集。一些作家诗人的作品被翻译成藏文、英文等文字出版，还被国内重要文学名刊和权威书籍重点推介。甘南作家诗人出版文学作品集70多部，摘取各种文学奖项近300项。会后，来自省、州的学者、作家、诗人深入黄涧子、香子沟、天池冶海、赤壁幽谷等景点进行采风、创作。论坛期间，甘南散文诗精选集《六个人的青藏》交流研讨会6月20日，在冶力关举行。

【金昌市文联】

中俄艺术家在金昌举办音乐会：7月6日晚，金昌市500多名市民在金川集团公司文化宫欣赏到了一场东西方文化交织碰撞的音乐盛宴，共同感受到了音乐对话带来的“感动”与“共鸣”。音乐会由金川集团公司工会主办，金昌市音协、金川集团公司音协和公司艺术团承办。旅俄男中音歌唱家姜尚荣主唱，俄罗斯钢琴家杰尼斯•切法诺夫和西北师范大学音乐学院钢琴硕士研究生候钰作为特邀嘉宾参加本场演出。中国和俄罗斯籍三位艺术家同台展现的高超表演魅力，在这个盛夏，拨动着普通市民的音乐情怀。在场观众表示，这场融合了东西方文化的音乐会，让普通百姓在家门口享受了一次古典音乐的奇妙之旅。

【武威市文联】

纪念中国旅游标志——“马踏飞燕”命名30周年国际摄影大赛：9月29日，纪念中国旅游标志——“马踏飞燕”命名30周年国际摄影大赛获奖作品展开展仪式在雷台景区举行。本次展览以“聚集马踏飞燕，感知魅力武威”为主题，共展出大赛获奖作品及优秀摄影作品120多幅。作品从不同角度反映了武威市实施“三大战略”、推进跨越发展的重大成就，以艺术形式展示武威之美，反映武威这座历史文化名城充满新时代的无限生机、活力和希望。展览吸引了众多摄影爱好者和市民参观。

【庆阳市文联】

杨晓阳一行“笔墨丹青写南梁”：中国美术家协会副主席、中国国家画院院长杨晓阳等著名艺术家一行5人走进革命老区开展“百名画家走进红色南梁”大型国画采风写生创作活动。杨晓阳一行五人于8月4日上午在南梁革命纪念馆进行了国画采风写生和创作笔会。这次国画采风写生创作活动是华池县举办的“百名画家走进红色南梁”大型国画写生活动的一部分。

【陇南市文联】

第二届“中国好风光”摄影大赛启动：11月16日，第二届“中国好风光”摄影大赛在北京启动，陇南与中国摄协艺术摄影委员会、《大众摄影》杂志社签订了合作协议，并参加了启动仪式。“中国好风光”摄影大赛由中国摄协艺术摄影委员会和《大众摄影》编辑部联合举办，以多地联动、遍及全国、互相借势、共享成果，个人艺术成就与地方资源优势相结合，赢得百万读者的积极参与和关注。

青海省文联

综　述

2013年，青海省文学艺术界联合会（以下简称省文联）在省委、省政府的正确领导下，在省委宣传部的精心指导下，坚持以贯彻落实十八大精神为主线，以建设文化名省为目标，认真学习习近平总书记系列重要讲话精神，深入开展党的群众路线教育实践活动，高举旗帜、围绕中心、服务人民、改革创新，文艺创作成果更加丰硕，文艺惠民服务更加有效，文艺品牌打造更加成熟，文艺理论研究更加深入，文联自身建设更加扎实，省文联以开展“送欢乐、下基层”文艺惠民志愿活动为抓手，团结和凝聚全省广大文艺工作者，紧紧围绕实现中国梦的宏伟目标，创造条件打基础，锐意进取抓提高，全省文艺事业和文联工作取得了显著成效，为推动青海省文艺大发展大繁荣作出了积极贡献。

会议与活动

2013年下半年，集中进行了以“为民、务实、清廉”为主题的党的群众路线教育实践活动。7月15日至16日，协助中国文联赴玉树开展以“铭记党恩•感恩奋进”为主题的慰问活动。中国文联党组书记、副主席赵实带领60余名艺术家在西宁、玉树两地开展了走访调研、书画笔会、摄影采风、文艺演出等一系列文艺惠民活动。期间，来自全国各地的援建员工、玉树州各族干部群众万余人观看了艺术家的精彩演出，省委骆惠宁书记会见了慰问团一行并对活动给予充分肯定。7月20日至25日，协助中国作家协会采访团赴玉树采访灾后重建的伟大成就，感受玉树重获新生的伟大力量，举办了玉树灾后重建采访成果——文学作品集《心迹话语》首发式，并为玉树州图书馆捐赠价值22.8万元图书。采访团一行14人，通过走访玉树州八一职业技术学校的新校园，深入村镇参观农牧民新居，考察旅游资源，全面体验感受新玉树建设情况，积累创作素材。9月22日，青海美术馆建设项目在新宁广场南侧举行了奠基仪式,2014年3月15日正式动工。

4月2日,省文联七届二次全委会议在西宁召开。省委常委、宣传部部长吉狄马加，省委宣传部部务会成员、省文改办主任刘贵有，省文联党组书记、主席班果，副主席张民、马有义，党组成员、省作协主席梅卓，副巡视员、省文联秘书长王庆元等领导和省文联七届委员会委员59人出席会议，省文联机关、各文艺家协会、事业单位干部职工列席会议。张民同志主持会议，班果同志传达中国文联九届四次全委会精神并向省文联七届委员会作了题为《牢记责任使命，勇于进取创新，为推动青海文化名省建设作出新的更大贡献》的工作报告。吉狄马加同志作重要讲话。11月20日至27日，召开了省作协第七次代表大会和省剧协、省美协、省民协、省舞协、省音协第六次代表大会，圆满完成了大会赋予的各项任务。会议大力精简，周密部署，精心组织，6个协会换届会议共压缩会期6天，实现了务实高效、勤俭办会的目标。12月27日，全省基层文联工作会议在西宁召开。全省各州、市、县文联负责人、企行业文协及省级各文艺家协会负责人参加会议。会上，玉树州文联、海西州文联、西宁市文联、海东市文联及青海铝业文协进行了经验交流发言。同时为青海省2013年获得全国文联系统先进集体、优秀集体、优秀个人颁了奖。

理论研究

3月21日，青海省作协副主席马海轶、副秘

书长宋长玥在兰州参加中国作协青年作家状况专题座谈会。2月底至3月中旬，省剧协调研并撰写《青海省戏剧创作作品与队伍现状》的调研报告。4月17日，省剧协召开剧本《宝刀与珊瑚串》研讨会。5月21日，在西宁文化公园举办青海青年4诗人衣郎、西原、曹谁、萧泊零羽诗歌研讨会。6月7日，与青海师范大学联合主办“才旦文学作品研讨会”。7月26日，由中共青海省委宣传部、全国《格萨尔》工作领导小组办公室、青海省文联主办，中共达日县委、县人民政府承办的果洛州“中国•青海‘玛域格萨尔文化’达日论坛”在果洛州达日县召开，共收到专业论文14篇。8月，省《格萨尔》研究所副所长黄智参加由中国翻译协会和西藏翻译局在拉萨举办的第十五届全国少数民族翻译学术研讨会。8月30日，由中共青海省委宣传部、青海省文联、中共玉树州委、州人民政府联合主办，省《格萨尔》研究所承办的“玉树《格萨尔》国际学术研讨会”在玉树州结古镇召开，国内外专家学者共30余人参会。9月，黄智等5人参加由全国《格萨尔》办公室和西北民族大学《格萨尔》研究院联合主办的中国多民族《格萨尔》史诗研讨会。9月10日，《格萨尔》研究所黄毛草参加中国社科院民族文学研究所和内蒙古巴林右旗共同主办的“《格萨尔》与口传史诗国际研讨会”并宣读论文。按照中宣部和中国文联工作部署，配合中国文联理论研究室工作，经过深入调研，向中国文联理论研究室上报《青海文艺评论的调查报告》，主要包括青海文艺评论组织机构、文艺评奖情况、开展活动情况、阵地建设情况、文艺评论现状、文艺评论存在问题、加强文艺评论的思考等青海省文艺理论评论工作七个方面的内容。11月2日，由青海作家协会、青海文艺评论家协会、化隆县文联在西宁共同召开李成虎长篇小说《花儿为什么这样红》研讨会。

各文艺家协会

【作家协会】

1月17日，“青海文学•作家交流活动成果双年展”在西宁开展。5月21日，在西宁文化公园举办以“花开盛世情•诗咏中国梦”为主题的牡丹诗会。5月27日，组织青海作家采访团一行12人深入青海油田公司敦煌基地和采油一线采访体验生活。6月，《玉昆仑》、《青海青》文学丛书第三辑、《野牦牛》文学翻译丛书第二辑同时由作家出版社出版。《玉昆仑》文学丛书为：林锡纯的散文集《轻描淡写》、韩秋夫的长诗《向东的长歌》、戴延恭的小说集《六百铁骑下西宁》、武泰元的小说集《山野恋歌》。《青海青》文学丛书为：马钧的评论集《文学的郊野》、谢康民的诗集《大风歌》、王永昌的散文集《驿路平安》、雪归的小说集《暗蚀》。《野牦牛》文学翻译丛书为：扎西东主的《扎西东主小说集》（久美多杰译）、次仁顿珠的《次仁顿珠小说集》（次旺多杰译）、才加的《才加小说集》（完玛冷智译）、仁丹嘉措的《仁丹嘉措小说集》（龙仁青译）。7月13日，承担中国作协文学项目“新时期少数民族文学作品集”丛书《藏族卷》青海作家作品完成组稿工作。7月20日，中国作家采访团第四次赴玉树采访，省委常委、宣传部长吉狄马加在西宁接见采访团成员。采访团在六天采访中，采写了灾后重建成果，为玉树州图书馆捐赠22.8万元图书，并举行了玉树灾后采访成果之一——文学作品集《心迹话语》首发式。8月8日，第四届青海湖国际诗歌节在西宁开幕，中国作家协会党组副书记、副主席钱小芊应邀出席开幕式并致辞。9月23日，青海省青年作家代表团一行5人赴北京参加第七届全国青年作家创作会议，青海省作家曹有云在会上作了交流发言。10月28日至31日，青海作协主席梅卓当选代表赴北京参加中国妇女第十一次代表大会。11月15日，编辑出版全面回顾作协五年工作的《青海文学报告2009——2013》一书。11月20日，“青海作协文学成果五年展”在西宁开展。

【音乐家协会】

4月26日，参加共青团青海省委组织的“全省高校大学生唱响正能量声乐比赛的”海选、决赛工作。6月10日至7月10日组织评委评审有两千六百名选手参加的第九届“恒昌卢浮公馆”杯青海省青少年儿童声乐、器乐、舞蹈大赛及2013中国“小音乐家”艺术节青海赛区和青海省红领巾广播电视艺术团选拔赛。6月17日，在青海师范大学音乐厅，中共青海省委宣传部、青海省文化和新闻出版厅、青海省音乐家协会共同主办“青海情——张连葵独唱音乐会”。6月29号主办第六届施坦威全国青少年钢琴比赛西北赛区青海分赛区选拔赛，有80多名选手参加了五个组别的比赛，产生30名选手代表青海参加在西安举行的西北赛区半决赛。年内，完成青海当代音乐家作品论著系列丛书《周娟姑音乐文集》的编辑工作，该丛书12开本290页计40余万字，2014年1月出版。8月25至27日，协助完成中国民间文艺家协会、海南州人民政府、青海省文联共同主办的中国情歌（藏族拉伊）大赛相关工作。10月至11月，完成由青海省委宣传部、青海省文联、青海广播电视台共同主办的“2013青海省钢琴、小提琴电视大赛”。共产生33名决赛选手并获奖。21名教师获优秀教师指导奖。

【戏剧家协会】

1月6日，联合举办乐都县南山民间秦腔剧团迎新春戏曲演唱会。3月7日，在乐都县开展心系基层服务群众对口戏剧帮扶活动。4月18日，青海省作者杜笙、张璐、付晋青创作的大型话剧《国家利益》荣获第八届全国戏剧文化奖大型剧本银奖。付晋青创作的小品《出走》、张璐创作的现代小戏《草原欢歌》分别获得小型剧本铜奖。9月7日至9日，协助黄南州人民政府、州文化广播电视局、青海省藏剧团成功举办了“黄南州藏戏汇演”。11月6日，付晋青创作小戏《墙角》获得“第五届中国戏剧奖•小戏小品奖”。12月21日，由青海省剧协发起的黄河流域戏剧联盟戏剧红梅奖大赛在河南举行。青海省6位演员参加比赛，2人获金奖，4人获银奖。

【舞蹈家协会】

5月30日，完成由西海都市报社、青海省舞蹈家协会、西宁市西关大街街道办事处联合举办的西海都市报创刊十五周年之社区文化节广场舞决赛工作。6月，由团省委主办，省舞协、省青少年活动中心承办的“第九届舞蹈大赛暨2013中国‘小音乐家’艺术节青海赛区和青海省红领巾广播电视艺术团选拔赛”在省青少年活动中心举行。完成由中华文化促进会、青海省文联主办，中华文化促进会舞蹈艺术委员会、中华少年舞团、中国社区网络电视台、青海舞协、北京华咏时光舞蹈艺术发展有限公司承办，部分省市中华文化促进会、舞蹈家协会协办的“第二届全国‘舞向未来——手拉手心连心•大手拉小手”舞蹈及才艺汇演活动工作。由青海省文联主办，刚察县人民政府、省舞协承办了“青海省第二届群众舞蹈比赛”和“千人锅庄舞比赛”，全省30多个群众舞蹈团队近1000多演员参加。

【书法家协会】

1月11日至16日，省书协主席王庆元、常务副主席陈治元、副主席高海源、蔡永峨、副主席兼秘书长郭强、副秘书长牛库山等同志参加“书法进万家——走进城中地税”活动，为地税局职工书写作品29幅、春联53幅。与山东商会共同开展“书法进万家”活动，书写作品79件。为粮食局西宁军供站职工书写作品20余幅，春联80余幅。1月18日，省书协主席王庆元、常务副主席陈治元、副主席兼秘书长郭强、理事谢全胜4位同志与省文联文化惠民活动小分队赴西宁市殷家庄社区举办“书法进万家”活动，书写春联106幅。3月8日上午，青海省首届女性书法作品展在青海省博物馆开幕，共展出书法作品122幅。6月，组织近50名书法家，为西宁机场公司创作100幅书法精品，活跃和丰富了机场公司干部职工文化生活、提升了机场公司文化品位。7月15日，参加中国文联玉树采风活动的书法家陈洪武、姜昆、徐沛东、郭正英、邵志军、罗成琰与省书协名誉主席吉狄马加、主席王庆元、常务副主席陈治元、秘书长郭强等在胜利宾馆举办交流笔会。8月20日，青海省书法家协会、扬州市文联联合举办的“青海——扬州书法作品交流展”在青海省博物馆开幕。8月26日，经青海省书协、乐都区委、区政府共同努力，青海省首个“中国书法之乡——乐都”授牌仪式在乐都区政府广场举行，中国书协副主席张改琴、中国书协副秘书长张陆一、中国书协组联部副主任段军、青海省文联党组书记、主席班果，省文联副主席马有义、省书协主席王庆元、常务副主席陈治元、副主席兼秘书长郭强等同志参加授牌仪式。12月4日至6日，省书协副主席兼秘书长郭强、理事李炳筑、王兴琦等3位同志赴玉树市隆宝镇兰亭学校举办为期2天的书法教学活动。12月31日，由青海省书法家协会主办的庆祝中国石油青海销售公司成立60周年“中国石油青海销售杯”青海省第三届书法小品展在青海省科技馆开幕。

【美术家协会】

1月13日，省美术家协会副主席何文青、理事马国章、张建青、刘建宁、袁宗福等10位同志参加与山东商会共同开展的美术笔会活动，创作作品30件。农历新年正月初一凌晨，省美协副主席兼秘书长王筱丽带队，傅永华、涂涛、曹正海、李宝宗、王文龙、张克元、张扬、阿太、孙晋青、谢昀元、陈有龙等12位美术家前往玉树州结古镇进行为期一周的慰问和灾后重建采风创作。2月，举办了“迎新春•青海省优秀美术作品展览”。3月29日至4月7日，在深圳关山月美术馆举办了具有鲜明地域特色的“高大陆——印象与记忆 青海美术作品展”，展出89件中国画、油画作品。4月14日，“大美青海——中国国家画院著名画家青海行作品展”在省博物馆举办，青海画家有36件作品参展。5月18日，举办“成林视觉——朱成林油画新作展”。5月24日，组织二十多位艺术家参加“庆祝海南州建州60周年藏文化产业创意园文艺采风活动”启动仪式，并向创意园捐赠书画作品近40幅。6月中旬，组织20多位美术家，为西宁机场公司创作40幅美术精品，提高了机场公司文化品位，丰富了干部职工文化生活。6月20日，举办“森林西宁 美丽夏都”美术摄影作品展。6月23日，在省博物馆联合举办“河北画院美术作品展”，展出河北美术家中国画、油画作品110件。8月27日，由省文联党组成员、副主席马有义带队，省美协副主席王筱丽、理事马国章等赴义海能源有限责任公司木里煤矿举办“美术书法进万家”活动，创作作品二十多幅。9月1日，组织美术家与书法家参加水电部第四工程局水电学校建校60周年庆祝活动，为水电学校师生创作、赠送美术和书法作品160余幅。9月，组织参加省纪委主办的“踏着伟人的足迹——纪念毛泽东同志诞辰120周年美术书法作品展”，创作主题作品十余件。组织参加“建设新青海 实现中国梦——省直机关职工书画摄影作品展”，选送三十幅优秀美术作品参展。9月中旬，承办了由中国美协主办的第三届“少年儿童绘画作品展”，展出青少年美术作品1000余件，上报中国美协艺委会数百件优秀作品。12月28日，在青海师大美术系展厅举办“青海省重大历史文明题材美术作品展”，并举行“首届青海文学奖——美术奖”颁奖活动，对十位获奖作者刘荣明、徐子清、樊继良、孙晋青、赵强、王文龙、阿太、纪平、麻仲宝、牟海霞给予表彰奖励。年内，组织作品参加“首届朝圣敦煌全国美术作品展”，获优秀奖1件。在“时代印记——2013中国百家金陵版画作品展”、“2013年全国油画作品展”、“翰墨新象 全国中国画作品展”、“和美西藏——全国美术作品展”等全国性大展中均有作品入选。

【摄影家协会】

2月至10月，成功举办“青海省第十六届摄影艺术大赛”展，共收到参赛作品6000余幅，作者400余人，入选作品260幅，评出一等奖10名，二等奖20名，三等奖40名。2月1日，启动由青海省文联、中国移动通信集团青海有限公司和省摄影家协会联合主办的2013“中国移动杯”手机彩信国际摄影大赛。截至12月1日，有6000余幅作品参赛。4月20日至24日，在甘肃兰州参加雪花纯生•中国古建筑摄影大赛——丝路外拍活动启动仪式。此次外拍活动共组织青海古建筑摄影作品600余幅参赛。5月25日，由青海省摄影家协会，果洛州委、州政府主办，果洛州摄协承办的“大美青海 最美果洛”摄影展在果洛州开幕，共展出350余幅作品。6月20日，由西宁市林业局、青海省美术家协会、摄影家协会、西海都市报4家单位联合在西宁海棠园举办“森林西宁•美丽夏都”美术、摄影大赛。6月底，摄影家蔡征、崔春起、卜建平、薛洲、张纪元、樊尚珍6人“野生动物摄影展”在天津市展出。8月18日，协会主席蔡征、副主席卜建平、理事张文郡、薛洲等一行赴格尔木市授予可可西里野生动物保护站为“青海省摄影创作基地”和“青海野生动物创作基地”并挂牌，赠送了专业摄影器材和巡山车。9月8日，在青海建银宾馆对91名考生进行了摄影师职业等级资格鉴定考试，其中高级摄影师55人、中级摄影师36人，计有88人取得合格证书，合格率达97%。10月25日，在青海大通铝厂和西宁汇通大酒店多功能厅主办“佳能摄影大篷车”进企业、走社会活动。12月2日，联合青海省互联网信息办公室举办“倡导网络新风、共建网络文明”网上有奖征文活动，内容包括图片类、民谣手机短信类、杂文博文政论文类和诗歌散文类。其中图片类获一等奖3名，二等奖6名，三等奖15名。12月8日，在西宁召开青海野生动物摄影协会成立大会，举办“野性三江源”摄影作品展并出版画册。年内，策划、参与协助出版《神鹰俯瞰的疆域》、《财政人、财政事》、《吉庆门源》、《冰雪天堂•秘境青海》、《天域心缘》、《走进野性家园》、《青海长云》、《生命的歌》等大型摄影画册。年内，蔡征主席为青海省监狱局、省红十字医院、省残联、省司法厅、省直工委、省武警总队、西宁市城北区政府、玉树、果洛、海东等地单位进行摄影讲座20余场次。组织邀请外省著名摄影家讲课10余次，组织省内摄影家开展摄影讲堂近60余期，培训摄影学员1689人次。

【民间文艺家协会（曲杂协）】

组织省内曲艺作者创作完成37篇曲艺作品，将其中13部作品组合一台“我们的中国梦——青海省道德模范颂曲艺专场”节目，于2014年1月5日在西宁电视台演出、录制、播出。8月中旬，承办了中国曲艺家协会文艺志愿服务团“送欢笑”走进青海西宁专场演出活动。完成由省委宣传部、省社科联、省文联主持的《青海省哲学社会科学普及工程青海省科普系列丛书》之《青海戏剧曲艺》、《青海民族服饰》两本书的编写任务，7月，由青海人民出版社出版发行。8月25日至27日，成功举办由中国民间文艺家协会、省文联主办的“2013中国少数民族情歌（藏语原生态唱法）大赛”及由海南藏族自治区共和县人民政府、青海省民间文艺家协会主办的第九届全省藏族拉伊大赛。8月，由省民间文艺家协会、省音乐家协会选送的12名原生态和专业“花儿”歌手，参加在甘肃临夏举行的“全国花儿大奖赛”。参加在河南开封清明上河园举行的“中国秋千展演暨第十一届中国民间文艺山花奖民间绝技绝艺（秋千）”评奖活动，选送的《土族轮子秋》荣获金奖和“第十一届中国民间文艺山花奖•民间艺术表演奖（民间绝技绝艺）”。组织推荐“第五届中国民间艺人节暨第十一届中国民间文艺山花奖(民间工艺类)评奖活动”，陈玉秀荣获“最受欢迎的民间艺术家”称号。在“山花奖”评比中，陈玉秀的唐卡作品《释迦牟尼》荣获“第十一届中国民间文艺山花奖•民间工艺美术作品奖”。

【电影电视家协会】

编导创作拍摄了青海省第一部以全国“最美乡村老师”、青海省回族残疾模范教师马复兴为原型的公益胶片电影故事片《无手老师》。该片先后于2013年5月、6月、9月分别在北京、青海、武汉举行了首次展映看片会，9月，该片荣获第22届中国金鸡百花电影节国产新片展映最高奖“水晶奖杯和表彰证书”，同时荣获“第四届中国•西安国际民间影像作品奖”。这是青海电影历史上首次获此殊荣。该片由张海涛编导，历时三年多时间拍摄完成，已在全国部分大专院校、乡镇、工矿、农村等放映267场。年内，审读省委宣传部、省广电局及各类影视机构委托的各类影视剧本及广播剧本28余部。4月，省影视家协会主席刘贵有、副主席兼秘书长张海涛出席在天津举办的中国电视艺术家协会第五届理事会，刘贵有、张海涛当选为第五届中国视协理事会理事。6月，张海涛合作编著的国际电影导演大师系列丛书——《我是独行者• 库布里克谈话录》由北京新星出版社出版，并向国内外发行，该书已由中国电影艺术研究中心、中国电影资料馆馆藏为“电影学经典丛书”。11月，省影视家协会主席刘贵有，副主席兼秘书长张海涛出席在北京举办的中国电影家会协第九次全国代表大会，张海涛当选第九届中国电影家协会理事。

文艺惠民活动

2013年初，以“深入基层、服务大众、促进繁荣、推动发展”为主题的2013青海省“送温暖、下基层”文艺慰问走进城西区活动在虎台办事处殷家庄村社区举行，省文联党组成员、副主席张民代表省文联致辞。艺术家为干部群众书赠春联300余幅。摄影家为孤寡、伤残和高寿老人拍摄“幸福照”和“全家福”30余幅，千余名社区群众观看了文艺演出。7月15日至16日，协助中国文联赴玉树开展以“铭记党恩•感恩奋进”为主题的一系列文艺惠民慰问活动。7月20日至25日，协助中国作家协会采访团赴玉树采风创作、捐赠图书及举办玉树灾后重建采访成果——文学作品集《心迹话语》首发式活动。9月，组织省内优秀文艺家赴海西义海煤业公司，慰问职工，感受生活，进行创作。活动期间，通过为煤矿职工绘赠书画、拍摄照片、采访矿工、辅导培训企业文艺爱好者，

活跃了一线煤矿职工文化生活；组织书画艺术家创作具有高原特色的书画作品，营造了浓郁的艺术氛围。参与创作活动的美术、书法、摄影家们现场为矿工题字作画拍摄，创作书画作品40余幅，进一步丰富了企业职工精神文化生活。10月22日，由韬奋基金会和青海省文联共同组织为玉树捐赠图书活动，省委常委、宣传部部长吉狄马加，全国政协委员、中国出版集团公司原总裁、韬奋基金会理事长聂震宁，省委宣传部部务会成员、省文改办主任刘贵有，高等教育出版社原总编辑、韬奋基金会副秘书长张增顺及玉树州委相关领导和嘉宾出席捐赠仪式。省文联主席班果、韬奋基金会理事长聂震宁发表讲话。本次活动中，省文联和韬奋基金会共捐赠图书821种4万多册，内容涉及政治、经济、社会、文化艺术等，种类丰富，数量众多。年内，协同省委宣传部完成“党政军企共建示范村”联点帮扶工作，为门源县东川镇却藏村建成文化墙270平方米。“一对一”帮扶活动中，文联干部捐款1万余元，捐衣物200多件。为文化广场和文化活动室配备电视、音箱、演出服装、健身器材、电脑等设施，使群众开展各类文体活动有了良好的条件和环境。扎实开展“帮企业、稳增长、调结构”活动，先后帮助非公企业青海威德生物技术有限公司、青海雪驰清真肉食品有限公司等4家企业建立了党组织及相关机构，为进一步联系基层、服务职工群众、帮助群团组织推优奠定了组织基础。通过深入调研和论证，为促进扶贫点乐都县羊倌沟村发展“农家乐”旅游项目，从省旅游局争取扶助资金60万元，并赠送图书2000余册，创作国画作品15幅，赠送歌舞光盘20盘，向该村庆“三八”文艺会演捐款1000元。年内，在深入调研、多方协商的基础上，确定黄南州同仁县逸夫民族中学为“朝霞工程”扶助学校，并为该校资助“朝霞工程”培训辅导费3万元。

对外及对港澳台地区文化交流

4月，应邀组织由省作协副主席肖黛为团长，省作协主席团委员、省委宣传部文艺处副处长王永昌为副团长，30名作家组成的青海作家代表团出访德国、捷克、意大利、法国等国，开展以“飞翔——让我们插上多元对话的翅膀”为主题的文学交流活动。5月5日，应中华文化促进会的邀请，省舞协主席增太率德吉民间歌舞团赴新、马、泰参加对外文化交流演出活动。5月17日至23日，省摄协主席蔡征随青海文化访问团赴马耳他采风、创作、交流访问。8月28日至9月7日，由省文联副主席张民率团，在美国洛杉矶和加拿大温哥华成功举办“大美青海”美加行摄影展。10月28日，省舞协组织舞动春天工作室中老年舞蹈团赴韩国进行文化艺术交流。10月26日至11月3日，组团参加由中国文联、中国驻泰国大使馆联合在泰国首都曼谷主办的“今日中国”艺术周青海民间手工艺展览。11月，组织德吉民间歌舞团赴台湾参加文化艺术节。12月1日，应尼泊尔文化旅游部、中国中华文化促进会舞蹈艺术委员会的邀请，组织省内舞蹈艺术家赴尼泊尔进行佛教舞蹈采风活动。

机关建设

2013年，省文联及各文艺家协会深入开展党的群众路线教育实践活动，着眼保持文联党员干部党的先进性和纯洁性，以为民务实清廉为主要内容，以践行“爱国、为民、崇德、尚艺”的文艺界核心价值观为根本标准，把贯彻落实中央八项规定、省委省政府21条措施、省文联15条措施，反对“四风”作为切入点，切实加强全体党员党的群众路线和群众观点教育，严格落实整改责任和项目，建立完善了一系列规章制度，努力形成解决作风问题的长效机制，为进一步推进和加强省文联思想作风建设打下了坚实基础。加大干部教育力度，严格做好干部选拔任用和落实四项监督工作，领导班子和干部队伍建设进一步加强。完善办文、办会、财务、车辆、外事等相关制度，推进机关财务精细化、规范化、节俭化、科学化管理。机关党委、老干部、工青妇等工作积极活跃，学习型、创新型、和谐型文联组织建设全面加强，荣获省直“文明单位”等荣誉称号。成功召开“青海省第三届德艺双馨文艺工作者表彰大会”，表彰中青年文艺家20名。召开省作家协会、戏剧家协会、音乐家协会、舞蹈家协会、美术家协会、民间文艺家协会代表大会，完成换届工作。

宁夏回族自治区文联

综　述

2013年，宁夏文联及各团体会员以邓小平理论 、“三个代表”重要思想和科学发展观为指导，按照高举旗帜、围绕大局、服务人民、改革创新的总要求，全面贯彻落实党的十八大和自治区第十一次党代会精神，坚持中国特色社会主义文化发展道路，坚持弘扬社会主义核心价值体系，更加广泛地团结动员广大文艺工作者，着力推动文艺精品创作，着力深化“送欢乐下基层”活动，着力加强文艺工作者职业道德建设，更好地发挥联络协调服务的职能，努力实现服务大局有新贡献，服务文艺创作有新成果，服务人民群众有新实效，服务文艺工作者有新举措，推动自身建设有新进展，为推动宁夏文化大发展大繁荣，建设和谐富裕新宁夏、与全国同步进入全面小康社会作出新贡献。

会议与活动

【宁夏首次参加中国文联“百花迎春——中国文学艺术界2013春节大联欢”活动】

1月13日，由中国文联主办的“百花迎春——中国文学艺术界2013春节大联欢”活动在北京人民大会堂宴会厅成功录制，群星荟萃、嘉宾满座。宁夏区党委宣传部副部长张克洪，宁夏文联党组书记、主席郑歌平出席并观看了演出。宁夏与浙江、江西、河南一起应邀组织节目参加此次活动。在访谈节目中，诺贝尔文学奖得主莫言作为宁夏嘉宾，同我国著名作家、宁夏文联名誉主席张贤亮先生一起，向观众讲述了根据他的小说改编的电影《红高粱》与宁夏的渊源。

【宁夏文联副主席、宁夏美协主席宋鸣被聘为政府参事】

1月16日，宁夏回族自治区政府举行聘任仪式，宁夏政府主席王正伟出席聘任仪式，并为新受聘参事和新受聘文史馆员颁发聘书。宁夏文联副主席、宁夏美协主席宋鸣被聘为参事。宁夏文联副主席、宁夏剧协主席柳萍，宁夏作协主席田裕民，宁夏文联副主席、宁夏摄协主席陈长祥，宁夏文联副主席、宁夏文学艺术院院长王金柱被聘为文史馆员。

【宁夏文联七届三次全委（扩大）会召开】

2月5日，为深入贯彻党的十八大和自治区第十一次党代会精神，推进宁夏文学艺术事业发展，依照自治区文联章程，宁夏文联七届三次全委（扩大）会在银川召开。会议认真学习贯彻中国文联九届四次全委会精神。宁夏区党委宣传部副部长贾捷频出席会议并讲话。宁夏文联党组书记、主席郑歌平在会上作了工作报告。

【田裕民、柳萍荣获宁夏首批自治区“塞上英才”称号】

2月19日，宁夏首批“塞上英才”表彰大会在银川举行，24位首批自治区“塞上英才”受到表彰，每人获得50万元的重奖，宁夏文联副主席、宁夏作协主席田裕民，宁夏文联副主席、宁夏剧协主席柳萍榜上有名。

【宁夏文联调研组分赴市县调研】

为了贯彻党的十八大精神和中央关于改进工作作风、密切联系群众八项规定，根据自治区党委宣传部要求，从3月10日开始至5月下旬，文联领导班子成员分三个调研小组，带队分赴市县开展广泛的调查研究工作。

【宁夏文联组织艺术家们开展“下农村、送政策”活动】

3月27日，为贯彻落实中央和自治区农村会议精神，把“万民干部下农村、送政策、促发展”活动落到实处，宁夏文联组织机关“下农村、送政策”的领导和艺术家们来到灵武市梧桐树乡梧桐树

村。宁夏文联副主席、宁夏美协主席宋鸣等参加活动。在村委会，艺术家们与农民朋友座谈，了解农民群众的生产生活情况，并向他们宣讲有关农村政策。座谈结束后，书画家摆开了长桌，共同挥毫泼墨，把致富奔小康的祝福融入幅幅书画佳作之中，书法家流利酣畅的笔端下，“春风万里”，“富贵当春”，“天骄八骏”，“天道酬勤”……一副副遒劲有力、雅俗共赏的书画送到农民手中，书画家们还将提前准备好的书籍、书画作品送给了村委会，又将农村政策宣传手册发放到农户家中。

【“中国梦·我的梦”主题读书沙龙活动举行】

4月20日，在第十八个世界读书日来临之际，由宁夏区党委宣传部、区直机关工委主办、宁夏文联等协办的区直机关“中国梦•我的梦”主题读书沙龙活动在银川举行，宁夏区党委常委、宣传部部长蔡国英参加活动。自治区残联副理事长柴建国、宁夏大学教授王岩森、自治区团委副书记杨文、区直机关青联副主席王正良、自治区文联副主席哈若蕙、西夏区正茂社区党总支书记孙仙梅等6位特邀嘉宾分别结合自身工作实际，围绕文化、教育、青年成长、精神文明、科技创新等民生问题表达了自己对“中国梦”的理解，并就如何践行“中国梦”同各界代表进行探讨交流。

【中国·宁夏黄河金岸诗词赋联大赛暨第二届黄河金岸诗歌节启幕】

5月11日，中国•宁夏黄河金岸诗词赋联大赛暨第二届黄河金岸诗歌节在青铜峡市黄河楼盛大启幕。全国政协经济委员会副主任、原宁夏区政协主席项宗西，宁夏区党委常委、宣传部部长蔡国英，宁夏区人大副主任吴玉才，宁夏区政府副主席姚爱兴，宁夏区政协副主席安纯人，中华诗词学会名誉会长杨金亭，中华诗词学会顾问、原副会长丁国成，中国楹联学会名誉会长常江等出席启动仪式并为诗歌节启幕。蔡国英为50余位来自全国各地的诗人组成的采风团授旗。启动仪式后，来自全国20多个省市和地区的诗人、作家赴吴忠、中卫、石嘴山等地进行为期4天的采风活动。

【第九届金钟奖宁夏赛区选拔赛开幕】

5月16日至17日，宁夏文联、宁夏音乐家协会联合举办“第九届中国音乐金钟奖”宁夏赛区声乐（民族、美声）、二胡、钢琴、民乐合奏、古筝选拔赛。经过各专业评委的评审，每个专业评选出3名选手，参加“第九届中国音乐金钟奖”全国的评选。

【宁夏文联副主席、宁夏剧协主席柳萍荣获“二度梅”称号】

5月20日晚，第26届中国戏剧梅花奖在四川成都揭晓。第19届中国戏剧梅花奖得主柳萍凭借《花儿声声》摘得第26届戏剧梅花奖“二度梅”，青年女须生演员屈连英凭借《清风亭》获第26届戏剧梅花奖。

【宁夏区直机关书摄美协会成立】

5月21日上午，区直机关书法摄影美术家协会第一次会员代表大会在银川召开。同日，由宁夏区直机关工委、宁夏文联、宁夏总工会联合主办的区直机关“美丽中国•和谐宁夏”书法摄影美术作品展在银川市美术馆开展。大会审议通过了《宁夏回族自治区直属机关书法摄影美术家协会章程》，选举产生了第一届理事会理事。叶旭当选为区直机关书法摄影美术家协会第一届理事会会长。宁夏文联党组书记、主席郑歌平到会祝贺。

【第二届中国西北音乐节歌曲评奖在宁夏举办】

6月1日至6月9日，由西北五省区宣传部、文联、音乐家协会主办，宁夏文联、宁夏音协承办的“第二届中国西北音乐节”歌曲评奖在宁夏举办。中国音乐家协会副主席、著名作曲家印青进行了《漫谈歌曲创作》讲座，《人民音乐》杂志编辑部主编、中国著名评论家金兆钧进行了《从“中国好声音”谈近年来中国歌坛的困境和希望》讲座。

【宁夏区政府副主席姚爱兴到文联视察调研工作】

6月6日，宁夏区政府副主席姚爱兴来到文联机关和各文艺家协会办公室看望了干部职工，随后在文联会议室召开了座谈会。宁夏文联党组书记、主席郑歌平汇报了文联的基本情况及2013年的主要工作。姚爱兴对自治区文联及各文艺家协会为繁荣发展宁夏文学艺术事业所做的努力，以及自治区文联领导班子的工作，给予了高度评价和充分肯定，并就进一步发挥好文联在文化强区建设中的作用提出建议。

【宁夏固原市文联等单位和个人受到中国文联表彰】

6月30日，中国文联九届五次全委会暨全国文联系统先进集体和先进个人表彰会在京召开，中国文联委员、宁夏文联党组书记、主席郑歌平出席会议。宁夏固原市文联荣获全国文联系统先进集体称号。宁夏贺兰县文联、青铜峡市文联主席丁洪山分别被授予全国文联工作优秀集体和优秀个人荣誉称号。

【重庆市文联采风团来宁夏进行采风创作活动】

7月4日，由重庆市文联党组成员、副主席龙川带领的重庆市第二届中青年文艺骨干暨巴渝新秀研修班的部分学员到宁夏回族自治区进行文艺创作采风活动，并与自治区文联领导及各部室负责人进行了座谈交流。自治区文联党组成员、副主席刘伟，自治区文联副主席、宁夏电影电视家协会主席杨洪涛参加了座谈交流。

【中国文联文艺培训志愿服务试点项目摄影培训项目在宁夏开班】

7月6日，中国文联文艺培训志愿服务试点项目摄影培训项目宁夏计划开班仪式在同心县政府会议中心隆重举行。中国文联文艺志愿服务中心副主任廖恳，中国摄影家协会分党组成员、秘书长高琴，中国文艺志愿者协会副主席、中国摄影著作权协会总干事、著名摄影家解海龙，宁夏文联副主席、宁夏美术家协会主席宋鸣，宁夏文联副主席、宁夏摄影家协会主席陈长祥出席仪式。

【宁夏文联召开党的群众路线教育实践活动动员大会】

7月12日，宁夏文联召开党的群众路线教育实践活动动员大会，宁夏第六督导组组长吴建国出席会议并讲话，对文联开展群众路线教育实践活动提出明确要求。宁夏文联党组书记、主席郑歌平做了动员讲话，对自治区文联群众路线教育实践活动进行全面部署。

【法国驻华大使白林女士与宁夏作家代表座谈】

7月17日，应宁夏回族自治区党委、政府邀请访问宁夏的法国驻华大使白林女士一行5人，专程来到宁夏文联看望了宁夏回族作家石舒清、李进祥等，并与宁夏作家进行了座谈。白林大使向宁夏作家们介绍了法中文化交流的情况，期望通过座谈能够更多地了解宁夏文联、作协工作，了解和感受宁夏文学、宁夏少数民族作家创作情况。宁夏文联副主席哈若蕙对大使一行于紧张的行程中安排专门时间来宁夏文联访问看望宁夏作家表示衷心的感谢。她向法国客人简要介绍了宁夏文联、宁夏作家协会的工作，以及宁夏文学创作和宁夏少数民族作家群体的状况。经过座谈，双方都希望今后能够进一步加深相互之间的了解与友情，期待能够有机会开展法国作家与中国作家、宁夏作家之间面对面的互动，加强两国间的文化交流。

【杰出回族女画家曾杏绯辞世】

杰出回族女画家曾杏绯于7月26日在银川病逝，享年103岁。宁夏区党委常委、宣传部部长蔡国英，宁夏区政协副主席安纯人，以及宁夏各族各界干部群众千余人到场送别这位从事国画艺术80余年的杰出回族国画家。曾杏绯曾任中国美术家协会理事、中国美协宁夏分会主席、名誉主席，宁夏书画院名誉院长，宁夏文史馆名誉馆员，国家一级美术师。曾杏绯从画80余年，以工笔没骨花卉见长，尤其擅画牡丹。作品被中国美术馆、中南海、毛主席纪念堂、周恩来与宋庆龄纪念堂及外省博物馆、宁夏博物馆、宁夏文史馆收藏。

【宁夏文联召开七届四次全委会】

7月30日，宁夏文联七届四次全委会在银川召开。会议传达了中国文联九届五次全委会和宁夏文联开展党的群众路线教育实践活动动员大会精神，安排部署了文联系统党的群众路线教育实践活动和“追寻中国梦”主题实践活动，代中国文联颁发了自治区荣获全国文联系统先进集体和先进个人的荣誉证书，表决通过了人事调整事项。宁夏文联党组书记、主席郑歌平同志出席会议并讲话。经会议表决，庾君任宁夏文联秘书长。

【宁夏两件作品入选中华文明历史题材美术创作工程】

7月，中华文明历史题材美术创作草图工程评选名单公布，入选的150件作品中，宋鸣、郭震乾、马惟军的油画《西夏文明》、周一新的中国画《中国神话》入选。中华文明历史题材美术创作工程内容主要表现自公元前有中华人文活动记载以来至1840年这段历史时期发生的重大历史事件、涌现的杰出人物和文明成果。作品形式为中国画、油画、版画和雕塑（含壁画、浮雕）。

【少儿回族舞蹈获第七届“小荷风采”展演金奖】

由中国文联、中国舞蹈家协会主办的第七届“小荷风采”全国少儿舞蹈展演于7月31日在北京落幕。由宁夏舞蹈家协会选送、中宁县第三小学男生表演的舞蹈《羊响板敲起来》脱颖而出，获得比赛最高奖“小荷之星”奖、优秀编导奖。

【中国作协鲁迅文学院第六期少数民族文学创作培训班在银川开班】

8月11日，中国作协鲁迅文学院第六期少数民族文学创作培训班在银川开班，全国人大常委、全国人大教科文卫委员会副主任、中国作家协会副主席、少数民族文学创作培训领导小组组长张健出席开班仪式。

【宁夏、重庆、吉林三省举办书法联展】

8月20日，为深入贯彻党的十八大精神，促进文化事业的大发展大繁荣，宁夏文联、重庆市文联、吉林省文联主办的三地书法作品联展在银川市文化艺术中心开幕，宁夏区政协副主席安纯人，吉林省文联名誉主席、书协主席毕政，吉林省文联党组书记、主席尹爱群，重庆市书协主席刘庆渝，宁夏文联党组书记、主席、书协主席郑歌平，中国书协副主席、自治区书协名誉主席吴善璋，自治区书协名誉主席柴建方参加了开幕式。

【罗成琰一行考察中国文联文艺培训志愿服务试点项目摄影培训项目落实情况】

8月24日，中国文联文艺志愿服务中心主任、中国文联国内联络部主任、中国文艺志愿者协会副主席兼秘书长罗成琰，中国摄影家协会组联部主任包旭东一行，在宁夏文联党组成员、副主席刘伟，秘书长庾君的陪同下，考察了中国文联文艺培训志愿服务试点项目摄影培训项目宁夏计划工作落实情况。

【宁夏文联举办全区文艺界学习全国宣传思想工作会议精神培训班】

9月13日，宁夏文联举办全区文艺界学习全国宣传思想工作会议精神培训班，邀请宁夏区党委宣传部理论处处长朱天奎作专题辅导报告。自治区级各文艺家协会主席团成员，自治区文联全体干部职工参加了培训。培训会由自治区文联党组成员、秘书长庾君主持。

【第四届全国回族书画展在银川开幕】

10月，由中央文史研究馆和自治区人民政府主办，自治区文史馆承办，国家民委宣传司、自治区党委宣传部、自治区党委统战部、自治区民族事务委员会、自治区文化厅、自治区文联协办的第四届“全国回族书画展”在银川开幕。展览得到了各省、市、自治区文史研究馆及相关单位大力支持和帮助，全国著名书画家竞赐佳作，各地民族书画家积极参与。展览收到860幅书画作品，经评审选出300多件展出作品，欧阳中石、冯远、韩美林等数十位中国著名书画作品也位列其中。此次入展作品具有浓厚的民族特点与时代精神，在歌颂祖国、歌颂家乡的同时彰显了“民族团结•和谐家园”的主题。

【宁夏文联党组召开专题民主生活会】

11月3日至4日，宁夏文联党组召开了党的群众路线教育实践活动专题民主生活会。会议以中央关于“照镜子、正衣冠、洗洗澡、治治病”的总要求为指导，以为民、务实、清廉为主题，以反对“四风”、服务群众为重点，以整风精神开展批评和自我批评，深入查摆文联党组班子和成员在“四风”方面存在的问题，促使宁夏文联党组成员牢固树立宗旨意识和马克思主义群众观点，切实改进工作作风，提高群众工作本领。会议由文联党组书记、主席郑歌平主持。

【宁夏两部回族舞蹈作品摘取“荷花奖”银奖】

由宁夏舞蹈家协会选拔推荐，宁夏大学音乐学院、宁夏演艺集团歌舞剧院创作表演的回族舞蹈《花儿与少年随想》、《阿色俩目》在第九届中国舞蹈“荷花奖”民族民间舞比赛中获得作品银奖。

【宁夏电影集团获张贤亮先生小说《灵与肉》电视剧改编权】

12月6日，张贤亮先生无偿授权小说《灵与肉》电视剧改编权签约仪式在宁夏银川市镇北堡举行。宁夏区党委常委、宣传部部长蔡国英，宁夏文联副主席哈若蕙，宁夏电影电视家协会主席、宁夏电影集团总经理杨洪涛等出席签约仪式。签约仪式上，张贤亮先生充分表达了对宁夏影视文化事业的支持以及对宁夏电影集团的信任，相信在双方精诚合作下，会将宁夏影视文化事业推向全新的高度。在自治区党委常委、宣传部部长蔡国英及相关领导的见证下，张贤亮先生亲手将小说《灵与肉》书稿交给了杨洪涛总经理，并签订了将小说改编成电视剧的协议书。

【宁夏坐唱在第五届全国少数民族曲艺展演中获奖】

12月10日，第五届全国少数民族曲艺展演在呼和浩特市闭幕。由宁夏曲艺杂技家协会选送的宁夏坐唱《城乡天天唱大戏》脱颖而出，荣获第五届全国少数民族曲艺展演一等奖。徐晨荣获最佳新人奖。比赛结束后，中国曲艺家协会召开了“推动少数民族曲艺事业繁荣发展座谈会”。此次会议还成立了“中国少数民族曲艺专业艺术委员会”，中国曲协副主席、宁夏曲协名誉主席郭刚当选委员会主任。

【剪纸《窗花映彩塞上天》获第十一届中国民间文艺山花奖】

12月11日由中国文联、中国民间文艺家协会在长春举办的第十一届中国民间文艺山花奖颁奖晚会上，宁夏民协推荐的郑飞雁剪纸作品《窗花映彩塞上天》荣获“第十一届中国民间文艺山花奖•民间工艺美术作品奖”。

协会工作

【作家协会】

莘景林《西部的草原》荣获期刊散文一等奖

作家莘景林的散文作品《西部的草原》，在《当代华文文学》编辑部、《华文作家》杂志社举办的首届“2012全国散文、中短篇小说”年度评选中荣获散文类一等奖，并被评为2012年度最佳散文奖。作品编入即将出版的《2012中国散文经典》系列丛书。

宁夏召开“文学助推中国梦”座谈会

5月22日，宁夏文联、宁夏作家协会召开以“文学助推中国梦”为主题的座谈会，纪念毛泽东同志《在延安文艺座谈会上的讲话》发表71周年。宁夏文联副主席哈若蕙出席座谈会。

《民族文学》主编、著名作家叶梅女士在宁夏举办文学讲座

8月19日，在深入开展党的群众路线教育实践活动中，自治区文联结合全区文艺工作发展需要，把在全区文艺系统开展“追寻中国梦”主题文艺实践活动作为自选动作，邀请著名作家、《民族文学》主编叶梅女士举行《不断发展的中国少数民族文学》讲座。

宁夏• 江苏作家座谈会在银川召开

8月20日，江苏作家代表团一行来宁夏访问。江苏作协与宁夏作协是在中国作协关于加强东西部地区文学交流的倡议下结成的文学“对子”，两省区的作家通过互访增进了文学交流，近20名宁夏青年作家参加了江苏作协举办的作家读书研讨班的培训，两省区文学的交流有着“塞上江南、珠联璧合”的美誉。

宁夏•黑龙江作家交流座谈会在银川召开

8月31日，以黑龙江省作家协会党组成员、副主席王立明为团长的黑龙江作家代表团一行来宁夏访问。经过座谈，双方都期待能够有机会开展黑龙江作家与宁夏作家之间的互动，加强两省间的文化交流。

宁夏首个作家作品陈列馆落户灵武市大泉小学

12月，宁夏首个作家作品陈列馆落户灵武市大泉小学。目前，陈列馆已经陈列了114位宁夏作家、诗人的作品集，包括作家图片及简介、作家签名本、作家手迹、作家推荐书目、作家捐赠物品、作家掠影、作家书画作品等，收藏书籍近万册。得知大泉小学要建一座作家、诗人陈列馆，著名作家张贤亮先生欣然泼墨为陈列馆题写了馆名并捐赠了自己最新出版的一套作品集。

马金莲小说荣获“2013《民族文学》年度奖”

11月17日，“2013《民族文学》年度奖”评奖会在京召开，宁夏回族青年作家马金莲的中篇小说《长河》获得2013年度小说奖。

季栋梁获“北京文学奖”

9月10日，第六届《北京文学》奖暨第五届《北京文学•中篇小说月报》奖在京颁发，宁夏区作家季栋梁凭借中篇小说《上庄记》获第五届《北京文学•中篇小说月报》奖。季栋梁的中篇小说《上庄记》反映了乡村空巢的教育问题，曾入选“2011年中国当代文学最新作品排行榜”。

【戏剧家协会】

宁夏戏剧界庆祝“梅花奖”创办三十周年

在庆祝中国戏剧梅花奖创办30周年之际，为了更好地发挥“梅花奖”在戏剧繁荣发展中的引

领示范作用，进一步推动出人才、出作品的战略实施，让戏剧界通过文化惠民活动，回馈服务社会、满足群众的精神文化需求。由宁夏文联、宁夏戏剧家协会主办，宁夏演艺集团秦腔剧院承办的庆祝中国戏剧梅花奖创办30周年优秀剧目展演于9月12日至16日在银川西塔剧院举行。

大型原创秦腔剧《花儿声声》获文华奖

10月，由宁夏演艺集团秦腔剧院创排、宁夏戏剧梅花奖得主柳萍、李小雄等领衔主演的秦腔现代戏《花儿声声》荣获“文华大奖”，实现了宁夏该奖项零的突破。另外，由宁夏演艺集团歌舞剧院创作演出的大型原创舞剧《花儿》荣获“文华新剧目奖”。

首届“英德杯”中国黄河流域戏剧红梅奖开赛

首届“中国黄河流域戏剧红梅奖大赛”于12月21日至23日在洛阳举办，宁夏选手刘京的京剧选段《金玉奴》获演唱组金奖，郝志英京胡独奏《夜深沉》获器乐组金奖。“英德杯”首届“中国黄河流域戏剧红梅奖大赛”是经黄河流域11省、市、自治区戏剧家协会共同发起成立的区域性戏剧赛事活动，旨在推出人才，推动黄河流域戏剧事业的发展，为促进区域交流合作提供一个良好的平台。

【美术家协会】

宁夏油画新作展开展

1月28日下午，由宁夏油画学会、宁夏美协油画艺委会、宁夏书画院主办承办的宁夏油画新展在宁夏展览馆举行。宁夏美协主席宋鸣，宁夏书画院书记傅宁、院长周一新，宁夏美协副主席郭震乾、孙立人以及美协会员百余人参加了开幕式。展览展出宁夏地区60位油画家近期创作的百余幅作品。

女画家“三八节”助残帮教

“三八节”来临之际，宁夏美术家协会组织十多位女画家，赴银川市西夏区“幸平阳光家园残疾人托养服务中心”进行助残帮教活动。女画家们为智障儿指导画画，为孩子讲解绘画技巧，完成多幅绘画作品。孩子们也为画家们表演了舞蹈节目。

银川红麦地艺术公社成立

3月24日，9名热爱艺术、奉献社会，具有较高职业素养的艺术家，在油画家孙全义的倡议下，成立了红麦地艺术公社。旨在艺术探索、艺术创作及举办文艺活动，展现宁夏艺术家的风采。

宁夏美协版画创作培训班开班

4月16日，“宁夏美协版画创作培训班”举行开班仪式，老中青三代画家30余人参加了培训班。宁夏文联副主席、美协主席宋鸣，副主席王印泉、李宪、黄智、郭震乾，宁夏版画艺委会主任何立宏，老版画家金珏参加了开班仪式。金珏、王印泉、李宪、黄智、郭震乾、何立宏等版面家就个人创作经验，谈了版画创作的感受和思路，为学员上了一堂生动的版画创作课程。

“关爱残疾人”慈善募捐书画活动起航

5月18日，由宁夏文联、宁夏残联、宁夏书协、宁夏美协、宁夏书画院、石嘴山市书画院、宁夏残疾人福利基金会等九家单位主办的“关爱残疾人”大型慈善募捐活动起航。本次活动共募捐书画作品470幅。宁夏德艺双馨的艺术家如曾杏绯、刘正谦、吴善璋、郑歌平、张少山、马建军、宋鸣、沈利萍等，为残疾人奉献一片爱心。

【摄影家协会】

宁夏摄影家协会举办第二期摄影观摩会

2月2日，宁夏300余名摄影家及摄影爱好者在宁夏文化馆报告厅参加了摄影作品观摩会。宁夏摄影家协会副主席詹安稳、吴建新和协会理事卢青华、徐立刚、海洋以及高春雨等8位摄影家进行了个人近期风光代表作的展示和观摩。宁夏摄影家协会副主席张春荣点评了国内知名摄影家的风光类获奖作品。

全国24届影展揭晓，宁夏四件作品获奖

由中国摄影家协会主办的第24届全国摄影艺术展览揭晓。宁夏回族摄影家海洋获纪实类铜奖，娄广臣、何永泽、李鹏分获艺术类和纪录类优秀奖。

宁夏摄影家入围中国当代摄影新锐展

9月，由中国摄影家协会和浙江省文联共同主办的TOP•2013中国当代摄影新锐展评选在杭州举行，宁夏摄影家协会理事徐立刚以一组《现场》作品入围。本次TOP20共收到860位摄影师投送的参评资料，最终评出“TOP20•2013中国当代摄影新锐展”入选摄影师20人。

宁夏老摄影家作品联展在银川展出

12月24日，宁夏老摄影家作品联展在宁夏文化馆开幕，宁夏文联副主席刘伟、宋鸣，秘书长庾君到现场祝贺活动开展。宁夏摄影家协会主席陈长祥、副主席张春荣和李庆跃、高云翔、丁三成、朱康洛等退休老同志及摄影家们共同参加了开幕式。此次展览集中展出了李庆跃等15位老摄影家的作品共二百余幅，其中还有两位已故、德高望重的摄影家米寿世和石观达老先生的作品，以表达对老一辈摄影家的崇高敬意和无限敬仰之情。

【音乐家协会】

宁夏音乐家协会下基层送温暖

3月7日，宁夏音乐家协会主席何继英带领驻会人员赴中宁县，为中宁县文联、音乐家协会赠送了200本音乐书籍，及时送到家庭条件相对困难但热爱音乐的学生手中。此前，宁夏音协已为固原市音协、吴忠市音协，石嘴山市音协共赠送了500本音乐图书。4次赠送的书籍总价值近4万元。送温暖活动给予各市音协极大地鼓励和支持，也得到广大学生和家长的一致赞誉，产生了良好的社会影响。

【舞蹈家协会】

宁夏回族舞蹈喜获佳绩

2月20日至26日，由教育部和厦门市人民政府共同主办的全国第四届中小学生艺术展演现场展示活动在厦门市举行。宁夏舞协选送、宁夏艺术学校组织表演的回族舞蹈《花儿漫漫》《幸福鸟》《大漠之夜》三个节目获得二等奖，并获得“优秀指导教师奖”、“精神文明奖”荣誉称号。

宁夏少儿舞蹈荣获第八届全国校园文艺汇演金奖

2月，宁夏舞蹈家协会副主席兰玲创排的少儿舞蹈《踩丫丫踏脚脚》《跟我跳》在第8届全国校园文艺汇演暨第13届校园春节联欢晚会中荣获金奖。《踩丫丫踏脚脚》入选2013年中央电视台“魅力校园”第13届春节联欢晚会。

宁夏舞协举办“百姓健康舞”师资培训班

为进一步丰富活跃自治区城乡居民文化生活，宁夏舞蹈家协会牵头，邀请中国舞蹈家协会培训中心教师，于6月3日至7日来宁夏与贺兰县文化旅游广播电视局共同举办“百姓健康舞”师资培训班。此次培训是宁夏舞蹈家协会与贺兰县文化旅游广播电视局开展公共文化服务免费培训的一项重要工作。

【书法家协会】

宁夏基层书协组织和个人受到中国书协表彰

1月23日，为表彰全国各级书协组织、个人在“中国书法进万家”活动中作出的突出成绩，中国书协对全国各先进单位和个人进行了表彰。其中，宁夏吴忠市书协、灵武市书协荣获2012年中国书协“进万家活动先进基层集体”称号，魏沁、刘银安、方新、石虎麟四人荣获“先进个人”称号。

宁夏第二届青年书法篆刻展开幕

1月7日，由宁夏文联，宁夏固原市委、市政府主办，宁夏书法家协会、固原市委宣传部、固原市文化体育广播电视局等单位承办的“学习周报杯”宁夏第二届青年书法篆刻展在宁夏固原博物馆开幕。宁夏文联副主席宋鸣，宁夏书协常务副主席李洪义，副主席魏沁、唐宏雄，秘书长宋琰，主席团成员陈国鸿、关宁国、范彦奎等参加开幕式。

李洪义作品入选中国美术馆癸巳楹联书法大展

2013年春节至元宵节期间，由中国美术馆主办的“翰墨传承——中国美术馆癸巳新春楹联书法大展”在中国美术馆展出。中国书法家协会理事、宁夏书法家协会常务副主席李洪义作品入展，作品集将由中国美术馆出版发行。

宁夏书协培训全区中小学书法教师

为弘扬中国书法传统艺术，提高中小学教师书法教学水平，普及书法教育，由宁夏教育厅主办、宁夏书协承办的2013年宁夏第一期中小学书法教师培训班于4月20日在宁夏师资培训中心开班，宁夏文联党组书记、主席郑歌平出席了开班仪式。书法家李洪义、宋琰、关宁国、范彦奎、关向阳和张涵进行了授课，全区中小学教师100余人参加了为期5天的培训。

宁夏书协开展书法进万家活动

5月21日，宁夏书法家协会组织了中国书法进万家——走进宁夏灵武市第五小学活动。区书法家李洪义、丁波、魏沁、宋琰等及灵武当地书法骨干20余人参加了活动。活动仪式上，宁夏书协的书法家们现场向灵武五小赠送了书法作品以及书法刊物。书法家们现场观摩了学校的书法教育课程。

【曲艺杂技家协会】

第八届全国曲艺邀请赛举办宁夏两部曲艺作品获奖

2月22日，由中国曲艺家协会、河南省文联主办，河南省曲艺家协会、河南省宝丰县承办的“河南马街书会暨第八届全国曲艺邀请赛”在河南省宝丰县落幕。宁夏相声演员白永蔚、赵鹏涛表演的相声《未来世界》获一等奖；曲艺演员李建信、张存升表演的数来宝《爸爸的心事》获二等奖。

宁夏杂技《巧耍花坛》获文华奖

由国家文化部和重庆市人民政府主办的“文华奖”第九届全国杂技比赛中，宁夏演艺集团杂技团选送的杂技节目《巧耍花坛》获得大赛铜奖，并获评委会颁发的唯一“编导奖”

宁夏两个曲艺节目荣获“群星奖”

11月，宁夏坐唱《民生工程为民生》、数来宝《说法》在第十届中国艺术节中荣获“群星奖”，实现了宁夏曲艺类作品该奖项零的突破。宁夏坐唱《民生工程为民生》由宁夏曲艺杂技家协会主席徐明智深入移民地区采风创作，以宁夏坐唱的形式反映移民工程让移民摆脱贫困、致富的故事。数来宝《说法》由曲艺家宋雁波创作并和自己的小孙女合作演出。作品宣传普及与百姓生活密切相关的法律知识。

宁夏曲杂协举办“传统艺术进校园专场演出”活动

11月28日，由自治区文联主办，自治区曲艺杂技家协会、银川艺术剧院承办的“传统艺术进校园专场演出”在宁夏大学音乐厅举行。内容丰富，形式活泼多样的传统文艺节目，受到宁夏大学师生们的热烈欢迎。

【民间文艺家协会】

宁夏剪纸作品荣获“第四届中国剪纸艺术节”金奖

7月8日至10日，由中国文联、中国民协、河北省委宣传部、河北省文联等单位联合主办的“第四届中国剪纸艺术节暨第三届蔚州国际剪纸艺术节”在河北蔚县举行，郑飞雁的《塞上风情祥和窗花组合》获金奖，熊敦生的《曼苏尔》获铜奖。

郑飞雁获“最受欢迎的民间艺术家”称号

11月，杭州举办第五届中国民间艺人节暨第十一届中国民间文艺山花奖(民间工艺类)评奖活动，宁夏民协选送了3位民间艺术家参加活动，郑飞雁获得第五届中国民间艺人节“最受欢迎的民间艺术家”称号。

【电影电视家协会】

宁夏影视作品在全国新媒体影视作品比赛中获奖

8月30日至9月1日，首届华东六省一市暨全国部分省市新媒体影视作品大赛在济南举行。宁夏电影电视家协会选送的纪实类作品《建设和谐富裕新宁夏》获一等奖，《我们的节日——端午》《丝路古镇——固原》获二等奖，《放歌黄河的羊皮筏工》获三等奖。由石嘴山市艺苑影视有限公司制作的三维动画短片《敛财》获动漫类三等奖。

宁夏对农电视节目在第五届新农村电视艺术节暨第七届小康电视节获奖

12月，由中国视协、中国农业电影电视中心主办的第五届新农村电视艺术节暨第七届小康电视节目工作颁奖仪式在北京中国农业电影电视中心举行。宁夏电影电视家协会组织参选的《黎明村的变迁》（宁夏广电总台）荣获二等奖，《一个都不能少》（固原广播电视台）、《一程山水一路情》（石嘴山广播电视台）、《塞上乡村－－春季植树在旱塬》（宁夏广电总台公共频道）、《移民区的幸福生活》（宁夏广电总台卫视频道）荣获三等奖。

宁夏饮食节目在全国电视专题片纪录片活动中获奖

由中国电视艺术家协会城市电视台工作委员会、广州市广播电视台、深圳广播电影电视集团联合主办，广州广电集团承办的“‘人文中国第二季——味道中国’全国电视专题片、纪录片研讨暨表彰活动”12月在广州举行。由宁夏电影电视家协会选送的《回乡味道》（宁夏电视总台）、《玩味之穆民新村回族人家》（吴忠市电视台）分别获生活类二、三等奖；《寻味黄渠桥》（石嘴山市电视台）获民俗类三等奖。

【文学艺术院】

宁夏诗歌学会成立暨第一次诗人代表大会在银川召开

6月12日，由宁夏文联主管、宁夏作家协会业务指导的一级学会——宁夏诗歌学会成立暨第一次诗人代表大会在银川召开。宁夏文联书记、主席郑歌平为学会题字，宁夏文联副主席哈若蕙出席会议并讲话。

宁夏文学艺术院第一期文艺（公共）研修班在泾源县开班

9月9日上午，旨在结合群众路线教育活动，宁夏文学艺术院第一期文艺（公共）研修班在泾源县开班，宁夏文联副主席胡建国出席开班仪式。本期研修班是根据自治区党委宣传部的工作安排，在宁夏文联广泛调研的基础上，针对自治区文艺人才后继乏力的现状，在泾源县委、政府的高度重视下，在泾源县文化旅游广播电视局的大力协助下举办的。

新疆维吾尔自治区文联

综　述

2013年，在自治区党委、自治区人民政府的正确领导下，在中国文联和自治区党委宣传部的指导下，自治区文联及各团体会员深入贯彻落实党的十八大、中央新疆工作座谈会、自治区第八次党代会精神，坚持以现代文化为引领，认真履行组织、联络、协调、服务职能，团结凝聚各族文艺工作者，充分发挥文联组织在意识形态领域传递正能量的主力军作用，围绕中心、服务大局、深入基层、改进作风、全力服务于各族人民，以良好的精神风貌和改革创新精神，努力提高自身能力和工作水平，各项工作都取得了可喜成绩，为推动自治区文艺事业繁荣发展作出了新的重要贡献。

会议与活动

【七届三次全委会】

2月28日，自治区文联七届三次全委会在乌鲁木齐市召开。会议由自治区文联主席阿扎提•苏里坦主持，黄永军书记宣读了胡伟常委针对文联目前工作的讲话，做了《务实创新　开拓进取　为全面推进新疆文艺事业繁荣发展不懈奋斗》的工作报告，全面总结了2012年全疆文联工作，对2013年工作做了总体部署。七届主席团成员和120余名与会委员就胡伟常委讲话、全委会工作报告以及如何贯彻落实党的十八大精神、服务党和政府工作大局、主动担起文艺工作者的时代使命、更好地推进新疆多民族文艺事业蓬勃发展等问题，进行了广泛深入的讨论，交流了各地工作经验，提出了建议。

会议审议通过了工作报告，通过了《关于确认甄敬庭等7位同志接任新疆文联第七届委员会委员的决议》，确认甄敬庭、吾吐克•吾拉音、马庭宝、朱玛克•卡德尔、多里坤•吾守尔、宋志媛、刘建军7位同志为新疆维吾尔自治区文联第七届委员会委员；吾布力排孜•喀迪尔、刘新贵、刘明荣、池光4位同志不再担任七届委员会委员。

【新疆文联与湖南作协签署交流协议】

3月4日，湖南省作协与新疆文联在长沙签署了《湖南省作协与新疆维吾尔自治区文联文学交流合作协议》。新疆文联党组书记黄永军、湖南省作协党组书记龚爱林等参加了协议签订仪式。

按协议规定，湖南省作协将于每年秋季举办一期新疆作家班，组织湖南作家赴新疆开展文学采风活动。新疆文联每年至少选择1名湖南作家的作品翻译成少数民族文字出版，邀请湖南作家赴新疆参与作家大讲堂及相关培训授课活动。此外双方还决定每年互派干部挂职锻炼，并计划共同编选由两地作家创作的反映新疆、湖南各族人民精神风貌的作品集，《文学界》和《西部》此后每年都将推出新疆、湖南作家作品专辑或专号，以期用文学的方式展示湖南、新疆两地的新发展、新变化、新面貌，让深厚博大的湖湘文化和丰富多彩的天山文化在新的文化发展形势下共同走向繁荣。

【夏潮来新疆调研】

3月20日，中国文联党组成员、书记处书记夏潮带中国文联理论研究室副主任杨发航等一行数人来新疆文联调研。座谈中，自治区文联党组书记副主席黄永军向夏潮一行介绍了中央新疆工作座谈会以来文联工作开展情况；陪同座谈的新疆文联党组成员副主席叶尔克西•库尔班拜克、乌鲁木齐市文联党组书记刘振东、著名艺术家迪丽娜尔•阿不都拉、阿迪力•吾休尔、李学亮、夏米力•夏克尔及文联相关部门负责人，也从各自角度畅谈了新疆文艺事业的发展变化，并结合新形势下文联工作面临的如何进一步完善运行机制、管理模式，如何实现“全国文联一盘棋”，怎样加快边疆地区文艺事业发展等问题，提出了许多建设性意见和建议。

【《王玉胡文集》出版座谈会】

5月22日，新疆文联举办《王玉胡文集》出版座谈会。著名作家王蒙、自治区党委宣传部副部长文联党组书记黄永军、自治区新闻出版局党组书记副局长石永强等有关单位主要领导，自治区文联党组成员张君超、阿拉提•阿斯木、叶尔克西•库尔班拜克、马旭国、胡中平以及王玉胡生前老战友、新疆著名作家等80余人参加了座谈，会议由自治区文联党组副书记主席阿扎提•苏里坦主持。

王玉胡同志1937年参加革命，15岁入党，解放战争时期转战西北战场，1949年随军进疆后，先后任中共新疆分局书记王震同志的秘书、中国作协新疆分会副主席、《天山》《新疆文学》主编、自治区文联党组书记。2008年12月8日因病逝世。王玉胡从1943年在延安中央党校学习时开始文学创作，在新疆期间，他应对文艺管理之余，经常深入天山南北农牧区、厂矿采风，创作了大量优秀的文艺作品，如电影文学剧本《哈森与加米拉》《绿洲凯歌》《塞外风云》《黄沙绿浪》《阿凡提》等，晚年创作了长篇小说《新疆平叛记》，1996年获"夏衍电影荣誉奖"。自治区文联自2011年开始对王玉胡同志全部著作进行整理，现由新疆人民出版社出版了四卷本约150万字的《王玉胡文集》，其中有长篇小说、电影剧本、小说散文、战地文艺和创作回忆等。

座谈中，与会者手持《王玉胡文集》感慨万千。黄永军书记说：王玉胡先生热爱生活，热爱新疆这片土地，离休后仍将全部精力用于以文学形式表现新疆各族人民生活方面。缅怀先生生平，总能让一种深深地情怀所打动。王蒙先生说：王玉胡先生是他来新疆后最早接触到的老作家、老领导，他十分关注民族文学，关爱年轻作者，那时我的处境并不好，曾得到他的理解和细致入微的帮助，我十分感激他。他创作的少数民族题材作品对新疆新时期文学具有开拓意义。文学评论家陈柏中说：王玉胡同志的文学创作，在上世纪五六十年代曾达到一个高峰。这套文集的出版，为研究新疆多民族当代文学创作提供了十分宝贵的资料。

【大美天山·新疆中国画全国行】

7月13日，由新疆维吾尔自治区党委宣传部、中国美术馆、自治区文联共同主办的大型画展"大美天山•新疆中国画全国行"活动，在北京中国美术馆开幕，随后，在三个多月时间内先后赴河南、湖南、广东等地巡展，9月底回到新疆闭幕展出。

画展展出了新疆著名国画家哈孜•艾买提、徐庶之（后调到西安）、舒春光（后调到北京）、龚建新、吴奇峰、龙清廉、邓维东、郤振明、吐尔地•依明等人的91件作品，是从400多幅作品中挑选出的精品，同时，中国美术馆将馆藏的黄胄、叶浅予、刘大为等大师创作的十多幅新疆题材国画名作借出，一并参加了巡展。

新疆国画艺术创作活动始于解放初期，一批内地美术工作者随建设大军来到边疆，开启了新疆国画艺术创作实践活动，至20世纪末在全国范围已产生一定影响。新疆国画创作以反映边疆自然景观、民族风情、讴歌各族人民建设边疆、保卫边疆的场景为题材，汲取了大量新疆文化元素，经长期实践形成了特有的区域风格，在我国艺术画廊中具有独特的审美价值。自治区党委宣传部副部长黄永军在介绍画展时说：本次巡展质量之高、规模之大、时间之长、受众之广，是新疆国画史上前所未有的，展出的作品不仅反映了中央新疆工作座谈会召开以来新疆的发展变化，也体现了新疆本土国画家的精神风貌，是新疆国画艺术接受全国观众、美术界同仁的一次集中检阅，更是一次新疆美术界对援疆兄弟省市的感恩之旅、回馈之旅。

【"发声""亮剑"座谈会】

7月26日，自治区文联召开"文学艺术工作者如何担当社会责任"座谈会，自治区党委宣传部副部长、文联党组书记黄永军，自治区文联主席新疆作家协会主席阿扎提•苏里坦，副主席阿拉提•阿斯木、叶尔克西•库尔班拜克，党组成员秘书长马旭国以及文联离退休老干部、专家、学者等18位同志参加了座谈；8月21日，《塔里木》杂志社召开"用现代文化、文艺精品引领人民群众"座谈会，自治区文联主席阿扎提•苏里坦、原新疆艺术学院院长伊明•艾合买提等10多位专家、学者参加了座谈；9月12日，自治区党委宣传部、自治区文联召开"敢于担当，促进现代文化发展"座谈会，来自新疆社科文艺界的120多位专家学者作家参加了座谈。

这些座谈会是针对近期分裂势力散布宗教极端思想、曲解维吾尔传统文化的现象而召开的。

围绕如何以现代文化引领、弘扬民族优秀传统文化、反对宗教极端思想渗透、引导各族群众树立现代思想观念等议题，专家学者们认为：维吾尔传统文化是在不断汲取外来进步文明、摒弃腐朽落后陋习的漫长历史进程中逐渐形成的，这一过程至今仍在延续。如果我们一味地迷恋传统，用传统中不符合时代发展潮流的落后思想禁锢自己，或者不加分析地引入外来腐朽落后文化，在民族内部制造分裂，这都是放弃民族尊严，污染民族文化，自毁民族发展前途的行径。大家对宗教极端势力的倒行逆施极其愤慨，许多专家学者将座谈中表述的观点梳理成文，短短一个多月时间内，在各类媒体刊出130多篇文章，有力地回击了宗教极端势力蛊惑人心的邪说，有效地引导了社会各界正能量的传递。

9月10日、11日，自治区文联主席阿扎提•苏里坦、《塔里木》杂志主编亚森•孜拉力、新疆大学博士生导师阿不都克里木•热合曼、新疆艺术学院原院长伊明•艾合买提等一行六人赴和田地区，分别在和田地委、墨玉县委举办了两场以“继承维吾尔优秀传统文化，大力发展现代文化，坚决抵制宗教极端思想渗透，为实现和田地区文化大发展大繁荣，为实现中华民族伟大复兴的中国梦而努力奋斗”为主题的宣讲活动。当地1200多位少数民族领导干部、业务骨干、文学艺术工作者和爱好者聆听了宣讲。

【哈孜・艾买提从艺60年座谈会】

9月15日，由自治区文联、自治区文化厅和自治区人民政府参事室（文史馆）共同主办的著名画家、艺术教育家哈孜•艾买提从艺60周年暨80寿辰座谈会在乌鲁木齐举行。

哈孜•艾买提是新中国培养的第一代维吾尔族画家、艺术教育家。上世纪六十年代初，他创作的批判现实主义作品《罪恶的审判》在全国引起强烈反响，之后创作的《木卡姆》《清算》《地毯•维吾尔人》和《乐迷》《刀郎魂》《万方乐奏有于阗》等一大批油画、国画和壁画作品，都真实地反映了新疆人民的历史和现实生活，充溢着深厚的爱国爱疆情怀和浓郁的民族情趣，同时也感染、吸引、熏陶了几代新疆美术工作者。哈孜•艾买提的美术作品勾勒了半个多世纪以来新疆在祖国大家庭中社会进步、民族团结、人民幸福的历史画卷，对于反映和研究新疆艺术史、文化史、民族史都具有重要的价值和深远的意义。座谈会上，专家学者们给予哈孜•艾买提的艺术生涯以高度评价。

【送欢乐下基层】

9月16日，自治区文联连年举办的“送欢乐下基层”活动，今年在尼勒克县乌拉斯台乡拉开了帷幕。该乡巴彦郭楞村是自治区党委指派由文联帮扶的贫困村，因地处偏远山区，当地农牧民除了物质生活水平相对贫困外，文化生活也十分单调。自治区文联派出工作组驻村扶贫，年内帮助该村修筑乡村公路、捐赠办公设备、帮扶贫困户、申请扶贫款项、创建“柯赛秀”创业培训中心，同时还结合群众路线教育实践活动，组织迪丽娜尔•阿布都拉、夏米力、李学亮、于小山等数位全疆乃至全国著名艺术家和近几年活跃在艺术舞台上的新秀，赴偏远山区践行群众路线，为当地农牧民表演高水准文艺节目、赠送慰问品、拍摄全家福、书写对联、放映电影，与边区各族人民共享当代精神文化成果，表达了党和政府对山区农牧民的深情厚谊。

年内，自治区文联还组织艺术家先后赴青河县、达坂城、乌鲁木齐解放军测绘大队等地，开展了送欢乐下基层活动。

【自治区领导来文联调研】

11月26日，自治区党委常委、宣传部部长李学军一行来文联调研。李学军常委实地察看了文联办公环境，详细询问了5种文字11家文艺杂志社办刊和“民族文学原创和民汉互译作品工程”工作情况。在与文联领导班子和各部门负责人的座谈中，文联党组书记黄永军同志介绍了近几年来文联工作基本情况、面临的问题和下一步打算。李学军常委对文联领导班子近几年的工作给予充分肯定，并结合宣传思想文化和文艺工作发展形势，对文联工作提出了新的要求。在与文联干部职工见面会上，李学军常委鼓励各族文艺工作者，要充分利用新疆文化资源优势，在文艺创新方面下功夫；要多关注中央的大政方针和自治区党委的重要决策部署，做好现代文化这篇大文章，正确阐释现实生活中的宗教问题，引导各族人民崇尚文明、崇尚进步、崇尚科学、崇尚民主。同时他还表示：作为宣传思想文化战线上的一员，我愿意和大家一起努力，为繁荣发展新疆文艺事业作出积极的贡献；作为一名读者、观众、学生，我愿意在欣赏各位作品的同时，能汲取更多的营养来丰富和充实自己的大脑；作为宣传部长，我愿意当好“后勤部长”，为大家创造条件、提供支持，营造良好的文艺创作环境，让大家能更好地集中精力做好以现代文化引领时代潮流这篇大文章，共同推进新疆文艺事业繁荣发展。

12月24日，自治区人民政府副主席艾尔肯•吐尼亚孜一行来文联调研，与文联领导班子成员及相关部门负责人进行了座谈，听取了黄永军书记的汇报。艾尔肯•吐尼亚孜副主席对文联工作十分满意，特别是近期针对宗教极端思想在社会舆论中有所抬头的倾向，文联领导亲自带头，与各族作家艺术家在各大媒体上主动“发声、亮剑”，有力回击错误思潮，阐释正确的宗教观，全力引导社会舆论崇尚现代文明，很好地发挥了文艺工作者引领社会思潮的积极作用。他鼓励各族文艺工作者要进一步增强政治意识、大局意识，把握好“新丝绸之路经济带”建设的有利契机，围绕两大历史任务，创作出更多贴近实际、贴近生活、贴近群众的文艺精品。

【新疆青年作家创作会议】

11月27日至29日，自治区文联及作协在乌鲁木齐市昆仑宾馆召开了新疆青年作家创作会议，来自全疆各地的各族青年作家代表及各代表团领导共127人参加了会议。会议旨在总结近年来文学创作成就，交流学习和创作经验，鼓励各族青年作家贴近生活，勤于笔耕，为推进我区文学事业繁荣发展奉献才智。自治区党委宣传部副部长文联党组书记黄永军在会上指出：中央新疆工作座谈会召开以来，自治区党委提出了以现代文化为引领，实现新疆跨越式发展和长治久安的目标。在这一战略思想指导下，自治区文联及作协实施了“新疆民族文学原创和民汉互译作品工程”，至今已扶持出版118部原创和翻译作品；实施了“千人培训计划”，把发现、培养、扶持青年作家和艺术家作为文联重点工作，努力为各族作家营造更宽松更和谐的创作氛围。迄今有一大批青年作家活跃在文坛，优秀作品不断问世，人口较少民族文学创作也显出较好的发展势头，青年作家在自治区文化建设中的作用越来越突出。著名作家新疆文联新疆作协名誉主席周涛说，党和政府为了缩小新疆和内地的差距，实施了力度空前的富民强边举措，已经让新疆的经济插上了腾飞的翅膀，给各族人民带来了实实在在的福祉。作为这一重要历史变化时期的见证人，我们应该责无旁贷地用手中的笔，唱响主旋律，纪录这个时代的变化，歌颂所有为改变贫穷、造福百姓而付出了心血汗水的劳动者们，以一个作家的良心，用文字给这个伟大的时代立一座纪念碑。

维吾尔著名作家艾斯海提•图尔迪、哈萨克著名作家朱玛拜•比拉勒等也到会与青年作家亲切交流。会议还按语种分别举办了文学讲座和讨论。闭幕式上，自治区党委常委李学军到会作了重要讲话。

【少数民族文学母语创作颁奖】

11月29日，2013年度新疆少数民族文学母语创作颁奖大会在乌鲁木齐昆仑宾馆举行。会议表彰了20名优秀少数民族作家，颁发奖金共计40万元。自治区党委宣传部副部长文联党组书记黄永军、文联主席阿扎提•苏里坦和副主席张君超、阿拉提•阿斯木、叶尔克西•库尔班拜克、秘书长马旭国、纪检组长胡中平等领导为获奖者颁了奖。

本次评奖由自治区文联主办、作协承办，动员了文联所属少数民族语种文艺期刊杂志社、新疆各大出版社、各地州市文联作协所属维吾尔、哈萨克、柯尔克孜、蒙古文专业机构负责人参加，聘请各语种专家教授和知名评论家组成三个评审组，按思想性与艺术性相统一、适当考虑向基层向青年作家倾斜的原则，评选出包括“维吾尔汗腾格里文学奖”、“哈萨克•柯尔克孜飞马奖”、“蒙古金马镫文学奖”三大项四个语种20部作品，其中将长篇小说也首次纳入了评选范围。

机关建设

【中央八项规定落实情况】

为贯彻落实中央和自治区党委有关改进工作作风、密切联系群众的规定，2月中旬，自治区文联党组结合文艺工作和文联工作实际制定出《关于改进工作作风，密切联系群众的十项规定》，从强化学习意识、注重调查研究、密切联系群众、整肃会风文风、务求工作实效、压缩“三公”预算、厉行勤俭节约、坚守廉洁自律等十个方面制定出24条具体措施，并由纪检组监察室按季度检

查落实情况。

言出必行。一年来，原定的迎春联欢、自治区文联成立60周年庆典以及各类节庆座谈论坛等活动，一律戒奢从简，或改为以实际工作成效以及撰写文章等方式来纪念，总结表彰等采用“多会合一”的方式，领导班子进一步强化了中心组理论学习制度，各成员进一步密切了与分管部门的联系，赴基层调查研究次数增加，形成了一批有质量的专题调研报告；迎来送往、应酬接待少了，思考问题、研究工作、狠抓落实多了；形式主义、“三公”支出少了，为群众办实事、办好事多了。各族干部职工普遍反映，中央八项规定出台后，文联领导班子更加“亲民、务实、自律”，机关工作作风更显风清气正。

【群众路线教育实践活动】

7月18日，遵照上级党委部署，自治区文联启动了群众路线教育实践活动。教育活动围绕保持党的先进性和纯洁性，以为民、务实、清廉为主要内容，在认真学习深刻领会马克思主义群众观点,筑牢宗旨意识的基础上，按“照镜子、正衣冠、洗洗澡、治治病”的总体要求，由领导班子成员带头查摆在“四风”方面存在的问题，广泛征求群众意见，制定出切实可行的整改方案。活动中党组注重将群众路线教育同意识形态领域反分裂斗争的实践相结合，面对三股势力或公开或隐蔽的各种分裂行径，组织党员干部、作家、艺术家，以座谈、宣讲、刊发文章等形式，主动“发声，亮剑”，维护各族人民群众的根本利益；注重将群众路线教育同创建文明单位的实践相结合，在贯彻执行民主集中制、转变机关工作作风、强化联络协调服务意识、践行社会主义核心价值观、创建文明工作生活环境、建立防腐倡廉机制、培养少数民族文艺人才、关心老干部生活等方面推行了一系列有针对性的规章制度；注重将群众路线教育同推动文联实际工作相结合，着力面向社会、面向基层、面向群众开展有影响、有特色、有成效的文艺品牌活动，不断提升文联工作的社会影响力。

截至年底，自治区文联已初步形成贯彻群众路线的运作机制，“四风”方面存在的问题得到有效遏制，干部职工的精神面貌焕然一新。群众路线教育实践活动带来的新变化新气象，得到了各族群众的普遍认同。

【赴基层文联调研】

6月初至7月底，为了贯彻十八大精神，落实自治区党委关于推动自治区“文化资源大区向文化发展大区迈进”的部署，自治区文联派出6个调研组，分别由党组成员带队，陆续赴伊犁、塔城、阿勒泰、博尔塔拉、克拉玛依、石河子、巴音郭楞、阿克苏、喀什、乌鲁木齐等地州市及所属县，对当地文联组织自中央新疆工作座谈会以来如何履行职责促进当地文艺事业繁荣发展的情况进行了翔实的调研，以期总结经验，及时发现新时期文艺工作文联工作面临的新情况新问题，探索发展思路，努力适应深化文化体制改革需要，促成全疆文联一盘棋协调推进文艺事业繁荣发展的格局。各调研组通过走访、座谈、交流等形式，与当地党委主管文艺工作负责人、文联干部职工、各族作家艺术家、文艺爱好者和民间艺人广泛接触、恳切交流，详细察看了各地公共文化设施，观摩文艺展演成果，了解各族文艺工作者当下创作情况，认真听取汇报和建议。经梳理共形成31份调研报告，内容涉及近几年来各地文联工作取得的成效、主要做法和经验、时下面临的新情况新问题、解决问题的思路和建议等，在此基础上形成了一份总调研报告，已呈报上级机关。

【扶贫工作】

年初，根据自治区党委的总体安排，文联党组着手部署“转变工作作风，服务基层群众”工作，成立了以党组成员张君超为组长、各职能处室负责人为组员的领导小组，负责制定和落实服务基层群众工作计划。选机关党委调研员张耀辉、机关服务中心副主任雷霆、《曙光》杂志社编辑阿合布肯组成三人工作组，于3月1日赴国家级贫困县尼勒克县乌拉斯台乡巴彦郭楞村，驻村了解当地农牧民生产生活状况和实际需要，结合文联特长，制定帮扶计划。

一年来，工作组克服重重困难，依靠村两委一班人，深入调查研究，会同文联领导小组，协调各有关单位，逐项落实扶贫措施。先后为该村修建乡村公路10公里；向乡村学校捐赠各类图书1500余册；为乡政府配备了一批自动化办公设备；自筹资金救济了13户贫困家庭；募集专款为一位患癌症晚期村民建造住房，满足了他的临终祈愿；《曙光》杂志社在当地哈萨克文学爱好者中组稿，编辑出版一期尼勒克专刊；电影家协会在当地开展“百花放映•情系尼勒克”电影惠民和乡村放映员座谈培训活动；文联组织各协会及知名文艺家在当地举办了“送欢乐下基层”大型慰问演出活动；协调民宗委在当地创建了“柯赛秀”创业培训中心，以解决当地哈萨克妇女就业问题。年内，文联自筹或募集资金200多万，用于该乡村的扶贫工作，特别是修建了10公里的乡村道路，受益的全体村民亲切的将其称之为“文联路”。

各文艺家协会

【作家协会】

年内继续全力以赴推进“新疆民族文学原创和民汉互译作品工程”。组织专家、学者、翻译家，完成了300多部作品的初审，100多部作品的翻译，经终审出版原创作品30部、翻译作品25部；8月至11月，协助中国作家协会组织翻译、编选了《新时期中国少数民族文学作品选集•维吾尔族卷》、《新时期中国少数民族文学作品选集•塔吉克族卷》、《新世纪维吾尔中短篇小说精选》及诗歌、报告文学、散文集、中国2012年度优秀作品选等12部作品，为新疆人民出版社编选了2部维吾尔文学作品集。

落实“千人培训计划”，不断拓宽文学人才培训渠道。1月在南山作家之家举办长篇小说《木垒河》作品研讨会，有30多名作家、评论家参加了研讨；4月在文学馆举办维吾尔族80后作家培训班，有25名作者参加了学习；4月24日，在南山作家之家举办“全民写作中的文学创作研讨会”，有30多人参加；5月举办石河子作家培训班，有18人参加了学习；6月至9月接续举办了木垒县、库车县、墨玉县、克孜勒苏州、哈密地区作者培训班。年内还分别在哈密、阿克苏、塔城、伊犁等地举办了多期培训班，有近200人参加了学习。选送有创作潜能的中青年少数民族作家赴内地进修，5月选送12名少数民族青年作家赴上海作协文学院参加为期一个月的培训，6月27日至7月18日与鲁迅文学院联合举办了新疆少数民族作家培训班，选送40人参加培训，10月9日至30日在湖南毛泽东文学院举办了新疆少数民族作家班，选送30人参加学习。

继续办好“作家大讲堂”，年内在自治区图书馆面向文学爱好者和社会公众举办了10期讲座，还分别在博乐市、伊宁市、奇台县、巴里坤县等地举办了19场规模不一的讲座。各族知名作家、学者在介绍民族传统文化、交流创作经验的同时，还结合新疆实际，以开放的理性的学说抵制狭隘的极端的邪说，增进了各民族之间的相互理解相互包容。

自去年至今，已与40位用母语创作的少数民族作家签订了协约，今年共发创作补贴20万元；同时对在各地文学期刊上发表文学作品的新疆作家、翻译家实行稿费补贴奖励制度，今年共发放奖金30万元。随着文学创作激励机制的逐步完善，新疆各族作家的创作热情越来越高，题材丰富形式多样的作品不断涌现，协会在向内地出版社、期刊编辑部推荐新疆少数民族优秀作家及作品方面，也做了大量工作。

【美术家协会】

新疆社会主义现代化建设的全面推进，为新疆美术事业提供了前所未有的发展机遇。为配合宣传工作需要，协会着力办好大型画展。自年初开始筹备的“大美天山——新疆中国画全国行展”，于7月至9月，分别在北京中国美术馆、郑州河南省美术馆、湖南省画院美术馆、广州美术学院美术馆和乌鲁木齐新疆国际会展中心成功举办。展出的93幅国画是从新疆本土画家创作的400多幅报送作品中遴选出的精品，突出了新疆区域的自然景观、社会风貌和民族风情，体现了各族人民和睦相处、共享幸福生活的主题。巡展期间正值夏日高温季节，但各地观众络绎不绝，全程参观人数愈10万之众。中央电视台晚间新闻对画展开幕式进行了重点报道；新疆日报、新疆经济报、新疆电视台、新疆电台、天山网等媒体随行展作了全程跟踪报道。

8月，与塔城地委宣传部、塔城地区文联合作，举办了“最美还是我们新疆•走进塔城油画作品展”。该活动面向全疆征稿，历时半年，共收到300多位不同民族作者送来的800余件作品，美协油画艺委会组织评委会，评出金奖一名，银奖两名，铜奖四名，优秀奖十名。8月3日至20日，选出130件优秀作品在塔城体育馆活动中心隆重展

出。国家权威专业期刊《美术》杂志社给予特别关注，在2013年第10期上做了全面报道，认为该展览显示了新疆油画强劲的后续力。

12月，与中央文史馆、中国美术家协会、自治区文化厅、自治区文联、新疆政府参事室在中国美术馆共同主办了“天山情深•龚建新中国画展”。龚建新是一位成长于新疆的著名艺术家，从艺50多年来，他走遍天山南北，用炽热的情怀、精湛的技艺以及不断创新的绘画语言创作出无数韵味十足的新疆风俗国画佳作，为前辈与同行所推崇。本次展览共展出龚建新150多幅国画作品，开幕式结束后，又举办了“龚建新绘画艺术作品研讨会”，与会者认为：通过他的绘画作品，人们不仅能欣赏到新疆壮美的山河，而且能从中了解新疆特有的民族风情及文化传承，对各民族之间的文化交流具有重要意义。

年内，油画艺委会出版了大型画册《走进塔城•最美还是我们新疆》和《2013新疆名家油画作品集》；举办了“2013年迎新春新疆名家油画作品展”，展出的50多幅包括老中青三代艺术家的作品，以新的审美视角对当代社会生活作深入的观察与表现，从内容到形式均体现了时代精神和个性特征；6月主办了“黄进个人油画作品展”；11月主办了“库尔班塔伊•图尔荪”油画作品展。国画艺委会除组织画家外出写生、筹备大型画展外，年内在一品堂画廊筹办了“朱沐云个人画展”。水彩•粉画艺委会于6月在新源县教育局教育美术馆承办了“2013新疆水彩画作品展”；8月在奥生文化村与军垦美术馆合办《2013新疆名家水彩作品展》，展出了饶书贵、王健武、许英武、张涛、欧阳松柏、贾忠、何孝清、付永宁、朱秉、刘汉新十位新疆水彩画家作品50余幅；与师范大学美术学院合作举办了“于然遗作展”；在一阳咖啡举办了新源画家程永江水彩画展；11月与天山书画社、奥生文化村联合举办了“新疆水彩论坛”。雕塑艺委会6月参与了“新疆昭苏天马节”雕塑展方案征集工作，8月25日，在新疆艺术学院展厅进行预展，国内外48位作者的70件作品参加了预展；年内还参与了全国多项雕塑交流和新疆各地州雕塑方案征集活动，参与了各地州的雕塑设计与制作工作。版画艺委会组织作者甄选作品参加了9月亚欧博览会文化周之新疆国际版画邀请展，新疆本土作者有十几幅作品入选；在当代美术馆举办了研讨会，许多著名版画家都做了精彩发言，与新疆版画作者恳切交流；11月在新疆师范大学美术学院展厅举办了新疆青年版画家邀请展，有16位作者的64幅近作参展，随后又在七纺当代美术馆续展，并举办了“绿洲语境”新疆青年版画展研讨会，展览及研讨会由天山画报、乌鲁木齐晚报、新疆日报做了报道。

年内，协会响应文联号召，积极开展基层美术创作培训活动。6月与新源县委宣传部合办美术大讲堂，美协副主席许英武、水彩•粉画艺委会副主任张涛、秘书长欧阳松柏分别作了“新疆水彩的现状与发展”、“全国第十届水彩•粉画展优秀作品赏析”、“水彩画材料和技法的运用”等讲座，受众近500人；10月，美协主席邓维东赴巴音郭楞蒙古自治州为当地300多名各族中小学美术教师、美术爱好者作了“新疆当代美术发展态势”的讲座。

【民间文艺家协会】

年内，配合“新疆文库”出版计划，组织专家学者完成《玛纳斯》第二部《赛麦台依》、第三部《赛台克》的柯汉文对照、审定、文字加工，已交新疆人民出版社待出版；申报《哈萨克族达斯坦》、《历代阿肯阿依特斯精选》、《维吾尔族达斯坦》、《柯尔克孜民间达斯坦居素甫•玛玛依演唱记录本》和《柯尔克孜民间达斯坦演唱记录本》、《江格尔演唱记录本》（第三册）共计五部八册书籍入“新疆文库”出版计划；编辑《柯尔克孜族儿童文学精选》；翻译出版《人类非物质文化遗产代表作——玛纳斯》（汉译柯、吉尔吉斯两种文字）；协会大部分同志撰写了关于新疆民间文化研究方面的论文，有12篇在自治区和国家级相关刊物上发表；依斯哈别克同志承担的《居素普•玛玛依不同演唱异文比较》国家课题在自治区社会科学基金规划办开题成功。

随着全疆非物质文化遗产保护工作和自治区文联实施的“千人大培训”计划的不断深入，协会根据新疆民间文艺特点、非遗保护项目实施要求和文联2013年工作安排，完成了柯尔克孜达斯坦国家级非物质文化遗产代表作名录申报工作；申请将《中国民俗大典•新疆卷》列入了中国文联出版计划；邀请中国社科院、新疆大学、新疆师范大学、新疆社科院、文化厅非遗处等单位及本协会的20多名专家、学者，在乌鲁木齐、福海、温泉等地先后举办了四期以民间文化传承与保护为主题的培训班，178名民间艺人参加了培训和学习，培训期间采录100余艺人演唱的达斯坦实况120余部，计13，328分钟。5月与福海县人民政府合作召开了哈萨克族达斯坦学术研讨会；9月授予青河县阿热勒乡自治区级“阿肯阿依特斯之乡”称号；11月授予福海县自治区级“哈萨克族达斯坦之乡”称号。

年内，完成了参加第十届中国民间文化艺术节、中国民间舞龙大赛的节目选定、改编、视频拍摄、上报工作，阿克苏市歌舞团选送的民族舞《鼓舞春天》取得入场资格；7月组队赴甘肃参加了“全国花儿大奖赛”，新疆队获两银四铜四优的好成绩，新疆民协获优秀组织奖；由新疆民协推荐的新疆塔吉克族民俗纪录片《家在云端》获第十一届中国民间文艺山花奖•民俗影像作品奖。依斯哈别克同志入选自治区宣传文化系统“四个一批”人才。应台湾省中国口传文学学会金荣华理事长的邀请，5月27日至6月4日组织中国新疆民间文化考察团赴台湾进行了民间文化交流考察活动。

年内，继续做好会员普查登记工作，对常年积累的文字、录音、图片、视频等资料进行了系统的登记、刻录和扫描，逐步实现数字化管理；协会影视制作室经两年多的发展，已初步具备前期拍摄、后期编辑制作能力，并在采集民俗事象、制作视频资料片方面发挥着越来越重要的作用。

【书法家协会】

年内，以“展览、学术、交流、培训”相结合的工作思路，稳步推进协会各项工作顺利开展。3月，与西域贸易有限公司联合举办了诺鲁孜节少数民族书法展。7月，在新疆军区文化艺术中心承办了“书原履痕——赵彦良书法篆刻展”，并出版《作品集》。8月，在新疆军区文化艺术中心举办了“北庭雅集杯”新疆第十五届临书临印大展，共收到书法篆刻临摹作品1011件，评出157件入展作品，其中获奖作品9件，随后在青河、昌吉、玛纳斯、吐鲁番，独山子、克拉玛依等县市进行了巡展。9月，与哈密地委、哈密市政府联合举办新疆第二十八届少数民族书法研讨会，来自全疆各地州的50多位少数民族书法代表参加了研讨；组织少数民族优秀书法家及22幅作品，赴韩国参加韩国世界文字艺术协会举办的书法大赛，协会吐尔逊江的书法作品获鼓励奖。11月，在乌鲁木齐市举办了艾山江•如孜个人书法展。12月，召开新疆第三届书法理论研讨会，共收到来自全疆19位作者的20篇论文，其中11篇论文在研讨会上宣读，25位代表参会。

积极开展书法进万家社会公益活动。元月，协会主席副主席分别带领书法家前往乌鲁木齐快速路管理中心和水磨沟区环卫清运队慰问环卫工人，为他们书写春联、福字，送上书法家们的一片爱心。2月，组织书法家前往昌吉市滨湖镇东沟村为当地农民书写春联；组织书法家前往乌鲁木齐市公安局110指挥中心慰问公安干警。5月，组织书法家前往兵团监狱管理局五家渠监狱慰问狱警。6月，组织书法家前往武警新疆总队第二支队为部队官兵辅导书法。8月，协会主席带书法家前往武警新疆总队第二支队慰问部队官兵。9月，组织书法家赴尼勒克县乌拉斯台乡参加自治区文联在这里举办的“送欢乐、下基层”活动。“12•3世界助残日”，组织书法家前往自治区残联慰问残疾朋友。12月，与新疆红石慈善基金会合作，组织书法家拍卖捐赠书法作品，以资助新疆贫困和失学儿童；组织书法家前往乌鲁木齐县公安局萨尔达克乡派出所慰问基层公安干警。

扎实推进书法培训教育活动。5月，邀请辽宁书法家协会副主席孙勇老师在培训中心举办了书法培训班，全疆各地60名书法爱好者参加了培训。4、5、10月，分别选派15名书法骨干参加由中国书协主席张海出资举办的西部书法理论、篆书篆刻和隶书学习班。根据文联“千人培训”计划安排，8月在塔城举办书法培训班，当地40名书法爱好者参加学习，10月在喀什举办书法培训班，有40名书法爱好者参加学习，11月在喀什举办维吾尔文书法培训班，当地12县（市）及喀什师范学院的250名书法爱好者参加了学习。

年内，向中国书协推荐会员3人，新疆书协吸收会员55人；新疆书法作者在中国书协、西泠印社举办的展览中入展8人、获奖1人。

【音乐家协会】

坚持“抓活动、出精品、促繁荣”的工作思路，年内积极策划赛事活动。与有关单位及兄弟省（区）联合主办了第二届中国•西北音乐节民歌

大赛，中国西部花儿艺术节暨中国花儿演唱大赛，第九届新疆青年歌手电视大奖赛，第六届施坦威全国青少年钢琴比赛西北分赛区大赛，第四届KAWAI亚洲钢琴大赛（新疆赛区）选拔赛，第三届新疆手风琴大赛，第二届新疆吉他大赛；组团参加了第十五届全国青年歌手电视大奖赛，第九届中国音乐“金钟奖”民乐组合、古筝、声乐比赛，第四届KAWAI亚洲钢琴，第六届施坦威全国青少年钢琴比赛，中国音乐“小金钟奖”第二届全国少儿二胡比赛、第三届全国少儿小提琴比赛。其中由协会选送的纳瓦乐队、古筝选手任洲洋，分别获第九届中国音乐“金钟奖”民乐组合、古筝比赛铜奖，实现了新疆在设金钟奖以来演奏类零的突破。

年内还与有关单位及兄弟省（区）联合举办了“第二届中国•西北音乐节”歌曲征集评奖、第十三届全国冬运会主题歌（词）征集评选、第二届“新歌唱新疆”歌曲征集评奖、第三届“新歌唱伊宁”原唱歌曲征集评奖、“新歌唱霍城”新词新曲征集评奖等活动。主办了中国十大青年钢琴家之一、旅美钢琴博士元杰钢琴独奏音乐会，海萨尔•夏班拜新疆风格吉他作品音乐会，阿尔伯特•古埃亚弗拉门戈吉他音乐会，管沧、范晔古典吉他音乐会，著名歌唱家热比娅•穆罕默德艺术生涯60周年研讨会等活动。以期推动音乐创作。

落实自治区文联部署的“千人培训计划”。年内分别在伊宁、乌鲁木齐、博乐、克拉玛依、察布查尔、沙湾等市县举办了钢琴、双排键电子琴、合唱、二胡等专业的六期培训，来自全疆各地的千余名老师、学生和音乐爱好者参加了培训；7月6日启动2013年夏季音乐考级工作，组织各专业委员会派专家赴全疆各地州，举办辅导讲座，执行监考，顺利完成了钢琴、电子琴、小提琴、手风琴、声乐、管乐、二胡等十二个专业一万多人的音乐考级工作。积极开展社会公益活动。5月31日与自治区文联、乌鲁木齐市音乐舞蹈家协会在达坂城文化活动中心共同举办了“送欢乐下基层•六一慰问演出”活动；组织钢琴学会在SOS国际儿童村举办了钢琴音乐会，并选拔若干名孩子去新疆麟音钢琴学校免费学习。

对外交流方面，8月初，组织新疆移动全球通“会员之声”合唱团赴加拿大参加了中加友好文化年“枫华国际艺术节”系列活动。

【摄影家协会】

元月，举办“新疆摄影界迎春联谊会”，通报过去一年协会主要工作，表彰奖励优秀摄影组织，约500多名会员参加；同期召开六届八次理事会，传达中国摄协八次代表大会精神，部署2013年主要工作。

伴随着艺术摄影的大众化发展趋势，新疆已有国税、海关、盐业、有色金属、商业系统、移动、电信等行业都成立了摄影协调组织或俱乐部，并与自治区摄影家协会建立了会员关系。为引领摄影艺术健康发展，协会加大了对二级协会工作的指导力度，年内除继续办好“新疆摄影家协会网站”和《新疆摄影杂志》（内刊）两个平台，及时向会员和摄影人传递信息、探讨理论、交流技艺、了解创作动态、展示新人新作外，还指导各行业将摄影艺术广泛应用于宣传行业成就，提升企业形象，推进行业企业文化蓬勃发展方面。今年协助中国移动全球通摄影俱乐部举办了全球通摄影俱乐部第三届摄影艺术展，并出版了摄影画册。3月26日至4月9日，由协会副主席晏先带队赴巴音郭楞、阿克苏、克孜勒苏、喀什、和田等地州对各团体会员开展工作和会员创作情况做了调研。今年，还协助伊吾县成立了伊吾胡杨摄影创作基地，以期推动当地旅游业的发展。

落实文联部署的“千人培训”计划，经周密策划部署，6月和9月，分别在乌鲁木齐、乌苏两地举办了两期摄影大讲堂，来自基层的近六百名各族学员接受了培训。同时协会还长期承接着北京摄影函授学院新疆分院摄影班的组织教学工作，根据企事业单位及行业的需要，随时派专家去讲座，全年讲座累计有370个课时。

深入开展文化惠民活动。年内协会成立了公益活动领导小组，组织文艺志愿者赴山区牧场，实施了“摄影作品送千家”活动；9月16日组织摄影家随文联赴尼勒克县乌拉斯台乡开展送欢乐下基层活动，为当地农牧民拍摄全家福和生活照280幅，并洗印装框后送到农牧民手中。

7月，举办了新疆舞蹈艺术摄影展；8月，组办了“我眼中的维泰”摄影大赛；10月，组办了新疆移动摄影俱乐部摄影艺术作品展；12月，举办了新疆首届商业艺术摄影展；举办了“裕民•山花盛开的地方”摄影展，同时出版了画册。年内有5名会员获自治区天山文艺奖，协会被自治区人力资源社会保障部和中国文联评为“先进集体”。

【戏剧家协会】

年内，落实文联部署的“千人培训”计划，8月15日至12月初，分别在乌鲁木齐、克拉玛依、塔城举办了新疆第二届戏（曲）创作培训班。邀请资深专家讲授了《新疆曲子概述》、《表演理论》、《非物质文化遗产新疆曲子戏的传承》、《新疆杂话》等课程，有100多名基层戏剧工作者和爱好者参加了培训；主办了全疆戏剧“朗诵•语言艺术”考级工作，全疆有二百多名汉、维吾尔、回、内蒙古民族的中小学生应考；按中国剧协要求，选送乌市京剧团李新、秦剧团种明明、石河子豫剧团袁志强、昌吉州艺术剧院闫荣、张世勇5人参加中国剧协举办的“全国青年戏曲研修班”。

推荐新疆歌剧团报送的乌孜哈勒木选段《美丽姑娘》参加由中国文联、国家民族事务委员会和中国曲艺家协会主办的第五届少数民族曲艺展演，获一等奖，剧协获组织奖；报送作品《旅途奇遇》《爱面子》《宝剑出鞘》参加由中国曲艺家协会与天津市文化广播影视局、天津市文联、武清区人民政府联合主办的首届“武清•李润杰杯”全国快板书大赛，其中《宝剑出鞘》荣获职业组三等奖；这一作品在中国曲艺家协会、深圳市曲艺家协会举办的第二届“南山杯”全国曲艺新人新作展演中获二等奖。

元月承办了“美丽新疆•少儿才艺展示”活动，全疆12个地州组团参赛，评出的获奖优秀选手参加了中国关心下一代工作委员会主办的“艺术之旅”中国青少年才艺展示活动；5月至6月，举办了“笑星大联盟送欢乐到校园”公益演出活动；组织天山笑声俱乐部分别在新疆医科大学、新疆农业大学举办了“新疆首届大学生相声节”；9月，在塔城协助有关单位举办了首届“新疆戏剧曲艺大赛”，共收到京剧、相声、曲艺等参赛作品107部，经初赛、复赛和决赛，有24部作品获最佳组织、最佳作品、最佳导演、最佳演员等奖项；组织艺术家参加了文联在尼勒克县乌拉斯台乡举办的送欢乐下基层活动；参加了塔城地区第三届农牧民艺术节活动。

年内，对新疆艺术剧院、乌市京剧团、乌市秦剧团、伊犁州话剧团、乌鲁木齐市艺术剧院、昌吉州艺术剧院、石河子豫剧团等会员单位的资料进行了系统整理；吸收乌市相声巴扎为剧协社会文化艺术活动分支机构，每周末向社会公益演出。

【舞蹈家协会】

落实文联“千人培训”计划。3月10日至20日，与北京国艺培训中心共同举办了“2013年新疆文化艺术人才舞蹈编导全方位强化班”，国内多位知名舞蹈艺术家亲临授课，26位学员顺利通过考试；6月15日至24日，在乌鲁木齐市米东区举办了“百姓健康舞培训班”，这是中国舞蹈家协会实施的重点文化惠民工程之一，使用中国舞协编创的教材并由新疆舞协注入了新疆13个世居民族的舞蹈元素，由编委亲自授课，来自石油化工系统的100多名学员参加了培训，其中有16人获得辅导员资格；为推动自治区业余少儿舞蹈教学工作的规范化科学化，年内与中国舞协分别在库尔勒、哈密举办了两期“中国舞教师培训班”，有51名业余教师接受了培训。

推选由新疆艺术剧院歌舞团迪丽娜尔艺术团表演的舞蹈诗《永远的麦西来甫》参加在上海举办的第九届中国舞蹈“荷花奖”舞剧•舞蹈诗评选活动，该剧在20多个参演剧目中脱颖而出，获本次大赛最高奖项——作品金奖，并获最佳服装设计奖、男女主角两项表演银奖，迪丽娜尔•阿布都拉获组委会特别奖，新疆舞协获组织奖；该剧在2013年第三届中国新疆国际民族舞蹈节中也摘得“艺术贡献奖”。推选四部作品参加中国舞蹈“荷花奖”民族民间舞大赛，经六个多月的角逐，在贵阳举办的决赛中，和田地区新玉歌舞团表演的男子群舞《昆仑之梦》摘取金奖，女子群舞《于阗女》获服装设计金奖、表演铜奖，新疆舞蹈家协会获优秀组织奖。7月，选送少儿舞蹈《顶碗舞》《边境线上的小妞妞》《快乐成长的小鸿雁》《黑走马》《军垦雏鹰》等作品，参加在北京清华大学清华堂举办的第七届“小荷风采”全国少儿舞蹈展演，获两项金奖、两项银奖，新疆舞协获组织奖。3月，选送喀什地区莎车县民间木卡姆艺术团编创的《木卡姆故乡的欢乐》，参加在中央电视台演播大厅举办的国家级非物质文化遗产民族民间舞蹈展演活动，新疆演员被誉为“舞蹈世界

舞蹈之全明星”，获非物质文化遗产专辑特别荣誉奖及非物质文化遗产文艺志愿者称号。自4月始启动疆内初评，从300部作品中选出30部参加中央电视台“第七届全国电视舞蹈大赛”，最终新疆舞蹈作品《当美人遇见美人》入围决赛，并获优秀表演奖。

8月，在新疆乌鲁木齐市红山体育馆隆重举办了“2013年中国新疆第二届全国国际标准舞邀请赛暨第九届西北五省国际标准舞锦标赛、新疆第十三届国际标准舞锦标赛”，来自全国各地和新疆各地州市县的60个代表队约1000余对舞者参加了比赛；9月下旬，协助新疆迪丽娜尔文化艺术交流发展基金会等有关单位举办了“大美新疆•慈善助力”公益活动，分别为“新疆靓丽工程培训基地”和“新疆电视台迪丽娜尔小天使艺术团”举行了揭牌仪式，来自新疆师范大学、新疆艺术学院、自治区文化艺术学校、新疆职业大学的20余名学生接受了基金会的爱心资助，河仁慈善基金会等分别向新疆迪丽娜尔文化艺术交流发展基金会捐赠200万元用于资助新疆公益慈善事业。

【电影家协会】

元月，在天池风景区完成了展示新疆冬季自然景观和反映各民族之间深情厚谊的电影短片《一个馕》的摄制工作，经后期制作于7月参加亚心网微电影大赛，入围中国金鸡百花电影节微电影单元，并参加了国内相关影展和电影节。8月，赴尼勒克县乌拉斯台乡开展了为期5天的“百花放映•情系尼勒克”主题活动，同期为当地16名农村放映员举办了“农村放映安全生产及政策法规”培训班，召开了“当前农村电影放映现状及思考”的座谈会，针对基层电影放映工作存在的诸多问题形成了调研报告。10月参加新疆首届网络文化节并协助做了微电影单元的工作；11月，受文联纪检监察室委托，组织剧本创作，搭建剧组班子，赴乌鲁木齐县水西沟选景拍摄，完成了微电影《守望真心》的制作，并报送自治区纪检委参加中纪委廉政文化作品征集评选活动。配合文联开展的“促进新疆文学艺术事业大建设、大发展、大繁荣的实践活动”，完成了电影家协会相关工作的调研报告。

年内，协会继续注重在实践中培养青年干部，先后派驻会干部参加以兵团农垦生活为题材的电影《阿拉尔和你》的拍摄，参加以庄仕华感人事迹为内容的电影《军医》的拍摄，青年干部彩才承担的艺术学院院级研究课题《新疆本土电影形象化的传播》已结项，李牧时创作的话剧剧本《喊出你的爱》《八月七日去拉萨》入选北京文联首届剧本作品推介会。协会拍摄的微电影《巴彦的马》荣获中国金鸡百花电影节微电影单元最佳导演奖。

【杂技家协会】

年初，组团随自治区外办赴马来西亚、泰国访问演出，新疆杂技演员的精湛技艺和充满民族特色的歌舞赢得了域外观众的普遍赞赏；5月至6月，组织杂技表演团体开展高雅艺术进校园活动，先后在新疆大学、新疆农业大学等15所高校举办了专场演出；8月至10月，为新疆杂技家协会主席、“中国高空王”阿迪力凌空横跨珠江、挑战黄崖关长城做了大量组织和宣传工作；与中演公司联系，推介软钢丝演员居来提随太阳马戏团赴澳大利亚、日本巡演，推介单手顶演员迪丽努尔随太阳马戏团赴希腊、卡塔尔等地巡演。年内由协会参与策划、组织新疆杂技团合办的各类演出共239场，其中大型演出45场，小型演出194场；《你好，阿凡提》剧演出4场；公益演出64场；商业演出171场（其中赴国外演出156场）。

响应文联号召，9月30日组织杂技艺术家前往解放军测绘大队开展“心连心，鱼水情”慰问演出活动；12月初，开展送艺下乡活动，先后走访了英吉沙、喀什艺术学校，与师生座谈、传艺；与上海马戏学校对接，为新疆输送了38名杂技学员。

年内，选送杂技作品《你好，阿凡提》参加中国杂技家协会“金菊奖”大赛，获作品金奖及协会组织奖；推荐有突出贡献杂技家入选中国杂技家协会主编的《中国杂技老艺术家传略》；成功举办了2013年全疆魔术比赛等。

新疆生产建设兵团文联

综　述

2013年，兵团文联认真贯彻党的十八大和十八届三中全会精神，中央新疆工作座谈会和兵团党委六届十一次全委（扩大）会议精神，紧紧围绕党的文艺方针和兵团党委中心工作，按照中国文联的统一安排和兵团党委的工作部署，以先进文化为引领，开展了一系列旨在繁荣兵团文艺事业、活跃基层文化生活、满足职工群众精神文化需求、增强凝聚力的文化创新活动，收到了很好的效果。积极开展文化惠民活动，大力培养文艺人才，努力组织创作精品力作，为推动兵团文化的大发展快发展，再创兵团文艺事业新辉煌作出了积极的贡献。

重要工作、会议与活动

【联办2013年春节兵团电视春晚】

1月26日，兵团文联与兵团党委宣传部、文化局联合举办了2013年兵团春节电视文艺晚会。邀请了来自山西、山东、湖南、河南等4个对口援疆省的著名电视主持人共同主持，4个省电视台分别选送了节目参与演出。3个小时的晚会集民族、时尚、古典等诸多元素为一体，贯穿着奋发有为、跨越发展的时代主题，展现了过去一年来兵团取得的辉煌成就，展示了兵团人在新时期贯彻党的十八大精神、全力推动跨越式发展和长治久安的精神风貌，营造出温暖喜庆的节日氛围。

【开展“送欢乐、下基层”文化惠民活动】

根据中宣部、中国文联的要求和兵团党委的统一安排部署，认真贯彻落实兵团党委学习贯彻十七届六中全会精神关于贯彻《中共中央关于深化文化体制改革，推动社会主义文化大发展大繁荣若干重大问题的决定》的意见，实施文化惠民工程，1月20日至25日，兵团文联主席李光武、副主席秦安江率兵团文艺家赴三师图木舒克市、53团、一师阿拉尔市一团、电力公司等单位开展“送欢乐、下基层”文化惠民慰问活动，历时6天，行程数千公里，文艺演出4场、创作书画作品100多幅，书写赠送春联600余幅，慰问贫困职工和老军垦4户，把欢乐和祝福送到基层、送进千家万户，受到了职工群众的欢迎。

【召开兵团文联四届六次全委会议】

3月28日，兵团文联四届六次全委会议在乌鲁木齐徕远宾馆召开。兵团党委常委、副司令员、兵团党委宣传部部长成家竹，兵团党委、兵团副秘书长赵广勇，兵团党委宣传部副部长李立新出席会议。成家竹同志做了重要讲话。兵团文联党组副书记、主席李光武传达了中国文联九届四次全委会会议精神，并代表主席团做了题为《自觉承担起再创兵团文艺事业新辉煌的历史使命》的工作报告，总结了兵团文联2012年工作，安排部署了2013年工作任务。兵团文联党组成员、主席助理麻振山同志作增补、替补委员说明，兵团文联党组成员、副主席秦安江同志作会议总结。会议表彰了2012年度5个先进文艺家协会和6个先进基层文联。

【举办兵团重大历史题材美术创作工程采风创作活动】

6月5日至15日，兵团美术家协会一行12人，深入到南北疆八师石河子市、十师北屯市、十四师47团等单位采风创作。采访老军垦、老劳模，用画笔描绘兵团英雄模范人物，收集了大批兵团题材的创作素材，40幅重点作品草图已经完成并进入正稿创作阶段。

【积极参加国家人力资源社会保障部和中国文联表彰全国文联系统先进集体先进个人推荐活动】

经过反复研究、推荐并报请兵团领导审核、公示，兵团人社局、兵团文联确定推荐四师、八

师文联为先进集体、王伶同志为先进个人人选上报参加国家人力资源社会保障部和全国文联系统先进集体先进个人评选活动。经人力资源社会保障部和中国文联评选，八师石河子市文联被国家人社局和中国文联评为全国文联系统先进集体（省部级劳模荣誉），四师文联和兵团文联专业创作组王伶同志分别被中国文联授予先进集体和先进个人荣誉称号。

【组织文艺家赴台湾和美国考察学习交流】

应台北市文化教育交流发展协会之邀，6月20日至28日，兵团文联文艺交流考察团一行15人，赴台湾进行为期8天的文艺交流活动。考察团参观访问了台北市立美术馆、中国电视公司、高雄摄影家协会。与台北大学、中国台湾海峡两岸文化交流协会、中国文艺工作者协会、台湾国际水彩画协会的艺术家、作家进行座谈。参观了孙中山纪念馆、故宫博物院、台北市北投博物馆、阿里山文化博物馆等。两岸文艺家在交流中增进了了解，增进了友谊，加强了两地文化联系与合作。

7月7日至27日，李光武主席随中国文联代表团赴美国参加非盈利艺术组织管理与运营培训、考察、交流活动，并向美国作家协会和纽约艺术基金会赠送了个人著作，推进了中美文化交流与合作。

【举办赵彦良书法篆刻艺术作品展】

7月25日，由兵团文联和自治区文联主办的“赵彦良书法篆刻艺术作品展”在乌鲁木齐新疆军区文化服务中心隆重举行。兵团副司令员成家竹、兵团副秘书长赵广勇等领导观看了展览。自治区党委宣传部副部长、文联党组书记黄永军，新疆军区创作室主任周涛，兵团党委宣传部副部长、文联党组书记麻霞以及自治区、兵团和新疆军区的文艺工作者200余人参加了开幕式。

【举办扬琴名家艺术研讨会】

7月10日,由兵团文联、兵团音乐家协会举办的扬琴演奏艺术精髓传承教学体系研究暨新疆扬琴名家研讨会在兵团杂技团举行。中国音乐学院李玲玲教授课题组一行四人和新疆维吾尔自治区和兵团的扬琴爱好者30余人参加了研讨会。兵团扬琴艺术家的作品自上世纪八十年代起就已经进入了中央音乐学院、天津音乐学院、西安音乐学院、四川音乐学院、沈阳音乐学院、中央民族大学、北京首都师范学院等高等音乐学府扬琴学科教学体系，并作为重要的新疆扬琴地方风格作品，在全国扬琴学科中具有广泛的影响。研讨会将兵团扬琴艺术家及作品作为《扬琴演奏艺术精髓传承教学体系研究》课题的重点研究对象，体现了中国音乐学院扬琴学科对兵团扬琴艺术发展的认可，充分展示了兵团音乐创作、创新的成果，对推进兵团音乐艺术发展，起到了带头示范作用。

【举办青年歌手热米娜声乐研讨会】

7月18日，兵团文联、兵团音乐家协会在徕远宾馆举办了“兵团青年歌手热米拉•克力木声乐研讨会”。热米拉•克力木，2011年在中央音乐学院进修，师从金铁霖教授。曾荣获“魅力新声代”影视歌手大赛新疆赛区十大影视歌手奖、“红蜻蜓杯”首届新疆兵团青年歌手电视大奖赛金奖、第六届中国西部十二省区民歌“花儿”大赛金奖、第八届新疆青年歌手大奖赛民族唱法一等奖、CCTV第十四届青年歌手电视大奖赛团体赛全国二等奖、单项全国十四强、中央电视台“争奇斗艳——2013蒙藏维回朝彝壮冠军歌手争霸赛”决赛冠军歌手等奖项。

【举办第四届青年文学创作会】

7月24日至27日，兵团第四届青年文学创作会在伊犁举行。青创会邀请了《中国作家》杂志、中国社会科学院文学所、《诗刊》社和《钟山》杂志的编辑、老师授课并参观了78团文化建设、职工住宅、万亩优质果园等民生工程。

【举办《金戈壁文学丛书》作品研讨会】

8月13日，兵团文联在徕远宾馆举办了《金戈壁文学丛书》作品研讨会。中国作家协会党组成员、副主席、书记处书记廖奔，兵团党委常委、副司令员、宣传部部长成家竹出席研讨会并讲话。廖奔副主席和专家学者们高度评价了《金戈壁文学丛书》。著名评论家忽培元、雷达、李小雨、王山、梁鸿鹰和自治区、兵团文学艺术界评论家的评论文章在研讨会上发布。专家们的评论文章分别在《文艺报》、《新疆日报》、《新疆经济报》、《兵团日报》、《绿洲》、《绿风》、《兵团文艺》、胡杨网等多家媒体上刊载，向全国推介展示兵团文学创作的最新成果。同时将《金戈壁文学丛书》赠送至兵团领导、中国文联、中国作协、国内各大图书馆、自治区图书馆、兵团博物馆、各师、院校及团场文化中心、职工书屋、大学和党校图书馆。

【举办兵团舞蹈人才培训班】

11月1日至15日，兵团文联、兵团舞蹈家协会在乌鲁木齐举办了兵团舞蹈人才培训班。此次培训班面向基层，共培训舞蹈编导和舞蹈演员80人，分舞蹈编导和表演两个专业，邀请了北京舞蹈学院等国内舞蹈界著名编导和舞蹈艺术家授课。此次培训班是中国文联、中国舞蹈家协会文化援疆的一个重要项目，充分体现了中国文联和中国舞蹈家协会对兵团文艺事业的关心和厚爱。

【举办兵团书法创作骨干培训班】

11月15日至20日，兵团书法骨干培训班在十二师党校举行。培训班邀请了中国书法家协会培训中心、中国篆刻艺术院的名家授课，来自兵团各师和兵直单位的书法骨干64人参加了培训。

【举办纪念毛泽东诞辰120周年书法作品展】

12月23日至26日，为纪念毛泽东同志诞辰120周年，兵团党委宣传部、兵团文联在兵团机关大楼举办了“纪念毛泽东同志诞辰120周年书法作品展”。此次展览共展出书法作品50幅，都是从各单位选送的作品中遴选出来的优秀作品。兵团党委常委、副司令员、宣传部长成家竹，兵团党委、兵团副秘书长赵广勇和主办部门领导观看了展览。

【举办兵团第一届文化能人大赛】

12月24日，由兵团宣传部、兵团文联、兵团工会、兵团共青团四部门主办的兵团第一届文化能人展示展演活动在八师石河子市成功举行，来自兵团基层团场、连队的各个艺术门类的文化能人汇聚石河子，向观众现场展示、展演他们的艺术成果。

兵团文化能人大赛活动自2013年8月启动，在兵团十四个师175个团场全面展开，经过层层选拔，42名文化能人脱颖而出，荣获兵团第一届文化能人殊荣。这些文化能人在基层起着丰富群众生活，传承民族文化，弘扬兵团精神的作用。

为鼓励他们创作文艺精品，不断壮大文艺骨干队伍，兵团文联将参加此次大赛的文化能人吸收为兵团文联各文艺家协会会员。

文艺创作情况

一年来，兵团文艺家创作了一大批兵团题材的文艺作品，许多作品在全国刊物发表，入选全国展览、展演并获奖。其中，王伶编剧的全国首部援疆题材的电影《冰山下的来客》5月22日开始在全国放映；由韩天航中篇小说《养父》、《山崖子》改编的30集电视连续剧《父辈们的那些事》已经封镜进入后期制作；霍玉东的长篇小说《飞天》、田应芳的中篇小说《大漠牧歌》分别由新疆人民出版社出版；马光义、李向文的《漠边动物》、《时光胡杨》等5幅摄影作品在光明日报发表；韩峰的长篇小说《东风吹》出版；王永健的散文《库尔勒的桥》在《人民日报》上发表；上海知青文集《芨芨情深》和长篇小说《牺牲》出版；陶岚诗集《绿风吹过田野》编入当代作家文库，并由中国文联出版社出版；骆中华的诗集《牧驼》、《影痕》由作家出版社出版；蔡志新创作的歌词《与心灵相约做个好人》，获得2013年美丽中国大型音乐展演歌词创作银奖，并被中国煤矿文工团著名歌手檀欢欢演唱，并出版专辑公开发行；五师选送的歌曲《红星送歌》在全国第十三届“中国之春·中国民族歌曲演创大奖赛”中，荣获“中国民歌金品金奖”、“创作中华之光贡献奖”、“指定演唱歌曲”，并编入《中国民族歌曲选粹》；秋思与何玲玲、李伟强创作的歌曲《美丽中国梦》在中国民族器乐学会、世界华人音乐家协会主办的2013年北京国际青少年音乐节声乐、器乐作品征集活动中，荣获（歌曲）创作金奖；张国成的散文《戈壁明珠“天山神木园”》荣获“华夏情”全国诗歌散文邀请赛一等奖；宋志国的摄影作品《帕米尔叼羊图》一组六幅和韩峻的摄影作品《胡杨·水·生命》入选第十五届国际摄影大赛；李永梅的剪纸作品获全国剪纸艺术节金奖；谢民、朱昌华的多幅摄影作品分别在《摄影与摄像》杂志发表；陈斌的书法作品入选由中国书法家协会主办的“全国第三届草书展”。

文联机关建设

【人事变动】

5月4日，兵团文联召开干部大会，任命兵团党委宣传部副部长麻霞同志为兵团文联党组书记。会议由兵团党委、兵团副秘书长赵广勇主持，兵团党委宣传部常务副部长曾建勇参加会议，兵团党委干部三处处长张大庆宣读了兵团党委的任职决定。

【认真开展党的群众路线教育实践活动】

2013年，按照兵团党委的统一部署，7月至12月，文联认真开展了历时5个月的党的群众路线教育实践活动。文联党组注重加强政治理论学习，把学习贯彻落实党的十八大和十八届三中全会精神、中央新疆工作座谈会精神、中国文联、中国作协全委会精神和兵团党委六届十一次全委（扩大）会精神，作为政治理论学习的首要任务，不断提高文艺工作者和艺术家的职业道德，努力营造“爱国、为民、崇德、尚艺”的良好艺术氛围。坚持每月1至2次政治学习制度，文联党组班子、机关各部室、机关党支部、创作组和《绿洲》杂志社统一安排、集中学习。在学习形式上，采取自学和集中学、普遍学和重点学,上党课、听报告、看录像讲座相结合的方法，扎扎实实地完成了各个环节的任务，收到了很好效果。一是认真开展了学习教育活动。组织全体党员干部，利用4天半时间集中学习了习近平总书记一系列重要讲话精神，学习中央八项规定和兵团党委二十六条规定,学习了自治区和兵团领导的讲话精神，组织党员干部收看电视专题片,集中组织观看电影,撰写学习心得，开展大讨论活动。二是广泛征求意见建议。先后召开了文联离退休老领导老同志、文艺家协会负责人、师团文联领导及工作人员、基层政工干部和职工群众参加的座谈会26个，4次向各师、院校、行业文联，向兵团机关、文联机关部室、专业创作组、《绿洲》杂志社、各文艺家协会、文联离退休老同志、老领导发放征求意见表120份。组成4个调研组深入到8个师、16个团场、37个连队（社区）调研，发放调查问卷490份，收回478份，共征求意见建议93条，归纳整理出27条。三是开展谈心活动。班子成员与文联机关、专业创作组和《绿洲》杂志社每一位党员干部谈心2至3次，班子成员互相谈心，并与分管部室负责人谈心，谈心活动中共提意见和建议81条，5次修改班子和班子成员的对照检查材料。四是召开专题民主生活会和专题组织生活会。班子和班子成员认真听取意见，对照群众提出的问题，认真撰写剖析材料，查改存在的问题。五是整改落实、建章立制。针对教育实践活动中所提意见和建议，对原有的25项规章制度进行了修改完善，其中修改完善16项，删除合并9项，新建16项。

【切实加强机关党风廉政建设】

2013年，兵团文联党组十分重视和切实加强反腐倡廉工作的领导，认真贯彻兵团党委《关于贯彻落实<建立健全教育、制度、监督并重的惩治和预防腐败体系实施纲要>的具体意见》，不断完善反腐败领导体制和工作机制，制定了党风廉政建设责任制度，深入开展反腐倡廉宣传和教育活动，着力提高党员干部和工作人员素质，大力推进作风建设，有效地推进了兵团文艺工作的健康发展。一是统一思想，提高认识，切实增强廉洁自律意识，进一步加强了文联机关和各协会领导班子的思想道德建设，努力提高机关党员干部和文艺家的政治理论水平。二是加强反腐倡廉教育，筑牢拒腐防变的思想防线。一年来，文联党组在开展争先创优、共产党员先锋岗等活动，组织全体党员干部、包括离退休人员观看爱国主义教育、廉政建设教育等内容的优秀影片。通过有组织、有计划、有重点的学习，进一步夯实了党员干部的思想基础，提高了工作水平。三是健全廉政制度，严明工作纪律。建立健全了各种规章制度，以制度管人管事管钱管物，加强了领导干部廉政建设。四是认真执行“集体领导、民主集中、个别酝酿、会议决定”的民主集中制原则，凡是“三重一大”都发扬民主，召开党组会，由领导班子集体讨论决定。

【积极开展文明部局创建活动】

按照兵团党委和兵直党工委的总体安排，2013年，兵团文联以创建“为民、务实、清廉”机关为目标，加强了文联机关党员干部的思想作风、工作作风和生活作风建设，建立健全了各种规章制度，使机关工作进一步制度化、科学化、规范化，逐步把文联机关建设成勤俭节约、廉洁自律的服务型机关。

一是为配合开展党的群众路线教育实践活动，为基层单位举办文艺培训班，为基层文化站、阅览室、图书室赠送文艺书籍1000多册，组织美术、书法、摄影工作者深入25团开展文化扶贫慰问活动。二是积极参与兵直党工委等部门组织的征文、法律知识、保密知识竞赛活动；三是切实精简会议，不断改进会风，积极改进文风。严格控制发文数量，凡能通过电话、传真解决的问题，不再另行印发文件，同时严格控制文件篇幅。四是规范公务接待活动。严格按照有关文件精神，对来访人员的接待一律严格控制陪同人数，在吃、住、行等方面既给客人提供热情周到的服务又不铺张浪费，大大减少了不必要的开支。

【积极开展丰富多彩的支部活动】

为做好文联党支部工作，充分发挥文联党支部的战斗堡垒作用和党员的先锋模范作用，结合绩效管理工作、创建文明部局工作、实施党建目标管理责任制，文联党支部紧紧围绕文联党建目标、创建文明部局、职能绩效目标工作的总体要求积极开展工作，充分发挥文联党支部在文艺工作和文联工作中的战斗堡垒作用和广大党员的先锋模范作用，认真贯彻落实党的十八大精神、中央新疆工作座谈会精神、中央第三次援疆工作会议精神以及兵团六届十一次全委（扩大）会议精神，深入学习实践科学发展观，继续加强政治理论学习和党风廉政教育。继续加强文联党组织建设。扎实推进机关作风建设，努力把文联建设成为广大文艺工作者的温馨和谐之家。深入开展党的群众路线教育实践和宣传文化系统“讲大局、强素质、转作风、优服务”活动。围绕文联中心工作，积极开展丰富多彩的支部活动。一月，组织党员文艺家开展“送欢乐下基层”活动。二月，春节慰问离退休老同志。三月，学习中国文联党组书记赵实同志在中国文联九届四次全委会上《强化以人民为中心的价值导向　自觉担当建设社会主义文化强国的历史使命》的工作报告。四月，组织学习兵团领导关于加快兵团文化发展的文章。五月，紧紧围绕打基础、抓创作、抓精品、抓人才这一中心工作深入各师、院校、团场开展多种形式的调研和培训工作。六月，组织党员和干部收看反映先进人物和反腐倡廉的电化教育片或爱国主义电影。七月，文联机关党支部、工会赴农二师25团开展慰问贫困户活动。八月，组织离退休党员过组织生活。九月，请兵团有关部门领导上反腐倡廉建设的党课。十月，文联党支部与文联工会组织一次户外活动。十一月，文联领导上作风建设的党课。十二月，结合年终述职考核召开民主生活会。

基层文联工作

【兵团检察官文联成立】

1月23日，新疆生产建设兵团检察官文学艺术界联合会第一次会员代表大会在乌鲁木齐召开。全国政协科教文卫体委员会副主任、中国检察官文联主席张耕出席会议并讲话，兵团文联主席李光武出席会议并致辞。兵团检察院党组书记、检察长肖明生当选兵团检察官文联名誉主席。兵团检察院副检察长马愿军当选为主席，张智慧、周平、杜爱平、李新建、邵庆云、高建中、王玉杰、张建新、于军、张风军、张毅、赵铁实、何桂宝、赵刚、任德军、孙海波16人当选为副主席，王建新任秘书长。

【师、大学、行业文联工作】

2013年，兵团文联所属18个师、大学、行业文联紧紧围绕本单位中心工作，扎实开展丰富多彩的文艺活动，得到领导和职工群众的一致好评。

一是各基层文联先后召开了全委会，传达了兵团文联四届六次全委会精神，总结了2012年工作，表彰了先进，安排布置了新一年工作任务。二是开展了“送欢乐、下基层”慰问活动和送书法进社区、进校园、进警营等活动。六师五家渠市文联开展送书画作品进企业，与内地招商引资企业开展文化交流互动，提升文化在企业中的影响力。三是举办以“纪念中国共产党成立92周年”、“廉政建设”、“民族团结”、“文化艺术节”、“对口支援兵团”、“喜迎党的十八大胜利召开”、“文化能人艺术大赛”、“毛泽东诞辰120周年”等为主题的书画摄影展。出版散文集、诗歌集、对口支援摄影成就作品集，拍摄对口支援电视专题片等。四是召开作品研讨会、举办文艺讲座、文

学笔会、个人音乐会、个人作品展览等。一师、四师、六师、七师、八师、十师、十三师等文联积极开展师与师、团与团之间采风创作活动，活跃了基层文化生活，促进了基层文联工作发展。五是许多基层文联依托现有文化阵地，积极组织开展师级广场文化艺术节、团场广场文化活动、歌咏比赛、演讲比赛等活动，进一步丰富和提升职工群众文化生活水平。六是一些师文联充分发挥地域资源优势，积极打造文化品牌。一师为建师六十周年暨“中国•阿拉尔”第四届红枣文化节营造氛围，邀请全国著名摄影家来师市采风创作，举办摄影专题讲座，分别在《人民日报》、《光明日报》、《中国青年报》、《经济日报》等全国大报整版刊登反映一师阿拉尔市经济建设的图片，通过摄影文化平台，提升师市知名度和影响力，收到了很好的社会效果。三师邀请自治区摄影家协会、乌鲁木齐摄影家协会和中国女摄影家协会到图木舒克市采风，通过摄影感受新城的变化和魅力。六师文联积极着手建立书画艺术产业园，成立书画院，创办文学刊物。先后邀请新疆、北京、吉林、陕西等省区市艺术家到五家渠采风、交流和举办创作笔会。八师组织文艺家进社区、进企业采风创作，为社区和企业服务，收到了很好的效果。七是加强了文艺阵地建设。一师、四师、五师、六师、七师、八师等文联还通过师市广播电台和政务网等平台，开办文学艺术作品专栏，将本师作者的文艺作品通过电台、网络进行发布、展示，交流。同时，认真办好师团两级文艺刊物。一师、二师、三师、四师、五师、七师、八师、十师、十二师、十三师等单位定期编辑印发文艺刊物。四师的团场文联文艺刊物已经发展到19个，充分发挥了文艺刊物宣传党的文艺方针和为基层作者提供发表习作园地的作用。在调动广大基层作者创作积极性的同时，提高了职工群众的文化素质。八是为鼓励创作，调动创作积极性，一师、四师、九师等文联出台了师级文艺作品奖励办法，每年拿出一定资金对创作成绩显著的作者进行奖励。九是加强文联组织建设。部分师文联改选调整了文联及协会领导班子，四师、十四师等文联成立了团场文联。到目前为止，兵团共有18个师（局、大学）文联，128个团（场、局、院）文联，这支文艺队伍，是兵团文艺事业大发展大繁荣的基础力量。

文艺家协会工作

【协会组织工作】

2013年12月，兵团音乐家协会、兵团舞蹈家协会、兵团摄影家协会、兵团戏剧家协会、兵团电视艺术家协会、兵团杂技家协会、兵团民间文艺家协会和兵团诗词楹联家协会等8个协会分别在乌鲁木齐召开会员代表大会进行了换届，总结了上一届协会工作，修改了协会章程，选举了新一届理事和主席团领导机构，安排部署了今后一段时期各协会的工作任务。兵团电视艺术家协会更名为兵团电影电视艺术家协会，新成立了兵团文艺志愿者协会和兵团曲艺家协会。兵团作家协会、兵团美术家协会、兵团书法家协会待条件成熟时再召开代表大会进行换届。目前，兵团文联共有13个文艺家协会。

已换届的8个文艺家协会和新成立的2个文艺家协会主席团新一届领导机构名单如下：

兵团音乐家协会

名誉主席：宫积冰

主　席：吴　军

副主席：石　明、孙　明、刘希里、贾　江、赵国华、晋坤明、夏　明、陈　磊

秘书长：孙　明（兼）

兵团舞蹈家协会

名誉主席：徐梅花

主　　席：蒋　玫

副 主 席：钟兴梅、卡美力、张国庆、李向阳、刘红文、郭　旗

秘书长：巩静洁

副秘书长：王　娟

兵团摄影家协会

名誉主席：宋志国、郭成云、马新业、王　真

主　席：阎波成

常务副主席：梁　斌

副主席：李春林、刘江辉、景　俊、谷水清、刘　跃、耿新豫

秘书长：梁　斌(兼)

副秘书长：张国成、罗广军

兵团戏剧家协会

名誉主席：姚承勋、马秀佩

主　席：申　健

副主席：徐爱华、王　瑛、韩　晋、任桂花、谢　文、刘皖新、魏　炜

秘书长：徐爱华(兼)

兵团电影电视艺术家协会

名誉主席：韩天航

主　席：代立民

副主席：王安润、何新民、田徐繁、孟新春、孙丽杰、王新宏、张　生、周康芬、王　伶

秘书长：王安润（兼）

副秘书长：安　晶

兵团杂技家协会

主　席：冯晓玲

副主席：万　璞、辛　薇、白雨来、郑志伟、吴　军、陆建新

秘书长：万　璞（兼）

副秘书长：安　杰

兵团民间文艺家协会

名誉主席：陈　平

主　席：薛　洁

副主席：廖肇羽、谢家贵、肖　帅、任新农、安占国、李永梅、戴军辉、杨新平

秘书长：李永梅（兼）

8、兵团诗词楹联家协会

名誉主席：刘平俊、星　汉、谭平祥、凌朝祥

主　席：王瀚林

常务副主席：陶大明

副主席：梁文源、李来旺、陈　鹏、唐世政、朱秋德

秘书长:刘乐礼

9、兵团文艺志愿者协会

主　席：麻振山

副主席：王建昌、代立民、冯晓玲、申　健、吴　军、张爱国、阎波成、徐爱华、陶大明、梁斌、蒋　玫、薛　洁

秘书长：梁　斌（兼）

10、兵团曲艺家协会

主　席：张爱国

副主席：杨迪中、章志明、韩　晋、冯爱国、白庆胜、张国庆、张　军

秘书长：杨迪中（兼）

【文艺家协会工作】

一年来，兵团文联各文艺家协会积极组织参加全国各类赛事活动。兵团作协组织召开了第四届青创会，全年共有100多万字作品在国家级刊物发表，刘涛等同志的文学作品在全国和省级刊物征文中获奖；摄协先后到兵直部分单位、石河子大学等单位授课,并按照中国摄协的统一部署，认真开展“万名摄影志愿者万幅作品送万家”活动，参与并指导一师、七师、八师等单位举办摄影赛事活动，成立了国际摄影学会兵团联络站和奎屯分站，郭成云、梁斌二位同志受到中国摄影家协会的表彰；美协完成了兵团重大历史题材美术创作工程的草图修改，组织画家开展北疆行采风创作活动；书协举办了书法骨干培训班，培训基层骨干会员50人，举办纪念毛泽东诞辰120周年书法作品展，六师、八师书协和运其瑞、李仁彬、王怡平、牛志耕4位同志被中国书协评为“中国书法进万家”活动先进集体和先进个人；开展书法进社区、进企业活动；舞协举办了舞蹈人才培训班和舞蹈编导培训班。

中国石油文联

综　述

2013年，中国石油文联在集团公司党组的亲切关怀和领导下，在中国文联的具体指导下，在陈明主席、关晓红常务副主席、李憧章执行副主席的直接带领下，中国石油文联及所属作家、书法、美术、音乐、舞蹈、曲艺、戏剧、摄影、电视、集邮协会等文艺组织，深入贯彻落实科学发展观，坚持“围绕中心、服务大局、面向基层、创作精品、打造亮点”的原则，凝聚和组织广大石油文艺工作者，团结拼搏，开拓创新，为集团公司世界水平综合性国际能源公司建设，积极创作优秀文艺作品，打造品牌文化，做了大量深入细致的组织、联络、服务工作，圆满完成了各项工作任务。

2013年，在由国家人社部和中国文联共同组织开展的中国文联成立以来第一次覆盖全系统的国家级表彰中，石油书法协会被评为先进集体，路遥峰被评为全国文联系统15名享受省部级劳动模范待遇的先进个人之一。石油作家刘芳晓创作的小说《最后的意识》被中国作家协会评为重大题材扶植作品；石油作曲家韩刚的作品《土豆花儿开》荣获打工歌曲创作大赛金奖，四川销售职工王爱奉获中央电视台星光大道周赛冠军，青海销售职工刘建平获cctv“首届中国电视书法大赛”二等奖等等。石油文联较好地完成了全年工作计划，受到中国文联的称赞和集团公司党组的肯定，党组主要领导对文联工作的批示有四次之多。

会议、活动与主要工作

【文联秘书长工作会暨工作经验交流会】

3月26日，石油文联在云南销售公司召开了秘书长工作会议。中国石油文联主席陈明，石油文联执行副主席李憧章，石油文联副主席樊胜利、张学明、薛彦卓等领导出席会议；石油文联专职副主席兼秘书长路遥峰作了2012年工作总结和2013年工作安排的报告；陈明主席和李憧章副主席作了重要讲话。石油文联各专业协会秘书长，各团体会员单位的文联秘书长共70多名同志出席会议。

参加会议的10个专业协会的秘书长总结了各协会一年来的主要工作，并对2013年重点工作进行了安排部署。大庆油田文联、长庆油田文联、新疆油田文联、石油曲协、石油戏协、东方物探、管道局文联、湖北销售文联等单位分别介绍了开展基层文化活动的经验，石油作曲家韩刚作了个人经验分享。会议达到了相互沟通启发，相互促进提高的目的，同时也为石油文联和各协会下一步工作的开展指明了方向。

【集团公司表彰中国职工艺术节获奖者】

在中国石油文联秘书长工作会议上，集团公司对中国石油参加第三届中国职工艺术节获奖者进行了表彰奖励。在第三届中国职工艺术节上，包括声乐、戏曲、舞蹈、曲艺小品、民族乐器、书法和摄影等作品在内，中国石油共获得11个金奖、20个银奖、19个铜奖、9个组织奖的好成绩，获奖数量名列全国产业行业之首，开创近十年来中国石油在历届全国职工艺术节上获奖作品最多的新纪录。集团公司希望获奖者单位和个人及百万中国石油人再接再厉，再创佳绩，不断繁荣发展石油企业文化，在综合性国际能源公司建设中不断增强文化软实力，为实现中国梦做出更大贡献。

【石油文联赴中缅管道慰问】

2012年12月25日至2013年4月2日，中国石油艺术家小分队带着精心排练的节目，先后奔赴中缅油气管道缅甸段和云南段慰问演出，为一线员工献上了一次思想性、艺术性和感染力兼备的文化大餐。整个慰问演出活动行程上万公里，演出10余场，获得圆满成功。

此次慰问演出是经集团公司党组批准，中国石油文联组织专门队伍到国家重点工程建设一线“送欢乐、下基层”的演出。整个慰问演出由集团公司原党组成员、纪检组组长、中国石油文联主席陈明全程带队。

慰问演出取得圆满成功的同时，也在中国石油的慰问史上创造了很多个“第一次”。慰问团的演员们不仅能在舞台上展现出高超的技艺，同时在海外艰苦的生活条件下，吃苦耐劳、带病坚持，毫无怨言地为连续奋战在中缅油气管道（国内、国外段）的将士们送上了精彩纷呈的文化大餐。

【与俄气公司第七次文化艺术交流】

5月10日至20日，中国石油代表团一行22人赴俄罗斯与俄罗斯天然气工业股份公司进行了文化艺术交流，时逢俄气公司第五届“火炬杯”艺术节隆重举行，代表团的成员们与俄气公司的艺术家们同台献艺，载歌载舞，以中国新疆民族舞蹈和国粹京剧在俄气“火炬杯”艺术节上大放异彩。

中国石油的两个节目分别在5月18日获奖优秀节目展演和5月19日闭幕晚会上登台亮相。在白俄罗斯维捷布斯克市美丽豪华的演艺中心，上万人座无虚席，演出现场被中国风、西域风点燃，石油艺术家们的表演不负众望，观众欢呼声掌声如潮，演员们与台下俄方观众互动时，观众纷纷翘起大拇指，争相与演员拥抱握手，演出获得圆满成功。

中国石油艺术家向俄罗斯友人展示了中国石油人崇尚文化艺术、追求美好生活的精神面貌，诠释了“爱国、创业、求实、奉献”的企业精神和中国石油厚重的企业文化底蕴，受到俄气公司职工和当地观众的热烈欢迎。

【文艺小分队赴广西石化慰问】

5月17日，中国石油文联艺术家小分队带着集团公司党组、集团公司领导的深情厚谊来到公司进行慰问演出。石油文联和广西石化公司的艺术家们通过精彩的节目，彰显了一线工作者们对事业的一份忠诚，和为早日实现中国石油的宏伟战略目标，投身综合性国际能源公司建设的一片赤胆忠心。集团公司原党组成员、纪检组组长，中国石油文联主席陈明，广西石化相关领导及公司在家领导与职工及职工家属共同观看了此次晚会。

【陈明主席一行赴大港油区调研】

6月4日，中国石油天然气集团公司原党组成员、纪检组组长、石油文联主席陈明，集团公司思想政治工作部副总经济师、石油文联专职副主席路小路，石油文联副秘书长康胜利等一行5人，赴大港油区开展调研。大港油田公司党委书记、中国石油文联美术家协会主席李文强，大港石化公司党委书记赵益红及有关领导陪同调研。

在听取有关单位工作汇报后，陈明主席还饶有兴致地参观了石油美协创作基地和石化公司职工活动中心，并与有关职工亲切交流。当看到一幅幅出自普通女工之手的精美布贴画作品时，陈明主席赞不绝口。他希望女工们创作更多艺术精品，大力颂扬石油文化，将布贴画打造成为具有中国石油特色的、知名的文化品牌而不懈努力。

【获首届创先争优评选活动隆重表彰】

6月30日，中国文联九届五次全委会暨全国文联系统“双先”表彰大会在北京隆重召开。全国共有50个单位被授予“全国文联系统先进集体”，15名个人被授予“全国文联系统先进个人”。石油书法协会被授予先进集体称号，石油文联专职副主席兼秘书长、思想政治工作部副总经济师路遥峰同志被授予先进个人称号，享受省部级劳动模范待遇，受到隆重表彰。

石油书法协会以组织活动广泛，送书法进万家活动成效显著被评为先进集体；路遥峰同志以石油文联23年的开拓进取，创作成果突出，组织活动影响大，乐于为石油文艺事业奉献精神和甘当石油艺术人才的“铺路石”精神，成为全国产行业文联唯一先进个人，为全国产行业文联争了光，为石油文联争得了荣誉。

【陈明主席一行赴克石化调研】

8月14日，中国石油天然气集团公司原党组成员、纪检组组长、石油文联主席陈明，集团公司思想政治工作部副总经济师、石油文联专职副主席路小路，石油文联副秘书长徐青等一行赴克拉玛依石化分公司开展调研。克拉玛依市文联、美术家协会等各领域艺术家协会部分代表及公司党群工作处、纪委监察处等相关人员陪同参观。

陈明主席听取了克拉玛依石化分公司基本情况介绍及公司文体工作开展情况汇报，并在公司副总经理许立甲、梁永智的陪同下，参观了公司

特色产品油样，详细了解了该公司BS光亮油、橡胶油等特色产品的生产销售情况，询问了部分产品的使用途径及性能。随后，陈明主席一行参观了公司羽毛球馆等，深入开展了全面的文化调研，深入了解了克石化员工丰富多彩的文化生活和艺术成果。

【石油大学建校六十周年展览】

9月26日，中国石油文联携手中国石油大学、中国石油美术家协会、中国石油摄影家协会和中国石油书法家协会， 在石油大学的中油大厦一楼大厅举办了为期2周的“我为祖国献石油——庆祝中国石油大学建校六十周年美术、书法、摄影展览”活动。

中国石油天然气集团公司原党组成员、纪检组长、石油文联主席、中国文联第九届全国委员会委员陈明，中国石油天然气集团公司思想政治工作部副主任、石油文联执行副主席李懂章，思想政治工作部副总经济师、石油文联专职副主席兼秘书长路遥峰，中国石油大学校长张来斌、党委副书记刚文哲等一行在开展当日参观了首展。

这次展出的作品共计271件，都是石油艺术家创作和拍摄的作品。这些作品反映了百万石油职工家属的无私奉献精神和“我为祖国献石油”的伟大情怀。石油文艺走进高校，是石油文联和中国石油大学一次非常有意义的合作和尝试，这些作品为学校的六十华诞增添了来自一线石油职工的文艺芳香。

【第六届职工艺术节舞蹈大赛初评】

9月，石油文联在锦西石化公司组织开展了第六届职工艺术节舞蹈大赛的初评工作。经过各单位的紧张筹备、创作、排练和筛选，从层层选报的86个独舞、双人舞、三人舞、群舞等节目中，共评选出52个节目进入决赛。这些作品不仅体现了时代精神、行业特点，而且充分展示了广大石油职工家属对美好生活的追求和对石油文化的向往。

【纪念铁人九十周年诞辰征文】

9月29日，为纪念铁人诞辰90周年，石油文联铁人文学基金会主办的《铁人》杂志和《文艺报》联合举办了面向全国的“纪念铁人90周年诞辰征文”活动，引起了文艺界人士的广泛关注，共征集到散文、诗歌、报告文学作品7万多字，在全国引起了强烈反响。

【于恩东书法展】

10月31日至11月11日，由中国书法家协会、中国石油文联主办，中国石油书法家协会、中国石油长庆油田分公司、中国石油辽宁销售分公司承办的“我的书法梦-于恩东书法展”在中国美术馆成功举行。

10月31日上午10时，举行了简朴而热烈的开幕式。全国政协常委、中国文联党组副书记、副主席覃志刚，全国政协常委、中国书协主席张海，全国政协委员、中国书协分党组书记赵长青，中国书协顾问张飙，原石油部副部长李敬，原中央企业工委纪委书记张轰，中国石油文联主席陈明，中国石油天然气集团公司总经理助理李万余，原国家林业局副局长、全国政协书画室副主任赵学敏，中央政策研究室局长唐方裕，中国书协副主席胡抗美、聂成文，中国书协分党组成员、副秘书长张陆一、中国文联书法艺术中心主任刘恒等领导，在京的部分中国书协理事以及书法爱好者450余人参加了开幕式。

人民日报以“总结.起点-于恩东的书法梦”，中国艺术报以“服务基层：擦亮石油书法品牌”，中国美术馆以“于恩东书法展：油田里孕育的书法梦”，中国经济网以“于恩东书法展为我国石油工人放歌”为题进行报道。参考消息、凤凰网、中国改革报、工人日报、中国石油报、中国文艺网、中国石油网、中国书法家论坛、当代书法网、光明网、网易、搜狐、腾讯、中国新闻、新浪等70余家新闻媒体进行了广泛宣传。

【出版《中国企业职工文化大系》】

10月，石油文联组织出版了由全国总工会副主席倪健民主编的《中国企业职工文化大系》四卷本，分为诗歌、散文、小说、报告文学四部，精选“职工写，写职工”的优秀文艺作品，产生了较强的行业影响力，体现了鲜明的时代特色。四卷本选取了石油文联推荐的59位作者60篇（部）作品，占据了总量的三分之一多。其中路小路中篇报告文学、和军校短篇小说被确定为报告文学卷和小说卷的开篇之作，充分印证了石油文学创作在全国工业企业文学中的地位。

【石油文艺精品结硕果】

2013年，石油文艺成果遍地开花。湖北销售宝石花艺术团石油歌唱家宋晓静获香港国际声乐大赛流唱法金奖，中国石油华北油田文联秘书长、著名诗人殷长青获“河北诗人奖”；华北油田诗人谷地的诗集获得“河北年度十部好书”殊荣；克拉玛依石油文联主席赵钧海喜获第五届“漂母杯”全球华文母爱主题散文大赛二等奖；长庆艺术团相声《找搭档》入围央视春晚节目；中国石油青海销售公司工会副主席、党群工作处处长刘建平荣获中国电视书法大赛成人隶书组三等奖；石油作家刘芳晓的小说《最后的意识》被作为重大扶植小说；石油歌唱家韩刚的《土豆花儿开》获全国打工歌曲创作大赛金奖。在国资委组织的中央企业“五个一工程”评选中，石油文联推荐的七部作品全部入围，其中三部作品总分均为第一名，占全部第一名的五分之三并向中央十二届“五个一”工程奖推荐。此外还有一批作品在全国崭露头角，夺得优异成绩。

中国铁路文联

综　述

2013年，中国铁路文联在中国铁路总公司党组的领导和中国文联、中国作协的指导下，认真履行“联络、协调、服务”职能，积极组织各团体会员单位和铁路作家协会、铁路书法家协会、铁路摄影分会、铁路美术分会等各专业协会，以服务铁路干部职工、推动铁路科学发展为宗旨，紧密围绕铁路中心工作，大力开展多门类、多样式、多形式的文学艺术创作活动，取得了新的成效。呼和浩特铁路局文联荣获全国文联系统先进集体称号，获得人力资源社会保障部和中国文联的表彰；哈尔滨铁路局文联副秘书长陈宇龙荣获全国文联工作优秀个人称号，获得中国文联的表彰；成都铁路局报社科长曹宁被中国摄影家协会评为优秀会员；潘传贤、刘新科、程智勇被中国书法家协会授予中国书协“进万家”活动先进个人荣誉。铁路文艺创作骨干队伍进一步壮大，有3名铁路作家被中国作家协会吸收为会员，8名铁路摄影家被中国摄影家协会吸收为会员，1名铁路书法家被中国书法家协会吸收为会员；4个铁路基层单位加入了铁路文联摄影分会，成为团体会员，铁路摄影分会新吸收个人会员45名，铁路书法家协会新吸收个人会员8人。铁路作协推荐选送青年作家董立涛、刘雯参加鲁迅文学院青年作家高级研讨班学习深造。

会议、作品、活动

【第二届七次理事（扩大）会议暨秘书长会议】

11月2日至3日，中国铁路文学艺术工作者联合会第七次理事会暨秘书长会议在沈阳铁路局丹东五龙背疗养院召开，铁路文联理事、各单位文联负责人、重点作者等92人参加了会议。中国铁路总公司宣传部副部长王雄到会讲话，中国铁路文联秘书长、中国铁路作家协会主席才凡作工作报告，沈阳铁路局党委副书记张树奎同志主持会议。会议总结了前期工作，交流了工作经验，研究部署了铁路文联下一阶段的主要工作。

【重点作品反响强烈】

在中国铁路总公司宣传部的统筹下，组织铁路作家完成了反映铁路优秀售票员孙奇的文艺作品报告文学《窗口的春天》和长篇叙事诗《微笑的马莲花》的创作。报告文学《窗口的春天》由刘惠强、郝文杰、黄丽荣执笔。长篇叙事诗《微笑的马莲花》由张风奇、李木马、田永元、李金桃完成。为写好这两部作品，中国铁路文联秘书长才凡和总公司宣传部副部长王雄率领创作组多次深入呼和浩特铁路局、呼和浩特火车站、沿线工区，采访、体验生活，几易其稿，历时近一年时间创作完成。

8月，两部作品由中国铁道出版社正式出版发行，在全路引起强烈反响。中国铁路总公司党组书记、总经理盛光祖在序言中写道：“作品取材于孙奇同志生活、工作的点点滴滴，细腻的笔触和饱满的情感，刻画了一个真实鲜活、有血有肉的孙奇。这里没有轰轰烈烈的场面，字里行间却如春雨滋润心田；这里没有惊天动地的情节，却让人心灵深受震撼。我相信，通过这部作品，会有更多的人走进孙奇的精神世界，被她的高贵品格所感染；会有更多的人体味到铁路人的酸甜苦辣，被他们的默默奉献所打动。”

8月30日，两部作品与反映铁路优秀孙奇先进事迹的微电影《爱的窗口》、MV《窗口》一起在呼和浩特铁路局举行首发首映式暨研讨会。中国铁路文联秘书长才凡、中国铁路总公司宣传部副部长王雄、人民铁道报社副社长李强、内蒙古自治区文明办副主任锡林、内蒙古自治区文联副主席特•官布扎布、呼铁局党委副书记席建国、《诗刊》原主编、著名诗人叶延滨、中国报告文学学会常务副会长、著名报告文学作家李炳银、文学文艺评论家李悦、作家邓九刚、诗人陈广斌以及两部文学作品的主创人员、呼铁局职工代表和孙奇的爱人李峻屹等40多人参加了首发式和研讨会。与会者对两部作品给予高度评价。叶延滨说，《微笑的马莲花》在人物叙事长诗的诗歌史上接续了《雷锋之歌》的艺术链条。李炳银说，报告文学《窗口的春天》是一部能够走近读者、走进社会的好作品。李悦老师认为，这两部作品彰显了文学精神，强烈的引领作用。孙奇的徒弟王蕾说，要把孙奇精神传承和发扬下去。大家认为，这两部作品呈现出几个特点：一是思想性强。文学的向往、精神的引领，作品彰显了孙奇这个先进典型的人生高度。二是感染力强。真诚的叙述，细节的真实，让很多读者都是流着眼泪读完的。三是艺术性强，句式优美、节奏感强，很轻快、很阳光，没有轰轰烈烈的冲突，很朴实、很感人，有着一种低调的灿烂。新华网、光明日报、工人日报等多家媒体也向社会广泛宣传和推介了这四部作品，并给予了高度评价。

9月初，中国铁路总公司宣传部专门向全路发出《关于深入学习宣传孙奇先进事迹系列文艺作品的通知》。全国铁路各单位组织干部职工观看作品。结合第四届“全国道德模范”评选表彰活动，引导干部职工以道德模范为榜样，岗位学孙奇、争作好员工，在全路进一步掀起学习践行“孙奇精神”的热潮。各铁路局报刊杂志开辟专栏，摘要转载报告文学《窗口的春天》、长篇叙事诗《微笑的马莲花》等文学作品；通过列车广播、铁路有线电视和客运车站电子屏、各单位内部广播和显示屏等宣传阵地，积极播放微电影《爱的窗口》和歌曲《窗口》MTV；利用铁路局局域网、手机报等新媒体平台播发微电影和歌曲MTV，积极宣传四部文艺作品，拓展孙奇先进事迹的宣传效应。同时加强与社会新闻单位的沟通联系，利用各类新闻媒体，广泛传播和推介孙奇先进事迹系列文艺作品；加强互联网等新媒体的宣传力度，努力在重点视频网站发布微电影和歌曲MTV，持续扩大孙奇先进事迹系列文艺作品的覆盖面和影响力。

【铁路作家新作迭出】

李小重（北京铁路局）的长篇小说《发现》被作家出版社出版发行，话剧《我本善良》在天津连续演出，反映全国公安典型的话剧《幸福花儿开》在北京上演，受到公安系统公安干警欢迎，得到公安部领导的肯定。王雄（总公司宣传部）发表散文随笔多篇，其汉水文化系列创作被多家报刊报道，散文集《守望我的河流》由中国工人出版社出版，文化散文《轮子上的中国》付梓。中篇小说“八宝印泥”被《小说选刊》转载，编者评价说：“八宝印泥作为中国传统文化的某种象征，在历史的长河中几经沉浮，最终得以完好延续，显示出扎根于民间土壤的传统精神的蓬勃生命力，顽强而坚韧，百折而不断。时代的战车呼啸而过，腾起的滚滚烟尘中，可以触摸到来自内心的呼喊和叹息。历史的风云变幻与个人的命运遭互为表里，把一部文化传奇演绎得有声有色。小说围绕八宝印泥，笔触掠过半个世纪的人世沧桑。个人是渺小的，而时代的力量不可抗拒。小说场景宽阔，有历史感。”王勇平（中国铁路驻国际铁路合作组织代表）在波兰工作期间创作的新诗集《在诗的王国里》由线装书局出版发行，从《维斯瓦河畔》、《布拉格之夜》、《春到白桦林》到《尼泊伏特湖上的风帆》等，以心灵感悟历史，饱蘸着灵感与想象绘就的诗篇，清新温暖，朗朗上口，情景交融，富有张力。徐宜发（郑州铁路局）的散文集《我行吾咏》《我述吾声》由工人出版社出版。张风奇（北京铁路局）的散文《微笑的窗口》、诗歌在《人民日报》《河北日报》等报刊发表。贾文成（呼和浩特铁路局作协主席）的长篇小说《负案在逃》在《啄木鸟》杂志上重磅推出，分期连载，并在群众出版社推出。陈久泉（沈阳铁路局）发表散文、小说、诗歌十余篇，传记文学《陈其学传略》将由山东出版社出版，散文集《在悬崖边跳舞》由时代文艺出版社出版。李志强（总公司宣传部）参加第六届全国青创会，组诗和评论在《诗刊》等刊物发表。周世通（成都铁路局）出版诗集《隐之诗》。陈茂慧（济南铁路局）的散文诗在《星星•散文诗》、《散文诗》、《中国散文诗刊》、《山东文学》等十几家刊物发表，作品入选《中国当代诗歌选本》。陈通宪（广州铁路集团公司）出版散文集《落叶的声音》。王旗军（沈阳铁路局）出版长篇小说《水香》，王德全（沈阳铁路局）出版散文集《遥远的合卜吐》。郝炜华

(济南铁路局)发表小说多篇，在《文艺报》发表长篇散文。田永元(沈阳铁路局)的散文、诗歌，李金桃(太原铁路局)的组诗和小说，黄丽荣(北京铁路局)的小说和散文，冯文超(青藏铁路公司)的散文，以及多位铁路作者的作品，在全国各级各类报刊大量发表，宣传铁路建设和铁路生活，展示了铁路作者的实力。此外，围绕工人出版社“中国企业职工文化大系”征稿活动，铁路作家积极参与其中。小说卷《铢流奔腾》诗歌卷《时代颂歌》散文卷《荣光绽放》和报告文学卷《梦想花开》选用了刘惠强、才凡、王雄、田永元、张风奇、冰夫、黄丽荣、李金桃、陈志雄、李木马、铁万钢等21位铁路作家的作品，为全国产业系统中入选作品最多。

【全路“中国梦·铁路情·劳动美”摄影书画大赛】

3月，中华全国铁路总工会主办、中国铁路文联协办的全国铁路“中国梦•铁路情•劳动美”摄影书画大赛正式启动，全国30个铁路企业(单位)1万余名干部职工踊跃参赛。各参赛单位纷纷举办预赛和展览进行层层推荐。在此基础上，组委会邀请中国摄影家协会、中国书法家协会、中国美术家协会艺术家以及职工代表组成评委会，从各参赛单位推荐的1400余件各类作品中，评选出摄影、书法、美术获奖作品150件，其中一等奖18件、二等奖36件、三等奖54件、优秀奖42件。

这些作品，满载着铁路人对实现伟大中国梦的美好向往和对推动铁路发展的美好情感，洋溢着铁路生产生活的清新气息，反映了铁路事业蓬勃发展的火热生活，展示了铁路职工昂扬奋进的精神风貌，体现了铁路企业文化建设的丰硕成果和鲜明特色，内容积极向上，表现形式多样，旨深趣浓，雅俗共赏，是全国铁路职工摄影、书法和美术创作水平的一次集中展示。

12月1日至15日，大赛获奖作品在中国铁路总公司机关展出。总公司党组书记、总经理盛光祖，党组成员、副总经理彭开宙、胡亚东、卢春房、王志国，党组成员、纪检组组长安立敏，党组成员、中华全国铁路总工会主席何玉华分别参观了展览，并对繁荣发展职工文学艺术创作给予充分肯定和高度评价。

【摄影创作和展览】

铁路摄影分会组织动员铁路摄影家积极投入铁路文联和中国摄影家协会号召的“走基层、送照片”活动中，先后有100余位摄影家、摄影爱好者参加了全国铁路采风创作和到铁路运输一线送照片活动；郑州铁路局摄影协会、上海铁路局摄影协会、青岛火车头摄影俱乐部、广州铁路集体公司摄影协会、哈尔滨铁路局摄影协会等积极响应，经常不断地组织摄影家到沿线职工群众中进行摄影创作，为职工服务送照片，得到了职工的好品评。2月，中国摄影家协会理事、铁路摄影分会副主席、秘书长原瑞伦积极参加全国的摄影创作、展览、研讨活动，他随中国摄影家协会主席、分党组书记王瑶深入到天津蓟县山区为90多岁的孤寡老人拍照。5月，原瑞伦任中国摄影家协会代表团副团长赴瑞士、西班牙、立陶宛三国与8个国家的摄影家进行国际摄影文化交流访问，他创作的青藏铁路摄影作品在西班牙展出。7月，原瑞伦被中国摄影家协会聘任《中国第15 届国际摄影艺术展览》评委，4次被中国摄影家协会聘任全国摄影大展评委。10月，原瑞伦随中国摄影家协会代表团赴香港出席“香港沙龙影友协会金喜纪念”庆典活动，与来自世界30多个国家的著名摄影家进行了广泛的摄影交流。同月，铁路摄影家协会组织12 名铁路摄影家赴郑州铁路局进行先进偏远站区孔庄和铁路扶贫点栾川进行摄影采风创作活动。摄影家们在一周的拍摄过程中，不畏艰苦，吃住在农家炕头儿，起早晚睡，追赶着太阳和飞速的列车进行摄影创作，聚焦在隧道里施工作业的一线工人，反映了他们在确保铁路运输安全中的艰苦工作、生活的场面和精神风貌，作品先后在北京和郑州举办《“养路工的足迹”摄影纪实展》。年底，中国摄影家协会副主席罗更前、铁路文联秘书长才凡、副秘书长顾立群带领中国摄影家走基层，送照片小分队赴铁路运输生产一线的青岛地区，为春运职工和退休劳动模范拍照片，体现了党对铁路职工的关心关爱。他们深入到铁路最艰苦、最繁忙的养路工区，高铁列车，动车段，退休职工家中创作了一批难得的珍贵照片，并当场将照片送给职工，同时还将全国摄影展览的获奖作品进行展览，著名摄影家张德文为青岛铁路摄影爱好者讲摄影课。铁路摄影分会与中国铁道出版社为张卫东、靳会学等铁路摄影家出版了摄影专集。

【书法创作与展览】

元旦春节期间，开展“面向铁路基层，送去欢乐祝福”活动。中国铁路文联秘书长才凡带队，中国书法家协会理事、中国铁路书法家协会常务副主席兼秘书长潘传贤率10名铁路书法家深入黄冈长江大桥建设工地，为铁路建设者创作了200余副对联。积极参加中国书协等单位组织的活动，扩大铁路书法影响力。潘传贤代表铁路书协积极参加中国文联、中国书协、央视书画频道举办的书法进万家活动。5月3日，参加由中国书法家协会和央视书画频道共同举办的“心系灾区 大爱雅安”中国书法界大型书法赈灾笔会。与中国书协主席张海等60余名著名书法家一道泼墨挥毫献爱心。10月26日，参加由中国文艺志愿者协会、湖北省文学艺术联合会主办的“送欢乐下基层”中国文联文艺志愿服务团“情系红安”慰问，送上书画作品。7月14日，潘传贤参加由联合国教科文组织主办，北兰亭艺术中心和人民画报社承办的“中国梦、世界梦——‘企盼和平’活动，百位联合国官员、中国书法家相聚中国太庙同书《联合国宪章》百米长卷暨联合国官员与中国书画名家作品展”，来自联合国的官员、外国在华留学生和中国的书画家近200人参加了活动。

【网络展示推介】

9月，配合中国铁路总公司宣传部，为总公司网站的文化板块提供“铁路文艺名家”和“文苑撷英”栏目内容，向全社会系列展示铁路文艺名家和骨干，共推介铁路作家30余名，书法家20余名，摄影家20余名，美术家10名。

中国煤矿文联

综　述

2013年，煤矿文联深入贯彻落实党的十八大和十八届三中全会精神，在中国文联的指导关怀下，积极履行联络、协调、服务的职能，创新思路，拓宽领域，更好地为煤炭企业服务，为煤矿工人服务，为煤炭工业健康持续发展营造了良好的文化氛围。

会议与活动

【深入开展党的群众路线教育实践活动】

按照中央统一部署和中国煤炭工业协会党的群众路线教育实践活动总体安排，中国煤矿文联党支部深入开展了党的群众路线教育实践活动。

7月23日，召开了群众路线教育实践活动动员会，之后多次组织召开党支部理论知识学习会议，认真学习贯彻中央关于党的群众路线教育实践活动决策部署、重要文件和习近平总书记《在全国宣传思想工作会议上的讲话》和《在参加河北省委常委班子专题民主生活会时的讲话》的重要讲话精神，并通过座谈、征求意见、深入谈心等方式征求支部全体党员的意见，梳理支部及领导班子在“四风”方面存在的突出问题。

11月14日，召开了群众路线教育实践活动专题民主生活会。煤矿文联党支部书记庞崇娅代表支部作对照检查，报告了煤矿文联党支部在遵守党的政治纪律和贯彻中央“八项规定”、转变工作作风等方面的有关情况，对支部在“四风”方面及工作中存在的主要问题进行了认真对照检查。煤矿文联领导班子成员还紧紧围绕保持党的先进性和纯洁性，按照“照镜子、正衣冠、洗洗澡、治治病”的总要求，以为民务实清廉为主题，以反对“四风”、服务职工群众为重点，严肃认真、实事求是，认真开展批评和自我批评，积极主动地查找了形式主义、官僚主义、享乐主义、奢靡之风等方面存在的突出问题，深刻剖析了问题产生的深层次原因，并提出了整改落实的意见建议，大家都直奔主题，紧紧围绕“四风”查找问题，着眼求真务实，提出了明确的整改思路和具体措施，取得了阶段性成效，为下一环节的整改落实固化成果作好了准备。

【中国煤矿文联第四届会员代表大会暨中国煤矿文化宣传基金会第六届理事会会议】

1月24日，中国煤矿文联第四届会员代表大会暨中国煤矿文化宣传基金会第六届理事会会议在北京召开。中国煤炭工业协会会长王显政，中国文联党组成员、书记处书记李前光，国资委行业协会联系办公室副主任张涛，中国煤炭工业协会副会长、党委副书记孙之鹏等领导应邀出席会议。煤矿文联（基金会）理事、各专业协会理事共计267人参加了会议，各省煤矿工会及基层煤炭企业集团文化工作负责人出席了会议。王显政、李前光和张涛分别在会上讲话，对煤矿文联（基金会）的工作给予了肯定，并对今后的工作提出了具体的要求和希望。中国煤矿文联主席梁嘉琨作了题为《高举旗帜，团结奋进，为推动煤矿文化艺术大发展大繁荣而努力奋斗》的工作报告，对煤矿文联（基金会）五年来取得的成绩进行了回顾总结。

大会通过了《工作报告》、《财务报告》等相关决议，并分别选举产生了煤矿文联和基金会的新一届领导机构，煤炭工业协会副会长王虹桥主持了选举程序。其中，梁嘉琨再次当选为中国煤矿文联主席，王宏、王晞、王中昌、王书强、冯俐、刘万义、孙文健、李士杰、宋国、张宇、张强、庞崇娅、宿洪涛、戴子平为副主席，张强为秘书长；庞崇娅当选为中国煤矿文化宣传基金会理事长，王宏、王晞、王中昌、刘俊、刘万义、李士杰、宋国、张强、倪政新、宿洪涛为副理事长，张民为秘书长。

大会期间，煤矿文联所属文学、书法、美术、摄影、音乐、曲艺、舞蹈、影视戏剧、文艺理论研究等9个专业协会分别召开了会员代表会议，选举出了各专业协会新一届领导机构。刘庆邦当选煤矿作家协会主席，张宇当选煤矿书法家协会主席，吴凤仪当选煤矿美术家协会主席，白海金当选煤矿摄影家协会主席，王谦祥当选煤矿曲艺家协会主席，冯俐当选煤矿影视戏剧家协会主席，邓玉华当选煤矿音乐家协会主席，丁瑞华当选煤矿舞蹈家协会主席，李君当选煤矿文艺理论研究会会长。

会议期间，与会代表分组进行了热烈讨论，大家回顾过去煤矿文化艺术工作取得的成绩，展望未来煤矿文化艺术事业的美好前景，谈认识、谈体会、谈思路，在交流探讨中受到了新启发，在集思广益中有了新收获，在互相学习中有了新提高。大家表示，要进一步认识煤矿文化艺术工作的重要地位和作用，在党的十八大精神指引下，团结奋斗、积极进取，为煤矿文化艺术事业的大发展大繁荣作出新贡献。

【淮北矿业杯·全国煤矿职工摄影展览】

4月8日，第四届中国煤矿艺术节“淮北矿业杯·全国煤矿职工摄影展览”在安徽淮北矿业集团开幕。本次展览共收到全国煤炭企业报送的2100余件作品，展出235件，内容涉及矿山、矿工和矿区生活等多方面，从不同角度反映了近年来煤炭工业取得的巨大成就，展示了煤矿职工开拓进取、无私奉献的精神风貌。著名摄影家解海龙，中国摄影家协会副主席、人民日报摄影部主任李舸等出席了开幕式并与来自全国煤炭企业的300余名煤矿摄影爱好者们共同交流创作经验。开幕式上，授予了淮北矿业集团第四届中国煤矿艺术节“特别贡献奖”，举行了中国煤矿摄影淮北创作基地揭牌仪式，这是中国煤矿摄影家协会建立的第一个摄影创作基地。

【冀中股份杯·全国煤矿职工美术展览】

5月23日，第四届中国煤矿艺术节“冀中股份杯·全国煤矿职工美术展览”在河北省冀中能源股份公司邢台矿体育馆开幕。来自全国各煤炭企业集团的代表、获奖作者、美术爱好者及中国艺术报、中国煤炭报、中国煤矿文化网、《阳光》杂志社等新闻媒体共300余人参加了开幕式。这次展出的253件美术作品，是从全国各矿区报送的近600件作品中精心评选出来的，不仅涵盖了国画、油画、水彩画、版画、粉画、烙画、剪纸、工艺美术等多种门类，而且描绘矿山、矿工和矿区生活的作品占了很大比重，具有强烈的时代感和浓厚的煤炭特色，主题鲜明、内涵丰富，从不同角度描绘了美丽的矿山，歌颂了勤劳的矿工，抒发了煤矿职工共建和谐矿区的美好情怀。展览期间还举办了美术创作经验交流会，煤矿美协主席吴凤仪，副主席韩和平、张霖生等结合自身经历，与参加交流会的美术工作者、爱好者们交流了创作经验。

【义煤杯·全国煤矿职工戏曲大赛】

8月，第四届中国煤矿艺术节“义煤杯·全国煤矿职工戏曲大赛”圆满落下帷幕。这次比赛共有30多部大小戏曲、近百首戏曲清唱参加，绝大多数参赛剧目都是自编自演的煤矿题材作品。其中获奖的3部大戏都是以王菊红等“感动中国的矿工”人物和近年来矿区模范人物为原型创作的;获奖的6部小戏中，有5部是反映煤矿现实生活的作品。这些作品故事完整、立意深刻、积极向上、唱腔优美、催人奋进，抒发了煤矿工人的大爱情怀，彰显了矿山深厚的文化底蕴。

【晋煤杯·全国煤矿职工舞蹈大赛】

9月，第四届中国煤矿艺术节“晋煤杯·全国煤矿职工舞蹈大赛”完美收官。此次大赛共有23个作品进入决赛，这些作品题材广泛、表达充分、手段专业，艺术地再现了矿区美好生活，让观众从中感受到了日新月异的矿区建设和多姿多彩的矿山生活，展现了煤矿工人自强不息的伟大精神和对幸福生活的不懈追求。

【第四届中国煤矿艺术节闭幕式】

10月21日，“山东能源杯”第四届中国煤矿艺术节闭幕式在北京中国剧院举行。中宣部、中国文联、中华全国总工会、国家安监总局、国家煤监局、中国煤炭工业协会及在京有关单位的领导，各兄弟产业文联的代表，全国各煤炭企业集团的领导，煤矿文联、基金会理事，煤矿各文艺专业协会的文艺工作者代表及受表彰的代表，参加2013国际煤炭峰会和设备展览会及煤炭技术与装备发展论坛的代表及国际友人，全国煤炭行业

劳动模范和先进科技工作者的代表，参加汇报演出的演职人员及人民日报、中央电视台等在京的新闻媒体记者共计2000多人参加了闭幕式。

闭幕式由中国煤炭工业协会党委副书记孙之鹏主持。中国煤炭工业协会会长、党委书记王显政向艺术节闭幕式承办方——山东能源集团颁发了“第四届中国煤矿艺术节特别贡献奖”。山东能源集团董事长卜昌森代表本届艺术节闭幕式承办方致辞。中国煤矿文化宣传基金会理事长、中国煤矿文联副主席庞崇娅宣读了《关于表彰在第四届中国煤矿艺术节活动中做出突出贡献的单位和个人的决定》。国家安监总局副局长杨元元，中华全国总工会副主席、书记处书记李世明，中国文联副主席、书记处书记夏潮，中国作家协会党组成员白庚胜，中国文联副主席刘兰芳，中国煤炭工业协会名誉会长濮洪九，中国煤炭工业协会副会长路耀华、赵岸青，中宣部新闻局副局长张文祥，中国煤炭工业劳保学会会长黄毅，中国能源化学工会主席王俊治，国家煤监局副局长宋元明代表艺术节组委会向为本届煤矿艺术节作出突出贡献的冀中能源集团等12家单位颁发了组织大奖。中国煤炭工业协会副会长、中国煤矿文联主席梁嘉琨在闭幕式上作了讲话，代表艺术节组委会向关心支持艺术节工作的煤炭企业、各级领导及文艺工作者表示感谢。

第四届中国煤矿艺术节汇报演出《太阳花开》在新创合唱《太阳花开》婉转动听的音乐声中拉开序幕，来自全国各矿区的煤矿职工和艺术家纷纷登台，用精彩的节目演绎出了矿工的豪迈、激情与力量。歌曲《青春矿山》、《风中的树》、《太阳的故事》充满了浓郁的煤矿特色，唱出了矿山的朝气蓬勃、矿区的和谐美好；舞蹈《矿山情》描绘的是一群年轻的矿工下井前在休息室里的生活场景，用轻松、快乐、幽默的舞蹈动作，彰显了劳动幸福、劳动光荣的本色；舞蹈《矿山夕阳好》的表演者平均年龄65岁，这些煤矿老人用他们诙谐、风趣的表演，向观众展示了矿山今天老有所养、老有所为、老有所乐的美好生活；新创作的音诗画《中国矿工》格外感人，节目讲述了新中国成立64年来煤矿工人为共和国发展作出的伟大贡献，打动了在场的每一个人；新创舞蹈《守护》是演出中的一个亮点，25名舞蹈演员全部来自山东能源淄博矿业集团矿山救护大队。这群矿山救护队员们用他们铿锵有力的舞蹈形象展示了矿山救护的场景，诠释了矿山平安使者、矿工生命守护神的无私和勇敢；新创山东快书《希望矿山》在抑扬顿挫的说唱和优美动人的舞蹈中，活灵活现地表达了煤矿职工满怀信心创造美好生活的喜悦心情；节目《水墨丹青》中5位煤矿书画艺术家现场创作，通过先进的光影技术将书画过程呈现在舞台屏幕上，使书画艺术与舞蹈完美地融合在一起，这在国内尚属首次；新创戏歌《百花争艳》，以热情奔放的豫剧，呈现了一幅煤矿文化百花盛开，争奇斗艳的盛景。汇报演出在雄壮的《矿工万岁》合唱声中圆满落下帷幕。

闭幕式期间还举办了《第四届中国煤矿艺术节活动集锦暨煤矿美术、书法、摄影精品展》，展示了本届艺术节举办的11项单项活动场景和美术、书法、摄影展览中涌现出的精品佳作，所有这些都是对整个艺术节成果的集中展示，代表了当今煤矿文化艺术的最高水准。

【中国文联就如何做好产业（行业）文联工作到煤矿文联调研】

4月24日，中国文联国内联络部副主任徐里、群众文艺处处长李岩、群众文艺处调研员李密一行来到中国煤矿文联，就在深化文化体制改革和文化大发展大繁荣背景下，如何做好产（行）业文联工作进行调研。调研组召开了座谈会，对煤矿文联整体工作及煤矿作家、美术、摄影、曲艺、舞蹈、文艺理论等协会的主要工作进行了考察了解。调研组对近年来煤矿文化艺术工作给予了充分肯定，认为煤矿文联卓有成效的工作在凝聚人心，鼓舞士气，丰富煤矿职工精神文化生活，满足矿区职工和家属对文化艺术的需求等方面发挥了重要作用，有一些好的经验值得认真总结，在全国产（行）业文联工作中进行推广。

【开滦集团公司文联荣获“全国文联系统先进集体”光荣称号】

5月，人力资源社会保障部、中国文联在全国开展了“全国文联系统先进集体”评选活动。这是中国文联自新中国成立以来第一次覆盖全系统的国家级表彰，全国先进集体只评45家。煤矿文联根据煤炭行业基层文联组织的情况，按照逐级推荐、差额评选、民主择优的原则，严格筛选，认真准备推荐材料，最终推荐的开滦集团公司文联，经全国公示后，荣获“全国文联系统先进集体”称号。淮北矿业集团公司工会文体部长盛军荣获中国文联“全国文联工作优秀个人”称号。

【煤矿作家黄树芳业余文学创作50年研讨会】

6月25日，中国煤矿文联、中煤集团平朔公司联合举办“作家黄树芳最新作品首发式暨业余文学创作50年研讨会”，中国煤炭工业协会副会长、中国煤矿文联主席梁嘉琨发来贺信，中国煤矿文化宣传基金会理事长、中国煤矿文联副主席庞崇娅，中国煤矿文化宣传基金会副理事长刘俊，《阳光》杂志社社长、主编徐迅等赴平朔公司表示祝贺。来自《文艺报》、山西大学、山西省作家协会、《山西文学》、《黄河》的专家、学者及朔州市和煤炭企业文学作者近70人参加了研讨会。黄树芳从事业余文学创作50年，曾发表作品《王林林》《那片米黄色的房子》《被开发的沃土》等。他的作品深入生活、深入实际，以煤矿工人的真实生活状态为基本素材，在他的笔下，煤矿基层干部、采煤工、检修工等人物形象丰满生动、栩栩如生。

【首届“神华文学奖”】

8月8日，首届“神华文学奖”颁奖活动在北京举行。中国煤矿文化宣传基金会理事长、中国煤矿文联副主席庞崇娅致辞，神华集团工会常务副主席、文联副主席张春耀就“神华文学奖”评选和集团文化活动作了介绍。中国煤矿作协主席刘庆邦，中国煤矿文联副主席兼秘书长张强，中国煤矿文化宣传基金会副理事长刘俊，《阳光》杂志社社长、主编徐迅等介绍了“神华文学奖”征稿评选等情况，并就神华集团在煤矿文学创作中的地位和作用发表看法。颁奖会由神华集团工会副主席薛丽主持。神华集团工会组织宣教处处长、神华文联秘书长周启垠宣读了“神华文学奖”获奖名单。丁郡瑜、温古、肖峰等获奖作者代表发表感言，与会代表还就神华文学的繁荣和发展提出了建议。

首届“神华文学奖”评选活动由煤矿文联和神华集团公司共同举办，以宣传神华精神、树立企业形象、打造文化品牌、激励职工文学创作为宗旨，自2012年6月开始，受到神华职工的欢迎和社会媒体的重视。活动共征集到报告文学、散文、诗歌等体裁的文学作品800多篇，最终评出特等奖2名、一等奖9名、二等奖15名、三等奖30名、优秀奖30名，获奖作品陆续在《阳光》杂志、《中国煤炭报》、中国煤矿文化网等媒体刊发与选载。

【“泰山杯”全国煤矿书法、美术精品展】

8月26日，“泰山杯”全国煤矿书法、美术精品展在山东能源新矿集团开幕。中国煤矿文化宣传基金会理事长、中国煤矿文联副主席庞崇娅，中国书法家协会理事、中国煤矿文联副主席李士杰，山东能源集团党委委员、工会主席宿洪涛，新矿集团党委常委、工会主席张明毅等参加了开幕式。中国煤矿文联副主席兼秘书长张强主持开幕式。庞崇娅、宿洪涛分别在开幕式上讲话，张明毅致辞。此次展览共展出书法作品102幅、美术作品83幅，所展作品充满着感性、诗意和情怀，体现了广大煤矿职工对社会的关注，对现实的感悟，对生活的理解，对梦想的追求。

【《阳光》杂志编务会暨全国煤矿文化网络宣传表彰会议】

9月12日，《阳光》杂志编务会暨全国煤矿文化网络宣传表彰会在吉林省长春市召开，来自全国煤炭企业的代表和《阳光》杂志特约编务、煤矿文化网通讯员80余人参加了会议。中国煤矿文化宣传基金会理事长、中国煤矿文联副主席庞崇娅出席会议并讲话，会议由中国煤矿文联副主席兼秘书长张强主持。中国煤矿文化宣传基金会副理事长、中国煤矿文化网主编刘俊，《阳光》杂志副主编王树清分别对2013年度煤矿文化网络宣传工作和《阳光》杂志工作进行了总结报告。会议表彰了淮北矿业集团等22家《阳光》杂志编务工作先进单位和盛军等33名先进个人，以及山东能源集团等33家煤矿文化网络宣传先进单位和李野筑等16名最佳通讯员、52名优秀通讯员。神华集团工会周启垠、中国平煤神马集团文体委王斌、同煤集团文体中心李野筑代表获奖者在会上进行了发言。《阳光》杂志社社长、主编徐迅和副主编姚喜岱针对杂志稿件、艺术版工作与大家进行了交流。当天下午，会议还举办了第三届煤矿文化网络通讯员培训班，邀请了《工人日报》产经新闻部主任丁军杰、《中国安全生产报》、《中国煤炭报》总编辑王正民就如何做好当前煤矿文化新闻宣传工作进行授课。

【中国煤矿文联第四届理事会第二次会议暨中国煤矿文化宣传基金会第六届理事会第二次会议】

10月22日下午，中国煤矿文联第四届理事会第二次会议暨中国煤矿文化宣传基金会第六届理事会第二次会议在北京召开。中国煤炭工业协会副会长、中国煤矿文联主席梁嘉琨，原中国煤炭工业协会副会长王广德，中国煤矿文联名誉主席许传播，中国煤矿文化宣传基金会理事长、中国煤矿文联副主席庞崇娅，中国煤矿文联副主席兼秘书长张强，中国煤矿文化宣传基金会副理事长刘俊，《阳光》杂志社社长、主编徐迅，煤矿文联、基金会理事及第四届煤矿艺术节组织奖、先进集体、先进个人获奖代表共计210余人参加了会议。会议由梁嘉琨主持，庞崇娅代表煤矿文联、基金会向大会做了工作报告，对第四届煤矿艺术节及2013年的工作进行了总结，并对2014年度的工作进行了安排部署。会上，冀中能源集团工会主席刘万义、靖远煤业集团工会主席杨先春、山东能源集团工会主席宿洪涛、开滦集团工会主席王中昌分别代表第四届煤矿艺术节和第三届中国职工艺术节活动承办单位做了发言。中国文艺志愿者协会副主席、中国煤矿文联副主席李士杰宣读了煤矿文联、基金会《关于表彰荣获全国文联系统先进集体、优秀个人称号的单位和个人的决定》，梁嘉琨、庞崇娅分别向开滦集团公司文联和淮北矿业集团盛军颁奖。会议还表彰了在第四届中国煤矿艺术节做出突出贡献的先进单位和个人，并颁发了奖牌和证书。会中，庞崇娅做了《中国煤矿文化宣传基金会第六届理事会监事变更的说明》，基金会监事变更为中国煤炭工业协会党委副书记孙之鹏，通过了《聘任王广德同志为中国煤矿文化宣传基金会名誉理事长的决议》。最后梁嘉琨做了总结讲话。

【黑色之光·殷阳煤矿艺术展】

10月23日，由中国煤矿文联、中国国家画院美术馆共同主办的“黑色之光•殷阳煤矿艺术展”在中国国家画院美术馆开幕。中国煤炭工业协会副会长、中国煤矿文联主席梁嘉琨，中国煤矿文化宣传基金会理事长、中国煤矿文联副主席庞崇娅，中国油画学会副主席闻立鹏及煤矿美协的有关人员参加了展览开幕式。开幕式上，庞崇娅致辞。开幕式后还召开了大型专著《殷阳》发布会及“殷阳学术研讨会”。此次展览由著名艺术史学家、欧洲科学院副院长安特•格利博达策展，中国国家画院副院长、中国美术家协会理论委员会副主任张晓凌担任学术主持，当代艺术大师、西班牙剧作家费尔南多•阿拉巴尔出任特别顾问。殷阳自幼生长在煤矿，曾当过八年采煤工人，此次展览中展出的100多件油画作品，是他作为一名亲历者以一个矿工的身份，怀着对煤矿和矿工的无比深情而创作的，展现了煤矿的发展和矿工们的生产、生活。

【中国煤矿美协北京画院揭牌】

10月27日，中国煤矿美协北京画院在北京市通州区宋庄镇的九至美术馆揭牌成立。中国煤炭工业协会副会长、中国煤矿文联主席梁嘉琨为“煤矿美协北京画院”题写匾牌。煤矿文联、煤矿美协、北京市通州区、安徽淮北市、河北唐山市有关部门的领导，新闻媒体记者以及在京的煤炭系统和社会各界书画家参加了揭牌仪式。中国煤矿文化宣传基金会理事长、中国煤矿文联副主席庞崇娅，中国美术家协会中国画艺委会副主任、著名画家张道兴，淮北矿业集团副总经理陈亚东，九至名人文化发展公司董事长李建文等共同为画院揭牌。煤矿美协北京画院名誉院长由梁嘉琨担任，煤矿美协主席吴凤仪担任名誉执行院长，张道兴等任顾问，中国煤矿美协国画艺委会副主任林家保任执行院长。画院除了吸收煤炭行业在京主力画家之外，还聘请了社会上一些具有较高知名度和影响力的画家，形成优势组合，切磋技艺，开展学术研讨活动。揭牌仪式上还举办了煤矿美协北京画院首届书画作品展览。

【首届煤炭工业协会机关职工硬笔书法比赛】

11月，中国煤炭工业协会工会和煤矿文联联合举办了首届煤炭工业协会机关职工硬笔书法比赛。比赛得到了协会各部室、各代管协会的高度重视，协会党员干部、广大群众积极响应，创作了一批行业特色鲜明、书法形式多样、具有较高水准的硬笔书法作品。比赛共收到119幅参赛作品，经初选和评比，共评出特别奖1名，一等奖3名，二等奖6名，三等奖15名。

企业文联

【山东能源集团文联】

2月18日，山东能源肥矿集团举办“奋进之春”2013年春节文艺晚会，矿区职工、家属1600余人观看了演出。晚会在歌舞《盛世欢歌》中拉开序幕，由公司职工自编自演的十余个节目一一呈现在观众眼前。激光舞《炫彩激光秀》、音乐快书《喜看肥矿新气象》、情景歌舞《幸福墙》、小品《生根》等既富有趣味又充满教育意义，再现了肥矿人艰苦奋斗、开拓创新的火热场景。

7月24日，来自山东能源集团总部机关及6大矿业集团的7支合唱队相聚淄博集团公司影剧院，共同唱响“超越”之歌。山东能源集团董事长、党委书记卜昌森，党委委员、工会主席宿洪涛等领导与800余名观众共同观看比赛。7支代表队分别采取领唱、朗诵、伴舞等多种表演形式合唱《超越》，以饱满的热情，雄壮的歌声，展现了山东能源人锐意进取、激情昂扬、勇于开拓、积极向上的精神面貌。经过评比，枣矿集团获金奖，淄矿集团、新矿集团、临矿集团获银奖，山东能源总部机关、肥矿集团和龙矿集团获铜奖。

【陕西煤化工集团文联】

2月26日，陕煤化集团“金蛇炫舞”——唱响陕煤2013”文艺晚会走进神南红柳林矿业公司，矿区职工、家属共1000余人观看了演出。演出现场高潮迭起，《跳吧》、《于田姑娘》等一曲曲充满新疆异域风情的舞蹈，《超越梦想》、《江南style》等一首首激情四射的歌曲，还有中华绝技《口技手影》诙谐幽默的表演，赢得了阵阵掌声，让职工家属度过了一个愉快的夜晚。

5月16日，陕煤化集团彬长矿业公司“十载拼搏、华彩彬长”摄影书画展开幕。参展的330余幅书法、摄影、剪纸、设计等作品均出自彬长矿业员工之手。这些作品丰富、形式多样，以多元的艺术风格诠释了彬长矿业公司自2003年成立10年来开拓创新、跨越发展的历史瞬间。

8月23日，陕西煤业化工集团公司召开陕西煤化职工作家协会成立暨第一次会员大会。中国煤矿文化宣传基金会副理事长、中国煤矿作协副主席刘俊，中国煤炭报社党委书记、中国煤矿作协副主席崔涛，著名作家商子雍，陕西省作家协会副主席冷梦，陕西煤业化工集团党委副书记马富元及新华网、中国煤炭报、中国化工报、陕西日报、陕西电视台、陕西工人报、文化艺术报、陕西文学、陕西人民广播电台等新闻媒体、会员代表共计150余人参加了会议。会议通过了《陕西煤业化工集团公司职工作家协会章程》，听取了陕煤化集团企业文化部部长孙鹏所作的《陕西煤业化工集团公司职工作协筹备工作报告》，选举孙鹏等20人为协会第一届理事会成员，第十二届陕西省“五个一工程”奖获得者亚东为主席，李永刚等6人为副主席，并聘请刘俊、崔涛等为特约顾问。

【大同煤矿集团文联】

1月16日至17日，在同煤集团四届一次职代会召开期间，同煤集团文体发展中心组织“黑哥们”管弦乐团和民族器乐团为职代会举办两场音乐会。16日“黑哥们”管弦乐团表演中，中外音乐名曲交相辉映，表演了器乐合奏《中国波尔卡》、《雷鸣闪电波尔卡》以及小提琴重奏《查尔达什》等；17日民族器乐表演中，歌乐交响《风风火火走一回》、器乐合奏《江南好》，用音乐的语言充分展现了同煤人对建设美丽新同煤的向往,笙协奏曲《晋岭素描》、器乐合奏《晋调》再现了塞外黄土高坡的风土人情及对三晋大地的颂扬和赞美。

4月16日，同煤集团召开文化信息通讯员座谈会，文体发展中心、集团公司网站、同煤日报社有关负责人和来自基层单位的30余名通讯员参加了座谈。与会代表就如何加强新时期文化宣传工作，提高通讯员自身素质，适应网络时代发展；如何将繁荣发展的煤矿文化通过笔端和摄影镜头让更多的人了解和欣赏；如何建立通讯员的学习培训、奖励和考核机制等进行了交流和研讨。

6月，同煤集团举办了《同煤摄影•图书展》，共展出90幅照片、1000多册图书。这是同煤集团的第一次图书展，作者均来自同煤集团，内容涉及政治理论、党组建设、企业文化、文学艺术、修史研志、生活服务等26个门类。

7月25日，由山西省委宣传部主办，同煤集团朔州煤电公司承办的“中国•右玉第四届西口风情生态旅游节”开幕式，同煤之夜主题晚会——大型音乐歌舞史诗剧《西口长歌》（原创）在山西省右玉县隆重上演。该剧涵盖了2000多年塞上历史文化变迁，突出了当代共产党人（右玉县十九任县委书记）带领人民群众艰苦奋斗、持之以恒改造山河的时代精神。全剧共分五5幕、28场，包含原创音乐56段、舞蹈21段，综合运用了舞蹈、歌曲、朗诵以及话剧、右玉道情等艺术形式，达到

了思想性、艺术性和群众性的统一。

【开滦集团文联】

3月25日，开滦集团公司员工声乐培训班在文体中心开班，共有来自开滦基层单位的20多名学员参加。培训班为期两天，共10课时，主要对学员平时演唱时遇到的普遍问题进行针对性的讲解。主讲老师是有着丰富演出经验及教学经验的矿工歌唱家王海天，培训内容包括歌曲的处理与表现、歌唱的咬字与吐字、歌唱的呼吸与发声、舞台表演等方面。

9月10日，由开滦集团与中央电视台联合拍摄制作的历史文献专题片《岁月追梦》开始在中央电视台播出。专题片共3集，反映了开滦人从建国初期开始，支援全国煤炭建设的感人事迹。片中再现了那一段火热岁月中的感人往事，情节真实、乡音浓厚、催人泪下，是一部充分展示开滦人特别能战斗精神的专题片，具有珍贵的历史与现实价值。

11月12日，开滦文联摄影艺术创作培训班在唐山社区会议室举行，来自开滦16个基层矿区的近百名摄影爱好者参加了此次培训。本次培训班邀请了河北省摄影家协会副主席、唐山市摄影家协会主席成贵民授课。他以30多年丰富的摄影实践经验，为学员讲解了“摄影艺术创作36计”、“摄影构图36计”和“纪实摄影36计”。他深入浅出的授课具有很强的针对性，使学员们对摄影艺术创作有了更深刻的认识，对如何提高自己的摄影创作水平有了明确的方向。

【兖矿集团文联】

2月，兖矿集团组织了春节文艺巡回演出。兖矿所属南屯煤矿、兴隆庄煤矿、鲍店煤矿、东滩煤矿等单位分别编排了一台高质量文艺节目，在兖矿集团总部驻地及有关单位进行巡回演出。四台文艺节目内容丰富、形式多样，共巡回演出40余场次，观众达5万余人次，为节日期间的矿区职工家属送上了一道丰盛的文化大餐。

3月18日，兖矿集团召开2013年度文体工作会议。兖矿集团有关部门主要负责人，各基层单位的分管领导、工会主席、文体主任等100余人参加了会议。会议总结了兖矿集团2012年的文化工作成果，安排部署了2013年的主要任务，表彰了2012年度涌现出的文化工作先进单位、先进协会、优秀工作者以及2013年春节文艺演出最佳组织单位和优秀组织单位。

中国电力文协

综　述

2013年中国电力文协在中国文联和中电联的正确领导下，认真贯彻落实党的十八大提出的“推动社会主义文化大发展、大繁荣，兴起社会主义文化建设新高潮”的精神，明确方向、落实责任，提高服务质量，加强队伍建设、凝聚行业力量，大力支持协助电力文协各副主席单位和各专业协会开展丰富多彩的文学艺术活动，不断强化协会的社会责任，不断强化协会工作的服务能力，为推动我国电力文学艺术事业大发展大繁荣不断做出努力，在繁荣文艺创作、促进电力行业企业文化建设方面取得了一定成绩。

重要会议与活动

【电力文协2013年第一次主席团会议】

会议审议并通过了《深入学习贯彻十八大精神促进电力文艺事业辉煌发展》工作报告、《电力文协二级协会管理办法》及《电力文协收费管理办法》；审议了电力文协组成人员调整的议案，增补中电联办公厅主任沈维春为电力文协副主席，增补中电联文化处副处长刘萍为电力文协副秘书长；明确了电力文协2013年重点工作及要求，分析了电力文协当前工作形势，为今后工作开展起到了积极作用。

【组织参加中国摄影家协会主办的第24届全国摄影艺术展】

在中国摄影家协会主办的第24届全国摄影艺术展览盛会上，电力文协摄影协会由于早发动、早部署，精挑细选、组织得当，获得了一银一铜一幅评委推荐奖四幅优秀奖的好成绩。其中徐州供电局的金云钟的作品《幸福》获银质收藏，浙能集团陈小庆的作品《荷之书》获铜质收藏，参加中国摄影报社主办的2013第六届佳能“感动典藏”摄影大赛•“感动之美”网络月赛活动并获奖。

【电力书法家宜兴创作基地揭牌仪式】

由电力文协书法家协会与江苏中科农业科技发展有限公司联合组建的中国电力书法家宜兴创作基地于5月11日，在宜兴举行揭牌仪式。中国电力书法家宜兴创作基地的成立为电力行业书法艺术的对外交流和合作提供一个很好宣传展示电力行业文化的平台。基地的成立也为电力书画作者深入生活，感悟自然创造了条件。

【中国文联表彰全国文联系统先进集体先进个人 电力文协获得两奖项】

6月30日，中国文联九届五次全委会暨全国文联系统先进集体和先进个人表彰会在京召开。中国文联全委委员、中国电力文协主席谢振华出席会议。

在中国文联的统一组织下，经中国电力文协评选推荐，中国电力摄影家协会被人力资源和社会保障部和中国文联联合评为全国文联系统先进集体。中国电力作协副主席兼秘书长潘飞被中国文学艺术界联合会评为全国文联工作优秀个人。中国电力文协副主席、中国电力摄影家协会主席沈维春参加会议并接受颁奖。

【以“美丽电力”为主题，组织“电力之歌”电力歌曲优秀作品专场演出】

为纪念7月26日“中国电力主题日”——中国电力行业的重要节日，进一步展示电力企业形象，增强与社会各界的互动交流，作为“电力主题日系列活动”之一，电力文协在全行业内征集电力题材的《电力之歌》、《电力之光》优秀作品，组织专家对电力文协副主席单位报送的近百首《电力之歌》进行评审，经过严格筛选，评选出电力金曲、银曲、优秀入围作品各10首，于第二届“中国电力主题日”活动当天在山东威海组织了“电力之歌”中国电力主题日职工文艺汇演，得到了各级领导和参会代表的好评,作为展示电力企业形象的窗口，增强与社会各界的互动交流。

【编写报送《中国文学艺术界联合会年鉴》（2012）电力文协年鉴稿】

及时总结重要成果。根据全国文联要求编写并报送了《中国文学艺术界联合会年鉴》（2012）电力文协年鉴稿，全面总结了电力文协2012年工作，提升了电力文协在全国文联系统的影响力。

【本部主席办公会议】

电力文协于8月13日召开本部主席办公会议，根据工作需要，会议研究调整了部分人事，中电联文化建设与对外联络部副主任（中电联新闻宣传中心副主任）白俊文担任中国电力文学艺术协会秘书长，张海涛同志不再担任；中电联文化建设与对外联络部信息管理处副处长邵敏担任中国电力文学艺术协会副秘书长兼办公室主任，刘萍不再兼任办公室主任。此次人事调整的具体情况以通讯表决的形式征求各副主席单位及相关单位意见，并得到一致通过。

【电力文协2012年年检】

为解决电力文协三年未通过民政部年检的问题，电力文协常务副主席张海洋同志亲自带队拜访了民政部的有关负责人，有关工作人员也通过多种形式加强了与民政部相关部门的沟通联系，并按照民政部相关规定要求，修改备案材料。经过大量认真细致的工作，电力文协年检事项在10月底圆满通过。

【“美丽中国、精彩电力”北京2013全国电力行业集邮展览】

为纪念毛泽东同志诞辰120周年，10月29日，“美丽中国、精彩电力”北京2013全国电力行业集邮展览在华电大厦隆重拉开帷幕。展览借助邮展文化平台向行业内外展示电力员工集邮文化的成果，国家电网公司、华能集团、大唐集团、华电集团、国电集团、中电投集团、浙能集团等电力行业集邮爱好者汇聚一堂，共飨快乐集邮、用心集邮文化盛宴。中电联副秘书长孙永安主持开幕式，中华全国集邮联副会长、国家级评审员焦晓光女士等国际、国家邮展评审员出席开幕式。

此次邮展是电力体制改革后电力行业举办的首次大型集邮活动，展品丰富，有代表国家在世界邮展竞赛上摘金夺银为国争光的精品邮集，也有代表电力邮协在国家级邮展竞赛中荣获奖牌为电力争光的优秀邮集，还有参加过省、市级邮展获奖和新人新作的邮集。征送的参展79部集邮作品共计264框。其中，荣誉类展品7部，竞赛类展品63部；传统类3部，邮政史类9部，邮政用品3部，专题类34部，极限类4部，开放（现代）类9部。

作品较全面展示了电力行业整体集邮水平及职工集邮研究成果，对加强电力企业的文化建设，推动电力集邮事业的发展起到了积极作用。

【“庆祝华北电力大学建校55周年——书画艺术家走进华电”书画笔会】

11月2日，电力文协书法家协会及中电书画院联合组织书法家应邀参加“庆祝华北电力大学成立55周年，——书画艺术家走进华电”活动。书画家以一幅幅书画作品表达其对华北电力大学成立55周年的祝贺及美好祝愿。这次书画笔会，对华北电力大学的书画爱好者来说，是一堂生动、有意义的文化艺术修养课。此次艺术家创作的书画作品将全部陈列和悬挂在该大学的会议室、办公室、图片馆及学生活动中心等重要场所，以营造更加浓郁的文化氛围。

【成功申领电力文协组织机构代码证】

按照国家有关规定，于11月5日圆满完成了在民政部的组织机构代码证申办工作，为电力文协开展下一步工作提供了便利。

【首届“中国凤凰国际摄影双年展”】

12月18日，电力文协摄影家协会应主办方邀请，参加了首届“中国凤凰国际摄影双年展”。经过积极组织和精选摄影照片，共准备了88幅佳作亮相影展。中国摄影家协会副主席索久林，中国摄影报社总编辑曾星明等有关领导在展览现场观看了中国电力职工摄影作品展，并给予高度的评价。电力职工摄影作品亮相凤凰国际摄影双年展，充分展示了中国电力摄影人的艺术追求和行业风采。

【电力文协作家协会一批文学作品产生较大影响】

2013年度电力作家出版文学专著60余部。定人、定选题、定时间的5至10部电力题材长篇小说正在完稿或修改之中。散见报刊的各类体裁、题材的文学作品数以万计。

老作家曾孟群创作的130余万字反映水电建设的长篇小说《老大这辈子》，安力达的长篇小说《东望》，女作家杜文娟的长篇纪实文学《阿里，阿里》，贾英华的“末代皇族”系列新作，潘飞的报告文学《秦腔精神》，女作家洪梅的散文集《轻描》，刘慈欣的科幻小说《山体》等，受到广泛关注。中国作家协会为杜文娟《阿里，阿里》、贾英华的“末代皇族”系列专门召开了研讨会。

中国水利文协

综　述

2013年，中国水利文学艺术协会在水利部党组的正确领导和中国文联的业务指导下，在各理事单位的积极支持与参与下，认真履行联络协调服务职能，在水利文学艺术活动中，以习近平总书记一系列重要讲话为指导，以加深和贯彻群众路线为根本出发点，重点在水利文化建设方面，与水利部有关单位一起，共同主办了“水与生态文明建设高层研讨会”，编辑出版了《水利人的精神家园—水利系统全国文明单位风采录》。与水利部有关单位联合举办“水利情•中国梦”大型征文活动。编辑出版“中国水利文艺丛书”。举办“聚焦水生态，保护水环境”等活动。为繁荣水利文学艺术事业做出了新贡献。

会议活动与重点工作

【水与生态文明建设高层研讨会】

5月18日，水利文协中华水文化研究会与水利部水情教育中心、淮安市水利局共同主办了“水与生态文明建设高层研讨会”。举办此次会议，是水利系统进一步贯彻落实党的十八大精神，扎实推进水生态文明建设的学术交流活动。会上，共有20位特邀专家、学者做了主题演讲。参会人普遍认为，水与生态文明建设是当前关乎人民福祉和实现美丽中国梦的重要话题，对贯彻落实党的十八大关于生态文明建设的新理念、新思路、新要求，推进水生态文明建设，将起到促进作用。研讨会成果丰富，达成一些重要共识：一是我们必须坚持“人与自然和谐相处”的理念。坚定走科学发展、可持续发展之路。二是推进生态文明建设，离不开生态文化的引领。既追寻“道法自然”和“天人合一”的宇宙观和哲学观，还要将科学的“真”、人文的“善”有机结合，达到真善美高度融合的境界。三是水利工作者要牢固树立尊重自然、顺应自然、保护自然的理念，切实转变治水思路，更加主动、更加自觉地投入到水生态文明建设的实践中去。四是建设水生态文明，需要加大教育和传播力度，培育全社会的水生态意识，努力形成节约水、保护良好水环境的自觉行为。

【编辑出版《水利人的精神家园》一书】

10月，中国水利文协与水利部精神文明办在发起组织水利系统全国文明单位（23家）先进经验系列宣传活动，已完成在中国文明网、水利部门户网站和《中国水文化》杂志上的宣传基础上，又编辑出版了《水利人的精神家园—水利系统全国文明单位风采录》一书，受到好评。

【“水利情·中国梦”大型征文活动】

5月，中国水利文协与水利部新闻宣传中心联合发起在水利系统内外，举办“水利情•中国梦”大型征文比赛活动。并参与由中国作家协会和人民日报举办的“美丽中国”活动。这次活动得到了水利系统作家和广大文学爱好者的积极响应，纷纷投稿。征文来稿量超过1500篇，是近年来少有的现象。为实现“水利情•中国梦”的宣传打下了扎实的基础。

【中国水利作协年会】

10月，在湖北恩施召开了2013年中国水利作协暨《大江文艺》杂志社年会。会议总结了中国水利作协和《大江文艺》杂志社2013年工作情况，布置了2014年的工作，交流了经验。

中国水利文协主席张印忠到会讲话，分析了当前水利工作面临的形势与任务。肯定了水利作协和《大江文艺》取得的成绩。他要求水利作协要经常性地开展文学大赛、笔会、作品研讨会等多种多样的文学创作活动。要加强基层文学队伍建设，培养更多的文学新人，为出水利文学精品

创造良好环境。他在讲话中，希望新的一年，水利作协和《大江文艺》杂志牢固树立以水利事业、水利人为中心的创作导向，坚持把社会效益放在首位，坚持“三贴近”原则，努力创作出广大水利职工喜闻乐见的文学作品；要坚持内容与形式的创新，不断满足水利职工日益增长的精神文化需求。

会上，还举行了“中国水利文艺丛书（第七辑）”首发仪式。邀请著名作家、湖北省作协副主席陈应松到会讲课。

【编辑出版“中国水利文艺丛书（第七辑）”】

8月，由中国水利作协《大江文艺》杂志编辑的“中国水利文艺丛书（第七辑）”由长江出版社出版。第七辑收录了水利系统的十位作者的文学作品集。体裁多样，内容丰富，从多角度反映了水利人的精神生活和理想追求。

【“聚焦水生态，保护水环境”摄影等活动】

中国水利摄影协会举办北京—无锡“聚焦水生态　保护水环境”为主题的摄影PK活动。优胜作品在水利部门户网站上播发，在中国摄影家杂志上发表。作为协办单位，中国水利摄影协会组织40名会员参加了由中国艺术研究院摄影研究所、中国摄影家杂志社主办的“中国第五届国际响沙湾摄影节”；组织30名会员参加由中国艺术研究院摄影研究所、中国摄影家杂志社和山西省永和县联合主办的“大美乾坤百名摄影人看永和”活动；完成了由中国摄影家协会、重庆市政府等单位举办的“今日三峡”摄影大赛活动。

【送摄影作品下基层】

5月7日，中国水利摄影家协会陕西分会“送作品下基层”活动走进陕西省重点水利工程——引红济石调水工程建设工地，为工程建设者送去近百幅优秀摄影作品，受到了工程建设者的热烈欢迎。

引红济石调水工程是陕西省重大水资源调配工程，工程规划从汉江支流红岩河调水到黄河流域石头河，年调水规模1亿立方米，输水隧洞将穿越秦岭，施工条件十分艰苦。在第四标段，中国水利摄影家协会理事、陕西水利宣传中心主任王辛石带领部分作品作者，深入施工一线，和工程建设者零距离交流，送上了精心装裱的摄影作品。同时进行了现场创作，拍摄了一批工程建设图片。

年初，中国水利摄影协会陕西分会组织开展了“三秦水韵”摄影大赛，评选出了100多幅优秀水利摄影作品，举办了为期一个月的获奖作品展览。展览结束后按照中国摄影家协会“送作品下基层”要求，在3月上旬为基层灌溉管理单位泾惠渠灌区管理局送去了35幅获奖摄影作品。加上5月7日所送作品，共计为基层水利工作者和一线水利建设者送去了100幅优秀摄影作品，作品全面反映了该省的水利工程、水利风光、水利建设、水利人物，也充分体现水利主题和摄影艺术相结合在为水利服务方面取得的新成果。

【会员组织发展工作】

中国水利文协所属的水利作协积极发展新会员的同时，经过认真推荐，有3人加入中国作家协会；所属的中国水利摄影家协会新发展会员150多人，发展4个团体会员，并经过认真推荐，有8人加入中国摄影家协会。

中国石化文联

综　述

2013年，中国石化文联在集团公司党组的正确领导下，以党的十八大和十八届三中全会精神为指引，以党的群众路线教育实践活动为契机，切实履行“联络、协调、服务”职能，指导专业协会、各单位文联、文学艺术工作者和爱好者，坚持“双百”方针和“三贴近”原则，围绕庆祝中国石化成立三十周年，以让更多职工更快乐为目标，广泛开展群众性文化艺术活动，为满足广大职工精神文化需要、服务企业发展发挥了积极作用。

重要会议

2月22日，组织召开中国石化文联专业协会秘书长会议，总结中国石化文联和各专业协会2012年工作、研究2013年任务，研讨有关重点工作。3月8日，中国石化文联主席周原同志主持召开中国石化文联常委会议，对2012年工作给予充分肯定，同时强调：2013年是中国石油化工总公司成立30周年、集团公司重组15周年，石化文联各项工作要紧紧把握这一契机，团结动员广大文艺工作者和爱好者，以多种艺术形式反映中国石化30年的辉煌历程，展示石化员工在建设世界一流能源化工公司航程中的精神风貌。

品牌活动

精心组织2013年新春团拜会。根据集团公司党组要求，中国石化文联本着“自编、自导、自演、自乐”原则，按照“节俭、安全、昂扬、喜庆”的总体要求，充分调动参演单位积极性，成功举办中国石化2013年新春团拜会，表达集团公司领导对百万职工的感谢和祝福，讴歌各行各业取得的丰硕成果，赞美广大职工打造一流的生动实践，营造了新春启航、再创辉煌的文化氛围。

成功举办“大美石化——中国石化第六届职工美术书法摄影展览”。中国石化职工美术书法摄影展览每五年举办一次，是石化系统最高艺术水准的展赛。本届展览恰逢中国石化成立30周年，中国石化文联牢牢把握这一契机，积极动员文学艺术工作者和爱好者，作品征集在全系统引起了强烈反响，共收到美术、书法、摄影作品5000余件，其中不乏反映石油石化题材的精品力作。经专家评审，本届展览分别评出金奖9件、银奖15件、铜奖30件、优秀奖91件。10月14日，展览在集团公司总部一楼大厅展出，党组领导和3000余名职工参观展览，给予充分肯定。广大职工通过摄影、书法、美术等艺术方式，歌颂中国石化三十年的光辉历程，抒发对企业的忠诚和热爱，表达对美好生活的追求和向往，促进了和谐企业建设。

广泛开展“中国石化之歌”征集传唱活动。中国石化文联在中国石化报、石化新闻网、《歌曲》杂志刊登启事后，各单位掀起“写石化事、赞石化人，唱石化歌、抒石化情”的群众性热潮。通过组织学歌、唱歌、赛歌，用歌声的力量增强广大职工对中国石化的认同感、归属感、自豪感和责任感。据统计，全系统共传唱石化歌曲167首、410余场次。各单位和社会各界新创石化歌曲260余首，共评选出50首入围歌曲和10首优秀歌曲，丰富了广大职工的精神文化生活内涵。

组织中国石化第七届职工文艺录像调演活动。本届调演活动共收到舞蹈类、音乐类、晚会类、综合类等各门类文艺作品443件，其中187件作品参加终评。其中，《中原油田2013年春节文艺晚会》等8台晚会获晚会类一等奖，济南炼化《情

系石化30年文艺晚会》等9台晚会获晚会类二等奖；胜利油田《海.油.梦》等8个节目获综合类一等奖，管道储运《我们是一家人》等10个节目获综合类二等奖，镇海炼化《亲人的心声》等11个节目获综合类三等奖，河南油田快板舞蹈《党旗汇聚正能量》等17个节目获综合类创作奖；江汉油田《争创一流》等11个节目获歌舞类一等奖，燕山石化《风吹麦浪》等9个节目获歌舞类二等奖，河南油田《中国梦》等13个节目获歌舞类三等奖；长岭炼化《幸福酒歌》等14个节目获舞蹈类一等奖，齐鲁石化《烯烃圆舞曲》等14个节目获舞蹈类二等奖，湖北化肥厂《回家》等17个节目获舞蹈类三等奖，安庆石化《俏兰花》等11个节目获舞蹈类创作奖；西南石油局《爱让我们在一起》等7个节目获声乐类一等奖，茂名石化《兄弟们》等7个节目获声乐类二等奖，河南油田《颂歌献给党》等6个节目获声乐类三等奖；江西石油《大青山下》等2个节目获器乐类一等奖，河南油田《天路》等3个节目获器乐类二等奖，广州石化《跳打欢歌》等3个节目获器乐类三等奖；江苏油田的《我们的大舞台》等7个节目获音乐类创作奖；中原油田等37个单位获优秀组织奖。通过调演活动，总结了各单位文化艺术事业繁荣发展的丰硕成果，检阅了基层文艺建设的能力水平，交流了各单位开展群众文艺活动的做法和经验。

获奖情况

中国石化音乐舞蹈家协会荣获“全国文联系统先进集体”，中原油田冯建科同志荣获“全国文联系统先进工作者”。中国石化作家协会推荐10名石化作家作品入选全国职工文学精品库，3部文学作品入选全国重点作品创作扶持工程。中国石化美术家协会发动会员创作各类美术作品3000余件，112件作品入选国家、省部级专业机构举办的学术展览，荆门石化孔玉梅《时代乐章之青春赞歌》、吴慧玲《楚地印象——秋赋》入选第二十届全国版画作品展并获奖。中国石化音乐舞蹈家协会推荐石化职工优秀少儿节目参加第七届“小荷风采”全国少儿舞蹈展演，荣获“小荷园丁”、“小荷之家”、“小荷之星”三个大奖。

各文艺家协会

【音乐舞蹈家协会】

召开协会年度工作会议，讨论通过了协会2013年工作要点，完成了新增常务理事单位和部分常务理事的增（替）补工作。编印《音乐舞蹈通讯》和《三届四次常务理事会议汇编》发至各会员单位，加大基层文艺工作宣传力度。完善协会常务理事QQ群，服务水平进一步提升。编辑《石化优秀文艺作品集》，收入了全系统三十年来创作的优秀音乐、舞蹈、曲艺、小品、戏曲、戏剧作品。组织“送欢乐下基层”慰问演出小分队走进湖北潜江，在江汉油田文化广场与广大干部员工家属分享艺术的欢乐，为基层一线群众送上了美好的精神食粮。

【美术家协会】

围绕生产经营主题结合企业具体特点开展了丰富多彩的职工美术活动，通过交流展览、一线采风、送画到基层等活动形式，把职工美术创作与当地企业大环境融合在一起，服务于石化企业。齐鲁石化、金陵石化、荆门石化、中原油田、安庆石化、川维厂、长岭炼化、胜利油田等单位利用专题展览、艺术节、企业交流展览等形式开展艺术活动，展示了各单位职工作者创作的美术作品达到3000余件。

【书法家协会】

启动“‘美丽石化 墨韵中原’中国石化首届隶书作品展”，通过组织骨干作者深入基层单位开展书法学习、创作辅导、培训等方式广泛发动石化职工书法爱好者，加强对隶书创作的引导，鼓励作者不断提高创作水平。

【摄影家协会】

通过各种方式积极开展摄影文化普及活动，引导广大职工陶冶情操，修炼涵养，提高摄影水平。1月，邀请中国摄影家杂志艺术总监蔡焕松作题为《摄影从哪里来，又往哪里去》的讲座。同月，邀请著名摄影家黄一鸣作讲座《时代映像》。2月，邀请三届金像奖得主石广智作《弱光摄影》讲座。3月，邀请数码专家刘宽新作《摄影师是怎样练成的》讲座。5月，邀请摄影理论家藏册作《摄影的元影像》讲座。6月至8月，发动多家单位组织摄影爱好者深入一线，把镜头对准企业和职工，拍摄三百多幅优秀作品，送到职工手中。金陵石化石菁、镇海炼化胡延松、齐鲁石化杨文、仪征化纤刘玉福被评为中国摄影家协会“万名志愿者万幅作品进万家”先进个人。

【作家协会】

依托《太阳魂》期刊发表小说27篇，散文90篇，诗歌400首，报告文学6篇，散文诗6章，介绍石化作家6人，推荐美术书法摄影作品12幅。发行18000册，展示了文学创作成果，满足了广大职工精神文化需求。

基层文联

各单位文联以基层为阵地，以职工为主体，开展形式多样的群众性文艺活动。胜利油田开展聚焦一线书画展、金秋诗会、文化广场、文学征集等类别的文艺活动。中原油田开展十大广场唱和谐、百名作家颂中原、千幅作品展辉煌和文化走基层系列活动。河南油田组织“老年美”书法美术摄影诗歌展、亲情邻里节等文艺活动。西南石油局举办“中国梦•西南梦•青春梦”主题征文、演讲、辩论赛。国勘公司举办“我心中的国勘”摄影比赛、读书比赛等活动。燕山石化搭建“职工文化大舞台”，努力打造自己的“星光大道”，扩大职工参与率。天津石化精心打造群众乐团，积极开展艺术展览。长岭炼化组织“开心广场”系列活动和“长岭之夏”职工艺术节。安庆石化举办“我与石化三十年”征文和“梦想奋斗•腾飞”文艺演出。镇海炼化组织“美丽现象”、“劳动我最美”等演讲、征文。塔河炼化搭建“文化大舞台”，让一线职工上舞台、当主角。沧州炼化利用节庆、双休等业余时间组织舞会、展览等文化活动。销售华北公司以“工人伟大、劳动光荣”为主题开展“晒微博、秀才艺”、“建书屋、溢书香”系列活动。福建石油在基层库、站开展“书香接力•图书漂流”活动。山西石油以加油站为题材，发动摄影爱好者用镜头记载身边的好故事。江西石油发挥网络优势，让职工足不出户参与文化活动。润滑油公司着力完善职工身边的文化阵地。燃料油公司成立8个协会，既到基层“送”文化，又为基层“种”文化。五建公司以业余艺术团为平台，开展丰富多彩、群众喜爱的文艺活动。洛阳工程公司举办网络卡拉OK比赛，实现参与人员的最大化。抚顺石化研究院合唱团、舞蹈队常年坚持活动，成为职工心中的文化印记。福建炼化更新影剧院的全部座椅，为文化宫等公共场所改善条件。工程院投资建设职工文体活动中心，使职工们有享受快乐的好去处。

全国公安文联

综　述

2013年，全国公安文联在公安部党委、部政治部领导下，在中国文联、中国作协指导下，以党的十八大、十八届三中全会和习近平总书记系列讲话精神为统领，深入贯彻落实公安部党委加强公安文化建设的重要部署，积极履行组织、联络、协调、服务、引导基本职能，坚持围绕中心、服务大局，面向基层、服务民警，全面实施“人才、精品、惠警”三项工程，团结、凝聚广大公安文艺工作者开展了一系列富有成效的工作，为推进文化强警战略实施作出了积极贡献。

会议与活动

一年来，全国公安文联坚持以人民为中心的工作导向，大力实施文化强警战略，服务公安中心工作，贴近广大民警工作和生活，进一步持续推进公安文化建设人才、精品、惠警三项工程，努力在新的历史起点上推动公安文化大发展大繁荣，不断提升公安文化的软实力和社会影响力。

【大力推进人才工程，培育壮大公安文化队伍】

10月下旬，由全国公安文联和中国作家协会、鲁迅文学院联合举办的第二期鲁迅文学院公安作家研修班开学，公安部和中国作协领导予以亲切关怀和高度重视。国务委员、公安部部长郭声琨同志专门为此作出重要批示，对全体学员提出殷切希望。中国作家协会主席铁凝，中国作家协会党组书记、副主席李冰等领导同志出席开学典礼。该期研修班学员共50人，其中中国作协会员3人、省市级作协会员35人。在为期4个月的培训中，鲁迅文学院将邀请相关领域的权威专家和各大文学期刊主编，采取点面结合、生动活泼的教学模式，对公安作家们进行授课和创作指导。据不完全统计，本届研修班学员在学习期间共创作中短篇小说30余篇，创作修改长篇小说4部；创作散文、随笔、报告文学、诗歌、诗词等其他文学作品300余篇（首），并分别在《小说选刊》、《小说月报》、《诗刊》、《星星》、《啄木鸟》、《东方剑》、《人民公安报》等报刊上刊发。

这次研修班，是鲁迅文学院继2011年与全国公安文联联合举办第一期公安作家研修班成功经验基础上的又一次成功尝试。两次研修班的成功举办，对于提升公安作家的创作水平，造就一支充满活力、人才辈出的公安作家队伍，对于培育公安作家强烈的社会责任感，创作出更多的精品力作具有长远的战略意义。

在2011年人才普查的基础上，2012年全国公安文联建立了公安文化人才数据库，2013年对人才库进行了改进和完善，逐步建立了一个发现、培养、储备公安文化人才的动态平台。据人才库提供的实时数据，全国公安机关共有各类文艺人才11930人，其中国家级会员877人，省级会员2141人，各类艺术院校毕业生入警和从各文艺院团调入的专业人员共856人。

6月下旬，全国公安文联在内蒙古锡林浩特市举办第三期全国公安摄影培训班。本次培训班是全国公安摄影家协会为交流摄影技艺，发展摄影教育，培养摄影人才而进行的系列培训的一部分。来自全国各地的200多名学员参加了培训，从公安一线拍摄了近万幅摄影作品。

7月上旬，结合公安实际，根据公安文艺人才队伍现状，全国公安文联在北京举办第二期公安词曲创作培训班。来自全国30多个省市及北京各分县局的音乐词曲创作人才、爱好者80余人在北京警察学院进行了为期一周的培训。学员们通过聆听我国一流大师级词曲创作专家的授课，汲取了大量的音乐词曲创作知识，丰富了创作技巧，明确了创作方向，创作出了百余首警察题材词曲作品，培训效果良好。

8月中旬，为服务公安中心工作，促进基层警营文化建设，挖掘并整合基层公安管乐资源，全国公安文联组建成立中国警察管乐学会，成立大会在浙江湖州召开，解放军军乐团音乐总监、国家一级指挥、中国音协管乐学会主席于海先生担任该会名誉会长。管乐学会的成立，必将进一步推动警察管乐活动的深入开展。

11月中旬，与中国作协在浙江举办了著名作家王松定点生活创作座谈会；在辽宁与西藏作协、辽宁作协等单位联合主办了杨明山《藏地留痕》作品研讨会。同时，积极推出公安文化领军人物，在授予上海消防总队吴学华“剑胆琴心”公安摄影家荣誉称号之后，追授著名相声表演艺术家、辽宁消防总队王平“剑胆琴心”公安艺术家荣誉称号，授予侣海岩“剑胆琴心”公安作家荣誉称号。此外，为鼓励《啄木鸟》增刊“公安文学专号”质量的提高和发行量的不断提升，授予啄木鸟杂志社《专号》编辑部“剑胆琴心”文艺奖。

人才工程的不断推进，培养了一大批公安文化骨干力量，并在基层公安文化工作岗位上发挥着重要作用，服务了公安工作，有力推动公安文化。

【全力推进精品工程，同心繁荣公安文艺创作】

全国公安文联围绕公安中心工作、专项斗争和教育实践活动，不失时机地抓住侦破重大案件、处置重大事件和涌现出的重大典型等一流故事，组织协调警内外创作力量深入基层一线随警创作，实现公安创作题材资源优势与警内外名人大家创作实践的有效对接，推出了一批优秀公安文艺作品。

在公安部监管局大力支持下，与辽宁省公安厅、丹东市公安局共同组织拍摄了我国首部反映看守所民警工作生活的30集电视连续剧《看守所的故事》（暂名），现已协调在央视播出。辽宁公安文联邀请国内著名词曲作家深入基层公安机关采风，成功地创作出《人民在我心中》、《从警为什么》两首歌曲，有力配合了党的群众路线教育实践活动和“为何从警、如何做警、为谁用警”大讨论活动的开展。

9月，公安部人训局等有关单位举办的全国公安院校师生文艺调演专题汇报演出《人民在我心中》，公安部老干部局等有关单位组织创作的话剧《活动站的故事》和2013公安部离退休干部真情报告会《桑榆金秋•幸福重阳》，在警内外产生了很大反响和好评。

5月，与中国作协、公安边防文联联合举办了“中国作家走边防•缉毒先锋之旅”采风活动，组织警内外著名作家深入边关哨卡，创作了一批以爱民固边为主要题材的小说、报告文学、散文和诗歌等文学作品，成果丰硕。

11月，与中国文联、中国曲艺家协会、福建省文联联合主办了“2013海峡两岸欢乐汇”全国优秀曲艺节目展演活动，海峡两岸的曲艺名家和内地九省市公安演职人员共200多人出演。其中公安曲艺文化演出专场生动展示了“文化同根、血脉同祖、警民同心”的艺术主题，备受欢迎。

全国公安文联会团体会员北京市公安文联选送的小品《假话真情》和上海市公安文联选送的相声《安德鲁》在中国曲协举办的全国“马街书会”艺术节中分别获得小品类、相声类一等奖。

精品工程，推出了一批优秀公安文艺作品。

【倾力推进惠警工程，努力实现民警快乐工作、幸福生活】

惠警是公安文化的重要功能，惠警工程是坚持以人民为中心的工作导向在公安文化建设领域的直接体现。

1月中旬，举办“中国•阿尔山冰雪摄影节暨冰雪摄影高峰论坛”。在此次活动中，30名公安摄影家在阿尔山进行了为期三天的创作，作品在《中国摄影家》杂志、《人民摄影报》上进行了刊登，部分人员的作品还参加了“宏大杯”阿尔山冰雪摄影大赛，并取得了良好的成绩。此次活动的开展，丰富了民警的文化生活，陶冶了情操，受到了边区警民的欢迎。

4月，为深入贯彻落实党的十八大及党的十八届三中全会精神，全国公安文联在河北省石家庄市美术馆举办了“2013全国公安红色集邮展览”，展出邮集200框，是一次大规模的邮品展。全国公安文联主席祝春林、秘书长张策、副秘书长盛清宪及河北省厅等有关领导出席了开幕式并亲临展场观看。邮展连展三天，数千市民前来观展，通过邮品，有力宣传了警营文化建设。同时，印制警018号纪念封一枚。

5月下旬，举办第六届“尼康杯”全国公安民

警摄影大展。大展在北京进行了评选。这一赛事已经成为全国公安文联的品牌赛事，对促进全国公安系统摄影水平的提高起到了积极的推动作用。

5月，全国公安文联连续组织了“走进辽宁公安消防”、“走进江苏公安”等摄影采风活动，为公安一线服务，为广大民警服务，受到广大基层公安民警和人民群众热烈欢迎。

7月，与山东省公安厅联合主办、聊城市公安局承办的“首届全国女警官书画作品展”，在北京劳动人民文化宫展出并在各地巡展。女警官的作品深情地表达了对党的忠诚、对人民的挚爱、对理想和信念的追求，生动展示女警官的时代风采，取得了良好的艺术效果和社会效果。

8月上旬，成功举办全国10地市公安机关摄影大pk活动。全国10地市公安机关摄影大pk活动第二阶段集中创作，在内蒙古鄂尔多斯市经过两天的紧张拍摄圆满结束。此次活动组织了哈尔滨、合肥、昆明、深圳、东莞、无锡、洛阳、湖州、鄂尔多斯、桂林10个地市公安机关的公安民警参加。

从公安部第91期晋升警监培训班开始，公安部政治部、全国公安文联、公安大学为每位学员赠送一份晋升共和国高级警官纪念照，增强了学员们的职业认同感、归属感、荣誉感和自豪感。

公安部文艺小分队坚持深入挖掘一线民警的先进事迹，编排文艺节目，到基层所队进行慰问演出，努力实现“送文化”到一线、“种文化”在基层。这一活动已经成为公安文化的品牌。

创作与研究

全国公安文联坚持把认真学习宣传贯彻党的十八大、十八届三中全会和习近平总书记系列讲话精神作为首要政治任务，深刻领会精神、准确把握实质，切实把广大公安文化工作者的思想和行动统一到中央决策和部党委部署上来，把智慧和力量凝聚到推进文化强警战略实践中来。

【开展学习活动，武装头脑、指导实践、推进工作，为弘扬主旋律凝聚正能量】

全国公安文联通过举行会议、讲座、座谈等各种方式，持续组织公安文联机关、各专业委员会和公安文化工作者开展学习活动，深刻理解党中央扎实推进社会主义文化强国建设，进一步深化文化体制改革的重大战略部署，切实掌握推动公安文化建设和公安文联工作的重大思想理论武器；深入领会郭声琨部长“要坚持文化育警，大力加强公安文化建设，在全社会唱响‘人民公安为人民’主旋律，着力增强广大民警的职业认同感、归属感、荣誉感和自豪感”的重要指示，不断强化大局意识、责任意识、改革意识、机遇意识，进一步增强了文化强警的理论自信和实践自觉。

【公安文化建设宣讲活动，为推进文化强国、文化强警战略营造舆论氛围】

一年来，全国公安文联领导先后受邀为全国公安文化培训班、公安部晋升警监培训班及有关省市公安机关举行公安文化讲座，对公安文化基本内涵、重要功能和地位作用作出了较为系统的理性概括，就公安文化建设新形势与责任担当、发展战略进行分析和研讨，引导大家在理论与实践结合上深入理解实施文化强国和文化强警战略，不断加大解放思想和统一思想的力度，在公安事业科学发展中进行文化创造。

【公安机关践行党的群众路线、密切警民关系调研活动，为公安机关党的群众路线教育实践服务】

3月以来，根据公安部领导指示，配合部宣传局开展公安机关践行党的群众路线、密切警民关系专题调研活动，先后赴北京、天津、河北、浙江、江苏等5个省（市）的10余个市、县（区）公安机关，深入了解当前公安群众工作状况，总结经验，分析问题，提出进一步密切警民关系的工作对策和建议，调研报告得到公安部领导的肯定。

文化交流

进一步加深与港澳台警务部门、文化组织的联系、沟通、交流与合作，加深了感情，增进了友谊，增强了中华民族同源、同族和同根意识，拓宽了公安文化交流平台。

【加强合作，不断拓展公安文化成果展示平台】

为拓展文化合作领域，进一步开展与港澳

台警务部门、文化组织的交流与合作，继2011、2012年与港澳台警务部门、文化组织的文化交流与合作后，12月，全国公安文联又一次组织北京警官合唱团赴澳门参加“2013‘星海之声’合唱音乐会”。海峡两岸的警方乐团同台演出，加强了交流，加深了感情，增进了友谊，增强了中华民族同根、同族意识。同时，按照中国音协管乐学会的通知精神，4月中旬选派南京森林警察学院管乐团参加了一年一度的全国非职业管乐团队展演，并获得银奖；选派4名歌手参加了中国音乐家协会“金钟奖”比赛；按照中国曲协的要求，由我会会员自编自导的相声《警察与小偷》，参加了年末全国曲协在民族文化宫大剧院举办的相声小品民间剧种展演并获得好成绩，等等。

机关建设

2013年，全国公安文联着眼实现建立“学习型、服务型、创新型、廉洁型”社团组织的目标，注重在打基础、谋长远、做实事上下功夫，公安文联自身建设显著加强。

【把思想政治建设放在首位，始终坚持正确的公安文化发展方向】

认真组织学习贯彻党的十八大、十八届三中全会和习近平总书记系列讲话精神，深入落实全国宣传思想工作会议、全国政法工作会议和全国公安厅局长会议精神，把思想和行动统一到党中央决策部署与部党委指示要求上来，进一步明确了新形势下公安文化建设工作的方向目标、重点任务和基本遵循。大力培育、践行人民警察核心价值观和文艺界核心价值观，不断加强公安文联各级领导班子、干部队伍的思想建设、组织建设、作风建设、廉政建设、制度建设。认真落实部党委和政治部部署，结合自身实际，制定了《全国公安文联党的群众路线教育实践活动实施方案》，认真查摆、整改“四风”方面存在的问题，进一步改进纪律作风，努力建立健全为民务实清廉的长效机制。

【坚持依法办社团，不断加强自身规范化建设】

6月，按照民政部、中国文联相关规定，全国公安文联完成了各专业文艺协会注册登记、理事会理事补选等相关工作。参加了民政部组织的全国社会组织评估，被评为联合类社团评估的最高等级4A级。中组部社团党建调研工作座谈会被部直属机关党委安排在全国公安文联召开，与会领导对文联的党建工作给予充分肯定。6月，全国公安摄影家协会、北京市公安文联被人力资源社会保障部和中国文联联合授予“全国文联系统先进集体”荣誉称号，江苏公安文联许丽晴同志被授予“全国文联系统优秀个人”荣誉称号。同时，继文学专业委员会成为中国作协团体会员单位后，书法、摄影、音乐舞蹈、曲艺、集邮专业委员会分别被中国书法家协会、中国摄影家协会、中国音乐家协会、中国曲艺家协会、中华集邮总会吸纳为团体会员单位。

【坚持公安文联工作“一盘棋”，推动各地公安文联组织建设】

2013年以来，除黑龙江、山东和西藏外，其他省级公安机关已全部成立公安文联；100余个地市级公安机关成立了文联组织；辽宁、江苏、安徽、云南等省所辖的地市级公安机关已全部成立公安文联；部分县级公安机关也成立了文联组织。同时，全国公安文联会刊《园地》成功改版，全国公安文联网站顺畅开通，为公安文艺人才展示才华，唱响公安好声音提供了更加广阔的平台。

联系点、创作基地及基层文联

为贯彻落实公安部党委抓好公安基层基础工作的精神，更好地服务公安工作和队伍建设，全国公安文联进一步加强和扶持基层公安文化建设。

【充分发挥联系点、示范创作基地的引领作用】

为做好公安文化建设的基层基础工作，促进基层公安文化事业的健康发展，近年来，全国公安文联先后在北京、江苏等地公安机关建立了24个基层联系点，在内蒙古鄂尔多斯、河南内乡、浙江湖州、辽宁大洼建立了公安摄影创作基地、书画创作基地，文学创作基地和管乐创作示范点。2012年，分别在内蒙古锡林浩特和湖北警官学院建立书画创作基地和院校校园文化建设示范基地；2013年在浙江东阳建立了全国公安影视创作基地。

【推动并扶持基层公安文联组织的发展】

全国公安文联积极指导基层公安文联的组建工作。目前，除黑龙江、山东和西藏外，全国公安系统已成立32个省级（包括公安部一所文联、公安边防、消防文联和铁路公安文联）公安文联或类似的公安文艺组织，并带动了部分县级公安机关文联的组建。江苏、安徽、云南等省地市州级公安机关已全部成立公安文联组织。在此基础上，扶持、指导各地公安文联开展了丰富多彩的公安文化活动。北京、福建公安文联组织部分公安曲艺创作骨干深入公安基层一线开展小品、歌曲创作采风活动；辽宁、湖北、广西、广东等地公安文联组织开展“送文化到边关”活动。组织文艺小分队赴基层演出，受到了广大基层公安民警、武警官兵的热烈欢迎和一致好评；一些公安文联也通过文艺演出慰问、为民警过生日、为新警和退职警察赠送文化纪念品等多种有效载体，对民警进行人文关怀。

中国检察官文联

综　述

2013年，中国检察官文联认真学习贯彻党的十八大和十八届三中全会精神，深入学习落实习近平总书记系列重要讲话精神，在最高人民检察院党组的坚强领导和政治部的有力指导下，自觉接受中国文联的业务指导和民政部的监督管理，紧紧围绕检察中心工作，坚持检察文化理论研究、检察文化艺术创作、检察文化艺术活动协调推进、共同发展，团结凝聚广大检察文化艺术工作者和爱好者开展了一系列工作，为服务检察队伍建设和推进检察工作科学发展作出了积极贡献。

会议与活动

【第二届“迎新春、送文化”活动】

1月6日至8日，由中国检察官文联、广东省检察官文联（筹备组）共同主办，广州市检察官文联（筹备组）承办的第二届“迎新春、送文化”活动在广东省广州市举行。

这次活动以认真贯彻落实党的十八大和全国检察机关文化建设工作会议精神，践行政法干警核心价值观，欢乐祥和迎新春为主题，倡树文明和谐，抒发对祖国、对人民、对检察事业的深厚感情和美好祝愿，以春联为载体，振奋检察精神，凝聚检察力量，激励检察斗志，推进检察工作科学发展。来自全国16个省、自治区、直辖市检察机关的20多名在全国检察系统书法美术摄影展览中获奖的检察人员和部分全国知名书法家齐聚羊城，用两天时间集中书写了1300余副春联。这些春联体现了“忠诚、为民、公正、廉洁”政法干警核心价值观，包含了检察文化、法治文化和中国传统优秀文化内容，热情讴歌了检察英模。它们承载着高检院党组的亲切慰问和新春祝福，在农历新年前送给了高检院离退休老干部和全国检察系统近400位英模家庭。

全国政协教科文卫体委员会副主任、中国检察官文联主席张耕参加了活动，并与中国书法家协会两位书法家到增城市检察院和萝岗区检察院，送去了春联和新春祝福，并与检察人员就基层检察文化建设进行了座谈交流。全国政协常委、全国政协书画室副主任、中国书法家协会副主席苏士澍应邀作了专题讲座，对检察人员现场书写的春联作品进行了点评。广东省人民检察院党组书记、检察长郑红，新疆维吾尔自治区人民检察院党组书记、副检察长、新疆维吾尔自治区检察官文联主席杨肇季，广东省法学会会长、广东省老干部书画诗词摄影家协会第二会长、广东省人民检察院原检察长王骏以及中国文联、广东省文联、广东省作协等相关部门领导参加了活动开幕式。

【看望中国检察官文联顾问吕厚民先生】

2月4日，全国政协教科文卫体委员会副主任、中国检察官文联主席张耕，中国检察官文联秘书长杨明在京看望了著名摄影艺术家、中国检察官文联顾问吕厚民先生，并送去新春佳节的亲切问候和美好祝福。张耕同吕厚民先生进行了亲切交谈，对吕厚民先生长期以来对检察机关文化艺术事业的关心和支持表示衷心的感谢，希望吕厚民先生今后继续关心和支持检察文化艺术事业的发展，对中国检察官文联的工作给予更大的帮助与指导。吕厚民先生看了张耕赠送的《纪念人民检察制度创立八十周年书画摄影展览画册》后说，检察官创作的作品，植根于基层，有较高的艺术水准，表示将一如既往地为检察文化艺术事业和中国检察官文联工作尽自己的一份力量。

【专题学习贯彻全国两会精神】

3月19日，中国检察官文联秘书处召开学习贯彻全国两会精神专题会。会议传达学习了全国两会精神，结合工作进行了认真讨论，研究了学习

贯彻意见。中国检察官文联主席张耕出席了会议。

张耕同志就中国检察官文联学习贯彻全国两会精神提出要求。他强调，各级检察官文联和检察官文联筹备组织要把贯彻落实两会精神与贯彻落实党的十八大、十八届一中、二中全会和习近平总书记一系列重要讲话精神结合起来，与贯彻落实全国政法工作会议、全国检察长会议精神结合起来，结合检察官文联工作实际，进一步增强做好检察官文联工作的信心和决心，进一步明确任务，突出重点，强化措施，不断推动检察文化艺术事业繁荣发展。

与会同志认真学习了习近平总书记等中央领导同志的重要讲话，学习全国人大常委会工作报告、政府工作报告、政协全国委员会常委会工作报告和最高人民检察院工作报告等重要文件，并结合检察官文联工作实际进行了深入讨论，交流了学习体会。

【中国文联国内联络部前来调研】

4月26日，中国文联国内联络部主任罗成琰、副主任徐里一行来中国检察官文联调研，中国检察官文联秘书长杨明同志主持了座谈会，秘书处全体成员参加座谈。

受张耕同志委托，杨明汇报了中国检察官文联组织机构建设和文化艺术活动开展情况，并就如何克服工作中存在的困难、推动工作创新发展提出了建议。调研组听取汇报后，充分肯定了中国检察官文联组织机构建设和开展文化艺术活动的思路、措施和取得的成效，对提出的工作建议表示要认真研究，在今后的工作中要进一步加强交流合作，为检察官文联更好地开展工作提供全方位支持。

【“呼唤·守望·梦想——检察题材影视作品创作研讨会”】

5月25日至26日，由中国检察官文学艺术联合会、中国电视艺术委员会主办，中国检察出版社承办的“呼唤·守望·梦想——检察题材影视作品创作研讨会”在北京举行。中国检察官文学艺术联合会主席张耕出席并讲话。他强调，检察题材的影视作品要坚持走社会主义文化发展道路，服务于党和国家工作大局，服务于检察队伍建设和基层检察队伍建设，服务于广大人民群众，突出检察官主体地位。

研讨会回顾了《国家公诉》《正义的重量》《大爱无言》等检察题材影视剧中的优秀作品。由最高人民检察院政治部宣传部批准立项，中国检察官文学艺术联合会、中国检察出版社、北京市人民检察院等联合摄制的检察题材电视剧《守望正义》的部分剧组人员也参加了研讨会。

【参加中央国家机关廉政文化书画邀请展】

6月2日，由中央国家机关工委主办，中央国家机关纪工委、中央国家机关工会联合会、中国检察官文学艺术联合会等9家单位联合承办的中央国家机关干部职工廉政文化建设书画邀请展在北京国艺美术馆隆重开幕。全国政协原副主席李金华，中央国家机关工委常务副书记李智勇，中国检察官文学艺术联合会秘书长杨明等同志出席了开幕式。

中央国家机关工委副书记邵旭军在开幕式上致辞，并指出举办此次展览是中央国家机关积极贯彻落实中央加强廉政建设的重要举措，通过书画艺术形式弘扬廉政文化，在丰富中央国家机关的精神文化生活的同时，积极引导广大干部职工立足岗位依法履职、廉洁奉公，努力为推进中央国家机关廉政建设和促进社会主义文化大发展大繁荣作出新的贡献。

本次展览活动自1月份启动以来，得到了中央国家机关广大干部职工的积极响应，共收到书画作品500多幅。张思卿、贾春旺、梁国庆、张耕等领导同志的作品也参加了展览。中国检察官文学艺术联合会选送了检察系统书画爱好者的39幅作品参展。

【纪念建党92周年专题学习会】

7月1日，中国检察官文联秘书处临时党支部召开专题学习会纪念建党92周年。与会同志认真学习了习近平总书记在党的群众路线教育实践活动工作会议上的重要讲话，重温了入党誓词和中国共产党章程，并结合检察官文联工作实际进行了深入讨论，交流了学习体会。表示有信心、有决心按照中央和高检院部署的要求，结合各自工作实际，对照要求，以饱满的精神、良好的作风、扎实的工作，切实把这次教育实践活动抓紧、抓好、抓出实效，努力达到“党员干部思想进一步提高、执法作风进一步转变、检群干群关系进一步密切、为民务实清廉形象进一步树立”四个目标，不断为推进检察队伍建设和检察工作科学发展作贡献。

【各专业协会筹备工作座谈会】

7月5日，中国检察官文联召开各专业协会筹备工作座谈会，中国检察官文联主席张耕出席座谈会，中国检察官文联秘书长杨明，中国检察官文联各专业协会拟任会长、秘书长参加了座谈会。

张耕主持座谈会并讲话指出，高检院党组日前研究同意中国检察官文联设立文学、书画、摄影、音乐舞蹈和影视5个专业协会，中国检察官文联秘书处设立办公室和联络部两个机构，这是高检院党组和曹建明检察长对检察官文联工作的关心和重视，大家要更加努力地做好检察官文联工作，服务检察队伍建设和检察工作科学发展。他强调，各专业协会是中国检察官文联的直属专业协会，是各项检察文化艺术创作和检察文化艺术活动的直接组织者和推动者。在工作中，各专业协会要明确六项主要职责：一是要开展和本专业协会相关的文化理论研究；二是要开展和本专业协会相关的文化艺术创作；三是要组织丰富多彩的文化艺术活动；四是要发现、凝聚、组织、提高检察文化艺术创作队伍；五是要加强同全国性、省级的相对应专业协会的联系和交流；六是要从实际出发考虑逐步开展一些对外交流合作。他还就各专业协会章程范本、各专业协会筹备工作如何开展等问题提出了具体要求。

【中国检察官文联一届二次全委会】

8月2日，中国检察官文联第一届委员会第二次全体会议在吉林省吉林市召开。中国检察官文联第一届委员会委员、各省（区市）检察官文联和检察官文联筹备组织负责人参加了会议。会议听取了中国检察官文联一届一次全委会以来工作情况的报告，审议通过了《中国检察官文联会费管理暂行办法》，选举增补了中国检察官文联第一届委员会委员、常委、副主席，完善了中国检察官文联内设机构，部署了中国检察官文联当前和今后一个时期的工作。会议决定中国检察官文联成立文学、书画、摄影、音乐舞蹈、影视五个直属专业协会，并为各协会授牌。经过选举，周代洪增补为中国检察官文联第一届委员会委员，王成波、韦亚力、占堆、卢乐云、叶亚玲、多力坤·玉素甫、肖卓、张志杰、陈凤超、张幸民、张勇玲、南东方、戴军等13人增补为中国检察官文联第一届委员会委员、常委，南东方增补为中国检察官文联第一届委员会副主席。

中国检察官文联副主席、最高人民检察院办公厅主任张本才主持会议。中国检察官文联主席张耕在会议结束时讲话。他强调，要进一步做好检察官文联工作，不断开创检察官文联工作新局面。要始终坚持正确的工作方向，坚定不移地走中国特色社会主义文化发展道路；始终坚持服务于党和国家工作大局，服务于检察机关的中心工作，服务于检察队伍建设特别是基层队伍建设，服务于广大人民群众；始终坚持突出检察官和全体检察人员主体地位；始终坚持自觉接受同级检察院党组的领导和政治部门的工作指导。要认真贯彻检察文化理论研究、检察文化艺术创作和检察文化艺术活动“三位一体”的工作思路，对这三项工作要同时研究，同时部署，同时落实、同时推进，使之紧密相连、融为一体、协调发展、整体推进。要建设好检察官文联的工作平台，充分发挥各专业协会的职能作用，努力推动检察官文联工作全面开展。要坚持不懈地抓好检察文化艺术人才队伍和检察官文联工作者队伍建设，不断提高队伍整体素质。要想方设法解决好检察官文联工作的物质保障，以推动各项工作顺利开展。

【再动员再部署党的群众路线教育实践活动】

9月2日，中国检察官文联秘书处召开专题会，对党的群众路线教育实践活动工作进行再动员再部署。

会议传达了高检院厅级单位党的群众路线教育实践活动“学习教育、听取意见”环节工作汇报会精神，进一步深入学习了习近平总书记在党的群众路线教育实践活动工作会议上的讲话和曹建明检察长在高检院机关党的群众路线教育实践活动动员大会上的讲话精神以及相关文件，对中国检察官文联秘书处党的群众路线教育实践活动开展情况作了总结交流，分析了存在的问题，对秘书处教育实践活动进行了再动员、再部署。

杨明同志主持专题会并对中国检察官文联秘书处教育实践活动作出安排。他强调，一要进一步深入学习贯彻中央和高检院关于教育实践活动的决策部署和习近平总书记等中央领导同志的重要讲话、指示精神，紧密结合检察官文联实际，牢牢把握活动主题，按照高检院提出的“准”、“深”、“真”、“严”的要求，深入查摆在“四风”方面存在的突出问题。二要适时召开一次高质量的民主生活会，深入剖析问题的实质、根源和危害，不遮掩问题、不回避矛盾，努力把问题谈透、把思想谈通。三要对反映突出的问题高度重视、及早着手、分类整理、抓紧解决，坚持边查边改，

抓好整改落实工作，为建立健全长效工作机制打好基础。四要统筹兼顾，坚持在抓好教育实践活动的同时，抓好检察官文联各项工作的深入开展，切实做到两手抓、两不误、两促进，确保教育实践活动取得实效。

【承办全国产（行）业文联工作座谈会】

11月21日，由中国文联国内联络部主办、中国检察官文联承办的全国产（行）业文联工作座谈会在中国察官文联会议室举行。中国文联党组副书记、副主席覃志刚，中国检察官文联主席张耕，中国文联国内联络部主任罗成琰等出席。

覃志刚在会上讲话。他表示，产（行）业文联是中国文联的一个重要组成部分，是促进社会主义先进文化建设、推动社会主义文化大发展大繁荣的一支重要力量。产（行）业文联要坚持先进文化的前进方向，坚定走中国特色社会主义文化发展道路的信念；坚持以人民为中心的工作导向和创作导向，为职工群众提供健康丰富的精神食粮；坚持发展和创新的工作理念，进一步开创产（行）业文联工作新局面。

会上， 中国检察官文联、中国石油文联、中国铁路总公司文联、中国煤矿文联、中国电力文协、中国水利文协、中国化工文联、中国石化文联、全国公安文联、中国人民银行文联共10家中国文联团体会员的相关负责人，就各自工作经验和做法、问题和困难、新的思考和举措以及对中国文联的意见和建议进行了发言。

【首期高检院机关干部职工书法艺术讲习班】

12月1日，中国检察官文联与高检院机关党委联合举办的首期高检院机关干部职工书法艺术讲习班，在首都师范大学中国书法文化研究院开班。

【中国检察官文联局域网频道开通】

12月6日，中国检察官文联依托全国检察机关局域网系统，在最高人民检察院局域网开通“检察文联”频道，通过局域网向全国检察系统发布检察官文联工作动态，展示检察文化理论研究、检察文化艺术创作、检察文化艺术活动成果。

【第三届“迎新春、送文化”活动】

12月29日至30日，由中国检察官文联和河北省检察官文联联合主办，河北省唐山市检察官文联承办的第三届“迎新春、送文化”活动在河北省唐山市举行。中国检察官文联主席张耕出席启动仪式并讲话。河北省检察院检察长童建明出席了启动仪式。

张耕指出，“迎新春、送文化”活动是检察机关认真学习贯彻党的十八大、十八届三中全会精神，深入落实高检院进一步加强检察文化建设的决定和中国文联“送欢乐、下基层”文化惠民活动要求的重要举措，体现了文化育检、文化惠检、弘扬检察精神、凝聚检察力量、提升检察文化软实力、推动检察工作科学发展的现实要求。他强调，要通过“迎新春、送文化”活动这个载体和平台，把检察文化建设的成果和检察文化的慰问送到检察基层，不断激发广大检察人员投身检察文化建设和检察工作的热情和积极性，进一步推动检察工作深入发展。来自北京、河北检察机关的10多名书法爱好者集中一天时间现场书写了2000余副春联。这些春联将带着高检院党组的亲切慰问和新春祝福，在农历新年前送给检察英模、基层检察院一线检察人员和高检院离退休老干部。中国楹联学会副会长叶子彤应邀就对联格律的基本规则作专题讲座。

【部分常委和委员工作座谈会】

12月29日，中国检察官文联在河北省唐山市召开部分常委和委员参加的工作座谈会。会上，听取了中国检察官文联2013年工作开展情况的报告，研究审议了《中国检察官文联2014年工作要点（草案）》和《〈中国检察官文联会费管理暂行办法〉实施细则（草案）》，与会代表对中国检察官文联2014年工作要点和会费管理暂行办法实施细则提出了修改意见和建议。

张耕同志就如何做好中国检察官文联2014年工作提出了明确要求，一要切实加强组织领导，努力把党的十八大、十八届三中全会精神和习近平总书记系列重要讲话精神学习好、宣传好、贯彻好、落实好。二要充分发挥中国检察官文联直属专业协会和各省级检察官文联的作用，充分调动他们的工作积极性和主动性，从各自工作实际出发，把检察文化理论研究、检察文化艺术创作和检察文化艺术活动这几项工作抓紧抓好，抓出成效。三要抓紧抓好检察官文联自身建设，注重加强检察官文联思想政治建设、业务能力建设、党的建设和廉政建设，注重加强检察文化艺术人才队伍和检察官文联工作者队伍建设，注重创新和拓展检察官文联工作的载体和形式，努力开创检察官文联工作新局面。

研讨与研究

【《检察文化初论》书稿研讨会】

6月8日，中国检察官文联在北京召开《检察文化初论》书稿研讨会。

中国检察官文联主席,《检察文化初论》课题组组长张耕出席并讲话。《检察文化初论》课题组副组长、最高人民检察院检察理论研究所副所长、研究员谢鹏程,《人民检察》杂志社社长徐建波,清华大学法学院副院长、教授张建伟按书稿章节分别主持了会议。中国检察官文联秘书长杨明、《检察文化初论》课题组统稿人员和中国检察官文联秘书处工作人员参加了会议。

统稿会重点对《检察文化初论》书稿进行了逐章研究、讨论,提出了修改意见,为书稿再次修改进一步明确了方向,统一了思想。统稿会还就做好书稿的下一步工作进行了安排。

【第二届中国检察官文化论坛】

8月1日至2日，由中国检察官文联、国家检察官学院、检察理论研究所和吉林省检察官文联共同举办，吉林市检察官文联承办的第二届中国检察官文化论坛在吉林省吉林市举行。

这次论坛以“廉政文化与廉洁从检”为主题，深入学习贯彻党的十八大、十八届中央纪委二次全会关于建设廉洁政治、加强廉政文化建设的重要精神和高检院“强化法律监督、强化自身监督、强化队伍建设”的工作总要求，研讨廉政文化的一些基本理论问题，从理论层面总结交流检察机关加强廉政文化建设、推动“廉洁从检”的经验，旨在深入推进以“为民、务实、清廉”为主要内容的党的群众路线教育实践活动，加强检察机关廉政建设，促进检察队伍建设，繁荣检察文化，努力开创检察文化建设新局面，推动检察工作科学发展。

最高人民检察院党组成员、政治部主任、中国检察官文联副主席李如林出席开幕式并讲话。他强调，进一步深入推进新时期检察文化建设和检察官文联工作，更好地发挥检察官文联作用。一要大力加强思想政治建设。加强检察文化建设必须坚持以文化人，把铸造检察职业精神作为首要任务，着力培育符合科学发展观、社会主义核心价值体系要求，体现社会主义法治理念、政法干警核心价值观和检察工作规律的检察职业精神，构建检察人员共同的职业操守和行动指南。二要大力加强法律监督能力建设。检察文化建设只有把提升检察人员素质能力、促进各项业务工作发展作为核心任务，把文化建设融入到各项业务工作，才具有可持续的生命力。三要大力加强公信力建设。各级检察机关要始终把改善执法形象、转变执法作风作为文化建设的切入点和着力点，以“踏石留印、抓铁有痕”的精神，持续强化纪律作风建设，不断提升执法公信力。四要大力加强检察文化队伍建设。检察官文联要坚持高标准严要求，把检察官文联和各专业协会的自身建设放在突出位置，常抓不懈，抓紧抓好。要坚持用中国特色社会主义理论体系武装头脑，不断提高政治理论素养，保证检察官文联正确的发展方向。要大力弘扬求真务实的工作作风，围绕检察中心工作，深入实际、深入生活、深入基层，扎实做好团结服务协调工作。要以改革的精神，不断探索、创新检察官文联的组织形式、运行体制和管理体制，繁荣发展检察文化艺术作品创作，努力打造检察文化艺术精品。他要求，各级检察院党组要从全局和战略高度，充分认识检察文化建设的重要地位和作用，重视发挥检察官文联的职能作用，切实加强对检察文化建设和检察官文联工作的领导，及时帮助解决实际困难和问题。各级检察机关政治部门要加强与检察官文联的协作配合，热情支持检察官文联开展工作，共同推动检察文化建设蓬勃发展。

吉林省人民检察院党组书记、检察长、吉林省检察官文联名誉主席杨克勤，江苏省人民检察院党组书记、检察长、江苏省检察官文联主席徐安，山东省人民检察院原党组书记、检察长、山东省检察官文联主席国家森，新疆维吾尔自治区人民检察院原党组书记、副检察长、新疆维吾尔自治区检察官文联主席杨肇季，吉林省政协副主席、吉林市委书记张晓霈出席论坛开幕式。高检院、中央纪委、中国文联、全国公安文联等有关部门的负责同志，中国检察官文联第一届委员会副主席、常委、委员和部分获奖论文作者、组织工作先进单位代表参加了这次论坛。

中国检察官文联主席张耕主持论坛开幕式并在结束时讲话。他强调，检察廉政文化是检察文化的重要组成部分，要紧贴检察工作实际，进一步加强检察廉政文化理论研究，不断推动检察机关反腐倡廉工作深入开展。他要求，要充分发挥检察官文联在检察文化理论研究中的重要作用，下大气力深入推进检察文化理论研究。要坚持一手抓基础性理论研究，一手抓应用性理论研究，既促进检察文化繁荣发展，又促进检察工作科学发展。要认真贯彻“双百”方针，提倡积极、活跃的学术风气，倡导包容、平和、理智的学术心态。要认真做好检察文化理论研究规划，明确研究的目标和任务，设计好课题和项目，突出研究的重点和系统性。要组织好检察文化理论研究队伍，既要着力组织好检察系统的理论研究力量，又要积极加强与相关部门、高等院校、科研机构的联系，争取他们的支持。要建立健全检察文化理论研究的激励机制，以研究课题为导向，建立课题招标制度、评审制度、奖励制度。同时要注重检察文化理论研究成果的运用，使更多的研究成果转化为各项检察业务工作的规范，转化为多种形式的检察文化艺术作品，转化为丰富多彩的检察文化艺术活动。

论坛上，46篇获奖论文和10个组织工作先进单位受到表彰。中共中央党校人权研究中心主任王立峰教授、北京航空航天大学廉洁研究与教育中心主任任建明教授作了专题讲座。12位检察人员进行了大会发言。

获奖情况

【检察官作品分获重要奖项】

江西省宜春市院党组成员、副检察长兼丰城市院党组书记、检察长袁剑波作品《牧驼人》入选第二十四届全国摄影展并在《中国摄影》杂志做专题介绍,作品《风雪途中》入选第二十四届全国摄影展及2013马其顿库马诺沃国际摄影展,2013年塞尔维亚“肖像”四地巡回国际摄影展等3枚金牌,作品《秋韵》获第22届奥地利特伦伯超级摄影巡回赛(奥赛)金牌。

山东省青岛市检察院检察官吕海洋创作的作品《凉山古韵》在由中国国家画院与中共河南省委宣传部、河南省文联、中共济源市委、济源市政府联合举办的“荆浩杯—中国画双年展”中被评为优秀作品。

在全国普法办公室主办的第九届全国法制动漫作品征集活动中，全国检察机关共有11件作品获奖，2件作品荣获二等奖，2件作品获得三等奖，7件作品获得优秀奖。

山东省青岛市市南区检察院检察官、青岛市口哨艺术研究会副会长董方剑，在美国北卡州路易斯堡市举行的第40届世界口哨大会上吹奏的指哨《天路》荣获男子成人组指哨流行音乐比赛第一名。此次大会有来自10个国家80多名选手参加。

由中国摄影家协会《大众摄影》杂志社、安徽省摄影家协会主办的《大美绩溪锦绣龙川》全国摄影大赛评选中，安徽省宣城市宣州区检察院卞东胜的摄影作品《幸福龙川(组图)》获大赛一等奖。

在首届亚洲微电影“金海棠”奖颁奖典礼上，河南省登封市检察院拍摄完成预防职务犯罪题材微电影《软软的信》获得优秀微电影“金海棠”奖一等奖。《软软的信》以一名因父母贪腐入狱而暂时寄养在姨妈家的9岁小女孩的独特视角，表现了职务犯罪对家庭特别是对子女的危害。

中国检察官文联常委、河南省检察官文联主席张国臣编写的《中国检察文化发展暨管理模式研究》一书获得美中交流促进会颁发的“世界弘扬交流文化杰出贡献奖”。

【中国检察官文联秘书处受表彰】

6月30日，中国文联九届五次全委会暨全国文联系统先进集体和先进个人表彰会在北京召开。中国文联主席孙家正，中国文联党组书记、副主席赵实，中国文联党组副书记、副主席覃志刚，中国文联党组副书记、副主席李屹，中国文联党组成员、副主席左中一等领导出席会议。中宣部副部长翟卫华出席会议并为获奖集体和个人代表颁奖。中国检察官文联秘书处在此次会议上被授予“全国文联系统先进集体”荣誉称号。

检察文化艺术创作

【“以竹喻检”有奖征文】

2月25日至4月20日，中国检察官文联与中华诗词学会、中国散文学会共同开展了“以竹喻检”有奖征文活动。此次征文活动，共征集作品3793篇，其中旧体诗词1705首、散文1082篇、现代诗896首、赋110篇；检察系统稿件3244篇，占来稿总数的85.5%；检察系统作者2921人，占来稿作者总数的88.4%。经初评、终评，评定获奖作品91篇，这些作品语言优美、寓意深远、构思巧妙，思想性、艺术性和欣赏性相统一，以竹的精神意喻检察官的职业追求、职业品格和职业精神，多形式、多层面、多视角展示了检察人员的风貌，涌现出了一批优秀检察文化艺术人才。

【检察题材电视剧《守望正义》开机】

3月19日，由中国检察官文联、中国检察出版社、北京市检察院、北京市延庆区检察院联合摄制的30集检察反腐力作《守望正义》电视连续剧在北京市延庆区检察院举行开机仪式。该剧是一部现实主义检察题材的主旋律作品，它以检察生活为创作蓝本，以当代检察官核心价值观为剧作灵魂，囊括了百姓热切关注的贪腐、环保等话题。

【检察题材电影《危局始末》开机】

6月28日，中国检察官文联主席张耕出席检察题材电影《危局始末》开机仪式并致辞，江西省人大常委会副主任、宜春市委书记谢亦森，江西省检察院检察长刘铁流，江西省检察官文联主席曾页九出席开机仪式。

电影《危局始末》由中国检察官文联和国家新闻出版广电总局电影卫星频道节目制作中心联合拍摄的检察题材电影，在江西省丰城市检察院正式开机拍摄。电影《危局始末》以江西省检察机关执法办案工作和反贪部门检察官群体为原型，集中反映了全国检察机关在提升执法理念、加强法律监督能力建设等方面取得的丰硕成果，展示了执法一线办案人员的检察职业精神和良好风范。

【《中国检察官文联年鉴》（2012）出版】

9月，《中国检察官文联年鉴》是由中国检察官文联主办，各省、自治区、直辖市检察官文联（筹备组织），新疆生产建设兵团检察官文联共同参与编写，中国检察官文联、中国检察出版社联合编辑的一部全面反映各级检察机关文化艺术工作开展情况的综合性年刊，面向全国公开出版发行。

《中国检察官文联年鉴》（2012）以邓小平理论、“三个代表”重要思想和科学发展观为指导，全面、准确、客观、真实地反映了2011年度全国检察机关文化艺术建设的丰硕成果和检察官文联建设的工作情况。该书采用篇目、类目、分目、条目四级编辑体例，基本表现形式为条目、图、文、表有机结合。讲话、文献资料收录内容翔实，数据准确，覆盖面广，史料性强。

【检察题材电影《破局》开机】

10月6日，由中国电影股份有限公司、湖北省检察官协会联合出品的检察题材电影《破局》开机仪式在国家检察官学院湖北分院汤逊园校区隆重举行。影片聚焦社会热议的房地产市场，通过曲折的剧情，展示检察官与腐败分子的智勇较量。

【检察官原创编剧电视剧在多家卫视热播】

10月，由河北省承德市检察官文联主席戴俊卿为原创编剧的《打狗棍》在北京卫视、天津卫视、安徽卫视、重庆卫视等多家卫视黄金时间开播。电视剧《打狗棍》剧本是在河北省承德市检察官文联主席、河北省承德市检察院原副检察长戴俊卿原创的《铁血长城》剧本基础上，由郭靖宇、肖绍权二位编剧进行改编创作的。该剧从1900年八国联军入侵北京城开始，一直到新中国成立，时间跨度达半个世纪。特别是其中再现了以戴天理（巍子饰演）为首的一群热河儿女，威武不屈，浴血奋战，抗击日本侵略者的可歌可泣的动人场景，更是令人热血沸腾，浩气倍增。正像戴俊卿所说“用正气和激情写出的作品，一定会激人血气，净化心灵的”。

【第三届“迎新春、送文化”春联征集】

9月17日至11月15日，中国检察官文联与中国楹联学会共同开展了第三届“迎新春、送文化”春联征集活动。此次活动共征集春联作品4699副，其中检察系统4362副，占总数的93%。经初评、复评、终评，评定获奖作品500副，其中一等奖10副、二等奖20副、三等奖30副、优秀奖140副和纪念奖300副。北京市检察官文联等10个单位获优秀组织奖。

应征作品围绕贯彻党的十八大精神，践行“为民、务实、清廉”为主要内容的党的群众路线，弘扬“忠诚、为民、公正、廉洁”的政法干警核心价值观，抒发了对检察事业的热爱和对实现中国梦的美好祝愿

【《红棉绽放》出版】

海南省检察官文联历时一年，面向全省检察机关开展了“红棉杯”检察文学创作评选活动，共征集检察文学作品146篇，其中小说7篇、诗歌81篇、散文44篇、报告文学2篇，作品结集为《红棉绽放》一书由海南出版社出版。

【《检察官诗笺》出版】

甘肃省平凉市崆峒区检察院检察官、甘肃省作家协会会员张旭升的诗集《检察官诗笺》日前由团结出版社出版。诗集共分剑的艺术、无法逃避、故土乡情、感受生命四辑，收录诗作160余首。著名作家从维熙题写书名，姚学礼作序。

机关建设

【印发《关于改进工作作风密切联系群众的规定》】

1月30日，为认真贯彻落实《中共中央关于改进工作作风密切联系群众的八项规定》、《最高人民检察院贯彻落实〈中共中央关于改进工作作风密切联系群众的八项规定〉的实施办法》和《中国文联关于贯彻落实中央规定改进工作作风密切联系群众的实施办法》，进一步加强和改进中国检察官文联作风建设，中国检察官文联印发了《关于改进工作作风密切联系群众的规定》，从改进调查研究、改进会风、改进文风、厉行勤俭节约、廉洁自律、加强督促检查等方面作出具体要求。

【以考核促学习推工作】

2012年12月下旬至2013年1月初，中国检察官文联进行了2012年度考核表彰工作。参照高检院机关年度考核工作要求，结合检察官文联工作实际，拟定了《中国检察官文联2012年度考核表彰工作实施方案》，成立了考核小组，对年度考核工作每个环节都作了具体安排。考核小组严格按照《方案》规定，进行了认真的考评，在听取本人述职述廉总结、群众意见和本人意见的基础上，根据德才表现、工作实绩和平时考核情况，按照《方案》规定，由各部门推荐，经考核小组审核，提出建议，报会领导审定，2名同志被评定为优秀等次，其余8名同志全部被评定为称职等次。对被评定为优秀等次的同志给予了表彰。

基层检察官文联

【推进各地检察官文联筹建工作】

在各地检察官文联筹建工作中，中国检察官文联积极加强指导，推动地方各级检察官文联成立。截至12月31日，全国已经成立31个省级检察官文联，地市级检察官文联成立进一步加速，江苏、吉林、河北等地市级检察官文联已全部成立，部分县级检察官文联也先后成立。

【安徽省人民检察院检察长寄语检察官文联要为检察文化建设做贡献】

4月，安徽省人民检察院检察长薛江武在安徽省检察官文联调研时强调，检察官文联要紧紧围绕全省检察中心工作，以弘扬社会主义核心价值观、繁荣检察文化为目标，以开展丰富多彩的文化活动为载体，紧贴检察工作和队伍建设实际，不断改革创新，为推动安徽检察工作科学发展提供精神动力、舆论支持和文化保障。

薛江武高度评价了安徽省检察官文联的工作，她说，虽然省检察官文联成立才一年多，但各项工作开展得有声有色，在文体活动开展、专业人才培养、专业艺术创作以及开展对外交流等方面都取得了很好的成绩，为活跃机关气氛、营造健康向上的浓厚氛围、推动检察文化繁荣发展作出了积极贡献。

薛江武指出，检察文化是检察工作的重要组成部分，具有引领风尚、教育干警、服务检察、推动发展的作用。安徽是个文化大省，检察队伍中文化人才层出不穷，作为推进检察文化建设的重要力量，省检察官文联要在省检察院党组的领导下，认真学习贯彻党的十八大精神和高检院关于进一步加强文化建设的决定，围绕中心、服务大局，把握规律、发挥优势，创新载体、巩固阵地，与相关部门密切配合，精心组织好各类重大检察文化建设活动，为推进安徽检察文化建设的大发展大繁荣作出应有的贡献。

薛江武表示，省检察院党组将一如既往地关心、支持省检察官文联的工作，帮助解决工作中遇到的各种困难和问题，努力为检察官文联工作的开展创造一个良好的环境。

【沪苏浙皖检察官书画摄影展在合肥展出】

10月19日，首届沪苏浙皖检察官书法绘画摄影艺术作品展在安徽省博物馆开展。中国检察官文联主席张耕，安徽省政协副主席赵韩，省检察院检察长薛江武出席开展仪式并讲话。安徽省委宣传部、省委政法委、省公检法司等机关负责同志及来自沪苏浙皖四省市的数百名检察干警参加开展仪式并观看了展览。

此次展览是四省市检察机关利用区域协作机制在检察文化建设方面的首次合作，是四省市检察文化建设工作的一次重大交流活动。展出的300多件书画摄影艺术作品，是从千余件作品中遴选出来的优秀作品，大多是来自办案一线的检察干警利用业余时间创作的，作品突出了“发扬传统、坚定信念、执法为民”的主题，反映了检察干警热爱党、热爱祖国、热爱检察事业的豪迈情怀，取材新颖，内容丰富，风格各异，生活情趣浓郁，笔墨纵横雄健，造型简练质朴，色彩鲜明热烈，从不同角度讴歌了党领导的检察事业取得的辉煌成就，颂扬了新时期检察官忠诚、为民、清正、廉洁的高尚品格，彰显了检察干警热爱工作、热爱生活、追求美好的精神境界，既是文化育检丰硕成果的集中展示，也是检察干警多彩生活的生动反映。

【广东省检察机关“廉泉光影”摄影展】

11月23日,广东省检察机关“廉泉光影”摄影展在广东清远连州市开幕， 中国检察官文联主席张耕出席开幕式并讲话。

张耕指出，检察廉政文化作为检察文化的重要组成部分，是保持检察机关党员干部纯洁性和加强自身反腐倡廉建设的重要力量源泉。本次“廉泉光影”摄影展是检察机关学习贯彻党的十八大和十八届三中全会精神、深化预防职务犯罪工作推动惩防腐败体系建设的重大举措。他强调，各级检察机关要牢固树立监督者更要自觉接受监督的权力观，始终坚持把强化自身监督放到与强化法律监督同等重要的位置来抓，坚持从严治检、廉洁从检，全面推进检察机关自身反腐倡廉建设，打造一支清正廉洁的检察队伍，顺应新形势下人民群众对检察工作的新期待。

本次“廉泉光影”摄影展是连州第九届国际摄影联展的重要组成部分,由广东检察机关和广东省摄影家协会联合举办。自6月份开始，以“深入反腐败，大家来预防”为主题的反腐倡廉摄影展，向社会征集摄影作品1000多幅，并从中评选出260多幅参展作品，从11月23日至12月12日在清远连州市图书馆集中展出。

【海南省基层检察室升国旗仪式被载入天安门广场大屏幕公益宣传片】

海南省检察官文联协助拍摄的该省少数民族地区的陵水县院派驻新村检察室升国旗仪式，作为全国检察机关唯一的升国旗画面载入中央电视台为迎接共和国64周年华诞制作的在天安门广场大屏幕播出的专题公益宣传片《祖国在我心中》中。《祖国在我心中》围绕“祖国在我心中”的主题，以天安门广场升国旗仪式为起点，把庄严神圣的升国旗仪式扩展到祖国各地，以特殊的形式表现幅员辽阔的华夏大地所发生的巨变，展现新中国的辉煌成就、人与社会的和谐发展，以及每个中国人心中的爱国情怀。

10月1日国庆节当天，在党和国家领导人向人民英雄纪念碑敬献花篮仪式上，该片作为背景片首次播出，并被确定为日后重大节日天安门广场升国旗仪式的背景片滚动播放。

【河南省检察官文联“庆十八大、迎新春”书法、摄影、绘画及春联创作大赛】

河南省检察官文联举办了全省检察机关“庆十八大、迎新春”书法、摄影、绘画及春联创作大赛，共收到书法作品285幅，摄影作品351幅，绘画作品80幅，春联作品180幅，评审出的获奖作品和部分优秀作品编辑成册，由河南大学出版社出版发行。

【河北省检察官文联开展“中国梦·检察魂”为主题的文学作品征文评选】

河北省检察官文联在全省检察机关开展了以“中国梦·检察魂”为主题的文学作品征文活动，共征集散文、诗歌等文学作品272篇，反映了全省检察机关推进法治建设、为实现“中国梦”提供法治保障的决心和风采。

【广西检察官文联第十四届全国检察文学笔会】

12月28日，由检察日报社、高检院影视中心、广西检察官文联联合主办的第十四届全国检察文学笔会在广西壮族自治区北海市举行。本届笔会以“检察梦想的光影表达”为主题，就影视文学的发展与现状以及检察职业与影视剧本创作之间的关系等问题进行了深入探讨，同时启动检察题材影视剧本征集活动。

中国人民银行文联

综　述

2013年，人民银行文联在人民银行党委的正确领导下，在中国文联的精心指导下，以邓小平理论、“三个代表”重要思想和科学发展观为指导，认真贯彻落实党的十八大以及中国文联第九届全国委员会第四次会议精神，按照“围绕中心、服务大局、增进团结、凝聚和谐”的总要求，团结引导人民银行广大职工，积极开展文艺创作和群众性文化活动，为推动央行文化建设作出了积极贡献。

2013年是落实党的十八大精神的开局之年，也是学习贯彻党的十八届三中全会的关键一年。人民银行文联坚持联系实际、突出重点，深刻把握党的十八大、十八届三中全会的基本精神和任务要求，结合党的群众路线教育实践活动等要求，努力将中央政策规定和决策部署传到基层、落到实处，引导人民银行文联干部和广大文艺爱好者充分认识到中国特色社会主义文化发展道路的根本要求，增强责任感和使命感，为推动央行文化建设、助推“中国梦”、“央行梦”贡献力量。

在认真领会精神的基础上，人民银行文联注重夯实基础、扎实工作，认真完成上级交办的各项任务。根据《中国文联办公厅〈关于中国文学艺术界联合会年鉴〉（2013）组稿工作的通知》要求，完成了《中国人民银行文联2012年工作年鉴》一万多字的材料起草工作。积极参加中国文联组织的各项活动和会议。全国文联委员、人民银行文联主席张汉平同志参加中国文联文艺研修院举办的中国文联团体会员负责人研修班，人民银行文联有关负责同志参加第四期全国文艺家高级研修班，参加全国产（行）业文联工作座谈会、中国文艺志愿者成立大会。

组织建设情况

【加强文联组织建设】

人民银行文联召开一届三次理事会，总结人民银行文联一年多来的工作，部署2013年下半年工作，并对人民银行文联常务理事会成员名单进行了调整。向中国文联报送全国文联系统先进集体和先进个人有关推荐材料，人民银行文联办公室荣获“全国文联工作优秀集体”荣誉称号；中国书法家协会会员、人民银行文联理事、嘉兴市中心支行党委委员、副行长张一兵同志荣获“全国文联工作优秀个人”荣誉称号。

【加强文联信息化建设】

10月，中国文联召开全国文联系统网络与信息工作座谈会，对加强文联信息化建设，提升新形势下文联网络信息工作水平，提出了明确要求。人民银行文联认真落实会议精神，迅速反应、积极响应，经与科技部门沟通协调，将“人民银行文联门户网站”列入人民银行信息化建设项目计划，逐步建成一整套包括文联工作信息服务系统、人民银行文艺人才信息数据库等多个功能模块的综合信息平台。

【加强文联宣传平台建设】

《央行文苑》作为人民银行文联电子杂志，设置了活动剪影、书法广角、美术集锦、摄影天地、文学港湾、音乐时空、舞动人生、收藏古今等栏目。人民银行文联共编发《央行文苑》6期，登载近200名作者的作品，为人民银行系统文学艺术爱好者提供了交流平台，引导和熏陶职工群众艺术修养不断提升。

【加强对各级文联分会的指导】

人民银行系统内广州分行、哈尔滨中支、长沙中心支行等分支机构先后成立了文联机构，其中人民银行广州分行成立了广东省金融文联，作为全国首家省级金融文联，得到其他金融机构的积极响应，对进一步拓展金融文化活动的广泛性、参与性，扩大人民银行文联的话语权和影响力起到了积极作用。

会议、活动及主要工作

【中华书法绘画现场展示和创作活动】

5月31日至6月1日，G30春季全会在上海总部召开之际，上海总部工会在辖区宁波中支、嘉兴中支、绍兴中支和莆田中支等中支的大力协助下，在会议休憩期间，举办了5场中华书法绘画现场展示和创作活动。4位来自辖区的艺术家泼墨写意，丹青抒情，将博大精深的中华文明华璀融入创作之中，为与会嘉宾现场展示和创作了多幅作品，获得嘉宾连连称赞，多幅作品被嘉宾收藏。现场展示亮点纷呈，嘉宾积极参与互动，充分交流，气氛热烈。新加坡副总理尚达曼现场挥毫书写了“同心协力”，上海总部党委副书记、副主任张新向日本央行行长黑田东彦赠送了书法家创作的“和为贵”书法作品，周小川行长陪同参会嘉宾参加展示活动更是极大鼓舞了现场书画家的创作热情。此次展示活动不仅充分弘扬了中华传统文化，也展示了上海总部员工较高的艺术修养和积极向上的风采风貌，为G30春季全会增添了浓墨重彩的一笔。

【“书法美术摄影作品赠送南口党校仪式”】

7月，借人民银行文联一届三次理事会以及人民银行南口党校落成之际，人民银行文联邀请行政理事和部分书法美术理事举行现场笔会，与会理事为充分表达庆祝人民银行成立65周年的心情，现场自发创作了形式多样、积极向上的书法美术作品。人民银行文联将部分作品捐赠人民银行党校，人民银行党委委员、纪委书记王华庆同志出席仪式并颁发了捐赠证书。这一活动充分展示了人民银行文艺骨干创作水平，进一步扩大了人民银行文联的影响力。

【中国人民银行成立65周年职工书法美术摄影作品展】

12月，人民银行文联、郑州培训学院文联分会举办“中国人民银行成立65周年职工书法美术摄影作品展”。人民银行在京行领导，中国文联产业（行业）文联工作委员会副主任兼秘书长周雪静，中国金融工会副主席、中国金融文联驻会副主席杨树润等观看了展出，高度评价了近年来央行文化建设和文艺人才建设的成果，对参展作品的质量给予充分肯定。本次展览共展出276幅作品，其中专为人民银行成立65周年创作的65米书法绘画优秀作品长卷获得广泛赞誉。

【组织职工参与文艺交流】

参加中国金融工会举办的《第一届“金融人·金融事”职工DV大赛》，经人民银行文联推荐，人民银行东营市中心支行王光荣、李锦同志创作的《央行文化小故事》荣获纪实类优秀奖；中国印钞造币总公司沈阳造币有限公司王珏同志创作的作品《印》荣获编创类优秀奖。参加中国金融书法协会第二届（中行杯）全国书法篆刻展、美术展，共收集111人创作的145件书法篆刻作品、108人创作的134幅美术作品参赛。参加中国金融摄影家协会第二届（生命人寿杯）全国摄影展，共收集由273人创作的437件摄影作品参加摄影展评，其中三幅作品获得金奖。参加“劳动我最美”微博大赛，收到记录人民银行系统广大干部职工工作学习酸甜苦辣的321条微博，彰显了央行人的执着追求和无私奉献的艰苦奋斗精神。

【送文化下基层和文艺志愿服务活动】

每逢国庆、春节等节假日或“两会”等重大活动时段，人民银行文联组织文艺演出小分队和书法美术骨干下基层演出和开展笔会；以“面对面、心贴心、实打实、服务职工在基层”为主题，到县级支行开展“送温暖、送欢乐、送健康到基层”、“捐书献爱心”、捐赠书法美术摄影作品等活动。

各分会组织建设情况

【人民银行文联武汉分行分会挂牌成立】

根据人民银行工会关于在条件成熟时成立人民银行文联分会的要求，武汉分行工会于2012年即开始了中国人民银行文联武汉分会的筹备工作。10月10日，中国人民银行文学艺术联合会武汉分行分会在武汉正式挂牌成立。根据《中国人民银行文联武汉分会章程》，人行文联武汉分会设有分会理事会，理事会荣誉主席、主席、副主席、秘书长、副秘书长、秘书处，下设摄影、书法、收藏三个专业

协会，今后将视情况发展作家、音舞等其他专业协会。分会日常事务由秘书处具体经办。

【人民银行文联广州分行分会成立】

9月14日，广州分行召开了中国人民银行文学艺术联合会广州分行分会成立大会暨一届一次理事会。人民银行文联广州分行分会名誉主席由广州分行党委书记、行长王景武同志担任；主席由广州分行党委委员、工会主任徐维同志担任。另设副主席7人，秘书长1人、副秘书长4人。秘书处主要由分行工会办人员、各中心支行工会办主任组成，实行职务变动自然替补制。“中国人民银行文联广州分行分会”以2008年3月成立的“中国人民银行书法、美术、摄影协会广州分行分会”以及分行机关、广东省内各中支成立的各类文化兴趣小组为基础。下设书法、美术、摄影、作家、音乐舞蹈、收藏协会。广州分行文联的成立，标志着广州分行人行系统广大文学艺术爱好者有了真正的“家”。同时，举办了文联成立后首次《中国人民银行文联广州分行分会第一届书法美术摄影优秀作品展》。随后，在广东省辖区各中心支行和直属支行完成了整个巡回展览活动。

【广东省金融文联成立】

9月13日，由人民银行广州分行牵头成立的全国首家省级金融文联--广东省金融文学艺术联合会在人行广州分行召开了成立大会暨一届一次理事会。会议邀请了广东省文联、广州市文联、广东省总工会、财贸工会等有关领导，以及部分著名画家、作家、知名学者、教授等作为嘉宾出席。广州分行王景武行长、徐维工会主任，广东省内各金融监管机构、商业银行、证券、保险业务机构共29家的理事会成员参加了会议。王景武行长被大会推选为广东省金融文联主席，徐维主任等11人为副主席。会议期间，与会嘉宾、学者与理事会成员一同进行了金融文化座谈，就如何进一步加强广东金融文化建设畅所欲言、各抒己见。广东金融文联的成立，进一步拓展金融文化活动的广泛性、参与性，增强广东省金融机构的凝聚力和向心力，更好地使广东省各级金融机构广大文化艺术爱好者精诚合作，相互交流，从而推动业务工作创新发展，共同促进广东金融文化的繁荣进步。

【人民银行成都分行文联成立】

6月25日，中共中国人民银行成都分行委员会办公室印发《关于成立中国人民银行成都分行文学艺术联合会的通知》（成银党办〔2013〕20号），宣告中国人民银行成都分行文学艺术联合会成立。人行成都分行文联是人民银行成都分行辖区职工文学艺术爱好者自愿结合的群众组织，是分行党委联系辖区职工文学艺术爱好者的桥梁和纽带。人民银行成都分行文联在分行党委领导下，接受中国人民银行文学艺术联合会的业务指导，从事文学艺术创作交流活动。人行成都分行文联下设办公室与分行工会办合署办公，下设书法、美术、摄影、写作四个协会。

【人民银行文联西安分行分会成立】

5月17日，中国人民银行文学艺术联合会西安分行分会召开了一届一次理事会暨更名会议，由原来的西安分行职工艺术联合会更名为西安分行文联分会。西安分行党委委员、工会主任张军同志、分行工会办全体同志、营管部、各省会中支工会办主任和分行职工艺术委员会专业理事共34人参加了会议。会议通过了《中国人民银行文联西安分行分会工作规则》和理事会名单。此次会议不仅实现了分行职工文学艺术工作与总行文联工作的有效对接，对辖区职工文艺爱好者提出更高要求，而且利用文联这个平台，进一步提升了央行文化建设的层次，倡导了先进的文化理念，达到了传承先进文化、塑造美好心灵、弘扬社会正气、讴歌主旋律、鼓舞和振奋职工士气，丰富广大职工精神世界的目的。

【人民银行营业管理部书法协会和太极拳协会成立】

7月，人民银行营业管理部经过积极筹备，新成立了书法协会，协会除吸收一批有书法兴趣爱好的同志入会外，部分行领导也积极参加，壮大了协会队伍。目前协会共有固定会员30人，其中，青年员工占50%。8月新成立了太极拳协会，职工对学习太极拳表现出浓厚的学习兴趣，有38人成为会员。

【人民银行收藏协会、音乐舞蹈协会重庆分会成立】

11月4日，人民银行重庆营管部成立人民银行收藏协会重庆分会、人民银行音乐舞蹈协会重庆分会，召开一届一次理事会会议，选举了分会主席、副主席、秘书长、委员，并印发了《关于成立重庆营业管理部收藏协会的通知》（渝银工委

[2013]13号）、《关于成立重庆营业管理部音乐舞蹈协会的通知》（渝银工委[2013]14号）文件，明确组织机构成员、职责及责任分工。

【人民银行文联重庆分会成立】

11月14日，人民银行重庆营业管理部召开中国人民银行文学艺术联合会重庆分会成立大会暨一届一次理事会会议。分会第一届理事会理事、机关各处室负责人及职工代表参加了会议。总行工会副主任贾立如及总行工会组宣部调研员刘卫平出席了会议。总行工会贾立如副主任与重庆营管部段玲副主任共同为分会成立揭牌

【人民银行文联石家庄分会成立】

3月7日下午，石家庄中心支行举行了人民银行文联石家庄分会成立大会。会议印发了《中国人民银行石家庄中心支行文学艺术体育联合会章程》；宣读了分会的组织领导机构；明确了文联专业协会的具体构成和负责人员。中心支行党委、总行及天津分行工会领导均以不同方式对石家庄中心支行文联的成立表示了祝贺。人民银行文联石家庄分会的成立，标志着石家庄中心支行文化建设进入了一个新的发展时期，对服务基层央行职责履行，推动和谐高效央行建设将发挥积极的促进作用。

【人民银行文联长沙分会成立】

11月6日，长沙中支组织召开人民银行文联长沙分会（长沙中支文体协会）成立大会，理事会成员和会员80余人参加了会议。会上，中支党委委员、工会主任，文联分会副会长刘建新介绍了人民银行文联长沙分会筹备组建、宗旨任务、组织架构等情况。通过了文联长沙分会第一届理事会名单和管理暂行办法。文联分会设摄影组、书法美术组、舞蹈队、篮球队、羽毛球队、乒乓球队、足球队7个活动组（队），发展会员123名。7个活动组（队）负责人介绍了各队的活动规划及工作目标，通报表彰了中支工会开展的“中国梦•劳动美”摄影、书法、美术作品比赛获奖结果。

【人民银行书法美术摄影协会广西分会增补理事会会员、秘书处组成成员】

3月28日，中国人民银行书法美术摄影协会广西分会一届二次理事会会议增补广西各市中心支行工会主任（或分管行领导）为行政理事，增补广西各市中心支行工会办主任为秘书处组成成员。发展了17名在广西人民银行系统首届书法美术摄影展中获得优秀奖项以上的干部职工为会员。

【人民银行文联云南省分会成立】

11月20日，人民银行文学艺术联合会云南省分会第一届常务理事召开，会议决定在原云南省人民银行系统文体协会基础上成立人民银行文学艺术联合会云南省分会。会议选举产生了第一届常务理事组织机构名誉主席、名誉副主席、主席、副主席、顾问、秘书长，通过了秘书处组成人员。下设摄影、棋牌、音乐、书法美术、舞蹈、瑜伽、写作七个协会，产生会长、副会长、秘书长、副秘书长、会员共400余人，州市中支相应成立了若干个各具特色的兴趣小组。

【人民银行文联青海省分会成立】

9月26日，西宁中心支行工会办组织召开了中国人民银行文联青海省分会成立大会。会议选举产生了文联青海分会一届一次理事会主席、副主席、秘书长、各专业组组长，通报了各专业组组员。原则通过了《中国人民银行文学艺术联合会青海分会章程》、《中国人民银行文学艺术联合会青海分会第一届理事成员名单》。文联青海分会最高权力机构为人民银行文联青海分会会员（或会员代表）大会，会员大会（或会员代表大会）每四年召开一次。文联青海分会设有书法专业组、美术专业组、摄影专业组、文学创作专业组、音乐舞蹈专业组、收藏专业组共六个专业组。

各分会会议、活动及主要工作

【人民银行文联西安分行分会“迎新春书法笔会”】

1月18日，西安分行文联的部分职工书法艺术家来到西安印钞有限公司，与西安印钞有限公司的职工书法艺术家共同举办了“迎新春书法笔会”。笔会活动紧紧围绕鲜明的主题，并映衬着古都浓厚的文化氛围，开展了长达2个多小时的交流活动。各位艺术家挥毫泼墨，以饱满的创作激情和精心的构思，埋头创作。短短的两个多小时笔会，100多幅大气磅礴的作品，将西安分行具有代表性的央行表情，将央行表情的每一个生动的符号汇聚在一起，惟妙惟肖地展现出来，不仅充分展示了人民银行系统积极向上的文化氛围和职工

书法艺术家的风采，也反映了广大职工勤奋工作、热爱生活的良好精神风貌，使广大职工进一步领略了艺术的价值和魅力，真正感受到了央行文化建设的载体作用和导向、凝聚、激励、塑造的强大功能，为新春的来临增添了欢快喜庆的气氛。

【石家庄中心支行文联首次书画摄影展】

3月7日，在石家庄中支文联成立的当天，石家庄中支文联举办了成立后的首次书画摄影展。

【人民银行文联西安分行分会开展寻找“最美基层央行人”活动】

3月20日，西安分行在全辖范围内正式启动寻找“最美基层央行人”活动。这个活动是辖区学习宣传“十八大”精神的重要内容，是辖区广大职工科学发展观教育实践活动的重要载体，是辖区广大职工政治生活中的大事，是打造高素质职工队伍的有力抓手。首先，下发了活动实施方案，成立了活动领导小组和办公室；利用内联网、活动简报、电子大屏、创作原创歌曲《你是最美的人》等，不断扩大活动的影响力。其次，活动坚持走群众路线，坚持向基层第一线，特别是条件比较艰苦、偏远地区的基层干部职工倾斜的原则，确保“最美基层央行人”让广大干部职工真心佩服、诚心认同。最后在长达8个多月的持续工作中，历经推荐、筛选、事迹整理展示、网投等阶段，成功推选出20名“最美基层央行人”。全国人民银行系统通过内联网浏览西安分行“最美基层央行人”版块达24万人次，全辖参与网投人员达7000多人，并组织召开了先进事迹报告会，播放了专门制作的事迹宣传片《为弘扬崇高而寻找——中国人民银行西安分行“最美基层央行人”专题片》，生动讲述了“最美基层央行人”的典型事迹，产生了良好反响，受到总行工会、宣传部和总行群众路线教育实践活动第三督导组的高度认可，认为是西安分行最具亮点的工程之一，先后在总行多期督导简报中予以宣传，被人民银行总行作为亮点工程上报中共中央党的群众路线教育实践活动办公室，总行工会将西安分行“寻找最美基层央行人”活动做法全文编发，供人民银行系统各单位参考，此项活动同时被陕西省金融工会评为2013年创新工作奖、西安分行目标考核创新工作奖。

【银川中支摄影协会摄影大讲堂活动】

5月22日，银川中支摄影协会邀请宁夏摄影家协会副会长、著名摄影师张春荣老师做客摄影大讲堂。张老师从数码相机和单反数码相机的拍摄技巧、会议照片、风光照片的构图要诀、感情融入以及就如何提高摄影艺术创作水平等多个方面为广大摄影爱好者进行详细阐述。通过一幅幅精美照片的展示和详细讲解，让大家在欣赏美、赞叹美、发现美的同时充实了摄影知识，学会了许多摄影方面的专业知识，纠正了以前对摄影的种种错误看法，同时也更加体会了摄影照片背后的故事和学无止境的深刻含义。8月18日，银川中支摄影协会组织会员赴银北进行摄影采风活动。在银北大草原上，绿草如毯，雀鸟飞翔，晚霞瑰丽，同志们情不自禁的拿出相机记录下这美好的时刻，并相互交流摄影技巧，使会员在实践中提高了技能。

【人民银行文联南京分行分会南京分行职工排舞大赛】

6月26日和28日，南京分行文联分别在安徽、江苏两个赛区举办了“魅力央行 活力青奥”南京分行职工排舞预赛；8月在南京紫金大戏院成功举办了总决赛，15支代表队参加了决赛。

【人民银行书法美术摄影协会广西分会开展送文化下基层活动】

7月下旬至10月下旬，为进一步丰富广西人民银行系统职工文化生活，促进基层央行文化建设，人民银行书法美术摄影协会广西分会收集了近年来广西人民银行系统职工在总行、分行及南宁中支举办的书法美术摄影比赛中获奖的作品，统一冲晒，统一装裱，在全区13个地市中支进行巡回展出，每个中支展出一周，历时三个多月，共有2122人观看。同时还在钦州、桂林、河池三市中支开展书法、美术、摄影爱好者现场交流和采风活动，整个巡展活动取得了完满成功，所到之处反响热烈，受到了广大职工的热烈欢迎，有效地提高了职工的文化品位。

【人民银行文联武汉分行分会首届摄影展】

为了展示武汉分行文学艺术人才的创作水平，武汉分行工会在文联分会筹备阶段专门下发文件收集职工摄影书法作品和职工收藏作品清单。5月至8月，武汉分行文联共收集到职工上交的摄影作品127张，书法作品46幅。经过挑选，最后确定将其中93张摄影作品进行制作，对25幅书法作品进行装裱，并对4名职工的收藏品进行布置展览，最后形成人行文联武汉分会首届会员作品展。这一系列作品从各个作者不同视角和不同的艺术手段，充分展示了他们对祖国和生活的热爱，既体现了辖内职工的艺术创作水平，同时也展示了他们投身央行事业乐观向上的生活态度。

【人民银行文联济南分行分会书法美术摄影作品展活动】

济南分行文联将分行机关办公楼东侧附楼二、三层长廊开辟为“文化活动长廊”，进行书法美术摄影等文化艺术作品展评和金融业务知识宣传图文展示，先后展出各类艺术优秀作品近300幅，供广大职工参观欣赏，受到了职工广泛好评。8月，组织了践行济南分行清泉廉政文化内涵摄影主题采风活动，在聊城植物园进行了荷花摄影创作采风，通过摄影采风，近距离感受了荷花“出淤泥而不染”的高洁品质。

【天津分行书法美术摄影协会职工摄影、书法比赛】

为庆祝新中国成立64周年，大力推进基层央行文化建设，天津分行书法美术摄影协会于9月份举办了职工摄影、书法比赛。活动作为“诗情词意颂国庆墨香书韵话中秋”文化节的重要内容，得到了全行干部职工的热烈响应。比赛共征集职工摄影作品98件，书法、绘画作品22件，这些作品主题突出、特点鲜明、内容丰富，抒发了职工热爱党、热爱祖国、热爱家乡的情怀，展现了央行人积极向上，奋发有为的精神风貌。工会将各类作品整理制作了电子书，供全行职工进行赏析，并进行了公开、公平、公正的评选。此次活动为全体干部职工提供了展示才艺的平台，激发了艺术爱好者的创作热情，进一步充实和拓展了文化建设内涵，培育了职工积极向上的工作态度。

【人民银行文联南京分行分会与西安分行分会“转作风 惠民生 树形象”廉政书画展览】

9月，西安分行文联和南京分行文联联合举办了“转作风、惠民生、树形象书画展”。广大职工艺术爱好者激情创作突出主题、惟妙惟肖的各类作品500多副，经专家筛选展出作品80多副，得到广大职工的高度认可。这次展览，既是两个分行深化央行文化建设的生动体现，也是两个分行开展不同区域文化交流的一次尝试。

【人民银行文联青海分会青海辖区人民银行系统第四届书画摄影展】

西宁中支以中国人民银行文联青海省分会成立为契机，于9月26日举办了青海辖区人民银行系统第四届书画摄影展。西安分行工会副主任、工会办主任王庆民，助理巡视员、著名书法家崔宝堂应邀与西宁中支党委委员、副行长张利原及文联青海分会各专业理事代表参加了展览。展览以文联分会理事为骨干，组织广大干部职工创作了主题鲜明、寓意深刻的26幅书画作品、132幅摄影作品。展览现场，设置了书法笔会，分行王庆民主任留言祝贺，著名书法家崔宝堂先生和青海省新闻摄影家协会赵庚祥先生现场挥毫泼墨。展览的成功举办，体现了基层央行干部职工昂扬进取的精神风貌和积极向上的人生态度，奏出了共筑精神家园、构建和谐央行的美妙音符。

【广东省金融文联《广东省金融系统第一届金融文学奖》评选活动并颁奖】

9月28日，由广东省总工会与广东省金融文联共同举办的《广东省金融系统第一届金融文学奖》评选活动进行了颁奖仪式。广州分行文联作家协会会员有2篇作品获得了三等奖，3篇作品获得了优秀奖。这次活动，广州分行文联积极组织作家协会的会员创作参赛，共报送作品22篇，其中诗歌类7篇、小说类2篇、报告文学3篇、散文10篇。10月下旬，广州分行文联书法、美术、摄影、作家协会分别在江门、韶关、阳江、梅州等地开展专业交流、艺术创作、采风活动。

【人民银行营业管理部文体协会组队参加第十届海淀文化节系列活动之“同心共筑中国梦”合唱专场音乐会】

10月25日至27日，第十届海淀文化节系列活动之“同心共筑中国梦”合唱专场音乐会在解放军军乐厅举行，人民银行营业管理部女职工合唱团应邀参加了此次展演。

【人民银行文联山西分会开展了“送文化、走基层”暨书画笔会活动】

10月29日，太原中心支行党委委员、工会主任、人民银行文联山西分会主席轧瑛带领辖内7名较有影响的书画摄影会员和工会办公室有关人员在临汾市中心支行吉县支行开展了“送文化走基层”暨书画笔会活动。笔会现场，书画会员们怀着对基层行的一片火热情怀，笔走龙蛇，挥毫泼

墨。一幅幅潇洒润泽，古逸豪放、刚柔相济的书画作品在笔端流淌，他们以多维的艺术视角、感性的艺术思维、敏锐的创造力，让基层行职工接受了一场赏心悦目的艺术感知。据悉，书画会员们现场共创作作品50多幅，热情讴歌了基层行发展的光辉历程和在十八大精神指引下的取得的新成绩。

【安徽省人民银行系统书法美术协会笔会活动】

11月1日，安徽省人民银行系统书法美术协会笔会活动在合肥中心支行黄山培训中心举行。安徽省人民银行系统书法美术协会的十多位书画爱好者齐聚一堂，现场挥毫赋彩，共同切磋书画技法，现场气氛十分热烈，诸位书画家以书为意，以画为情，赞美央行，寄语人生，现场共创作了书画作品30余幅。此次活动的成功举办，既是为安徽省人民银行系统书画家展示才艺提供了一个平台，也对提升协会会员书法美术艺术素养、弘扬书画艺术和繁荣央行文化事业起到了积极的推动作用。

【人民银行文联云南分会“我的中国梦”书画摄影展】

11月6日-20日，人民银行文联云南分会举办“我的中国梦”书法、绘画、摄影作品展，共搜集全省人行系统书画摄影爱好者作品841幅，其中书法、美术作品215幅，摄影作品626幅。参展作品紧扣央行中心工作，又突出边疆特色，多角度、多侧面的展示了“我的中国梦”活动主题。展览开幕当天还邀请省内部分知名书画家到中支展览现场开展笔会，为干部职工献上风格各异的书画作品一百余件，使干部职工近距离感受了祖国传统文化的深厚底蕴和感染力，极大鼓舞了大家工作热情和积极性，充实了和谐央行建设内涵。

【人民银行文联浙江分会开展“中国梦·我行动”采风活动】

11月9日至10日，人民银行文联浙江分会以中国第十五届国际摄影艺术展览暨2013中国国际摄影文化节在丽水举办为契机，赴丽水开展“中国梦•我行动”采风活动。此次交流采风活动共两项内容，一是参观中国第十五届国际摄影艺术展览，此次展览共有4个展区近6000余幅作品，在国际摄影大师的作品前，大家频频驻足，时而小声交流，时而陷入沉思，充分感受到了“光与影”的艺术魅力。二是以瓯江帆影、仙都石笋、河阳民居为主题，开展实地采风活动。在拍摄现场处处都能看见大家忙碌的身影，为寻找合适的拍摄角度，有的踮起了脚尖,有的时而蹲下时而站起，更有甚者侧身躺下拍摄，每当拍摄到满意的作品，大家都会拿出来互相欣赏互相评析，欢声笑语充满了整个采风过程。

【贵阳中支书法美术摄影协会组织开展摄影沙龙活动】

11月15日，贵阳中支书法美术摄影协会举办了“晒晒我的照片”摄影沙龙活动。通过三位主讲人个人拍摄的照片，介绍拍摄行进路线、风土人情、自然地理、注意事项；探讨光影、构图、角度、景深、色彩、风格；谈成败得失、心得体会等等。以互相借鉴,促进学习提高，并以此向大家汇报个人近一年的实践与收获。

【长春中支音乐协会声乐培训班】

为加强央行文化建设，提高广大干部职工的音乐素养和声乐水平，长春中心支行音乐协会于11月12日至12月13日利用每周二、周五中午举办了为期一个月的声乐培训班，聘请专业老师系统讲授了乐理知识、发声及演唱技巧。深入浅出、形象生动的教学方式让每位参训人员在轻松愉快的氛围中学到了声乐知识、掌握了演唱技能、愉悦了身心健康，受到干部职工的普遍欢迎，全行共有70余名职工参加培训，其中90%为女职工。第一期培训结束后，应广大学员要求，音乐协会又于12月17日至2014年1月17日举办了第二期声乐培训班，重点练习分声部合唱歌曲，经过两个月的系统学习和训练，培训人员的演唱能力和水平有了大幅提高。

【人民银行文联重庆营业管理部分会开展文联现场笔会活动】

11月14日，重庆营业管理部文联召开文联分会现场笔会活动，分会书法、美术爱好者们进行了现场笔会创作，并展出了大量书法、美术、摄影、收藏艺术品展。整个活动内容丰富，充分展示了营业管理部浓郁的文化艺术氛围，受到了职工的好评。

【人民银行文联成都分行分会送文化到地震灾区县支行】

12月，按照人民银行文联的指示，成都分行分会组织部分分行书法协会部分会员（杨虎、李勇、陈乔、温茂林）创作书法作品8件，由人民银行总行送温暖慰问组赠送四川地震灾区的汶川、名山等4个县支行。

【黑龙江省金融系统文学艺术联合会获准组建】

12月24日，黑龙江省文学艺术联合会批准同意哈尔滨中心支行组织成立黑龙江省金融系统文学艺术联合会，并吸收成为省文联的会员单位。这标志着全省金融系统文联组织建设工作迈出了实质性的一步，对于全省金融系统文学艺术创作和文化建设工作具有重要意义。省文联在批复中突出强调，希望哈尔滨中心支行领导下的金融系统文联深入贯彻十八大和十八届三中全会精神，以思想为纽带，以艺术为载体，有效整合我省金融系统文艺力量，团结带领全省金融系统文艺爱好者，广泛开展文艺活动，有力推动全省金融文化的建设创新，不断促进金融系统文化事业的繁荣发展，为进一步推进龙江精神文明与和谐社会建设，推动社会主义文化大发展大繁荣做出积极贡献。

【杭州中心支行收藏协会喜庆央行成立六十五周年收藏协会藏品电子展览】

为喜庆中国人民银行成立六十五周年，营造和谐央行文化氛围，同时按照中央八项规定关于"厉行勤俭节约"的有关要求，杭州中支举办了"零"成本的喜庆央行成立六十五周年收藏协会藏品电子展览。此次展览从9月4日征集藏品开始，至12月30日展出共历时3个月，得到了全省人民银行系统广大职工的积极响应和踊跃参与，共收到参展藏品150余件，经过认真遴选和专家评选，共有100余件入展。此次展览主题深刻、底蕴丰厚、特色鲜明，既有我国人民币中的精品钱币、钞王级别纸币，又有独具央行特色的中国人民银行早期的银行存单、存折、各种侨汇解付凭证、银行自制凭证、票据，还有中国人民银行浙江省分行发行的期票以及各类其他藏品。这些藏品以独特的视角，回顾、展示了央行成立六十五周年以来光辉历程，宣传了央行文化、普及了钱币知识，为央行精神文明建设献上了一道大餐。

【人民银行文联福建分会出版《文思梦中来——福建省人民银行系统职工文学作品集》】

人民银行文联福建分会以弘扬央行文化为己任，为给辖内广大文学爱好者搭建学习交流的平台，在福建省人民银行系统开展了征集文学作品活动，各单位高度重视，积极部署，广大文学爱好者积极响应，工作之余怀揣对文学的挚爱，把对生活的观察与描摹，对美的向往与审视，对人生的深思与领悟，对世态的针砭与感叹创作一篇篇短文、一行行诗句。活动共征集会员和职工文学作品151篇，其中散文、杂文87篇，短篇小说20篇，诗歌31首，读后感8篇，文艺评论5篇。分会组织人员对征集到的作品进行初选、评审，粼选56篇，编辑出版《文思梦中来——福建省人民银行系统职工文学作品集》，促进员工文学创作热情，推动基层央行文化建设。

【人民银行文联长沙分会摄影组和书法美术组定期开展活动】

摄影组经常组织会员开展采风和摄影心得交流。7月5日组织了摄影基础及鉴赏知识讲座；8月"中国梦•劳动美"摄影展；11月20日，拍摄长沙中支与株洲市中支篮球对抗赛；12月22日，组织到浏阳大围山拍雪景等。书法美术组认真创作，积极参加各种书法活动，取得较好的成绩。如陈宝树、陈忠书法作品在总行"庆祝人行成立65周年职工书法美术摄影作品展"、武汉分行"廉政文化展"中获奖；陈忠书法作品入选为人行成立65周年专题创作65米长卷等。

【人民银行文联云南分会"滇银文化大讲堂"】

"滇银文化大讲堂"是人民银行文联云南分会以"拓宽视野、完善知识结构"为宗旨，邀请省内文化领域专家通过视频会议系统专题介绍云南边疆地区历史、政治、人文、艺术等内容的系列讲座活动。自讲堂开办以来，进一步丰富了干部职工知识面，提升了文化素质，激发了干部职工了解云南、热爱家乡、积极工作的热情。"滇银文化大讲堂"的举办，成为构建有边疆特色和谐央行的有力举措。3月13日，特邀昆明市文史委顾问、原云南出版集团资深编辑李晓明同志开展"中国远征军首次入缅作战成败得失"专题讲座，以抗日战争中中国远征军首次入缅作战的得失成败为背景，分析中国共产党倡导建立的全民族抗日统一战线为抗战胜利所发挥的积极作用。6月5日，特邀国家文物鉴定委员会委员、云南省文物鉴定委员会主任张永康同志开展"文物鉴定与收藏"专题讲座，透过历史、民俗、宗教、历法、工艺等知识，使大家对祖国文化底蕴有了新的认识，初步了解掌握了文物、艺术品鉴赏技巧，提高了收藏意识和素养，丰富了干部职工业余文化生活，广泛搭建了相互学习和交流的平台。

中国金融文联

综 述

2012年4月20日，中国金融文学艺术界联合会召开了第一届全国委员会第一次会议，审议通过了《中国金融文学艺术界联合会章程》；推选郭利根担任中国金融文联主席，张东风、杨树润等12人担任副主席；聘任唐双宁为中国金融文联名誉主席。中国金融文学艺术界联合会（以下简称“中国金融文联”）在京成立。全国政协副主席、中国文联主席孙家正对中国金融文联的成立表示祝贺，中国文联党组书记、驻会副主席赵实代表中国文联到会并讲话，中国银监会副主席、中国金融工会党组书记、兼职副主席、中国金融文联主席郭利根部署了工作，中国光大（集团）总公司党委书记、董事长、中国金融书法家协会名誉主席、中国金融文联名誉主席唐双宁出席并致辞。中国文联国内联络部主任罗成琰，中国金融工会副主席、金融文联驻会副主席杨树润，中国金融文联全委会委员以及各金融机构工会、各金融文学艺术协会的代表等120人出席了成立大会。中国金融工会常务副主席、中国金融文联副主席张东风主持成立大会。

中国金融文联下辖中国金融书法家协会（已是中国书法家协会团体会员）、中国金融美术家协会、中国金融摄影家协会（已是中国摄影家协会团体会员）、中国金融作家协会（已是中国作家协会团体会员）、中国金融戏剧家协会和中国金融音乐舞蹈家协会（筹）等6个金融文艺协会。截止2013年底，金融文艺协会拥有个人会员1986人，其中，国家级文艺协会会员350余人；拥有团体会员单位44家。

会议与活动

1月22日至24日，中国金融文联组织中国金融书法家协会、金融美术家协会部分书画家先后到青岛金融机构和中国银行山东省泰安分行开展送文化到基层活动。此次活动共举办笔会3场，创作作品200余幅。同时，书画家们还与基层书画爱好者进行了广泛的交流。

3月27日，中国金融文联发出《关于举办全国金融系统文学艺术作品系列展评活动的通知》，通过各金融机构工会和各文艺协会广泛征集作品，成功举办了“中国金融书法家协会第二届（中行杯）全国书法篆刻展”、“中国金融美术家协会第二届（工行杯）全国美术展”、“中国金融摄影家协会第二届（生命人寿杯）全国摄影展”和“中国金融作家协会第二届（华夏银行杯）金融文学奖第一届金融新作奖评选”等系列展评活动。2013年11月12日至22日，书法、美术展两展合办，在金融机构和金融职工比较集中的金融街人寿中心四季花厅展出，简化了开幕仪式，既响应了中央勤俭节约的号召，又便于金融职工参观。

4月21日，中国金融文联组织中国金融戏剧家协会在北京鑫融剧院举办了迎五一专场京剧演出活动，表达了金融戏剧人对金融劳动者的热情问候，在京金融系统员工及家属观看了演出。

5月8日，中国金融文联第一届全国委员会第二次全体委员会议在京召开。中国金融文联名誉主席、中国光大（集团）总公司党委书记、董事长唐双宁，中国金融文联主席、中国银监会副主席、中国金融工会兼职副主席郭利根，中国文联国内联络部主任罗成琰出席会议并讲话，中国金融文联驻会副主席、中国金融工会副主席杨树润作题为“推动金融文化发展，繁荣金融文学艺术创作”的金融文联工作报告。会议由中国金融文联副主席兼秘书长陈炜主持。会议审议通过了《中国金融文学艺术界联合会第一届全国委员会第二次全体会议替补（增补）副主席委员的决定》；审议了杨树润副主席所作的工作报告。中国金融文联全委会副主席、主席团成员、委员和拟增补

（替补）委员等近70人出席了大会。

5月18日，由中国金融工会全国委员会、中国金融文学艺术联合会和中国金融体育协会主办，河南省金融工会承办的“金融职工文化月金融文艺工作者深入河南金融机构交流辅导活动”在河南省郑州市举行。中国金融摄影家协会的专家举办了两个摄影艺术讲座，现场点评了学员的摄影作品，开阔了基层摄影爱好者的眼界。金融体协的乒乓球专家为河南省金融职工进行了辅导和示范。“金融职工文化月”活动已逐步树立起金融文化品牌形象，带动各级金融机构在一个时间段内因地制宜开展职工喜闻乐见的文化活动，受到金融系统广大职工的欢迎和赞扬，有效推动了基层职工文化建设，活跃了基层职工文化生活。

另外，中国金融文联各文学艺术协会的团体会员单位也积极组织送文化到基层活动。1月，中国人寿美术家协会组织书画家到农村为农民群众现场书写并赠送春联。12月，中国农业银行摄影家协会在地处革命老区的农行河南辉县支举办“人文关怀”摄影文化下乡活动。送文化到基层还适当延伸到金融系统外。5月，中国金融文联组织中国金融书法家协会书法进校园志愿辅导活动在西城区三里河第三小学正式启动。7月，中国金融美术家协会落实金融文联倡导的“金融人画金融人、画金融事”的号召，在京举办美术创作骨干培训班。聘请中国美协和中央美院的专家授课，近80名美术创作骨干参加了培训。12月，中国金融音乐舞蹈家协会筹备组在京举办职工业余合唱指挥讲座。中央音乐学院音乐教育系专家应邀授课。同月，中国金融音乐舞蹈家协会筹备组还在京举办了舞蹈优秀剧目赏析活动。自2013年起，中国金融书法家协会编制“中国金融书协历年获奖、入展情况统计表”，严格按照会员在书法艺术上取得的成就排序，在金融书法家协会会员中分批挑选、审定、推出“中国金融书法名家”，已推出十名金融书法名家并公开发行《中国金融书法名家系列专集》。通过各种媒体广泛宣传金融书法名家的艺术风采和书法成就，向国内外展示中国金融书法家协会的综合实力和艺术水平。

机关建设

金融文联主要从两个方面抓自身组织建设，一是壮大组织、发展会员。金融文联不断指导和推进各金融机构、省市金融系统建立文联组织和文学艺术协会，对符合条件的协会及时吸收为相关协会的团体会员。对符合入会条件的金融职工，凡本人提出申请，都会及时吸纳为相关协会会员。二是加强和完善制度建设。各协会相继制订和完善了有关办法和规程，使协会工作规范化。先后建立完善《季度例会制度》、《会员审批制度》、《协会工作规程》、《创作培训基地申报使用管理办法》、《年度工作总结与计划》、《展赛评审办法》等。同时，金融文联还起草了《金融文联协会管理办法》、《协会成立流程》等。三是及时表彰先进、弘扬正气、振奋精神。对在推动金融文化大发展大繁荣进程中，认真践行“爱国、为民、崇德、尚艺”的文艺界核心价值观，勤奋工作，甘于奉献的文艺工作者，给予肯定和鼓励。在金融书协率先评出10人为首批“德艺双馨”书法家之后。中国金融文联评选表彰了42名“金融德艺双馨文艺工作者”。

2012 China Federation of Literary and Art Circles Events

2014

2013年中国文学艺术界联合会大事记

1月1日至2日，中国文联文艺志愿服务团赴三沙开展“送欢乐下基层”慰问演出活动。赵实、李屹带队。

1月12日至13日，中国文联九届四次主席团会议和九届四次全委会在京召开。孙家正主持会议，翟卫华出席会议并讲话。会议审议通过了赵实所作的工作报告和《中国文联2013年工作要点》。

1月13日，由中国文联主办的“百花迎春——中国文学艺术界2013春节大联欢”在北京人民大会堂举行。孟建柱、孙家正等党和国家领导人及有关部委领导，中国文联荣誉委员、主席团成员、全委会委员等与全国各艺术门类文艺家和文艺工作者代表欢聚一堂，共庆新春。

1月18日，中国文联文艺志愿服务团赴中航工业沈飞民机开展“送欢乐下基层”慰问演出。李屹带队。

1月18日至19日，中国文联文艺志愿服务团赴福建闽西革命老区开展“送欢乐、下基层”慰问演出。覃志刚带队。

1月31日，中国文联与国家版权局共同主办了“去伪存真——书画作品版权保护研讨会”。李前光出席会议。

2月26日，2013中国文联协会组联工作会议暨文艺志愿服务工作会议在京召开。覃志刚出席会议。

3月中旬至4月上旬，中国文联书记处成员围绕“社会主义文艺大发展大繁荣与文联工作创新”的重大课题，分率6个调研组，深入15个省（区、市）文联以及11个全国文艺家协会，广泛开展调研，形成了《建立健全以人民为中心创作导向制度机制》和《加强新形势下文联组织建设》的调研报告。

3月5日，中国文联和中国音协、中国美协、中国舞协启动了文艺支教试点项目。4月，第一期28名文艺支教志愿者赴甘肃陇南、贵州安顺、河北丰宁开展文艺支教志愿服务。

3月5日至14日，中国文联应邀组派中国作家艺术家代表团访问毛里求斯。

3月24日至28日，中国文联文艺研修院在江西举办第三期全国中青年德艺双馨文艺工作者高级研修班。

3月，中国文联召开加强图书出版质量管理工作会议。李前光出席会议。

4月10日至11日，中国文联在京召开2013全国文联组联工作会议暨文艺志愿服务工作会议。覃志刚出席会议。

4月7日至28日，中国文联文艺研修院在京举办第二期全国中青年编剧高级研修班。赵实出席“坚持以人民为中心的创作导向”主题论坛，与学员交流谈心。

4月17日至26日，中国文联应邀组派以杨承志为团长的代表团一行6人赴坦桑尼亚、毛里求斯和塞内加尔访问，与三国政府文化主管部门、主要文艺组织负责人、艺术家代表等进行会谈。

4月24日，中国文联发出通知，在文联系统内组织开展“为芦山加油”献爱心捐助活动。截至5月6日，共筹集个人捐款348613元。

4月28日至29日，中国文联文艺志愿服务团赴甘肃陇南武都开展“送欢乐下基层”活动。赵实带队。

5月初，中国文联机关团委、机关青联举办“青春•文联•中国梦”主题演讲比赛。

5月6日至15日，中国文联应邀组派以赵实为团长的代表团一行6人赴美国、加拿大和古巴进行访问，出席在达拉斯举办的“中国文化节”开幕活动，与纽约艺术基金会、加拿大艺术理事会商谈合作事宜等，与古巴作家艺术家联盟举行研讨会。

5月8日，由中国文联、中国驻休斯敦总领馆和达拉斯－沃斯堡地区世界事务理事会主办的“聚焦中国•国际节——中国民间文化周”开幕式在美国德克萨斯州达拉斯克罗亚洲艺术博物馆举行。赵实率代表团出席开幕式。

5月7日，《2012中国艺术发展报告》出版座谈会在中国文联文艺家之家召开。夏潮出席会议。

5月20日至24日，中国文联文艺研修院在延安举办第四期全国文艺家高级研修班。

5月21日和6月8日至9日，中国剧协、中国音协、中国曲协、中国舞协，分别组织4支文艺志愿服务小分队，先后深入雅安芦山地震灾区一线进行7场慰问演出。杨承志、左中一分别带队开展慰问。

5月21日，由中国文联、中国音协主办的“中国合唱一百年——纪念李叔同创作第一首合唱曲音乐会”在北京国家大剧院举行。孙家正、赵实、李屹、左中一、李前光等出席。

5月22日，中国文联权益保护部举办2012年文艺维权问卷调查工作表彰会暨网络著作权保护讲座。李前光出席会议。

5月22日至23日，“中华文明历史题材美术创作工程”在京召开第二次专家评审工作会议。赵实，覃志刚、李屹，左中一等分别于22日和23日上午到评审现场观摩作品草图。

5月23日，中国文艺志愿者协会成立大会在京召开。赵实出席会议并讲话。会议审议通过了协会《章程》，选举产生了中国文艺志愿者协会第一届理事会和主席团。姜昆当选中国文艺志愿者协会主席。罗成琰兼任协会秘书长，廖恳、邵志军任副秘书长。

5月29日至30日，中国文联新闻宣传工作培训班在京举办。夏潮出席开班式。

5月至12月，中国文联开展了“‘追寻中国梦’——文艺家采风创作基层行”系列活动，分8支小分队组织包括音乐、美术、舞蹈、民间文艺、摄影等艺术门类的近百位文艺家，深入8个省区开展基层采风创作。

6月8日至9日，中国文联文艺志愿服务团赴四川雅安芦山地震灾区开展“送欢乐下基层”活动。左中一带队。

6月11日，杨承志会见到访的捷克文化部副部长桑科特，双方就中捷民间文化交流等进行会谈。

6月18日，孙家正在中国文艺家之家会见了栗原小卷为团长的日中文化交流协会代表团一行6人。杨承志参加了会见。

6月20日至29日，由中国音协、福州市人民政府、台湾新竹市政府主办的第六届海峡两岸合唱节在台湾新竹举行。左中一出席合唱节相关活动。

6月27日至29日，中国文联文艺志愿服务团赴贵州安顺开展“送欢乐下基层”活动。

6月28日至7月5日，中国文联组派以裴艳玲为团长的代表团一行6人赴尼泊尔、韩国进行交流访问。

6月29日，由中国文联、北京师范大学、中国民协主办的纪念钟敬文先生诞辰110周年座谈会在北京人民大会堂举行。周巍峙、李屹等出席会议。

6月30日，中国文联九届五次全委会暨全国文联系统先进集体和先进个人表彰会在京召开。孙家正主持会议，赵实发表讲话，翟卫华出席会议。杨士秋宣读了《人力资源社会保障部、中国文联关于表彰全国文联系统先进集体先进个人的决定》。会上，授予北京市公安文联等50个单位为全国文联系统先进集体，授予史长义等15人为全国文联系统先进个人。九届五次全委会增选周涛、夏潮为中国文联第九届副主席，聘请黎国如为中国文联第九届荣誉委员。

7月1日，由中国文联、全国政协书画室、中国美协主办的庆祝香港回归祖国16周年“萧晖荣国画书法雕塑艺术展”在全国政协礼堂举办。杨承志出席开幕式。

7月5日，中国文联召开党的群众路线教育实践活动动员大会。自此，中国文联党组围绕“为民、务实、清廉”的主题，按照“照镜子、正衣冠、洗洗澡、治治病”的总要求，以领导班子和党员领导干部为重点，紧密联系文艺工作和文联实际，着力抓好“学习教育、听取意见”、“查摆问题、开展批评”和“整改落实、建章立制”3个环节工作，扎实开展了党的群众路线教育实践活动。

7月7日至27日，中国文联文艺研修院赴美举办“非盈利文艺组织运营与管理研修班”。

7月15日至17日，中国文联文艺志愿服务团赴青海玉树开展“送欢乐下基层”文艺志愿服务活动。赵实带队。

7月21日至27日，中国文联在广西南宁举办第七届全国文联中青年文艺评论家高级研修班。夏潮出席开班式。

7月，国家新闻出版广电总局公布了2013年

"百强报刊"名单，文联所属《美术》、《大众摄影》、《中国书法》3家期刊被评为"百强社科期刊"。

8月4日，中国文联文艺志愿服务团赴河北涉县开展"送欢乐下基层"慰问演出。

8月6日，李前光在中国文艺家之家会见了到访的北欧邦尼集团副总裁谢曼•杨一行，就进一步加强交流合作进行会谈。

8月12日，中国文联维权工作交流展在中国文艺家之家举行。赵实、李屹、左中一、李前光观看了展览。

8月12日至14日，中国文联权益保护部与文艺研修院举办了"第二期全国文联系统维权干部培训班"。李前光出席开班式。

8月15日至19日，由中国文联、中国舞协青海省委宣传部主办的第二届中国•西宁国际舞蹈节暨第九届中国舞蹈荷花奖古典舞评奖活动在青海西宁举行。

8月21日至31日，中国文联应邀组派以夏潮为团长的中国曲协艺术团一行12人赴德国和丹麦进行访问演出。

8月23日至28日，中国文联应邀组派代表团访问马来西亚，参加马来西亚华人文化协会40周年庆典及交流活动。

8月20日，中国文联在京举办中华经典系列咏诵作品研讨会。胡振民、夏潮、刘世民等出席会议。

8月21日至23日，由中国文联办公厅、文艺研修院主办的全国文联年鉴编撰工作培训班在哈尔滨举行。

8月30日至31日，中国文联与北京大学等单位主办的"放歌亲情——感悟《孝经》咏诵会"在京举行。陈晓光、顾秀莲及赵实、王建平、胡振民、孙怀山、王世明等出席观看了30日的演出。

8月，国务院批复同意组建由中国文联主管、中国书协主办的中国书法出版传媒有限责任公司。

9月1日至30日，中国文联文艺研修院在京举办中国文联首届全国中青年文艺人才高级研修班。

9月4日，中国文联在京召开全国文艺家协会会员发展工作座谈会。赵实、覃志刚出席会议。

9月13日，"中华文明历史题材美术创作工程"草图观摩展开幕式暨签约仪式在北京中国国家博物馆举行。孙家正、赵实、左中一、冯远等出席开幕式。

9月13日至15日，中国文联文艺志愿服务团赴中国吉林白城兵器试验中心开展"送欢乐下基层"文艺志愿服务活动。

9月16日至24日，由中国文联、湖北省人民政府主办的第九届中国国际民间艺术节在湖北宜昌市和北京市举办，来自五大洲14个国家的民族民间艺术团深入农村、社区、学校、机关，为中国观众献上了20场丰富多彩的各国民间舞蹈音乐演出，现场观众近6万人。卢展工及赵实、王国生等出席了艺术节开幕式演出。

9月21日至23日，中国文联文艺志愿服务团赴黑龙江北大荒开展"送欢乐下基层"文艺志愿服务活动。杨承志带队。

9月22日，由教育部、国务院新闻办、中国文联、中国海外交流协会、北京演艺集团、中华文学基金会与美方底特律交响乐团共同主办的"中国故事•大地之歌——叶小纲与底特律交响乐团"音乐会在美国纽约林肯中心音乐厅举行。

9月23日至30日，中国文联离退休干部局在京举办文联老年艺术大学学员"同心共筑中国梦"书法美术摄影作品展。夏潮出席开幕式。

9月25日至28日，由中国文联、中国影协、武汉市人民政府主办的第二十二届中国金鸡百花电影节在湖北武汉举行。陈晓光及夏潮、童刚等出席开幕式。孙家正、赵实等出席闭幕式。

10月8日至9日，中国文联赴辽宁舰开展"送欢乐下基层"文艺志愿服务活动。赵实带队，李屹、左中一、夏潮、李前光参加活动。

10月8日至14日，中国文联应邀组派以迪丽娜尔•阿布都拉为团长的十二木卡姆艺术团一行16人访问西班牙，举办展览和演出交流活动。

10月13日至16日，由中国文联、河北省委宣传部主办的第五届海峡两岸暨港澳地区艺术论坛在河北省承德市举行。赵实、夏潮、李前光、艾文礼等以及来自两岸四地的80余位文艺界知名人士、专家学者出席本次活动。

10月18日至19日，中国文联文艺志愿服务团赴广西防城港开展“送欢乐下基层”文艺志愿服务活动。杨承志带队。

10月26日至27日，中国文联文艺志愿服务团赴湖北红安革命老区开展“送欢乐下基层”文艺志愿服务活动。

10月28日至11月3日，由中国文联、柬埔寨文化艺术部、中国驻柬埔寨使馆主办的2013“今日中国”艺术周在泰国、柬埔寨举办。李前光率展演团一行66人出席本届艺术周活动。

10月30日至31日，中国文联网络与信息工作座谈会在京召开。赵实、左中一、夏潮出席会议。

11月9日至25日，由中国文联、中国剧协和苏州市政府主办的第十三届中国戏剧节在江苏苏州举行。李前光出席开幕式、闭幕式。

11月11日至14日，由中国文联、中国舞协主办的第九届中国舞蹈荷花奖民族民间舞决赛在贵州贵阳举行。杨承志出席开幕式。

11月18日至21日，应中国文联邀请，以澳门中华文化联谊会梁华为团长的澳门中华文化联谊会访问团一行34人访问北京。李前光会见了访问团。

11月19日至26日，由中国文联、中国音协主办的第九届中国音乐金钟奖总决赛在广州举行。孙家正出席闭幕式。

11月21日，中国文联国内联络部在京举办全国产(行)业文联工作座谈会。覃志刚出席会议。

11月25日至27日，中国美术家协会第八次全国代表大会在京召开。刘奇葆出席开幕式并发表重要讲话。赵实出席开幕式并讲话。黄坤明、覃志刚、李屹、左中一、夏潮、董伟、周涛、李前光等出席开幕式。来自全国各地的400余名美术工作者代表参加了会议。会议选举产生了中国美协新一届领导机构。刘大为连任中国美协主席。

11月29日至12月1日，中国电影家协会第九次全国代表大会在京召开。刘奇葆出席开幕式并发表重要讲话。赵实出席开幕式并讲话。赵实、黄坤明、覃志刚、李屹、左中一、夏潮、童刚、李前光、李秀宝等出席开幕式。来自全国各地的350余名电影工作者代表参加了会议。会议选举产生了中国影协新一届领导机构。李雪健当选中国影协主席。

12月4日，赵实在中国文艺家之家会见以尼泊尔学院院长泰尔•比克若姆•内姆旺为团长的尼泊尔学院代表团一行，并就合作事宜进行会谈。

12月10日至15日，中国文联应邀组派以覃志刚为团长的访问团一行5人，赴香港出席中国书协香港分会成立周年庆典，并赴澳门商谈“濠江之春——澳门与内地艺术家大联欢”活动等事宜。

12月11日，由中国文联、中国民协与长春市政府主办的第十一届中国民间文艺山花奖颁奖典礼在长春举行。李屹出席颁奖典礼。

12月11日，由中国文联、中国音协、中国国家交响乐团、中国音乐学院、中央音乐学院主办的“跋涉人生——纪念李凌先生诞辰百年座谈会暨系列图书首发仪式”在京举行。

12月12日至12月19日，中国文联应邀组派以左中一为团长的代表团一行4人访问摩纳哥、意大利，就举办“今日中国”艺术周、开展艺术家权益保护调研等进行会谈交流。

12月15日至16日，中国文联文艺志愿服务团赴京福高速铁路铜陵长江建设工地开展“我们的中国梦——送欢乐下基层”文艺志愿服务活动。李前光带队。

12月16日至20日，中国文联应邀组派4人代表团访问澳大利亚，出席大洋洲文联成立15周年等活动并进行场地考察。

12月21日至22日，中国文联文艺志愿服务团赴海南琼中开展“送欢乐下基层”文艺志愿服务活动。左中一带队。

12月27日，由中国文联、中国杂协主办的第八届中国杂技金菊奖第三次剧目奖颁奖仪式在河南濮阳举行。覃志刚出席活动。

12月28日至29日，中国文联文艺志愿服务团赴南水北调中线建设工地开展“我们的中国梦——送欢乐、下基层”文艺志愿者服务活动。赵实带队。

中国石油文联

1. 8月14日，陈明主席一行赴克拉玛依石化分公司开展调研。
2. 陈明主席参观大港石化布贴画创作并与女工交流。
3. 6月4日，陈明、李懂章主席一行参观石油文艺精品。
4. 10月31日，“我的书法梦于恩东书法展”开幕。
5. 5月，俄气艺术界开幕式场面宏大。
6. 9月26日，石油文联举办石油大学建校六十周年举办美术、书法、摄影展览。
7. 5月17日，文艺小分队赴广西石化慰问。
8. 5月，中国石油与俄气公司第七次文化艺术交流。
9. 2012年12月25日至2013年4月2日，中国石油艺术家小分队赴中缅管道慰问演出。
10. 中国石油艺术家小分队慰问驻滇石油单位。

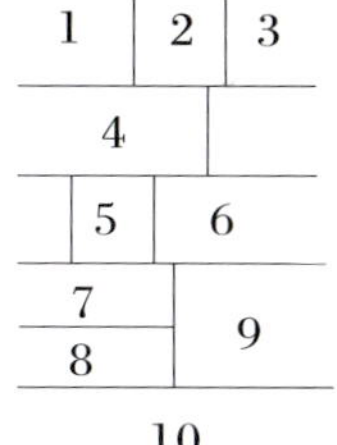

中国铁路文联

1. 12 月 1 日，中国铁路总公司党组书记、总经理盛光祖，党组成员、副总经理王志国，党组成员、纪检组组长安立敏，党组成员、中华全国铁路总工会主席何玉华参观展览。
2. 中国摄影家协会主席、党组书记王瑶出席中国铁路 2013 摄影艺术作品展评选。
3. 上海铁路局书法绘画笔会会场。
4. 铁路基层书法美术展览。
5. 青岛客运段 D331 次。
6. 为职工送作品。
7. 10 月，中国摄影家协会走基层、送照片小分的队到青岛铁路工务段为职工摄影后与工人合影。
8. 青岛火车头摄影俱乐部在基层举办年展。
9. 铁路摄影家在铁路线上采风。

中国煤矿文联

1	2	3
4	5	
6	7	
	8	

1. 1 月 24 日，中国煤矿文联第四届会员代表大会在京召开。图为大会代表投票选举煤矿文联新一届领导机构。
2. 4 月 8 日，第四届中国煤矿艺术节“淮北矿业杯·全国煤矿职工摄影展览”在安徽淮北矿业集团开幕。
3. 4 月 24 日，中国文联国内联络部就如何在文化大发展大繁荣背景下做好产（行）业文联工作到煤矿文联调研。
4. 5 月 23 日，第四届中国煤矿艺术节“冀中股份杯·全国煤矿职工美术展览”在冀中能源股份公司举行。
5. 9 月 12 日，《阳光》杂志编务会暨全国煤矿文化网络宣传表彰会在长春召开。
6. 10 月 21 日，第四届中国煤矿艺术节闭幕式在北京隆重举行。图为出席闭幕式的主要领导参观第四届中国煤矿艺术节活动集锦暨煤矿美术、书法、摄影精品展。
7. 10 月 22 日，中国煤矿文联第四届理事会第二次会议在北京召开。图为第四届中国煤矿艺术节先进单位和个人上台领奖。
8. 10 月 21 日，第四届中国煤矿艺术节闭幕式在北京隆重举行。

中国电力文协

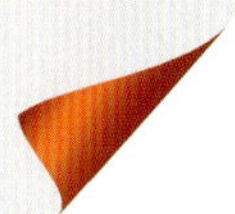

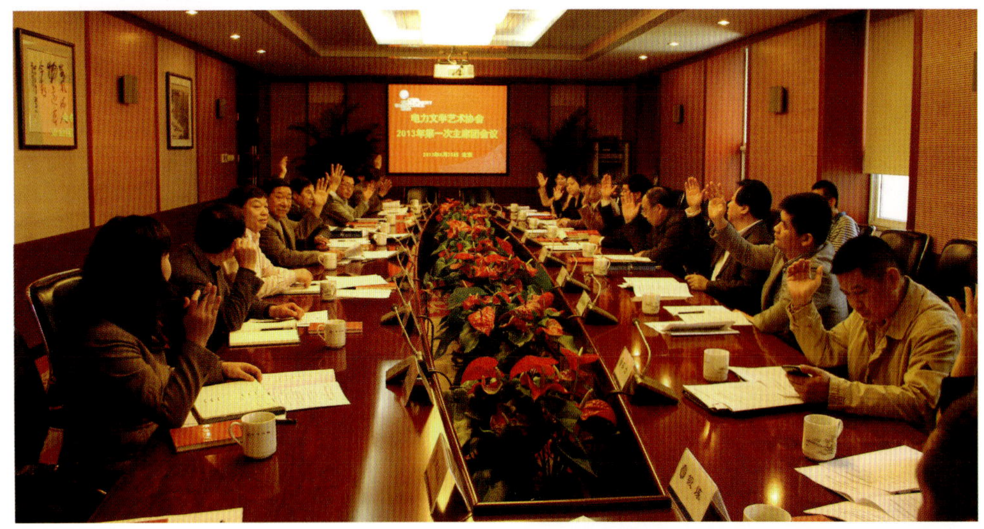

1. 4 月 25 日，电力文协 2013 年第一次主席团会议在京召开。
2. 10 月 29 日，北京 2013 全国电力行业集邮展览开幕式现场。
3. 7 月 26, 中国电力主题日“电力之歌”职工文艺汇演。

1 | 2
3

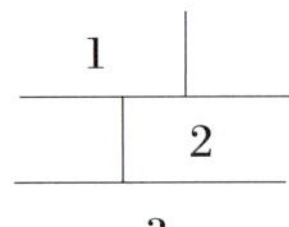

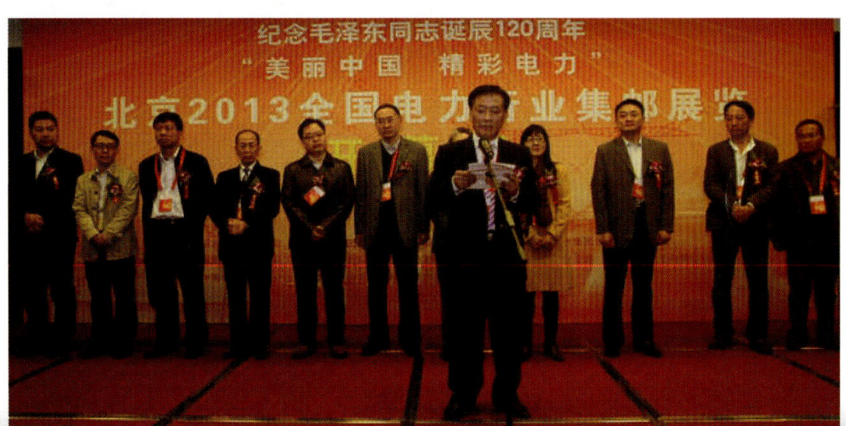

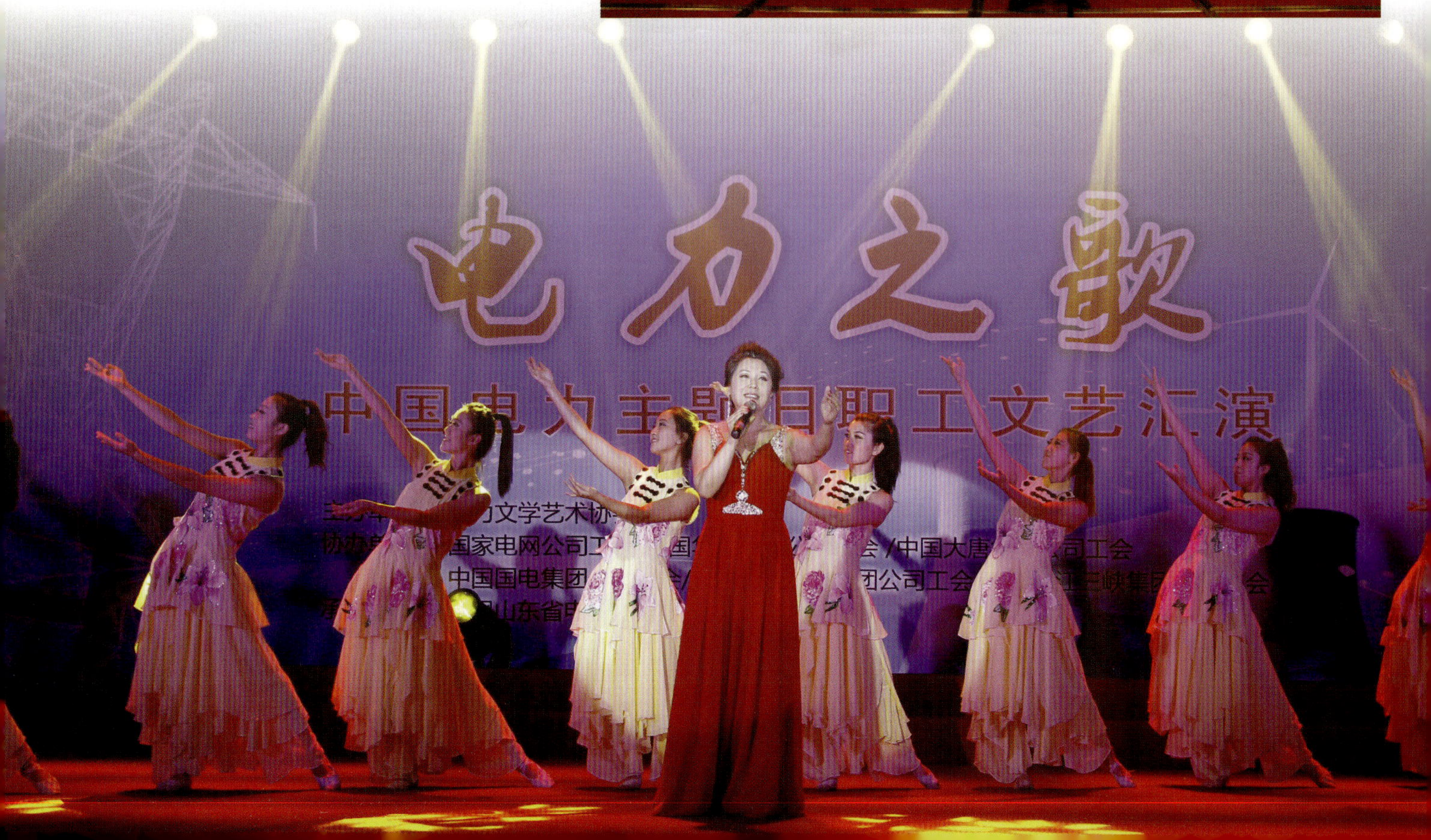

中国水利文协

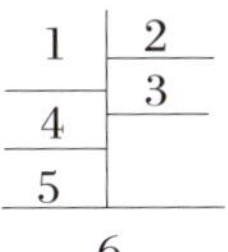

1. 10 月，2013 年中国水利作协召开年会。
2. 水利摄协参加响沙湾国际摄影周活动。
3. 8 月，水利作协编辑出版文艺丛书第七辑。
4. 5 月 18 日，水与生态文明建设高层研讨会在江苏淮安召开。
5. 5 月 7 日，水利摄协开展“送作品下基层”活动。
6. 水利摄协组织开展“无锡 – 北京摄影 大 PK”活动。

中国石化文联

1. 音乐舞蹈家协会荣获全国文联系统先进集体。
2. 大美石化——第六届职工书法美术摄影展览。
3. 召开中国石化“五个一工程”歌曲作品评审会。
4. 开展第七届职工文艺录像调演活动。
5. 各单位广泛开展中国石化之歌传唱活动。
6. 音乐舞蹈家协会开展“送欢乐下基层”活动。
7. 成功举办2013年新春团拜会。
8. 荆门石化孔玉梅《时代乐章之青春赞歌》入选全国版画展览。
9. 荆门石化吴慧玲《秋赋》入选全国版画展览。

全国公安文联

1. 全国公安文联二届四次理事会。
2. 11 月，2013 海峡两岸欢乐汇优秀曲艺节目展演公安专场。
3. 5 月，中国作家走边防采风活动。
4. 翰墨迎春警察书画作品展。
5. 以文艺的形式开展党的群众教育实践活动。
6. 7 月，首届全国女警官书画优秀作品展北京巡展。
7. 青春·理想·警徽主题征文颁奖仪式。
8. 召开公安园地建设座谈会。
9. 5 月公安摄影家走进辽宁公安消防。

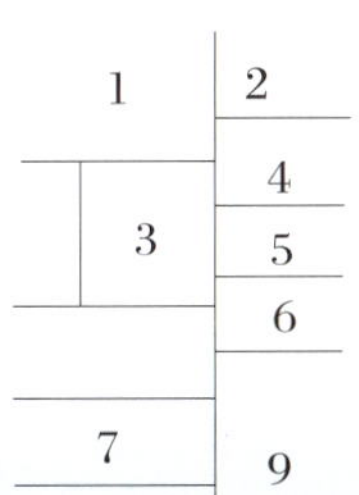

中国检察官文联

1	2	3
4	5	6
7	8	

1. 6 月 8 日至 9 日，《检察文化初论》书稿研讨会在京召开，张耕主席出席研讨会并讲话。
2. 6 月 2 日，中国检察官文联与中央国家机关纪工委等 9 家单位联合承办的中央国家机关干部职工廉政文化建设书画邀请展现场。
3. 5 月 26 日，中国检察官文联、中国电视艺术委员会主办的"呼唤・守望・梦想——察题材影视作品创作研讨会"在北京举行，张耕主席出席座谈会并讲话。
4. 11 月 29 日，第三届"迎新春、送文化"春联征集作品终评会在京举行。
5. 9 月 7 日，"以竹喻检"有奖征文作品终评会在京举行。
6. 1 月 6 日，第二届"迎新春、送文化"活动在广东举行，中国书协副主席苏士澍先生现场点评检察书法爱好者春联作品。
7. 12 月 29 日，第三届"迎新春、送文化"活动在唐山举行。
8. 3 月 30 日，张耕主席（第一批左三）、杨明秘书长（第二排左一）看望《守望正义》剧组，并与演职人员合影。

中国金融文联

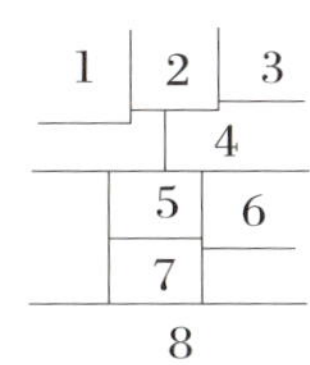

1. 4 月 20 日，金融文联成立大会。
2. 1 月 22 日，送文化下基层活动。
3. 5 月 18 日，金融职工文化月活动。
4. 7 月 20 日，金融美协组织培训。
5. 12 月，金融音乐舞蹈协会组织讲座。
6. 11 月 12 日，金融书法美术展览。
7. 12 月，农行摄影下基层活动。
8. 4 月 21 日，金融戏剧家协会迎“五一”慰问金融职工京剧专场。

中国人民银行文联

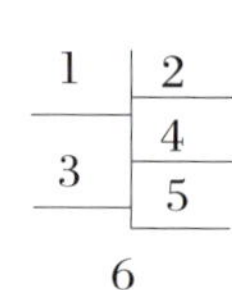

1.5 月 31 日至 6 月 1 日，G30 春季全会会议期间周小川行长出席人民银行举办的中华书法绘画现场展示和创作活动。
2.人民银行党委委员、纪委书记王华庆为《央行文苑》题字。
3.12 月，邀请中国文联领导参观中国人民银行成立 65 周年职工书法美术摄影作品展。
4.人民银行书法协会推荐选拔系统书法美术作品参加第三届中国职工艺术节。
5.人民银行舞蹈协会表演舞蹈《在阳光下》。
6.人民银行文联有关同志参加第三届中国职工书法美术获奖作品开幕式。

武汉市文联

2014年，武汉市文联深入学习贯彻党的十八大、十八届三中、四中全会精神，紧紧围绕“中国梦”的时代主题，强化以人民为中心的创作导向，坚持“二为”方向和“双百”方针，坚持“三贴近”原则，按照服务大局、服务人民、服务文艺的要求，孜孜以求、潜心创作、求真务实、开拓创新，武汉文艺创作活跃繁荣，精品力作频现，活动丰富多彩，队伍意气风发，为推进武汉“文化五城”和国家中心城市的建设，实现武汉科学发展、跨越式发展和文艺事业繁荣作出了积极贡献。

1. 3月27日，武汉市文联召开“中国梦”主题文艺创作暨武汉市文联九届五次全委会，回顾总结2013年全市文艺创作及文联工作，研究部署围绕“中国梦”的主题文艺创作。武汉市委常委、宣传部长李述永出席会议并讲话。
2. 3月27日，首届武汉文学艺术奖揭晓，《北去来辞》等10部作品获奖、《和陌生人共进下午茶》等5部作品获入围奖。
3. 5月23日，以武汉文艺家为主体的志愿者队伍在武汉召开纪念“延座讲话”发表72周年暨武汉文艺家志愿团成立大会。武汉市委常委、市委宣传部部长李述永出席大会并做重要讲话。会上，对戏剧曲艺、音乐舞蹈、文学、美术、书法、摄影、民间文艺、文博8个文艺家志愿分团和江岸、江汉等13个城区志愿分团进行了授旗。
4. 6月10日，著名作家刘醒龙新作《蟠虺》在武汉出版发行，并举办了新书发布会。7月20日，举行了该书的研讨会。何向阳、李建军、李国平等评论家及教授和武汉各高校教授、文学评论家於可训、李俊国、樊星等参加研讨。湖北省委宣传部副部长陈连生、省作协党组书记蒋南平、湖北大学党委书记刘建凡等出席会议。
5. 10月27日，市委宣传部和市文联联合组织武汉市文艺家，座谈学习习近平文艺工作座谈会上的重要讲话精神，会上，武汉市委常委、宣传部长李述永和艺术家代表结合工作实际作了交流发言，畅谈学习体会和贯彻落实举措。武汉市文联各专业协会也都组织了研讨会，座谈学习习近平文艺工作座谈会上的重要讲话精神。
6. 6月11日起，由武汉文学院青年作家李修文担任编剧、中共武汉市委宣传部作为出品单位之一的48集电视连续剧《十送红军》在央视一套晚间黄金时段播出。该剧作为中央电视台“中国梦”展演的首部电视剧连续剧，并作为纪念红军长征80周年的献礼剧。
7. 10月30日，刘醒龙当代文学研究中心在华中师范大学揭牌成立，刘醒龙文学创作三十年学术研讨会同时举行。刘醒龙现任武汉市文联副主席，《芳草》杂志社总编，曾获首届鲁迅文学奖中篇小说奖，长篇小说《天行者》获得第八届茅盾文学奖。根据其小说改编的电影《背靠背，脸对脸》《凤凰琴》获东京国际电影节大奖。
8. 举办创建全国文明城市“我的中国梦我的价值观”百场文艺巡演活动。
9. 深入农家为村民拍摄全家福合影，并举办摄影展，展后将装框艺术照送给村民。

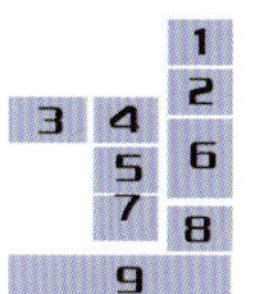

广州市文联

2013–2014上半年，广州市文联以邓小平理论、“三个代表”重要思想、科学发展观为指导，认真践行党的群众路线，深入贯彻落实党的十八大、十八届三中全会以及习总书记系列讲话精神，认真履行“联络、协调、服务”基本职责，全面推进各项业务工作，为推动广州文艺事业大发展大繁荣，实现伟大中国梦作出了积极贡献。

1. 以“人民为中心 生活为源泉”广泛开展文艺志愿服务

积极响应十八大和中国文联号召，广泛开展文艺志愿服务。2013年3月4日在全国副省级城市中率先成立“一家亲”文艺志愿服务团，同年12月20日成立广州文艺志愿者协会。成立80多支文艺志愿服务团队。组织文艺家深入校园、社区、农村、企业、军营等基层，送温暖，送欢乐，开展文艺支教、书画挥毫、文艺演出和“广州市道德模范故事汇”等大型专题文艺志愿服务上千场，受惠群众数十万人，产生了良好的社会效益，被《人民日报》、《中国艺术报》等主流媒体广泛报道。2014年3月20日，中国文联在广州召开文艺志愿服务工作会议，全国各地文联代表观摩了广州文艺志愿服务情况。7月，乔平主席在广东省志愿服务会议上作重点发言。

2. 积极开展党的群众路线教育实践活动

组织机关人员和广大文艺工作者深入学习十八大、十八届三中全会以及习总书记对文艺工作历次重要讲话精神，积极开展党的群众路线教育实践活动，切实抓好党组中心组学习，强化理论武装，牢记服务宗旨，为广州文艺事业发展提供动力。

3. 以组织制度建设为工作保障

成立文联系统首个专家咨询委员会，聘请40多位国内外文艺名家任委员，为文联工作出谋献策。做好12个文艺家协会换届工作。先后设立广州市文联国家档案馆创作基地等20多个创作基地。

4. 以“中国梦”为主题，组织创作文艺精品

积极响应中宣部等部门关于中国梦创作的号召，组织艺术家们深入基层，深入生活，坚持以人民为中心的导向，创作出《丝绸之路的蓝色海洋之梦》、《习惯爱》、《盛世同贺》等200多件文学、美术、书法、摄影、戏剧、民间工艺、微电影等艺术作品上报省、市有关部门。

5. 倾力打造特色名片

承办中国音乐金钟奖、广州文艺奖；主办“红棉杯”首届广州市青少年书法大赛、广州文艺“都市小说双年展”评奖、“羊城印象”广州国际微电影评奖等。举办“春暖花开”、“春华秋实”等艺术展、中瑞跨文化交流音乐会等艺术活动。

6. 千方百计为文艺家服务，办实事办好事

为艺术家主办各类展览、展示、展演，通过《中国艺术报.广州文艺专版》、《广州文艺家》、广州文艺网等媒体宣传推广本地艺术家。举办“岭南文化走出去”系列谈座谈会，鼓励艺术家走出广东，走出国门推广岭南文化。举办“红线女追思会”等纪念活动。积极投身“美丽乡村”建设和对从化黄茅村的对口帮扶工作，参与各类公益活动。

1. 3月20日，中国文联文艺志愿服务工作会议期间，中国文联党组成员、书记处书记罗成琰（后排左二），广东省文联党组书记、专职副主席程扬（左四），中国文艺志愿者协会副主席刘全利（左六）等领导嘉宾考察广州南村文艺志愿服务基地。
2. 1月20日，广州市文联“一家亲”文艺志愿服务团走进潘鹤雕塑艺术园开展“与潘鹤大师座谈艺术人生”对话活动。潘鹤老师现场为6个文艺志愿服务分团和9个服务队授旗。
3. 6月下旬至7月中旬，由广州市文明办、广州市文联共同主办的广州市道德模范故事巡演进学校活动分别在越秀区、海珠区、荔湾区、萝岗区、番禺区、增城市、花都区的企业和社区进行了8场巡演。图为文艺志愿者表演小粤剧《生命热线》。
4. 11月18日，广州市文联国家档案馆创作基地挂牌。中共广州市委常委、宣传部部长甘新（左二），著名画家陈永锵（右二），广州市文联主席乔平（左一），广州市国家档案馆馆长何伍爱（右一）为基地揭牌。
5. 8月16日，广州市文联主席乔平向著名雕塑家潘鹤颁专家咨询委员会聘书。
6. 自5月至10月，广州市文联属下12个文艺家协会完成换届工作，图为广州市美术家协会会员在第六次代表大会上投票选举。
7. 12月8日，著名粤剧艺术表演家红线女病逝。13日，由省文化厅、省文联、广州市文化广电新闻出版局、广州市文联联合主办的红线女追思会在红线女艺术中心举行。图为追思会现场。
8. 5月29日，第四届“羊城印象”国际微电影大赛颁奖礼颁奖现场。
9. 9月9日，广州市文联“一家亲”文艺志愿服务团和欧中文化经济交流协会、广东省实验中学共同举办中瑞文化音乐交流会。图为瑞典著名乐团Wavemakers奉献精彩演出。
10. 广州市文联自3月至7月在北部山区从化开展舞蹈、书法文艺支教项目，收获了丰硕果实。图为舞蹈支教老师李进兴在鳌头镇中心小学上舞蹈课。

5 6
7 8 9
1 2 10
3 4

黄山市文学艺术界联合会

徽州照壁+塑雕工程

黄山市文联锐意创新，大胆开拓，奋发作为，被中国文联评为“全国文联工作优秀集体”，被市委市政府评为“全市人才工作先进单位”，树立了良好形象。

激活机制，繁荣文艺。争取市委市政府出台《关于进一步加强文联工作的意见》、《黄山市文学艺术奖评选办法》，为队伍建设、文艺创作建立良好机制。5人获省政府文学奖，2人获中国作协终身成就奖，7位老作家获安徽省文学创作特别贡献奖。8篇黄山徽州题材文章入选中小学课本，《黄山有片神奇的海》等歌曲入选安徽省小学音乐教材。编纂出版1套8册《中国民间故事全书·黄山市卷》。《徽州民歌》成功申报中国非物质文化遗产。“天都文丛”第1、2部16本著作出版。美术作品《徽州古村落》成功入选国家印花税票图案，《徽商与胡雪岩》入选安徽省重大美术题材创作工程，3人在中国美术馆举办个展。5人获得山花奖、10余人获工艺美术百花奖。举办“京剧寻根之旅——徽风国韵”京剧名家演唱会和中国梅花奖艺术团演出。与西藏、敦煌市文联联合举办中国徽州、西藏、敦煌三地摄影联展。目前有本届省人大代表1人，市人大代表6人；省政协委员2人，市政协常委4人、委员12人，并有省级文艺家协会副主席（副会长）6人。

融入中心，创新作为。担当文化实体项目业主，负责建设了“徽州照壁”大型浮雕工程和“新安大好山水”摩崖石刻景观工程，“徽州照壁”和摩崖景观工程分别获得全国优秀城市雕塑奖、安徽省优秀城市园林景观工程奖。承担全市摄影产业发展工作，推出148个“百佳摄影点”，累计争取到国家、省服务业引导资金和文化产业资金1530万元，其中国家发改委支持500万元。已累计完成投资2.5亿元、完成131个摄影点基础设施建设任务。连续举办3届“中国黄山油菜花摄影节”和黄山最美油菜花大赛，出版了《徽之黄山》精品摄影集。摄影旅游人次逐年翻番，皖南偏僻山区的寂寞风景成为乡村旅游的新亮点。

盘活资源，打造特色。组建市级工艺美术协会、学会，民间工艺、文房四宝等6支特色人才跻身“人才强市战略”推进工程，制定《黄山市初、中级民间传统工艺美术师评审办法》，已有240多人被评为工艺美术师。编印《黄山市特色人才群英谱》。目前，传统“徽州四雕”成为全市最具竞争力的文化特色产业，摄影、写生艺术产业蓬勃发展，全力支持歙县争创获得“中国徽文化之乡”和“中国牌坊之乡”称号，霞坑镇获得“安徽省民间书画之乡”称号；黄山区获得“安徽省文学创作先进县”称号。

省委书记张宝顺等观看百佳摄影点图片展

旅游工艺品暨徽州工艺美术作品展

新安大好山水+塑山景观工程

发展摄影产业

歙县中国徽文化之乡、牌坊文化之乡授牌

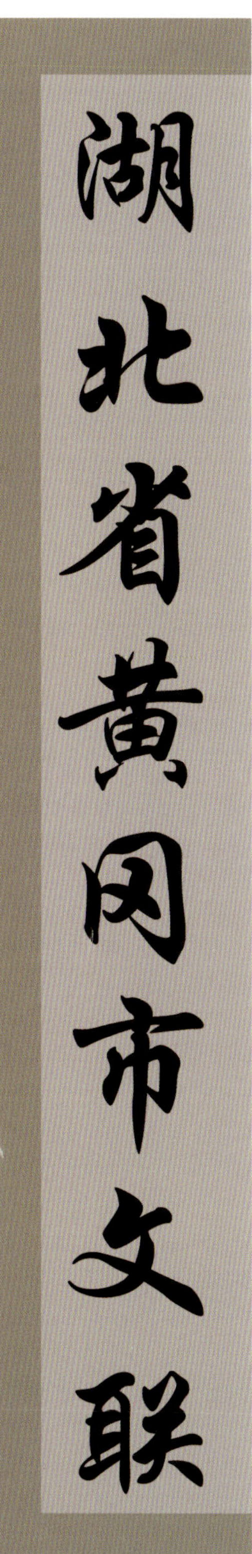

黄冈市地处湖北省东部、大别山南麓、长江中游北岸，京九铁路中段。辖一区、二市、七县和一个县级农场，版图面积1.74万平方公里，总人口730万。

黄冈历史文化源远流长，有2000多年的建置历史，孕育了中国佛教禅宗四祖道信、五祖弘忍、六祖慧能，宋代活字印刷术发明人毕升，明代医圣李时珍，现代地质科学巨人李四光，爱国诗人学者闻一多，国学大师黄侃，哲学家熊十力，文学评论家胡风，《资本论》中译者王亚南，等等一大批科学文化巨匠，为中华民族乃至世界历史发展作出了重要贡献。

黄冈革命传统光辉灿烂，是中共早期建党活动的重要驻地和鄂豫皖革命根据地的中心，组建了红十五军、红四方面军、红二十五军、红二十八军等革命武装力量，发生了"黄麻起义"、新四军中原突围、刘邓大军千里跃进大别山等重大革命史事件。为缔造共和国，先后有44万黄冈儿女英勇捐躯，其中5.3万人被追认为革命烈士。在这片英雄的土地上，诞生了董必武、陈潭秋、包惠僧三名中共一大代表，董必武、李先念两位国家主席，林彪、王树声、韩先楚、陈再道、陈锡联、秦基伟等200多名开国将帅，铸就了"紧跟党走、不屈不挠、艰苦奋斗、无私奉献"的老区精神。

黄冈市文联1988年恢复成立，现有县市区文联、市直文艺家协会、产（行）业文联（文协）等团体会员37个。

2013年，黄冈市文联在市委、市政府和省文联的正确领导下，充分发挥桥梁和纽带作用，坚持"二为"方向、"双百"方针和"三贴近"原则，认真履行"联络、协调、服务、管理"的职能，坚持以学习贯彻党的十八大、十八届三中全会精神和市四次党代会精神为主线，以紧紧围绕市委、市政府中心工作和"双强双兴"发展战略为重点，以繁荣文艺创作、积极开展文艺活动为抓手，以坚持文艺惠民、着力提高人民群众的幸福指数和满意度为出发点和落脚点，坚持内部联心、外部联力，抢抓机遇，克难奋进，凝心聚智谋发展，务实创新提形象，团结和带领全市文艺工作者，在服务黄冈经济社会发展中作出了积极贡献，全市文艺工作又上了一个新的台阶。黄冈市被中国书法家协会命名为"中国书法城"；被中国诗词学会命名为"中华诗词之市"，"东坡遗迹"被省"一县一品"文化品牌创建工作领导小组授予文化品牌"创建奖"。

1. 情满大别山——庆祝建党90周年中国文联书画艺术家采风创作笔会。
2. 举办"东坡遗韵——全国书法名家邀请展"暨首届湖北书法艺术节活动。
3. "风情大别山"全国摄影大赛评奖现场。
4. 黄冈市申创"中国书法城"工作汇报会。
5. 举办喜迎十八大美术作品展览。
6. 组织开展文艺采风活动。
7. 主办"百花迎春——黄冈市首届垄上春晚"。
8. 组织开展送春联下乡活动。
9. 深入基层主办"践行群众路线，坚持文艺惠民"演出活动。

1 2 3 4 5 6 7 8 9

常熟市文联

常熟市文学艺术界联合会（简称常熟市文联）是中国共产党常熟市委员会领导下的，由常熟市各文学艺术家协会、各镇（区）文学艺术界联合会和条线、企业文联组成的人民团体，是党和政府联系文艺界的桥梁和纽带。2014年，常熟市文联贯彻党的十八大和十八届三中全会精神，深入学习习近平总书记系列讲话，特别是习近平总书记在文艺工作者座谈会上的讲话，坚持以人民为中心的创作导向，与人民同呼吸、共命运、心连心，坚守文艺的审美理想，保持文艺的独特价值，积极开展党的群众路线教育实践活动，围绕市委提出的“努力把常熟建设成为经济发达、生态优美、社会和谐、人民幸福的现代江南名城”总体目标，构建文艺高地，培养文艺精英，推动文艺繁荣，全市文艺事业取得了显著成绩。多年来，市文联蝉联江苏省、苏州市文联系统工作先进集体等荣誉。

主题活动频闪亮点。年内，举办“中国梦·江南美”诗赋朗诵会，邀请全国著名朗诵表演艺术家来常表演；举办国际中学生灯谜邀请赛；举办“启·承”元四家故里美术精品展；举办“瓷艺复兴”中国陶瓷艺术巡展；举办“和爱常熟，风清气正”法治楹联书法巡回展；举办“诗情画意中国梦”常熟诗歌创作大赛；举办青少年考级书画优秀作品展；举办常熟市蔬菜摄影大赛；承办“美丽中国”2014第二届江苏城市摄影擂台赛（常熟站）。

创新工作彰显特色。市文联成立所属协会党员活动小组和党员文艺家志愿者服务队，10个协会的343名党员加入了这个队伍，成为艺术指导、专业培训、公益服务的骨干力量。年内，积极组织所属协会开展与乡镇文联结对互助、服务经济板块的各项文艺活动10多次，真正为群众着想，为基层办实事，以满足日益增长的文化需求。

文艺惠民突出品牌。年内，开展以“和爱常熟”为品牌的文化惠民系列活动12次，组织文艺志愿者进支塘镇、古里镇、碧溪新区、进虞山镇联盟村、小义村、报北社区、进江苏省常熟中学、张桥中心小学、涟虞创新外来民工子弟学校，写春联送机关等，送文艺、送知识、送友谊、送欢乐、送和谐。

“一镇一品”发挥作用。自2007年在江苏省率先成立乡镇文联满堂红的基础上，积极培育农村文艺人才，打造文艺队伍，推动镇文联事业蓬勃发展，形成了虞山镇文联的“书画篆刻”、梅李镇文联的“孝爱文化”、董浜镇文联的“灯迷”、支塘镇文联的“滚灯舞狮”、沙家浜文联的“石湾山歌”、碧溪新区文联的“江花诗词”、尚湖镇文联的“王庄戏曲”、海虞镇文联的“民间故事”、古里镇文联的“白茆山歌”和辛庄文联的“评弹艺术”的格局。“中国黄杨艺术博览园”落户古里镇；“中国作家创作基地”落户沙家浜镇；“中华诗词之乡”落户碧溪新区。

文艺创作捷报频传。作家金曾豪的新作《凤凰的山谷》入选第十三届精神文明建设“五个一工程”奖；作家金曾豪与弹词艺术家陆建华合作的短篇弹词《招牌菜》荣获第八届中国曲艺牡丹奖创作奖；常熟市江南云水合唱团获第九届中国音乐金钟奖铜奖；有7件书法作品在全国性书法展览中入展；有1件美术作品在全国性美展中入展；有9件作品在中国电视艺术家协会举办的人文中国专题片、三农人物电视作品、中国电视旅游周等评奖活动中获奖。今年，市文联编印出刊系列文艺丛书《常熟书画名家·黄公望》，图文并茂，古籍线装排版、宣纸仿真彩印。

人才培养加大力度。以打造常熟文艺人才高峰为目标，努力构筑文艺人才高地，大力培养优秀文艺人才，壮大文艺人才队伍，取得了新成效。文联所属协会现有国家级会员80名，并实施以老带新、以师带徒计划，培养更多的类似金曾豪、牛小艾、陆建华、丁晓原式的文艺家，从而形成优秀人才脱颖而出的良好机制。市文联每年举办文艺家读书班，组织优秀艺术家外出采风。

文艺产业有效推动。今年，文联推出“清晖雅集”四季艺术品交流竞买会，为推介江南文化，促进文化交流，丰富市民文化生活和艺术品投资收藏提供了一个开放、完善的整合性平台。“清晖雅集”艺术品交流竞买会春、夏、秋、冬四场人鼎兴旺，影响深远，使“虞山画派”、“虞山书风”重新被艺术市场所接纳认知。

自身建设日益加强。建立所有协会会员电子信息库，加强基础工作；办好《常熟田》文学期刊、《常熟日报》之《常熟文联》专版、《常熟文艺网》、常熟市文艺交流中心四个宣传窗口，搞好阵地建设。年内，中国政协文史馆言恭达艺术研究院常熟分院和常熟市政协书画室落户常熟市文联文艺交流中心；自筹资金建成国内首个由文联机构主办的文学艺术品电子商务平台——“虞山艺品城”，稳步运作推进。

1. 短篇弹词《招牌菜》荣获第八届中国曲艺牡丹奖创作奖。
2. 金曾豪新作《凤凰的山谷》入选“五个一工程”奖。
3. “中国作协创作基地”落户沙家浜镇。
4. “中国梦·江南美”诗赋朗诵会现场。
5. 《常熟书画名家·黄公望》出刊发行。
6. 江南云水合唱团获第九届中国音乐金钟奖铜奖。
7. “启·承”元四家故里美术精品展开幕式。

东莞市文联

2013 年，东莞市文学艺术界联合会在成立 50 周年之际，获得了“全国文联工作优秀集体”荣誉称号。

文联组织建设有了新的发展。年初下发了《关于加强镇街文联建设的意见》。指导各镇街文联建立相对独立的工作机制，在人员、经费、办公场所等方面不断完善和加强。成立东莞市农业局系统文联。成立东莞市青年诗歌学会。

按照出精品、出人才的要求推动文艺创作。积极推介东莞优秀作家和作品，东莞的文学已经成为广东乃至全国不可忽视的重要力量。文学艺术院第四届签约确定 21 件选题为签约创作项目。历史人文创作工程第一批 13 部书稿的交稿和审读工作基本完成。举办“梦圆东莞”东莞市原创流行歌曲征集评选活动。

儿童文学《手掌阳光》、报告文学《共和国粮食报告》、舞蹈《墨韵》、音乐作品《花语》获第九届广东省鲁迅文学艺术奖。陈启文的《江州义门》获第四届“三个一百”国家原创图书奖。美术、摄影、音乐、舞蹈、戏曲等作品获得了全国中国画作品展优秀奖、群星奖、全国摄影展铜奖、全国小戏小品大赛铜奖、中国首届民间工艺美术展金奖等。

积极打造文艺品牌，强化文联影响力。成立了东莞市文艺志愿服务团，先后两批招募文艺志愿服务者 1099 人，申报志愿服务项目 200 多个。先后在农业局机关、虎门沙角部队、东城社区进行文艺志愿演出和培训。创办文艺沙龙，邀请中国作协副主席李敬泽等领导和专家开展了 18 场文学艺术讲座和沙龙。“我的打工成才路”大型巡回演讲活动加强“中国梦”主题宣传，中央电视台等主流媒体对活动进行了重点报道。

平台建设效果较好，对外传播能力不断提升。东莞文学艺术网、文联官方微博、文联内刊成为对外宣传的重要窗口。《东莞书画》正式创刊。《东莞文艺》、《南飞燕》举办改稿会、产业工人摄影大赛，打工文学擂台赛等活动。

1 2
3
4
5
6

1. 省文联党组书记程扬为东莞文联授予全国文联工作优秀集体牌匾。
2. 文联 50 周年纪念大会合照。
3. 2013 年东莞文学艺术院第四届创作项目签约。
4. 东莞文联文艺志愿服务活动启动暨文艺志愿团成立授旗仪式。
5. 书画家在沙角部队为官兵挥毫。
6. 文艺沙龙启动。

广州市荔湾区文联

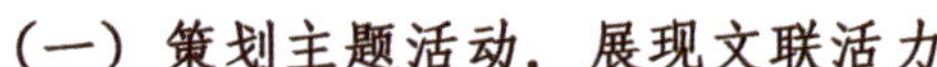

（一）策划主题活动，展现文联活力

1.举办2013年荔湾区文艺界新春座谈会

2月22日，2013年荔湾区文艺界新春座谈会在荔湾湖畔举行，茶话会中总结了区文联2012年工作，通报了2013年工作思路。长住西关的知名诗人蔡诚轩、郭应新先生为荔湾区新型城市化、美丽荔湾撰写长联，青年歌手吴丽霞表演独唱《在阳光路上》；林蔚然先生即席表演了别具荔湾风情的纸雕技艺，令人惊叹。一年一度的新春座谈会成为凝聚文艺界共识，交流创作成果的良好平台，受到文艺工作者的好评。

2.承办广州新型城市化建设成果书画摄影展首场巡回展

2月7日，在新春来临之际，广州市新型城市化建设成果书画摄影展巡回展首场在坐落荔湾的广州文化公园举行，本次共展出新作360余件。《人民网》以“360件艺术创作彰显广州新型城市化建设成果”为题作了专题报道。

3.承办广州文艺界大型赈灾义演活动

4月27日，广州“大爱羊城，情系雅安——广州文艺界赈灾义演义捐活动”在荔湾区上下九步行街中心舞台举行。著名音乐人廖百威、著名粤曲唱家何萍等艺术家组织了一台精彩的节目，本次义演共筹得善款430多万元，通过广州慈善会捐献给震区，表达了羊城人民一方有难，八方支援的高尚情怀。

4.举办“美丽人生，有爱同行”慈善拍卖会

5月11日，“美丽人生，有爱同行”荔湾区2013年母亲节慈善拍卖会在荔湾1850创意园居本斋举行。区女企业家、书画家、社会热心人士近100人参加了活动。区文联发动组织了陈永锵、卢有光、程家焕、吕志强、陆铎生、梁风等40多位书画家70多件书画作品参加拍卖活动，共筹得善款近10万元。荔湾区这次活动，为营造全社会都来关心单亲、特困母亲的良好氛围，为社会提供正能量。

5.迎接“中国曲艺之乡”复检

5月18日，中国曲协党组书记、驻会副主席董耀鹏率领中国曲协督促检查组，对荔湾区“中国曲艺之乡”进行复检。

为做好这次迎检工作，梳理了我区十年来曲艺活动情况，协调相关部门积极做好迎检工作。

在汇报会上，晏拥军区长重点介绍了区委、区政府将“文化引领”确定为荔湾五大发展战略之首的发展思路；区委常委、区委宣传部长李黎从四个方面对荔湾区2003年荣获“中国曲艺之乡”称号以来工作进行了汇报；中国曲协董耀鹏书记用“一亮、二基、三结合、四作用、五尊重”对荔湾荣获“中国曲艺之乡”以来工作进行了总结。期间，董耀鹏还亲自向荣获“第六届中国曲艺牡丹奖”终身成就奖、著名广东粤曲星腔表演艺术家黄少梅女士献花。

（二）开展文艺创作，弘扬西关特色

1.办好《荔湾文艺》报

今年，区文联编辑出版了3期《荔湾文艺》，及时刊发全区文艺动态信息，发表了文学、书画、摄影作者新作，将《荔湾文艺》办成沟通文艺信息、发表文艺新作品、展示艺术家风采的园地，受到区文艺界人士的好评。

2.举办《观鹏程书法作品展》

10月19日至26日，《观鹏程书法作品展》在文化公园艺术中心举办，共展出观鹏程先生近年书法新作200多件，精彩纷呈的艺术作品给观众带来美好的享受，展示了荔湾书画界的新一面，受到好评。

3.参加“艺海同舟”广州地区八文联主席书画联展

10月16日，广州市文联主办的“艺海同舟八人（省、市、区文联主席）书画联展在越秀文化馆举行，这次活动是践行“以人民为中心，以生活为源泉”宗旨而举办的大型书画联展，以其博大、深沉、壮美的情怀展现了艺术家对祖国的热爱、对人民的礼赞，充分展现了广州政通人和、和谐奋进的社会风尚。

荔湾区文联主席曾小华应邀参加了展览，选送的书法新作被人民网、《广州日报》选刊，并被广州市档案馆收藏。

4.举办《李卓祺书法作品展》

12月份在广州艺术博物院举办《李卓祺书法作品展》。展出李卓祺书法精品60多件，深受社会各界好评。

（三）推进协会工作，拓展服务平台

区文联现有18个文艺协会和19个街道地区文联，区文联指导他们根据自身特点开展工作，扎实推进协会、基层文联工作，有力地拓展文联服务平台，增强区文联向心力和影响力。

区美术书法家协会组织书画家为区农水局创作了一批反映廉政文化的作品，悬挂在农水局办公大楼；为区妇联筹集了70多件慈善拍卖作品；支持珠江大桥守桥部队开展端午军民共联谊活动；区摄影协会组织全市100多位摄影爱好者进行创作活动；区粤剧曲艺协会配合荔湾“中国曲艺之乡”迎检做好相关工作；组织作品赴四川参加“岳池杯”中国曲艺之乡交流活动；荔枝湾文化交流协会在台山建立新基地，开展华侨文化研究；区女子书画协会在文化公园举办会员作品展、区音乐舞蹈协会在文化公园举办音乐舞蹈晚会；花地诗社每月在白鹤洞举办会员诗书画雅集；各街道地区文联因地制宜开展丰富多彩文艺活动。这些活动的开展，有力地营造全区良好的氛围，推动荔湾文艺创作。

1 2
3 4 5

1.广州市荔湾区音乐舞蹈协会演出晚会。
2.广州文艺界赈灾义演在荔湾举行。
3.地区文联团队表演歌舞《在灿烂的阳光下》。
4.文荟中西.沙面中秋文化汇书画雅集。
5.2013年老广州民间艺术节荔苑诗社雅集活动。

泰州市文学艺术界联合会

●综述

2013年，泰州市文联团结带领全市广大文艺工作者，与时俱进，开拓创新，先后荣获第六届江苏戏剧红梅奖优秀组织奖、全市宣传文化系统创新成果二等奖、优秀调研成果一等奖。

●重要会议

【泰州市文联四届二次全委会召开】3月12日，市文联四届二次全委会召开，市文联主席刘仁前作工作报告。会上，对全市6家先进集体、15名先进个人和16名优秀文艺家予以表彰。印发了市文联和各市（区）文联、各文艺家协会年度工作计划书。

●重要活动

【组织开展“美丽泰州”系列文艺活动】市文联以学习贯彻十八大精神为主题，联合扬子晚报等媒体，组织开展了“美丽泰州”征文、摄影比赛、少儿才艺大赛等文艺活动。

【举办“援疆风采，美在昭苏”主题采风活动摄影展】市文联组织开展了昭苏摄影采风创作活动，并与泰州市援助新疆伊犁昭苏县前方工作组联合举办了“援疆风采，美在昭苏”主题采风活动摄影展，共展出5位摄影家的75幅摄影作品。

【组织开展稻河文学奖评选活动】2013年，市文联启动了稻河文学奖评奖工作，聘请省、市相关专家组成专业评审委员会，采取初评与终评二轮评奖机制，并将20篇获奖作品名单在媒体进行公示，使稻河文学奖代表性更广、权威性更强。

【深入开展文艺家“走进”系列活动】市文联全年组织200多名文艺家，先后走进兴化缸顾乡、走进知名企业梅兰春酒厂、走进军营泰州教导大队、走进靖江滨江工业园区等，进行参观采风，举行笔会交流活动。

●文艺创作

【积极搭建文艺创作平台】市文联全年主办或参与举办了侯北人山水画展、范扬刘灿铭书画精品展、“板桥遗风”中国画十人展等活动近20次。此外，举办了泰州市文艺家读书班，组织学员们赴浙江进行采风创作，召开了全市首届青年作家创作会议，提高创作水平。

【文艺创作取得丰硕成果】全市多个艺术门类作品在全国、全省获奖，特别是在书法兰亭奖、省摄影“金瞬奖”、戏剧“红梅奖”、省“五个一”工程奖、五星工程奖等重大展赛中获奖，刘仁前荣获施耐庵文学奖特别奖。据不完全统计，全市荣获国家级奖项20余项，省级奖项50余项。

●文艺人才培养

市文联设立了“张海音乐文学工作室”、“李萍京剧（梅派）工作室”、“宋保旺木刻雕版工作室”等3个文艺名人工作室，扎实推进文艺拔尖人才和领军人物的培养。

●文艺品牌建设

【积极打造秋雪湖国际写作中心文艺品牌】市文联举行了中国泰州秋雪湖国际写作中心揭牌仪式、“秋雪湖之春”名家讲坛和名家笔会活动，中国作协副主席叶辛、省作协主席范小青等领导莅临活动现场。先后邀请台湾著名诗人洛夫、诺贝尔文学奖得主勒克莱齐奥访问中心，这也是诺奖得主首次访问泰州，勒克莱齐奥在中心举行大型演讲，在省内外产生了重要影响。

【积极打造“里下河文学流派”品牌】市文联与《文艺报》社、省作协联合举办了全国性的“里下河文学流派”研讨会。中国作协副主席何建明，《文艺报》总编辑阎晶明以及《人民文学》、中国现代文学馆、中国作协创作研究部、中国社科院文学所等单位的近30名著名评论家、学者出席研讨会。《人民日报》、《文艺报》等多家国内重要媒体对研讨会进行重点报道。

●文艺惠民

市文联积极开展“三解三促”活动，由市文联主要负责人带头，分阶段到挂钩联系点进行走访调研，组织开展“送温暖”走访慰问社区困难党员、群众以及“迎新春”送文艺进社区活动。

●阵地建设

市文联进一步完善稻河文艺网，成立了泰州市文艺评论家协会、诗人协会、青少年作家协会、民俗摄影协会、花鸟画研究会，在文艺家阵地建设上有了重要发展。

1. “援疆风采 美在昭苏”主题采风活动摄影展。
2. 法国诺贝尔文学奖得主勒克莱齐奥在国际写作中心演讲。
3. 秋雪湖之春讲坛中国作协副主席叶辛授课。
4. 市文联刘仁前主席签名送书。
5. 市文联俞秋言副主席下基层送温暖。
6. 泰州市首届稻河文学奖评审会现场。
7. 泰州市文学艺术界联合会四届二次全委会现场。
8. 里下河文学流派研讨会现场。
9. 中国泰州秋雪湖国际写作中心成立仪式。

天津市和平区文联

天津市和平区文联成立于1986年，是该市区县规模最大、专业门类最齐全、文艺人才相对集中的正处级文艺团体，下设文学、书法、美术、摄影、音乐、舞蹈、剧作、曲艺、戏剧、民间文艺、职工艺术等11个专业协会，会员2600多名。现任主席秦岭，副主席张永琛、王梦、张书珍、高平，秘书长朱春生。文艺家创作的作品先后获得国家、市级表彰580多次（项），区文联荣获《中国艺术报》通联工作优秀奖，1名同志被授予全国文联系统优秀个人称号。中国文联先后两次深入该区调研指导工作，先后有10多个省市的文艺单位前来学习交流。

近期的特色工作有：

1. 在全市率先实施“津塔文丛”大型文学创作项目。以狗不理、五大道、劝业场等10个历史、文化遗存为表现主题，以长篇小说、文化散文、纪实文学、影视剧本为表现形式，面向全国作家签约创作；
2. 面向全国前沿，加大文艺项目推进力度。先后组织书法、美术、摄影人才前往晋、冀、陕、甘以及近郊乡村采风，部分成果被纳入2013年中国油画展，舞蹈《红袖》、《袖舞祥云》在央视参赛并获奖，话剧《我本善良》在各地巡演；由2名作家承担的4项中国作协重点作品扶持项目，有的被国家新闻出版总署纳入“学习十八大重点图书”，有的由水利部、中国作协组织研讨；
3. 加大对外合作力度。与北京、山西等省市合作的评剧、晋剧项目，荣获文化部地方戏剧展演特等奖、评剧节一等奖；与天津师大等高等院校合作举办的“津塔杯”大学生微小说征文，参与人数达2万人，表彰了一批优秀作品；
4. 建立全市首家职工文学创作基地。与工会、高校合作，创建了支点文学网、职工艺术网，全方位挖掘和培养职工文艺人才，被天津市总工会授予“职工艺术家”称号的文艺人才30多人，位居全市之首；
5. 承办“中国文学论坛”。与鲁迅文学院、北大、清华等高等院校的专家合作，先后承办了第三、五、六、八、九、十一、十二届论坛，确立重点课题11个，参与专家逾120多人，讨论成果在核心期刊发表；
6. 组织开展了“全国作家看和平”活动。确定辖区文化、历史、地理等50多个表现主题，参与作家达100余人，年底集结出版；
7. 依托京津高等院校和学术机构，建立了文艺、文学人才评价、考评、表彰机制。先后对不同专业门类项目的申报、立项进行了分析调研，对20年来的文学创作进行了梳理总结，出版3个种类400多万字的文集；并开展了“文艺奖”“文学奖”“先锋奖”评选。

“全国作家看和平”大型采风活动

与高等院校合作的文艺活动

承办“中国文学论坛”

与兄弟省市合作的戏剧项目

摄影、书法、美术协会在采风

11个专业协会负责人“全家福”

呼和浩特铁路局文联

呼和浩特铁路局文学艺术工作者联合会简称“文联”，成立于1990年1月，现隶属于呼和浩特铁路局党委宣传部。文联下设文学、美术、摄影、书法、音舞五个专业协会，共有各类会员2300余人。在文联成立的二十余年时间里，先后创作了反映铁路一线职工生产、生活的各类文学艺术作品15000余篇（件），有力地推动了企业文化的建设发展，极大地丰富了职工文化生活，受到职工群众的广泛欢迎。其中长篇小说《浮尘》荣获2007年度第十届全国“五个一”工程奖，34篇（部）荣获省部级奖。2013年度被评为“全国文联系统先进单位”。

2013年呼和浩特铁路局文联主动策应和跟进铁路改革发展的新形势，围绕中心任务开展了大量卓有成效的工作。一是组织各协会作者集中创作反映孙奇先进事迹的艺术作品186篇，其中小品剧《窗口》获自治区创作表演奖，进一步弘扬了全国第四届道德模范、全国创先争优优秀共产党员、呼和浩特站客运车间售票员孙奇同志的先进事迹和崇高精神；二是举办“中国梦.铁路情”征文，共收到作品166篇，评出获奖作品24篇，激发了全局干部职工“奉献呼铁、圆梦中国”的内在动力；三是举办全局文学创作培训班，24名文学创作骨干参加了培训，锤炼了文艺骨干，积蓄了后备人才。

铁路局文联组织机构设专职副秘书长一人，负责编辑出版综合文艺期刊《铁马》季刊，到2013年底出版60期。

4	5	6
	7	8
9	10	11
12	13	14

1	2
3	

1. 主办的《向党汇报》职工歌咏比赛激情唱响。
2. 邀请路局书画名家举办迎春笔会。
3. 争雄—— 路人摄。
4. 自编自演的精彩文艺节目产生热烈反响。
5. 积极参加自治区群众性文体活动。
6. 《时代楷模孙奇》——王忠仁 。
7. 闫双全 ——书法。
8. 张恒俊 ——书法。
9. 蒙古族好来宝《百花盛开春满园》。
10. 舞蹈《马莲花写意》。
11. 职工代表喜获赠书。
12. 专场演出获得圆满成功。
13. 情景剧《情系13号售票口》。
14. 责任—任卫云。

微笑天使

孙奇精神赞 癸巳夏月 闫双全书

錦城絲管日紛紛半入江風半入雲此曲秪應天上有人間能得幾回聞

杜工部贈花卿詩 癸巳夏日 張恒俊書

哈尔滨铁路局文联

哈尔滨铁路局位于全国路网的东北端，是中国铁路总公司所属大型国有企业和全路规模较大的铁路局。全局职工 20 余万，营业里程 7000 多公里，管辖线路覆盖黑龙江省全境、内蒙古自治区呼伦贝尔市。分别与俄罗斯后贝加尔铁路、远东铁路接轨。

哈尔滨铁路局文学艺术工作者联合会（简称：哈铁文联），成立于 1984 年 4 月，隶属于哈尔滨铁路局工会，现下设有作家、美术书法、摄影、表演艺术家四大协会，共有国家级会员 30 余人，省部级会员 300 余人，先后发展局级会员 3000 余人。局文联成立 30 年来，在中国铁路文联、黑龙江省文联和省作协的指导下，团结和组织全局广大文艺工作者，坚持围绕中心、服务大局，在推进企业文化建设、繁荣文艺创作等方面做出了突出的贡献。目前，局文联出版文学艺术专辑 120 余册（套），编辑出版《奔驰》杂志 90 期，共有 300 多人次的作品在国际、国内和省、部级以上刊物上发表或展赛中参展获奖。局文联先后被国家、省部文联、文化组织评为“先进团体会员”单位等称号 20 余次，2007 年，局书法家协会被中国书法家协会授予“中国书法家进万家活动”先进集体称号；2012 年，局“火车头”文化志愿者服务队被黑龙江省授予“群星奖”（政府奖）荣誉称号。

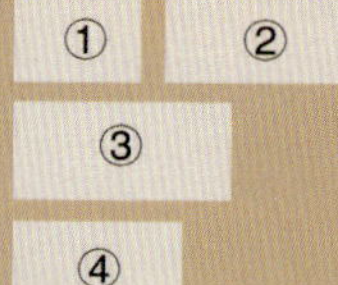

①开展文化志愿者服务进车间、班组

②举办劳模先进表彰颁奖典礼

③承办大型书画名家创作笔会

④哈尔滨铁路局文联副主席陈宇龙深入铁路一线采访

陈宇龙 哈尔滨铁路局文联副主席，一级注册艺术设计师。现为黑龙江省文联委员，黑龙江省企业文联副秘书长，黑龙江省艺术设计协会副秘书长，中国铁路书法家协会常务理事(组联部主任)，中国铁路美术家协会常务理事，黑龙江省书法家协会理事(创作评审委员会委员)，黑龙江省美术家协会理事，黑龙江省摄影家协会理事。艺术作品和成就先后在《人民日报》、《人民铁道》报、《黑龙江日报》、《美术》杂志、《黑龙江画报》、《文艺界》、香港《时代》杂志等报刊上发表和重点报道。多项艺术作品先后在美国、日本、韩国、俄罗斯和中国台湾、香港、澳门等国家、地区展出和收藏。2005年，被黑龙江省书法家协会授予“德艺双馨”书法家称号；2007—2008年，连续两年被中国书法家协会授予“中国书法家进万家活动”先进个人称号；2011年，被黑龙江省授予“百强艺术设计师”称号；2012年，被黑龙江省授予“群文之星”（政府奖）荣誉称号；2013年，被中国文联授予“全国文联工作优秀个人”称号。

①定期举办文艺创作骨干培训
②陈宇龙书法作品 — 隶书
③陈宇龙书法作品 — 行草书
④陈宇龙摄影作品 — 壮美龙江

张家港市文联

2013年，张家港市文联贯彻落实十八大暨十八届三中全会精神，紧紧围绕张家港市委“苏南现代化示范区建设排头兵”的战略部署，全市文艺事业取得新成就、实现新发展。7月，张家港市成功创建“中国曲艺之乡”；永联村文联成立，成为江苏省第一家村级文联组织。11月，接待中国文联副主席杨承志一行，市文联主席庞曦陪同考察全市文化工作。年内，市文联获“苏州市文联系统‘四项工程建设’先进集体”称号；4个项目获得江苏省文联嘉奖，在全省49项被嘉奖数量中位列前茅。

积极主动服务大局。参与“文明百村欢乐行”大型公益文艺巡演，承办“2013扬子江诗学奖发布”暨“诗歌里的城”朗诵会。参与“幸福港城”网格化公共文化服务，举办“美丽港城”全市书画影大赛暨作品展。参与创建“全国版权示范城市”，受理登记文艺作品1169件，获“张家港市优秀版权工作站”称号。

文艺创作喜获丰收。年内，出版、编纂各类文艺图书20部，累计近390万字，在市级以上各类报刊发表文艺作品1300余篇(件),76件作品在省级以上条线中获奖、入展（选）、演出。董红摘取第26届中国戏剧梅花奖。创办纯文学季刊《东渡》。编纂出版全市首部村级历史文化丛书《金村文存》，共6卷本80万字。3个项目获第六届苏州市文学艺术奖。10件书法在全国性书法展览中入展。4件美术在全国性美展中入展、获奖。13件摄影在全国性摄影展赛中入展、获奖。2只舞蹈获江苏省“莲花奖”第三届青年舞蹈大赛表演奖。3首歌曲在省级以上刊物和比赛中发表、获奖，4位音协会员冲进“王洛宾音乐奖”总决赛并获等级奖。

人才建设富有成效。年内，发展15位国家级会员，其中，11人加入中国摄协，1人加入中国作协，1人加入中国音协，2人加入中国曲协。董红受邀出席“梅花奖”创办30周年大会并交流发言。徐玲入选江苏省宣传文化系统“五个一批”人才名单。

惠民活动丰富多彩。市文联全年累计开展各项文艺惠民活动80余次，受惠群众5万余人次。其中，书画影展览53次，演出13次，义务写春联3次，助学、助残、慰问等公益活动近20次。全国范围内启动2项全国摄影大展。以青年作家、中宣部“五个一工程”奖得主徐玲名字命名的“徐玲公益书屋”，受到中央、江苏省主流媒体关注，已培育成在全国有一定影响力的公益文化品牌。

杨敏个人独唱音乐会

季雪忠书法展在北京举行，随即召开点评会

永联村文联成立

董红在中国戏剧梅花奖创办30周年纪念大会上交流发言

杨承志听取永联村文联负责人介绍村文联情况

扬子江诗学奖颁奖现场

重庆市渝中区文联

1.“渝中区庆祝新中国成立65周年书画摄影展”在重庆美术馆展出数百幅书、画、摄影作品让广大爱好者大饱眼福。
2.2014年重庆女书法家作品邀请展。
3.“2014书法贺新年 春联进万家”组织数十位书法家免费为市民写春联活动。
4.“聚焦新重庆——五大功能区域建设摄影艺术区县巡展渝中区首展”展出的精美摄影作品吸引了不少摄影爱好者前来参观。
5.“弘扬雷锋精神，建设和谐渝中”文艺汇演。

渝中区文联成立于1993年，性质为正处级党政群团单位，编制2个。下属9个艺术家协会和2个书画院。分别是作家协会、美术家协会、音乐家协会、戏剧家协会、书法家协会、民间艺术家协会、舞蹈家协会、电视家协会、摄影家协会等9个协会、重庆书画院和重庆渝中书画院。现有文艺家1100人（其中国家级110人，市级200余人），是全市文艺名家较为集中的地区之一，具有丰富的文艺人才资源。多年来，渝中区文联致力于引导和支持文艺作品的创作和展演，许多文艺创作作品先后入选国际、国内展演并获奖。据初略统计，入选国际性展演 4个（次）、国家级45个（次）、市级33个（次）。作家谭小乔创作的儿童文学《金色鼠王》获全国蒲公英金奖；民间艺术家康宁创作的刺绣《谜》获中国民间艺术家协会金奖； 2014年，渝中区文联组织出版了小说《纪年秀》、《吃鲸鱼的骡子》、《军号嘹亮》、《虎穴斗智》等小说。举办了“书法贺新年，春联进万家”、“渝中区庆祝新中国成立65周年书画摄影展”、“聚焦新重庆——五大功能区域建设摄影艺术区县巡展（渝中区展）”、“2014年重庆女书法家作品邀请展”等文艺活动，为文艺家搭建了展示平台，极大的激发了渝中区文艺家的创作激情，提升了渝中区文化的影响力。

儋州市文联

儋州市文联于1959年6月成立，现为正处级单位，有文艺家协会10个，挂靠文艺协会16个，会员5000多名，近年来，儋州市文联坚持“二为”方向和“双百”方针，围绕中心，服务大局，立足本土，突出特色，创新机制，谋求发展，团结和服务全市文艺工作者，在阵地、队伍、活动、精品、品牌等多方面建设上狠下功夫，取得了较好的成绩,民乐《迎亲》、舞蹈《照蟹》、声乐《哎哩呀》等6个节目获国家级奖励，新增国家级会员3名，创建书画摄影基地、书画摄影长廊、文艺专刊（5种）、文艺专网等创作交流平台。“万副春联送万家”、“送欢乐、下基层”等文艺活动成为品牌。2013年被中国书法家协会授予“中国书法之乡”称号，被中国文联授予“全国文联先进集体”称号。至此，儋州市先后获得“中国民间文化艺术之乡”、“全国诗词之乡”、“中国楹联之乡”和“中国书法之乡”。

平山县文联

平山县文联成立于1950年1月19日，是抗日战争和解放战争中在老区平山工作的老一辈革命文艺家们的关心支持下成立的，是全国最早成立的县级文联之一。

2010年在石家庄市文联和平山县委的关心支持下，建全了机构，成立了十大艺术家协会，现有会员1500多人，建立了活动阵地，文联充分发挥自身优势，紧紧围绕县里的中心工作服务，取得了可喜的成绩。2014年成立了文艺志愿者服务中心，组织动员全县广大文艺工作者践行党的群众路线、深入基层、服务人民群众、奉献艺术才智、抢救保护文化遗产、把文化艺术种在了农村。形成了一支庞大的推动农村文艺事业发展和加强基层文化艺术建设的重要力量。

一、文艺创作成果丰硕

平山县文联提出了："平山人写平山、演平山、画平山、唱平山、说平山"活动和"一会一品一活动"工程：文联要求十个文艺家协会每年最低策划一项活动，创作一件精品。据统计，今年在市级以上发表、出版、展出、演出、获奖的文艺作品达126件，出版图书17部，其中，获得国家级奖5件、省级奖23件、市级奖61件。

1.戏剧创作：通过《白毛女》和《子弟兵的母亲》这两场戏，把平山故事唱到军营、唱到农村、唱到津京、唱到大江南北。

2.电视剧本作品：县文联组织作协、影视协会的刘春彦、高贵宾、邢建军等编写的百集抗战电视剧《红色少年》已创作完成40多集并拍摄完成多集，已在河北省电视台播出，并准备在中央电视台播出；郝崇书的60集电视剧本《西柏坡》、张文琦的电视剧本《真理之歌》、康习龙的35集电视剧本《晋察冀》正在与影视制作中心和文化传媒公司对接拍摄事宜。

3.美术、书法、摄影创作：付锋明的油画作品《东沙岭纪实》系列组画在石家庄美术馆展出；刘国铭的国画《珍珠满园》、郭海海的国画《太行民居》分别荣获河北省首届农民书画作品展美术类二、三等奖，邢建军、王英海的书法作品获优秀奖。摄影家协会崔志林、王英海、盖志勇、杨台等为革命军人拍摄的照片，由省委宣传部、市委宣传部在石家庄美术馆举办了"光耀太行—向老兵致敬"大型摄影作品展。

4.音乐、舞蹈、曲艺：青年音乐工作者许宝栋、韩文明创作的四首歌曲在河北省委宣传部、省文明办、省教育厅、省广电局、省总工会、团省委、省妇联、省文联组织开展的"善行河北"主题歌曲创作评选活动中分别获得二等奖、三等奖，其中获得二等奖歌曲是《诚信歌谣》（许宝栋曲）；获得三等奖的歌曲是：《雷锋就在我们身边》（许宝栋词、韩文明曲）、《孝道歌》（许宝栋曲）、《感恩老师》（许宝栋曲）。此次活动各市共推荐征集作品178首。其中共有56首作品获奖。

王云亭创作的舞蹈《送亲人》获省二等奖、市一等奖。

5.文学作品：年近八旬的作协顾问范文杰，先后编著出版了《劲草》《心祭》《红都西柏坡》《日出西柏坡》四部书，其中《红都西柏坡》获得了河北省七部委二等奖，他写的《百岁老人韩永生》获得了省委老干部局'幸福晚年'三等奖。近年在报刊发表文章1300多篇。

今年，县文联网络文学研究会会长付金龙创作的文集《龙吟夜话》上中下三卷本由河北人民出版社出版，共116万多字。文集以杂文为主，辅以小说和散文。

诗歌散文研究会会长邢建军创作的组诗《仰望西柏坡》荣获省一等奖，并由内蒙人民出版社出版了《仰望西柏坡》诗歌集。

6.民间文艺：文联带领民间文艺家协会挖掘、抢救、整理红色文化和濒临失传文化艺术资源，挖掘整理了将要失传的平山民歌200余首，民间故事260个，抗日战争、解放战争时期的民谣60首，平山传统民俗120项，民间鼓点40多个，西调秧歌剧本30个，中路丝弦剧本40多个。发现民间艺术传人6个，扶持培养民间艺术类人才26个。

二、文艺活动丰富多彩

1.举办各种专题展览活动；2.举办各类艺术创作培训班；3.举办"全县民间艺术展演活动月"；4.举办各类写生采风活动；5.举办"全县农民书画展览月"活动；6.抢救"传统村落"活动；7.实施"种文化、种技能"活动；8.举办"美术、书法主题月"活动；9向国家、省、市协会推荐艺术人才；10.和国家、省、市相关部门联合举办活动；11.举办"下乡春联"活动。

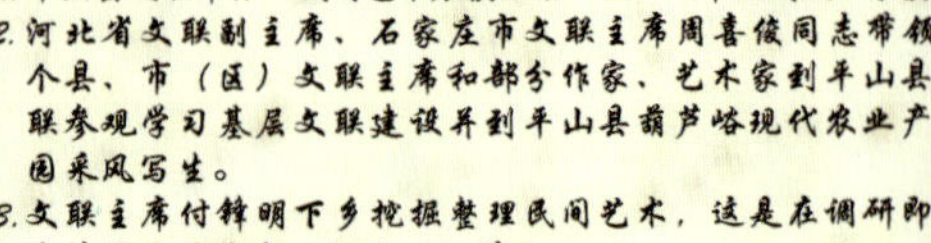

1.平山县文联举办"民间艺术展演活动"之一《中山战鼓》表演。
2.河北省文联副主席、石家庄市文联主席周喜俊同志带领个县、市（区）文联主席和部分作家、艺术家到平山县联参观学习基层文联建设并到平山县葫芦峪现代农业产园采风写生。
3.文联主席付锋明下乡挖掘整理民间艺术，这是在调研即失传的民间艺术《小北口》传人。
4.举办"美术书法月活动"送书画作品到基层，为农民送画作品现场照片。
5.平山县文联与中国艺术家协会联合举办"关爱成长——学金工程"活动。图为平山县史家沟村小学活动现场。
6.平山县戏剧家协会主席智金海创编的河北梆子《白毛女在首都北京演出成功。该剧荣获河北省第九届河北省戏节优秀剧目将、省精品大奖等。

湘潭县文联

兼职副主席吴竹、《白石文苑》执行主编刘鸽、原湘潭县文联主席罗剑波、党组书记、主席赵炽光、副主席陈艳、兼职副主席谢乔泉、兼职副主席张宁波（从左至右）

湘潭县文学艺术界联合会简称县文联，是县委、县政府联系广大文艺工作者的桥梁和纽带。下辖19个乡镇文联，以及作家协会、美术家协会、书法家协会、摄影家协会、戏剧曲艺家协会、音乐家协会、舞蹈家协会、民间文艺家协会、楹联家学会、洛口诗会、嘤鸣诗社、演讲与口才协会，12个协会共有会员1000多人，其中已加入国家级协会的80余人，加入省级协会100多人，加入市级协会500多人。全县从事文艺创作的文艺爱好者20000余人。

纪念毛泽东同志诞辰120周年首届"幸福莲乡"杯美术大赛暨名家名作邀请展

百余国内文化艺术名家齐聚湘潭县"大匠之门"

2014年7月12日上午，湘潭县文化艺术界的盛事——"大匠之门"名家文化艺术交流系列活动如约而至。作为系列活动的首场主题活动，在鑫田国际大酒店举行的"传承白石艺术建设文化强县"座谈会隆重而简朴，国内近百名文化艺术名家齐聚一堂，徜徉博大精深的中华文化与传统艺术的海洋，感受白石艺术与白石文化的独特魅力，谋划湘潭县文化发展与繁荣之大计。

县委书记谢振华在座谈会上致辞，县委副书记、县长傅国平主持座谈会。中国美术家协会理事、湖南省美术家协会主席、湖南师范大学美术学院院长、博士生导师朱训德，中国艺术研究院副院长、中国工艺美术馆馆长吕品田，中国人民大学责任教授、博士生导师，南京师范大学教授、博士生导师，特殊贡献专家，中国美术家协会理论委员会委员陈传席，中国艺术发展委员会执行主席赵卫国等数十位国内艺术界的嘉宾，以及李光泉、杨铁桥、陈志光、周艳希、黄忠德、刘耀奇、韩炎、陈卫兵、李西文等市县领导参加座谈会。

"白石老人诗书画印造诣颇深，论修养，前无古人，后恐怕也无来者。他在抗战期间封笔，这种修养就是中华传统文化的骄傲"、"创建文化强县，最终效果应该是造就健康人格的一代新人，成为最广泛的社会主体"、"湘潭人文资源很丰富，尤其是齐白石名声在外。建议以'齐白石'冠名，设立一些文化艺术届的权威奖项，将湘潭打造为艺术朝圣目的地"……在随后的研讨发言环节，朱训德、吕品田、陈传席等嘉宾先后发言，表示以大师所创造的非凡业绩和大师所张扬的精神气节而骄傲而自豪，并就如何传承白石艺术、保护和推介白石文化品牌、建设名人故里积极热心地建言献策，碰撞出思想的火花。

"大匠之门"系列活动除"传承白石艺术建设文化强县"座谈会，于当天下午还举行了名家现场国画表演；7月13日艺术家们走进乌石、花石、白石和韶山等地采风，参观毛泽东、彭德怀、齐白石纪念馆和故居，并在千年古镇万亩荷花基地赏荷品莲；同时，从13日开始，"大匠之门"国画作品展览在市齐白石纪念馆展出。

百余国内文化艺术名家齐聚湘潭县，举行"传承白石艺术——建设文化强县"座谈会

中国人民大学责任教授、博士生导师陈传席与湘潭县文联主席赵炽向彭德怀纪念馆敬献花篮

大型河北梆子历史剧《六世班禅》

《六世班禅》是由河北省河北梆子剧院演艺有限公司（原河北省河北梆子剧院）在2013年倾情打造的一台大型历史剧，获得第十三届全国精神文明建设“五个一工程”奖。

该剧是由河北省著名戏剧家孙德民根据话剧《圣旅》改编，当代著名戏剧导演曹其敬执导，河北梆子国家一级优秀青年演员邱瑞德饰演班禅，梅花奖获得者刘凤岭联袂主演，讲述了六世班禅为了维护民族统一，带领近三千僧俗不畏艰险万里东行，历时一年有余，最终来到热河避暑山庄，为乾隆恭贺七十万寿。它是一部维护祖国领土完整、民族大团结的颂歌。

这份对理想的坚定追求，对人间的高度博爱，给生活在喧哗浮躁当今社会的人们，一份内心的洗礼。150多人与208平的LED大屏的综合使用，实与虚、声与形的完美结合，为观众打造了一场气势恢宏，婉转流畅的艺术视觉盛宴。

2013年获得重点文艺精品扶持项目，荣获第十二届河北省文艺振兴奖。

2014年6月6日、7日《六世班禅》参加由文化部主办的“第四届全国地方戏（北方片）优秀剧目展演”，被列为参选中宣部“五个一工程奖”的重点剧目，目前已获得第十三届全国精神文明建设“五个一工程”奖，这是梆子剧院继《钟馗》、《五彩戏娃》后再获殊荣。

山西省长治县文化工作概述

——长治县文体广电新闻出版局

长治县位于上党腹地，雄踞太行山之脊，是华夏始祖炎帝“尝百草，织五谷，教农耕”之地。这里山川秀丽，钟灵毓秀，物阜民殷，历史悠久，文化底蕴深厚，民间艺术源远流长。阳刚与阴柔并济的上党梆子、独秀一枝的上党八音会、乡土味浓厚的干板秧歌、古朴雄浑的潞安大鼓、精美绝伦的花灯剪纸等等，都是这片土地上产生的艺术之花。近年来，长治县先后被评为全国文化先进单位、中国民间文化艺术之乡、中国书法之乡、中国曲艺之乡、国家一级文化馆、国家一级图书馆、山西省文化强县等荣誉称号。

近年来，长治县先后投资5亿多元，建成大型综合文体场馆5处、文化公园2处、大型文化广场4处。2013年，实现了全县乡镇文化站和村级文化阵地全覆盖，形成了以县城文化场馆为龙头，以乡镇文化站为主体，以星罗棋布的村级文化活动室和“农家书屋”为基础的群众性文化阵地网络，全面构建起大文化发展格局。在文艺创作方面，长治县文艺工作者足踏山乡采风，紧扣时代创新，创作的潞安大鼓《山西是个博物馆》《依依发廊情》《割肉还娘》《秋兰探夫》以及上党八音会《潞安鼓乐》《醉了太行》等一大批优秀文艺作品获全国“牡丹奖”和“群星奖”。截止2013年底，创作的文学、戏曲、曲艺、美术等多门类作品获国家级大奖16次，省级奖项20余次。同时，民间工艺刺绣、花灯、根雕、五谷画、蝶翅画等也逐步走向产业化发展道路，使全县的公共文化产品内容更加丰富、门类更加齐全，影响更加深远。

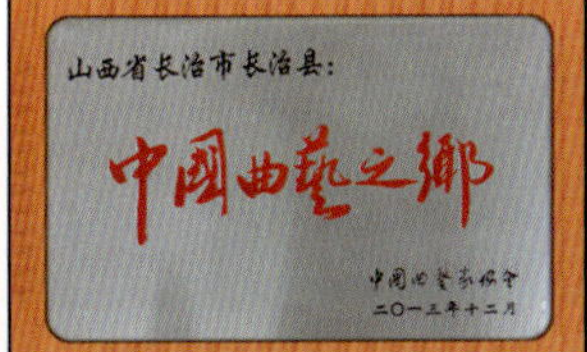

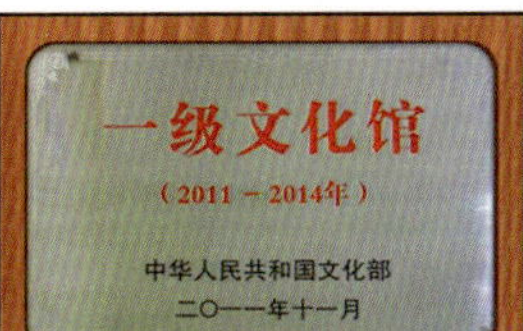

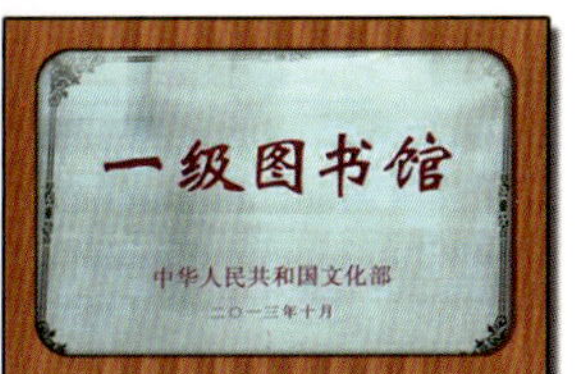

军事博物馆

—— 军事

《美丽中国——军事博物馆书画院书法作品展》，抒写赞美美丽中国，讴歌她的悠久历史、灿烂文化、壮丽江山和美好未来！

军事博物馆书画院是组织书画业务研讨和创作的群众性团体，1998年成立以来组织了不少活动，成为团结、凝聚我馆专业和业余美术书法创作力量的一个平台。这次展览是书画研究院策划的以学习贯彻十八大精神为主旨的一项活动，也是我馆书法创作队伍的一次集体展示和书法创作实力的一次全面检阅。这是优选的一部分作品。

李铎　书　　圆中国梦

孔令义　书　　气贯长虹

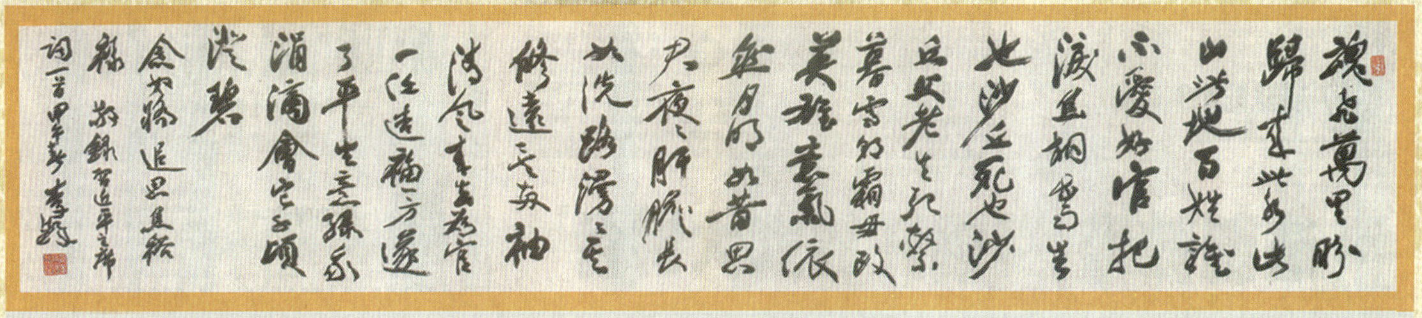

敬录习近平主席词一首
《念奴娇·追思焦裕禄》
李铎书

魂飞万里，
盼归来，
此水此山此地。
百姓谁不爱好官？
把泪焦桐成雨。
生也沙丘，
死也沙丘，
父老生死系。
暮雪朝霜，
毋改英雄意气！
依然月明如昔，
思君夜夜，
肝胆长如洗。
路漫漫其修远矣，
两袖清风来去。
为官一任，
造福一方，
遂了平生意。
绿我涓滴，
会它千顷澄碧。

般若波羅蜜多心經
觀自在菩薩行深般
若波羅蜜多時照見
五蘊皆空度一切苦
厄舍利子色不異空
空不異色色即是空
空即是色受想行識
亦復如是舍利子是
孟世强沐手書

孟世强 书　　楷书作品

孟世强　书　　节临颜真卿《勤礼碑》

孟世强　书　　雅气和晖

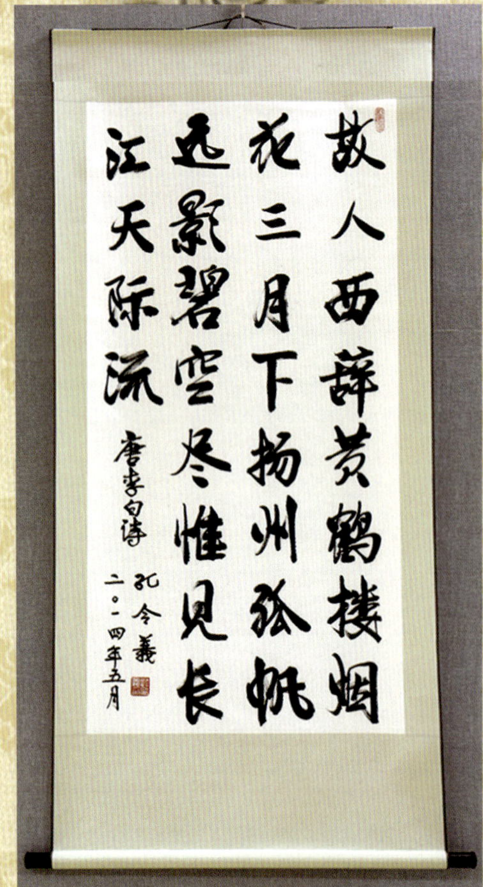

孔令义　书　　唐　李白《送孟浩然之广陵》

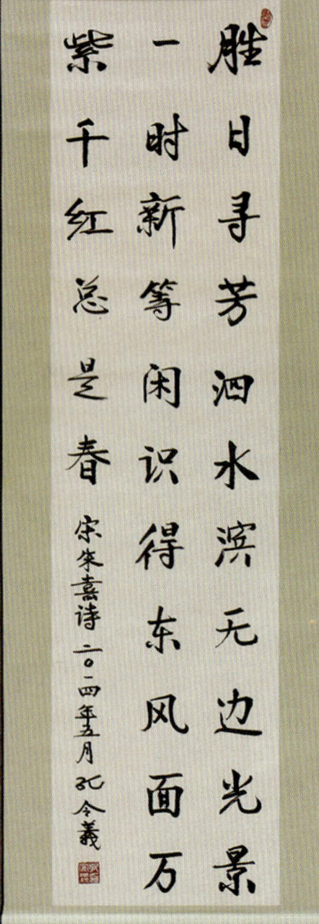

孔令义　书　　朱熹　　春日

卢中南 书 《春江花月夜》

卢中南 书 自撰联

卢中南 书 《登石钟山望庐山》

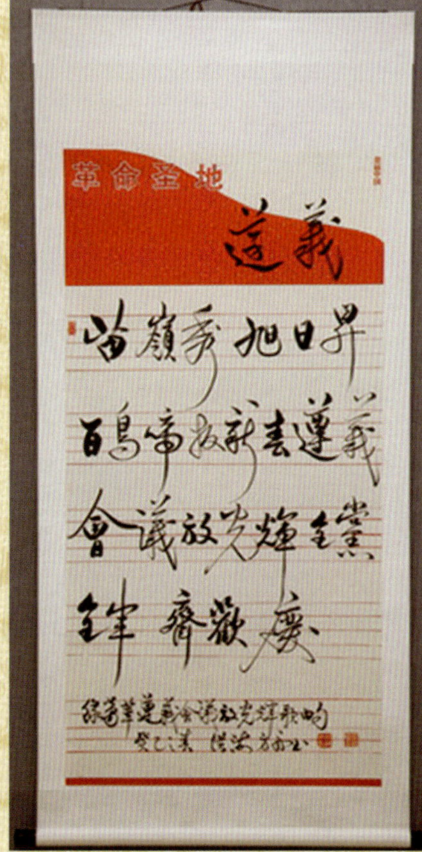

李洪海 书 革命圣地——遵义

李洪海 书 李白《早发白帝城》

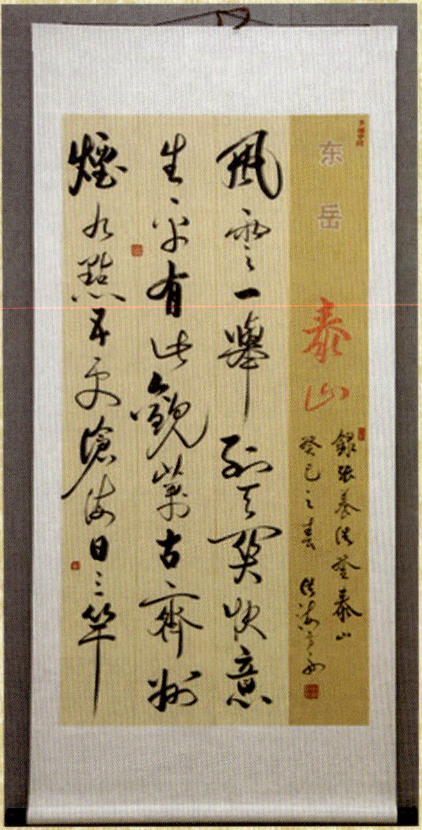

李洪海　书　　张养浩《登泰山》

张　继　书　　诸葛亮《诫子书句》

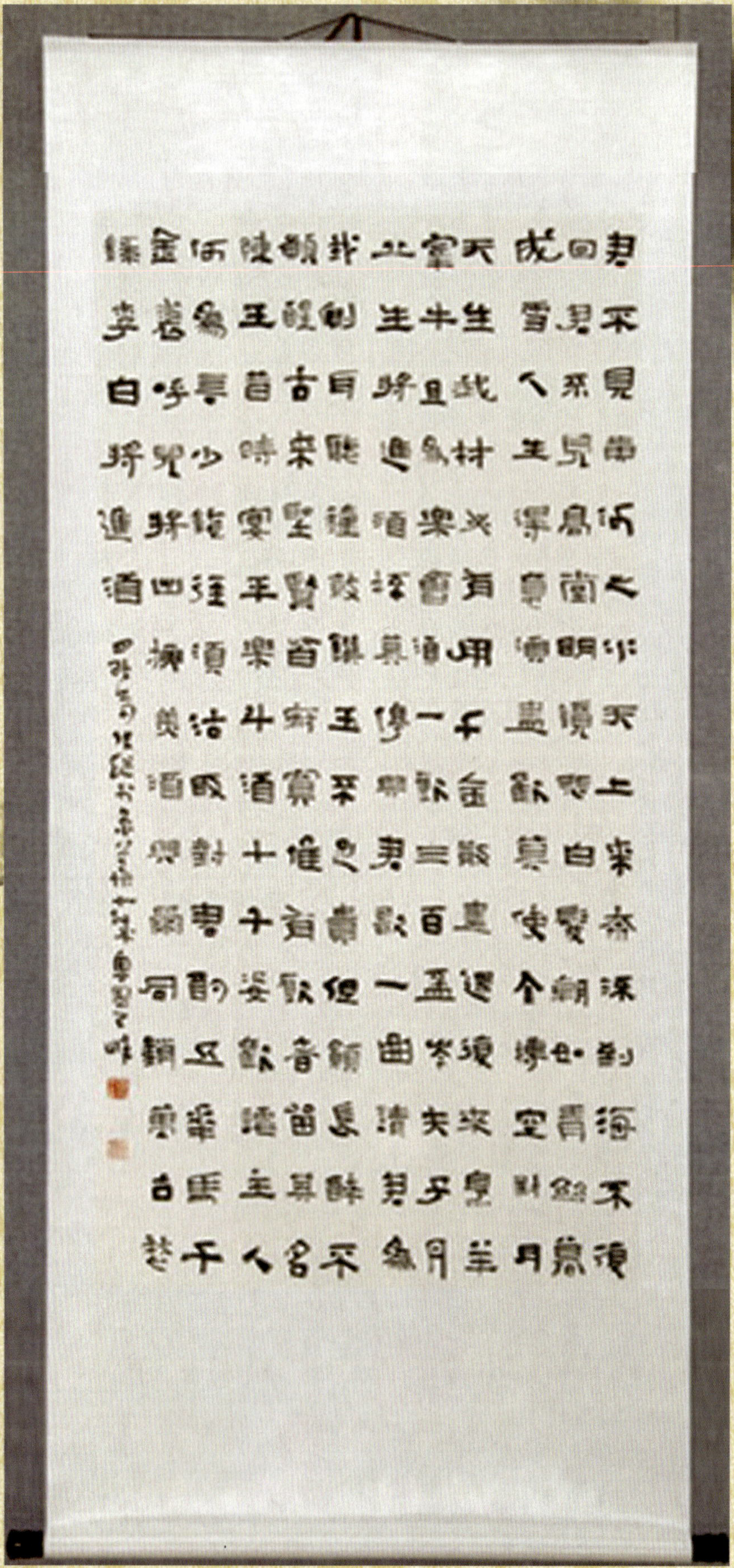

张　继　书　　李白《将进酒》

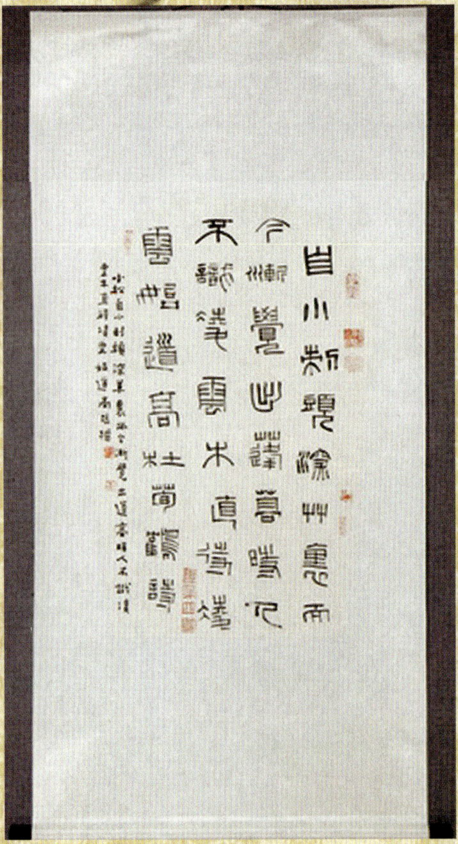

张 继 书　　杜荀鹤《小松》

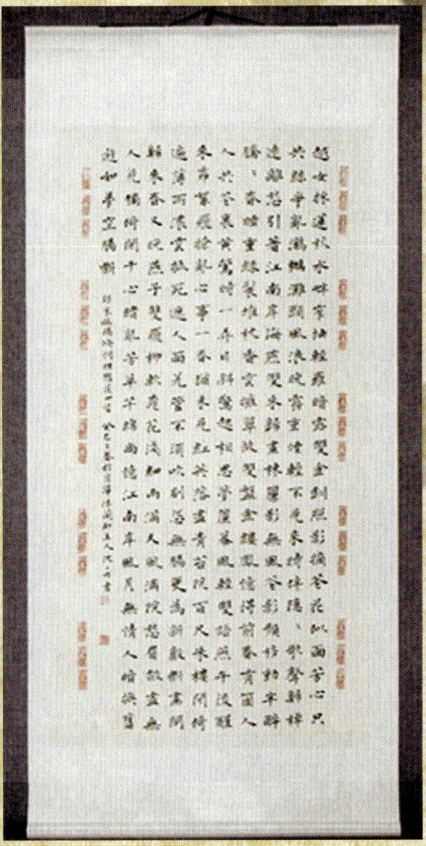

沈一丹 书　　欧阳修词《蝶恋花四首》

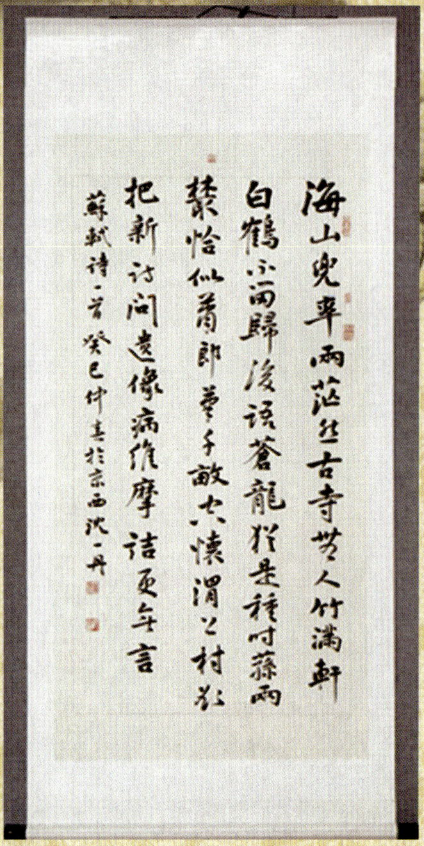

沈一丹 书　　苏轼《竹阁》

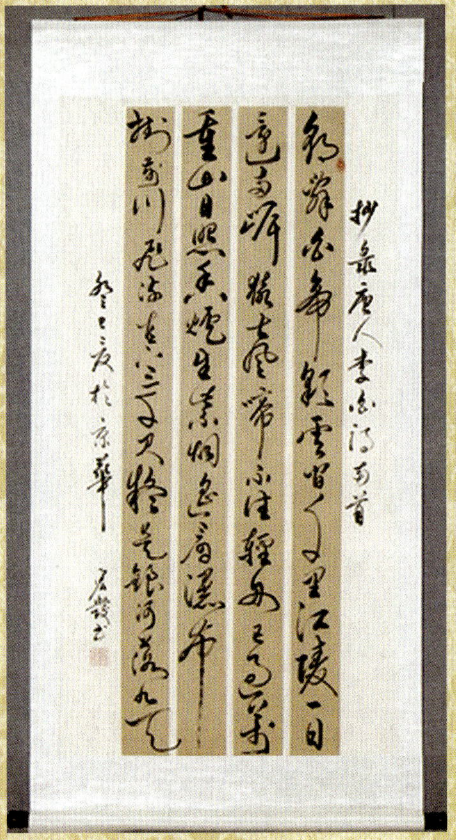

白宏发 书　　李白诗二首

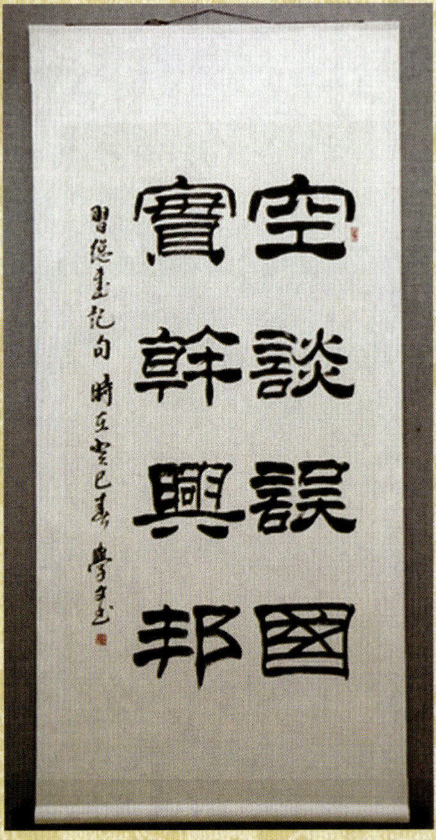

吕学文 书　　空谈误国　实干兴邦

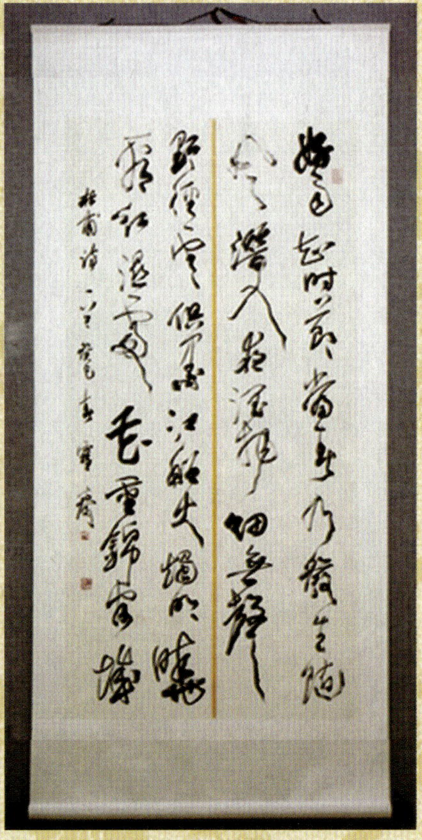

范天明 书　　杜甫《春夜喜雨》

李可染画院

李可染画院是李可染夫人、著名美术教育家、雕塑家邹佩珠女士应李可染先生众多老朋友、学生、弟子的要求，经与李可染艺术基金会理事会协商，2007年12月倡议组建李可染画院。2012年3月24日经国家事业单位登记管理局正式批准成立李可染画院。2012年8月19日下午3点半在钓鱼台国宾馆芳菲苑举行成立大会暨揭牌仪式。

2012年12月17日，由大兴区人民政府和李可染画院共同主办的“画北京·城南写生邀请展”，在大兴区澄怀美术馆开幕展出。来自全国各大艺术院校的10为教授和108名学生以大兴为创作母体创作了130余幅作品。

2013年8月7日8月7日上午10时，“可贵者胆——李可染画院首届院展”在中国美术馆举行了隆重的开幕式，此次展览受到了国内多家画院、学校和美术馆的支持。展览由中央美术学院、中国国家画院、中国美术馆、中国国家博物馆、李可染画院共同主办。这次李可染画院的首届院展，展出三部分内容：一、经过精心挑选的李可染先生的60余幅代表作品，将为观众呈现出这

【李可染·作品】

李可染画院，是研究李可染山水画和中国画艺术的专业学术团体

李可染80年拍片

无锡梅园

颐和园文昌阁

位在中国画艺术语言新生路上冒险者的整体面貌。二、李可染画院理事、研究员精品力作，无疑是一次中国画的当代成果检阅。三、山水专题邀请展，共邀请全国百余位山水画家参展，集中展示他们在山水画领域的新探索、新成就。感谢中国美术馆，特批6个展厅支持这次规模盛大的画展。

2014年3月22日在北海悦心殿举行了这次活动的启动仪式。6月5日在澄怀美术馆对参展作品进行了评选，6月18日至23日在中国国家画院美术馆展出。6月24日至7月4日在中央美术学院0美术馆展出。6月18日开幕式由画院常务理事、画院副院长王鲁湘主持，他首先介绍了本次写生展为李可染画院第二届艺术院校师生北京园林写生观摩展，共有15个艺术单位及美术院校参加。178名艺术家参加此次展览，其中学生158人，老师20人。获奖作品36幅。

李可染画院，是研究李可染山水画和中国画艺术的专业学术团体。画院吸纳了众多优秀的活跃在当今论坛上的艺术家、理论学者，以研究中国山水画艺术为己任，以弘扬民族文化为目的，发扬"苦学派"精神，建立"中国派"画院，进一步促进中国文化事业蓬勃的发展。

第二届艺术院校师生北京园林写生邀请巡回展

常务理事副院长王鲁湘主持开幕时

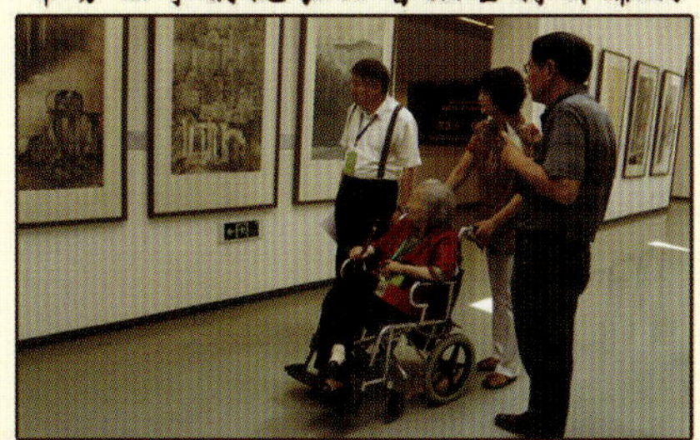

李庚陪同画院院长邹佩珠看画展

3月22日北海公园写生展启动仪式合影

画北京园林写生评选会场

画北京园林写生评选会场

画北京园林写生评选会场

湖北省书法家协会

2014年，湖北省书法家协会以党的文艺　“双百”方针和“二为”方向为指引，坚持先进的文化方向，认真贯彻落实习近平总书记在北京文艺座谈会上的讲话精神，在湖北省文联党组领导下，以大视野、办大协会、建大平台、搞大活动的理念，弘扬荆楚书道精神，整合全省书法资源，开展了内容丰富多彩的书法活动。助推了“文明湖北”发展，夯实湖北书法事业基础，取得了好成绩好效果。

元月15日上午，湖北书协和湖北美术馆联合主办的“我们的中国梦·湖北省楹联书法邀请展及文化进万家”惠民活动，在湖北美术馆文化广场进行。原省委老领导蒋祝平、韩忠学、杨斌庆，以及省书协的江作苏、金伯兴、刘永泽、饶兴成、刘欣耕、葛昌永、刘水露、李国光、童德昭等50余名书法家参加了写春联活动。

3月23日，湖北书协在武昌东湖梨园丽景酒店召开全省书法工作会议暨首届“长江杯”全国书法展新闻发布会。湖北省委宣传部副部长陈连生，湖北省文联党组书记、常务副主席刘永泽，湖北省文联党组成员、副主席罗丹青，湖北书协主席徐本一以及省书协主席团其他成员、各地市（州）书协负责人和全省书法创作骨干120余人参加了会议。会议由驻会副主席葛昌永主持。

5月12日，湖北书协由徐本一主席、葛昌永副主席、李劲松秘书长、书法家吴靖东一行四人组成的首届“长江杯”全国书法展考察团，赴浙江考察“长江杯”投稿情况与浙江书协领导朱关田、鲍贤伦、赵雁君等合影。

4月19日，湖北书协举办备战“长江杯”全国书法展湖北省书法骨干作者培训班，湖北省文联党组书记、常务副主席刘永泽，湖北省文联党组成员、副主席罗丹青，湖北书协主席徐本一，中国书协理事刘洪彪，湖北书协副主席葛昌永、张天弓、周德聪参加了开幕式，图为开班动员现场。

6月28日，唐醉石学术研讨会在江汉大学召开。湖北省委宣传部副部长陈连生，武汉大学博士生导师、著名美学家刘纲纪，湖北省政协原副主席、湖北省书画研究会主席杨斌庆，湖北省文联党组成员、副主席罗丹青，以及书法界的胡传海，郭超英、何昌贵，朱中原、彭富春、徐本一、葛昌永、张明明、张天弓、舟恒划、张炳绍等60余人出席研讨会。研讨会由湖北省中流印社社长昌少军主持，郭超英担任学术主持。

10月24日，首届"长江杯"全国书法作品展暨第三届湖北书法艺术节在湖北美术馆开幕，全国人大环境与资源保护委员会副主任、湖北省委原书记、湖北中华文化促进会名誉会长、湖北省书协名誉主席罗清泉，省老领导韩忠学、杨斌庆，湖北省委宣传部副长陈连生，中国书协副主席聂成文，中国书协党组成员、副秘书长张陆一，省直有关单位领导以及来自全国各地的书法家、评论家、书法爱好者近2000人出席了开幕式。开幕式由湖北省文联党组成员、副主席罗丹青主持。图为湖北省委原书记罗清泉等嘉宾为获奖作者发奖并合影留念。展览开幕之后，还举办了"长江杯"全国书法作品展研讨会。

7月17日，中国书协分党组书记、副主席陈洪武到湖北美术馆参观指导"大江赋"葛昌永诗赋书画展（第二回）。湖北书协驻会副主席葛昌永陪同参观展览。其间，中国文联副主席夏潮，中国书协副主席胡抗美、赵长青等也于不同时期，给予指导，参观了展览。

7月7日，"似凤腾霄"——纪念陈义经先生百年诞辰书法观赏会，在武汉东湖风景区牡丹园举行。省书协名誉主席、省书画研究会会长杨斌庆，省书协荣誉主席金伯兴，省书协主席徐本一，省书协副主席葛昌永、张天弓、舟恒划，秘书长李劲松，省书协主席团成员、书画研究会副会长李友明等近百名书画界人士参加了活动。

8月3日，由北京水墨公益基金会主办并提名，中国书法家协会青少年工作委员会为学术指导的"湖北省十大青年书法家"作品展在北京中国水墨艺术馆隆重开幕。中国书协副主席王家新、中国书法传媒集团董事长李世俊、中国书法院副院长李胜洪、湖省书协驻会副主席葛昌永等参加开幕式并为作者颁发证书。湖北提名书家有李由、虞立新、刘子安、覃修毅、杨勇、李劲松、黄文泉、刘志军、吴永斌、万双全。

11月29日，放歌青春——湖北省第二届青年书法篆刻作品展暨第三届湖北书法艺术节闭幕展在湖北省档案馆举行开幕仪式。湖北省文联党组书记、常务副主席刘永泽，湖北省文联党组成员、副主席罗丹青，湖北书协徐本一主席分别讲话，监利县委副书记、县长黄镇致辞，湖北书协会副主席、湖北书协青年书法家联谊会副会长周德聪宣布获奖与入展（选）名单，开幕式由湖北书协副主席葛昌永主持。图为与会领导为获奖作者颁奖现场。

中国杂技团有限公司

中国杂技团有限公司前身系成立于1950年的中华杂技团，1953年更名为中国杂技团，是中华人民共和国成立后，由中央政府组建的第一个国家级杂技艺术表演团体，第一个代表新中国出访的艺术表演团体。2006年转企改制为中国杂技团有限公司，2009年北京演艺集团成立，中国杂技团成为北京演艺集团旗下的龙头企业。

中国杂技团历经六十余年发展，汇聚了一大批优秀的杂技演员、教练和国内一流水平的节目编导、道具研发、舞美设计等创作人才。

自1957年中国杂技团获得第一个国际金奖以来至今，先后在国内和世界主要赛场上斩获59金奖、8荣誉金奖其中《移形幻影——三变》、《翔——软钢丝》、《俏花旦——集体空竹》、《腾·韵——十三人顶碗》、《探梦——蹦拐顶技》、《圣斗——地圈》、《揽梦擎天——摇摆高拐》、《协奏·黑白狂想——男子技巧》等节目，都是以第一名的优异成绩在国内外重大赛场上问鼎金奖；代表纯正中国杂技最高水平的大型情境杂技晚会《Splendid·一品一三绝》，适于海内外市场巡演的杂技精品晚会《杂技魅影》，国内独一无二的大型情景魔术晚会《李宁魔法传奇——魔幻之旅》，国内首部杂技音乐剧《再见，飞碟》，北京著名的旅游演出剧目《天地宝藏》，“东方神话之《哪吒》”、“京韵百戏开心汇《北京》”等不同风格的晚会受到广泛好评。迄今为止，中国杂技团的足迹遍及祖国各地并出访124国家和地区。

俏花旦——集体空竹

“空竹”不仅是中国杂技团优秀保留节目，更是流行于北京等地人们喜爱的娱乐形式之一，具有悠久的历史。

“花旦”撷取中国古典戏剧中“花旦”的表演元素，将这一传统节目重新包装后，不仅技艺更加精湛，而且富于动感，节奏鲜明，成为传统与时尚有机结合的经典之作。

精雕细琢的京味风情，匠心独运的角色造型。头戴锦翎的武花旦的舞台人物形象造型，恰恰点出了这个源于民间游戏节目文活武演的特点，一组组高难而优美的创新技巧，如“跑肩二节接空竹”、“四层叠罗汉尖子后翻落地二节接空竹”、“三点翻接空竹”、“三小翻接空竹”等技巧组合，为当今杂技舞台所罕见，成为节目中一个又一个突出的亮点，英武娇媚尽在举手投足之间，使之成为当代中国杂技的精品。

所获奖项：

①第三十七届摩纳哥蒙特卡罗国际马戏节“金小丑”奖

②第二十六届法国“明日”国际杂技节最高奖“法兰西共和国总统奖”

③第六届中国武汉光谷国际杂技艺术节“黄鹤金奖”

④2004-2006荣毅仁基金会杂技艺术一等奖

⑤2007年获我最喜爱的春节晚会节目评选中获戏曲、曲艺其它类节目一等奖

⑥2010年被评为世界知识产权组织版权金奖（中国）作品奖

圣斗——地圈

这个节目通过旋转行走地圈新道具的运用，开发了多人同时过圈、原地连续过圈等新的技巧组合。特别是由于道具处在不停的运动变化中，使得过圈的成败更系于毫厘瞬息之间，在给杂技技巧增加新的难度的同时，给整个节目赋予了动态美感。

该节目在表现地圈节目的技巧方面强调“新度、难度、速度、高度”，整个节目以“圣斗”命名立意，突出大无畏的英雄气概，节目自始至终充满了震撼人心的昂扬之气。创作过程中编导调动全部艺术手段深度挖掘地圈节目的本体特色，赋予节目以强烈的艺术感染力，使节目的艺术形式与杂技技巧、杂技道具完美结合，成为完整的杂技艺术作品，呈现出超越时代的科幻色彩。

所获奖项：

①第三十七届摩纳哥蒙特卡罗国际马戏节“金小丑”奖

②第七届全国杂技比赛文华杂技节目创作金奖

③第十二届中国吴桥国际杂技艺术节金狮奖

④第十届中国武汉光谷国际杂技艺术节荣誉金奖

大型马戏光光影秀

秘境奇光

THE LIGHT SHOW FOR THE CIRCUS

大型马戏光影秀《秘境奇光》是武汉杂技团打造的一台全新的马戏晚会。晚会打破传统的创作方式，邀请了国内著名的动物表演团队、大型魔术和国外的小丑加盟，使晚会既有惊险刺激的马戏，又有风趣幽默的滑稽小丑、魔术和变幻莫测的激光表演，有时代感、时尚性，具有娱乐性和参与性。这台晚会是文化与科技，文化与旅游，传统与时尚相结合的有益尝试，具有很强的创新性、探索性、实验性。

中国武汉杂技团建于1953年，对艺术精益求精，力求技巧与艺术的和谐统一，形成了“技艺交融，艳丽恢宏”的艺术风格。先后发展和创新了《绸调》《顶碗》《转碟》《空中飞人》《大跳板》等一大批优秀节目。近十年来更是创作了多台大型杂技主题晚会和杂技剧如：《英雄天地间》《梦幻九歌》《海盗》《魔幻之城》《秘境奇光》等，在国内外产生了广泛影响，为新中国杂技艺术的繁荣做出了突出贡献。近六十年来，武汉杂技团在国内外重大比赛中共取得各类奖项六十多个。

创作演出：中国武汉杂技团

Wuhan Acrobatic Troupe of China

境奇光—《生死轮》

秘境奇光—《飞轮炫技》

秘境奇光—《立绳》

秘境奇光—《力量》

泉州市木偶剧团

2月，由剧团创排的大型傀儡戏版《赵氏孤儿》参加第31届泉州市戏剧会演，荣获优秀剧目奖、编剧奖、导演奖、音乐设计奖、舞美奖、表演奖等。

3月21日至29日，泉州市木偶剧团应中国驻印尼使馆邀请，赴印尼访演。中国驻印尼使馆向文化部、外交部发密电及向福建省委宣传部、泉州市人民政府发来感谢表扬信。

6月26日至29日，参省侨联"亲情中华?情牵两岸"艺术团赴金门参加演出。

7月，《赵氏孤儿》参加在山东举行的"第十届中国艺术节?木偶戏皮影戏优秀剧目展演"活动，获演出奖。

8月14日至17日，参加福建省委宣传部组团的"福建文化精品展——香港行"演出活动。

8月20日至27日，应日本公益财团法人现代人形剧中心邀请，赴日本岛根参加"亚洲提线木偶戏剧节"演出。

9月4日至9日应葡萄牙共产党《前进报》邀请，参加福建省文化厅组团，赴葡萄牙里斯本参加"《前进报》艺术节"。

9月21日至30日，应台湾广播电视节目协会邀请，我团14名演出人员于9月21日至30日赴台北、彰化等地进行文化交流巡演活动。

9月20日至10月10日，参加由中国国务院侨办华文教育基金会组办、福建省侨联组团的"2013年中国文化海外行"赴澳大利亚巡演。

9月25日至10月1日，赴韩国光州、首尔参加"首届东亚文化之都"揭牌仪式及开幕式演出，并于首尔"华侨小学"、"中华文化艺术中心"进行文化交流演出。

10月29日至11月2日，应印尼东方音乐基金会邀请，参省侨联"亲情中华"艺术团赴印尼参加印尼东方音乐基金会成立30周年演出活动，并于雅加达及泗水等地为当地华人华侨演出。

10月，《赵氏孤儿》参加在山东举行的"第十届中国艺术节"暨"第十四届文华奖"大赛，荣获"第十四届文华奖"优秀剧目奖、"第十四届文华奖"文华舞台美术（舞台设计）奖、"第十四届文华奖"文华舞台美术（灯光设计）奖。全体演员荣获"第十届中国艺术节"表演奖。并于昌邑及高密两地进行五场演出。

10月，泉州市总工会命名泉州市木偶剧团表演队为"工人先锋号"。

12月3日至8日，赴北京参加中央电视台"直通春晚"节目的彩排及现场直播。

12月17日，赴福州省非遗博览院为李岚清等一行演出。

12月23日至23日赴澳门参加"福建文化节"演出活动。

《赵氏孤儿》剧照

2013年3月，赴印尼表演木偶戏——驯猴

2013赴日本参加偶戏节活动与各国同行交流

《赵氏孤儿》剧照

上海宝山沪剧艺术传承中心

——挑山女人

上海宝山沪剧艺术传承中心，原为宝山沪剧团，是上海乃至长三角地区建团最早的专业沪剧团之一，至今已有六十多年的历史，其前身为沪剧传承人、“杨派”创始人——杨飞飞领衔的勤艺沪剧团。

上世纪八十年代上演的《东方女性》晋京献演，受到专家、观众的一致好评，领衔主演的华雯荣获第四届“中国戏剧梅花奖”。此后一系列现实题材的现代戏《雁女泪》、《缉毒女警官》、《清水泪》、《东方彩虹》、《宝华春秋》、《红叶魂》、《红梅颂》、《挑山女人》等形成了宝山沪剧团的创造演出特色。其中《东方彩虹》被中央电视台改编为电视连续剧；《宝华春秋》、《红叶魂》分别荣获了2008年、2010年上海市新剧目展演的优秀剧目奖。2010年剧团获得了上海市模范集体的光荣称号。

2011年，原创大型沪剧《红叶魂》作为上海唯一代表剧目，赴京参加由国家文化部组织的2011年全国现代戏优秀剧目展演，得到了上海市委宣传部的嘉奖，并荣获2011年上海文艺创作单项成果奖；主演华雯凭借其在《红叶魂》中的出色演技荣获第20届上海市白玉兰戏剧表演艺术主角奖。2012年，大型原创沪剧《挑山女人》上演后获得专家学者和观众的热烈反响，迄今为止已演出170余场，观众达15万人次。2013年6月29日的《人民日报》头版头条刊登了题为《〈挑山女人〉“挑”出一方天》的专题报道。同年，《挑山女人》同时入选了“第十届中国艺术节”、“第十三届中国戏剧节”、“第十五届中国上海国际艺术节”，首开沪剧入选“三节”的先河，荣获“五个一工程”优秀作品奖、文华奖“优秀剧目奖”、戏剧节“优秀剧目奖”共计15个奖项。

团小志大的上海宝山沪剧艺术传承中心将继续以她优秀的团队精神创作出一台台好戏，继往开来、奋然前行。

华雯，国家一级演员，上世纪九十年代起担任宝山沪剧团团长，现任上海宝山沪剧艺术传承中心主任。从艺三十多年，先后在四十多部大戏中担任主演，并在多部原创剧目中担任艺术总监。代表剧目有《东方女性》、《茶花女》、《缉毒女警官》、《东方彩虹》、《宝华春秋》、《红叶魂》、《红梅颂》等。

1986年荣获第四届中国戏剧“梅花奖”。1999年荣获第五届中国“映山红”戏剧表演一等奖。2010年荣获第二十届上海白玉兰戏剧表演艺术主角奖。2013年荣获第十届中国艺术节“优秀表演奖”、第十四届文华奖“文华导演奖”、第十三届中国戏剧节“优秀表演奖”。2014年荣获上海文艺家荣誉奖、第二十四届上海白玉兰戏剧表演艺术主角奖、中国戏曲现代戏表演突出贡献奖、上海“五一”劳动奖章、“光荣与力量——感动上海十大人物”。

《挑山女人》剧照

《挑山女人》剧组成立大会

《挑山女人》评论研讨会

体验生活

《挑山女人》获奖情况

第十届中国艺术节
《挑山女人》荣获第十四届文华奖“优秀剧目奖”
华雯荣获第十届中国艺术节“优秀表演奖”
李莉荣获第十四届文华奖“文华剧作奖”
孙虹江、华雯荣获第十四届文华奖“文华导演奖”

第十三届中国戏剧节
《挑山女人》荣获第十三届中国戏剧节“优秀剧目奖”
华雯荣获第十三届中国戏剧节“优秀表演奖”
汝金山荣获第十三届中国戏剧节“优秀音乐奖”

2013年度上海文艺创作精品、优品评选
《挑山女人》荣获2013年度上海文艺创作优品

第二十四届上海市白玉兰戏剧表演艺术奖
华雯荣获第二十四届上海白玉兰戏剧表演艺术主角奖
王文荣获第二十四届上海白玉兰戏剧表演艺术配角奖

中国戏曲现代戏突出贡献奖
《挑山女人》荣获中国戏曲现代戏突出贡献奖
李莉荣获中国戏曲现代戏剧本创作突出贡献奖
主演华雯荣获中国戏曲现代戏表演突出贡献奖

中国戏曲学会奖
《挑山女人》荣获中国戏曲学会奖

第十三届精神文明建设“五个一工程”
《挑山女人》荣获“五个一工程”优秀作品奖

宋文治藝術館

江苏太仓，历史悠久，人文荟萃，是“娄东画派”的发祥地，素有“画乡”的盛名。宋文治先生（1919-1999），江苏太仓人。1957年调入江苏省国画院，从事山水画创作，曾任副院长、国家一级美术师、南京大学教授、江苏省政协常委、中国美术家协会理事、第四、第五届、第六届全国文代会代表、江苏省美术协会副主席、江苏省文史馆副馆长。获有国务院颁发的有突出贡献专家证书。1993年3月13日在北京钓鱼台宾馆受到原国务院总理李鹏和夫人的接见。宋文治先生在艺术上影响深远，他出版画集有十几种。作品被中南海、全国政协、中国美术馆、沈阳博物馆、美国波斯顿博物馆、日本福冈美术馆等收藏。

宋文治先生的艺术成就，受到了美术界的充分肯定和赞誉，更受到家乡人民的喜爱。为了弘扬大师高尚的人品和献身艺术的精神，太仓市人民政府于1989年拨款建成“宋文治艺术馆”。2013年，建筑面积4090平方的宋文治艺术馆新馆及所属太仓市名人馆建成，使艺术馆整个接待、展览、工作的条件等硬件设施、得到了较大的提高。宋文治艺术馆的丰富收藏有宋文治先生无偿捐献给家乡的60件优秀代表画作，以及宋文治先生多年苦心寻觅所得、珍藏的30件古字画，包括明清画家文征明、董其昌、查士标、郑板桥、黄慎等难得的藏品。原全国政协主席李瑞环专为宋文治艺术馆书写了“祖国山河美，入画更光辉”的题词。

书画展厅

松石斋画室

宋文治塑像

宋文治艺术馆新馆临展

现任宋文治艺术馆馆长蔡萌萌，江西南昌人。毕业于江西师大美术系，进修于广州美术学院。曾任江西油画研究会理事、江西省美展评委。现为国家一级美术师、太仓市美协主席。近年来在江苏美术馆、陆俨少艺术院、亚明艺术馆、深圳美术馆、宁波美术馆、侯北人美术馆、吴青霞美术馆、刘海粟美术馆等地举办个人油画、中国画展览，到日本、新加坡、台湾、美国文化交流。曾获中国“版画世界奖”、江西省美展“银奖”，江苏省美展一等奖、入选文化部第八届群星奖，第二十届全国版画展、中国百家金陵画展，并被江苏美术馆、亚明艺术馆、深圳美术馆、宁波美术馆、吴昌硕纪念馆、陆俨少艺术院、吴青霞美术馆、黑龙江美术馆等机构和个人收藏。论文曾获文化部优秀论文奖。出版有《蔡萌萌素描集》、《娄东山水画家·蔡萌萌》、《新娄东画派·蔡萌萌作品集》、《蔡萌萌油画作品集》等。

四川省川剧院

精品川剧《易胆大》 南京参加全国地方戏优秀剧目展演

2014年5月16日，文化部第四届全国地方戏优秀剧目展演（南北片）在南京拉开帷幕，5月16日晚，四川省川剧院精品川剧《易胆大》在南京前线文工团剧场上演，这也是川剧《易胆大》第一次在六朝古都南京演出。

16日晚上的演出座无虚席，两个小时的精湛演出博得了全场观众的频频喝彩，演出中掌声不断，充分展示了川剧这一古老而极具地方特色剧种的独特艺术魅力。

一、紧抓艺术创作生产业这个根本，创作演出《辉映羌山》《荷珠配》《十五贯》《白蛇传》等经典大戏和数十出传统川剧折戏。

1.经典川剧《荷珠配》《十五贯》《白蛇传》成功首演；2.现代川剧《辉映羌山》艺术地再现兰辉事迹

二、“深入生活、扎根人民”，持续开展文化惠民巡演

1.精品川剧《易胆大》 南京参加全国地方戏优秀剧目展演；2.新编历史川剧《卧虎令》浙江、四川、重庆巡演；

三、文化走基层，“周日戏聚”好戏连台

继2013年传承演出数十出（折）传统川剧之后，四川省川剧院2014年继续“周日戏聚”，坚持每周一场，定时定点演出，先后演出《盘貂•放貂》《劝夫》《三跑山》《装盒盘宫》《别洞观景》《扫松》《踏伞》《情探》《画梅花》《卧虎令-判斩》《火焰山》《赠袍跪门》《思凡》《卖华山》《打饼》《祭岳飞》《变脸吐火》《归舟》《放裴》《太白醉写》《淮河营》《烛影摇红》《黄沙渡》《三祭江》《易胆大》《卧虎令》等三十余出（折）优秀传统折子戏。“周日戏聚”每场演出保持九层左右上座率，观众人数达数千人/次。

现代川剧《辉映羌山》艺术地再现兰辉事迹

创作演出的现代川剧《辉映羌山》，以践行党的群众路线的好干部兰辉先进事迹为背景，艺术地再现兰辉事迹，以人民群众喜闻乐见的艺术形式宣传新时期共产党人楷模形象。

川剧《辉映羌山》11月9日赴绍兴参加2014“中国腔、中国梦”全国小戏精品邀请展演并荣获精品展演奖。

四、川剧进校园 取得广泛而良好的社会效益

2014年4月28日至12月12日期间，川剧《绣襦记》《火焰山》《卧虎令》《人间好》《滚灯》及变脸吐火综艺剧（节目）先后在西南财大、西华大学、西南财大天府学院成都校区、成都七中、四川大学锦城学院、雅安中学、成都七中、什邡中学、涪陵实验小学、温江中学、棕北中学、红星幼儿园、成都市一幼儿园、四川传媒大学等高校及中小学校巡演40余场，观众35000人/次。

五、川剧变脸 APEC出彩

2014年11月10日晚，由四川省川剧院四名川剧变脸演员献演的“川剧变脸”在戏曲集锦《姹紫嫣红梨园春》中出彩上演，独特的程式表演、幻化万千的变脸绝技，在APEC文艺演出中精彩呈现。

六、德国总理成都看川剧

2014年7月6日至8日，德国总理默克尔访问中国，在 7月6日晚由四川省委省政府举行的欢迎宴会上，川剧“变脸”为默克尔总理一行演出。

七、川剧亮相韩国安冬国际假面舞节

2014年9月26日至29日，四川省川剧院赴韩交流演出团应邀参加了在韩国安冬举办的安东国际假面舞节，省川剧院演出的《变脸吐火》《水袖》《钟馗跳加冠》等节目在开幕式上粉墨登场，受到韩国观众的热捧。

八、韩国面具舞•四川变脸——中韩传统面具文化交流

2014年10月14日，由韩国驻成都总领事馆、四川省文化厅主办，韩国面具舞团体总联合会、四川省川剧院、韩国安冬庆典观光组织委员会、韩国旅游发展局承办的“韩国面具舞•四川变脸——中韩传统面具文化交流活动”在成都市指挥街108号四川省川剧院剧场举行。中韩两国艺术家在活动中表演了川剧变脸及“韩国面具舞示范”等节目。

九、隆重举办“四川省外国机构服务处驻蓉领事机构川剧欣赏会”

2014年8月10日，“四川省外国机构服务处驻蓉领事机构川剧欣赏会”在成都举行，美国、澳大利亚和韩国驻成都总领事，香港特区政府驻成都经贸办主任，以及巴基斯坦、斯里兰卡、德国和法国驻成都领事机构官员等200余人观看了川剧经典剧目《火焰山》。

十、以色列单簧管、钢琴二重奏音乐会

为庆祝以色列驻成都总领事馆开馆，由四川省人民对外友好协会、以色列驻成都总领事馆共同主办，四川省川剧院承办的“以色列单簧管、钢琴二重奏音乐会”2014年11月18日晚在成都市指挥街108号四川省川剧院剧场举行。

校园行

川剧《白蛇传》

对外文化交流

川剧《火焰山》

川剧《荷珠配》

川剧《绣襦记》

川剧《卧虎令》

川剧《十五贯》

天津京剧院

新编京剧《康熙大帝》

新编京剧《康熙大帝》取材于康熙皇帝平定葛尔丹叛乱的历史事件，以收复台湾为该剧的背景，以平定葛尔丹为主线。康熙皇帝时期，台湾岛由郑氏占据，不肯归降，时时派兵袭扰大陆；北疆漠西蒙古首领的葛尔丹磨刀霍霍，立誓要称霸北方。康熙皇帝为避免在战略上陷入两线作战、腹背受敌的被动局面，确定剿南抚北的战略。忍痛将爱女兰儿格格下嫁葛尔丹，暂缓西北局势。

康熙皇帝筹划收复台湾之际，葛尔丹日益扩张，又勾结罗刹国，先后进犯漠北和漠南蒙古，严重威胁着大清领土完整。其时，兰儿格格和葛尔丹感情渐深，并育有一子，但是家庭的温情并不能熄灭葛尔丹的野心，他加紧准备着掠夺的战争。收复台湾后，康熙皇帝本不想再兴战事，可迫于葛尔丹的一再进犯，康熙只得挥师蒙古草原，率二十万健儿御驾亲征葛尔丹。一场宿命对决，康熙获胜，葛尔丹毙命，中华版图归于统一。

淑　妃——吕　洋

葛尔丹——王嘉庆

兰　儿——闫虹羽

康　熙——王　平

出品人：王　平
策划人：张寿和
制作人：张正秋
监　制：范殿铭/郑　芳
编　剧：周长赋
导　演：谢平安
作　曲：续正泰/李凤阁/祝　福
舞美设计：王卫中
灯光设计：周正平
服装造型设计：蓝　玲/赵　佳
技术编导：张四全/郭秉新/李英杰/程洪磊
编　舞：施　惠
剧本编辑：马载道
打击乐设计：李凤阁/孙　永
统　筹：马载道/韩　庆
舞美监制：李　鑫/张家瑞
场　记：王　岩
舞台监督：张　尧
剧　务：刘　勇/尚振起

康　熙——王　平饰
淑　妃——吕　洋饰
葛尔丹——王嘉庆饰
兰　儿——闫虹羽饰
费扬古——黄齐峰饰
索额图——王志刚饰
徐乾学——马　杰饰
科尔沁王——高航饰
张德全——马国祥饰
李小全——窦　骞饰
土谢图汗——周亚楠饰
哲卜尊丹巴——程洪磊饰
副将甲——张　尧饰
副将乙——白相龙饰

指　挥：李凤阁
司　鼓：孙　永
京　胡：汤振刚
双键盘：田　丰
伴　奏：天津京剧院乐队

舞美装置：天津京剧院舞美中心

千年秦腔，百年传承，蔚为大观。“八百里秦关黄土飞扬，三千万秦人齐吼秦腔”正是对秦腔艺术地域性发展的真实写照。在西北这片广袤的黄土地上，秦腔艺术可谓是无人不知，无人不晓。秦腔艺术的发展创新，继承弘扬，是我国戏曲剧艺术乃至世界戏剧文化的至臻瑰宝，满含着中华文化的精髓，积淀着厚重的历史文化，正可谓是活态文化的优秀代表，在我国形态多样的戏曲艺术里别具一格，极具地方风味。

西安秦腔剧院有限责任公司正是秉承着继承优秀秦腔文化，弘扬秦腔艺术精髓，推动秦腔艺术发展的核心理念，在各级政府的关心扶持下，积极探索出了一条文化遗产保护、经典剧目传承、市场经营、公共服务四位一体的发展路子，成为了全国文艺院团体制改革的新标杆，被中宣部、文化部等五部委评为“全国文化体制改革先进单位”。坚持以精品化、经营化、公益化为指导，以引领秦腔文化事业繁荣，活跃群众文化生活为己任，深入贯彻落实党的十八届三中全会精神，积极推进文化体制机制创新，传播弘扬中华传统文化，打造打磨艺术精品，取得了骄人的成绩。2009年至今共荣获省级以上各类奖项200余个，两度被文化部评为“全国文化体制改革先进企业”，这是对秦腔剧院转企改制、经营发展和文化传承的最大认可和肯定。

2014年5月19日，中共中央政治局常委、中央书记处书记刘云山同志深入西安秦腔剧院有限责任公司易俗社剧场调研秦腔艺术传承情况。

在调研期间，西安秦腔剧院有限责任公司董事长兼总经理雍涛向刘云山同志介绍了易俗社成立、传承、艺术特色以及在各个重要时期所做出的重要贡献，察看了老剧本、老唱片等文献资料，还观看了易俗社正在排练的精彩片段。在与老艺术家、秦腔剧院部分演职人员进行了亲切交谈及合影后，刘云山同志特别询问了秦腔剧院改制后的发展情况，当听到雍涛同志及在场青年演员汇报完改制以来中央、省、市、区各级政府对秦腔剧院及易俗社投入不断增

加、不断创排新剧目、连续获得国家级大奖、演出场次翻了四倍、演员收入翻番活力大增等情况时，他频频点头表示赞许。雍涛同志继续汇报了关于加快人才培养、建设易俗社秦腔博物馆、邀请老艺术家担任秦腔剧院的传承顾问等具体设想，刘云山同志说：“优秀传统文化滋养了民族精神，民族之魂，无论社会怎么变化，都不能割断血脉、丢掉根基。要自信自豪地对待传统文化，把不忘本来、吸收外来、着眼将来结合起来，重视文化传承人才培养，结合时代特点推动创新发展，不断增强优秀传统文化的生命力。”

百年风雨，百年芳菲。2014年1月7日，中国现存最古老的秦腔戏曲艺术团体易俗社被文化部命名为国家级非物质文化遗产代表性项目秦腔保护单位，古老的易俗社正在焕发新的生机与活力，逐渐成为保护非遗文化、繁荣文艺市场、展示秦腔艺术、弘扬中华文化的重要平台和窗口。3月13日举行的隆重又简朴的揭牌仪式上，文化部非遗司领导及省市区各级领导纷纷到场，见证了这个激动人心的时刻。并在公司领导、工作人员陪同下，参观了剧场并观看由易俗社编排的非遗挂牌主题演出。

一百年前，西安易俗社在这充满了厚重文化底蕴的土地上生根发芽，在

李桐轩、孙仁玉、范紫东等爱国志士的倡议推动下，走过一个世纪的风雨，经历过护法运动、西安事变、抗日战争等历史洗礼过后的易俗社愈加熠熠夺目，在易俗社上演的一段段唱腔与诗画，让“中国戏曲活化石”的美誉远播华夏，使享有“中国多种戏曲鼻祖”之称的秦腔被世人所熟知、热爱和推崇。时间更迭所留下的历史印记也深深地刻在了易俗社的发展史上。易俗社申请国家级非物质文化遗产的成功，是不懈努力的丰硕回报，更是历史发展的必然结果。非物质文化遗产的保护工作也是秦腔重新审视、定位和发展的契机，是剧种及时抢救、留存珍贵文献影像资料、扩大自身影响的良机。

西安秦腔剧院有限责任公司拥有两个著名的百年剧社，易俗社和三意社，在激流勇进的文化发展大潮的推动下，为了坚守传统艺术而辛勤工作，从未停止过对秦腔艺术的传承、发展和创新的脚步。创排的多部大戏《柳河湾的新娘》、《秦腔》、《杨贵妃》、《七步诗》、《大明宫》、《我爱我爸》等接连获奖，展现出强劲的表演实力；复排的《三滴血》、《火焰驹》、《阮玉屏》、《法门寺》、《赵氏孤儿》、《春江月》等几十部传统经典剧目，折子戏二十余部，还原了真实的历史舞台，满含着秦腔文化精髓；连续多年不间断的惠民演出，在戏迷心目中打下了坚实的基础；举办的百年易俗活动引起全国瞩目，将品牌文化传承推广；培养的秦腔人才辈出，为秦腔艺术注入新鲜血液。中央电视台新闻频道曾在春节报道过惠民演出情况，记录频道播放过百年易俗社纪录片，戏曲频道播放过《柳河湾的新娘》等优秀剧目，西安秦腔剧院用“老酒换新瓶”的方式，保留了秦腔的灵魂和精气神，让剧目满含着厚重的文化底蕴。用对艺术的执着和坚守，让秦腔文化不断继承和发展，爆发出耀眼的光芒，得到广大戏迷的热烈欢迎。

在做好对秦腔艺术的传承后，为了进一步扩大影响力，西安秦腔剧院计划开展持续不间断的惠民演出工作，下大力气做好秦腔的继承和发展，使秦腔文化活力大增，紧跟时代步伐，焕发出新的光彩和新的活力。惠民演出深入陕西省各个区县，上演一幕幕传承千年的秦腔演出，方寸之间演绎百态人生，持续将古老的戏曲继承下去，让秦腔在岁月的积淀中打磨的越发熠熠生辉。在社会各界的共同努力下进一步推广和传播秦腔艺术，持续发挥传统戏曲高台教化的深远作用，让更多人体会到传统艺术的独特魅力，以其深刻内涵，厚重的文化底蕴征服各个地区的观众，在发展之路上越行越广。

大型秦腔现代戏——《秦腔》

大型秦腔音乐剧——《杨贵妃》

大型秦腔现代戏——《柳河湾的新娘》

秦腔音乐艺术电影——《寒窑记》

秦腔移植剧——《庶民情缘》

秦腔改编剧——《我爱我爸》

云南省滇剧院

滇剧是云南省主要地方剧种，约有200多年历史。滇剧以昆明官话为舞台标准语言，丝弦、胡琴、襄阳三大声腔分别渊源于秦腔、徽调和汉调，加之丰富的板式调式和杂腔小调，恢弘时黄钟大吕，高亢激越；委婉处小桥流水，优美抒情。表演既承袭中国戏曲大统，又有浓郁的云南地方特色。滇剧传统丰厚，流派纷呈，剧目众多，名家辈出，被誉为“滇粹”“省粹”，深受广大人民群众喜爱。至今，收录留存的滇剧传统剧目有1651出。。

云南省滇剧院是滇剧示范性、代表性艺术表演团体。1951年10月在东寺街原西南大戏院旧址成立了云南人民实验滇剧团，1953年更名为云南省滇剧团，1960年扩建并正式冠名为云南省滇剧院，由副省长刘林元兼名誉院长，著名滇剧表演艺术家罗香圃任院长。2008年6月，国务院公布滇剧为第二批国家级非物质文化遗产项目，确定云南省滇剧院为首家保护单位。

云南省滇剧院建院60余年来，一贯坚持社会主义文艺“二为”方向、“双百”方针和“三贴近”原则，发掘、整理、继承、移植和创作了大批优秀剧目,其中《荷花配》、《牛皋扯旨》、《打瓜招亲》、《借亲配》、《送京娘》、《烤火下山》、《鼓滚刘封》、《高山红霞》、《厨娘》等剧目多次晋京演出，受到毛泽东主席、周恩来总理、朱德委员长、李先念主席等党和国家领导人的亲切接见，博得了首都专家和观众的广泛赞誉。

由我院创作的《借亲配》于1959年由长春电影制片厂拍摄成电影在全国广为放映；现代戏《迎春曲》于1979年赴京参加建国30周年献礼演出，获文化部奖；新编历史剧《关山碧血》于1985年赴京参加全国戏曲观摩演出，获文化部编、导、演、音、舞美等11项奖；新编聊斋故事剧《古琴魂》1993年赴成都参加全国地方戏交流演出，获文化部奖。改革开放以来，大型新编历史剧《光明宫》1998年获全省展演新剧目奖，2000年获优秀剧目奖；《南国风》2002年参加全省展演获新剧目奖；在2002年全国地方戏精品折子戏比赛中，两位主演分获表演二等奖、三等奖；2004年又举全院之力，创作排演了新编历史故事剧《童心劫》，于2005年参加云南省首届滇剧花灯艺术周荣获综合大奖“振兴滇剧花灯贡献奖”、“艺术创新奖”，并入选参加第七届中国上海国际艺术节，备受好评，继而又入选参加由中国戏剧家协会在宁波举办的第九届中国戏剧节，获优秀入选剧目奖，连登三级台阶。2006年《童心劫》一剧经过加工修改，精心打磨，又入选参加了由文化部在武汉举办的“全国地方戏优秀剧目（南方片）评比展演”，亦载誉归来。我院创作演出的滇剧小戏《轿子山》入选参加由文化部社文司和山东省文化厅主办的第四届中国滨州博兴小戏艺术节，被评为“适宜农村和基层推广的优秀推荐剧目”；创作演出的滇剧小戏《两千八》入选参加由中国文联和中国戏剧家协会主办的第二届“中国戏剧奖·小戏小品奖”暨第二届“全国小戏小品大赛”，荣获“观众最喜爱剧目奖”和“优秀入选剧目奖”。2008年《南慕罕公主》在纪念改革开放三十周年云南省第十届新剧（节）目展演获剧目奖。2011年《郑和下西洋》在云南省第十一届新剧（节）目展演中获编剧、音乐、编舞、表演等多项奖。2011年，又重点打造了新编大型现代滇剧《铁血流芳》，该剧于10月赴京、津演出，获得了专家及观众的好评。

我院先后两次应中央电视台戏曲频道《名段欣赏》栏目的邀请，共组织了副高以上职称的演员40多人次的豪华阵容赴京录制了18期共540分钟的滇剧名段欣赏，节目播出后，在观众中引起了强烈反响，扩大了滇剧在全国的影响。除参加省外各项赛事外，在我省举办的各项赛事中，我院更是成绩不菲，特别在云南省第二届滇剧花灯艺术周上，我院共获剧目一等奖四个，二等奖两个和三等奖四个；获表演一等奖四个，二等奖三个和三等奖三个，喜获全胜。2012年云南省第九届青年演员大奖赛,我院青年演员荣获四个一等奖。2013年11月第十三届亚洲艺术节“优秀演出奖”。

2013年在云南省第十二届新剧目展演中，我院创作的大型新编现代滇剧《情暖春秋》荣获新剧目大奖，获表演一等奖一名，编剧一等奖一名，导演二等奖一名，音乐唱腔设计三名，表演二等奖一名，舞美设计三等奖三名，表演三等奖二名。同届展演中，我院创作的大型新编现代滇剧《赛装姑娘》荣获新剧目优秀奖，灯光设计二等奖一名，表演二等奖一名，编剧三等奖三名，唱腔设计三等奖三名，戏曲编舞三等奖一名，服装设计三等奖一名，表演三等奖二名。

1992年著名滇剧表演艺术家王玉珍荣获第九届中国戏剧梅花奖，为我省摘取了中国戏剧第一朵“梅花”。

2013年青年表演艺术家陈亚萍荣获第四届中国戏剧奖·梅花表演奖(第二十六届中国戏剧梅花奖)，为我院又摘取了第二朵“梅花”。

我院先后有12位演员荣获云南省戏剧表演最高奖 “山茶花奖”。

2014年9月，《情暖春秋》荣获云南省委宣传部第七届“云南文化精品工程”作品奖。

在由中共云南省委宣传部、省文化厅、省文联联合表彰的云南省文学艺术“四个一批”人才中，我院共有10人受表彰。多人次被省文化厅授予“青年表演艺术家”、 “优秀青年演员”称号。此外，还应邀先后赴泰国、越南、日本、新加坡、香港等国家和地区演出，均获成功，受到热情的赞扬，给观众和友人留下了难忘的印象。

我院现有在职人员136人，离退休人员143人，在职人员中，正高职称15人，副高职称44人，中级职称35人，专业人员平均年龄34岁。剧院下辖演出团、乐团、演出经营部、滇剧艺术研究中心、党政综合办公室。

如今，一批新秀正在茁壮成长，剧院创作力量雄厚，演员阵容强大，队伍年轻，行当齐整，舞台上群芳竞艳，代不乏人。

为了提升滇剧的知名度，扩大滇剧艺术的宣传和影响力，以及振兴滇剧这个国家级非物质文化保护剧种，2011年2月特聘请省政协副主席陈勋儒同志为省滇剧院名誉院长，

云南省滇剧院现任总支书记、院长郭维平，副院长张勇，副院长王润梅。

1. 著名艺术家艺术家王玉珍、李廉森与外国友人在香港大会堂合照。
2. 著名老艺术家李廉森《七星灯》在香港演出剧照。
3. 李俞龙《斩黄袍》荣获2014云南省第十届青年演员大奖赛表演一等奖 。
4. 赵春芬《失子惊疯》荣获2014云南省第十届青年演员大奖赛二等奖。
5. 新加坡总理接见云南省滇剧院领导。
6. 新加坡政务次长与云南省滇剧院长合影并颁奖。

《赛装姑娘》

[剧情简介]

故事发生在只有太阳和月亮每天涉足的美丽彝山。全剧以赛装节上彝家五彩嫁衣为线索，引发了源远流长的族人迁徙秘密及两代人爱恨交织的殷切热望。以妮婼为主人翁的一群彝族年轻人，有马樱花般骄傲的个人理想，有火塘般炽热的创业热情，也有棠棣花蜜般芬芳的爱情。她们在放飞青春、追逐梦想，发展彝绣的故事中，展示了精彩，耀眼的彝族传统文化，勾勒出今日彝家的山村新貌及明亮情怀。

本剧站在云南观世界，借山乡变化喻现世，书写永恒而丰富的人心。深重中写轻盈，现实中见虚幻。诙谐机趣的人物情节，清雅多元的舞台呈现，我们表达的是对云南这块土地的赤子深情；探索的是一种关于梦想和青春的当代意义。

[获奖情况]

2014年1月荣获云南省第十二届新剧目展演“新剧目优秀奖”灯光设计二等奖1名，表演二等奖1名，编剧三等奖三名，唱腔设计三等奖3名，戏曲编舞三等奖1名，服装设计三等奖1名，表演三等奖2名。

《情暖春秋》

[剧情简介]

这是一个夕阳晚恋的动情故事。四十年前，一对名为陈凌云和李美红的青年男女，在大观楼前倾心相许，以“执子之手，与子偕老”的承诺，订下了终身。不料由于家庭的变迁，两人天涯隔断，音讯杳无，星移斗转之间，彼此各自成家，都到了花甲之年。一个偶然的机会，两位单身老人邂逅重逢，倾诉坎坷人生，冰释前嫌，重新牵手，但怕招致女儿的反对，只得秘密结婚。陈凌云突然病倒，李美红不得已亮出妻子身份，暴露出她就是陈凌云保留四十年照片的“红颜知己”，引来陈子女的拒认、责难和纠纷。陈临云去世了，为销除“争夺遗产”的顾虑，实现丈夫生前预嘱，李美红出示了陈和她给孩子们的遗嘱，深爱浓情，字字句句撼动着子女的心灵，在泪雨滂沱的泣诉中，两代鸿沟终于化解，一个新的家庭终于团圆。

[获奖情况]

2014年1月荣获“云南省第十二届新剧目展演大奖”。

2014年9月，《情暖春秋》荣获云南省委宣传部第七届“云南文化精品工程”作品奖，导演一等奖。表演一等奖1名，表演二等奖1名，表演三等奖2名，编剧奖一等奖1名，音乐创作二等奖2名，舞台美术三等奖3名。

广州粤剧院

出　品：广州市委宣传部、广州市文化广电新闻出版局
演　出：广州粤剧院有限公司·广州粤剧团
艺术总监：欧凯明 广州粤剧院有限公司总经理
监　制：余　勇　广州粤剧院有限公司董事长/书记
编　剧：梁郁南 广州市文艺创作研究所一级编剧
导　演：谢平安 国家一级导演
舞美设计：熊春红 优秀青年舞美设计师 灯光设计：周正平 国家一级灯光设计
服装/造型：王　玲　国家一级服装设计
唱腔设计：黄　健　国家一级演奏员、优秀粤剧唱腔设计
音乐总监：邹裕伟 优秀青年音乐/唱腔设计
领衔主演：
黎骏声 著名粤剧表演艺术家、国家一级演员、梅花奖获得者
陈韵红 著名粤剧花旦、首届文华个人表演奖、梅花奖获得者

编剧：梁郁南

广州市文艺创作研究所一级编剧、广州市政协委员、广州市戏剧家协会副主席、广东粤剧工作者联谊会副会长，曾创作古装粤剧《悲风泣血》，该剧荣获广州市戏剧创作一等奖；历史故事粤剧《金陵残梦》，该剧参加第五届广东省艺术节，获1993年度广东省专业戏剧创作二等奖；历史故事粤剧《睿王与庄妃》，该剧参加第六届广东国际艺术节，荣获编剧一等奖，次年获中国曹禺戏剧文学奖提名奖；广播剧《大路魂》，该剧获广东省首届广播剧评奖一等奖、广东省第二届“五个一工程”奖；现代粤剧《土缘》，该剧由参加第五届中国戏剧节，荣获“97曹禺戏剧奖、剧目奖”。经过不断修改，数易其稿，反复排练，于1999年被选送晋京参加建国50周年优秀剧目献礼演出，荣获广东省第三届“五个一工程”奖，2001年荣获第八届中宣部“五个一工程奖”；古装粤剧《花月影》，该剧参加第八届广东省艺术节，荣获编剧二等奖，2006年荣获广东省鲁讯文学艺术奖；青春粤剧《梦惊西游》，该剧参加第四届羊城国际粤剧节，获得青年观众的热烈欢迎；历史故事粤剧《清心直道包青天》参加第四届羊城国际粤剧节；历史故事粤剧《明士》，该剧参加广东粤剧大汇演，荣获优秀剧目奖；同时，还改编创作了《君子桥》、《倾国名花》、《拜将台》、《珠联璧合》等剧，并由剧团上演。

导演：谢平安

国家一级导演、中国戏剧家协会理事、四川省戏剧家协会常务理事。曾执导京剧《华子良》、《廉吏于成龙》、昆剧《张协状元》、川剧《变脸》、《死水微澜》、《中国公主图兰朵》、眉户剧《迟开的玫瑰》、花鼓戏《老表轶事》、潮剧《东吴郡主》等多种多个剧目。他曾于2001年入围中央电视台《东方之子》栏目专访，多个剧目获得国家舞台艺术精品剧目，连续六次获得文华导演奖。曾为我司担任《刑场上的婚礼》、《南越宫词》导演，其中《刑场上的婚礼》在中国第九届艺术节中，获得文化部第十三届文华大奖特别奖。

执导的4个剧目进入国家精品工程一、二、四轮前十精品，多次获中国艺术节、戏剧节、京剧节等大赛优秀导演奖，有论文及文章在省级刊物以上发表并获奖。

主演介绍：

黎骏声，著名粤剧文武生，国家一级演员。现任广州粤剧院有限公司党总支部副书记兼监事会主席、广州粤剧团团长。代表剧目有《花月影》、《三家巷》、《豪门千金》等。2001年广州粤剧团重组后，成为该团担纲文武生，与著名粤剧花旦倪惠英形成新的组合，先后在《范蠡献西施》、《睿王与庄妃》、《花月影》、《豪门千金》、《三家巷》等近30出大型粤剧中领衔主演。其戏路宽广，文武兼备，善于运用各种表演手段和声腔塑造人物，嗓音淳厚，行腔流畅高低自如，富有韵味，深得行家和观众喜爱。从艺20多年，在舞台上积累了丰富的演出经验和表演心得。2002年11月获广东省第三届粤剧演艺大赛金奖；同年，饰演新编粤剧《花月影》"林园生"一角，荣获第八届广东省艺术节表演二等奖。2003年被评为广东省戏剧"十佳中青年演员"。 2008年饰演粤剧《三家巷》中"周炳"一角，荣获第十届广东省艺术节表演二等奖。同年荣获广东省"新世纪之星"荣誉称号。2011年6月，荣获第二十五届中国戏剧梅花奖大奖。

陈韵红，著名粤剧花旦，1984年毕业于广东省粤剧学校。主演过粤剧《风尘知己未了情》、《焚香记》、《范蠡献西施》、《三跪九叩寒江关》、《白蛇传》、《魂牵珠玑巷》等剧目。1991年凭《魂牵珠玑巷》获第二届中国戏剧节优秀演出奖、文化部首届文华个人表演奖、广东第四届艺术节表演一等奖。1994年凭《宝莲灯》获得第十二届中国戏剧梅花奖，1996年获广东第五届鲁迅文艺奖。

粤剧《碉楼》荣获文华剧目奖

第十届中国艺术节于10月11日至10月26日在山东举行，粤剧《碉楼》作为入选“十艺节”唯一一部粤剧与来自全国的87台专业剧目一道竞争“文华大奖”，最后获得文华剧目奖，主演之一黎骏声获得了优秀文华表演奖的好成绩，这也是继《刑场上的婚礼》获得“九艺节”文华特别奖后，广州粤剧院在中国艺术节上新的斩获。

10月21日至22日《碉楼》在“十艺节”分会场淄博桓台大剧院精彩上演，扣人心弦的剧情，扎实纯熟的演技，奇幻绚丽的布景，让剧场不时爆发出热烈的掌声，强烈的艺术感染力穿透了地域文化的差异，观众不仅看得入迷，还当场对着电子字幕学起了粤语。

由中共广州市委宣传部、广州市文化广电新闻出版局出品，广州粤剧院创作演出的新编大型现代粤剧《碉楼》把开平碉楼建筑作为创作背景，是两大世界文化遗产（碉楼，粤剧）的首度结合。该剧真实还原历史，通过对华侨司徒永堂的家史和镇海与秋月的爱情故事的描写，勾勒出一幅清末民初官府腐败，土匪横行，华侨海外受尽凌辱，夫妻分离，骨肉离散的乱世景象，诠释了碉楼人的血泪辛酸、爱恨情仇，是岭南文化、华侨文化、建筑文化和盗匪文化的集中展示，具有较高文化价值和艺术欣赏价值。

《碉楼》是广州粤剧院着力打造的一部艺术精品，艺术指导是著名粤剧大师红线女；艺术总监是国家一级演员、著名粤剧表演艺术家、中国戏剧梅花奖和上海白玉兰奖获得者欧凯明；编剧是广州市文艺创作研究所一级编剧梁郁南；导演是国家一级导演谢平安。广州粤剧团国家一级演员、梅花奖获得者黎骏声和国家一级演员、首届文华个人表演奖、梅花奖获得者陈韵红担纲主要角色。

《碉楼》从2010年开始创作，六易其稿，至今已演出130多场，曾参加了第六届羊城国际粤剧节闭幕式演出、“2013年广州艺术节”优秀剧目巡演，并于2013年4月在红线女老师的带领下到北京梅兰芳大剧院献演，受到文艺界专家、学者和观众的好评。经过六次修改提高后的《碉楼》“十艺节”参赛版，演出时长两小时，精简了故事情节，突出了人物情感，深化了主题，音乐唱腔更加优美动听。

这次广州粤剧团演出的《碉楼》不仅成为今年“十艺节”舞台上一道亮丽的风景，更让粤剧这朵奇葩花绽放在山东的舞台，是岭南文化的一次成功推广。

大型眉户剧雷雨

領銜主演

潘國梁　許愛英　趙　梅

潘國梁，男，國家一級演員，臨汾市眉户劇團團長，曾獲中國戲劇第二十四屆梅花獎榜首，全國匯演優秀表演獎、優秀主角獎、優秀青年演員獎，山西省二度杏花表演獎、主演金牌獎、表演一等獎。

許愛英，女，國家一級演員，臨汾市文聯副主席，臨汾市眉户劇團書記，曾獲中國戲劇梅花獎、文化部文華獎、上海白玉蘭獎，全國匯演優秀表演獎、優秀主角獎，山西省最佳演員獎、主演金牌獎。

趙梅，女，國家一級演員，山西省臨汾市眉户劇團名譽團長，曾獲全國匯演優秀表演獎、文化部黄河金三角匯演優秀表演獎，山西省主演金牌獎、優秀表演獎。

總監制：黃翠蓮　謝碧玲
總策劃：尉　俊　董鳳妮　郭景旭
監　制：傅遵師　王　軍
策　劃：王富山　任跟心　楊紅旭　許愛英　潘國梁　陳奇志　賈福林
出品人：潘國梁

編　劇：雷志華
導　演：酈子柏
副導演：張俊霞
音樂設計：王　激
配　器：徐光明
指　揮：薛天信
舞美設計：趙英勉　鄭回方　高　越　陳　曉
燈　光：盧衛東　秦玉山　王生亮　郭英杰
化妝造型：李紅霞　吕麗雲

舞臺監督：賈福林　範舉明
劇　務：常志青　張　瑞
燈　光：王生亮　郭英杰
音　響：馬海龍　周新民
服　裝：李蘇平
道　具：馬振民
裝　置：呂幸全　張　安　牛忠乃　陳奇勇
伴　唱：王　倩　張　劍
群　衆：本團演員
司　鼓：王力敏
板　胡：範舉明
伴　奏：本團樂隊

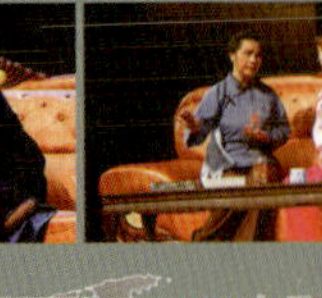

雷雨海報

临汾市眉户剧艺术研究中心

临汾市眉户剧团成立于1952年，2011年在山西省文化体制改革中，改制为临汾市眉户剧艺术研究中心，是山西省著名戏曲表演艺术团体。2011年“晋南眉户”被列为第三批国家非物质文化遗产。

多年来，在各级党委政府的关怀和支持下，剧团坚持“二为”方向、贯彻“双百”方针，狠抓创作和人才培养。剧团既演古装戏又创演现代戏，尤其编演现代戏为主。创作出《两个女人和一个男人》、《村官》、《祥林嫂》、《父亲》、《山凹人家》等多部优秀剧目。代表我省、市赴北京、上海、杭州、西安、郑州、南京、常州、扬州、深圳、香港等地参加全国大型戏剧汇演活动，曾受到党和国家领导人彭真、李瑞环、王震、姬鹏飞、彭佩云等领导的亲切接见。

该团团风过硬，阵容整齐，演技精湛，创作并拍摄了四部戏曲电视剧和一部电影，先后获全国第五届文华优秀剧目奖、第八届中国人口广厦杯戏曲优秀奖、第三届全国地方戏优秀剧目展演参演剧目奖、全国现代戏优秀保留剧目突出贡献奖、全国现代戏观摩演出新剧目奖、文化部金三角戏剧调演优秀演出奖，戏曲电视剧获中宣部五个一工程奖、飞天一等奖和兰花奖、华北区国际杯二等奖；曾获“全国文化工作先进集体”，文化部“加强管理、出人出戏、以副补艺”的表彰；荣获“山西省集体劳动模范单位”，山西省政府为我团记“集体特等功”。

演职员香港葵青剧院合影留念

香港主办方庆祝雷雨演出成功

雷雨剧照

雷雨剧照

贵州省黔剧院民族乐团

2014年10月10日起，贵州省黔剧院民族乐团分别在北京国家大剧院、中央民族乐团音乐厅、中央财经大学音乐厅举行三场名为《风华黔韵》民族音乐会的演出。这是作为非物质文化遗产的黔剧第一次在中国最高音乐殿堂向人们展示黔剧乐韵，在北京掀起了不小的民族风。

贵州省黔剧院民族乐团这次受中国民族管弦乐学会的邀请到京演出，是近年来贵州专业民族乐团第一次在国内顶尖表演场所的首次亮相，也是贵州民乐对国庆的献礼，同时其中一场为中央财经大学校庆的表演也让贵州文化走进了校园。音乐会内容涵盖了贵州地方特色的音乐作品和以贵州黔剧板腔为素材的民族音乐新编曲目以及黔剧彩唱，是对贵州各民族地方音乐风格融合提炼后的一种全新演示。

贵州省黔剧院民族乐团由全国各大音乐院校的优秀毕业生和省内众多民乐精英组建而成。这支生机勃勃、充满朝气、实力雄厚的年轻队伍，近年来在全国、全省各项专业大赛屡获大奖，代表了当前贵州省专业民乐演奏的最高水平，2013年3月，乐团演奏的《苗山情》、《山谷情歌》、《跃龙》等室内乐作品应邀出访澳大利亚演出，受到当地观众和来自世界各国艺术代表团的热烈欢迎和高度评价。

贵州省黔剧院民族乐团《风华黔韵》民族音乐会分为上下两篇共十二首曲目，上篇由《苗岭喜庆》、《黔韵》、《苗山情》、《木瓢舞曲》、《三月三》、《山鼓》六首曲目组成，《苗岭喜庆》、《木瓢舞曲》等曲目集中表现了贵州苗、彝、布依等少数民族的美好生活。打击乐合奏《山鼓》以木鼓为主体吸收竹筒、簸箕、木瓢等贵州山民生活用具而创编，极具生活气息，《黔韵》则以贵州地方代表剧种“黔剧”的“扬调”、“二板”、“二簧”等板腔为素材编创而成，高胡、唢呐、笙领奏的黔剧声腔黔味十足，以乐器乐化的模拟展示了黔剧板腔多姿多彩的风韵。

下篇由《端节》、《珠郎娘美》、《跃龙》、黔剧《九驿图》选段、《秦香莲》、《水龙吟》组成，下篇开曲《端节》，“端节”是贵州水族人民一年一度的传统节日，通过乐曲表现了人们在节日中庆贺丰收，祭祀祖先，载歌载舞的喜庆、欢乐的盛大场面。乐曲《珠郎娘美》、黔剧彩唱《九驿图》选段分别选自黔剧《秦娘美》和新编历史黔剧《九驿图》，通过乐曲和演唱来诠释黔剧委婉抒情的曲调。

在这次演出中，我们可以充分感受到作为非物质文化遗产的黔剧乐韵的魅力。贵州非物质文化遗产极其丰富，其中在传统戏剧方面，黔剧是最具代表性的贵州本土剧种，黔剧的母体“贵州扬琴”，在清嘉庆、道光年间（1796—1850年），已在贵州出现，经过历代的历史沿革与演变、发展，已具备200年以上的历史。2008年国务院批准，黔剧成为第二批国家级非物质文化遗产，贵州省黔剧院为该项目的保护单位。

《中国民乐报》曾刊登由民乐专家郭一撰写的评论文章《美丽贵州·黔韵飘香》一文，对贵州省黔剧院民族乐团“传统与现代的结合”，“技艺与神韵的统”、“作品与演奏的诠释”等方面做了充分肯定。此次演出，中国民族管弦乐学会邀请在京民乐界专家、新闻媒体等出席音乐会并组织召开贵州民族音乐以及贵州黔剧音乐的专题研讨会。

在10月10日国家大剧院的首场演出，文化部董伟副部长、艺术司明文军副司长、瞿桂梅司长，中国戏曲学院巴院长、中国民族管弦乐会全体领导及贵州省省文化厅许明厅长等相关领导到场观看了整场演出。演出结束后，文化部董伟副部长对贵州省黔剧院民族乐团的演出给予了充分的肯定，他说：“演出很成功、很震撼，要多听听专家的意见，将《风华黔韵》这台民族音乐会打造成精品，走向国际文化市场进行交流演出。

10月12日，贵州省黔剧院民族乐团大型民族音乐会《风华黔韵》在中央财经大学学术会堂上演，本场音乐会是继国家大剧院音乐厅、中央民族乐团音乐厅成功演出后的第三场演出，也是庆祝中央财经大学建校65周年而举办的专场音乐会。

10月13日上午10点，中国民族管弦乐学会邀请在京民乐界专家召开了贵州民族音乐以及贵州黔剧音乐的专题研讨会。会议在中国民族管弦乐学会杨青副会长的相互介绍中拉开了研讨会的序幕，专家代表中国民族管弦乐学会专家委员会副主任张殿英首先肯定了贵州省黔剧院民族乐团是一支高素质的专业队伍，团员年轻、充满活力，演奏认真、热情、投入，是在用自己的身心和信念去演奏作品。中国民族管弦乐学会指挥专业委员会秘书长景建树则对贵州省黔剧院的发展理念极为赞誉：“贵州省黔剧院充满了对民族音乐发展的信心和信念，认识到抓住了戏曲就是抓住了发展的主根，民族音乐的发展要重视向戏曲的学习，理清向传统学习和不拒绝引用西方技艺的双重关系。”同时，针对今后如何发展贵州民族音乐以及贵州黔剧音乐与会专家提出了中肯的建议和希望，是走地方特色的道路，尽量多融入原生态的元素，民族乐奏的是民族的东西，就要让本民族听懂接受。二是做具有自己地方风格的乐队，加强史诗性和创作性的创作。三是系统演奏理念的介入和加强，在保持地方特色的基础上，要有国际语言，加强队伍声部细化的发展。四是坚持走地方民族特色、地方剧种特色的道路。与会专家纷纷表示，如果需要，他们将亲自带队来贵州为贵州民族音乐以及贵州黔剧音乐奉献自己的一份力量。

研讨会上，贵州省黔剧院朱宏院长代表贵州省黔剧院民族乐团全体演职人员向与会专家提出的建议和指导表示感谢，并请与会专家题词留下鼓励及希望的祝福，将这些祝福和希望带回贵州，成为我们发展、传播、传承贵州民族音乐以及贵州黔剧的动力源泉。

天津市武清区文化广播电视局

武清举办百位书画家作品晋京展

2013年为充分发挥“中国发间艺术（书画）之乡”的影响力和辐射作用，进一步打造武清书画独特品牌，武清区委、区政府决定由区文化广播电视局、区文学艺术联合会筹办一次主题为“京津走廊——美丽武清”的武清书画晋京展，优选100位武清籍书画家的精品力作在集中展出，以展示书画之乡综合实力和整体水平，彰显“京津走廊——美丽武清”的建设成果和人文魅力，进一步提升武清的知名度、美誉度，加强武清对外文化交流与合作。更是对武清书画创作实力的一次集中检阅。

征稿从年初起至2013年5月31日历时5个月，作品围绕“时代气息、地域特色”进行创作，充分体现武清地域特点、风土人情和历史文化，描绘武清近年来的经济社会发展成果及天蓝、草绿、水清的生态魅力，全面展示了武清书画的最新创作成果，展示出武清籍老中青三代书画家团结向上、代代相传的精神风貌，展示武清深厚的文化底蕴和独特魅力。为确保参展作品的高质量、高品位，此次所有应征作品均为作者的代表性书体、代表性绘画风格，作品体现出中国书画传统功力以及个人创作风格。

2013年12月15日，书画晋京展，在中华世纪坛隆重开幕。北京、天津等地相关领导、书画界人士以及《新华社》《光明日报》《天津日报》《京华时报》《中国文化报》《中国艺术报》、中华网、人民网、网易、搜狐网、凤凰网等200多家新闻媒体出席开幕式。

武清区地处京津走廊，历史悠久。史载于西汉初年，设泉州、雍奴二县，至唐天宝元年（公元742年）定名武清，距今已有2000多年的历史，为天津地区最早的建制县。公元2000年6月13日，经国务院批准撤县建区。

长期以来，武清区委、政府对弘扬民族文化、发展书画艺术高度重视，激发了武清人对书画艺术的学习与追求，始终保持区域内强烈的书画艺术氛围，2008、2011年曾两度被国家文化部授予“中国书画之乡”荣誉称号。特别是近年来，全区书画艺术培训学习、研讨交流，已逐步形成体系，从青少年到中老年3万余人加入书画研习队伍，600余人成为各级书画协会会员，数百幅作品相继在省市级以上大展中参展获奖，许多作品还被海内外艺术馆及有关单位珍藏留存。

举办这次书画作品晋京展，不仅仅是展示书画之乡综合实力和整体水平，更是对武清书画家整体阵容的一次集中检阅。对于武清对外文化交流，推动区域书画艺术发展，进一步搞好书画之乡建设，扩大武清知名度和影响力，将起到积极的促进作用。

首届“武清·李润杰杯”全国快板书大赛

2013年初，中国曲艺家协会与武清区政府协商决定在著名曲艺表演艺术家、曲艺作家、曲艺改革家李润杰先生的家乡武清举办一次规模宏大的全国性快板书大赛，以进一步振兴和繁荣快板书这一重要曲种，推动快板书的创作表演水平，发现和培养优秀人才，推动全国曲艺事业发展，弘扬民族优秀文化。大赛命名为：首届“武清·李润杰杯”全国快板书大赛。主办单位为中国曲艺家协会、天津市文化广播影视局、天津市文联、天津市武清区人民政府。承办单位为中国快板艺术委员会、天津市曲艺家协会、武清区文化广播电视局。

李润杰出生于武清区城关镇大桃园村，是快板书艺术的开创者和奠基人，他创作并演唱的快板书《劫刑车》、《抗洪凯歌》、《立井架》等佳作，脍炙人口、家喻户晓，形成了“平、爆、脆、美”之高超而精湛的李派艺术风格。他曾经任全国人大代表，天津市曲艺团副团长、中国曲协常务理事、天津曲协理事等职务，两次受到周恩来总理的亲切接见，为家乡争得了无上的荣誉。

大赛由中国曲艺家协会主席、中国文学艺术基金会副理事长兼秘书长姜昆担任名誉主任；中国曲艺家协会分党组书记、驻会副主席、秘书长主任董耀鹏、天津文化广播影视剧副局长金永伟　、武清区人民政府副区长李伯怀担任名誉主任；　委员包括中国曲协分党组成员、副秘书长曲华江；中国曲协快板艺术委员会主任张志宽；中国曲协研究部主任黄群；天津市曲艺团国家一级演员、李润杰之子李少杰等。

2013年4月24日上午，中国曲艺家协会与区文广局举行合作签字仪式，并举行新闻发布会，以此拉开了首届“武清-李润杰杯”全国快板书大赛帷幕。中国曲协党组书记、驻会副主席、秘书长董耀鹏，市文化广播影视局副局长金永伟，区领导周德友、薛梅、王占海以及著名快板书演员张志宽、李少杰等相关单位领导及《曲艺》《中国艺术报》、中国曲艺网、天津卫视、天津电视台《鱼龙百戏》、《今晚报》、天津广播电台文艺频道等20余家新闻媒体出席了新闻布会，一起见证了签约仪式。

6月14日至16日，首届“武清·李润杰杯”全国快板书大赛复评会在评委会主任曲华江的带领下进行，来自曲艺界的表演艺术家、作家、理论家等专业评委李少杰、张文甫、张志宽、高玉琮、黄群等，根据大赛制定的评奖标准、评奖方法和评奖纪律，评委们经过三天紧张的复审评选，从全国20几个省市区报送的213个参赛作品中选出55个节目、58位参赛者进入大赛决赛。

2013年7月3日到5日，经过3天5场的激烈角逐，共有35人分别获得职业组、非职业组、少儿组的一、二、三等奖，共评出职业组、非职业组、少儿组一等奖分别为7个、6个和6个。7月5日晚，颁奖晚会在武清区天狮集团会议中心举行。晚会由牛群、周宇主持，出席颁奖晚会的嘉宾有：姜昆、董耀鹏、朱光斗、刁惠香、曲华江、李建成、薛梅、邢德惠、谢呈悦。晚会上数来宝《夺金杯》、相声《欢歌笑语》、快板书《武松传》等多种曲艺节目相继登台。姜昆、戴志诚、郭达、高洪胜、张志宽、柴京云、柴京海、温淑萍、焦建东、石磊、王彤、随风、高梦娇等为武清观众奉献了精彩的节目。

著名相声表演艺术家姜昆向区文广局尤鑫栋局长颁发了“特别贡献奖”纪念奖牌。

近年来武清在发展经济的同时充分发掘利用武清历史文化资源优势，不断加大文化发展力度，通过扶持民间艺术团体发展，加强文化设施建设，举办高水平文艺活动等措施，着力打造文化强区，此次举办的“李润杰全国快板书大赛，就是站在新时期进一步振兴和繁荣快板书这一重要曲种，不断推动我国曲艺事业的发展，弘扬民族优秀文化传统而举办的一项赛事，此次赛事的成功举办，为推动武清文化事业的发展提供了重要的契机，同时对加强武清对外交流，提升武清知名度和美誉度也起到了重要的推动作用。

和田新玉歌舞团

和田新玉歌舞团前身是和田文工团，成立于1957年。1965年进京演出时受到周恩来总理的亲切接见，并取“清新美玉”之意将其命名为“新玉文工团”。1994年新玉文工团升级为地区新玉歌舞团。现有在职人员为87人。

2013年和田地区新玉歌舞团荣获“2013张家界国际乡村音乐周”最佳艺术奖；《于阗女》荣获第二届“一舞成名”网络秀舞大赛最佳团体奖；入围第九届全国舞蹈大赛“荷花奖”总决赛，并获得金奖及表演铜奖，《于阗女》荣获新疆维吾尔自治区第四届“天山文艺奖”。并且每年应邀参加自治区、和田地区春晚、库尔班节、奴如孜节的晚会演出。

新玉歌舞团作为和田地区一个大型文艺表演团队，作为党的宣传阵地，该团针对和田地区意识形态领域反分裂斗争的严峻形势以及浓厚的宗教氛围，以现代文化为引领，先后推出了《农民魂》、《万方乐奏有于阗》、《宝地和田》、《和田充满机遇　和田大有希望》、《万方乐奏》等大型晚会，推出了《党的政策亚克西》、《援疆富民甜透心》、《火车来到咱和田》等健康向上、体现时代特征、寓教于乐、百姓喜闻乐见的精品节目，每年下乡演出90多场次，通过舞台形式把党和国家的路线方针政策宣传到群众中去，把和田各族人民的爱国感恩之情和求发展、谋富裕、思稳定、盼和谐的共同愿望用歌舞淋漓尽致的展现出来，艺术地展示了党的民族政策在新疆和田的成功实践，大力宣传了改革开放、民族团结的伟大成就，弘扬了民族传统文化，树立了和田对外良好形象，增强了和田各族人民热爱和田、感恩祖国的热情，引领了和田地区先进文化的发展方向，推动了和田文化事业大繁荣、大发展、大踏步前进的新局面，为促进和田地区率先实现跨越式发展和长治久安做出了贡献。

和田新玉歌舞团曾多次应邀远赴俄罗斯、韩国、日本等国进行外事演出，赴北京、上海等省市进行慰问演出，在全国、自治区少数民族汇演中多次获奖。曾代表新疆参加了在北京举行的建国的45、50、55周年庆典演出。2002年9月参加新世纪首届新疆维吾尔自治区专业文艺调演并首演，荣获了优秀剧目奖等17个奖项；2003年应邀赴韩国参加了亚洲太平洋民族音乐学会年会演出；2004年，我团集体荣获小岛康誉文化奖；2005年至2010年5年中，先后被中宣部、国家人事部、文化部等十三部委分别授予全国文化工作先进集体、“三下乡”活动先进集体、首届全国农民文艺汇演“金穗杯”金奖等荣誉；2007年自创节目《和田人的欢乐》荣获“雅士利杯2007CCTV民族器乐电视大赛”集体优秀展演奖，同年又在“2007（第二届）中国南京文化产业交易会展”中荣获优秀服务单位，《玉石手镯》获自治区文化厅举办的“美丽新疆　和谐阳光——2007新疆舞蹈大赛”专业青年组表演集体优秀奖；2008年《长辫子姑娘》等3个节目参加了首届中国新疆国际民族舞蹈节；2010年表演唱《党的政策亚克西》参加了中央电视台春节联欢晚会，同年应邀赴安徽参加第四届全国体育大会闭幕式文艺演出，《万方乐奏》晚会在国家大剧院演出，应邀为上海世博会演出；2011年代表国家参加了“中巴建交60周年”文化交流演出，并受到了外交部的通报表扬，同年参加“自治区政协成立60周年”文艺汇演，莱帕尔歌舞《党中央的政策亚克西》受特邀参加了由中共中央宣传部、中央文明办、教育部、文化部、广电总局在克拉玛依市举办的“爱国歌曲大家唱激情广场”文艺汇演，《克里阳麦西来甫》赴北京参加中央电视台“第六届CCTV舞蹈大赛”，在全国报名8000多个作品中进入决赛并荣获了群舞组优秀表演三等奖、十佳优秀作品奖和优秀演员季军。2012年赴天津为“和田周”活动进行演出，赴土耳其为“中国--土耳其伊斯兰文化展演活动”演出；参加中•土伊斯兰文化展演活动和第九届和田玉石文化旅游节暨手工羊毛地毯博览会演出，应邀赴台湾参加第十三届“祖国大陆图书展-新疆主题展”文化演出。2013年赴广州为对口援建及促进两地文化交流演出；为台湾“第十三届京味文化之旅”演出；参加了由中宣部、文化部组织的“2013张家界国际乡村音乐周”活动，参加第九届“荷花奖”民族民间舞蹈大赛《昆仑之梦》、《于阗女》分别荣获金奖、铜奖、最佳服装奖。2014年应邀赴台湾参加“第十四届京味文化之旅”演出，获得社会各界一致好评。

和田地区新玉歌舞团正像一只大漠上的雄鹰，展开双翼，飞向未来，飞向更加辉煌的艺术明天。

新疆和田地区歌舞团　　地　址：新疆和田市纳瓦格路1号　　邮　编：848000

网　址：http://xygwt.xjht.gov.cn　　书　记：王丽娟　　传　真：0903-2036480

电　话（办公室）：0903－2036480

电　邮：htxygwt@163.com

《月照塞北》剧照

《月照塞北》剧照

黑龙江省京剧院

黑龙江省京剧院始建于1950年，是新中国成立后建院比较早的省级京剧院团之一。2005年经国家文化部评审，被文化部列为“国家重点京剧院团”。2009年被国务院人力资源和社会保障部、文化部授予“全国文化系统先进集体”荣誉称号。

六十年来，剧院创作、演出了具有较大影响力的主要剧目有：《千万不要忘记》《三少年》《上任》《江祭》《武则天与狄仁杰》《梦断关山》《千秋大业》《树下青青草》《完颜金娜》《卢沟晓月》《祥林嫂》《鞑鞨春秋》《赵一曼》《月照塞北》等。1990年在北京音乐厅举办了《宋士芳京胡独奏音乐会》、2000年举办了《‘国韵新声’交响乐京剧演唱会》等。

目前，剧院下辖两团：演员一团，主要是由中年以上演员组成，现有主要演员30人。其中拥有以第九届中国戏剧梅花奖获得者邢美珠为代表的一批具有影响力的艺术家，他们曾获梅花奖、白玉兰奖、中国京剧艺术节优秀表演奖等。演员二团，主要由青年演员组成，现有演员50人，平均年龄25岁，具有大专以上学历近40人。其中黄丽珠、马佳、杨洋、张欢分别荣获全国青年京剧演员电视大赛银奖，他们在2010年《空中剧院“黑龙江行”》的演出中；2011年3月，在纪念中国共产党成立90周年晋京演出三台大戏一台折子戏活动中；同年十一月新编大型现代京剧《赵一曼》参加第六届中国京剧艺术节都赢得了荣誉，特别是2013年原创京剧《月照塞北》荣获第十四届“文华剧目奖”、“文华音乐创作（作曲）奖、马佳荣获第十届中国艺术节优秀表演奖。

剧院经过多年发展，专业队伍已形成老、中、青搭配合理的梯形人才结构。演出剧目积累丰富，行当齐全，形成阵容整齐、文武兼备、流派纷呈的艺术特色。

剧院多次赴京、津、沪、江、浙等地巡回演出，并从1986年起先后赴美国、日本、委内瑞拉、哥伦比亚、墨西哥、俄罗斯、韩国、摩洛哥、阿尔及利亚、突尼斯、波兰、匈牙利等国及中国港、台地区访问演出，深受欢迎。

《月照塞北》剧照

黑龙江省京剧院改建后外景

黑龙江省京剧院外景

湖北省京剧院

湖北省京剧院成立于1970年。系2005年文化部命名的国家重点京剧院团。现任院长朱世慧。

40多年来，剧院继承发展京剧艺术优秀传统，上演传统剧目近200余出。剧院致力于京剧艺术的改革创新，连续创作演出了《一包蜜》、《徐九经升官记》、《药王庙传奇》、《膏药章》、《法门众生相》、《曾侯乙》、《建安轶事》、《青藤狂士》等众多优秀剧目，屡获“中国戏曲学会奖”、两次荣获“文华大奖”、“中国京剧艺术节金奖、银奖”、“五个一工程奖”、全国优秀保留剧目大奖等荣誉。大型悲喜剧《膏药章》入选为2003至2004年度国家舞台艺术精品工程十大精品剧目。《建安轶事》获第六届中国京剧艺术节一等奖第一名、第十四届文华奖“文华大奖”，入选为2011至2012年国家舞台艺术精品工程“重点资助剧目”。《青藤狂士》荣获第一届湖北艺术节暨第十届楚天文华大奖。

剧院造就了一批艺术造诣很高的艺术家，著名导演艺术家余笑予，著名剧作家谢鲁、郭大宇，习志淦，著名表演艺术家朱世慧、杨至芳、李春芳，一级舞美设计田少鹏，一级导演欧阳明，一级演员胡为之、罗会明、程和平、舒建础等。近年，以著名麒派老生、梅花奖获得者裴咏杰和著名奚派老生、梅花奖得主王小蝉领军的一批优秀中青年艺术人才，如江峰、李兰萍、尹章旭、易艳、吴长福、周琥、张忠明等国家一级演员，还有一级鼓师、琴师和优秀舞美工作人员等已成为剧院的中坚力量。全国青年京剧演员电视大赛金奖得主万晓慧、谈元、唐恺、王铭以及吕蒙、郑雪莲、袁婷、曹中华、潘欣、陈晓霞、李衍茂、李奕平、于巧云等第三梯队的优秀青年演员亦正迅速崛起，并产生广泛影响。本院定向培养的第四梯队人员已于艺校毕业，充实到艺术队伍中。剧院可谓人才辈出，流派纷呈，欣欣向荣。

剧院屡赴欧洲、澳洲、美国、俄罗斯、日本、加拿大、韩国、香港、台湾等国家和地区演出，蜚声海外。是一个深受国内外观众喜爱，具有较高艺术水准的京剧艺术表演团体。

建安轶事

建安轶事

石家庄市京剧团

石家庄市京剧团1946年组建于老解放区河北束鹿（现辛集市），前身为辛集革艺剧团。1947年改称革艺平（京）剧院，1949年随石家庄专员公署迁驻市区，后更名为大众京剧团，1955年后称石家庄专区京剧团、石家庄地区京剧团，1993年（地市合并）改称石家庄市京剧团。

剧团有着悠久历史和艺术传统。李少春、袁世海、王玉蓉、杨荣环、梁慧超、、黄少华、叶盛章、崔盛斌、李盛藻、吴素秋、杨玉娟等名家曾先后就职本团或搭班合作。1957年，“四大须生”之一、著名京剧表演艺术家奚啸伯欣然加盟，使剧团逐步形成高擎奚派旗帜，荟萃诸多流派的剧目特色和艺术风格，在内地京剧界享有颇高声誉。

长期以来，剧团始终坚持“二为”方向，“双百”方针和“三贴近”原则，坚持传承经典、创新剧目、人才培养、服务基层多措并举。常演《铁弓缘》《桃花村》《四郎探母》《勘玉钏》《赵氏孤儿》《玉堂春》《汉宫惊魂》《遇皇后·打龙袍》等剧，创作排演《华阳公主》《红玉良缘》《范仲淹》《大宫庄的钟声》等各类剧目数十出，领衔主演赵玉华（中国戏剧梅花奖得主）、主要演员赵建忠　、牛征良、孙绍燕、李树平和青年演员范闪闪、张伟欣、牛腾、吴佳明等，在全国“青京赛”等各类赛事中屡创佳绩。2000年，应邀赴美国进行艺术交流，精湛雅致的表演折服了美国朋友，当地的多家媒体进行了全方位的跟踪报道，受到了热烈欢迎并给予极高的赞誉。2009年、2010年，先后应邀赴香港、澳门举办国庆庆典优秀剧目展演活动，获得巨大成功，被誉为“石家庄闪亮名片”。2014年参演第七届中国京剧艺术节。

《铁弓缘》中赵玉华饰演陈秀英

《桃花村》中赵玉华饰春兰

《虹桥赠珠》中赵玉华饰凌波仙子

永嘉昆剧团

永嘉昆剧是继承了南戏的艺术特色并结合地方戏曲剧种优点而形成的一个珍稀剧种。它是昆剧的一个支脉，以其独特艺术风格，在昆剧大家庭中独树一帜。

永嘉昆剧团成立于1954年，原称温州巨轮昆剧团，1957年更名为永嘉昆剧团，是继承古老的永嘉昆曲艺术的唯一演出团体。由于长期扎根民间，永昆具有较强的平民气质，表演风格庄谐并存，粗放与婉约兼顾，一些剧目在全国也是独一无二的，因而深受老百姓欢迎。

永昆剧团曾几经波折，一度被撤销，解体。1999年，在一批热爱昆曲的老艺人努力下，集研究与演出于一体的永嘉昆曲传习所重新成立。2005年6月，永嘉昆剧团恢复建制（与永嘉昆曲传习所合署），并扩大了编制，先后两次向全社会公开招生，一批新人也因此脱颖而出。2001年，中国昆曲被联合国科教文组织列入“首批人类口头和非物质遗产代表作”名录。2005年，永嘉昆曲又被列入首批“国家级非物质文化遗产名录”，使永昆同时具有了“世遗”与“国遗”的双重荣誉。

永昆剧团重组至今，已编排传统剧目大戏13本，折子戏30多出，代表剧目有《张协状元》《琵琶记》《荆钗记》《折桂记》《金印记》等。20多出经典折子戏被拍成影像送中国昆曲博物馆收藏。并相继出版了《永嘉昆剧》《〈张协状元〉评论集》《浙江省非物质文化遗产丛书·永嘉昆剧卷》《永嘉昆曲十年》。永昆已连续五届参加中国昆剧艺术节会演，获得大大小小数十个奖项，领导、专家、观众广泛赞誉。

几经波折的永昆，有过辉煌的时候，也曾有过濒临消亡乃至绝迹的危险，但总有一代代对永昆怀有深厚感情的艺人，为之奔波，为之辛勤工作，使之薪火相传，得以繁衍。如今的永嘉昆剧团在各级领导的关怀下，在广大戏迷的厚爱下，顺应文化体制的改革大潮，扬帆竞进，正在走向新的辉煌。

近几年来，剧团先后获得省部级以上奖励有：

2000年4月，《张协状元》荣获首届中国昆剧艺术节“优秀展演奖”；

2002年6月，《张协状元》荣获中国戏曲学会奖；

2002年10月，《张协状元》荣获第十届文华新剧目奖；

2003年11月，《杀狗记》荣获第二届中国昆剧艺术节“优秀演出奖”；

2006年7月，《折桂记》荣获第三届中国昆剧艺术节“剧目奖”；

2007年12月，《琵琶记》荣获浙江省第十届戏剧节“剧目奖”；

2009年6月，《琵琶记》荣获第四届中国昆剧艺术节“剧目奖”；

2010年12月，《荆钗记》荣获浙江省第十一届戏剧节“新剧目奖”；

2012年7月，《金印记》荣获第五届中国昆剧艺术节“优秀剧目奖”；

2013年11月，《金印记》荣获浙江省第十二届戏剧节“新剧目大奖”

西安儿童艺术剧院

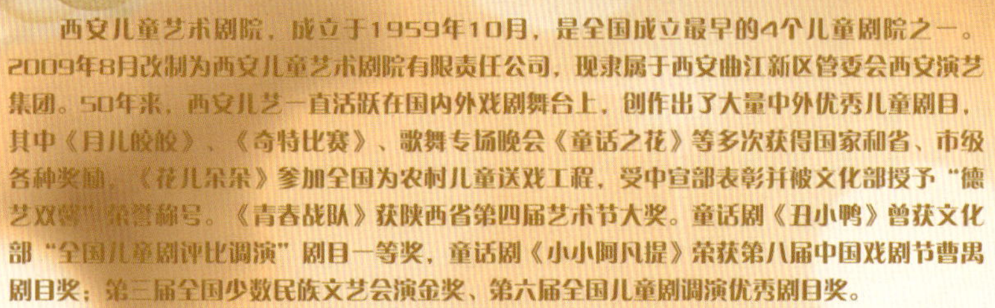

西安儿童艺术剧院，成立于1959年10月，是全国成立最早的4个儿童剧院之一。2009年8月改制为西安儿童艺术剧院有限责任公司，现隶属于西安曲江新区管委会西安演艺集团。50年来，西安儿艺一直活跃在国内外戏剧舞台上，创作出了大量中外优秀儿童剧目，其中《月儿皎皎》、《奇特比赛》、歌舞专场晚会《童话之花》等多次获得国家和省、市级各种奖励，《花儿朵朵》参加全国为农村儿童送戏工程，受中宣部表彰并被文化部授予“德艺双馨”荣誉称号。《青春战队》获陕西省第四届艺术节大奖。童话剧《丑小鸭》曾获文化部“全国儿童剧评比调演”剧目一等奖，童话剧《小小阿凡提》荣获第八届中国戏剧节曹禺剧目奖；第三届全国少数民族文艺会演金奖、第六届全国儿童剧调演优秀剧目奖。

西安儿艺具有较强的编剧、导演、舞美创作实力，并拥有一批有才华的受过专业训练，熟练掌握表演、舞蹈、歌唱技巧的儿童剧演员。剧院非常重视对艺术人才的培养，近年来每年都向中央戏剧学院和上海戏剧学院输送青年演员进行培训学习，青年编剧宣亦斌在上海戏剧学院取得戏剧影视编剧研究生学力，也是陕西省文化系统屈指可数的专业编剧之一。青年演员李岚荣获第十七届中国戏剧“梅花奖”，院长张绍军获得中国话剧金狮“经营管理奖”、张燕萍、王丽虹中国话剧“金狮奖”表演奖。西安儿艺以歌、舞、话多种艺术形式的作品形成了自己独特的艺术风格，在全国儿童戏剧界享有较高声誉，也不断受到国际儿童戏剧界的注视。

西安儿艺曾远赴瑞士和德国演出，受到瑞士和德国少年儿童的喜爱和评论界的赞扬，2007年年底《小小阿凡提》受邀赴日本东京参加了“中国优秀儿童剧公演”活动，受到日本少年儿童和当地儿童戏剧界的一致好评，为国际文化交流做出贡献。

西安儿艺是少年儿童喜爱的剧院，是少年儿童的朋友，西安儿艺将继续努力，为全中国、全世界的少年儿童创作出更多、更美、更好的艺术作品。

西安儿艺永远属于孩子们！

石榴娃娃

我们和老师一起过生日

皇帝的新装

老鼠嫁女

童话剧《公主的头花》

济南市杂技团

济南市杂技团成立于1958年，现在在职人员94人，正高10人，副高18人，是享誉国内外的杂技艺术表演团体。50多年来，该团创作演出了一大批优秀杂技节目，并在国内外杂技比赛中获得优异成绩。其中《蹬板凳》、《双层晃板》、《晃圈》、《月影流金》、《空中彩绸—情未了》、《心之攀—转台高椅》、《钻圈》和《绳技》等节目先后荣获英国第十一届世界杂技锦标赛“英航杯”、法国第十届世界明日杂技马戏大赛金奖、摩纳哥第十四届蒙特卡洛国际马戏杂技大赛“银小丑奖”、朝鲜“四月之春”国际艺术节金奖、第五届武汉国际杂技艺术节银奖、巴西第二届国际杂技比赛空中节目金奖、摩纳哥第十七届蒙特卡洛“初登舞台”国际青少年杂技比赛中荣国金K奖和“蒙特卡洛公主杯”两项大奖、俄罗斯第六届莫斯科国际杂技大赛“金象奖”、第二届西班牙费盖莱斯国际杂技艺术节“金象奖”和“政府特别奖”、俄罗斯第六届伊热夫斯克国际马戏艺术节银熊奖。近来年创作演出的大型杂技主题晚会《泉城写意》、京剧意象杂技剧《粉墨》、《红色记忆》、《粉墨魔影》，业已形成济南靓丽文化名片。该团曾多次代表国家政府先后赴日本、美国、德国、前苏联和香港、台湾等50多个国家地区进行好友访问和商业演出，为我国文化交流和杂技艺术的传播做出了突出的贡献，多次受到国家文化部和省市各级党委政府的表彰和奖励。

衡阳市杂技团创立于1979年，历经八次搬迁，五改团名，从村头走向世界，靠技艺饮誉天下，艰苦奋斗，勤俭节约，走出了一条科学发展的新路。回想起三十五年前，天上无片瓦，地下无寸土，日无喂鸡食，夜无鼠耗粮。十一届三中全会描绘发展的蓝图，为我团指明了航向，我团创立团校“合一”的新型体制，有编制无国家拨发工资，但每年仅有4万元的财政差额拨款的事业单位，现已发展拥有5000多万元的固定资产，成为文艺团体体制改革的标杆。演员足迹遍及祖国大江南北，曾先后出访欧洲、亚洲、美洲、非洲、港澳台等30多个国家和地区，在国际国内各级杂技大赛中，多次荣获金、银、铜牌奖，有80多家报刊、电台、电视台作了专题报道。1991-1994年连续四年被评为“湖南省好剧团”，1995年荣获“全国文化先进集体”，团长兼党支部书记袁孝廉得到时任文化部副部长、现任国家副主席李源潮的亲切接见。2006年，时任湖南省常委、宣传部长，现任国家新闻出版广电总局党组书记蒋建国视察衡南时说：“衡阳市杂技团代表文艺团体体制改革的方向。”2007年6月19日，中央文化体制改革工作领导小组办公室将我团改革的先进事迹作为机密《简报》（第三十期），报：党和国家领导人长春、云山、至立，及各省相关领导。2007年9月，在时任湖南省副省长、现任省委常委、组织部长郭开朗手中接过了“湖南省文化产业示范基地”的牌子。2009年11月，时任湖南省副省长现任国家工商总局副局长甘霖、省委宣传部副部长蒋祖烜为我团颁发“全国文化出口优秀企业”和“国家文化出口重点项目”的牌子。2012年10月，被中宣部、财政部、商务部、文化部、广播电影电视总局、新闻出版总署评为“国家文化出口重点企业”。2013年12月，我团创新的杂技剧《万里长征小红军》荣获第八届中国杂技金菊奖。

电 话：0734-8196606/8196425　　手机：13807348940　　网 址：www.hyzjt.cn

Q Q：845873516　　地 址：衡阳市蒸湘北路69号

1. 众志成城。
2. 杂技剧《万里长征小红军》——井冈之光剪影——顶天立地。
3. 袁孝廉团长陪同市委副书记邓群策（右一）观看杂技剧《万里长征小红军》。
4. 省委宣传部蒋祖烜副部长为团长袁孝廉授牌。
5. 1995年原文化部副长、现任国家副主席李源潮（右一）亲切接见团长袁孝廉。
6. 甘霖副省长与团长袁孝廉合影。
7. 1983年越南总理阮庆亲切接见团长袁孝廉。
8. 1995年荣获全国文化先进集体。
9. 国家广电总局党组书记蒋建国视察衡南时说“衡阳市杂技团代表了文艺团体体制改革的方向，应大力宣传和扶持”。
10. 双顶碗。

黑龙江省冰尚杂技舞蹈演艺制作有限公司

黑龙江省冰尚杂技舞蹈演艺制作有限公司成立于2009年6月，是集冰上杂技演出、创新、道具创新制作、冰上杂技人才培养等项业务为一体的极具地域特色、拥有全国首创——冰上杂技自主知识产权的、国内较大型的文化类企业有限责任公司，现有员工96人，注册资金500万元人民币。企业自成立以来，就以“创新是灵魂，品牌是生命，管理是核心，市场是目标”为企业理念，把艺术表演重点放在了杂技技巧与冰上艺术的结合上，不在传统杂技竞争激烈的原有商演市场中厮杀，另辟蹊径，努力开拓全新的“蓝海市场”。

公司先后推出了《北极光》、《COOL2008-2012》、《幻境极光》、《冰雪飞天》和《WOW》秀等多台大型主题晚会，开辟了哈尔滨、北京、法国、俄罗斯、台湾、以色列等多个驻场演出场地。截止目前累计演出3000余场，观众达240余万人次。

我公司2009-2010年度被商务部、文化部等四部委评为“国家文化出口重点企业”；2011-2012年度被商务部、中宣部、财政部等六部委评为“国家文化出口重点企业”；《北极光》获2009-2010年度“国家文化出口重点项目”并于2010年获得黑龙江省杂技大赛第二届杂技作品评奖剧目金奖；2010年文化部和国家旅游局将我公司“冰上杂技”列入《国家文化旅游重点项目名录——旅游演出类》；2010年被文化部评为第四批“国家文化产业示范基地”，2012年获得黑龙江省“省级文化产业示范基地”。2013年大型冰上杂技魔幻剧《幻境极光》荣获第八届中国杂技金菊奖第三次杂技剧目奖创新奖。公司表演的冰上杂技被中央领导刘云山誉为“龙江名片，中华品牌”。

2006年5月，晋江布袋木偶戏（掌中木偶戏）被国务院列为首批“国家级非物质文化遗产保护名录”。

2005年以来，晋江市掌中木偶剧团与香港偶影艺术中心合作多次在香港各学校、社区、公园等地联合开展巡回演出数百场，活动得到特区政府的资金支持，受到了广大市民、师生的热烈欢迎。也为进一步充分发挥各自的文化资源和人才优势，自主策划和实施思想内涵丰富、艺术质量上乘、时代特色鲜明、符合港澳社会需求的文化项目。

2014年，在文化部全国“对港澳文化交流重点项目”评审结果中，晋江市掌中木偶剧团“在港设立晋江木偶艺术传播交流中心”项目作为唯一的县（市）级入选单位获批入选。与此同时，剧团创作的文华奖木偶剧《五里长虹》被文化部评为全国木偶戏皮影戏优秀剧目扶持项目，受到文化部的奖励之后，又喜获省政府2013年度优秀文艺创作成果表彰。2012年12月，晋江布袋木偶戏作为“福建木偶人才培养计划”被联合国列为人类非遗“优秀实践名册”，成为全球十项优秀实践名册之一，填补了我国在此领域的空白，为全球人类非遗的保护起到示范性的典例，2014年再次获得省政府的奖励。

新世纪以来，剧团出访过世界许多国家与地区文化交流，被国际友人誉为“东方艺术珍品”。创作剧目分获文化部第九届文华奖、第二届全国木偶皮影戏比赛银奖、第三届全国少数民族文艺会演优秀节目奖、文化部第七届全国儿童剧优秀剧目展演优秀演出奖、文化部第四届文化创新奖提名奖、“文化遗产日”奖等。2007年6月9日，温家宝总理在第二个“文化遗产日”活动中，观看晋江掌中木偶剧团的布袋木偶展示。

如今，晋江市掌中木偶戏作为著名的文化品牌，将在全国文化大发展的潮流下，继续提升其国际美誉度和含金量，推动南派掌中木偶艺术不断走进国际艺术盛事。

2009年7月，应邀赴法国参加迪莱城国际木偶节

《五里长虹》——获文化部第九届文华奖

2014年元月，应邀赴香港演艺学院教学

2012年7月，多媒体动漫木偶剧《金星花_小萝卜头》，获文化部第七届全国儿童剧优秀剧目展演优秀演出奖

瑞安市非物质文化遗产保护中心

温州鼓词，作为浙江第二大曲种，300年来经久不衰，在温州民间是很富有生命力的说唱相间的地方曲艺。温州鼓词用瑞安话演唱，又称瑞安鼓词，因此瑞安有“鼓词之乡”的称誉。鼓词表演以单档为主，也有夫妻、兄妹、师徒等双档形式，通常以牛筋琴、唱词鼓及小抱月等为伴奏，唱腔优美，通俗易懂，雅俗共赏。其表演形式可分为大词和平词，基本曲调则有太平调、吟调和大调，板式变化有慢板、流水和紧板等。

2006年，温州鼓词被列入第一批国家级非物质文化遗产名录。2011年，瑞安市被中国曲艺家协会授予“中国曲艺之乡”荣誉称号，这是温州地区唯一获此殊荣的县（市）。

瑞安市委、瑞安市政府历来十分关心支持曲艺工作，在瑞安市曲艺保护、传承和发展工作中积极发挥着主导作用。

在各级领导的关心支持下，瑞安市曲艺工作者积极开展鼓词曲目创作、加工活动，创作了一大批优秀曲艺作品，使鼓词这一古老的艺术形式焕发新的活力，融入现代社会生活。

据了解，目前，瑞安市曲艺家协会共有会员137人，其中中国曲协会员4人，省曲协会员14人。专业从事演唱温州鼓词艺人有100多人，他们的演出活动遍及温州市城乡各地，甚至在丽水、台州等周边县市都常出现他们弹唱鼓词的身影。每场听众都多至成百上千，每年观众达百万人次以上，深受百姓欢迎。

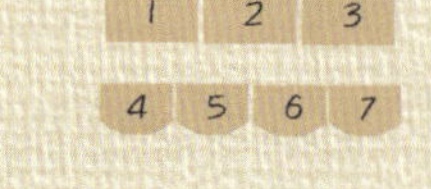

1. 中国曲艺家协会授予瑞安市为“中国曲艺之乡”。
2. 2005年7月9日，温州鼓词参加第五届中国曲艺节（杭州分会场）演出。
3. 2010年瑞安鼓词馆开馆仪式。
4. 国家级温州鼓词代表性传承人，86岁高龄的阮世池先生在瑞安市湖滨公园演出。
5. 温州鼓词进校园。
6. 温州鼓词名师进海岛慰问演出。
7. 鼓词乐器。

2014年9月24日，在武汉市江夏区体育馆举办了“江夏区庆祝建国65周年暨‘中国梦’文艺创作成果展专场晚会”。10月1日至7日，举行了“江夏区庆祝建国65周年暨‘中国梦’文艺创作成果展”，展示了江夏区书画家协会、工艺美术家协会等10余家协（学）会近3年来的文艺创作成果，包括美术、书法、根雕等各类艺术作品共400余件（幅）。

武汉“江夏杯”第三届中华（海内外）京剧票友艺术节吸引了来自于美国、澳大利亚、香港特别行政区等国家、地区以及国内北京、天津、广东、陕西等23个省市的京剧票友。本届艺术节共有300余人报名参加，其中年纪最大的票友81岁，最小的只有4岁，经过前期海选，有100余名票友共85个唱段进入到艺术节的决赛汇演，汇演共分5场进行，决选出了金奖5名，银奖7名，铜奖13名，优秀奖54名，明日之星奖2名，优秀小票友奖8名，优秀组织奖20个。

武汉市江夏区文联

武汉市江夏区文联大力弘扬“爱国、为民、崇德、尚艺”的文艺界核心价值观，着力加强职业道德建设，充分发挥文艺家和文艺工作者的积极性，整体工作成效明显：文艺队伍不断壮大，文艺创作硕果累累，文艺活动影响非凡，文艺品牌亮点纷呈。“谭派艺术大观园”的文化品牌创建得到了中共湖北省委宣传部、湖北省文联的充分肯定，并被评为“一县一品”文化品牌奖。武汉“江夏杯”第三届中华京剧票友艺术节影响到海内外。“‘谭鑫培杯’2014武汉戏曲达人秀”活动轰动江城。抗日题材的电影《湖杀令》将于2015年6月上映，向抗战胜利70周年献礼。“江夏区庆祝建国65周年专场文艺晚会暨‘中国梦’文艺创作成果展”盛况空前。

主　席：蔡明贵

副主席：陈本豪　熊明泽　王　皓　张高荣　祁金刚　王夫之　毛志红　虞小风　王永更　何炳阳

秘书长：王夫之（兼）

电影《湖杀令》根据著名作家王新民的抗战题材长篇小说《梁湖游击队》改编而成，由中共武汉市江夏区委宣传部、八一电影制片厂、湖北来日方长影视传媒有限公司等联合摄制，该影片讲述了国、共、日三方在武汉·江夏梁子湖畔搏击较量的故事，彰显了民族大义和正义的力量。该影片2014年11月开机，将于2015年6月上映，向抗日战争胜利70周年献礼。

由中共武汉市江夏区委宣传部、武汉市江夏区文化局、武汉市江夏区文联、武汉市群艺馆承办的“谭鑫培杯”2014武汉戏曲达人秀活动在江夏谭鑫培戏楼举行，全市11个区的京、汉、楚、豫、越、评、黄梅戏的非专业选手参加了比赛，经过预赛，共有80名选手进入决赛。经过四场决赛的精彩角逐，最终评选出了洪子华等“戏曲达人”4名、陈小燕等“最佳表演奖”5个、罗建国等“最佳演唱奖”10个、新洲区文化馆等“优秀组织奖”13个。

1. 国家大剧院歌剧院
2. 国家大剧院音乐厅
3. 国家大剧院戏剧场
4. 国家大剧院小剧场
5. 国家大剧院首部原创话剧《简爱》
6. 国家大剧院原创歌剧《西施》
7. 国家大剧院原创京剧《赤壁》
8. 国家大剧院原创歌剧《山村女教师》
9. 克劳迪奥·阿巴多指挥琉森音乐节管弦乐团
10. “走进唱片里的世界”——“钢琴公主”王羽佳与琴童交流
11. 国家大剧院“春华秋实——艺术院校舞台艺术精品展演周”
12. “走进艺术殿堂——国家大剧院暑期高雅艺术体验活动”

Appendix

2014

附　录

地方各级文学艺术界联合会名录

北 京 市

东城区文联

主 席：赵 书
常务副主席：王富国
驻会副主席：周晓沪
秘书长：李 宏

西城区文联

主 席：张世俊
党组书记、驻会副主席：汪帮宏
常务副主席：杨海森
驻会副主席、秘书长：王永辉
驻会副主席：魏沁沁、阴 宏

朝阳区文联

主 席：李光羲
党组书记：黄晓伟
秘书长：金 童

丰台区文联

主 席：初建华
常务副主席：李 澎
秘书长：韩玉莲

石景山区文联

主 席：郭 明
秘书长：王成成

海淀区文联

主 席：卫汉青
驻会副主席：叶宏奇

门头沟区文联

党组书记、常务副主席：彭天和
主 席：王作楫
驻会副主席：郝景儒、李龙梅
调研员：王殿玉

房山区文联

主 席：史长义
副主席：刘月辉
秘书长：赵思敬

通州区文联

主 席：樊淑玲

顺义区文联

主 席：张中茂
副主席兼秘书长：孟云会

昌平区文联

主 席：周振华
驻会副主席：韩瑞莲
副秘书长：高若虹、罗春杰

大兴区文联

主 席：王青海
秘书长：魏书亮

怀柔区文联

主 席：王铁瑛
副主席兼秘书长：刘春莲
调研员：朱宝坤、于书文
副主席：孟庆润、王小玲

平谷区文联

主 席：耿大鹏
秘书长：韩维权

密云县文联

主 席：孙明舜
副秘书长：陈 如

延庆县文联

主 席：赵万里
副主席兼秘书长：王春光

天 津 市

和平区文联

主 席：秦 岭
副主席：张永琛、王 梦、
张书珍、高 平

河东区文联

主 席：石春波
常务副主席：澎淑兰
副主席：刘德印、成 群、
李向群、李金岭、
李萼群、林 聪、
盛传伟、赵 伟、
薛 钊

河西区文联

主 席：宋安娜
副主席：孟 华、窦宝铁、

刘海峰、刘建强、
王　平、李　青

南开区文联

主　席：罗澍伟
副主席：王永山、方大开、
冉　然、张金锁、
张春生、李治邦、
范　权、姜维群、
苑汝海、黑成义、
蔡长奎、魏文亮

河北区文联

主　席：李耀进
副主席：邢慧珠、余海翔、
张　政、张丽强、
张秋铧、周维治、
庞黎明、赵荫杉、
章用秀、喻建十

塘沽区文联

主　席：李英杰
党组书记、副主席：李延春
副主席：马连华、王广荣、
杨国良、魏永明
秘书长：李英杰（兼）

汉沽区文联

主　席：杨为民
副主席：刘云海、丁树元、
王玉梅、刘硕海、
崔茂元、李孝椿、
赵　峰

大港区文联

主　席：吕春波
副主席：孙长顺、刘　鹏、
关有利、王忍利、
王庆秀、宋俊生、
马立新、刘益功、
王兴隆、卢德福

东丽区文联

主　席：张泽恩
副主席：赵宝山、许向诚、
孙玉河、邢纪庆、
傅清源、王晶一、
宋茂斌、徐洪友

西青区文联

主　席：刘　红
副主席：陈子茹、张树清、
李桂金、王焕墉、
李艳成、宋德成、
孙立君、孙民锁、
周向东、于培福

北辰区文联

主　席：赵文秀

武清区文联

主　席：李伯怀
常务副主席：贾玉山
副主席：陈　平、门玉华

宝坻区文联

主　席：孙　伯
副主席：丁其明、王广忠、
牛文延、刘继辉、
刘洪洋、闫海涛、
孟庆占、赵振章、
王春景、周　明

蓟县文联

主　席：赵海军
副主席：刘北星、尹学云

静海县文联

主　席：刘建国
副主席：李　锋、王洪茹、
杨伯良、孙德民、
张忠芬、姚　新、
王敬模、赵恩才

天津开发区文联

主　席：李东辉
副主席：王　迅、徐胜利、
赵　键、毛幼平、
吴寅秋、王锁庄、
齐义乐、董文胜

天津市政法系统文联

主　席：柴中达
常务副主席：藤锦然
副主席：王　文、王燕鸣、
冯基宇、刘国祥、
曲孝丽、张　钊、
张　健、李立华、
李萼群、杨世勋、
杨明光、周永君、
底永生、赵　伟、
程修韬、藏力军

天津市检察官文联

主　席：杨学工
副主席：王　文、王宝利、
刘　虹、李　智、
张卫国、张有强、
陶　明、韩鲁红

天津港文联

主　席：王存杰
副主席：袁宝童、王庆林、
安卫兵、王金忠、
张建春、杨　莹、
刘　嘉、黄宝平

天津职业大学文联

主　席：刘文江
副主席：徐秀琴、马　岩、
况瑞峰、郭振山、
孙德琪

天津市司法行政系统文联

主　席：李立华
副主席：张玉阔、夏文华、
李玉英、李运库、
刘吉元、王景福

河　北　省

石家庄市文联
党组副书记、主席：周喜俊
党组书记：邵　平
副主席、秘书长：肖建科
副主席：张桂珍
地　址：石家庄市槐北路156号
邮　编：050021
所属各市区县文联：
辛集市文联
副主席：刘立生
晋州市文联
主　席：韩丽娟
副主席：冯增勇
新乐市文联
主　席：张瑞法
鹿泉市文联
主　席：康志良
副主席：牛建新
井陉县文联
常务副主席：马　佶
正定县文联
常务副主席：刘进忠
栾城县文联
主　席：刘彦江
行唐县文联
主　席：刘文武
灵寿县文联
主　席：秘君凤
高邑县文联
主　席：李慧勇
深泽县文联
主　席：刘　炬
副主席：孙晓青
赞皇县文联
主　席：毛爱国
无极县文联
主　席：邢永强
副主席：赵　斌
平山县文联
主　席：付锋明
副主席：许贵增
元氏县文联
主　席：张占义
赵县文联
主　席：徐哲普

张家口市文联
党组书记兼主席：薛美华
副主席：张润兰、钱宗飞、李敬东
秘书长：冀海莲
地　址：张家口市桥东区东河沿51号市人大院
邮　编：075000
所属各区县文联：
桥西区文联
主　席：王海峰
桥东区文联
负责人：李　伟
宣化区文联
主　席：冯小利
察北管理区文联
主　席：赵　智
下花园区文联
主　席：任明星
张北县文联
主　席：冯　谦
康保县文联
主　席：白　秀
副主席：郭向年
沽源县文联
主　席：岳树旺
尚义县文联
主　席：樊殿武
蔚县文联
主　席：郭有雷
阳原县文联
主　席：李海斌
怀来县文联
主　席：李景波
涿鹿县文联
常务副主席：刘继红
秘书长：张秀春
宣化县文联
主　席：周贵亮

承德市文联
主　席：衣志坚
副主席：贺成利、李全江、杨　勇
秘书长：梁　义
地　址：承德市行政中心西楼
邮　编：067000
所属各区县文联：
双滦区文联
主　席：刘广军
承德县文联
负责人：郭春林
兴隆县文联
主　席：王久侠
平泉县文联
主　席：王翠琴
秘书长：朱海珍
滦平县文联
主　席：黄宝铭
隆化县文联
主　席：赵春洲
丰宁满族自治县文联
主　席：许　祥
副主席：张艳玲

宽城满族自治县文联
主　席：章立新
围场满族蒙古族自治县文联
主　席：张秀超
公安文联

主　席：张同贵
副主席：沈玉波、张亚军
秘书长：崔立然

秦皇岛市文联

主　席：王新庄
地　址：秦皇岛市海港区港城大街176号八达大厦5楼
邮　编：066000
所属各区县文联：
海港区文联
主　席：张鹤云
副主席：张秋实
秘书长：赵永红
山海关区文联
主　席：李　冬
北戴河区文联
主　席：于红艳
昌黎县文联
主　席：常兴忠
专职副主席：张剑东
副主席：燕小锟
抚宁县文联
主　席：杨洪武
副主席：陈劲草、胡　查
秘书长：王亚男
卢龙县文联
主　席：董承喜
青龙满族自治县文联
主　席：苏俊田
秘书长：纪利国

唐山市文联

主　席：袁　宁
副主席：杨晓松
秘书长：李秋利
地　址：唐山市路北区西山道9号
邮　编：063007
所属各区市县文联：
开平区文联
主　席：张　丽
副主席：王淑玲
丰润区文联
主　席：高艾存
副主席：陈文娟、刘　倩
丰南区文联
主　席：黄　永
遵化市文联
主　席：黎　新
迁安市文联
主　席：毛广丰
滦县文联
主　席：李明诚
副主任科员：李真理
滦南县文联
主　席：杨立欣
常务副主席：杜礼东
乐亭县文联
主　席：孟庆忠
副主席：商铁劲
秘书长：李秀春
迁西县文联
主　席：孟祥莲

廊坊市文联

党组书记：董春霖
主　席：宾广平
副主席：李秋生、孙卫东
地　址：廊坊市爱民西道36号
邮　编：065000
所属各市县文联：
霸州市文联
主　席：胡树全
常务副主席：陈赤军
副主席：张广安
三河市文联
主　席：刘树滋
副主席：陈海滨
固安县文联
主　席：史增尚
香河县文联
主　席：陈建伶
副主席：张玉清
大城县文联
主　席：李会宁
副主席：白　静
文安县文联
主　席：王国山
副主席：郝　健
大厂回族自治县文联
主　席：李旭林
副主席：李世宝
秘书长：张　媛

保定市文联

党组书记：郭树林
主　席：刘素娥
地　址：保定市园南街6号
邮　编：071000
所属各市县文联：
定州市文联
主　席：任淑辉
副主席：聂献颖
涿州市文联
主　席：吕宏琳
副主席：张葆冬
安国市文联
主　席：李玉肖
高碑店市文联
主　席：陈学文
满城县文联
主　席：郄宝利
秘书长：浩　渺
清苑县文联
主　席：刘新芳
副主席：樊树旺
易县文联
主　席：李小杰
徐水县文联
主　席：申志娟
涞源县文联
党组书记、主席：邓玉明
党组成员、副主席：高树英
党组成员：苑小全
定兴县文联

主　席：王振林
望都县文联
主　席：高金州
秘书长：刘杏丽
涞水县文联
负责人：刘文庆
雄县文联
主　席：杨章锁
容城县文联
主　席：王连成
曲阳县文联
主　席：张晓光
阜平县文联
主　席：郄佳学
博野县文联
主　席：孔繁浩
蠡县文联
主　席：解新占

沧州市文联

主　席：何香久
副主席：唐文君
地　址：沧州市浮阳南大道14号文联
邮　编：061001
所属各市县文联：
泊头市文联
主　席：赵玉清
任丘市文联
主　席：郭占甲
黄骅市文联
负责人：吴建伟
青县文联
主　席：韩　雪
吴桥县文联
主　席：李　英
副主席：马路明
孟村回族自治县文联
主　席：李　利

衡水市文联

副主席：朱俊杰、宋峻良
地　址：衡水市人民西路1428号
邮　编：053000
所属各协会：
书法家协会
主　席：尹海金
作家协会
主　席：宋峻良
影视家协会
主　席：张建军
民间艺术协会
主　席：傅新友
硬笔书协会
主　席：冯书根
摄影家协会
主　席：康同跃
舞蹈家协会
主　席：郑广义
曲艺家协会
主　席：石秀玲
音乐家协会
主　席：常曲川
戏剧家协会
主　席：孙磊明
内画协会
主　席：王自勇
老年摄影协会
主　席：刘振洋

邢台市文联

主　席：贾兴安
副主席：苗　莉
副调研员：路少河、马建英
秘书长：付志芳
地　址：邢台市顺德路255号
邮　编：054001
所属各市县文联：
沙河市文联
主　席：赵孟魁
副主席：孙学东
邢台县文联
主　席：孟学军
临城县文联
主　席：米学军
内丘市文联
主　席：和连芬
副主席：高兴国、王京群
秘书长：苏献果
柏乡县文联
主　席：李志航
南和县文联
主　席：代红杰
宁晋县文联
副主席：艾志明
巨鹿县文联
主　席：张东民
广宗县文联
主　席：李存章
秘书长：孙胜巧
平乡县文联
主　席：孙英力
任县文联
主　席：刘云舟
清河县文联
主　席：李少锋
副主席：房明辉
临西县文联
主　席：卢士奇
副主席：王汝杰
南宫市文联
主　席：贾　倩
威县文联
主　席：王　超
隆尧县文联
主　席：董向中

邯郸市文联

党组书记兼主席：张海英
副主席：李春雷、李　琦
地　址：邯郸市城内中街161号
邮　编：056000
所属各区市县文联：
峰峰矿区文联
主　席：赵志刚

武安市文联
主　席：王进元
副主席：李彦旻
邯郸县文联
主　席：王　良
副主席：刘文杰、王延安
临漳县文联
主　席：郝爱国
成安县文联
主　席：王俊霞
秘书长：宋　岭
大名县文联
主　席：白志强
副主席：罗　楠、韩瑞娟
秘书长：郭艳玲
涉县文联
主　席：李淑英
副主席、秘书长：李仁太
磁县文联
主　席：赵雪峰
秘书长：杨为民
肥乡县文联
主　席：韩志刚
副主席：苗玉平
永年县文联
主　席：徐扶民
邱县文联
党组书记：邵富亮
副主席：韩修龙
鸡泽县文联
主　席：李建朝
副主席：李亮民
馆陶县文联
主　席：刘文珍
魏县文联
主　席：封新河
副主席：姜化君
邯钢集团公司文联
主　席：张延卿
副主席：楚成华、申王书、高　竞、李毅仁
邯郸工商文联
主　席：张建波
邯郸检察官文联
主　席：吴玉安

山　西　省

太原市文联
党组书记、主席：张体仁
副主席：王宏伟、韩　莹
调研员：孙志坚、黄敏娜、张运刚
地　址：太原市双塔西街131号安装大厦5层
邮　编：030012
所属各区市县文联：
小店区文联
主　席：王文刚
副主席：张美卿
迎泽区文联
主　席：祝亚琴
杏花岭区文联
主　席：胡玉英
万柏林区文联
主　席：高海琴
晋源区文联
主　席：李永旺
尖草坪区文联
主　席：刘云成
清徐县文联
主　席：刘永成
阳曲县文联
主　席：金丽文
娄烦县文联
副主席：李年环
古交市文联
主　席：李成明

大同市文联
主　席：聂还贵
副主席：杨　旺、程文栋
地　址：大同市文联
邮　编：037000
所属各区县文联：
城区文联
主　席：赵佃玺
副主席：魏　军
新荣区文联
主　席：郭　文
阳高县文联
主　席：余跃海
副主席：高玉岭
天镇县文联
主　席：张　凡
广灵县文联
主　席：王义淑
副主席：杨树林
灵丘县文联
主　席：白东阳
副主席：房　光、贺秋生、李　赣
浑源县文联
主　席：王明海
左云县文联
主　席：侯建忠
大同县文联
主　席：贾永平

朔州市文联
党组书记：高怀国
主　席：王　平
副主席：安文义
地　址：朔州市振华西街1号市委办公大楼B楼126室
邮　编：036002
所属各区县文联：
朔城区文联
主　席：徐志廉

平鲁区文联
主　席：刘文斌
山阴县文联
主　席：黄　冀
应县文联
主　席：蔡升元
右玉县文联
主　席：郭　虎
怀仁县文联
主　席：张存平

阳泉市文联

党组书记：李锡苟
主　席：侯讵望
副主席：李银苟、张建起、
王开英、赵存珍、
高士萍、高巨海、
地　址：阳泉市南大东街534
号晋东大厦五层
邮　编：045000
所属各区县文联：
城区文联
主　席：张彦斌
副主席：刘淑英
矿区文联
主　席：常树红
副主席：贾希平、翟贵明、
高生亮
郊区文联
主　席：米爱梅
副主席：武爱栓、宋　莉
平定县文联
主　席：董巨才
副主席：马艳萍、和彦君
盂县文联
主　席：侯宝德
副主席：胡海斌、李彦青

长治市文联

主　席：葛水平
副主席：王新国
地　址：长治市长兴南路70号
邮　编：046000
所属各区市县文联：
城区文联
主　席：赵雨涛
副主席：贺丽娜
郊区文联
主　席：李文华
潞城市文联
主　席：靳　伟
副主席：江宇辉
长治县文联
主　席：李书玲
襄垣县文联
主　席：崔玉萍
副主席：田渊斌
屯留县文联
主　席：刘晓红
副主席：陈建宏
平顺县文联
主　席：申志强
副主席：张斌胜、王鸿斌、
王宏亮
黎城县文联
主　席：赵红梅
壶关县文联
主　席：盖宝国
副主席：赵俊杰、王文婷
长子县文联
主　席：李建文
武乡县文联
主　席：刘叶青
副主席：魏　芳
沁县文联
主　席：王泽宇
沁源县文联
主　席：邓焕彦

晋城市文联

主　席：贾大一
副主席：谢红俭、韩有珍
党组成员：聂利民
地　址：晋城市凤城路赵树
理文学馆
邮　编：048000
所属各区市县文联：
城区文联
主　席：吕伟新
高平市文联
主　席：王百灵
泽州县文联
主　席：李小鹏
沁水县文联
主　席：苏张林
阳城县文联
主　席：李三平
陵川县文联
主　席：马素花

忻州市文联

党组书记：路向东
主　席：王改瑛
副主席：刘存旺、温旭霞
副调研员：宋培卿
地　址：忻州市文联
邮　编：034000
所属各区市县文联：
忻府区文联
主　席：刘镜圆
原平市文联
主　席：郑建芳
副主席：韩玉光、武振军
定襄县文联
主　席：智建恩
五台县文联
主　席：张嫦娥
代县文联
主　席：贾俊文
副主席：张　俊
繁峙县文联
主　席：王爱中
副主席：周宽怀
宁武县文联
主　席：陈智泉
静乐县文联
副主席：吴亮梅、张月升

神池县文联
副主席：王利军、崔润生
五寨县文联
主　席：朱和森
岢岚县文联
主　席：王素芳
河曲县文联
主　席：岳占东
保德县文联
主　席：王汇东
偏关县文联
主　席：杨治国
五台山风景区文联
主　席：安建华

晋中市文联

党组书记：王跃生
副主席：田五先、郝汝椿
地　址：晋中市榆次区新华街199号
邮　编：030600
所属各区市县文联：
榆次区文联
主　席：鹿巨平
副主席：王荣芝、陈耀忠
介休市文联
主　席：许建斌
副主席：焦荷花
榆社县文联
常务副主席：王晋鸿
和顺县文联
党支部书记：常跃生
主　席：赵　茜
副主席：韩世斌
昔阳县文联
主　席：李余彬
副主席：张建东
寿阳县文联
主　席：赵亚明
副主席：王丽萍
太谷县文联
主　席：白志强
祁县文联
主　席：范培杰
平遥县文联
主　席：赵永平
灵石县文联
主　席：孟繁信
副主席：王俊才
左权县文联
主　席：孟振先
副主席：王治红

临汾市文联

主　席：王富山
副主席：杨红旭、许爱英
地　址：临汾市文联
邮　编：041000
所属各区市县文联：
尧都区文联
主　席：刘　琳
侯马市文联
主　席：李会彦
副主席：姚兴河
霍州市文联
主　席：安忠伟
书　记：贺文斌
曲沃县文联
主　席：崔晋国
翼城县文联
主　席：周明社
副主席：张发树、王　芳
襄汾县文联
主　席：杨志刚
副主席：赵英俊、柴晓菡
洪洞县文联
主　席：李清城
副主席：李鸿雁、杨晓夏
古县文联
主　席：秦雪亮
副主席：赵香敏
安泽县文联
主　席：赵俊峰
浮山县文联
主　席：程东晓
吉县文联
主　席：刘旭山
副主席：郭吉祥
蒲县文联
主　席：杨明海
副主席：张　敏
大宁县文联
主　席：冯杰伟
永和县文联
主　席：马毅杰
副主席：徐永统
隰县文联
主　席：郝微微
书　记：贠红红
乡宁县文联
主　席：王晋强
副主席：阎晓俐
汾西县文联
主　席：张建忠
副主席：畅双珍

运城市文联

党组书记：段利民
副主席：畅　民　魏荣汉　武俊英、王　英、杜东明、李国勇、杨光汉、李云峰、谭文峰
地　址：运城市红旗东街367号
邮　编：044000
所属各区市县文联：
盐湖区文联
主　席：董吉云
副主席：宋　兵
永济市文联
主　席：高菊蕊
副主席：寻红芳、宗金俊
河津市文联
主　席：薛　城
副主席：曹向荣
芮城县文联
主　席：郭昊英
副主席：张　燕
临猗县文联
主　席：闫民虎
副主席：史卫泽、姚　贞
万荣县文联

主　席：王旭升
副主席：张克剑　王红妮
新绛县文联
主　席：刁俊杰
副主席：梁彩霞
稷山县文联
主　席：郑天虎
副主席：李云岗
闻喜县文联
主　席：杨丑龙
副主席：张丽霞、邱景鹏
夏县文联
主　席：王遂良
平陆县文联
主　席：谭康明
副主席：李娟芳
绛县文联
主　席：任浩民
副主席：王俊杰、赵　磊
垣曲县文联
主　席：王　涛

吕梁市文联

党组书记：郭银屏
副主席：马建明、秦云贵
地　址：吕梁市离石区兴隆街16号
邮　编：033000
所属各区市县文联：
离石区文联
主　席：李心丽
孝义市文联
主　席：程继红
汾阳市文联
主　席：张立新
文水县文联
主　席：宋建英
交城县文联
主　席：韩笑丰
中阳县文联
主　席：陈海玉
兴县文联
主　席：张明提
临县文联
主　席：贺升亮
方山县文联
主　席：李锦斌
柳林县文联
主　席：弓福安
岚县文联
党组书记：牛　耘
石楼县文联
主　席：白玉生
交口县文联
主　席：李春艳

内蒙古自治区

呼和浩特市文联

主　席：杨　茂
副主席：缪　娜、田　明
地　址：呼和浩特市中山西路青城公园内呼市文联
邮　编：010020
所属各区县旗文联：
新城区文联
主　席：李　育
副主席：王玉静、于　浩
玉泉区文联
主　席：云　静
副主席：杨遇春
赛罕区文联
主　席：韩玉梅
副主席：陈宏飞
回民区文联
主　席：罗胜勇
副主席：赵先军
武川县文联
主　席：王　晖
和林格尔县文联
主　席：马炳仁
土默特左旗文联
主　席：王淑雅
托克托县文联
主　席：王建宏
清水河县文联
主　席：石潮瑞

包头市文联

党组书记：石秀茹
主　席：白清元
副主席：白　涛、赵玉林
地　址：包头市昆区乌兰道61号
邮　编：014010
所属各区县旗文联：
昆都仑区文联
常务副主席兼秘书长：张秀玲
东河区文联
主　席：刘燕丹
青山区文联
主　席：王满庆
石拐区文联
主　席：何少华
九原区文联
主　席：张春霞
固阳县文联
主　席：武　燕
土默特右旗文联
负责人：周　涛
达尔罕茂明安联合旗文联
主　席：秦文秀

乌海市文联

主　席：郭振莲
副主席：魏文新、马永新
地　址：乌海市行政中心A座1632乌海市文联
邮　编：016000

所属区文联

海勃湾区文联
主　席：王卫平

海南区文联
主　席：王昕睿

赤峰市文联

党组书记：李文智
主　席：宁国涛
副主席：张建华、赵向阳
秘书长：李兆惠
地　址：赤峰市新城区大明街11号
邮　编：024005

所属各旗县区文联：

红山区文联
主　席：焦万树
副主席：张守恒

松山区文联
分管副部长：齐国华

元宝山区文联
主　席：薛广明

敖汉旗文联
主　席：肖　莉

阿鲁科尔沁旗文联
主　席：李云飞

巴林左旗文联
分管副部长：斯琴格日乐

巴林右旗文联
副主席：乌云达赖

克什克腾旗文联
分管副部长：孙国树

林西县文联
主　席：王禹洁

翁牛特旗文联
主　席：李志新

喀喇沁旗文联
分管副部长：赵永利

宁城县文联
常务副主席：赵群星

通辽市文联

党组书记、主席：杨文环
副主席：格日勒图、齐根柱
地　址：通辽市工会大厦八层
邮　编：028000

所属各区市旗文联：

科尔沁区文联
主　席：张玉磬
副主席：宋文彪
秘书长：李　佳

霍林郭勒市文联
副主席：赵晓英（主持工作）

开鲁县文联
主　席：陈瑞学
副主席：单永利
秘书长：吕彩霞

库伦旗文联
主　席：包丰华
副主席：朝格吉勒图

奈曼旗文联
主　席：梁　琛
副主席：包文华
秘书长：白嘎丽

扎鲁特旗文联
主　席：戴宝林
副主席：葛文龙

科尔沁左翼中旗文联
主　席：王格日勒图
秘书长：刘炳星

科尔沁左翼后旗文联
主　席：陈　光

呼伦贝尔市文联

主　席：刘爱萍
副主席：包布仁、王丽霞
地　址：呼伦贝尔市海拉尔区河东胜利大街9号
邮　编：021008

所属各区市旗文联：

海拉尔区文联
主　席：苏海鹰

满洲里市文联
主　席：薛建国
副主席：孙敏捷

扎兰屯市文联
主　席：王静远
副主席：王泽蔚

牙克石市文联
主　席：马晓音
秘书长：董雪松

根河市文联
主　席：胡希珍

额尔古纳市文联
主　席：杨建民
副主席：丁玉成

阿荣旗文联
主　席：郑治家
副主席：刘志强、郑玉杰

新巴尔虎右旗文联
主　席：特格喜吉日嘎拉
副主席：道力格尔

新巴尔虎左旗文联
主　席：照日格图

陈巴尔虎旗文联
主　席：新苏雅拉

鄂伦春自治旗文联
主　席：敖荣凤
副主席：金宝华

鄂温克族自治旗文联
主　席：苏伦高桂
副主席：乌日娜

莫力达瓦达斡尔族自治旗文联
主　席：孟大伟
副主席：张蕴辉

扎赉诺尔区文联
主　席：李满红

鄂尔多斯市文联

主　席：乌力吉布林
党组书记：力格登
副主席：王茂荣
纪检组组长：冯树林
调研员：赵丽珍
地　址：鄂尔多斯市康巴什新区CBD-T6-21楼
邮　编：017000

所属各协会

作家协会
主　席：王茂荣

音乐家协会
主　席：贺继成

美术家协会
主　席：路　宾

摄影家协会
主　席：戴东辉

影视家协会
主　席：张秉毅

舞蹈家协会
主　席：苏建军

民间艺术家协会
主　席：那楚格道尔吉

书法家协会
主　席：秦文苹

戏剧家协会
主　席：那布庆花

各所属旗区文联

东胜区文联
主　席：贾国荣
副主席：张彩云

达拉特旗文联
主　席：刘建光
副主席：付有利、张　东、武建平

准格尔旗文联
主　席：孙俊良
副主席：康秀荣、辛菊红、刘丽萍

鄂托克前旗文联
主　席：于国强
书　记：达布希拉图
副主席：敖特根高娃

鄂托克旗文联
主　席：敖云达来
副主席：呼风岐、那音巴雅尔、张明利
秘书长：召日格图

杭锦旗文联
主　席：王　墨
副主席：巴雅斯忽楞、邢春生、郝永峰

乌审旗文联
主　席：乌云毕力格
副主席：冯海燕、王　瑞

伊金霍洛旗文联
主　席：高　利
书　记：石　兰
副主席：刘　军、张　蕊

乌兰察布市文联

主　席：郭俊琴
副主席：邓国宝、曹桂忠
调研员：张建国
秘书长：梁能伟
地　址：乌兰察布市集宁新区市党政大楼北楼319
邮　编：012000

所属各协会：

作家协会
主　席：王玉水

书法家协会
主　席：梁能伟

美术家协会
主　席：王永鑫

音乐家协会
主　席：安健君

舞蹈家协会
主　席：蔡晓峰

电影电视家协会
主　席：邓国虎

摄影家协会
主　席：李建平

戏剧家协会
主　席：孙志忠

民间文艺家协会
主　席：潘小平

文艺评论家协会
主　席：赵海忠

所属各区市县旗文联：

集宁区文联
主　席：乔海龙
秘书长：王玉平

丰镇市文联
主　席：赵国栋

卓资县文联
主　席：杨国文
副主席：王　丽

化德县文联
主　席：王　生

商都县文联
主　席：王爱贤
副主席：赵有亮

兴和县文联
主　席：武　岳
副主席：何　荣

凉城县文联
主　席：胡旺旺
副主席：高建军、李焕娥

察哈尔右翼前旗文联
主　席：张　斌
副主席：张　鹏、云格日勒

察哈尔右翼中旗文联
主　席：侯志强
副主席：李文彪

察哈尔右翼后旗文联
主　席：赵振丽

四子王旗文联
主　席：齐纳尔图
副主席：那巴图

巴彦淖尔市文联

主　席：吴青霞
副主席：阮持领
副秘书长：张　浩

地　址：巴彦淖尔市党政大楼会议中心三楼
邮　编：015000
所属各区县旗文联：
临河区文联
主　席：张建忠
五原县文联
主　席：李惠泉
磴口县文联
主　席：贺秀峰
乌拉特前旗文联
主　席：王晓琴
乌拉特中旗文联
主　席：刘广星
乌拉特后旗文联
主　席：张剑林
杭锦后旗文联
主　席：丁丽平

兴安盟文联

党组书记、主席：岳晓青
党组成员、副主席：刘贵森
地　址：兴安盟党委综合大楼
邮　编：137400
所属各旗县市文联
乌兰浩特市文联
主　席：李韩峰
阿尔山市文联
主　席：金国庆
突泉县文联
主　席：王连成
科尔沁右翼前旗文联
主　席：朱连升
科尔沁右翼中旗文联
主　席：王桩子
扎赉特旗文联
主　席：云　峰

锡林郭勒盟文联

主　席：季　华
副主席：阿拉腾格日勒、李　询、吉木斯、若　希、沙格德尔、韩凤麟、乌仁其木格
地　址：锡林浩特市经济开发区党政大楼
邮　编：026000
所属各市县旗文联：
锡林浩特市文联
主　席：王　英
副主席：革　命
二连浩特市文联
主　席：李雪东
多伦县文联
主　席：任月海
阿巴嘎旗文联
主　席：呼努苏图
苏尼特左旗文联
主　席：朝鲁门
苏尼特右旗文联
主　席：阿・斯琴巴特尔
东乌珠穆沁旗文联
副主席：门都巴雅尔
西乌珠穆沁旗文联
主　席：阿・乌仁其木格
太仆寺旗文联
主　席：李　君
镶黄旗文联
主　席：格日勒巴特尔
副主席：额尔登巴特尔
正镶白旗文联
主　席：苏雅拉图
正蓝旗文联
主　席：乌云达来

阿拉善盟文联

党组书记：王海瑛
主　席：马　英
副主席：额宝勒德
地　址：阿拉善盟阿左旗党政大楼3号楼2楼
邮　编：750306
所属旗文联：
阿拉善左旗文联
主　席：恩克哈达
副主席：杜克勤、李　荣

辽　宁　省

沈阳市文联

党组书记、主席：关蓉晖
副主席：王哲年、王英辉
地　址：沈阳市和平区北三经街66号
邮　编：110003
所属各协会
作家协会
主　席：马秋芬
秘书长：杨卫东
常务副秘书长：白小易
戏剧家协会
主　席：吕晓禾
副主席兼秘书长：陈莉萍
音乐家协会
主　席：陶承志
副秘书长：吕亚宁
美术家协会
主　席：刘　明
副主席兼秘书长：李琦彬
曲艺家协会
主　席：王　平
秘书长：赵　淳
书法家协会
主　席：董　文
副主席兼秘书长：卢　林
摄影家协会
主　席：黄小森
副秘书长：潘　璠
舞蹈家协会

主　席：姚泳全
副主席兼秘书长：黄　莹
民间文艺家协会
主　席：王廷瑞
秘书长：张宝海
杂技家协会
主　席：安　宁
副主席：董争臻
秘书长：任　莉
电影电视家协会
主　席：白明路
副主席兼秘书长：王　君
动漫艺术协会
主　席：孙　明
常务副主席兼秘书长：于　晨
所属各区市县（企业）文联：
沈河区文联
主　席：刘　平
专职副主席：苏晓冬
大东区文联
主　席：杨志强
铁西区文联
主　席：商国华
副主席：徐连宝
苏家屯区文联
主　席：程　心
常务副主席：刘　伟
东陵区文联
主　席：董　娇
副主席：杨家坤
沈北新区文联
主　席：朱宝财
秘书长：张志强
于洪区文联
主　席：王凤娟
秘书长：林建国
新民市文联
常务副主席：马百良
辽中县文联
主　席：王万松
康平县文联
主　席：杨玉峰
副主席：徐国锋
法库县文联
主　席：张振权
副主席兼秘书长：万冰峰
沈阳市鼓风集团文联
主　席：邓长辉
副主席：杜　平、佟立臣
沈阳造币有限公司职工文联
主　席：王祯杰
副主席：盛　韬
北方重工文联
主　席：刘晓东
沈阳水务集团文联
主　席：奉　卓

朝阳市文联

主　席：隋志超
副主席：马连泉、刘乃侠
秘书长：宋晓珂
组联部主任：索春海
地　址：朝阳大街三段7号市政府院内市文联
邮　编：122000
所属各区市县文联：
双塔区文联
主　席：郑继超
龙城区文联
主　席：王福玉
秘书长：张春波
北票市文联
主　席：潘国辉
凌源市文联
主　席：张晓峰
朝阳县文联
主　席：高树彦
副主席：米艳华
建平县文联
主　席：贾兴岩
喀喇沁左翼蒙古族自治县文联
主　席：杨景坤
副主席兼秘书长：李　凭

阜新市文联

主　席：王树清
副主席：张　利、金　勇
秘书长：赵　颖
地　址：阜新市细河区人民大街甲120号
邮　编：123099
所属各区县（企业）文联：
阜新蒙古族自治县文联
主　席：刘向东
常务副主席：时长军
彰武县文联
常务副主席：常星儿
海州区文联
主　席：张　霁
常务副主席：张　玲
新邱区文联
主　席：周永红
副主席：杨松岩
清河门区文联
主　席：齐建国
常务副主席：王　品
开发区新都社区文联
主　席：杨　勇
阜新矿业集团文联
主　席：何　川
副主席兼秘书长：胡玉滨

铁岭市文联

主　席：王日昕
副主席：王　荐、孙金瑛
地　址：铁岭市凡河新区金沙路30号
邮　编：112000
所属各区市县文联：
银州区文联
主　席：林明臣
清河区文联
主　席：杜　刚
秘书长：王　威
调兵山市文联
主　席：赵明舒
副主席：邱宝成
开原市文联
主　席：蒋丽娟

副主席：刘付军
秘书长：陈　旭
铁岭县文联
主　席：常友仁
秘书长：孟繁莉
西丰县文联
主　席：王　刚
昌图县文联
主　席：刘晓东

抚顺市文联

党组副书记兼主席：张弘韬
党组书记：商泽友
副主席：魏　兵
地　址：抚顺市东六路13号
邮　编：113008
所属各区县文联：
新抚区文联
主　席：江　旭
顺城区文联
副主席：吴东岗
东洲区文联
主　席：陈艳华
望花区文联
主　席：杜洪石
抚顺县文联
副主席：金　丹
清原满族自治县文联
主　席：王旭峰
新宾满族自治县文联
主　席：解　良

本溪市文联

党组书记、主席：于凌波
副主席：汤凤春
名誉主席：田连元、冯大中
秘书长：韩福章
地　址：本溪市儿童乐园内
邮　编：117000
所属各区县（企业）文联：
平山区文联
主　席：邱静明
秘书长：胡立友
溪湖区文联
主　席：王柯琦
秘书长：赵忠大
明山区文联
主　席：韩良贵
秘书长：乔　惠
南芬区文联
主　席：王志华
秘书长：贾春林
本溪满族自治县文联
主　席：高世忠
秘书长：张永红
桓仁满族自治县文联
主　席：姜忠平
秘书长：丛连鹏
本钢文联
副主席兼秘书长：蒋振宇

辽阳市文联

主　席：张　东
党组书记、常务副主席：侯长利
副主席：宁泉溪、孙　浩、党　徽、苏　萍、高劲松
秘书长：韩文献
地　址：辽阳市文联
邮　编：111000
所属各区市县文联：
辽阳县文联
主　席：李玉海
常务副主席：巴　进
灯塔市文联
主　席：苏德勇
宏伟区文联
主　席：吕阳镜
专职副主席：曾爱武
弓长岭区文联
主　席：姚　广
常务副主席：屈旭芳

鞍山市文联

主　席：尹伟达
副主席：李宏伟
秘书长：张敬涛
地　址：鞍山市铁东区爱民街6号
邮　编：114001
所属各区市县（企业）文联：
铁东区文联
主　席：张连虹
千山区文联
主　席：王　德
海城市文联
主　席：刘广才
台安县文联
主　席：王伟光
副主席：李迎春
秘书长：王洗尘
岫岩满族自治县文联
主　席：姜玉忠
驻会副主席：高大庆
秘书长：范光耀
鞍钢文联
主　席：冯凌旭
副主席：袁　鹏
秘书长：李　松

丹东市文联

党组书记：吴多良
主　席：邢培红
副主席：白　鹰
秘书长：张欣荣
地　址：丹东市振兴区鸭绿江大街198号
邮　编：118009
所属各区市县文联：
振安区文联
主　席：潘景荟
凤城市文联
主　席：李保中
副主席：孙　毅
秘书长：岳海英
东港市文联
主　席：王广舟
副主席：张兵兵
秘书长：孙秋杰

宽甸满族自治县文联
主　席：赵　波
秘书长：焦静冬

大连市文联

党组书记兼副主席：何明洲
主　席：滕贞甫
驻会副主席：宋延平、邢德武
地　址：大连市西岗区长白街6号
邮　编：116012
所属各协会：
作家协会
主　席：素　素
秘书长：孙学丽
戏剧家协会
主　席：杨　赤
秘书长：张　宇
美术家协会
主　席：石　峰
副秘书长：孙天娇
书法家协会
主　席：李宴清
秘书长：张　旸
摄影家协会
主　席：王大斌
副秘书长：赵艺卓
音乐家协会
主　席：宋延平
秘书长：朱汉民
舞蹈家协会
主　席：周舜民
秘书长：孙　慧
民间文艺家协会
主　席：张嘉树
秘书长：陈　锦
曲艺家协会
主　席：李志有
秘书长：李卓毅
杂技家协会
主　席：杨剑胜
秘书长：王振军
电视家协会
主　席：高满堂
秘书长：朱利祁
电影家协会
主　席：杨　洋
秘书长：张廷起
文艺评论家协会
主　席：王晓峰
秘书长：何永娟
所属各区市县（企业）文联：
中山区文联
主　席：郭云峰
常务副主席：刘　辉
秘书长：周　波
西岗区文联
主　席：郭宇明
副主席：王世修
沙河口区文联
主　席：宋晓红
秘书长：李　军
甘井子区文联
主　席：吴克华
专职副主席兼秘书长：崔　清
旅顺口区文联
主　席：宋士军
副主席：吴　昊
秘书长：邹　辉
金州区文联
主　席：刘　军
秘书长：迟贤伟
瓦房店市文联
主　席：侯德云
副主席：韩　敏
秘书长：高金科
普兰店市文联
主　席：周永斌
庄河市文联
主　席：白春海
副主席兼秘书长：林玉玲
长海县文联
主　席：赵振胜
副主席兼秘书长：贺传峰
职工文联
主　席：段建华
常务副主席：郝国明
秘书长：赵　霞
公安文联
主　席：郑文民
常务副主席：杨万仁
副主席：徐宏开、唐　军、蒋大力、郭　海、于　溟
秘书长：林　锋
残疾人文联
名誉主席：李　扬
主　席：徐　铎
副主席：王　荔、尹　平、孙龙起、程　超、董　迪、王新德
秘书长：李发泉
副秘书长：骆　燕、陈　玫

营口市文联

主　席：韩瑞祥
副主席：谢仲科
地　址：营口市辽河大街西3号
邮　编：115003
所属各区市文联：
站前区文联
主　席：王运泽
老边区文联
主　席：周　治
大石桥市文联
主　席：顾宝金
秘书长：冯　伟
盖州市文联
副主席兼秘书长：骆　兵
鲅鱼圈区文联
主　席：汪大威

盘锦市文联

主　席：刘　民
副主席：盖　娟、曲子清
地　址：盘锦市兴隆台区双兴中路30号市文艺大院1号楼
邮　编：124000

所属各县文联：

大洼县文联

主　席：许世友
副主席：夏丽华
秘书长：孙　菁

盘山县文联

副主席：刘树军

双台子区文联

主　席：吕　新

兴隆台区文联

主　席：丁学丽

锦州市文联

主　席：马占林
副主席：王桂荣
地　址：锦州市古塔区和平路三段82号
邮　编：121000

所属各市县文联：

凌河区文联

主　席：刘　学

凌海市文联

主　席：刘　凯

北镇市文联

主　席：曹雁奎

黑山县文联

主　席：刘世洲
副主席：王　根、韩耀刚
副主席兼秘书长：史纪坤

义县文联

负责人：刘　姝

葫芦岛市文联

副主席：齐　丽
地　址：葫芦岛市龙港区龙湾大街甲1号
邮　编：125000

所属各区市县文联：

龙港区文联

主　席：李兴华
秘书长：杨　萍

连山区文联

主　席：孟樊川

南票区文联

主　席：曹　闯
秘书长：王志刚

兴城市文联

主　席：王晓平
副主席兼秘书长：李　丹

绥中县文联

主　席：杜　群
副主席：张　涵

建昌县文联

副主席：李恩江
秘书长：贾广智

吉　林　省

长春市文联

党组书记兼常务副主席：张守智
主　席：吴德金
副主席：王长元、景喜猷
党组成员 、秘书长：孙中亮
协会工作部部长：王丽君
组联部部长：耿华钢
地　址：长春市朝阳区锦水路1097号
邮　编：130061

所属各区市县文联：

朝阳区文联

主　席：黄德军
副主席兼秘书长：肖力群

双阳区文联

主　席：朴连玉
副主席兼秘书长：王　彦

德惠市文联

主　席：于树军
常务副主席：李岱林
副主席：王　淼

九台市文联

党组书记：陈海峰

榆树市文联

党组书记兼常务副主席：宋东安
秘书长：杜　河

农安县文联

主　席：徐志成
副主席：汲丛彬

白城市文联

主　席：曹伯铭
书　记：朱万和
副主席：霍铁军
秘书长：白　雪
地　址：白城市文化东路1号
邮　编：137000

所属各区市县文联：

洮北区文联

党组书记：于立涛
主　席：陈　葳

大安市文联

副主席：赵紫洲

洮南市文联

主　席：王贵春

通榆县文联

主　席：张丽枚

镇赉县文联

主　席：宋力民
秘书长：宋　奥

松原市文联

主　席：程永刚
秘书长：刘鸿鸣

地　址：松原市沿江东路189号
邮　编：138000
所属各区县文联：
宁江区文联
主　席：卢景田
秘书长：刘　洋
前郭尔罗斯蒙古族自治县文联
主　席：恩　和
党组书记、副主席：刘道福
乾安县文联
主　席：刘海威
副主席：刘宝锋
扶余县文联
主　席：刘利群
秘书长：邢红军
长岭县文联
主　席：李立忠
副主席：赵连波

吉林市文联

党组书记：范雅杰
主　席：朱　淳
副主席：王慧聪、韩文身
秘书长：刘　成
地　址：吉林市北京路82号
　　　　市委综合楼4楼
邮　编：132011
所属各市县文联：
永吉县文联
主　席：陈本海
副主席：葛治含
舒兰市文联
主　席：王春野
常务副主席：颜　雪
秘书长：赵云娴
桦甸市文联
主　席：刘东华
秘书长：刘晓军
蛟河市文联
主　席：张　彦
副主席：张德胜
秘书长：田　宇
磐石市文联
主　席：王　缓
常务副主席：李　斌
秘书长：付新立

四平市文联

党组书记：李　罡
主　席：唐亚民
副主席：崔维利
地　址：四平市英雄大街
　　　　1719号
邮　编：136000
所属各协会：
作家协会
主　席：于耀江
音乐家协会
主　席：陈殿华
舞蹈家协会
主　席：张　剑
美术家协会
主　席：魏舒菲
书法家协会
主　席：薛　军
摄影家协会
主　席：邹志强
戏剧家协会
主　席：张　信
广播、电影、电视艺术工作者协会
主　席：肖　波
社区文艺工作者协会
主　席：赵　宇
互联网文化工作者协会
主　席：张振海
民间文艺家协会
副主席：陈明宏
企业文联
主　席：宋　敏
曲艺家协会
主　席：于成龙
所属各区市县文联：
铁西区文联
主　席：于桂清
铁东区文联
主　席：杨学力
双辽市文联
主　席：任宏志
公主岭市文联
主　席：李洪安
梨树县文联
主　席：周宝文
伊通满族自治县文联
主　席：李秀芬
常务副主席：孙庭尉

辽源市文联

主　席：荣德辉
副主席、秘书长：刘水波
地　址：辽源市人民大街626号
邮　编：136200
所属各县文联：
东丰县文联
主　席：刘宝仁
副主席：李明林
秘书长：周传波
东辽县文联
主　席：邓永波
副主席：蒋世罡
秘书长：董晓清

通化市文联

主　席：刘丛林
地　址：通化市秀泉路702号
邮　编：134001
所属各市区县文联：
集安市文联
主　席：殷庆刚
梅河口市文联
主　席：林春梅
东昌区文联
主　席：刑露予
通化县文联
主　席：张茂强
辉南县文联
主　席：孙元友
柳河县文联
主　席：张　辉

白山市文联

党组书记、副主席：王　娟
秘书长：仉培基
副秘书长：安郁民、朱风枝
地　址：白山市浑江大街135号
邮　编：134300
所属各区县文联：

浑江区文联
副主席：杨清水

江源区文联
副主席：刘国华

临江市文联
主　席：姜国栋
副主席：王明强

抚松县文联
主　席：刘秀丽
秘书长：谭庆军

靖宇县文联
主　席：赵　茜
副主席：王　丽

长白朝鲜族自治县文联
主　席：袁长春
秘书长：尹　宁

延边朝鲜族自治州文联

主　席：朴瑞星
副主席：柳东根、崔　妍
地　址：延吉市公园路2799号州政务中心Ｂ座
邮　编：133001
所属各市县文联：

延吉市文联
主　席：姜明洙
副主席：俞　红

图们市文联
副主席：赵东范

敦化市文联
副主席：贾少林

珲春市文联
主　席：金允珍
副主席：公培安

龙井市文联
主　席：李贵华

和龙市文联
副主席：李春南

汪清县文联
主　席：洪美兰
秘书长：李向阳

安图县文联
主　席：李文斌
副主席：王传江

黑龙江省

哈尔滨市文联

主　席：王亚平
副主席：李建华、杨成志、唐　飚
地　址：哈尔滨市道里区兆麟街125号
邮　编：150010
所属各区县文联：

道里区文联
主　席：孙悦春
秘书长：孙　姬

南岗区文联
主　席：陈爱华
秘书长：韩义华

道外区文联
主　席：尚　丽
秘书长：候　军

香坊区文联
主　席：张海涛
秘书长：康　猛

平房区文联
主　席：于纯芳
秘书长：于淑华

呼兰区文联
主　席：毛猛平
秘书长：白铭波

阿城区文联
负责人：马志飞

双城市文联
秘书长：高明涛

尚志市文联
秘书长：刘延功

五常市文联
主　席：穆育红
秘书长：朱洪玉

依兰县文联
主　席：赵　勋

方正县文联
主　席：纪冬梅
秘书长：董艳芬

宾县文联
主　席：刘首军

巴彦县文联
主　席：宋立国

木兰县文联
主　席：孟　焕
副主席：赵云峰

通河县文联
主　席：栾天凤

延寿县文联
主　席：苏晓伟
秘书长：曲庆伟

齐齐哈尔市文联

主　席：邱利锋
副主席：姜云龙、朱虹宇
地　址：齐市党政办公中心一号楼
邮　编：161006
所属各协会：

作家协会
主　席：朱虹宇

音乐家协会
主　席：姜云龙

摄影家协会
主　席：陈寿安

书法家协会
主　席：吴学谦
舞蹈家协会
主　席：于力平
戏剧家协会
主　席：艾　平
杂技艺术家协会
主　席：王云良
民间艺术家协会
主　席：李树林
曲艺家协会
主　席：周洪儒
诗词楹联协会
主　席：赵世贵
美术家协会
主　席：王晓峰
影视动漫家协会
主　席：李长筑
所属各县区市文联：
讷河市文联
主　席：徐启发
甘南县文联
主　席：康　胜
富裕县文联
主　席：高瑞如
龙江县文联
负责人：吕同国
依安县文联
秘书长：马　岩
泰来县文联
副主席：才立国
克山县文联
副主席：马建华
拜泉县文联
副主席：张新宇
富拉尔基区文联
主　席：张书君
昂昂溪区文联
副主席：张湘麟
梅里斯达斡尔族区文联
副主席：周文雅
龙沙区文联
主　席：赵炘煜
建华区文联
副主席：王跃进

黑河市文联

主　席：车　义
副主席：王居卿、王　瑛
秘书长：李　琳
地　址：黑河市通江路2号市政府大楼1817室
邮　编：164300
所属各协会：
摄影家协会
主　席：白树升
秘书长：张大庆
美术家协会
主　席：常玉辉
秘书长：杨加国
书法家协会
主　席：刘庆海
秘书长：刘宝民
作家协会
主　席：王　瑛
秘书长：刘　城
音乐家协会
主　席：温庆民
秘书长：隋德军
舞蹈家协会
主　席：徐　颖
副主席、秘书长：张　颖
所属各市县文联：
北安市文联
主　席：宋葵花
五大连池市文联
主　席：杨俊梅
五大连池风景区文联
主　席：任伟东
嫩江县文联
主　席：孟祥辉
逊克县文联
主　席：于俊庆
副主席：马明泽
孙吴县文联
主　席：徐　钧
爱辉区文联
主　席：张书英

大庆市文联

党组书记：王　璟
主　席：柳　庄
副主席：张云凤、张兴利
秘书长：朱晓�
地　址：大庆市东风新村纬二路18号市文联
邮　编：163311
所属各区县文联：
萨尔图区文联
主　席：穆贵发
副主席：杨海臣、包民杰
龙凤区文联
主　席：汪严明
副主席：刘江生、杨欣闽
让胡路区文联
主　席：刁雁林
副主席：徐永民、霍春华
大同区文联
主　席：窦立雪
副主席：于凤军、李　娜、杨满良
红岗区文联
主　席：王　明
副主席：张　征、张俊清
肇州县文联
主　席：黄远志
副主席：张浩天、苗立辉、楚汉英
肇源县文联
主　席：何连珍
副主席：崔秀恩、张　维、刘树歧、付道权
林甸县文联
主　席：杜宏伟
副主席：聂志新、武海军
杜尔伯特蒙古族自治县文联

主　席：宋玉红
副主席：付国宝、任青春

伊春市文联

主　席：王欣红
副主席：邬晓红
秘书长：王殿生
地　址：伊春市通河路新园小区
邮　编：153000
所属各协会：
作家协会
主　席：王　满
常务副主席：于成海
摄影家协会
主　席：吴恒芳
副主席兼秘书长：王殿生
美术家协会
主　席：高首峰
秘书长：丁炳恒
书法家协会
主　席：李润东
副主席兼秘书长：李吉辰
戏剧家协会
主　席：张志麟
副主席兼秘书长：倪玉凤
音乐家协会
主　席：张建国
秘书长：马　可
舞蹈家协会
主　席：赵　丽
秘书长：吴　野
民间文艺家协会
主　席：王茹祥
秘书长：李鸿志
电影家协会
主　席：彭　波
秘书长：付　莹
曲艺家协会
主　席：李树林
秘书长：冯　辉
电视艺术家协会
主　席：王欣红
秘书长：于俊生
所属各区县文联：
伊春区文联
主　席：罗立平
秘书长：陈忠奎
南岔区文联
主　席：卢元梅
副主席：周芙蓉、郎若愚、张　楠
秘书长：张　静
西林区文联
主　席：贾世昌
副主席：黄继胜、陶明哲、王长德、姜　春
秘书长：田雨春
金山屯区文联
主　席：李　娟
乌马河区文联
主　席：李大勇
副主席：罗丽萍
乌伊岭区文联
秘书长：韩福生
铁力市文联
主　席：付　丽
铁力林业局文联
主　席：程　伟
副主席：吴　平、李学东、王树国
秘书长：李秀敏
朗乡林业局企业文联
主　席：李严霜
副主席：李士林、吴胜军、孙其哲、王炳学、刘秀明
秘书长：孙其哲
嘉荫县文联
主　席：李　岩
副主席：张世忠
秘书长：王学明
带岭区文联
主　席：黄有林
常务副主席：于宝利
副主席：魏广慧、张春峰、李福军、王秉术、王乃富、刘　奇、王　霜
友好区文联
名誉主席：丁志慧
副主席：王志岐、刘东来、那晓光、陈立孝
秘书长：李　娜
新青区文联
主　席：刘　强
副主席：马晓东、李淑文、刘成君、吴海峰、郎建民、贾垂印

鹤岗市文联

主　席：温　刚
副主席：许　玲
地　址：鹤岗市委大楼
邮　编：154100
所属县市文联：
萝北县文联
秘书长：焦玉富
绥滨县文联
副主席：魏振涛

佳木斯市文联

党组书记、副主席：张晓慧
党组成员、副主席：庄艳平、杜　爽
地　址：佳木斯市长安路2666号
邮　编：154002
所属各区县文联：
同江市文联
主　席：吴东辉
富锦市文联
主　席：姜凤君
秘书长：张利弓
桦南县文联
主　席：樊玉明
桦川县文联
主　席：许国成
汤原县文联
主　席：卢子滨
抚运县文联
主　席：徐向馆

双鸭山市文联

主　席：关丽娟
党组书记：邢钰奎
副调研员：李　季
地　址：黑龙江双鸭山市文联
邮　编：155100
所属各县文联：
集贤县文联
主　席：陈丽艳
友谊县文联
副主席：朱　凯
宝清县文联
主　席：王义敏
饶河县文联
主　席：姚云芳

七台河市文联

主　席：王长富
副主席：高和平、谭吉龙
秘书长：柴玉敏
地　址：七台河市党政中心
邮　编：154600
所属县文联：
桃山区文联
主　席：贾金凤
勃利县文联
主　席：孙　宇

鸡西市文联

主　席：姜广繁
副主席：杨一平、门家夫、聂书春
地　址：鸡西市鸡冠区北山路9号
邮　编：158100
所属市县文联：
虎林市文联
主　席：宫润基
鸡东县文联
主　席：裴晓东

牡丹江市文联

主　席：冯　红
副主席：褚保军、陈庆吉
地　址：牡丹江市江南党政办公中心20108室
邮　编：157099
所属各区县文联：
穆棱市文联
主　席：刘瑞存
海林市文联
主　席：胡敬秋
宁安市文联
主　席：朱文光
东宁县文联
主　席：庄俊刚
林口县文联
主　席：迟立民
绥芬河市文联
主　席：石长江

绥化市文联

主　席：白雪松
专职副主席：佟　波
地　址：市北林区迎宾路2号市党政办公中心
邮　编：152002
所属各区市县文联：
北林区文联
主　席：陈　枢
副主席：潘耘甫
肇东市文联
主　席：龙　斌
秘书长：商　丹
海伦市文联
主　席：赵春爽
副主席：高　杨
庆安县文联
主　席：孙向阳
常务副主席：汪岩松
明水县文联
主　席：于　澜
副主席：客丽红
青冈县文联
主　席：马振亚
望奎县文联
主　席：张健翼
副主席：王可心
兰西县文联
主　席：赵　庆
秘书长：杨中宇
安达市文联
主　席：王文玉
副主席：吴庆东
绥棱县文联
主　席：孙传荣
常务副主席：王国武

大兴安岭地区文联

党组书记、主席：沈志军
副主席：计　伟
秘书长：李莹莹
地　址：大兴安岭地区文联
邮　编：165000
所属各区县文联：
呼玛县文联
主　席：司瑞新
塔河县文联
主　席：苗　玲
漠河县文联
主　席：徐成春
加格达宣传部
主　席：李　宁
松岭区宣传部
主　席：吕东凤
副主席：刘永鹏
新林区宣传部
主　席：邱　刚
呼中区文联
主　席：孙剑波
图强局文联
主　席：汝广友
阿木尔局文联
主　席：许成光
十八站局文联
主　席：孙善辉
韩家园局文联
主　席：哈雪平
加林局文联
主　席：张书丛

上　海　市

音乐家协会
主　席：陆在易

戏剧家协会
主　席：尚长荣

美术家协会
主　席：施大畏

电影家协会
主　席：张建亚

书法家协会
主　席：周志高

曲艺家协会
主　席：王汝刚

摄影家协会
主　席：张元民

民间文艺家协会
主　席：何承伟

舞蹈家协会
主　席：凌桂明

杂技家协会
主　席：程海宝

电视艺术家协会
主　席：穆端正

翻译家协会
会　长：谭晶华

演艺工作者联合会
主　席：何　麟

创意设计工作者协会
主　席：汪大伟

松江区文联
主　席：王　勉

嘉定区文联
主　席：王　漪

虹口区文联
主　席：陆　健

杨浦区文联
主　席：陈红光

崇明县文联
主　席：黄海盛

青浦区文联
主　席：曹伟明

长宁区文联
主　席：周文贤

闵行区文联
主　席：郁贤镜

普陀区文联
主　席：桂正和

金山区文联
主　席：陆引娟

江　苏　省

南京市文联
党组书记、常务副主席：陈　炜
党组副书记、副主席：李海荣
党组成员、副主席：张　俊
驻会副主席：陶　琪
巡视员：冯宣涛
副巡视员：刘惠敏、杨康乐、章世和
主　席：徐　宁
副主席：于先云、王　勇、叶兆言、孙晓云、邹建平、汪　政、周天江、周京新、徐艺乙
地　址：南京市常府街四条巷12号
邮　编：210002
所属各协会：
作家协会
主　席：叶兆言
戏剧家协会
主　席：陶　琪
电影电视艺术家协会
主　席：周天江
音乐家协会
主　席：邹建平
舞蹈家协会
主　席：王　勇
美术家协会
主　席：周京新

摄影家协会
主　席：于先云
书法家协会
主　席：孙晓云
民间文艺家协会
主　席：徐艺乙
文艺评论家协会
主　席：汪　政
所属各区县文联：
玄武区文联
主　席：周　雯
常务副主席：鲁　中
副主席：樊姝玉
秦淮区文联
主　席：张　望
常务副主席：张　岩
建邺区文联
主　席：仲兆林
常务副主席：陈　瑛
副主席兼秘书长：王海燕
鼓楼区文联
主　席：董　伟
栖霞区文联
主　席：周　峰
常务副主席：赵家宝
雨花台区文联
主　席：谢　山
常务副主席：朱天燕
副主席：邵美玲
江宁区文联
主　席：高吉祥
党组书记、常务副主席：王晓丹
浦口区文联
主　席：黄　琴
常务副主席：朱四平
六合区文联
主　席：金世凯
副主席：满　震
溧水县文联
主　席：汤世雷
副主席：储国华、章熙秋
高淳县文联
主　席：陈春花
常务副主席：叶琪华
副主席：韩一鸣

徐州市文联

党组书记兼主席：王雪春
副主席：王成奇、朱宝增
党组成员兼副调研员：郭念堂
副调研员：王炳成、陈兴洲、王　勇
秘书长：朱宝增（兼）
地　址：徐州市新城区行政中心东区综合楼
邮　编：221018
所属各区市县文联：
贾汪区文联
主　席：祝培良
副主席：李淑梅
邳州市文联
主　席：薛　燕
副主席兼秘书长：王永远
新沂市文联
党组书记兼副主席：岳浩亮
副主席：谭庆泉
秘书长：张　堂
沛县文联
主　席：朱茂东
副主席：夏中跃、沈　勇、张守俭
睢宁县文联
副主席：杨荔生
秘书长：马林唤
丰县文联
主　席：张尊军
铜山县文联
主　席：王运东
副主席：周兴华

连云港市文联

党组书记兼主席：杨　浩
副主席兼秘书长：武传玉
副主席：张文宝、蔡骥鸣
地　址：连云港市新浦区苍梧路36号
邮　编：222004
所属各区县文联：
赣榆县文联
主　席：王　淙
东海县文联
主　席：吕　宏
灌云县文联
主　席：邱洪彤
灌南县文联
主　席：王冬梅
副主席：宋汉桥
海州区文联
主　席：相裕亭
新浦区文联
主　席：李敬伟
连云区文联
主　席：周永刚
副主席：诸葛洪斌
秘书长：陈　雷

宿迁市文联

主　席：王清平
副主席：赵伦红、张守跃、陆启辉、张劲扬、赵吕森
秘书长：潘新文
地　址：宿迁市太湖路181号
邮　编：223800
所属各区县文联：
宿城区文联
主　席：孙个秦
秘书长：李　卫
宿豫区文联
主　席：陈　刚
沭阳县文联
主　席：刘德兵
副主席：王　浩、徐增祥、

刘家前

泗阳县文联

主　席：张荣超

秘书长：范晓辉

泗洪县文联

主　席：张连华

淮安市文联

主　席：张益民

副主席：刘跃进、张玲玲

地　址：淮安市健康西路140号

邮　编：223001

所属各区县文联：

清河区文联

主　席：金炜宇

清浦区文联

主　席：金丽萍

楚州区文联

主　席：傅振举

副主席：范晓梅

淮阴区文联

副主席：曹晓香

金湖县文联

副主席：霍春健

盱眙县文联

主　席：孙亚兴

洪泽县文联

主　席：王明生

副主席：周凌晨

盐城市文联

主　席：黄金文

副主席：蒋婉求、张曙光、薛万昌、陈义海、陆应铸、陆庆龙

地　址：盐城市世纪大道21号市行政中心20楼

邮　编：224005

所属各县市区文联：

亭湖区文联

副主席：俞春兰

盐都区文联

主　席：王迎春

副主席：吕友权、徐志玉、应晓山

东台市文联

负责人：邱华锋

大丰市文联

副主席：王晓华

射阳县文联

主　席：戴元辅

副主席：李世荣

阜宁县文联

主　席：田新春

副主席：顾冬成

滨海县文联

主　席：李章全

建湖县文联

主　席：徐守忠

副主席：吴晓钢

响水县文联

主　席：朱卫东

扬州市文联

党组书记：叶冠军

主　席：刘　俊

副主席：陈家庆

秘书长：汤旭东

地　址：扬州市文昌中路360号琼花观内

邮　编：225001

所属各市县文联：

仪征市文联

主　席：周永宁

副主席：涂　君、厉庭银、赵小娟

江都市文联

主　席：罗建华

副主席：李景文、李孝跃、韩美芳

秘书长：王晓梅

高邮市文联

主　席：黄　平

副主席：杨德标、朱崇平、王学朴

宝应县文联

主　席：何开文

副主席：殷德平、蔡科明

泰州市文联

主　席：刘仁前

副主席：俞秋言

秘书长：陈　扬

地　址：泰州市鼓楼南路368号

邮　编：225300

所属各区市文联：

靖江市文联

主　席：严　羽

副主席：史爱梅、陆　进

泰兴市文联

主　席：林　林

兴化市文联

副主席：刘定荣

秘书长：韩世凯

姜堰市文联

主　席：陶惠林

副主席：曹学林、唐天杰、王景峰

秘书长：朱红耀

海陵区文联

主　席：孙广华

副主席：陈　明

高港区文联

副主席：曹明德

秘书长：高卫东

南通市文联

副主席：王　法、周建忠、顾晓群、杨树德

地　址：南通市文峰路5号

邮　编：226001

所属各区市县文联：

通州区文联
副主席：许　君
秘书长：张剑彬
崇川区文联
主　席：郭　华
副主席：管　俊、张　卫
港闸区文联
主　席：李　峰
海门市文联
主　席：何伟华
副主席：朱慧玮
启东市文联
主　席：郁锦标
副主席：李新勇
如皋市文联
主　席：从立新
副主席：金福林
如东县文联
党组副书记、主席：谢　骏
党组书记、副主席：季铁权
秘书长：石剑波
海安县文联
主　席：张　军
副主席：叶晨玲、丁建民、
　　　　史礼根、王子健
秘书长：王兆林

镇江市文联

主　席：王红卫
副主席：蒋　宁、王　川、
　　　　余爱国、蒋光年、
　　　　丁伟民
地　址：镇江市南徐大道68号
邮　编：212050
所属各区市文联：
丹阳市文联
主　席：姜国成
副主席：周书凤、邵同义
句容市文联
主　席：马宏峰
副主席：王义华、王庆涛
扬中市文联
主　席：曹学松
副主席：王中明
丹徒区文联
主　席：王小军
副主席：吴呈昱、束鹏芳
京口区文联
主　席：阚爱萍
副主席：陶宝强
润州区文联
主　席：蒋天舒
副主席：杨　镇

常州市文联

主　席：荣凯元
副主席：胡军生、池银合
秘书长：沙　滩
地　址：常州市大观路10号
邮　编：213003
所属各区市文联：
武进区文联
主　席：陶　可
副主席：王小伟、陆　红
秘书长：戚散花
金坛市文联
主　席：祝洪林
副主席：李　平
溧阳市文联
主　席：芮振华
副主席、秘书长：丁月辉
副主席：陈芳梅、潘振新、
　　　　邓　超、张　静、
　　　　王向东、程安中、
　　　　周国翃

无锡市文联

主　席：刘基平
副主席：董　晓、陆永基、
　　　　张振华、刘仲宝、
　　　　王建伟、王建源
秘书长：潘基峰
地　址：无锡市妙光苑1号
邮　编：214026
所属各市文联：
江阴市文联
主　席：王　敏
宜兴市文联
主　席：魏　敏
副主席：何　勇、萧智君

苏州市文联

党组书记、主席：成从武
副主席：王伟林、顾　芗、
　　　　王　芳、王　尧、
　　　　吴　静
地　址：苏州市人民路1088号
邮　编：215002
所属各区市文联：
姑苏区文联
主　席：张苏宁
吴中区文联
主　席：周一风
副主席：凌　奕
相城区文联
主　席：沈炳泉
副主席：王少辉
高新区文联
主　席：王　坚
吴江区文联
主　席：孙俊良
副主席：陈慧奋
昆山市文联
主　席：莫全明
太仓市文联
主　席：汪　放
常熟市文联
主　席：李　忠
张家港市文联
主　席：庞　曦

浙　江　省

杭州市文联

主　席：陈一辉
副主席：陈　涛、胡惠芬、
　　　　张友国、唐　奕
地　址：杭州市延安路472号
　　　　市政府综合楼3号楼
　　　　14层
邮　编：310006
所属各协会：
作家协会
主　席：嵇亦工
秘书长：陈博君
民间文艺家协会
主　席：刘小平
秘书长：邵毅霞
戏剧家协会
主　席：赵志刚
秘书长：王姝苹
曲艺家协会
主　席：翁仁康
副秘书长：戴　佳
音乐家协会
主　席：宋家明
秘书长：王小娣
舞蹈家协会
主　席：崔　巍
秘书长：程育青
美术家协会
主　席：吴山明
秘书长：张志强
书法家协会
主　席：王冬龄
秘书长：王小勇
摄影家协会
主　席：吴宗其
电影电视家协会
主　席：赵依芳
秘书长：阙云霞
所属各区市县文联：
萧山区文联
主　席：王东初
副主席：袁琴芳
余杭区文联
主　席：甘士明
副主席：张时骏、张　嫣
临安市文联
主　席：黄贤权
副主席：王录娟
富阳市文联
主　席：曹玮玲
副主席：羊晓君、华论祥
桐庐县文联
主　席：董利荣
副主席：赵志楠、何　璟
建德市文联
主　席：盛振宇
副主席：钟德智
淳安县文联
主　席：何春耕
副主席：方晖华、程中育

湖州市文联

主　席：竺　鸰
地　址：湖州市行政中心
邮　编：313000
所属各区县文联：
德清县文联
主　席：姚文忠
副主席：周云水
长兴县文联
主　席：刘月琴
副主席：周秀明
安吉县文联
主　席：严明卯
吴兴区文联
主　席：王　祎
南浔区文联
主　席：嵇银荣

嘉兴市文联

主　席：金琴龙
副主席：胡　晶、田　耘、
　　　　杨自强、高海金
秘书长：陈双虎
地　址：嘉兴市中山东路922号
邮　编：314001
所属各市县文联：
南湖区文联
主　席：沈　静
副主席：俞华良
秘书长：沈吉慧
副秘书长：陈哲峰
秀洲区文联
主　席：陈以德
副主席：山振华、缪惠新
秘书长：缪惠新（兼）
平湖市文联
主　席：郑忠勤
副主席：张　宏、金　勇
秘书长：高　宏
海宁市文联
党组书记、主席：王　珏
副主席：孙建跃、王玉良
　　　　张镇西
秘书长：李　力
桐乡市文联
主　席：王士杰
副主席：徐玲芬、褚万根
　　　　全见方、傅林林
秘书长：徐玲芬（兼）
嘉善县文联
主　席：陆勤方
副主席：范国良、徐雪娟、
　　　　卓国荣、谈萍莉
秘书长：徐雪娟（兼）
海盐县文联
主　席：宋乐明
副主席：张其芬、周蓉晖
副秘书长：杨慧海

舟山市文联

主　席：薛剑平
副主席：张　辉
秘书长：洪晓明
主　任：马列娅
地　址：舟山市定海区蟠洋山路16号
邮　编：316000

所属各区县文联：

定海区文联
主　席：何　斌
副主席：白　马、张伟国
秘书长：白　马（兼）

普陀区文联
主　席：方卫东
副主席：吴萍儿、忻　怡、郭　峰、周志金
秘书长：蔡　真

岱山县文联
主　席：周　波
副主席：何仁岳、邱宏方、李国平、王　勇
秘书长：邱宏方（兼）

嵊泗县文联
主　席：张碧君
副主席：白　峰、金　瑛、陈翔鹤
秘书长：郭海斌

宁波市文联

主　席：翁鲁敏
党组书记、副主席：邹大鸣
副主席：韩利诚、何　微、施孝峰、王水维、殷安建
地　址：宁波市宁穿路2001号行政中心2号楼13楼
邮　编：315040

所属各区市县文联：

江北区文联
主　席：孙旭东
专职副主席：周少植
副主席：励芒伟、施晓峰、王　静
秘书长：王　静（兼）

海曙区文联
主　席：陈建东
副主席：马安娜、王燕芬、王锦文、孙福昌、朱　宁
秘书长：马安娜（兼）

江东区文联
主　席：王　昱
副主席：杨慧月、齐海峰、陈云其、陆爱国
秘书长：朱华红

北仑区文联
主　席：袁　侠
党组书记、副主席：张久红
副主席：顾旭东、王明良、凌晓军、丁俊杰

镇海区文联
主　席：余维勤
副主席兼秘书长：徐崇禧
副主席：徐家明

鄞州区文联
主　席：邵　斌
副主席：江志勇、史晓卿
秘书长：钱秀娴

慈溪市文联
主　席：方向明
副主席：孙群豪、周　萌
秘书长：陈迎平

余姚市文联
主　席：严文龙
副主席：干亚群、俞文胜、吕余龙、寿建立
秘书长：郑耀波

奉化市文联
主　席：王亦建
副主席：俞赞江、沈国民、汪仁芳
秘书长：周　杨

宁海县文联
主　席：刘尚才
副主席：黄　珂、王苍龙、
秘书长：应简璜

象山县文联
主　席：郑　辉
副主席：许吉安、张明珠
秘书长：李秀泓

绍兴市文联

党组书记：何俊杰
主　席：金一波
副主席：马　炜、叶树明、沈　伟、邓巷林
秘书长：陈　民
地　址：绍兴市府山西路武勋坊18号L楼
邮　编：312000

所属各市县文联：

越城区文联
主　席：王文琴
副主席：章彩玲

柯桥区文联
主　席：黄锡云
副主席：杨春燚、陈锦高、徐海青
秘书长：阮　静

诸暨市文联
主　席：章新康
副主席、秘书长：吴旭东

上虞市文联
主　席：吕云祥
副主席：袁伟文、丁　毅、蔡　汀
秘书长：袁伟文（兼）

嵊州市文联
主　席：钱子浪
副主席：裘高太、斯继东
秘书长：裘高太（兼）

新昌县文联
主　席：盛之恒
副主席：求玉林、商力戈、袁方勇
秘书长：王志良

衢州市文联

主　席：欧阳建华
党组副书记、副主席：严日旺
副主席：王青阳
秘书长：朱萍萍
办公室主任：邱红日
地　址：衢州市县学街78号
邮　编：324000

所属各区市县文联：

柯城区文联
主　席：施　萍
副主席：王丽君
秘书长：汪凤花

衢江区文联
主　席：陈剑明

江山市文联
党组书记：李自本
主　席：姜　英
副主席：毛洪章、李治本
秘书长：毛雪芳

常山县文联
主　席：姚肖忆
秘书长：王阳君

开化县文联
党组书记：张月桥
主　席：黄高松
秘书长：吴建其

龙游县文联
副主席：黄瑞清（主持工作）
副主席：张水祥
秘书长：蓝忠胜

金华市文联

党组书记：楼　冰
主　席：金云平
副主席：王亦平、寿　峰
秘书长：张　慧
组联部部长：梅荣衍
办公室副主任：鲍　勇
地　址：市双龙南街801号
邮　编：321017

所属各区市县文联：

婺城区文联
主　席：沈根新

金东区文联
主　席：陈妙花
副主席：潘志余

兰溪市文联
主　席：陈　军
副主席：倪金谷
党组成员、秘书长：王文荣

永康市文联
主　席：丁月中
副主席：麻建成
秘书长：程　思

义乌市文联
主　席：毛新荣
副主席：余新建、何晓东
秘书长：金　艳

东阳市文联
主　席：陈远京
副主席：郭晓笛、方军平

武义县文联
主　席：胡浪波
副主席：梅子明、朱跃军
秘书长：李小波

浦江县文联
党组书记、主席：何金海
副主席：方钢军
党组成员：吴建炜、童笑笑

磐安县文联
主　席：曹明春
党组成员：陈爱卿
秘书长：胡中福

台州市文联

党组副书记、主席：丁琦娅
副主席、秘书长：林月辉
副主席：章正杰
地　址：台州市政府大楼14楼
邮　编：318000

所属各区市县文联：

椒江区文联
党组书记：解军辉
主　席：周　晴
副主席：王　及、汪江浩、梅利华

黄岩区文联
主　席：林海蓓
常务副主席兼秘书长：鲍志野

路桥区文联
主　席：罗邦云
副主席：赵世文、王文清

临海市文联
主　席：沈　速
副主席兼秘书长：吕黎明

温岭市文联
主　席：周志云
副主席：周　晗

玉环县文联
党组成员、副主席：黄立轩
党组成员：王佩芬
副主席：金爱花

天台县文联
主　席：陈　虹
副主席兼秘书长：蒋冰之

仙居县文联
主　席：朱岳峦
副主席：殷琳峰

三门县文联
主　席：林　腾
副主席：刘从进、梅长琥

温州市文联

主　席：吴琪捷
副主席：胡凯生、邹跃飞、崔卫胜、王晓峰
地　址：温州市府东路发展大楼北楼6层
邮　编：325000

所属各协会：

作家协会
主　席：程绍国
副主席：王国侧、池凌云、孙良好、李世斌、张文兵、郑晓泉、黄哲贵、瞿　炜

戏剧家协会
常务副主席：施小琴

副主席：缪小源、陈　锋、郑　云、郑曼莉、方汝将、李美凤

音乐家协会

主　席：邹跃飞

常务副主席：董夫腾

副主席：叶熙熙、苏　琼、陈　泳、项雅丽、赵玉卿、施丽君、戴　凯

舞蹈家协会

主　席：张德华

副主席：应　真、林国生、胡益平、陈秋香、姚晓敏、陈莉萍

美术家协会

主　席：蔡瑞蓉

副主席：马胜凯、叶旭华、李利民、李崇高、张正凯、张成毕、陈旭海、蔡可群

秘书长：张成毕

书法家协会

主　席：张　索

副主席：吴聘真、李　震、王国强、缪若霞、陈　默、吴　彰、林　峰、林晓林、黄国光

摄影家协会

主　席：朱保钢

副主席：王胜利、周建树、金培林、叶劲草、张洪林、叶剑平、王玉璜

曲艺家协会

主　席：陈忠达

副主席：黄良福、潘超超

民间文艺家协会

主　席：潘一钢

副主席：金文平、林长春、林子周、吴尧辉、朱友好、曹凌云、孟永国、陈爱琴

影视家协会

主　席：王晓峰

副主席：蔡亚非、蔡贻象、董静海、李　涛、李中坚、孙　榕

所属各区县市文联：

鹿城区文联

主　席：陈世尧

副主席：程苏胜、卢桂芳、吴　广、马胜凯、吕相国、应　真、周建树

龙湾区文联

主　席：曹丹艳

副主席：陈　佐

瓯海区文联

主　席：彭福云

副主席：季淑忠

瑞安市文联

主　席：李　刃

副主席：陈　丹

秘书长：鲍永远

乐清市文联

主　席：张文斌

副主席：张保利、高公博、刘瑞坤、倪蓉棣、叶君奋、蔡乐孟、倪朔野

永嘉县文联

主　席：陈伟峰

副主席：杨大力、胡佐光、郑　阳

文成县文联

主　席：王国侧

副主席：叶世杰、王国健、陈丕欢

平阳县文联

主　席：周黎明

副主席：周笙东、赵小飞、任泽健

泰顺县文联

主　席：吴雅平

副主席：潘家敏、王尤琴、周咸俊

洞头县文联

主　席：何增祥

副主席：张志强、陈爱琴、庄明松

苍南县文联

主　席：黄志林

副主席：李　芳

龙港镇文联

主　席：王　杯

浙能温州发电有限公司文联

主　席：陈伟忠

副主席：郑葵忠、郑战跃、陈　华

德力西集团文联

主　席：卢友中

副主席：陈首旦

浙能乐清发电有限责任公司文联

主　席：施援朝

常务副主席：姜志强

副主席：董联军

丽水市文联

党组书记、主席：程定飞

副主席兼秘书长：麻益兵

地　址：丽水市花园路1号

邮　编：323000

所属各区市县文联：

莲都区文联

主　席：邱旭平

龙泉市文联

党组书记、主席：王振春

副主席兼秘书长：季金强

副主席：陈颖慧

青田县文联

主　席：吴吕伟

副主席：陈丽文

秘书长：王微微

云和县文联

党组书记、主席：邱伟生

副主席：宋世明

秘书长：陈跃伟

庆元县文联

主　席：范敏姿

副主席：郑承春、胡睦熙
秘书长：吴昌珍
缙云县文联
主　席：夏伟革
副主席：李根溪
遂昌县文联
主　席：黄美丰
副主席：雷　鸣
松阳县文联
主　席：吕劲天
副主席：洪雪婷
秘书长：吴关军
景宁畲族自治县文联
主　席：李人海
副主席：蓝良明

安　徽　省

合肥市文联

党组书记：陈　飚
主　席：完颜海瑞
副主席：刘晓明、周爱洋
秘书长：朱国强
地　址：合肥市政务文化新区三区A座4楼
邮　编：230071
所属各县市文联：
蜀山区文联
主　席：罗　昕
副主席：马　凌
长丰县文联
主　席：刘贤安
副主席：林家俊
肥东县文联
主　席：许泽夫
副主席：王业芬
肥西县文联
主　席：赵　霞
庐江县文联
主　席：卢昌留
副主席：夏云龙
巢湖市文联
主　席：王有洲
副主席：黄　浩

宿州市文联

党组书记、主席：沈　凌
副主席：杲春昭
秘书长：韩　飞
地　址：宿州市政务新区4层
邮　编：234000
所属各区县文联：
埇桥区文联
主　席：唐代红
砀山县文联
主　席；杨建勋
萧县文联
主　席：董宜夫
灵璧县文联
书　记：梁　超
泗县文联
主　席：刘兴品

淮北市文联

主　席：陈　辉
副主席：张明山　谢　芳
地　址：淮北市花园路7号南1楼
邮　编：235000
所属县文联：
濉溪县文联
主　席：王明文

阜阳市文联

主　席：任　智
党组书记：王朝阳
副主席：丁友星、郑　方
地　址：阜阳市清河东路539号阜阳市文联
邮　编：236033
所属各区市县文联：
颍州区文联
主　席：曾亚民
副主席：陆惠娟
颍东区文联
主　席：陶智慧
副主席：肖伯红
颍泉区文联
主　席：杨　林
专职副主席：任志宏
界首市文联
主　席：刘红影
副主席：张洁新、韩　瑞
临泉县文联
主　席：冯　峰
副主席：张继良、汤其光
太和县文联
主　席：高庆连
阜南县文联
主　席：冷治武
副主席：张　平、郑　志
颍上县文联
主　席：王　波
副主席：岳　岿

亳州市文联

党组书记、主席：武子轩
副主席：王淳杰、张凤海、孙志保、任　斌、杨小凡、李兴田、任　明、刘传师、罗东亚
地　址：亳州市谯城区希夷大道588号市行政中心2075室
邮　编：236801
所属各区县文联：
谯城区文联

主　席：李　彬
副主席：王文清
涡阳县文联
党组书记：潘学峰
主　席：赵晓蕾
党组成员：吴长敬
蒙城县文联
主　席：卢　晓
副主席：李家群、邵俊强、
韦如辉、吴　军、
胡卫国、郑云海、
刘　勇、姬长明
利辛县文联
党组书记、主席：孙一民
副主席：李宗利、汝　勇
古井文联
主　席：吴　伟
三星文联
主　席：黄克东

蚌埠市文联
党组书记：张文虎
主　席：葛亚萍
副主席：江　山
地　址：蚌埠市中荣街95号
邮　编：233000
所属各县文联：
怀远县文联
主　席：李永虎
五河县文联
主　席：傅　强
固镇县文联
主　席：王中华

淮南市文联
党组书记：杨天超
副调研员：陈迎耕、刘　琦
地　址：淮南市山南新区和
风大街88号
邮　编：232001
所属各县区文联：
凤台县文联
主　席：张纯海
副主席：王红燕
田家庵区文联
主　席：李为民

滁州市文联
党组书记、主席：路传新
地　址：滁州市会峰大厦7楼
邮　编：239001
所属各市县文联：
天长市文联
主　席：张国云
明光市文联
主　席：任亚弟
来安县文联
主　席：孔祥华
全椒县文联
主　席：周可夫
副主席：陆　峰
定远县文联
副主席：郑鹏程
凤阳县文联
主　席：吕建东

马鞍山市文联
党组书记：周正国
主　席：崔训诚
副主席：袁　诚、严歌平
秘书长：邱胜贤
地 址：马鞍山市湖北路24号3楼
邮　编：243000
所属县文联：
当涂县文联
主　席：施长斌
专职副主席：崔益发
含山县文联
主　席：陈　辉
和县文联
主　席：刘必树

芜湖市文联
党组书记、主席：阮传华
副主席：刘莉莉、刑永远
秘书长：王永祥
地　址：芜湖市北门建设银
行旁医药大楼
邮　编：241000
所属各县文联：
芜湖县文联
副主席兼秘书长：方成荣
繁昌县文联
主　席：季益堂
专职副主席：吴黎明
副主席：夏成道
南陵县文联
主　席：罗光成
副主席：季金明、吴纯祥
无为县文联
主　席：倪劲松

铜陵市文联
主　席：张文林
地　址：铜陵市湖东路666号
行政中心北5楼
邮　编：244000
所属县文联：
铜陵县文联
主　席：鲍安顺

安庆市文联
书记兼主席：盛志刚
副主席：王泽辉、李　慧
地　址：市纺织南路16号
邮　编：246001
所属各市县文联：
桐城市文联
主　席：洪　放
怀宁县文联
主　席：邓建和
枞阳县文联
主　席：钱叶全
潜山县文联
主　席：王江海
秘书长：李冬霞
太湖县文联
主　席：李登求
宿松县文联

主　席：江林顺
专职副主席：贺学友
望江县文联
主　席：任春松
岳西县文联
主　席：方　跃
副主席：储劲松、方中传
办公室主任：程小清

黄山市文联

党组书记、主席：倪国华
副主席：吴顺辉
地　址：黄山市屯溪区滨江路7—7号
邮　编：245000
所属各区县文联：
黄山风景区文联
主　席：程亚星
屯溪区文联
主　席：汪　琳
黄山区文联
副主席：汪少飞（主持工作）
副主席：李　平
徽州区文联
主　席：吴之兴
歙县文联
主　席：汪祖明
副主席：张跃进、汪乐丰、范海生、赵　林、吴建平、吴利夫
秘书长：汪政宣
休宁县文联
主　席：胡冬发
副主席：倪受兵
黟县文联
主　席：舒　强
副主席：舒铭华
祁门县文联
主　席：章共生

六安市文联

主　席：马常地
副主席：陈斌先
地　址：六安市行政中心
邮　编：237001
所属区县文联：
金安区文联
主　席：彭德明
裕安区文联
主　席：俞道祥
寿县文联
主　席：黄先舜
霍邱县文联
主　席：李全武
霍山县文联
主　席：吴南江

池州市文联

主　席：吴昭元
副主席：何成文
地　址：池州市委大楼110室
邮　编：247000
所属各区县文联：
贵池区文联
党组书记、主席：陈春明
东至县文联
主　席：张广祥
副主席：何中华
石台县文联
主　席：孙小华
青阳县文联
主　席：马光水
副主席：崔晓东
九华山文联
主　席：焦得水
副主席：陈寿新

宣城市文联

主　席：肖新民
副主席：吕小平、朱静娟
调研员：曹　虹、胡　进
地　址：宣城市梅溪路189号
邮　编：242000
所属各区市县文联：
宣州区文联
主　席：田　斌
副主席：周晓梅
宁国市文联
主　席：许东升
郎溪县文联
主　席：沈勤强
泾县文联
副主席：唐晓亮
旌德县文联
主　席：徐继霞
绩溪县文联
主　席：许　媛
副主席：方家成

福　建　省

福州市文联

党组书记：张苏飞
主　席：鄢　萍
副主席：武夏红、田　磊
地　址：福州市仓山区麦园路52号
邮　编：350007
所属各区市县文联：
鼓楼区文联
主　席：官玉玲
台江区文联
主　席：商宝玉
仓山区文联
主　席：江必达
马尾区文联
主　席：汤海燕
副主席：候国宝
晋安区文联
主　席：孔海钦
副主席：周　静
福清市文联

主　席：林　珍

长乐市文联

主　席：郑黎明

副主席：李德建

闽侯县文联

主　席：林　雄

驻会副主席：徐榕辉

连江县文联

主　席：郑新顺

书　记：吴安钦

罗源县文联

主　席：黄丽荣

闽清县文联

主　席：黄勤暖

永泰县文联

副主席:侯梦日

平潭县文联

主　席：林振泉

南平市文联

主　席：黄卫平

秘书长：叶向阳

地　址：南平市滨江中路双溪楼

邮　编：353000

所属各区市县文联：

延平区文联

副主席：薛京山

邵武市文联

负责人：何小鸿

副秘书长：王　敏

武夷山市文联

主　席：赵　勇

建瓯市文联

负责人：吴章中

建阳市文联

主　席：黄子平

顺昌县文联

主　席：蔡华忠

副主席：吴启荣

秘书长：曹贵生

浦城县文联

主　席：周勤孙

光泽县文联

主　席：沈少华

副主席：徐家寿

松溪县文联

副主席：冯顺志

政和县文联

主　席：李雪慧

三明市文联

党组书记、主席：黄莱笙

副主席：伍林发、史建榕

调研员：龚一风

地　址：三明市梅列区东新四路龙泉大厦4楼

邮　编：365000

所属各区市县文联：

梅列区文联

主　席：史健峰

三元区文联

主　席：曾新森

永安市文联

主　席：吴广文

秘书长：张　业

明溪县文联

主　席：廖康标

宁化县文联

主　席：连允东

大田县文联

主　席：乐加固

尤溪县文联

主　席：洪明升

沙县文联

主　席：罗　辉

将乐县文联

负责人：卢永华

泰宁县文联

主　席：高起光

建宁县文联

主　席：肖方妙

莆田市文联

副主席：郑国贤

秘书长：黄明安

地　址：莆田市政府大院3号楼221室

邮　编：351100

所属各区县文联：

城厢区文联

主　席：林宗哲

涵江区文联

主　席：黄黎晗

副主席：黄义福

荔城区文联

主　席：范志阳

副主席：林春荣

秀屿区文联

主　席：林俊彦

副主席：詹庆新

仙游县文联

主　席：连铁杞

泉州市文联

主　席：许旭明

副主席：肖一鸣

地　址：泉州市新政行政中心交通科研楼B幢345室

邮　编：362000

所属各区市县文联：

丰泽区文联

主　席：黄荣波

鲤城区文联

主　席：范志华

洛江区文联

主　席：吴文安

泉港区文联

主　席：李美美

晋江市文联

主　席：陈多多

石狮市文联

主　席：李繁红

南安市文联

主　席：潘从愿

惠安县文联
主　席：黄丽蓉
安溪县文联
主　席：林小玲
永春县文联
主　席：陈文经
德化县文联
主　席：周成灿
农行文联
主　席：戴碧华
常务副主席：黄国聪
公安文联
主　席：谢永强

厦门市文联

党组书记：林　起
主　席：舒　婷
副主席：林　起、陈　影、
　　　　林丹亚、刘堆来、
　　　　林汝勋、廖晁诚、
　　　　杨　鸣、曾学文
地　址：厦门市曾厝垵仓里路2号
邮　编：361005
所属各区文联：
思明区文联
主　席：陈添友
副主席：陈　风、杨　镇、
　　　　娄红英、郁晓亮、
　　　　白　磊、林丹娅、
湖里区文联
主　席：潘少銮
副主席：傅伯伟、郭漳楚、
　　　　王雁飞、黄炳辉、
　　　　沈祥清
集美区文联
主　席：周国志
副主席：唐金富、陈和清、
　　　　华晓春、佘国华、
　　　　胡忠立
同安区文联
主　席：陈美玲
副主席：叶红旗、邵君宽
海沧区文联
主　席：熊庆海
副主席：姚金洪、陆建英
翔安区文联
主　席：曾东生
副主席：蔡阿在、王才能、
　　　　康　宁

漳州市文联

主　席：汪莉莉
专职副主席：黄良弼
秘书长：李亚根
地　址：漳州市胜利路118号
　　　　市政府大院4号楼
邮　编：363000
所属区市县文联：
芗城区文联
主　席：李　鹏
副主席：陈艺泉、陈绍友、
　　　　黄少娜
龙文区文联
主　席：肖　斌
副主席：连惠斌
龙海市文联
主　席：颜耀辉
副主席：许海泉、蔡明辉
云霄县文联
主　席：何明坤
副主席：戴园笙
漳浦县文联
主　席：陈玉宝
副主席：陈水城
诏安县文联
主　席：沈升平
副主席：叶罗平、沈洪生
长泰县文联
主　席：姚悦明
副主席：林河山
东山县文联
主　席：李鸿耀
副主席：林学东
南靖县文联
主　席：林海川
副主席：张海涛
平和县文联
主　席：何温厚
副主席：林少鸿
华安县文联
主　席：李庆辉
副主席：李金城、陈进昌

龙岩市文联

主　席：王永昌
副主席：胡家新
地　址：龙岩大道1号
邮　编：364000
所属区市县文联：
新罗区文联
主　席：范秉琪
副主席：赖彬文
漳平市文联
主　席：黄永平
副主席：李熙通、卢　海
秘书长：陈永凤
长汀县文联
主　席：吴启蒸
副主席：廖必任、丘贵荣
永定县文联
主　席：卢济鸿
副主席：廖文茂
上杭县文联
主　席：温文茂
武平县文联
主　席：何育东
副主席：连聪香
连城县文联
主　席：杨永松
副主席：吴永昌

宁德市文联

副主席：叶玉琳
秘书长：王如贤
地　址：宁德市蕉城区署前
　　　　路14号
邮　编：352100
所属区市县文联：
蕉城区文联
主　席：薛卫群
福安市文联
主　席：缪建勋

副主席：施卫秋
秘书长：郭卫东
福鼎市文联
主　席：郑清清
寿宁县文联
主　席：吴佳鑫
秘书长：叶允炳
霞浦县文联
主　席：林建人
副主席：张　斌
柘荣县文联
主　席：杨国辉
副主席：周贻海
屏南县文联
主　席：王多兴
古田县文联
主　席：杨安细
周宁县文联
主　席：郑慧玫
副主席：魏爱花
闽东画院
院　长：李　辉
地　址：宁德市建新路1号
邮　编：352100

江　西　省

南昌市文联
主　席：赵　军
副主席：杨菊妹、黄振民、邹时光
地　址：南昌市红谷滩新区会展路199号红谷大厦A座9楼
邮　编：330038
所属各县文联：
南昌县文联
主　席：赵金贵
副主席：徐剑英
新建县文联
副主席：万由文
安义县文联
副主席：张　燕
进贤县文联
主　席：黄桂良
副主席：马小清
秘书长：胡磊春

九江市文联
主　席：张国宏
副主席：陆建珠
副调研员：蔡　勋
地　址：九江市环城路180号
邮　编：332000
所属各区市县文联：
庐山区文联
副主席：黄志刚
瑞昌市文联
主　席：谈际贵
九江县文联
主　席：方乐新
武宁县文联
主　席：雷鸿尧
修水县文联
主　席：冷自生
副主席：樊健军
永修县文联
主　席：熊　辉
副主席：柳金花
德安县文联
主　席：胡美玲
常务副主席：孙法平
星子县文联
主　席：饶金星
都昌县文联
主　席：冷自生
副主席：吴德胜
湖口县文联
主　席：王玉初
彭泽县文联
主　席：吴应根
副主席：陶文宇
庐山管理局文联
主　席：孙　净

景德镇市文联
党组书记、主席：余志华
副主席：王玉娟、江华明
地　址：景德镇市昌江大道29号
邮　编：333000
所属各市县区文联：
乐平市文联
党组书记兼主席：胡志平
副主席：童　萍、程　慧
浮梁县文联
主　席：朱美香
副主席：王高华、吴文华
珠山区文联
负责人：邓　浩、徐智勇
昌江区文联
主　席：黄春水
党组书记：姜进雪

鹰潭市文联
主　席：徐双文
党组书记：刘正良
地　址：鹰潭市委大楼5楼
邮　编：335001
所属各市县区文联：
贵溪市文联
主　席：姚新建
副主席：徐样发
秘书长：罗先茂
余江县文联
主　席：晏亮保
副主席：詹汉民
月湖区文联
主　席：叶厥武

新余市文联
党组书记、主席：袁传胜

副主席：杨　芳
秘书长：彭　华
地　址：新余市文联
邮　编：338000
所属县文联：
分宜县文联
主　席：杜艳萍
副主席：张爱华

萍乡市文联

党组书记、主席：胡冬青
副主席：吴惠萍、叶良继
地　址：萍乡市跃进北路66号
邮　编：337005
所属县文联：
莲花县文联
主　席：刘新龙
上栗县文联
主　席：陈章建
芦溪县文联
主　席：缪志杰

赣州市文联

主　席：钟小平
副主席：赖国柱、王子琨、曹卫民
副调研员：钟世庆、黄家玲
所属各区市县文联：
章贡区文联
主　席：刘会菁
瑞金市文联
主　席：廖巧云
南康市文联
主　席：廖　诚
副主席兼秘书长：扶诗生
赣县文联
副主席：叶　林
信丰县文联
主　席：刘璋琦
大余县文联
主　席：刘存鸣
上犹县文联
主　席：曾少兵
副主席：吴才河
崇义县文联
主　任：林发贵
安远县文联
主　席：钟一波
龙南县文联
主　席：赖建青
定南县文联
副主席：肖宣东
全南县文联
主　席：李恢明
宁都县文联
主　席：叶靖华
于都县文联
主　席：李小华
兴国县文联
主　席：凌传昌
副主席：钟贞培
会昌县文联
主　席：李　斌
秘书长：许　佳
寻乌县文联
主　席：刘传健
副主席：刘杨青、钟　清
秘书长：黄伟文
石城县文联
主　席：温美权
秘书长：刘　敏

上饶市文联

党组书记兼主席：叶红艳
副主席：齐江宁、杨　剑
地　址：上饶市中山路88号五楼
邮　编：334000
所属各区市县文联：
信州区文联
主　席：王晓岗
副主席：周　正
秘书长：李　璇
德兴市文联
主　席：马秀凤
上饶县文联
主　席：郑渭波
副主席：周文华
广丰县文联
副主席：蒋丽涛
秘书长：黄金虎
玉山县文联
主　席：许晓可
副主席：王国军、饶小伟
铅山县文联
主　席：姚增华
副主席：甘浪生、周剑宇
横峰县文联
主　席：黄国胜
弋阳县文联
主　席：韩　力
秘书长：张赛莲
余干县文联
主　席：张华峰
副主席：彭胜先、李卫星
鄱阳县文联
主　席：徐　燕
副主席：刘　杰、袁德华
秘书长：高京荣
万年县文联
主　席：方　庆
婺源县文联
主　席：汪水发
副主席：李宏宇、任春才

抚州市文联

主　席：甘少华
书　记：李　伟
调研员：郝展静
副调研员：邓根香
地　址：抚州市市直1号楼四楼
邮　编：344000
所属各区县文联：
临川区文联
主　席：冯华辉
黎川县文联

主　席：吴润发
南丰县文联
副主席：黎兴旺
崇仁县文联
主　席：方立萍
乐安县文联
主　席：董海花
宜黄县文联
主　席：邓维娟
金溪县文联
主　席：徐飞贤
副主席：罗永平
资溪县文联
主　席：邓爱民
东乡县文联
主　席：殷伟柱
副主席：胡　泊、刘辉华
广昌县文联
主　席：陈　晨
南城县文联
主　席：郑明华

宜春市文联

副主席：吴志勇、徐艳云
地　址：宜春市卫公路3号
邮　编：336000
所属各区市县文联：
袁州区文联
主　席：黄勇萍
丰城市文联
主　席：陈冬珍
樟树市文联
主　席：朱　墨
副主席：欧阳娟
高安市文联
主　席：兰洪彰
奉新县文联
主　席：黄毓英
万载县文联
党组书记：高叙景
主　席：周小峰
副主席：余　刚
上高县文联
副主席：曹华钻
宜丰县文联
主　席：邓晓丽
副主席：杨泽华、韦恩谷
靖安县文联
主　席：邱京华
副主席：蔡长远
铜鼓县文联
主　席：毛广州

吉安市文联

主　席：朱黎生
地　址：吉安市阳明东路2号
邮　编：343000
所属各区市县文联：
吉州区文联
主　席：徐少青
副主席：秦宗梁
青原区文联
主　席：龙海斌
井冈山市文联
主　席：邹巧逢
副主席：刘石平、谢冬庭
吉安县文联
副主席：刘冬兰
吉水县文联
主　席：罗小明
副主席：聂　龙
峡江县文联
负责人：王白理
新干县文联
主　席：刘海根
副主席：谢金文
永丰县文联
主　席：陈金南
泰和县文联
主　席：刘世炳
遂川县文联
主　席：王先梓
副主席：肖　平
万安县文联
主　席：汤建国
副主席：邱裕华
安福县文联
主　席：刘胜生
副主席：杨桂林
永新县文联
主　席：贺剑文

山　东　省

济南市文联

党组书记、副主席：刘　溪
党组副书记、主席：张　柯
巡视员：丁济生
副主席：王振范、韦辛夷、邓宝金
副巡视员：赵文明
秘书长：田跃军
地　址：历下区龙鼎大道1号龙奥大厦11层F区
邮　编：250102
所属各区市县文联：
市中区文联
主　席：高　峰
副主席：付修红
历下区文联
党组书记：王亚菲
调研员：赵　静
槐荫区文联
主席：岳仁强
副主席：董建忠
天桥区文联
主　席：杨　军
历城区文联
主　席：王　瑞
副主席：周建华、孙瑞云
长清区文联

主　席：刘学勇

章丘市文联

主　席：孟昭顺
副主席：程诗义

平阴县文联

主　席：梁新生
党组书记：李洪涛

济阳县文联

党组书记：于加新
副主席：朱翠平、齐建水

商河县文联

主　席：杨鸿琳
副主席：党传钧、杨希泉

济南政法文联

秘书长：韩永刚

济南市园林文联

主　席：李炳峰

济南市检查官文联

主　席：郭鲁生
副主席：吴秀云、谭　勇、范　芸、张鲁生
秘书长：宋新龙

聊城市文联

主　席：赵安民
副主席：苏学雷、杜　娟
地　址：聊城市昌润南路8号市政府3号楼
邮　编：252000
所属各区县市文联：

东昌府区文联

主　席：孟昭福
副主席：张桂林、陈　华

临清市文联

主　席：杨　宁
副主席：于高臣

高唐县文联

主　席：鞠吉世
副主席：王振国、白忠海、于　兰

阳谷县文联

主　席：商素伟
副主席：杨保平、郭素彦

莘县文联

主　席：王贤成
副主席：樊子刚、张　涛、邹海宏

茌平县文联

主　席：韩　冬
副主席：张　启

东阿县文联

主　席：付红星

冠县文联

主　席：李孟波
副主席：陈子印

德州市文联

党组书记、主席：高世伦
党组副书记、副主席：石　巍
党组成员、副主席：刘新生
所属各区县文联：

德城区文联

党组书记：许　斌
主　席：王太勇
副主席：吕洪卫、张传奇、钮玉峰

宁津县文联

主　席：谢文成
秘书长：李妹姚

夏津县文联

主　席：吴风波
副主席：郭兆宪、王庆民
副主席兼秘书长：孔祥坤

禹城市文联

主　席：李明华
副主席：卢英特

乐陵市文联

主　席：王　涛
副主席：刘文峰

武城县文联

主　席：祝丽娜
副主席：王立堂、李玉东、陈雪梅、张宝义、顾金良

临邑县文联

主　席：费彦胜

齐河县文联

主　席：丁　琴
副主席：赵方新

平原县文联

主　席：刘光辉
副主席：李　静

陵县文联

主　席：李慧芳
副主席：马俊亭

东营市文联

主　席：任勤林
驻会副主席：王玉文、周长虹
副主席：孙乐春、李　艳、项继云、杨长喜、苏香兰、黄利平、邓丕利、刘晓东
地　址：东营市东营区黄河路38号21号楼3楼
邮　编：257091
所属各协会：

作家协会

主　席：陈谨之

戏剧曲艺家协会

主　席：陈崇喜

音乐家协会

主　席：苏香兰

舞蹈家协会

主　席：潘　梅

美术家协会

主　席：陈宏光

书法家协会

主　席：许好成

摄影家协会

主　席：黄利平

电视艺术家协会

主　席：韩祥明

民间文艺家协会

主　席：吴观渭

雕塑艺术家协会

主　席：任勤斌
所属各县文联：

广饶县文联

主　席：张庭芸

利津县文联

主　席：张泽国

垦利县文联

主　席：李正华

东营区文联

主　席：姜瑞祯

淄博市文联

主　席：王东宏
副主席：姜　岩、何象斌、王建新、宓传庆、唐秀玲、吕其顺、郝永勃、赵长刚、范　杰
地　址：淄博市张店人民西路24号
邮　编：255000
所属各区县文联：
张店区文联
主　席：王　刚
淄川区文联
主　席：袁延民
副主席：郭本进、李先月
博山区文联
主　席：翟明阳
副主席：郝象斌
临淄区文联
主　席：王同国
副主席：路　斌、朱长伟
周村区文联
主　席：雷宏亭
桓台县文联
主　席：耿　炜
副主席：张聿勇
高青县文联
主　席：张士刚
沂源县文联
副主席：郝树江、杨德美
高新区文联
主　席：贾　力

潍坊市文联

党组书记兼主席：孙淑芳
副主席：谭述霞、冯传增、王妍妮、王治喜、陈雪梅
地　址：潍坊市胜利东街99号
邮　编：260061
所属各区市县文联：
奎文区文联
主　席：谭晓昌
潍城区文联
主　席：赵炳平
寒亭区文联
主　席：周宝勇
坊子区文联
主　席：孟庆温
安丘市文联
主　席：高　军
昌邑市文联
主　席：付晓丽
高密市文联
主　席：张家骥
副主席：罗宗欣、丁元忠
秘书长：王清民
青州市文联
主　席：赵世华
副主席：魏　颖
诸城市文联
主　席：张崇明
副主席：王砚军
寿光市文联
主　席：潘广科
副主席：王志亭
临朐县文联
主　席：傅越鹏
昌乐县文联
主　席：刘兴国

烟台市文联

主　席：孙光辉
副主席：尹　涛、董翠娜、贺宗仪、严　涛、郭　磊
地　址：市毓西路17-3号
邮　编：264000
所属各区市文联：
福山区文联
主　席：宁　波
牟平区文联
主　席：贺向阳
烟台开发区文联
主　席：孙希香
龙口市文联
主　席：韩存波
芝罘区文联
主　席：张鲁江
来山区文联
主　席：邹林春
蓬莱市文联
主　席：张乃武
莱阳市文联
主　席：王学功
招远市文联
主　席：于兆利
海阳市文联
副主席：黄克诚
莱州市文联
主　席：杜旭昌
栖霞市文联
主　席：张凤文
长岛县文联
主　席：冷传弟
烟台市开发区文联
办公室主任：王　鹏

威海市文联

党组书记、主席：安　立
副主席：毕少军
地　址：威海市市委党校综合办公楼12楼
邮　编：264200
所属各市区文联：
荣成市文联
主　席：宋业亭
副主席：张震亚
文登市文联
主　席：鞠传友
乳山市文联
主　席：焉　光
环翠区文联
主　席：任道金
副主席：周　琳

青岛市文联

书　记：牛鲁平
主　席：吕振宇
副主席：徐　强 、谢志强
巡视员：刘华民
纪检组长：邹建民

副巡视员：柳电飞、程　基
地　址：青岛市香港中路19号市政府4号楼7楼
邮　编：266071
所属各区市文联：
崂山区文联
主　席：韦志芳
副主席：孟　繁
城阳区文联
主　席：朱崇伟
副主席：苏熙昭
市北区文联
主　席：左爱民
黄岛区文联
主　席：杜锡刚
副主席：王　敏、苗　伟
即墨市文联
主　席：宋清涛
副主席：孙　诚
平度市文联
主　席：李振波
莱西市文联
主　席：万洪波
胶州市文联
主　席：李再孝

日照市文联

主　席：赵德发
书　记：庄乾坤
副主席：祝茜华、金立泉
地　址：日照市北京路198号市级办公大楼0331室
邮　编：276826
所属各区县文联：
东港区文联
主　席：赵东波
岚山区文联
主　席：尹　玲
五莲县文联
主　席：周兴龙
莒县文联
主　席：黄建成
日照港文联
主　席：李永华

临沂市文联

主　席：刘广阔
书　记：龙　岩
副主席：张洪学、李秀青、侯　钧、张世勤、李凤军
地　址：市北城新区天元商务大厦
邮　编：276000
所属各区县文联：
兰山区文联
主　席：尹卓文
副主席：马咏梅、訾金行
罗庄区文联
主　席：李传秀
河东区文联
主　席：刘宗桥
郯城县文联
主　席：邹　强
副主席：鲁　冰
苍山县文联
主　席：毛利华
副主席：吴仕强、张　伟
莒南县文联
主　席：陈文善
沂水县文联
主　席：邵光智
蒙阴县文联
主　席：赵洪玲
副主席：公衍余
平邑县文联
主　席：刘云燕
费县文联
主席：咸庆英
副主席：张　伟
沂南县文联
主　席：仲通军
副主席：韩　军
临沭县文联
主　席：王统富
副主席：王裕斌

枣庄市文联

党组书记、主席：王延亮
副主席：刘运霞、郭士祥
地　址：枣庄市高新区和谐路690号
邮　编：277800
所属各市区文联：
滕州市文联
主　席：马建钧
副主席：李晓磊、赵公林
秘书长：狄平山
市中区文联
主　席：刘广军
副主席：邱来方
台儿庄区文联
主　席：李　楠
薛城区文联
主　席：姚三石
党组书记：张茂水
副主席：甄　敏、万照广
山亭区文联
主　席：褚庆红
副主席：姜玉富
峄城区文联
主　席：贺　炜
副主席：高　伟、李家柱、颜景涛
秘书长：孙　波

济宁市文联

主　席：王道雨
副主席：侯　健、李　君
副调研员：孙丽萍、孙宜才
地　址：市红星中路1—1号
邮　编：272025
所属各区市县文联：
市中区文联
主　席：孟献红
嘉祥县文联
主　席：姚辉祥
邹城市文联
主　席：李　樯
金乡县文联
主　席：郑宏图
曲阜市文联
主　席：岳耀方
鱼台县文联
主　席：张丰凯

梁山县文联
主　席：赵德民
兖州市文联
主　席：张金鹏
泗水县文联
主　席：周　静
微山县文联
主　席：张卫峰
汶上县委宣传部文联
办公室主任：孔德波
任城区文联
主　席：陆　振

泰安市文联

书记、主席：杜广华
副主席：周　鹏
秘书长：孙启娧
地　址：泰安市市政大楼A2061
邮　编：271000
所属区县文联：
泰山区文联
书　记：刘西栋
主　席：包小义
宁阳县文联
主　席：马长路
东平县文联
主　席：王德生
新泰市文联
主　席：徐勤启
肥城市文联
主　席：王瑞红

莱芜市文联

主　席：李贞锋
副主席：张鸿福
地　址：莱芜市龙潭东大街001号
邮　编：271100

滨州市文联

党组书记：尚鸿鸣
党组副书记、主 席：李象润
副主席：刘相生、蔡向东
秘书长：张家会
地　址：滨州市黄河五路385号
邮　编：256603
所属各区县文联：
滨城区文联
主　席：刘　岩
阳信县文联
主　席：刘海新
邹平县文联
主　席：夏应禄
无棣县文联
主　席：徐沛琦
博兴县文联
主　席：王兆坤
沾化区文联
主　席：李建勇
惠民县文联
主　席：马志忠

菏泽市文联

主　席：尹慧萍
副主席：孙建东、李耀亮
地　址：市中华路1888号
邮　编：274000
所属各协会：
作家协会
主　席：贾庆军
美术家协会
主　席：孙建东
书法家协会
主　席：曹　钰
戏剧家协会
主　席：朱桂芹
影视艺术家协会
主　席：刘付德
摄影家协会
主　席：焦延河
音乐家协会
主　席：闫永丽
舞蹈家协会
主　席：李蓓蓓
曲艺家协会
主　席：苏本栋
民间文艺家协会
主　席：王宝祥
所属各区县文联：
牡丹区文联
主　席：张　黎
曹县文联
主　席：马继栋
定陶县文联
主　席：王　萍
成武县文联
主　席：张万勇
单县文联
主　席：张　安
巨野县文联
主　席：鲍　淼
郓城县文联
主　席：左相民
鄄城县文联
主　席：李　超
东明县文联
主　席：李明星

河　南　省

郑州市文联

党组书记：徐大庆
纪检书记：李国昌
主　席：钟海涛
副主席：姜　阳、马素芳、程韬光
副调研员：杨晓敏、张文先、白金尧
地　址：郑州市中原区伊河路12号
邮　编：450007

所属各市县文联：

新郑市文联

主　席：孙宏志

登封市文联

主　席：孙晓玲

新密市文联

主　席：王镜宾

巩义市文联

主　席：邵玉龙

荥阳市文联

主　席：韩　露

副主席：王东建

中牟县文联

主　席：王银玲

三门峡市文联

党组书记：徐龙欣

主　席：张高山

副调研员：杨　凡、南振民

党组成员、创联部主任：戢彩玲

办公室主任：焦新祥

地　址：三门峡市崤山路中段49号市委楼四楼

邮　编：472000

所属各协会：

作家协会

主　席：杨　凡

书法家协会

主　席：张高山

摄影家协会

主　席：马合福

美术家协会

主　席：李俊林

戏剧家协会

主　席：姚梦松

舞蹈家协会

主　席：陶　可（代）

音乐家协会

主　席：南振民

电影电视家协会

主　席：刘　英

民间文艺家协会

主　席：员更厚

曲艺家协会

主　席：黄森林

杂文家学会

会　长：孙振军

诗词家协会

副主席：方留聚

楹联学会

会　长：方留聚

农民书画家协会

主　席：水润仙

黄河文化艺术研究所

所　长：李竹梅

傅圣文化艺术研究院

院　长：付文山

三门峡文艺编辑部

主　任：胡长洲

三门峡书画院

院　长：樊贵敏

三门峡文艺交流中心

负责人：马顺通

所属各市县文联：

义马市文联

主　席：何宝贵

副主席：王三岗

灵宝市文联

主　席：贠治民

副主席：夏乐义、李　昌

纪检组长：常　丽

卢氏县文联

主　席：祝晓荣

副主席：程专艺

陕县文联

副主席：靳雪松

渑池县文联

主　席：李迎春

副主席：陈少华

湖滨区文联

副主席：张小梅

洛阳市文联

党组书记、主席：张炳志

纪检组组长：赵金生

地　址：洛阳市洛南新区市委大院2号楼1层

邮　编：471023

所属各市县文联：

偃师市文联

主　席：任丽娟

孟津县文联

主　席：黄　山

新安县文联

副主席：孙双玲

栾川县文联

主　席：宫拂晓

嵩县文联

主　席：朱建芳

汝阳县文联

主　席：马志超

宜阳县文联

主　席：徐慧丽

伊川县文联

主　席：胡社桥

洛宁县文联

主　席：张光杰

焦作市文联

主　席：庞　宏

副主席：吴　明、米　闹

纪检组组长：姜玉珍

调研员：殷繁政、韩　达

地　址：焦作市学生路43号

邮　编：454000

所属各区市县文联：

中站区文联

主　席：韩丽霞

马村区文联

主　席：丁全国

孟州市文联

主　席：陈思洁

沁阳市文联

主　席：李文奎

修武县文联

主　席：薛文忠

博爱县文联

主　席：侯奉浩

武陟县文联

主　席：党育红

温县文联

主　席：严双军

新乡市文联

党组副书记、副主席：王景书

副主席兼秘书长：牛永海

地　址：新乡市人民路1号行政服务中心14楼

邮　编：453000

所属各市县文联：

卫辉市文联

主　席：李振峰

辉县市文联

主　席：高天生

新乡县文联

副主席：陈荣宇

获嘉县文联

主　席：赵青川

原阳县文联

主　席：胡　珍

延津县文联

主　席：李全录

封丘县文联

主　席：栾小宝

鹤壁市文联

主　席：李建东

副主席：王思平

地　址：鹤壁市淇滨大道政府第三综合楼

邮　编：458030

所属各区县文联：

淇滨区文联

副主席：赵红玲

山城区文联

主　席：赵海涛

浚县文联

主　席：张东宇

副主席：周学超

淇县文联

主　席：杜朝阳

副主席：高渐华

安阳市文联

主　席：李建学

副主席：付东流

纪检组组长：高少波

秘书长：马省州

地　址：安阳市洹滨南路47号

邮　编：455000

所属各区市县文联：

文峰区文联

主　席：刘宝平

副主席：张晓晟

殷都区文联

党组书记：左光生

主　席：李宗祥

副主席：韩传栋、王鹏举、刘耀青

秘书长：程　兵

龙安区文联

党组书记、主席：段瑞峰

北关区文联

主　席：刘　瑜

林州市文联

主　席：尚翠芳

安阳县文联

主　席：王兴学

副主席：张保周

汤阴县文联

主　席：刘振民

内黄县文联

副主席：刘培生

秘书长：亓晋举

濮阳市文联

党组书记、主席：王泽培

党组成员、副主席：王濮方

党组成员、纪检员：张荣君

地　址：濮阳市黄河路154号

邮　编：457000

所属各区县文联：

华龙区文联

负责人：任尚民

南乐县文联

主　席：张静远

清丰县文联

主　席：南献省

范县文联

主　席：王晓华

台前县文联

主　席：梁尔旭

濮阳县文联

主　席：孟德让

高新区文联

负责人：王德志

开封市文联

党组书记、主席：程崇正

副主席：樊　城、孟　冉、甘桂芬

党组成员、纪检组长：牛跃达

副调研员、秘书长：郭张开

地　址：开封市北土街9号

邮　编：475000

所属各县文联

杞县文联

主　席：胡书清

通许县文联

主　席：于兆行

尉氏县文联

主　席：李玉梅

祥符区文联

主　席：宋海兵

商丘市文联

副主席：王建国、谢国启

地　址：商丘市睢阳区府前路1号市委2楼市文联

邮　编：476000

所属各区市县文联：

梁园区文联

主　席：赵宗允

副主席：葛红霞

睢阳区文联

主　席：张学勇

副主席：唐文君

夏邑县文联
主　席：吴秀芹
虞城县文联
副主席：陈春月
民权县文联
主　席：杨淑华
副主席：周脉红、金德进
柘城县文联
主　席：薛　梅
副主席：张海军
宁陵县文联
主　席：赵　峰
睢县文联
主　席：薛党军
副主席：陈爱英

许昌市文联

主　席：刘　平
副主席：陈维娟
地　址：许昌市健安大道6号楼
邮　编：461000
所属各市县文联：
禹州市文联
主　席：刘绍典
副主席：赫连洁静
长葛市文联
主　席：常春喜
副主席：杨海东
许昌县文联
主　席：屈保军
副主席：谢英杰、计怀友
鄢陵县文联
主　席：和发科
副主席：赵建中、梁爱民
襄城县文联
主　席：樊晓民

漯河市文联

书　记：朱文红
主　席：张富君
副主席：林素英、赵　超
地　址：漯河市黄河路647号
邮　编：462000
所属各文联：
郾城区文联
主　席：李永亮
源汇区文联
主　席：陈　晨
召陵区文联
主　席：常海平
舞阳县文联
主　席：效志强
临颍县文联
主　席：杜德明
铁路文联
主　席：姜明朝

平顶山市文联

党组书记：冀聚良
主　席：李　虹
副主席：范大岭、张耀中
组检组长：张祥宇
调研员：岳书敏
副调研员：杨兰芳
地　址：平顶山市新城区市政大厦
邮　编：467000
所属各市县文联：
舞钢市文联
主　席：温慧敏
宝丰县文联
主　席：赵民强
副主席：马运欣、陈红丽、魏红朝
叶县文联
主　席：庞江华
副主席：王风雷
鲁山县文联
主　席：袁占才
副主席：李向科
郏县文联
主　席：李国军
副主席：孔艳红、李国勇

南阳市文联

党组书记、主席：廖华歌
党组副书记、副主席：薛　霆
党组成员、调研员：王遂河
副主席：凌解放
党组成员、副主席：张现实
纪检员：孙晓磊
办公室主任：郝川丽
地　址：南阳市孔明南路
邮　编：473000
所属各区市县文联：
卧龙区文联
主　席：潘凤鸣
党组副书记：孙　杰
副主席：丁旭松
宛城区文联
主　席：张延海
副主席：谭杰波、李少波
南召县文联
主　席：仝太峰
副主席：布建坚
方城县文联
主　席：景文建
副主席：祁瑞红、孙红立
西峡县文联
主　席：姜俊超
副主席：李雪峰
镇平县文联
主　席：杨继红
副主席：邵　军
内乡县文联
主　席：马鸿莹
支部书记：杨林松
淅川县文联
主　席：多红岗
副主席：张德民
社旗县文联
主　席：宋长宽
副主席：曹洪波、李　斌
唐河县文联
主　席：郭广申
副主席：周　爽
新野县文联
主　席：罗现渠
副主席：吴继军

桐柏县文联
主 席：李书斌
副主席：王先洲、刘 路

信阳市文联
党组书记、主席：殷 丽
副调研员：沈 靖
地 址：信阳市羊山新区新五大道综合行政办公区90522
邮 编：464000
所属各区县文联：
浉河区文联
主 席：刘传箱
平桥区文联
主 席：程贵环
息县文联
主 席：冯 莉
淮滨县文联
主 席：郭文斌
潢川县文联
主 席：李学海
光山县文联
主 席：张志娥
商城县文联
书 记：熊伟生
副主席：程友珍
罗山县文联
主 席：段发广
副主席：方 伟
新县文联
主 席：汪 洋

周口市文联
主 席：李泽功
副主席：杨凤臣
纪检员：马爱萍
调研员：葛 罡
地 址：周口市七一路中段市委院内
邮 编：466000
所属各区市县文联：
川汇区文联
主 席：李江涛
项城市文联
主 席：李 鹏
扶沟县文联
主 席：庄文超
西华县文联
主 席：杨 霞
商水县文联
主 席：孙新华
太康县文联
主 席：高 雷
郸城县文联
主 席：朱耀东
淮阳县文联
主 席：郭树行
沈丘县文联
主 席：范晓公
黄泛区农场文联
主 席：钱国顺

驻马店市文联
党组书记、主席：谢元涛
调研员：梁 娟
党组书记、副调研员：禹 静
副调研员：刘康健、张新亚
地 址：驻马店市开源大道市委行政新区2号楼5楼
邮 编：463000
所属各区县文联：
驿城区文联
党组书记、主席：苏 燕
遂平县文联
主 席：梁国栋
西平县文联
党组书记：奚家坤
副主席：孙艳芹
上蔡县文联
主 席：徐 荣
汝南县文联
主 席：牛志华
平舆县文联
主 席：常留平
正阳县文联
主 席：贺 建
确山县文联
主 席：张 丽
副主席：白 洋
泌阳县文联
主 席：孙德兵
副主席：刘 艺

省直管试点市县
济源市文联
主 席：殷拴长
副主席：孔繁茹、刘胜利、李先党、赵公文、李忠伟
巩义市文联
主 席：邵玉龙
兰考县文联
主 席：姚凤奇
汝州市文联
主 席：相黎丽
滑县文联
主 席：徐慧根
副主席：张利民
秘书长：王兆卿
长垣县文联
主 席：钞艳霞
副主席：李雪艳
邓州市文联
主 席：闫俊玲
副主席：余俊勇
永城市文联
主 席：蔡 鑫
副主席：赵 峰
固始县文联
主 席：赵家义
副主席：张国华
鹿邑县文联
主 席：王红梅
新蔡县文联
主 席：谢石华

湖 北 省

武汉市文联

主　席：池　莉
党组书记、副主席：吕　兵
副主席：刘醒龙、董宏猷、冷　军、湛红好、刘寿祥、张少华、陆　鸣、周锦堂、胡志平、曹小强、傅江宁、樊　星
地　址：武汉市汉口解放公园路44号
邮　编：430010
所属各协会
作家协会
主　席：董宏猷
副主席兼秘书长：王新民
音乐家协会
主　席：傅江宁
副主席兼秘书长：鲁　艳
美术家协会
主　席：冷　军
副主席兼秘书长：张少华
戏剧家协会
主　席：周锦堂
副主席兼秘书长：张宝莲
书法家协会
主　席：李　岩
副主席兼秘书长：张炳绍
摄影家协会
主　席：贾连成
副主席兼秘书长：喻文斌
民间文艺家协会
主　席：何祚欢
副主席兼秘书长：郝华民
文艺理论家协会
主　席：王又平
副主席兼秘书长：李鲁平
曲艺家协会
主　席：陆　鸣
副主席兼秘书长：李道南
杂技家协会
主　席：梅月洲
秘书长：杨　俊
文化遗产协会
主　席：朱　毅
副主席兼秘书长：万建新
所属各区文联：
洪山区文联
党组书记：喻建设
主　席：蒋　华
黄陂区文联
主　席：周大望
党组书记：张　旭
副主席：刘华国、刘际平、刘建新、朱换玉、张品正、李建勋、明德运、胡忠裕、袁禄平、喻建华、喻　进
秘书长：黄　英
新洲区文联
主　席：涂棣喜
江夏区文联
主　席：蔡明贵
副主席：陈本豪、熊明泽、王　皓、张高荣、祁金刚、毛志红、石明仁、虞小风、王永更
秘书长：王夫之
蔡甸区文联
主　席：龙建平
武钢文联
主　席：马启龙
副主席：熊　莺、钟　钢、马　明、董宏量、姚晓明
秘书长：董宏量（兼）

十堰市文联

主　席：杨启国
副主席：柏东明
地　址：十堰市北京路行政服务中心C栋信访大楼5006室
邮　编：442000
所属各区市县文联：
张湾区文联
主　席：王清玉
茅箭区文联
党组书记：林青海
主　席：温春玲
副主席：徐凤海、陶德斌、何朝波
丹江口市文联
主　席：刘长文
郧县文联
主　席：景贵社
竹山县文联
主　席：华赋桂
房县文联
主　席：姜照辉
郧西县文联
主　席：杨世春
秘书长：赵天禄
竹溪县文联
主　席：付修军
副主席：阮家国

襄阳市文联

主　席：卓道成
副主席：宋明发、祁　云
地　址：襄阳市襄城区新街16号
邮　编：441021
所属各区市县文联：
襄州区文联
主　席：计保挺
副主席：曾兆彬
老河口市文联
主　席：鄢宏年
副主席：陈红梅
枣阳市文联
主　席：吴世忠
宜城市文联
主　席：杨成国
副主席：李成雄、丁心琴

南漳县文联
主　席：雷声国
副主席：张宗泽
谷城县文联
主　席：王金文
副主席：贾　勇、孙音环
保康县文联
主　席：周才彬

荆门市文联

主　席：潘丹良
党组书记兼副主席：李诗德
副主席：程兴国（驻会）、黄发清、韩少君、施以文、胡天国、成常坤、彭金淋、蔡建庭、李　芳
秘书长：全雪莲（驻会）
地　址：荆门市北门路28号市委大院办公大楼15楼
邮　编：448000
所属各区市县文联：
京山县文联
主　席：向祥斌
驻会副主席、秘书长：李元卿
沙洋县文联
主　席：蔡代明
秘书长：张德强
钟祥市文联
主　席：胡　工
驻会副主席：朱　超
东宝区文联
主　席：苏钊富
副主席：舒文泉
副主席兼秘书长：郑文榜
掇刀区文联
主　席：李　炜
漳河新区文联
负责人：何忠华

孝感市文联

主　席：方明才
副主席：刘碧峰、鲁晓丽
地　址：孝感市委大院内
邮　编：432000
所属各区市县文联：
孝南区文联
副主席：闻　莺
秘书长：吴　婧
应城市文联
主　席：姚红兵
副主席：张　颢
安陆市文联
主　席：易千元
副主席：周敬轩
秘书长：余承鸿
汉川市文联
主　席：陈国娇
秘书长：何　澜
孝昌县文联
主　席：陈金文
副主席：邓曙光
大悟县文联
主　席：刘辉忠
云梦县文联
主　席：陶惠清
秘书长：李宏斌

黄冈市文联

党组书记、主席：陈训金
副主席：郑能新
地　址：黄冈市委大院内
邮　编：438000
所属各市县文联：
麻城市文联
主　席：熊亚兰
副主席：李　明、雷正勇、商义东、曾美玲、郑　锋、阮　静
武穴市文联
主　席：夏柱彬
副主席：伍江平
红安县文联
副主席：王海波
罗田县文联
主　席：王雅萍
秘书长：胡锦刚
英山县文联
主　席：陈丽娟
秘书长：许子琴
浠水县文联
主　席：华小地
副主席：程小成
蕲春县文联
主　席：卢桂萍
副主席：张　蕾
黄梅县文联
主　席：王敏军
副主席：聂萧衮、詹　玮、张文乔
团风县文联
主　席：华　杉
副主席：陈玉萍

鄂州市文联

主　席：刘国安
副主席：方桂英
地　址：鄂州市政府大楼904室
邮　编：436099
所属各区文联：
鄂城区文联
主　席：黄高中
华容区文联
主　席：陈　敏
梁子湖区文联
主　席：李君亮

黄石市文联

党组书记：李金洲（兼）
主　席：李社教（兼）
专职副主席兼秘书长：吕永超
副主席：李维平、曹树莹、孙　辉、邱惠敏、夏奇星、姜　敏、邱　杰、朱丽蓉、易　鹏
地　址：黄石市团城山新区二路
邮　编：435003
所属各区市县（企业）文联：
大冶市文联
主　席：余　伟
副主席：王义根
阳新县文联
主　席：易　鹏
副主席：胡逸群
黄石港区文联
主　席：程俊华
副主席：刘锦源

西塞山区文联
主　席：蔡克长
副主席：皮咏龙
下陆区文联
主　席：曹建新
秘书长：杨　建
湖北新冶钢文联
主　席：姜　敏
大冶有色文联
主　席：邱　杰

咸宁市文联

主　席：柯于明
副主席：吕振华、丁敬文
地　址：咸宁市人民政府综合大楼内
邮　编：437100
所属各区市县文联：
咸安区文联
主　席：吴裕舜
赤壁市文联
主　席：丁鹤葆
副主席：戴富球
秘书长：张东海
嘉鱼县文联
主　席：屈明仙
通城县文联
主　席：宋旺龙
常务副主席：刘亚敏
崇阳县文联
主　席：甘万明
副主席：吴梅芳
通山县文联
主　席：方如良
专职副主席：杨道幼

荆州市文联

党组书记：吕金舫
主　席：潘宜钧
副主席：杨　军
秘书长：杨章池
地　址：荆州市沙市区北京中路253号
邮　编：434000
所属各区市县文联：
荆州区文联
主　席：王广森
沙市区文联
主　席：钟　静
秘书长：吴宗燕
石首市文联
主　席：周自强
洪湖市文联
主　席：张久凤
松滋市文联
主　席：曹其华
专职副主席：蒋莫海、陈　熳
秘书长：张　莉
江陵县文联
主　席：黄年虎
公安县文联
主　席：李瑞平
专职副主席：田兴祖
秘书长：陈　霞
监利县文联
主　席：段佐川

宜昌市文联

主　席：周立荣
党组书记兼常务副主席：黄尚荣
副主席：卢　进、吴　强、汪国新、张泽勇、孙才清、陈襄阳、陈永权
秘书长：杜　鸿
地　址：宜昌市云集路21号
邮　编：443000
所属各区市县文联：
西陵区文联
主　席：阎　刚
副主席：金　强、桑大鹏、阮仲谋、尹　春、张宇晶、别里曼
秘书长：余娅琴
伍家岗区文联
主　席：王　辉
夷陵区文联
主　席：李西学
副主席：周士华、徐　军、王丽华、何　强
枝江市文联
主　席：罗卫华
宜都市文联
主　席：周友平
当阳市文联
主　席：赵宏伟
副主席：杨　宁、牛　军、王先进
远安县文联
主　席：王友贵
副主席：谭兴国、邱安凤
秘书长：邱安凤（兼）
兴山县文联
主　席：邹志斌
副主席：易行国、李　明、王　进、王　锋
秘书长：王　进（兼）
秭归县文联
主　席：周凌云
长阳土家族自治县文联
主　席：陈哈林
副主席：刘志敏、陈孝荣、田玉成、杨小强、肖　筱
秘书长：方秉望
五峰土家族自治县文联
主　席：陈池梅

随州市文联

主　席：赵建新
副主席：蔡秀词、郑　强
地　址：随州市委办公楼内
邮　编：441300
所属区市县文联：
曾都区文联
主　席：何泽军
副主席：龚凤鸣
广水市文联
主　席：李少武

随县文联
副主席：王春梅（主持工作）

仙桃市文联
主　席：梁和平
副主席：张行斌
秘书长：陈　娟
地　址：仙桃大道60号
邮　编：433000

天门市文联
主　席：陶书治
秘书长：黄平喜
地　址：天门市文学泉路79号
邮　编：431700

潜江市文联
主　席：陈洪思
副主席：李　平（驻会）、黄明山
秘书长：王　燕
地　址：潜江市章华大道18号市委宣传部内
邮　编：433100

神农架林区文联
主　席：戴　铭
副主席：孙　娟
地　址：神农架林区松柏镇
邮　编：442400

恩施土家族苗族自治州文联
主　席：刘　跃
驻会副主席：田　苹
副主席：田发刚、杨秀武、沈祥辉、杨　芳、杨　军、金　晖、谭庆虎、谭学聪
秘书长：董祖斌
地　址：湖北省恩施市舞阳大街49号
邮　编：445000
所属各市县文联：
恩施市文联
主　席：李拔权
专职副主席：何智斌
利川市文联
主　席：杨镇全
专职副主席：任永才
建始县文联
主　席：廖利泉
专职副主席：黄华玲
巴东县文联
主　席：刘贤圣
专职副主席兼秘书长：邓　毅
宣恩县文联
主　席：田　词
咸丰县文联
主　席：刘翔高
副主席：吴运辉
来凤县文联
主　席：岳　琼
鹤峰县文联
主　席：向宏艳

湖　南　省

长沙市文联
党组书记、副主席：王　俏
主　席：何立伟
党组成员：王　勇
副主席：谢胜文、李小军、唐　樱
秘书长：陈　强
地　址：长沙市岳麓大道218号人大常委会北栋7楼
邮　编：410013
所属各协会
作家协会
主　席：唐　樱
舞蹈家协会
主　席：易扬伟
摄影家协会
主　席：龚振欧
音乐家协会
主　席：殷景阳
书法家协会
主　席：孔小平
民间文艺家协会
主　席：曾应明
美术家协会
主　席：刘昕文
戏剧家协会
主　席：曹汝龙
曲艺家协会
主　席：任　军
诗人协会
主　席：陈正坤
楹联家协会
主　席：符笑汀
嘤鸣诗社
社　长：郭晓鸣
收藏家协会
主　席：彭　军
群众文艺工作者协会
主　席：李大剑
电影电视家协会
主　席：王昌连
企业文联
主　席：胡子敬
长沙画院
院　长：杨建武
所属各市县文联：
浏阳市文联
主　席：刘旭辉
长沙县文联
主　席：饶　晗
副主席：易术平

秘书长：沈建波

宁乡县文联

主　席：杨罗光

望城县文联

主　席：朱红军

张家界市文联

主　席：刘晓平

副主席：石继丽

秘书长：杨次洪

地　址：张家界市委机关大院

邮　编：427000

所属各协会：

作家协会

主　席：石绍河

秘书长：吴　旻

美术家协会

主　席：李军声

秘书长：昊　工

书法家协会

主　席：向远刚

秘书长：向文兵

音乐家协会

主　席：刘庆尧

秘书长：符　玮

摄影家协会

主　席：覃文乐

秘书长：董　兵

戏剧家协会

主　席：尚铁流

秘书长：朱小勇

舞蹈家协会

主　席：覃大军

秘书长：朱　明

影视家协会

主　席：彭　毅

秘书长：覃　龙

艺术收藏家协会

主　席：启　琼

秘书长：张　朋

文艺评论家协会

主　席：简德彬

秘书长：朱岚武

所属各区县文联：

永定区文联

主　席：胡家胜

桑植县文联

主　席：谢德才

慈利县文联

主　席：邢方荣

副主席：满益鸿

武陵源区文联

主　席：李　鑫

常德市文联

主　席：王军杰

党组书记：封德军

副主席：杨亚杰、殷习清、鲁小平

纪检组长：叶建华

地　址：常德市洞庭大道东段175号

邮　编：415000

所属各区市县文联：

武陵区文联

主　席：戴　希

鼎城区文联

主　席：王　政

津市市文联

主　席：王观宏

安乡县文联

主　席：韩　霆

汉寿县文联

主　席：龚建平

澧县文联

主　席：杨　钢

临澧县文联

主　席：邵国超

桃源县文联

主　席：李方锋

石门县文联

主　席：刘朝阳

益阳市文联

党组书记：易青群

副主席：周亚林、裴建平

地　址：益阳市长坡路38号

邮　编：413000

所属各区市县文联：

赫山区文联

主　席：夏政达

副主席：何凯胜

资阳区文联

主　席：汤建设

副主席：庄银娥

沅江市文联

党组书记：龚　志

主　席：曹建华

副主席：彭哲明

秘书长：向东流

南县文联

主　席：丁建华

副主席：肖　跃、何金华、何新国、张新元、夏俊青、姚建波

桃江县文联

主　席：胡红霞

副主席：张惠军

秘书长：吴少郴

安化县文联

主　席：周德淑

副主席：陈可立、罗艳群

岳阳市文联

党组书记、主席：周　迅

党组副书记：刘子华

副主席：徐喜德

地　址：岳阳市青年中路132号

邮　编：414000

所属各区市县文联：

汨罗市文联

主　席：刘　翔

临湘市文联

主　席：汤四维

岳阳县文联

主　席：冯　扬

华容县文联

主　席：阮　梅

副主席：李健鸣

湘阴县文联

主　席：熊国庭

平江县文联
主　席：杨　野
副主席：董妙林、李燕辉
秘书长：喻科峰
岳阳楼区文联
主　席：王天明
君山区文联
主　席：徐　正
云溪区文联
主　席：谢江南

株洲市文联

党组副书记、主席：黄　勇
党组成员、副主席：秦世平
副主席：娄　雷
工会主席：罗树慧
调研员：王桂湘
秘书长：唐　璐
地　址：株洲市天元区联谊路136号鼎城大厦9楼
邮　编：412007
所属各市县文联：
醴陵市文联
主　席：唐青柏
株洲县文联
主　席：姜满珍
攸县文联
主　席：廖书虎
茶陵县文联
主　席：廖　征
副主席：陈建元、段国平
炎陵县文联
主　席：萧学菊
副主席：刘青崧
天元区文联
主　席：易湘锋

湘潭市文联

主　席：李光泉
党组书记、副主席：陈志光
党组副书记、副主席：毛　娟
副主席：李运启
秘书长：聂鑫汉
组联部主任：王　敏
地　址：湘潭市双拥中路1号市委大楼5楼
邮　编：411104
所属各区市县文联：
岳塘区文联
主　席：陈自安
雨湖区文联
副主席：廖立军
湘乡市文联
主　席：石海平
党组书记、副主席：彭伟平
副主席：朱　霆、陈连平、罗志坚、谭　亮
秘书长：成　辉
韶山市文联
主　席：曹　咪
副主席：赵庆梅
湘潭县文联
主　席：赵炽光
副主席：陈　艳、谢桥泉

衡阳市文联

党组书记、主席：林乐伦
副主席：周厚君
地　址：衡阳市湘江南路47号
邮　编：421001
所属各区市县文联：
南岳区文联
主　席：康松柏
常宁市文联
主　席：陈坤山
衡南县文联
主　席：胡　素
衡山县文联
主　席：丁美健
衡阳县文联
主　席：王雁鸣
祁东县文联
主　席：肖素芳
衡东县文联
主　席：何彩维
耒阳县文联
主　席：熊艾春

郴州市文联

主　席：王硕男
党组书记：吴　兴
副主席：曹　辉
纪检组长：雷书方
秘书长：陈复元
地　址：郴州市飞虹路1号市文联大楼
邮　编：423000
所属各区市县文联：
苏仙区文联
主　席：陈冠良
北湖区文联
主　席：罗新云
资兴市文联
主　席：李性亮
副主席：袁俐勤、甘群模、邱德仁
桂阳县文联
主　席：雷昌仁
副主席：雷　云
秘书长：张秋娥
永兴县文联
党组书记：胡年兵
主　席：兰　锋
副主席：周雪松、吴春燕、何宗国
宜章县文联
主　席：杨合才
嘉禾县文联
主　席：尹振亮
临武县文联
主　席：雷航英
汝城县文联
主　席：朱晓萍
副主席：罗路平
秘书长：欧重福
桂东县文联
主　席：陈应时
安仁县文联
主　席：李琼林

党组书记：张杨践

永州市文联

党组书记、主席：蒋蒲英
副调研员：陈　文
地　址：永州市冷水滩区双舟路216号
邮　编:425000
所属各区县文联：
冷水滩区文联
主　任：黄志新
零陵区文联
主　席：胡明高
副主席：刘宝国
秘书长：周光耀
祁阳县文联
主　席：邓艳明
东安县文联
主　席：眭扬眉
双牌县文联
主　席：唐顺尧
道县文联
主　席：黄新姿
宁远县文联
主　席：周秋云
蓝山县文联
主　席：李贵日
新田县文联
主　席：刘荣杰
江华瑶族自治县文联
主　席：王孟义
专职副主席：蒋建雄
江永县文联
主　席：谭　竣
副主席：胡秀珍

邵阳市文联

党组书记：刘幼民
主　席：张千山
副主席：肖仁福、谭爱民、林彰龙、李月秋、李茂华
地　址：邵阳市红旗路专署办公大楼三楼
邮　编：422000
所属各市县文联：
武冈市文联
主　席：易庆国
副主席：曹巨文、杨立功
邵东县文联
主　席：林　祎
副主席：郑学志
邵阳县文联
主　席：黄建明
副主席：刘毅翔、蒋光友
新邵县文联
主　席：孙亮生
隆回县文联
副主席：龙太佳
洞口县文联
副主席：谢小红
绥宁县文联
主　席：陶永喜
新宁县文联
主　席：蒋新华
副主席：朱戊扬
城步苗族自治县文联
主　席：赵和平
副主席：阳盛德

怀化市文联

主　席：杨少波
副主席：李跃明、江月卫
地　址：怀化市市民服务中心A栋688
邮　编：418000
所属各区市县文联：
鹤城区文联
主　席：侯平剑
洪江区县文联
主　席：石向求
洪江市文联
主　席：蒋丽君
沅陵县文联
主　席：唐宏跃
辰溪县文联
主　席：包昌平
溆浦县文联
主　席：邹世礼
中方县文联
主　席：罗江丽
会同县文联
主　席：黄拥军
副主席兼秘书长：张秀云
副主席：杨汉立、林安权、粟志强
麻阳苗族自治县文联
主　席：舒　清
新晃侗族自治县文联
主　席：陈锡智
芷江侗族自治县文联
主　席：张远建
副主席：谭久建、李泽林、彭腾福、杨志东
靖州苗族侗族自治县文联
主　席：谢克全
副主席：李东升、谢科表
通道侗族自治县文联
主　席：石光瑞

娄底市文联

党组书记：王骥远
副主席：曾林林
地　址：娄底市乐坪东街13号
邮　编：417000
所属各区市县文联：
娄星区文联
党组书记、主席：俞　凯
副主席：杨奇志、李秋萍
冷水江市文联
主　席：段志东
涟源市文联
主　席：吴中心
双峰县文联
主　席：阳　剑
副主席：阳佑雄
新化县文联
主　席：彭　共
党组书记：傅成杰

湘西土家族苗族自治州文联
主　席：黄　叶
副主席：罗应奉
秘书长：向启军
地　址：吉首市乾州新区水厂路
邮　编：416000
所属各市县文联：
吉首市文联
主　席：李永忠
副主席：聂元松
泸溪县文联
主　席：戴贤照
副主席：姚传山
凤凰县文联
主　席：肖五洋
副主席：陈　利
花垣县文联
主　席：龙宁英
党组书记：田雨来
副主席：吴诗剑
秘书长：刘尚成
保靖县文联
党组书记：宋世兵
主　席：胡文峰
副主席：饶　强
古丈县文联
主　席：李永生
副主席：姚复科
永顺县文联
主　席：向先林
龙山县文联
主　席：田晓峰
副主席：彭　飙、彭晓冬、陈新祥

广　东　省

广州市文联

党组副书记、主席：乔　平
党组成员、专职副主席：唐　平、倪惠英
巡视员：周国英
副巡视员：丁大龙
秘书长：蔡玉冰
副主席：张　欣、张丹丹、陆志强、周国城、费　勇、曹建平
地　址：广州市东风中路503号东建大厦6、11、12楼
邮　编：510045
所属各协会：
作家协会
主　席：张　欣
戏剧家协会
主　席：王筱頔
美术家协会
主　席：周国城
音乐家协会
主　席：陈小奇
摄影家协会
主　席：廖　安
舞蹈家协会
主　席：张丹丹
电视艺术家协会
主　席：费　勇
民间文艺家协会
主　席：张民辉
曲艺家协会
主　席：何　萍
书法家协会
主　席：许鸿基
杂技艺术家协会
主　席：曹建平
文艺批评家协会
主　席：梁凤莲
所属各区市文联：
越秀区文联
主　席：李咏祥
专职副主席：陈　丹
秘书长:陈伟娟
海珠区文联
主　席：钟　晖
秘书长：李　雯
荔湾区文联
主　席：曾小华
专职副主席：郭伟波
秘书长：方　燕
天河区文联
主　席：李少玲
白云区文联
主　席：张晓虎
秘书长：麦智美
黄埔区文联
主　席：庄汉山
秘书长：赵红亮
花都区文联
主　席：袁良义
专职副主席：张佐明
秘书长：王　智
番禺区文联
主　席：边叶兵
专职副主席：潘志超
秘书长：何志丰
南沙区文联
主　席：黄健生
秘书长：陈剑雄
萝岗区文联
主　席：黄金持
调研员：巫水标
从化市文联
主　席：赵　惠

增城市文联
主　席：巫国明
专职副主席：李智勇
秘书长：单进兴

清远市文联
党组书记兼主席：张银航
地　址：清远市人民二路3号市机关办公大楼3号楼4楼
邮　编：511518
所属各协会：
作家协会
主　席：唐德亮
美术家协会
主　席：李承忠
民间文艺家协会
主　席：李宗矿
摄影家协会
主　席：陈光颂
戏剧曲艺家协会
主　席：卢绍新
舞蹈家协会
主　席：黄　芬
书法家协会
主　席：鲍方义
音乐家协会
主　席：范兰古
文艺批评家协会
主　席：黄海风
电影电视艺术家协会
主　席：张复员
传统文化促进会
会　长：董兴宝
所属各区市县文联：
清城区文联
主　席：曾纪勇
英德市文联
专职副主席：黄东滉
连州市文联
主　席：李小林
佛冈县文联
专　干：张春兰
清新县文联
主　席：胡庆东
连南县文联
主　席：罗明辉
阳山县文联
主　席：陈和谦
连山县文联
主　席：黄轩远

韶关市文联
主　席：刘照丁
调研员、秘书长：徐国英
地　址：市政府韶关市文联
邮　编：512002
所属各市县文联：
乐昌市文联
主　席：罗忠德
专职副主席兼秘书长：陈跃进
南雄市文联
主　席：刘甫梅
始兴县文联
主　席：谢义雄
副主席：张菊香
仁化县文联
主　席：罗有发
翁源县文联
主　席：邬国锋
专职副主席：吴怀想
新丰县文联
主　席：张京泉
乳源瑶族自治县文联
主　席：赵良洲
副主席：陈路生
曲江区文联
主　席：骆　聪
副主席：晏保权

河源市文联
主　席：刘伟德
党组书记、专职副主席：陈晓敏
副主席：邹国忠、刘平清、叶振廷、曾淑梅、张文锋、余小凡、巫资发、叶国强、王雁峰
地　址：河源市文化广场叶绿野美术馆
邮　编：517000
所属各区县文联：
源城区文联
主　席：郑金兴
紫金县文联
主　席：邓喜建
龙川县文联
主　席：王受庆
连平县文联
主　席：谢顶远
和平县文联
主　席：曾花君
东源县文联
主　席：陈志玲

梅州市文联
主　席：肖伟承
专职副主席：陈桂昌
副主席：唐秀娟
地　址：梅州市委宣传部市文联
邮　编：514021
所属各区市县文联：
梅江区文联
主　席：曾炜剑
兴宁市文联
主　席：罗汉威
专职副主席：巫金华
梅县文联
主　席：钟辉雄
大埔县文联
主　席：陈秀鸿
秘书长：肖伟兰
丰顺县文联
主　席：陈其旭
五华县文联
专职副主席：张小玲
秘书长：李海萍
平远县文联
主　席：朱其广

副主席：朱文清

蕉岭县文联

主　席：汤东康

副主席：黄清文

潮州市文联

主　席：程小宏

副主席：许成锋

地　址：潮州市枫春路中段文学艺术中心

邮　编：521011

所属各区县文联：

湘桥区文联

主　席：戴　冰

副主席：黄少平

潮安县文联

主　席：潘金标

专职副主席：陈贵茎

饶平县文联

主　席：郑明永

副主席：杨静波

汕头市文联

主　席：谢　铿

党组书记；黄亦瑄

党组成员、副主席：许自敬

地　址：汕头市海滨路14号2楼西侧

所属各区县文联：

金平区文联

主　席：刘运纵

龙湖区文联

主　席：侯文芳

澄海区文联

主　席：陈跃子

潮阳区文联

主　席：郑文峰

潮南区文联

主　席：黄潮龙

濠江区文联

主　席：陈坤达

南澳县文联

主　席：彭加勇

揭阳市文联

党组书记、主席：许剑芒

副主席：吕炎选、邱柏源

副调研员：林宋瑜

地　址：揭阳市榕城区临江北路市机关办公大院4号楼一楼

邮　编：522000

所属各区市县文联：

榕城区文联

主　席：黄少辉

副主席；林玉玉

普宁市文联

主　席：李明生

秘书长：黄敏侨

揭东县文联

主　席：林建南

揭西县文联

主　席：邓演杰

副主席：杨锦玲

惠来县文联

主　席：黄艾睿

副主席：张子仪、陈荣辉

汕尾市文联

主　席：邱锦鸿

副调研员、秘书长：王振华

地　址：汕尾市委大楼907号

邮　编：516600

所属各县文联：

海丰县文联

主　席：黄　毅

陆河县文联

主　席：李茂悦

陆丰县文联

主　席：许　益

惠州市文联

党组书记、主席：安想珍

副主席：张建光

秘书长：刘毅雍

地　址：惠州市行政中心5号楼1楼

邮　编：516003

所属各区县文联：

惠城区文联

主　席：徐宏标

副主席：张东城

惠阳区文联

主　席：黄国雄

副主席：隋修德

博罗县文联

主　席：许强军

副主席：冼振荣、周丽芳、赖其珍

秘书长：马艺强

副秘书长：张　根

惠东县文联

主　席：刘　车

秘书长：罗炽坤

龙门县文联

主　席：钟福源

副主席：李春权

秘书长：李桃娟

东莞市文联

党组书记、主席：刘锦明

副主席：宋　媛

秘书长：刘　浩

地　址：东莞市可园北路东莞文学艺术院

邮　编：523000

深圳市文联

党组书记、主席：罗烈杰

副主席：冷炳冰、梁　宇、林　亮、顾焕金

地　址：深圳市红岭中路1038号

邮　编：518008

所属各协会：

音乐家协会

主　席：姚　峰

戏剧家协会

主　席：从　容

作家协会
主　席：李兰妮
评论家协会
主　席：孙振华
舞蹈家协会
主　席：林树森
电影电视家协会
主　席：李亚威
民间文艺家协会
主　席：叶　杨
美术家协会
主　席：陈湘波
书法家协会
主　席：陈钦硕
所属各区文联：
福田区文联
主　席：李雷鸣
罗湖区文联
主　席：戴素霞
南山区文联
主　席：段　钢
宝安区文联
主　席：戴有斌
龙岗区文联
主　席：李子才
专职副主席：刘浒山
盐田区文联
主　席：蒋祖逸

珠海市文联

主　席：马　融
副主席：郭世平、黄杰锋
秘书长：梁卓华
地　址：珠海市吉大九洲大道1115号S楼5楼
邮　编：519015
所属各协会：
作家协会
主　席：卢卫平
副主席：凤亦凡、王海玲、陈继明、夏克军、唐晓红、曾平标、曾维浩、裴　蓓、蔡新华
戏剧曲艺家协会
主　席：姚　俊
副主席：赖琼霞、张林枝、吴海涛、范文茜、张雪梅
美术家协会
主　席：古锦其
副主席：马　丁、包泽伟、刘文伟、李开连、吴黎明、罗方涛、金　凡、席　湖、黄剑波
书法家协会
主　席：杜国志
副主席：罗上武、李安达、彭小明、张英龙、廖炳训、杜　为、倪恩广、李今栋、容义寿
摄影家协会
主　席：马　刚
副主席：郑小跃、陈伟录、苏枝谋、凌　梅、梁力生、屈晓明、朱桂忠、曾权清、陈利浩
音乐家协会
主　席：李需民
副主席：蔡育川、张建勋、何　流、朱仲林、朱庆志、陈硕子、蓝　晖、刘和智
舞蹈家协会
主　席：宋拉成
副主席：周新尤、王天英、佟志刚、沈俊校、吕红卫、左　婷、徐树亮
民间文艺家协会
主　席：蒋永君
副主席：叶良生、梁少华、陈　义、吴志伟、贾小平、何沁兰
影视艺术家协会
主　席：傅　明
副主席：蒋秋霞、张有齐、陈逸峰、裴　蓓
所属各区文联：
香洲区文联
主　席：李　磊
常务副主席：陈坤明
金湾区文联
主　席：陈开祥
斗门区文联
主　席：韦大奇
副主席：何中华、沈俊校

中山市文联

主　席：陈　旭
副主席：陈小禾、陈巧章、李正思
地　址：中山市东区中山三路市政府第二办公区27楼
邮　编：528403
所属各协会：
作家协会
主　席：李容焕
副主席：林荣芝、黄学礼、林凤群、徐海东、阮　波、罗子健
音乐家协会
主　席：郑　胜
副主席：陈洪兴、王　莉、王小龙、高　芝
美术家协会
主　席：黎柱成
副主席：肖　伟、许　宁、廖学军、沈　文、崔平平、刘春潮
舞蹈家协会
主　席：于庆华
副主席：娄亚平、赵　斓、程　璐、戴　琴
戏剧家协会
主　席：李正思

副主席：罗欣荣、赵幼云、
王　涛、张培勋、
杨春花、黄卓荣、
赵幼云

民间文艺家协会

主　席：吴竞龙

副主席：李桂山、黄新本、
杨　宁、简国新

书法家协会

主　席：黄衍增

副主席：林国欣、李君田、
叶健华、吴步里、
骆培华、余乃刚、
伍志强

曲艺家协会

主　席：侯兆松

名誉主席：卢启均

副主席：黎宝珍、何冠昌、
袁溢荣、黄海棠、
莫乃荣、吴章锦、
魏国洪、邵伟玲、
李凤琴

摄影家协会

主　席：李英中

副主席：张　展、林锦洪、
张鉴来、肖柏成、
梁立志、谢有权、
梁厚祥

收藏家协会

会　长：欧阳健平

副会长：肖德和、区永德、
薛林荣、陈耀光、
区均焕

诗歌学会

会　长：李容焕

副会长：马丁林、余　丛、
王晓波、祝晓林

批评家协会

主　席：谭文卿

副主席：徐文泽、阮　波、
郑万里、秦志怀、
陈锦霞

乐力音乐协会

主　席：陈　远

中华诗词楹联协会

主　席：胡三白

副主席：邓仲锦、黄才乐、
邹优添、高　松

国标舞协会

主　席：黄少铿

副主席：李雪仪、黄锦垣

所属各文联：

小榄镇文联

主　席：梁满坤

常务副主席：项建东

副主席：古　昕、黎柱成、
曾国荣、黎东升、
骆培华、黄应帮、
张乃驹

黄圃镇文联

主　席：文庆华

副主席：黄海燕、苏照恩、
陈宇秋、曾伟强、
何风云

横栏镇文联

主　席：霍锦添

常务副主席：覃丽坚

副主席：吴国明、赵龙明

火炬开发区文联

主　席：欧锦强

沙溪镇文联

主　席：赵锡雄

副主席：杨　宁、刘绮娴

民众镇文联

主　席：李锡洪

副主席：蒋振炎

东凤镇文联

主　席：李华军

副主席：黄春光、黄启陆、
苏华强

三乡镇文联

主　席：郑雪英

常务副主席：郭加鹏

副主席：容浩良

南区文联

主　席：刘钊妍

副主席：王小龙、张炼红

三角文联

主　席：谭荣伟

副主席：梁莲英、刘子瑜

西区文联

主　席：梁泳彬

副主席：何志群、高小红

五桂山文联

主　席：吴从垠

副主席：易昊宏、杨继坤

古镇文联

主　席：何胜强

大涌文联

主　席：周长甫

副主席：郑献辉、李兴畅、
余全立、李伯辉

南头文联

主　席：罗颖涛

副主席：蔡剑光、刘伟练、
霍常无、罗子健

港口文联

主　席：赖肖里

石岐区文联

会　长：王毅斯

副会长：马海鸥、林锦洪、
郑勇机

坦洲文联

主　席：梁耀权

副主席：欧嘉升、罗北成、
刘　昊、李君杰

公安文联

主　席：周朝阳

常务副主席：胡新华

副主席：狄　聆、黄　衡、
严华山、方正纲

邮政局文联

主　席：郑晓玲

副主席：张念仁

电子科大中山学院文联

主　席：崔平平

副主席：蒋先进、朱东黎

供电文联

名誉主席：邝　峰、李鸣洋

主　席：林祖跃
副主席：李春光、刘晓燕、黄乃武
工商联文联
主　席：黄海波
副主席：卢祖华、温少松、黄耀泉、邓颖忠、赵玉昆、冯小龙、黄小冬、施维雄、吴桂昌、胡超雄、萧社和、陈　实

江门市文联

党组书记、主席：尹继红
副主席：赵卉芬
秘书长：郭卫东
地　址：江门市港口路102号前西2楼
邮　编：529051
所属各市区文联：
蓬江区文联
主　席：李建成
副主席：柯李策、区志勤
江海区文联
专职副主席：邱菁萍
副主席：许和发
新会区文联
主　席：李悦忠
副主席：陈慧清
恩平市文联
主　席：冯儒发
台山市文联
主　席：黄伟华
副主席：关永宁
开平市文联
党组书记、主席：冯永胜
副主席：郑　红
鹤山市文联
主　席：凌品权

佛山市文联

主　席：杨凡周
专职副主席：郝卫兵
秘书长：邓国平
地　址：佛山市禅城区卫国路5号8楼
邮　编：528000
所属各区文联：
禅城区文联
专职副主席：唐秀云
南海区文联
主　席：吴彪华
副主席：陈初华
顺德区文联
主　席：饶林海
副主席：符学成、陈彩英、周本波、廖宇光、叶其嘉
秘书长：陈　列
三水区文联
主　席：严振飞
副主席：何晓燕、李辉成
高明区文联
主　席：吴兆华
副主席：钟伯钧、赵　洪、邱军平、谭梓源

肇庆市文联

主　席：朱英中
党组书记：叶清森
专职副主席：叶可晃
秘书长：钟道宇
副秘书长：陈炳文、何诗毅、黄莉娜
地　址：肇庆市天宁北路80号市委大院综合楼4楼
邮　编：526040
所属各协会：
作家协会
主　席：何初树
副主席：覃志端、唐希明、钟道宇、李粤庆、陈锦润、八炎奎、徐金丽
秘书长：钟道宇
戏剧家协会
主　席：李　玮
副主席：李秋元、谢健江
美术家协会
主　席：莫肇生
副主席：郭穗华、梁宏健、鲁　力、梁树彬、谢曙光、蓝佐然、薛国庆
秘书长：余冠正
书法家协会
主　席：孔令深
副主席：晏任飞、陈　良、邓家宁、伍福元、李荣华、张巧容、梁礼明、唐红卫
秘书长：黄　强
摄影家协会
主　席：梁耀钧
副主席：周忠明、何异能、吴　生、梁冠光、郭可青、时鲁东、郭松柏、徐东宁
秘书长：周忠明
音乐家协会
主　席：王金宝
副主席：王启超、平黎明、罗建新、袁巧平、曾雪夫、魏启元
秘书长：王启超
舞蹈家协会
主　席：尹祯民
副主席：卓桂英、李元斌、梁俊宁、黄志勇、王　玲、梁永强
秘书长：梁振宁
民间文艺家协会
主　席：莫达昌
副主席：李志强、李书平、李秀明、程昌良、李燕伟、胡思源、梁玉麟、郑国京、郑敦仕、郭树生
秘书长：郭树生
曲艺家协会
主　席：蔡文菲
副主席：梁贵兴、杜卓辉

秘书长：谢桂生
所属各区市县文联：
端州区文联
主　席：招华标
副主席：谢健江
高要市文联
主　席：林新标
副主席兼秘书长：陈焕明
四会市文联
主　席：黎作业
专职副主席：郑国平
秘书长：张萧萧
广宁县文联
副主席：邓兴平、谭健东、郑国宗、钟经汉、江先梅
秘书长：刘东荣
怀集县文联
主　席：钱念先
副主席：罗少山、徐维宁、高敏雄、谭上洲
封开县文联
常务副主席：谢京中
专职副主席：陈楚源

云浮市文联

主　席：陈苏平
副主席：黄英伟
地　址：云浮市区解放中路38号5楼
邮　编：527300
所属各区市县文联：
云城区文联
主　席：李向荣
罗定市文联
主　席：马朝辉
云安区文联
主　席：成树雄
新兴县文联
主　席：洪盘东
郁南县文联
主　席：罗荣南

阳江市文联

主　席：李　彪
地　址：阳江市新江北路市文化活动中心
邮　编：529500
所属各市县文联：
阳春市文联
主　席：陈建华
江城区文联
主　席：陈慎昌
阳东县文联
主　席：冯　果
阳西县文联
主　席：邵艳林

茂名市文联

主　席：陈桂强
地　址：茂名市委大院5栋4楼
邮　编：525000
所属各协会：
金融文联
主　席：万必能
秘书长：周　旦
作家协会
主　席：晓　音
美术家协会
主　席：赖为朝
戏剧家协会
主　席：廖影梅
书法家协会
主　席：廖　静
摄影家协会
主　席：彭永强
音乐家协会
主　席：黄永雄
曲艺家协会
主　席：邝玉珠
民间文艺家协会
主　席：胡光焱
舞蹈家协会
主　席：何小红
文艺评论家协会
主　席：向卫国
诗词楹联学会
主　席：冼寿南
古木收藏家协会
主　席：陈家艺
东江画院
主　席：陈达举
青年书法家协会
主　席：吴学翔
漫画家协会
主　席：周福华
键盘学会
主　席：徐国经
教育作家协会
主　席：柯焕德
书画研究会
会　长：徐文实
写作协会
会　长：何　炎
散文诗学会
会　长：官演武
钢琴家学会
会　长：陈加林
动漫协会
主　席：帅　岚
信宜市文化艺术中心
主　任：凌远科
信宜市青年文学艺术协会
主　席：余小云
所属各区市县文联：
茂南区文联
负责人：郑　佳
电白区文联
主　席：陈明校
信宜市文联
主　席：陈中明
高州市文联
主　席：肖　娴
化州市文联
主　席：李木天

湛江市文联

党组书记、主席：邵　锋
副主席：黄彩玲、张国勇
地　址：湛江市霞山人民大道南43号市人大常委楼5楼市文联

邮　编：524001
所属各区市县文联：
赤坎区文联
主 席：唐宏宇
专职副主席：陈建国
霞山区文联
主　席：叶文健
坡头区文联
主　席：林　景
麻章区文联
主　席：陈光海
吴川市文联
主　席：龙志松
办公室主任：林　奇
廉江市文联
主　席：罗　烈
雷州市文联
主　席：张朝霞
副主席：蒋　生
办公室主任：藏权源
遂溪县文联
主　席：赵树森
徐闻县文联
主　席：杨世晓

广西壮族自治区

南宁市文联

党组书记：张耀民
副书记：谢鸿桂
主　席：鲁　利
副主席：陆　坚、旋　娟
地　址：南宁市文联
邮　编：530023
所属各区县文联：
邕宁区文联
主　席：施美任
武鸣县文联
主　席：卢大任
横县文联
主　席：黄仕江
宾阳县文联
主　席：阮明南
上林县文联
主　席：韦新平
隆安县文联
主　席：农宜陟
副主席：黄　智
马山县文联
主　席：韦文武

桂林市文联

党组书记、主席：刘纪春
副主席：张　震、陈滨江、秦凌斌
秘书长：秦凌斌（兼）
地　址：桂林市八桂路机关办公大院
邮　编：541001
所属各县文联：
阳朔县文联
主　席：莫高阳
常务副主席：刘金有
秘书长：唐平英
临桂县文联
主　席：李明才
兴安县文联
主　席：彭书华
常务副主席：蒋忠民
副主席：彭维标
灌阳县文联
负责人：蒋人轲
平乐县文联
负责人：苏　兰
资源县文联
主　席：李天金
恭城瑶族自治县文联
主　席：何筱思
灵川县文联
主　席：粟利仁
荔浦县文联
主　席：方洁萍
秘书长：李英明
永福县文联
主　席：杨志德
龙胜县文联
主　席：曾德茂

柳州市文联

党组书记、主席：柯天国
副主席：张细英、蓝建军、符震海
纪检组长：吕柳华
秘书长：韦俊海
地　址：柳州市公园路33号
邮　编：545001
所属各县文联：
柳江县文联
主　席：覃柳珍
柳城县文联
主　席：刘啸军
常务副主席：李诚英
鹿寨县文联
主　席：李柳忠
融安县文联
主　席：覃海玉
三江侗族自治县文联
主　席：杨尚荣
融水苗族自治县文联
主　席：廖　维
副主席：吴　倩

梧州市文联

党组书记、主席：罗金陵

副主席：梁美云
党组成员、副主席：张　亮
地　址：梧州市建设二路113号
邮　编：543000
所属各市县文联：
岑溪市文联
主　席：朱昌斌
苍梧县文联
副主席：梁　直
藤县文联
主　席：欧伟文
蒙山县文联
主　席：杨汉光

贵港市文联

主　席：谭　涛
副主席：卢志伟、潘大林、谭桂铭
秘书长：梁少旭
地　址：贵港市石羊塘报社大楼5楼
邮　编：537100
所属各市县文联：
桂平市文联
主　席：梁乃洋
副主席：梁炳荣
平南县文联
主　席：谢世团
副主席：赵庆军
秘书长：陈玄斌

玉林市文联

党组书记：梁卫东（兼）
专职副主席：陈　琦
地　址：玉林市东门路市委
邮　编：537000
所属各区市县文联：
玉州区文联
主　席：谭艳艳
副主席：誉德妮
北流市文联
主　席：梁晓阳
副主席：党武平
秘书长：潘雄杰
兴业县文联
副主席：覃　莉
容县文联
主　席：何赛光
副主席：李旭文
陆川县文联
主　席：黄晓红
副主席：谢小敏、冯　迪
博白县文联
主　席：刘　斯
副主席：黄宇华

钦州市文联

主　席：黄道鸿
副主席：谢凤芹、黄允旗
地　址：钦州市永福东大街11号行政信息中心A座10楼
邮　编：535000
所属各区县文联：
钦南区文联
主　席：陈俍羽
副主席：石昌营
钦北区文联
主　席：赖　幸
副主席：符　斌
专职干部：罗瑞凯
灵山县文联
主　席：朱仕权
浦北县文联
主　席：黄镜天
常务副主席：韦志远

北海市文联

主　席：董晓燕
副主席:伍道杨、谭为民
地　址：北海市北京路海尚巴黎520号
邮　编：536000
所属县文联：
合浦县文联
主　席：甘卫华
副主席：谢　雨

防城港市文联

主　席：江　天
副主席：莫俊荣
地　址：防城港市行政中心区迎宾街红树林大厦东楼第十层
邮　编：538001
所属各区市县文联：
港口区文联
主　席：张永志
防城区文联
主　席：张大进
东兴市文联
主　席：陆俊菊
上思县文联
主　席：凌飞雁
副主席：岑超学
秘书长；吴世升

崇左市文联

主席：覃坚敏
副主席：农恒云
地　址：崇左市新城路1号市行政中心人大区111-113室
邮　编：532200
所属各区市县联文联：
江州区文联
主　席：莫灵元
副主席：梁文宏
凭祥市文联
主　席：郑　锦
副主席：李海建
扶绥县文联
主　席：周寅生
副主席：李少玲
大新县文联
主　席：李阳群
副主席：李建生

天等县文联
主　席：冯耀素
副主席：黄存壁
宁明县文联
主　席：吴能贞
副主席：左江月、冯风权
龙州县文联
主　席：严造新
副主席：农　林

百色市文联

党组书记、主席：黄小卡
副主席：马元忠、向志文
地　址：百色市中山二路23号中银大厦13楼
邮　编：533000
所属各区县文联：
右江区文联
主　席：韦万忠
副主席：滕　海
田阳县文联
主　席：黄焕刚
副主席：蓝　瑛
田东县文联
主　席：黄焕克
副主席：谭丽荣
平果县文联
主　席：梁颖武
副主席：方海峰
德保县文联
主　席：黄国闯
靖西县文联
主　席：赵继荣
副主席：池　伟
那坡县文联
主　席：李永锋
副主席：梁显华
凌云县文联
主　席：王世勇
副主席：罗　南
乐业县文联
主　席：姚俞任
副主席：李彦君
田林县文联
主　席：吴鸿村
隆林各族自治县文联
主　席：杨朝林
副主席：岑　军
西林县文联
主　席：王文飞
副主席：岑　斌、林裕昌

河池市文联

党组副书记、主席：潘红日
党组书记：杨荣来
副主席：韦俊林、韦禹薇
副调研员：陈仁辉、黄有新
副秘书长：韦艳华、石肖永
地　址：河池市南新西路91号
邮　编：547000
所属各协会：
作家协会
主　席：吕成品
书法家协会
主　席：杨耀春
民间艺术家协会
主　席：姚　亮
美术家协会
主　席：廖云峰
戏剧家协会
主　席：杨　忠
舞蹈家协会
主　席：黄　康
音乐家协会
主　席：陈恒芳
摄影家协会
主　席：黄建武
常务副主席：林捍球
理论家协会
主　席：温存超
影视家协会
主　席：袁俊袖
直机关摄影家协会
主　席：黄大强
直机关书法家协会
主　席：龙介池
所属各区市县文联：
金城江区文联
主　席：陈再望
宜州市文联
主　席：左　丹
环江毛南族自治县文联
主　席：蒙壮科
罗城仫佬族自治县文联
主　席：杨衍瑶
南丹县文联
主　席：唐远志
天峨县文联
主　席：罗家华
凤山县文联
主　席：覃显杰
东兰县文联
主　席：黄　坚
巴马瑶族自治县文联
主　席：蓝振林
副主席：韦成旺
都安瑶族自治县文联
主　席：谭云鹏
大化瑶族自治县文联
主　席：黄　格

来宾市文联

主　席：赵　剑
副主席：龙　志、罗　勋、覃　刚
秘书长：蓝海洋
地　址：来宾市人民路1号市行政中心
邮　编：546100
所属各协会：
作家协会
主　席：龙　志
戏剧家协会
主　席：唐云端
音乐家协会
主　席：廖明明
美术家协会
主　席：徐作先
曲艺家协会
主　席：周松岐
民间文艺家协会
主　席：王天若

舞蹈家协会
主　席：张国明
摄影家协会
主　席：覃　刚
书法家协会
主　席：陆远怀
赏石协会
主　席：曹远林
文艺理论家协会
主　席：尹华俭
所属各区市县文联：
兴宾区文联
主　席：周良志
副主席：黄海民、廖钧茂、樊国全、蒙林坚
秘书长：王向新
合山市文联
主　席：覃运银
副主席：吴克帅、黄　冲、陆乃亮、莫文勇、黄海燕
秘书长：凌莉莉
象州县文联
主　席：陈丽云
副主席：罗成贵、黄晓文、覃彩东
秘书长：韦秀琼
忻城县文联
主　席：韦云峰
副主席：郑伶娜、樊圣林、韦业猷
秘书长：玉增佑
武宣县文联
主　席：韦勇强
金秀瑶族自治县文联
主　席：杜绍康
副主席：赵崧佐、罗伟才、卢冰若
秘书长：陶泰宋

贺州市文联

主　席：邱有源
党组书记兼副主席：何建强
副主席：陈世洪
地　址：贺州市贺州大道1号市委办公楼4楼
邮　编：542899
所属各区县文联：
八步区文联
主　席：刘　静
昭平县文联
主　席：周派莲
副主席：何汝玲
钟山县文联
主　席：聂　晶
副主席：潘绍作、黄雪玲
秘书长：董　军
富川瑶族自治县文联
主　席：蒋英聪
副主席：唐恩仕、李世军（兼）
平桂管理区文联
副主席：李　萍

海　南　省

海口市文联

党组书记：潘善武
主　席：陈素珍（兼）
驻会副主席：钟南平、邱运龙
秘书长：邱运龙（兼）
地　址：海口市龙华区
邮　编：570100
所属各协会：
作家协会
主　席：欧大雄
秘书长：申　辰
书法家协会
主　席：欧阳飞
秘书长：林　萍
戏剧家协会
主　席：陈素珍
秘书长：张建雄
美术家协会
主　席：王　锐
舞蹈家协会
主　席：吴爱琴
常务副主席：吴圣彪
秘书长：罗小珠
音乐家协会
主　席：裴英杰
常务副主席兼秘书长：张德美
摄影家协会
主　席：徐　伟
秘书长：姚家康
影视家协会
主　席：王忠云
秘书长：杜　军
琼山区文联
主　席：蔡於树

三亚市文联

党组书记、主席：吴国华
地　址：三亚市委大院
邮　编：572000
所属各协会：
作家协会
主　席：韩亚辉
秘书长：葛　君
书法家协会
主　席：雷家才
秘书长：黄嵘明
美术家协会
主　席：许坤涛
秘书长：吴海杰
摄影家协会
主　席：陈　琳
秘书长：季　涛
音乐家协会
主　席：毋海明

秘书长：于　涛

舞蹈家协会

主　席：董　慧
秘书长：黄玲丽

戏剧家协会

主　席：潘垂芳
秘书长：吴昆明

民间文艺家协会

主　席：王隆伟
秘书长：梁弼弘

文昌市文联

主　席：王　凡
地　址：文昌市清澜开发区市机关办公西楼315室
邮　编：571300

琼海市文联

主　席：李世恰
专职副主席兼秘书长：卢传福
地　址：琼海市光海路市委大楼
邮　编：571400

万宁市文联

主　席：陈山柏
副主席：林道飞
地　址：万宁市委大院
邮　编：571500

五指山市文联

主　席：冯本雄
地　址：五指山市国兴路市委宣传部内
邮　编：572200

东方市文联

主　席：黄　文
专职副主席：冯　玉
秘书长：吴长辉
地　址：东方市委宣传部内
邮　编：572600

儋州市文联

主　席：陈家祥
副主席：李龙驹
地　址：儋州市委办公大楼
邮　编：571700

临高县文联

主　席：林　表
副主席：符东鹏
地　址：临高县文联
邮　编：571800

澄迈县文联

主　席：黄大强
副主席：吴多鑫
地　址：县金江镇解放东路
邮　编：571900

定安县文联

主　席：颜立宇
地　址：定安县委宣传部内
邮　编：571200

屯昌县文联

负责人：倪明六
地　址：屯昌县委宣传部内
邮　编：571600

昌江黎族自治县文联

主　席：黄安雄
秘书长：周　烨
地　址：昌江县石碌镇市民广场行政办公大楼339室
邮　编：572700

白沙黎族自治县文联

负责人：陈志强
地　址：白沙县委宣传部转县文联
邮　编：572800

琼中苗族黎族自治县文联

主　席：冯汉云
秘书长：凌大彪
地　址：琼中县委宣传部内
邮　编：572900

陵水黎族自治县文联

负责人：王兴学
地　址：陵水县文化广场综合楼一楼
邮　骗：572400

保亭黎族苗族自治县文联

主　席：黄培祯
地　址：保亭县文体局办公大楼内
邮　编：572300

乐东黎族自治县文联

主　席：谢星荣
地　址：乐东县委宣传部内
邮　编：572500

重　庆　市

万州区文联

主　席：熊　刚
地　址：万州区天城大道756号
邮　编：404000

江津区文联

主　席：辛　华
地　址：江津区几江镇三通街1号区文化广电新闻出版局
邮　编：402260

合川区文联

主 席：程 卫
党组书记：肖中全
专职副主席：李卫明
地 址：合川区希尔安大道222号区政府综合办公大楼503室
邮 编：401520

涪陵区文联
党组书记：张仲明
主 席：简晓玲
地 址：涪陵区委大院5楼
邮 编：408000

永川区文联
党组书记：赵德明
主 席：吴治华
地 址：永川区汇龙大道东一路19号
邮 编：402160

黔江区文联
党组书记、主席：钟绍珉
地 址：重庆市黔江区委大楼
邮 编：409099

城口县文联
主 席：汪玉平
副主席：袁开勇、龚 农、江奉武
秘书长：王代军
地 址：重庆市城口县土城路63号
邮 编：405900

渝中区文联
主 席：钟志芳
地 址：渝中区和平路211号
邮 编：400010

巫山县文联
主 席：赵宁章
地 址：巫山县行政综合办公大楼县委宣传部
邮 编：404700

大渡口区文联
主 席：唐 勇
地 址：大渡口区文广新局
邮 编：400084

巫溪县文联
主 席：李剑东
地 址：巫溪县文化局
邮 编：405800

江北区文联
主 席：李保海
地 址：江北区委宣传部
邮 编：400020

酉阳县文联
主 席：田景全
副主席：周宏飞
地 址：酉阳土家族苗族自县桃花源镇桃花源中路151号
邮 编：409800

沙坪坝区文联
专职副主席：黄 峥
地 址：沙坪坝区小新街83号沙坪坝区文化馆
邮 编：400030

九龙坡区文联
主 席：胡宗伦
副主席：夏 俊
地 址：九龙坡区文学艺术界联合会
邮 编：400050

南岸区文联
主 席：刘 钢
副秘书长：高万红
地 址：南岸区南城大道199号
邮 编：400060

北碚区文联
主 席：周洪玲
地 址：北碚区委宣传部
邮 编：400700

大足区文联
党组书记、主席：李 瑛
副主席兼秘书长：彭 剑
地 址：中共大足区委宣传部
邮 编：402360

渝北区文联
主 席：吴云斌
副主席：刘 烜
地 址：中共重庆市渝北区委宣传部
邮 编：401120

荣昌县文联
主 席：林 勇
副主席：满选东
地 址：中共荣昌县委宣传部
邮 编：402460

巴南区文联
主 席：戚万凯
地 址：巴南区委宣传部
邮 编：401320

璧山区文联
主 席：詹 勇
地 址：璧山区璧城街道中山南路205号区委宣传部转文联
邮 编：402760

长寿区文联
主 席：刘德奉
秘书长：余 炤
地 址：长寿区文广新局
邮 编：401220

梁平县文联
主 席：彭 敏
秘书长：李 静
地 址：中共梁平县委宣传部
邮 编：405200

綦江区文联
党组书记、主席:刘益文
专职副主席：潘晓容
秘书长:罗　辑
地　址：重庆市綦江区文龙街道沙溪路
邮　编：401420

南川区文联
主　席：唐利春
秘书长：唐维渝
地　址：南川区和平支路6号
邮　编：408400

潼南县文联
主　席：陈春贵
副主席：秦　健
地　址：潼南县文广新局
邮　编：402660

丰都县文联
主　席：余永康
秘书长：代　鸿
地　址：丰都县文体广电局办公楼203室
邮　编：408200

铜梁区文联
主　席：张世友
副主席：李　霞
地　址：铜梁区南城街道明月街48号
邮　编：408500

武隆县文联
党组书记：刘　民
主　席：刘有法
地　址：武隆县政府3号楼4楼
邮　编：408500

忠县文联
主　席：邓大庆
地　址：中共忠县县委宣传部
邮　编：404300

开县文联
主　席：温　刚
副主席：王兴明
地　址：开县县级机关综合大楼A栋3楼
邮　编：405499

云阳县文联
主　席：李建春
地　址：云阳县油江大道宣传文化中心
邮　编：404500

奉节县文联
主　席：黄定坤
地　址：中共奉节县委宣传部
邮　编：404600

石柱自治县文联
主　席：蔡玉葵
秘书长：谭长军
地　址：中共石柱自治县委宣传部
邮　编：409100

秀山土家族苗族自治县文联
主　席：杨敏灵
秘书长：宋亚军
地　址：秀山县文广新局（大礼堂内）
邮　编：409900

彭水苗族土家族自治县文联
主　席：汪家生
党组书记：卫　洪
常务副主席：周建伟
地　址：彭水苗族土家族自治县委大楼201室
邮　编：409600

重钢集团文联
主　席：潘向宇
秘书长：焦志华
地　址：大渡口区新山村重钢银河文体楼
邮　编：400084

嘉陵集团文联
主　席：陈卫东
地　址：沙坪坝双碑中国嘉陵集团
邮　编：400050

重庆长航文联
秘书长：江　湃
地　址：渝中区陕西路22号重庆长江轮船公司工会
邮　编：400011

长安汽车集团公司文联
秘书长：钟　聆
地　址：江北区建新东路260号长安汽车集团公司宣传部
邮　编：400021

重庆燃气集团文联
主　席：罗建平
副主席、秘书长：王　凡
地　址：江北区小苑1村30号重庆燃气集团工会
邮　编：400020

重庆市公安文联
秘书长：江　洋
地　址：渝北区黄泥磅黄龙路555号
邮　编：401147

重庆市嘉华文联
主　席：李文云
副主席：李万良、张祖全、胡怀玉
秘书长：张祖全（兼）
地　址：渝中北区大坪正街118号重庆嘉华建设开发有限公司
邮　编：400042

四 川 省

成都市文联

党组书记、副主席：王邦军
主　席：朱树喜
驻会副主席：梁　红、郭　月
地　址：成都市青羊区金家坝街7号
邮　编：610015
所属各区市县文联：

金牛区文联
主　席：吴明举
常务副主席：蒋　乐
副主席：程明刚、田小渝、邓　熠、齐瑞庭、贾迎霜、李有勋、胥厚全

武侯区文联
主　席：周其刚
副主席：曾水云
秘书长：候船利

新都区文联
主　席：余　勇
副主席：王　莉、余新蓉、周　平
秘书长：骆　恒
副秘书长：乐惠蓉

温江区文联
主　席：魏晓彤

都江堰市文联
主　席：肖　红

邛崃市文联
主　席：刘泳希
副主席：黄芝静

金堂县文联
主　席：李晓旭
常务副主席：尹全红
秘书长：唐德学

双流县文联
常务副主席：毛国聪

郫县文联
主　席：陈晓平
副主席兼秘书长：吴华章

成华区文联
主　席：郭仕文

新津县文联
负者人：杨　懿

崇州市文联
主　席：刘嘉聪
常务副主席：张春福

锦江区文联
常务副主席：张添文

龙泉驿区文联
党组书记、主席：彭怀铀
副主席：刘晓双、魏　平、朗　金（挂职）

彭州市文联
主　席：曹建春
专职副主席：黄映辉

蒲江县文联
主　席：代　兵

青白江区文联
副主席：侯晓红

青羊区文联
主　席：冯照援

广元市文联

主　席：赵泽中
副主席：向淑君
地　址：广元市利州区人民路北段7号
邮　编：628017
所属各区县文联：

利州区文联
主　席：赵维超

昭化区文联
主　席：朱福枢

朝天区文联
主　席：马　军
副主席：钟卫东
秘书长：王佳宁

旺苍县文联
主　席：赵　勇
秘书长：张　琴

青川县文联
主　席：柳桂华
副主席兼秘书长：李天桦

剑阁县文联
主　席：郭子松
副主席兼秘书长：何志斌

苍溪县文联
主　席：刘　模
副主席兼秘书长：周立新

绵阳市文联

党组书记、副主席：马培松
主　席：左代富
副主席：杨荣宏
地　址：绵阳市东津路33号
邮　编：621000
所属各市县文联：

游仙区文联
主　席：李　健

江油市文联
主　席：蒲永见
秘书长：杨　英

三台县文联
主　席：任　燚

盐亭县文联
主　席：王金勇

安县文联
主　席：李　春

梓潼县文联
主　席：曹佳富
专职副主席：刘明霞
秘书长：李　平

平武县文联
主　席：李含军
专职副主席：张洪银

德阳市文联

主　席：范小平
专职副主席：李　斌
秘书长：曾　毅
地　址：德阳市市委5号楼3楼
邮　编：618000
所属各市县文联：
什邡市文联
主　席：肖　科
副主席：赵万凤
秘书长：华晓峰
广汉市文联
主　席：陈修元
绵竹市文联
主　席：钟　声
副主席：周仁华
罗江县文联
主　席：雷建平
中江县文联
主　席：龙清江

南充市文联

党组书记、常务副主席：蒲春梅
主　席：孙中刚
秘书长：楚卫民
地　址：南充市北湖路88号
　　　　市委大院内
邮　编：637000
所属各市县文联：
阆中市文联
主　席：彭　莉
南部县文联
主　席：张光全
常务副主席：彭飞龙
蓬安县文联
主　席：王　勇
专职副主席：林　丽
秘书长：曹中明
西充县文联
主　席：杨厚勇
顺庆区文联
主　席：张　筠

广安市文联

主　席：童光辉
专职副主席：兰　勇
秘书长：周永生
地　址：广安城南劳动街45号
邮　编：638000
所属各区市县文联：
广安区文联
主　席：吴再华
办公室主任：李小广
前锋区文联
主　席：肖兴旺
副主席：蔡志燕
华蓥市文联
主　席：焦　萍
干　部：张远太
岳池县文联
主　席：陈德顺
干　部：雷　雨
武胜县文联
主　席：李凌辉
专职副主席：尹才干
邻水县文联
专职副主席：吴　凌

遂宁市文联

主　席：唐文清
副主席：周利民、胡永康、
　　　　何开鑫、曾　擎
秘书长：胡永康
地　址：遂宁市河东新区市
　　　　委5号楼5201—5204室
邮　编：629000
所属各区县文联：
船山区文联
主　席：王余杰
副主席：徐　慧
安居区文联
主　席：冯　唯
副主席：罗贤慧
蓬溪县文联
副主席：何松林
射洪县文联
主　席：宋　敏
副主席：张仁康
大英县文联
主　席：杨　锋
副主席：谭　伟

内江市文联

主　席：张世忠
副主席：张　勇
地　址：内江市委宣传部内
邮　编：641000

乐山市文联

主　席：胡玉玲
专职副主席：甘　良
秘书长：石　宪
地　址：乐山市天星路36号
　　　　市文联
邮　编：614000
所属各区县文联：
市中区文联
主　席：李大中
副主席：汪　建
沙湾区文联
主　席：罗　红
副主席：唐治江
五通桥区文联
主　席：张贤义
秘书长：梁志雄
峨眉山市文联
主　席：王静蓉
常务副主席：蔡永红
秘书长：彭建群
井研县文联
主　席：万学文
公安文联
主　席：姚　平
副主席：彭清华

自贡市文联

主　席：陈　刚
副主席：明　梅
地　址：自贡市塘坎上路29号
邮　编：643000
所属各区县文联：
贡井区文联

主 席：饶世开
自流井区文联
主 席：冯道超
大安区文联
主 席：唐国平
沿滩区文联
主 席：李良昭
荣县文联
主 席：唐圣勇
富顺县文联
主 席：缪建飞

泸州市文联

主 席：虞 潜
副主席兼秘书长：王 萍
地 址：泸州市公园路7号
邮 编：646000
所属各区县文联：
江阳区文联
主 席：甘 成
副主席：杨 华
纳溪区文联
主 席：许其林
专职副主席：王仕厚
龙马潭区文联
主 席：吴文涛
秘书长：商绍敏
泸县文联
主 席：李中显
副主席：李 木
合江县文联
主 席：宋晓红
副主席：肖大齐、晏晓英、匡红兰、谢跃荣
秘书长：赖培东
叙永县文联
常务副主席：马兴岭
秘书长：许庭杨
古蔺县文联
主 席：葛丽霞
秘书长：罗 琳

宜宾市文联

主 席：黄泽江
秘书长：侯春燕
地 址：宜宾市都长街76号
邮 编：644000
所属各区县文联：
翠屏区文联
主 席：陈 苏
副主席：王敏川
宜宾县文联
主 席：彭 韬
秘书长：席 兵
副秘书长：陈 瑜
南溪县文联
主 席：陈 媛
秘书长：田洪荣
江安县文联
主 席：程世明
副主席：刘学华
秘书长：林 烈
长宁县文联
主 席：邓崇德
秘书长：夏 梦
高县文联
主 席：涂 冬
副主席：陈 敏
筠连县文联
主 席：冯 勇
秘书长：罗 强
珙县文联
主 席：郑 静
副主席：黎成田
兴文县文联
主 席：朱晓莉
副主席：魏小金
秘书长：孙先贵
屏山县文联
主 席：冷远林
副主席：周学庆
秘书长：梁 芳

攀枝花市文联

党组书记、主席：李 平
党组成员、副主席：冯中云
副主席：刘 虹
党组成员、秘书长：李吉顺
副主席：吴汉怀、郑守全、张治杰、焦 崎、廖德军、曹习斌
地 址：攀枝花市东区人民街48号6楼市文联
邮 编：617000
所属各区县（企业）文联：
东区文联
副主席：张志雄
西区文联
副主席兼秘书长：王建国
副主席：罗兴斌、陈 林、张雯军、毛文洪、王 政、向新舜
仁和区文联
主 席：刘亚玲
专职副主席：徐海涛
秘书长：王嘉炜
米易县文联
主 席：李雅斌
副主席：马联芬
兼职副主席：胡月洁、康舒宁、杨爱诚
盐边县文联
副主席：吴绪文、张少先、雷 驯、赖国轩、李平阳
秘书长：王 能
攀钢集团公司文联
主 席：张志杰
副主席：吴铁军、杨 桦、杨 涌
秘书长：王 幸
攀煤集团公司文联
主 席：郑守全
常务副主席：张 杨
副主席：苗艳玲
秘书长：李星桦

巴中市文联

主 席：阳 云
副主席兼秘书长：周 东
地 址：巴中市江北大道西段市档案局506室市文联

邮　编：636000
所属各县文联：
巴州区文联
主　席：莫昱超
副主席兼秘书长：张会林
恩杨区文联
主　席：吴兴德
副主席兼秘书长：赵敏男
南江县文联
主　席：赖春明
专职副主席兼秘书长：胡天寿
通江县文联
主　席：赵邦秀
副主席：吴纯业
秘书长：张文莲
平昌县文联
主　席：杜冬梅
副主席兼秘书长：王绍军

达州市文联

主　席：丁长兴
副主席兼秘书长：谢　军
副主席：肖朝萍
地　址：达州市政中心11楼
邮　编：635002
所属各区市县文联：
通川区文联
主　席：龙　飞
常务副主席：李　勤
万源市文联
主　席：李寿东
达县文联
驻会副主席、秘书长：罗六清
宣汉县文联
主　席：姚启劲
副主席、秘书长：谢　辉
开江县文联
主　席：李洪霞
驻会副主席、秘书长:梁棹历
大竹县文联
主　席：谢　江
渠县文联
主　席：朱　刚
副主席兼秘书长：赵燕紫
副主席：杨　东

资阳市文联

主　席：魏　华
专职副主席：李祖蓉
地　址：资阳市雁江区广场路9号
邮　编：641300
所属各市区文联：
雁江区文联
主　席：孟基林
简阳市文联
主　席：唐　华
安岳县文联
主　席：袁　娇
乐至县文联
主　席：罗　斌
专职副主席：罗艳平

眉山市文联

党组书记、专职副主席：李国莲
主　席：王影聪
党组成员、副主席：顾怜俐、
党组成员、秘书长：沈荣均
地　址：眉山市苏源路9号计生大厦6楼
邮　编：620020
所属各区县文联：
东坡区文联
主　席：李旭中
洪雅县文联
主　席：许　剑
仁寿县文联
主　席：李志明
彭山县文联
专职副主席：王碧林
青神县文联
主　席：袁超群
丹棱县文联
主　席：李红兵

雅安市文联

主　席：姜小林
专职副主席：陈　果
秘书长：周友容
地　址：雅安市行政中心5A901市文联
邮　编：625000
所属各区县文联：
雨城区文联
主　席：张　葵
副主席：杨镜渝
名山县文联
主　席：陈开义
汉源县文联
主　席：戴　伟
荥经县文联
主　席：杨成林
秘书长：朱含雄
天全县文联
主　席：王泽宏
常务副主席：龙晓勇
芦山县文联
主　席：寇　彤
宝兴县文联
主　席：李廷彬
副主席：李　凤
石棉县文联
负责人：卓月琼
副主席：赵　红
秘书长：陈林芬

阿坝藏族羌族自治州文联

主　席：周文琴
副主席：何志芬
地　址：马尔康县团结街107号
邮　编：624000
所属各县文联：
金川县文联
主　席：刘贵春
副主席：韩　玲
小金县文联
主　席：喻林斌
副主席：杨学品
汶川县文联
主　席：杨国庆
副主席：薛升玉
马尔康县文联
主　席：杨素筠
副主席：三郎泽亮
理县文联

主　席：黄　涛
副主席：肖　勇
阿坝县文联
主　席：赵　昕
副主席：任冬生
若尔盖县文联
主　席：易　峰
茂县文联
主　席：刘云富
副主席：雷耀琼
松潘县文联
副主席：泽让闼
九寨沟县文联
主　席：刘善刚
副主席：文玉凤
黑水县文联
副主席：刘　平
阿坝县文联
主　席：赵　昕
红原县文联
主　席：刘培玉
副主席：谢宏程
壤塘县文联
主　席：黄　雷
副主席：李　洁

甘孜藏族自治州文联

常务副主席：格绒追美
地　址：甘孜藏族自治州康定县北三巷甘孜州文联
邮　编：626000
所属县文联：
定县文联
主　席：朱　劲
乡城县文联
主　席：江勇刚
雅江县文联
主　席：唐世皎
理塘县文联
主　席：王建琼
康定县文联
主　席：毛　宇

凉山彝族自治州文联

主　席：倮伍拉且
专职副主席：彭　波、罗体古
秘书长：沈　英
地　址：凉山州西昌市三衙街15号
邮　编：615000
所属各市县文联：
西昌市文联
专职副主席：撒建军
德昌县文联
专职副主席：但华民
会理县文联
主　席：张　义
普格县文联
副主席：彭玉兰
布拖县文联
主　席：米色日吾
副主席：李　军
金阳县文联
主　席：田建秀
专职副主席：谭福刚
昭觉县文联
主　席：洛古曲尔
专职副主席：李　东
冕宁县文联
主　席：安　东
赵西县文联
主　席：陈　霖
甘洛县文联
主　席：王　蓉
美姑县文联
负责人：萨古曲惹
雷波县文联
主　席：史　建
专职副主席：杨　梅
木里藏族自治县文联
主　席：马　楠

贵　州　省

贵阳市文联

党组书记兼主席：包俊宜
副主席：袁政谦、穆倍贤
地　址：贵阳市中山西路65号
邮　编：550000
所属区市县文联：
南明区文联
主　席：杨　骊
花溪区文联
主　席：刘修华
乌当区文联
主　席：冯　容
副主席兼秘书长：晏　明
白云区文联
主　席：晏学维
清镇市文联
主　席：商善律
开阳县文联
主　席：刘　毅
修文县文联
主　席：李小龙
息烽县文联
主　席：苏　艾

六盘水市文联

党组书记、主席：张云长
副主席：吴学良、方　坤、石忠华
地　址：六盘水市钟山区钟山西路12层大楼10楼
邮　编：553001
所属各县区文联：
盘县文联
党组书记、副主席：李　丰
党组副书记、主席：万和平
六枝特区文联
主　席：黄维波
副主席：何爱蓉、陈文洪
水城县文联
主　席：王鹏翔
秘书长：杨智麟
钟山区文联

主　席：熊定才
副主席：施　昱

遵义市文联

主　席：赵剑平
副主席：蔡雨霞、刘中国
秘书长：张定一
地　址：遵义市汇川区厦门路遵银大厦
邮　编：563000
所属各区市县文联：
汇川区文联
主　席：黄太刚
副主席：刘　华、吴　言、景海燕、王　静
秘书长：骆黔江
红花岗区文联
主　席：王晓红
副主席：祝平洪、汪红霞
秘书长：王　昆
赤水市文联
主　席：曾　强
副主席：吴丽辉
仁怀市文联
副主席：戴玉松、李占勇
遵义县文联
副主席：姚固钊、游天永
秘书长：汤　桥
桐梓县文联
主　席：邹德斌
副主席：杨　超、毕　叶
绥阳县文联
主　席：汪登发
副主席：谭红生
秘书长：吴延模
正安县文联
主　席：王　龙
凤冈县文联
主　席：安汝刚
秘书长：杨　敏
湄潭县文联
主　席：赵　翔
余庆县文联
主　席：陈忠禄
副主席：钱再伦
习水县文联
党组书记、主席：罗吉宇
副主席：罗　青
道真仡佬族苗族自治县文联
主　席：吴明泉
副主席：李洪泉
务川仡佬族苗族自治县文联
党组书记、主席：刘兴华
副主席：周　焱

安顺市文联

党组书记：朱海波
主　席：姚晓英
副主席：郭长贵
秘书长：王　玮
地　址：安顺市金钟西路
邮　编：561000
所属各区县文联：
西秀区文联
副主席：杨汝祥
平坝县文联
副主席：罗长江
普定县文联
主　席：杨天福
关岭布依族苗族自治县文联
主　席：李天斌
镇宁布依族苗族自治县文联
主　席：金越生
紫云苗族布依族自治县文联
主　席：王安全

毕节市文联

党组书记兼主席：罗建明
党组副书记、副主席：李文均
副主席：禄　琴
地　址：毕节市文联
邮　编：551700
所属各市县文联：
七星关区文联
主　席：陈家贵
大方县文联
主　席：李　允
黔西县文联
主　席：罗廷毅
金沙县文联
主　席：袁建军
织金县文联
主　席：刘方略
纳雍县文联
主　席：张贤芬
赫章县文联
主　席：方　正
威宁彝族回族苗族自治县文联
主　席：孔繁毅

铜仁市文联

书记兼主席：杨国勇
副主席：林亚军、龚晓虹
地　址：铜仁市民主路93号
邮　编：554300
所属各区县文联：
碧江区文联
主　席：杨国胜
江口县文联
主　席：董振华
石阡县文联
主　席：杨　芳
副主席：张黔粤
思南县文联
主　席：李光达
德江县文联
主　席：黎静波
玉屏侗族自治县文联
主　席：汪　兴
印江土家族苗族自治县文联
主　席：王　翔
副主席：田谯军
沿河土家族自治县文联
主　席：刘照进
松桃苗族自治县文联
主　席：贺宗广

副主席：田永东、龙志敏
秘书长：吴政辉

黔东南苗族侗族自治州文联
党组书记、主席：陈　波
副主席：文志光、周忠良、
白　芬
地　址：凯里市北京东路11号
（州政府综合大楼）
邮　编：556000
所属各市县文联：
凯里市文联
党组书记：吴寿华
主　席：陈德祥
副主席：何春泓、杨胜勇、
杨秀银、王邵帅、
陇光全、吴欣恒
秘书长：杨光辉
施秉县文联
主　席：奉　力
三穗县文联
主　席：吴道科
副主席：万主德
镇远县文联
主　席：王启明
岑巩县文联
主　席：陈　瑶
天柱县文联
主　席：陶通坪
副主席：舒　云
锦屏县文联
主　席：杨秀廷
副主席：朱永贞
剑河县文联
党组书记：文玉深
主　席：杨秀平
台江县文联
党组书记、主席：李芳菲
副主席：徐　康
黎平县文联
主　席：姚吉宏
副主席：吴帮宁
榕江县文联
主　席：黄秀福
从江县文联
主　席：李田清
副主席：王昌银、项　彬
雷山县文联
党组书记：周忠海
副主席：李　铁
麻江县文联
主　席：何林超
丹寨县文联
主　席：张　路
副主席：黄荣娟
黄平县文联
主　席：张庭华
副主席：杨吉平

黔南布依族苗族自治州文联
书记兼主席：黄光兴
副主席：曹　燕、孟学祥、
潘仁英、汪　洋、
王友军、王阿依
地　址：黔南布依族苗族自
治州都匀市工人路2
号州文联
邮　编：558000
所属各市县文联：
都匀市文联
主　席：邱祥斌
副主席：罗　义
福泉市文联
党组书记、副主席：熊生祥
副主席：李代宏
副秘书长：罗国霖
荔波县文联
主　席：杨享禄
副主席：曹本健、芦世勇
秘书长：魏　芳
贵定县文联
主　席：庭裕刚
副主席：罗庆荣
瓮安县文联
主　席：杨俊松
副主席：周　敏、蔡明会
独山县文联
主　席：蒙泽敏
平塘县文联
主　席：孟祥华
副主席：雷远方、黄兴义
秘书长：徐先文
长顺县文联
主　席：杨俊能
副主席：程　及
罗甸县文联
主　席：杨　桦
副主席：莫显斌、罗春芳
秘书长：黄海霞
龙里县文联
主　席：罗仕朝
副主席：张宗德
党组副书记：刘必楠
惠水县文联
主　席：罗永荣
副主席：陈德云
三都水族自治县文联
主　席：潘朝喜
副主席：吴晓霞、潘国会

黔西南布依族苗族自治州文联
主　席：李泽春
副主席：夏　萍
地　址：贵州兴义市沙井街
州委大院内
邮　编：562400
所属各市县文联：
兴义市文联
主　席：吕红新
副主席：唐泽洋
秘书长：周学祥
兴仁县文联
主　席：马学书
副主席：甘明元
贞丰县文联
主　席：龙明军

副主席：伍中林
望谟县文联
主　席：王封秀

册亨县文联
主　席：黄权昌
安龙县文联
主　席：岑　波
普安县文联
主　席：安　科
副主席兼秘书长：张　淼

云　南　省

昆明市文联

党组书记、主席：王　蓉
副主席：李永坤、黄向静
地　址：昆明市呈贡区市级行政中心7号楼
邮　编：650500
所属各协会：
作家协会
主　席：张庆国
书法家协会
主　席：赵翼荣
美术家协会
主　席：赵力中
摄影家协会
主　席：马克斌
音乐家协会
主　席：李学智
舞蹈家协会
主　席：侯　跃
戏剧家协会
主　席：孙跃进
曲艺家协会
主　席：苗　飞
民间艺术家协会
主　席：罗新元
广播电视艺术家协会
主　席：龚志龙
所属各县市区文联
五华区文联
主　席：布艳芬
常务副主席：周晓娟
秘书长：马艳梅
盘龙区文联
主　席：喻星源
常务副主席：曾　兰
西山区文联
主　席：陶光慧
副主席：赵健吾、陈开健、张高榕
秘书长：刘　伟
官渡区文联
主　席：顾云顺
常务副主席、秘书长：侯艳萍
东川区文联
主　席：彭玉泰
副主席：王　俊、朱家寿
秘书长：王　俊
呈贡区文联
主　席：李荣华
副主席：张成金、杨　利
秘书长：赵春俊
安宁市文联
主　席：陆毅梅
常务副主席：顾建安
专职副主席兼秘书长：余松涛
晋宁县文联
主　席：李雁遐
专职副主席：陈　敏
富民县文联
主　席：张晓明
秘书长：李　德
宜良县文联
主　席：黄家荣
副主席：郑祖荣、宋正培、张俊锐、刘　伟
秘书长：单祖锐
嵩明县文联
主　席：张　和
副主席：花开明、李　文　吴彦宁、陈丽蓉
秘书长：杨秀岚
石林县文联
主　席：汪明涛
常务副主席兼秘书长：徐跃高
副主席：赵一民、张志斌、徐燕晴
副秘书长：邱道华
禄劝县文联
主　席：吴明泽
常务副主席：孙显芳
副主席：张文学、李菊芬、张运平、钟佳文、王　闯、潘学德
寻甸县文联
副主席：高凤林
秘书长：余文飞

曲靖市文联

党组书记：朱莉娥
主　席：杨卓成
副主席：陶丽萍
秘书长：蔡　华
地　址：曲靖市文昌街17号
邮　编：655000
所属各区市县文联：
麒麟区文联
主　席：徐文模
副主席：尹　坚
秘书长：陶茂莉
宣威市文联
主　席：何汝龙
副主席：陈志娟
副主席兼秘书长：朱　敏
马龙县文联
主　席：杨献忠

副主席：董石玉、陈炳刚
秘书长：王丽君
沾益县文联
主　席：毛吉平
富源县文联
主　席：丁荆芳
副主席：张　浩
秘书长：毛秀常
罗平县文联
主　席：何晓坤
秘书长：陶　玲
师宗县文联
主　席：刘　俊
陆良县文联
主　席：陈赶良
专职副主席：王荣兴
副主席：陈江平
秘书长：韩琨瑶
会泽县文联
主　席：王怀顺
副主席：李永星

玉溪市文联

主　席：武清祖
副主席：王尚宁
秘书长：张保东
地　址：玉溪市红塔区聂耳路48号会堂6楼
邮　编：653100
所属各区县文联：
红塔区文联
主　席：汤亚敏
专职副主席兼秘书长：何建良
江川县文联
主　席：叶自林
副主席：张　曦
秘书长：罗连辉
澄江县文联
主　席：张丽萍
副主席：阮学才
通海县文联
主　席：林启龙
华宁县文联
主　席：吴才龙
秘书长：李俊华
易门县文联
副主席：黄湘辉
峨山县文联
主　席：宋绍伟
秘书长：柏　叶
新平县文联
主　席：何建安
秘书长：任永坤
元江县文联
主　席：杨　松

保山市文联

主　席：段一平
副主席：赵玲虹、毛新安
秘书长：刘国海
地　址：保山市隆阳区正阳北路256号
邮　编：678000
所属各区县文联：
隆阳区文联
主　席：张炜华
副主席：杨　敏
施甸县文联
主　席：杨潞伟
腾冲县文联
主　席：卞善斌
龙陵县文联
主　席：杨吉强
副主席：许庆陵
昌宁县文联
主　席：李发祥

昭通市文联

主　席：吕亚平
副主席：岳　山
副主席兼秘书长：沈　洋
地　址：昭通市珠泉路175号附58号
邮　编：657000
所属各区县文联：
昭阳区文联
主　席：彭　静
副主席：李文献
鲁甸县文联
主　席：丁世新
副主席：云　鹏、曾明沅、戚　鸣
盐津县文联
主　席：蒋显荣
秘书长：杨世权
绥江县文联
主　席：刘邦铭
副主席：吴运强
永善县文联
主　席：陈永明
副主席：杜福全
镇雄县文联
主　席：杨毅波
副主席兼秘书长：尹　马
彝良县文联
主　席：陈衍强
秘书长：潘　群
水富县文联
主　席：季　风
副主席：吴　军
巧家县文联
副主席：姚国剑
威信县文联
主　席：余嘉策
大关县文联
主　席：王孝林

丽江市文联

主　席：王川蓉
党组书记：曹文彬
副主席：李承翰
地　址：丽江市祥和丽城行政中心
邮　编：674100
所属各区县文联：
古城区文联

主　席：李润兰
常务副主席：李耀煌
秘书长：和文友
永胜县文联
主　席：胡延平
副主席：杨春山、蔡平波
华坪县文联
主　席：马　湘
专职副主席：王化永
秘书长：杜　忠
玉龙县文联
主　席：杨俊星
副主席兼秘书长：周文华
宁蒗县文联
主　席：卢堡生
副主席兼秘书长：李永天

普洱市文联

主　席：杨春才
副主席：段中庆、张富春
地　址：普洱市北部行政中心
邮　编：665000
所属各区县文联：
思茅区文联
主　席：熊为斌
宁洱县文联
主　席：徐培春
墨江县文联
主　席：柴凤英
副主席：殷　花
秘书长：孟繁祥
景东县文联
主　席：周德翰
景谷县文联
主　席：陶成良
专职副主席：张　雷
镇沅县文联
主　席：杨学武
江城县文联
专职副主席：刘卫宁
孟连县文联
主　席：周文生
秘书长：沈　燕
澜沧县文联
主　席：陈远琼
副主席：田　芳
西盟县文联
主　席：文清风
秘书长：陈于靖

临沧市文联

主　席：李德栋
地　址：临沧市政府大楼内
　　　　2013号
邮　编：677000
所属各区县文联：
临翔区文联
主　席：王玉芹
凤庆县文联
主　席：杨京凤
云县文联
主　席：杨绍聪
永德县文联
主　席：李有旺
镇康县文联
主　席：施文明
副主席：赵贵荣、陈　斌
耿马县文联
主　席：金永宏
沧源县文联
主　席：肖　江
副主席：刘玉红
双江县文联
主　席：吴永达
副主席：陶玉明

德宏傣族景颇族自治州文联

主　席：沙政成
地　址：德宏州芒市勇罕街
　　　　14-41号
邮　编：678400
所属各市文联：
芒市文联
主　席：赵明快
盈江县文联
主　席：周德才

怒江傈僳族自治州文联

主　席：张建梅
副主席：密英文
秘书长：张新繁
地　址：泸水县六库镇州级
　　　　行政中心
邮　编：673100
所属各县文联：
泸水县文联
主　席：杨亚仁
福贡县文联
主　席：普言东
副主席：江晓春
贡山县文联
主　席：施　华
副主席：丰茂军
兰坪县文联
主　席：和四水

迪庆藏族自治州文联

主　席：李志宏
副主席：张德华
地　址：香格里拉县康珠大道
　　　　八号州委办公新区
邮　编：674400
所属各县文联：
德钦县文联
主　席：韦国栋
维西县文联
主　席：赵　毅

大理白族自治州文联

主　席：杨子东
副主席：廖惠群
地　址：大理市下关幸福路
　　　　白里州4号
邮　编：671000
所属各市县文联：
大理市文联

主　席：杨周伟
祥云县文联
主　席：李树华
宾川县文联
主　席：王宝康
弥渡县文联
主　席：白成瑾
永平县文联
主　席：张继强
剑川县文联
主　席：欧阳子龙
鹤庆县文联
主　席：吴鸿彦
漾濞县文联
主　席：常建世
巍山县文联
主　席：罗建新
南涧县文联
主　席：杨泽新
洱源县文联
主　席：杨文泽

楚雄彝族自治州文联

党组书记、主席：李茂尊
副主席：吴玉华
地　址：楚雄市阳光大道283号
邮　编：675000
所属各市县文联：
楚雄市文联
主　席：孙庆明
双柏县文联
主　席：苏轼冰
牟定县文联
主　席：段绍东
南华县文联
主　席：李天永
姚安县文联
主　席：饶云华
大姚县文联
主　席：起云金
永仁县文联
主　席：文芳聪
元谋县文联
主　席：陶付龙
武定县文联
主　席：左学美
禄丰县文联
主　席：周　润

红河哈尼族彝族自治州文联

主　席：华　莎
副主席：徐建徽
地　址：蒙自市锦华路五大中心老年宫C幢三楼
邮　编：661100
所属各县市文联：
蒙自市文联
主　席：白冉波
个旧市文联
主　席：余春泽
开远市文联
主　席：杨　媛
副主席：王应生
绿春县文联
主　席：陆建徽
建水县文联
主　席：武德忠
副主席：刘　萍
石屏县文联
主　席：李一兵
弥勒市文联
主　席：黄光平
副主席：杨　华
泸西县文联
主　席：杨　俊
元阳县文联
主　席：洪家伟
金平县文联
主　席：胡兴亮
河口县文联
主　席：陶光权
屏边县文联
主　席：杨咏翔
红河县文联
主　席：方　萍
副主席：郭志琼

文山壮族苗族自治州文联

主　席：周祖平
副主席：张邦兴
地　址：文山州文联
邮　编：663099
所属各市县文联：
文山市文联
主　席：何源梅
副主席：谢正勇、李　华
砚山县文联
主　席：王永花
副主席：刘海春
秘书长：沈正良
西畴县文联
主　席：苏文林
副主席：杨荣兰、吴贵贤
秘书长：冯在谊
麻栗坡县文联
主　席：袁　微
马关县文联
主　席：蔡光超
副主席：李美昌
秘书长：周启清
丘北县文联
主　席：郭绍龙
广南县文联
主　席：兰天明
富宁县文联
主　席：李若玮

西双版纳傣族自治州文联

主　席：李志明
副主席：罗云智、刀正明、丹　洛
秘书长：刘云刚
地　址：景洪市宣慰大道67号景咏办公楼
邮　编：666100

西藏自治区

拉萨市文联

主　席：杨双旺
副主席：李　铭
地　址：拉萨市江苏东路5号
邮　编：850000

那曲地区文联

主　席：向阳花
副主席：次仁郎公、塔　杰、春　江
地　址：那曲地区文化广播影视局院内那曲地区文联办
邮　编：852000

所属各区县文联

申扎县文联

负责人：拉央罗布

昌都地区文联

负责人：德嘎旺姆
地　址：昌都地委宣传部文联
邮　编：854000

所属各协会：

书法美术协会

主　席：丁增群培

摄影协会

主　席：齐　飞

林芝地区文联

名誉主席：普布多吉
主　席：玉　珍
副主席：崔晓东、李小兵、扎西洛布、聪　吉
地　址：林芝地委宣传部文联办
邮　编：860000

所属各区县文联

波密县文联

主　席：董贵军

山南地区文联

主　席：林　萍
副主席：伍金多吉、克　珠
地　址：西藏乃东县泽当镇格桑路15号
邮　编：856100

日喀则地区文联

主　席：扎　顿
地　址：日喀则地委宣传部文联办
邮　编：857000

阿里地区文联

主　席：贾央次仁
地　址：阿里地区文化路8号文化局
邮　编：859000

陕　西　省

西安市文联

党组书记、副主席：李伯钧
副主席兼秘书长：陈兆朋
副主席：王西京、侯红琴、方　明、石瑞芳、杜爱民
地　址：西安市凤城八路109号1号楼4层
邮　编：710007

所属各区县文联：

未央区文联

主　席：牛青盟

新城区文联

主　席：张阿萍

碑林区文联

主　席：张德勇

雁塔区文联

主　席：柏小民

临潼区文联

常务副主席兼秘书长：康金鸿

长安区文联

主　席：田措施

蓝田县文联

主　席：刘军峰
常务副主席：鲁　建

周至县文联

主　席：国稳社

户县文联

主　席：孙　虎

延安市文联

党组书记、常务副主席：赵　翔
主　席：张永革
党组副书记、副主席：叶晓东
党组成员、副主席：吴小伟
副主席：王克文、王宏琦、刘　江、张宝泉、李师明、李志忠、陈永龙、胡晓峰、赵胜利、梁向阳、惠世峰、韩应莲
党组成员、秘书长：李真翔
副秘书长：成　路
地　址：延安市枣园路新洲小镇政府机关大楼

邮　编：716000
所属各区县文联：
宝塔区文联
主　席：李玉胜
副主席：张　怡、张金平
秘书长：贺会珉
延长县文联
主　席：段君辉
副主席：常海霞
延川县文联
主　席：刘宏祥
子长县文联
主　席：王明如
安塞县文联
主　席：张治金
副主席：徐晓宏
志丹县文联
主　席：胡晓鹤
副主席：雷铁琴、肖志远
吴起县文联
主　席：刘宏彦
副主席：李尔丽
甘泉县文联
主　席：刘虎林
副主席：李　娜
富县文联
主　席：魏　丽
副主席：张玉虎
宜川县文联
主　席：李梅梅
副主席：范丹阳
黄陵县文联
主　席：刘　勇
副主席：高乾宁、刘树勋、
　　　　赵少红、蔡佰虎、
　　　　苏玉斌
秘书长：刘宝玲
洛川县文联
主　席：吴安民
副主席：屈丽娜

铜川市文联

常务副主席：赵志国
地　址：铜川新区朝阳路9号
邮　编：727031
所属各区县文联：
王益区文联
主　席：付双全
印台区文联
主　席：陈有仓
宜君县文联
副主席：和卓雅
耀州区文联
主　席：同悦峰
副主席：何晓菁

渭南市文联

党组书记：张百献
主　席：郑俊海
副主席：雷　东、马　丽
地　址：渭南市朝阳街东段
　　　　21号市委大院
邮　编：714000
所属各市县区文联：
韩城市文联
主　席：程　涛
富平县文联
主　席：樊九龄
临渭区文联
主　席：王安院

咸阳市文联

主　席：蒙文星
地　址：咸阳市咸通南路市
　　　　委大院文联
邮　编：712000
所属各区市县文联：
秦都区文联
主　席：冯西海
副主席：晏　娟
兴平市文联
主　席：范亚团
副主席：郭东社
泾阳县文联
主　席：李　洋
副主席：宋志祥、李　虹
乾县文联
主　席：畅平利
副主席：胥菊玲、殷菊林
礼泉县文联
主　席：陈　岳
副主席：卢红雁
永寿县文联
主　席：张晓儒
党组书记：戴　莉
副主席：高清水、魏关彦
秘书长：胡得相
长武县文联
主　席：和建华
副主席：郭和民、郭　燕
旬邑县文联
主　席：王宇翔
武功县文联
主　席：冯小莉
三原县文联
党组书记：王　军
副主席：吴文雄
淳化县文联
主　席：张海峰

宝鸡市文联

党组书记、主席：王春霞
党组成员、副主席：陈有向
党组成员、秘书长：冯君礼
副主席：王景斌、李　晔、
　　　　冯晓伟、高德里、
　　　　郑玉林
副秘书长：赵会科
地　址：宝鸡市行政中心2号楼
邮　编：721004
所属各县区文联：
凤翔县文联
主　席：芮晓枫
专职副主席：李少宁
岐山县文联
主　席：杨银海
专职副主席兼秘书长：吴宏昌
麟游县文联
主　席：李旭之
金台区文联
主　席：李巨怀
秘书长：王　霞

汉中市文联

主　席：武妙华
党组书记、副主席：鲁玉仁
副主席：李汉荣、马俊惠、
　　　　李　锐、丁小村
地　址：汉中市民主街71号
邮　编：723000
所属各区县文联：

汉台区文联
主　席：马俊惠
副主席：熊兆军
秘书长：鹿建社
西乡县文联
负责人：史邦奇
镇巴县文联
主　席：刘德寿
宁强县文联
主　席：李三旻
南郑县文联
主　席：路汉旭
城固县文联
主　席：程文国
勉县文联
主　席：党新明

榆林市文联

党组书记：徐亚平
主　席：龙　云
副主席：刘区厚、张胜伟
秘书长：高岱峰
地　址：榆林市青山西路汇金大厦6层
邮　编：719000
所属各区县文联：
榆阳区文联
主　席：刘乐怡
神木县文联
主　席：闫秀娟
府谷县文联
主　席：李林飞
横山县文联
主　席：张小兰
靖边县文联
主　席：霍竹山
定边县文联
主　席：牛　夫
绥德县文联
主　席：徐蔚林
米脂县文联
主　席：乔雄波
佳县文联
主　席：任军权
吴堡县文联
主　席：任建英
清涧县文联
主　席：陈旭晔
子洲县文联
主　席：张建平
公安文联
副主席：李庆山
神东矿区文联
秘书长：刘培军

安康市文联

主　席：李启良
常务副主席：李大明
副主席：喻　斌、张　虹、李剑平、刘秉平、任黎华、章　涛、李小洛
秘书长：喻　斌
地　址：安康市育栖路137号
邮　编：725000
所属各区县文联：
汉滨区文联
副主席：段小康
汉阴县文联
主　席：王　涛
石泉县文联
副主席：胡树勇
旬阳县文联
主　席：杨常军
副主席：郭华丽
平利县文联
主　席：姚志学
白河县文联
主　席：阮　郁

商洛市文联

党组书记、常务副主席：王　良
党组成员、主席：谷崇让
党组成员、专职副主席：李志华
名誉主席：贾平凹、陈　彦、董发亮
副主席：王　飞、王为国、王立志、王晓勇、王新社、田朝霞、刘凤林、南　鹏、鱼在洋、崔学民
副调研员、秘书长：闵朋利
副秘书长：王启华
地　址：商洛市民主路行政中心18楼24号
邮　编：726000
所属各区县文联：
商州区文联
主　席：王　飞
洛南县文联
主　席：李　琳
丹凤县文联
主　席：周文治
商南县文联
主　席：姚家明
山阳县文联
主　席：王善盈
镇安县文联
主　席：杨　逍
柞水县文联
主　席：金　江

甘　肃　省

兰州市文联

主　席：汪小平
副主席：王作宝
地　址：兰州市五泉西路29号
邮　编：730030
所属区县文联：
红古区文联
主　席：史贤尧
永登县文联
负责人：路兴国

嘉峪关市文联

主　席：赵淑敏
专职副主席：徐树喜
秘书长：李　楠
地　址：嘉峪关市建设西路10号
邮　编：735100
所属各协会：
作家协会
主　席：张世凯
书法家协会
主　席：陈新长
美术家协会
主　席：米金锁
摄影家协会
主　席：毛　富
电影电视艺术家协会
主　席：武　威
音乐家协会
主　席：方　欣
舞蹈家协会
主　席：娜　仁
民间文艺家协会
主　席：盛爱萍

金昌市文联
主　席：常家有
党组书记、副主席：郭志为
副主席：华西林、左竹林
秘书长：王全义
地　址：金昌市延安路108号市文联
邮　编：737100
所属文联：
永昌县文联
主　席：叶　中
常务副主席：刘峰三
金化集团公司文联
主　席：朱元德
金川集团公司文联
主　席：胡耀琼
副主席：于文燕

白银市文联
主　席：高子强
副主席：王统国
副调研员：曾恒泽、武发香
地　址：白银市白银区人民路100号
邮　编：730900
所属各区县文联：
白银区文联
主　席：孟令钢
平川区文联
主　席：李翔凌
靖远县文联
主　席：贾汝恒
会宁县文联
主　席：孙　平
副主席兼秘书长：张　昱
景泰县文联
主　席：寇明灿

天水市文联
党组书记、主席：王进文
副主席：张映水、杨清汀
地　址：天水市秦州区民主西路18号
邮　编：741000
所属各区县文联：
麦积区文联
主　席：吴全通
秦州区文联
主　席：刘玉璞
清水县文联
主　席：麻占成
秦安县文联
主　席：常文茂
甘谷县文联
主　席：张泽中
武山县文联
主　席：陈晓明
张家川县文联
主　席：马浩瑜

武威市文联
主　席：曹永建
专职副主席：王玉福
副主席：冯天民、陈　石、李国安
副主席兼秘书长：李学辉
地　址：武威市北关西路34号
邮　编：733000

酒泉市文联
主　席：张使任
副主席：付有祥
秘书长：朱明山
地　址：酒泉市肃州区广场西路市政府综合楼3楼
邮　编：735000
所属各协会：
作家协会
主　席：漆进茂
戏剧家协会
主　席：陈万春
音乐家协会
主　席：徐　胜
美术家协会
主　席：李建军
书法家协会
主　席：秦　川
摄影家协会
主　席：朱有仁
舞蹈家协会
主　席：金淑梅
民间艺术家协会
主　席：吴光林
广播电视艺术家协会
主　席：张　凡
艺术收藏家协会
主　席：段应君
所属各区市县文联：
肃州区文联
副主席：张正彬、潘　炬、周彩人
秘书长：潘炬（兼）
玉门市文联
主　席：柴新爱
专职副主席：王新军
敦煌市文联
专职副主席：赵　虎
金塔县文联
秘书长：张望东

瓜州县文联
主　席：杨继宅
副主席：康继学、张掌印
肃北蒙古族自治县文联
主　席：戴友春
副主席：张继平
阿克塞哈萨克族自治县文联
常务副主席：马晓伟

张掖市文联

主　席：何　江
副主席：岳西平
地　址：张掖市南环路679号市政府统办2号楼2楼
邮　编：734000
所属各协会：
作家协会
主　席：岳西平
戏剧曲艺舞蹈家协会
主　席：陈　洧
美术家协会
主　席：巨　潮
书法家协会
主　席：王有君
民间文艺家协会
主　席：张成善
音乐家协会
主　席：郑熙基
摄影家协会
主　席：陈　冈
所属各区县文联：
甘州区文联
副主席：谈振国
民乐县文联
主　席：王振武
副主席：薛石云
临泽县文联
主　席：刘爱国
高台县文联
主　席：葛立才
副主席：蔡　军
山丹县文联
主　席：梁积林
副主席：郭　勇
肃南裕固族自治县文联
主　席：安秀梅
常务副主席：安雪琴

庆阳市文联

主　席：秦应平
副主席：范润龙、郭　云、安文丽、安　石
调研员：郑青斌
地　址：庆阳市西峰区庆州西路1号
邮　编：745000
所属各区县文联：
西峰区文联
主　席：吴立华
书　记：吴佳霖
副主席：王天宁、杨　潇
秘书长：苏瑞华
庆城县文联
主　席：田治江
副主席：王立军
环县文联
主　席：周爱军
副主席：董文瑞、贾继智、薛　亮、张志怀
华池县文联
主　席：白世虎
副主席：徐向钊
合水县文联
主　席：付瑜莉
副主席：吴康军
正宁县文联
主　席：史彩英
副主席：雷亚龙、邢志超
秘书长：冯立民
宁县文联
主　席：南仁民
副主席：高自珍
镇原县文联
主　席：杨佩彰
副主席：张占英

平凉市文联

主　席：李世恩
副主席：杨学松
地　址：平凉市文化出版局院内
邮　编：744000
所属各区县文联：
崆峒区文联
主　席：邸广平
泾川县文联
主　席：樊晓敏
灵台县文联
主　席：邵小平
崇信县文联
主　席：章国玺
华亭县文联
主　席：朱　平
秘书长：魏文君
庄浪县文联
主　席：孙志勇
副主席：文春霞
静宁县文联
主　席：李满强

定西市文联

主　席：常　青
副主席：牛　忠、郭建民、刘向东、史彦明、张卫平、田向农、杜建君、周　勇
秘书长：牛　忠
副秘书长：雷　鸣
地　址：定西市安定区新区行政综合楼0455室
邮　编：743000
所属各县文联：
临洮县文联
主　席：李廷凤
岷县文联
主　席：史学华
渭源县文联
主　席：姬小平
陇西县文联
主　席：窦根教
漳县文联
主　席：张君昌
通渭县文联
主　席：何小林

陇南市文联

主　席：毛树林
地　址：陇南市文联
邮　编：746000
所属各区县文联：

武都区文联
主　席：赵元朋

宕昌县文联
主　席：刘　辉

康县文联
主　席：李永康
副主席：田文德

成县文联
主　席：张剑君
秘书长：贺朝举

文县文联
主　席：刘长江

西和县文联
主　席：张　惠
副主席：王　龙

礼县文联
主　席：陈睿达

两当县文联
主　席：罗天鸷

徽县文联
主　席：张守成
副主席：荆秀成
秘书长：岳克荣

临夏回族自治州文联

主　席：韩小平
副主席：马向真、高志俊
秘书长：张晓东
地　址：临夏市新华街州政府统办楼3楼
邮　编：731100
所属各市县文联：

临夏市文联
副主席：马贵德、郑小明
秘书长：马凤英

永靖县文联
主　席：王国虎
副主席：黄　华、朱伟东
秘书长：孔云儿

和政县文联
主　席：马　洪
秘书长：张定平

东乡族自治县文联
主　席：马忠华
秘书长：周占云

临夏县文联
主　席：杨如刚

康乐县文联
主　席：刘建宁
副主席：周建刚

广河县文联
主　席：马琴妙
副主席：马晓路、吴正湖

积石山县文联
主　席：马德虎

甘南藏族自治州文联

党组书记、主席：王永久
副主席：李　城
地　址：甘南州合作市腾志街111号甘南州文联
邮　编：747000

临潭县文联
主　席：敏奇才

舟曲县文联
主　席：张　斌

迭部县文联
主　席：王维东

玛曲县文联
主　席：拉毛扎西

青　海　省

西宁市文联

主　席：汪生鲸
副主席：阿朝阳
地　址：西宁市黄河路90号
邮　编：810001
所属县文联

湟中县文联
主　席：魏廷祥

海东市文联

主　席：李永新
专职副主席：马英健
秘书长：辛进魁
地址：平安县平安大道204号
邮编：810600
所属各区县文联：

平安县文联
主　席：沈延昭
专职副主席兼秘书长：王昌雄

乐都区文联
主　席：李明华
副主席：武新秦

民和回族自治县文联
主　席：马晓晨

互助土族自治县文联
主　席：蔡进萍

化隆回族自治县文联
主　席：李成虎

循化撒拉族自治县文联
主　席：贺生杰
常务副主席：马秀芬

海北藏族自治州文联

常务副主席：赵元文（原上草）
地　址：海北藏族自治州农牧科技大楼3楼
邮　编：810200
所属各县文联：

海晏县文联
驻会副主席：杨淑贞

祁连县文联
主　席：马安义
驻会副主席兼秘书长：聂文虎

刚察县文联
主　席：三　宝

副主席：鲁海波

门源回族自治县文联

主　席：马安邦

海南藏族自治州文联

主　席：孙占伟

地　址：海南藏族自治州共和县恰卜恰镇团结北路23号

邮　编：813000

所属县文联：

贵德县文联

主　席：俄毛却

常务副主席：胡跃岗

秘书长：解世强

黄南藏族自治州文联

主　席：仁青多杰

地　址：黄南州同仁县隆务镇夏琼中路16号

邮　编：811300

果洛藏族自治州文联

主　席：沙日才

地　址：果洛藏族自治州文联

邮　编：814000

玉树藏族自治州文联

主　席：彭措达哇

专职副主席兼秘书长：任青战德

地　址：玉树藏族自治州文联

邮　编：815000

所属各协会

作家协会

主　席：江洋才仁

秘书长：秋加才仁

摄影家协会

主　席:冶青林

秘书长：更尕拉毛

格萨尔研究协会

主　席：土丁久乃

秘书长：索南多加

美术家协会

主　席：扎　尕

秘书长：郑万里

音乐家协会：

主　席：才仁巴桑

秘书长；索南扎巴

舞蹈家协会

主　席：普布永措

秘书长：李　玲

海西蒙古族藏族自治州文联

主　席：斯琴夫

副主席：彤子岐、郭占雄

副调研员：陈生贵

地　址：海西州德令哈市长江路11号

邮　编：871000

所属各市文联：

德令哈市文联

主　席：黄　雄

格尔木市文联

主　席：贺西京

宁夏回族自治区

银川市文联

主　席：郭文斌

副主席：赵　杰

秘书长：马志恒

地　址：银川市金凤区北京中路166号

邮　编：750011

所属各市县文联：

灵武市文联

主　席：王学江

副主席：俞学保

永宁县文联

主　席：王洪英

贺兰县文联

主　席：郭春杰

副主席：吴惠霞

石嘴山市文联

党组书记、主席：戒　炜

副主席：李卫宁、丁淑萍

地　址：石嘴山市行政中心

邮　编：753000

所属各县区文联：

平罗县文联

主　席：岳昌鸿

惠农区文联

主　席：吴　亮

吴忠市文联

主　席：白少麟

副主席：张月琴、赵凯升

地　址：吴忠市利通区朝阳东街110号

邮　编：751100

所属各区市县文联：

利通区文联

主　席：马铁马

红寺堡区文联

主　席：傅国胜

青铜峡市文联

主　席：李志琴

盐池县文联

主　席：张　玮

同心县文联

主　席：马剑龙

固原市文联

主　席：尹文博

副主席：杨凤军、郭　宁

秘书长：单永珍

地　址：固原市行政中心

邮　编：756000

所属各区县文联：
原州区文联
主　席：马明君
西吉县文联
副主席：陈　静
隆德县文联
主　席:李志勇
副主席：张来平
彭阳县文联
主　席：杜占山
泾源县文联
主　席：马　玲

中卫市文联

主　席：谈　柱
副主席：麦振江
地　址：中卫市沙坡头区市行政中心3楼338室
邮　编：755000
所属各县文联：
中宁县文联
主　席：王海荣
海原县文联
主　席：张乐君

新疆维吾尔自治区

伊犁哈萨克自治州文联

党组书记、副主席：甄敬庭
主　席：巴合提·木哈买提汗
党组副书记：李　钰
副主席：帕尔哈提
地　址：伊宁市解放南路72号
邮　编：835000
所属各市县文联：
伊宁市文联
主　席：李　琦
副主席：伊力夏提
伊宁县文联
主　席：米娜瓦尔·克力木
奎屯市文联
主　席：杜永生
霍城县文联
主　席：单保久
察布查尔锡伯自治县文联
主　席：王瑞成
副主席：那　英
新源县文联
主　席：张金领
特克斯县文联
主　席：谷明江
尼勒克县文联
主　席：李正太

塔城地区文联

党组书记、副主席：张东明
主　席：叶鲁拜·阿布里哈森
秘书长：杨　军
地　址：塔城市光明路137号
邮　编：834700
所属各市县文联：
塔城市文联
主　席：刘　宁
额敏县文联
主　席：郭万贤
托里县文联
主　席：王作强
乌苏市文联
主　席：李爱成
和布克赛尔蒙古自治县文联
主　席：吴其巴特
裕民县文联
负责人：朱玛别克
沙湾县文联
负责人：韩　亮

阿勒泰地区文联

主　席：阿海·卡德尔汗
副主席：高海滨
地　址：阿勒泰市团结路593号
邮　编：836100
所属各市县文联：
阿勒泰市文联
主　席：杨建英
布尔津县文联
主　席：杜曼·赛依丁
福海县文联
主　席：吾介提·达列力汗
富蕴县文联
主　席：叶尔肯别克·哈依沙
哈巴河县文联
主　席：赛尔江·阿合买提
吉木乃县文联
主　席：努尔兰
青河县文联
主　席：叶斯波拉提

克拉玛依市文联

党组书记：多里坤·吐鲁洪
党组副书记、主席：赵钧海
副主席：高连成
地　址：克拉玛依市友谊路151号
邮　编：834000
所属各区文联：
克拉玛依区文联
主席：潘宏星
独山子区文联
主　席：宋志媛
副主席：付剑锋
秘书长：顾　伟

博尔塔拉蒙古自治州文联

主　席：胡　瑛
副主席：李　勇
地　址：博乐市文化南路州直综合楼一号楼二层
邮　编：833400
所属各市县文联：
博乐市文联
主　席：张永胜
精河县文联

主　席：温雪梅

温泉县文联

主　席：王淑英

石河子市文联

党组书记、副主席：姚　康

副主席：曲　近、孙　峰、秦建新

地　址：石河子市北二路12号

邮　编：832000

昌吉回族自治州文联

党组书记：刘建军

党组副书记、主席：李　明

副主席：陈　平、努尔巴哈提

秘书长：许连宝

地　址：昌吉市南公园西路129号州传媒大厦5楼

邮　编：831100

所属各市县文联：

昌吉市文联

主　席：潘莉莉

阜康市文联

主　席：王建忠

木垒县文联

主　席：于峰山

奇台县文联

主　席：徐宝霞

吉木萨尔县文联

主　席：陈立荣

呼图壁县文联

主　席：周友仁

玛纳斯县文联

主　席：熊建新

乌鲁木齐市文联

党组书记、副主席：刘振东

党组副书记、主席：熊红久

副主席：普拉提·艾维祖拉

副主席：白　鹰

秘书长：孔德全

地　址：乌鲁木齐市新兴街5号

邮　编：830092

所属各区文联：

米东区文联

主　席：方惠民

哈密地区文联

主　席：谢源湘

副主席：艾海提·依不拉音

地　址：哈密市建国路28号

邮　编：839000

所属市县文联：

哈密市文联

主　席：张西善

副主席：杨　俊、张仁幹、阿不拉·斯地克、唐小龙

巴里坤县文联

主　席：骆春明

吐鲁番地区文联

党组书记：马　权

主　席：马庭宝

副主席：吾买尔江·斯地克

秘书长：刘迎春

地　址：吐鲁番市木纳尔路1268号

邮　编：838000

所属各市县文联：

吐鲁番市文联

主　席：王　磊

副主席：高　瑗

鄯善县文联

主　席：李保民

副主席：蒲玉莲

托克逊县文联

主　席：钱龙宁

副主席：唐　杰

巴音郭楞蒙古自治州文联

党组书记：艾仁查拉

主　席：李首峰

副主席：艾热提·孜利西

副主席兼秘书长：胡凤莲

地　址：库尔勒市巴音东路文化旅游综合楼

邮　编：841000

所属各市县文联：

库尔勒市文联

主　席：李金釜

焉耆回族自治县文联

主　席：克热木江·卡德尔

尉犁县文联

主　席：唐平亮

和静县文联

主　席：杨　超

若羌县文联

主　席：陈元江

博湖县文联

主　席：苟秀君

和硕县文联

主　席：贺洪亮

轮台县文联

负责人：李占刚

且末县文联

负责人：张清伟

阿克苏地区文联

党组书记、副主席：刘核云

党组副书记、主席：于洪亚

副主席：方晓林

地　址：阿克苏市南大街45号

邮　编：843000

所属各县文联：

阿瓦提县文联

秘　书：李合民

拜城县文联

常务副主席：陈　钊

库车县文联

常务副主席：克尤木·卡德尔

新和县文联

主　席：魏　强

柯坪县文联

主　席：古丽扎·木合塔尔

常务副主席：艾沙江·吐尔地

沙雅县文联
常务副主席：王求斌

克孜勒苏柯尔克孜自治州文联
党组书记：吐尔逊·尼亚孜
主　席：朱玛克·卡德尔
副主席：池　光
秘书长：李　莉
地　址：阿图什市帕米尔路西4院
邮　编：845350
所属各市县文联：
阿图什市文联
主　席：阿不力孜·阿布来提
副主席：詹　琦
阿克陶县文联
主　席：玛依努尔·艾白都拉
乌恰县文联
党组书记：胡少武
主　席：托乎托努·阿吉白克
阿合奇县文联
党组书记：陈　伟

喀什地区文联
党组书记：李华新
主　席：吾吐克·吾拉音
副主席：汪永华、
多力坤·毛拉尤夫
办公室主任：艾斯卡尔·木沙
地　址：喀什市解放南路264号
邮　编：844000
所属各市县文联：
莎车县文联
主　席：努尔墩·阿布都赛麦提
巴楚县文联
主　席：麦麦提敏
喀什市文联
主　席：茹军风
塔什库尔干塔吉克自治县文联
主　席：方宣仆

和田地区文联
主　席：多力昆·吾守尔
副主席：吾布力·阿西木
李长友
秘书长：孙　冀
地　址：和田市昆仑路1号
邮　编：848000
所属各县文联；
墨玉县文联
主　席：图尔逊巴克·托合提
常务副主席：
阿依麦麦提·萨依普
于田县文联
主　席：热依木·尼牙孜
常务副主席：
买图送·吾不力卡斯木

新疆公安文联
副主席：阿里木·阿塔吾拉
张玉波
秘书长：常德丛
地　址：乌鲁木齐市黄河路58号
邮　编：830099

新疆检查官文联
主　席：杨肇季
副主席：张彩霞、
多力坤·玉素甫
秘书长：吕立峰
地　址：乌鲁木齐市建国路122号
邮　编：830002

新疆生产建设兵团

第一师阿拉尔市文联
师党委常委、纪委书记：谢跃红
主　席：谷水清
副主席：李沙平
秘书长：冯思思
地　址：阿克苏市
邮　编：843000

第二师铁门关市文联
师党委常委副政委：梅桂萍
主　席：井盛泉
地　址：库尔勒市人民西路
邮　编：841000

第三师图木舒克市文联
师党委常委副政委：张新辉
主　席：谢家贵
副主席：傅宣辉
秘书长：杨　蕊
地　址：喀什市克自都维路440号
邮　编：844000

第四师文联
师党委常委副政委：李鸿强
主　席：刘灿霞
地　址：伊宁市
邮　编：835000

第五师双河市文联
师党委常委副政委：余兰萍
副主席：何其标
地　址：博乐市
邮　编：833400

第六师五家渠市文联

师党委常委副政委：梁　佷
主　席：李仁彬
副主席：王　湃

第七师文联

师党委常委副政委：景建英
副主席：熊干辉、耿新豫
秘书长：张新荃
地　址：奎屯市
邮　编：833200

第八师石河子市文联

师党委常委副政委：孙长青
党组书记：姚　康
副主席：孙　峰、付学乾
地　址：石河子市
邮　编：832000

第九师文联

师党委常委副政委：蒲福明
副主席：李志俊
副秘书长兼豫剧团团长：魏　炜
地　址：额敏县
邮　编：834000

第十师北屯市文联

师党委常委兼副政委：谷金花
主　席：张军旗
地　址：北屯市
邮　编：836000

建工师文联

师党委常委兼副政委：熊诗龄
主　席：张国成
地　址：乌市河滩北路57号
邮　编：830011

第十二师文联

师党委常委兼副政委：徐秀玲
主　席：卢国荣
地　址：乌市北京南路160号
邮　编：830011

第十三师文联

师党委常委兼副政委：张明胜
主　席：王善让
秘书长：白　雪
地　址：哈密市
邮　编：839000

第十四师文联

师党委常委兼副政委：刘　林
副主席：于忠胜
地　址：和田市
邮　编：848000

石河子大学文联

党委副书记：夏文斌
主　席：桑　华
副主席：王怡平、李　军
秘书长：李　军
地　址：石河子市
邮　编：830002

塔里木大学文联

党委副书记：王选东
主　席：秦泽洪
地　址：阿拉尔市
邮　编：843000

兵团公安局文联

主　席：侯建良
秘书长：姜凌峰
地　址：乌鲁木齐市光明路19号
邮　编：830002

兵团法院文联

副主席：何利疆、孙新民、朱德民、聂瑞平、尚　争、王立文、胡建民
秘书长：苏永忠
地　址：乌鲁木齐市建设路
邮　编：830002

兵团作家协会

名誉主席：石　河、虞翔鸣
主　席：丰　收
副主席：秦安江、钱明辉、郭晓力、曲　近、程相申
地　址：乌鲁木齐市光明路196号
邮　编：830002

兵团美术家协会

名誉主席：黄戈捷、董振堂、王惠仪
主　席：于云涛
常务副主席：秦建新
副主席：刘玉社、段保国、武怀扬、万里明
地　址：乌鲁木齐市光明路196号
邮　编：832002

兵团摄影家协会

名誉主席：宋志国、郭成云、马新业、王　真
主　席：闫波成
常务副主席：梁　斌
副主席：李春林、刘江辉、景　俊、谷水清、刘　跃、耿新豫
地　址：乌鲁木齐市光明路196号
邮　编：830002

兵团书法家协会

名誉主席：赵彦良、王少墨
主　席：孙　峰
副主席：王怡平、周　静、李鲁豫、王涌伟

地　址：乌鲁木齐市光明路196号
邮　编：832000

兵团戏剧家协会

名誉主席：姚承郧、马秀佩
主　席：申　健
副主席：王　瑛、徐爱华、韩　晋、任佳花、谢　文、刘皖新
地　址：乌鲁木齐市光明路196号
邮　编：830002

兵团舞蹈家协会

名誉主席：徐梅花
主　席：蒋　玖
副主席：毛胜瑞、钟兴梅、卡美力、张国庆、刘红文、李向阳、郭　旗
秘书长：巩静法
地　址：乌鲁木齐市光明路196号
邮　编：830002

兵团杂技家协会

主　席：冯晓玲
副主席：辛　薇、万　璞、白雨来、郑志伟、吴　军、陆建新
地　址：乌鲁木齐市光明路196号
邮　编：830002

兵团音乐家协会

名誉主席：宫积冰
主　席：吴　军
副主席：贾　江、石　明、孙　明、刘希里、赵国华、晋坤明、夏　明、陈　磊
地　址：乌鲁木齐市光明路196号
邮　编：830002

兵团电影电视艺术家协会

名誉主席：韩天航
主　席：代立民
副主席：王安润、田徐繁、孟新春、孙丽杰、王新宏、张　生、周康芬、王　伶
地　址：乌鲁木齐市青年路339号
邮　编：830002

兵团诗词楹联家协会

名誉主席：星　汉、刘平俊、谭平祥、凌朝祥
主　席：王瀚林
常务副主席：陶大明
副主席：梁文源、李来旺、陈　鹏、康世政、朱秋德
秘书长：刘乐礼
地　址：乌鲁木齐市光明路196号
邮　编：830002

兵团民间文艺家协会

名誉主席：陈　平
主　席：薛　洁
副主席：廖肇羽、谢家贵、肖　帅、任新农、安占国、李永梅、戴军辉、杨新平
秘书长：李永梅(兼)
地　址：乌鲁木齐市光明路196号
邮　编：830002

兵团曲艺家协会

主　席：张爱国
副主席：杨迪中、章志明、韩　晋、冯爱国、白庆胜、张国庆、张　军
秘书长：杨迪中（兼）
地　址：乌鲁木齐市光明路196号
邮　编：830002

兵团文艺志愿者协会

主　席：麻振山
副主席：梁　斌、王建昌、代立民、冯晓玲、申　健、吴　军、张爱国、闫波成、徐爱华、陶大明、蒋　玖、薛　洁
秘书长：梁　斌（兼）
地　址：乌鲁木齐市光明路196号
邮　编：830002

索　引
INDEX

汉语拼音索引

A

B

C

D

E

F

G

H

J

K

L

M

N

P

Q

R

S

T

Y

Z

数字索引

标点符号索引

中国铁路文工团

话剧《培尔·金特》获优秀剧目奖、最佳男主角、女主角奖

相声表演艺术家石富宽和铁路职工在一起

铁路职工的谢意

在餐车上慰问铁路职工

青年相声演员刘颖和浩楠

赴青藏铁路公司慰问演出

中国铁路文工团成立于1950年10月，是中国铁路总公司直属事业单位，国家级大型综合文艺团体，A级电视剧拍摄单位。全团现有演职人员372名。团长：著名作曲家孟卫东，党委书记：刘志江。

中国铁路文工团是一个综合艺术实力较强的文艺团体，60多年来，中国铁路文工团先后创作、排演了3000多个曲剧目，拍摄了影视剧60余部；送戏下基层慰问演出累计行程300多万公里，足迹遍布祖国的大江南北，各类演出2.8万多场，观众累计达3200多万人次；出访过50多个国家和地区，作为文化使者把中华民族的灿烂文化传播到了世界各地。一大批优秀作品和演职员荣获了国内外各类大赛金奖、大奖400多次，包括：中宣部“五个一工程”奖，中央电视台青年歌手大赛、相声大赛一等奖，中国曲艺牡丹奖、话剧金狮奖、戏剧梅花奖、声乐金钟奖、电视剧金鹰奖和飞天奖、电影百花奖，布达佩斯国际马戏节金奖，法国明日杂技节金奖等。

中国铁路文工团建团至今，培养和造就了一大批业务精湛、德艺双馨、具有较高社会知名度和影响力的演艺人才。目前活跃在艺术生产一线的主要有：著名作曲家孟卫东、薛瑞光，著名相声表演艺术家石富宽、奇志、李嘉存、陈寒柏，著名戏剧影视表演艺术家张国立、娟子、王志飞等。

中国铁路文工团始终坚持以人民为中心的创作方向，以铁路为主要素材，讴歌铁路职工，弘扬铁路精神，每年以“安全是天”、“一路有你”、“铁路感谢您”为主题，深入到10多个铁路局和10多条客运专线慰问演出近500场。凝聚铁路建设力量，推动铁路科学发展。

中国铁路文工团的二七剧场曾承接中国铁路总公司、中央国家机关及北京市的会议、放映电影、国内外文艺团体及铁路文工团排练、演出等活动，获北京市“先进演出场所”称号，在国内外颇具影响。重建中的二七剧场建筑面积：25443平方米，剧场观众厅可容纳观众1201人，配备先进的灯光、音响专业设备，适合于各类文艺演出多功能的剧场，是伫立在首都西部的一处高品位的艺术表演场所。

黄训国荣获第九届“金钟奖”民族唱法金奖、2014“文华奖”民族唱法金奖

杂技《晃管》
……强荣获第九届“布达佩斯……马戏节”金奖、第三十届“明日世界杂技节”金奖

杂技《花盘》

舞蹈《盛世牡丹》

微电影《我们》

微电影《爱的窗口》

话剧《源水情深》

坚持不懈打造精品 满怀信心再创辉煌

八一电影制片厂2013年影视作品和个人获奖情况汇总

第15届电影华表奖
影片《忠诚与背叛》、《周恩来的四个昼夜》获优秀故事片奖
影片《冰血长津湖》获优秀纪录片奖
刘之冰获优秀男演员奖

第22届中国金鸡百花电影节第29届中国电影金鸡奖
影片《倾城》获“最佳编剧（原创剧本）奖”
《周恩来的四个昼夜》获第29届中国电影金鸡奖“最佳故事片奖”、“最佳音乐奖”
《忠诚与背叛》获“组委会特别奖”
《冰血长津湖》获“最佳纪录片奖”

第29届电视剧飞天奖
电视剧《中国地》获长篇电视剧一等奖
电视剧《奢香夫人》、《东方》、《夜隼》、《刘伯承元帅》获长篇电视剧二等奖

第25届全军电视剧金星奖
影片《夜隼》获长篇电视连续剧一等奖
《忠诚与背叛》获电视电影“一等奖”
《刘伯承元帅》获特别奖
刘之冰、丁柳元获“优秀演员奖”
张玉中获“优秀导演奖”
于学军获“优秀摄影奖”
白景军获“优秀制片人奖”

第11届俄罗斯尤·尼·奥泽罗夫国际军事电影节
安澜凭借影片《吴运铎》获“最佳导演奖”
影片同时获“最佳视觉效果奖”

俄罗斯第10届邦达尔丘克国际军事爱国主义电影节
影片《老哨卡》获俄罗斯电影家协会特别奖
影片《刘老庄八十二壮士》获评委会特别奖

第9届中美电影节金天使奖
影片《倾城》获“最佳影片奖”，刘之冰凭借影片《忠诚与背叛》获“最佳男演员奖”

第23届意大利国际防务电影节
电影纪录片《铁甲精兵》获军事训练类一等奖

第20届北京大学生电影节
影片《倾城》获“组委会大奖”
岳红凭借《深呼吸》获“最佳低成本电影女演员奖”

第9届北京青少年公益电影节
影片《倾城》获“组委会特别奖”

第14届中国电影表演艺术学会奖“金凤凰奖”
刘之冰、石琳、丁柳元、王嘉、张曦文获“学会奖”
赵汝平获“特别荣誉奖”

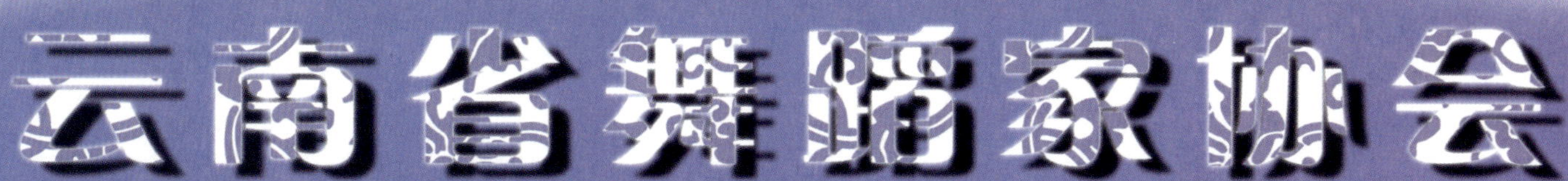

云南省舞蹈家协会

2013年3月26日，由中国舞蹈家协会和云南省文学艺术界联合会主办，云南省舞蹈家协会承办的2013年度中国舞蹈家协会工作会在昆明震庄宾馆召开。中国文联、中国作协名誉副主席丹增；中国舞蹈家协会分党组书记、驻会副主席冯双白；云南省委宣传部常务副部长尹欣；云南省文联党组书记、主席郑明；云南省文联巡视员段斌等领导出席会议。会议由中国舞蹈家协会分党组副书记、秘书长罗斌主持。

举办“花儿朵朵向太阳——2013云南省少儿舞蹈比赛暨第四届‘金舞鞋奖’华夏舞蹈精品展演选拔赛”活动

2013年7月19—23日，由云南省文学艺术界联合会、云南省文化厅、云南省教育厅、云南省关心下一代工作委员会共同主办，云南省舞协、云南省产业文联、昆明青少年活动中心承办的“花儿朵朵向太阳——2013云南省少儿舞蹈比赛暨第四届‘金舞鞋奖’华夏舞蹈精品展演选拔赛”，在昆明青少年活动中心举行。

组织云南舞蹈界采风活动

2013年9月19—28日，为响应云南省委书记秦光荣同志“增强文化自信，打造文化滇军”的指示精神，积极推动两岸关系和平发展，增进了解宝岛台湾的文化艺术和民族风情，开展有针对性的舞蹈交流活动，拓宽我省舞蹈艺术创作者的文化艺术视野，经省文联党组批准，云南省舞蹈家协会组织了由云南省艺术研究所、昆明市民族歌舞剧院等七家单位组成的采风团，赴台湾进行了为期10天采风活动。采风期间团员们分别以彝族的烟盒舞、傣族舞及藏族舞等，与台湾阿里山邹族、太鲁阁族和日月潭邵族的民间舞蹈家进行了专业切磋与学习交流，这次采风活动取得了圆满成功。

举办“第五届‘金秋风采’全省中老年舞蹈大赛”活动

2013年11月14日—17日，由云南省委组织部、云南省委老干局主办，云南省舞蹈家协会、云南省老干部活动中心承办，以“同心共筑中国梦，凝心聚力彩云南”为主题的“第五届‘金秋风采’全省中老年舞蹈大赛”在昆明举办。共有来自全省各地的26支队伍、53个节目参加，经过3天的评比，本届舞蹈大赛共评选出一等奖10个；二等奖20个；三等奖22个。在本届活动中老同志们用自己优美的舞姿展现了新时代中老年人的风采，呈现出老同志们生气勃勃、昂扬向上的精神风貌，抒发了老同志们热爱祖国、热爱生活的真挚情怀，表达了为努力实现“中国梦”的坚定信念和信心。

组织推荐云南舞蹈作品参加“第九届中国舞蹈‘荷花奖’民族民间舞决赛和舞剧·舞蹈诗评奖”活动

2013年11月11—13日和19—29日，由中国文联、中国舞蹈家协会主办的“第九届中国舞蹈‘荷花奖’民族民间舞决赛和舞剧·舞蹈诗评奖”分别在贵阳和上海举办。由云南省舞协推荐选送的云南艺术学院舞蹈学院的《阿罗汉》获群舞创作金奖，《串哨》获单双3人舞编导铜奖，曲靖市麒麟区演艺有限公司的《硒哦硒比》获群舞作品十佳奖，云南省舞协获优秀组织工作奖。这是继2011年《哀牢迴响》获第八届“荷花奖”表演金奖后，云南舞蹈再次取得的“荷花奖”最高奖项，云南艺术学院文华学院的《茶马古道》获得第九届“荷花奖”舞剧·舞蹈诗评奖作品银奖、集体表演银奖及最佳灯光奖（单项），云南省舞协获组织工作奖。

“首届云南——昆明杨丽萍国际舞蹈季”在昆明举办

2013年12月6日—25日，”云南·昆明首届杨丽萍国际舞蹈季”在昆明举办。”云南·昆明首届杨丽萍国际舞蹈季”是中国目前唯一一个以舞蹈艺术家个人名义命名，由政府支持主办的国际舞蹈艺术交流盛会，舞蹈季期间有“寻找最优秀舞者”选拔赛、来自亚、欧、美、澳四大洲的多场国际级舞蹈演出、《云南映象》上演10周年庆典和国际舞蹈艺术家作品展、大师殿堂、艺术工作坊学术交流等多种形式的活动，同时还有在昆明拉开全球首演帷幕的升级版《云南映象》和杨丽萍告别舞台的收官之作舞剧《孔雀》登台亮相。

云南省舞协作为协办单位，协助主办方完成了国际舞蹈艺术家作品展、大师殿堂、艺术工作坊等多种形式的学术交流活动，获得了主办方的好评和众多会员的称赞。

1. 首届杨丽萍国际舞蹈季之杨丽萍担任总编导、领衔主演的舞剧《孔雀》剧照。
2. 2013年度中国舞协工作会在昆召开。
3. 参加2013年度中国舞协工作会全体人员合影。
4. 第九届中国舞蹈“荷花奖”民族民间舞比赛创作金奖获奖作品群舞《阿罗汉》。
5. 花儿朵朵向太阳——2013云南省少儿舞蹈比赛第四届“金舞鞋奖”华夏舞蹈精品展演选拔赛。
6. 在首届杨丽萍国际舞蹈季期间，中国文联副主席丹增与中国舞协副主席冯双白、杨丽萍亲切交谈。

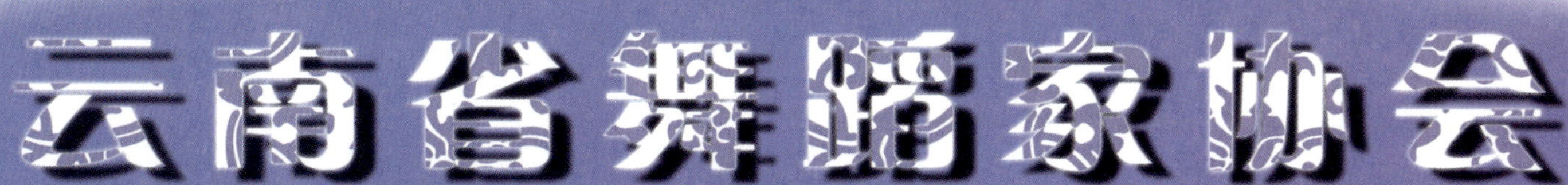

云南省舞蹈家协会

2013年3月26日，由中国舞蹈家协会和云南省文学艺术界联合会主办，云南省舞蹈家协会承办的2013年度中国舞蹈家协会工作会在昆明震庄宾馆召开。中国文联、中国作协名誉主席丹增；中国舞蹈家协会分党组书记、驻会副主席冯双白；云南省委宣传部常务副部长尹欣；云南省文联党组书记、主席郑明；云南省文联巡视员段斌等领导出席会议。会议由中国舞蹈家协会分党组副书记、秘书长罗斌主持。

举办“花儿朵朵向太阳——2013云南省少儿舞蹈比赛暨第四届‘金舞鞋奖’华夏舞蹈精品展演选拔赛”活动

2013年7月19—23日，由云南省文学艺术界联合会、云南省文化厅、云南省教育厅、云南省关心下一代工作委员会共同主办，云南省舞协、云南省产业文联、昆明青少年活动中心承办的“花儿朵朵向太阳——2013云南省少儿舞蹈比赛暨第四届‘金舞鞋奖’华夏舞蹈精品展演选拔赛”，在昆明青少年活动中心举行。

组织云南舞蹈界采风活动

2013年9月19—28日，为响应云南省委书记秦光荣同志 “增强文化自信，打造文化滇军”的指示精神，积极推动两岸关系和平发展，增进了解宝岛台湾的文化艺术和民族风情，开展有针对性的舞蹈交流活动，拓宽我省舞蹈艺术创作者的文化艺术视野，经省文联党组批准，云南省舞蹈家协会组织了由云南省艺术研究所、昆明市民族歌舞剧院等七家单位组成的采风团，赴台湾进行了为期 10天采风活动。采风期间团员们分别以彝族的烟盒舞、傣族舞及藏族舞等，与台湾阿里山邹族、太鲁阁族和日月潭部族的民间舞蹈家进行了专业切磋与学习交流，这次采风活动取得了圆满成功。

举办“第五届‘金秋风采’全省中老年舞蹈大赛”活动

2013年11月14日—17日，由云南省委组织部、云南省委老干局主办，云南省舞蹈家协会、云南省老干部活动中心承办，以“同心共筑中国梦，凝心聚力彩云南”为主题的“第五届‘金秋风采’全省中老年舞蹈大赛”在昆明举办。共有来自全省各地的26支队伍，53个节目参加，经过3天的评比，本届舞蹈大赛共评选出一等奖10个；二等奖20个；三等奖22个。在本届活动中老同志们用自己优美的舞姿展现了新时代中老年人的风采，呈现出老同志们生气勃勃、昂扬向上的精神风貌，抒发了老同志们热爱祖国、热爱生活的真挚情怀，表达了为努力 实现“中国梦”的坚定信念和信心。

组织推荐云南舞蹈作品参加“第九届中国舞蹈‘荷花奖’民族民间舞决赛和舞剧·舞蹈诗评奖”活动

2013年11月11—13日和19—29日，由中国文联、中国舞蹈家协会主办的“第九届中国舞蹈‘荷花奖’民族民间舞决赛和舞剧·舞蹈诗评奖”分别在贵阳和上海举办。由云南省舞协推荐选送的云南艺术学院舞蹈学院的《阿罗汉》获群舞创作金奖，《串哨》获单双3人舞编导铜奖，曲靖市麒麟区演艺有限公司的《硧哦硧比》获群舞作品十佳奖，云南省舞协获优秀组织工作奖。这是继2011年《哀牢迴响》获第八届“荷花奖”表演金奖后，云南舞蹈再次取得的“荷花奖”最高奖项，云南艺术学院文华学院的《茶马古道》获得第九届“荷花奖”舞剧·舞蹈诗评奖作品银奖、集体表演银奖及最佳灯光奖（单项），云南舞协获组织工作奖。

“首届云南——昆明杨丽萍国际舞蹈季”在昆明举办

2013年12月6日—25日，”云南·昆明首届杨丽萍国际舞蹈季”在昆明举办。”云南·昆明首届杨丽萍国际舞蹈季”是中国目前唯一一个以舞蹈艺术家个人名义命名，由政府支持主办的国际舞蹈艺术交流盛会，舞蹈季期间有“寻找最优秀舞”选拔赛、来自亚、欧、美、澳四大洲的多场国际级舞蹈演出、《云南映象》上演10周年庆典和国际舞蹈艺术家作品展、大师殿堂、艺术工作坊学术交流等多种形式的活动，同时还有在昆明拉开全球首演帷幕的升级版《云南映象》和杨丽萍告别舞的收官之作舞剧《孔雀》登台亮相。

云南省舞协作为协办单位，协助主办方完成了国际舞蹈艺术家作品展、大师殿堂、艺术工作坊等多种形式的学术交流活动。获得了主办方的好评和众多会员的称赞。

2 3 4
1 5 6

1. 首届杨丽萍国际舞蹈季之杨丽萍担任总编导、领衔主演的舞剧《孔雀》剧照。
2. 2013年度中国舞协工作会在昆召开。
3. 参加2013年度中国舞协工作会全体人员合影。
4. 第九届中国舞蹈“荷花奖”民族民间舞比赛创作金奖获奖作品群舞《阿罗汉》。
5. 花儿朵朵向太阳——2013云南省少儿舞蹈比赛暨第四届“金舞鞋奖”华夏舞蹈精品展演选拔赛。
6. 在首届杨丽萍国际舞蹈季期间，中国文联副主席丹增与中国舞协副主席冯双白、杨丽萍亲切交谈。

中国石化音乐舞蹈家协会

中国石化音乐舞蹈家协会 2013 年荣获“全国文联系统先进单位”称号。协会成立于 2002 年 5 月 18 日，是中国石化文联下属的专业协会，也是中国音协、中国舞协的团体会员。十几年来，认真履行“联络、协调、服务”职能，充分发挥“组织、引导、维权”作用，围绕中心，服务大局，面向基层，开拓创新，为发展繁荣中国石化职工文化艺术事业，建设社会主义文化强国做出了积极贡献。

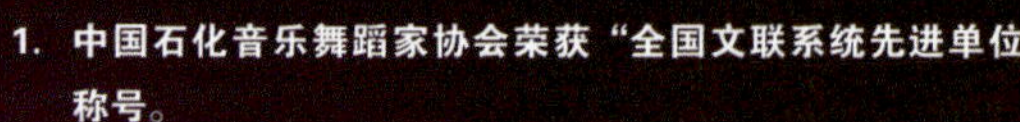

1. 中国石化音乐舞蹈家协会荣获“全国文联系统先进单位”称号。
2. 承办第三届中国职工艺术节“中原油田杯”舞蹈展演。茂名石化《车间协奏曲》、中原油田《气龙从咱山里过》、《石油铁军》荣获金奖。

3–4. 开展“送欢乐、下基层”活动，丰富活跃基层群众文化生活。

5. 组织培训班、研讨班，培训基层文艺骨干 16300 多人次，兴起群众性文化建设新高潮。
6. 举办第四届“中国石化之歌”优秀歌曲征集活动，创作征集歌曲作品千余首，丰富职工文化生活。
7. 组织“朝阳”文学艺术奖评选活动，树立精品意识，完善评奖机制。
8. 举办“向祖国汇报——迎接和庆祝新中国成立 65 周歌咏比赛”活动。

9–10. 选拔优秀作品和人才参加中央电视台、全国产业（行业）系统、全国文艺展演等 10 多项文艺活动，获金银铜奖、优秀组织奖、特别贡献奖等 30 多个。

11. 广播剧《父亲的勋章》、歌曲《中华根》《日子里都是好福气》荣获中央企业“五个一工程”奖。
12. 编辑出版《园地耕耘》《朝阳璀璨》《石化放歌》等十多部文艺书籍，交流各单位群众文艺活动做法和经验。
13. 召开协会常务理事会，总结经验规律，科学安排工作任务。
14. 举办中国石化新春团拜会、职工文艺汇演、职工文艺录像调演，检阅和谐文化建设成果，营造群众性文化氛围。

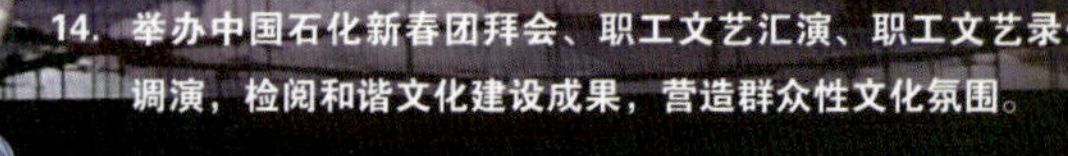

供稿：黄冬梅

武汉人民艺术剧院有限责任公司

武汉人民艺术剧院有限责任公司是一个有着悠久历史并在全国享有盛誉的知名国有文艺院团。拥有话剧、儿童剧、木偶剧、音乐剧等四大剧种，编剧、导演、舞美设计以及演职员300余人，拥有设备先进、功能齐全的专业话剧剧场——中南剧场，内设：大剧场、小剧场、D5空间和亲子剧场四个分剧场，剧院占地面积5285.77平方米，使用面积15202平方米，注册资金3600万元。

半个多世纪以来，剧院先后上演古今中外不同形式、不同风格的剧目三百余部，创作演出了一批优秀剧目：话剧《扬子江边》、《同船过渡》、《春夏秋冬》、《三峡魂》、《母亲》、《张之洞》、《裂变•1911》、《男人心中的虹》；儿童剧《小侦察》、《春雨沙沙》、《希望》、《柠檬黄的味道》、《古丢丢》；木偶剧《假人》、《狮子舞》、《闹花灯》、《长袖》、《化蝶》、《钟馗》；童话音乐剧《尼尔斯骑鹅历险记》；话剧小品《真假难辨》、《招聘》、《五十块钱》等，多次荣获国家级的“文华大奖”、“文华奖”、“五个一工程奖”、“金狮奖”等大奖，荣获国家级奖项达60余项，同时涌现出一批荣获“梅花奖”、“文华奖”、“金狮奖”、“曹禺剧本奖”等国家级大奖的优秀艺术人才。在半个多世纪的历程中，剧院演出足迹遍布全国各地，并多次赴新加坡、日本、希腊、韩国、塞浦路斯、斯洛伐克等地交流演出，具有一定的国际知名度和影响力。

武汉人艺将始终秉承“德在先，戏为天”的文化理念，努力为“培养一流人才，创作一流剧目，开拓一流市场，实施一流管理，打造一流品牌”的发展目标而奋勇前行。

大型原创童话音乐剧《尼尔斯骑鹅历险记》

大型原创话剧《犟妈》

原创系列微话剧《好人好梦》

原创谍战话剧《屌丝英雄》

原创情感话剧《寻找幸福》

大型原创童话音乐剧《尼尔斯骑鹅历险记》剧情简介：

该剧讲述了一个叫尼尔斯的小男孩特别喜欢虐待动物，在被小狐仙变成小人以后，为了逃避动物们的追逐，爬到家鹅身上，在一群大雁的陪伴下飞上天空，开始了一场神奇的旅行，在经历了各种各样的困难以后，尼尔斯懂得了友爱和忠诚的重要，懂得了什么是善恶，学会了同情和爱，最后变成了一个懂事的好孩子。该剧于2014年7月至8月历时2个月辗转22个城市在保利院线开展“打开艺术之门”系列27场巡演活动，巡演所到之处，深受到当地媒体及观众们的喜爱。

大型原创话剧《犟妈》剧情简介：

东方红食品厂是12名智力残疾员工的乐园，工厂却由于生产效率低而难以为继。为了给孩子们一个可靠的保障，厂长犟妈同意了东风食品公司董事长陈老板企业合并的要求，对方却坚持要求解散她的智残员工。于是，为了保住这些智障员工，犟妈开始了她的“奋争”，犟妈以无私的关爱赢得了天使般纯真的智残员工的爱戴。

本剧根据武汉市东方红食品厂经理易勤一家“扶弱助残”的事迹改编而成。

原创系列微话剧《好人好梦》剧情简介：

该剧根据武汉好人代表：武汉警察刘继平、基层医生王争艳，环卫女工蒋和分等三人的先进事迹改编而成。他们用自己平凡的举动，几十年如一日，服务人民，帮助那些贫病幼弱者，让他们感受到社会大家庭的温暖。他们的行为弘扬了中华民族的传统美德，践行了社会主义核心价值观，向社会传递了正能量。

原创谍战话剧《原丝英雄》剧情简介：

1940年武汉会战拉开序幕，在这个当时被称之为东方芝加哥的城市，正被日本法西斯制造的恐怖所笼罩。叛徒秦风勾结日本特高课图谋将本地军统组织一网打尽，但洛雪的漏网出乎他的意料。暴露身份的洛雪找到了街头混混楚风，一场风雨随之而来……

人生的情感与压迫，终于让这个?丝迎来了人品爆发的良机。

原创都市情感话剧《寻找幸福》剧情简介：

地产大亨龚自强与知名电台主持人李雯从大学起就是人人羡慕的金童玉女，婚后更是所有人眼中的模范夫妻。成功的事业与美满的幸福婚姻，让他们成为人人艳羡的对象。就在一切都看似美满时，一个“高精尖”的妙龄女郎安吉拉闯入了他们的生活。她的出现扰乱了光环下的幸福，打破了他们多年的相敬如宾，也让他们开始反思……

电话：027-82427641

第十三届中国戏剧节“中国戏剧奖·优秀剧目奖”/第十五届中国上海国际艺术节“优秀剧目奖”

出品：中共广州市委宣传部　广州市文化广电新闻出版局　创演：广州歌舞剧院有限公司(广州歌舞团)

广州歌舞剧院有限公司(广州歌舞团)简介

广州歌舞剧院有限公司(广州歌舞团)成立于1965年，是广州市属专业艺术表演院团，曾被《光明日报》誉为“羊城的一束鲜花”。剧院始终坚持“剧目立团、人才兴团、市场促团”的发展理念，汇集了众多优秀艺术人才，创作演出了一大批优秀作品，得到社会各界广泛关注和好评。

代表作有：舞剧《星海·黄河》、舞蹈叙事诗《广州往事》、音乐剧《星》、舞蹈诗《岭南行走》；歌曲《请到天涯海角来》、《兄弟姐妹要团聚》、《东方福星》；舞蹈《攀》、《英歌武》、《木棉花乡》等。曾荣获中宣部“五个一工程”奖，文化部“文华大奖”，全国舞剧、歌剧、音乐剧优秀剧目展演一等奖，全国舞剧“荷花奖”，广东省“鲁迅文学艺术奖”，广州文艺奖精品奖，广东省岭南舞蹈大赛金奖等奖项。2012年推出大型原创音乐剧《西关小姐》，先后荣获第十三届中国戏剧节“中国戏剧奖·优秀剧目奖”、第十五届中国上海国际艺术节“优秀剧目奖”。

剧院长期以来担负着广州市重要的政治、外事和国内外文化交流等演出任务，在弘扬中华民族文化、继承与发展岭南文化的艺术实践中做出了积极的努力与贡献。

地址：广州市桂花岗桂花路东一号之一　网址：www.gzgwt.com　E-mail：gzgwtlzl@126.com
电话：18666090586　13609796926　86237786　86237787　邮编：510405

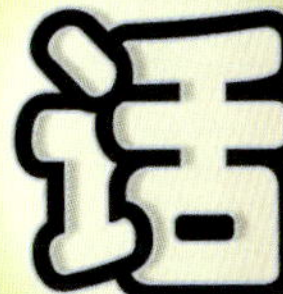

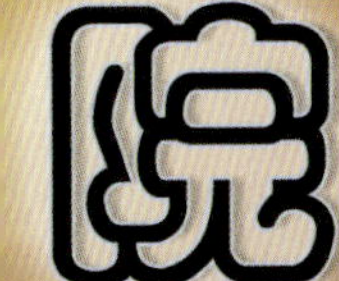

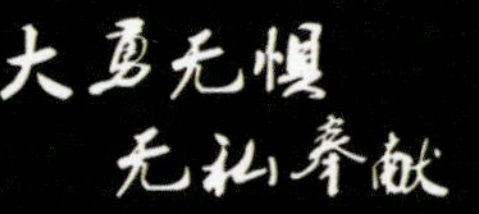

西安话剧院成立于1953年4月25日，由西北艺术学院戏剧系和西北党校文工室合并成立，是新中国成立后西北地区成立的第一个话剧表演专业团体，1960年更名为西安话剧院，2009年完成转企改制工作，整体移交曲江新区。

自建院以来，剧院曾先后演出过古今中外各种不同风格、流派的题材剧目近200部。剧院自己创作、改编、翻译剧目60多部。总计演出场次达8000场。

其中《如兄如弟》、《山花烂漫》、《车站新风》、《延水长》、《西安事变》、《巍巍昆仑》、《毛泽东的故事》、《轩辕黄帝》等先后在全国和省、市各种汇演、调演、话剧节、艺术节中获得大奖。

1956年演出自创剧目《如兄如弟》参加第一届全国话剧观摩汇演，获文化部二等奖。1964年自创剧目《山花烂漫》和1965年自创剧目《车站新风》晋京汇报演出，受到中央领导和观众好评，并受到党和国家领导人，周恩来、朱德、叶剑英、彭真等领导的亲切接见并合影留念。

1974年排练的《车站新风》、1978年排练的《西安事变》和1991年排演的《毛泽东的故事》及《巍巍昆仑》、《轩辕黄帝》等剧受中宣部、文化部邀请，多次进京并调入中南海怀仁堂为中央首长演出，受到老一辈党和国家领导人的亲切接见。

其中1978年上演的《西安事变》，获文化部“庆祝建国30周年献礼演出”一等奖；《毛泽东的故事》荣获中宣部1991年度“五个一工程”优秀作品奖；《西安事变》的创作演出较早地在话剧舞台上成功地塑造了毛泽东、周恩来、朱德等老一辈无产阶段革命家的艺术形象。此后，相继创作演出的《彭德怀》、《延水谣》、《艰难时事》等重大革命历史题材的话剧，受到了专家和各界观众的好评，在塑造老一辈无产阶级革命家的艺术形象方面开了先河。

西安话剧院经过几代人的不懈努力，创作演出了一大批好戏，培养出了一批优秀的戏剧艺术人才，并形成了自己独特的“西话”风格，赢得了广大观众的喜爱，从而在全国享有盛誉。

2005年，我院自创大型方言话剧《郭双印连他乡党》。公演后，荣获中宣部第十届精神文明建设“五个一工程”优秀作品奖；文化部2006至2007年度国家舞台艺术精品工程十大精品剧目奖；荣获第十二届文华剧目奖；中国戏剧奖、优秀剧目奖；中国话剧诞辰100周年暨第五届全国话剧展演一等奖；第四届陕西省艺术优秀剧目奖；为中国话剧作出了巨大的贡献并取得了丰硕成果。

2013年为深入贯彻落实党的十八大精神，扎实推进社会主义文化强国建设，努力创新，打造符合社会主义核心价值观的文化产品，进一步贯彻党的十七届六中全会的精神实质，落实省委建设文化强省“八大工程”的战略部署，弘扬“发展现代交通，奉献一流服务”和“科学办交通、合力办交通、勤俭办交通”的发展理念，传承“大爱在心，为民开路”的交通精神，我院三易起稿，增删多次，反复修改精心编排出大型话剧《穿越》。

2月4日，5日话剧《穿越》在西安广电大剧院上演，并邀请省委常委、宣传部部长景俊海、副省长白阿莹、庄长兴、省交通厅厅长冯西宁、文化厅厅长刘宽忍及市委宣传部、市文化局、曲江管委会等单位领导观看了演出。演出结束后，省市领导登上舞台与演职人员进行了合影，景俊海部长对该剧给予了高度评价。

8月初开始在陕西地区各交通系统巡演。受到了当地交通系统干部职工的热情欢迎。华商报、西部网、铜川市政府网站等多家报纸媒体网站也纷纷进行了报道。

穿越巍巍秦岭，实现南北通途，是三秦儿女千年的期盼。贯穿秦岭南北的终南山特长公路隧道胜利贯通，是陕西交通建设的又一重大成果，是我国公路隧道建设史上一个新的里程碑。隧道的贯通，进一步完善了国家和陕西省高速公路网布局，对于加强西北与西南、华北与华南的经济社会文化联系，统筹区域协调发展，发挥陕西在实施西部大开发战略中的区位优势，尤其是进一步推动陕南突破发展，具有十分重要的战略意义。

该剧以其独特视角讲述曾经发生的众多感人故事，填补了表现高速公路建设题材的空白，讴歌新时期陕西交通人“特别能战斗，特别能吃苦，特别能奉献”的精神风貌。同时，这部戏是“坚持现实主义道路，坚持深入生活，与人民大众同呼吸，与民族兴衰共命运”的话剧精神的深刻体现；是契合市委、市政府“创作生产贴近群众生活、反应时代意蕴、深受群众喜闻乐见”政策的优秀文化产品；是我省冲击全国“五个一工程”奖的非常有实力的精品力作。

贵州省话剧团有限责任公司
话剧《文朝荣》
剧情简介：
该剧取材于毕节市赫章县海雀村原支书文朝荣真实的事迹，他三十年如一日坚持带领群众紧紧围绕毕节试验区“开发扶贫、生态建设、人口控制”三大主题,求生存、求发展、求跨越,斗荒山、战贫困,书写了绝地逢生的精彩传奇,淬炼了不向贫困弯腰的奋斗精神……
文朝荣同志生前曾任毕节市赫章县河镇彝族苗族乡海雀村党支部书记。1971年10月加入中国共产党,1972年3月至1982年2月任海雀村党支部副书记,1982年3月至1995年12月任海雀村党支部书记,2000年1月至2014年2月被聘为海雀村党支部名誉书记。2014年2月11日,文朝荣同志因积劳成疾医治无效不幸去世。
海雀村党支部先后被省、市、县命名为“五好”基层党组织,2011年被表彰为“全国先进基层党组织”,文朝荣同志也成为海雀人心中的“村魂”。文朝荣同志的精神,概括起来就是艰苦奋斗、无私奉献、攻坚克难、造福子孙。
出　品：贵州省文化厅　中共赫章县委
主　办：中共贵州省委党的群路线教育实践活动领导小组办公室　中共贵州省委宣传部
演出单位：孔学堂艺术团　贵州省话剧团有限责任公司
主创人员：
策　划：许明　导　演：樊逸晴
监　制：王红光　主　演：孙庆昌
制作人：常晖 池丹 周剑　舞美设计：张武（特邀）
编　剧：集体创作　灯光设计：周剑 范昕 傅杨
广告

香港新声音乐协会

电邮：ntco_contact@newtune.org　网址：http://newtune.org

新声国乐团于1987年由邱少彬创办，1987年成立新声音乐协会，并领导至今。本会一向积极参与各类社区活动，得到社会普遍认同，零八年正式获确认为**“慈善团体”**，一零年十月获确认为**“义工团体”**，连年获社会福利署颁发**“义务工作嘉许金状”**及**“一万小时义工服务奖”**。乐团及协会以**雅俗共赏**为目标，既把优秀的民间、传统音乐及新作品介绍给观众，又把艺术性高的作品普及化。并且提出**业余团体、专业精神**的口号作为指南，积极提高技术与艺术水准，被誉为音乐界的**无印良品**。多年来透过**演艺、音乐教育**及**学术研讨**三大领域，积极推动香港的中乐发展。

◂一四年三月，本会为中国民族管弦乐学会会长刘锡津先生举办作品专辑《天下中华情》音乐会。刘会长（左）慷慨借出乐谱并亲临指导，刘夫人洪侠女士（右）任客席指挥，从排练到演出，谆谆善引，团员得益良多，感激不浅。图为谢幕时副团长张美玲送上亲自制作的、全体演出团员签名的感谢咭，给刘会长及洪指挥意外惊喜。

◂一四年四月，本会主办《爱心浓情》音乐会，再度邀请中国音乐学院曹文工老师（左）帮忙策划。除了有曹文工老师的作品《孟姜女随想曲》，曹文工老师亲临指导，并由张美玲老师独奏（下图），另较有特色的是首度合作的口琴《帕米尔绮想曲》（屈文中曲），原以管弦乐协奏，由本会总监邱少彬先生（右）改编为中乐协奏。

▾一四年九月以《月夜赏名曲》为题的音乐会，邀请得前全国琵琶比赛第一名的潘娥青女士（左）为大家演奏协奏曲《梁山伯与祝英台》（以琵琶主奏），以及前中国广播民族乐团着名笙演奏家翁镇荣先生（右）演奏《望夫云传说》；另得隋利军老师借出乐谱，演出了两首截然不同风格的、一刚一柔的乐曲；《巴图鲁战神之舞》及《悠悠梦之舞》，此曲邀得郭小青博士独唱，风格独特，别有一番风味。

◂一三年十月，于香港举行第185期《桃李芬芳》音乐会，并且邀得中山及珠海两地的优秀考生与香港考生同场演出，冀为珠三角的文化交流添一分动力。汇演并邀得中国民族管弦乐学会王书伟副会长（坐者右三）及刘崘升秘书长（坐者右四）亲临指导。

▸一四年是中日甲午战争120年，为唤起大家对此一历史悲剧的回忆、关注与思考，我们组织了《甲午风云祭》音乐会。其中合唱组曲《甲午风云祭》（邱少彬曲）已于2005年时首演（原名《甲午一百一十一年祭》），今年邀请了角声合唱团合作演出。音乐会的另一特色是十二位琵琶乐手齐奏《狼牙山五壮士》及十七位扬琴乐手齐奏《延河畅想曲》（均以乐队协奏），既让更多年青乐手得到舞台磨炼的机会，亦展示了我们多年努力的教学成果。

青年新一代音乐会

澳门长虹音乐会——澳门民间非牟利团体，于1979年7月成立，由热衷于中国民族音乐、舞蹈及歌唱艺术的年青人组成。多年来，对推广中国民间音乐不遗余力，成为澳门公众熟悉的“澳门长虹民族乐团”。自1992年起，长虹每年均举办大型中国民族音乐会，除先后邀请不同地区，不同风格的著名音乐家来澳合作演出，亦曾与北京、广州、湖南、湖北、厦门、香港、台湾、缅甸等地之民族乐团、国乐乐团合办交流音乐会，亦多次应邀到国内外演出，广获好评。除演出活动之外，长虹音乐会还经常举办声乐、民族乐器等训练班，并派员到澳门各学校组织乐队及教授民族乐器。对培养澳门音乐人材、宏扬中国民族音乐起了一定作用。

2013年本会举办超过30多场大小音乐会，包括“琴弦传情”音乐会、“沈非·阮独奏”音乐会、“与众同乐”音乐会、“岭南乐韵绕濠江”音乐会、“笛子四大名家”民族音乐会及“桃李和鸣”音乐会。其中“澳门制作·本土情怀”澳门基金会市民专场演出——“笛子四大名家”民族音乐会，邀请国内著名笛子演奏家——詹永明、戴亚、杜如松及张红阳，联同中国湖北编钟国乐团及澳门长虹民族乐团同台演出，并由国家一级指挥洪侠担任是场音乐会指挥，乐队人员达80人。

网址：www.cheonghong.org.mo　　E-mail:cheonghong_mo@yahoo.com　　联系电话：(853)28581150

笛子四大名家与澳门长虹民族乐团同台献艺

澳门制作·本土情怀——澳门基金会市民专场《国乐新风》河南民族乐团音乐会

澳门长虹音乐会

张铭波二胡协奏《兰花花叙事曲》

长虹民族乐团新秀——李銘妍古筝协奏《渔舟唱晚主题随想曲》

长虹民族乐团新秀——陆禹聃、张燕韵、张燕婷中阮齐奏《火把节之夜》

万家欢乐贺元宵

长虹民族乐团新秀——黎潔梅琵琶协奏《彝族舞曲》

澳门青年交响乐团

澳门青年交响乐团应邀于2013年8月20日至9月1日历史性地进行了“美国之旅”，在纽约、特拉华州、华盛顿举行的四场音乐会及探访当地老人院、侨领的记者招待会中演出，通过澳门青少年的艺术风采，把中国文化和特有的澳门文化展现在包括国家殿堂华盛顿肯尼迪中心等世界音乐中心舞台；同时让团员参观访问世界著名的政治经济中心，更多地了解美国的风土人情，开阔眼界，以音乐交朋友，收获丰富。两套曲目《四季》和《莫扎特专场》分别于8月25、26、29和31日假纽约梅尔金音乐厅、特拉华州大剧院、华盛顿肯尼迪中心、华盛顿国家大教堂上演。值得指出的是，澳门青交经过多年来的努力，“以人为本”培养本地人才成效显著，这次全部5位小提琴独奏者均为本团土生土长15至20岁的年轻人，我们深感欣慰。

1. 澳门本土出生指挥家、现任费城交响乐团助理指挥廖国敏。
2. 在纽约布碌仑区一家社区中心为长者义演，其中有不少华人。
3. 自由女神像前合影留念。
4. 特拉华州威明顿市市长威廉斯在市政大楼为青交设欢迎仪式、青交并接受州长、州议会、市长、市议会的褒奖令。
5. 团员参观中国驻美大使馆，对该建筑、以及里面的艺术品陈设叹为观止。
6. 参观美国国会大厦。
7. 演出后，乐团在全美最大的华盛顿国家教堂留影。
8. 澳门青交在华盛顿国家殿堂级的肯尼迪中心举行音乐会。

"第十届澳门文学奖"

澳门基金会

澳门基金会为澳门具有公权力的半官方法人机构，其宗旨为促进、发展和研究澳门的文化、社会、经济、教育、科学、学术及慈善活动，旨在推广澳门的各项活动。

自1992年起，本会将工作重点放在推动澳门的教育、科技和文化发展上，促成澳门数家科技、学术机构的建立，并设立报名点招收研究生，发放研究生奖学金和外地来澳学生奖学金、举办澳门文学奖、全球华人散文征文比赛、澳门青少年学生航天科普交流活动、澳门优异生参访团等活动。

"澳门制作·本土情怀"澳门基金会市民专场演出

为进一步向市民提供更多元化的文艺节目，提高生活素质，澳门基金会于2012年推出"澳门制作·本土情怀"澳门基金会市民专场演出计划。于2013年及2014年邀请了超过30个本地演艺社团，举办50多场不同主题、不同形式之表演，构建交流合作平台，为市民献上精彩的文艺节目，塑造澳门城市动感文化形象。

文学活动

为探讨旅游文学的定义，推动华文文学创作与研究，本会于2013年与香港中文大学联合书院、香港《明报月刊》联合主办第四届"世界华文旅游文学国际学术研讨会"，并邀得余秋雨、张晓风、李昂、舒婷、罗多弼、吴宏一、费琳、喻大翔等多位著名学者来澳，与本澳的学者及作家共同探讨旅游文学，并以"文化生态之旅"为主题，重新诠释旅游文学的定义和内涵，讨论当代旅游文学的发展动向。此外，本会亦分别与澳门笔会、澳门日报出版社、《人民日报》文艺部、《散文选刊》杂志社、《上海文学》杂志社及天津开意文化交流有限公司合办"第十届澳门文学奖""第三届澳门中篇小说""第五届'我心中的澳门'全球华文散文大赛"等征文比赛，以推动本澳及以澳门为题材的文学创作发展。

澳门艺术家推广计划

本计划邀约澳门艺术家进行个展及出版个人作品集，并进行交流，首批邀约了过百名澳门艺术家参与。此计划旨在推广澳门文化艺术活动，梳理本澳文化艺术的个性，活跃艺术创作气氛，检视目前的美术创作水平，深化艺术教育，唤起广大市民对文化创意产业的重视与支持。

"'澳门制作·本土情怀'澳门基金会市民专场演出"开幕式

《澳门艺术家丛书》

第四届"世界华文旅游文学国际学术研讨会"

2014年，四川省曲艺研究院全面贯彻落实十八大精神和习近平总书记在文艺座谈会上的讲话，将四川曲艺的传承保护和创新改革作为重点，在四川曲艺的展演、创作、传承、研究等各方面均做出了成绩，并积极开展文化下乡下基层演出，全年共举办90余场公益性演出，包括进社区、进校园、进军营等，为基层文化建设做出了贡献，是四川省送文化到基层的重要力量。

【饮誉国家大奖】在“第八届中国曲艺牡丹奖”大赛上，谐剧《麻将人生》（“叮当”张旭东表演）和四川扬琴《活捉三郎》（唐瑜蔓演唱）夺得了表演奖和新人奖，这是院团自2010年以来连续三次获奖，也是此届大赛唯一获得两项以上大奖的省份和院团。由李晓军、曾洁演唱的四川扬琴《陈姑赶潘》于今年“第九届中国曲艺邀请赛暨河南马街书会”上荣获一等奖。

【川曲金秋献礼首都】9月，“庆祝国庆65周年暨‘我的中国梦’优秀曲艺节目展演——向人民汇报”四川曲艺专场在北京民族文化宫拉开帷幕，四川省曲艺研究院演出队伍挑起大梁，为首都观众献上清音、扬琴、竹琴等四川曲艺代表曲种。中国曲艺家协会领导和部分戏曲曲艺界名家观看了演出，并盛赞四川曲艺有后继有人。

【交流展演】9月，由20余人组成的清音扬琴演出队伍参加了中国音乐学院主办的“北京传统音乐节”和“中国扬琴周”两大盛事。在“扬琴周”的最后一天，四川扬琴专场演出与来自海内外两千余扬琴专家学者见面。

【开展大规模“非遗进校园”】四川省曲艺研究院全年开展“非遗进校园”活动进20场，特别是为祝贺2014年中国文化遗产日，举办了近年来四川曲艺的最大规模“四川曲艺非遗展演”系列活动，包括四川曲艺进校园进社区展演、非遗交流会等。

【文化下乡下基层服务群众】今年院团开展文化下乡下基层演出共计80场，走遍四川各地市州特别是省内边远地区，为广大群众、部队官兵、戒毒所人员等各行各业带去丰盛的文化大餐，服务基层观众达5万人次。

【年度大戏《蜀韵乡情》倾情上演】12月，由我院精心打造的大型情景曲艺《蜀韵乡情》在成都锦城艺术宫精彩上演。演出上座爆满，现场观众反响热烈。 该剧以“老成都的记忆”为主轴，以市井生活的点滴为素材，经典曲艺的说唱表演扬琴、清音、琵琶弹唱、金钱板、荷叶、谐剧等，通过许多让观众耳熟能详、颇感亲切的童谣俚语、时尚潮语和人文风情，述说着一代又一代的成都人对传统文化之根的崇敬与眷恋。

【广泛开展非遗保护】今年。院团在非遗保护抢救宣传等工作方面取得进展：建立网站、数据库、微博、微信等新媒体平台；建立非遗进校园校园传承基地3所；编辑出版《“国家级传承人”四川扬琴名家刘时燕》。有效推进了非遗保护传承。

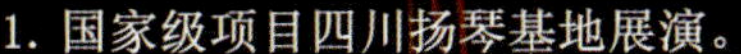

1. 国家级项目四川扬琴基地展演。
2. 参加国际情歌节。
3. “向人民汇报”四川曲艺首都专场。
4. 河南宝丰马街书会获一等奖。
5. 《蜀韵乡情》四川盘子表演。
6. 《蜀韵乡情》四川竹琴表演。
7. 牡丹奖“表演奖”获得者张旭东（叮当）。
8. 彩排现场。
9. 进军营演出。
10. 牡丹奖“提名奖”四川清音《老街新韵》。
11. 唐瑜蔓演唱四川扬琴《活捉三郎》获牡丹奖“新人奖”。

杭州歌剧舞剧院

TO MEET THE GRAND CANAL

遇见大運河
一部舞台艺术作品在短短半年的时间里，演出四十余场，场场爆满，百度词条搜索高达16万次，观众群体涉及市民百姓、大中院校师生、警队官兵，更吸引聋人团队这一特殊人群等等，杭州歌剧舞剧院集合社会各界力量历时三年出品的舞蹈剧场《遇见大运河》在大运河成功申遗后向全社会递交了一份汇聚爱的答卷。
《遇见大运河》编导崔巍在创作初期所提出的沿运河沿岸城市巡演，并根据当地历史文化特色量身打造的计划，自9月在运河第一锨土的扬州开启了巡演第一站后，紧接着结合“五水共治”主题的精髓，在浙江省内绍兴、嘉兴、湖州等地运河城市巡演，倡导保护水资源，传播运河文化遗产的行动在有条不紊的进行着。而接下来，《遇见大运河》团队将走出浙江，与全国的观众相约，让我遇见你！
舞蹈剧场《遇见大运河》作为一部文化遗产传播剧，在大运河成功申遗后，肩负着将千年历史的运河文化传播到世界的使命和责任，更是筑起了运河城市间的沟通与桥梁，为后人谱写运河历史留下了最动人的一笔。
广告

杭州歌剧舞剧院集合社会各界力量，历经三年创作的舞蹈剧场《遇见大运河》是一部弘扬优秀民族文化的主旋律作品，也是中国大运河申遗期间的一部文化遗产传播剧。不仅展现了大运河的历史风貌，而且深刻地表达了对真实、完整的文化遗产现实命运的思考。既是艺术创新之作，又是一次宏大的文化遗产传播行动；是对中国大运河文化遗产价值的一次综合提取、展现与全新表达。

2014年5月21日—23日在杭州大剧院成功首演三场，座座无虚席，打破了杭州大剧院多年来剧院三楼观众席甚少使用的现状，新华社、人民日报、腾讯网、浙江卫视、浙江日报等全国三十多家主流媒体都给予了极高的评价与肯定。同时受邀“2014中国·扬州世界运河名城博览会”赴扬州京杭会议中心——世界运河博览会的永久性会址演出；又与浙江省教育厅共同联合，在28所高校巡演互动，引起强烈反响，传播大运河千年的历史文化，正如专家们评价的那样：对文化遗产传播、对水资源保护起到了深远意义，充分发挥了文化引领作用。

《遇见大运河》的传播行为被国家申遗办高度评价：杭州这座极具人文关怀的城市为运河的发展、保护做出了重要的贡献！

崔巍作品
舞蹈剧场
A Cui Wei's
Dance Drama
遇见
大運河
官方网站：www.hzopera.com
百度词条：遇见大运河
联系我们：0571—88843983
15158198778
IE GRAND CANAL
广告

中国工笔画学会“工·在当代—2013第九届中国工笔画大展”

中国工笔画学会第九届工笔画大展

中国工笔画学会

“工·在当代——2013第九届中国工笔画大展”在京举行

12月18日下午，由中国美术家协会、中国美术馆、中国工笔画学会联合主办的“工·在当代——2013第九届中国工笔画大展”在中国美术馆举行。中国文联党组书记、副主席赵实，中国文联党组副书记、副主席李屹，中国文联党组成员、副主席、书记处书记左中一，中国文联副主席、中国美协主席刘大为，中国文联副主席杨承志，中国作协副主席李存葆，国务院参事室副主任、北京画院院长王明明，中国美协常务副主席、分党组书记吴长江，中国工笔画学会荣誉会长林凡，中国美术馆馆长、中国美协副主席范迪安，中国美协副主席、鲁迅美院院长韦尔申，中国人民解放军美术创作院副院长、中国美协副主席李翔，中国书法家协会副主席王家新，中国工笔画学会会长冯大中，中国美协秘书长徐里，中国工笔画学会常务副会长萧玉田、中国工笔画学会副会长谢振瓯、王天胜、唐勇力、孙志钧、陈孟昕、张策、刘金贵、牛克诚等领导、专家、学者和艺术家近千人参加了开幕式。中国美协秘书长徐里主持开幕式。

在开幕式上，刘大为、吴长江、冯大中、范迪安分别发表讲话。中国国民党名誉主席吴伯雄发来贺函。赵实，李屹为提名参展艺术家代表及征集入选艺术家代表颁发参展证书。

此次展览是近年来规模最大、学术水准最高的工笔画展览。共展出146位艺术家创作的近400件大型作品，包括水墨、彩墨、综合材料、绘画装置等多种媒材的作品，充分展示出当代中国工笔画多元的发展路径和丰富的探索实践，配合展览进行的学术研讨会、学术论坛和公共教育活动也将对工笔画艺术未来的发展趋势、社会价值进行深入探讨，推动社会各界对工笔画艺术更新认识。

艺术家包括18位特邀艺术家、60位学术提名艺术家、68位社会征集入选艺术家，基本囊括了当前最为活跃、在工笔画各个领域最有创新的老中青三代艺术家参展。

展览特邀艺术家包括林凡、郑小娟、袁旃、莫建成、周彦生、谢振瓯、萧玉田、王天胜、李华弌、冯大中、黄援朝、苏百钧、孙志钧、王仁华、刘新华、胡明哲、何家英、杜军等皆是资深艺术家，其中既有以山水花鸟著称的林凡、冯大中、莫建成、杜军等，以人物绘画著称的何家英、萧玉田、孙志钧等，也涵括我国台湾地区艺术家袁旃、海外艺术家李华弌，从中可以观察传统工笔画艺术在1980年代以来演化发展的不同路径以及形成的一系列典范性作品。

学术提名艺术家中，有江宏伟、陈孟昕、喻慧这样以对传统题材、图示进行转化和创造的新学院派精心之作，有刘金贵、王冠军等呈现当代社会景观的人物画作品，牛克诚、王裕国、栾剑等当代工笔山水的探索尝试，也有徐累、张见等以中西融合为导向而又追踪中国艺术传统哲思的艺术家出场，而姜吉安、徐华翎、曾健勇、杭春晖、秦艾、彭薇、郝量、肖旭、涂少辉等则在不同方向持续探索工笔艺术的边界和可能性。

社会征集入选作品则是从各大艺术专业院校、各地活跃的中青年艺术家投稿的6000多幅作品中经过两轮评选所得的66幅作品，风格上多元性、差异性显著，个别作品具有较强的学术探索性，显示出工笔画界正在注入更多新鲜力量。

大展组委会主任、中国美术家协会驻会副主席、分党组书记吴长江认为这次展览具有很强的学术性，尤其是年轻工笔画家们正在时代精神的鼓舞下进行着新的艺术探索，同时也在继续研究和传承传统艺术中的精华之处，尝试进行更多的融合和发展，非常值得美术界、理论界关注。

大展策委会主任、中国美术馆馆长范迪安总结说展览创造了工笔画大展创立二十多年来的多个纪录，比如首次邀请我国台湾地区的工笔画家参展，首次邀请海外华人艺术家参展，首次容纳绘画装置等跨界、探索性质的作品参展，第一次按照国际大型展览标准设计、编辑出版了540页的大型中英文双语画册，“相信展览不仅可以刷新艺术界、公众之前对工笔画、工笔画展览的习惯性认知，也将对今后的工笔画艺术发展产生重要影响。”

大展组委会主任，中国工笔画学会会长冯大中介绍，此次展览不论规模还是学术深度在中国工笔画领域都是空前的，可以代表近年来中国当代工笔画水准并呈现出艺术家最新的探索状态。他指出，本届展览承前启后，在策划、组织、展示、传播等方面都有所创新：一是在策划体制上建立策划委员会；二、提出理论和实践并重并行的筹备思路；三、以学术为导向，开放思路，严格选人；四、重视展览的文化传播。

由中国工笔画学会创立的全国工笔画大展之前已经举办过八届，本次大展是工笔画领域规模最大的全国性、学术性展览。

中国工笔画学会

1. 前来参观展览的艺术爱好者络绎不绝。
2. 台湾画家袁旃欣赏冯大中会长作品。
3. 台湾画家袁旃观看萧玉田作品。
4. 第九届工笔画大展上小朋友在临摹艺术家们的作品。
5. 看展览献爱心公益活动。
6. 第九届工笔画大展新闻发布会上冯大中会长讲话。
7. 第九届工笔画大展学术论坛。
8. 艺术爱好者仔细观摩。

1	6	7	8
2			
3			
4			
5			

中国工笔画学会第一个写生创作基地落户本溪

乘习近平主席10月15日主持召开文艺座谈会的东风，10月16日上午，中国工笔画学会本溪写生创作基地授牌仪式在辽宁省本溪市举行。中国工笔画学会会长冯大中、常务副会长兼秘书长萧玉田、副秘书长兼办公室主任罗翔、办公室副主任孙志刚、秘书长助理邹训精和中共本溪市委常委宣传部部长梅玉良、常务副部长李秀生、本溪市文联主席于凌波出席授牌仪式。冯大中会长与梅玉良部长为中国工笔画学会本溪写生创作基地揭牌，冯大中会长、萧玉田常务副会长为本溪写生创作基地的分支本溪县写生基地、桓仁县写生基地授牌。

冯大中会长与梅玉良部长为中国工笔画学会本溪写生创作基地揭牌

冯大中会长、萧玉田常务副会长为本溪写生创作基地的分支本溪县写生基地、桓仁县写生基地授牌

设立写生创作基地是中国工笔画学会贯彻落实习近平总书记在文艺座谈会上重要讲话精神的具体举措。总书记谆谆告诫：“文艺工作者应该牢记，创作是自己的中心任务，作品是自己的立身之本，要静下心来、精益求精搞创作，努力创作生产更多传播当代中国价值观念、体现中华文化精神、反映中国人审美追求，思想性、艺术性、观赏性有机统一的优秀作品”，总书记特别强调精品意识。而中国工笔画艺术正是体现总书记所倡导的“思想精深、艺术精湛、制作精良”的艺术门类，具有大美气象、盛世情怀，改革开放以来得到了蓬勃发展，在历届国家级美术大展特别是第十一届、十二届全国美展，第九届全国工笔画大展中有不凡的表现，深受人民群众喜闻乐见。为进一步提升中国工笔画创作的艺术品位与境界，中国工笔画学会一直号召、鼓励全国工笔画家走出书斋画室，在生活中，在大自然中，在与人民群众休戚与共、相亲相知中，发现“自然的美，生活的美，心灵的美”，提炼出“有筋骨、有道德、有温度”的艺术精品，“书写和记录人民的伟大实践，时代的进步要求，彰显信仰之美、崇高之美”。中国工笔画学会写生创作基地的设立，为广大工笔画家搭建了贴近时代、贴近生活、贴近群众、师造化、接地气的平台，为引领、带动、升华工笔画艺术的研究与创作发挥积极作用。中国工笔画学会要为达到工笔画艺术既要有“高原”，又要有“高峰”；达到习近平总书记所希望的艺术作品要“让人动心、让人们的灵魂经受洗礼”的艺术的最高境界而不遗余力。

按计划，中国工笔画学会还将在华北、江南设立写生创作基地。

中国工笔画学会

2014年10月16日

山谷子书画研究院

山谷子书画研究院是经国家民政部批准成立,具有独立法人资格的社会团体，研究院自成立以来，是目前中国规模较大的，具有一定影响力的艺术团体之一。

山谷子书画研究院宗旨：拥护中国共产党的领导，促进中华优秀文化艺术交流，以道德服务社会，把艺术奉献给人民。团结港澳同胞，台湾同胞及海外侨胞中的文化艺术团体和文艺界人士，为弘扬中华优秀文化艺术和实现祖国统一大业贡献力量！

谷新峰

国家一级美术师，毕业于中央美术学院，中国美术家协会会员，中国同乡企业发展促进会副会长，吉商商会常务副会长，作品编入《新中国国礼艺术大师》、《中华文化大使》、《中非文化大使》、《中央党校收藏》、《卢浮宫美术馆收藏》中国艺术品股权投资模型创始人。

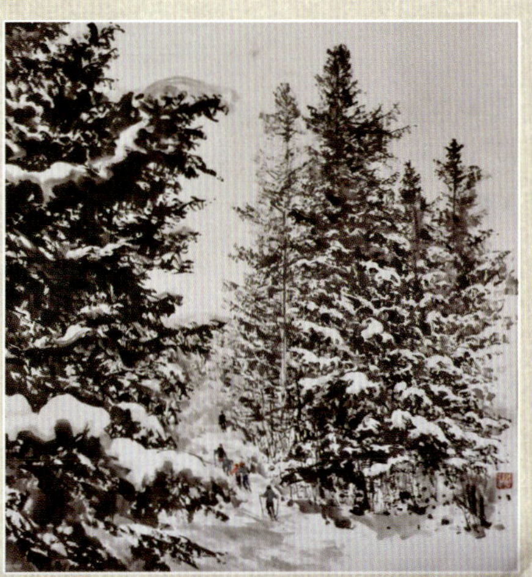

和合画院

和合画院成立于2006年秋天，是由国内有成就的书画艺术家组成的书画艺术学术团体，实行院长负责制，办院宗旨是：和谐、勤奋、研究、创新。

和合画院旨在继承和弘扬中华民族的优秀传统文化艺术，开展书画艺术创作和研究活动，通过学术和作品交流，把我国有成就的书画艺术家和优秀的书画艺术作品推向全国、推向世界，让世界了解中国的书画艺术。

和合画院在院长的直接领导下，依托自己的活动平台，开展活动。首先，利用自己本院的刊物、艺术网络和社会等媒体平台，向全社会介绍书画家的艺术成就和优秀作品。设立网上永久画廊，定期为本院书画家举办作品展览。其次，在全国建立采风创作基地和活动中心，经常组织书画家体验生活，并开展写生、创作和学术研讨交流活动，引导和鼓励书画家创作出更多的有正气的大美作品，奉献于社会。再次，经常组织书画家参加社会公益活动的同时，严格按照“和合画院章程”办事，积极组织全院书画家参加社会文化艺术建设，为推动全社会文化的大发展大繁荣多做贡献。

经过几年健康、稳步地发展，院里重点抓了组织机构建设、基础设施建设，队伍素质建设和社会文化建设四个方面工作。

一、组织机构建设方面

和合画院在北京总院里设有顾问委员会、理事会、艺术委员会、办公室、和合传媒、设计室。在全国各地（广州、郑州、徐州、北京、内蒙古）设立了5个分院，还建立了13个创作基地和31个活动中心。做到了每个点都有办公地址和专人负责。

二、基础设施建设方面

通过努力，总院设在北京八大处路22号，总投资2000多万元，将6800平方米的总院办公大楼装修一新。主要设施包括创作室、会议室、各部门的办公室、艺术家宿舍、员工餐厅等。另外，还建设300多平米的多功能艺术交流中心和艺术家茶苑、画廊等。总院还投资200多万元将两个设计室的装备更换一新。

三、队伍素质建设方面

这几年组织书画家开展采风、学习、创作、交流活动，画院书画家的足迹遍布包括港澳台在内的全国各地名山大川、工厂、农村、部队……使院里的艺术家素质得到很大提高，也使艺术队伍结构有了很大改善。画院享受国务院特殊贡献政府津贴的专家有9位；国家知识产权文化大使全国评出50名，画院占7名；荣获国家“知识产权文化大使”提名奖的中国百位著名书画家中，画院占23名；中南海特聘画家画院占4名；全国人大国礼画家画院占8名……。

在胜利油田创作基地与石油职工共同作画。

在云南小湾水电厂书画活动中心采风时剪影。

太行山创作基地挂牌仪式剪影。

“51.2”地震期间画院艺术家在当地政府领导的陪同下察看灾区学校倒塌情况。

北京天安门管委会领导为画院艺术家在天安门城楼颁发收藏证书。

画院艺术家在新疆塔克拉玛干沙漠中的胡杨林采风时留影。

四、社会文化建设方面

画院重点抓了城镇文化建设，部队文化建设和企业文化建设。除了到基层组织采风、授课、创作、交流活动外，画院还为国家和各省市的重要场合完成大幅作品创作任务。如北京天安门城楼、人民大会党、全国人大办公大楼、全国政协、中南海、国务院及各部委、国防部大楼、中央军委各总部机关悬挂许多大幅书画作品都是出自和合画院的艺术家之手。

另外，积极参加社会公益活动也是和合画院工作的一个重要工作。“5.12”汶川地震、玉树地震、迎接北京奥运会、扶贫助残等慈善活动都有画院组织的艺术家参加，特别是北京市唯一一家民间组织的“北京浩天救援队”就是和合画院领导下的由本院员工参加的组织，并多次参加救援活动，新闻媒体曾多次进行了采访报导，还得到北京市有关领导的多次表彰。

作品：和谐之春
作者：何学斌
建国六十年大庆悬挂天安门城楼

作品：我的天堂
作者：杨良民
建国六十年大庆悬挂天安门城楼

作品：白桦林
作者：卢志学副院长
建国六十年大庆悬挂天安门城楼

北國風光千里冰封萬里雪飄望長城內外惟餘莽莽大河上下頓失滔滔山舞銀蛇原馳臘象欲與天公試比高須晴日看紅裝素裹分外妖嬈江山如此多嬌引無數英雄競折腰惜秦皇漢武略輸文采唐宗宋祖稍遜風騷一代天驕成吉思汗只識彎弓射大雕俱往矣數風流人物還看今朝

作品：楷书沁园春雪
作者：石羊
2007年至2008年悬挂于北京天安门城楼

中国文房四宝协会

——中国文房四宝协会秘书处

郭海棠 中国文房四宝协会会长
中国文房四宝杂志社社长兼主编
肇庆市端砚协会终身名誉会长
肇庆学院美术学院名誉院长兼客座教授
首届中国文房四宝艺术大师评审委员会主任

2012年5月，第29届全国文房四宝博览会上全国政协常委、中国轻工业联合会名誉会长盘蓓蕾副部长应邀出席并与郭海棠会长合影留念

2002年4月24日至27日，在民族文化宫，协会三位名誉会长陈士能部长、杨波部长、邵华泽主席与郭海棠会长在第11届文房四宝艺博会上合影

2014年4月16日，郭海棠会长、温寒石副会长陪同全国政协白立忱副主席、陈士能部长、滕文胜主任参观第33届全国文房四宝艺术博览会端砚展

中国文房四宝协会是由原国家轻工业部机构改革第一个成立的国家级行业协会。1986年经国家经委批准，国家民政部登记，1988年6月在北京正式成立，现由国务院国资委主管，负责全国文房四宝行业管理。协会首任会长由原国家轻工业部老部长乔明甫担任，名誉会长由原国务院副总理方毅担任。协会现任名誉会长由四位国家正部长级领导：陈士能（十届全国人大常委、中国轻工业联合会名誉会长）、滕文生（十届、十一届全国政协常委、中共中央政策研究室原主任、中共中央文献研究室原主任、国际儒学联合会常务副会长）、杨波（九届全国人大常委、原国家轻工业部部长）、邵华泽（十届全国政协常委、人民日报社前社长、中华全国新闻工作者协会名誉主席）担任，协会会长由郭海棠女士担任。

协会副会长：温寒石、桑福金、杨文忠、米军、朱恩三、胡文军、曹光华、程彩辉、宋秀莲、周建、汪培坤、冯良才、杜弘、朱延林、马志良、杨松源、伍森严、石庆鹏、周瑾、王建华、梁佩阳、梁金凌、梁焕明、程振良、蔺涛、刘祖林、赵成德、张淑芬、黄太海、安胜谋、李文德、何岩、罗春明、朱茂强、彭长贵、卫小梅、杨中毅、田旭峰、梁善、刘华、马五一、韩德宏、廖达敏等30多位骨干企业的领导担任。协会还聘请了李铎、欧阳中石、邹佩珠、李燕、张飙、李宝库、蒙玉河、许思豪、刘演良、闫家宪、高士熊等100位全国著名书家、画家、收藏家、文房四宝艺术大师为协会高级顾问。

为行业拓宽国内外市场

郭海棠自1969年大学本科毕业分配工作，从事轻工行业工作46年。1986年调国家轻工业部工作，1987年分配中国文房四宝协会工作至今，在中国文房四宝协会工作29年，期间担任会长职务15年，主持协会工作17年。从协会筹备、成立、发展至今，她见证并实践了全国文房四宝行业的历史与发展。全行业在郭海棠会长的组织带领下，29年来先后在在香港、北京、上海、浙江、西安、南京、成都、广东、安徽、山东、太原、武汉、杭州、内蒙古乌海、天津等地成功举办了规模较大的全国性文房四宝艺术博览会34届。尤其是2014年4月在北京展览馆举办的第33届全国文房四宝艺博会，展出面积一万五千平米，设展位600余个，参展企业600余家，展会规格 一届比一届高，规模一届比一届大，凝聚力也一届比一届强。通过展会为行业拓宽国内市场，宣传了文房四宝品牌，艺博会分别于2010年4月、2012年6月两次荣获“中国轻工业十佳优秀特色展会”国家大奖；协会先后组团赴日本、泰国、新加坡、欧洲七国、韩国、澳大利亚、美国、巴西等国家与香港、台湾、澳门地区进行访问、考察、参展和文化交流活动，为行业拓宽国际市场。

突出行业地方特色，为行业培养高素质人才

2004年以来至今，郭海棠会长作为历届文房四宝特色区域考评专家组组长，带领专家组在全国范围内评授中国文房四宝特色区域荣誉称号共26个。即纸：中国宣纸之乡·安徽泾县、中国宣纸、书画纸基地·泾县丁家桥镇、中国文房四宝之城·宣城市、中国书画纸之乡·四川夹江县、全国中小学生书画用纸产业基地·四川夹江县；墨：中国徽墨之都·安徽歙县、中国徽墨之乡·安徽绩溪县；笔：中国毛笔之都·湖州市、中国湖笔之都·湖州南浔区善琏镇、中国毛笔之乡·江西文港镇、华夏笔都·进贤县文港镇、中国宣笔之乡·安徽泾县黄村镇；砚：中国砚都·肇庆市、中国歙砚之乡·安徽歙县、中国洮砚之乡·甘肃岷县、中国洮砚之乡·甘肃卓尼县、中国澄泥砚之都·山西新绛县、中国松花砚之乡·吉林通化市、中国松花砚文化产业基地·吉林白山市、中国苴却砚之乡·攀枝花市仁和区、中国红丝砚之乡·山东省青州市、

让中华文化瑰宝再放光芒

中国红丝砚文化产业基地·山东临朐县、中国宣砚之乡·安徽旌德县、中国徐公砚之乡·山东沂南县、中国金星砚之乡·山东费县；文化名街：中国文房四宝文化第一街·北京市西城区琉璃厂。通过评授特色区域，推动了地方经济的发展，保护了文房四宝国家级非物质文化遗产，同时为行业培养了一大批文房四宝专家；协会还组织制定、修订了宣纸、书画纸、墨汁、墨锭、毛笔、砚台、中国画颜料、书画印泥八项行业标准及国家标准；2006年协会与国家邮政总局联合编辑、出版并首次在大陆发行"文房四宝"邮票一套；自1989年创刊，协会编辑、出版国家级刊物《中国文房四宝》杂志110期，自1998年郭海棠会长担任中国文房四宝杂志社社长兼主编以来，刊物以其内容高雅、格调清新、图文并茂、印制精美而深受广大读者所喜爱；2009年7月、2014年12月协会与中国轻工业联合会联合在全国范围内先后两次评出"中国文房四宝**艺术大师"共103名，两届均由郭海棠会长担任中国文房四宝艺术大师评审委员会主任；2000年至今，在全国文房四宝行业中，曾五届推出"国之宝——中国十大品牌"，即中国文房四宝十大名笔、十大名墨、十大名纸、十大名砚、十大文房名品名具共50个品牌。建立中国文房四宝传统技艺人才培训基地三个（安徽、广东、北京）。

搭建行业与政府的桥梁

郭会长代表协会为《中国大百科全书》撰写《端砚考察记》、《洮砚考察记》、《文房四宝》、《宣纸》、《书画纸》、《毛笔》、《徽墨》、《宣纸与书画纸的定义与区别》条目，并在中国文房四宝杂志与中国大百科全书刊登，2009年8月由中宣部、国家新闻出版总署授予郭海棠"在中国大百科全书（第二版）编撰出版工作中做出重要贡献奖"荣誉称号并获奖励；2011年5月她撰写的《文房四宝科学解读》一文被列入中共中央党校领导干部大讲堂国学教材，并于2011年5月由中共中央党校出版社出版；2010年5月受工信部委托，就两会代表提出的"关于弘扬传统文化，让毛笔书法进入课堂的建议"，郭海棠会长代表协会执笔起草，进行了认真答复，并提出行业意见：建议国家教育部尽快出台"将中国书法列入中小学生必修课"的相关政策；2011年3至4月，协会会长郭海棠、副会长蔺涛应北京清华大学与台湾清华大学邀请，先后分别出席两岸清华大学百年校庆活动，进行两岸文化艺术交流；2009年5月至2011年12月三年期间，协会组织举办"中华砚文化学术研讨会"、"中华砚文化高峰论坛"五次，郭海棠会长均做重要讲话。

让中华文化瑰宝再放光芒

2000年至今郭海棠担任中国文房四宝协会会长以来，全国文房四宝行业在她的带领下，呈现出一派大繁荣、大发展的兴旺局面。无私奉献，知行合一。用这句话来评价郭海棠会长的工作精神和人品毫不为过。29年来她始终情系中华文房四宝文化，倾力于行业的发展和振兴；她坚韧、执著、智慧。为弘扬中华传统文化，促进中国文房四宝行业的发展，她肩负重任，不辞辛苦，用智慧和勤劳谱写了中国文房四宝文化与行业的历史新篇，让中华文化瑰宝再度放出光芒……

协会本着为弘扬民族优秀传统文化，保护文房四宝非物质文化遗产，为会员、为政府全心全意服务的宗旨，在国务院国资委与中国轻工业联合会的大力支持与协会四位名誉会长的直接关怀、支持及全体会员的大力支持参与下，在行业管理、拓宽市场、培养人才、宣传名牌产品等方面做了大量工作，办了很多实事，为弘扬民族传统文化做出巨大贡献，在政府与企业之间发挥了桥梁与纽带的作用，受到广大会员与行业一致好评。

中国文房四宝协会办公地址：东长安街6号 电话：010-65279109

2004年4月8日，在北京民族文化宫，顾秀莲副委员长、陈士能部长在郭海棠的陪同下参观第15届全国文房四宝艺博会徽墨展位

2007年4月14日，在民族文化宫，何鲁丽副委员长、陈士能部长在郭海棠陪同下参观第19届全国文房四宝艺博会毛笔展位

2009年5月8日，全国政协郑万通副主席、陈士能部长、步正发会长在郭海棠陪同下参观第23届全国文房四宝艺博会巨型洮砚展

2011年7月29日至31日，北京西城区琉璃厂申报"中国文房四宝文化第一街"专家组全体专家与西城区区委、区政府领导合影

2011年4月18日至25日中国文房四宝协会郭海棠会长、副会长蔺涛应邀率团出席台湾清华大学百年校庆庆典活动及澄泥砚展览开幕式

中华国学文化研究院

华长义：中华国学文化研究院首席院长，道号圣化，佛号广华。1948年出生于河南叶县，大专文化。十八岁开始对易经有爱好，后得"不过五"弟子之真传，主攻地理、阳宅、命理、易占、手相、医理方面的研究。1997年到"中国河洛易经学院"，写了"五行概论，经专家教授考核审定，被评为"高级地理命理师"受院徽和证书，编号00706。1999年被评为"堪舆命理教授"。2004年编写"堪舆宝典"，于长君院长为华长义先生题："弘扬优秀传统文化、立德、立功、立言！"且为本书题序。在四川曾被称为"活济公"，在安徽被称"活菩萨"之美名，为人道德高尚，光明磊落，有地上神仙的风骨，广传善缘，遵守星相预言家守则，遵守党中央各项政策，对易经作以研究和实施。

中华国学文化研究院是以历史唯物主义和辩证唯物主义为指导思想，由高等院校的著名国学研究专家、教授，以及民间团体资深、知名的国学专家学者联合组成。在研究国学传统文化的过程中，坚决拥护中国共产党，贯彻执行党、国家的各项方针、政策、法律法规，维护国家和平统一，模范发扬社会主义文明道德风尚，批判伪科学，破除封建迷信，在研究过程中对传统文化批判吸收兼顾，去其粗粕，取其精华，客观辨证地研究国学文化的起源、产生、发展，实际运用等客观规律，坚持理论与实践相结合，融合东、西方文化精华，正本清源，传承文明，弘扬国学，以振兴中华，维护国家统一，维护社会安定团结，和谐文明为己任，与时俱进，开拓创新。大力弘扬中华民族国学文化，引导人民群众拥护共产党，执行国家各项法令，使国民正确认识和运用国学文化知识为社会主义精神文明和物质文明建设服务，促进人类社会文明进步，共建和谐社会，贯彻国家主席胡锦涛提出的：弘扬中华民族优秀传统文化是一件具有深远历史意义的大事，造福人类。本院提倡以科学的精神态度和方法，弘扬中华优秀传统文化，提倡科学研究与应用，坚决反对利用国学研究的名义从事违法活动。

本院定位　研究院坚决摒弃当前"个人即是机构、机构即是个人"的办会模式，倡导制度约束权力，始终保持中立态势，强调群策群力，通过公平、公正、公开的透明办会模式，创建国学文化人真正意义的共同家园。

本院使命　传承中华传统文化瑰宝，推动国学文化发展方向，构建和谐社会。

服务职能　促进中华传统文化的交流合作；使国民正确认识和运用国学文化知识为社会主义精神文明和物质文明建设服务，促进人类社会文明进步，共建和谐社会。

福建省易学研究会第二次会员代表大会

华长义院长与美国易学研究院院长、国风水学院院长曾希亲切合影

国学文化界诸多名人专家敬贺及合影留念

1997年授中国河洛易经学院“高级命理地理师”证书及院微。

2005年以来担任安徽省安庆市望江县龙湖商贸城的规划、顾问。厦门同安区鸠峰禅院的规划、顾问。香港万恒国际有限公司顾问。鞍山市万恒置业有限公司，中国画学会，厦门复文美术馆顾问。等等...

2008年和中国画学会副会长兼秘书长孙克合影留念。孙克为华教授工作室题字“长义堡”。2009年与新加坡黄靖智先生合影，并邀请到新加坡讲学。

中国书画院副院长汪安邦为华教授题“堪舆泰斗”牌匾。

香港国际书法家协会副主席海西一德为华教授题“堪舆泰斗”牌匾。2011年4月8号在江西赣州参加中国传统文化名人论坛，暨全球华人易学风水名师300强纪念杨筠松诞辰1177周年祭祖活动并发表讲话。

经几个学院专家教授审定颁发“全球十大杰出杨公地理风水名师”、“全球十大陵园风水设计师”两个金牌。

2011年7月进入《国学名人》榜，8月授以《专家证书》。

华教授自担任院长以来，连续发表国学文章：《家居风水》、《风水与国学》、《谈养生之道》、《关注闽西》等多篇精彩文章进入中华国学文化研究院官方网站。

2012年，“中华国学文化研究院”成为被“中国文学艺术界联合会”与“新华出版社”联合编辑的《中国文学艺术界联合会2012年鉴》唯一一个收录的国学文化研究机构。

2013年元月被“中国国际易学联盟”聘请为“副主席”。

2013年元月被“厦门易学研究会”聘请为“第五届环境科学专委会主任”。

中华国学文化研究院华院长与联合国文化总署署长张文祥先生合影

厦门市易学研究会第五届会员代表大会

华长义院长与中华国学研究会许国桢会长亲切合影

华长义院长在厦门大学文化讲堂讲说

太湖画派

Taihu Lake Painting School

无锡是江南历史文化名城，人文底蕴深厚，历来秀冠东南，才俊辈出，在书画领域涌现出一代代艺术大家，如古代的顾恺之、倪云林，近现代的吴观岱、秦古柳、徐悲鸿、钱松嵒等，都在中国美术史上写下了光辉的一页。

为深入梳理、总结、研究无锡书画艺术资源，进一步推动当代无锡美术的发展，2007年无锡市委、市政府在《无锡市文化大发展大繁荣行动纲要》等文件中，明确提出“深入挖掘、研究无锡浓厚的书画艺术资源，创立‘太湖画派’”。为此，2011年9月，无锡市委、市政府在北京中国美术馆举办了“太湖画派历代名家作品展”。十届全国政协副主席张怀西、中国文联副主席冯远、新华社副社长周锡生等领导和嘉宾出席开幕式，出版了《太湖画派历代名家作品集》。同时举办了“太湖画派与太湖流域美术”学术研讨会，由《美术》杂志执行主编尚辉和中国美术馆副馆长梁江共同主持，邵大箴、薛永年、陈履生等20余位全国著名美术理论家、美术史论家参加研讨，会后整理出版了《太湖画派论文集》。2012年12月、2013年11月，无锡市委、市政府又分别在南京江苏省美术馆和无锡博物院举办《太湖画派当代画家作品展》和《太湖画派中青年画家优秀作品展》，至此“太湖画派”展览已形成一个系列，影响不断扩大，“太湖画派”已逐步成为无锡的文化品牌。

经研讨会有关专家建议和无锡书画界人士发起，为进一步整合太湖画派的研究力量，形成长效机制，促进太湖画派的传承发展，2012年6月，“无锡太湖画派研究会”登记成立。研究会理事由无锡具有一定名望和代表性，能积极参与太湖画派艺术研究与社会活动的书画家、专家学者、宣传文化职能部门负责人和热爱书画艺术的工商企业界人士组成。研究会由原无锡市人大常委会副主任丁卜人任会长，聘请无锡市人大常务副主任、原无锡市委常委、宣传部长王立人为名誉会长，聘请中国文联副主席冯远、江苏省文化厅副厅长高云、江苏省美协主席宋玉麟、江苏省美协副主席兼秘书长尹石为艺术顾问。

研究会成立后，举办了一系列采风、展览展示和交流活动，先后与佛山市文联举办了“风起岭南中国画展”、“情满太湖——太湖画派名家邀请展”；与景德镇市文联、敦煌市文联、银川市文联、陕西省文联等开展了交流活动，扩大了太湖画派的影响。

倪瓒纸本墨笔苔痕树影图轴

1. 秦古柳纸本设色松荫高士图轴。
2. 钱松喦纸本设色延安颂图轴。
3. 徐悲鸿纸本设色柳马图轴。
4. 2011年9月，中国文联副主席冯远在太湖画派历代名家作品展开幕式上致辞。
5. 2012年12月，太湖画派当代画家作品展在南京江苏省美术馆开幕。
6. 时任江苏省人大副主任赵龙、时任江苏省文联党组书记、常务副主席王慧芬和无锡市委常委、宣传部长王国中、无锡市人大副主任王立人等领导参观展览。
7. 2013年11月，太湖画派中青年画家优秀作品集在无锡博物院开幕。
8. 江苏省政协副主席范燕青、时任江苏省文联党组书记、常务副主席王慧芬、无锡市市委常委、宣传部长王国中、无锡市人大副主任王立人等领导和嘉宾参观展览。
9. 2011年9月，太湖画派与太湖流域美术学术研讨会在中国美术馆召开。

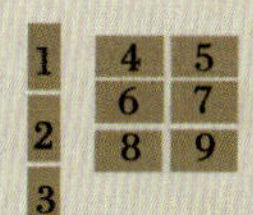

吴观岱纸本设色松鹤鸣泉图轴

为了可爱的中国

——大型原创廉政诗画剧

习近平同志在出席中央党校2010年秋季学期开学典礼讲话中指出："我多次读方志敏烈士在狱中写下的《清贫》，那里面表达了老一辈共产党人的爱和憎，回答了什么是真正的穷和富，什么是人生最大的快乐，什么是革命者的伟大信仰，人到底怎样活着才有价值，每次读都受到启示、受到教育、受到鼓舞。"

今年是伟大的无产阶级革命家、军事家、杰出的农民运动领袖方志敏同志诞辰115周年。江西上饶是方志敏同志的故乡，为弘扬方志敏精神，进一步激活红色基因，激励广大干部群众坚定信仰，永葆革命本色，为实现中华民族伟大复兴的中国梦筑牢共同思想基础，中共上饶市委、上饶市人民政府决定，由上饶市纪委、市委宣传部、市文化局以方志敏在赣东北的革命斗争事迹为原型，联合打造一台大型廉政诗画剧，并根据方志敏遗著《可爱的中国》，将该剧取名为《为了可爱的中国》。

《为了可爱的中国》以弘扬主旋律为基调，以彰显红色文化为核心，通过红土谣、长歌送别、突围、红色恋人、忠诚、清贫、劝降、被缚的雄鹰、英魂永存、新中国的畅想十个场景，以优美的情景音乐、舞蹈语言、故事讲述和场景的时空变换，讴歌了方志敏可歌可泣的革命故事、短暂光辉的生命历程，深刻展示了方志敏"爱国、创造、清贫、奉献"的革命精神所蕴含的深刻寓意和巨大正能量。是一台融教育性、思想性、艺术性、观赏性为一体，具有强烈的艺术感染力和精神感召力的红色剧目。

该剧从2013年5月开始筹备，邀请南京军区政治部前线文工团一线编导组成主创团队，剧本经过省、市方志敏研究会的专家学者反复研讨，十余次修改，整个剧目历经10个月创作打磨而成，在历史史实、剧情设计、演员演技上不断追求精益求精。自2014年2月首演以来，已在上饶各县（市、区）及南昌、北京、上海等地演出百余场。10月15日晚在北京人民大会堂公演，开创了全国首个地级市歌舞团在北京人民大会堂公演的先河。演出引起了社会各界的极大关注和强烈共鸣，人民日报、新华社、光明日报、中央电视台、人民网、新华网等十多家媒体纷纷报道此次演出盛况。

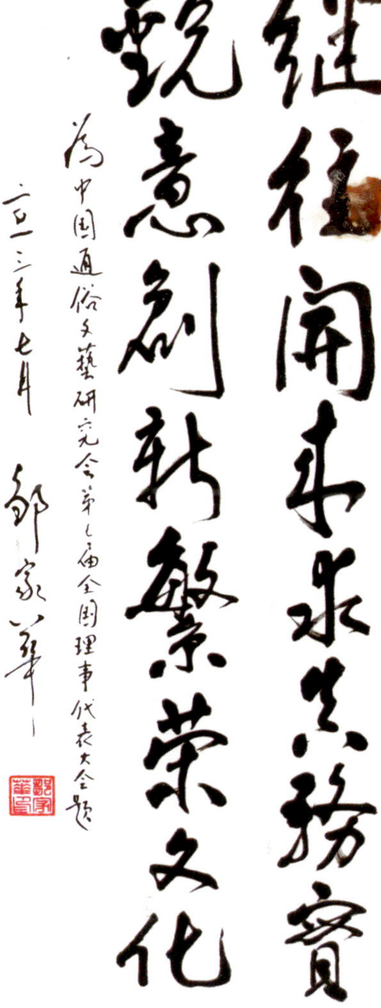

中国通俗文艺研究会于1987年6月20日在北京成立，业务涉及文学、美术、书法、影视制作、民间艺术等多方面。成立至今27年来，做了大量有益于国家和社会的工作，向社会奉献了诸多作品，有史著、长篇小说、纪实文学、报告文学、诗集、散文集、文艺评论、戏剧曲艺、影视文学作品等，其中不少作品都是受到中央领导同志和主管部门重视或荣获全国各种奖励及好评的优秀之作。

中国通俗文艺研究会是由从事通俗文艺创作和研究的文学家、艺术家、评论家、编辑家和有关专家、学者和省、市通俗文艺研究会自愿结成的全国性学术团体。英文译名：CHINA SOCIETY FOR LITERATURE POPULAR RESEARCH。中国通俗文艺研究会接受业务主管单位中国文学艺术界联合会、社会登记管理机关民政部的业务指导和监督管理。

中国通俗文艺研究会宗旨：在中国共产党的领导下，遵守宪法、法律、法规和国家政策，遵守社会道德风尚，坚持为社会主义服务、为人民服务的方向。贯彻“百花齐放”、“百家争鸣”的方针。创作和研究具有中国特色，为中国人民群众喜闻乐见的通俗文艺，为社会主义的物质文明和精神文明建设，作出积极的贡献。

中国通俗文艺研究会业务范围：（一）古今通俗小说的创作与研究；（二）纪实文学、传记文学、法制文学的创作与研究；（三）诗词、歌谣、故事的创作及神话的整理研究；（四）通俗文学和艺术的理论和历史研究以及书刊编辑、出版；（五）电影、电视剧的制作与发行；（六）戏剧、曲艺的创作表演与研究；（七）音乐、美术的创作与研究；（八）摄影、书法、篆刻的创研；（九）民间艺术的创作、研究及表演；（十）按国家规定开展经营活动。

1. 代理事长楚水参加太朴如琢画展时与国务院原总理温家宝同志合影。
2. 代理事长楚水向原中共中央政治局常委、全国政协主席贾庆林汇报中国通俗文艺研究会的工作。
3. 邹家华首长为中国通俗文艺研究会题词。
4. 中国通俗文艺研究会代理事长楚水（右一）在第六届四次理事大会上作工作报告。
5. 中国通俗文艺研究会秘书长赵焕军在第六届四次理事大会上作工作报告。
6. 中国通俗文艺研究会第六届四次理事大会2014年11月16日在北京召开。

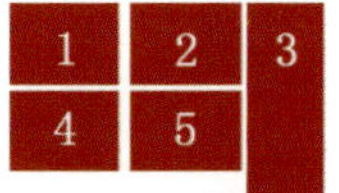

中国通俗文艺研究会第六届四次理事大会

湖北省国画院

传承 发展 国风 楚韵

“湖北画家画湖北”活动概述

“湖北画家画湖北”活动是由湖北省文联举办、湖北省国画院承办的大型采风与创作活动。“湖北画家画湖北”活动以社会主义核心价值观为指导，落实与实践习总书记在文艺座谈会上的讲话精神，坚持文艺为人民服务、为社会服务，坚持围绕中心、服务大局，突出特色和“三贴近”原则，充分发挥各地区文化资源，打造特色文艺品牌。该活动是打造“荆楚画派”文艺品牌的基础活动，得到全省各地区的欢迎与支持。

“湖北画家画湖北”活动引起了全省各地强烈关注，先后有黄冈、宜昌、钟祥、潜江、秭归、郧西、崇阳、咸丰、夷陵、赤壁、罗田、天门、丹江口等十多个市、州、县市（区）积极与我院联系了采风创作事宜。共安排实施了“湖北画家画湖北走进东坡故里（黄冈）”、“湖北画家画湖北走进钟祥”、“湖北画家画湖北走进昭君故里（兴山）”、“湖北画家画湖北走进曹禺故里（潜江）”、“湖北画家画湖北走进天门”、“文艺小分队赴丹江口”等活动。这几项活动，共组织出动本院画家200多人（次），采访了诸多景点和区域，创作了许多中国画作品，其中不乏很多具有本土特色，展现湖北形象的精品力作。

通过“湖北画家画湖北”活动产生了良好的社会影响，出版了《遗爱湖十二景》以及《荆楚画家——中国画名家作品集》等作品和文化品牌成果。

《荆楚画派-中国画名家作品集》总序

中国美协理事、《美术》杂志执行主编/尚辉

20世纪以来湖北中国画发展已渐显地缘性的文化特征与时代审美风貌。

影响这个世纪湖北中国画发展的首先是张肇铭、张振铎和王霞宙这“三驾马车”。出生于武汉的张肇铭，求学于北平国立艺专，他带回湖北的是以王梦白、陈师曾为代表的“精研古法，博采新知”的京派画学思想；出生于枣阳的王霞宙，毕业于南京美专，他学得的是金陵、吴门明清文人画的流风遗韵；三人之中，只有张振铎为浙江浦江人，因而他师承的是民初海派画学鼎盛之时任伯年、虚谷、吴昌硕诸家的变革之风。民国时代的武汉，几乎与沪、宁、穗、京等同为社会变革与文化思潮的中心，而这“三驾马车”从三座不同的中心城市带回的各具风貌的中国画学，共同汇聚于江汉并再度开始了荆楚文化的熔铸。

新中国湖北中国画在借鉴西方美学理念中获得开拓，并以汤文选、周韶华、陈作丁、鲁慕迅、张善平和冯今松等为翘楚。汤文选作为新中国现实主义人物画的代表，最早体现了中国画表现现实生活的能力，他通过写实造型对于人物画的变革，其实也深刻地呈现了“二张一王”以碑入画的新传统。周韶华作为新时期中国画现代性的变革者，提出了“横向移植”与“隔代遗传”的中国画变革思想，并有机地将长江文明与现代主义融为一体，虽然他通过水墨与多种媒介拓展了中国画的外延，但他始终不离不弃那苍茫厚重的碑学用笔。而追求诗性抽象形式的冯今松，在富有抽象形式意味的粗犷笔线里，寄寓了文人的幽微淡远、家园情怀。汤文选、周韶华和冯今松似乎又构成了湖北中国画现代性的“三驾马车”，他们在借鉴西学的变革中体现了荆楚文化叛逆性与思辨性的精神特质。

新世纪以来，以湖北省国画院为学术阵营，集结了湖北当代中青年国画精英。他们在人物、山水和花鸟诸科全方位展开了中国画的传统回归与现代拓展，形成了较为整齐的学术方阵。所谓回归，即相对于“二张一王”的海派花鸟画新传统，他们上溯明清及宋元，力求更深入地研习中国画澄怀自然、意象观照、文人笔墨的传统，以借古开今；所谓拓展，即在“汤、周、冯”的基础上，更紧密地探讨传统笔墨和造型、结构与图像的相互结合，试图从传统内在文化精神的深处呈现中国画的现代性展延，以植入出新。但不论是传统回归还是现代拓展，他们都无一例外地、自觉或不自觉地融荆楚文化于探寻与新变之中，地缘文化成为滋养他们艺术灵魂的乳汁。

“书楚语”，“作楚声”，自古即祠祀歌舞、巫风盛行的江汉流域，到处民歌流布，这不仅孕育了楚辞，而且播种了汉赋，其瑰丽奇异、诡谲神秘迥异于中原文化的中正平和。明代画家吴伟，本属浙派体系，却因湖北江夏人而“笔势飞走，乍徐还疾”，遂另立江夏一派。叛逆有清画学正统的石涛、集传统画学之大成的宾虹，都曾长期寓居荆楚，他们笔墨的苍劲奇逸、浑厚华滋似乎也都沾溉于荆楚文化。江汉流域的这种文化特质，无疑也是造就湖北当代中国画风范的文化基因。相比于中原丹青的那种醇厚正统，相较于江南书画的那种洒脱飘逸，江汉笔墨或许多了纵横恣肆、怪诞奇崛，运笔的刚劲峭拔、使墨的披离点画和构思的浪漫神奇，无不是口音浓郁的荆声楚语。

此套丛书以“荆楚画派”总揽，以期梳理当代湖北中国画学的文脉与特征，探寻地缘文化对于中国画现代性转型持久而深刻的影响。是为序。

2014年11月6日于北京

《荆楚画派-中国画名家作品集》概要

在全省上下贯彻落实习总书记文艺座谈会的讲话精神的热潮中，大型画集《荆楚画派-中国画名家作品集》于近日正式出版发行，这是我省为促进中国画的繁荣发展，努力彰显荆楚特色的国画艺术，积极推动“荆楚画派”艺术品牌的形成的一项重要举措。

此套画集之所以用《荆楚画派》为总揽，主要是为了梳理湖北中国画学的文脉与特征，积极致力于中国画的传统回归与现代发展。湖北省国画院在省文联指导下，承担了画集的整体汇编工作。院长陈迪和回忆，早在2013年3月举办画院首届院展时，全国著名美术评论家孙克、王镛、尚辉就提出，湖北省国画院在中国画传统回归和现代拓展上已走出了坚实的步伐，并已从传统的荆楚文化内在精神的深处呈现出中国画的现代性展延。专家们认为，这个朝气蓬勃的学术方阵可以称为“荆楚画派”。

画集特郑重惠纳了对湖北中国画现代发展起到至关推动作用的张肇铭、王霞宙、张振铎这前“三驾马车”和汤文选、周韶华、冯今松这后“三驾马车”以及陈作丁、张善平、鲁慕迅等一批湖北名家的作品，以此为连贯，期望以当下为起点，上溯20世纪直至明清宋元，深入探寻荆楚文化对于湖北中国画现代拓展的路径。

画集由中国美协主席刘大为题字，《美术》杂志主编尚辉作总序，湖北省文联党组书记、常务副主席刘永泽和党组成员、副主席罗丹青任主编。全套画集分三辑，共48卷，采用了我省48位知名国画家的近1500幅作品。

《荆楚画派-中国画名家作品集》卷名(从第二名起以年龄排序)

《周韶华卷》《张肇铭卷》《王霞宙卷》《张振铎卷》《陈作丁卷》《汤文选卷》
《张善平卷》《鲁慕迅卷》《冯今松卷》《安　忠卷》《余昌宇卷》《梁　岩卷》
《张　健卷》《邓朝金卷》《汤　立卷》《马在新卷》《戴启顺卷》《孙恩道卷》
《吕绍福卷》《张　军卷》《刘革法卷》《魏金修卷》《李　宁卷》《王振杰卷》
《胡长森卷》《刘成春卷》《卢平安卷》《陈孟昕卷》《李乃蔚卷》《彭太武卷》
《涂同源卷》《胡智勇卷》《樊　枫卷》《曹晓凌卷》《程志辉卷》《闵　鹏卷》
《陈迪和卷》《叶利平卷》《胡学武卷》《刘正洪卷》《谭崇正卷》《郑瑰玺卷》
《徐进波卷》《李　平卷》《宋兴宇卷》《李　剑卷》《李雪梅卷》《黄少牧卷》

中国王羲之书画艺术研究院

1 2
3 4
5

中国王羲之书画艺术研究院自成立以来在院长王学仲、李宗轲、高庆荣的直接领导下，不断做出很大努力，紧跟党中央贯彻党的文化路线，把书画艺术作为政治服务，在继承传统不断创新的原则努力为社会培养人才。

2013年来该院纪念毛泽东为雷锋题词“向雷锋同志学习”发表50周年，创作了“永远的丰碑”50米书画长卷献给雷锋纪念馆。在北京成立了北京工作部，12月26日文隆重举行“纪念毛泽东诞辰120周年书画展”，歌颂毛泽东的丰功伟绩，受到社会一致好评。

1. 纪念毛泽东诞辰120周年画展，院长李宗轲致词。
2. 李宗轲院长在雷锋纪念馆、雷锋车前与雷锋团战士合影。
3. 2013年3月5日是毛主席为雷锋题词“向雷锋同志学习”50周年，我院创作“永远的榜样”书画长卷赠雷锋纪念馆。图为赠送仪式大会盛况。
4. 与到会特型演员毛、周、刘、邓、华合影。
5. 中央办公厅老领导吴艳萍为该院揭牌；由常务副院长孙兴泉、吴良臣接授揭牌仪式。

都江堰市寿平国画艺术研究院

都江堰市国画艺术研究院（原名都江堰中国画研究院）是2013年4月经市文联，市民政局批准成立的文艺社团。研究院现有会员60余人,在市文联领导下弘扬和承传中国书画艺术，研究、创作和推广优秀书画作品,培育书画新秀。办有内刊《都江堰艺坛》杂志。

都江堰市国画艺术研究院艺术顾问李焕民、吴浩,法人周开成,院长罗宇尧,副院长周林德、汤崇严、余涛、马巨良。

都江堰市国画艺术研究院得到四川省成全园林建筑工程有限公司鼎力支持，经常组织写生活动，举办展览，送文化下乡，到省内外举行书画交流。

都江堰——青城山这片灵山秀水养育了一群淡泊名利的最基层书画家，他们是草根，因为根系沃土，其艺术生命旺盛，绵延永恒，其艺术形态直朴纯真，天人合一，其艺术道路奇岖曲折而前景无限。富民强国，匹夫有责。都江堰的书画家愿和全国的书画同仁齐心协力，为中国文化艺术的复兴，共圆中华强国之梦。

地址：四川省都江堰市水街二楼
6-2-3
邮编：611830
联系电话：15928517308

四川省成全园林建筑工程有限公司位于金沙遗址路3号附28号（金沙遗址南大门）。我公司是一家成立于2000年的具有国家园林绿化贰级资质、市政叁级资质、房屋拆迁资质的民营企业。公司成立前，法定代表人周开成是四川省天地环境工程有限公司法定代表人。

公司下设办公室、财务室、工程部、设计部、客户接待中心、苗圃基地等。

公司现有员工85人，其中技术管理人员30多人，具有高级职称3人、中级技术职称10人、初级职称17人、专业技术工人50人，并聘有一批具有国家级专业技术资质的专业技术顾问。

公司现有资产2220万元，年产值1200万左右。公司具有一流的施工队伍、办公设施，以及达85亩的苗圃基地并育有多达150多种各类景观植物。公司拥有各类施工机具（挖掘机、装载机）6台，运输机具3台，施工管理车辆8辆，综合办公设施8套。

公司实行以设计、绿化施工、绿化养护管理为一体的科学管理模式，精心设计、强化施工质量以打造一流的工程质量为企业宗旨。在承接的施工任务中，以高质量、保安全、文明施工的原则进行管理、施工，确保了工程的顺利进行和实施，达到了甲方的设计理念，取得了良好的口碑和经济效益。

飞瀑流舟 吴浩作

牧趣图 罗宇尧作

周林德
都江堰市国画艺术研究院副院长
腾飞图 136cm×68cm

影視明星書畫院有限公司

影视明星书画院于2013年12月17日在香港注册成立，是由明星、书画家、企业家、各行业精英组成，是影视界、书画界、企业界，共同参与的高端合作交流平台，各界国际精英共同交流沟通的桥梁，是艺术家之家，精英之家。会员可以参加各界精英资源整合宴会，收藏展，影展，电影节活动，明星宴会，明星生日会，笔会，画展，影视投资，剧本创作，明日之星推荐，项目对接，等活动。

刘藏元，1950年出生于丹青世家，武汉市人，现定居北京。国礼艺术家、国家一级美术师、“五一劳动奖章”获得者。多次受到中央领导人颁奖。

现任影视明星书画院执行院长，浙江天台慈善总会名誉会长，高进香港影视有限公司董事长。作品曾在中国、美国、韩国、日本、中华台北展览，并多次获得国内外金、银、铜奖。作品被全国人大办公楼、京西宾馆等单位以及个人收藏。

刘藏元自幼随伯父刘炳荣（民国时期著名国画家）及父亲学画。多年来一直热心公益、慈善事业，她曾为中国残联、民政部社会工作协会、中国社会救助基金会、中国社会福利基金会、中国少年儿童慈善救助基金会、桑梓助学基金会、浙江天台慈善总会以及社会上的贫困群体的捐赠救助。

刘藏元被相关部门授予“中国公益事业形象大使、中华十大最具创新力的书画家、中国百名改革创新风云人物、共和国百名最佳建设者、中国非公经济杰出贡献人物奖、中华书画家功勋人物奖、行业十大优秀公益大使、年度十佳女性领军人物、第六届社会责任感艺术家”等数十个荣誉称号。

市场润格价为25万元/平方尺。

北京联络处办公坐机：010-87196011

北京联络处地址：北京市东城区广渠门内大街55号

古元美术館

古元美术馆是以中国杰出的人民美术家、美术教育家古元的名字命名的珠海市第一座市立美术馆，该馆占地10000平方米，建筑面积8161平方米，履行美术馆典藏、研究、展览、教育、服务、交流六大功能。馆内现收藏了古元先生捐赠给珠海市政府的版画原作105幅、水彩画70幅，古元作品复制品52幅，古元作品印刷品6幅以及古元速写8幅。馆内有三层设施完备的展厅、多功能报告厅、恒温恒湿画库、美术研究室、接待室，还有美术书店、咖啡茶座等配套服务设施，可举办各种类型的美术展览，是开展美术教育、学术研究和美术交流的理想场馆。古元美术馆是由政府全额拨款的公益性文化事业单位，每天上午9点开馆，下午5点闭馆，逢周一闭馆，欢迎大家前去参观。

开馆时间：上午9:00－下午5:00　　逢星期一闭馆 全年免费开放

渔女献珠 (1993年)

古元艺术专厅

家乡的大榕树 (1982年)

玉带桥 (1962年)

古元美术馆全景

北京榜书家协会

北京榜书家协会是在中国榜书家协会主席张百成先生的指导下，依据《社会团体登记条例》等相关法律法规组织筹建，2013年4月26日，经北京市民政局（京民社许准筹字【2013】494号文件）批准成立，北京市文学艺术界联合会为业务主管单位。2013年7月28日，召开成立大会，选举产生了协会领导机构，协会正式成立。

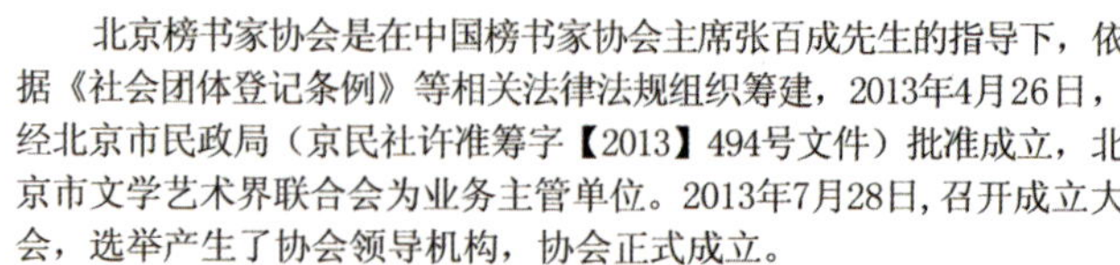

北京榜书家协会是按照自愿结合的原则，组成的专业性、学术性社会团体，集榜书艺术理论研究、艺术创作、宣传教育、文化收藏等为一体的社团组织。

作为北京市第一家榜书专业协会，成立以来以弘扬榜书艺术、传承祖国文化为己任，致力于榜书创作理论的研究，广泛开展文化交流活动，积极推动榜书艺术发展。2013年，参加了第三届“清风杯”中国书画家作品展，并荣获两个一等奖；2014年，组织了首届“京津冀”书法作品大型公益文化交流活动。

北京榜书家协会不断加强自身建设，积极发展会员、认真组织培训交流，提高协会整体艺术水准，做好群众普及工作，推动北京地区，乃至全国的榜书艺术发展。目前正式会员112人，并成立了中国农业大学分会等四家分会。

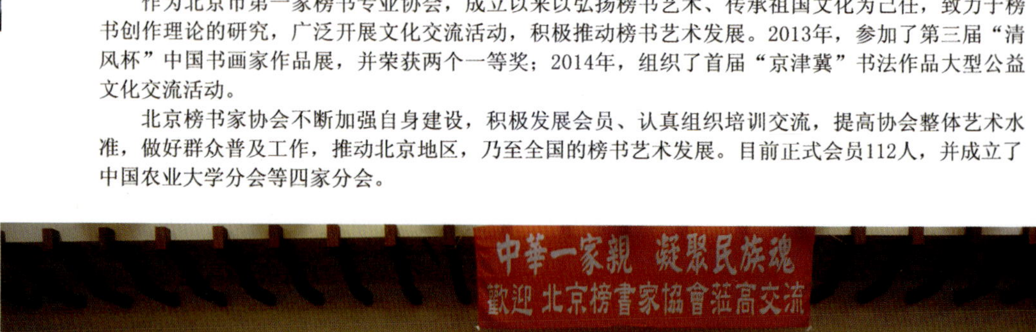

9月在联合国举办“中国梦华夏情”书画展

2013年组织了纪念毛泽东诞辰120周年书画展

2014年春节在台湾举办书画交流展

荆汝彭（右一）主持“中国—马来西亚书画交流展”开幕式

中国少林书画研究会

为发掘弘扬中原悠久辉煌的传统书画艺术和发展我国民族文化事业，在著名书画家郑玉崑先生的倡导下，于1988年7月，在郑州成立了中国少林书画研究院。1995年5月27日，又在此基础上改组为中国少林书画研究会，由中国文联直接领导、国家民政部备案，法人代表荆汝彭（兼秘书长）。

中国少林书画研究会成立以来，立足于中华文化积淀丰厚的中原，为国内外书画界搭建一座书画交流和学术研究的平台，用以弘扬当代中国书画艺术，研究探讨书画发展方向，几十年来坚持中国特色社会主义文化发展道路，深化文化体制改革，推动社会主义文化大发展大繁荣，高举中国特色社会主义伟大旗帜，坚持古为今用，洋为中用，去粗存精，去伪存真，经过科学的扬弃之后，使之为我所用，不断推出更多的文化优秀作品，并在省内外乃至联合国、美国及东南亚等国家和地区开展了书画家联谊、学术研讨、书画大展等卓有成效的活动。

中国少林书画研究会将全面贯彻党的十八大精神，紧密团结在以习近平同志为总书记的党中央周围，对中国人民和中华民族的优秀文化和光荣历史要加大正面宣传力度。为实现中华民族的伟大复兴，实现中华民族的伟大梦想而为之努力奋斗！

荆汝彭（中）与书画家范斌（左一）、美国贸易促进会主席张醒亚先生（右一）在2010年黄帝拜祖大典上

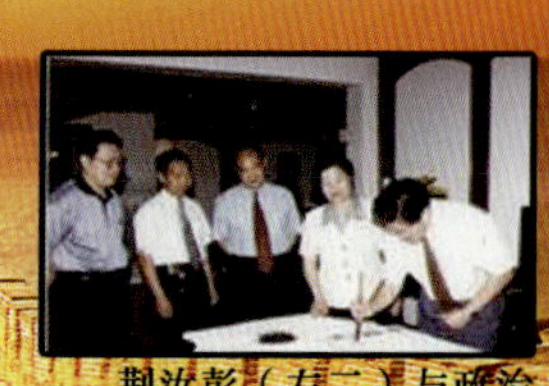

荆汝彭（左二）与政治局委员、国务委员李铁映（右一）、河南省委书记李长春（左一）在一起

广西女书画家协会

广西女书画家协会是经广西壮族自治区民政厅批准成立，由广西壮族自治区妇女联合会主管，广西女书画专业人才和女书画爱好者自愿申请组成的非营利性书画艺术团体。2012 年 4 月 27 日，广西女书画家协会第一次会员代表大会在南宁召开，101 名会员代表参加大会，会议讨论并通过了广西女书画家协会《章程》；大会选举广西壮族自治区原人大常委、外事华侨委员会主任雷爱祖担任首任主席，常务副主席 3 名，副主席 7 名，秘书长 1 名，常务理事 31 人，理事 73 名。协会主要职责是组织、指导和协调全区女性书画艺术人才及爱好者开展书画艺术创作活动，举办各种形式书画作品展览、理论研讨、学术交流、合作、联谊、讲座等活动，进一步团结和凝聚全区各族各界女书画艺术专业人才和书画爱好者，继承和发扬书画艺术传统，全面提升广西女性书画水平，为广西书画艺术发现、培养人才，大力弘扬社会主义核心价值观，营造先进性别文化氛围，推动社会主义文化大发展大繁荣。

2011年4月27日，广西女书画家协会成立大会在南宁隆重举行，自治区政协主席、时任自治区党委副书记陈际瓦（右二），时任自治区文联主席、自治区人大常委会原副主任潘琦（右一），自治区人大常委会原副主任袁凤兰（左二）等领导出席成立大会并为协会揭牌。

自治区妇联党组书记、主席王革冰（左六）出席广西女书画家协会第一次会员代表大会，并与新当选的协会领导班子合影。

广西女书画家协会赴广东省广州市举办“喜迎十八大 八桂巾帼抒艺韵”——广西女书画家协会会员作品展，图为展览开幕式现场。

广西女书画家协会赴台湾花莲县举办“放飞两岸艺韵 抒展姐妹风华”首届广西 —— 花莲女性书画摄影展。

广西女书画家协会赴东兴市举办 “巾帼建新功 共筑中国梦”——“放飞艺韵 抒展巾帼风华”广西女书画家协会会员作品展，图为广西女书画家协会主席雷爱祖（右三）现场作画。

广西女书画家协会组织女书法家深入基层开展送文化活动，为群众现场书写春联。

牧野书法艺术

牧野

当代书法名家、中原诗书画院院长，中华清风书画协会顾问，中国书法家协会会员朱连昌，字牧野。1954年出生于河南长垣。自幼习书，曾遍临颜、柳、欧、赵、二王等字帖。后学苏、黄、米、蔡、王铎、傅山，旁及郑板桥、何子贞，上溯秦篆魏碑和汉隶，广集博采，兼收并蓄，脱旧出新，独树一帜。他以魏隶入行，独创出古拙沉雄、苍劲挺丽、雍容大度而又舒展流畅的书法风格。其作品于平淡朴素中见俊美、于端庄凝重中显功力，气度不凡，雅俗共赏，深受国内外人士喜爱，在当代书法界占有重要地位。

陆游　醉中怀眉山旧游　180×49cm×4

浩然文学纪念馆

2014年2月，三河市委、市政府实施文化惠民工程，投资260万元，在文化中心D座二层建设完成了浩然文学纪念馆，这是三河市开展群众路线教育活动取得的一项丰硕成果。

浩然文学纪念馆建筑面积700多平方米，馆内分为三大部分：序厅、第一展厅和第二展厅。展厅内展示和陈列内容根据场地条件不同，随着浩然生活足迹的变化，划分为10个功能区域——坎坷童年，磨练坚强意志；火红青春，留下闪光足迹；深入生活，铺就成功之路；喜鹊登枝，步入中国文坛；写《艳阳天》，名传中华大地；特殊岁月，写下永恒历史；《苍生》出世，再次震动文坛；定居三河，度过晚年时光；文艺绿化，载入光辉史册；回归热土，巨匠长眠三河。高度概括了著名作家浩然坎坷的一生、创作的一生、辉煌的一生。

目前，浩然文学纪念馆既是“浩然文学宣传文化中心”，又是“爱国主义教育基地”和“廉政文化教育基地”。这里已成为弘扬浩然“文艺绿化”思想的一个阵地，对青少年进行爱国主义教育、对党员干部进行廉政文化教育和群众路线教育的课堂，三河市对外开展文化艺术交流的一个窗口。

1. 浩然文学纪念馆大厅。
2. 展厅照明让人感觉舒服，光
   自然，而且不刺眼。
3. 人们在这里能够真实地感受
   现实环境中的历史文化景观。
4. 浩然文学纪念馆内景。
5. 群众参观浩然文学纪念馆。
6. 馆内展示了大量浩然图片、手迹、
   书稿、证件、藏书、实物等。
7. 《艳阳天》给人们带来了幸
   美好的回忆。
8. 纪念馆开馆以来，吸引众多
   众前来参观。

南海书画院

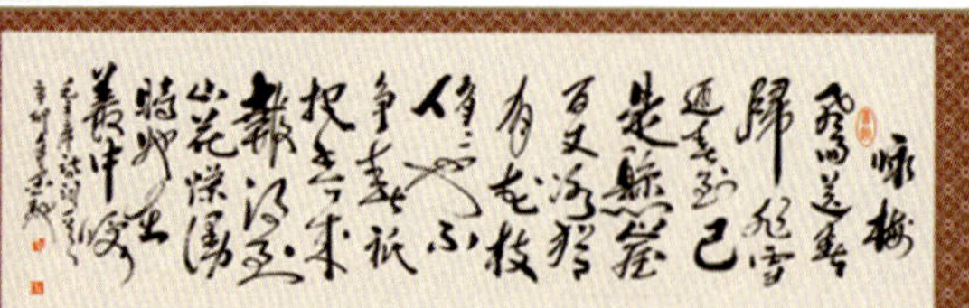

毛泽东诗词《咏梅》（六尺条幅）

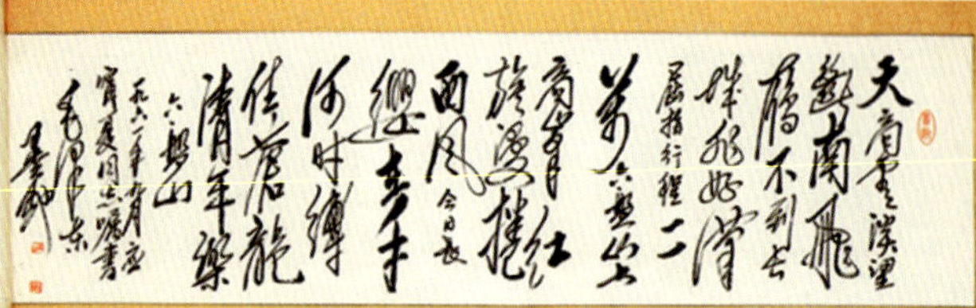

毛泽东诗词《天高云淡》（六尺条幅）

李留根，字：墨池，男，现令60岁，驻马店市人，中共党员，大专文化，中国艺术家协会副主席，中华国礼钓鱼台国宾馆特邀书法师，中国文化部评审委员会评定为国家一级书法师，中国企业文化形象特邀书法师，河南省书法家协会会员，南海禅寺南海书画院院长，驻马店市紫藤书画院院长，驻马店市书法家协会会员，北京华夏国艺书画院客座教授，院士，高级书画师；驻马店市毛体书法研究会会员；洛阳市颜真卿书法艺术研究会名誉会长。英国英格兰艺术基金会永久顾问。作品在国内国际多次获奖，在日本、澳大利亚、英国等众多国家展出，被誉为『德艺双馨艺术家』『当代中国功勋艺术家』『具有民族正义感艺术名人』『中国当代艺术名家』『卓越中国诗词著作家』等荣誉称号。

佛（四尺整纸）　禅（四尺整纸）

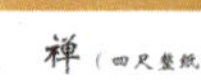

梅兰竹菊（四尺条屏）

梅兰竹菊（四尺条屏）

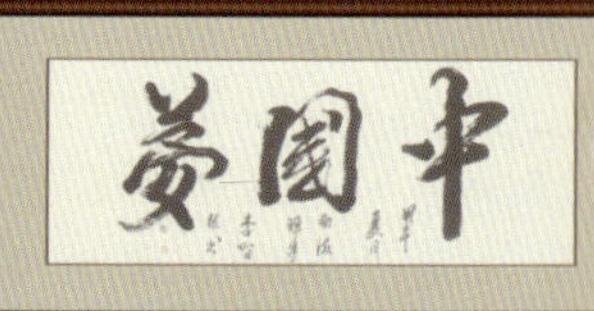

中国梦（四尺整纸）

胜友如云（四尺整纸）

宁夏国际标准舞艺术学会

宁夏国际标准舞艺术学会（NBAS）成立于2005年2月，是经宁夏回族自治区民政厅批准，由自治区文化厅主管的一级法人学会，由中国国际标准舞总会考官、国际评审范建国先生担任会长，目前有副会长、秘书长、副秘书长及理事共48人，是自治区唯一有合法权利从事国际标准舞组织管理、师资培训、教学竞赛、资格认证的省级专业机构。在全区各市县区都成立了分会，各类学校和培训机构也比比皆是。

近十年来，宁夏国际标准舞艺术学会在自治区党委宣传部、自治区文化厅、文联的关怀、支持下，在中国国际标准舞总会及自治区舞蹈家协会的正确指导下，定期开展的大型国标舞比赛及各种文化活动，成为满足宁夏各族人民精神文化生活的重要组成部分。

宁夏国际标准舞艺术学会自成立以来，深知其历史使命——为推广、普及这一高雅艺术，在宁夏全面、健康、规范、更快、更好的发展做出不懈努力！我会每年定期举办教师评审培训班、研讨班，数次邀请中国国标舞总会领导及国内资深国标舞专家前来授课，培养了大批国际标准舞国家级（省级）评审、教师和选手，为宁夏国标舞的发展储备了大量的人才（省级评审136人、教师208人；国家级评审321人、教师465人）。在会长范建国先生的领导下，学会全体领导及会员的努力下，成功的举办了十届全区国标舞锦标赛，五届宁夏青少年国际标准舞锦标赛，及2007年、2011年、2013年三届西北五省国际标准舞锦标赛，并举办了2008年、2010年两届中国国际标准舞全国积分赛银川站比赛、2014年全国公开赛。提高了我区国标舞在全国的知名度，增进了我区广大爱好者对国标舞的喜爱程度，强化了我区教师及选手舞蹈水平和综合素质，促进了我区国标舞事业健康、繁荣的发展。2010年以来为了进一步提高我区评审和教师的专业水平，与世界接轨，每年奖励当年业务优秀或对学会有突出贡献的评审、教师和选手赴北京观摩中国国际标准舞总会举办的全国“院校促进杯”国际标准舞锦标赛并参加CBDF国际著名导师讲座的学习。通过几年来的不懈努力，我区教师及选手的水平已有了显著提高，多名选手代表宁夏在全国各地的大赛中取得了优异的成绩。近年来学会在少儿国标舞教学研究，选手训练，竞技比赛等方面做出了不懈努力，为全面、健康、规范的发展少儿国标舞，提高其专业水平和综合素质，定期开展国标舞选手资格认证的考核（金、银、铜牌的考级）工作，从中发现问题并通过教师班解决问题，从而监督并促进全区国标舞事业更快更好的发展。

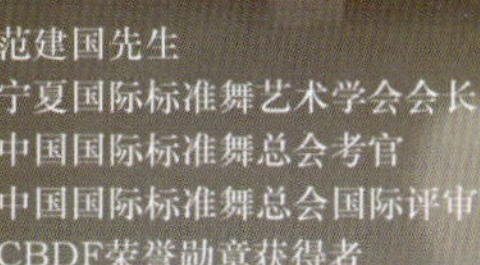
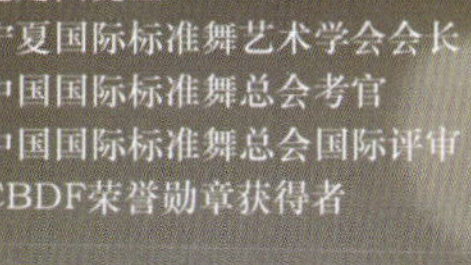

范建国先生
宁夏国际标准舞艺术学会会长
中国国际标准舞总会考官
中国国际标准舞总会国际评审
CBDF荣誉勋章获得者

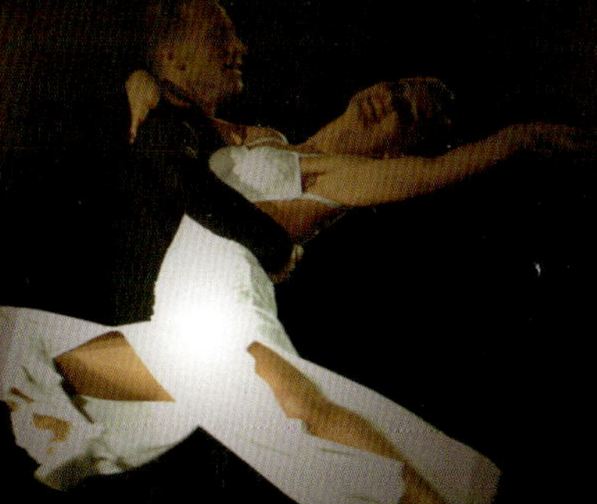

2010年我会举办中国北方国际标准舞全国积分赛

2012我会举办全国国标舞教师、评审培训班合影

2013年在银川举办西北五省国际标准舞锦标赛

宁夏队选手在西北五省国标舞锦标赛上

3月宁夏国标舞学会组织教师评审参加中国国标舞总会的大师班

中国北方国际标准舞全国积分赛评审合影

岳池曲艺赴巴黎交流演出

2014年6月30日至7月2日，岳池曲艺节目——四川荷叶《秋江》赴法国参加第七届巴黎中国曲艺节进行文化交流演出并荣获银奖,实现了传承和发展农家文化，突出地方曲艺特色，繁荣文艺创作，开展对外文化交流的新突破；成功地使岳池曲艺走向了全国，走向了世界。

岳池曲艺能够获得长足发展，得益于中共岳池县委、县人民政府对曲艺文化的高度重视和大力支持，得益于县委宣传部对“中国曲艺之乡”的不懈追求和创新探索，岳池县成功举办两届“岳池杯·中国曲艺之乡曲艺大赛”，为岳池曲艺的传承与发展搭建了重要平台，为地方曲艺事业繁荣作出了积极贡献。2014年，中共岳池县委宣传部被中国曲艺家协会授予“创建中国曲艺之乡标兵单位”荣誉称号。

香港春潮画会

当代岭南画派大师，高剑父入室弟子及助手。历任香港艺术馆名誉顾问、市政局香港艺术推广顾问团、香港理工大学驻校艺术家。现为春潮画会会长、东华学院客座教授、广州市文史馆名誉馆员、西湖国际美术家联谊会常务理事、中央书画艺术研究院理事长、杭州市西湖国画艺术研究院、国际女画家联盟、高剑父纪念馆顾问、高岭市日中书画院、桂林中国画院艺术顾问、澳门收藏家协会永远荣誉会长、广州梅社书画院名誉院长，并荣获美国加州参议院颁授嘉许。

入选第九届、第十届及第十一届全国美展，作品入编北京出版《中国现代花鸟画全集》、《中国当代美术全集山水卷》及《中国当代美术全集花鸟卷》等。

春潮画会的建立，是源于1946年在岭南画派宗师高剑父亲自关怀下在广州组成"春潮社"，并于1996年由春潮社成员之一黎明先生在香港重组"香港春潮画会"，十八年来以继承岭南画派的艺术路向促进交流活动，经常展出于京、港及海外。黎明教授为永远会长，高剑父夫人翁芝是唯一的顾问，成员都是岭南画坛的积极分子。

香港中国人物画协进会

创会会长罗冠樵（1918—2012）　　罗冠樵——召陵盟

1918年出生于广东顺德，1938年毕业于广州市市立美术学校。来港后任教华侨书院、清华书院同经纬书院。1953年于友联出版社创办儿童乐园主编达30余年。先后曾多任吉隆坡、马来西亚与香港中文大学校外进修部艺术讲师。罗老师一生致力中国画创作，其画风揉合中西，题材丰富，多幅作品获香港艺术馆，香港文化博物馆及香港大学美术馆收藏。

1979年，罗冠樵老师与学生钟爱丽、谭颖栩开设画院。注册时沿用市美为画院之名，一则以画院作为一直未有固定会址的留港市美同学会集会地址，二则可以秉承市美精神，培育传统之美术人才，以发扬广东之美术主流。罗老师一生致力推动中国人物画创作，于1996年创立香港中国人物画协进会。提倡中国画与书法之融合，钻研书法入画，一字成画之画法。

主席钟爱丽

少由装饰画师潘峭风、人物画师罗冠樵习画。擅画仕女人物，曾抚费晓楼美人百态作30余尺长卷。现正以中国历史上的100名女性为对象制作历代美人图。

1995年，联同罗老师、谭颖栩于台北中正纪念堂举行——中国历史民俗画展。

1996年，任香港中国人物画协进会主席，历年举辨会员联展并印制画册。

2006年，与谭颖栩、王可儿接手市美画院，成立香港市靓美画院同学会，以市美雄风为主题举办多次画展。现为香港市美画院主持，香港中国人物画协进会及香港市美画院同学会主席。

钟爱丽—西班牙舞

左起：主席钟爱丽、会长罗冠樵、执委谭颖栩　　2010年会员联展

罗老师对于能身为市美的毕业生，一生都引以为荣。2002年他与市美画院师生记注册成立香港市美画院同学会，并邀请所有市美留港同学会的会员为顾问老师，望能罗致各家之传人，共同努力为传承市美精神，发扬广东之画坛风范尽一点心意。

为了达成罗老师与他的同学的一个共同心愿——延续市美；我们以市美雄风为为老师和同学们举办了一系列的展览。让观众识到传统艺术的博大精深。

2007年，我们为罗冠樵、吴祖荫、许潄冰、贺文略、叶哲豪及叶炳森六位年届高龄的老师筹办市美雄风画展。

2008年，举办了市美雄风叶哲豪国画回顾展。

2008年，举办了第一届市美雄风薪火相传会员联展。

2010年，举办第二届市美雄风薪火相传联合画展，将师祖辈、师叔伯辈、其他美派系师兄姐及市美画院同学的作品一并展出及印制纪念画册。

2012年，我们为香港市美画院同学举办联合画展，并出版纪念画册《市美雄风火相传2012》。

2012年，敬爱的恩师罗冠樵老师于11月7日安详的离开世界。罗老师是当代不可得的画师，也是非凡的教育家。他鼓励我们要透过创作，将人生的真、善、美展示群众。罗老师曾说："我90多岁了，小时候老师对我的鼓励，仍然没有忘记，所以著这一系列的薪火相传画展，希望我的学生们，努力不懈，发扬中国画的艺术，并担艺术家的社会责任。

罗老师行云流水的笔触，对我们的教诲和鼓励，以及带给我们的生动故事，将远留在我们心中。相信罗老师的亲切笑容以及他对艺术的热忱，会成为我们日候坚作画的动力。同时，我们亦会谨记罗老师的教诲，继续努力去秉承市美美育精神以扬正统艺术，并培育一些真正的艺术人才为宗旨。更希望来年的展览，更多同学参加，让市美雄风薪火相传联合画展可永远延续下去。并恳请各会员大力支持及参与，共同力以完成罗冠樵老师的心愿。